近世东亚汉诗流变

上

严明 著

凤凰出版社

图书在版编目（CIP）数据

近世东亚汉诗流变 / 严明著. -- 南京 : 凤凰出版社, 2018.9
ISBN 978-7-5506-2776-5

Ⅰ. ①近… Ⅱ. ①严… Ⅲ. ①汉诗—诗歌研究—东亚 Ⅳ. ①I310.072

中国版本图书馆CIP数据核字(2018)第221321号

书　　名	近世东亚汉诗流变
著　　者	严　明
责任编辑	吴　琼
装帧设计	徐　慧
出版发行	凤凰出版社(原江苏古籍出版社) 发行部电话025-83223462
出版社地址	南京市中央路165号,邮编:210009
出版社网址	http://www.fhcbs.com
照　　排	南京凯建图文制作有限公司
印　　刷	苏州市越洋印刷有限公司 苏州市吴中区南官渡路20号,邮编:215104
开　　本	787×1092毫米　1/16
印　　张	69.25
字　　数	1517千字
版　　次	2018年9月第1版　2018年9月第1次印刷
标准书号	ISBN 978-7-5506-2776-5
定　　价	280.00元(全二册)

(本书凡印装错误可向承印厂调换,电话:0512-68180638)

中国教育部人文社会科学研究项目『东亚汉诗流变比较』（编号13YJA751057）
上海市社科规划项目『东亚汉诗学新论』（编号2013BWY005）
上海市高校高峰高原项目

前　言

诗歌是语言文字与音乐节奏和谐配合的艺术作品，古今中外不同形态的诗歌皆如此，汉诗的产生也不例外。汉语的结构形式特点，包括汉字形、音、义三方面的关系和汉语词组的结构特点，都直接影响到汉语诗歌形态的形成和定型。汉语的因时而变，又给汉诗韵律的变化和定型，带来巨大的影响。这种影响，直接关涉到朝鲜、日本、琉球、越南等周边国家汉诗的变化和发展。东亚汉诗由汉字组合而成，汉诗的形式特点是建立在汉字和汉语结构形式的基础之上的。汉字的特点和汉语的特点，是考察和分析东亚汉诗的起点。

自从人类发明了文字之后，诗歌的口传性质就越来越减弱，诗歌的流传越来越依赖语言文字的表意功能。因为语言是以特定的民族文化方式来传递感情与表达思想的交际工具，各民族的思维习惯不同、审美方式与习惯不同，所以必然会出现不同的语言形式，包括文字系统和语音系统。汉字与汉语是中华民族进行传情表意和理性思维的语言形式，汉字与汉语中渗透了中华民族文化的精神。探讨汉字与汉语的特点，不仅能够看到汉语诗歌之所以成型和发展的原因，而且还可以深刻地认识到汉诗中所凝聚的中华民族文化因素和精神传统的巨大魅力。同样，通过汉诗在古代朝鲜、日本、琉球、越南的长期流行，也可以看出中华文化在周边国家地区的深刻影响力。东亚汉字文化圈，或者说东亚儒学文化圈、东亚佛学文化圈的历史存在是客观而持久的，这在世界文化发展及文明传播史上是重要的种类之一。

总的看来，汉语言文字的发展长期以来是偏重语义的，而在形式表现方面较为自由，语法规则较为灵活。正因为对汉语的理解主要是从明白字词和词组的含义出发，所以古代中国的文字学和音韵学研究长期发达，训诂之学几乎成为古汉语研究的代名词，而系统的汉语语法研究则要从 19 世纪后半叶“西学东渐”以后才开始。汉语发展的这种状况对汉语诗歌的表意功能产生了决定性的影响。汉诗的艺术表现以词和词组为中心，其结构灵活，变化丰富，出现了形象生动、拟声词和表现色彩的词语丰富、典故运用多且排列对仗整齐等外在的表现形式特点。至于汉诗中的句法乃至诗体形式的变化，则不是大多数诗人刻意追求的对象，也不是诗人创作时普遍看重的地方，这一风气的定型也限制并影响到了中国古典诗体自唐代之后的进一步发展，进而也影响到了东亚各国汉诗形式的更新发展。

从东亚汉诗的角度看，从公元15世纪至19世纪的近世（相当于中国的明清两代），各国汉诗都经历了长时期的本土流传，长时期的切磋诗艺，使得汉诗在东亚各国得到了更大范围的普及，汉诗写作技巧趋于成熟，出现了持续繁荣的局面。特别值得注意的是，近世东亚各国汉诗开始摆脱对中国诗歌经典的一味模仿。虽说从《诗经》到唐宋诗歌的传统，仍然是近世东亚汉诗人学习和崇拜的对象，但是东亚各国本民族生活中呈现出来的鲜活艺术因素，也开始对其汉诗创作发生影响。近世东亚汉诗人开始产生明确的本土意识，其汉诗创作也出现明显的创新冲动并开始注重展现本土色彩。本土意识的增强对于东亚各国汉诗人来说，是极为重要的。这带来了东亚各国汉诗人在诗学观念及创作方式方面的转变，对于东亚汉诗的发展来说，是一种极为重要的推动力。

东亚汉诗发展到近世还有一种很重要的新现象普遍出现，那就是东亚各国汉诗的创作和欣赏活动，开始突破传统的贵族文人圈子，在市民百姓中间也逐渐流行起来。东亚汉诗在从贵族到平民的扩展过程中，在不同程度上改变了汉诗的传统样式及表现内容，而东亚各国汉诗人在这一过程中所起的作用是积极主动的，其发展汉诗的效果是颇为显著的。正是靠他们的不断探讨及大胆改革，在汉诗的创作中不断融入本民族的传统诗歌及民间俗唱的因素，东亚各国汉诗才在中国本土诗歌的基础上发展出了各自鲜明的艺术特色。近世以来，东亚各国汉诗都进入了长期繁荣的时期，包括中国的明清时期，汉语诗歌在东亚各国都成为社会生活中最为流行也最为重要的文学形式，朝野各界皆好诗，吟诵唱酬雅俗共赏，可谓无时不有，无处不有，不仅文人士大夫对汉诗入迷，吟诵不休，粗通文字的市民百姓也在娱乐活动中多用韵语俗唱。汉诗的创作与审美成为近世东亚各国文坛最为普及的文艺活动，其参与者的人数之多，诗歌作品的数量之多，都是空前的，数百年间留下了极为丰富的诗歌艺术遗产。

本书研究观察及概括近世东亚各国汉诗流变历程，也借鉴了中国诗学研究的方法分析东亚各国汉诗的表现形式及艺术特色。将近世朝鲜、日本、琉球、越南的汉诗放到东亚汉文化圈的历史背景下进行比较，细致探讨东亚各国汉诗的社会功能及在铸造本民族精神文化传统中所发挥的重要作用，尤其注重研讨在18、19世纪东亚社会文化转型过程中汉诗的独特地位和发挥的作用。基本思路是把中、朝、日、越的汉诗发展放到东亚社会与文化在互相联系中共同发展的背景平台上进行考察分析；既确认中国古典诗歌的主角作用，又关注在与中国诗歌进行交流、碰撞和交融过程中的东亚各国汉诗是如何创造出各自独特面貌的；既辨析各国汉诗艺术的变化及特色，更关注引发变化的时代、社会、民族文化的动因。

本书采用了从考证到演绎等多种研究方法。比如通过辨析近世东亚各国的汉诗流变历程，总结中国诗歌对各国汉诗影响的不同侧重面，其中涉及中国诗歌的各种总集、别集以及诗话评论著述传入东亚各国的情况分析；东亚汉诗人的交往情况分析；东亚各国汉诗中各种意象、寓意、象征手法及抒情方式的对比分析等。从而证明汉诗不仅是中华民族传统文化的精华，而且也是东亚各国优秀传统文化的共同代表。东亚汉诗虽然有着相同的艺术形式和艺术规范，但是从不同的民族文化土壤中培育出来的东亚诗人，写出来的汉诗却往往有着形同神异的妙处。正是这些丰富的同中之异，表现出了东亚诗歌艺术精神的独特魅力。

本书对现在通行的中国古典诗学和比较文学中的诗歌理论体系进行反思，因为在现行的诗歌理论框架内难以对东亚汉诗作出准确的诗学定位。本书不仅审视了东亚各国汉诗的历程，而且还涉足到一些前人很少关注然而却非常重要的研究领域，譬如怎样看待中国的汉诗传统，不同国度的汉诗人在诗歌形式与抒情内容方面对这一传统都有着明显不同的选择、解读甚至误读。还比如不同的母语因素对各国汉诗创作也产生了深刻的影响，像日本的伊滕仁斋、荻生徂徕等大学者的汉诗中，可以看出受到日本汉文训读法的影响；又如朝鲜李朝汉诗人的作品也深受朝鲜语谚文的影响；又如越南黎末阮初著名女诗人胡春香的字喃诗与汉诗创作之间的关系等等。细致辨析这些影响和差异，对重新评估中国古典诗学的价值以及建立有中国特色的比较文学理论体系无疑有着积极的意义。本书通过探究汉诗作为古代东方的一种主流文学形式为何能够长期影响周边国家地区的文学艺术及社会审美意识，揭示出中国古典诗歌长期以来在促进东亚诗歌文学繁荣和形成东方艺术传统过程中所起的重要作用，从一个新的角度积极探索东亚汉诗在世界文学史中的重要地位。通过总结东亚汉诗学的发展规律，对不同国家之间文学交流过程中的模拟及创造、民族性和国际性等重大文学理论问题皆进行了具有开拓价值的探索。

从15世纪到19世纪的五百年间的东亚近世，成为中国古典诗学全面繁盛的总结期，也是东亚汉诗创作全面发展的黄金期，其时间跨度包括了中国的明初（永乐元年）到清末（1403—1911），朝鲜的李朝（1392—1910），日本的五山、江户（1603—1867）时代，琉球国尚氏王朝（1372—1879），越南的后黎朝、阮朝（1427—1884）。对这一历史时期的东亚各国汉诗创作而言，从《诗经》到唐宋诗已经形成共同的经典传统，而创作时空环境及语言因素的变迁，又促使着东亚各国汉诗人对经典诗学传统作出了不同的解读和选择，因此便出现了流派纷呈、各具特色的东亚汉诗。

这五百年间的东亚汉诗创作所保留下来的诗歌总集和别集的数量是惊人的，中国的《全明诗》至今还在编撰的过程中，其诗篇数量最保守的估算也在五十万以上，《全清诗》则迄今尚未能列入编撰的议程，其诗篇数量则应比《全明诗》翻数倍[①]。日、韩、琉、越各国的汉诗存量至今还没有精确的统计，但从近年来影印刊行的《韩国文集丛刊》、《日本汉诗诗集·词华集》、《越南汉文燕行文献集成》及《琉球王国汉文文献集成》等大型古籍丛刊看，各国保存至今的汉文集（含汉诗集）数量皆在千种以上。因此，汉诗不仅是属于中国的，作为一种达到美轮美奂境界的语言艺术形式，汉诗还同属于汉字文化圈内的朝鲜、日本、琉球、越南等国。正是东亚各国诗人们的共同创造，才造就出东亚汉诗的繁盛辉煌。

对东亚汉诗的研究很早就开始了。古代东亚各国对汉诗的论述主要围绕着如何接受和消化中国诗歌为中心而展开，其研究内容基本上局限在接受影响方面。东亚各国中的有识之士早就提出把中国诗文进行本民族化改造的主张，比如15世纪的朝鲜李朝学

① 恩师钱仲联先生生前曾经思考过编辑《全清诗》的工程，但因其数量过于宏大，又距今过近，文献四处散佚，文献收集难以穷尽，故而暂未动手。近十余年来浙江大学的朱则杰师兄一直从事编辑《全清诗》的初期工作，可参考其一系列论文论著。

者徐居正就指出："我东方之文，非宋元之文，亦非唐汉之文，而乃我国之文也，宜与历代之文并行于天地间，胡可泯焉而无传世焉？"(《东文选序》)这种对汉诗进行民族化改造的努力，使得五百年间朝鲜、日本、越南都出现过一大批独具特色的汉语诗话和极为兴盛的汉诗创作。其中较为突出的如日本江户时代后期的赖山阳，他的诗歌理论以及汉诗创作实践，都堪称日本汉诗人中佼佼者，将其与同时代的中国清朝、朝鲜李朝以及越南后黎朝的诗人进行比较，可以发现他的诗论和诗作既是中国诗歌的一种延续，更是一种变异和发展，可以从许多方面充实和拓展对中国诗学以及诗作实践的研究。这样的比较无论对中国诗歌还是对东亚汉诗研究来说都是绕有兴致和富有创意的，可惜汉诗学者中进行这样研究的还是不多。

中国对朝鲜、日本、越南汉诗的记载以及研究也开展得比较早。比如《汉书》中就有对新罗汉诗的记载。到了明清时期，东亚各国汉诗人的交流愈加广泛。清末光绪年间，俞樾编撰《东瀛诗选》，把日本江户时代的汉诗佳作几乎囊括殆尽，在中、日两国出版后引起很大的反响，成为东亚汉诗交流史上的佳话。

19世纪中叶以后，随着清朝的衰败和西方列强势力在东亚的扩张，作为亚洲汉字文化圈中文化交流主要载体的东亚汉诗创作趋向萧条，对汉诗的研究也随之陷入尴尬境地。不仅日、韩、越的文学研究者中出现了低估汉诗价值的观点，中国古典文学研究界对朝鲜、日本、越南的汉诗也不够重视，中国文学研究者中少有人涉足这一领域。

这一现象在近二十年来逐步得到了改变。越来越多的学者认识到，东亚汉诗除了具有中国传统文学的特色之外，还具有各国本民族文学的特性和价值。中、日、韩、越四国学者中有人已经开始超越本国汉诗的研究视野，重视从东亚文化交流与接受的角度拓展汉诗研究。然而，对东亚汉诗诗学理论体系的探讨还有待于深入。韩、日、越的汉学家主要还是把精力放在对本国汉诗进行整理与出版方面，从保存本国汉诗资料的角度看，这样的基础工作当然是十分必要而且意义重大的。但是，对现存的东亚汉诗除了进行资料保存和版本清理的工作之外，还很有必要对汉诗学在不同的国度中有过哪些发展和变化的轨迹进行辨析和梳理。在汉诗创作曾经十分发达的古代朝鲜、日本、琉球、越南，不仅汉诗作品浩如烟海，而且有关汉诗的评论著作也是数量可观的。东亚汉诗的对比研究的基本思路应该是把中、朝、日、越的汉诗创作放到东亚社会与文化在互相联系中共同发展的历史平台上进行考察分析，既确认中国古典诗歌的主角作用，又关注在与中国诗歌进行交流、碰撞和交融过程中的东亚各国汉诗是如何创造出各自独特风格的；既辨析各国汉诗艺术的变化及特色，更关注引发变化的时代、社会、民族文化的动因。在这些方面，有着大片的研究处女地等待着有志者的开拓深究。比如日本江户时代的狂诗，从诗作形式上看往往是将唐诗诙谐化和通俗化，尤其是对传颂千古的唐代绝句作极为可笑和滑稽的篡改。但从精神传统的角度看，这样的刻意"误读"则又明显表现出江户市民文化对汉诗创作的强大影响。正因为如此，江户汉诗成为了真正有着日本风味的汉诗，汉诗也成为了具有亚洲意义和影响力的伟大艺术形式，而不仅仅是属于中国的。对东亚汉诗的研究，仅从中国本土社会文化的角度进行显然是不够的。

东亚汉诗的研究可以采用从考证到演绎等多种研究方法。比如通过辨析东亚各国的汉诗发展历程，总结中国诗歌对各国汉诗影响的不同侧重面，其中涉及到中国诗歌的各种总集、别集以及诗话评论著述传入东亚各国的情况分析；不同历史时期的东亚汉诗人之间的交往情况分析，对各自汉诗创作的影响；东亚各国汉诗中各种意象、寓意、象征手法及抒情方式的对比分析等。对新近进入这一研究领域的研究者来说，除了可以借鉴已有的研究成果之外，还必须做一些发掘第一手资料和对各国汉诗创作的大量文本数据进行基础性统计分析的工作。比如具体分析中国诗歌理论（尤其是明清时代）传入后，东亚各国的诗歌理论和创作实践发生了哪些变化？这些变化的深层次原因主要有那些？如日本江户时代诗人菊池五山的《五山堂诗话》和赖山阳的诗歌创作都深受清朝诗人袁枚的影响，但各人的经历和性情不同，表现出来的诗歌风貌以及诗学观念就有较大差异。还比如朝鲜李朝汉诗的发展大体上以宣祖即位之年(1568)为界，分为前后两期。前期所尚，经历了从学宋诗为主转为学唐诗为主的变化，并为后期朝鲜汉诗个性化的形成作了充分的酝酿。这一诗风发展的大趋势，与同时代的中国明清及日本江户时期的诗风发展，是同中有异的，而对比辨析这些异同，分析其来龙去脉，就会对东亚汉诗的发展规律有着更为深刻的认识。

对东亚汉诗的研究将离不开对现在通行的中国古典诗学和比较文学中的诗歌理论体系进行深入的反思，因为在现行的诗歌理论框架内难以对东亚汉诗作出准确的诗学定位。譬如怎样看待从《诗经》到唐宋诗的汉诗传统，不同国度的汉诗人在诗歌形式与抒情内容方面对这一传统都有着明显不同的选择、解读甚至误读。还比如不同的母语因素对各国汉诗创作都产生了深刻的影响，像日本的伊滕仁斋、荻生徂徕等大学者的汉诗中，可以看出受到日本汉文训读法的影响；又如朝鲜李朝汉诗人的作品深受朝鲜语谚文的影响；又如越南黎末阮初著名女诗人胡春香的字喃诗与汉诗创作之间的关系等等。细致辨析这些影响和差异，对重新评估中国古典诗学的价值以及建立有中国特色的比较文学理论体系无疑有着积极的意义。总之，本书通过探究汉诗作为古代东方的一种强势文学形式为何能够长期影响周边国家地区的文学艺术及社会审美意识，揭示出中国古典诗歌长期以来在促进东亚诗歌文学繁荣和形成东方艺术传统过程中所起的重要作用，从一种新的角度积极探索东亚汉诗在世界文学史中的重要地位。通过总结东亚汉诗学的发展规律，还可以通过东亚汉诗的个案，对不同国家之间文学交流过程中的模拟及创造、民族性和国际性等重大文学理论问题进行有独特价值的探索。对东亚汉诗的深入研究将有力地证明，汉诗不仅是中华民族传统文化的精华，而且也是东亚各国优秀传统文化的共同代表。东亚汉诗虽然有着相通的艺术形式和艺术规范，但是从不同的民族文化土壤中培育出来的东亚诗人，写出来的汉诗却往往有着形同神异的妙处。正是这些丰富的同中之异，表现出了东亚诗歌艺术精神的独特魅力。

鉴于以上想法，本书分成朝鲜、日本、琉球、越南四编分别呈现。

目　　录

第二编 日本汉诗的近世流变

第三编　琉球汉诗流变史略

第四编　越南汉诗流变史略

第一编

朝鲜汉诗的近世流变

绪　论

在朝鲜汉文学中,汉诗是数量最多、成就最高的主流文学。相对而言,汉文创作数量也较多,但多为实用文体,纯文学作品较少。朝鲜汉文小说总数也不少,但总体成就终究不如汉诗。对于词作,则除了李齐贤之外,能为之者极少。其他如朝鲜文学中的曲、赋创作,间有佳作,但总体上还是难与古典汉诗相媲美。

本编对朝鲜李氏王朝的汉诗发展历程作整体梳理,其中包括对著名汉诗人进行论述,也包括对二、三流汉诗人进行介绍,以求呈现李朝汉诗的整体面目,弥补已有汉文学史在这方面的论述不足。

本编对现有资料的搜集、整理,包括《韩国文集丛刊》500 册,这一丛刊汇集了朝鲜古代主要的汉诗文创作文本;朝鲜文学史 5 种,分别为韦旭昇的《韩国文学史》,李家源的《韩国汉文学史》,金台俊的《朝鲜汉文学史》,赵润济的《韩国文学史》,李岩主编的《韩国文学通史》;其他专著,如张伯伟的《朝鲜时代女性诗文集全编》3 册、《域外汉籍研究入门》,蔡美花等主编的《韩国诗话全编校注》12 册,严明的《东亚汉诗研究》,王晓平的《亚洲汉文学》,高文汉、韩梅的《东亚汉文学关系研究》,李甦平的《韩国儒学史》等,也是对韩国汉诗的部分或者基础性的研究。就目前本人搜集、整理的文献资料来看,中国学者对于朝鲜汉诗的研究主要涵盖以下几方面:

一是作家作品研究。对于一国文学的认识,往往是从了解其最优秀的作家开始的,中国学者对于朝鲜汉诗的研究就体现出了这一特点,目前的研究成果基本上都是集中在朝鲜汉诗史中较为著名的一些汉诗人,比如崔致远、李齐贤、李奎报、李穑、李睟光、许筠、许兰雪轩、黄真伊、丁若镛等。当然,对于作家作品的研究必定首先关注的是诗人的生平以及创作风格,中国学者在这方面作了不少研究工作,主要的论著有如下几类。

博士论文主要有庄秀芬的《古代朝鲜女性汉诗研究》(北京:中央民族大学,2007 年);赵妍的《比较文学视野下的中朝乐府诗研究》(北京:中央民族大学,2010 年);李雪花的《朝鲜朝闺阁汉诗研究》(吉林:延边大学,2007 年);徐东日的《李德懋文学研究——兼与中国文学相比较》(吉林:延边大学,2002 年);邹志远的《李睟光文学批评研究》(吉林:延边大学,2007 年);李红梅的《韩国古典诗歌中的陶渊明研究——以朝鲜朝时期的歌辞、时调为中心》(吉林:延边大学,2009 年);王红梅的《许筠论略》(北京:中央民族大学,2007 年);杨会敏的《朝鲜朝前半期汉诗风格演变研究》(北京:中央民族大学,2011 年);孙玉霞的《丁茶山与杜甫诗歌创作的比较研究》(北京:中央民族大学,2010 年);韩恩珠的《中韩两国儒文化意识比较研究》(北京:中央民族大学,2006 年)等。

硕士论文主要有董景玲的《许兰雪轩诗歌创作研究》(北京:中央民族大学,2011 年);卢英兰的《对黄真伊及其诗歌文学的文化阐释》(吉林:延边大学,2003 年);戚昕的《16—19 世纪中叶的女性与出版》(山东:山东大学,2013 年);管洪波的《〈古诗十九首〉在古代朝鲜的传播及对汉诗创作的影响》(吉林:延边大学,2013 年);姜珊的《中国儒道思想对新罗汉诗的影响》(吉林:延边大学,2013 年);金艳华的《朝鲜汉诗诗体演变考论》(吉林:延边大学,2005 年);魏平英的《李珥文学的陶渊明接受研究》(吉林:延边大学,2012 年);关晓云的《李齐贤与十四世纪前期的元丽关系》(吉林:延边大学,2010 年);李范洙《论"尊唐贬宋"背景下李晬光的价值取向》(吉林;延边大学,2004 年);卢慧敏《赵秀三现实主义汉诗创作研究》(北京:中央民族大学,2013 年);刘志峰《新罗汉诗中体现的中国文化要素》(吉林:吉林大学,2007 年);李金宏《唐宋与新罗、高丽僧诗交流研究》(吉林:延边大学,2011 年);袁野《曹操、曹植游仙诗与朝鲜李春英游仙诗比较研究》(吉林:延边大学,2012 年);孙艳玲《18—19 世纪朴齐家与清朝文人的交流研究——以〈稿苎集〉为中心》(山东:山东大学,2013 年);张珺《唐代诗歌对许兰雪轩诗作的影响研究》(北京:对外经济贸易大学,2011 年);庞礴《朝鲜汉诗渊源及清诗对朝鲜诗人的影响》(四川:四川大学,2002 年);王轶男《晚唐香奁诗对朝鲜朝中期艳情诗的影响》(吉林:延边大学,2012 年)等。

期刊论文主要有杨玉《朝鲜才女许兰雪轩的诗作及其在中国的流传》(《烟台大学学报(哲学社会科学版)》,1999 年第 2 期);于欣《朝鲜朝妓女诗人汉诗的对话功能》(《当代韩国》,2012 年第 1 期);金鲜《朝鲜末期女诗人崔松雪堂的羞耻感》(《中国韵文学刊》,2012 年第 4 期);张伯伟《朝鲜时代女性诗文集的文献问题考论》(《中山大学学报(社会科学版)》,2010 年第 6 期);文丽华《朝鲜时期贞烈观的形成及其特点》(《中央名族大学学报(哲学社会科学版)》,2012 年第 2 期);庄秀芬《古代朝鲜女性汉诗中的"酒"的意象》(《沈阳大学学报》,2009 年第 4 期);庄秀芬《古代朝鲜女性文学创作的文化反思》(《文艺评论》,2009 年);金晶《韩国古典女性文学的流变》(《长春理工大学学报(社会科学版)》,2012 年第 2 期);田香兰《近代朝鲜女子教育研究(1876—1910 年)》(《东北亚学刊》,2013 年第 2 期);郝君峰《柳如是与黄真伊诗歌比较》(《韩国研究论丛》,第 24 辑);曹虹《论朝鲜女子徐氏〈次归去来辞〉——兼谈中朝女性与归隐》(《南京大学学报》,2001 年第 6 期);庄秀芬、马东峰《论古代朝鲜女性汉诗创作的感伤特色》(《延边大学学报》,2007 年第 2 期);庄秀芬《论许兰雪轩的自我艺术形象》(《东疆学刊》,2006 年第 4 期);李南《许兰雪轩及其作品研究综述》(《湖南第二师范学院学报》,2013 年第 7 期);庄婷《中韩妓女诗人薛涛和黄真伊文学的比较研究》(《华章》,2013 年第 29 期);陈冰冰《中韩女性文人身份构建之策略研究——以柳如是与黄真伊为中心》(《辽东学院学报》,2012 年第 2 期);范靓《性理学的挑战者——黄真伊》(《山花》,2013 年第 22 期);马金科《海东江西派概念小考》(《东疆学刊》,2005 年第 1 期);曹春茹《朝鲜汉文学家丁若镛汉诗的民本思想——以批判"三政"诗歌为中心》(《电子科技大学学报》,2009 年第 5 期);严明《朝鲜李朝古体汉诗论》(《上海师范大学学报》,2010 年第 6 期);王国彪《朝鲜诗人车天辂汉诗中的"剑"意象研究》(《牡丹江大学学报》,2009 年第 6 期);孙玉霞《论朝鲜诗人丁若镛的诗歌创作风格》(《山花》,2011 年第 4 期);刘青海《论金笠诗嘲讽风格和女性题材的汉诗渊源》(《齐鲁学刊》,2011 年第 6 期);徐东日《论李德懋对诗歌结构美的创造》(《中南民族大学学报》,2004 年第 4 期);马金科《论江西诗派在朝鲜汉诗中产生的特殊影响》(《东疆学刊》,2003 年第 4 期);师存勋《申纬汉诗中的中国形象暨汉文化情怀》(《青海民族大学学报》,2011 年第 1 期);金昌权《浅谈金宗直乐府观和〈东都乐府〉的特点》(《延边大学学报》,2007 年第 4 期);高延军《浅谈流浪讽刺诗人金笠的汉诗风格及其思想特征》(《文学教育》,2012 年第 4 期)等。

二是文学史研究。目前,中国还没有一本专门的朝鲜汉诗史的著作,也没有关于朝鲜李朝汉诗整体研究的著作。但是朝鲜文学史却已出版好几部,分别为 1983 年延边大学出版的许文燮《朝鲜文学史》;1986 年北京大学出版社出版的韦旭昇《朝鲜文学史》,2008 年再版改为《韩国文学史》;2010 年社会科学文献出版社出版的李岩主编的《朝鲜文学通史》等。其中韦旭昇的《韩国文学史》最具代表性,影响也最大。韦先生精通韩文,长期致力于韩国文学史的研究,对韩国文学多方面均有涉猎。这部著作对于韩国文学史有较为清晰的论述,但是其中关于朝鲜汉诗则只进行了简单的概述,远不能呈现朝鲜汉诗的整体面目及特色。李岩主编的《朝鲜文学通史》是近年来最为详细厚实的一部朝鲜文学史著作,较为全面地分析、论述了朝鲜文学史的文学体式及发展历程。除了这几部文学史之外,张伯伟发表于《文学评论》1996 年第 2 期的《朝鲜古代汉诗总说》,是研究朝鲜汉诗发展的一篇重要论文。还有一些部分关于朝鲜汉诗研究的创作,如严明的《东亚汉诗研究》(中国书籍出版社,2013 年),王晓平的《亚洲汉文学》(天津人民出版社,2001 年)等。

三是诗话研究。高丽中后期中国的诗话类著作传入韩国,在高丽时期催生了四部诗话著作:《破闲集》、《白云小说》、《补闲集》、《栎翁稗说》。但是整体来说,高丽时期的诗学理论并不发达,还没有形成一定的规模体系。直到朝鲜时期,才有了第一部以诗话命名的诗话著作——徐居正的《东人诗话》。目前,中国学者对于韩国诗话整理出版最齐全的是蔡美花、赵季主编的《韩国诗话全编校注(12 册)》(北京:人民文学出版社,2012 年);之前还有邝健行的《韩国诗话探珍录》(学苑出版社,2013 年)。国内最早一篇介绍韩国诗话的期刊论文是苏晨先生的《同岑异苔——读朝鲜诗话札记》,1980 年发表于《读书》第 18 期。这篇文章列举了朝鲜各个时期的诗话著作、作者以及写作年代,由于当时相关资料缺乏,略显单薄,这在 80 年代的中国已经相当不错,可视为当代中国学者对朝鲜诗话研究的新起步。

韩国学者对于朝鲜汉诗的研究成果较为丰富。一是对朝鲜文学史的研究,主要有赵润济的《韩国文学史》(1948 年出版,1998 年由张琏瑰译为中文,社会科学文献出版社出版),赵东一的《韩国文学通史》(韩国知识产业社 1978 年出版)。这类著作关照朝鲜文学史中的全部文学体裁,因此对于朝鲜汉诗的论述只是其中的一小部分。二是对朝鲜汉文学史的研究著作,主要有金台俊的《朝鲜汉文学史》(1931 年韩国朝鲜语文学会出版,1996 年由张琏瑰译为中文,社会科学文献出版社出版)。还有李家源先生的《韩国汉文学史》

(1961年民众书馆出版,2012年由赵季、刘畅译为中文,凤凰出版社出版)。三是对朝鲜汉诗的个案研究及朝鲜诗话研究。朝鲜汉诗人的专门研究,大部分集中在著名诗人研究方面,如崔致远、李齐贤、李奎报、许兰雪轩、李晬光、李德懋、丁茶山等。

关于朝鲜诗话的刊印,最早有李氏朝鲜时代洪万宗(1643—1725)撰集的《诗话丛林》,收录朝鲜诗话24种。当代韩国汉学研究者赵钟业编有影印本《韩国诗话丛编》(十七卷,韩国太学社,1996年),并著有《韩国诗话研究》(太学社,1991年)。近年中国学者蔡美花、赵季以《韩国诗话丛编》为基础,考察了《韩国文集丛刊》和其他文论选本、作家个人文集等相关资源,删除重复的诗话23种,新增诗话30余部,编撰成《韩国诗话全编校注》,人民文学出版社2012年出版。该书校注了自高丽李仁老《破闲集》至现代李家源《玉溜山庄诗话》等朝鲜诗话136部,总计820万字。该全编收录现存朝鲜诗话著作最为完整,呈示出朝鲜诗话的历史发展脉络,为探究朝鲜诗学体系奠定了厚实的文献基础,可谓集大成之作。

近几年,国内外学者对域外汉文学的研究日益关注,韩国作为东亚汉文学的重要组成部分,基础文献资料整理出版工作做得最为扎实,成就突出,为朝鲜汉诗研究提供了较好的文献基础,于是也出现了对于朝鲜汉诗研究论文的撰写热潮。笔者认为中国汉文学研究界亟待加强的一项工作,就是对于朝韩学术界已有研究成果的更多引进,加强中国与朝韩学者的学术交流及合作研究,这样才能更有效地促进朝鲜汉诗研究的深入进行。

最后说明:本编中引用的朝鲜诗文集作品,大部分出自网络"韩国古典综合数据库"中的《韩国文集丛刊》。该数据库为韩国政府机构及民间财团共同建立的公共网络资源,向全球开放,供自由阅读及下载。在东亚汉诗文古籍资料电子化及公开化方面,当代韩国做得最好,值得中国学习。该网址为"http://db.itkc.or.kr"。因此,本编引用脚注中只标明该文集的卷数及诗歌名称,不标示具体页码。

第一章　从高丽朝到李氏朝鲜时代的汉诗继承

第一节　概　述

朝鲜半岛经过古朝鲜、三国时代、新罗、高丽等时期后，李成桂取代高丽确定新国号为朝鲜，是为李朝(1392—1910)，也称朝鲜王朝五百年，时间上相当于中国的明初到清末[①]。到了近代，李朝的高宗国王曾宣布称帝，并改国号为大韩帝国，虽然很快就被日本吞并，但也开创了“韩国”这一国号的先河。对于朝鲜古代的汉诗，韩国学者习惯称“韩国汉诗”，如著名文学史家赵润济就撰作了《韩国文学史》。但也有用“朝鲜”来指称的，比如韩国学界泰斗李家源先生就将自己1995年出版的一部文学通史著作定名为《朝鲜文学史》。本章中“朝鲜汉诗”这个名词，是指朝鲜半岛的朝鲜族诗人所创作出的汉诗，尤其指李氏朝鲜王朝时期的汉诗作品。

本编将五百年李氏朝鲜时期的汉诗发展分为三个时期。从1392年朝鲜建国到16世纪末期，是为朝鲜汉诗的第一时期，即朝鲜初期汉诗。

朝鲜朝初期，统治者为了缓和阶级矛盾，采取了一些社会改革措施。如制定科田法，不同的官阶授予不同的权利，消除土地过于集中以及减缓百姓受剥削的程度；大力推进农业改革，振兴农业；推动手工业的发展等。在政治上，统治者为巩固自己的统治地位，加强中央集权，实施严格的封建等级制度和身份制度，大力推行科举制，选拔人才，废除私兵制，并且针对边境问题采取了相应措施，同时还与明朝建立了友好合作关系，密切进行经济文化交流，为朝鲜政治经济文化的发展起到了巨大的推动作用。但是到了16世纪后，朝鲜各种社会矛盾开始激化，中央集权明显削弱，土地兼并现象变得越来越严重。两班贵族越来越放肆圈占土地，许多贫困农民失去耕地，沦为私奴，生活困苦不堪。贵族积累了大量财富，直接导致了国家收入减少。贵族封建主之间为了争夺利益，矛盾日益尖锐，逐渐形成了代表贵族官僚利益的勋旧派与代表中小地主利益的士林派，两派之间

---

① 李朝末期国王高宗，不甘心让国于日本，被迫于1907年退位，其子纯宗当了三年的傀儡。1910年日本制造“日韩合邦”，朝鲜李朝亡国。

矛盾不断激化，多次发生朝廷勋旧派屠杀士林派的流血事件，史称“士祸”。

除此之外，农民面对困苦不堪的生活，与统治阶级的尖锐矛盾冲突变得一触即发。从16世纪初至16世纪60年代，连续发生了多起农民起义，著名的是1559到1562年间的林巨正之乱，又称为“黄海道农民战争”。虽然这些起义最后都是以失败告终，但是却动摇了朝鲜王朝的统治根基。

到了16世纪60年代，朝鲜朝廷内部党派之争再次激化，掌权的士林派分裂为东人与西人，各派为了一己之利，多有徇私舞弊。李氏朝鲜朝纲混乱，国势衰微，岌岌可危。内忧也加速了外患的侵入。1592年，丰臣秀吉趁朝鲜内乱之际，率领日本武士侵入朝鲜，烧杀肆虐，史称“壬辰倭乱”。这场长达七年的倭乱以明王朝出兵征战、中朝合作胜利而告终。但是它给李氏朝鲜的社会、经济、军事带来的损失是难以估量的，明王朝也因此受到重创。因此，“壬辰倭乱”成为了李氏朝鲜时代分期，乃至东亚历史发生巨变的一道分水岭。

这一时期朝鲜的文学思想也发生了重大的转变。李氏朝鲜建国伊始，实行“斥佛扬儒”的政策，并将程朱理学奉为封建王朝的统治思想，大力宣扬，这直接影响到这一时期的汉诗文创作。随着朝鲜社会各种矛盾的出现，各种意见观点纷争，哲学思想迅速发展，这一时期涌现出了许多优秀的哲学家，如徐敬德、李滉、李珥等。他们的出现推动了性理学的快速发展，尤其是退溪李滉与栗谷李珥师徒二人，更是将朝鲜的主理之学推向极致。这也成为了朝鲜分期的重要原因之一。

随着社会与经济的迅速发展，朝鲜在发展本土文化方面也呈现繁荣之势。尤其值得一提的是“训民正音”，标志着朝鲜文字的出现。“训民正音”的出现，对朝鲜文化与国语文学的发展起到了重要的推动作用。在此基础上，出现了大量的国语歌辞、景几体歌、时调。如高丽遗民元天锡、吉再、卞季良，以及之后的李滉、丁克仁、李珥、黄真伊等都是著名的时调创作家。郑澈、申钦等是著名的国语歌辞的创作大家。

在汉语散文方面，在前代已有的基础上，稗说体散文、纪行散文、拟传体散文、国语散文、纪实散文等继续发展，题材较以前大为丰富，如稗说体散文创作，有徐居正的《太平闲话滑稽传》，成伣的《慵斋丛话》，柳梦寅的《於于野谈》等；拟传体散文有林悌的《愁城志》；纪行散文有申叔舟的《东海诸国记》，苏世让的《阳谷朝天录》等。这一时期汉文小说创作也兴起高潮。金时习的文言文小说集《金鳌新话》就是朝鲜文学史上第一部真正意义上的小说集。林悌的寓言小说《鼠狱说》、《花史》，用辛辣的讽刺，来表达对官场的不满，在文学史上有特殊的贡献。

这一时期的汉文诗流派得到了较大的发展，在诗文创作方面出现了以勋旧派为代表的辞章派与以士林派为代表的道学派。辞章派主张诗歌创作要讲究言辞文采，道学派则反对追求辞藻华丽，主张诗歌创作应该成为为政治服务的工具与手段。这一时期的汉诗创作内容有了极大的丰富，其中包括唱和酬答、风土人情、离愁别绪、借物咏怀、怀恋旧朝等。在创作阶层上也发生了很大的变化，创作群体从士大夫阶层走向民间，尤其值得注意的是出现了为数不少的女性汉诗人，如许兰雪轩、黄真伊、申师任堂、李玉峰等。

这一时期诗坛上出现了由学宋到学唐的风气转变。高丽灭亡后，李朝在最开始还是延续着高丽以来的学宋诗风，主要学习以黄庭坚、陈师道为首的江西诗派。随着李朝汉文诗的继续发展，偏重诗歌技巧的弊端开始显现。为了在汉诗创作中重振雄风，从 16 世纪中叶以后，朴淳等诗人提出了“诗学盛唐”的主张。“三唐诗人”的出现更是将朝鲜诗坛的诗风转向了效仿盛唐诗。这样的文坛风尚的转变，对李氏朝鲜的汉文诗创作走向全盛起到了重要的作用。

第二节　高丽末期愈演愈烈的隐逸现象

从高丽初期到末期，朝鲜士族中出现了愈演愈烈的归隐追求，汉诗人中也出现了越来越多的隐士群体。这种普遍的现象可以说既与中朝交流的思想文化背景相关，也离不开高丽朝政的现实动因。

首先，儒佛道思想的兼容是高丽隐逸思潮产生的内在原因。儒学大约于公元 4 世纪传入朝鲜，儒家思想虽然强调积极入世的精神，但孔子也说过“天下有道则见，无道则隐”（《论语·泰伯》）这样的话，这就为历代的儒士们设计了一个退隐的门径。当然，在儒家，个人的出仕或隐居，并不取决于自己的意志，而是以天下是否有道、时局清明与否来决定的。道学传入朝鲜时间晚于儒佛，在统一新罗和高丽时代，道教渐趋活跃。道教特别是道家学说对士人们隐逸思想的产生影响更大。冯友兰先生说道家学说实源于隐士思想，并认为庄子哲学更是集隐士思想之大成①。这一看法便说明道家与隐逸之间存在着深层的内在联系。“隐逸”对于道家思想的爱好者来说，是一种合乎自然的选择。对于天地、宇宙、自然之道的追求、体认和探索，往往是选择隐逸的一个重要动因。实际上，甚至不用等到天下无道，道家的思想就可能直接引发对隐逸的追求。佛学，本来就是出世的哲学。从三国时期传入朝鲜以后，就逐渐产生了广泛的影响，并在高丽时期成为“国教”。那时候在上层有影响的佛教宗派主要是天台宗和禅宗，而禅宗的传播在社会下层则更为广泛。道家哲学中委命随时、知足保全的思想以及禅宗“直指本心”、“明心见性”、“平常心是道”的人间化转向，都为那些寻求精神庇护的士人们找到了一条比处于山林更好的出路，那就是白居易、苏东坡所践行的“中隐”，所以我们不难理解，白居易和苏东坡成为了高丽时期诗人们心中的偶像。

儒释道思想在高丽并不互相排斥，而是互相包容的。正如元天锡在《三教一理》诗中所说：“三教宗风本不差，较非争是乱如鲑。一般是性俱无碍，何释何儒何道耶?”因此，在高丽时期的诗人们既可以是儒者，同时也可以兼信佛道。比如陶隐李崇仁，他“本之以濂洛性理之说，经史子集百氏之书，靡不贯穿。所造既深，所见益高，卓然立乎正大之域。至于浮屠老庄之言，亦莫不研究其是否。敷为文辞，高古雅洁”②。因此，儒士们既接受了儒家积极用世的精神，也接受了道家、佛家出世离俗，顺性自然的思想。另外，虽然佛教

---

① 冯友兰《中国哲学史新编·第四卷》，人民出版社，1999 年版。

② 权近《陶隐先生文集序》，见《阳村集》，《韩国文集丛刊》（标点影印本）第七辑。

被定为了国教，但儒家“君权神授，天命难为”、“礼义忠孝，立身之本”的精神依然是高丽时期的主导思想，统治阶级还是较多依靠儒家思想维护和加强其统治。特别是13世纪，安垧从燕京带回《朱子全书》，理学开始在高丽逐渐兴盛。李齐贤、李穑、郑梦周都是理学大家，且广收门徒，郑梦周更被称为“高丽理学之祖”。吉再就是他们的学生，他十八岁“就朴贲读论孟等书。覲父于京师，游牧隐、圃隐、阳村诸先生之门，始闻性理之论”[①]。

正是在这样的思想文化背景下，当社会政治环境残酷异常，诗人们对现实难以忍受而又无法反抗的时候，他们一方面自然而然地就会标榜自然，寄情山水；另一方面，儒家的用世精神又使他们不能完全隐逸，依然对现实有着强烈的关切。

其次，从时代背景上看，高丽时期政治的动乱、朝政的黑暗给那些意欲济世的士人们以极大的挫折感。先是发生了李资谦之乱和妙清之乱，接着便是武人跋扈。高丽中期，又是郑仲夫发难，大批文人惨遭屠戮，几被杀尽，从而开辟了武人专政的时代。这对文人们不仅是肉体上的摧残，更是思想上的一个巨大打击。此后百余年，文人们只得远离政坛。于是，他们走向山林，靠隐居打发时间。当时，许多文人政客组织了带有隐逸性质的群体性组织。如神宗时，崔谠、崔诜兄弟和另外七名高位重臣组织耆老会；同时，致仕的前尚书庾资谅也组织了耆老会；东庵老人组成后耆会；中庵居士大提学蔡洪铭网罗永嘉君权公等国相八人，组成耆英会；还有以李仁老、林椿为首的“海左七贤”。他们大都放浪于山水之间，极力远离尘世，啸傲山林，诗酒为生，掀起了高丽时期隐逸的第一个高峰。如林椿在《答同前书》中所言：“昔辛谧有言，不婴于祸乱者，非为避之，但冥心至趣，自与志会尔。以此知贤者之处乎庙堂也无异于山林间矣，斯乃穷理尽性之妙。”[②]

高丽末期，政治腐败，国运衰落，内有农民起义，外有契丹、蒙古的相继入侵，可谓是内忧外患。与此同时，代表新兴士族势力的武将重臣李成桂也在虎视眈眈，谋篡王位。1388年4月，高丽王辛禑派兵入侵明朝辽东。李成桂渡过鸭绿江后发觉行军困难、粮饷不济、士气低落，于是回师松京，废黜辛禑，流放老臣崔莹。之后李成桂立辛禑之子辛昌为王，旋又废，改立高丽宗室王瑶（恭让王）。此时，李成桂已经有心对高丽王取而代之。为了剪除忠于王室的势力，李成桂第五子李芳远还派刺客，在京城善竹桥刺杀了有极高声望、不肯归依李家势力的大学者郑梦周，并借机刺杀了许多其他反对派。京城内一片腥风血雨的恐怖景象，最终李成桂篡位成功。改朝换代期间这一段残酷的朝政现实与大批士人的隐逸行为亦密切相关。

从这儿，我们可以发现高丽隐逸诗人的两个特点：一是一直脱离不了“忧患的背景”，很少有真正超凡脱俗、性淡如水的真正隐士；二是明确标榜自己的隐逸情怀，即出现了众多以“隐”为号的人。《易》曰：“天地闭，贤人隐。”这么多人向世人宣布自己的“隐逸之志”，实际上正是向当权者的一种不合作的示威。从中也可窥见朝鲜汉诗人耿直倔强之精神。

综上所述，高丽时期的隐士实际上是“名隐而实不隐”，他们时刻以儒家的精神激励

① 梅轩权《遗像赞》，见《冶隐集》，《韩国文集丛刊》（标点影印本）第七辑。

② 林椿《西河集》，《韩国文集丛刊》（标点影印本）第一辑。

自己，正如李穑所言："三韩儒雅，古称多士，高风绝响，代不乏人，鲜有以隐自号者。出而仕其志也，是以羞称之耶；隐而居其常也，是以不自表耶。"所以他责问李崇仁："子安氏卓然勇往之时，而以隐自名可乎？"(《陶隐斋记》)他对郑圃隐也说"圣人之志，未尝忘天下"，"圣人虽自道吾少也贱，故多能鄙事，然委吏乘田，皆在官者也。在其官，则尽其职。尽其职者，非独圣人为然，凡为君子者之所共由也。沮溺耦耕之对不公矣。夫子责之曰：鸟兽不可与同群，则圣人之志在天下，可谓至矣"。进而他评价郑梦周的号"圃隐"时说："井田之法，二亩半在田，圃之所由始也。但未知其时亦有隐乎无也。巢许隐矣，食不可一日无也，其为农圃也可知矣。今达可隐于圃，而立于朝，以斯道自任，抗颜为学者师。非其真隐也，明矣。将与牧者陶者而伯仲乎？"(《圃隐斋记》)权近为《泽隐诗集》作序时，这样来阐述他对"泽隐"的理解："吾闻浮屠氏潜身山野，不求闻达，而其功必欲利物济生，普洽人天。其以隐自号者，盖欲自处于卑下之地，推利于无边也欤？"[1]他的解释显然还是把"泽隐"的"隐"当作"不隐"来看待的。

隐，而又不隐，有时会带来思想上的矛盾。吉再在《山家序》中说："夫幼儿学之，壮而行之，古之道也。是以古今之人，莫不有学焉。若夫高蹈远引，洁身乱伦，岂君子之所欲哉？然世既有人，则有如颜子陋巷自乐者焉，时有不合，则有如太公隐处海滨者焉。然则其钓其耕，讵敢讥哉？"这段话看似在为隐逸辩解，然而究竟如何协调好"隐"与"不隐"，却实在是难以操作。同样，林椿在诗中，一面说"因思卜小隐，将买田一顷"(《崔文胤将卜居湍州》)，"小隐林泉送几年，道心聊学葆丘缘"(《次韵赠李上人觉天》)，"隐几静观齐物论，闭门方著绝交书"(《喜闵元拔见访》)；一面又说："力排庄周逐诸子，笑骂只合黄筐簏。济时及物为吾志，肯于云卧甘芝耕？"(《次韵李相国见赠长句二首》)"而我心不羁，矫翼望寥廓。"(《九月五日与友人游龙兴寺海云房，确师求诗，分韵得阁字》)诗人内在的矛盾显露无遗。隐，还是不隐，对处于高丽乱世的诗人们来说，这确实是一个难以抉择的两难问题。

第三节　高丽后期的隐逸诗人

追求隐逸在朝鲜诗人中有着悠久传统，新罗时代的崔致远、金可记等都是载诸史册的隐逸诗人。然而，由于特殊的政治及文化原因，在高丽四百多年间，隐逸诗人的数量远远超过了以前，并且出现了带有团体性质的隐逸诗人群体，这对高丽时期的文学发展产生了很大的影响。

高丽早期的隐逸诗人以郑知常为代表。郑知常(？—1135)，为人性情豪放，豁达洒脱，他对儒家的繁文缛节比较反感，崇尚老庄的自然旷达、超尘脱俗，因而为权势所不容。其思想中遁世避俗、隐逸无为的意识比较强烈，他所追慕的乃是"红尘万事不可到，幽人独得长年闲"(《开圣寺》)的隐逸生活。其诗中多有亲近自然、清新雅淡的诗篇，如"地应

① 权近《书泽隐诗卷后序》，见《阳村集》，《韩国文集丛刊》(标点影印本)第七辑。

碧落不多远，僧与白云相对闲”（《题登高寺》），“浮云流水客到寺，红叶苍台僧闭门”（《题苏来寺》）等。

高丽中期，出现了很多带有隐逸性质的文人团体，如耆英会、后耆会等，其中以“海左七贤”最为著名。他们在一起啸游山林，饮酒作诗，影响很大。“海左七贤”是一个效仿中国“竹林七贤”的诗人群体，以李仁老、林椿为首，成员包括吴世才、皇甫抗、咸淳、李湛之、赵通等。七人当中，除了李仁老、赵通仕途通畅外，其余的都是一生沉沦于社会下层。

李仁老（1152—1220），字眉叟，是“海左七贤”的领袖，一生仕途基本平坦，但在武臣执政期间，他壮志难酬，且不得不出入于显宦崔忠宪父子之门，其内心十分痛苦。他羡慕陶渊明、严子陵的隐逸生活，并把自己的居处命名为“卧陶轩”。他还模仿陶渊明的《桃花源记》撰写了《青鹤洞记》，文中的青鹤洞就是古代“遁世者”隐居过的“世外桃源”，《记》中所附诗歌《游智异山》曰：“头流山回暮云低，万壑千岩似会稽。策杖欲寻青鹤洞，隔林空听白猿啼。楼台缥缈三山远，苔藓微茫四字题。试问仙源何处是，落花流水使人迷。”这首诗可以说是眉叟渴慕遁世生活的真实写照。其所赋诗篇往往闲远疏淡，清新朴素，如“一棹去时知客兴，孤烟起处认山家。闭门高卧无人到，留得铜钱入画叉”（《雪，用东坡韵》）；“春去花犹在，天晴谷自阴。杜鹃啼白昼，始觉卜居深”（《山居》）；“千古仙游远，苍苍独有松。但余泉底月，仿佛想形容”（《寒松亭》）。

林椿（1147—1197），被李仁老称为“诗友”。郑仲夫作乱时，他全家遭难，仅自己逃脱。后来科场一直不得意，一生穷困潦倒。和李仁老相比，他是真正的流落山林、布衣一生的隐士。其诗中多自然景观的描写，且观察细致入微，体验深刻，如：“青山影里两三家，垂柳阴中千万户。日暮郊原牛马归，春色洲渚凫鹭浴。”（《岭南楼诗》）更为重要的是，他的诗中多了一些对田园生活的描写，如：“田家椹熟麦将稠，绿树初闻黄栗留。似识洛阳花下客，殷勤百啭未曾休。”（《闻莺》）

高丽末期，可谓达到朝鲜隐逸诗的高峰。这一时期出现了很多以“隐”自号的诗人，虽然不能简单说以“隐”为号就是真隐士，但至少从其取号上可以看出个人的志趣，即这个时期有相当多的汉诗人确实把“隐逸”当作了人生的理想。中国古代有所谓“大隐隐于朝，中隐隐于市”的说法，对朝鲜汉诗坛同样可以如此说，一些有着隐逸思想却又并未归隐山林的人，依然可以称之为隐逸诗人。其中有文集流传的诗人有牧隐（李穑）、冶隐（吉再）、圃隐（郑梦周）、野隐（田禄生）、松隐（朴翊）、陶隐（李崇仁）、农隐（崔瀣）、遁村（李集）；无文集流传但是有名可考的诗人有晚隐（洪载）、休隐（李锡周）、桐隐（李在弘）、成隐（金大润）、樵隐（李仁复）、桃隐（朴文彬）、筑隐（宋文贵）、耕隐（田祖生）、耒隐（田贵生）、郊隐（郑以吾）、渔隐（廉东亭、闵霁）、泽隐（曹溪然公）、丽隐亭（李思之）、醇隐（申德隣）、碧隐（柳珣）；真名不可考的有海隐①、东隐②、隐庵③等。至于元天锡、郑枢、卓光茂等人，

① 金九容《惕若斋学吟集》中有《绝句六首寄呈海隐先生》一诗，见《韩国文集丛刊》（标点影印本）第六辑。

② 李集《遁村杂咏》中有《访东隐不遇》一诗，见《韩国文集丛刊》（标点影印本）第三辑。

③ 成石磷《独谷集》中有《隐庵归金刚山，戏书数语为别》一诗，见《韩国文集丛刊》（标点影印本）第六辑。

虽不以“隐”自号，但也是当时知名的隐士。此外，当时所谓“七十二贤”者，大都是遁世之人。《杜门洞七十二贤录》题注中这样写道：“丽末，忠臣立节死义者多，其余则杜门屏迹于当世。或不仕自靖者，通称杜门洞七十二人。”[①]其中便包括郑梦周、李存吾、郑枢、吉再、元天锡、李穑、李行等。在短暂的一个时期内，竟然出现这么多隐逸之士，确实是蔚为大观，在整个东亚汉文学史上也属罕见。

其中，主要的隐逸诗人有如下几位：

牧隐李穑(1328—1396)，是丽末文学大家。他十四岁成均试及第，后随其父李穀赴元朝，就学太学。高丽恭愍王二年应试元朝科举，中第二甲第二名，不久被任命为翰林文学承侍郎，同知制诰兼国史院编修官。回国以后任高丽政府要职。但他晚年曾流放于清州、衿州、骊州等地，渐生潜游山林之心。他说：“今则明良遭逢，都俞吁咈，鱼川泳而鸟云飞也。流示之爵禄而盐其利，是以于焉者皆山林之秀也，而吾老矣，犹之可也。”“近世崔拙翁自号曰农隐，星山李侍中自号曰樵隐，潭阳田政堂自号曰野隐，予则隐于牧，今又得侍中族子子安氏焉，盖陶乎隐者也。”(《陶隐斋记》)[②]

圃隐郑梦周(1337—1392)，十四岁中进士，二十四岁文科及第。曾奉旨出使日本、辽东、南京，恭让王三年出任宰相。他“擢状元而擅文苑之英华，续道绪于濂洛之源，引诸生于诗书之囿”(《圃隐斋记》)[③]，但面对走向末路的高丽王朝，他也只能扼腕长叹。他说：“折柳樊圃，则因晨夜之限，通乎天道之有常。十月筑圃，则因寒暑之运，而知民事之有序。民事治于下，天道顺于上，学问之极功，圣人之能事毕矣。吾舍此何适哉。”“于是，以圃隐名其斋。”(《圃隐斋记》)[④]

松隐朴翊(1332—1398)，是丽末理学大家。吉再评他说：“扶植纲常，特立千载。猗欤德容，理学之宗。高尚之士，桐江之类。清静之节，浔阳之士。”(《画像赞》)[⑤]但由于不满现实，所以松隐一直潜心山林，过着一种逍遥自适的生活。“闻见先天事，荣名辱世间。莫言心内思，不似早还山”(《赠郑圃隐》)，这是他的心态；而“天地光阴朝暎日，江湖消息夕寻盟。傍人莫问兴亡事，游水游山足一生”(《咏怀》)，则是他生活的写照。其隐逸诗篇大多萧散冲淡，如他描述自己隐居生活的诗篇《赠圃隐》这样写道：“来放松溪隐士家，夕阳门掩落花多。樽前问我悠闲意，簾外青山半面斜。”

陶隐李崇仁(1347—1392)，少有文名，牧隐李穑在《陶隐斋记》中说：“子安氏年十六，以辞赋中科，辞气老成。”(注：子安氏，即李崇仁)高丽王廷选拔赴京师应试士子，李崇仁为首选。他仕途坎坷，屡遭贬谪。晚年以郑梦周余党之罪被流放，后遭杀害。

冶隐吉再(1353—1419)，面对衰世，无意进取。十六岁即有《述志》诗：“临溪茅屋独闲居，月白风清兴有余。外客不来山鸟语，移床竹坞卧看书。”后来，他毅然放弃高丽成均馆博士之职，潜心从事教育工作。李朝建国，以太常博士职招其来京，他也拒不就任。在《山家序》中，他描述了自己惬然自得的隐逸生活：“俗客不止，尘事未听，伴我者山僧也，

① 《骑牛集》卷二，见《韩国文集丛刊》(标点影印本)第七辑。

②③④ 见《牧隐稿》，《韩国文集丛刊》(标点影印本)第三辑。

⑤ 见《冶隐集》，《韩国文集丛刊》(标点影印本)第七辑。

识我者江鸟也。忘名利之荣劳，任太守之存亡。慵则昼眠，乐则吟哦。但见日月之往来，川流之不息。有朋访我，则扫尘榻一代之；庸流扣门，则有下床而接之。”吉再，作为高洁潇洒的隐士，得到了后人由衷的钦佩。“千载钓台风，再使激东韩”(《过先生门》)，这是退溪李滉对他的赞美。李荇也说：“巢父洗耳卧，尧德如天大。武王一戎衣，伯夷歌采薇。世固有如此，昔闻今世稀。卓哉吉门下，皎皎尚余辉。”(《过金乌山》)

此外，还有一些诗人也值得注意：

李集，字浩然。为避辛吨之祸曾偕其父避于永州，辛吨被诛后，才回朝做官，但都是小官。他与“三隐”(牧隐、圃隐、陶隐)交往密切，常有唱酬之作。

卓光茂，崇尚道学，其号曰景濂，即表示景慕濂溪爱莲的雅趣。他的《景濂亭》诗曰：“懒向人间强作颜，水亭终日对青山。吾家嗜好与时好，此地幽情非世间。风月无私随处足，乾坤大度放予闲。逍遥自适忘机里，卧看长空倦鸟还。”颇有渊明之意。

郑枢，是雪谷郑誧的儿子，他的《月夜集句，寄呈岩遁，以叙再招不来之意》写道：“千首诗轻万户侯，一声长啸海山秋。凭高目断无消息，好月那堪独上楼。”四句诗分别暗借杜牧、吕洞宾、姚鹄、谭用之典故来表明自己的隐逸之情。

李行，号骑牛子。与郑圃隐志同道合。“相与明正学，斥佛教”，赵英珪杀死郑圃隐后，李行曾极力上书指认赵为凶手。丽朝亡后，“遁迹海滨，常骑牛游于山水间”[①]。

耘谷元天锡也是丽末一位著名隐士。李朝文人朴东亮在《诗史序》中说：“元天锡在丽末隐居著书……逮我朝，闭门终身，其清风峻节，直可与圃冶诸公相伯仲。”[②]

第四节　高丽隐逸诗的特色表现

“思无邪一句，千载素王功”[③]，儒家诗学思想是高丽隐逸诗人创作和评价诗歌的主要标准，但其实诗作内容非常丰富，在艺术创新上也有所突破。概而言之，主要有以下几个方面：

其一，传统的关注现实，注重写实之作。

如前所述，高丽时期的隐逸诗人不能做到完全超然世外，他们虽然隐逸山林，却依然关注现实，并且奋笔直书，写出了很多具有强烈现实主义精神的诗篇。如丽末隐士元天锡，“见高丽政衰，遁迹于稚岳山中”[④]，但却并不能做到超然世外。正如朴东亮在《诗史序》中所说：“牧隐圃隐其终为文天祥陆秀夫之徒，而茹芝餐菊亦岂公之所欲自托者哉?”[⑤]所以元天锡“隐著诗与文，文则史也，可以继紫阳笔……李退溪曰：耘谷诗，史也。诗以史则传于后无疑”[⑥]。元天锡正是以这样的方式来解决他“隐而不隐”的矛盾。也正因此，许

① 许川《骑牛先生文集序》，见《骑牛集》，《韩国文集丛刊》(标点影印本)第七辑。

② 元天锡《耘谷行录》，《韩国文集丛刊》(标点影印本)第六辑。

③ 李穑《读诗》，见《牧隐稿》，《韩国文集丛刊》(标点影印本)第三辑。

④ 郑庄《耘谷先生文集序》，见《耘谷行录》，《韩国文集丛刊》(标点影印本)第六辑。

⑤⑥ 见《耘谷行录》，《韩国文集丛刊》(标点影印本)第六辑。

多隐逸诗人都写出了很多关切现实的诗篇。

一部分是反映爱民思想的。如农隐崔瀣在《三月二十三日雨》诗中，以“万民落饥坎”、“道路多饿殍”反映出了当时农村凋敝的景象。牧隐李穑的《蚕妇》对劳动妇女表现出了深切的关怀。元天锡的《过杨口邑》写出了权贵豪门巧取豪夺、大量兼并土地、导致大批农民逃亡的惨状。诗云：“破屋鸟相呼，民逃吏亦无。每年加弊瘼，何日得欢娱。田属权豪宅，门连暴虐徒。孑遗殊可惜，辛苦竟何辜？”郊隐郑以吾《次茂丰县壁上韵》中反映的同样也是掠夺农民土地造成的极不合理的现象：“立锥地尽入侯家，只有溪山属县多。童稚不知军国事，穿云互答采樵歌。”郑枢的《污吏》则揭示了农村由于横征暴敛导致十室九空的惨状：“城中乌飞啼，城下污吏集。府牒暮夜下，岂辞行路湿。穷民相歌哭，子夜诛求急。旧时千丁县，今朝十室邑。君阍虎豹守，此言无由入。白驹在空谷，何以得维系。”还有一部分是反映忠君爱国思想的，如李穑的《高歌》：“独吟又高歌，心中血如何？皇天与后地，至死矢靡他。外患似冰雪，消之将奈何。春风方将至，白日如飞梭。哀哀君子心，有泪双滂沱。”表现了诗人因为国家遭遇到外患而忧心忡忡。郑枢《闻倭寇破江华郡，达旦不寐，作蛙夜鸣以叙怀》描述了倭寇进犯时的无奈，“腐儒空有泪，无力能经营”，衷心希望“安得有手斡天运，坐使群龙洗甲兵”，爱国之情溢于言表。圃隐郑梦周的《奉使日本》和《旅寓》是高丽爱国诗篇中的杰作。元天锡的《挽崔将军莹》以“赫然功业终归朽，确尔忠诚死不灰”，对忠君爱国思想作了歌颂。

其二，发扬隐逸诗传统，注入朝鲜情怀。

一般而言，源于汉末魏晋时代的隐逸诗，其旨趣在表达诗人厌倦浮嚣的世俗生活、向往素朴自然的山林生活，从而反映出诗人内心对自由适性的追求，高丽时期的隐逸诗当然也不例外。这一时期的隐逸诗，主要是通过描写山水田园，体现自己超然物外、洒脱人生的志趣。诗人们更进一步地亲近了大自然和乡村生活，借山水园林的清幽、恬适、温馨来反衬世俗官场的污浊、险恶和冷酷，从而表明他们的归隐之意。

高丽朝隐逸诗有以下几个特点值得注意：

首先是喜欢借用中国传统诗歌的意象，来表现自己的隐逸情怀。在中国表现隐逸之情的山水田园诗歌中，用得较多的便是“渔夫”以及由此而派生出来钓翁、钓台、严子陵和沙鸥、白鹭等意象。在中国文化中，渔父是一个超然世外的隐者形象，诗人们赋予渔父意象以参破人生、超脱旷达、恬淡自适的文化内涵，使其定格为隐逸的象征。同样，高丽诗人们也借用了这样的意象来表现自己的隐逸之情。比如：

临风小笛归秋浦，带雨寒蓑向晚汀。
应笑世人多好事，几回将我画为屏。

林椿《渔父》

渔翁归去一竹竿，鹤汀凫渚知几曲。

林椿《题湛之家王可训家春景山水图》

君不见严陵尚傲刘文叔，七里滩头一竹竿。

李仁老《续行路难》

共约春游不点头，一竿还钓碧江流。

金九容《送李存吾正言》

病客唯知守一区，世间荣辱等云浮。
晚来江海风波恶，何处深湾系钓舟。

李集《寄圃隐》

千载斯文久寂寥，一生行止乐渔樵。

金九容《醉题》

忘机故友今安在，白发竿头白鸟闲。

朴翊《解官还乡》

境幽多老木，山密挂斜晖。
何日寻高隐，相携过钓矶。

李穑《寄李同年》

江头箬柳系渔舟，日暮沧波滚滚流。

金九容《呈渔隐先生东亭相公》

玩世肯为中散锻，韬光正似子陵渔。

成石磷诗，见《冶隐集》

同样，沙鸥也经常被高丽诗人用来表达脱俗出尘的潇洒、自洁和清高。比如：

清啸长歌即胜游，瓦盆浊酒家家有。
机心消尽狭沙鸥，从此江头日典裘。

李崇仁《西江即事》

照我天有月，伴我有沙鸥。
济川固所愿，敢学宣尼桴。

李穑《有感》

海上归来鬓三毛，沙鸥身世共飘飘。

郑梦周《访密阳两朴先生》

总的来看，高丽朝时代的汉诗人用得比较多的意象还有陶渊明以及由此派生出来的菊花、酒、琴、《归去来辞》等意象。这些意象都因陶渊明而成了品质高洁、超凡脱俗的代名词。所以，高丽时期的隐逸诗人写了大量的以陶渊明及其相关物品为对象的“咏陶诗”。如：

百年钟鼎一鸿毛，早赋归来我爱陶。

元天锡《读陶元亮归去来辞》

归去来兮适所求，琴书之乐实消忧。

元天锡《节归去来辞》

林静鸟声尽，因思陶靖节。
潭空天影闲，篱下见南山。

李崇仁《谢人惠石榴》

渊明独爱菊，寄兴最清幽。
白酒秋初熟，黄花手自浮。

成石磷《种松竹菊三绝》

鲜鲜霜菊慰幽怀，一日东篱绕几回。
既与老夫俱隐逸，天寒古寺亦能开。

李集《道美寺晚菊》

陶然是真隐，何必赋归欤。

李穑《幽居》

牧隐李穑写过多首与陶渊明有关的诗篇，如《渊明》、《归来篇》、《读归去来辞》等。他还曾写过多首《咏菊》诗，另有《种菊三首》，每首第一句分别是“种菊添我清”，“种菊添我幽”，“种菊添我逸”，足见其对于陶渊明人品的崇拜及风度的向往。

高丽隐逸诗的第二个特点，是喜欢通过写佛僧与佛寺来表现诗人的隐逸之情。高丽朝是佛教盛行的时代，一般的文人都喜爱接触佛教。比如牧隐、圃隐都是笃信佛教，从他们为僧人所写的众多碑铭上就可以看得出。其他如元天锡“多与山人释子所尝往来酬唱”（朴东亮《诗史序》）；“陶隐先生独爱僧，天台长老好师朋”（李集《寄天台圆长老》）；牧隐李穑“诗虽本经史，法度森严，而亦复纵横出入于孟庄佛老之书，以致稗官小说，博采不遗”（徐居正《牧隐诗精选序》，见《牧隐稿》）。

文人与释门交游往往只在求得精神上的超脱，而非全身心地求彼岸的皈依，其亲近僧人、喜游佛寺，经常是倾心于释门胜地清静适意的生活情趣。寺院清幽之地，与纷扰喧嚣的世俗相比，确实为清静圣地。而僧人居于山林，屏绝俗务，在行为上又无异于隐士。因此佛教对山林的选择契合了中国传统的隐逸形式，自然吸引礼佛慕禅的人群奔趋山林。同样，在诗人们描写与佛教相关的诗篇时，也经常自然而然地流露出自己追求隐逸的情怀。如：

万壑千岩独杖藜，问禅时得到曹溪。
洞中地寂烟霞古，尘外心虚物我齐。

况有高人迎倒屐，更惊佳论妙挥犀。
直饶名利终归去，依约青山共卜栖。

林椿《游法住寺，赠存古上人》

山寺归来兴转幽，钟声碧树白云秋。
谁知趺坐高吟处，却胜僧窗得自由。

李穑《七月十五日》

宁越胡为记忆频，山深是处可安身。
他时乞得鱼符去，会向松丫访上人。

郑梦周《寄僧》

其三，促进了高丽后期"清新淡雅"诗风的形成。

与后来的李王朝相比，高丽时代汉诗文创作的整体风格可以说是"词丽气富而体格生疏"[①]。然而，下面一些诗坛现象也值得注意：一是高丽时期刊行了《柳河东集》；二是白居易文章传入高丽[②]；三是苏东坡成为高丽士人争相学习的对象。柳宗元的诗歌风格是简洁淡美；白居易的诗歌，特别是闲适诗的风格则是质朴自然；宋代诗学自梅尧臣、欧阳修等人反对西昆体、元白体之后，渐渐形成了一种新的诗学趣味，即梅尧臣的"平淡"、"含蓄"和苏东坡的"外枯中膏"、"枯澹"。仿学这种诗学审美传统，就使高丽诗风逐渐由"词丽气富"向"词清气爽"转变。

此时，隐逸诗群创作的大量山水田园诗以及表现佛道内容的诗篇，则更进一步把高丽汉诗的风格引向清新冲淡、雅洁脱俗的境地。这样，自高丽中叶以后，诗坛逐渐兴起了追求清淡风格的审美趋向。下面这些诗论便透露出这一消息：

(郑知常)语韵清华，句格豪迈，读之使烦襟昏眼，洒然醒悟，但雄浑巨作乏耳。
(李仁老)飘逸出尘。

崔滋《补闲集》[③]

(林椿)一支丹桂虽芬芳，百首清诗合有声。英魂如今和处在，儿童尤解识君名。

李奎报《读林椿诗》

金贞肃公良镜，凡使字必欲清新，故每出一篇，动惊时俗。……金翰林克己，属词清旷，言多益富。……陈补阙华，清雄华靡，变态百出。此皆一时宗匠也。

崔滋《补闲集》[④]

---

① 见徐居正《四佳集》，转引自金台俊《朝鲜汉文学史》第40页，社会科学文献出版社，1996年版。
② 据《新唐书・白居易传》载："白居易于文章精切……鸡林行贾售其国相，率篇易一金。"
③ 转引自金台俊《朝鲜汉文学史》第40页，社会科学文献出版社，1996年版。
④ 转引自赵润济《韩国文学史》第110页，社会科学文献出版社，1998年版。

陈正言(注:即陈华)咏柳云:"凤城西畔万条金,勾引春酬酢暝阴。无限风光吹不断,惹烟和雨到秋深。"清致流利。

李齐贤《栎翁稗说》[1]

(陈华)其为诗情华雄迈,变态溢媚。巨构长篇,蕴籍赡畅。漫味短韵,丰神警绝。

李英裕评李华,见《梅湖遗稿》

雪谷(注:郑誧)之诗清而不苦,丽而不淫,辞气雅远,不肯道俗下一字。就其得意……置之唐姚薛诸公间不愧也。

李穑《雪谷诗稿序》

陶隐(注:即李崇仁)诗语,既洒落而无一点尘。

李穑《书陶隐诗稿后》

及庵闵先生(注:即闵思平)诗,造语平淡,而用意精深。

李穑《题惕若斋学吟后》

及读及庵之诗,盖信先生诗似淡而非浅,似丽而非靡。措意良远,愈读愈有味,其亦超然妙悟之流欤?

李穑《及庵诗集序》

公(注:指郑枢)以忠厚笃实之资、精神博洽之学早峙词垣,学问大振……气雅而词赡,清高而嘹亮。

权近《集序》

吾东方牧隐先生,质粹而气清,学博而理明,所存妙契于至精,所养能配于至大,故其发而措诸文辞者,优游而有余,浑厚而无呀。

权近《牧隐先生文集序》

盖野隐深得琴中旨趣,诗语清越秀吉。

《梦轩笔谈》,见李集《遁村杂咏》

君诗淡如水,微风生沦漪。公余佳山水,有句皆清奇。

李穑《寄鸡林田判官》

---

① 转引自《韦旭升文集》第三卷第192页,中央编译出版社,2000年版。

其四，促进了朝鲜国语诗歌的产生。

要让朝鲜国语进入诗歌，特别是进入文人的视野，就需要一个让两者结合的契机。高丽中晚期，这样的契机终于来临。国家不幸诗家幸，那些被社会政治势力排挤在权力阶层之外，生命朝不保夕的汉诗人，隐遁山林，寄情山水，终于有了接触平时他们根本看不上眼的乡土歌谣的机会，并且也可以放下架子去亲自参与创作了。通过与朝鲜民间文学的接触和参与民歌创作，他们又进一步发现本民族的民歌词调便于吟诵，利口利心，更方便于抒发愁闷压抑的心情，于是朝鲜国语诗歌的创作在汉诗人的加入之后开始兴盛起来。

在朝鲜，国语诗歌中的"景几体歌"诞生于13世纪，"时调"诞生于14世纪，刚好都是在高丽中叶以后诞生的。这绝不是偶然的现象，它与政治、社会、文化的发展有关，也与当时的隐逸风气有关。景几体歌，兴于武臣当权时期。当时不少文人因为政治的迫害而不得不远离朝政，寄兴山水。他们处于一种被边缘的状态，这为他们利用平时看不上眼的"国语"来创作一些"下里巴人"的作品铺平了道路。相应的，他们在"景几体歌"中所表现的也大多是消沉隐逸的情绪。

朝鲜时调真正形成在高丽末叶[①]。时调本身是一种很适合自由抒发情感的诗歌形式。李滉说："凡有感于性情绪，每发于诗。然今之诗异于古之诗，可咏而不可歌也。如欲歌之，必缀以俚俗之语，盖因俗音节所不得不然也。"[②]显然已经认识到国语进入汉诗创作领域的必然性。丽末文人，失落于政治，寄兴于山林，隐逸成风。时调由于切合了这个时期文人的生活情调和精神需要，经过他们的创造与发挥，终于大放异彩。丽末很多隐逸诗人都创作了时调作品，如郑梦周、李穑、元天锡、吉再等，他们把隐逸诗创作的一些意象、主题、手法也灵活运用进了时调，从而为李朝时调的成熟和兴盛奠定了基础。

---

① 参见赵润济《韩国文学史》110页，社会科学文献出版社，1998年版。

② 转引自《韦旭升文集》第一卷第173页，中央编译出版社，2000年版。

第二章　朝鲜李朝初期汉诗

第一节　朝鲜李朝初期汉诗

一、李朝初期汉诗概述

李氏朝鲜王朝初期的汉诗发展趋势，继承了高丽末期汉诗创作的惯性，基本上还是属于士大夫阶层的汉诗范畴。这一时期出现了大量优秀的汉诗人，如前朝诗人权近、郑道传、尹绍宗、河仑、李詹、卞季良等；诗中四杰成俔、朴详、申光汉、黄廷彧；海东江西派的代表诗人徐居正、李荇、朴訚；性理学派的代表诗人徐敬德、李彦迪、李滉、曹植等；三唐诗人白光勋、崔庆昌、李达；许氏家族的多位诗人，如许筠、许筬、许葑、许兰雪轩等。

对于这一时期的汉诗人，评论家们给予的评价各不相同，许筠曾说过：

> 建国初，三峰阳村独擅其名，文章至是，始可称达，追逐炳烺，足曰丕变。而中兴之功，文婧为矩焉。中间金文简得圃、阳之绪，人谓大家，只恨文窍之透不高。其后容斋相诗入神，申、郑亦膛乎其后，苏相又力振之。兹数公使生中国，则讵尽下于康、李二公乎？[①]

可见，前朝诗人郑道传、权近在当时也是文名远播，且以学苏黄为主。这也正是朝鲜立国伊始的诗学理念。朝鲜李朝中期的汉诗人南龙翼（1628—1692）也对这一时期的汉诗人进行了更加生动的评价：

> 本朝之尤者，如郑三峰道传之凌厉，姜通亭淮伯之开烨，李双梅詹之荣茂，卞春亭季良之练达，徐四佳居正之胆大，李三滩承召之妥适，姜晋山希孟之苍老，金佔毕宗直之劲杰，金梅月时习之神邈，南秋江孝温之激烈，李忘轩胄之高华，郑虚庵希良之炯邃，李容斋荇之圆浑，朴讷齐祥之感慨……李退溪滉之纯静，卢苏斋守慎之渊

---

① 许筠《惺所覆瓿稿·卷十·文部七·答李生书》。

宏，朴思庵淳之艳洁，李栗谷珥之通明……许荷谷葑之超敏，林白湖悌之爽快，崔孤竹庆昌之清淑，白玉峰光勋之瘦朗，李荪谷达之孤绝，崔简易岦之沉健，李月沙廷龟之和达，申象村钦之粹润，李五峰好闵之颖锐，李芝峰晬光之温淡，车五山天辂之轰浩……李泽堂植之精紧，李白洲明汉之豪逸，各臻其极。而至于格调之卓迈，当以朴挹翠訚为主；情境之谐和，当以权石洲韠为宗；体制之奇拔，当以郑东溟斗卿为冠。[①]

成伣在《慵斋丛话》中评论道：

阳村（权近）、春亭（卞季良）虽秉文柄，不能集牧隐，而春亭尤卑弱。世宗始设集贤殿，延文学之士。有如申高灵、崔宁城、李延城、朴仁叟、成谨甫、留太初、李伯高、何仲章皆擅名一时。谨甫文澜豪纵而短于诗，仲章（纬地）长于对策疏章而不知诗，太初天才夙成而其览不博，伯高清颖英发而诗亦清绝。而侪辈皆推朴仁叟为集大成，谓其经术文章笔法具善也，但因被诛，其著作不显于世。宁城（崔恒）精于四六，延城（李石亨）能为科举之文，而惟高灵文章道德，一代尊仰。[②]

除此之外，金锡胄在《玄湖琐谈》中对这一时期的各位汉诗人做了“八字评语”，如：

四佳徐居正，峨眉积雪，阆风蒸霞……挹翠轩朴訚，金汤古险，山海雄关；容斋李荇，夜游金谷，春燕玉楼……孤竹崔庆昌，金阙晓钟，玉阶仙仗；玉峰白光勋，寒蝉乍鸣，疏林早秋；荪谷李达，秋水芙蓉，倚风自笑。……[③]

字字珠玑，将每一位诗人的文学创作风格，甚至个人品行都形象地描绘了出来。虽几位评论家对各位诗人的看法不尽相同，但是依然可以看出来，朝鲜初期的汉诗人也是蔚为大观。本节将主要对个别诗人进行介绍，其他诗人将会在下面章节中逐一论述。

前朝遗民诗人

郑道传

郑道传（？—1398），字宗之，号三峰，高丽恭愍王时期登第，任调忠州司录。辛禑初年，北元使臣来朝，道传、崇仁、权近等大臣上书拒接来使，因此遭遇了十年贬谪。高丽灭亡后，郑道传转而投靠新朝，与相交多年的“三隐”[④]师友分道扬镳。三峰一路高升，官至领相。李朝太祖末年，三峰欲拥立皇子李芳硕未果，后被太宗李芳远诛杀。

郑道传为人理智、冷静，是一位优秀的政治家，但同时还是一位做事狠辣、嫉妒心很重的人。三峰师从牧隐，与圃隐、陶隐师出同门，但是几人的汉诗文创作才华各有短长。徐居正在《东人诗话》中提到：

李陶隐、郑三峰，齐名一时。李清新高古，而乏雄浑；郑豪逸奔放，而少锻炼。互

① 南龙翼《壶谷诗话》。
② 成伣《慵斋丛话》。
③ 金锡胄《玄湖琐谈》。
④ “三隐”是指李穑、李崇仁、郑梦周。

有上下。然牧老每尝题评，先李而后郑。一日牧隐见陶隐《呜呼岛》诗，极口称誉。间数日，三峰亦作《呜呼岛》诗，谒牧老曰："偶得此诗于古人诗稿中。"牧隐曰："此真佳作，然君辈亦裕为之，至如陶隐诗不多得也。"后三峰当国，牧隐屡遭颠踬，仅免其死。陶隐终蹈其祸。论者以谓："未必非《呜呼岛》诗为之祟也。"①

但这只是一家之言，真假未知。除此之外，三峰还是高丽末期斥佛运动的倡导者之一。高丽末期，佛教作为高丽的国教逐步走向衰靡，再加上儒学势力日益壮大，佛教被大批的儒学追崇者所排斥，李穑、郑梦周等大臣曾多次进谏上书，三峰也明确地提出"事神事佛，无利而有害"。

三峰留有著作《三峰集》十四卷，其中汉文诗共218篇。三峰的汉诗内容主要是交游唱和和写景抒情，他多次出使中国和日本，留下了很多的汉诗创作。权近如此评价他的文学创作：

本于身心性命之德，明于父子君臣之伦。大而天地日月，微而鸟兽草木。理无不到，言无不精。王国辞命之文，典雅得体。古律之作，袭魏晋、追盛唐，而理趣出乎雅颂，质而理，温而淡，诚无愧乎古人。乐府小序，删繁乱、削淫僻，唯感发性情之正是录。呜呼，先生之文皆有补于名教，非空言比也，是其与道并流后世而不朽无疑矣。虽生下国，不得施其文于皇朝盛世之典。尝奉使朝于京师，浮辽海过齐鲁。诗文之作，皆为中国文士所嘉赏，是能以文鸣于一方。②

在此举三两例稍作分析，如三峰的五言古诗《梦陶隐自言，常渡海，装任为水所濡，盖有憔悴之色焉》：

故人在万里，夜梦或见之。
草草劳苦色，琐琐羁旅姿。
虽谓别离久，宛似平生时。
淮海足波浪，道途多崄崎。
君今无羽翼，何以忽在兹。
梦觉倍凄恻，不觉双泪滋。③

这首五古是写在陶隐去世之后，一日三峰夜梦陶隐处境凄惨，遂作此诗，以寄思念之情。再如七绝《送李浩然赴镇边幕》：

十万貔貅气势狞，从容谈笑一书生。
遥知櫢罢高台卧，苍海无风月正明。④

整首诗歌气势豪迈，将李浩然这一人物面对危险从容不迫的气度以及风清月朗的形象很

① 徐居正《东人诗话·卷上》。
② 郑道传《三峰集·序·权近》，出自网络版《韩国文集丛刊》：http://db.itkc.or.kr.
③ 郑道传《三峰集·卷一·五言古诗》。
④ 郑道传《三峰集·卷二·七言绝句》。

好地表现了出来。总之,郑道传历经两朝,官至宰相,风云一时。虽后来学者对其褒贬不一,但是他在朝鲜汉文学史上的重要地位是不可撼动的。

卞季良

卞季良(1369—1430),字巨卿[①],号春亭,密阳人。春亭自幼聪颖易悟,髫稚之年,已有警句,众人皆以之为异。稍长,即研读圣贤,博览群书,年十七科举登第,次年补征侍郎点校署主簿。李朝建立,太祖以彰信校尉千牛卫中郎将以及典医监丞召春亭出山,春亭称病拒绝。世祖二年(1456)回归朝廷,担任直郎校书监丞知制教。甲申年(世祖十年),迁至艺文馆,后两年升为艺文馆直提学。此后二十余年,一直执掌文柄,为朝廷的文教出谋划策。这一阶段,春亭写出了大量与政令辞策有关的文章。除此之外,春亭还挑选文臣中年少聪慧之人,为他们讲习经书,以备朝廷之需,受到了君王的赏识。春亭也是以研究性理学为主,与"三隐"以及阳村权近交好,他的文集中有很多与这些人交游唱和的诗作。春亭留有著作《春亭集》,其中包括诗集四卷、文集八卷,以及续集四卷等,其中汉文诗共计 413 题。据《春亭集・旧序》中评价:

> 学问精博,年未弱冠,师事圃隐,陶隐及我先人阳村文忠公。大为诸公称赏,华闻日播,由是优游侍从。恒任文翰,一时辞命,多出其手,而文辞典雅高妙,尤长于诗,清而不苦,淡而不浅,可谓升诸公之室堂,而无让于古人之作者矣。[②]

从序中可以看出,作序之人对于春亭先生的文学创作能力大为赞赏,尤其是文章"辞典高妙",再看《春亭集・旧跋》中:

> 故其发而为诗文者,金声其律,玉洁其华,正犹源深而流长,根固而条达,岂徒绨章绘句,含英摛藻而已哉。况迩来事大表笺,皆出其手,尤为精切。中朝文人,亦见而叹之。可谓华国之文章,宜为后人之楷范。[③]

可见后人对于春亭的汉诗创作赞赏有加,但是也正如跋中所说,春亭先生的诗歌主要是以典雅取胜,这必然就限制了诗歌在其他方面的发展。如《苦热行》:

> 日出东北飞天衢,朱光万里烘炉中。
> 海波欲渴山翠干,飞鸟翅垂迷西东。
> 平人执热亦何怪,不见南亩锄禾翁。
> 终年劳力竟食人,先王所以思农功。[④]

诗歌确如上述的评价,"朱"、"翠"等词色彩对比强烈,"飞天"、"飞鸟"等词经过雕琢,主要为了突出气势之宏大、气象之广阔。但是诗歌主要是描写发生旱灾之后的朝鲜社会,大

---

① 卞季良《春亭集・春亭集行状・附录》中作字"巨卿",金台俊著、张琏瑰译《朝鲜汉文学史》中写作"运卿"(第 104 页),故而在此标注。
② 卞季良《春亭集・春亭集旧序・权踶》。
③ 卞季良《春亭集・春亭集旧跋・安止》。
④ 卞季良《春亭集・春亭先生诗集卷二・诗・苦热行》。

地一片干枯低迷之态，百姓困苦不堪，田不生禾，食不果腹，竟发生了吃人事件，但是最后一句却是诗人由此联想到先王重视农业生产这一政策。整首诗用词以雅为主，最后一句更是歌颂朝廷，反而使得旱灾退而其次，让人感觉诗人重视的不是百姓，而是朝廷的政策。这便是春亭诗歌创作的缺点之一，也是雅诗的限制。但是春亭的诗歌并不全是如此，再如《夏日即事》：

节序当炎月，风光属晚晴。
幽园多绿树，深处语流莺。
林果樱桃熟，亭花芍药明。
境偏无马迹，吟啸是闲情。

这首诗主要是写夏日美景，整首诗不似其他诗歌用词雕琢，如“幽园”、“深”、“偏”、“闲情”等词语的运用，使得诗歌较为清新淡雅，并且将诗人那种渴望自由闲适生活的愿望通过对美景的描绘表现了出来。

除了诗文之外，春亭先生还创作了一批乐章，如《宴享歌》、《献寿乐章》、《贺圣明曲》、《华山别曲》等，其中最著名的当属《华山别曲》。《春亭集·序》评价道：“而先生尝作新调，歌咏两宫之慈孝，形容一代之治功，被诸律吕，垂之无穷，又岂骚人墨客吟风咏月者之可及也。”[①]

可见，春亭无论在文辞创作方面，还是在政治事业上，都是值得后人学习的榜样。

李　詹

李詹（1345—1405）[②]，号双梅堂，洪州人氏。高丽恭愍王十五年（1365）中进士，后三年，在牧隐李穑主持的殿试下得第一，拜艺文检阅。之后直至高丽灭亡之前，官至正顺大夫，兼判典仪寺事等。李朝初立，掌监试，后请辞，不准，之后官职高升，受到了太祖的重用。太宗六年病逝（永乐三年），赐谥号文安公。双梅堂一生流连官场，当然少不了时文策问等撰作，如他的文集《双梅堂箧藏集》中就有大量的此类文章。集共六卷，其中文集就占四卷之多，诗集两卷，共存汉诗 304 题，其中有 184 题都是诗人在观光的途中写作的，因此，其汉诗中有大量写景状物的诗作，如《青郊驿雪夜有作》：

邮亭一夜雪华新，忽放梅花万树春。
故国池台应若此，北来千里未归人。[③]

前两句写冬天的第一场雪刚至，梅花就开放了，仿佛又回到了春天。虽此妙思来自唐人诗句“忽如一夜春风来，千树万树梨花开”，但还是将富有生机的冬日形象地表现了出来；第三句直言大国就该有如此之境，表达了对祖国的热爱；最后一句话锋一转，写自己孤身

---

① 卞季良《春亭集·序·权踶》。
② 李詹《双梅堂箧藏集·双梅堂先生年谱》：“元朝至正五年乙酉年冬生，永乐三年乙酉春卒。”韦旭昇《韩国文学史》中写作“十五世纪初时人”，不准确。
③ 李詹《双梅堂箧藏集·双梅堂箧藏文集·卷二·观光录·青郊驿雪夜有作》。

在外，面对如此美景只能一人欣赏，不免感觉孤独。整首诗一气呵成，境界开阔，用词清淡，情感非常自然。再如《秋日夜游海印寺，赠全史官二首》：

满山秋雨蔚岚天，路险征鞍立却前。
自远方来良有意，武陵溪上访儒仙。（其一）

有客来从鹤背天，夜深风雨对尊前。
蓬山已是非尘世，更作三清洞里仙。（其二）

此二首诗是诗人在秋日夜晚于海印寺赏玩时所作。第一首写诗人于风雨中艰难跋涉来到海印寺，想要访问山中有学识的仙人，向他们学习。第二首也是在风雨之夜来到此地，而这个地方已非凡尘俗世。这两首诗主要表达了诗人虚心好学的态度，以及对这种道观仙境生活的仰慕之情。

丽末遗民诗人除了上述诗人之外，还有河仑、尹绍宗、姜淮伯等。其中河仑（1347—1416），字大临，号浩亭，师从牧隐李穑，十九岁科举及第。在李朝官至上相，开济洪业，辅佐太平，功绩卓著。河仑一生留下了很多著作，但是因为年代久远，屡遭战乱，很多作品都散亡遗佚，百不留一。有识之士莫不惋惜，遂为其整理，得《浩亭集》，该集现共存五卷，两篇序、一篇跋，其中汉诗作只保留下来一小部分，今存 15 首。

其他诗人

除了上述遗民诗人之外，这一时期还有许多虽名气不大，但在诗史上地位较为重要的诗人，如郑麟趾、柳方善、崔恒、申叔舟、休静等。

郑麟趾（1396—1478），字伯雎，号学易斋，河东人。令他闻名于后世的主要是《高丽史》、《治平要览》、《龙飞御天歌》、《丝纶全集》等书籍的编写，尤其是《高丽史》的问世，直接奠定了其在朝鲜文学史上的地位。郑麟趾还有一项伟大的功绩，那就是参与了以世宗为中心的新文字的创制，他与成三问、申叔舟、崔恒等汉文大家共同努力，制定出了训民正音，这对后世朝鲜文化的影响是难以估量的。当然，作为一位文人，而且是汉文学大家，当然少不了诗歌创作，但是由于资料有限，只在《敬斋集》中找到了一首合帖诗《凝石影堂诗帖》，诗作如下：

洞壑清幽净域开，青莲宫宇隔风埃。
应观结习从无试，始悟今生是适来。
莫詑西方如上壁，须知寸恳不成灰。
高门孝行人皆仰，云表岧峣万丈台。①

柳方善（1388—1443），号泰斋，天资聪慧，学问渊博。早年从师于春亭卞季良、阳村权近二人，之后成为李穑的得意门生，人们皆以为泰斋能成大器，但不幸的是因父之罪，不能受到重用。因此，泰斋长期退居村野，游于泉石天地之间，全身心投入诸史百子的研

① 河演《敬斋集・敬斋先生文集之卷五・附录三》。

究之中，就连医药、占卜、阴阳、地理之术，都颇有研究。泰斋留有文集《泰斋集》，共五卷，其中汉诗668题。在泰斋的汉诗创作方面，徐居正在序中评价道：

> 先生之诗，本之以性理之学，推之以雅颂之正，不怪诡以为奇，不藻饰以为巧，清新雅淡，高古简洁，虽古之作者，无以加也。①

并以《偶作》为例：

> 晚来微雨趁风斜，破屋疏篱不称家。
> 可是天公欲妆点，数株红杏烂熳花。②

其诗作确如四佳所言，清新淡雅，不饰辞藻，宛如自然生成。这首诗读来就如现实白描一般，没有一点矫揉造作。"趁"字用的尤为突出，将微雨赋予活力，活泼自然。所以，四佳才会在序中感叹泰斋虽文采盖世，却只能埋没于草野之间，实在是朝廷的损失：

> 昔之论诗者，盖曰有朝廷台阁之诗，有山林草野之诗。夫所处之地不同，则发而为言辞者，不得不尔也。先生以超迈卓绝之才，宏深博大之见，不能施于台阁之上，而于草野之中，岂不深可惜哉！论者亦曰，欢愉之辞难工，穷苦之辞易好，然岂有工于穷而不工于不穷者哉？使先生跻朊通显，立乎制作之列，鸣国家之盛，春容富丽，将有锵金戛玉之美矣，岂但止于此而已哉！悲夫！③

读罢其诗颇有共鸣，但是也许正是因为泰斋所处之境，为他提供了更加广阔的创作天地，如果泰斋长期被禁锢于朝堂，其诗作中的自然之气恐怕是难以存在的。因此其诗作的可喜可悲之处，与其秉持自然之性息息相关。

崔恒(1409—1474)，字贞父，号太虚亭，宁城人。崔恒早有大志，博览群书，名声鸣于诸辈中。世宗时期，擢入集贤殿。文宗时期，官至谏大夫。崔恒通读古今，集文章之大成，独步当时，其著述存留较少，有《太虚亭集》三卷，包括文集两卷，汉诗集一卷。其有汉诗85题，其中排律最多。崔恒的诗文作品虽今存不多，但是"其体裁雄浑峻壮，沈郁渊愿。虽富而不侈，虽核而不凿，虽奇而不堀。尤精于骈骊，深得陆宣公文法，真可谓奇伟不凡之才矣"④。如《匪懈堂四十八咏》中其二《竹径清风》：

> 幽径深深入林皋，此君真个岁寒交。
> 占断清凉物外静，遮莫热恼人间骚。
> 儿孙长处角还崭，情性吟来调更高。
> 有时影动羲黄枕，戛玉森然六逸号。⑤

诗作主要描写蔷薇，词语往往新巧雅致，如"丽日"、"清风"、"烟笼"、"黄"、"绿更肥"等。

申叔舟(1417—1475)，字泛翁，号保闲斋，高灵人。为人旷达，且才识广博，对人对事

①③　柳方善《泰斋集・泰斋先生文集序・徐居正》。
②　柳方善《泰斋集・泰斋先生文集之卷二・七言绝句・偶作》。
④　崔恒《太虚亭集・序・徐居正》。
⑤　崔恒《太虚亭集・太虚亭诗集卷之一・七言律诗・匪懈堂四十八咏》。

皆礼貌谦逊，因此，受到了众人的尊重、拥戴。申叔舟曾多次出使中国、日本，留下了大量脍炙人口的诗文创作。官至弘文馆大提学、艺文馆大提学，并为朝廷选拔、培养了大批汉诗文家。现存《保闲斋集》十七卷，其中汉诗十一卷，共有 581 题。申叔舟为文：

> 豪赡发越，善于铺张，不藻饰为工，刻削为古，其平易处，如嘉禾异麦，至味自存。①

> 皆本之仁义忠信，优柔和畅，卓荦恢阔，不烦绳削而自有法度。两汉之要妙，盛唐之隽永，彷佛于讽诵之余。虽弄翰戏语，率然而作，亦信其为有德者之言矣，此亦其江河之量。弘涵演迤而遇风成文，变百出而然。非可以笔墨蹊径而求之者也。②

可见，申叔舟的诗文作品于恢弘之中见平淡，于平易中见真理，其汉学之厚积薄发以及汉诗创作技巧之高妙，备受后人称颂。如七绝《日本踯躅》：

> 我昔云帆挂大洋，孤舟五月系扶桑。
> 当时暂寄须臾兴，今日相看思渺茫。③

这首诗是与安平大君、崔恒等诗人的唱和诗合帖。诗人曾经远渡日本：苍茫的大海上，孤舟远渡重洋，诗人出使日本，当时心情是何其的激荡。可是岁月如梭，人生如梦，昔日的荣光如今只剩下诗人的一段渺茫回忆。再如《次咸兴东轩韵》：

> 地势雄盘称臣州，驰峰走岫翠如抽。
> 一过豳岐多感慕，千秋万岁定神游。
> 春风大野控名州，葭茁蒲芽渐欲抽。
> 佳节今年又虚负，王程峻急敢遨游。④

整首诗气势宏伟，用词恢廓，颇有两汉风骨，如“走”、“抽”、“定”、“控”等动词的使用，极显气魄，读罢不禁让人心胸激荡，感其豪气冲天，境界广阔。

休静(1520—1604)⑤，字玄应，号清虚子，又号西山大师。其俗姓崔，名汝信。据说休静三岁便有人为其摩顶诵咒，嬉戏时“必以佛事”。21 岁出家，从曹溪宗一禅，30 岁经禅科考试，出任教宗判事，禅宗判事。1591 年，丰臣秀吉出兵侵略朝鲜，来势凶猛，次年便攻陷朝鲜京城，史称“壬辰倭乱”。国难突发，休静挺身而出，以 70 余岁高龄带着众武僧出战，为收复平壤等地立下汗马功劳，为李朝的抗倭战争取得最后胜利作出了重大贡献。休静是曹溪宗祖师之一，其《禅家龟鉴》、《三家龟鉴》、《禅教释》、《云水坛》、《清虚堂集》等著述，精研源流，阐发佛理，对朝鲜佛教的发展产生了很大影响。他的佛门弟子众多，可

---

① 申叔舟《保闲斋集·序·徐居正》。
② 申叔舟《保闲斋集·序·金宗直》。
③ 申叔舟《保闲斋集·保闲斋集卷之六·七言小诗·匪懈堂四十八咏》。
④ 申叔舟《保闲斋集·保闲斋集卷第四·七言小诗·次咸兴东轩韵》。
⑤ 李家源著《韩国汉文学史》在 253 页中，将休静卒年记作 1578，经查阅资料不符，应该为 1604 年卒。

以千计，如朝鲜著名佛教派别之一的泗溟派，就是其弟子惟政所创，进而影响到鞭羊派的彦机、一禅、太能、敬轩等，可谓源远流长。

休静精通佛法，擅长汉诗，汉学根基深厚，柳成龙曾评其汉诗云：

> 今世僧人，也有休静颇解禅家学，有声於缁流，且善诗，自号清虚子。尝在香山有一绝云："万国都城如垤蚁，千家豪土若醯鸡。一窗明月清虚枕，无限松风韵不齐。"

并高度评价此诗立意高远，表现出高洁人格，具有超群拔俗的价值："有高蹈物外、俯视尘寰之意，亦一时意会作也。"[①]这样一位善长汉诗的禅法大师，得到后人的深切缅怀，尹斗寿有《怀休静大禅》诗云：

> 茸茸花日阙相逢，凉思如今在涧松。
> 西望妙香长入梦，东来紫气杳无踪。
> 自知扪虱无经世，更信终身作卧龙。
> 须见休师凭寄问，悠悠山水几重重。[②]

这一时期，还有许多其他汉诗人，如郑以吾、尹洁、苏世让（1486—1562）、奇遵（1492—1521）、宋翼弼（1534—1599）、郑仁弘（1535—1623）、李舜臣（1545—1598）、车氏父子车轼（1517—1575）、车天辂（1556—1618）、车云辂（1559—？）等，皆名胜一时，诗坛扬名。其中苏世让著有《阳谷集》；奇遵，字子敬，号德阳，现存《德阳遗稿》，其中诗共三卷，录有汉诗306题；宋翼弼，字云长，号龟峰、玄绳，与李珥、成浑交好，同时还是名噪一时的"八文章之一"，龟峰现存《龟峰集》十卷，其中汉诗两卷，四言1题，五古24题，七古8题，五绝27题，七绝98题，五排8题，七排3题，五律122题，七律101题，共392题；郑仁弘，字德远，号来庵，曹植门人，著有《来庵集》，其中以文章居多，汉诗仅存20题；李舜臣，著名的抗倭英雄，著有《李忠武公全书》；车氏三父子中数车天辂最为著名，字复元，号五山，著有《五山集》十卷，其中原集六卷，续集四卷，共有汉诗七卷，计598题，以律诗居多。

二、生六臣、死六臣

朝鲜朝的端宗为文宗独子，1452年登上王位，成为端宗。但是端宗即位一年之后，也就是1453年，端宗的叔叔首阳大君李瑈借机发动政变，篡位夺权，清洗朝臣，并将端宗幽禁。1455年，端宗被迫让位给李瑈，李瑈登基成为朝鲜世祖。这一场政变最后以首阳大君获得胜利而告终，史称"癸酉靖难"。面对这种皇族手足相残的行径，深受儒家思想浸润的朝鲜文臣是很难接受的，因此，大批文士反对世祖的这一不当篡位行为。1456年，以成三问为首的几位大臣密谋复立端宗，但是不幸密谋败露，成三问等六人被处以极刑，史

---

① 柳成龙《西崖别集·卷四·僧人能诗》。
② 尹斗寿《梧阴遗稿·梧阴先生遗稿卷之二·诗·次韵，赠德宝上人，因怀休静大禅》。

称“死六臣”。与此相对的所谓的“生六臣”，就是指面对世祖篡位，悲愤至极，毅然辞官，隐迹山林，终身不再出仕，表现出坚守品格个性的六位臣子。“死六臣”指俞应孚、成三问、李垲、河纬地、柳诚源、朴彭年；“生六臣”指南孝温、金时习、成聃寿、元昊、李孟专、赵旅。

死六臣[①]

河纬地(1412—1456)，字天章，号丹溪，善山人。纬地为人沉静寡言，恭敬有礼，遇阙必下马。世宗时期登科及第，后因反对世祖篡位被诛杀。关于河纬地的现存资料甚少，只余《丹溪遗稿》中诗十一首，文章四篇，可谓凋零寂寥。然其诗文之作数量虽少，但“零金碎玉，足以动人耳目”[②]。如《答朴仁叟借蓑衣》：

男儿得失古犹今，头上分明白日临。
持赠蓑衣应有意，五湖烟雨好相寻。[③]

这首诗作于鲁山幼子继位，八公子强盛，人心危疑之际，以此诗来表达自己的担忧。

朴彭年(1417—1456)，字仁叟，据传号醉琴[④]。仁叟被认为是六先生中文学水平最高的文人，成伣更是在其《慵斋丛话》中将其称为“最为集大成者”。现存《朴先生遗稿》，共有汉诗20题。如：

青阳弄神笔，图画付春风。
香引寻花蝶，声传向北鸿。
驱烟还聚散，吹絮任西东。
归路时方好，谁能点也同。

《春风》[⑤]

庙堂深处动哀丝，万事如今捻不知。
柳绿东风吹细细，花明春日正迟迟。
先王大业抽金柜，圣主鸿恩倒玉卮。
不乐何为长不乐，赓歌醉饱太平时。

《议政府席上作》[⑥]

无论是山水写景还是朝堂唱和，仁叟先生的汉诗往往充满着广阔恢弘之气势，初读令人振奋，再读还往往留有淡雅余味。

---

① “生六臣与死六臣”的排名不分先后，主要按照资料完整度进行论述。
② 河纬地《丹溪遗稿·跋·洪启禧》。
③ 河纬地《丹溪遗稿·诗·答朴仁叟借蓑衣》。
④ 世所传先生亲笔诗篇，皆有图署，而只书姓名若字若乡贯，而无醉琴轩字，似非先生轩号，今此遗稿中，不敢以醉琴称之。见《朴先生遗稿·凡例》。
⑤ 朴彭年《朴先生遗稿·诗·春风》。
⑥ 朴彭年《朴先生遗稿·诗·议政府席上作》。

成三问(1418—1456),字谨甫,号梅竹轩。世宗时期科举及第,后参与朝廷的训民正音的创制,并受国王之命,先后十三次出使辽东。三问长期从事外交事务,奉行尊明事大思想,擅长汉诗,文名远播中国。明使倪谦就对他的诗文创作大为赞赏,有"敢谓杨雄多识字,雅知子羽善修辞"之誉①。现存《成谨甫集》四卷,收汉诗39题。其中一首出使辽东时所作曰:

惭余学未似君精,同作辽阳万里行。
榻上贾胡连我膝,天涯远客惜人情。
梦中乡国非真到,春后园林只是青。
句句吟成皆白雪,秋来能免百愁生。②

诗人纵横万里,出使辽东,完成公事,与辽东学者讨论汉学,吟诗对酌,想到自己身在异乡为异客,深切思念远方的故乡。尾联诗情高扬,令人感动。史载三问平时不拘小节,谈吐诙谐有趣,但是面对大是大非,却能坚守道德,刚强不屈。正应如此,三问成了"死六臣"中反对世祖行为最为激烈的一人。他面对极刑,毫无惧色,出口成章:

食君之食衣君衣,素志平生莫愿违。
一死固知忠义在,显陵松柏梦依依。③

李垲(1417—1456),字清甫,又字伯高,乃韩山牧隐之曾孙。世宗时期及第,官至直提学。李垲身材瘦弱,但是在复立端宗失败上刑场时,仍面不改色,吟诗:

禹鼎重时生亦大,鸿毛轻处死犹荣。
明发不寐出门去,显陵松柏梦中青。④

令行刑者迟疑,令观刑者感动,因而青史留名,得到后人无数的敬佩与赞叹。

俞应孚(?—1456),是"死六臣"中唯一的武臣,身长过人,相貌庄严,骁勇善射,官位至二品。丙子事变中,他遭受酷刑,淡然承受,面不改色。俞应孚生性至孝,凡是可以让母亲开心的事情,无所不为。当行刑之日,浩然吟诵绝命诗云:

将军持节镇夷边,紫塞无尘士卒眠。
骏马五千嘶柳下,良鹰三百坐楼前。⑤

可见钢筋铁骨,器宇轩昂,即使面对死亡也绝不低下高昂之首。

柳诚源(?—1456),字太初,任成均司艺,丙子事件时于馆中听闻事败,三问被捕,遂还家与妻饮酒诀别,上祠堂自刎而死。

生六臣

金时习(1435—1493),字悦卿,江陵人。三岁能诗,五岁通中庸、大学,人称神童。世

① 成三问《成谨甫集·成谨甫先生集卷之一·诗·皇华酬唱附》。
② 成三问《成谨甫集·成谨甫先生集卷之一·诗·向辽东》。
③ 成三问《成谨甫集·成谨甫先生卷之一·诗·绝笔》。
④⑤ 南孝温《秋江集·秋江先生文集卷之八·传·六臣传》。

宗闻之，召致承政院，以诗试之，果然。由此，名动一时，被称为“金五岁”。金时习二十一岁时，弃官归隐，读书于三角山，受访不顾，遁迹山林，自号为清寒子、东峰、碧山清隐、赘世翁、梅月堂等。金时习为人豪迈英发、正直较真、伤时愤俗，不受世俗限制，放浪形骸，云游域中山川。金时习在朝鲜文学史上的一个重大成就是创作出了朝鲜最早的小说集《金鳌新话》。除此之外，还留有《梅月堂集》，共二十三卷，其中汉诗集十五卷。其诗文创作数量较多，且能够打破世俗传统观念的限制，描写主流作品中无法涉及的主题，批判矛盾重重的社会现实。

李珥在为金时习作传时就评价他的诗文创作道：

故其为辞也，水涌风发，山藏海涵，神唱鬼酬，间见层出，使人莫知端倪。声律格调，不甚经意，而其警者则思致高远，迥出常情，非雕篆者所可跂望。于道理，虽少玩索存养之功，以才智之卓，有所领解，横谈竖论，多不失儒家宗旨。[①]

李耔在序中也评价道：

其为诗浩荡，朝夕烟云，驱风詈雨，怒嗔喜笑，皆成句语。不规规于声律，而典章不紊；不刺刺于词华，而大璞愈丽。至于理欲性命之说，形诸短句，毫发不爽。[②]

金时习一生不羁，集神童、才子、狂人于一身，时人如此评价，正恰如其分地反映出其为人处世乃至赋诗行文的最大特点。且看其一首《啄木》：

啄木啄木尔何穷，啄我庭树声丁东。
啄之不足恰恰鸣，畏人避向深林中。
林深山静啄愈响，慑几槎牙枝上虫。
蠹多虫老饱汝腹，尔于啄蠹多全功。
世上蠹物害民者，千百其数无人攻。
纵汝利嘴除木灾，人间蠹穴讵能空。[③]

诗人希望，啄木鸟能像消灭害虫那样将社会上的害虫——贪官污吏也消灭干净。但是，现实是官场上的无数“蠹虫”已然腐败成风，诗人只能发出无奈之叹：“人间蠹穴讵能空？”诗人借诗歌讽刺朝鲜社会的黑暗腐败，语出惊人，不拘于时，正符合上述评价。金时习不仅关注社会现实，还很关注百姓生活。他有不少诗歌是描写贫苦百姓生活的，如《记农夫语》、《咏山家苦》八首、《田家即事》三首等，如《田家即事》其二：

门静鸡群啄晚禾，初闻南舍酿新醝。
击壤歌罢催科少，赛社人归醉舞多。
区芋脆来儿共堀，香橙熟处手亲搓。

---

① 金时习《梅月堂集·梅月堂集金时习传·李珥》。
② 金时习《梅月堂集·序·李耔》。
③ 金时习《梅月堂集·梅月堂世纪卷之五·诗·禽·啄木》。

老翁喜说秋田熟，叱犊驱牛荷短蓑。[1]

这首诗一反一般描写贫民生活的常态，运用白描手法，将农村山野百姓的自给自足、生活安逸的常态描绘了出来，可谓苦中作乐。这也正是因为诗人常年与山林为伍，才能将百姓如此自然的生活状态记录下来。除了这些诗歌之外，金时习还有许多写景状物诗、咏史诗、纪行诗、出游诗等，皆写作精美，多传诵人口。

南孝温(1454—1492)，字伯恭，自号秋江居士。易宁人，早年丧父，与母亲相依为命，以诸事孝顺闻于众人。秋江先生为人冲澹刚毅，胸怀磊落，不沾染俗气。与金宏弼、郑汝昌、金时习等文人名士交好，并且与金时习是师友关系。科举及第之后不再出仕，而是寄情山水，云游四方。后来著名小说家林悌所著的《元生梦游录》，就是以南孝温际遇行事为原型。南孝温汉诗文作品众多，现存《秋江集》八卷，收汉诗 294 题。其汉诗以唱和交游诗、写景状物诗为主，佳作如《山庄坐吟》：

小洞明如镜，枫村八九家。
山风吹死草，野菊暮年华。
林薄鸡呼午，荒篱犬吠过。
桃源无乃是，阮瑀意如何。[2]

初读此诗，好似入"桃花源"之境，然而诗人描绘山野风景时却用了"死草"、"暮年"、"林薄"、"荒篱"等词语意象，使得整首诗充满着萧索之气，这也许正好应对了诗人当时的落寞心境。从此诗也可见南孝温诗作辞语自然朴素，透露出诗人超脱俗世的高贵气质。

元昊(1397—1463)，字子虚，自号观澜，又号雾巷，原州人。元昊气度精明，喜好读书，仰慕古贤。1423 年(永乐癸卯二十一年)及第，后出任府尹，文宗时期，以集贤殿直提学特召。元昊累侍经幄，感恩知遇之恩。及至世祖篡位，元昊难忍朝廷不义，遂谢病归原州。闲居期间，元昊常与梅月、渔溪等文士交往，酬唱间论至朝政，常常难掩内心悲痛。后六臣遭诛杀，元昊常临清流，瞻望而泣。元昊最后泛迹江湖，一生所作诗文，据传尽付诸火，并劝诫子孙放弃学业，显示出最终对于人生的绝望。但是其后人门生仍整理出《观澜遗稿》四卷，其中几乎都是汉文以及他人为其所写的悼念文章等，一代文杰，汉诗佳作留存无几，实在可叹可惜。

赵旅(1420—1489)，字主翁，号渔溪，咸安人。端宗二年中进士，在诸士中名望很大。"癸酉靖难"后，关门闭客，杜门不出。之后专注于读书，偶尔会客也是只谈桑麻，不论政史。肃宗时期，赠吏曹参判，赐谥贞节。赵旅有《渔溪集》传世，共三卷，其中卷一为汉诗 50 余首，其余为汉文书信序跋。赵旅诗文创作与金时习同调，"浑璞藏晦，绝去浮华"[3]。其为人行事甚为低调，虽遇乱世而遁迹，但却没有因此而沉闷失志。诗中往往可见其清高操守，如《新秋》诗云：

---

① 金时习《梅月堂集·梅月堂诗集卷之二·田圃·田家即事》。
② 南孝温《秋江集·秋江先生文集卷之二·诗·山庄坐吟》。
③ 赵旅《渔溪集·渔溪先生集卷之三·附录·新编庄陵志列传》。

何恨居诸忽忽流，良辰美景在新秋。
金风吹户桐阴薄，玉律传商火伞收。
已觉微凉添水阁，更教清兴入诗楼。
吾今得养乾坤惠，深贺西成把酒游。①

总而言之，无论是“死六臣”，还是“死六臣”，他们都是节义之士，他们的行为被载入史册，被后世文人敬仰。也正是与朝臣的这种高义行为相映衬对比，使得世祖无论政绩多么突出，在朝鲜历史上都无法抹灭其篡位夺权的不义恶名。

第二节　性理诗

一、性理学的发展

无论是辞章派还是道学派，都是由中国儒学发展、演变而来。因此，有必要在此简单介绍一下朝鲜儒学。

朝鲜儒学又称为性理学，是朝鲜化了的朱子学。在朝鲜儒学史上，中国的朱子学是在1290年传入高丽的，朱子学传入高丽时，中国正处于元朝时期。元朝的朱子学的代表人物是许衡，他被誉为元代朱子理学的宗师，他的理学理念是主“气”，认为气是产生万物的基础。在“理”与“气”的基础上，认为二者不相分离。他的这一儒学理念，深深影响了高丽的儒学发展。李齐贤、李穑都是韩国理学大家，李穑重气的儒学理念在丽末李初的朝鲜起着承上启下的作用，并且奠定了朝鲜李朝五百年性理学的基本理念。李朝立国之初斥佛扬儒的国策，使得性理学一跃成为了朝鲜李朝的国学，成为了朝鲜治理国家的政治理念，这一理念的正统化，深深影响了李朝的文人，因此，他们的文学理念也发生了变化。

李朝时期的理学大家有徐花潭、李退溪、李栗谷、宋时烈等。其中徐花潭是唯气派代表，也就是主张气一元论的自然哲学思想路径，旨在明自然之理；另一种是以退溪李滉为代表的唯理派，他的儒学理念是理一元论的内圣之学，认为“四端理之发，七情气之法”②，他的这一论断后来成为了朝鲜中期的正统思想。当然，这一理学理念的形成，也与16世纪发生多次士祸惨剧密切相关。李栗谷是朝鲜儒学史上具有开创性的一位儒学大师，他认为理气妙和，但是仍是主气派的代表人物。

随着历史的进步，朝鲜性理学不断发展，出现朝鲜儒学史上的另一个重要派别，那就是实学派。与中国昙花一现的实学所不同的是，韩国的实学历经三百年，已经是“改新的儒学”，是“性理学划时代的转换”③。16世纪末到19世纪中期是朝鲜实学思想产生、发

① 赵旅《渔溪集·渔溪先生集卷之一·七言律诗·新秋》。
② 四理：恻隐、羞恶、辞让、是非；七情：喜、怒、哀、惧、爱、恶、欲。
③ 李甦平《韩国儒学史》，人民出版社，2009年版，19页。

展、高潮的主要时期，它的发展、演变深受主气派关于“气”的思想的影响，主张在自我修养的基础上，以经邦治国、经世致用为目的。当然这一风气的出现，也主要是因为 16 世纪以来多次“士祸”、“党争”，使得朝鲜儒学走上了空谈虚说、脱离实际的歪路，而这一思想也严重影响到了朝鲜社会的发展。因此，实学思潮的兴起，为朝鲜的儒学发展引导了新方向，为之后朝鲜社会的开化、开国提供了重要的理论依据。朝鲜性理学还有一个重要派别是阳明学，朝鲜阳明学主要就是将“气”引入心学，所以可以称之为主气心学。由此可见，朝鲜“主气派”在朝鲜理学发展过程中始终占据着重要的位置。

朝鲜理学非常看重“性情”，这也是主气派与主理派经常发生辩论的原因。其中最著名的当属退溪李滉与奇高峰、栗谷李珥与成牛溪之间的辩论，辩论的焦点主要就是“四端与七情”的问题。退溪李滉认为“四端，理发而气随之；七情，气发而理乘之”，这一观点的意思就是，理发的四端之情为“善”，而气发的七情则有善与不善的区别，因此，要去恶存善。而主气派的栗谷李珥则认为，无论是“四端”还是“七情”，皆是“气发理乘”。除此之外，朝鲜儒学还非常“义理精神”，认为“一仆不侍二主”，并且将孝、悌、忠、信、礼、义、廉、耻作为一生贯彻标准，这也是朝鲜历史上出现大批弃官隐逸的诗人，以及士人为了忠君而不惜牺牲生命行为的主要原因。

总之，主气派（畿湖学派）、主理派（岭南学派）、实学派、阳明学，成为了李氏朝鲜朝性理学的主要理论基础。再加上朝鲜李朝建立之后，大批掌握朝廷大权的达官贵族，为了维护自身利益，大肆兼并土地，扩大自身势力。并且百般阻挠士大夫阶层的崛起。因此，慢慢的朝廷内部就分化为两股政治势力，一股是操纵朝鲜内部政权、享有特权的勋旧派，另一股是代表朝鲜地方士大夫阶层的士林派。勋旧派主要是由开国功臣、特权贵族等组成，随着国家的发展，他们日益腐败腐朽；士林派为了维护自身利益，极力宣扬程朱理学，把朱子学作为对抗勋旧派的武器，主张以忠义思想事君，以清廉治民，一些士大夫甚至不惜歪曲理学来维护自身利益。士林派的代表人物主要是金宗直，士林派与勋旧派各据要职，分庭抗礼，而勋旧派也为了巩固自身地位，不惜多次发动“士祸”，来清洗反对自己的士林派，仅仅 15 世纪末到 16 世纪中期就发生了五次“士祸”。

政治上的对立必然导致文学观念上的不同。在文学创作理念上，勋旧派主张重视诗文在朝廷内外事务中的作用，他们认为文学的主要功能是歌功颂德，劝诫教化。因此，他们主张文学创作要重视表现形式与写作技巧，遣词造句要尽量典雅华丽精致，他们的文学创作后被称为“馆阁文学”，代表人物有郑道传、徐居正等。而士林派则强调内容，忽视技巧以及辞语的雕琢华丽，认为文学的根本应该在“道”上，提倡“文以载道”，坚持“道本文末”。在诗歌创作上，应该追求诗歌的精神作用，而不是把它作为为政治服务的工具。两派各有主张，各执一词，文学史上将前者称为“辞章派”，后者称为“道学派”。但是万变不离宗，他们思想观念的差异根本上还是来自于所处理学的派别不同。后面两节将会主要介绍辞章派以及道学派的一些代表性诗人。

二、辞章派及海东江西派

李朝建立初期依然延续着丽末遗风，以学宋为主，主要是学习“苏黄”，到了海东江西派就经由苏黄学至江西诗派。江西诗派，是中国文学史上第一个有正式名称的诗文派别。该派形成于北宋后期，以杜甫为祖，黄庭坚、陈师道、陈与义为宗。这一派别崇尚黄庭坚的点铁成金、脱胎换骨之观点，并且他们的诗歌以吟咏书斋生活为主，重视文字的推敲锤炼。他们的文学主张影响了朝鲜初期的大批文人，故而形成了“海东江西派”。“海东江西派”的称谓最早出现于申纬的诗歌之中：“学富真才一代论，容斋正觉出禅门。海东亦有江西派，老树春阴挹翠轩。”[①]挹翠轩是指朴訚，是海东江西派的宗师。金万重也曾指出：“则翠轩之才，实三百年一人，又变而专工黄陈，则湖苏芝鼎足雄峙。”[②]其中翠轩指朴訚，湖指郑士龙，苏指卢守慎，芝指黄廷彧。此外，李荇、朴详等诗人也与“海东江西派”有着密切的联系，而海东江西派实际上来源于辞章派。

辞章派的主要代表人物是徐居正，徐居正以后，辞章派的汉诗文在他的后辈中得到了继承发展，那就是被称为“海东江西派”的一大批文人。“海东江西派”的代表人物有成伣、朴详、李荇、朴訚、申光汉、郑士龙、卢守慎、黄廷彧等诗人。

徐居正

徐居正(1420—1488[③])，字刚仲，号四佳亭，生于大邱，是阳村权近的外孙。自幼能诗，聪颖名于一时，佳片警句往往脍炙人口。世宗甲子年及第，官居右赞成。后执掌文衡20余年，许多名儒皆出自其门下，如金宗直、姜希孟、李承召等。四佳除了精通文学之外，地理、医药、占卜等也造诣很深。四佳著作众多，有《三国史节要》、《东国通鉴》、《东文选》、《新选东国舆地胜览》、《东人诗话》、《太平闲话滑稽传》、《笔苑杂记》等，其中成就最大的当属编纂刊行了《东文选》、《东人诗话》。

《东文选》全书共一百三十三卷总四十五册，收录了五百多名朝鲜文人的4000余首(篇)汉诗文。《东文选》收集的诗文上至新罗薛聪、崔致远等大家，历经高丽朝，直至李氏朝鲜前期，其时间跨度之大，汇集汉诗文作品之多，在朝鲜文学史上极为少见，因此被公认为朝鲜汉文学作品之集大成，在朝鲜文学史上具有重要的地位以及深远影响。

除了《东文选》之外，徐居正还编有《东人诗话》。这部诗话作品不同于前代出现过的《补闲集》、《破闲集》等诗话，而是一部以本土谈诗论文为主的汉诗话。内容主要是针对朝鲜历代汉诗创作发表较为精到的评论，对朝鲜诗坛产生过较大的影响作用，因而有着重要的文学史地位。

徐居正的汉诗文作品数量很多，《四佳集序》中提到：

> 其拟古题咏，赠送哀挽之作，若颂若赋，若五七言古风近体歌行绝句万余首，为诗集者五十余卷。序记说跋碑铭墓志数百余篇，为文集者二十余卷。宏深广阔，汪洋浩瀚，如水之行地，汇而为湖海，流而为江河，折而为泾渭，潴而为池沼，随其大小

---

① 申纬《警修堂全稿卷十七·北禅院续稿二·东人论诗绝句三十五首·其十六》。

② 金万重《西浦漫笔·卷二十七》。

③ 《韩国文集丛刊》中写先生卒于1488年，李岩等著《朝鲜文学通史》第677页中写先生卒于1492年，经查核资料以1488年为准。

而盈焉。①

将其诗文创作比作滔滔江水，绵而不绝，足见其汉学及创作功力之盛。现《韩国文集丛刊》中收有徐居正《四佳集》，其中诗集二十五卷，诗集补遗三卷，文集六卷，文集补遗二卷。另有跋一篇，序两篇。

徐四佳曾作为使节出使明朝，他的诗文作品得到明使熊化的赞美。申纬在《东人论诗》中这样评价徐居正："四佳繁富孰窥藩，闲鸭游蜂写景浑。一种清华廊庙气，白云如海满前村。"②许筠《惺叟诗话》写道："英庙人才辈出，一时文章巨公甚多，惟徐四佳诗，春容富丽，如游蜂飞不定，闲鸭睡相依，大有佳处。"③任元浚在为《四佳集》所作的序中也评价其诗特点是"清新豪迈，雅丽和平"④。

四佳的诗歌多重视意境，提倡注重创作技巧，取得了较高成就。而且其诗歌种类繁多，如官府题咏诗、唱和酬答诗、写景抒情诗以及关注现实的诗等。如《秋日》：

剧官聊暇日，小室得幽栖。
砚匣呼儿拭，书签倩客题。
霜催荷破伞，风搅竹喧溪。
摇落深秋思，西邻正午鸡。⑤

这首诗歌从小处入手，写自己在秋天的一日闲居在家，闲看风景，静品闲情的生活。整首诗可以看出诗人闲居舒适的心境，且诗歌用词清新雅丽。四佳的唱和酬答诗更是众多，乖崖、尹叔保、谨甫等诗人经常出现在他的诗中，且看一首《次韵尹叔保见寄》：

世事多如发，心闲自可梳。
都无迷簿领，试此伴琴书。
花落飞青鸟，蒲翻戏白鱼。
南山家悔晚，何日结茅庐。（其四）⑥

这一组诗总共四首，诗歌都是想要表达自己渴望自由自在、无拘闲适的生活的愿望。《复次尹叔保见寄诗》、《三次尹叔保诗韵》等也均是表达此意。可能正是因为常年浸润在官场，才使得诗人对于田园闲适的生活产生了如此大的渴望。《田家谣》这首诗虽是诗人关注现实之作，但是也不乏此情：

田家二月啼布谷，南村北村雨新足。
泥融无块田可耕，原头叱叱驱犊声。
老翁秉耒筋力强，大儿小儿行踉蹡。
家妇布衫无完裳，日午野饷芹蕨香。

---

① 徐居正《四佳集·四佳集序·任元浚》。
②③ 申纬《警修堂全稿卷十七·北禅院续稿二·东人论诗绝句三十五首·其十》。
④ 徐居正《四佳集·四佳集序·任元浚》。
⑤ 徐居正《四佳集·四佳诗集卷之二十一·第十四·诗类·秋日》。
⑥ 徐居正《四佳集·四佳诗集卷二十九·第十七·诗类·次韵尹叔保见寄四首·其四》。

麦穗渐黄稻新绿，满眼新缫飞雪白。
里间相逢无异说，勖尒辛勤事稼樯。
稼穑可乐还可怜，十年不见大有年。
待得有年议婚姻，携壶挈肉相醉眠。
田家田家风俗真，不比垄断争利人。
袖中已草归田诗，他时争席知我谁。[①]

新春来临，春种开始，老少协力，其乐融融，家虽贫困，食野还香。乡间麦长，并非丰年，邻里和睦，尤辛农事。盼得新婚，食肉喝酒，不比富人，相互快活。可见诗人的心态还是很乐观的。但是也有为百姓鸣不平的诗作，如《田妇叹》：

蓬鬓荆钗紫茜裳，终朝采菜不盈筐。
阿即昨日卖薪去，换得盐来为一尝。
南邻满瓮已新茧，客至逢场恣献酬。
辜负生平夫婿望，一春无酒办销忧。[②]

诗人将平民百姓贫困的生活与南邻富家的生活作鲜明对比，表达了对贫困百姓的关心和同情，以及对富人奢侈生活的批判。诗歌最后一句更是直指人心，普通百姓一生的愿望不过是能喝点薄酒，但却始终无法实现。通过对比，更加强烈地衬托出平民百姓的艰苦生活。

朴 訚

朴訚(1479—1504)是“海东江西派”的核心人物，字仲说，号翠轩。十五岁时便以文章闻于世，十八岁及第，历任弘文馆正字、修撰、知制教。曾一度受到迫害，罢官归农，以诗酒自娱。后因上书弹劾权臣柳子光遭祸，死于狱中，史称“甲子士祸”，年仅二十五岁。翠轩虽英年早逝，但保留下来的汉诗文数量却不算少，可见其在当时诗坛名气之大，诗作流传之广。但是后代所存，仅是其诗文创作的少部分，“千百之一二……求散落于诸交游间者，合为一帙，名曰《挹翠轩遗稿》。诗凡若干篇，文凡若干篇”[③]。现存《韩国文集丛刊》中的《挹翠轩遗稿》共四卷，其中汉诗作 141 题，联句 6 首，赋 1 篇，文 8 篇。

翠轩作为“海东江西派”的盟主，在汉文学创作方面自然有其出众才华，他被公认为诗界才子，被称为“天下奇才”。他的早逝为诗坛所惋惜，他的诗作受到后世文人的交口称道。郑斗卿在为其文集所作的序中评价道：“少时尝闻崔简易、权石洲两公推挹翠文章东国第一，后见良然。其诗气格放逸，可与黄太史雁行。文亦雅健，大逼西汉。”[④]许筠《惺叟诗话》中评说：“其诗不可易得。”不仅郑斗卿、许筠这样认为，南龙翼、申纬等文人都说过类似的话。翠轩作为海东派领袖人物，其诗作以学黄、陈为主，朝鲜汉诗界甚至有人赞

① 徐居正《四佳集·四佳诗集卷之三·诗类·田家谣》。
② 徐居正《四佳集·四佳诗集卷之五·诗类·田妇叹二首》。
③ 朴訚《挹翠轩遗稿·序·李荇》。
④ 朴訚《挹翠轩遗稿·序·郑斗卿》。

赏其诗文水平有超出中国江西诗派之处。比如金昌协言:“挹翠轩虽学黄、陈,而天才绝高,不为所缚。故辞致清辉,格力纵逸,至其兴会所到,天真烂漫,气机净溢,似不犯人力。此则恐非黄、陈所得囿也。”[①] 也就是认为朴訚的诗作虽然学黄庭坚和陈师道,但是可以不为黄、陈所囿,甚至能够超越黄、陈诗作的局限。其流传甚广的一首《福灵寺》云:

伽蓝却是新罗旧,千佛皆从西竺来。
终古神人迷大隗,至今福地似天台。
春阴欲雨鸟相语,老树无情风自哀。
万事不堪供一笑,青山阅世只浮埃。[②]

福灵寺从古至今就是一块能够给人们带来安详和幸运的福地,但是诗人却看破红尘,也看穿祈望,因为他意识到世事的消长和历史的兴衰是不以人的意志为转移的,所有美好的祈望祝愿终究不过是善良者的一厢情愿。天本无情人有情,有情终为无情恼,难以勘破这一层,或许就是善良人们无尽烦恼的无奈宿命。诗的尾联更是一语棒喝,直指人心,万事兴衰不过如尘埃飘散,供人一笑而已,不必当真,烦恼自除。此诗的颈联“春阴欲雨鸟相语,老树无情风自哀”,可见朴訚写诗时的推敲锤炼功夫,源于江西,又胜于江西,境界老道,备受诗坛赞誉。再如《游枥岩》:

满站台前从败意,广明寺后更幽寻。
地藏故国应千载,诗得吾曹偶一吟。
怒瀑自成空外响,愁云欲结日边阴。
且须杯酒洒胸臆,不尽兴亡今古心。[③]

整首诗气势豪放,写诗人游历千年古寺,看着破旧的庙宇,心中不禁怅然。再听岩边瀑布空响,天边愁云直欲遮盖太阳,让诗人心情更加沉郁。此情此景之中,诗人只能借酒浇愁,借以抒发内心复杂感受。

翠轩诗集中有多首与容斋李荇的唱和之作,可见两位的情谊之深。翠轩去世之后,众人皆为之惋惜,其中最为悲伤的便是李荇。李荇在朴訚病亡狱中后作悼念诗一首:

天欲斯文丧,时如疹瘁章。
百身人莫赎,万古夜远长。
翰墨余三昧,风流尽一场。
忍将湖海酒,空酹菊花傍。[④]

引经据典,从孔子到诗经;悲天悯人,从远古到当下,诗人所思所念,所见所闻,皆为这种巨大的悲哀所笼罩。大悲无言,大哀心死,可见李荇对朴訚的深切怀念及悲哀惋惜之情。

---

① 金昌协《农岩集卷之三十四·杂识·外篇》。
② 朴訚《挹翠轩遗稿·卷三·七言律诗·福灵寺》。
③ 朴訚《挹翠轩遗稿·卷三·七言律诗·游枥岩》。
④ 李荇《容斋集·卷二·五言律诗·题挹翠轩遗稿后》。

李 荇

李荇(1478—1534),字择之,号容斋,德水县人。容斋历任大臣辅国崇禄大夫,议政府左议政兼领经筵事,监春秋馆事,弘文馆大提学,艺文馆大提学,知成均馆事等官职。期间也曾受"甲子士祸"的牵连,被贬谪居忠州等地。容斋一生耿直正义,敢于谏言,因此多次受到贬谪,1531 年因为反对朝廷重臣而又遭贬,最后死于贬谪之地。现留有《容斋先生集》传于世,其中诗集八卷,散文两卷,外集一卷,《容斋先生集合南岳唱酬集跋》一篇,《东槎集后序》一卷,跋一篇,行状一篇。

容斋诗风近于挹翠轩,其为诗虽格力比不上翠轩,但是诗风却显得更加浑厚淡雅,意韵老成。金昌协就曾经评价容斋道:"容斋诗虽格力不及翠轩,而圆浑和雅,意致老成,足为一时对手。其五言古诗往往有绝佳者,非东岳所及也。"[①]许筠《惺叟诗话》更是给予李荇极高的评价,称其为当时第一。李荇诗风总体而论沉厚和平,澹雅纯熟,五言古体诗更是出陈(师道)入杜(甫),高古剀切。

说到李荇五古诗的高绝之处,可看一首《风树》:

风树多危叶,秋山易夕阳。
雁行斜度汉,蛩韵冷依床。
病欲侵年至,愁今抵夜长。
知音空海内,谁与一商量。[②]

诗人通过"风树"、"危叶"、"秋山"、"夕阳"、"冷床"、"长夜"等充满凄凉之感的意象,来抒发自己长年谪居在外,难觅知音与共的孤独、无奈之感。整首诗歌虽然基调悲戚、苍凉,但是透露出来的却是不屈的意志,堪称高古沉厚,颇具杜诗之风调。

李荇诗作体裁多样,诗歌内容更是广泛丰富,其中多唱和交游、咏史、写景抒怀等。诗人一生仕途中多次遭贬,流放偏远之地,有机会接触到下层贫苦百姓。因此,李荇诗作中不乏关注现实苦难及社会不公的诗篇,这一点很值得注意。如《记事》:

朝闻老翁啼,暮听老妪哭。
啼哭一何苦,恻悯额为颇。
生男不如女,生女不如独。
丁男尽徭役,结束卖牛犊。
室中有少女,朝夕具饘粥。
梨园弟子多,选纂至白屋。
四壁杼袖空,何以备新服。
督促勿稽留,恶使恣鞭扑。
去者当日远,存者谁抚育。

① 金昌协《农岩集·卷三十四·杂识·外篇》。
② 李荇《容斋集·容斋先生集卷之二·五言·风树》。

拊膺呼苍天，死亡今在目。[①]

这首诗是诗人乙丑年南迁时所作，诗中描写一对老人夫妇在严苛的徭役下，受官府欺压，儿女被逼徭役，家人离散，老人孤独至死的悲惨境遇。面对如此黑暗的世道，诗人感叹世道的如此不公："生男不如女，生女不如独。"这首五古诗，形式内容均近于杜甫《石壕吏》，尤其是"生男不如女，生女不如独"这一句，与杜甫《兵车行》中"信知生男恶，反是生女好。生女犹得嫁比邻，生男埋没随百草"，有异曲同工之妙，可见李荇对杜甫诗风的继承和发展。

李荇保留下来的诗作数量较多，其中佳作如林，以上管缝一窥，便可知其才气之大及渊源之正，成为当时诗坛巨擘是名副其实的。

卢守慎

卢守慎(1515—1590)，是朝鲜初期末的著名诗人，字寡梅，号蕴斋。六岁便可作诗，八岁已见成人之器，二十岁中进士，进入大学。二十九岁，以中文科第一名，授成均馆典籍。后拜弘文馆修撰。次年春，拜世子侍讲院司书。明宗即位，卢守慎因为士祸被罢归忠州，后一再被贬，谪居珍岛十九年。直至宣祖即位，其五十四岁时，方才得以还京，特授弘文馆直提学兼艺文馆应教。后卢守慎多次上疏请求解职归养，但是不被允许，直至七十六岁去世。卢守慎仕途坎坷，盛年长期远居海岛。正因如此，这谪居珍岛的十九年才使得他能够潜心诗作，成就诗名，享誉于后世诗坛。卢守慎现存文集《苏斋集》，其中文集十卷，内集上两卷，内集下六卷，以及年谱、年谱附录、行状各一卷。

卢守慎存留诗作1204题，是存诗较多的李朝诗人之一。其诗作题材以交游、唱和、咏物、咏史为主，卢守慎与白光勋、退溪李滉等著名诗人交好，诗集中多见与他们的唱和诗。他在朝鲜诗界享负盛名，是世称"湖、苏、芝"之一的大家。金昌协就曾评价他："世称'湖苏芝'，然三家诗实不同。湖阴组织锻炼，颇似西昆，而风格不如苏；芝川矫健奇崛，出自黄、陈，而宏放不及苏；苏斋其最优乎。"[②]认为卢守慎是三家诗中取径最正、成就最高的一位。卢守慎与其他"海东江西派"的代表诗人一样，主要以学宋诗为主，尤其是以学杜诗为宗，并被认为是学杜之雄："卢苏斋诗在宣朝初最为杰然，其沉郁老健、莽宕悲壮，深得老杜格力。后来学杜者莫能及，盖其功力深至，得于忧患者为多。"[③]指出卢守慎的诗作功力来自于自身的人生坎坷磨难，而这一点与杜甫是相同的。

卢苏斋诗以学杜为主，工于近体诗，尤以五律为佳。许筠曾在《惺叟诗话》中赞赏："卢(卢守慎)之五律、黄(黄廷彧)之七律，俱千年绝调。"比如下面一首五律《月溪舟中》：

百丈牵风浦，孤篷溯月溪。
空明同上下，烟霭半东西。
客兴南程阔，归魂北极迷。

---

① 李荇《容斋集·容斋先生集卷之五·南迁录·记事》。
② 金昌协《农岩集·卷三十四·杂识·外篇》。
③ 申纬《警修堂全稿册十七·北禅院续稿二·东人论诗绝句三十五首·其十五》。

清秋望不尽，寒日向人低。[①]

全篇诗风豪逸奔放，老健悲壮。“百丈”又“孤篷”，“上下”又“东西”，“南程”对“北极”，用词豪放壮阔，但却深含孤独之意、无助之情，堪称佳构。

除了以上诗人之外，当时诗坛以学宋著称的诗人还有成俔、朴详、申光汉、郑士龙、黄廷彧等。其中除了郑士龙之外的其余四位诗人，因为诗风相近，曾被紫霞申纬称为“四杰”[②]，在李朝汉诗史上占有一席之地。

成　俔

成俔(1439—1504)，字磐叔，号虚白(慵斋)，昌宁巨族。慵斋本性疏阔，与世无争，对家人朋友及陌生人都处之怡然。又酷好读书，常常闻鸡而起，静坐房中，手不释卷，即使是酷暑寒冬也不懈怠。晚上时常对月抚琴，望之如神仙中人。天顺三年中进士，后一路恩迁，官至弘文馆大提学、艺文馆大提学、知成均馆、春秋馆事等。慵斋的汉诗文创作数量非常多，这让后世许多文人都望尘莫及，心生赞叹。金安国在为其所作的行状中曾说道：“所著《虚白堂诗集》十五卷，《补集》五卷，《文集》十五卷，《风雅录》上下卷，《浮休子谈论》六卷，《奏议稗说》六卷，《慵斋闲话》十二卷，《锦囊行迹》四十三卷，《桑榆备览》四十卷，《经纶大轨》五十余卷，未就而卒，所撰《风骚轨范》三十卷行于世。”[③]《韩国文集丛刊》中收存成俔别集《虚白堂集》，其中诗集十四卷，诗集补集五卷，风雅录两卷，诗歌补遗一卷，文集十四卷。

慵斋多才博学，诗风更是直追苏黄，豪健宏富，颇有古风气骨。申纬在《东人论诗》中将其定位为：“虚白讷斋角奇健，骆峰清邕杭芝川。”[④]用奇健来归纳诗作特点，是恰如其分的。且看其《渔阳怀古》其二：

满街杨柳绿阴凉，凫雁双飞水满塘。
遗臭禄儿何足问，石桥依旧半斜阳。[⑤]

这首诗歌是典型的学宋风格，全诗虽看似在描绘景色，但是在第三句却引用了“禄儿”这一词语典故[⑥]，意在说不管历史进程的兴衰如何，但是人总是生活在当下，而诗人面对的风景依旧，斜阳仍在，可见其豁达的心境。

朴　详

朴详(1474—1530)，号讷斋，忠州人。讷斋为人正直，才思敏捷，操笔立就，为文简约

① 卢守慎《苏斋集·苏斋先生文集卷之五·诗·月溪舟中》。
② 申纬《警修堂全稿册十七·北禅院续稿二·东人论诗绝句三十五首·其十四·徐四佳如四杰前》。
③ 成俔《虚白堂集·虚白堂行状·虚白堂先生文戴成公行状·金安国》。
④ 申纬《警修堂全稿册十七·北禅院续稿二·东人论诗绝句三十五首·其十四》。
⑤ 成俔《虚白堂集·虚白堂诗集卷之四·诗·渔阳怀古二首》。
⑥ “禄儿”乃是唐朝唐玄宗时期后宫对安禄山的昵称，但是后来安禄山伙同史思明发动了“安史之乱”，被后代历史家文人相诟病，故诗中会说“遗臭”。

而意达，雄刚奇古，其诗可与虚白成伣相媲美。但是讷斋的诗文流传下来的不多，现存《讷斋集》六卷，其中奏议四卷；诗作仅存十四首，为应制诗四首，唱和诗四首，其余均为写景咏物诗。佳作如《广寒楼》：

良辰持节上高楼，进步方知百尺头。
万里关河秋正好，一轩风月意难收。
圣朝未报宵衣理，故国还为昼锦游。
王事有程情不尽，此时不饮更何求。
方丈峰高万丈横，中天月色正分明。
几多豪杰登临咏，槛外唯余一水声。①

以诗风扬名一世的还有申光汉(1484—1555)，号骆峰，现存《企斋集》十四卷，别集七卷，文集三卷。郑士龙(1491—1570)，号湖阴，现留有《湖阴杂稿》八卷。其诗作风格浑厚中透出奇特，堪称骚坛老将，其写景逼真，举重若轻，如下面这首七绝：

江声忽厉月孤悬，早许湖阴压卷篇。
实践真知金柏谷，黄江一夜不成眠。②

黄廷彧(1532—1607)，字景文，号芝川子，著述现存有《芝川集》四卷，附录上下卷。芝川诗以七律见长，在徐居正之后的诗坛能够独树一帜。他晚年与尹根寿、金尚宪等诗人组织耆英社，效仿丽末隐士，诗酒唱和，亦造就当时诗坛的一段风流佳话。

三、道学派代表诗人

李朝的道学派又称士林派。士林派在文学创作上强调内容的重要性，认为文学的根本应该在“道”上，提倡“文以载道”，坚持“道本文末”。在诗歌创作方面，应该追求诗歌的精神作用，而不是把它作为为政治服务的工具。相对而言，士林派不太重视诗作技巧，明确反对诗作词语的雕琢华丽。随着士林派的不断发展、壮大，勋旧派为了维护自身利益，多次发动清除士林派行动，并酿成不少流血事件，仅从1498年到1551年间就发生了5次“士祸”。到了16世纪后半期，士林派内部也发生了分化，分裂为了东人与西人两大阵营，其中东人党后又分裂为南人派与北人派，西人党分裂为老论派与少论派。党派的不断分裂、更迭，伴随而来的就是流血与牺牲。因此，士林派在整个16世纪都处于动荡分化之中。

随着士林派在朝野势力的不断扩大，李朝诗坛上形成了以诗歌吟咏性情、阐释理学理念的新风向，代表诗人有金宗直、郑汝昌、金宏弼、徐敬德、李彦迪、李珥、李滉、曹植等。

金宗直(1431—1492)，字季昷，号占毕斋，善山人。占毕斋天资聪颖，十二岁便可作诗，日记数千言，名声大震。十八岁钻研性理之学，二十三岁中进士。当时执掌文衡的鱼

① 朴详《讷斋集·讷斋集卷之五·古今诗·广寒楼》。
② 申纬《警修堂全稿册十七·北禅院续稿二·东人论诗绝句三十五首·其十八》。

世谦，见到金宗直的诗文后赞赏不已，甚至自叹不如，说出“使我执鞭为奴隶”这样的话。金宗直官至弘文馆提学、刑曹判书，后因病辞官，六十二岁卒。一生弟子众多，培养出了大批的汉诗文人才，如郑汝昌、曹伟、金宏弼、南孝温、俞好仁、李承彦、郑希良、姜希孟等人，均出自其门。金宗直一生致力于汉诗文创作，现存有《占毕斋集》，其中诗集二十三卷，文集两卷，《彝尊录》一卷，年谱、事迹、门人录各一卷。李滉并不推重金宗直的诗文创作，认为其内容单薄，“只有词华”，没有一篇明理的文字。但是李朝文坛的多数人都认为金宗直的诗文高古，气势沉郁，成就不凡。诗中佳构如下面一首怀古诗《鸡林怀古》：

连云草树旧江山，华表亭亭压市阛。
石老鲍鱼犹片段，城空半月自弯环。
谁教外侮轻周鼎，终见降王叩汉关。
千古金鳌阅兴废，夕阳和恨满孱颜。①

总之，金宗直首倡性理入诗文，是道学派诗文创作的最早推进者，实为士林派的领军人物。

郑汝昌(1450—1504)，字伯勖，号一蠹，河东人。自小立志，潜心学习，精通性理之学。其性格沉静，不喜人际交游，但留恋山水，曾经卜居岳阳洞。登科及第，官至艺文馆检阅，后因“戊午士祸”牵连，流放钟城，最后死在谪所。现存《一蠹集》，其中包括《一蠹先生遗集》三卷，续集四卷，其中汉诗仅存7首。其中《岳阳》云：

风蒲泛泛弄轻柔，四月花开麦已秋。
看尽头流千万迭，孤舟又下大江流。②

今人李家源评价此诗通篇浑成，无斧凿之痕，境界阔大，立意甚高。这首诗作饱含性理之韵，又浑然天成，因而被认为是李朝性理学派诗作之始。

金宏弼(1454—1504)，字大猷，号寒暄堂，瑞兴人。与一蠹受学于毕斋之门。成宗庚子年中生员，官至刑曹佐郎。燕山戊午，受士祸牵连，被流放至熙川。“甲子士祸”后被赐死，后得到平反，谥号“文敬”。他一生致力于经学研究，培养出了赵光祖、金安国等儒学大家。现存金宏弼的诗文不多，只有两首绝句收于《东文选》。

徐敬德(1489—1546)，字可久，自号复斋，又号花潭，谥号文康。花潭生于京畿开城，又名松都，世代寒门。稍长读书，过目成诵，博闻强识。又生性淡泊，雅不喜仕。据记载，花潭四十三岁始奉母命而赴举，中生员即归。其酷爱山水，曾经游历四方以增见识。徐敬德曾被称为“松都三绝”之一，这一称呼来自于一段风流佳话。当时松都名妓黄真伊风流倜傥，性格直率，时人皆言花潭为人正直，黄真伊仰慕先生为人才学，自携美酒慕名而往，与先生谈学论道，尽兴而归。后每每与人言：“知足老禅，三十年面壁，亦为我所坏。唯花潭先生昵处累年，终不及乱，是真圣人。”后黄真伊又说：“时松都有三绝，即朴渊瀑布及先生暨小的也。”这一说法，虽未必真实，但亦足以显示出徐敬德先生的为人处事之道，

① 金宗直《占毕斋集·卷六·诗·鸡林怀古》。
② 郑汝昌《一蠹集·一蠹先生遗集卷之一·诗·岳阳》，“头流”为朝鲜山名。

确实受到了时人敬仰。花潭一生不属仕途，寄情山水，甘愿贫困，等到年老，容貌高古，衣冠俨伟，如山间老翁，吟诗弄月，自得其乐。至1554年冬，花潭久卧柴门，临终前还沐浴洁身，回家后便去世。其有《花潭集》传世，共四卷，其中包含诗作77首。

徐敬德以性理学大家为后世熟知，然而李朝性理学支派繁多，而花潭属"唯气派"，也就是倡导气一元论。其撰写的《原理气》、《理气说》、《太虚说》、《鬼神生死伦》等著述，皆成为其理学思想之精髓。后世学者对于复斋先生的评价并不一致，比如退溪李滉认为花潭的儒学理念并非正派，价值不大，而花潭门人许晔对于这一说法不赞同。总体来讲，后人对其才学以及品行大都予以肯定评价，花潭对于朝鲜后代性理学的发展影响至深。

徐花潭一直以性理学者著称，因此其诗作成就往往被人忽视。其诗作虽所存不多，但是就存诗来看，诗风大抵隽永平淡，如《山居》其二：

花潭一草庐，潇洒类仙居。
山簇开轩面，泉弦咽枕虚。
洞幽风淡荡，境僻树扶疏。
中有逍遥子，清朝好读书。①

整首诗的场景平淡，偏僻草庐，临山傍水，草木扶疏，意境渊永。诗人闲居其间，读书观景，逍遥岁月，超脱于名利羁绊及红尘世俗之外。

除了以上诗人外，晦斋李彦迪、退溪李滉、栗谷李珥均为当时的性理学大家，李滉与李珥甚至被称为"朝鲜儒学界双璧"，其中李彦迪与李滉都受到过士祸的波及迫害。李彦迪(1491—1553)，字复古，号晦斋、紫溪翁，谥号"文纯"。中宗九年及第，仕途多舛，官至左赞成，后受"乙巳士祸"的牵连，流放江界，最后死于谪所。晦斋现存《晦斋集》十三卷，年谱、附录、考异各一卷。李滉(1501—1570)，字景浩，号退溪、退陶、陶叟，生于燕山君七年，历经燕山君、仁宗、明宗、宣祖数代，卒于宣祖三年。退溪幼年丧父，随叔父学习儒学，二十七岁中进士，一生政治生涯七进七退，官至弘文馆大提学。退溪也曾被卷入士祸与党政之中，深深体会到了官场的险恶与腐败，后坚决辞官归隐，潜心学问。一生著述颇丰，现存《退溪集》，其中退溪先生文集四十九卷，别集一卷，外集一卷，续集八卷，年谱四卷，考证八卷。

退溪是"唯理派"的杰出代表。他主张"上无继绝者，下以开来学"，被公认为李朝的一代儒宗，赵穆、金诚一等李朝学者甚至推崇其为东方第一人。退溪的儒学思想不仅对韩国儒学界产生了重大的影响，引起了东亚各国学界的注意。李植在评价退溪时说：

明、宣之际，豪杰继起，复振己卯之绪，明德往辙，一味谦退。当时群小流俗，固有不悦而指摘者矣。退溪深戒朋徒，专意退修。其学专以明道术、辟异端、著述编辑为务，故世议无所加，而儒风丕变，国家有赖矣。②

李退溪潜性理学，认为"理气"是人间道术的根本枢纽，其"理气"思想的主要特点：一是理

① 徐敬德《花潭集·花潭先生文集卷之一·诗·山居》。
② 李植《泽堂别集·卷十五·贞智录》。

气有别，也就是“理”为道、为贵、为善、为形而上，“气”为器、为贱、为恶、为形而下。二是主张理气之间是动态关系，认为理动才会生出阴阳之气，而理就在气的运行之中。此外，退溪还提出了著名的“四端七情”论，用来系统表达自己的性理观。其中“四端”是指恻隐、羞恶、辞让、是非之心，“七情”是指喜、怒、哀、惧、爱、恶、欲七种情感。为了完善自己思想体系的论述，退溪还与奇高峰展开了长达八年的哲理论辩，这一长期的哲理论辩，成为近世东亚儒学史上的一件大事，意义重大。

李退溪不仅以性理学思想家名震东亚，他还是一位出色的朝鲜时调大家，汉诗创作大诗人。退溪认为诗歌创作不可过分追求文辞华丽，而应该着重诗歌内容的表达，通过诗歌来表现自己的思想与情感。退溪弟子权应仁曾说过，先生喜苏诗，其诗风格属于“淡泊风月，浓黑草书”[①]。但是诗人李瀷却对他评价不高，认为退溪集中所留之诗，多欠体裁，并不完美。权应仁则替师辩解：“殊不知其不为也，非其不能也。”[②]紫霞申纬在《东人论诗》中曾有公允之论：

梦牵白鹤青松栖，诗好丹山碧水题。
摹写江光横匹练，空中明月近堪梯。

并附注云：“退溪先生求青松不谐，得除丹山郡，有诗曰：青松白鹤元无分，碧水丹山尽有缘。”[③]应该说，李退溪的这两句诗中有理，理趣盎然，因为能够成为当时儒林传唱的绝妙佳句。因此，尽管后世人对李退溪有着不同的评价，其在朝鲜思想史以及汉文学史上的崇高地位是不可撼动的。其《游灵岩寺》诗云：

江亭昔望云藏岳，山寺今登岳出云。
眼豁天低山共远，秋高野旷水平分。
闲开静室思论易，健倒清尊欲讨文。
落日丹枫吟更好，归时林影月纷纷。[④]

诗作清雅脱俗，淡泊致远，尤其是颔联“眼豁天低山共远，秋高野旷水平分”，将所见美景以及淡泊内心融为一体，形象表现出了性理学家的美妙精神境界。在这样一个宁静闲适之所，三五好友，思考易理，讨论道学，其内心的欣喜难以言表。由此可见退溪汉诗中的境界，往往既显得开阔豪放，又洋溢出一种宁静淡雅的氛围。退溪先生以这类诗作居多，偶尔会有些许不同之咏，如《寄题仙梦台》：

松老高台插翠虚，白沙青壁画难如。
吾今夜夜凭仙梦，莫恨前时趁赏疏。[⑤]

这首诗颇有游仙诗的境趣，这可能跟先生一生仕途大起大落有关。先生虽一生潜心研究

① 李德懋《青庄馆全书·卷六八》。
② 见《星湖僿说·星湖僿说类选·卷十·下·论文门·退溪诗》。
③ 申纬《警修堂集·警修堂全稿册十一·北禅院续稿二·东人论诗·其九》。
④ 李滉《退溪集·退溪先生文集卷之四·诗·游灵岩寺》。
⑤ 李滉《退溪集·退溪先生文集外集卷之一·诗·寄题仙梦台》。

性理之学，但是时不时也会有疲惫之时，遇心绪难抒之境，因此，其诗中出现"夜夜凭仙梦"，也属情理之中。

与退溪合称"朝鲜儒学界双璧"的李珥（1536—1584），字叔献，号栗谷，谥号"文成"，祖籍德水县人，生于江原道。其母亲乃是以诗、书、画闻名于朝鲜文学界的女才人——申师任堂。栗谷出生于书香门第，自幼聪慧，从十三岁至二十九岁，先后九次考试拔头筹，被世人赞为"九度状元公"。但是栗谷并不受父亲喜爱，母亲去世后，甚至还一度离家出走，赴金刚山修禅一年。栗谷二十三岁时，拜访李退溪，向退溪请教学问，这对栗谷之后的人生发展产生了较大的影响。

栗谷身为李朝大儒，其理学思想的核心是"理气观"，他对理与气关系的阐述，是对朱熹及李珥思想的接受和深化发展。栗谷先生认为"理气妙和"，二者是"一而二，二而一"的辨证关系，并无先后之分，进而推断出"理通气局"、"气发理乘"的论断。栗谷的儒学思想在当时是极具创新的观念，对于李朝儒学的发展起到了不可替代的重要作用。

栗谷不仅是一名儒学宗师，还是一名卓越的经世家。他一生为官，在治民理国方面提出了很多富有见地的意见，他强调理论与实践、学问与经世必须结合，其《东湖问答》、《经筵日记》、《时务六条启》等，皆为这方面的杰出著述。

栗谷诗风与退溪基本一致，不赞成辞章派过分注重雕琢炼句，更加强调诗歌应浑然天成，清爽淡雅，返璞归真，在此不加详述。

作为与退溪同时的性理学大家，还有一位不得不说，那就是曹植。虽均为性理学大儒，但是二者实属不同学派。退溪及其门人形成了退溪派，而曹植及其门人弟子则是南冥派。曹植（1501—1572），字楗仲，自号南冥，谥号"文贞"，生于庆尚道，其父为承文院判校彦亨。少时同李浚庆（1498—1562）、李润庆（1499—1572）兄弟一起读书学习，后随父亲至端川学习经、史、诗、天文、地理等。十八岁归，与成守琛（1493—1564）、成运（1497—1579）等人交游，这一时期是曹植思想转变的重要时期，他开始接触老庄、佛学等深刻的理论知识，并且开始了更高程度的追求。二十五岁在山寺埋首读书，潜心于"四书五经"以及宋代理学的研究。三十岁移居金海，与成运、李希彦等互相学习，并且开坛讲学。居金海十八年间，赴多地进行讲学。六十一岁于智异山建山天斋，专心讲学，直至去世。南冥弟子众多，如德溪吴健、守愚堂崔永庆、来庵郑仁弘、赵宗道、河沆、郑逑等均为其门下弟子。其为人品行高洁，不贪图官场虚名，多次任命其做官，均辞而不就，一生大部分时间是在野授学，故而深受世人称颂。南冥本人多次劝诫弟子要注重实践与气节，故而这一理念成为了曹植门人的学风，成为了当时与"退溪学派"并驾齐驱的"南冥学派"。当然，南冥理学的核心思想是形成其学风的根本，那就是"敬义之学"。先生一直反对空理空论，注重实践躬行，认为儒学实践胜于理论，这也就是南冥子弟在"壬辰倭乱"中多为"义兵将"的原因。同时，南冥先生还非常关注民生，很早就在《民岩赋》中提出"水能载舟，亦能覆舟"的警示。

南冥现存《南冥集》四卷以及行状、墓碑文、序数篇，其中汉诗共187题。其诗文创作风格不同于退溪、栗谷，而是充满了豪迈壮阔的气势，如《题德山溪亭柱》：

请看千石钟，非大扣无声。

争似头流山，天鸣犹不鸣。①

从格律以及用词上来讲，并无过人之处，但是就其气势而言，可谓豪壮。再如《读项羽传》：

英雄死去知无数，读到骓歌咽不成。
拔木昼冥天意在，如何重作两瞳生。②

诗歌是写自己读完《项羽传》之后，对于项羽这本是帝王之人，却最终只能含恨而死，感到非常惋惜。

除以上诗人外，这一时期的理学大家兼文学大家还有静庵赵光祖（1482—1519），著有《静庵集》；高峰奇大升（1527—1572），著有《高峰集》；牛溪成浑（1535—1598），著有《牛溪集》等。

第三节　三唐诗人

一、三唐诗人由来

在朝鲜汉文学的发展历程中，汉诗的成长和发展一直受到中国诗歌的影响，朝鲜汉诗创作风格也随着中国各朝代诗风的变换而更改。唐代诗风的影响笼罩了从新罗末期到高丽前半期。高丽中后期开始，学唐诗风逐渐被学宋之风取代，直至朝鲜李朝前期，诗坛都是以宋诗风为主流，而随之兴起的“海东江西派”，就是丽末李初诗坛学宋诗风盛行的产物。海东江西派诗人注重创作技巧，发展到后来，就如中国江西诗派一样，往往过分依赖使用孤僻的典故或奇崛的句式，其结果就使得诗作越来越晦涩难懂。因此到了16世纪中期，李朝诗坛的诗风逐渐发生改变，到了16世纪后半期，诗坛开始反思学宋诗风的弊端，反对过分强调诗作技巧，而转向重视在诗作中表达真情实感。因此，结构明快而又富有感情色彩的唐诗风，又开始兴盛于李朝诗坛。

唐诗风复兴于李朝诗坛，有着多方面的复杂原因，终究也表现出了朝鲜汉诗发展的大趋势。首先是明代前后七子“文必秦汉、诗必盛唐”的文学主张，对朝鲜诗坛产生了较大的影响，大量的唐朝诗集输入朝鲜。15世纪中叶，李朝就设立集贤殿，大量输入中国诗集，其中如杜甫、李白、王维、白居易等著名诗家的别集都有在朝鲜刊行。进入16世纪，许多在元明两朝流行的唐诗选本，如《三体诗》、《唐贤诗》、《唐诗品汇》、《唐诗绝句》等，都在朝鲜李朝热卖流行。至16世纪后半期，朝鲜文人开始根据自身需求，对唐诗别集总集进行改编刊行，其中代表人物是许筠（1569—1618）。许筠以《唐诗品汇》为中心，参考其

① 曹植《南冥集·南冥先生集卷之一·五言绝句·题德山溪亭柱》。

② 曹植《南冥集·南冥先生集卷之一·七言绝句·读项羽传》“两瞳”：重瞳子。《史记·项羽本纪》中记载：“吾闻之周生曰‘舜目盖重瞳子’，又闻项羽亦重瞳子。”后用来指帝王的眼睛。

他唐诗选集，在朝鲜编纂并刊印了《唐绝诗删》。当时的汉诗人李睟光（1563—1628），也编纂出版了《唐诗汇选》。还有李敏求（1589—1670）、金锡胄（1634—1684）等汉诗人也都改编过唐诗选集。经过这一阶段的影响，朝鲜文人逐渐摆脱了江西诗风的影响，开始关注唐诗风，因此就出现了以崔庆昌、白光勋、李达、郑之升为代表的三唐诗人时代。16世纪中后期，权韠（1569—1612）、李安讷（1571—1637）、许筠（1569—1618）、车天辂（1556—1615）等诗人开始对唐诗风进行自我反省，努力摆脱晚唐诗风中纤弱苦闷的气质，开始追求盛唐诗歌的雄厚强健。到了朝鲜朝中期，诗坛拟古风、歌行体盛行，代表诗人是郑斗卿（1597—1673）。总之，朝鲜初期从16世纪20、30年代到16世纪末，以流行中晚唐诗风为主，进入17世纪之后，朝鲜诗坛便以流行盛唐诗风为主。

二、三唐诗人的诗作

16世纪中叶以后，大批朝鲜汉诗人开始对辞章派过于注重创作技巧的诗风提出异议，并且提出了“诗回盛唐”的口号，主张诗歌应该表达自己的真情实感。这时“三唐诗人”的出现，使得唐诗风逐渐成为当时李朝诗坛的主流，这“三唐诗人”是指白光勋、崔庆昌和李达。任相元在为荪谷所作之序中说：“当穆陵朝，有称《三唐集》者，谓崔孤竹庆昌、白玉峰光勋、李荪谷达也。是三子也，刻意摩唐，间有绝相肖者。”[①]这三位诗人的诗作，对当时朝鲜诗坛的影响极大，可谓传诵人口，影响南北。申纬曾在《东人论诗》中评价道：

才擅三唐崔白李，溯源风调始冲庵。
后来深院孤舟句，突过杏花微雨帘。[②]

并在下注释：崔孤舟，白玉峰，李荪谷，世所称三唐者。唐调倡自金冲庵[③]诗。一开始这三人所学唐诗，主要还是集中在晚唐期间。李睟光《芝峰类说》指出：“我东人多尚苏黄，两百年间皆袭一套，至近世崔庆昌、白光勋始学唐，务为清苦之词，号为‘崔白’，一时颇效之，殆变向来之习。然所善者晚唐耳，不能进于盛唐，岂有所局耶？”[④]李睟光所叹惜，是这引导风向的三人，仅学晚唐清苦绮丽的诗风，而没有达到盛唐诗那种雄壮气度。然而这三位李朝汉诗人都出生低贱，一生压抑，内心难平，所以其借诗抒志，难有雄壮诗风，这也符合情理。

白光勋（1537—1582），字彰卿，号玉峰，中宗三十二年生于长兴岐山。七岁能文，十四岁学于青莲李公，二十八岁中进士，但是没有进入仕途，而是隐迹山林潜心创作。玉峰三十六岁之时，天使来朝，他作为白衣制述官与卢守慎等接待明使，受到了使者以及国王的称赞，并留有一联“城上飞鸦归欲尽，席边流水去无情”[⑤]，大受国王喜爱。四十二岁之

① 李达《荪谷集·序·任相元》。
② 申纬《警修堂全稿·册十七·北禅院续稿二·东人论诗绝句三十五·其十七》。
③ 金冲庵指金净。
④ 李睟光《芝峰类说·卷九·文章部二·诗》。
⑤ 白光勋《玉峰集·玉峰别集·附录·年谱》。

时，与白湖林悌、荪谷李达等好友共登广寒楼，以诗酬唱，至于累牍。玉峰不仅诗名盛负，而且还写得一手好书法，曾被誉为“笔得钟王妙，诗羞魏晋卑”[①]，得钟繇、王羲之书法之精妙，而诗作成就不下魏晋古诗。玉峰诗作众多，现存《玉峰集》，其中包括诗集上、中、下三卷，别集一卷，以及跋、序共五篇。集中诗作包括了五言绝句98题、七言绝句191题、五言律诗69题、七言律诗33题、五古15题、七古14题、别集诗20题，合计共存汉诗440题。

白玉峰诗体裁多样，题材丰富。从其存诗情况看，工于绝句，所作风格大多清雅淡洁，如其五绝《宝林寺》：

> 古殿云生壁，晴山鸟下空。
> 闲眠午斋后，一枕水声中。[②]

寥寥二十字，就将诗人热爱自然、享受山水之乐、淡泊致远的志向表露出来，全诗不见雕琢痕迹，浑然天成，可见其汉诗功底。再如七绝《幽居》：

> 幽居地僻少人来，无事柴门昼不开。
> 花满小庭春寂寂，一声山鸟下青苔。[③]

诗人一生远离仕途，寄居山水，享受如此闲情雅致的自然生活，此诗与《宝林寺》境界相当。玉峰一生知音好友当属与之并称的崔庆昌(号孤竹)，多与之诗酒唱和，如《忆崔孤竹》：

> 相思脉脉掩空斋，千里人今碧海西。
> 孤梦不来秋夜尽，井梧无响月凄凄。[④]

表达了诗人对于好友的深切思念之情。

“崔白”之中“崔”指崔庆昌(1539—1583)，字嘉运，号孤竹，海州人。孤竹天性豪爽、风采突出，人皆以为其有神仙风度。年少时与玉峰游学于松川，拜学青莲李氏之门。未至弱冠便与栗谷李珥、龟峰宋翼弼、东皋崔岦等文人唱酬于武夷洞，世人称“八文章”。还与松江郑澈、万竹徐益等名人游三清洞，时人称之为“二十八宿会”[⑤]。二十三岁，科举及第。历任北评事、大同道察访、钟城府使、成均馆直讲等官职。孤竹天性耿直，厌恶官场的虚以委蛇、惺惺作假风气，故经常得罪权臣。孤竹不仅文名远播，且擅长弓矢及琴笛之器。宣宗认为孤竹乃是“文武之才”，欲委以重用，但因孤竹平素对朝中权臣多有得罪，再加上其庶出身份，因此宣宗这一想法遭到权臣反对而只能作罢。虽是如此，孤竹依然倜傥风流，即使放迹在外，依然轻裘绶带，气象卓异。当时李公曾作诗赠与孤竹：“俊逸清新子庶儿，穿杨又道似君稀。金銮未着词臣迹，玉帐还伸虎旅威。”[⑥]李敏叔也曾在为孤竹所作之跋中说道：“先生力追先古，深造正始，翛然清远，卓尔高，发扬振厉，而不入于狂怪；

---

① 崔庆昌《孤竹遗稿·五言律诗·挽玉峰》。

② 白光勋《玉峰集·玉峰诗集上·五言绝句·宝林寺》。

③ 白光勋《玉峰集·玉峰诗集上·七言绝句·幽居》。

④ 白光勋《玉峰集·玉峰诗集上·七言绝句·忆崔孤竹》。

⑤⑥ 崔庆昌《孤竹遗稿·孤竹诗集后序·朴世采》。

隐约闲静，而不病于枯槁，霭然有一唱三叹之遗音。鸣呼盛矣。此乃天机之自动，正色之自美耳，岂郊、岛之伦，雕琢绨绘，以求知于一世者比哉。”[①]这更是极言孤竹诗才已超越唐代的孟郊、贾岛，为李朝诗坛的一代之雄。

孤竹诗文创作众多，但由于遭遇多次兵乱，大都散佚，所存不过十之一二，可惜之余依旧能看出其诗才之盛。孤竹现存《孤竹遗稿》，其中以诗为主，包括五绝28题、七绝84题、五律36题、七律25题、五古18题、七古5题，三五七言韵1首，共197题，序、集后叙、跋各1篇。孤竹诗歌涉及题材广泛，其中以写景唱和诗居多。且看一首《武夷洞》：

独立平台晚，村醅入面迟。
榛丛惜幽草，石濑俯清漪。
废寺余荒塔，行宫只旧基。
春风临眺意，多少附新诗。[②]

这首诗是孤竹弱冠前所作。“榛丛惜幽草，石濑俯清漪”一联可谓写景佳句。其少年成才与多位名士游于武夷洞，看着山水风光，不禁感叹风景依旧，却已物是人非。再如《旅怀》：

孤城去马饮寒流，异国光阴倦旅游。
榆塞新春无过雁，蓟门斜日独登楼。
一年已办在离别，万里如今犹滞留。
寂寞天涯回望处，青山不尽越乡愁。[③]

此诗乃是诗人孤旅在外的思乡之作，“孤城”、“斜日”、“天涯”、“寂寞”、“倦”、“独”、“尽”等词的运用，将诗人的孤独寂寞之感表达得更加深刻。整首诗充满悲怆之感，颇具盛唐之风。孤竹一生与玉峰私交甚好，两人的唱和互赠之诗颇多，如《次寄玉峰》：

霜雁迟归鲤又潜，美人憔悴卧江南。
熏炉往日连床梦，灯火何时听雨谈。
紫燕东风思锦幕，白鸥秋水杳苍蒹。
岐峰梓木今成拱，人事萧条政不堪。[④]

这首诗孤竹唱和玉峰，以情融景，情深意长。诗人怀念当时与玉峰秉烛夜谈，但如今身体衰微，梓木成拱，已无当年豪迈气概。通过感叹怀念旧时好时光，表现出对老去之身的无奈之情。这首诗从遣词造句层面看，颇有晚唐伤悼诗韵味。

孤竹一生仕途坎坷，郁闷不得志，屡屡左迁外调，因而他能够有机会深切了解李朝下层百姓的窘迫生活状况。对于一位士大夫诗人来讲，关注平民百姓生活确实难能可贵，如《田家》、《雨雹》、《边思》、《拾栗》等，均为此类佳作。

然而从李朝汉诗史的角度看，玉峰、孤竹诗才虽高，终是难及李达。李达（1539—

① 崔庆昌《孤竹遗稿·孤竹遗稿跋·李敏叔》。
② 崔庆昌《孤竹遗稿·五言律诗·武夷洞》。
③ 崔庆昌《孤竹遗稿·七言律诗·旅怀二首其一》。
④ 崔庆昌《孤竹遗稿·七言律诗·次寄玉峰》。

1612)，字益之，号荪谷，洪州人，双梅堂李詹之庶裔孙。荪谷是妓女所生，出生卑贱，遂无缘参加科举。其一生云游四方，放浪形骸，不拘一格。荪谷一生著述颇丰，但是最后几乎散佚无存，现所得之诗皆为其弟子许筠靠回忆所记，许筠、许兰雪轩姐弟得李达诗学之真传。《韩国文集丛刊》现存《荪谷诗集》六卷，其中古风诗 10 题、歌 6 题、五律 83 题、七四韵 60 题、五绝 38 题、六绝 6 题、七绝 104 题，共 307 题。

若论荪谷诗作实力，为"三唐诗人"翘首，然其命运蹉跎，确实令人扼腕叹息。但正是由于这种艰难落拓的生涯体验，才使得荪谷诗作的视野独特，最终能够跨崔越白，成为当时诗坛第一大家。申纬曾在《东人论诗》中论到："三唐中荪谷跨崔越白，其诗有'病客孤舟明月在，老僧深院落花多'之句。"[①]许筠也在《鹤山樵谈》中评论过崔、白二子之诗气力微弱于李："崔白李三人皆法正音，崔之清劲，白之枯淡，皆可贵重，然气力不逮，稍失事厚。李则富艳，比二氏家数颇大，皆不出岛、郊之藩篱。崔白早世，李晚年文章大进，敛其绮丽，终归平实。"[②]荪谷不是一开始就标榜唐诗的，后来荪谷随湖阴习杜诗，接受思庵的说法："诗道当以魏唐为正，子瞻虽豪放，已落第二义也。"[③]之后遂潜心唐诗。李达弟子许筠后来在《荪谷诗集序》中这样分析：

> 其诗本源供奉，而出入乎右丞、随州，气温趣逸，芒丽语澹。其艳也若南威西子袨服而明妆，其和也若春阳之被百卉，其清也若霜流之洗巨壑，其响亮也若九霄笙鹤彷像乎五云之表。引之霞绮风轮，铺之璧坐玑驰。铿而厉之，则瑟悲而球戛；抑而按之，则驤顿龙蛰。徐行其所无事，则平波滔滔然千里朝宗。而泰山之云，触石为白衣苍狗。置在开天、大历间，瑕不厕王、岑之列？而较诸国朝诸名家，其亦瞠乎退三舍矣。[④]

荪谷以诗名世，尤长于七绝，如《祭冢谣》：

> 白犬前行黄犬随，野田草际冢累累。
> 老翁祭罢田间道，日暮醉归扶小儿。[⑤]

平淡、朴素的笔触，把诗人所见的农村生活场景生动描绘了出来。再如《秋山夕怀》：

> 返照入闾巷，洞壑生秋容。
> 烟沈近溪水，云起远山峰。
> 对此骋游目，可以荡心胸。
> 营中适无事，觞爵坐高舂。[⑥]

诗歌第二联可谓写景佳句，运用"烟沈"对"溪水"，"云起"比"山峰"营造出淡雅、宁静的意

① 申纬《警修堂全稿·册十七·北禅院续二·东人论诗绝句三十五·其十七》。
② 许筠《鹤山樵谈》。
③ 许筠《惺所覆瓿稿·卷六·文部三·荪谷山人传》。
④ 李达《荪谷诗集·序·许筠》。
⑤ 李达《荪谷诗集·卷之六·七言绝句·祭冢谣》。
⑥ 李达《荪谷诗集·卷之三·五言律诗·秋山夕怀》。

境，诗人在此境中任意遨游，激荡心胸。以上两首诗颇有王维之诗风，景中有画，情景交融。

荪谷长期游迹于山水田园之中，亲眼目睹百姓生活的困苦处境，因此写出了不少关心百姓命运的诗作，如《移家怨》、《刈麦词》、《扑枣谣》、《拾穗谣》等。

田家少妇无夜食，雨中刈麦林中归。
生薪带湿烟不起，入门儿女啼牵衣。①

邻家小儿来扑枣，老翁出门驱少儿。
小儿还向老翁道，不及明年枣熟时。②

这两首诗均写出了贫民百姓凄惨贫困的生活，一个是孤苦辛苦育儿养女的可怜少妇，另一个是扑枣救饥的小孩。尤其是第二首诗，与杜甫的《又呈吴郎》中"堂前扑在任西邻，无食无儿一妇人"，有着异曲同工之妙，由此可以看出荪谷诗作的学杜功夫之深。

荪谷还有一类成就较高的诗作是游仙诗，如《仙桂曲》、《宫词》、《步虚词》等。且看《步虚词》：

王母云车五色麟，白鸾前导向西巡。
天章晓奏虚皇殿，仙桂花开八万春。（其三）

仙岛焚香礼玉虚，紫麟催驾五云车。
西宫侍女多娇笑，录尽三天未见书。（其四）

玉简金书道箓通，紫皇新下蕊珠宫。
仙官列侍排龙虎，尽礼无哗肃穆中。（其五）③

游仙诗是深受道教观念影响的汉诗类型之一，魏晋时期的谈玄风行，诗作中游仙风起。中国的游仙诗往往以历代神仙传说为题材，通过描绘诗人与神仙之间的交往，表达诗人追求理想及自由生活的强烈愿望。游仙诗很早就传入朝鲜，在高丽诗坛就开始出现，到了李氏朝鲜时代越发创作活跃。这样的诗风转变与当时朝鲜动荡的社会现实有关，大批文人有志难伸，思想苦闷，道家思想正好为他们提供了调整心态的港湾。李朝诗人们凭借着天马行空般的神奇想象力，以及优美华丽的辞藻，营造出美妙神奇的汉诗境界。荪谷之所以喜欢作游仙诗，很可能是由于自己的身世卑微，得不到朝廷任用机会，心情抑郁所致，只能靠神奇美好的诗作想象，来疏解自己内心的苦闷。诗中的"王母"、"西宫"、"仙官"等形象都是典型的道家意象。除此之外，李达诗歌中还有很多作品蕴含佛教因素，如《赠僧》、《成佛庵》等，在此不列。除了以上三位诗人外，才气横溢的郑之升也有

① 李达《荪谷诗集·卷六·七言绝句·刈麦词》。
② 李达《荪谷诗集·卷六·七言绝句·扑枣谣》。
③ 李达《荪谷诗集·卷六·七言绝句·步虚词·其三、四、五》。

“三唐诗人”之称，但是由于所存资料甚少，在此不述。

总而言之，三唐诗人摆脱了江西诗风过度重视技巧的弊病，开始追求清新、雅致的唐诗风，成为李朝诗坛的一次重大诗风改变。三唐派诗人多擅绝句，但在形式技巧上也出现了过度模仿的弊病，使诗歌创作逐渐减弱了创造性与个性。三唐诗人主要以学习晚唐诗风为主，除了李达到了晚年诗风逐渐摆脱了绮丽，归于平淡，其他均没有到达这一水平，这也是他们的局限性。但是无论如何，16 世纪的学唐诗风使得朝鲜汉诗发展到了一个新高度，成为了朝鲜文学史上不可缺少的部分，同样奠定了其在朝鲜汉文学史上的重要位置。

第四节　李朝使臣诗

一、朝鲜使节诗的由来

闻说洪荒日，檀君降树边。
位邻东国土，实在帝尧天。
传世不知几，历年曾过千。
后来箕子代，同号是朝鲜。①

权近《始古开辟东夷主》

这首诗是丽末遗臣权近所作，朝鲜李朝立国初，权近作为新朝特命使臣出使明朝禀告。在应答明太祖朱元璋问及朝鲜历史时，权近作了此诗奉答。诗意是说朝鲜自檀君“降树边”建国以来，源远流长，一脉相传，直至周朝的箕子东来，中朝两国之间的交往由来已久。据史书记载，箕子是中国殷朝末年的一代贤王，殷灭亡后受周分封移居朝鲜。后来朝鲜半岛出现三韩割据②，之后又在汉朝政治文化的持续影响下，三韩争斗消长，其中马韩部落中的百济首先强大起来。东汉末年，百济王与大陆辽东政权联姻，并借势逐步统一马韩。与此同时，辰韩也推行汉朝的政治制度，改国号为新罗。逐步强盛起来的新罗，后来又兼并了弁韩。在朝鲜半岛除了百济、新罗之外，在大陆东北兴起的高句丽国，在与大陆朝廷争斗中失败后东迁至平壤，这样在朝鲜半岛上就形成了三足鼎立局面，史称“三国时期”。

在朝鲜三国中，高句丽早在其位居东北时期，就与东汉、魏、西晋朝廷保持着朝贡关系。其东迁平壤后仍然长期保持着这一朝贡关系。隋朝统一中国后，高句丽曾派使节出使隋朝 14 次。进入唐朝后，高句丽也曾多次派使节贡奉出使。但是鼎立的新罗、百济两国，同时也与中国大陆朝廷保持着密切关系。三国之间的纷争兼并，也成为隋炀帝、唐太

① 权近《阳村集·阳村先生文集卷之一·应制诗·始古开辟东夷主》。
② 三韩指马韩、辰韩、弁韩。

宗多次征战高句丽的重要起因之一。新罗与中国大陆朝廷的贡奉关系较晚建立，但是后来居上，并逐步完善其依靠大国、争霸朝鲜半岛的外交政策。据史籍统计，从618年至906年的近三百年间，新罗向唐朝派遣使团126次，唐朝也向新罗派遣使团34次。这种极其密切的贡奉外交活动，使得唐朝廷的天平逐渐倾向于新罗。大国的强力支持，为新罗在朝鲜三国争斗中胜出打下了牢固的基础。

新罗统一朝鲜半岛后，秉持更加积极开放的慕唐政策。除了朝廷官派留学生之外，民间也开始进行频繁的中朝贸易往来，朝鲜汉诗就起步于这种密切的中朝密切交往之中。在朝鲜汉诗史上被称为“海东第一诗人”的崔致远，就是其中杰出的汉诗人代表。崔致远滞留在唐期间很长，其间不仅参加科举，入仕做官，而且多次得到唐朝皇帝的赏赐，也留下了大量与唐朝诗人的唱和诗以及描写唐朝各地风土人情的诗篇，这可以被视为朝鲜最早的中国纪行诗。高丽建国初期，中国大陆南北政权处于分治状态，作为东亚贡奉小国的高丽一直徘徊于辽、宋之间。入元之后，高丽成为元朝的藩属国。为了增进两国之间的关系，提高自己藩属国的地位，高丽曾多次与元朝联姻。政治上的和睦关系，促进了两国间的文化交流，也促进了朝鲜汉诗的快速发展。这一时期，大批朝鲜文人赴元学习，出现了如安震、崔瀣、安轴、安珦、李齐贤、李穀等著名汉诗人。1368年，朱元璋在金陵建立明朝，1369年，高丽立即派遣使者向明王朝递交国书，贡奉通交。1387年，李成桂发动政变，掌握了高丽朝廷大权。1392年，李成桂正式废黜高丽国王，改国号为“朝鲜”，李氏朝鲜正式建立。

李朝刚建立即遣使赴大明，以求获得明王朝的承认并建立起新的贡奉藩属关系。明太祖见到朝鲜主动来使归属，自然高兴，即刻承认与李朝的宗藩关系，之后明朝与李朝之间的使节来往十分频繁。据史籍记载，朝鲜自太祖到世宗的59年间，李朝派遣使者前往明朝就达到了399次。同一期间，明朝派往李朝的使节次数也多达95次[①]。其对李氏朝鲜国的重视程度可见一斑。《明史》记载：“朝鲜在明虽称属国，但无异域内。故朝贡络绎，锡赍便蕃，殆不胜书。”[②]朝鲜王朝派遣使节的名目众多，如圣节（皇帝生日）、正旦、千秋节等重大节日，以及发生重大事件时也会进贺、进献、谢恩、告哀等等。两国之间除了政治、外交使命之外，另一个重要任务就是进行文化交流。因此，朝鲜政府或者明朝政府所派遣的使节通常是那些工于诗文写作的大臣。这些使节们以诗文相互唱合，并且互相切磋各方面的学问，这一做法不仅增进了双方的情感，而且促进了两国之间的文化交流。从1457年开始，朝鲜就将两国之间使节交往的诗作汇集成集，其中包括明使倪谦与朝鲜使节郑麟趾的《庚午皇华集》以及明使程龙与朝鲜使臣辛启荣的《癸酉皇华集》等，后统一命名为《皇华集》。除此之外，还有合集《朝天录》，所谓《朝天录》就是朝鲜赴明使节在途中以及明朝京城所见所闻的诗文集的总称，其中包括《奉使录》、《漂海录》、《朝天录》、《朝天日记》、《朝天纪闻》、《朝天日录》、《槎行录》、《赴京日记》等。《朝天录》属于典型的使节与纪行文学，其中既有诗歌、日记、散文还有杂记，这些使节们通过自己的亲身感受，用各

① 杨昭全、韩俊光《中朝关系简史》，辽宁民族出版社，1992年版，第228页。
② 《明史·卷三二〇·朝鲜传》。

种问题来记录自己的所见所闻，并通过诗文来表达自己的喜怒哀乐。当然，这些使节除了进行必要的交往之外，还会奉命采购书籍，如《朱文公集》、《国语》、《资治通鉴音注》等。明太祖也经常赐书给朝鲜，像"四书五经"、《性理大全》、《宋史》、《汉书》等。除了政治、文化方面外，在其他方面两国之间也有密切的交往。16世纪末，日本丰臣秀吉举兵入侵朝鲜，朝鲜危在旦夕，明朝派大军援助朝鲜，共同抗敌，最后取得了"壬辰抗倭"的胜利 。通过这一场战争，使得中朝两国间的关系更加密切，正如许筠在送别援倭战争中的明朝友人吴明济的诗中所说："国有中外殊，人无夷夏别。落地皆弟兄，何必分楚越。肝胆每相照，冰壶映寒月。"声调掷地有声，诚挚话语感人。

李成桂建立朝鲜之后，以朱子学作为立国思想，秉持慕华事大的外交准则，一直奉明朝为正统，极力宣扬慕华、亲华，恪守事大原则，并称自己为"小中华"[①]。"壬辰倭乱"后，李朝的这一基本国策增添了鲜血凝固的友谊，中朝关系极为密切。明朝灭亡清朝建立之后，李氏朝鲜一开始持观望态度，后来迫于清军压逼及李朝自身的利益，转奉清朝为宗主国。清王朝对朝鲜的怀柔政策奏效，关系很快改观。从1644年至1875年间，朝鲜派遣赴清使团就达638次，而清朝派往朝鲜的使团也有151次之多[②]。大量的使团来往，有利于双方的文化交流，这一时期也出现了两国诗人之间的许多唱和交游诗作，如洪大容、朴齐家等朝鲜文人就结识了清朝的翁方纲、李鼎元等大家。尤其是18世纪之后，受清朝影响，朝鲜思想界发生了改变，以洪大容、朴齐家、朴趾源等为代表的实学派开始兴起，他们主张学习中国先进文化、技术，并要求对朝鲜朝廷内部腐朽没落的政治、思想等方面进行改革。这一时期纪行文学的代表作品是《燕行录》。

《燕行录》是朝鲜使节出使中国时的所见所闻总称，其中内容丰富，体裁多样，作者众多，其中最著名的当属朴趾源的《热河日记》。现存《燕行录》大约保存有500多种，内容丰富，客观纪实，是李氏朝鲜与清王朝多方面来往交流的重要史料。从明朝到清朝，李氏朝鲜的使臣活动极为频繁，产生的使臣诗人数量多，纪行汉诗佳作多，其中最为杰出的有权近、李晬光、朴趾源等人的汉诗创作。

二、权近的使节诗

权近(1352—1409)，初名晋，字可远、思叔，号阳村，菊隐权溥之孙。阳村少而好学，聪敏过人，高丽恭愍王己酉年及第，时年十八岁。王见其年少，问曰："彼少者亦登第耶?"时任贡举的李穑答曰："将大用不可少之也。"[③]权近高丽时期官至密直，后与其师牧隐一起被贬于清州、益山。高丽灭亡后，权近一直隐于忠州阳村不出，直至李太祖巡游时召见，方出仕，官至大提学。权近作为两朝重臣，是当时著名的儒学大家和汉诗人，曾多次奉命出使明朝，劳顿奔波，为李朝的外交活动立下汗马功劳，也为朝中两国的和谐关系作

① 参见孙卫国《大明旗号与小中华意识》，商务印书馆，2007年版，第34—62页。
② 高文汉、韩梅《东亚汉文学关系研究》，中国科学社会出版社，2010版，第248页。
③ 郑麟趾《高丽史·一〇七卷·列传二十·权溥十》。

出很大的贡献。权近在长期使行路上途中所留下的诗文作品，也成为了李氏朝鲜"朝天"汉文学的杰出代表。一生留下的汉诗文作品众多，现有《阳村集》四十卷，其中汉诗十卷。

论述权近的使行诗，不能不提到他的理学修养。权近师出牧隐，与三峰郑道传交好，探讨学问，著书立说，如《四书五经口诀》、《五经浅见录》、《东国史略》、《入学图书》等都是其对性理经义的见解。权近研究周敦颐的《太极图说》以及儒家经典《中庸章句》，钻研天人合一思想，长期受中国传统儒家思想的浸润，华夷观成为其使臣诗文作品中的主要理念。性理学中的华夷观特别重视春秋大义。《朱子类说》中说道："春秋大旨，其可见者，诛乱臣，讨贼子，内中国，外夷狄，贵王贼霸而已。"朱熹的这一说法对权近有很大的影响。李太祖立国初期，制定了慕华事大的外交政策，认为明朝是中华正统，派遣使节"赴京使行"。李朝在派遣使节的选择上非常讲究，除了重视其政治、外交能力外，还非常重视其汉诗文能力，权近理所当然地被选中出使大明。

权进秉持尊明事大、尊周崇明的外交原则。《阳村集》中卷二十四中"事大表笺类"中"事大"二字，足以显出权近对于出使明朝的恭敬态度。除此之外，权进诗集中的《点马行录》、《奉使录》等都是在出使过程中所作。1389 年 6 月，权近奉命前往明都南京，期间"逾鸭绿渡辽河，以北抵于燕，浮河而南入淮泗，历兖之墟，溯江汉以达于京师。由淮而北，过齐鲁之东，以涉渤海，往还万里"①。权近在这一次的使行过程中，大约写作了 140 余首汉诗，将沿途所见所闻以诗作的方式加以忠实记录。尊明事大的观念是权近使节诗作的主题，如《六月辛丑，出宿于京郊，是日雨甚》所云：

一统尊王日，三韩正始初。
请朝诚有切，至再意无余。
定被天施泽，行逢雨满居。
家亲远来饯，旅馆似吾庐。②

这首诗是权近《奉使录》中的第一首，也是他在这次使行过程中的第一站，诗的首联就表达了诗人对于明朝的事大心理，还有像"诚有切"、"意无余"等表述，都表达出阳村对于明朝的热切尊崇。尾联写亲人为其临别饯行，情深意长，然而诗人以完成使命为重，认为出使行旅就好像在家里一样，透露出他对于这次远行的期盼。再如《宿头馆站近郊》：

抹马逾山坂，依人宿野田。
鸟巢深树暮，犬吠小村烟。
夷语居民杂，华风外国传。
交通无彼此，四海一家年。③

头馆站是去辽东城的必经之路，也是中朝交往的重要驿站。这一边疆小站杂居着女真、蒙古、契丹、汉等民众，天下太平，百姓生活平静。"鸟巢深树暮，犬吠小村烟"一联，表现

---

① 权近《阳村集·阳村先生文集卷之六·奉使录·志》。
② 权近《阳村集·阳村先生文集卷之六·奉使录·六月辛丑，出宿于京郊，是日雨甚》。
③ 权近《阳村集·阳村先生文集卷之六·奉使录·宿头馆近郊》。

出边境小村庄安静祥和的生活氛围。这首诗写出了明朝统一中国之后，整个东北辽东地区太平，中朝两国之间交往频繁，如同“交通无彼此，四海一家年”，反映出了当时太平生活的现实。还如《入黄河》其二：

> 三韩僻在海东堧，事大诚心格上天。
> 夜雨洒添将涸水，秋风吹送溯流船。①

诗人在诗中注释：“自湖达河十五里，河口填塞，水浅舟难进，水夫犹喜报云：‘此水涸旬有余日，向者站船至此不得行，别沽小船以进。今幸有雨水生，舟可达河。’及既入河，适有东风遡流西上，舟行自疾，夫过涸水得雨，溯急流得风，非有天助能然乎？我国家事大之诚能感天地，可信矣。”全诗感情真挚，描写看似简单直白，但却将诗人期盼顺利访明的激动心情，诚实地表现了出来。

阳村出使一路经过许多有名的地方，留下了不少精彩的写景抒情之作，如《黄河》诗云：

> 旧闻黄河天上来，今见浊浪连空开。
> 东流奔放疾于泻，飙驰电迈声驱雷。
> 龙争鼍吼振鬐鬣，怒涛极目高崔嵬。
> 或如甲骑战平陆，刀抢奋击何雄哉。
> 东风吹帆溯流上，快若逸骥施鞭催。
> 小生游燕历齐鲁，欲赋远游惭非才。
> 自将胸中有豪气，俯视河水同看杯。
> 唯思禹功被万世，倚舷发啸声正哀。②

整首诗气势恢宏，波澜壮阔，读之不禁让人心胸激荡。诗人将奔腾的黄河水比作“飙驰电迈”，将黄河水发出的声音听做“声驱雷”，将奔流而下的黄河水比作千军万马，气势高昂犹如大军作战，可见诗人完全被黄河的壮阔气势所撼动，以诗作来表达内心的激荡感动。诗人此行一路坐船经历齐鲁大地，不由得想起来千古历史，不经感慨万千，“倚舷发啸声正哀”。整首诗前面写景，后借景怀古，抒发感慨，给人一种壮阔之中透露凝重之感，诚为佳作。再如《过鸭绿江》：

> 远游塞北与天南，今日沙头又系骖。
> 鹤野晚山青似黛，鸭江秋水碧于蓝。
> 故乡屡入客中梦，异域终攺醉后谈。
> 喜听庭闱消息好，不辞杯杓已沈酣。③

这首诗同样是作于使行路途中，诗人经过鸭绿江，被江边“青似黛”、“碧于蓝”的美景吸

---

① 权近《阳村集·阳村先生文集卷之六·奉使录·入黄河》。
② 权近《阳村集·阳村先生文集卷之六·奉使录·黄河》。
③ 权近《阳村集·阳村先生文集卷之六·奉使录·过鸭绿江河》。

引，不禁以酒抒怀。诗人虽思念家乡，但是听闻朝廷的好消息，还是喜不自胜，不觉酒酣。

明洪武二十二年八月初，权近抵达南京，受到了明太祖朱元璋的接见。《谒文华殿》写出诗人在文华殿受到接见时的激动感受：

青宫近在紫垣东，玉色端临宝案中。
四海讴歌心共戴，万年宗社本弥隆。
春光蔼蔼浮深殿，日表明明照远空。
谁识三韩倾向恳，千秋申祝倍臣工。①

诗人作为李朝使臣在文华殿得到了洪武帝的召见，感到无比光荣。像"青宫"、"紫垣东"、"玉色"等词的运用，透露出见到洪武帝时的内心激动与尊崇之情。"四海讴歌心共戴，万年宗社本弥隆"两句，表达明朝建立之后，各国都心悦诚服，认为明朝能够像日月那般永远照耀着东亚各国，透露出李氏朝鲜向明朝输诚投好的恳切心情。"谁识三韩倾向恳"，将这首诗中的尊明事大之心进行了直白显露。

阳村逗留明朝首都期间，还写过不少应制诗，向明朝廷介绍李朝情况。史载明太祖也亲自赐诗三首给权近，并赞他为"老实秀才"。阳村的应制诗中也有佳构，如《高丽古京》：

迁遗井邑市荒凉，莽苍盈眸过客伤。
园苑有花蜂酿蜜，殿台无主兔为乡。
行商枉道从新郭，坐贾移居慕旧坊。
此是昔时王氏业，檀君逝久几更张。②

前两联是写高丽旧朝已经落败，让人感伤。但在李氏新朝建立之后，废弃的事业渐渐兴起，表达出作为使臣对于李朝的希冀与肯定。

总之，权近作为丽末李初的汉文学大家，其使行诗无论在内容、体裁方面，还是在诗作技巧方面，都堪称大手笔，尤其是他的尊明事大慕华的观念渗透进了使臣诗作，这对后来朝鲜使臣诗的延续发展产生了巨大的影响。因此，权近在朝鲜汉文学史上的地位十分重要。

三、李晬光的使节诗

李晬光(1563—1628)，字润卿，号芝峰，谥号齐简公，朝鲜实学思想界的先驱。自幼聪明不凡，五岁就学，开口就有让人惊叹之语，十三岁通读四书五经，十六岁举初试。后于宣祖十八年文科及第，历任修撰、大司成、大司宪、吏曹判书等职务。李晬光一生三起三落，但是其为人恬淡，品行高洁，端庄稳重，洁身自好，因此深受师友同僚尊重。正如张维在为其所作的行状中所说："……其恬冲之资，洁贞之操，行义足以范俗，文章足以垂

① 权近《阳村集·阳村先生文集卷之六·奉使录·谒文华殿》。
② 权近《阳村集·阳村先生年谱·大明太祖高皇帝应制诗》。

后。立朝四十四年，屡经世变。而出处言行，无少玷颣，即善毁者。”[①]李晬光生活的年代主要是李朝宣祖、光海君以及仁祖反正时期，整个朝鲜统治阶层处于党争、士祸频繁时期，因此，李晬光的仕途也像这动荡的朝局一样——多灾多难。16世纪的朝鲜士祸不断，从1498年到1547年，短短50年间就发生了戊午士祸、甲子士祸、己卯士祸、乙巳士祸以及丁未士祸这五次大祸乱，直接导致大批朝臣文人遭到诛杀。到了16世纪后半期，朝鲜文人儒士阶层元气大伤。宣祖初期虽有心改革，但是不久朝政又趋腐败，各个士人派别以党派、门阀分立，士林派内部也逐步分化为东人、西人，两派之间相互排挤、迫害，展开了所谓的“乙亥党论”。随着党争的日益激烈，士林东人派又分裂为南人与北人，北人内部又分化为大北、小北。之后，大北竟然又分裂为中北、肉北、骨北，而小北也分化成清小北、浊小北。南人派亦分裂为清南、浊南，西人内部分成了清西、勋西、老西、少西等，到了17世纪末期，西人还产生了老论与少论[②]。在这样刀光剑影的朝廷乱局中，李晬光属于南人派，其子李圣求与李光庭等人更成为南人派的中坚力量。李晬光能够在这样一个极为混乱危险的生存环境中，秉持洁身自好、不追名逐利，并且能够沉心创作，实在是难能可贵。

李朝朝廷党派林立，恶性党争不断，使得朝鲜政局逐步混乱，国力衰退，这正好给了外敌以可乘之机。与朝鲜半岛隔海相望的是日本列岛，其间不乏野心蠢蠢欲动的武士。丰臣秀吉于1592年4月，率20万日本武士跨越对马海峡入侵朝鲜，所到之处，烧杀抢掠，朝鲜半岛一片狼藉，由此进入了长达七年的“壬辰倭乱”。战争爆发后，李晬光被任命为防御使从事，赴前线指挥抗倭战斗。1597年，他以进慰使身份赶赴明廷，为李朝生存及联明抗倭奔走谋划。这场抗倭战争成为李晬光提倡实学思想的契机，面对朝政混乱国力衰败而被外敌欺凌的惨状，李晬光意识到各士人党派为了各自利益的“空谈空论”，并不能解救朝廷人民，只有贯彻实用的知识、技术才能发展、壮大李朝。因此，他开始倡导学以致用、改革时弊，主张学习明朝以及欧洲的先进科学技术，其《芝峰类说》就是一部百科全书式的著作。

李晬光一生三次出使明朝：1590年以书状官入明，1597年以进慰使使明，1611年以奏请使到明处理两国外交事务。这三次使明过程中，在处理中朝之间外交事务之余，李晬光写作了大量的汉诗文，如《安南国使臣唱和问答录》、《琉球使臣赠答录》、《朝天录》、《续朝天录》、《皇华集次韵》。其中《朝天录》是李晬光1597年赴明时所作，《续朝天录》是1611年赴燕京时的作品。除此之外，《安南国使臣唱和问答录》是诗人在1597年（万历二十五年）与安南（今越南）使臣冯克宽的唱和问答之作，《琉球使臣赠答录》是1611年与琉球使臣蔡坚、马成骥的酬唱之作。李晬光博学多才，除了以上作品之外，还有“公所著诗文二十三卷，《采薪杂录》一卷，《读书录解》一卷，《题辞》一卷，《秉烛杂记》二卷，《警语杂编》一卷，《剩说余编》二卷，《芝峰类说》二十卷，《升平志》二卷，所纂录群书五部二十五

① 李晬光《芝峰集·芝峰先生集附录卷之一·行状·张维》。
② 参见李岩等《朝鲜文学通史》，社会科学文献出版社，2010年版，第662页。

卷"[①]。其中上文提到的《芝峰类说》是一部实学著作，里面内容丰富，涉及宗教、哲学、政治、经济、历史、科技、天文、地理等诸方面知识，可谓是"海东实学全书"。现在《韩国文集丛刊》中录有李睟光的《芝峰集》三十一卷，附录三卷，其中包括诗集二十卷，其余为各类文集。李睟光诗歌体裁多样，内容丰富，数量巨大，有着多方面的成就。

李睟光的汉诗文创作历来受人好评，张维说：

> 公为文，本诸经传，典雅有体，不尚诸家险僻语。诗取初盛唐曰："前乎此者，体格不完。后乎此者，卑弱无力。"至五言古体则有汉魏乐府，其尽善哉。[②]

又言：

> 其为诗，常疾世俗佻儇噭噪之习，必以唐诸名家为法则，故其声调谐协，色泽朗润，有金石之韵、圭璋之质焉。文亦主于雅驯，不作近代僻涩语。玄轩申相公尝称公诗"神而化之"。五山车天辂、南窗金玄成亦以为格高语妙，句圆意活，犹入盛唐阃域。[③]

李廷龟言：

> 以故发之于诗者，一味冲澹，无繁音无促节，其声铿而平，其气婉而章，每一读之，宛然想见其人。传曰："诗可以观，不其然乎。其文发于六经，根于性理，如菽粟如茧𫛡，绝无浮华僻涩之态。"[④]

申纬在《东人论诗·其二十七》中也评价道：

> 奚论骨力韵优优，城枕寒江地易秋。

并在下自注曰："论诗者谓李芝峰法唐，闲淡温雅而所乏者气力，如'窗间小雨天难晓，城枕寒江地易秋'之句，人未易道。"[⑤]

由上可见，李睟光诗学盛唐，诗风格调高妙，闲淡温雅，毫无矫揉造作之嫌；为文以经史典籍为范，典雅规范，无怪癖生涩之语。也有人认为李睟光诗歌缺乏风骨气力，但总体来看还是瑕不掩瑜。

《朝天录》与《安南国使臣唱和问答录》均为李睟光1597年赴明时所作；《续朝天录》与《琉球使臣赠答录》是1611年出使明朝时的唱和使行之作。《朝天录》与《续朝天录》主要采取纪行诗歌集的形式，记录其在赴明途中以及在明朝京都的所见所闻所感。李睟光在《朝天录》的跋文中提到："沿途遇兴，援笔立成，殆累百千篇。余虽不才且病，未免技痒，凡山川风俗之异，楼台民物之盛，与夫去国羁旅之思，一于诗发之，相与白战，有唱辄

① 李睟光《芝峰集·芝峰先生集附录卷之一·行状·张维》。
② 李睟光《芝峰集·芝峰先生集附录卷之一·行状·张维》。
③ 李睟光《芝峰集·芝峰先生集序·芝峰集序·张维》。
④ 李睟光《芝峰集·芝峰先生集序·芝峰集序·李廷龟》。
⑤ 申纬《警修堂全稿·册十七·北禅院续稿二·东人论诗绝句三十五·其二十七》。

和，诚不觉道途之远鞍马之劳也。今略存其概，题曰《朝天录》。"[1]《续朝天录》自序中还道："凡山川人物之美盛，城池宫阙之壮丽，古今事迹之可悲可喜，接乎目而感于心者，往往不能排遣。或为之口号，或相与唱酬，捻如千篇，裒为一帙，皆得于造次跋涉之中。"[2]可见，其纪行作品内容主要是以吟咏山川景物或友人相互唱和来抒发羁旅乡思之苦、舟车劳顿之困乏等诸多情感。《朝天录》中有29题诗歌，其中多为写景抒怀之作，《续》中诗作较多，共169题。且看《朝天录》中的两首《塞下曲》：

边塞秋来早闭关，朔天云净雪中山。
单于猎罢归穷漠，汉将横戈意气还。

东北烟尘静帝关，汉家功业勒燕山。
胡姬粉面能骑射，日暮双双走马还。[3]

明朝迁都燕京之后，朝鲜使行路线一般是过鸭绿江入明朝境，一路北行辽东，西经鞍山、牛家庄、沙岭等地入山海关，再经过抚宁、石门、渔阳等地入京师，因此，使臣赴燕京一定会经过东北地区以及长城塞外。这首诗就是诗人途经塞外时有感而发所作。诗人面对秋末时塞外美景，不禁感叹曾经风云一时的单于最终还是被汉朝的铁骑所驱逐，可见汉朝统治者的强大功业。这样落笔，意在表达在诗人心目中大明王朝也如同当年的汉朝一般，一统江山，天下天平。再如《路傍古墓》：

荒坟临大道，宿草有残碑。
年代不知几，云仍今是谁。
野烧刍狗没，山晚石羊悲。
客意正凄切，寒风鸣树枝。[4]

此诗同样是诗人在出使途中所见所记。诗人二度赴明时，李朝正处于战乱危急之际，他这一路自然是心忧意乱。偶见路旁有一座不知名的古墓，附近野狗出没，异常凄凉。诗人抬头望天，太阳将落、寒风乍起，想到自己孤身在外，日暮乡关，家国多难，不禁悲从中来。李晬光使臣诗集中此类诗作很多，比如在《续朝天录》的诗作题目中，就多有"苦"、"病"、"寒"、"独"等字眼，可见诗人出使过程中孤独焦虑的内心感受。再如《至夜独坐偶吟》：

玉管浮灰献小春，客中时序一阳新。
愁烧帝里香灯夜，梦饱家山豆粥晨。
酒为暖寒聊酩酊，诗因破闷强吟呻。
朝来不用看明镜，双鬓如今捻似银。

这首诗是于诗人第三次赴明处理两国外交事务时所作，诗人在诗下自注曰："检历冬

---

① 李晬光《芝峰集・芝峰先生集卷之十・朝天录・跋》。
② 李晬光《芝峰集・芝峰先生集卷之十六・续朝天录・自序》。
③ 李晬光《芝峰集・芝峰先生集卷之十・朝天录・塞下曲》。
④ 李晬光《芝峰集・芝峰先生集卷之十・朝天录・路傍古墓》。

将尽，挑灯夜欲穷，政逢南至日，偏怕北来风，屋暗窗呈白，炉寒火拨红，愁心仍令节，牢落客亭中。”[1]这时的李晬光年岁已高，身体抱恙，为国奔波，困顿旅途。客居他乡的诗人不觉心中愁闷，当时正值冬天，诗人难忍寒意，望着萧瑟冬景，只能以酒取暖，以诗抒怀，但还是难以化解心中愁绪。

李晬光还有一组著名的咏腊梅诗：

半夜寒庭糁玉尘，穷冬不觉岁华新。
冰姿月色看相映，天到梅花与别春。

素衣三化帝京尘，物色撩人意更新。
须信圣恩同雨露，早梅先动腊前春。

梅兄标格绝缁尘，最爱清香带雪新。
谁识忘言相对处，此翁心地一般春。

骚人胸次本无尘，诗得梅花别样新。
回暖不烦邹子律，笔端清唱自阳春。

梅蕊冲寒不染尘，客窗清兴晓来新。
东风万里江南梦，吹入孤山雪后春。

千载逋仙骨已尘，只今谁复继清新。
天工似与诗人巧，妆点寒梅分外春。[2]

从古自今，梅花都是中国乃至东亚文人墨客争相吟咏的对象。诗人于梅花中独爱“腊梅”，正如其在这组诗的序中所言，腊梅“清香冷蕊”，“其始开者，如姑射仙人，绰约肌肤，临风启齿；其欲吐者，如月宫素娥，身着白霓裳，半露颜面；其蓓蕾而未发者，如苎萝女淡妆雪，含羞不语而已觉妍媚；其先发而向谢者，又似明妃出塞，洗尽铅粉，玉貌憔悴而故态犹存。种种奇绝，莫可名状”[3]。整篇序文诗人极尽溢美之词，将腊梅花开的四个过程之美形象地表现出来，透露出诗人对腊梅的喜爱之甚。这组诗是典型的托物言志诗，诗人借助高雅孤洁、不畏严寒、敢作敢为的腊梅形象，来表达自己的高洁志向。以上六首组诗相互联系，浑然一体。每首第一句最后一字均为“尘”字，第二句和第四句都以“新”、“春”结尾，并且多次出现“寒”、“雪”、“清”等字样。这些字均代表着清风独立、高贵淡雅、傲骨昂立，可见诗人的品格和用心。第一首诗是写寒冬料峭，一片死气，但是看着冰姿绰约的梅花与月光相互映衬，不觉心驰神往。第二首写诗人在京处理事务比较顺利，因此，心情

---

① 李晬光《芝峰集·芝峰先生集卷之十六·续朝天录·至夜独坐偶吟》。
② 李晬光《芝峰集·芝峰先生集卷之十六·续朝天录·咏腊梅六首》。
③ 李晬光《芝峰集·芝峰先生集卷之十六·续朝天录·咏腊梅·序》。

格外疏畅。第三首以拟人手法描写腊梅，称腊梅为兄，说其“最爱清香带雪新”，可见对腊梅的了解与喜爱。第四首更是托物言志，借梅花的冰清出尘之质，来表达自己因与梅花一起也变得更加出尘，诗作也因此更加清新隽永。第五首写梅花不畏严寒、迎寒盛开的品质。最后一首意境深刻，将腊梅清新自然、不畏严寒、傲然独立的姿态都描绘了出来。这组诗字里行间无不渗透着诗人对于梅花品行的赞美、喜爱，更以梅花来要求自己，争取做到淡泊宁静，不为朝局浊流所染，保持自己的高洁品行，不过诗人确实做到了这一点，上文提到，诗人“个性恬淡、不苟言笑、洁身自好”，“见之者不敢谍狎”，人人敬而重之，不就是腊梅的品质吗？

总之，李晬光亲历抗倭战争，三次出使赴明，为李朝的危急救亡以及政治外交军事，都作出了巨大的贡献。其诗文创作切合实际，品格高尚，实录时局，彰显正气，确实也堪称“足以垂后”。

四、朴趾源的纪行作品及其他

朴趾源(1737—1805)，字仲美，号燕岩，朝鲜末期著名的实学派思想家、现实主义小说家、诗人。朴趾源幼年丧父，从小跟随祖父长大，自小聪颖好学，喜好孔孟。青年时期受到实学思想的熏陶，后1780年跟随其堂兄出使清朝，庆贺乾隆七十大寿。朴趾源先后出任过缮工监役、汉城府判官、安义县监等职务，后因受当权者迫害，辞官归里。朴趾源一生文学创作丰富，有诗歌、小说、政论、随笔、散文等。其中小说的成就最高，朴趾源的小说是朝鲜小说界的顶峰，其小说思想内容深刻，他通过各类人物形象来批判现实、揭露朝局腐败，同时深切关注、同情百姓。除此之外，朴趾源小说的艺术性也是达到了很高的水平，对后世小说产生了深远的影响。《放璚阁外传》就是其主要的小说集，其中包括《广文传》、《秽德先生传》、《闵翁传》、《两班传》、《金神仙传》、《虞裳传》等九篇短片小说。除了小说集《放璚阁外传》之外，朴趾源还有论述农业的《课农小抄》两卷，《烟湘阁选本》两卷，《孔雀馆文稿》一卷，《钟北小选》一卷，《考槃堂秘藏》一卷，《罨书溪搜逸》一卷，《映带亭胜墨》一卷，《热河日记》五卷以及诗歌《映带亭杂咏》一卷，存诗32题，这些作品现在都收录在《燕岩集》之中。燕岩所存诗歌不多，三十多首诗歌中主要以写景咏怀为主，如《晓行》：

一鹊孤宿蓟黍柄，月明露白田水鸣。
树下小屋圆如石，屋头匏花明如星。①

燕岩此诗运用白描手法，将自己的所见所闻直白地描述了出来，画面清晰，但见明月悬空，一只喜鹊立于枝头，树下小屋精巧，屋边匏花点点如星，让人好不惬意。再如《山行》：

叱牛声出白云边，危嶂鳞塍翠插天。
牛女何须乌鹊渡，银河西畔月如船。②

① 朴趾源《燕岩集·卷之四·映带亭杂咏·诗·晓行》。
② 朴趾源《燕岩集·卷之四·映带亭杂咏·诗·山行》。

诗人于山中行走，听着远处牛儿发出的声音，看着巍峨险峻的山峰高耸入云，心情舒畅，走着走着竟忘记了时间，待抬头一看，已经弯月悬空。诗人不禁想到了牛郎织女的故事，感叹织女哪里需要以喜鹊为桥，这轮弯月不正可以渡她过银河，与情郎相会吗？燕岩所存不多的诗作中，多出现简单的写景作品，足见诗人在政务之余闲适自得的生活态度。

朴趾源的汉诗成就不如散文，其《热河日记》是一部长篇日记体旅行散记，是《燕行录》中的汉文代表作。现存版本《热河日记》五卷，约 25 万字。作者于 1780 年夏天以进贺使身份出使清朝，途经辽东、北京，最后抵达热河。朴趾源详细记录了这一过程中所见所闻，归国后编撰成《热河日记》。该书内容广泛，涉及政治、经济、哲学、宗教、文学、艺术、农业、地理、历史等领域，其中多有描写山川景色、名胜古迹、城市宫阙等方面的内容。据传，该书"脱稿未半，人已传写，遂至遍行一世"，其主要篇目有《渡江录》、《盛京杂识》、《驲阳怀古》、《关内程史》、《漠北行程录》、《太学留馆录》、《还燕道中录》、《倾盖录》、《黄教问答》、《班禅始末》、《札什轮布》、《行在杂录》、《望羊录》、《蕃势编》、《鹄汀笔谈》、《山庄杂记》、《幻戏记》、《避暑录》、《口外异闻》、《玉匣夜话》、《黄图纪略》、《谒圣退述》、《盎叶记》、《铜栏涉笔》、《金蓼小抄》等。朴趾源的《热河日记》在当时影响颇大，对后世研究近世中朝关系、东亚社会变迁以及相关历史地理的考证等方面，都有着非常重要的史料价值。

朝鲜李氏王朝相当于中国的明清时期。这一期间，朝鲜李朝的使行作品众多，体裁多样，内容丰富。朝鲜李朝在建国之初，视明朝为宗主国，奉行事大国策，唯明朝为尊，并通过互派使者与明朝保持着密切的联系，因此，朝鲜初期两国之间关系友好亲密。这一期间两国之间的交往盛况空前，尤其是"壬辰倭乱"中明朝政府派兵支援这件事情，进一步加深了两国之间的友谊，使得朝鲜政府在明朝灭亡后还一直念念不忘明的抗倭恩情，不愿奉清朝为宗主国，并且认为清朝为蛮夷，非正统。但是清朝建立之后，对朝鲜政府一直采取怀柔政策，使得两国之间的关系日益缓解，到了朝鲜中后期，两国之间的交往异常频繁，同时，这一时期也是朝鲜外交史上较为繁荣的一段时间，两国使节的交往促进了两国之间的文人与书籍交流。清朝政府赐予朝鲜大量的书籍，其中包括《全唐诗》、《朱子全书》、《康熙字典》、《性理大全》等，除此之外，朝鲜使臣还从北京采购了大量的书籍，如《唐诗选》、《宋诗选》、《元诗选》、《明诗选》、《欧阳公集》等，还有书法、地理、历史等方面的书籍。18 世纪中后期，朝鲜奎章阁的设立进一步促进了朝鲜采购书籍的积极性。

除了以上三位代表性文人之外，朝鲜李朝的使节文人还有很多，如朝鲜初期的金时习、申叔舟、郑士龙等，中期的申维翰、金昌业以及后期的实学派诗人洪大容、柳得恭、朴齐家、金正喜等，这些文人本书均有论述。洪大容，字德保，号湛轩，他曾随叔父出使燕京，结交了中国的严诚、潘庭筠、陆飞等著名学者文人，并且与他们进行了深入的思想交流。归国后，洪大容就将笔谈以及所见所闻整理发表。湛轩的《湛轩燕记》四卷是"燕行录"中的杰出之作，主要描写诗人在使行途中的所见所闻以及所交之人，并且针对在中国所见所闻进行客观分析，发表自己的见解等。湛轩的《燕记》不同于朴趾源等人的使行日记，他不是按照时间顺序所撰写的，而是按照人物、名胜古迹、器物等主题进行分类描写。

朝鲜李朝当时除了与中国保持着长期紧密的联系之外，与日本也保持着经济与政治方面的交往。自太祖到宣祖这200余年内，朝鲜政府多次派遣使者出使日本，直至1592年丰臣秀吉发动了入侵朝鲜的“壬辰倭乱”后，两国之间的交往才被迫中断。战争结束后，两国之间交往虽不如之前，但是关系慢慢有所缓和，朝鲜政府先后12次派遣通信使出使日本，如赵珩、南龙翼、申维翰等。这些通信使在异国他乡完成使命后，经常会将自己的所见所闻所感记录下来，因此，出现了许多优秀的使行作品，如赵珩的《扶桑日记》、南龙翼的《扶桑录》、申维翰的《海游录》等等。南龙翼（1628—1692），字云卿，号壶谷，宜宁人氏，谥号“文宪”。1648年科举及第。1655年以通信使的身份出使日本，次年又以奏请使出使清朝。壶谷才华横溢，作品丰富，现存《壶谷集》十八卷，其中包括汉诗十卷，《扶桑录》、《燕行录》诗两卷，其余为汉文。其中《扶桑录》又分上下，主要记载了诗人从朝鲜到日本的全过程，内容主要以写景抒情、述怀、唱和为主，如《船越浦》：

> 峡束岩排路欲穷，天教绝境限西东。
> 泥丸若使秦关闭，玉节何劳越地通。①

诗歌描写了诗人在渡船上通过峡谷时的景象。壶谷的《扶桑录》、《燕行录》现以成为了研究朝日、中朝交往史的重要参考文献。申维翰（1681—1752），字周伯，号青泉、伽椰樵叟，宁海人。他擅长诗文创作，现有《青泉集》六卷，续集十二卷，其中包括《海槎东游录》四卷、《海游闻见杂录》两卷。青泉诗才闻名诗坛，李弥在为其所作的序中评价道：

> 其诗与文，超脱文昌、占毕之窠臼，别开门户。赋亦直造左徒，如入波斯之舶，珊瑚木难，光气爇天，是不可不采而传之世间，使人人玩也。……至如《海游录》，家藏户诵，纸贵久矣。②

青泉的《海游录》是以制述官的身份出使日本时所作，诗人详细地记录了日本的地理风光、风俗制度等方面，这部作品被誉为日本纪行文中的重要代表作之一，也成为了研究朝日外交的重要参考资料。

第五节　许氏家族

一、文学家族的形成

“家族”一词最早出现于《管子・小匡》：“公修家族，家修家族，使相连以事，相及以禄，则民相亲矣。”③家族，又称为宗族，是指以血缘关系为基础而形成的几代甚至几十代的社会群体，后也可以包括以姻亲方式而建立的关系。陈寅恪认为“学术文化与大族盛

---

① 南龙翼《壶谷集・卷十二・扶桑录下・船越浦》。
② 申维翰《青泉集・序・李弥》。
③ 房玄龄注《二十二子・管子》，上海古籍出版社，1985年版，第122页。

门不可分离”[1]，庞大而又稳固的家族关系的形成，往往会造就独特的家族精神以及文化传统。这一家族文化传统，不仅会影响家族中的每一位成员，甚至还会影响到家族以及地域的文化方向。因此，家族成员在继承和发扬家族文化的同时，也使得家族形成了强大的凝聚力，并在当时的地域甚至国家文化系统中占据了重要的地位，对当时国家的政治、文化等方面都起到了巨大的推动作用。

当然，家族文化是以家族为载体而存在的，因此，这里的家族主要是指文化家族。自古以来，文化的运行不外乎于国家与地方两个层面，但是大部分重要文化的发展、形成是以地方为主，所谓地方文化，就是指那些以世家大族为主而形成的文化团体。这里所说的世家大族不同于权臣世家，他们不是主要靠政治地位而形成家族文化，而是以家族文化奠定其政治地位的基础。古语云："君子之泽，五世而斩。"一个家族的兴盛与否，通常不能完全依赖于政治地位，一旦政治失意，整个家族可能就会陷入覆灭的危险。因此，为了家族的源远流长，各大家族就会尤其重视家族文化的传播。这些世家大族就是本文所说的文化家族，这些文化家族以文化、学术立家，虽然有时依然会受到政治力量的影响，但是由于他们不仅仅依赖于政治而立，所以通常都能保存实力。这些文化家族长期浸润于学术氛围之中，常常人才辈出，在文化、学术等方面都有着杰出的贡献。

文化家族对本家族的文学家的形成以及文化创作等的影响是多方面的，其中以下三方面尤为突出：

首先是家风。所谓家风，就是一个家族的门风，是一个家族的精神文化传统。这些文化家族在经历了数代的发展后，就会有自己的一套家规、家训、门律等，用以教育子弟，劝诫后世子孙，规范家风。而且历史上的不少文学家大都写过歌咏先祖盛德的诗文，因此，对于后世文学家来讲，先祖的嘉言懿德都是其学习、传承的经典，也是家族传统的不朽典范。总之，家风作为文化家族的精神旗帜，是他们赖以存在的根本，也是激励其家族发展、壮大的动力源泉。

其次是家学。家学就是文化家族世代相传之学，其中包括学术、文学、艺术等方面。钱穆先生在《略论魏晋南北朝学术文化与当时的门第之关系》一文中说道："(其)所希望于门第中人，上自贤父兄，下至佳子弟，不外两大要目：一则希望其能孝友之内行，一则希望其能与经史文史学业之修养。此两种希望，合并成为当时共同之家教。其前一项表现，则成为家风；后一项表现，则成为家学。"[2]因此，家学是一个家族文化修养的标签，它不仅影响家族后代的学术方向，也影响了其在文学创作上的选择、创作风格等方面。

还有就是家脉。家脉除了由有血缘关系的成员组成社会组织之外，还有通过姻亲建立的联系。文化家族在经过几代的发展之后，通常已经成为了一个复杂庞大的组织系统，那么，在此基础上形成的家族文化也成为了一个规模宏大的文学群体，甚至是文学流派。而且，家脉对于家族文化的影响也是很大的，罗时进在《地域·家族·文学》中说道："如果说家风对文学家的影响在于精神指向方面，家学对文学家的影响在文化修养、创作

---

① 陈寅恪《隋唐制度渊源略论稿》，上海古籍出版社，1980 年版。

② 钱穆《略论魏晋南北朝学术文化与当时门第之关系》，《新亚学报》，1963 年第 5 期。

内容及其文学风格方面，那么家脉则是在组织形态和互动势态上直接影响文学创作。”[①]

除了以上三点对文化家族学的形成有较大影响之外，还有就是经济条件、地域、社会关系、家族文人的喜好等。古语常说“一方水土养育一方人”，梁启超也在《近代学风之地理分布上》中提过：“气候山川之特征，影响于住民之性质，性质累代之蓄积发挥，衍为遗传。”因此，每一个文学家族在文学创作的时候，总是会受到地域环境的影响，这也是在研究家族文学时，每个家族之前总会带上家族地名，如中国的眉山苏氏家族、嘉兴沈氏家族、太仓王氏家族、海宁蒋氏家族等等，再如朝鲜高丽时期的海州崔氏家族、仁州李氏家族、庆州金氏家族等，李朝时期的阳川许氏家族、安东金氏家族等。因此，自然地理以及人文地理对于家族文化的形成也是不容忽视的。上文提到，文化家族的形成除了有血缘关系的亲属之外，还有以姻亲方式建立的联系。但是除了这两方面外，与之有关联的社会关系也是影响文化家族学的一个因素。每个家族成员都是独立的个体，他们都有自己的社交圈子，如师友、社友、文友等，这些都是文学流派产生的前提，当然也是家族文化学形成的重要组成部分。当然，经济条件也是影响家族文化学的一点因素，不同的经济条件会对文学创作产生不同的影响，较为宽松的经济条件会让文人生活安逸，既然没有生活压力，那么他们通常就会寄情山水或者豪放不羁，反映在文学创作中则多是以隐逸、豪放、纵情山水等主题为主；反之，则多关注现实、体察百姓生活疾苦、苦闷不适。

总之，影响家族文化学形成的因素是多方面的。但是无论何时何地，文化家族的形成都不是一件容易的事情，朝鲜文化家族亦是如此。上文提到，朝鲜高丽时期就已经有很多文化家族，同样，朝鲜李朝也有很多文化家族，如朝鲜初期的申叔舟以及诸孙申用溉、申光汉等；姜淮伯、姜硕德、姜希颜、姜希孟等祖孙三代；车轼、车天辂、车云辂三父子；李廷龟、李明汉、李昭汉父子；李圣求、李敏求兄弟等。以下主要介绍李朝阳川许氏家族的汉诗创作情况，并由此探讨朝鲜文化家族在汉诗创作的特点及诗史地位。

二、许氏家族的汉诗创作[②]

阳川许氏家族历史悠久，始出自金首露王妃，鼻祖讳宣文，新罗末期辅佐丽祖平定三韩，曾以馈饷功食采于孔岩，遂世代为孔岩[③]之族。许氏一族历八世簪缨。二世讳玄，任尚衣局奉御。三世讳元，任内史舍人。四世讳正，任礼部侍郎。五世讳载，任平章事。六世讳纯，任工部尚书。七世讳利涉，任直史馆。八世讳京，任左仆射。九世讳遂，任礼部尚书。十世讳珙，任太学士。十一世讳冠，任大提学。十二世讳伯，任平章事，谥号文正。十三世讳絅，任密直司知申事。十四世讳锦，文章德业尤为显著，字在中，号野堂，任典礼司判书。十五世讳愭，字原德，号梅轩，任李朝判奉常寺侍，赠吏曹判书。十六世讳枢，字可运，任慈山郡守，赠兵曹参判。十七世讳菖，字尧韭，任成均馆典籍，赠承政院都承旨。

① 罗时进《地域·家族·文化——清代江南诗学研究》，上海古籍出版社，2010年版，第6页。

② 本节中许禘、许传不是朝鲜初期的汉诗人，但是由于家族关系，将会提前论述。

③ 孔岩就是指阳川。

十八世讳聃，字耳之，任禁火司别提，赠吏曹参判。十九世讳瀚，字浩夫，任军资监奉事，赠吏曹参判。二十世讳晔，字太辉，号草堂任弘文馆副提学，赠吏曹判书[1]。二十一世许晔出三男三女，负盛名者分别讳筬、篈、筠，兰雪轩。阳川许氏著名于当世，乃时人共睹之盛迹，故而芝峰李晬光在写给岳麓许筬的诗歌中道：

阳川华阀冠吾东，诗礼传家有积功。
三世青毡俱中选，五科丹桂各成丛。
名公满座铨权重，法酒盈樽圣渥隆。
敝宇何妨呈百技，任教帘额雨蒙蒙。[2]

本节主要对许晔一门加以概述，下面是朝鲜李朝阳川许氏家族许聃之后五代之世系图：

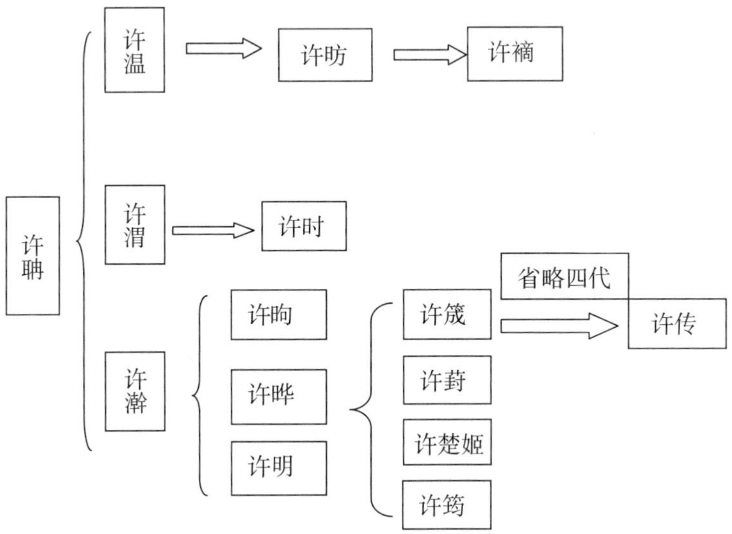

许晔(1517—1580)，字太辉，别号草堂。早年学于晦斋卢守慎，后学于花潭徐敬德。庚子年中进士，丙午年中甲科第三名，例付长兴库直长，数年之间，先后任成均馆典籍直讲、礼工兵吏曹佐正郎、司谏院正言、司宪府掌令执义。许晔仕途不顺，多次遭到贬谪，曾先后九次领导太学，立志扶善遏恶，起坠废，严教罚，令馆儒通读《论语》、《大学》、《中庸》、《孟子》等书籍。许晔共生三男三女，其中许筬、许篈、许筠、许兰雪轩在文坛均享有盛名。许晔现存《草堂集》，其中包括诗歌十二题，序两篇，说一篇，记一篇，跋三篇，祭文五篇，墓碣铭两篇，行状一篇以及附录十七篇。

许筬(1548—1612)，字功彦，号岳麓，许晔长子。岳麓少时学于柳眉岩，但是主要受学于家学、家训。岳麓天性忠厚正直，坚持己见，从不跟风。初入史局，历正言，后由天曹郎转应教、舍人、执义，又升吏曹参议，迁大司成，大司谏，副提学，左承旨等。岳麓在当朝

① 许传《性斋集·性斋先生文集附录卷之一·世系》。

② 许筬《岳麓集·岳麓先生文集附录·附录·闻喜席上，喜奉许岳麓》。

以学问道德，被士林所属望，现存《岳麓集》两卷，附录一卷，其中诗歌 106 题，序三篇，上疏一篇，祭文一篇，墓碣铭五篇，行状一篇，赐祭文一篇。

岳麓以诗歌著称，如《西台玩月》其二：

孤庵何缥渺，宛生青云畔。
沧溟瞰空阔，星宿正平看。
客来虚室空，古榻香烟散。
登堂自洒扫，窗户敞汗漫。
是时春政暮，岩花正烂熳。
倚楹遂无言，明月生几案。[①]

诗中“缥缈”、“青云”、“沧溟”、“星宿”、“古榻”、“明月”等词的运用，看似平淡无奇，实则高古淡雅，足见诗人平和、自在之心境。

岳麓曾经受命出使过中国以及日本，如《舟中别记》两首：

鸭江风起浪纹生，万里长途此启行。
山月欲沈萧鼓咽，仆夫含泪马悲鸣。

十年征役叹吾生，匹马今从塞路行。
暮抵秋江江上宿，平芜极目渚禽鸣。[②]

第一首诗是写诗人面对风生水起，想着自己马上就要开始万里长途之行，仿佛山月都要下沉。身边仆人面对此景也受到感触，不禁落泪，连马儿也开始悲鸣。第二首是写诗人经历了长达七年的“壬辰倭乱”，不仅感叹自己的一生，如今又要从辽东塞外入关，面对秋天傍晚江上的风景，极目远望只有江边禽鸟鸣叫，心中不禁生出凄凉之感。

许晔一门，有三男一女以学行文章闻名于当世，但是之后“荷谷之挫，兰雪之夭，蛟山之泥”，令人伤感，而许筬“独娇骞而不蹶”。岳麓虽成名晚于其弟荷谷，但是却没有因此而懈怠，而是越发安静努力，孜孜不倦，最终“器宇浑重，识鉴明叡，静而固，贞而确，类非庸庸屑屑者之较计，是知才德之夙就，而程途之远诣”[③]。

后许筬一门的第五世孙许传，也是朝鲜末期著名的文人。许传（1797—1886），字而老，号性斋、性庵、孔岩、冷泉、不倦堂等，谥号“文宪”，黄德吉之门人。性斋五岁开始识字，酷爱读书，曾跟随多人学习，遍读各种书籍，勤于创作，开设讲堂，门人众多，但是三十九岁方才科举及第。现存《性斋集》，其中《性斋先生文集》三十二卷，文集续编六卷，附录六卷。集中收录诗 298 题，多唱和之作。

许筬之弟许篈（1551—1588）是草堂许晔第二位夫人所生，字美叔，号荷谷，师从苏谷

① 许筬《岳麓集·岳麓先生文集卷一·诗·西台玩月》。
② 许筬《岳麓集·岳麓先生文集卷一·诗·舟中别记二首》。
③ 许筬《岳麓集·岳麓先生文集附录·附录·祭岳麓堂兄文·水色》。

李达。荷谷七岁便会作文，十岁开始作诗，聪明绝伦，凡所看之书，一读不忘。十八岁时成为生员，词学日渐精湛。二十二岁登科及第，授权知承文院副正字，后不久又被选为艺文馆检阅。1574年，也就是宣祖八年，出任礼曹佐郎，并自请为书状官赴明。次年初拜为吏曹佐郎，秋天时因事被弹劾，移司谏院正言。1576年，除副校理，迁司宪府持平，转校理。隔年秋，荐除议政府检详，升舍人，再转司宪府掌令，再去为舍人，移弘文馆应教，兼艺文馆应教。癸未年，因直言进谏，被流放甲山。1585乙酉年，入白云山读书，或住仁川或寓春川，放浪山水间。1588年，入金刚山，看九龙渊、毗卢峰，归来后觉身体不适，不久便因病去世，享年三十有八。

荷谷刚正爽达、正直自觉，好善嫉恶，忼慨论事，有时甚至不惜惹上怒以进言。虽正值盛年便去世，但是其诗文创作、品行事迹却受到后人推崇。荷谷酷喜读书，他有“一室图书自娱，不喜与时辈过从论议，温凊之外，便展卷沈潜。虽值泥饮，少醒则必觅灯看书”，尝曰：“吾服丧日，读礼千遍。在谪日，读骚李百遍，就得此诗文云。”①因此，荷谷对于文学，深得蕴奥，且见识超迈，一般人所难及。荷谷著述丰富，所著有《朝天录》、《北边记事》、《荷谷粹语》、《仪礼删注》、《夷山杂述》、《读易管见》等书，但是很多著述因兵燹散失。现存《荷谷集》，其中包括《荷谷先生诗钞》、《荷谷先生诗钞补遗》、诗集续、补遗各一卷；《荷谷先生杂著》补遗一卷；《朝天记》序、上、中、下、记识、后叙各一卷；《过江录》一卷；《年谱》、《跋》各一卷。其中诗歌共245题，多是唱和交游、写景状物之作。

荷谷为文典重温雅，为诗俊逸豪畅，其师荪谷李达曾赞道：“公诗长篇短韵，清壮动荡，深得青莲遗法；而五言亦清邵逼唐，独七言近体，差未免苏眉山口气，若出二人手然，诚为知言也。”②荷谷的文章确实如此，他的《朝天记》就是代表之作。《朝天记》是以日记体的形式对赴明过程进行记录，文章言简意赅、笔法飘逸，如：“初十日辛巳，晴。朝至三河，河水落，只由石桥以过。午饷于乐山店张二家，宿于玉田县城门内大觉禅林，颇幽静可爱，与馆驿村店同。”③整篇文章简明意浅，但却颇有豪逸之态，笔法似晚明小品散文。荷谷学于荪谷，因此，其诗也是颇具唐风，且看《夷山八绝》：

经春乡梦滞天涯，四月胡山发杏花。
江路草生看欲遍，放臣憔悴泣怀沙。

受降门外乱飞鸦，陇树青青落日斜。
欲上危楼望乡国，不知何处是吾家。

残醉瞢腾睡思浓，隔帘微月隐西峰。
严城刁斗终宵响，梦听长安后夜钟。

东海东头驿使稀，不堪春尽着寒衣。

①② 许篈《荷谷集·荷谷先生年谱》。
③ 许篈《荷谷集·荷谷先生朝天记下·万历两年甲戌九月·初十日》。

黄昏独立思乡处，塞雨萧萧鹏鸟飞。[①]

《夷山八绝》是借景咏怀之作，这四首诗看似写景，实则表达自己常年在外漂泊，思乡心切。第一首虽正值春天，杏花始发，但是风景虽美，却难解心中郁闷。第二首是诗人望着他乡斜阳，不禁念及故乡，心中之愁绪更加无处安放。第三首写诗人酒醉睡意朦胧之际，隔着纱帘望着若隐若现的月亮，听着屋外的响声不绝于耳，迷糊入睡，却始终难以安眠。第四首诗亦是在春末之际，严寒依旧难耐，寒雨潇潇，斜阳欲坠，思乡之情更加难以抑制。四首诗均意境深沉，读来让人心思沉郁，缺少激情，也确如荪谷所说，荷谷的七言近体略缺乏豪气。

荷谷诗之名气确实高于其兄岳麓，但是其弟惺翁（许筠）诗文创作亦皆不差，尤其是在小说方面造诣颇深。许筠（1569—1620），字端甫，号蛟山、惺所，又号白月居士，朝鲜中期[②]著名的诗人、小说家、评论家，同时也是朝鲜文学史上著名的异端文人。许筠天资聪慧，从小受到家族学术氛围的熏陶，很早便声明远播。同时许筠还深受道教与天主教思想的影响，认为人应该解放天性。他二十六岁时科举及第，官至刑曹判书、参赞。许筠曾三次作为远接使从事官，接待中国使臣，后又两次受命出使明朝，著有《丁酉朝天录》、《戊戌西行录》、《壬寅西行录》。

许筠自幼生活在被性理学统治的朝鲜半岛，深受儒家思想的浸润，但是随着人生阅历的丰富，渐渐开始对性理学中某些违背人性的束缚感到不满，因此，经常会做出一些大胆出格的举动，如狎妓、结交市井之徒。他的行为被当时的道学家认为是离经叛道，并被称为“天地间一怪物”。许筠生性豪放不羁、耿直直言，不见容于当时的统治者，经常受到贬谪，甚至流放。再加上受到其师荪谷的影响，非常同情地位低下的人，尤其是那些因为庶子的身份而终身无法得志的才子。为此，许筠专门写了《荪谷山人传》来表达自己对于恩师因为庶子之身而无法实现抱负的同情以及不满，并且揭露、批判封建社会身份等级制度以及人才录取制度的不合理。后来，在面对朝廷日趋激烈的党争和国家机构腐败无能的情况下，许筠提出了在政治上追求民主主义的主张，指出百姓乃一国之本，统治者应该善待百姓，并且认为如果“豪民”能够带头起义，那将会一呼百应。最终，许筠为了推翻阶级制度，与朴应犀（？—1613）、徐羊甲（？—1613）、沈友英（？—1613）、许弘仁（？—1613）等一批庶子秘密组织起义，但是起义被泄密，最终这些人均以谋反罪被处以死刑，许筠终年五十岁。

许筠才学超群，才智过人，作品丰富，除了使行作品之外，还有诗文集《惺所覆瓿稿》，诗话集《惺叟诗话》、《鹤山樵谈》，笔记作品《识小录》、《闲情录》，人物传记《严处士传》、《荪谷山人传》、《张山人传》、《蒋生传》、《南宫先生传》以及长篇小说《洪吉童传》。这些作品现在都收录在《惺所覆瓿稿》中，现存《惺所覆瓿稿》二十六卷，其中诗部两卷，赋部一卷，文部十八卷，说部五卷。

---

① 许葑《荷谷集·荷谷先生诗钞·诗·夷山八绝·前四首》。

② 许筠自成年到去世的活动时间主要是朝鲜中期，因此，本应该放在中期论述，但是因为家族原因提前论述。

许筠的《洪吉童传》在朝鲜文学史上占据独特地位，这部国语小说是朝鲜文学史上第一部反映农民起义的小说，同时也是第一部呼吁进行社会改革的小说，因此，深受百姓的喜爱。此外，许筠的诗歌创作也深受后世文人推崇，李廷机在《惺所覆瓿稿·序》中说道："东藩许氏一门尤擅其长。"①钱谦益在《列朝诗集》中也评价道："许筠与其兄筬、篈以文鸣东海，而筠尤敏捷。"②许筠诗歌数量众多，诸诗体俱备，故而南龙翼在《壶谷诗话》中说："百体俱备，妙解旁通，虽盛代无出筠右者。"如《老客妇怨》一诗：

东州城西寒日曛，宝盖山高带夕云。
皤然老妪衣褴褛，迎客出屋开柴户。
自言京城老客妇，流离破产依客土。
顷者倭奴陷洛阳，提携一子随姑郎。
重趼百舍窜穷谷，夜出求食昼潜伏。
姑老得病郎负行，跖穿峥山不遑息。
是时天雨夜深黑，坑滑足酸颠不测。
挥刀二贼从何来，闯暗蹑踪如相猜。
怒刃劈脰脰四裂，子母并命流冤血。
我挈幼儿伏林薮，儿啼贼觉驱将去。
只余一身脱虎口，苍黄不敢高声语。
明朝来视二骸遗，不辨姑尸与郎尸。
乌鸢啄肠狗啮骼，藁里欲掩凭伊谁。
辛勤掘得三尺窞，手拾残骨闭幽坎。
茕茕只影终何归，邻妇哀怜许相依。
遂从店里躬井臼，馈以残饭衣弊衣。
劳筋煎虑十二年，面黧发秃腰脚顽。
近者京城消息传，孤儿贼中幸生还。
投入宫家作苍头，余帛在笥困仓稠。
娶妇作舍生计足，不念阿娘客他州。
生儿成长不得力，念之中宵涕横臆。
我形已瘁儿已壮，纵使相逢讵相识？
老身沟壑不足言，安得汝酒浇父坟。
呜呼何代无乱离，未若妾身之抱冤。③

这首诗歌之下注释："滔滔典丽，自有古法。"确实如此，整篇诗歌古雅雄浑，颇有汉魏之风，且对于残酷现实的描绘，直可与子美诗媲美。再如其《宫词》100首，石洲权韠评价道："毋论王孟、王赵，自是奇逸遒丽，优游闲惕，且悉宫中故实如指次，足备一代诗史，宋元人

① 许筠《惺所覆瓿稿·序·李廷机》。
② 钱谦益《列朝诗集》。
③ 许筠《惺所覆瓿稿·卷之一·诗部·枫岳纪行·老客妇怨》。

不敢逼，而自勒成一家言也。”[①]以两首为例：

幢节玲珑剑佩高，案边分立两仪曹。
元朝望阙崇呼罢，殿角春云拥彩旄。（其一）

建春门外仗如雷，法府丰呈小宴开。
花里一班宫女出，两宫初幸瑞葱台。（其七）[②]

许筠还有许多家族之间的唱和之作，但是由于诗文众多，不胜枚举，故论述至此。许筠诗文创作均高于筬、篈二兄，但是其胞姐许兰雪轩却得与其同名。许兰雪轩（1563—1589）有“海东第一女诗人”之称，但是却早早逝世，具体情况将会在后面论述。

还值得一提的是许澣之兄许温的孙子，也就是许筠的堂兄——许禬（1563—1640），字子贺，号水色、尚古斋，曾学于权跸、李安讷、李廷龟、洪瑞凤、金鎏、张维等人，因为文章出类拔萃，俱属于“前五子”[③]之一。水色现存《水色集》八卷，其中有六卷均为诗歌，其余两卷为文章。水色德才甚厚，其诗文创作能与石洲权跸、东洲李敏求相颉颃，许筠在《水色集·序》中评价道：“（先生）文章甚简重，而诗出入于汉乐府、魏、晋古诗。景龙、开元近体之间，劲悍幽邃，倔然自成一家。其赋最峻丽，深得杨、马、鲍、谢之旨。”[④]金万重在《西浦漫笔》中提到先生的五言诗清峭古雅，深得唐风。如《述怀》：

满鬓霜华满面埃，便携书剑赋归来。
几年垄上思云卧，此日林中逐鸟回。
茅屋未成风雨揭，渚田才获税租催。
安贪自拟终身乐，一曲商声向晚哀。（其一）

山下孤村生事微，寒天晚日倚松扉。
风摧落木偏多响，鸟度斜阳故弄辉。
见客猧儿藏窦吠，迎神翳鼓隔篱挥。
绵裘馇粥安吾分，不向人中较是非。（其三）[⑤]

原文中注释曰“诸篇流动快活，妙不可言”。两首诗歌一气呵成，无推敲锤炼之痕，读之清峭古雅，但又不失厚重，尤似杜诗，颇具唐风。

总之，阳川许氏家族才人辈出，尤以许晔一门最为突出，文章鸣于东海，流于市井，深受后世文人推崇，因此，这一家族文学尤其是汉诗文创作，在朝鲜文学史上有着重要的地位。

---

①② 许筠《惺所覆瓿稿·卷之二·诗部二·宫词》。

③ “前五子”包括权跸、李安讷、赵纬韩、许禬、李再荣。

④ 许禬《水色集·序·许筠》。

⑤ 许禬《水色集·卷之五·诗·述怀·其一、三》。

第三章　朝鲜李朝中期汉诗

概　述

整个17世纪是朝鲜李朝克服艰难、逐步恢复的过程。17世纪初，朝鲜陷于内忧外患，民不聊生。尤其是壬辰倭乱，虽然这次战争以李朝的胜利而结束，然而朝鲜李朝的国计民生还是遭到了极其严重的破坏，再加上朝廷为了巩固政权，加大了对百姓的盘剥，百姓生活困苦不堪。而且李朝的党派之争在17世纪愈演愈烈，1601年，北人打败南人掌握了实权。1608年，大北派拥立光海君，北人正式控制了中央政权。1623年"仁祖反政"之后，西人从北人手中夺回政权，但是后来西人内部也分裂为老论派与少论派，这种朝政的纷争混乱一直延续到李朝末期。

这一时期的朝鲜无论在政治上还是经济上都遭受了危机，因此边疆防守不断衰弱，1619年、1627年、1636年，朝鲜先后三次与女真发动战争，后两次史称"丁卯胡乱"、"丙子虏乱"。这样内忧外患的局面，让统治者开始意识到，必须采取措施让国家振兴。之后通过朝廷与百姓的不断努力，朝鲜社会的农业以及手工业生产渐渐得到恢复，使得商品经济得到了进一步发展。此外，统治阶级采用"大同法"，不仅增加了财政收入，而且在一定程度上减轻了农民的负担。

随着李朝朝政内斗的日益激烈，程朱理学已经脱离朝鲜社会发展的实际，越来越沦落为党争的工具。面对理学的日益衰败，李朝一些有识之士开始反对清谈空论的朱子理学，强调"学以致用"，也就是后来渐成气候的朝鲜实学派。这一时期实学派的代表人物主要有李睟光、柳馨远。其中李睟光的《芝峰类说》是17世纪朝鲜著名的著作，这部作品内容广泛，还提出了多项改革措施。虽然这一时期还只是处于从理学统治到实学渐开的过渡阶段，但实学思想的崛起还是明显削弱了正统朱子理学的一统地位。除此之外，佛教思想的影响也逐渐增大，这些都对这一时期的汉诗发展产生了影响。

特别值得注意的是，这一时期的朝鲜国语文学也有了新的发展。

首先，从国语歌辞以及时调创作来看，出现了著名的歌词大家朴仁老，他的"芦溪歌辞"拓宽了朝鲜国语歌辞的主题类型，创作了许多记录社会现实的国语歌辞，丰富了朝鲜国语文学宝库。还有在17世纪出现了著名的山水田园时调大家——尹善道，他的《渔父四时词》40首、《山中新曲》、《续山中新曲》、《五友歌》等时调境界高雅，清新脱俗，成为朝鲜国语诗歌中的珍品。

其次，在国语散文创作方面，在继承与发展前代创作传统的基础上，有了进一步的发展。在国语散文方面出现了宫廷手记——《癸丑日记》、《山城日记》，它们以女性的视角来记录宫廷里发生的事情，描写细腻生动。还有宋时烈的《戒女书》问世，这是一部具有代表性的朝鲜国语内训书，对于了解朝鲜社会结构尤其是女性生存状态有着重要的参考价值。

再次，在国语小说创作方面，与15、16世纪相比，这一时期的国语小说发展呈现出了繁荣状态。小说创作者不仅包括文人士大夫，还出现了来自民间的创作者，这是具有新时代特色的现象。因此这一阶段除了汉文小说创作继续繁荣之外，还出现了许多优秀的国语小说，如《壬辰录》、许筠的《洪吉童传》、金万重的《九云梦》以及《谢氏南征记》等。这些国语小说的表现内容也比以往的汉文小说有了新的突破，其中有着重表达爱国主题的如《壬辰录》、《朴氏夫人传》等；有以家庭伦理为主的如《谢氏南征记》、《彰善感义录》等；有表现爱情的《云英传》等；有写农民起义的《洪吉童传》。总之，这一时期的国语小说不仅创作范围扩大、主题内容丰富，小说的艺术技巧性也有了很大的提高，涌现出一大批优秀的国语小说家，如许筠、金万重、李舜臣、赵圣期等。

在汉文诗创作方面，这一时期出现了大量的表现爱国情感的诗作，如汉诗人柳成龙、李晬光、李植、金昌翕、金尚宪等人，还出现了许多反映现实问题的诗作，尤其是权跸[①]，敬重杜甫与白居易，推崇唐风，揭露严重的社会贫富不均、阶级对立，成为17世纪杰出的现实主义汉诗人。此外汉诗创作主题也呈现多样化，汉诗创作活动渐从朝廷庙堂走向市井民间，诗人群体也从只有男性发展为出现女性汉诗人。这一时期女性汉诗人开始活跃文坛，成为李朝汉诗史上最为引人注目的闪亮现象。另外，这一时期的乐府诗创作也呈现出再次兴盛的发展势头，出现了像金宗直、沈世光这样的乐府诗大家。

总之，无论在政治、经济、社会上，还是文化发展方面，这一时期都是朝鲜汉文学发展史上关键的一环，它承接前期，引领后期，起着重要的作用。

第一节　朝鲜中期汉诗

一、朝鲜中期汉诗概述

整个17世纪，朝鲜在延续上个世纪内乱的同时，又开始了长达40年的外族入侵战斗。“壬辰倭乱”之后，朝鲜国内又因立储一事发生激烈争论，光海君因为庶子身份一直

① 在韦旭昇版《韩国文学史》中写作“权韠”，李岩等主编的《朝鲜文学通史》中写作“权跸”。

不被明朝承认，朝鲜朝廷因此分裂为以李尔瞻为首的主张拥立光海君的大北派以及以柳永庆为首的主张拥立嫡子的小北派。大北派在拥立光海君成功之后，小北派受到残酷打压，柳氏被赐死，最终小北又分裂为清小北与浊小北，大北分裂为骨北、肉北以及中北。朝廷内部混乱不堪，朝臣为了一己私利互相打压，根本无暇顾及朝廷安全，后1627年与1636年分别发生了“丁卯胡乱”、“丙子虏乱”。仁祖时期被迫向清朝政府投降，终止了与明朝的册封关系。

在此期间，朝廷内部党争依然没有间断。面对这一状况，大批文人逐渐开始关注现实，这一时期涌现出许多优秀的诗人，如诗人柳梦寅、李民宬、李民宬、成汝学、郑弘溟、尹善道、李敏求、李明汉、郑斗卿、宋时烈、吴达济等；前后五子权跸、李安讷、赵纬韩、许穪、李再荣、任叔英、郑应运、赵缵韩、奇献允；李廷龟、申钦、李植、张维文章四大家；金万重、沈光世、林昌泽、申维瀚、李瀷等乐府诗人；金氏家族的金尚容、金尚宪、金寿增、金寿兴、金寿恒、金昌集、金昌协、金昌翕、金昌业、金昌缉、金昌立等；还有大批女性诗人以及佛教诗人。本节主要对李好闵、柳梦寅、李民宬、李民宬、成汝学、郑弘溟、尹善道、李敏求、李明汉、郑斗卿、宋时烈、吴达济等诗人进行概述。

李好闵

李好闵（1553—1634），字孝彦，号五峰、南郭，延安人，谥号“文僖”。五峰四岁丧父，七岁开始读书，记忆超群。十二岁见者都以其为神童。1579己卯年中进士，辞不赴。宣祖癸未年，又中第一，直接进入殿试，初补成均馆，后转内翰，赐读书暇。宣祖并曰：“此人奇才，培养不可拘常规。”丙戌年，为弘文著作，戊子年以后，屡授修撰、正言、持平、校理。至壬辰年，拜吏曹佐郎。后迁应教、典翰、执羲。因文辞出众，常带承文院职，兼艺文应教。乙未年，拜承旨、参知、大司谏。丙申冬，特授嘉善大夫大司宪。丁酉年，授由大司宪、都承旨兼弘文馆提学。辛丑年，受命作迎慰使代李廷龟为远接使，使还，拜两馆大提学。癸卯年，升崇政阶左参赞。甲辰年，位正一品。后光海君上位，因上疏为他人请命，于七十之年，流离岭南，后得赦，终年八十二。

五峰作品甚多，现存《五峰集》十五卷，附录一卷，其中诗歌占六卷，体裁丰富，尤擅律诗。李敏求在《五峰集序》中说：“公诗文以气为主，翩翩豪逸，作新杼柚，宁瑕而璧，宁蹶而千里也，有非笔墨摸拟所可到。”[①]李植在《五峰集·跋》中也评价道：“其诗绝去常调，奇峭挺拔，深得老杜夔霞之境界。”[②]申纬亦曰：“李五峰天才鸣世，其‘干戈谁着老莱衣，万事人间意渐微。地势已从兰子尽，行人不见汉阳归。天心错漠临江水，庙箅凄凉对夕晖。闻道南兵近乘胜，几时三捷复王畿’一诗，同辈莫敢望云耳。”[③]所以他在《东人论诗》中评道：

天心错莫临江水，庙箅凄凉对夕晖。

---

① 李好闵《五峰集·序·李敏求》。

② 李好闵《五峰集·跋·李植》。

③ 李好闵《五峰集·五峰先生集卷之四·七律·龙湾行在，闻下三道兵进攻汉城》。

休说江郎才欲尽，五峰劘墨一时稀。[1]

柳梦寅

柳梦寅(1559—1623)，字应文，号于于堂、艮斋、默好子，兴阳人，谥号义贞。牛溪成浑之门人，与李廷龟、李恒福等人交好。柳梦寅自幼聪颖，牛溪一见便奇之，稍长，文望渐蔚。梦寅尤好气节，每读至古人赴义而死便慷慨激愤。其以文采气节鸣于当世，一次遇琉球使臣，听闻梦寅名，立下床拜。梦寅还曾以质正官的身份出使明朝，历任义禁府事、弘文馆大提学、艺文馆大提学、知春秋馆成均馆事、五卫都总府都总管等职务。光海君戊午年，废母论起，收议在廷，公抗言曰："有大臣焉台谏焉，散官非所当，与尔瞻等共摈斥之。"[2]后梦寅放浪湖山五六年，与月沙李廷龟、李东皋、朴南郭等诸名流作甲稧，有时痛饮，相视嘘唏。年至七十时因罹南人之狱，被仁祖之勋臣金鎏诛杀，当时的人都觉得非常惋惜。"艮斋先生著述凡四十卷，榆岾僧感公节义，剞劂藏于寺间，但最终传世者，不过断烂若干卷及野谭四卷而已，何其寂寞也"[3]。梦寅现存《于于集》六卷，《集后集》六卷。

月沙李廷龟、五山车天辂皆认为"当世之文章，柳于于与崔简易不相上下"。权草楼曰："柳于于文过欧阳修，诗轶李奎报。"车沧洲曰："柳于于文非但擅东国，当旷世无比。"《小华诗评》曰："柳于于诗，可见所立卓荦。"又曰："其西关诗'春游关塞王三月，花发江南帝六宫'，极其富丽。且如山行诗'蚌螺粘石何年海，萝菖生山太古田'，'踯躅背岩多白蕊，鼪鼯食栢或青毛'等联，皆极幽奇。"[4]

再看柳梦寅游南麓时所作之诗：

满城花柳拥春游，玉手停杯咏柏舟。
壮士忽持长剑起，醉中当斫老奸头。

徐有房评价这首诗为千古绝调："其音如怨如诉，其义如兴如比。见者掩卷，听者堕泪，此又梦寅为人为鬼之节拍。"[5]再如导致梦寅惨遭杀身之祸的《题宝盖山寺壁》：

七十老孀妇，单居守空壶。
惯诵女史诗，颇知妊姒训。
傍入劝之嫁，善男颜如槿。
白首作春容，宁不愧脂粉。[6]

正祖评此诗云：此诗深得《离骚》遗意，可与时习诗为伯仲。诗人以孀妇守节不嫁，来暗喻自己一生不仕二主，宁可一死也要保持自己的节气。

此外，柳梦寅的《于于野谈》也是传世之佳作，被称为"随笔中的白眉"。

---

① 申纬《警修堂全稿·册十七·北禅院续稿二·东人论诗绝句三十五首·其二十八》。

②③⑤ 柳梦寅《于于集·于于集后集卷之六·附录·谥状·徐有防》。

④ 柳梦寅《于于集·于于集后集诸贤批评》。

⑥ 柳梦寅《于于集·于于集卷之二·诗·金刚录·题宝盖山寺壁》。

成汝学

成汝学(1557—?),字学颜,号双泉、鹤泉,昌宁人,牛溪成浑之门人,与李睟光交好,又与柳梦寅为酒友。双泉生于诗礼之家,少时声望已传诵人口。成人后好以诗书自娱,不屑于科举出仕。月沙李廷龟为此说:"'露草蛊声湿,风枝鸟梦危'之成汝学,岂可空老乎?"言语中颇有为之惋惜之意。双泉现存《鹤泉集》两卷,其中主要是汉诗,有五绝17题,七绝41题,五律155题,七律132题,五排20题,七排7题,五古17题,七古11题,共400题。在其存诗中约有25首,是专门与竹西沈宗直的唱和诗。双泉一生深究汉诗,尤其是盛唐诗,因此其诗"清高俊爽,无一点尘俗气,一时名胜如芝峰李公睟光、竹川李公德泂,皆许与之深。芝峰则至抄其警句,著于类说"[①]。其诗中警句传诵人口者有:

> 雨意偏侵梦,秋光欲染诗。

为此,紫霞申纬在《东人论诗》中赞曰:

> 白首苦吟成进士,微官不及右文时。
> 直将郊岛争寒瘦,一段秋光欲染诗。[②]

李民宬、李民宎

李民宬(1570—1629)、李民宎(1573—1649)为同胞兄弟。李民宬,字宽甫,号敬亭,金诚一、郑逑、张显光之门人。李民宬自幼便稳重仿若成人,七八岁时,词作便已惊人,稍长,读书饬行。壬辰年,随往观察临瀛住所,击倭有功,升通政阶。丁酉年,擢庭试科,选补承文院,升博士。辛丑年,拜承政院注书,迁侍讲院说书司书司宪府监察。壬寅年,以书状官赴燕京,归国后,拜成均馆典籍知制教。癸卯年,拜礼兵曹佐郎。己酉年,选弘文录,差远接使从事官。癸丑年,拜副修撰校理。当时正值巫蛊狱起,诬及大妃,上疏度力后,弃官归乡。仁庙反正后,任奏请使书状官,由海道朝京师。归朝后,升通政阶,赐土田臧获。乙丑年,除刑曹参议,不赴,寻拜承政院同副承旨。丙寅年,升左副。己巳年,除刑曹参议不赴,是年八月以疾卒,寿六十。无嗣,以弟李民宎之子李廷机为子。李民宬一生刚直气正,著述颇丰,现存《敬亭集》十三卷,补遗一卷,年谱两卷,续集四卷,其中诗歌十一卷,《朝天录》三卷。

敬亭诗歌数量众多,体裁多样。丁范祖在为其所作《行状》中写到:"(先生)为文章,闳博奥雅,有西汉气。诗尤格力苍健,类韩、杜。自当时五峰李文僖公、简易崔公诸巨匠,咸推为不可及,而皇朝学士大夫争与唱酬,至呼之为李谪仙云。"[③]如《宿凤山东村》诗:

> 空山雪塞有微径,孤村烟暝响疏杵。
> 蓟楷编缚代柴荆,倚壁无综有机杼。

---

① 成汝学《鹤泉集·鹤泉先生集序·鹤泉成先生遗集序·李墩》。

② 申纬《警修堂全稿·册十七·北禅院续稿二·东人论诗绝句三十五首·其二十九》。

③ 李民宬《敬亭集·敬亭先生集年谱卷之二·附录·行状·丁范祖》。

七十老妪膝过肩，见客咿嚘泣且诉。
一子年前属右营，身充火手渡辽去。
全师覆没无得脱，战骨沙场收底所。
老身单独与死伍，抱持幼孙无置处。
前冬戍兵数百骑，劫掠村闾甚于虏。
瓶缶一空菹酱竭，遗资敢望留筐筥。
数口充糊杂橡菽，四肢羸困难掉举。
顽命虽存不如死，死后更有何思虑。
我闻此言心骨悲，尔语且休聆我语。
我家亦有荷殳人，万死生还命如缕。
侬今来往为此耳，听渠不觉零如雨。
呜呼哀哉可奈何，普天之下奚独汝。
安得销兵息战斗，普天之下无寡女。①

此诗是写一位七十余岁老妇的悲惨遭遇，丈夫战死沙场，唯一的儿子也被征兵入伍，死于战场。她孤身一人怀抱着年幼的孙子，生死两难，家贫断粮，却还要遭受官兵掠夺，老妇只能悲惨哭泣。诗人在诗中表达了希望能够平息战争，使天下太平的愿望，同时对于朝廷对百姓痛苦置之不理、任由官军胡作非为，表达了强烈的不满。敬亭诗学杜韩，这首诗作行笔苍健，意蕴深刻，就颇有杜甫入蜀之后诗作遗风。

李民宬，字而壮，号紫岩，谥号忠简。紫岩天资豪迈，局量宏伟，贯通经籍，博通今古，声名甚重，官至刑曹判书，终年七十七岁。其著述不如其兄丰富，现存《紫岩集》七卷，其中主要以文章为主，诗歌仅存14题，成就不高。

郑弘溟

郑弘溟(1582—1650)，松江郑澈之子，字子容，号畸庵，谥号文贞，延日人，金长生之门人。畸庵年少聪颖，六岁就诗句惊人，丙辰年，擢大科，后被削官。癸亥年平反，升修撰、校理。后又拜舍人、副应教，赐暇湖堂。后又拜刑、兵参议，迁副提学、大司成，以病辞。后屡次受召，官至大司宪，卒年六十九。畸庵潜心著述，现存《畸庵集》十二卷，附录一卷，其中诗歌八卷，体裁多样，内容丰富。

畸庵博古通今，对中国各体文学无不精通，尤其酷爱“骚选韩杜”。申翊圣在《畸庵集·序》中说道：“(先生)酷嗜骚选韩杜，沈潜饫沃，翕取敷施。其为赋诔，感慨悱恻，有骚人之致；书疏宏赡典密；诗尤苍深豪健。”②郑畸庵与李敏求之诗名声之大，可与当时诗坛巨擘郑斗卿、许穧、权跸等人相抗衡。

如其《落叶》诗：

青姨一夕下乔林，叶落归根势不禁。

① 李民宬《敬亭集·敬亭先生文集卷之十一·诗·宿凤山东村》。
② 郑弘溟《畸庵集·序·申翊圣》。

风外暗闻添爽籁，月中愁见碎清阴。
闲埋石径无人扫，乱透书帷故自深。
羁旅独缠憭栗思，白头辛苦和蛩音。[①]

此诗写于畸庵晚年，当时他病痛缠身，加上羁旅异乡，在凄凉夜晚，内心无限悲凉，只能与书相伴，无眠愁听蟋蟀。整首诗场景凄凉，悲情深沉，但比起杜甫诗作，还是缺乏内在的豪气。

李敏求

李敏求（1589—1670），字子时，号东州、观海，全州人，大文豪李晬光之子，其兄李圣求也是当时诗文大家。东州与李明汉（1595—1645）、申翊圣（1588—1644）、李景奭（1595—1671）等人交好，于光海君壬子科科试夺魁，仁祖时出任吏判。东州自幼聪慧，好著述，撰录众多，可惜大部分都毁于战乱。《东州先生自序》言：

姑掇拾人间所传及草本流落者存录其概，焦尾弃材，诚无足道也。自壬戌以后为前稿，其目有宣慰、从军、岭南、嘉林、卯酉、东游、关东、关西等录。辛酉以前，年远益罕纪，略收为别稿。其丁丑以后为诗稿，有别序杂著，合前后为文稿。[②]

东州现存《东州集》，其中包括前集八卷，诗集二十四卷，文集十卷，别集一卷，东州诗歌才能超越其父芝峰，为此申纬赞曰："真见人家有跨灶，诗文双绝李东州。"[③]如下一首《后浦霁雨》：

宿雨千峰霁，亭皋四望通。
几家烟火外，渔网夕阳中。[④]

诗风清爽，意境恬静，在李朝诗坛独树一帜。

郑斗卿

郑斗卿（1597—1673），字君平，号东溟，郑之升之孙，温阳人，李恒福门人。东溟喜读史书，诗作清新，意境高远，颇得时人好评。

郑东溟出于晚季，能知有汉魏古诗乐府为可法。歌行长篇，步骤李杜；律绝近体，摸拟盛唐。不肯以晚唐、苏黄作家计，亦伟矣。然其才具气力，实不及挹翠诸公，又不曾细心读书，深究诗道，沈潜自得，充拓变化。徒以一时意气追逐前人影响，故其诗虽清新豪俊，无世俗龌龊庸腐之气，然其精言妙思不足以窥古人之奥，横骛旁驱又未能极诗家之变。要其所就，未能超石洲、东岳而上之也。

东溟诗所以易高于流俗者，以平生好读马史，又留意古乐府。为诗歌，喜用其

① 郑弘溟《畸庵集·畸庵集卷之五·七言律诗·落叶》。
② 李敏求《东州集·东州先生前集序·自序》。
③ 申纬《警修堂全稿·册十七·北禅院续稿二·东人论诗绝句三十五首·其二十七》。
④ 李敏求《东州集·东州先生诗集卷之十四·西湖录(三)·野亭八咏之后浦霁雨》。

> 语，此皆世人所不习。故骤见之，足以惊动耳目，而其实殆古人所谓钝贼，非窃狐白裘手也。[①]

此是最为贴切的评价，东溟一生爱好汉诗创作，现存《东溟集》十一卷，均为各体汉诗，其中歌行、五律、七绝写得最好。如五律《闲中偶吟》：

> 花开从夜雨，叶下任秋风。
> 世路长安陌，吾师塞上翁。
> 宁愁鞍马绝，但畏酒樽空。
> 永日还高枕，途穷兴不穷。[②]

此诗确如农岩所说“清爽豪俊，无世俗龌龊之气”，读之令人想见诗人的高洁品行及豪迈胸襟。

宋时烈(1607—1689)，又名圣赉，字英甫，号尤庵、华阳洞主、南涧老叟、桥山老父，恩津人，谥号文正，金集(1574—1656)门人。尤庵著述繁多，现存《宋子大全》，其中包括《宋子大全》两百一十五卷，附录十九卷，拾遗包括卷首以及序共十一卷，续拾遗一卷，续拾遗附录两卷，续拾遗附录跋一卷，《宋子大全随笞》十三卷，随笞识一卷，卷首一卷，凡例一卷。存汉诗五卷。

除了以上诗人之外，这一时期的著名诗人还有尹善道(1587—1671)，著有《孤山遗稿》；李明汉(1595—1645)，著有《白洲集》；吴达济(1609—1637)，著有《忠烈公遗稿》；金万重(1637—1692)，著有《西浦集》；以及金集(1574—1656)，著有《慎独斋遗稿》；申翊圣(1588—1644)，著有《乐全堂集》；李景奭(1595—1645)，著有《白轩集》；李明汉之弟李昭汉(1598—1645)，著有《玄洲集》；申翊圣之弟申翊全(1605—1660)，著有《东江遗集》等等。

二、前五子与后五子

许筠在《惺所覆瓿稿》中提到：“余羁于世，不能缔交于公卿当路者，惟以薄艺见知于文盟二三兄弟，惟日夕过从，或倡酬，或谈謽，以相切磋，以优游卒岁。其人即权韠汝章、李安讷子敏、赵纬韩持世，而余再从兄许禘子贺，暨少时昵友李再荣汝仁。五人者，文章俱稀世，而穷于时亦同。岂文人结习，例厄于命也欤？遂作五子诗，以扬风雅，以述交情，而时观之自释焉。其按次，则年以记之，终以地云。”[③]

可见，所谓前后五子，俱是以汉诗文来评定的。这里“前五子”分别为权跸、李安讷、赵纬韩、许禘、李再荣；“后五子”[④]分别为郑应运、赵缵韩、奇允献、任叔英。

---

① 金昌协《农岩集・卷之三十四・杂识・外篇》。

② 郑斗卿《东溟集・东溟先生集卷之三・五言律诗・闲中偶吟》。

③ 许筠《惺所覆瓿稿・卷之二・诗部二・病闲杂述・前五子诗・序》。

④ “后五子”本应也是五人，但是除郑应运、赵缵韩、奇允献、任叔英之外，另一人以及“后五子”序均于战火中焚毁、散佚。

权韠(1569—1612),字汝章,号石洲,权擘之子,郑澈之门人。石洲生长于两班家庭,自幼受到汉文化熏陶,九岁便能作汉诗,十九岁参加司马试,高中状元,但是因为"一字之误",而被取消资格。后石洲没有再参加过科举考试,一直以布衣的身份行迹湖山。因石洲诗作极其出名,曾被推荐出任制述官接待明使,辛亥年,也就是1611年,石洲在听闻任叔英科举策试时,因讽刺时弊,被榜上除名,便作《闻任茂叔削科》来讽刺光海君之妃柳氏一派飞扬跋扈,其诗曰:

宫柳青青莺乱飞,满城冠盖媚春晖。
朝家共享清平乐,谁遣威严出布衣。①

这首诗后被光海君看到,知道诗中"宫柳"是指外戚柳氏,"布衣"指任茂叔,并且讽刺光海君让外戚胡来。光海君暴怒,拘捕石洲并将其流放至朔方。石洲在流放过程中,因旧疾新病并发而卒,终年四十三岁。石洲在被捕前,将自己的诗稿交付侄子沈铎保管,才得以保存。现有《石洲集》八卷,别集两卷,外集一卷,其中外集与别集一卷是文章,其余均为汉诗,约800余首,有古体诗、律诗、绝句、杂体诗,其中成就最高的当属七言律诗。

后世诗坛对石洲诗作成就评价颇高,月沙李廷龟在《石洲集·序》中说:

余观其诗,声发为章,意至而舒,清丽典雅,各臻其妙,真所谓绝代希声也。②

许筠作诗评价曰:

石洲天下士,其才寔王佐。抱负不肯施,甘为穷谷饿。为诗透天窍,绝唱有谁和。王孟合在后,颜谢亦虚左。戈铤列电霜,珠玉霏咳唾。③

紫霞申纬在《东人论诗》中曰:

白衣妙选称从事,何异将身到凤池。
乐府至今传绝唱,松江歌曲石洲诗。④

明朝使臣即将来李朝,宣庙征稿以入,石洲被选为白衣从事。崔简易赠诗曰:"闻说至尊征稿入,全胜身到凤凰池。"郑松江歌曲有将进酒,调甚悲惋,石洲过公墓有诗曰:"空山落木雨萧萧,相国风流此寂寥。惆怅一杯难更进,昔年歌曲即今朝。"⑤此诗悲凉异常,被认为是乐府诗的千古绝唱。南龙翼更是将石洲此诗与李安讷的《闻歌》比较,认为二人两首诗均为松江郑澈而作,亦俱为绝响,世人不敢评孰轻孰重。但是石洲之诗有如雍门琴声,忽然惊耳,使人无不零涕;东岳的《闻歌》如赤壁萧音,不绝如缕,虽难分优劣,但是从格调来讲,石洲更胜一筹。

再如《婵娟洞》:

---

① 权韠《石洲集·卷之七·七言绝句·闻任茂叔削科》。
② 李廷龟《月沙集·月沙先生集卷之四十·序(下)·石洲集序》。
③ 许筠《惺所覆瓿稿·卷之二·诗部二·病闲杂述·前五子诗·权汝章》。
④ 申纬《警修堂全稿·册十七·北禅院续稿二·东人论诗绝句三十五首·其二十一》。
⑤ 权韠《石洲集·石洲先生集卷之七·七言绝句·过郑松江墓有感》。

年年春色到荒坟，花似新妆草似裙。
无限芳魂飞不散，至今为雨更为云。①

此诗哀艳无比，诗中“春色”、“新妆”、“花”等词，看似充满希望，实则句句含情，凄婉悲绝。当然，石洲不是只有抒发凄凉之情的诗歌，石洲虽出生两班家庭，但是其父权擘为官清廉，家庭生活一直较为清贫，因此，诗人较其他两班会更加关注百姓的生活，如《征妇怨》：

交河霜落雁南飞，九月金城未解围。
征妇不知郎已没，夜深犹自捣寒衣。②

“霜落雁南飞”之际，国家战争还没有结束，征妇不知被征入伍的丈夫已经在战场上牺牲，到了深夜还在为丈夫捣冬衣，石洲借此诗表达对战争的厌恶。再如五古《切切何切切》：

切切何切切，有妇当道哭。
问妇何哭为，夫婿远行役。
谓言即顾反，三载绝消息。
一女未离乳，贱妾无筋力。
高堂有舅姑，何以备馇粥。
拾穗野田中，岁暮衣裳薄。
北风吹郊墟，寒日惨将夕。
独归茅檐底，哀怨岂终极。③

此诗较上一首，对朝廷的劳役制度给百姓带来的痛苦揭露得更为深刻。诗中妇人的丈夫被征入伍已经三年，但是三年来却杳无音信。妇人只能一人赡养公婆和照料未断乳的孩子。但是家无劳力，家境日益贫寒，经常难以饱腹，不仅如此，寒冬亦无暖衣。为此，妇人毫无他法，只能哀怨欲绝。诗歌以现实主义的手法，将被在统治阶级奴役下的百姓生活描绘了出来，通过妇人的控诉来讽刺当权者的腐败无能，此种作法，颇具杜诗之风范。先生历经“壬辰倭乱”，因此，有许多歌颂爱国主义将士以及关心战争下国家以及百姓命运的诗歌，如《梦得一小册乃金德龄诗集也》：

将军昔日把金戈，壮志中摧奈命何？
地下英灵无限恨，分明一曲醉时歌！④

金德龄曾深入敌营警戒敌人，但是后来因父丧不能赴战场而遭奸人诬告通敌，惨遭不幸。诗歌主要表达诗人对义兵将领金德龄的怀念以及惋惜之情，同时也谴责了当时朝廷的腐败以及黑暗，使得忠臣蒙冤。整首诗简洁凝练，却又哀婉深沉。再如《贼退后入京》：

故园荆棘没黄埃，归客空携一影来。

① 权跸《石洲集·石洲先生集卷之七·七言绝句·婵娟洞》。
② 权跸《石洲集·石洲先生集卷之七·七言绝句·征妇怨》。
③ 权跸《石洲集·石洲先生集卷之一·五言古诗·切切何切切》。
④ 权跸《石洲集·石洲先生集卷之七·七言绝句·梦得一小册乃金德龄诗集也》。

千里山河流战血，百年城阙有荒台。
南天画角何时尽，西塞鸣銮几日回。
独向松郊寻旧路，断云乔木有余哀。①

长达七年的“壬辰倭乱”使得朝鲜蒙受了巨大的损失，朝鲜社会处处都是战后的惨淡之景。诗人面对伤痛累累的家国河山，不禁希望朝鲜国家能够回到战前的和平宁静。整首诗歌用意深刻，感情真挚，表达了诗人对于国家命运的担忧以及关心。

石洲与李廷龟、李春英、赵纬韩、赵缵韩、车天辂、许筠等诗人交好，他的诗作中有很多与友人的唱和诗，如《题车五山》、《寄车五山》、《次五山偶吟韵》、《次子敏韵》、《月沙宅酒席有作》等等。

石洲诗学唐人，尤其以老杜、白居易为宗，且其诗亦善用委婉、含蓄的讽刺手法来描绘现实，故其诗意义深刻，艺术价值较高，如《读杜诗偶题》：

杜甫文章世所宗，一回披读一开胸。
神飙习习生阴壑，天乐嘈嘈发古钟。
云尽碧空横快鹘，月明沧海戏群龙。
依然步入仙山路，领略千峰更万峰。②

这一时期以诗著称的还有东岳李安讷，并且东岳与石洲共同被称为当时的两大诗家。李安讷(1571—1637)，字子敏，号东岳、东谷、东广，德水县人，谥号文惠。东岳出生文学世家，为前代词坛老健李容斋之曾孙，李荇之侄。东岳生而秀异，聪颖过人，很早便能博通经史，且藻思俊逸，世人谓之神童。年十八，连占科，名彰益显，受人妒羡。后一度不复举业，潜心攻读古文，所交之人皆为一时俊才，如权跸、尹根寿、李好闵等。壬辰倭乱之后，他同郑古玉、权石洲等人游历四方，放迹湖山。后因为报答母恩而重新参加科举，万历己亥年中第二名，后多次受命出使明朝，官至礼、判两馆提学，丁丑年卒于任期。

梁庆遇在《霁湖诗话》中说过，“东岳长于律诗而拙于文，人求序跋，往往以诗应之”，确实如此，现存的《东岳集》中，除却续集别录以及文集二十六卷为文章外，其余二十五卷均为诗歌，还有一卷续集亦是如此。先生因出使过明朝，故而亦有《朝天录》等诗作。东岳诗数量众多，体裁多样，内容丰富，且其诗歌的艺术水平深受后世文人好评，沧洲车云辂曰：“(东岳之诗)出韩入杜，雄拔距丽，如衡岳无云，洞庭不波，诗响似黄钟大吕。”③如《龙山月夜，闻歌姬唱故寅城郑相公思美人曲》：

江头谁唱美人词，正是孤舟月落时。
惆怅恋君无限意，世间惟有女郎知。④

此诗是东岳最为脍炙人口之作，世人常把此诗与石洲的《过郑松江墓有感》相比较，

---

① 权跸《石洲集·石洲别集卷之一·七言律诗·贼退后入京》。
② 权跸《石洲集·石洲先生集卷之七·七言律诗·读杜诗偶题》。
③ 南龙翼《壶谷诗话》。
④ 李安讷《东岳集·东岳先生续集·诗·龙山月夜，闻歌姬唱故寅城郑相公思美人曲》。

并被认为其与石洲可与朴誾、李容斋相提并论，可见东岳在当时诗坛的地位之高。

东岳与石洲尤为交好，他们不仅是诗友，更是知音，所以二人多唱和诗，以下诗作为二人分别许久，东岳午夜梦回，有感而作：

江北江南久别离，寻山问寺未曾期。
分明昨夜三更梦，不是神交岂得知。（其一）

故人遥向海西头，九月山深桂树秋。
梦不负余余负梦，闭门端坐起离忧。（其二）[①]

赵纬韩（1567—1649），字持世，号素翁、玄谷，成浑之门人，与权韠、李安讷、李春英等人交好。玄谷在癸亥改玉之后才始登台阁，拜知枢，后罹癸丑之祸，被废十年，在更化之初又起为台宪，后斥补外郡。玄谷恢疏倜傥，非常重义气，并且喜好庄周，在朝廷昏暗之时，绝迹仕途，浮游于江海，放迹河山，与三五好友，如石洲、东岳、汝仁等以诗文唱和，以愉性情。玄谷博学通古，无书不览，先秦、两汉、魏、晋之文，皆撷英取华。玄谷现存《玄谷集》十四卷，其中诗歌十卷，文章四卷。玄谷诗佳作，其“词律声章清健赡蔚者，得之于杜、韩，盖其韵宇疏旷，风流豪逸”[②]。许筠评论道：“平生攻古文，奏刀经肯綮。诗歌阴何流，笺诔岳机骋。”[③]

赵缵韩（1572—1631），字善述，号玄洲，玄谷之胞弟，两兄弟俱为诗文大家。玄洲为“后五子”之一，与石洲权韠、东岳李安讷、茂叔任叔英等人交好。玄洲年少便才思横溢，异于常人，后名气益盛。万历三十三年科举及第，宣祖以御笔亲点，直接进入殿试，授成均馆学谕。再升典，历刑、户二曹佐郎，司谏院正言、兵曹佐郎、灵岩郡守，不久便被罢归。后又拜正言兼知制教，出为荣川郡守。光海君时期，玄洲不愿意在朝为官，自请出任尚州牧使，并在途中作诗曰：“闻来世故心如醉，看到时危鬓已蓬。安得沧波无限月，解官归作钓鱼翁。”仁祖反正之后，玄洲被召还京，授刑曹参议兼承文院提调。后还受命出使明朝，但因病未成行。玄洲喜爱读秦汉古文，且其所作之文，如汪洋大海，各种体裁都具备，尤其长于骚赋骈俪，学两汉六朝遗法颇有心得。其诗文名气颇大，新作一出，墨汁未干，即被时人争相收藏。玄洲性情与其兄的风流倜傥相反，而是固守一端，嫉恶如仇。其诗文作品，风流俊逸之气不多，却有不少忧时愤世的激情。许筠在《后五子诗》中记：“东吴有机云，君学最博洽。浩荡极文工，森然有古法。莹莹�鹓膏，龙渊初出匣。屈贾垒初劘，班张阵新压。嗤彼白挺徒，能撄水犀甲。吾游季孟间，力薄身操锸。赏其洞机钤，词盟许同歃。肯似诸葛公，雍容着颜袷。”[④]玄洲现存《玄洲集》十六卷，集跋一卷，其中诗歌九卷，文章七卷。

任叔英（1576—1623），字茂叔，号疏庵、东海散人，奉川人。1601辛丑年科举中进士，

① 李安讷《东岳集·东岳先生续集·诗·别权汝章后偶吟》。

② 赵纬韩《玄谷集·序·申钦》。

③ 许筠《惺所覆瓿稿·卷之二·诗部二·病闲杂述·前五子诗·赵持世》。

④ 许筠《惺所覆瓿稿·卷之二·诗部二·病闲杂述·后五子诗·赵善述》。

辛亥年，别试登第，选为承文院正字，后升为博士。乙卯年削职夺官，癸亥年，复博士，授艺文馆检阅兼春秋馆记事官，同年迁弘文馆正字、升修撰知制教、升司宪府持平，是年十月卒于家中。茂叔记性绝人，凡书读五六遍便可终身不忘。茂叔嫉恶扬善，博古通今，交游甚广，李植、权跸、张维等人皆为其好友。茂叔以文著于当时，车五山称："公之文，长于四六。车五山称其小篇与王、骆相上下。《统军亭序文》流入中朝，翰苑学士传语我国使臣云，'千年已绝之调，出于海外，尤奇异云'。"①许筠在《后五子诗》中记道：

西河敏绝伦，万卷悉口诵。
古文洞丘索，《离骚》踵屈宋。
尤工骈骊辞，徐庾宁有种。
徒夸《上林赋》，未第《甘泉》颂。
中原析藏谱，百王剖绍统。
洞晓极广深，掌故行需用。
剧论恣贯穿，明核吾当恐。
交情指青松，霜雪期相共。②

李植在《疏庵先生言行录》中也说道：

公于四六，法律精严，非唐以上材则不用，所引古事必用本书全文要语，一字不苟安排。至于行文，未尝作偶俪语，专务平顺畅达，真所谓笔端有口。诗则不格法，直摅胸怀，务去雕饰，别是一体。大篇排律，则四六之余也，广博奇僻，古未尝有。③

可见茂叔之诗文皆为当世所重。其现存《疏庵集》八卷，拾遗一卷，附录一卷，言行录一卷，其中以文章居多，诗作共143题。

前五子中的许篈(1563—1640)，已在上面"许氏家族"中论及。汝仁李再荣，后五子之时望郑应运、献甫奇允献等诗人，皆为一时俊杰。

三、文章四大家

论及李朝文章之正宗，当属月、象、溪、泽四人组成的"文章四大家"。其中"月"指月沙李廷龟，"象"指象村申钦，"溪"是溪谷张维，"泽"就是泽堂李植。此四人在朝鲜文学史上的地位相当于中国的"唐宋八大家"。李朝散文四大家公认韩愈文章为古文正统，同时认为茅以坤的《唐宋八大家文抄》所录之文为古文之正脉，可供学习终身。但是他们四人又不仅仅是文章大家，其诗歌亦是享誉当世，其中月沙更被评为"诗中白眉"。

李廷龟(1564—1635)，字圣微，号月沙、秋崖、习静、疑庵、保晚亭主人，谥号"文忠"。月沙为延安李氏石亨之高孙，六岁便能作诗，人称神童。九岁读唐诗，抄韩愈诗。十岁读四书，十一岁读《诗》、《书》、《史记》、《汉书》，开始学作诗。十四岁以魁升补，声名鹊起。

①③　任叔英《疏庵集·疏庵先生言行录·李植》。
②　许筠《惺所覆瓿稿·卷之二·诗部二·病闲杂述·后五子诗·任茂叔》。

乙酉年中进士登第。月沙一生多次奉命出使明朝，著有《戊戌朝天录》、《甲辰朝天录》、《丙辰朝天录》、《庚申朝天录》。此外还有《倦应录》二卷，《废逐录》二卷，《拾遗录》二卷，碑、志、行状十五卷，疏、札、启、议、咨、奏揭呈十卷，表、笺、序、记、杂著四卷，书筵、讲义一卷，大学讲语一卷，日记二十五卷。其公厅构草启辞、宴席吟咏之作，散失甚多，而壬辰前所作则皆亡失。现存《月沙集》共六十三卷，附录五卷，别集七卷。

申钦(1566—1628)，号象村居士，与月沙年纪相仿，在朝鲜文学史上多将二人进行比较[①]。如南宫辙在《四公子文章钞序》中评价道："同时馆阁巨匠，如月沙之辞理富赡，象村之气格高华，息庵之才思精炼，庶几雁行。"[②]

所谓月沙之诗辞理富赡的特点，可从其《游西岳庙》一首看出：

巫闾之山何壮哉，万朵芙蓉插晴昊。
东蟠沧海界华夷，北注阴沙镇荒隩。
专雄坎维配玄冥，摆弄阴机排老媪。
灵官丹碧照山腰，玉塔珠灯穷佛宝。
殿门高开洞庭野，霞光远挹蓬莱岛。
我来山下日初斜，玉立千峰云净扫。
抬头快见真面目，感通不待潜心祷。
天台四万八千丈，对此应须愁欲倒。
庭边松老不知年，翠盖成行夹神道。
丰碑攲侧字半讹，苔藓荒凉不可考。
森然自觉魂骨爽，菲薄何由荐苹藻。
楼前有亭石为层，乍倚危岩涤烦恼。
前临长野杳无边，海色天光同浩浩。
水阔苍梧波影浸，日晕扶桑曙色早。
还如开辟混沌初，万象鸿蒙始天造。
地灵光岳钟豪英，天府雄藩拱襟抱。
钟鸣鼎食簇楼台，棋布星罗壮城堡。
心随望眼极天外，恍御泠风游太灏。
飘然穷海一畸人，半世风尘头已皓。
桃源缅思久迷津，壮游如今谐夙好。
仙区幸寤石上梦，一丘烟霞愿终老。
归时拟把费公藤，万岫春风采瑶草。[③]

此诗写于戊戌年出使明朝途中，诗人自辽东行至燕南遥望西岳神庙，面对巍巍河山、雄壮佳境，有感而发。此诗用辞华丽，虽不如象村诗那样高古隽永，但场景阔大，壮思起

① 申钦将会在朝鲜中期第二节《乐府诗》中作具体阐释，在此不多叙。
② 南宫辙《金陵居士集·卷十一·四君子文钞序》。
③ 李廷龟《月沙集·月沙先生集卷之二·戊戌朝天录(上)·游西岳庙并序》。

伏，加之词语瑰丽，显出大家气概。

李植（1584—1647），字汝固，号泽风堂，谥号“文靖”，德水人，李朝文章四大家之一。李植乃容斋李荇玄孙，东岳李安讷之侄。诗学唐风，喜读杜诗，又学苏黄之文。其诗作比起其文章略显逊色，但是比起其他三人散文大家，李植的诗作还是别具一格。李植现存《泽堂集》十卷，续集六卷，别集十八卷，其中诗集十二卷。

张维（1587—1638），字持国，号溪谷、默所，新丰府院君，尹根寿、金长生之门人，文章四大家之一，谥号“文忠”。溪谷在光海君己酉年及文科第，任职历经仁祖返正，以及丁卯、丙子之乱。后因为他人求情而被革职。溪谷文名远播，十六岁时学于其舅金尚容，古文主攻韩柳。溪谷一生著述甚多，他在《自叙》中写道：“诗自甲戌以上，通前稿而汇分焉。词赋十六，表笺二十三，教书十，册文三，箴铭赞十三，杂著四十，说九，序四十二，记十五，祭文三十八，碑志二十六，行状五，疏札五十，启辞十七，奏咨三十，檄一，呈文二，帖四十五，诗五言古百四十三，七言古四十一，五言律四百二十一，五言排律四十四，七言律四百三十二，七言排律七，五言绝五十，七言绝二百九十二，六言十，杂体四十四，总千八百六十余篇，缮写为二十六卷。”①现存《溪谷集》共三十四卷，漫笔二卷，漫笔自叙一卷，其中诗歌九卷，远不如其文章多。且其诗歌学成较晚，未成家数，故诗作成就不如其古文。

泽堂与溪谷年龄相近，故二人亦经常被互相比较。南宫辙言：“溪谷之文，即之如浅，复而弥远，纡馀萦洄，如江河千里一碧，而鱼龙舳舻之容与也。泽堂之文，高山深谷之气，结为钟乳，林木翳密，而鸟兽之声不闻。”②可见两大家古文各有千秋，诗作也各有特点。下举二人诗歌两例：

秋雨晚廉纤，轻寒侵薄缣。
应催菊花发，故逐暮云添。
草浥虫声苦，天长雁翅沾。
今宵枕上听，残滴洒疏檐。

张维《秋雨》③

雷车电毂驱纷纷，天地泱漭皆玄云。
乱流已失南北巷，昏阴不识宵昼分。
四壁无人眼花黑，床床屋漏无停息。
谁居广厦自欢颜，坐看华檐白练直。

李植《秋雨叹》④

同是写秋雨之诗，二人的着眼之处却不尽相同，前一首溪谷诗，将秋天雨后的凄凉之境生动描绘了出来；后一首泽堂诗亦是写于秋雨时分，但却气势恢弘，颇有杜诗“安得广厦千

---

① 张维《溪谷集·序·溪谷草稿自叙》。
② 南宫辙《金陵居士集·卷十一·四君子文钞序》。
③ 张维《溪谷集·卷之二十七·五言律诗·秋雨》。
④ 李植《泽堂集·卷之一·诗·秋雨叹·其二》。

万间，大庇天下寒士俱欢颜”之慈悲胸怀。

此四人在当时文坛皆以文章著称，诗作名声不彰显，故在此一并简述交代。总之，这一时期作为李朝汉文学发展的转折点，大家辈出，诗人林立，众多家数流派共同烘托出汉诗发展的高潮洪流。

第二节　乐府诗

一、概述朝鲜乐府诗的发展

“乐府”一词最早见于《汉书・礼乐志》，时汉武帝刘彻确定郊祀之礼，设“乐府”之官署，命令李延年为协律都尉以采集汉族民间歌谣或文人的诗来配乐，用来朝廷祭祀或宴会时演奏之用，后来人们将此诗歌称为乐府诗，简称乐府。朝鲜在古朝鲜、高句丽、新罗以及百济时期就已经有类似的俗曲、乡歌，但是正式设立乐府是在高丽时期，高丽时期的乐府大致分为三类：俗乐、唐乐、雅乐。

> 夫乐者，所以树风化、象功德者也。高丽太祖草创大业，而成宗立郊社躬，自后文物始备，而典籍不存未有所考也。睿宗朝，宋赐新乐又赐大晟乐。恭愍时，太祖皇帝特赐雅乐，遂用之于朝庙。又杂用唐乐及三国与当时俗乐，然因兵乱，钟磬散失，俗乐则语多鄙俚，其甚者但记其歌名与作歌之意。类分雅乐、唐乐、俗乐，作《乐志》。①

高丽俗乐现存三十一篇，如《西京》、《大同江》、《五冠山》、《杨州》、《元兴》、《金刚城》、《居士恋》、《处容》、《送友人》等均是代表乐府诗，其中以《处容》、《送友人》为例：

> 新罗昔日处容翁，见说来从碧海中。
> 贝齿赪唇歌月夜，鸢肩紫袖舞春风。②

李齐贤此乐府诗是以民间流传的处容的故事为原型而作。新罗时期，宪康王游鹤城，至开云浦，忽然有一名着奇装异服的人到宪康王面前，载歌载舞，歌颂王德。并随王入京，自号“处容”。而且处容在每个月夜都会在市集歌舞，后人以为异，作是歌。再如郑知常的《送友人》：

> 雨歇长堤草色多，送君千里动悲歌。
> 大同江水何时尽，别泪年年添作波。

此诗受到了后世文人的一致好评，申纬在《东人论诗》中言：

---

① 郑麟趾《高丽史・七十卷・志二十四・乐一》。
② 郑麟趾《高丽史・七十一卷・志二十五・乐二》。

长啸牧翁倚风磴，绿波添泪郑知常。
雄豪艳逸难相下，伟丈夫前窈窕娘。

并在诗下自注："余尝谓西京古今题咏，只有二绝唱：牧隐'长啸倚风磴，山青江自流'、郑知常'大同江水何时尽，别泪年年添绿波'，此二诗而已，我朝遂无继响者。"①

高丽后期，乐府诗得以继续发展，此时俗乐与词皆包含在内。代表作品如《翰林别曲》，李混的《拟古》、《春日江上即事》三首，安轴的《关东别曲》八章、《竹溪别曲》五章，李齐贤的《小乐府》九篇、《别曲》两篇以及其数十篇词作等。如下一首：

脱却春衣挂一肩，呼朋去入菜花田。
东驰西走追蝴蝶，昨日嬉游尚宛然。②

到了李朝前期，乐府诗在高丽的基础上继续发展。较前朝而言，李朝初期乐府诗的创作题材更为丰富，比如以揭露和批判统治阶级内部矛盾为主题，以表达忠君爱国为主题，以描写百姓生活以及人情世俗为主题等。当然，这一时期的的乐府诗在艺术水平上也有了很大的提高，如长篇叙事诗的出现，诗歌韵律较之前有所改变，还有修辞手法的提高等。这一时期的代表作品有金宗直的《东都乐府》，成侃的《宫词》，李滉的《和松冈乐府三首》，白光弘的《关西别曲》，郑澈的《关东别曲》、《思美人曲》、《续思美人曲》、《将敬酒词》等。

到了李朝中期，乐府诗的发展较之前多了浪漫主义色彩，这一时期的代表作品有申钦(1566—1628)的《东飞伯劳西飞燕》等乐府诗 123 题，沈光世(1577—1624)的《海东乐府》，金万重(1637—1692)的《西浦乐府》，金春泽(1670—1717)的韩文汉译作品《将敬酒辞》等等。

到了朝鲜末期，乐府诗较前期又有了很大的发展，诗歌主题开始向注重写实的方向迈进。这一时期的代表作品有林昌泽(1682—1723)的《海东乐府》，李瀷(1681—1763)的《兜率歌》等 111 篇乐府，李匡师(1705—1777)的《东国乐府》，申光洙(1712—1775)的《关西乐府》，洪良浩(1724—1802)的《青丘短曲》、《北塞杂谣》，丁若镛(1762—1836)的《耽津乐府》，赵秀三(1762—1849)的《外夷竹枝词》、《高丽宫词》，申纬(1769—1845)的《小乐府》四十首，李学逵(1770—1835)的《岭南乐府》、《金官竹枝词》、《海东乐府》，金鑢(1766—1821)的《黄城俚曲》、《思牖乐府》，尹逵善的《广寒楼乐府》108 首，李裕元(1814—1888)的《嘉梧乐府》等。

本节主要对朝鲜李朝前期、中期、后期的代表性乐府诗加以阐述。朝鲜李朝前期以金宗直的《东都乐府》为代表，中期以申钦的乐府诗以及沈光世的《海东乐府》为代表，朝鲜李朝后期乐府诗创作数量众多，遂取申光洙、洪良浩、李裕元等人的乐府诗为代表。

① 申纬《警修堂全稿·册十七·北禅院卷稿二·东人论诗绝句三十五首·其三》。
② 李齐贤《益斋乱稿·卷四·诗·小乐府·其五》。

二、金宗直及其《东都乐府》

金宗直(1431—1492)，字季、孝宽，号占毕斋。其父是朝鲜性理学创始人之一吉再的弟子，因此，金宗直自幼受到性理学的熏陶，后成为朝鲜一代儒宗，朝鲜初期道学派的领军人物。金宗直天资聪颖，十二岁能作诗，日记数千言，名声大震。十八岁接触性理之学，二十三岁中进士。当时执掌文衡的鱼世谦见其诗文，赞赏叹服。入仕后官至弘文馆提学、刑曹判书，后因病辞官，六十二岁卒。占毕斋一生弟子众多，为朝鲜文学界培养了大批人才，如郑汝昌、曹伟、金宏弼、南孝温、俞好仁、李承彦、郑希良、姜希孟等诗文大家，均出其门。其一生致力于汉诗文创作，留有《占毕斋集》，其中诗集二十三卷，文集两卷，《彝尊录》一卷，年谱、事迹、门人录各一卷。其中乐府诗专集《东都乐府》，收录在《占毕斋集》第三卷。

《东都乐府》共有乐府诗七首，分别是《会苏曲》、《忧息曲》、《鸮述岭》、《怛忉歌》、《阳山歌》、《碓乐》、《黄昌郎》。金宗直的《东都乐府》中虽收录乐府诗创作不多，但却是朝鲜文学史上首次以朝鲜历史事件及传说故事为题材而创作的乐府诗。其中较为有特色的是描写三国时期民风民俗的乐府诗，如《会苏曲》：

会苏曲！会苏曲！
西风吹广庭，明月满华屋。
王姬压坐理缫车，六部女儿多如簇。
尔筥既盈我筐空，酾酒揶揄笑相谑。
一妇叹！千室劝！坐令四方勤杼柚。
嘉徘纵失闺中仪，犹胜跋河争嗃嗃。[①]

此首乐府诗描写了新罗琉璃王九年，国设六部号，并一分为二。指派两位公主率领部中女子，分两队从七月十五早晨集中开始在院中织布，每天从早到晚织布不息。到了八月十五日，审核各队的织布成绩。输的那队要负责准备美酒美食来款待胜者。同时，输掉的那队还要编排歌舞以供观赏，跳舞时这些宫廷女子会发出“会苏、会苏”的整齐叹息声，闻者皆觉其内心哀怨而又表现优雅。后来，文人就模仿这种宫女叹息声，创作了这一曲调的乐府诗。

再看《怛忉歌》：

怛怛复忉忉，大家几不保。
流苏帐里玄鹤倒，扬且之皙难偕老。
忉怛忉怛，
神物不告知奈何，神物告兮基图大。

---

① 金宗直《占毕斋集·卷之三·诗·东都乐府·其一》。

天官寺云云。[①]

此诗写新罗照知王十年的某一天，国王游于天泉亭，忽然有一个老翁从池中出来献书一本。书的封面上题云："开见二人死，不开一人死。"照知王见此曰："与其二人死，莫若不开，就一人死而已。"大臣对曰："二人者，庶民也。一人者，王也。"王听了这话非常害怕，拆开书本一看，里面只写了三个字"射琴匣"。国王回到宫殿，看到琴匣靠在墙边，遂将其射倒。殊不知琴匣中竟然藏匿着与王妃私通的内殿焚修僧，他们试图谋杀照知王。国王闻讯大惊失色，遂诛杀王妃。从那之后，每年正月的上辰、上亥、上子、上午四日，停休忌百事，人们称之为"怛忉日"。这一年恰遇乌鼠灾害，国王命令骑士追击，追击过程中遇到了龙，所以又把正月十六日命名为"乌忌之日"，民间普遍用粘饭进行祭祀。可见，这首乐府诗是用古老传说来描述新罗时期的民间祭祀风俗。

除了描写新罗风俗习惯的乐府诗，还有描写人与人之间感情的乐府诗，如描写手足之情的《忧息曲》、描写夫妻之间真爱的《鵄述岭》。下面就是《鵄述岭》：

鵄述岭头望日本，粘天鲸海无涯岸。
良人去时但摇手，生欤死欤音耗断。
音耗断，长别离，死生宁有相见时。
呼天便化武昌石，烈气千载干空碧。[②]

此首与《忧息曲》所表现的内容相承接，《忧息曲》中是讲的是新罗奈勿王因思念分别在日本以及高句丽作为质子的两个兄弟，遂命朴堤上去代为探望。朴堤上从高句丽归国后就直接往日本而去，没有回家去见妻子。他的妻子闻讯一路追到了栗浦，看到丈夫已经上了船，便大声哭喊，堤上却只是向其妻摇手而去。朴堤上死于日本之后，其妻不堪思念之苦，率领三名女子到了鵄述岭，并朝着日本的方向恸哭而死。后人敬仰这对夫妇，将朴堤上之妻命名为鵄述岭神母。此首乐府诗就是借朴堤上夫妇的故事，来表达夫妻之间的动人感情，赞美妻子对丈夫的忠贞。

金宗直的乐府诗还有大声赞美为李朝英勇牺牲的爱国英雄，如《黄昌郎》及《阳山歌》。下面以《阳山歌》为例：

敌国为封豕，荐食我边强。
赳赳花郎徒，报国心靡遑。
荷戈诀妻子，嗽泉啖糗粻。
贼人夜劘垒，毅魂飞剑铓。
回首阳山云，矗矗虹蜺光。
哀哉四丈夫，终是北方强。
千秋为鬼雄，相与歆椒浆。[③]

---

① 金宗直《占毕斋集·卷之三·诗·东都乐府·其四》。
② 金宗直《占毕斋集·卷之三·诗·东都乐府·其三》。
③ 金宗直《占毕斋集·卷之三·诗·东都乐府·其五》。

此诗是描写新罗奈勿王的八世孙金歆运，自小游于花郎文努门下。永徽六年，太宗武烈王命金歆运为花郎大监，出兵讨伐百济。到了营阳山下驻扎之时，被百济军队发现。百济军队夜半出兵，趁着黎明前的黑暗时刻突袭金歆运驻地。面对突如其来的密集箭雨，士兵死伤大半，阵营大乱。金歆运临危不惧，跨上战马英勇杀敌，最终战死。新罗人有感于金歆运捐躯报国的悲壮之举，作歌谣以哀悼之。金宗直也被前朝的这一英雄悲歌所感动，改编成这首乐府诗以记其事。同时借歌颂英雄金歆运，也透露出自己愿为国捐躯的豪迈志向。

金宗直的乐府诗中还有描绘一些安贫乐道的雅士形象，如《碓歌》：

东家砧，舂黍稻。西家杵，捣寒袄。
东家西家砧杵声，卒岁之资赢复赢。
侬家窖，乏甔石。侬家箱，无尺帛。
悬鹑衣兮藜羹碗，荣期之乐足饱暖。
糟妻糟妻莫谩忧，富贵在天那可求。
曲肱而寝有至味，梁鸿孟光真好逑。①

此诗讲的是朝鲜三国时代百结先生的事迹。相传此人家中贫困，衣服多补丁，因有"百结先生"之称。百结先生仰慕古贤者荣启期的高洁为人，也随身携带雅琴，时常弹琴表达心志情绪。有一年岁末，其妻听到邻居舂米的声音，叹气道："别人家都有粮食，唯独我们没有，这可怎么过年啊?"百结先生大声道："夫生死有命，富贵在天！其来也不可拒，其往也不可追，汝何伤乎？吾为汝作杵声以慰之。"② 于是用琴弹奏出了舂米之声，雅乐之声感动了远近不少同样贫困的乡民，流传渐广，后世称之为《碓乐》。这首乐府诗意在赞美古代百结先生超然世间富贵、安贫乐道生活的高尚人格，自然也可看出诗人自身的志趣意向。

金宗直的汉诗作品，尤其是乐府诗思想内容深刻，而且在艺术上也取得了较大的进步。较之于高丽时期的乐府诗，金宗直堪称朝鲜初期乐府诗的代表，其表现的内容切实，感情饱满，动人心魄，如《会苏曲》让人倍觉凄婉，《鵄述岭》让人感动敬佩。还有从诗作形式上看，《东都乐府》的诗体除《阳山歌》是五言古体外，其余都是以七言为主并穿插长短句式。这些诗作并没有固定的句式和字数，而是随着感情变化而采用不同的句式及字数，透露出浓郁的朝鲜民族文化色彩。

总之，金宗直的《东都乐府》作为朝鲜李朝初期的乐府诗代表，无论在思想内容上，还是艺术成就上，较之前代都有了较为明显的进展。因此，金宗直乐府诗在朝鲜文学史上占据着重要的地位。

三、申钦、沈光世的乐府诗

朝鲜中期的乐府诗较前期并无明显的提高和发展。沈光世的乐府诗与金宗直的相

①② 金宗直《占毕斋集·卷之三·诗·东都乐府·其六》。

似,主要以历史事件以及传说故事为题材。但是申钦的乐府诗稍不同于沈光世的乐府诗,申钦的诗作颇受李白、松江郑澈的浪漫诗风影响,在汉诗创作尤其是乐府诗作方面成就颇著。

申 钦

申钦(1566—1628),字敬叔,号象村居士、敬堂、南皋、百拙、玄轩、玄翁、放翁、旅庵等,谥号“文贞”。与李恒福、李睟光交好,与张维、李植、李廷龟并称为“文章四大家”。象村生有异相,八岁接触汉籍,不久便下笔语惊人。十岁读《论语》、《离骚》数遍,便可背诵。十三岁遍观汉籍经史子集,学习属文。十四岁读儒家经书,间涉佛老诸家,经常废寝忘食。从十五岁至二十岁间多次应科举试终于成功登第。仁祖初年出任吏判,官至宰相。宣祖时期,朝政逢多事之秋,象村仕途亦随之沉浮起伏,时而放浪湖山,时而幽居田中,时而官复原职,直至晚年方才仕途平稳,官运亨通。象村一门多荣,其子申翊圣、申翊全均是朝鲜中后期著名汉诗文大家。

象村一生虽多耽于仕途,但是其诗文创作却数量颇丰。其《行状》中记载,象村有“有稿前集十册,后集二册,续集四册,别集六册,余集三册,内集一册,漫集六册,先天窥管一册,求正录一册,和陶诗三册”[①]。现存《象村稿》六十卷,其中包括诗歌二十卷,文章四十卷,四十卷文章创作中种类众多,其中有内稿两卷,外稿八卷,漫稿四卷,其他二十六卷。除此之外,《象村稿》还有附录三卷,年谱、题辞、自序、系牒各一篇。因此,月沙李廷龟说象村是一位文章事业兼得的大家。

就其诗文创作评价而论,张维认为:“其为诗,不主一格,大抵出于唐人而杂取中晚以及盛宋诸子,举皆割荣而攘羭焉。唯古乐府,自隆古汉魏以至隋唐,无不拟议,往往有酷肖者已,论罗丽所未有。即前代名家多所未遑,而公为之绰然有余地。古文词遒逸俊发,光芒绚烂,时或步骤皇明诸大家,殆欲与之角壮而争驱。内外篇,或谭道妙,或析世务,多精诣独到之见,至先天窥管一编。”[②]可见,象村之诗以学唐宋为主,其古文遍学各种文体,奇异俊发,独步于当时文坛。尤其是其经世之文,往往见解独到,极富论辩特色。为此紫霞申纬将其与月沙比较,认为月沙之诗文如水纹平铺,象村之诗文如组秀五彩[③]。

象村的乐府诗亦深受朝鲜文人赞美,张维认为象村之古乐府自新罗、高丽以来,均无人能及。确实,象村堪称当时乐府诗的第一大家。象村的乐府诗现存乐府体 84 题,古乐府 34 题,诗歌主要以咏史咏物为主,如《东飞伯劳西飞燕》、《独不见》、《将进酒长曲》、《将进酒短曲》、《短歌行》、《苦寒行》、《箜篌引》、《升天行》等等均是其代表性的乐府诗。象村曾为乐府诗作序来表达自己对乐府的认识及见解:

乐府,诗之类,而歌之祖,亦风雅之余也。唐宋以后为词曲者,皆从乐府而演之。盖乐府者,古人用之于郊祀,用之于军旅。汉之《练时日》、《铙歌》诸调是已。魏晋及

---

① 申钦《象村稿·象村稿附录一·金尚宪》。
② 申钦《象村稿·序·张维》。
③ 申纬《警修堂全稿·册十七·北禅院卷稿二·东人论诗绝句三十五首·其二十三》。

唐代，各殊制以。而闾巷讴谣，抒思舒悲，或长或短，不局彀的。忼慨怊怅者有之，娇娆婉丽者有之，其体固然也。顾其昉也，不唯音，唯其事也。流之远也，则有其音而无其事，虽无其事，音自可贵。拟而肖之者，昔人譬之新丰，贵其音也。余窃不自拨，仿而为之，间杂耳目所睹记，附以为篇。非谓音与事备，抑伤世之一端云尔。[1]

现举例鉴赏一二，以见象村乐府古诗之风采，如《将进酒长曲》：

今日非昨日，今年非去年。
君看明镜里，素发无由玄。
床头金屈卮，有酒如流川。
堂中窈窕人，有色如花妍。
此夕不肯饮，明朝应怅然。
道傍朱户宅，行马施门前。
当时将与相，翕赫俱机权。
如今安在哉，飘风过耳边。
垄上石麒麟，秋草埋荒阡。
所以将进酒，日日同醉眠。[2]

诗人以富贵、美人、美酒等美好的事物最后都会随着时间消失在风中，来劝大家要及时行乐，莫等人生如风而逝，空悲叹。此诗在艺术上虽不及李白之《将进酒》，但是其表达的主题却极其相似，颇有李白浪漫豪放之诗风。再如《采莲曲》：

东邻女儿脚不袜，两足如霜踏溪渚。
溪头荡桨谁家郎，手折荷花笑相语。
移船同去不知处，别浦惊起鸳鸯侣。[3]

此诗是描写两个年轻男女之间相互爱慕进而在一起的故事，此诗内容颇似《诗经》中的《蒹葭》，但是较之《蒹葭》的委婉含蓄，此诗对于男女之间的爱慕之情表达得强烈而又直接，亦别具风味。再如《苦寒行》：

朔风亦何厉，积雪连层冰。
重峦入穹谷，错莫玄云兴。
鸟飞翅还堕，兽走踪已迷。
此时我行役，遑遑涉野蹊。
车箱为之掣，僮仆立不移。
策马马卷局，问路路多岐。
岂无邹子律，可以回阳春。

① 申钦《象村稿·卷之三·乐府体·序》。
② 申钦《象村稿·卷之三·乐府体·将进酒长曲》。
③ 申钦《象村稿·卷之三·乐府体·采莲曲》。

阳春苦难俟，悒怏且逡巡。
取斧欲樵薪，指直那得运。
取米欲成糜，无由乞火煴。
闻道五侯宅，兽炭炽玉房。
八荒均冱严，一室暖如汤。①

天气极寒，连飞鸟、走兽都难以成行，但是诗人却在如此冰天雪地之间艰难前行，马车因积雪太厚、道路不平而举步维艰。诗人无奈之下想要是能够有变回春天的魔法就好了。但是事与愿违，好不容易安顿下来，想要砍柴却苦于无法运输；想要做饭，却苦于没有引火的炭。但是听闻五候的家中，有用不完的好碳推挤在那里，真是"朱门酒肉臭，路有冻死骨"。诗人以此诗来表达当时百姓生活的艰难困苦，讽刺当局者的腐败无能。

沈光世

沈光世(1577—1624)，字德显，号休翁、湖滨居士，朝鲜中期著名的乐府诗人。休翁生而英秀，聪颖强记，且家室豪贵，仆人众多，但是他并没有因此而荒废学业，而是经常独自在书房读古今书籍，到了十五六岁的时候，学业大进，熟通韵律，其祖父曾称赞他说："此儿文章成就，则当不减欧阳子。"休翁在辛丑年及第，授承文院副正字，后又为艺文馆检阅春秋馆记事官等职务。但是因上疏谏阻光海君的迷信行为而受到忌恨迫害，退居江华。甲辰年至癸丑年之间，历任成均馆典籍、礼曹佐郎、海运判官、弘文馆副修撰等职务，后受"癸丑狱事"的牵连，被流放至庆尚道固城。"仁祖反正"时获释，任应教、舍人等职，1624 年，年仅四十八的休翁因病卒于家中。休翁博古通今，著述诗文较多，但是现多散佚不收，实是可惜。现存《休翁集》五卷，其中诗歌三卷，文章两卷，第三卷为著名的《海东乐府》。

《海东乐府》的诗歌创作体裁与金宗直的《东都乐府》相似，皆是以历史故事或者传说为题材，不同的是，金宗直的取材背景主要是三国时期，而休翁则冲破了这一局限性，从古代一直到朝鲜初期的故事或者传说均有。除了序之外，《海东乐府》共收录了 44 题乐府诗，而且休翁对于乐府的认识较之于申钦更为深入：

吾东虽曰好学，学者所习，惟在中国书籍。东国之书，漫不识其题目。故上下数千年善恶兴亡之事，懵然莫知，岂可乎哉？是以为恶之人恣行不顾，至有'谁见东国《通鉴》之语'。余为此痛。逮蒙恩谴投荒，魑魅之与游，鱼虾之为侣，无以自遣，只以书籍为娱。偶读《西崖乐府》，爱其辞旨剀切，引事比类，劝戒明白，能使人感发而兴起，有补于初学为多。间阅东史，就其中可以赞咏鉴戒者，除出若干条，作为歌诗，名曰《海东乐府》，以教儿辈。虽不敢自附于作者，聊以志纂述之梗概云尔。②

从此序可以知道，休翁对于本国人的盲目崇拜明朝文学较为反感，认为应该多多关注自

① 申钦《象村稿·卷之四·乐府体·苦寒行》。
② 沈光世《休翁集·卷之三·海东乐府·序》。

己国家的历史文化。而且乐府诗创作应当运用类比手法，借历史故事来警戒后世，供后辈学习。

休翁乐府诗题材多样，主题鲜明，思想深刻，像《再请妻》、《三事知》、《贵人死》、《落花岩》、《朝廷沉》、《八关会》、《阿也麻》、《黄昌郎》均是其代表性乐府诗。如《再请妻》：

前请饰婢子，后请有月事。
但怒今日欺，不念后日嗤。
平生不二心，耿耿留至今。①

此诗是写百济盖娄王听说都弥的妻子貌美如花，便将都弥召入宫中说："虽然妇女均是以贞节操守为第一，但是在无人僻静之地用花言巧语哄骗她们，恐怕没有人能抵抗诱惑。"都弥回答说："虽人心不可测，但是如果是我的妻子，即使是死也不会改变自己的原则的。"盖娄王不信，遂派使臣谎称是王，对都弥的妻子说，"我与都弥打赌获胜，你得跟随我进宫。"都弥的妻子发现其中有诈，遂借口换衣服，让自己的奴婢代替自己进宫去了。盖娄王知道自己被欺骗后大怒，诬告都弥犯罪，并将其两眼弄瞎，装入小船扔进了河里。之后，盖娄王又去召见都弥之妻，但是其妻借口有月事得以逃脱，在江口的时候正好碰上了去泊泉岛的船只。在那里，都弥终于与妻子相聚，两人最终逃到了高句丽。休翁以此诗来讽刺盖娄王的腐败淫乱，并对都弥夫妇给予了赞美与同情。

除此诗之外，像《朝鲜沉》、《乌衔书》、《八关会》、《龙齿汤》、《古长城》等均是描写当权阶级的腐朽没落的诗歌。《朝鲜沉》是写高丽毅宗时期专宠文人，最终导致了"武臣之乱"；《龙齿汤》是批判官场的卖官鬻爵的腐败现象；《八关会》是描写高丽时期对佛教的盲目尊崇，并揭露了佛教的虚伪。还有一类是描写民族英雄的诗歌，如《鸡林臣》、《黄昌郎》、《知己死》。《草衣人》、《白衣来》、《入山哭》、《寿尽坊》、《风色恶》等诗歌是赞美那些具有高尚的民族气节的文人，批判那些不折手段谋取富贵的权臣，如《入山哭》与《寿尽坊》就是两首对比鲜明的诗歌，其中前一首是描写李穑之子忠臣不事二主，最终惨遭杀害，但是却深受后世人赞美的故事；后一首写权臣三峰投靠新朝，因站错了队伍，最终被诛杀，他的这一行为深受后世文人的诟病。真是一种结局，两种命运。

总之，沈光世的《东都乐府》在继承前人的基础上继续发展，运用本国的历史故事或者传说，创作出了具有自己民族特色的乐府诗，成为了后世乐府文学中具有借鉴意义的优秀作品。

四、李朝末期的乐府诗

朝鲜末期的乐府诗较前期有了很大的发展，诗歌主题开始向写实主义方向迈进，这一时期的代表作品有林昌泽的《海东乐府》，李瀷的《兜率歌》等111篇乐府，李匡师的《东国乐府》，申光洙的《关西乐府》，洪良浩的《青丘短曲》、《北塞杂谣》，丁若镛的《耽津乐

① 沈光世《休翁集・卷之三・海东乐府・其三・再请妻》。

府》,赵秀三的《外夷竹枝词》、《高丽宫词》,申纬的《小乐府》四十首,李学逵的《岭南乐府》、《金官竹枝词》、《海东乐府》,金镳的《黄城俚曲》、《思牖乐府》,尹逵善的《广寒楼乐府》108首,李裕元的《嘉梧乐府》等。本节主要对林昌泽、李瀷、申光洙、洪良浩、李学逵等人的乐府诗作简单概述。

林昌泽(1682—1723),字大润,号崧岳,祖籍松都。其为人孝悌、重情义,在外豪放俊逸,浪迹湖山,俯仰天地。中年时期,在白云洞教授学业。1711年司马试及第,死后赠官司宪府持平。崧岳文章遒逸有气,所著诗文数百首及养亲篇数篇,现存《崧岳集》四卷,其中诗歌一卷,其余为文,汉诗歌共计135题。这135题汉诗中,五绝20题,七绝34题,五律4题,七律9题,五古6题,七古20题,乐府诗42题。崧岳成就最大的是其42首《海东乐府》,其中有描写坚贞不渝爱情故事的诗作,如《温达妇》、《嘉郎歌》等;有批判、讽刺统治阶级贪污腐败的诗作,如《银尚书》、《何以办》等;还有赞美民族英雄以及忠臣的诗作,如《檀君祠》、《塞上谣》、《社稷臣》、《成忠囚》等;亦有批判那些仗势欺人、投机取巧、搬弄是非的贪婪之人的诗,如《佯狂僧》、《郭处士》等等。

《嘉郎歌》:

嘉郎代戍辽海头,老父在家妾无忧。
嘉郎一去无生死,父欲嫁妾妾为愁。
今夕何夕郎归来,喜欲迎郎还自疑。
郎心但识貌不识,况乃憔悴非昔时。
嘉郎去时镜半破,一片赠郎一片在。
郎行万里无恙还,妾身已许为夫妇。
嘉郎嘉郎月圆光,百年同栖鸳与鸯。①

此诗讲述了嘉实与薛氏未婚妻的爱情故事,故事中嘉实代替薛氏女的父亲服兵役,其父因此将女儿许配给了嘉实,并承诺等嘉实回来就成亲,并且将镜子一分为二作为信物。但是嘉实此一去便是六年,薛氏父说:"三年之期已过,你可以嫁给其他人了。"但是薛氏女断然拒绝,等到薛氏归来,薛氏女子已经形容枯槁,直到女子将信物拿出,方才相认,后二人成婚。诗人以此诗来赞美薛氏女遵守诺言、忠于爱情的美好节操。再如《何以办》:

延福亭下酒为池,众美亭前役夫饥。
役夫饥欲死,役妇来饷之。
家贫何以办,无奈与人私。
貌恶畴肯顾,视妾发尽削。
忍毁父母体,充君一日食。
妾发亦有数,明日将奈若。
芦花未发凫雁惊,普贤院里风雨作。②

① 林昌泽《崧岳集·卷之一·海东乐府·嘉郎歌》。
② 林昌泽《崧岳集·卷之一·海东乐府·何以办》。

此诗背景是在高丽毅宗时期，专宠文人，延福亭下筑酒池，以供享乐。但是武臣却不受重用，甚至受到文人的侮辱，难以维持体面生活。本诗就是以此背景来描绘生活困苦无依，只能靠卖头发来饱腹的役夫生活。诗人借此故事讽刺当时统治者的偏宠而造成了“武臣之乱”，给百姓造成了巨大的伤害。

李瀷(1681—1763)，字子新，号星湖，丽州人，朝鲜末期实学派的代表人物之一。星湖天资颖悟，聪明绝人，稍长便知学习，博览群书，记忆超常，善作文，写诗多有惊人之语。乙酉年参加科考，次年因兄遭士祸，遂绝科举之业直至终老。但因为星湖品行高洁，文章日益精进，在士林之间名气很盛。星湖一生专注于诗文创作，成就颇高，其子记录道：“赋五诗一千一百七十八，海东乐府一百二十，书四百八十四，杂著一百五十四，序一百零四，字说十，训辞四，记三十五，题跋一百七十八，论十四，铭箴赞颂合三十六，祝文四，祭文三十六，碑六，墓碣铭七十五，墓表七，墓志铭三十六，行状二十三，遗事一，家传二，传二十，杂传二，呈文二，厘为七十卷，谨藏于家塾。此外，又有《易》、《诗》、《书》、《论语》、《孟子》、《中庸》、《大学》、《小学》、《近思录》、《心经》、《家礼》等诸经籍书殆廿卷，又有《四七新编》、《丧威日录》、《丧威续录》、《藿忧录》、《星湖僿说》、《自卜篇》、《观物篇》、《百谚解》等诸书，亦将廿五六卷，而皆在草稿。此当誊出净本，以附文集之后。”[1]星湖现存《星湖全集》六十八卷，附录两卷，其中诗歌共八卷，其余为文章。八卷诗歌之中有《海东乐府》两卷，共119题。

与前几位乐府诗人相比，星湖的篇幅之多，可谓前所未有。其乐府诗亦是以本国的历史事件或者传说故事为创作题材，从内容上来讲，基本上是以抨击社会不公、忧国忧民，反映爱情坚贞、婚姻关系等为主。

申光洙(1712—1775)，字圣渊，号石北、五岳山人，高灵人[2]。石北喜读书，好交游，弱冠游湖南，恣意山水，辛酉年参加科考，庚午年中进士，官至兵曹参议。其作品甚多，且“公力攻古文，尝喜读左丘明、司马迁之文，而文则其雄肆峻洁，最近于韩、欧。诗则忠爱闳远，专尚少陵，固可谓近世之宗匠而得其正音者也”[3]。但可惜的是部分诗文集散佚，现存《石北集》十六卷，其中诗歌十卷，文六卷，这十卷诗歌之中包括《骊江录》、《西关录》、《耽罗录》等诗篇。《关西乐府》录于第十卷，此乐府诗一气呵成，共108首，堪称其最优秀的作品。石北在诗前自序解释作此诗的缘由，现举四五首为例：

西都佳丽似杭州，圣代升平四百秋。
第一江山兼富贵，风流巡使古今游。(其一)

长林五月绿阴平，十里双轿劝马声。
永济桥头三百妓，黄衫分作两行迎。(其六)

---

① 李瀷《星湖全集・跋・李秉休》。
② 李岩等《朝鲜文学通史》，社会科学文献出版社，2010年版，第1086页中记申光洙，字希圣，号鲁渊。
③ 申光洙《石北集・序・张锡龙》。

文庙平明谒圣回，檀君祠下一徘徊。
尧代丙辰神市后，东方风气此时开。（其十七）

箫条七邑大江边，蔘户蓬头哭马前。
隔水云黄山黑处，朝朝望见猎胡烟。（其九十）①

洪良浩(1724—1802)，原名洪良汉，字汉师，号耳溪，谥号文献。耳溪生于名门望族，十岁丧父，养于母家，二十九岁及第，深受英宗器重，后仕途平顺，官至大提学。耳溪现存《耳溪集》三十八卷，外集十二卷，其中诗歌八卷，其余为文。《青丘短曲》、《北塞杂谣》是其著名的乐府诗，其中二十六首《青丘短曲》是将时调汉译后的作品，四十八首《北塞杂谣》主要是描写边境百姓生活及风俗的作品，而其《北塞杂谣》更是被称为"北塞文学"的典范。如《牧羊客》：

借问金华牧羊客，何事人间久游遨。
得非误读黄庭，无乃暗偷碧桃。
答云北方多名山，玉帝遣我采风谣。②

李学逵(1770—1835)，字惺叟、醒叟，号洛下生、因树屋、文猗堂，昌平人。其作品之多，亦令人咂舌，现存《洛下生集》二十册，其中包括《春星堂集》、《竹树集》、《因树屋集》、《采花居集》、《秋树根集》、《却是斋集》等集子，且这些集子都标注了写作时间。当然，惺叟乐府诗也很多，有《岭南乐府》六十八首，《海东乐府》五十六首，《金官竹枝词》三十首。如《杨水尺》：

杨水尺，汝亦人之子。
胡为乎生男为人奴，生女为人婢？
杨水尺，汝亦天之民。
胡为乎男不为诗礼，女不为组纠？
屠牛织柳自生理，摈不齿人谁其使？
君不闻，东丹铁骑蹦东津。
又不闻，假倭灯市行掠人。
杨水尺，苟亦天之民人之子，中藏怨毒固其理。③

除了以上几位外，这一时期优秀的乐府诗人还有很多，但是因为其他一些诗人同时在另外章节也占据重要位置，所以另作他叙。总之，乐府诗歌作为朝鲜汉文学，尤其是朝鲜汉诗史上的重要一节，其地位和影响是不容忽视的。

① 申光洙《石北集·石北先生文集卷之十·诗·关西乐府·其一，其六，其十七，其九十》。
② 洪良浩《耳溪集·卷二·歌谣·北塞杂谣·牧羊客》。
③ 李学逵《洛下生集·册十七·秋树根斋集·辛巳·海东乐府·杨水尺》。

第三节 金氏家族文学

一、金氏家族的组成

文化家族由来已久，高丽时期就已经有很多文化家族，尤为著名的如海州崔氏、庆州金氏、仁州李氏等。同样，朝鲜李朝的文化家族也不在少数，如朝鲜初期的申叔舟以及诸孙申用溉、申光汉等；姜淮伯、姜硕德、姜希颜、姜希孟等祖孙三代；车轼、车天辂、车云辂三父子；月沙李廷龟与其二子李明汉、李昭汉；李圣求、李敏求兄弟；阳川许氏家族；金万重与金春泽祖孙二人等等。除了以上文学世族之外，还有一个集大成的家族，那就是安东金氏家族。

安东金氏之始祖是金宣平，因辅佐丽祖有功，被封为大师亚父功臣，其子孙得世袭冠冕。二世乃是副正金习敦。三世户长金吕基。四世金南秀。五世制述业进士金熙。六世仕郎卫尉注簿同正金资。七世正义大夫判礼宾寺事金斤重。八世中显大夫典农正金得雨。九世侍郎金革，生三子分别为三近、三益、三友。十世三近有二子，为系权、系行。十一世汉城府判官系权生五子，分别是学祖、永铨、永钧、永锤、永铢。十二世司宪府掌令金永铢，字积翁，生三子：瑛、璠、珣。十三世金璠乃是平壤府府尹，字文瑞，有子金生海。十四世便是信川郡守金生海，金生海有三子，分别为敦宁府都正金克孝、县监金大孝与军器寺正金元孝。后金克孝一系尤为突出，五个儿子中属金尚容、金尚宪最为优秀，金尚宪过继给其兄金大孝。金尚容与金尚宪两兄弟中，金尚宪一脉可谓人才辈出，其子金光灿生三位大文豪，分别是谷云金寿增、退忧堂金寿兴、文谷金寿恒。金寿恒一系中又出数位大文学家，分别是梦窝金昌集、农岩金昌协、三渊金昌翕、老稼斋金昌业、圃阴金昌缉、泽斋金昌立。金昌协一系有子金崇谦较为突出，因无后，遂过继梦窝之孙元行为后，金元行中进士，生有二子，为履安、履直。

金氏家族文人(有文集)家谱如下：

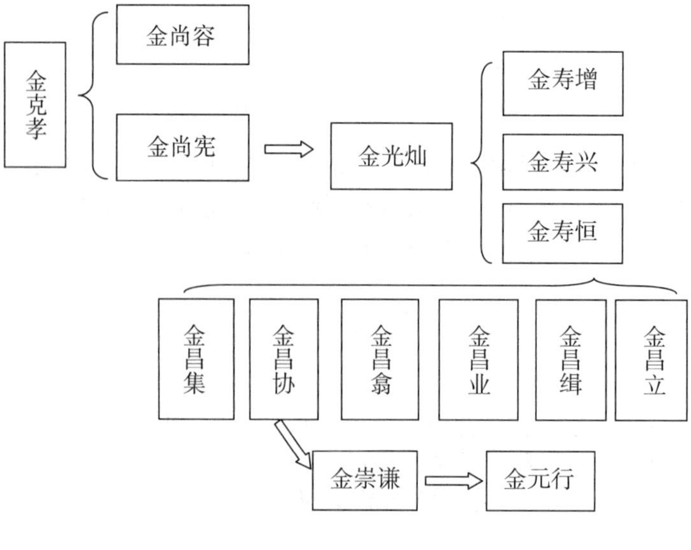

二、金氏家族成员的汉诗创作

金尚容(1561—1637),字景择,号仙源、枫溪、溪翁,成浑之门人。仙源自幼聪慧稳重,十三岁随父亲居衙门读书,壬午年,中司马高等。庚寅年,擢别试文科,荐入史局为检阅。壬辰年,出任司谏院正言、成均馆典籍兼史馆记注、弘文馆修撰、成均馆直讲等职务,后多次于宦海浮沉。丙子年,皇太极亲征朝鲜,仙源奋起抵抗,最后以死殉国。仙源为人淳厚谦慎,正直至孝,所教子女皆深戒浮华骄奢之气。学于牛溪成浑之门,仰慕栗谷李珥之才气,所交之友亦皆为一时豪杰雅士,如李恒福、申钦、吴允谦、李廷龟、黄慎、郑晔等。仙源尤好山水,喜爱收藏名画古迹,曾经将其庵命名为卧游。其所著诗文散佚较多,现存《仙源遗稿》上下卷,补遗一卷,续稿一卷,年谱一卷,跋两篇,其中大部分作品为诗歌,五绝 18 题,七绝 136 题,五律 88 题,七律 29 题,五古 15 题,七古 2 题,五言排律 5 题,七言长律 124 题,共 417 题。从诗歌创作数量来看,仙源较为擅长七绝与长律,申翊圣在其文集序中评价道:“古今诗,清腴合度。词傅于理,其出于性情之正,而归于温柔敦厚者耶。”[①]可见,仙源之诗,崇尚清腴,如《老将叹》:

萧萧霜发镜中明,夜夜龙泉匣里鸣。
时向戍楼吹铁笛,声声总是玉关情。[②]

金尚宪(1570—1652),字叔度,号清阴、石室山人、石磵老人,谥号“文正”,尹根寿之门人,与申钦、李安讷、张维、李廷龟、洪瑞凤等文人交好。金尚宪曾于明天启年间由登州入贡,时张廷登刊刻其《朝天录》,并称此书之中佳句甚多。清朝初期的大诗人王士祯也对清阴之诗评价甚高,并且在自己的文集中收录其诗歌十几首。清阴现存《清阴集》十四卷,其中诗歌十卷,包括五绝 78 首,七绝 325 首,五律 106 首,七律 395 首,五排 14 首,七排 4 首,五古 54 首,七古 35 首,六言诗 14 首,歌曲 3 首,《朝天录》136 首,《雪窖别集》118 首,共 1282 首。其尤擅七言诗歌,诗多清颖婉丽,略带凄凉之音,颇具晚唐风韵,如七律《七夕》:

梧桐叶落西风起,银汉桥边乌鹊飞。
牵郎河外驾金犊,锦缕云中抛玉机。
一宵之乐来年别,万劫以来如梦非。
滂滂双泪禁难得,暮作巫山行雨归。[③]

金寿增(1624—1701),字延之,号谷云、华阴洞主。少好读书,晚年以朱子学为渊源,所作之文,必以汉文为主,文气浑浩,笔法逼古。其为人高雅淡泊,尤其仰慕陶氏之风采,以闲居吟咏为乐。其官至公判,解绶归隐后,居于春川,修不知庵、无名庵等居所,所陪者

① 金尚容《仙源遗稿·序·申翊圣》。
② 金尚容《仙源遗稿·续稿·七言绝句·老将叹》。
③ 金尚宪《清阴集·卷之五·七言律诗·七夕》。

只有一藜一鹤，兀自徘徊于桂风杉月之间。谷云现存《谷云集》六卷，其中诗歌两卷，共97题，诗歌内容多以兄弟唱和以及述怀为主，以一首为例：

一溪回转万重山，何处幽人独掩关。
石径荒凉松桧暗，老猨闲吠碧云间。①

此诗乃是诗人写于京城洞中，暮春时节，于洞中小憩，梦中得一绝句，便记之，借此表达诗人对于闲适自在生活的向往与喜爱。

金寿兴(1626—1690)，字起之，号退忧堂、止堂，谥号“文翼”。退忧堂才高艺敏，少随祖父清阴学习，后所作之文典雅庄重，深受当时文人赞赏。金寿兴于仁祖戊子年得司马科一名，后又连擢庭试，以文鸣于朝野。四十九岁那年，因议礼受到贬谪，被发配至春川。但是他并不因此沮丧，反而沉于理书，专心读“四书”、《朱子大全》等书。金寿兴一生著述丰富，李喜朝在为其所作的跋中记载道：“(先生有)退忧堂集十卷，诗各体三百五十五首，疏札、启、议百五首，书牍三十五首，杂文十九首。”②退忧堂现存《退忧堂集》十卷，其中诗歌两卷，包括五绝8题，六绝2题，七绝110题，五律30题，七律76题，五排2题，七排2题，五古10题，七古2题，共242题。其诗歌主要以唱和抒怀为主，且看《述怀》：

身计何能更万全，秖今唯合卧云泉。
吾涯已足宁求饱，世味偏尝耻乞怜。
爽气西山当户外，水声南涧绕庭前。
翛然一榻尘缘绝，莫问无怀与葛天。③

诗歌一开头就表达了诗人的观点：人生不可能完美，自己如今在这卧云泉也甚是满足。看着屋外爽气怡人的美景，虽是独自一人，也很是享受这与世隔绝、自由自在的生活，可见退忧堂很是喜爱如陶氏那般闲逸淡泊的生活。再如《旅馆书怀》：

檐晖弄影纸窗明，风打疏棂睡不成。
故国音书仍隔岁，梦中空自算归程。④

此诗乃是诗人远游在外，夜晚望着窗外风吹树影倒影床头，更加难以成眠，不禁默默算着回家的日子。

金寿恒(1629—1689)，字久之，号文谷，谥号“文忠”。文谷年少时学于祖父清阴，十八岁擢司马科。二十三岁魁谒圣文科。二十八岁，中重试第二名，授通政。三十四岁执典文衡，升宗伯。四十四岁时，位至宰相。戊午年因事被贬铁原。己巳年受祸牵连，流放珍岛，最后卒于谪所。文谷一生创作丰富，其子三渊记曰：“诗凡一千三十首，文凡四百七十七首，总二十八卷。”⑤但是文谷遗集编纂时，诗作被删十之有六，文半之。现存《文谷

① 金寿增《谷云集·卷之一·诗·暮春晦日》。
② 金寿兴《退忧堂集·跋·李喜朝》。
③ 金寿兴《退忧堂集·卷之二·七言律诗·述怀》。
④ 金寿兴《退忧堂集·卷之一·七言绝句·旅馆书怀》。
⑤ 金寿恒《文谷集·跋·金昌翕》。

集》二十八卷中，有汉诗七卷，约757题，其余为汉文。文谷与其兄退忧堂一样，喜好陶渊明诗，集中有24首和陶诗，其中如《和归园田居韵》：

比邻多耆老，东阡或北陌。
柴扉烦屡敲，步屧随所适。
赖此风俗淳，鲑菜资朝夕。
浊醪过墙头，寒灯分壁隙。
却羡山野人，闲居无所役。
生涯有竹槁，事业唯耕绩。
嗟余困文网，虚名竟何益。①

金寿恒作为南人派领袖，仕宦从政之途多艰难坎坷，因此时常会厌烦朝廷官场的尔虞我诈，转而渴望能有闲逸淡雅的生活。因此，陶渊明诗便成为诗人的精神乌托邦。这首诗就表达了他对陶渊明淡泊名利，不为五斗米折腰气节的仰慕，同时也表达了诗人对于归隐闲适自在生活的渴望与向往。

金寿恒的成功人生除了自己位高权重、文学创作丰赡外，还在于家门隆兴，子孙名人辈出，如其儿子中就有金昌集这样的政治家，还有金昌协、金昌翕、金昌业、金昌缉这样的大文豪。

长子金昌集(1648—1722)，字汝成，号梦窝。梦窝在朝四十年间，官从释褐到左相，后又升至宰相，后受壬寅狱事牵连而死。死后三十七年被追谥号忠献，建祠露梁江上。并与忠文李公颐命、忠翼赵公泰采、忠愍李公健命合称为"四大忠臣"。梦窝坦荡正直，品行高洁，不屑以词章名世，其作诗文大抵平和真澹、明畅峻洁，不刻意为深奥。晚年诗作越发精进，现存《梦窝集》十卷，其中诗作四卷，内有《燕行录》与《南迁录》这样的佳作。

二子金昌协(1651—1708)，字仲和，号洞阴居士、寒碧主人、农岩、三洲等，谥号"文简"，乃宋时烈、李端相、赵圣期之门人。金昌协自幼聪慧，九岁便若成人，潜心读书，深受父母喜爱。十九岁中进士三等。二十一岁与仲父退忧堂游江华府、枫岳，有《东游记》、《东征赋》。二十六岁游小石门、灵岩、月初山等地。三十岁别试居魁，次年，升太学掌议。三十二岁，拜成均馆典籍，次年，移兵曹佐郎、司宪府持平、弘文馆副修撰、副校理等职。后五年，官运畅达，三十九岁那年，因父亲被流放、赐死，遂欲弃官，潜心研究。四十二岁，筑农岩书室，以表心志，后历任弘文馆副提学、大司谏等职，多次上疏请辞，不被许可。四十八岁时定居三洲，次年，爱子金崇谦卒。后无心官场，潜心研究学问，游览山水，五十八岁卒于三洲。农岩有子女七人，其中长子金崇谦(1682—1700)亦是聪慧博学之文人，可惜天妒人才，年仅十八岁就辞世，有《观复庵诗稿》遗世。农岩现存《农岩集》三十六卷，续集上下两卷，别集四卷，其中包括诗歌六卷、《农岩杂识》四卷、书十卷等。

金昌协是朝鲜中期著名的文章家，他认为文章创作有三要："理不可不精确，气不可不昌大，词不可不焕烂。"②肃宗也曾评价农岩的文章典则浓郁，深得"六一"精髓。金昌协

---

① 金寿恒《文谷集・卷之七・和陶诗・和归园田居韵・其六》。

② 金昌协《农岩集・序・金昌翕》。

虽以文章闻名于世，但是他在诗歌以及诗论方面的造诣也很深，其《农岩杂识》中的《外篇》就是经典的诗论著作。金昌协认为“诗者，性情之发而天机之动也”，只有性情发、天机动才能创作出自然优美的诗歌境界。

金昌协还坚持主张学唐才是作诗的根本，认为学习唐诗自有其妙处及难处，并且指出了明朝人学习唐诗的不足之处：

明人称诗，动言汉、魏、盛唐。汉、魏固远矣，其所谓唐者，亦非唐也。余尝谓唐诗之难，不难于奇俊爽朗，而难于从容闲雅；不难于高华秀丽，而难于温厚渊澹；不难于铿锵响亮，而难于和平悠远。明人之学唐也，只学其奇俊爽朗，而不得其从容闲雅；只学其高华秀丽，而不得其温厚渊澹；只学其铿锵响亮，而不得其和平悠远，所以便成千里也。

但是诗人虽然酷爱唐诗，却不提倡尽学唐，明人就是只顾模仿才不得其要，所以只要所作之诗能够反映出时代特色以及个性便可：

诗固当学唐，亦不必似唐。唐人之诗，主于性情兴寄，而不事故实、议论，此其可法也。然唐人自唐人，今人自今人。相去千百载之间，而欲其声音气调无一不同，此理势之所必无也。强而欲似之，则亦木偶泥塑之象人而已。其形虽俨然，其天者，固不在也，又何足贵哉。①

农岩还在此文中讨论了诗歌的社会作用，认为诗歌有“描景写物”、“论说事情”两大功用。如其诗《到农岩》：

菖杏催春事，还山及种田。
牛肥初负耒，骡健不须鞭。
西崦留斜日，东陂望夕烟。
关情最稚柳，绿已暗门前。②

此诗颇符合农岩的对于生活的态度以及追求，乡村春来种田，牛肥骡健，忙碌一天，抬头就见夕阳西下，炊烟升起，好一派春天乡村美景。整首诗工整对仗，用词清雅，尤其颈联最为美妙，颇有陶氏风格。

除了农岩之外，同样以文章、诗以及诗论鸣于当世的还有其弟金昌翕(1653—1722)，字子益，号三渊。三渊幼时豪放不羁，喜游玩，丁未随兄农岩学于李端相，后又随仲父及兄游江华府、积石寺、枫岳诸地。三渊为人恢廓高雅，无意科考，后老母屡次劝说，方才出而试之，于癸丑年中进士后，潜心诗道，自楚辞、骚、曲、古乐府至盛唐诸家，无一不精习之。除了诗文之外，三渊还潜心研究道学修炼之法，后知无益便弃之。三渊不事科业，以诗鸣世，其所著诗文颇为丰富，现存《三渊集》三十六卷，《三渊集拾遗》三十二卷。

《三渊集》中诗歌十六卷，《拾遗》中诗歌十二卷，共二十八卷，数量较多，内容丰富。

① 金昌协《农岩集・卷之三十四・杂识・外篇》。
② 金昌协《农岩集・卷之四・诗・到农岩》。

金亮行在为三渊所写行状中评价“其诗格法雅健，一洗程序之陋”[①]。如《巫山》：

巫山东去意悠悠，却望箕城是别愁。
惟有澄江通一道，春光流入降仙楼。[②]

此诗是诗人1674年所作，诗人望着巍峨连绵的巫山千年不变，只是昔人已逝，心中别是一番滋味。但是澄江自此一道通过，将春意带入了降仙楼，诗人心中方开朗了些。三渊一生无意官场，到处游玩，留下了大量的写景咏物抒怀诗歌，再如《石门合掌窟》：

青霞淑气日南浮，浴海喷天郁未收。
卓荦玉成千嶂峻，潺潺珠迸细泉流。
石桥宛入天台度，冬柏疑攀桂树留。
向夕步从云际降，回看半似梦中游。[③]

这首写景诗是诗人的上乘之作，无论格律、对仗、还是用词均是极好，而且整首诗歌意境深远，气势宏大，读之让人心中既宁静又壮阔，真如诗中所说如“梦中游”一般。

除却这些诗歌之外，三渊还有许多的唱和交游诗、古风以及科体诗。科体诗是朝鲜朝进士考试中的一个科目，三渊有科体诗32首。

金昌业（1658—1721），字大有，号稼斋、老稼斋，赵正万、李圣佐之门人。稼斋天资高敏，博学多才，与兄农岩、三渊，弟圃阴均为一时贤才，二十四岁中进士，后因家中亲人屡遭祸事，认清官场险恶，遂废举务农，学渊明之品行，寄情松菊，踏访名山古迹，写诗述怀。稼斋一生所作之文都没有流传下来，只有诗歌五卷传世，存于《老稼斋集》。金时保在《老稼斋集·跋》中评价稼斋所作之诗：“然其为诗，清道精核，描景象切事情，或纵酒山林，傲睨一世，有击剑悲歌之志。其素所蓄积于中者，往往有不自掩者，此岂世所称诗人剽窃蹈袭者比哉？参以朱夫子古今三变说，则公之诗，岂在姚合、韩偓之后，而泛览陈、陆？特出于以诗为戏。农岩尝居石郊，与余循荷沼鲦梁之上，诵公诗数篇曰：‘高华研精，老益深造。’”[④]其作诗潇洒自在，俯仰山林，有击剑悲歌之气，诗歌内容丰富，以唱和、写景状物居多，如《菊》：

秋来嘉菊散芳荣，五色盈庭不辨名。
收拾落英皆入瓮，酒成先拟酹渊明。[⑤]

金昌缉（1662—1713），字敬明，号圃阴，赵逢源之门人。圃阴无意科举，只考了一次生员便再无参举，后随家人多次迁居，与诸兄游山玩水，创作诗文。圃阴早年攻于文章，诗歌甚少，现存《圃阴集》中只有诗歌一卷，共125题，其余五章均为文章。先生诗歌以唱和诗歌居多，不有部分写景诗，如《朴渊》八首，《松都》、《苦雨》、《浪沧亭》、《水声洞》、《白

① 金昌翕《三渊集·拾遗卷之三十二·附录·行状·金亮行》。
② 金昌翕《三渊集·卷之一·诗·巫山》。
③ 金昌翕《三渊集·卷之一·诗·石门合掌窟》。
④ 金昌业《老稼斋集·跋·金时保》。
⑤ 金昌业《老稼斋集·卷之三·诗·菊》。

云洞八咏》等等。

金昌立(1666—1684),字卓尔,号泽斋,乃文谷最小子,自幼聪颖,但是体弱多病,因此较少上课。稍微长大之后,随诸兄学习,发奋刻苦,潜心文学。泽斋最专《诗经》,常常吟诵赏玩,后专事文章,十八岁那年,染疫病而夭。泽斋一身才学,却早早夭折,甚是可惜。泽斋现存《泽斋遗唾》,其中只收录71题诗歌,诗歌内容主要以写景状物为主。

五代之间,金氏一门出十二位大文豪,实是少见。金氏家族在第四代金昌协一辈达到顶峰,随后渐趋没落。但是,金氏一门作为朝鲜家族文学中的重要代表,在李朝文坛上的群体辉煌是无可取代的,其家族文人在朝鲜文学史上的突出地位以及深远影响也是毋庸置疑的。

第四节 李朝女性汉诗人综论

千百年来,男性始终处于文学的主导地位,可以说20世纪以前的文学史基本上是男性的文学史。但是构成人类世界的另一半——女性却始终处于失语状态。她们被束缚在家庭这一狭小天地里,受压迫、被奴役,她们很少能够接受教育,也无权参与任何家庭以外的活动。在这段漫长的历史中,女性慢慢地成为了男性的附庸,即使有个别女性能够吟诗作画,但是这些女性文学创作基本上处于被忽略的状态,很难在文学史上见到她们的身影。这种现象不仅仅存在于中国,也存在于东亚,当然也存在于朝鲜李朝。

中国儒学早在汉代即公元前4世纪左右就已经传入了朝鲜半岛①,在经历了三国、统一新罗、高丽三个历史阶段的发展之后,从中国传入的儒学在李朝时期发展出与中国儒学不同的朝鲜儒学,成就了东亚儒学史上一段绚丽的华彩乐章。但随着朝鲜儒学伦理思想的根深蒂固,朝鲜女性的人身自由越来越受到限制,她们被剥夺了受教育的权利,束缚在家庭的狭小空间,恪守着男尊女卑、三从四德的传统伦理标准。朝鲜贵族女子的主要职责就是“供养馈食”,至于学习,被限于家族内进行:

> 妇人当略读书史、《论语》、《毛诗》、小学、“女四书”,通其意,识百家姓、先世谱系、历代国号、圣贤名字而已。不克浪作诗词,传播外间。②

女性读书的目的只是让她们懂得封建礼教的伦理规范,吟诗赋词则被当成不守妇道,不可沉迷,不可多作,更不用说传播到闺阁之外了。后期实学家李瀷更是把女子读书当成了有害无益的事,他在《星湖僿说》中讲到:

> 读书讲义是丈夫事,妇人有朝夕寒暑之供,鬼神宾客只奉矣,瑕对卷讽诵哉。多见妇通古今礼仪者,未必躬行而弊害无穷。③

① 参见李甦平《韩国儒学史》,人民出版社,2009年版,第47页。

② 李德懋《青庄馆全书·士小节》。

③ 李瀷《星湖全集·星湖僿说》。

可见在朝鲜士人传统观念中，女性是被排除在文学创作之外的。但就是在这样一个艰难的环境中，还是有一些女性在家庭与个人生活环境的影响下，接受了良好的教育，有机会写出了朝鲜文学中为数不多的女性汉诗，成为了朝鲜文学史上不可多得的宝贵财富。

有机会进行诗文创作的女性，根据身份的不同大概可以分为以下几种：一类是出身贵族家庭，她们要么是书香世家，父兄等很多人都是文学大儒，从小就自然会受到文学的熏陶，如许兰雪轩、申师任堂；要么就是高官显贵，有机会与条件接受良好的教育。另一类就是一些士大夫阶层的偏房侧室，这些女子往往出生于中上阶层，只因为是侧室所生的庶女，所以只能嫁与他人做妾，但这并不影响她们接受教育、接受文学的熏陶。也许正因为是庶女，所以她们比起嫡女来讲有更多的自由去接触一些新东西。她们可以跟随丈夫走出家门，接受新思想、新事物，因此，这些女性也为后人留下了许多佳作名篇，著名的诗人有李玉峰、朴竹西、金锦园等。第三类就是出身下层社会的妓女。妓女的特殊身份要求她们在与一些士大夫阶层人士的交往中，不仅要会唱歌跳舞，还要会吟诗作画。因此，在朝鲜社会就出现了一个部门——教坊，这个地方既是妓女们学习歌舞的地方，也是学习如何作诗的地方。妓女这一阶层低贱的身份地位决定了她们必将饱尝人生的酸甜苦辣，她们也渴求过正常人的生活，有一份可以寄托的情感归宿，但是现实与理想差距太大，正是由于这种困境，使得许多妓女诗人也留下了许多千古绝唱，如黄真伊、李梅窗、金芙蓉、一枝红等。还有一类值得一提的女性汉诗创作者就是那些出身名门但是却勇于反抗传统伦理道德，走出闺阁，挣脱家庭的束缚，不结婚生子，去追求自己的理想，实现自己的人生价值的女诗人，这一类的代表性诗人有崔松雪堂、吴孝媛等。

一、妻室的汉诗创作

妻室就是上文提到的第一类女性创作者。这些女性大都出身贵族名门，受过良好的儒家正统教育，后基本上都是嫁入名门显赫之家。但是儒家伦理道德时刻束缚着的她们言行举止，使她们不敢大胆地表达自己的真实情感。因此，只能将这种感情寄托在自己的诗文创作之中，故而，这些女性创作者的诗歌也总体呈现出委婉含蓄的特点。这些创作者的代表人物有申师任堂、金林碧堂、宋德峰(1521—1578)、许兰雪轩、徐氏令寿阁、三宜堂金氏、静一堂姜氏、幽闲堂洪氏、清闲堂金氏(1853—1890)等。

申师任堂

申师任堂(1504—1551)，字仁善，号师任堂、思任堂、任堂、任师斋，祖籍平山，生于江原道。父亲是当地明贤申命和，母亲是龙仁李氏李思温之女，属两班贵族家庭。良好的家庭环境为申师任堂提供了学习的条件，她自幼饱读四书五经，擅长文章、刺绣、绘画、书法等，是典型的大家闺秀。申师任堂善于从生活中选取素材，所作之画生动逼真，后来成为了朝鲜一流的女画家。不仅如此，其汉诗创作也深受后世文人的赞美，其子栗谷李珥也是朝鲜著名的儒学大家。

申师任堂的代表汉诗有《思亲》、《翻阅大关岭》、《泣别慈母》等，如：

《思亲》

千里家山万迭峰，归心常在梦魂中。
寒松亭畔双轮月，镜浦台前一阵风。
沙上白鸥恒聚散，波头渔艇每东西。
何时重踏临瀛路，采舞斑衣膝上缝。[①]

《泣别慈母》

慈母鹤发在临瀛，身行长安独去情。
回首北村时一望，白云飞下暮山青。

这两首诗歌均表达了诗人对于父母、家乡的思念之情。诗人长期远离父母，所以看见他乡的山、月、白鸥等事物就会想起自己的家乡寒松亭、镜浦台、临瀛等风景胜地。

许兰雪轩

在朝鲜古代文学史上，许兰雪轩是极少数能与男性并驾齐驱的女性诗人，她的诗作甚至在中国明清诗坛都备受赞誉，被称为“海东第一女诗人”。许兰雪轩(1563—1589)，字景樊，号兰雪轩，籍贯阳川，著有《兰雪轩集》。提到许兰雪轩就不得不提许氏家族，许氏家族是朝鲜前期的文学大家族，兰雪轩的祖父是高丽末期的名相文敬公许珙，父亲是李朝儒学大家草堂许晔，大哥许筬在当时任兵曹判书，二哥许篈官至弘文馆典翰，四弟许筠先后任刑曹、礼曹判书。洪万宗在《小华诗评》卷下云：

许氏自骊朝野堂以后，文章益盛。奉事翰生晔，是为草堂。草堂生三子，其二篈、筠，季女号兰雪轩。翰之从叔知中枢辑，再从兄忠贞公琮、文贞公琛，皆以文章名。[②]

故而兰雪轩与其父兄并称为当时的五位辞章大家。许兰雪轩出生于如此的文学世家，天赋自然不差，相传其八岁即作《广寒殿白玉楼上梁文》，为世人瞩目。出生于这样的家庭是幸运的，她接受着其他女性可望而不可及的教育，可以使自己的创作天赋尽情发挥。但她也是悲哀的，在当时的封建社会下生而为女，只是传宗接代的工具罢了。虽然兰雪轩所嫁之人为当时的名门望族之后金诚立，但是丈夫平庸无才，难以琴瑟和鸣。兰雪轩对封建礼教的叛逆成为了夫家嫌弃她的理由，加上子女相继夭折，心情抑郁的兰雪轩年仅二十七岁就含恨西归，给后人留下了永远的遗憾。

许兰雪轩用她短暂生命留下了丰厚的创作。在《兰雪轩集》中收录了诗 210 首，其中包括五言古诗 15 首，七言古诗 8 首，五言律诗 8 首，七言律诗 13 首，五言绝句 24 首，七言绝句 142 首。附录辞 1 首，《广寒殿白玉楼上梁文》1 篇，《梦游广桑山诗序》1 篇。补遗 4 首，其中 1 首为联句，兰雪轩诗现共 214 首。许兰雪轩的汉诗创作情感丰富细腻，按其内

① 韦旭升《韩国文学史》，北京大学出版社，2008 年版，第 218 页。
② 张伯伟《朝鲜时代女性诗文集全编(上)》，凤凰出版社，2011 年版，第 81 页。

容大致可以分为以下几类:闺中诗,感怀诗,游仙诗。

许兰雪轩出身书香门第,家族浓厚的文化底蕴时刻影响着 。身为独女的兰雪轩得到了来自父兄的诸多爱护,因此,比起那些闭锁于深宅大院之中,深受封建礼教摧残的女性, 松的教育环境使得兰雪轩度过了一段较为无忧无 的少女时代,所以兰雪轩早期的诗文创作有许多活 大胆、纯洁可爱、敢于追求爱情的少女形象。如:

采莲曲

秋净长湖碧玉流,荷花深处击兰舟。
逢郎隔水投莲子,遥被人知半日羞。①

诗中写了采莲女子大胆追求爱情,主动"投莲子"引起男子的注意,但是又 被别人看到的可爱模样。女子主动追求爱情的行为,在当时封建礼教严格 制的社会下简直就是有伤风化了。虽然如此,兰雪轩依然将女性内心最真实的情感表达了出来,即便是遭到后来许多封建 道士的批判,仍然为丰富文学史中的女性形象作出了贡献,为朝鲜文学史留下了 贵的财富。

再看《秋千词》:

邻家女伴竞秋千,结带蟠巾学半仙。
风送彩绳天上去,佩声时落绿杨烟。
蹴罢秋千整绣鞋,下来无语立瑶阶。
蝉衫细湿轻轻汗,忘却教人拾堕钗。②

读 此诗不 想起了李清照的《点绛唇》:"蹴 秋千,起来慵整纤纤手。露浓花 ,薄轻衣透。见客入来,滑袜金钗溜。和羞走, 门回首,却把青梅嗅。"李清照此词写出了少女 秋千,遇见客人那种欲走还羞、充满好奇的娇俏 态,而兰雪轩此诗的前半部分写出了少女 着秋千,彩带飞扬,配 泠泠作响的景象, 如仙女下凡。后半部分笔 一转,少女 秋千整理衣 之时,看见了意中人,不 心慌意乱,不仅忘记了擦 ,甚至连掉落的钗都忘记让人捡。如此活 可爱而又天真纯洁的少女正是兰雪轩的真实写照,这种大胆的内心表露,足见诗人内心对于爱情的渴望。

许兰雪轩的少女生活是纯洁美好的,但是现实生活太残酷。年仅十四岁的兰雪轩由父母做主嫁入金家这个高门深院之中,然而婚后的生活与 的精神追求形成了巨大的反差,心高气傲的兰雪轩面对平庸无才的丈夫, 感到了巨大的痛苦与无助:

稻粱非所求,竹食乃其餐。
奈何梧桐枝,反栖鸱与鸢。③

诗人在这里渴望的不是锦衣玉食的生活,而是精神上的满足,但是满 才华的诗人面对

---

① 许兰雪轩《兰雪轩诗集·采莲曲》。
② 许兰雪轩《兰雪轩诗集·秋千词》。
③ 许兰雪轩《兰雪轩诗集·遣兴》。

平庸的丈夫，心中除了失望就只有痛苦。不美满的婚姻生活已经使诗人失望痛苦，但是生活并没有就此放过她，爱子的接连夭折几乎使诗人陷入绝境：

去年丧爱女，今年丧爱子。
哀哀广陵土，双坟相对起。
萧萧白杨风，鬼火明松楸。
纸钱招汝魂，玄酒奠汝丘。
应知兄弟魂，夜夜相追游。
纵有腹中孩，安可冀长成。
浪吟黄台词，泣血悲吞声。①

爱女、爱子的相继离世给了诗人以沉重的打击，“纵有腹中孩，安可冀长成”。也许生活对于诗人来说已经充满了绝望，她只能含着血泪来祭奠。因此，诗人面对残酷的现实生活而又无力挣脱的时候，只能将希望寄托于虚无缥缈的天界：

暗窗银烛低，流萤度高阁。
悄悄深夜寒，萧萧秋叶落。
关河音信稀，端忧不可释。
遥想青莲宫，空山罗月白。②

“暗窗”、“高阁”、“深夜寒”、“秋叶落”、“月白”等意象，无不传达着一种凄凉、萧条的感觉。此景便是诗人真实的内心感受：寒冷、孤独，精神无所寄托，只能遥望“青莲宫”，渴望像仙人一般自由自在地生活。

许兰雪轩虽自小养在深闺，无机会接触社会，但是她并非只懂得吟风弄月、儿女情长，而是十分关心国家命运与民间疾苦。诗人所处的年代正值朝鲜动乱时期，士祸不断；邻国日本日益强大，对朝鲜虎视眈眈。国家处于内忧外患之中，朝臣无能，民不聊生。诗人面对此种情况，内心忧虑愤恨，因此，兰雪轩的诗中有很多批判现实、关心下层人民生活的佳作。如：

《筑城怨》

筑城复筑城，城高遮得贼。
但恐贼来多，有城遮未得。③

百姓为了阻止敌人的进犯，而去修筑城池，他们觉得城墙修的越高越能阻止敌人的进攻，但是他们又担心敌人来的太多，再高的城墙都挡不住敌人的进攻。这首诗既写出了劳动人民修筑城池的辛苦，又写出了他们的担忧。从侧面也表达了诗人对于当时现状的担心以及朝廷无能的嘲讽。

---

① 许兰雪轩《兰雪轩诗集・哭子》。
② 许兰雪轩《兰雪轩诗集・寄荷谷》。
③ 许兰雪轩《兰雪轩诗集・筑城怨》。

朝廷无能，百姓便生活困苦。且看《贫女吟》：

岂是乏容色，工针复工织。
少小长寒门，良媒不相识。
夜久织未休，戛戛鸣寒机。
机中一匹练，终作阿谁衣。
手把金剪刀，夜寒十指直。
为人做嫁衣，年年还独宿。①

贫民家的子女，即便有姣好的容貌也得不到一个好的归宿。她们只能日复一日、年复一年地为他人做嫁衣，而自己只能贫困、孤独地生活。

此外，许兰雪轩还有很多首描写塞外将士的诗。如《塞下曲》、《入塞曲》。《入塞曲》二："新复山西十六州，马鞍悬取月枝头。河边白骨无人葬，百里沙场战血流。"②从"白骨无人葬"、"血流百里"中可以看出战争是何等的激烈与残酷，虽然收复了十六州，但却是用无数将士的生命换来的，所以才会有"夜深惊起思乡梦，雪满阴山百尺台"③。将士们也许知道此行凶多吉少，才会"夜惊"，但是抬眼望着台上的厚厚积雪，也只能用思乡之情来安慰自己了。

许兰雪轩除了对社会现实抒发自己的感想之外，还经常会写一些借景抒情的诗歌。如《江南曲》、《春日有怀》、《四时词》、《竹枝词》等。《四时词》将诗人眼中的四季景色描绘了出来，但是诗人眼中的四季景色似乎与别人不同，总是充满了忧愁与伤感。春天本是充满希望的季节，但是诗人却是"愁人独夜不成寐，晓起鲛绡红泪多"④，秋天则"寒衾辗转不成寐，落月多情窥画屏"⑤，冬日则"惊沙吹雪黑貂弊，应念香闺泪满巾"⑥。即使看到的是美景，在诗人的眼里也是凄凉的意象。

《江南曲》："江南风日好，绮罗金翠翘。相将采菱去，齐荡木兰桡。人言江南乐，我见江南愁。年年沙浦口，肠断望归州。"⑦曾经江南美景中，我们衣裳华丽，相约采菱，共同在木兰深处划船。但是，这只是别人眼里的江南乐事，谁曾知道我在渡口望尽天涯路……

许兰雪轩共有 214 首诗歌，《游仙词》就有 87 首，另外《宫词》20 首，几乎占了全部诗篇的一半。那么许兰雪轩为何如此热衷于游仙诗的写作？一方面兰雪轩生活的时代正值李朝宣祖年间，党派竞争激烈。其父许晔作为东林党的首脑在与西林党的斗争中失败，被贬为庆尚监司，并在任职期间辞世。哥哥许葑在斗争中受到牵连，遭到流放。这一系类的变故已经使诗人难以接受，然而，生活的不幸接踵而至，婚姻生活不和睦，儿女相

---

① 许兰雪轩《兰雪轩诗集·贫女吟》。
② 许兰雪轩《兰雪轩诗集·入塞曲·其二》。
③ 许兰雪轩《兰雪轩诗集·塞下曲·其四》。
④ 许兰雪轩《四时词·春》。
⑤ 许兰雪轩《兰雪轩诗集·四时词·秋》。
⑥ 许兰雪轩《兰雪轩诗集·四时词·冬》。
⑦ 许兰雪轩《兰雪轩诗集·江南曲·其一、二》。

继离世，给了诗人以致命的打击。因此，诗人再也无法直面现实，只能在仙界寻求安慰。另一方面，诗人所处的时代，道教盛行，许多人修炼仙丹渴望成仙。而许兰雪轩的老师、著名的"三唐诗人"李达，因为是庶子，所以不能入仕。才华横溢的他心中不甘，但是却又无可奈何。因此，李达从此过上了放荡不羁的隐居生活，老师叛逆、空虚、逃避现实的思想对许兰雪轩产生了很大的影响。

许兰雪轩的87首《游仙词》是朝鲜古代文学史上的宝贵财富。女诗人在诗歌的仙界中尽情遨游：

千载瑶池别穆王，暂教青鸟访刘郎。
平明上界笙箫返，侍女皆骑白凤凰。（其一）

露湿瑶空桂月明，九天花落紫萧声。
朝元使者骑金虎，赤羽麾幢上玉清。（其四）

焚香遥夜礼天坛，羽驾翻风鹤氅寒。
清磬响沉星月冷，桂花烟露湿红鸾。（其五）①

徐氏令寿阁与女幽闲堂洪氏

徐氏（1753—1823），号令寿阁，大邱人。父亲是监司徐迥修，母亲是安东金氏金元行之女。身为女子，不能正式拜师求学，好在家风仁厚，她可以随从诸兄弟在家学读书，旁听诵读，因此年未及笄，便有机会博涉经史，积累了诗学根基。年十四嫁与安东丰山洪仁谟（1755—1812）为妻，生三男四女。长子乃是渊泉洪奭周（1774—1842），次子沆瀣洪吉周（1786—1841），三子永明洪显周（1793—1856），长女乃是幽闲堂洪氏（1791—?），此四人皆有诗文集传世，尤其是长子洪奭周更是李朝末期的著名文学家。其《跋》中记载，徐氏有诗及辞192篇附于《足睡堂集》后，名曰《令寿阁集》。其中诗歌创作多显古人风韵，诗歌内容则多描写对儿女的关爱，还有描写山水田园生活情趣、思乡、借景抒情等。如《送别两儿》：

朝日上高楼，照我堂前林。
远客罢愁眠，乔木垂浓阴。
幽禽相和鸣，关关共好音。
此时将送人，长途横古今。
离情我不浅，别怀尔更深。
会面在清秋，何必复伤心。②

此诗表达了诗人身为母亲，在与两个儿子分别时，劝慰孩子不要太伤心，到了秋天就会再

① 许兰雪轩《兰雪轩诗集·游仙词·其一、四、五》。
② 张伯伟《朝鲜时代女性诗文集全编（上）·令寿阁集·送别两儿》，凤凰出版社，2011年版，第629页。

见面，实则也是在暗示自己孩子有自己的前程，不能太过不舍，早晚还会再相见。再如《陇西暮春》：

> 莺啼绿树报新晴，芳草萋萋春复生。
> 柳带朝烟还踏翠，花含宿雨更分明。
> 行云过水看无迹，疏竹迎风听有声。
> 强上高楼穷远目，此时难为故园情。①

诗人借陇西暮春时节的美景来抒发自己对故乡的思念之情，像《雨中次杜》、《腊月次杜》、《次孟浩然》等诗也均是表达了诗人的思乡之情。

令寿阁的诗歌整体平淡自然，清新凝练，且其好杜诗、陶诗，故令寿阁的诗歌中多借老杜与陶氏之韵。令寿阁常年居于深闺，晚年更是有十几年是独自一人，故而难免不会孤单寂寞，如《冬夜共赋》：

> 疏灯耿耿不胜寒，风满高楼夜色寒。
> 长空万里孤悬月，斜照羁窗影未安。②

其女洪原周(1791—?)，号幽闲堂，其丈夫为其兄洪奭周之友沈宜奭(1796—1827)。洪氏死后，由其女婿编辑作品成集为《幽闲集》，其中共收录诗歌156题共193首，诗体多样，内容多以家庭内部唱和之作为主，以及写景抒情、送别、咏史等。值得一提的是洪氏的咏史诗写得颇为引人瞩目，如《项羽》、《荆轲》、《张良》、《吊屈原》等，如下一首：

> 鹿马自不分，雌雄问刘项。
> 剑以匹夫勇，书自腐儒讲。
> 一剑斩白帝，秦楚真蚌埠。
> 玉珏汝不应，旌旗谁独绛。
> 神龙得云飞，猛虎乘风哄。
> 大块谁先取，真人自天降。③

金氏(1769—1823)，号三宜堂，十八岁嫁与同乡河演之后何湦为妻子，婚后不久金氏便勉励丈夫远行，去山寺读书，或往京都游学，甚至不惜将自己的发钗卖了作为丈夫求学的盘缠。金氏有《三宜堂集》两卷传世，其中诗歌260首，文22篇，诗歌内容多以夫妇之间的唱和为主。除去三宜堂金氏之外，还有静一堂姜氏(1772—1832)，也是面对贫寒积极勉励丈夫，而且姜氏女性意识强烈，认为不让女性读书是可笑之事。姜氏现存《静一堂遗稿》一卷，共有诗歌37题，文89篇。

---

① 张伯伟《朝鲜时期女性诗集全编(上)·令寿阁集·陇西暮春》，凤凰出版社，2011年版，第628页。
② 张伯伟《朝鲜时期女性诗集全编(上)·令寿阁集·冬夜共赋》，凤凰出版社，2011年版，第640页。
③ 张伯伟《朝鲜时期女性诗集全编(中)·幽闲堂集·项羽》，凤凰出版社，2011年版，第905页。

二、妾室的汉诗创作

所谓妾室，一般是指偏房、侧室。这些妾室女子一般生于士大夫、名士阶层家庭，但因她们是妾室所生，所以身为庶女的她们成年之后也只能嫁与他人作妾室、偏房。同样受过良好教育的这些女性因为身份问题备受社会歧视、家庭排挤。但这对她们的诗文创作提供了有利的条件，使得她们有更多的机会与自由接触外面的世界。这一群体中的代表性作者有李玉峰、金芙蓉、金锦园、朴竹西、只在堂姜氏等。

李玉峰

李玉峰（16世纪人），号玉峰，宗室李逢之的庶女。玉峰生而聪慧特异，独受其父喜爱，教以文字，藻思日进，最工于诗，后嫁与云江公赵瑗为小室，出嫁后玉峰依然不事女工，专事词藻。一日见邻居之夫因盗牛被捕，玉峰可怜其妻，遂作一诗为那人开罪："洗面盆为镜，梳头水作油。妾身非织女，郎岂是牵牛。"[①]县官见诗大为惊讶，遂释放了这位邻居之夫。玉峰的丈夫知道这件事请之后，却认为玉峰这样做有违妇德，便将玉峰休掉。玉峰苦求无果，无奈回娘家。被休返归后，玉峰自称女道士，终日以赋诗消遣，后死于壬辰倭乱。

李玉峰现存《玉峰集》一卷，其中均为诗歌，共32题，补遗4题。玉峰的汉诗作名噪一时，名声渡海传至明朝诗坛，钱谦益的《列朝诗集》中就收录了玉峰的11首诗歌，佳作如《登楼》、《漫兴赠郎》、《楼上》、《秋思》、《咏雪次韵》等。玉峰存诗虽然不多，但是后世人对其诗作的评价却非常高，如赵正万认为其诗"为闺秀中第一"；李德懋认为其诗可与许兰雪轩之诗相媲美；许筠评其诗清健，非妇人脂粉之语等等。如其《宁越道中》一首：

五日长关三日越，哀词吟断鲁陵云。
妾身亦是王孙女，此地鹃声不忍闻。[②]

此诗是诗人被休归家后，难忘旧情而作，读之情深意切，委婉透出清怨，显出高洁人品。再如《闺情》：

平生离恨成身病，酒不能疗药不治。
衾裹泪如冰水下，人间漫作一年期。[③]

此诗亦是表达了诗人被休离后忧思成疾，终日以泪洗面，幽怨无比，诗歌虽然充满委婉幽怨的感情，但是却充满柔情，怨而不怒。除了以上两首之外，玉峰的其他诗歌也多与闺情有关，在此不一一举例。

---

① 张伯伟《朝鲜时期女性诗文集全编（上）·玉峰集》，凤凰出版社，2011年版，第55页。

②③ 张伯伟《朝鲜时期女性诗文集全编（上）·玉峰集》，凤凰出版社，2011年版，第73页。

金锦园

金锦园(1817—1887以后),号锦莺,江原道原州人。因自幼多病,家人不舍其做女工,而允其学习汉籍,天性聪颖的她没过几年便略通经史,可以写作汉诗文。十四岁时,她女扮男装,游览名山大川。其佳作《湖东西洛记》前半部分就是在此过程中而作,而该文的后半部分,则是在嫁给金德喜为小妾后所作。李朝民间对于金氏的身世传言不少,还有一种说法是金氏乃艺妓所生,出生于成都等。但是无论如何,金氏作为普通女子能够写出《湖东西洛记》这样的游记鸿文,在朝鲜甚至东亚文学史上也是极为罕见的。这篇游记全文近一万四千字,情节跌宕起伏,文词优美,一气呵成。值得一提的是这篇游记中还夹杂着女诗人在游览途中所作的26首诗歌。可见,金氏不仅擅长写作游记散文,还善于汉诗创作,诗文功夫俱佳。如下面一首绝句,就透露出诗人的才情文笔:

池边杨柳绿垂垂,黯黮春愁若有知。
上有黄鹂啼未已,不堪惆怅送入时。①

朴竹西

朴竹西(约1820—1851),号竹西,又号半哑堂,自幼聪颖,深受父亲喜爱,常常听讲习书,学小学、经史,学做汉诗。但因身为家中庶出之女,所以按照李朝习俗,只能嫁作他人做妾。身为侧室身份,竹西与金锦园、金云楚、琼山、静春等人结为"三湖亭诗社",相互唱酬。作为朝鲜文学史上第一个由女性组成的诗社,其重要地位自是不言而喻。竹西体弱多病,一生无子,心情压抑,不足三十岁便去世。朴竹西现存《竹西诗集》,其中共有诗歌149题,诗歌内容多以诗社姐妹唱和、述怀思乡等为主。如《秋日寄锦园》、《在和堂闲咏》等就是诗友唱和诗,又如《病中》、《病怀》、《闲居》等为述怀诗。

三、妓女的汉诗创作

在古代朝鲜的女性汉诗创作者中,妓女是一个特殊的创作群体。较之两班贵族的妾室,这一群体女子有着较大的精神自由,同时所受欺侮、压迫更大更深。因为社会职业的需求,她们每天会面对各种各样的上层富商,其中不乏大官名流、文人墨客。因此,为了能够赢得上层社会贵族士大夫的青睐与赏识,她们从小便接受专门技艺训练,努力练习琴棋诗画。于是在李朝的妓女阶层中,便出现了一些善于填词赋诗的才女,而她们的诗文创作伴随着美妙乐器的吹拉弹唱,成为朝鲜女性汉诗创作中一道独特的风景线。其中影响较大的妓女汉诗人有黄真伊、李桂生、金芙蓉、金锦园、一枝红、李凤仙等,还包括人数不少的无名可考的妓女诗人。

---

① 张伯伟《朝鲜时期女性诗文集全编(中)·湖东西洛记》,凤凰出版社,2011年版,第1149页。

黄真伊

黄真伊(1516—1560),本名黄真,别名真伊、真娘,妓名明月,李朝前期著名艺妓,女性汉诗人,自称"松都三绝之一",其余两绝为朴渊瀑布、理学家徐敬德[①]。黄真伊生平资料不见于正史,只能从一些笔记、野史之中略窥点滴。关于她的身世,有一流传很广的说法是某位黄进士的庶出之女,其母乃是盲妓陈玄琴。

黄真伊才貌双全,被誉为"仙女"、"女中翘楚",成为妓生后名声久盛不衰,深受朝野文人雅士的倾慕追求。真伊平日衣着朴素,娥眉淡扫,或不施脂粉,甚至以素面示人,因为有充分自信自己才貌出众,其他妓生难以超越。许筠在《惺翁识小录》中记载黄真伊这样的自信言论:"知足老禅,三十年面壁,亦为我所坏。唯花潭先生,昵处累年终不及乱,是真圣人。"[②]真伊的美貌才气,能让面壁修行三十年的老和尚都破戒,但是徐敬德面对其秀色能够始终不为所动,成为真伊所尊重的"圣人"。黄真伊性情高洁,风流倜傥,颇有男子气概。她喜与儒士交往,其与丞相之子李生同游金刚山,成为一时文坛奇谈。她与风流贵族李世宗同居六年后断然离去,毫不留恋钱财,更是成为千古佳话。许筠《惺翁识小录》中还记载:"将死,命家人曰:'慎勿哭,出葬以鼓乐导之。'至今歌者能讴其所作,亦异人也。"[③]从上述点滴记载可以看出,黄真伊的一生充满了传奇色彩,其人其事其诗,皆不同寻常,潇洒出众,这也是引起当时及后人敬佩的原因。

黄真伊一生诗文创作颇丰,但是最后保留下来的仅有6首时调,9首汉诗,附表如下:

时调(6首)	汉诗(9首)
青山里碧溪水	奉别苏判苏世让
冬至漫长夜	咏半月
我何曾	松岳山古寺
月沈三更	朴渊瀑布
青山绿水	相思梦
山·昼夜·人杰	满站台怀古
	别金庆元
	述怀
	小柏舟

根据黄真伊仅存的15首诗歌中可以看出,她的诗作可分为写景状物诗和离别唱和诗这两大类。

黄真伊的写景状物诗占据了她所有诗歌的一半,分别为《咏半月》、《满站台怀古》、

---

① (韩)李家源著,赵季、刘畅译《韩国汉文学史》,凤凰出版社,2012年版,第345页。

② 许筠《惺所覆瓿稿·卷之二十三·惺翁识小录》。

③ 许筠《惺所覆瓿稿·惺翁识小录》。

《松岳山古寺》、《朴渊瀑布》，这也许和她好游览名胜古迹有关。且看《朴渊瀑布》①：

一派长川喷壑岩，龙湫百仞水泱泱。
飞泉倒泻疑银汉，怒瀑横垂宛白虹。
雹乱霆驰弥洞府，珠舂玉碎彻晴空。
游人莫道庐山胜，须识天磨冠东海。

诗中用“喷”、“泻”、“弥”等字眼，将朴渊瀑布壮丽的气魄表现得淋漓尽致。还有诗中“银汉”、“晴空”、“东海”等意像，境界广阔雄伟，可见黄真伊对朴渊瀑布的由衷赞美之情，同时也从侧面展示了黄真伊虽然身为艺妓，但却有着可贵的独立意识以及高洁的人格品行。

再如《松岳山古寺》、《满月台怀古》二首：

《松岳山古寺》

雪中前朝寺，寒钟故国声。
南楼愁独立，残廓暮烟香。

《满站台怀古》

古寺萧然傍御沟，夕阳乔木使人愁。
烟霞冷落残僧梦，岁月峥嵘破塔头。
黄凤羽归飞鸟雀，杜鹃花发牧羊牛。
神松忆德繁华日，岂意如今春似秋。

此二首诗均为借景抒情之作。前一首写家乡松都冬日的凄凉景色，后一首写满月台春日黄昏的萧然景色。两首诗均通过描绘凄凉萧瑟的景、借前朝的繁华消逝来暗示世事多变不可捉摸，其中也隐含诗人内心的担忧，害怕韶光易逝，末路难测。

黄真伊虽身为艺妓，但内心深处还是渴望真情，如下面诗中所言：

《别金庆元》

三世金缘成燕尾，此中生死两心知。
扬州芳约吾勿负，恐子还如杜牧之。

离别难舍难分，相约扬州，却恐如“杜牧之”。可见，黄真伊虽然渴望真情，但在与男子的交往中却尝尽了离愁别恨与遗弃之苦，故而心中担忧。同时“恐子还如杜牧之”一句，将当时随意玩弄女性的丑恶现象揭露出来，讽刺了贵族风流男子的薄情寡义。

① 朴渊瀑布位于天磨山与圣居山之间，垂直落下，宛如白练。据传说古时候有一位姓朴的进士，来到瀑布下吹笛子。渊底龙王女儿听到了悠扬的笛声，产生爱慕之情，并与之结合。进士之母见儿久不归，遂去寻找，因找不到心爱儿子而奋身投入了朴渊瀑布。此后，此瀑布便叫做“朴渊瀑布”，并一直是朝鲜半岛的著名旅游景点。

《奉别苏判书世让》

月下梧桐尽，霜中野菊黄。
楼高天一尺，人醉酒千觞。
流水和琴冷，梅花入笛香。
明朝想别后，情与碧波长。[①]

黄真伊的生命中曾出现过一位重要的男性——苏世让。苏世让(1486—1562)，擅长书法诗文，才华卓群，仁宗时期官至大提学。苏世让性格潇疏洒脱，喜爱吟风赏月，深得黄真伊喜爱。但是，这是一段注定无疾而终的爱情，这首诗为女诗人与恋人分别时所作。梧桐落叶尽，野菊花黄，霜冷凄凉；琴声冰冷，笛声凄凉，寒冬肃杀，一切都显得那么的凄凉萧瑟。此时此景犹如诗人的失恋心境，离别后只能饮酒买醉以度日，心中情感难以说与外人听。诗人虽愿"情与碧波长"，但是好景不再：

《咏半月》

谁断昆山玉，裁成织女梳。
牵牛离别后，愁掷碧空虚。

她的爱情，最后只能像牛郎织女的传说那样凄凉悲惨，每到孤独的夜晚只能与相思忧愁为伴。究其一生，黄真伊是一位较为独立自主的女性，虽身处下层社会，但是其志高洁。因此，她受到了许多后世文人的喜爱，著名文人林悌还专门到她墓前悼念，作诗赞颂。

李桂生

李桂生(1573—1610)，字天香，号梅窗、癸娘，乃县吏李汤从女。自幼好弹琴、擅长吟咏。为人孤傲，但是尤喜与文人交往，如李晬光、许筠、韩浚谦等，诗歌唱和赠答不绝，被称为朝鲜时代第一诗妓。李桂生现存《梅窗集》，其中收诗作 58 首，内容多以唱和述怀为主。虽后世文人对于李氏诗歌的艺术成就评价不高，但是这在朝鲜前期女性汉诗人极少出现的情况下，已经是突出的成就了。如其《春愁》绝句：

长堤春草色凄凄，旧客还来思欲迷。
故园繁华同乐处，满山明月杜鹃啼。[②]

金芙蓉

金芙蓉(1800—1860)，号云楚，又号秋水，成川诗妓。云楚本生于儒门，其父早亡，由仲父抚养，其仲父博览群书，不拘一格，云楚颇受影响。在云楚心目中一直仰慕卓文君、薛涛、花蕊夫人以及本朝奇女子许兰雪轩的才华。金云楚后来成为"三湖亭诗社"的一员，在其中表现踊跃，创作颇多，佳作有《戏题》三首、《九秋出五江楼》、《五江楼夜怀》等。三十一岁之后成为渊泉金履阳之妾，同居十五年，日日以诗歌相互唱和，时人艳羡如"蜂

① 韦旭升《韩国文学史》，北京大学出版社，2008 年版，第 214 页。
② 张伯伟《朝鲜女性诗文集全编(中)·梅窗集》，凤凰出版社，2011 年版，第 211 页。

房流蜜”。渊泉殁后，云楚为之守孝三年，死后陪葬于渊泉墓旁。

云楚现存《云楚堂诗集》，其中共有诗歌315首，汉诗数量较本文前面提及的几位女诗人都要多。云楚较为擅长近体诗，如《暮春舟下汊江》：

仙台翠柳乱闻莺，尤有残春未了情。
朝来潋滟桃花浪，一帆靡风下汊城。①

再如《初雪》：

玉宇峥嵘雪意清，琼花飘瞥弄轻盈。
便疑东阁梅魂返，遥想南湖雁阵惊。
入水相亲终淡泊，着枝无力乍分明。
年光杳杳人白头，不醉余生可奈情。②

只在堂姜氏(?)，庆尚道诗妓，后嫁作妾室，有《只在堂稿》一卷传世，收汉诗45首。诗作内容多以唱和赠答、思乡述怀为主。除了姜氏之外，诗妓还有很多，其中较为著名的是朝鲜末期的诗妓李凤仙(1894—1992)，字護卿，号九箫，为家中独女，父母尤爱重之，养育其如男子，先嫁金秋田，秋田死后，转嫁他人为别室。姜氏现有《凤仙花》传世，共收录诗歌63首，是朝鲜末期存诗最多的诗妓。

四、朝鲜新女性汉诗人

如果说妓女阶层是朝鲜女性诗人创作者中的一类特殊群体，那么这些努力挣脱封建家庭束缚的女性汉诗人则是古代朝鲜社会中的逆行者。她们虽出身名门但是却勇于反抗传统伦理道德，走出闺阁，挣脱家庭的束缚，不去结婚生子。她们渴望去那广阔的世界中去挥洒自己的才华，追求自己的理想，实现自己的人生价值。这一类创作者的代表性诗人有崔松雪堂、吴孝媛等。

崔松雪堂

崔氏(1855—1939)，号松雪堂，和顺人，枳南居士崔昌焕(?—1886)长女。崔氏的祖先可以追溯到高丽朝门下侍中平章事乌山君世基，但是在其曾祖父的时期，家门遭遇不幸，数十年间冤屈不得洗刷。因此，其父希望生个男孩来替家族鸣冤昭雪。且崔昌焕一日梦中见孕妻所怀孩子为男孩，喜不自禁。但是，生下后竟然是女孩，不由失望不已。崔氏知道自己生而不受喜爱，故从小便对自己的性别充满羞愧之感。因此，崔氏为了洗刷自己家族的冤屈，遂发誓一生不嫁。据申玹中《松雪堂传》记载：“方龆龄也，侧厅间闻曰：‘曾祖护军共以守愚堂先生八世孙，纯祖辛末见忤群小，竟卒景来狱事。祖及第公坐谪古阜，卒于配所者，迄几十星霜于兹。顾此单孑，未克奋身鸣冤，乌可曰念厥聿修也？幸有

① 张伯伟《朝鲜女性诗文集全编(中)·云楚堂诗集》，凤凰出版社，2011年版，第1050页。
② 张伯伟《朝鲜女性诗文集全编(中)·云楚堂诗集》，凤凰出版社，2011年版，第1070页。

孕而梦携异兆，惟期待者嗣续之有人，乃生非男，吾门坎坷何日湔雪？虽生而死，死难瞑目也。'闻辄愕然，祗惧于内曰：'我生不男，亲意莫遂耶？为先洗冤，奚女男之殊？永矢而遂亲意。'"[①]崔氏的父亲去世之后，崔氏承担起家庭的重担。甲午年(1894)进入京城，并且在李太王光武元年(1897)成为王世子英亲王的保姆，随着与王室的关系日益密切，松雪堂终于在辛丑年(1901)为先祖雪冤深愤。不仅如此，崔松雪堂还是朝鲜末期伟大的教育家之一。在日本侵占朝鲜期间，崔氏为了培养人才，自愿捐款30多万元帮助金泉中学校成立。该校如今已经成为了韩国著名的中学。故金允植在《松雪堂集序》中曰："以孤孑之身，能为祖雪冤，理财致产，完立门户，固大丈夫之所难能行者多。"[②]

《松雪堂集》共三卷，第一卷为汉诗文集，第二卷为国文歌辞，第三卷为附录，主要为当代名士次韵题赠之作，以及传记、跋文等。崔松雪堂的汉诗创作颇丰，第一卷中共存汉诗273首，内容以写景、状物、咏史、述怀为主。其诗风格不经雕饰，典雅自然，金允植在《松雪堂集序》中曰："律诗及绝句诸作，并浓艳古雅，无一点烟火气，如烂漫春葩，不由人工，红白成章。"[③]如《题堠人》：

乌帽龙须八尺身，村名里数刻如新。
东来西往长奔走，谁是人间失路人。[④]

崔氏非常善于观察周围的事物，因此其创作素材多从生活小事以及周围事物获得，如大量的咏物诗《石榴》、《凤仙花》、《芭蕉》、《琴》、《瑟》、《扇》、《梳》、《眼镜》、《仙人掌》、《梅》、《兰》、《竹》、《菊》、《促织》、《咏蛙》、《秋千》、《池荷》等等。

吴孝媛

吴孝媛(1889—?)，初名德媛，号小坡，又号随鸥，韶州人。吴氏一生颇具戏剧性，出生便具男子气，九岁女扮男装随兄长就读于私塾，十岁时在本郡竞赛中得第一名，书法也大受赞赏。十四岁时，父亲因挪用公款被入狱，吴孝媛只身赴京，为其父洗刷冤屈。吴氏在京中凭借诗才博得当时政要以及各国大使的青睐，最终筹得资金，救出父亲。年二十岁时，其父欲让吴孝媛嫁人，但是吴孝媛对其父亲说："愿游学东京，周览风土人物，且北入中华，求尽天下奇闻壮观，作女中陈良、司马迁，然后出嫁亦未为晚。"[⑤]其父于是答应了她。吴孝媛不仅具有如此的雄心壮志，还非常关注当时朝鲜的社会教育，她感叹当时朝鲜还没有一所女子学校，遂打算去东京募款，拜访伊藤博文，并且写了介绍书发到日本社会各界，没到一年，吴孝媛便带着筹得的款项归国创立了明新朝鲜女学校，这所学校成为了朝鲜的第一座女校。1916年，吴孝媛赴上海，与当时中国的多位爱国名士交往，如康有为、梁启超、康绍仪、袁克文兄弟、秋瑾等人，期间多有诗歌唱和。

如果说崔松雪堂是朝鲜封建社会末期的挣脱家庭束缚的新女性的话，那么吴孝媛就

① 张伯伟《朝鲜时代女性诗文集全编(下)·松雪堂集》，凤凰出版社，2011年版，第1383页。
②③ 张伯伟《朝鲜时代女性诗文集全编(下)·松雪堂集序》，凤凰出版社，2011年版，第1397页。
④ 张伯伟《朝鲜时代女性诗文集全编(下)·松雪堂集序》，凤凰出版社，2011年版，第1400页。
⑤ 张伯伟《朝鲜时代女性诗文集全编(下)·小坡女士诗集》，凤凰出版社，2011年版，第1497页。

是具有强烈女性意识的新时代女性。她是朝鲜女性文学史上首位走出国门，游学日本、中国的女诗人，并且非常善于外交，与多名政要以及名士多有来往。因此，吴孝媛之诗不同于困于闺房的朝鲜传统女性，反而内容广阔，观点新颖。其弟在为其所作的跋中说道："飘飘乎仙者，东有兰雪；铮铮乎烈者，西有鑑湖。……我坡姐飘然铮然，其仙其烈，团合兰、湖而铸一身。……其不羁也、豪放也，快乎突破千古之闺门。"[①]吴孝媛现存《小坡女士诗集》，存诗474首，其中七绝196首，七律154首，五律13首，七古6首，五古、五排各2首，骚体1首以及词21阙等，足见吴氏在诗歌创作方面的才能。如七绝《春日杂咏》二首：

日暖游丝绣碧空，此身疑在画图中。
东风箭箭花魂动，一路春愁也不穷。

半帘春雨动微寒，杨柳千思送别离。
读罢三唐五七句，一竿红日上阑干。[②]

再如《游仙词·其三》：

赤城朝日彤霞卷，香雨珠潭落彩虹。
浴罢荷衣轻似羽，御风归入五云中。[③]

吴孝媛这类型的诗歌还有很多，如《谪仙词》、《双星曲》、《玉窗曲》等。诗人诗歌众多，内容丰富，在此不再例举。

总之，朝鲜时代的女性诗人自朝鲜初期到朝鲜灭亡经历了五百多年的历史，期间各类女性诗人不断崛起，在朝鲜中期出现了女性诗人的活跃期，其中以妾室、妓生的创作最为丰富，到了朝鲜末期，社会思想开始改变，西方思潮的渗透让个别女性开始觉醒，出现了像崔松雪堂、吴孝媛这类型的诗人，这在朝鲜封建社会难能可见。因此，这些女性诗人在朝鲜文学史上的地位是不能忽视的，她们的诗文创作对后世文人产生的影响也是巨大的。

第五节　中朝女性诗歌"怨""恨"之辨

——以李氏朝鲜与明清诗歌的比较为中心

汉诗是古朝鲜文学的重要组成部分，它的发展和中国古代诗歌有着千丝万缕的联系。东亚汉诗界一直以来关注的是男性汉诗，女性汉诗实际上只成为男性汉诗的附庸。但不可否认，东亚女性汉诗有着特别的价值。中国两周时代民歌中的女性咏叹，被两汉

① 张伯伟《朝鲜时期女性诗文集全编(下)·小坡女士诗集》，凤凰出版社，2011年版，第1400页。
② 张伯伟《朝鲜时期女性诗文集全编(下)·小坡女士诗集》，凤凰出版社，2011年版，第1537页。
③ 张伯伟《朝鲜时期女性诗文集全编(下)·小坡女士诗集》，凤凰出版社，2011年版，第1587页。

儒家解读为“哀而不怨”，实际上是女子心中饱含着哀怨而不能大声疾呼，后被树立为所谓“妇德”的重要涵养及表现之一。而朝鲜古代女性情感细腻，诗中注入更多的个人情感，展现女性内心复杂细腻的种种“恨”意，又往往用温柔敦厚的笔法，克制和压抑内心的愁苦。相比较而言，中国女性诗歌则遵从“诗可以怨”的诗学传统，在诗歌中往往主动地抒发内心的情感，充满哀怨愁泪。中朝两国古代女性汉诗因而形成各自的特色。

一、中朝怨恨同源而异解

中国诗歌抒情主要特点之一是善于“怨”，孔子早就指出“诗可以兴，可以观，可以群，可以怨”[①]的原则，对后代诗歌创作及诗学观念影响极大。当代学者钱锺书曾经提出：“尼采曾把母鸡下蛋的啼叫与诗人的歌唱相提并论，说是‘痛苦使然’。”[②]这种见解与中国从古形成的诗学观念正相符合：痛苦比快乐更能产生诗歌，好诗主要是不愉快、苦痛或穷愁的表现和发泄。司马迁《史记》：“诗三百篇，大抵圣贤发愤之所为作也。”[③]在中国诗学中，形成一种“欢愉之辞难工，而穷苦之言易好”[④]的观念。“怨”成为中国文人创作好诗的源动力，中国诗歌自然也就贯穿着一种深沉的怨气。古代朝鲜汉诗创作受中国影响较大，不少诗作是直接模仿中国古诗佳作而来，但是深入分析，也会发现古代朝鲜汉诗创作过程中，明显受本民族特有的“恨”文化的影响，形成了独特的抒情风格。“恨”是东亚三国共同拥有的汉字，但是韩国“恨”文化表现尤为突出，形式也更为激烈。面对相同的事情，韩国人更加容易悲伤，更加敏感，也更易于激动。20世纪七八十年代，心理学家、民俗学家、文学评论家等开始关注韩国人的心理特征，并概括出“恨”这一文化概念。“恨”作为主要的民族心理特征，必然会影响到诗歌创作，从而形成与中国诗歌的不同之处。

中国诗歌善“怨”，朝鲜诗歌含“恨”，要解答这样的美学命题，就首先必须从字面上弄清楚“恨”和“怨”有什么不同。韩国人提出的“恨”和汉语的“恨”虽然是同一个汉字，但在内涵上有所不同。根据韩国《国语大辞典》对“恨”的解释：“① 冤屈；② 悲痛；③ 怨恨，埋怨；④ 后悔，遗憾。”[⑤]在中国的《古代汉语常用字字典》这样解释“恨”：“遗憾，不满意。‘憾’和‘恨’是同义词，都表示遗憾。”先秦一般用“憾”，汉以后用“恨”。《现代汉语字典》中对“恨”是这样定义的：“① 怨恨；仇恨。② 悔恨；不称心。”[⑥]相比较而言，韩国语的“恨”没有明显的“仇恨”之意，更多的带有一种悲伤的情感，一种受伤之后的无奈之情。汉语的“恨”没有点出“冤枉”、“悲痛”的含义，但“仇恨”的程度比较深。汉语的“恨”发展到今

① 张燕婴译注《论语》，中华书局，2006年版。

② 钱锺书著《诗可以怨》，见张隆溪、温儒敏编选《比较文学论文集》，北京大学出版社，1984年版，第31—45页。

③ 司马迁《报任安书》，见《古文观止》上册，中华书局，1981年版，第225—226页。

④ 韩愈《荆潭唱和诗序》，见刘振鹏主编《韩愈文集》，辽海出版社，2010年版。

⑤ 韩国教学社《韩国语词典》，民族出版社，2006年版。

⑥ 《现代汉语词典》，中国社会科学院语言研究所词典编辑室，商务印书馆，2005年版。

天，语意不断扩大，“恨”表示“冤屈”、“可惜”、“忧愁”、“伤心”、“挫折”，“不满”、“绝望”等多种复杂情感曲折交织。总之在中国人的理解中，“恨”是怨恨到极点形成的情感状态，是一种情感郁积的状态。《古代汉语常用字字典》中对“怨”的解释如下：“① 埋怨，责备。《荀子·法行》：‘怨无者无识。’② 怨恨，仇恨。《史记·秦本纪》：‘缪公之怨此三人入于骨髓。’”[①]看来“怨”指心灵堵塞的状态，心情压抑到一定程度，就像洪水爆发一般，会产生发泄的愿望，于是就形成了怨诗。日本学者厨川白村说“生命力受到了压抑而生地苦闷懊恼，乃是文艺的根底”[②]。东方古代女性的创作，更能体现文学就是苦闷的象征。

对比韩语的“恨”与汉语的“怨”，前者不带有仇恨之意，后者带有深深的恨意。一个情感表达温和压抑，欲说还休，这种情感持续长久，难以化解。一个情感表达强烈，如洪水般，一泄千里。从源头上看，“恨”和“怨”具有某种相似性，都是在面对某种不公平的事情，人物心理发生一系列的变化。韩国学者全用淑指出，“恨”是“人生连续失败导致的不断积累的悲哀。因为形成时间很长，因此这种感情中的‘毒素’已经没有了，喜怒哀乐早就被岁月漂白了”[③]。恨是没有办法化解的，是一种永久的轻声哭泣。不同的是，中国人会努力寻找到造成这些痛苦的根源，而韩国人在内心曲折纠结后，最后会将愤恨自我消化，将事情的成因归咎于命运的安排，一切都是上天注定的。比如李圭同就认为“恨是被稀释漂白的精神活动，怨恨与憎恨在被净化与升华后变成了纯净的水”[④]。韩国学者金烈圭对“恨”作了完整的定义：“恨有时是心中沸腾的怒火和愤慨，有时又是一种对他人的诅咒和复仇之气；有时是一种自责的撕心裂肺，有时又是一种以刀相向的怨恨；有时会像燃烧的火焰，有时又像冰山一样冷峻；有时是一种淡淡的悔意，有时又是一种面对无法挽回的失败而捶胸顿足的痛苦；有时会成为不愿留有遗恨，咬紧牙关，争取成功的动力或冲动，有时又会成为一种不给他人带来怨恨、善邻友邦的道德伦理意识；有时他是对万恶世道的一种切齿痛恨，是突如其来的一场灾难，是降临在人们头上的晴天霹雳，有时它也是另外一种情况，即当自己的愿望无法实现而成为终身遗憾时，转而为处境相同的他人免遭恨遇而付出的各种努力。”[⑤]

韩国古老的“处容”的传说很好地解释了“恨”心理的特质，古代朝鲜有个叫处容的人，回家后发现自己的妻子被鬼神霸占了。他很气愤，要和鬼神斗争，可是又无法打败鬼神，内心存在着无可奈何的情绪，十分矛盾，既有怒火又感到害怕，觉得自己很是可悲，最后选择唱着歌跳着舞离开家。但是在离开家后，他还是希望妻子能够回到自己的身边。当代韩国学者金云龙认为，处容的这种心理就是典型的韩国“恨”。也就是当令人悲愤的事情发生之后，当事人会在内心经历一段时间的痛苦挣扎。经过这段过程，他最终会选择遗忘来忍耐或者接受现实的不公，甚至会以第三者的眼光重新审视曾经发生在自己身上的痛苦。于是会在内心消化痛苦，渐渐不再哀怨，而变成一种深沉的遗“恨”。正是因

① 王力《古代汉语常用字字典》，商务印书馆，2005 年版。

② （日）厨川白村著，鲁迅译《苦闷的象征》，江苏文艺出版社，2008 年版。

③ （韩）金用淑《韩国女流文学的特质——对“恨”的命运论分析》，《亚洲女性研究》第 14 辑。

④ （韩）李御宁《恨与怨》，载《韩国人的心》，东京学生社，1985 年版。

⑤ （韩）金烈圭《恨脉怨流》，主友出版社，1981 年版，第 15 页。

为多情多恨，所以古今韩国诗歌的主流是抒情诗，而其中最为常见的内容就是思念不在身边的爱人。“韩国人更多的是吟唱离别以及遭受挫折的爱”[①]。韩国“恨”文化的特点在于不关注问题的根源，而重点是为了抒发内心“恨”的情感。所以韩国诗人们所唱的是一种悲凉和节制的哀美，韩国诗歌本身蕴含着“恨”，写诗本身也就起到排解“恨”的作用。

古朝鲜是一个多“恨”的民族，与其历史有着直接关系。古代朝鲜半岛一直处在纷繁的战乱之中，四周强国围绕，一直与中国保持着朝贡的关系，而日本又多次侵入。国家的弱小，造成民族心理内在的自卑，感到软弱受欺，只能忍受痛苦，长期隐忍，这是弱者自存的一种无奈之举。在分析韩国传统“恨”心理产生的原因时，当代学者崔相震认为，一是受到不正当的差别待遇；二是物质或者感情上的需要得不到满足或者与周围人相比非常匮乏；三是人们处于第一或者第二种状态下，而且因为某种不可控制的力量而无法实现自身的诉求[②]。他指出的第三种状况是最为重要的，也是韩国恨文化的根基。

古代朝鲜女性和中国古代女性都深受儒家传统思想影响，遵从三从四德，未嫁从父、既嫁从夫、夫死从子，没有独立的地位。其实一开始朝鲜女性并不是处于被压迫的地位，《北史》记载：“高句丽婚嫁，娶男女相悦，即为之。”[③]《后周书》也有：“高丽风俗好淫，不以为愧。”[④]可见当时朝鲜女子还有着自主恋爱婚姻的权力。然而到了高丽末期，中国封建礼教传入，从此给朝鲜女性套上了封建观念的枷锁。在李氏朝鲜时代，遵循的礼教制度比中国更严，女子从小就要受《女诫》、《内训》、《女论语》的教诲，必须严遵礼教，谨言慎行。在她们心中有着难以言说的苦和痛，怨在心中郁积很久，却寻求不到出路，只能写诗歌发泄自己内心的苦痛，隐忍是她们得以活下去的无奈方法。

朝鲜女诗人背负着太多的伤害和太深的压抑，写诗是她们的自娱消遣活动，流露出的却是真实的情感，其情感表达方式和内容丰富了朝鲜汉诗。张志渊的《大东诗选》[⑤]把朝鲜女流汉诗人分为名媛、娼妓、失名氏三类，共选取了 188 首诗，其中名媛 45 人，娼妓 29 人，失名氏 10 人。在朝鲜女诗人中，许兰雪轩的诗歌选得最多，有 15 首；李玉峰的诗有 5 首。相比同一诗选中众多的男诗人之作，女性之作所占的比例实在太少。清初朱彝尊《明诗综》[⑥]录存朝鲜诗人 91 家，选诗 132 首，其中女诗人 4 人，有成氏 1 首，俞汝舟妻 1 首，赵瑗妾李氏 2 首，许景樊（即许兰雪轩）5 首。《大东诗选》编写于朝鲜李朝时期，正是程朱理学盛行之际，女性诗歌无疑只能成为男性诗歌的点缀。但女性诗歌并不因其数量少而失色，本文从这两部著名诗选中选取中朝女性诗人的诗作进行对比，具体辨析中朝女性汉诗的“怨”、“恨”之别。

---

① （韩）千二斗《恨的结构研究》，文化与知性社，1993 年版。

② （韩）崔相震《韩国人的心理结构》，中央大学出版社，2000 年版。

③ （唐）李延寿《北史》，中华书局，2008 年版。

④ 庄秀芬《古代朝鲜女性汉诗研究》，中央民族大学 2007 年博士论文。

⑤ （韩）张志渊《大东诗选》，韩国文献研究所编，亚细亚文化出版社，1980 年版。

⑥ （清）朱彝尊《明诗综》，中华书局，2007 年版。

二、朝鲜女性的春恨秋怨

在女性诗歌中有较多的春恨秋怨的抒发，这是因为女性诗人天生的情感细腻，天气的变化很容易触动她们敏感的心。她们看到花开花落，进而联想到自己的身世，不禁感伤，自然就用汉诗记录下此情此景，用细腻的笔触抒发自己的恨和怨。所以无论是中国女诗人还是朝鲜女诗人，在她们的作品中会经常看到抒发春恨秋怨的诗作。那么两国的女诗人在具体的写法上会不会有什么不同呢？下面选择中朝女诗人的诗作进行对比。

秋雨梧桐夜，凉风动野扉。
群鸥逐浪去，众鸟趋林归。
萧瑟鸣秋叶，霏微沥革衣。
殊芳惊岁晚，愁切素心违。①

这是朝鲜女诗人徐令寿的诗。这首诗开篇先写景，渲染悲凉的气氛，凄冷雨夜，凉风晃动着门扉。接着写海鸥随着浪花飞去，鸟儿都回林了，只有自己还在这秋风萧瑟的夜晚独自守着寂寞，愁上心头。然而这种愁绪表现得含蓄委婉，全诗在写景时只用了“凉”、“萧瑟”等词语来写凄凉，选择的意象是“海鸥”、“众鸟”，这两种动物在古诗中一般也不带有悲惨的感情色彩，“逐”、“趋”等动词也显得较为活泼。全诗没有秋夜凄惨的环境描写，似乎显得平淡宁静，但仔细咀嚼，还是能感受到诗人内心的愁，那种思归而不得的“恨”，在字里行间透露出来。

同样是独自一个人在秋夜，明代沈宜修也用诗歌抒发了内心的哀怨：“凉夜悠悠露气清，晴虫凄切草间鸣。高林一叶人初去，短梦三更感乍生。自恨回波千曲绕，空余残月半窗明。文园多病悲秋客，摇落西风万古情。”②全诗透露着凉意，夜是冰凉的，一个“清”字写出了夜间的寒冷，此时虫儿在草中凄切的鸣叫。而此诗人忽然感觉到如梦一场，愁绪涌上心头，此“恨”连绵不绝，在心头缠绕。一个“绕”字点出离恨之深，此刻只有一轮残月，“空”字点出内心的孤独，留有一片凄凉的场景，无人知晓诗人心中此刻的痛。她对着月亮，百般无奈，此时体弱多病，加之西风摇落之时，一句“摇落”，透露出一片萧瑟之景。全诗吐出了女诗人内心的怨悲。一切景物都是悲凉的，诗人把自己孤独哀愁的感情色彩涂抹在景物上。

两首诗相比较而言，徐令寿的诗没有渲染悲凉，只是用了“萧瑟”来形容秋叶，用“凉”来写风。沈宜修则用了“凉”来写秋夜，“清”来写露气，“凄切”来写虫鸣，“残”来写月。风是西风，古诗中多用西风来指秋风，一个西风就写出了秋天飘摇凄冷之景。在抒发内心感受方面，徐令寿用了一个“愁”字，沈宜修用了“恨”字，此恨如回波“千曲绕”，此恨越来越深，恨到“多病”，内心的感受不吐不快。两相比较，从写景到抒情，到意象的选择，徐令寿的诗都更加平和，看不出哀怨，只是自己在低声的哀叹。

---

① 《次秋夕雨》，金智勇译，见《女流汉诗》，丽江出版社，1991年版。

② 《立秋夜感怀》，见班友书编《中国女性诗歌粹编》，中国文联出版社，1996年版。

这两首都是古代女诗人抒发秋怨的诗，秋天是万物凋零的季节，不免会给女诗人们一种孤独的感受，诗中多是一片萧条的景象。春天是万物复苏的季节，那么女诗人又会有什么不同的感受呢。李氏朝鲜时代的妓女必须多才多艺，才能吸引到更多的客人，所以妓女们自幼学诗，其诗作在朝鲜汉诗中占有一定的地位。李梅窗是朝鲜时代的一个妓女，其《春怨》诗写道："竹怨春深鸟语多，残妆含泪卷窗纱。瑶琴弹罢相思曲，花落东风燕子斜。"[①]春意浓郁，鸟儿在不停地鸣叫着，"竹怨"写出诗人心中的怨。因为流着泪，妆已经不完整了，刻画了一个涕泪涟涟的女性形象，失魂落魄，慵懒地卷起窗纱。弹完一曲相思曲，东风吹得花落，燕子斜飞。这首诗描述女子对心上人的相思之情，心上人儿不在身边，春天大好的景色也变得暗淡。全诗像在叙事，将女子的行动娓娓道来，但是哀愁相思之"恨"藏于字里行间。全诗以一片春景结束，相思之情悠远，藏绕在心头久久挥之不去，女子由"怨"到"恨"到无奈，心里一波三折。再看中国方面的情况，朱无暇是明代金陵的一位妓女，她通文史，工诗话，其《春怨》诗曰："学语新莺惊梦起，红妆满树依桃李。年华不管是风情，十二阑干长独倚。"[②]窗外莺啼将诗人从梦中叫醒，桃花李花争相开放，如此大好的春光，诗人却无心欣赏。前两句是写乐景，而后两句笔锋一转，以乐景写哀情，前后形成鲜明对比。"风情"是指男女相悦之情，说明诗人在思念着心上人，曲曲折折的阑干都被倚遍，不知心在何处。"长"写出时间之久，相思之深由此可以看出。"独"一是指只有诗人一个人，二是写诗人内心的孤独，而这种孤独相思之情却无人诉说，只能凭栏独思。

两首诗从选取的意象上来看，《春怨》中选取"竹子"、"鸟"、"窗纱"、"瑶琴"这些温和的意象，"瑶琴"在古诗中多带有感伤色彩和相思之意，唐王昌龄诗"瑶琴多远思，更为客中弹"[③]，没有鲜艳的色彩，构造出一片带有淡淡忧伤的景色。《春闺怨》中，选取"莺"、"桃树李树"、"十二阑干"等意象，相对比较硬点，并且运用了色彩词"红妆"，动词"倚"、"惊"比"斜"、"卷"动作幅度大，"不管"一词强硬地表达了内心的怨。两首诗同是写春怨，写相思之情，李梅窗的诗显得更加哀婉，全诗充满着深深的哀愁，"此恨绵绵无绝期"。朱无暇的诗则写得更加简洁，没有过多哀伤的词语，但末尾两句分明抒发了自己内在的那股怨气。

三、女性的送别诗

送别诗是古诗的一大主要的题材，送别时是人情感最为脆弱的时候，女诗人们没有男诗人那般豁达，难以写出"海内存知己，天涯若比邻"之类具有博大气概的诗句。更多的是用她们那细腻的笔触体察万物，真实地表达内心对将要远行人的千般不舍。朝鲜女诗人德介氏的《送行》诗写道："琵琶声里寄离情，怨入东风曲不成。一夜高堂香梦冷，越

---

① 《春怨》，张志渊《大东诗选》，韩国文献研究所编，亚细亚文化出版社，1980年版。

② 《春闺怨》，见班友书《中国女性诗歌粹编》，中国文联出版社，1996年版。

③ 《和振上人秋夜怀士会》，见李云逸《王昌龄诗注》，上海古籍出版社，1984年版。

罗裙上泪痕明。”[①]亲人将要远行，诗人抱着琵琶低声弹唱，声声诉说着离别之情，透露着分明的怨恨。从此夜间只有孤独的一人，醒来只看见分明的泪痕。这首诗诉说着离别之“恨”，“琵琶”、“东风”给全诗增添了悲凉的色彩。诗人在弹着琵琶时，怨恨在内心百转曲折，终究导致曲不成。“怨”字直接将内心感受爆发出来。“香梦”和“冷”形成鲜明的反差。然而在一切情感爆发出来之后，内心的苦闷还是无处诉说，只能在夜间低声地哭诉，将这恨化作相思泪。

清代女诗人范淑钟的《送夫子之鸠江》：“征鞍落叶打离披，忍泪临风饯一卮。夕照渐低人渐远，断鸿声里立多时。”[②]这首诗将场景放在送别的地点，先是渲染凄凉的环境，离人将要骑马远行，落叶满地一片凌乱，诗人忍着悲伤在风中送别。夕阳西下，人已经走远，而诗人却在原地久久不愿离开。一声“断鸿声”叫尽无限苍凉。德介氏《送行》没有过多地描述送别时的凄凉场景，全诗选取“琵琶”、“东风”两个意象来写离别之“恨”，正如琵琶声一样在轻声诉说内心的苦，欲说还休，言语中在压抑内心的苦闷。范淑钟《送夫子之鸠江》将场景放在送别的当时，记述此情此景。意象选取“征鞍”、“落叶”、“酒”、“断鸿”，特别是“酒”和“断鸿”是中国送别诗中常用的意象，借酒消愁，断鸿声凄凉，更加写出诗人内心的悲。动词“打”突出一种萧索的气氛，一个“忍泪”更加让人心疼，感情之深透露在字里行间。

朝鲜名妓黄真伊，集智慧与美貌于一身，她与众多上层社会的风流雅士有交往，在其生命中有一个重要的男子就是苏世让，二人有着真挚的爱情，下面这首《送别苏判书》就是黄真伊在送别苏世让时所作：

月下庭梧尽，霜中野菊黄。
楼高天一尺，人醉酒千觞。
流水和琴冷，梅花入笛香。
明朝相别后，情与碧波长。[③]

诗中首先渲染环境的凄凉，梧桐树叶已经落尽，孤单的人在月下伫立着。野菊花已经黄了，琴声像流水一样冰冷，笛声悠扬冷清。女诗人此时要与心上人分别，只能以喝酒来消除内心的痛苦。明天和他别离之后，不知道何时才能相见。最后一句“情与碧波长”，将自己的情意比作流水连绵不绝，直接袒露火热的恋情。整首诗的情感起起伏伏，先是委婉含蓄，因为心情不愉快，所以所见的都是悲景，最后感情爆发，再也无法隐忍内心的恋情，写得感人至深。比较一下明代“秦淮四美”之一的名妓郑妥娘，其《雨中送期莲生》写道：

执手难分处，前车问板桥。
愁从风雨长，魂向别篱销。

① 《送行》，见张志渊《大东诗选》，韩国文献研究所编，亚细亚文化出版社，1980年版。
② 《送夫子之鸠江》，见班友书《中国女性诗歌粹编》，中国文联出版社，1996年版。
③ 《送别苏判书》，见张志渊《大东诗选》，韩国文献研究所编，亚细亚文化出版社，1980年版。

客路云兼树，妆楼暮与朝。
心旌谁复定，幽梦任摇摇。①

诗歌开篇，将场景放在分别的地点。二人握着手难以分舍，"难"字透出心中的不舍之情。此时风雨交加，愁绪就像风雨一样连绵不绝，诗人魂不守舍，心已经随着心上人儿远去，内心再也无法安定，此后只能守着空楼，朝朝暮暮地思念。全诗充满了愁和怨，直接写出了送别时女诗人内心复杂的心情。诗歌中选取"板桥"、"风雨"、"篱笆"等冷色意象，构成冷淡的基调，并且在这些意象中加上"难"、"销"等动词，抒发了内心的悲凉。特别是结尾两句，一个"幽"字透出苍凉，"摇摇"二字写出内心的不安定，写尽不舍，写尽思念。中朝女诗人的这两首诗歌相比较，黄真伊的诗更加含蓄，全诗没有使用"愁"、"恨"之类明白表达内心悲伤之情的词语，而是侧重于烘托送别时凄凉的环境，选取的意象凄凉但是唯美，写法简洁清秀。女诗人不断地在压抑着自己的内心情感，只是最后一句"情与碧波长"，看似平淡，实则诗人的情感并不像她所表现的那么平淡，而是意味深长。从此以后两人可能无法相见，因而女子的多愁善感带来无尽忧伤，蕴含着难以言说的隐痛和无尽的悲哀。郑妥娘的一首，则将内心那种依依不舍的"怨"气，通过诗歌抒发得淋漓尽致。全诗句句都透露出愁绪，从内心复杂的情感，到送别时的不舍，再到别后魂不知归何处，都直接转化成无尽的惆怅。

四、女性的忧国忧民诗

忧国忧民不仅仅是男性诗人的责任，民生疾苦同样也是女性诗人关注的对象。不少东亚女性同样具有大丈夫的情怀，在朝鲜女诗人许兰雪轩的笔下，同样有许多抨击社会黑暗现实、展现边塞士兵苦难生活的诗歌，体现了一个女子的爱国情怀。她写了较多的边塞诗，《出塞曲》就是其中著名的一首："烽火照长河，天兵出汉家。枕戈眠白雪，驱马到黄沙。朔气传金柝，边声入塞笳。年年长结束，辛苦逐轻车。"②这首诗展现了一幅辽阔的边塞场景，意境雄浑。烽火燃起，国家出现战事，军队整装待发。士兵们在寒冷的雪天露宿，连夜赶赴战场。边塞寒气逼人，只能听见凄凉的胡笳的声音。战事连连，最为辛苦的是士兵。诗人将描写重点放在对边塞恶劣环境的渲染上，真切地写出戍边士兵的辛苦。"朔气传金柝"是化用《木兰辞》中"朔气传金柝，寒光照铁衣"的诗句。金柝的声音，更让人感受到北方的寒气。诗人在慢慢的叙述着整个过程，用词平和，动词"出"、"眠"、"驱"、"传"、"入"、"逐"，动作很轻，意象"烽火"、"长河"、"白雪"、"黄沙"是边塞典型的场景，给人一种苍凉之感。这些温和的动词附着在这些苍凉的意象上，透着一种内在的幽恨。诗人同情这些士兵，在这种恶劣的环境中，还要四处奔波，随时可能会牺牲，"辛苦"二字直接道出诗人心境。士兵们这种悲惨的境遇是谁造成的，诗人没有将矛头指向问题的根源。其实并不是诗人不知道根源所在，她选择不去锋芒毕露地揭露，而是写士兵默默地

① 《雨中送期莲生》，见班友书《中国女性诗歌粹编》，中国文联出版社，1996 年版。
② 《出塞曲》，见张志渊《大东诗选》，韩国文献研究所编，亚细亚文化出版社，1980 年版。

忍受哀怨，在内心不断地消化溶解怨恨。比较一下方维仪，明末清初著名女诗人，她亦有《出塞》一首：

辞家万里戍，关路隔风烟。
赋重无余饷，边荒不种田。
小兵知有死，贪吏尚求钱。
倚懒君王福，何时唱凯旋？[1]

这首诗是以一个士兵的视角来写的，士兵离开家，来到离家万里远的地方征战，一路辛苦。家中无人种田，一片荒芜景象，然而国家仍然加重赋税。士兵有一天会战死沙场，官吏们却还来要钱。君王的福祉何时降临，何时才能回家？这是一首写实诗篇，"万里"写出路途之艰难、之遥远。"小兵知有死，贪吏尚求钱"形成鲜明的对比，吐出内心的不平之气，多么令人心寒。最后两句发问，实则是在讽刺，写出边塞士兵们的怨恨，其中又有许多心酸。这首诗使用了否定词"无"、"不"，疑问词"何"，程度副词"尚"来加强语气，抒发怨恨之情，言语犀利，没有半点脂粉气，风格豪迈。诗中没有很多有关边塞环境和士兵们苦难生活的描述，而是将矛头直指造成士兵们苦难生活的腐朽朝廷。用写实的写法，直接展露出朝廷的黑暗，不体恤士兵。两首诗相比较而言，许兰雪轩的诗歌很少使用副词来加强语气，整首诗读起来较为和缓；而方维仪的诗，读起来则显得刚强，怨气贯穿全篇。

中朝女诗人们除了把目光投在边塞士兵上，她们还较多地深入到生活中，深刻地体会到底层百姓的疾苦，用诗歌反映他们艰难的生活，表现她们真切的关怀。许兰雪轩《贫女吟》三首："岂是乏容色，工针复工织。少小长寒门，良媒不相识。""夜久织未休，轧轧鸣寒机。机中一匹练，终作阿谁衣。""手把金剪刀，夜寒十指直。为人做嫁衣，年年还独宿。"[2]这首诗是以一个少女的口吻来写的，少女在轻轻低吟，满腹哀怨。三首诗展现了一个寒门女子终日辛苦劳作，可是年年为别人做嫁衣裳，自己却难得找到一个好的归宿，从一个侧面写出底层百姓的苦，其中蕴有难以言说的"恨"。诗中"岂"、"复"、"不"、"未"、"还"等词语，都透露出女子内心的不满，笼罩着感伤的色彩。再看清代女诗人王倩的诗："汲水舂粮力气微，伴人小语自依依。不知机上鸳鸯锦，剪作谁家嫁女衣。清波为镜竹为钗，尘垢难将光泽埋。闻说采桑蚕事紧，不曾置得踏青鞋。"[3]这首诗写村间贫女辛苦劳作及生活的贫困，诗人用简洁的笔墨，直接描述女子清贫的装束，没有镜子，只能以水代之，用夸张的手法，来突出强调贫苦。村女有的只是做不完的事情，不知为谁辛苦为谁忙，诗中没有一个愁和恨字，但此时无怨胜有怨，字字都透出心酸。

古代朝鲜女性的命运和中国女性一样，她们没有参与社会活动的权利，从出生开始就只能被禁锢在深闺里，她们的喜怒哀乐只能和家庭相关，人生始于家庭也终于家庭。这样的生活环境，自然使得女子的思维方式有着家庭化的倾向，她们只能在诗歌中抒发对男性的思念和幻想，表达自己内心的感受。受到儒家思想的影响束缚，她们不敢大胆

① 《出塞》，见班友书《中国女性诗歌粹编》，中国文联出版社，1996年版。
② 《贫女吟》，见张志渊《大东诗选》，韩国文献研究所编，亚细亚文化出版社，1980年版。
③ 《赠村女诗》，见鲜于煌《历代名媛诗词选》，重庆出版社，1985年版。

地表达自己的情感，只能半遮半掩，从而在诗作中留下无法化解的种种“恨”意。韩国女子汉诗创作中多送别诗，充满春恨秋怨，《大东诗选》中有女子所写的送别诗 10 首，闺阁之“恨”的诗 32 首。送别的对象和“恨”的对象主要是男子，从最早的新罗时期薛瑶的《返俗谣》到李朝末代吴孝媛的诗歌，都笼罩着一层淡淡的哀伤薄雾。她们从内到外都是柔弱的，这种愁绪剪不断理还乱。在漫漫长夜中，女诗人只能将种种“恨”收藏于心底，而这种幽怨情感的表达方式，也形成了朝鲜民族女性汉诗中独特的“恨”意。

虽然说韩国汉诗长期以来深受中国汉诗影响，但东亚汉诗的审美对象，还是以物质形态的客体为原型和基础的，它与艺术客体并不完全等同，它是审美主体的意识对艺术客体进行主观改造之后的产物。韩国汉诗在借鉴过程中，必然带有主观心理色彩。女性汉诗中就带有朝鲜女性的“恨”心理。综论，古代女子是弱势群体，她们有着共同的命运。本文分析中朝女诗人都在诗歌中抒发了自己的“怨”和“恨”。相比较而言，朝鲜女诗人自我情感的抒发，伴随着节制和压抑，没有过多的哀怨之词，较少涕泪涟涟，整体上呈现出委曲舒缓的特点，而中国女诗人的诗作则要直露尖锐得多。朝鲜女子汉诗作为朝鲜“恨”文本的一部分，反映的是在儒教影响下，由于社会制度、文化价值观念的束缚限制，朝鲜女子汉诗产生出的一些“疏离”和“压抑”感。朝鲜女子汉诗即使深受中国诗歌影响，在长期的发展过程中也形成了自身的抒情特色。

第六节　佛教诗创作

一、朝鲜佛教文学之发展

朝鲜建国伊始，依然延续着高丽末期的抑佛扬儒政策，尤其是太宗、世宗时期形成了朝鲜初期的第一次排佛高潮，在经过世祖在位短暂的兴佛后，不久便又迎来了自成宗到明宗将近一百年的第二次排佛高潮。故此，被朝廷政策压迫下的朝鲜初期佛教并不是非常兴盛，甚至可以说是一蹶不振，但是，在庶民阶层中甚至是一些贵族的意识中，几百年的佛教传统依旧根深蒂固。因此，佛教意识作为一种思想载体会反应在文学作品中。当然，除了一些文人墨客会进行佛教文学创作外，那些专门从事佛教工作的僧人也通过文学创作来抒发他们的思想或者情感。这一时期的佛教文学创作形式多样，有汉文诗、时调、歌辞、佛教故事、佛教传记以及佛教叙事散文等。其中禅诗作为佛教诗歌文学的一种形式，将佛教禅理与诗歌文学完美地结合在一起。禅诗主要是僧人通过诗歌来表现禅理、禅趣以及他们淡泊沉静的内心世界。这一时期的僧人作家有很多，如自超、己和、行乎、信眉、守眉、学悦、学祖、俊和尚、雪峻、弘睿、晓云、智海、海超、斯智、智严、休静、普雨、一禅、善休等等，除此之外，还有姜硕德、金时习等信佛的居士。

到了朝鲜李朝中期，佛教政策较为宽松，经过数百年沉寂的佛教开始异军突起，出现了大量有作为的僧人以及门派。如以休静弟子惟政为首的泗溟派，代表人物还有松月堂应祥、明照等；以彦机为首的鞭羊派，代表僧人还有义谌、净源、雪霁、道安、志安、海源、体净、尚彦、有一等；休静门下的众弟子，如处英、灵奎、一禅、太能、印悟等；以碧岩、觉性为主的碧岩派，代表人物还有熙彦、应俊、处能、守初、性聪、海澜、敏机、秀演等。

到了李朝末期，尤其是英祖、正祖时期，对于佛教的态度均较为宽容，因此，在这将近八十年的时间内出现了许多高僧，如法宗、信和、怀净、定慧、宏阔、演初、圣讷、大愚、粲渊、最讷、仁岳、莲潭等。后来随着西方思想的逐步渗透，天主教在 18 世纪开始大肆传播，为了排除异端思想，稳固民心，朝鲜一方面开始大规模镇压天主教，另一方面开始积极宣扬佛教，这一时期的著名僧人有惠藏、圣奎、展翎、朗晔、知濯、敬和、等麟、意恂、翰醒、善影、达善、坦钟、太先等。

朝鲜李朝时间跨度长，佛教文人才人辈出，但是由于资料篇幅有限，只能就其中部分诗僧进行概述。如李朝初期的己和、普雨、休静、一禅、善休等人，朝鲜中期的惟政、太能、彦机、处能等人，朝鲜末期的虚静、最讷等人。

二、李朝禅诗的创作

朝鲜李朝初期，虽然排佛浪潮迭起，但是从高丽延续下来的佛学传统依然存在，大量僧人在政策的夹缝中依然通过汉诗文创作来阐释禅理、表现禅趣。

己和(1376—1433)，号得通，旧名守伊，号无准，所居之所曰涵虚堂。俗姓刘，幼时学于成均馆，日记千余言，擅长经史文章。二十一岁时，其好友的离去让他明白了世事无常，于是入冠岳山义湘庵出家。后或游历诸山，或勤于修习，或独居一室，专心创作。因此，己和的作品较多，主要著作有《涵虚堂语录》、《圆光疏》三卷、《般若五家说证》一卷、《显正论》[①]一卷等。其中己和的禅诗主要收录于《涵虚堂语录》之中，以《永嘉集十章赞颂》最为著名。

普雨(1515—1556)，号懒庵，堂号虚应堂，深受明宗之母文定王后的重用，并在王后的帮助下恢复了禅、教两宗制度。普雨还被任命为判禅宗事都大禅师、奉恩寺住持，使得当时被朝廷打压下的佛教出现了稍许改观。但是好久不长，文定王后去世后，普雨遭到了排佛政策的打压，被流放至济州，最终被杀害，成为了排佛运动的牺牲品。他的禅诗创作主要收录在《虚应堂集》之中，如《秋楼述怀》一诗：

每向虚楼坐看躬，日来秋兴起无穷。
露凝黄菊花含玉，枫杂青松碧斗红。
风劲自积新罅栗，霜寒多寂旧鸣虫。
只堪独许伊消息，难与师资暗泄通。[②]

此诗通过露、黄菊、枫树、青松等意象，将深山古寺秋日傍晚空幽冷寂的景色描绘了出来，以此来抒发出家人内心归于沉寂之情。

---

① 何劲松《韩国佛教史》，社会科学文献出版社，2008 年版，第 427 页。

② 李岩等《朝鲜文学通史(中)》，社会科学文献出版社，2010 年版，第 902 页。

这一时期还有一位著名的儒僧——休静(1520—1604)①。休静,字玄应,号清虚子,因多居香山,又被称为西山大师。西山大师主张儒、佛、道合一,实现了禅教一元化。壬辰倭乱爆发之后,他还组织僧侣们出兵抗敌,立下了赫赫战功。休静有文集《清虚堂集》遗世,其禅诗多录于此。除此之外,西山大师门徒众多,惟政便是其中一个。惟政(1544—1610),字离幻,自号泗溟堂、松云、钟峰堂等,俗姓任。泗溟堂自幼聪慧,十三岁读书时忽然悟得"俗学贱陋,世缘胶扰",遂剃度出家。明宗十六年中禅科,朴淳、李山海、高敬命、崔庆昌等文人大夫均与其交游唱和。后泗溟堂又学习杜诗,文章也渐入佳境,宣宗遂请其主持禅宗。壬辰倭乱爆发后,泗溟堂与其师父休静一般,率领义军为国杀敌,还与日本谈判,救出了三千多名被俘者。惟政著有《泗溟集》七卷以及《奋忠纾难录》等作品。如赞美抗倭英雄李舜臣的七绝:

征南节度大将军,威震蛮荒静海氛。
节入生辰重九日,月明歌吹动辕门。②

以惟政为首的泗溟派的代表儒僧还有松月堂应祥(1572—1645)、虚白明照(1593—1661)、松坡义钦、清坡觉钦等。虚白留有诗文集《虚白堂集》一卷,其遗偈曰:"劫尽烧三界,灵心万古明。泥牛耕月色,木马掣风声。"③

太能(1562—1649),法号逍遥,亦是西山大师休静的四大弟子之一。太能俗姓吴,全罗道人氏,十三岁于白羊山游玩后出家,后游遍名山大川,壬辰倭乱时,也积极参与战斗。太能门下弟子数百人,形成了所谓的逍遥派,其中悬辨、敬悦等弟子较为出众。太能有《逍遥堂集》一卷传世,其禅诗创作收录于此,如《赛义玄法师》:

短笻云衲此生闲,百岁行装万壑间。
困来独倚松荫睡,风送溪声入梦寒。④

僧人一生虽是布衣短褐,但却闲云野鹤,自由自在穿行于山水之间,困时于树下小憩,感受被风送入梦中的溪水声。富者觉得这种生存状态是贫乏,但是在诗人眼中却是充满了乐趣。诗中末句最是精妙,将大自然中的事物都拟人化,仿佛诗人可以于风中、梦中自由穿梭。由此诗也可以体会出僧人对于不被名利所限、世俗所累的自由自在山野生活的喜爱之情。

除了以上的泗溟派、逍遥派之外,还有以彦机为主的鞭羊派。彦机(1581—1644),俗姓张,号鞭羊堂,师从休静。他虽入门较晚,但是却继承了休静的心法,认为参禅与念佛是一致的。彦机之后南游,曾于金刚山天德寺、九龙山大乘寺、香山天授庵等地学习,并且开堂讲法,宣扬佛教。鞭羊派是西山大师之后门徒较多的一派,如枫潭义谌(1592—1665),义谌门下的霜峰净源(1627—1709)、月潭雪霁(1632—1704)、道安(1638—1715)、

① 休静已于《朝鲜李朝初期汉诗》第二章第一节中论述,故在此简单介绍。
② 韦旭昇《朝鲜文学史》,北京大学出版社,2008 年版,第 259 页。
③ 何劲松《韩国佛教史》,社会科学文献出版社,2008 年版,第 445 页。
④ 李岩等《朝鲜文学通史(中)》,社会科学文献出版社,2010 年版,第 906 页。

志安(1664—?)等,都是门下弟子。彦机有遗著《鞭羊堂集》三卷,其禅诗便收录于此,如《赠觉地》:

兴来长啸上高楼,明月芦花两岸秋。
最好一声渔父笛,夜深吹过白鸥洲。①

兴致勃勃的诗人去上高楼欣赏美景,此诗明月悬挂高空,两岸芦花丛生,一名渔夫吹着笛子穿过了白鸥洲。此诗看似简单,实则却意境深刻,诗人通过简单的几笔就勾勒出来一幅宁静深远而又不失宏阔的画面来,又通过一声笛音,将寂静的氛围衬托得更加静谧、空灵,颇有王维之诗风。

李朝中期,除了以上三个派别之外,还有就是以浮休善休以及觉性为代表的碧岩派。善休(1543—1615)与休静乃是同门兄弟,号浮休。觉性(1575—1660)乃是其弟子之一,字证圆,号碧岩,九岁丧父,十四岁落发出家,曾代师父出征壬辰之乱,立功而返。除此二人之外,碧岩门下还有晦隐应俊(1576—1672)、白谷处能(1617—1680)、翠微守初(1590—1660)等才俊。

李朝末期,由于统治者对于佛教的态度较为包容,因此,涌现出了许多的高僧,如法宗、信和、怀净、定慧、宏阔、演初、圣讷、大愚、粲渊、最讷、仁岳、莲潭、惠藏、圣奎、展翎、朗晔、知濯、敬和、等麟、意恂、翰醒、善影、达善、坦钟、太先等等。

法宗(1670—1737),号虚静,十二岁出家,著有《虚静集》。

最讷(1717—1790),号默庵,俗姓朴,十四岁出家,十九岁学于曹溪之枫岩,成为枫岩法嗣。其佛学主张是儒禅一致,主张这一理论的僧人还有仁岳(1746—1796)、莲潭(1720—1799),且最讷与莲潭交好,二人常有唱和,如下:

衰暮颓龄耳又鸣,流光六十减神清。
律仪因病成疏逸,禅学多思未发明。
虚说脱空消百岁,耽眠昏黑过三更。
愿将出得瓶鹅药,分施刀圭起死生。②

善影(1792—1880),字无畏,号映虚,初号栎山,俗姓林,安东人。十二岁出家,法系清虚——鞭羊——枫潭——唤醒——涵月——玩月——雷默——仁峰,著有《栎山集》。

朝鲜李朝得道高僧众多,无法一一涉及。他们的作品内容丰富,禅诗不可不说是朝鲜汉文学史上的一朵奇葩。

---

① 李岩等《朝鲜文学通史(中)》,社会科学文献出版社,2010年版,第908页。

② 何劲松《韩国佛教史》,社会科学文献出版社,2008年版,第465页。

第四章　朝鲜李朝末期汉诗

概　述

从18世纪左右直至亡国，是朝鲜李朝汉文学发展的第三个时期。

李朝在这一时期的政治、经济、社会、文化等方面都发生了巨大的变化。在社会、政治方面，朝鲜中期发生了多次战争，战后随之而来的灾难，使得大批农民失去土地，民不聊生、哀鸿遍野。但是朝廷面对此情形，不仅没有采取有效的补救措施，反而为了加强封建统治，增加财政收入，不断提高苛捐杂税，而且两班贵族更是通过土地兼并来掠夺农民土地与百姓财产，使得朝鲜社会出现了"富者田连阡陌，贫者无立锥之地"的情形。尤其是到了19世纪中后期，朝廷内部日趋腐败，两班贵族更是日益增多，哲宗时期，大量的良人、奴婢变成两班，两班与农民之间的等级分化越来越严重。不仅如此，朝鲜社会内部在这一时期，曾多次爆发饥荒，据《李朝实录》中记载，1696年、1729年、1733年以及1809年分别在朝鲜庆尚道、忠清道等地爆发饥荒，出现了大批难民，大量百姓被活活饿死。1809年全国性的旱灾更是严重，甚至出现了人吃人的局面。除了饥荒，还有死亡之神——瘟疫，在1749年(英祖二十五年)爆发的一场瘟疫就让近八十万百姓丧命。如此困顿的局面，让农民为了争取自己的利益，多次发动农民战争。尤其是，1811年爆发了平安道农民战争，即"洪景来之乱"；1862年在庆尚道爆发了大规模农民起义，即"壬戌民乱"等。朝廷内部局势纷繁复杂，封建王权日趋瓦解，外部更是多事之秋。19世纪后半期，朝鲜社会日趋衰弱，日本趁机发动侵略，出现"江华岛事件"，被迫与日本签订《日朝修好条约》。1882年7月23日爆发的"壬午军乱"(农历壬午年六月初九日)，日本强迫朝鲜签订《济物浦条约》和《朝日修好条规续约》，进一步加速了朝鲜的殖民化进程。甲午战争的爆发(1894)，更是让朝鲜的宗主国——大清王朝败相毕露，《马关条约》的签订(1895年4月17日)昭示出清朝已经不堪一击，彻底衰败。朝鲜最终在1897年终止与清朝的朝奉关系，改国名为大韩帝国，被日本实际控制，又在苟延残喘三年后被日本粗暴兼并，五百年的朝鲜李朝彻底亡国。

在经济方面，面对接踵而至的饥荒、瘟疫、农民战争，朝鲜政府并不是一直任其发展，无所作为。为了缓和日益严重的社会阶级矛盾，稳定民心，统治者也采取过一些补救措施。如为了提高粮食产量而采取的“移秧法”，先培育稻苗再移植种田，期间还可进行其他作物的种植，这样大大增加了粮食的产量。除此之外，朝鲜统治者关注水利设施的建设。1662 年，朝鲜就设立了专门负责水利设施的堤堰司。后又两次颁布条令来保护水利设施，直至 18 世纪末期，全国大大小小的水库已经达到 6000 余座[①]。18 世纪初期，朝鲜农业在前期的基础上得到了很大的发展，百姓生活得到了一定改善，人口也不断增长。人口的增长促进了手工业的快速发展，手工业的发展带动了商业的发展。在 17 世纪时期，朝鲜的经济不断发展，之后农业的渐渐发展促进了城市中市场经济的发展，出现了“贡人”、“市廛”商人以及私人商人。“贡人”是为官厅提供产品的商人，是受官府保护的；“市廛”商人是官方承认的商人，他们既可以为官府提供产品，也可以与普通民众进行交易；私人商人则是未经官府认证的商人，他们的商业行为是违法的，所以，这些人只能在暗地里进行买卖。虽然政府多次禁止这种行为，但是屡禁不止。因此，渐渐地就形成了自由贸易市场。朝鲜中期以后，“场市”的规模已经越来越大，在全罗道、全州、大丘等多个地区都具有常设市场。除了国内市场贸易发展较快，对外贸易也迅速发展。中朝两国由于国家政策原因均采取闭关锁国政策，因此，使行贸易成为了两国最主要的经贸方式，但是随着发展，两国之间的私营贸易也快速发展。

在思想上，朝鲜中期兴起的实学思想在这一时期得到了快速的发展。18 世纪的实学思想承继前代的“经世致用”主张，反对空谈。这一时期出现了大批著名的实学思想家、文学家，如洪大容、朴趾源、李德懋、朴齐家、柳得恭、丁若镛等。随后《燕岩集》、《青庄馆全书》、《北学仪》等著作的出现，更推动了实学思想的传播，这些书籍主张介绍中原先进文化、西方的自然科学与宗教内容，对朝鲜之后的政治、经济、农业、文化等方面都产生了深远的影响。值得注意的是，受西方思潮的影响，18 世纪基督教在朝鲜产生了很大的影响，但是 18 世纪末，朝鲜统治者为了加强思想统治，开始大规模镇压基督教，清除教徒。进入 19 世纪之后，朝鲜受中国考证学风的影响，实学研究领域逐渐集中在了经学、古典文学等方面。1776 年，奎章阁的设立，更是将朝鲜考证的学风推向了顶峰。

朝鲜这一时期在文化方面也取得了很大的发展。社会经济现状及多种思想的交汇碰撞使得这一时期涌现了大量的优秀作品。首先，在时调歌辞方面，这一时期的国语文学人才辈出，在时调方面出现了金天泽、金寿长、朴孝宽等优秀的时调大家，这几位大家不仅进行创作，而且还将流传下来的时调进行编排、整理，最终出版了《青丘咏言》、《海东歌谣》以及《歌曲源流》三部时调集，被称为朝鲜三大时调集。在国语歌辞方面，创作内容更加广泛，更加趋于平民化。其次，在散文方面，尤其值得一提的就是“使行录”，这一时期朝鲜政府与清朝政府之间频繁交往，出现了以使节团为主的文学创作团体。朝鲜前期的权近、李睟光就写了大量的使节诗作，当然不乏一些文人纪录自己的亲身经历、抒发感受，如洪大容的《湛轩燕记》、朴趾源的《热河日记》、申惟翰的《海游录》等。尤其是朴趾源的《热河日记》，不仅在朝鲜国内引起很大的轰动，在中国也有很大的影响。再次，在小说

① 李岩等《朝鲜文学通史(下)》，社会科学文献出版社，2010 年版，第 952 页。

方面，艺术成就最高的当属国文小说与无名氏创作的"讲唱脚本体"小说。这一时期的国文小说，如《彩凤感别曲》、《云英传》、《玉楼梦》、《蔷花红莲传》等，具有较高的艺术价值。这一时期的说唱小说主要是关于平民阶层的故事，起先是百姓的口头创作，后来在此基础上整理成了"讲唱脚本"，其中艺术成就较高的有《兔子传》、《兴夫传》、《沈清传》、《春香传》等小说，这四部被誉为讲唱脚本小说中的"四朵金花"。最后，在汉文诗创作方面，取得了令人瞩目的成就。这一时期的汉诗也受到了实学思想的影响，汉诗创作主体得以扩大，出现了大量的庶民创作诗人，如著名的闾巷诗人赵秀三、流浪诗人金笠。除庶民诗人之外，更有大量的贵族优秀汉诗人，如实学派大诗人丁若镛、申纬、郑斗卿、洪奭周、朴趾源、李德懋、朴齐家、柳得恭、李书九等，以及朝鲜末期进步诗人姜玮、黄铉、金泽荣、李建昌等。在诗歌理论方面，也取得了较高程度的发展，出现了洪万宗的《小华诗评》、李瀷的《星湖僿说》等诗歌理论著作。

1910年，李氏朝鲜王朝灭亡，朝鲜历史进入悲惨的日据时代，这也标志着朝鲜古代文学的结束。

第一节 朝鲜末期汉诗概述

一、朝鲜末期汉诗人

自朝鲜李朝中期以来，朝廷内部派别林立，性理学逐渐失去了原有的功用，成为了统治阶级争权夺利的武器，因此，大批文人开始关注现实，实学思想渐渐成熟并壮大起来，文学观念也随之发生转变，这一转变自然会反映在文学创作之中。这一时期的汉文诗歌深受实学思想的影响，冲破了过去传统的吟风弄月、诗情画意题材，转而开始反映现实生活，尤其是下层百姓的生活，其中表现突出的有被称为实学派的诗人群体，如李瀷、丁若镛、朴趾源、洪大容、朴齐家、金正喜等。还有"四家诗人"：李德懋、朴齐家、柳得恭、李书九。委巷诗人洪世泰、高时彦、郑来侨、李彦瑱、张混、李尚迪、郑寿铜、赵秀三等。"流浪诗人"金笠，在李朝末期诗坛独树一帜，留下了大量汉诗佳作。除此之外，这一时期还产生了许多关切现实的汉诗人，他们通过学唐诗，尤其是彰显杜甫诗歌，来揭露朝鲜社会的各种现实问题和朝政危机，如申维翰、金鑢、申纬、洪奭周、金迈淳、金正喜等。李朝末代诗人有姜玮、黄铉、金泽荣、李建昌等，下面择要介绍。

申维翰

申维翰(1681—1752)，字周伯，号青泉、伽倻樵叟。生而特异，少读众书，肃宗三十九年登科及第，己亥年以制述官身份奉命出使日本，撰写了著名的纪行文《海槎东游录》、《海游闻见杂录》，其纪行文甚至可与朴趾源的《热河日记》相比肩。青泉先生本性喜山水，见虫鱼草木鸟兽之类，往往奇之，但是又心忧天下，抱负无处施展，只能以诗文来抒发内心不平之气。现有《青泉集》传世，其中青泉集六卷，续集十二卷，共录诗歌247题，其余主要是汉文。先生最为脍炙人口之作当属《题矗石楼》：

晋阳城外水东流，丛竹芳兰绿映洲。
天地报君三壮士，江山留客一高楼。
歌屏日照潜蛟舞，剑幕霜侵宿鹭愁。
南望斗边无战气，将坛笳鼓半春游。①

此诗乃是诗人为了缅怀壬辰倭乱中壮烈牺牲的三位英雄所作，气势慷慨宏大，笔调悲凉，动人心魄。除此之外，青泉的《日东竹枝词》、《会真诗》、《山有花》等诗歌也较为优秀，可谓佳作如林，不胜枚举。

金 鑢

金鑢（1766—1821），字鸿豫、士精，号藫庭、藫士、潭翁、归玄子、海皋，延安人氏，朝鲜末期著名的诗人、小说家。金鑢一生著述丰富，现存《藫庭遗稿》十二卷，其中包括《通玄观诗草》、《艮城春呓集》、《拟唐别稿》、《万禅窝剩稿》、《思牖乐府》、《坎窞日记》、《牛海异鱼谱》、《丹良稗史》、《仓可楼外史》、《寒皋观外史》等。其中最为著名的当属其乐府诗《思牖乐府》以及《艮城春呓集》，《艮城春呓集》是由《黄城俚曲》与《上元俚曲》组成。《黄成俚曲》是诗人在忠清道黄山任县令及辞官归隐的三年期间所作，共由205首七言绝句组成。《上元俚曲》共有25首，主要是诗人对正月十五这一民俗活动的描绘，如：

闾阎阁氏绿紬衣，细语哝哝集竹扉。
约伴携甄溪上去，手捞龙卵满擎归。②

诗人在下注释曰："是夕，女子辈约伴提瓮汲月而归，名曰捞龙卵。"此乃朝鲜在正月十五这一节日时的风俗，除此之外，还有"跳板"游戏，"踏桥"、"嫁树"、"祈年"等民俗活动。

申 纬

申纬（1769—1845），字汉叟，号紫霞、警修堂，平山人，朝鲜末期著名的文学家、画家以及书法家。申纬历任兵曹参知、谷山府使、春川府使、兵曹参判等官职，并且曾以奏请使的身份奉命出使清朝，认识了翁方纲等中国名士。此行让申纬获益匪浅，归国之后，更是潜心创作。申纬创作丰富，有《警修堂全稿》二十五册，共存诗歌4000余首，其中《东人论诗》、《紫霞小乐府》等诗作更是名震于世。

申纬的《东人论诗绝句三十五首》收录于《北禅院续稿》之中，通过诗歌以及注释来点评朝鲜历来的著名诗人，其中包括崔致远、李奎报、李齐贤、李彦迪、李穑、郑圃隐、徐居正、车天辂、金宗直、朴祥、卢守慎、崔庆昌、白光勋、李达、金得臣、权跸、李廷龟、许兰雪轩、金尚宪等54位诗人，且注释中还引用了《惺叟诗话》、《壶谷诗话》、《终南丛志》等诗话

① 申维翰《青泉集·卷之一·诗·题矗石楼》。
② 金鑢《藫庭遗稿·卷之二·艮城春呓集·上元俚曲》。

为据，可以说评论精辟入微，说服力强。如《东人论诗》中的第三十二首：

暮云残雪是何山，驴背诗人兀睡寒。
叹息当时壶谷老，竟遗明月漉珠澜。①

此诗是写柏谷金得臣有“驴背睡余开眼见。暮云残雪是何山”之句，语韵极佳，被选入《壶谷诗话》之中时，作者认为遗漏此诗就如将明月遗失于水珠之间，甚是可惜。

紫霞喜爱作画，尤其擅长人物画、山水画、咏物画，在作画之余还会题诗，如《松坡画像》、《自题碧庐舫图》、《题锦城女史艺香画兰》等。紫霞还非常关注现实，关注百姓的生活，如《秋雨叹》中“无柴尚毁车，无米炊不成”；《春日山居》中的“茅柴三四屋，鸡犬尽义皇”等。

紫霞一生笔耕不辍，创作丰富，后人为其评价颇高，其弟子金泽荣认为先生是韩诗第一。

洪奭周

洪奭周(1774—1842)，字成伯，号渊泉，出生于文学世家，父亲乃是洪仁谟，母亲是徐氏令寿阁。因自幼受家族文化的熏陶，博览群书，后受到正祖重用，任奎章阁许经典，官至上相左议政。一生著述丰富，尤擅诗文，留有《渊泉集》四十四卷，其中约诗歌四卷，其余均为文章，其弟洪显周在《家状》中评价其兄诗文道：

为文章，不事奇崛险涩，使人易晓，读之沛然如长江大河之不可涯涘，然而法度之谨严，藻采之焕烂，气力之雄浑，格调之典雅，无一不具于其中。诗尚清新高古，不事浮华，虽遣兴写景之作，率皆有理致寓焉。至明清以来尖峭新巧之体，尝深恶而痛斥之。乃至功令之文，而亦复熟习精通，俱极其妙。②

可见，渊泉擅长各种文体，且众妙毕备，诗歌不喜明清尖峭新巧，而喜清新高古，如《长林》：

萧萧寒雨正催诗，十里平林又一奇。
浓翠连绵秋色里，半江隐见夕阳时。
轻舟渺渺随桃叶，远岸依依唱竹枝。
不尽台城杨柳感，东明旧国几回移。③

诗人在萧萧寒雨中触景生情，回想朝代更迭，忆古思今，感慨万千。再如《长湍道中》：

浮沉城市久，到处怯崎岖。
石径频高下，人烟递有无。
才回暮山口，忽在春江隅。

① 申纬《警修堂全稿册十七·北禅院续稿二·东人论诗绝句三十五首·其三十二》。
② 洪奭周《渊泉集·渊泉先生文集卷四十四·家状·洪显周》。
③ 洪奭周《渊泉集·渊泉先生文集卷之二·诗·长林》。

不历重重险，何由得坦途。[1]

此诗乃是诗人感叹生在官场，到处都是艰难坎坷，不如到风景优美、人烟稀少之地，但是人生在世，不历经重重险阻，怎能“柳暗花明又一村”？

金迈淳

金迈淳(1776—1840)，字德叟，号台山、石陵子、风棲主人，谥号“文清”，亦安东金氏家族一员，其祖先金尚宪、金寿恒、金昌协、金昌翕、金崇谦、金元行等人均是朝鲜文学史上赫赫有名的大文豪，故其族孙在为其所作之序中说道：“盖道学文章之合而为一，世称我家之的有渊源。惟我清阴文正公，倡明而垂之；农岩文简公，易简而成之；三渊文康公贲润之；渼湖文敬公绳述之。彬彬乎该体用而具华实，使学者始知道与文之不相离，而左海之内，咸宗仰之。若其佩遗训而蹈洪规，复见诸祖之精气心法，宛宛在楮墨之间者。”可见，金迈淳为自己的家族文化传统深感自豪。金迈淳自小受家族文化的熏陶，酷爱读书，专研学问，最终也成为了朝鲜末期著名的文人学者，与洪奭周齐名。台山现存《台山集》二十卷，其中诗歌三卷，共337题，家史两卷，阙馀散笔六卷，其余为文。先生为文“无一字空言，言必有物有序，如精金良玉，文理密察，光晶温润，粹然为载道之辞，若其风神俯仰，声气鼓动，读之者无不肃然起敬”[2]。其作诗亦是如此，简练淡雅，无雕琢之气，如《咏梅》：

罗浮山下早闻名，石室村中始目成。
寂寞犹堪娱闭户，婵娟本自倚倾城。
飞霙紧贴应同气，落月徐窥似有情。
未许灵均轻下笔，恐留题品等兰蘅。[3]

金正喜

金正喜(1786—1856)，字元春，号阮堂、秋史、礼堂、诗庵、果坡、老果，朴齐家之门人。1809年随父亲金鲁敬赴清，认识了中国文人学者翁方纲、阮元等人，他们的文学观念深深地影响了金正喜。再加上其老师朴齐家也是实学派的代表人物，所以金正喜也以考证学、金石学为研究目标。阮堂于纯祖己卯年生员及第，先后拜检阅、奎章阁侍制、成均馆大司成、兵曹参判、刑曹参判等职务，宪宗庚子年，因受尹尚度事件的牵连，被流放济州岛九年。但是诗人并没有因此而气馁，反而更加勤奋刻苦，创作了许多优秀的作品。阮堂创作丰富，但是散佚较多，现存《阮堂全集》十卷，其中诗歌两卷，共373题，杂识一卷，以及各种文体七卷。杂识是诗人对于以往诗文的见解、认识。阮堂一生创作了不少令人赞叹的诗作，如《仙游洞》：

---

① 洪奭周《渊泉集·渊泉先生文集卷之一·诗·长湍道中》。
② 金迈淳《台山集·跋·金尚铉》。
③ 金迈淳《台山集·卷二·诗·咏梅》。

碧云零落作秋阴，唯有飞泉洒石林。
一自吹箫人去后，桂花香冷到如今。①

这首游仙诗境界深远，孤寂清冷，先是通过景色描写来衬托环境的清幽，后两句以吹箫之人的离去将此境之清幽烘托到了极致。阮堂的写景状物述怀诗歌较多，如《玉笋峰》：

照映空江月一丸，如闻万籁起苍寒。
人间草木元闲漫，不学芙蓉与牧丹。②

除了以上诗人之外，朝鲜末期的这类诗人还有很多，如金得臣，字柏谷；南有容（1698—1773），字德哉，号雷渊、少华，著有《雷渊集》；李天辅（1698—1761），字宜叔，号晋庵，著有《晋庵集》；吴瑗（1700—1740），字伯玉，号月谷、观物居士，著有《月谷集》；金元行（1702—1772），字伯春，号渼湖、云楼，著有《渼湖集》；尹光绍（1708—1786），著有《素谷诗稿》；黄景源（1709—1787），字大卿，号江汉，著有《江汉集》；安鼎福（1712—1791），著有《顺庵集》；蔡济恭（1720—1799），著有《樊岩集》；丁范祖（1723—1801），著有《海左集》；权哲身；李匡吕（1720—1783），著有《李参奉集》等等。

二、流浪诗人金笠

金笠（1807—1863），原名金炳渊，字性深，号兰皋，朝鲜末期著名的流浪诗人、讽刺诗人。金笠本是安东金氏之后，自幼聪慧，少时曾科举名列前茅，但因其祖父金益淳在洪景来农民起义中投降，遭受了“灭三族”的严惩，而屡遭官场排挤，不得为官。由此，金笠放弃功名，终身浪迹朝鲜山水，直至去世。金笠从二十二岁开始直至五十六岁去世之间，足迹遍布朝鲜各地，因长期居无定所，身着破衣，头戴斗笠，故而得名“金笠”。又因其善于作诗，且所作之诗嬉笑怒骂、直指人心，被人们称之为“斗笠诗人”。

金笠所生的年代为朝鲜后期，也是朝鲜李朝逐步走向衰亡的时期，这一时期国内外局势动荡不安，封建统治阶级横征暴敛、骄奢淫逸、腐朽不堪，百姓生活苦不堪言，被迫发动了“洪景来农民起义”、“壬戌民乱”等起义，但是这些起义使社会变得更加动乱不堪；另一方面，外部西方势力进一步渗透、侵入，出现了“丙寅邪狱”、“江华岛事件”、“壬午军乱”等事件。金笠目睹着内忧外患的局面，内心愤愤不平，故而以诗为武器，来抒发自己对于现实的不满，并且毫不避讳地鞭挞、讽刺上层阶级的腐朽、没落，同时也表达了对下层百姓的关心与同情。

金笠的诗歌中有大量的批判、揭露上层阶级腐朽、堕落以及丑恶面目的诗歌，如讽刺科举制度的《嘲两班儿》，厌恶土豪劣绅的《元生员》、《还甲宴诗》，批判趋炎附势、嫌贫爱富之辈的《贫吟》，揭露唯利是图不良风气的《钱》，还有《尽日垂头客》、《是非歌》等，如下一首：

---

① 金正喜《阮堂全集・卷十・诗・仙游洞》。
② 金正喜《阮堂全集・卷之十・诗・玉笋峰》。

唐宋鞋袜数斤绵，踏尽清霜趁暮烟。
浅绿周衣长曳地，真红长扇半遮天。
才读一卷能言律，财尽千金尚有钱。
朱门尽日垂头客，若到乡关意气全。①

诗人通过此诗讽刺了那些整天衣着华丽、装腔作势的两班贵族，他们生活糜烂，挥霍无度，读一点书就敢在众人面前讲格律，虚伪至极。除此之外，这些两班还趋炎附势，在权贵面前低三下四，在乡邻面前却趾高气扬，真真是让人忍俊不禁。

受统治阶级压迫下的百姓生活困苦不堪，金笠面对此情此景，除了用自己仅有的钱财去接济这些穷人外，还会通过无情揭露统治阶级的腐朽来表达对贫民百姓的关心与同情，如《贫家》：

盘上无肉权归菜，厨中乏薪祸及篱。
妇姑食时同器食，出门父子易衣行。②

诗歌用白描的手法将下层百姓生活的凄惨之状描绘了出来。可怜的百姓饭桌上没有肉不用说，能吃上蔬菜就已经是很好的景况了，做饭的时候没有柴火，遭罪的只能是家中的篱笆围墙。家中没有多余的饭碗，姑嫂吃饭只能用同一副餐具；家中更无钱购置衣物，父子出门只能轮流着穿，这是多么贫困的一家啊！再如《路上见乞人尸》：

不知汝姓不知名，何处青山子故乡？
蝇侵腐肉喧朝日，乌唤孤魂吊夕阳。
一寸短筇身后物，数升残米乞时粮。
寄语前村诸子辈，携来一蒉掩风霜。③

朝鲜末期社会动乱不堪，大批农民失去赖以生存的土地以及职业，流离失所，其中很多人只能靠乞讨为生，冻死饿死之人不在少数，这首诗歌就是诗人在流浪的途中看到不知姓名来历的尸体时有感而作。诗中乞丐的尸体倒在路边，无人理睬，围绕在他身边的只有苍蝇、乌鸦。夕阳西下，诗人看着尸体身上破旧的衣物以及乞讨来的一点点食物，心中不忍，只得借来附近村民盛土的草包将乞丐掩埋，这是多么悲惨的境遇啊！此诗对百姓生活惨状的描绘比之"朱门酒肉臭，路有冻死骨"更胜一筹，诗人将乞丐惨不忍睹的遭遇活生生地展现在人们面前，同时也对当时统治阶级的腐败进行了揭露和批判。

除了以上诗歌内容外，金笠还通过诗歌来表达抒发自己内心的情感，如感叹家境衰落的《自叹》、《兰皋平生诗》；抒发自己安贫乐道、远离俗世的高尚情怀的《咏笠》；抒发对于历史古迹、风景名胜赞叹的《矗石楼》、《开城》、《百祥楼》、《入金刚》、《飘然亭》；赞美民风淳朴、百姓可爱的《逢雨宿村家》、《淮阳过次》等。

如《咏笠》：

① （韩）金台俊著，张琏瑰译《朝鲜汉文学史》，社会科学文献出版社，1996年版，第171页。
②③ 李岩等《朝鲜文学通史（下）》，社会科学文献出版社，2010年版，第1121页。

浮浮我笠等虚舟，一着平生四十秋。
牧竖轻装随野犊，渔翁身势傍江鸥。
闲来脱挂看花树，兴到携登玩月楼。
俗子衣冠皆虚势，满天风雨独无愁。[①]

诗人四十年的岁月中，或闲看牧人放牛，或驻足欣赏渔翁垂钓，或兴起游玩山水、看遍美丽风景，好不悠闲自在、闲情惬意。在诗人的眼中，那些追求功名利禄的凡夫俗子都是虚伪的，反映了诗人洁身自好、安贫乐道的高尚情操。

如《淮阳过次》：

山中处子大如娘，缓着粉红短布裳。
赤脚踉跄羞过客，松篱深院弄花香。[②]

诗歌将村中少女的娇羞姿态生动逼真地描绘了出来，真实可爱至极。

金笠一生放浪不羁，嬉笑怒骂、纵情挥洒，也正是他的这种不惧世俗的举动，才为后世文人留下了如此珍贵的资料来了解他以及他背后动乱不堪的社会。金笠去世后，朝鲜社会也开始了更加迅速的消亡，朝鲜文学也开始进入尾声。

第二节　委巷诗人

一、委巷诗人的形成与发展

《礼记·檀弓·上》记载曰："小功不为位也者，是委巷之礼也。"这里的"委巷"又称"闾巷"，是指小巷，也就是贫苦百姓居住的地方。在朝鲜社会中，"委巷阶层"是指两班士大夫之外的广大平民阶层。朝鲜古代社会一直实行严格的身份等级制度，依次为宗亲、国舅、驸马、两班、中人、庶孽、胥吏、常民、贱民。"委巷"包括中人、庶孽、胥吏等复杂的社会阶层，其中中人是一个非常尴尬的社会群体，他们非两班，又非常人，进不得为大夫，退不得为常贱。这些人即使才高八斗、学富五车，但是终身不得重用，甚至很多人无法出仕，于是他们便常常混迹于委巷之中，慢慢的就出现了"委巷诗人"。这些诗人通过诗酒唱酬来抒发情怀，形成了独具特色的朝鲜委巷文学。

朝鲜委巷文学大体始于17世纪，代表人物有崔奇男、洪世泰、高时彦、郑来侨、李彦瑱等，他们提倡文学创作面向社会下层生活，诗文内容没有贵贱之分。崔奇男(1586—1665)，字英淑，自号龟谷、默轩。龟谷身份低微，只是东阳申都尉宫奴，但由于其诗才出众，得到了文人申钦的赏识提拔，后随通信使出使日本，尽展才华。崔奇男才学深厚，与

① 李岩等《朝鲜文学通史(下)》，社会科学文献出版社，2010年版，第1120页。
② 韦旭昇《韩国文学史》，北京大学出版社，2008年版，第427页。

南应琛、郑礼南、金孝一、崔大立、郑楠寿五人交往密切，并且合编出版了《六家杂咏》，这是第一部朝鲜委巷诗人的诗集。此外，崔奇男还有《龟谷诗稿》七卷传世，其中除了两篇序一篇传之外，其余均是汉诗，共447首。崔奇男的诗歌创作“古体酷肖六朝，歌行出入唐诸家，律法长庆以前语也”①。如《伤秋》：

久客西风泪满裳，伤心不必是重阳。
孤云落日秋光淡，极浦遥山暝色苍。
感慨有愁吟似病，昏冥无酒醉如狂。
黄花赤叶徒相艳，四海凋枯万姓疮。②

秋天原本就是一个萧瑟凄凉世界，此刻在诗人的笔下显得更加悲伤忧愁：极目望去，落日夕阳惨淡无光，远处孤山愈发苍茫，黑夜铺天盖地地涌来。大地失去了颜色，正如这个病态的社会一般，百姓苦苦挣扎在生死线上，而自己却别无他法，只能“久客西风泪满裳”。

崔奇男一直生活在社会底层，对百姓的悲惨生活非常关注。他以直白的辞语诗句将下层百姓生活的艰困状态细致描绘出来，为平民百姓大声呐喊，这是委巷诗人受时人重视及得到后人敬重的主要原因。

南应琛、郑礼南、金孝一、崔大立、郑楠寿、宋奎斌等人大多不见于史籍记载，只有若干诗篇传世，对于他们的生平以及事迹难以详述。在崔奇男之后的百余年间，朝鲜诗坛又涌现出几位“委巷”诗人大家，那就是洪世泰、高时彦、郑来侨和李彦瑱。

洪世泰(1653—1725)，字道长，号沧浪、柳下居士，南阳人。沧浪本是名门之后，但是到了他这一代，家道衰微，渐入贫困，他曾在《自序》中提及身世：“家素贫，中岁厄穷流离困极。仡仡尘埃间，无以自拔，而顾其志气不少挫，往往触境感发，辄有激昂悲壮之语。概其所受于天者故自不小，而以其穷不能肆力以大拓之，故所得不满意。性明悟，若可以闻道，顾坐于诗，没没虚过，以至老且死，此亦命也欤。”③可见他因自幼家境贫寒屡遭挫折，少年志气难以伸展，内心极为压抑，反映在其诗文创作之中，就“有一唱三叹之音”④。洪世泰从小聪颖，自受业，经史诸集无不汇通，且尤工于诗，经常与金昌翕、金道洙、李夏坤等人诗歌唱和。肃宗壬戌年被选为通信使出使日本，因其“诗思腾逸，笔亦遒妙”⑤，时人皆求沧浪笔墨藏之为宝。洪世泰一生潜心诗文创作，数量巨大，迨其老去时，删繁就简得《柳下集》十卷，其中“赋三首，诗一千六百二十七首，文四十二”⑥。现存的《柳下集》共十四卷，其中文两卷，其余都是汉诗。沧浪的汉诗创作众体俱备，内容丰富，既有咏史述怀之作，也有反映现实、批判时弊之作，其诗学汉魏六朝、李杜盛唐之风，故其诗歌风格亦是“益雄放横逸，人以为得远游跌宕之助，类老杜之夔后，公亦以为知言”。如《满月台》：

---

① 崔奇男《龟谷诗稿·序·申翊圣》。
② 崔奇男《龟谷诗稿·卷之一下·七言律诗·伤秋》。
③④⑥ 洪世泰《柳下集·序·自序》。
⑤ 洪世泰《柳下集·附录·墓志铭·郑来侨》。

故国青山在，荒台落日斜。
当时一统地，残郭几人家。
玉树翻樵唱，铜驼隐野花。
千年有衰柳，夜夜怨啼鸦。[①]

用意高古，境界深远，以如今满月台怀念旧时光景，凄凉场景中感叹物是人非，体味人生无常。

高时彦(1671—1734)，字国美，号省斋、栗园，诗文俱佳，与蔡彭胤合作出版了《昭代风谣》。郑来侨(1681—1757)，字润卿，号浣岩、玄窝，昌宁人，洪世泰、申靖夏之得意门人。应试及第后任文学官、制述官等职务，后因党争隐居浣岩。郑来侨虽出生贫寒，但是才气浩荡，与之交往之人皆当时名门文豪，如金氏二兄弟，还有李秉渊、鱼有凤、赵显命等人。这群文人经常饮酒赋诗，操琴抒怀，别有风趣。郑来侨一生功名不显，有大量的时间进行诗文创作，但是现存的《浣岩集》仅有四卷，其中诗作三卷，文一卷。郑来侨虽诗文存留不多，但成就颇高。李天辅在《浣岩集序》中说："其为诗也疏宕演漾，得诗人之态度，而往往声调慷慨，有若与燕赵击筑之士，上下而驰逐。盖其渊源所自，出于道长，而其得之天机者多。其胸中苟有所诱于外物而不嗜不专，则其成就能如是乎。润卿非独工于诗，其文善俯仰折旋，颇有作者风致。论者或曰：'文胜于诗'，余以为润卿之诗与文，一出于天机而已，何必论长短也哉？"[②]可见，郑来侨诗文功力俱佳，且颇受好评，其诗作内容多以写景、状物、抒怀、唱和为主，如《风雪叹》：

昨日今日风雷吼，天色惨惨雪打牖。
二月过半尚重裘，入地数尺冰亦厚。
流莺巢燕噤无声，错莫山花与溪柳。
况闻流氓拥道周，兄不庇弟儿失母。
老夫对食不敢餐，仰屋长吁心鼻酸。
生平误读古书诗，不解忧身解忧时。
把笔觇缕千余言，腐儒经纶一何痴。
欲向廊庙干此衔，骑马出门迷所之。
安得樽酒饮无何，醉倒冥睡愿不知。[③]

诗中描写二月时分天气尚冷，地面结冰未消，却又遭风雪来袭，变得更加寒冷，本以为春天到来的燕子也悄无声息，山花与柳树更是没了生机。再加上社会混乱不堪，亲情都难以维系，诗人面对如此悲凉寒冷、动乱不堪的环境，心中难受，想到自己平生所学并不能改变什么，心中更是无可奈何，只愿酒醉倒头睡去，忘却烦恼。这是诗人的愁闷，也是整个社会的苦难，朝廷的无能让百姓遭罪，严苛的身份等级制度让诗人无法一展宏图，因

① 洪世泰《柳下集·卷之一·诗·满月台》。
② 郑来侨《浣岩集·序·李天辅》。
③ 郑来侨《浣岩集·卷之三·诗·风雪叹》。

此，诗人只能借诗歌来反映现状，抒发心中苦闷。

李彦瑱(1740—1766)，原名湘藻，字虞裳，号松穆馆、沧起，江阳人。李彦瑱家中世代为象胥，也就是接待四方使者的官员，即翻译官。因此，李彦瑱的仕途也只能也以译科官本院。李彦瑱聪慧颖悟，酷喜读书，且读书能够过目不忘，后一直在李惠寰用休(1708—1782)门下学习诗文创作，其作品"言简而旨深，识博而调奇"[①]。李彦瑱在二十三岁时以通译官的身份奉命出使日本，因其诗才突出，深受日本文人喜爱，据其《本传二》中记载，李彦瑱在日本时所作诗歌多至千百言。可惜天妒英才，李彦瑱在从日本归国后，因水土不服，卧床三年后去世。其平生大志："不求知于世，以世无能知者；不求胜于人，以人无足胜者。"[②]其才气在诗文创作尽情显露，但是大部分作品在其病时被焚毁。现存《松穆馆烬余稿》，包括序1篇，跋2篇，本传2篇，李德懋清脾录1则，赞2篇，铭1篇，尺牍2篇，五言古诗3题，七言古诗3题，五言律诗2题，七言律诗4题，五言绝句12题，七言绝句19题，六言绝句4题。李彦瑱现存诗作虽仅49首，但因其诗歌创作不落窠臼，而深受后世文人喜爱。其诗歌内容主要以写景、抒怀、咏史为主，如《山寺题壁》：

老衲幽居祇树林，石桥苔径入春寻。
虚潭骤雨垂龙气，碧嶂游云带鹤心。
竹里疏灯僧院静，花间清磬佛楼深。
百灵来听无生偈，每夜松窗月色阴。(其三)[③]

《山寺题壁》共5首，均是描写山中寺庙的景致。这第3首尤为雅致，山中风景清幽，寺庙之中更是雅静，百灵鸟静静地听着僧人的诵经，动静结合，将整个寺庙衬托得更加宁静幽雅。李彦瑱的佳作还有《游仙词》、《塞下曲》、《拟古田家四时词》等，如《游仙词》：

琼楼落月白如霜，独宿姮娥锦簟凉。
泣向窗前吹玉笛，紫弯飞去桂花香。[④]

18世纪后半期至19世纪中期，朝鲜委巷诗作迎来了创作高潮期。这一时期的代表人物有千寿庆、张混、李尚迪、郑寿铜、赵秀三等，他们除了组织诗社进行诗歌创作外，还在前代的基础上继续编写《风谣续选》等诗歌选集。

张混(1759—1828)，字一元，号而已、而已广、空空子，闾巷诗人中的大家。著有《而已广集》十四卷，其中诗歌九卷，联句一卷，其余为文。李尚迪(1803—1865)，字惠吉、允进，号藕船，金正喜门人。李尚迪译官及第，作为译官的他曾先后十二次出使燕京，在此期间留下了大量的诗文创作，现存的《恩诵堂集》中，有诗集十卷，续诗集十卷，文集两卷，续文集两卷。

---

① 李彦瑱《松穆馆烬余稿·跋·金湕》。
② 李彦瑱《松穆馆烬余稿·序·李用休》。
③ 李彦瑱《松穆馆烬余稿·七言律诗·山寺题壁·其三》。
④ 李彦瑱《松穆馆烬余稿·七言绝句·游仙词·其二》。

二、赵秀三的生平与汉诗创作

赵秀三作为李朝委巷诗文的领军人物，对朝鲜委巷文学的发展作出了重要的贡献。赵秀三(1762—1849)，原名景濰，字芝园、子翼，号秋斋、经畹，出生于汉阳一个衰微的庶吏阶层家庭。赵秀三自幼聪颖，博学多才，四岁读书，五岁便能属文，六岁诵史传，八九岁便可赋词。但是赵秀三虽满腹才华，但是却仕途多蹇，直到八十三岁高龄才中司马榜。为此其自嘲道："腹里诗书几百担，今年方得一襕衫。傍人莫问年多少，六十年前二十三。"[①]这正是"成均进士今年榜，一国皆惊赵秀三"[②]。据传赵秀三身姿潇洒，望之若有烟霞气，世人称之为"仙风道骨"，并推崇先生的十大才艺——"一风度，二诗文，三功令，四医学，五博棋，六字墨，七强记，八谈论，九福泽，十寿考也"[③]。这十种才艺成就常人只要俱备其中一种，便可终身受用，而芝园先生能够兼美众艺，极为难得。赵秀三擅长作诗，游历中颇广，交往四海诗友，现存《秋斋集》八卷，其中汉诗七卷，汉文一卷。

赵秀三擅长组诗，集中有《陇城杂咏》22首、《北行百绝》100首、《纪异》50首、《次耕织图韵》46首、《高丽宫词》22首、《竹枝词》75首等，琳琅满目，堪为诗史。赵秀三之所以能成为李朝后期委巷诗人的领军人物，是因为他不是闭门吟诗弄月，而是深入社会，考察现实，挖掘材料，如《次耕织图韵》46首就是根据农村男耕女织的劳动生活提炼加工而成的，如《浸种》、《耕》、《耙》、《拔秧》、《插秧》、《一耘》、《二耘》、《三耘》、《灌溉》、《收刈》、《登场》、《入仓》、《祭神》等诗歌，就是根据耕作的先后顺序写成的；后二十三首是描写养蚕与纺织的，如《浴蚕》、《二眠》、《三眠》、《大起》、《提绩》、《采桑》、《上簇》、《炙箔》、《下簇》、《择茧》、《窖茧》、《练》、《蚕蛾》、《纬》、《织》、《络纬》、《经》、《染色》、《攀华》、《剪帛》、《成衣》等。

再如《北行百绝》100首，是记叙他白头山之行的作品，这一组诗内容极其丰富，既有描绘朝鲜山川名胜的景物诗及借景述怀的咏史诗，又有描写民间社会生活的诗歌，如：

深山夺人气，天风更萧萧。
万里穿枫树，不饮上红潮。[④]

赵秀三长期流浪四方，见过各色人物。因此，《纪异》这一组诗主要是描绘各种职业的人物画，真是一幅活生生的市井百态图，其中有失意的秀才、卖柴人、樵夫、卖瓜翁、乞丐、采石人、汲水人、寡妇、侠盗、僧人、居士、琴师、盗贼、妓女、穷诗人、孝子、钓鱼人等等。如《一枝梅》：

血标长记一枝梅，施恤多输污吏财。
不遇英雄传古事，吴江昔认锦帆来。[⑤]

①② 赵秀三《秋斋集·卷之六·诗·司马唱榜日口呼七步诗》。
③ 赵秀三《秋斋集·传·秋斋先生传》。
④ 赵秀三《秋斋集·卷之三·诗·北行百绝·其九十九》。
⑤ 赵秀三《秋斋集·卷之七·诗·纪异·一枝梅》。

一枝梅是朝鲜李朝时期的一位侠盗，他总是去偷盗那些贪官污吏的钱财，并在离去的时候留下一枝梅作为标记，因此被称为“一枝梅”。一枝梅会将所盗财物送给那些生活贫困的百姓，为此，受到了百姓的爱戴。

《高丽宫词》22首主要是描写高丽时期的社会生活场景，从中可以看出高丽朝国力盛极一时的繁华情景，如佛教寺庙的香火旺盛，“七宵灯火绕回廊，金佛层层御座傍”[①]，“金刚一万二千峰，峰峰寺刹白云封。明日降香装袜裤，车如流水马如龙”[②]等。再如描写宫廷的富丽堂皇，“翠翎篕笠雨如丝，太液池边听画眉”[③]，“宫外春风笑语传，宫中杨柳软于烟”[④]，“落尽红衣洗晚妆，一池秋水暖生香”[⑤]等。这些诗作用词艳丽，诗句极具画面感。

《外夷竹枝词》75首，描写中国少数民族地区的人物形象及生活画面颇多，还有描写日本、琉球、安南及南亚诸国的诗作，如《鞑靼》、《女真》、《琉球》、《高昌》、《吐蕃》、《天竺》、《安南》、《占城》、《暹罗》、《缅甸》等。

赵秀三有表达对亡妻思念之情的八首《悼亡》诗，如下面两首：

几度叩盆歌不成，蒙庄非达薄于情。
他年我亦同归穴，易地君何认独生。
明月影孤鸾镜舞，春风耦失鹿门耕。
晓来偶得还家梦，依旧中畿倒屣迎。（其四）

眼昏犹不废缝纴，往岁征衣出手针。
裘薄温存添半臂，带长便贴结同心。
忍教一缕身边弊，留得残香箧里沉。
黄叶满庭霜露重，夜来肠断四邻砧。（其七）[⑥]

前一首诗人运用了庄子“鼓盆而歌”的典故，回顾自己坎坷的一生，不免悲从中来，如今自己形单影只，对妻子的思念之情就更加难以抑制。但是阴阳两隔，相会只能在梦中，梦里诗人看到妻子为了迎接自己的归来，开心得顾不得穿鞋便匆匆地跑了出来的情景，恍如一梦。后一首通过描写回忆妻子为自己缝制的衣物，透露出诗人对于亡妻的深切思念之情。这八首诗情真意切、哀婉凄绝，读之催人泪下，在当时诗坛传诵一时。

总之，赵秀三作为李朝后期委巷诗人中的代表，其大量的精彩诗作为李朝委巷文学的发展，作出的诗歌贡献是不可磨灭的，也是后人难以超越的。

---

① 赵秀三《秋斋集·卷之七·诗·高丽宫词·其一》。
② 赵秀三《秋斋集·卷之七·诗·高丽宫词·其五》。
③ 赵秀三《秋斋集·卷之七·诗·高丽宫词·其十一》。
④ 赵秀三《秋斋集·卷之七·诗·高丽宫词·其十五》。
⑤ 赵秀三《秋斋集·卷之七·诗·高丽宫词·其十六》。
⑥ 赵秀三《秋斋集·卷之三·诗·悼亡·其四、其七》。

第三节 实学派诗人

一、实学派的产生与发展

朝鲜中期的壬辰倭乱以及女真入侵，对李朝社会产生了很大的伤害，到了朝鲜末期朝廷权臣争夺加剧，互相倾轧，党争不断，在此困境下的朝鲜百姓生活苦不堪言，社会矛盾尖锐，农民起义不断。在这种背景下，实学思想开始产生，一些有良知的两班士人痛定思痛，抛弃不能解决现实问题的程朱理学，主张“经世致用”、“利用厚生”，提出了相应的朝政改革措施。

朝鲜实学思想的发展大致经历了三个阶段：第一阶段 17 世纪中叶至 18 世纪前期，也就是朝鲜李朝中期，这一时期统治阶级内部斗争日益激烈，程朱理学已经渐渐失去了原有的作用，成为了党争的工具。面对理学的日益衰败，朝鲜社会一些先进的知识分子，开始反对清谈空论的朱子理学，主张“学以致用”，积极吸收、发展经学中的有益思想，这一时期实学派的代表人物主要有李晬光、柳馨远、李瀷等，他们后来被称为“经学派”或者“经学致用派”。李晬光(1563—1628)，朝鲜中期著名的文学家、儒学家，同时他还是实学派的先驱者，他一生三次出使清朝，这一经历为他的创作提供了丰富的素材，他的《芝峰类说》是 17 世纪朝鲜著名的实学著作，这部作品内容广泛，还提出了多项改革措施，为朝鲜实学思想的产生与发展起到了巨大的促进作用。柳馨远也是朝鲜早期的实学派代表人物之一，他的二十六卷《磻溪随录》中曾提出了改革土地制度、兴修水利、废除科举等先进的主张。李瀷(1681—1763)，号星湖，其著作《星湖僿说》名重一时，表现出他对科举体制、邻国关系、货币流通等方面的独到见解。早期实学派提出的改革措施具有鲜明的针对性，但毕竟思虑未深，基本上还只是处于从理学到实学思想的过渡阶段。

实学派发展的第二阶段是从 18 世纪中期到后期，这一阶段主要是以徐命膺(1716—1787)、洪大容、朴趾源、李德懋、柳得恭(1748—1807)、朴齐家、李书九等人为代表，历史上称之为“北学派”或“利用厚生派”。之所以称之为“北学派”，是因为他们均主张学习清朝的先进制度文化，并且都先后多次出使清朝，归国后积极倡导朝政、社会改革，如在工商、货币、技术、土地、科举等领域均提出了改革要求，并且带有强烈的批判精神。在文学理念方面，发对模范古人创作，提倡文学须贴切社会，揭露问题，针砭时弊，起到讽刺、批判弊端的警示作用。但是“北学派”并非全部否定传统思想体制，他们提倡辨证地看待前贤人学说，吸收积极思想加以继承与发展，如他们提出的“天机说”就如此。这些实学观念的提出及探讨，将朝鲜实学思想推向了前所未有的高度，以下两位学者为杰出代表。

洪大容(1731—1783)，字德保，号湛轩、弘之，金元行门人，李朝后期著名的文学家、思想家，同时也是北学派的代表性学者之一。洪大容才学出众，见识广博，厌恶李朝后期的争权夺利，一直潜心研究学问，包括传统经学之外的自然科学，并取得了很高的成就。

如研究地球自转的《医山问答》，研究数学的《筹解需用》论著，为时人所乐道。1765 年冬天，洪大容随叔父出使燕京，此间结识了清朝的陆飞、严诚、潘庭筠等文人学士，互相切磋学问，收获良多，撰写了《燕记》四卷。除此之外，他在《林下经论》中还主张废除封建身份制度，提倡“万民同乐”。现存《湛轩书》十卷，其中主要以论述文为主。

朴趾源(1737—1805)，朝鲜 18 世纪著名的实学思想家，同时还是一位小说家。他与茶山丁若镛被称为朝鲜文学史上实学派的两座高峰。其汉文小说以辛辣的讽刺手法来揭露朝鲜社会的各种弊端，其汉诗关注现实，体察百姓的艰困生活。1780 年，朴趾源随堂兄出使中国，途中经过辽东、燕京、热河等地，历时五个月，朴趾源将此过程中的所见所闻所感详细记录下来，并大量发表自己的见解与评论，最后完成了燕行录名著《热河日记》。朴趾源除了在使行作品上享誉文坛，还主张学习中国先进的学问及科学技术，如在农业技术、商业流通等方面；同时还主张学习西方的先进文化，尤其是在天文、地理、器用等科技新发展方面。

实学派发展的第三阶段是 19 世纪前半期，是以金正喜为主要代表的“考据派”。他们提倡实事求是、经世致用，但同时又受清朝乾嘉考据风气的影响，关注并且深入研究传统经籍、金石文献等方面的学问。

金正喜(1786—1856)，字元春，号阮堂、秋史、礼堂、诗庵、果坡、老果，朴齐家之门人。1809 年随父亲金鲁敬赴清，结识了乾嘉显宦学者翁方纲、阮元等人，他们的学术观念深刻影响了金正喜。再加上其老师朴齐家也是李朝实学派的代表人物，进一步影响了金正喜的学术研究方向。金正喜在纯祖己卯年及第，先后拜检阅、奎章阁侍制、成均馆大司成、兵曹参判、刑曹参判等职务。宪宗庚子年，因受尹尚度事件的牵连，被流放济州岛九年。他并没有因此失志气馁，转而勤奋创作汉诗，写出了许多优秀诗作。阮堂创作成果散佚较多，现存《阮堂全集》十卷，其中诗作两卷，共 373 首。另有杂识一卷，各类文体七卷。

总之，朝鲜李朝实学派的这三个发展时期虽然在具体主张上有所不同，但是在关注现实、改革弊端、保全朝廷方面的理念是一贯相通的。实学派文人的诗文创作也都是坚持写实，反对浮华文风，主张诗文创作应该反映现实问题，并对朝政改革有所裨益。朝鲜后期涌现出了一些实学名著，如安鼎福(1712—1791)的《东史纲目》、柳得恭的《四郡志》以及《渤海考》、李德懋的《清脾录》、李重焕的《择里志》等。这些杰出的论著充分表现出实学派思想家的理念和见解，为李朝后期政治、经济、文化、科学方面总结和改进作出了重要的贡献，也在朝鲜社会向近代化的跨进中起到了显著的推进作用。

二、北学四家诗人

北学“四家诗人”是指李德懋、柳得恭、朴齐家、李书九。此四人均是朝鲜末期北学派的代表人物，又先后都是朴趾源的弟子。他们深受燕岩先生实学思想的影响，又皆出使过清朝，与中国学者文人交往密切，四人的合集——《韩客巾衍集》传入清朝后，深受清代学界文人好评。《韩客巾衍集》又称《四家集》，最初是由柳得恭的叔父柳琴带入清朝，并请求显宦名儒李调元与潘庭筠等人作序、点评。李、潘等看过后，对集中的朝鲜诗作赞叹不已，称其为“海东四家”。此集共收录 399 首汉诗，包括懋官 99 首、冷斋 100 首、惕斋 100 首，贞蕤 100 首，众体皆备，内容广泛。李、潘二人对此诗集做了大量具体的评论，推誉赞美颇多。之后这四位李朝诗人先后出使清朝，与李调元、潘庭筠诗酒唱酬，成为京城盛事，引起清朝诗坛的轰动。海东四家的文集如李德懋的《清脾录》、柳得恭的《冷斋集》、朴齐家的《贞蕤稿略》等作品也先后传入清朝，这些朝鲜文人的别集不仅成为了研究李朝实学思想的重要材料，也成为了近世中朝多方面交流的重要实证文献。下面对海东四家分别加以论述。

李德懋(1741—1793)，字懋官，号青庄馆、炯庵、端坐轩、雅亭、蝉橘堂、四以斋居士、鹤上村夫、学草木堂、香草园、寒竹堂，谥号明叔，全州人。懋官自幼聪慧，六岁始读书，善属文，及长，遍览群书，博闻强识，但因庶出，终身不得正式入仕途，任职仅至积城县监。但正因如此，心情压抑中的懋官有时间投身诗文创作，最终创作出了《青庄馆全书》这部朝鲜文人的别集巨作。《青庄馆全书》共七十一卷，其中《婴处稿》六卷(诗稿、文稿、杂稿各两卷)，《礼记臆》两卷，《雅亭遗稿》八卷，《编书杂稿》四卷，《纪年儿览》两卷，《士小节》五卷，《清脾录》四卷，《磊磊落落书》十二卷，《耳目口心书》六卷，《盎叶记》八卷，《四海旅言》一卷，《天涯知己书》一卷，《蜻蛉国志》两卷，《入燕记》两卷，《寒竹堂涉笔》两卷，《附录》两卷等。这部文集内容丰富，有诗文之作，有人物小传，有论经史子集的学术笔记，有海内外旅行日记，并存汉诗一千多首。

李德懋的汉诗文创作受到了多方面的影响。起初，懋官与朝鲜的大部分文人一样，对清朝入主中土心有抗拒，但之后逐渐改变了看法，开始大量阅读清朝文集，其中神韵诗派盟主王士祯对其影响较大。比如王渔洋的《论诗绝句》就影响到了李德懋的诗学观，其《论诗绝句》22 首明显看得出模仿了王渔洋诗作。其次，在出使燕京之前，李德懋阅读过大量清朝诗集，如沈德潜的《国朝诗别裁》、王士祯的《精华录》、李调元的《粤东皇华集》、《看云楼诗集》等，他的诗学观的形成受到了清中叶诗学的重大影响。这一点在其《清脾录》中有着明显的反映。该书中有 177 则诗话，涉及评论清代诗家就有 20 多则，如清诗人魏际瑞、钱谦益、王士祯、陈维崧、潘庭筠、严诚、陆飞、李调元、袁枚等。再次，1778 年，37 岁的李德懋作为书状官沈随念的从事官，与朴齐家等人一起出使清朝，这次燕京行为李德懋的汉诗文创作提供了新的刺激和素材。抵燕京三天后，李德懋便开始游历京城各处名胜古迹，并且多次出入琉璃厂书肆，收寻购买了不少珍贵书籍。同时还与潘庭筠、李调元之弟李鼎元等人交游唱和，留下了《有怀潘秋》、《有怀李墨庄》等佳作。虽然此行未见到有知遇之恩的李调元，但其文集中还是留存了不少感念的诗文，如《李雨村》、《读李雨村〈粤东皇华集〉》等。

李德懋的诗文创作成就不凡，李调元称之为“四家中老手”，并在《韩客巾衍集》中评价：“李《青庄馆集》造句坚老，立格浑成，随意排铺，而无俗艳。在四家中尚推老手。”[①]潘

① 邝健行《韩国诗话探珍录》，学苑出版社，2013 年版，第 167 页。

庭筠亦评:"炯庵锤字炼意,力扫凡溪,别开异境。晚宋晚明之间应据一席。"[①]其诗风老道浑成者如《延安府》:

申公城筑炳几先,毕竟奇功李月川。
败垒蜿蜒逋卉寇,崇碑屃赑辨龙年。
池莲适用还征税,野鹤横罹亦直钱。
饭颗延州谁谓美,秋荒禾黍剧萧然。[②]

诗作歌颂了在壬辰倭乱中立下赫赫战功的申恪及李月川等将士,赞扬了他们舍身救国的壮怀大义。同时还揭露讽刺了当时朝廷贵族对百姓的残酷剥削,战后的苛政,更使得民不聊生,朝鲜大地一派萧索。

李德懋的诗作在受清诗影响的基础上,还有着自己的创新之处。这主要表现在诗歌形式、结构上有所新变,并表现出鲜明的民族特色,如带有朝鲜特色的俚语的运用、民谣化的诗歌以及具有民族性的题材等。如下面的组诗《两头纤纤》:

两头纤纤史榴文,半白半黑花鸭纹。
腷腷膊膊野竹焚,磊磊落落触石云。

两头纤纤莼叶卷,半白半黑太极圈。
腷腷膊膊旋车转,磊磊落落驾大艑。

两头纤纤回子笠,半白半黑荞麦粒。
腷腷膊膊祖逖楫,磊磊落落郦生揖。

两头纤纤芹田蛭,半白半黑兔毛笔。
腷腷膊膊垆爆栗,磊磊落落北斗七。

两头纤纤枣核儿,半白半黑五十髭。
腷腷膊膊府庭笞,磊磊落落弄球狮。

两头纤纤箴口鱼,半白半黑飞白书。
腷腷膊膊石田锄,磊磊落落长鲸呿。

两头纤纤对马岛,半白半黑玄纤缟。
腷腷膊膊枷打稻,磊磊落落晚节保。

---

① 转引自褚大庆著《韩国国立中央图书馆藏四种〈韩客巾衍集〉版本考》,《辽东学院学报》,2014年12月第16卷第6期,第59页。

② 李德懋《青庄馆全书·卷之九·雅亭遗稿(一)·诗(一)·延安府》。

两头纤纤猫睛午，半白半黑棋子缕。
腷腷膊膊檀板拊，磊磊落落打蕉雨。①

此组诗的形式特点就是每句诗的前四个字都相同，变换的只是后三个字，这种连环唱法在传统的文人汉诗中并不多见，但是在朝鲜民歌中却长期流行。这样写汉诗，明显是为了易于传播，尤其是在朝鲜的市井民间很受欢迎，因而形成了鲜明的本土特色。还有在朝鲜民谣的直接影响下创作出来的汉诗，如《上元曲》：

十字街中月色明，初更三点候钟声。
讴歌半夜人初散，何处村鸡时一鸣。
雪色澄明惟此宵，人人候月广通桥。
歌童一队联群袂，齐唱东方行乐调。②

李德懋还写了不少咏史佳作，如《班婕好》、《乱后过嘉兴》、《谒崇仁殿》等，此类诗作数量巨大，显示出诗人对中国历史的熟稔，汉学知识的深厚扎实，这也是李朝汉诗人的常态，在此不多列举。

柳得恭(1748—1807)，字惠甫、惠风，号冷斋、冷庵、古芸堂、古芸居士、歌商楼、恩晖堂。出身庶子，无缘仕途，以其深厚才学，仅能任职检书官。1790年随团出使燕京庆贺乾隆皇帝生日，在此期间与纪昀、潘庭筠、李墨庄等清朝名儒显宦交游唱和，结下深厚情谊，留有《纪晓岚大宗伯》、《潘秋御史》、《李墨庄凫塘二太史》、《吴白庵》等诗作。除此之外，冷斋《歌商楼集》中的100首诗被选入《韩客巾衍集》，并且获得了清代诗坛的好评。冷斋现存《冷斋集》十五卷，其中诗集五卷，包括热河纪行诗49首，共963首，其余十卷为文。

冷斋诗歌水平较高，雨村李调元论道：

冷斋诗，才气纵横，富于书卷，如入五都之市，珍奇海错无物不有。加以天姿胜人，锻炼成奇，故足令观者眩目。

潘庭筠评价道：

冷斋才情富有，格律独高，时露鲸鱼碧海之观。至于怀古登临，尤多杰作。

纪昀评曰：

冷斋诗天骨秀拔，味含书卷，语出性灵，与贞蕤一时之瑜亮。③

冷斋擅长古体诗，如其四十三首《二十一都怀古诗》中的《高丽》：

荒凉二十八王陵，风雨年年暗漆灯。
进凤山中红踯躅，春来犹自发层层。
凤辇逶迟降帝姬，春寒毡帐袚羊脂。

① 李德懋《青庄馆全书·卷之十二·雅亭遗稿(四)·诗(四)·两头纤纤》。
② 李德懋《青庄馆全书·卷之二·婴处诗稿(二)·上元曲》。
③ 柳得恭《冷斋集·评·李调元等》。

浮生白眼应难较，红泪先沾勺药枝。
结识中朝赵子昂，风流都尉沈阳王。
教人提举征东省，留醉芦沟万卷堂。
银烛如星照禁扃，题诗多上牧丹亭。
如今破瓦嵩山在，不复三呼绕殿青。
指点前朝宰相家，废园风雨土墙斜。
牧丹孔雀凋零尽，黄蜨双双飞菜花。
潮落潮生急水门，年年商舶到江村。
攒峰十二巫山似，只少三声堕泪猿。
天寿南门春暮时，丹楼碧阁影参差。
风蓑雨笠何村客，终日沈吟看鹭鸶。
紫霞洞里草霏霏，不见宫姬并马归。
为是辛王行乐地，至今犹有燕双飞。
可怜青木未藏龙，萧瑟千季鹄岭松。
铁犬寥寥东向吠，白云飞尽见三峰。[①]

这首诗作怀念和描写朝鲜高丽朝昔日的繁华，场景视角多变，用词艳丽华美，诗风高古，笔力刚健，受到清朝诗论家的激赏，被定评为："《二十一都怀古诗》兼《竹枝》、《咏史》、《宫词》诸体之胜，兼广异闻，必传之作。"[②]再如《松京杂绝》组诗中的几首：

门千户万总成灰，剩水残山春又来。
吹笛桥边踏青去，礼成江上打鱼回。

苍苍终古几人看，一片嵯峨蜀莫山。
辽宋金元明使者，于今次第眼光寒。

晚樵青石洞中归，凄咽寒山草叶吹。
犹似当年宵猎罢，一声胡笛凤加伊。

爱侬双绶尺来垂，洽过田中白鹭鸶。
寒食归宁簹笠小，芜城疏雨不禁吹。[③]

这些诗作形式短小，然触景生情，沟通古今，凄迷哀艳，可谓朝鲜诗坛的千秋绝调。冷斋先生的汉诗名篇还有很多，如《落花生歌》、《围炉》、《墨歌》、《西京杂咏》等，皆引起当时诗坛好评。

---

① 柳得恭《冷斋集·卷之二·古近体诗·二十一都怀古诗·其四十三·高丽》。
② 柳得恭《冷斋集·评·李调元等》。
③ 柳得恭《冷斋集·卷之一·古近体诗·松京杂绝·其一、四、六、八》。

朴齐家(1750—1805),字在先、修其、次修,号楚亭、贞蕤、苇杭外史、苇杭道人,密阳人。自幼爱读书,尤好《离骚》,再加上因庶出而不得正式入仕途,其诗多幽忧慷慨之音。朴齐家曾在1778年、1795年、1801年先后三次出使清朝,与众多的清朝文人交游唱和,成为中朝交流史上的一段佳话。朴齐家是北学派的重要代表人物,其《北学议》是朝鲜实学派的主要论著之一,其中提出的发展商业及发展对外贸易等观点,为李朝实学思想的发展注入了新的活力。贞蕤现存《贞蕤阁集》九卷,其中诗集五卷,文集四卷。

贞蕤之诗“学自三唐两宋,上窥汉魏,沿流溯源,至‘三百篇’而止”,颇受时人好评,其好友李德懋评价道:

> 楚亭之诗,才超而气劲,词理明白,亦能记实。尝仿渔洋山人《怀人绝句》例,为当世所见闻名流贤士作五十余绝句,各取所长,赞美停当。与余谈艺终昼竟夜,滔滔缅缅,如合左契。其为诗,大处磊落,纤处娟妙,落笔离奇,人不可当,亦近世罕有之才。[①]

其《戏仿王渔洋岁暮怀人》共60首,描写了与之交往的诗人,皆为当时中朝诗坛上较为知名者,如朴趾源、李德懋、徐常修、柳琴、柳得恭、李光锡、李晚中、李书九、李用休、金龙行、金用谦、金在行、洪大容、李公懋、李调元、陆飞、潘庭筠、袁枚等。尤其是朴齐家与清中叶诗人、书画家张问陶(号船山)交游甚密,乾隆六十年正月,他赠诗张船山求诗并携之归国。张船山和诗云:“性灵偶向诗中写,名字宁防海外传。从此不妨焚剩草,郁陵岛上有遗篇。”朴齐家把清朝诗人介绍到朝鲜,又把朝鲜汉诗传播到中国,在中朝文学交流史上作出了重要贡献。

朴齐家诗作留存较多,内容以写景、抒怀、唱和交游、怀古为主,其写景抒情佳作,有《玄竹里》、《西郊早行》、《西京》、《白云台》、《卧龙潭》、《北汉文殊寺》等篇。其诗风细致娟妙,常有出奇之处,如下面一首:

> 晨光犹在树,城下尽如烟。
> 雪压荒郊店,冰胶极浦船。
> 径随牛矢后,野旷鹊飞边。
> 十里看归骑,崩桥入远天。[②]

此诗运用笔法细腻,描绘出郊野晨光景象,取景精巧,读之宛若一幅山水画展现眼前。贞蕤诗作关注下层百姓生活,如《农家独坐》、《夕访农舍》、《观刈即事》等,俱生动细致如绘,如下《农家独坐》:

> 空屋昼萧骚,土山低拥茅。
> 闲来频照镜,倦极自磨刀。
> 潜睡猫依灶,独行鸡上槽。
> 此中有佳句,搔首不知劳。[③]

---

① 李德懋《青庄馆全书·卷之三十五·清脾录(四)·楚亭》。

②③ 朴齐家《贞蕤阁集·初集·诗·西郊早行》。

此诗描写当时所见到的贫苦百姓，虽然处境艰难困苦，但却还是乐观坚韧，生活祥和。相较于朝廷仕途的倾轧险恶，农家的清贫宁静生活，却是能产生“此中有佳句”的所在。联想到东晋田园诗人陶渊明“此中有真意，欲辨已忘言”的名句，此诗的渊源自显，立意别有韵味。此外，朴齐家与李德懋之间的唱和诗留存较多，如《黄昏访炯庵》、《书青庄壁》、《寄炯庵》、《送李懋官之平壤》、《懋官夕至》等篇，皆为佳构。

李书九(1754—1825)，原名甲庆，字洛瑞，号惕斋、姜山、席帽山人、素玩亭、绿天馆，谥号“文简”，全州人，名门之后，官至右议政，是“四家诗人”中官阶最高的一位。惕斋现存《惕斋集》十六卷，其中包括诗歌三卷，文十三卷。诗作包括绝句105题，古诗87题，律诗192题，共384题。十三卷文章之中，有六卷为《尚书讲义》，可见其学术用力所在。惕斋在“四家诗人”中名声最小，其诗文创作水平较其他三人略显逊色，但却不影响其在当时诗坛及李朝文学史上的地位。李书九学问根底厚实，诗作学清人王渔洋，其好友李德懋评价曰：

> 姜山妙年英才，闻学日富。其为诗也，根据乎全经全史，篆籀分隶，以秀其气；卉木禽虫，以致其才。运之以性灵，会之以鉴识。古澹幽洁，高亮闲远，余尝叹其典裁如王渔洋，淹雅如朱竹坨。

并且还说：

> 姜山诸体皆工，而尤娴五古。原本陶谢，而时滥觞于储孟之间，此可为不易之论也。[①]

由此可见，惕斋诗作的一大特点就是突破了前人普遍重视学唐之风，转而注意学习清诗风格，这在当时李朝诗坛上还不多见，自有其拔新掘奇之意义。诗作佳构如五言诗《山斋夜坐》：

> 愔愔暝色至，悄悄南轩夕。
> 虫语静生喧，荧光暗流碧。
> 遥夜转超忽，万像俱沈寂。
> 只有西林月，殷勤照孤客。[②]

诗歌画面以动衬静，通过虫语、荧光、月色等意象，将山斋中所感受到的幽静气氛细腻烘托出来，透露出诗人此刻的孤独处境和寂寞情怀。再如七古体《啼鸟》：

> 茅屋春深花木香，户牖静眇延朝光。
> 林鸟似嗔人晏起，百种弄舌声悠扬。
> 鸠能唤雨最可厌，鹊虽报喜终未详。
> 群雀窥檐若有诉，双燕营巢尔许忙。
> 嘈嘈呢呢竟何谓，天籁互发谐宫商。

---

① 李德懋《青庄馆全书·卷之三十五·清脾录·姜山》。

② 李书九《惕斋集·卷之二·诗·五言古诗·山斋夜坐》。

我与沙鸥负盟约，眼见野鸡来坐傍。
知音不是介葛卢，遭厄真同公冶长。
渠因乐意语自好，我有愁心听还伤。
君不见：
孤竹冈头马上郎，鹧鸪一声空断肠。
春泥滑滑行不得，犹胜终年在他乡。[①]

综上所述，海东四家诗人作为李朝北学派的代表人物，他们开放、进步的思想为朝鲜实学的发展注入了新鲜的活力，起到了很大的推动作用。他们的《韩客巾衍集》与诗文集的西传中土，促进了朝鲜与清朝诗人之间的深入交往，他们与清朝文士的直接交往唱和，成就了中朝汉诗交流史上的一段段佳话，谱写了朝鲜文学史上的华彩乐章。

三、丁若镛的生平以及汉诗创作

丁若镛(1762—1836)，初名归农，字美镛、颂甫，号茶山、与犹堂、三眉、洌水、洌老、洌髦、铁马山樵、俟庵、箬溪，谥号“文度”，罗州人。茶山自幼聪悟，好读书，曾在蔡济恭门下学习，后随父亲到汉城，得以结识李家焕、李承熏等汉学家，并拜读了星湖李瀷的文集。从少年自青年时期的博采众长的求学经历，对丁茶山的文学观、人生观以及实学思想的形成产生了深远的影响。茶山潜心学术研究：“所著《诗》、《书》、《礼》、《乐》、《易》、《春秋》及‘四书’诸说共二百三十卷，精研妙悟，多得古圣人本旨。诗文所编共七十卷，多在朝时作，杂纂、国家、典章及牧民、按狱、武备、疆域之事、医药文字之辨殆二百卷。”[②]其学问广博，现存的《与犹堂全书》一百五十五卷中有诗文集二十二卷，杂纂四卷，经书四十八卷，礼二十四卷，乐四卷，政法三十九卷，地理八卷，医书六卷。

茶山仕途起初顺畅，二十二岁中经义进士，二十八岁文科及第，受到正祖器重，历任奎章阁月课文臣、艺文馆检阅、司宪府持平、司谏院正言、弘文馆修撰、备边司郎官、京畿暗行御史、通政大夫承政院同副承旨、兵曹参议、刑曹参议等职务。但后因“辛酉邪狱”牵连，友人李家焕、李承熏，二兄丁若铨、丁若钟均被下狱，茶山仕途也出现转折，被流放至长鬐县、康津县等边缘僻壤长达十八年。

茶山在被流放的这十八年间，对朝廷内部持续不断的党争进行了深刻的反思，同时还亲眼看到民生凋敝，百姓生活困苦不堪。为了改变朝政弊端，茶山开始潜心研究政治、经济、法律、医学、水利等方面的改革措施，如《麻科会通》、《大东水经》、《赈荒六条》、《经世遗表》、《地官修制》等著作就是茶山针对农业、医学、法律等现实问题而提出的改革措施，意义重大。

茶山存留下来的汉诗有 2500 多首，各体俱备，涉略广泛，但其最主要的内容还是在于描写农村生活的悲惨，同情贫苦无助的百姓，讽刺腐朽、残暴的统治者。茶山的这类诗

① 李书九《惕斋集·卷之三·诗·七言古诗·啼鸟》。
② 丁若镛《与犹堂全书·第一集诗文集·第十六卷·墓志铭·自撰墓志铭》。

作数量众多，如《饥民诗》、《苦雨行》、《哀绝阳》、《长鬐农歌》、《耽津村谣》、《耽津农歌》、《耽津渔歌》皆令人读之警醒。还有模仿杜甫“三吏”、“三别”笔法，写出如《池波吏》、《龙山吏》、《海南吏》、《石隅别》、《沙坪别》、《龙潭别》、《狸奴行》、《猎虎行》、《僧拔松行》等篇章，揭露时弊，令人惊心怵目。其中如《苦雨行》：

苦雨苦雨雨不休，烟火欲绝巷人愁。
灶门水生深一尺，稚子还来泛芥舟。
乃翁当年所不免，举头欲嗔还自羞。
我今钞书不出户，良由气衰非学优。①

这首诗描写了农村连日暴雨，水淹民宅，灶台被淹，百姓“烟火欲绝”，饥寒愁苦的悲惨场景。再如《饥民诗》：

悠悠大化理，今古有谁知。
林林生蒸民，憔悴含疮痍。
槁莩弱不振，道涂逢流离。
负戴靡所聘，不知竟何之。
骨肉且莫保，迫厄伤天彝。
上农为丐子，叩门拙言辞。
贫家反诉哀，富家故自迟。
非鸟莫啄虫，非鱼莫泳池。
颜色惨浮黄，鬓发如乱丝。
圣贤施仁政，常言鳏寡悲。
鳏寡真足羡，饥亦是己饥。
令无家室累，岂有逢百罹。
春风引好雨，草木发荣滋。
生意蔼天地，赈贷此其时。
肃肃廊庙贤，经济仗安危。
生灵在涂炭，拯拔非公谁。②

诗人一口气写了三首《饥民诗》，揭露出在官府压迫下百姓的痛苦生活。这一首描写了在残酷赋税下饥寒交迫的贫穷民众，他们因为饥饿，面色发黄、骨肉不保，但是富者还在假言慈悲，富者的虚伪与贫者的饥寒交迫形成了强烈的对比。诗人以此来表达对统治阶级的强烈不满与讽刺，同时还表达了对百姓的同情与怜悯。再如《哀绝阳》：

芦田少妇哭声长，哭向县门号穹苍。
夫征不复尚可有，自古未闻男绝阳。
舅丧已缟儿未澡，三代名签在军保。

---

① 丁若镛《与犹堂全书·第一集诗文集·第一卷·诗·苦雨行》。
② 丁若镛《与犹堂全书·第一集诗文集·第二卷·诗·饥民诗·其二》。

薄言往诉虎守阍，里正咆哮牛去皂。
磨刀入房血满席，自恨生儿遭窘厄。
蚕室淫刑岂有辜，闽囝去势良亦慽。
生生之理天所予，干道成男坤道女。
骟马豮豕犹云悲，况乃生民思继序。
豪家终岁奏管弦，粒米寸帛无所捐。
均吾赤子何厚薄，客窗重诵《鸤鸠篇》。①

这首七言古诗更是深刻展现了一幅凄惨悲绝的农村生活图。诗中繁重的兵役、赋税把百姓压得喘不过气来，连刚刚出生三天的婴儿也被记录在案。丈夫无奈悲愤中拿着刀给男婴“绝阳”，真实场景惨无人道，但这都是朝廷官府压迫的结果。面对“豪家终岁奏管弦，粒米寸帛无所捐”的情景，可怜的百姓只能发出“均吾赤子何厚薄”的无奈之叹。

茶山尤好杜诗，因此他的诗歌也如杜诗般以反映现实为主，尤为著名的就是模仿杜诗而创作的“三吏”、“三别”等。如《石隅别》：

萧飒石隅村，前作三叉岐。
二马鸣相戏，似不知所之。
一马且南征，一马将东驰。
诸父皓须发，大兄涕交颐。
壮者且相待，耆耋谁得知。
斯须复斯须，白日已西攲。
行矣勿复顾，黾勉留前期。②

这首诗歌通过两匹马来描写百姓服兵役前的情景，年轻力壮的与耋耄之年的都毫无例外。再如《狸奴行》：

南山村翁养狸奴，岁久妖凶学老狐。
夜夜草堂盗宿肉，翻瓨覆瓿连觞壶。
乘时阴黑逞狡狯，推户大喝形影无。
呼灯照见秽迹遍，汁滓狼藉齿入肤。
老夫失睡筋力短，百虑皎皎徒长吁。
念此狸奴罪恶极，直欲奋剑行天诛。
皇天生汝本何用，令汝捕鼠除民痡。
田鼠穴田蓄稚穧，家鼠百物靡不偷。
……
汝今一鼠不曾捕，顾乃自犯为穿窬。
鼠本小盗其害小，汝今力雄心计粗。

① 丁若镛《与犹堂全书·第一集诗文集·第四卷·诗·哀绝阳》。
② 丁若镛《与犹堂全书·第一集诗文集·第四卷·诗·石隅别》。

鼠所不能汝唯意，攀檐撤盖颓墍涂。
自今群鼠无忌惮，出穴大笑掀其须。
聚其盗物重赂汝，泰然与汝行相俱。
……①

这首诗将害虫"老鼠"比作贪婪丑恶的官吏，将"狸奴"比作无所作为的监司，"狸奴"作为猫，其本份职责应该是灭鼠的，但实际上却鼠猫勾结，使得鼠灾更加严重，百姓更加苦不堪言。诗人用象征的手法来讽刺官府，流露出强烈的批判与反抗意识。还有《猎虎行》表面描写猛虎伤人的事情，实则是把官府统治比作比"猛虎"还要凶猛的恶霸，他们横行乡里、鱼肉百姓，可怜的贫苦百姓只能希望留下几只猛虎来对抗这些可恶的官僚阶级。

茶山站在广大农民阶级的立场上，时刻关注百姓生存，并且尖锐地鞭挞、讽刺统治阶级的腐朽、残暴，如《龙山吏》、《僧拔松行》、《打麦行》等诗歌均是这一主题。但是茶山除了关注现实之外，还非常注重具有朝鲜本民族特色的东西，在他被流放长鬐县、康津县的时候所做的《长鬐农歌》10 首、《耽津村谣》20 首、《耽津农歌》10 首、《耽津渔歌》10 首中就反映了朝鲜百姓独有的生活，还有像《穿牛纪行》、《笠川渡与白沙渡》等诗歌也体现了朝鲜的民间风俗。

第四节　末代遗唱

朝鲜在进入 19 世纪后半期后，面临着更加严重的政治和民族危机。朝廷内部封建统治日益腐朽，阶级矛盾愈发尖锐，农民起义接连不断，几次起义直接动摇了朝鲜的封建统治；对外民族危机日益严重，随着西方列强的进一步渗透侵入，以及日本的野蛮入侵，李朝生存不断受到威胁。这一时期的江华岛事件、壬午军乱、东学党之乱等，使得李朝国力快速衰微。甲午战争之后，李朝已经名存实亡，后虽改国号为大韩，也无济于事。至 1910 年，历经 500 余年的李氏朝鲜王朝灭亡，被强行并入日本帝国。大韩的亡国标志着朝鲜古代文学的终结，李朝汉诗也随之式微，走向衰亡。

19 世纪 50 年代之后的朝鲜汉诗是在黑暗的政治以及被动的国际局势下发展起来的，这一时期的诗人受时代环境的影响，他们的文学创作具有浓厚的爱国主义思想以及忧国忧民的意识。这一时期的代表诗人有姜玮、金泽荣、李建昌、黄铉、安重根(1879—1910)等，他们的诗作可谓发出了这一时期存国救亡的时代最强音。

姜玮(1820—1884)，初名浩、文玮、性澔，字惟胜、仲武、尧章、韦玉，号古欢堂、秋琴、听秋阁、古欢等，晋州人。姜玮自幼身体羸弱，惟喜读书，勤奋刻苦，读书广博，对山、水、郡县、风俗等无所不究，且姜玮天性喜好游玩，曾先后三次出入中华，两次东渡日本，这一经历不仅让姜玮饱览了东亚之壮丽名胜，还极大丰富了人生阅历，为其汉诗文创作提供了有利条件，同时也为其认清整个复杂的国际局势提供了便利。姜玮一生

① 丁若镛《与犹堂全书·第一集诗文集·第五卷·诗·狸奴行》。

时刻关注时局，其策问佳构《拟三政救弊策》，就是针对李朝在田赋、军籍、还穀三方面存在的大问题而提出的改革方案，但是这一方案并没有得到朝廷的理睬，伤心欲绝的姜玮愤然烧掉了文稿。

姜玮少时学于闵鲁行，后又拜在金正喜门下，闵曾夸赞姜玮为旷世奇才，他不仅擅长汉文，汉诗歌功力也毫不逊色，颇有清初王渔洋神韵诗风。现存《古欢堂收草》二十一卷，其中诗稿十七卷，包括《聊床集》、《发弥余草》、《西笑集》、《锦洄唱酬集》、《锦洄访旧草》、《东楼聊赏草》、《南村晨夕集》、《六桥联吟集》、《北游草》、《东游草》、《远游草》等，又有文稿四卷。姜玮的《北游草》、《北游续草》、《东游草》、《东游续草》等诗集的内容基本是以纪行、怀古、师友赠答为主。

如《山海关》：

老作中州万里行，燕云迢递见秦城。
冈峦远送巫闾势，风雨驱回碣石声。
徐王遗略关河壮，魏祖雄观日月明。
愧我来摇三寸管，横天兽角斗峥嵘。①

此诗是典型的纪行怀古诗，整首诗歌气势壮阔，意境深远。诗人年近半百才得幸出游中国，途中看到气势磅礴的山海关，不禁开始回想前朝的光辉壮阔。再如写景诗《闻夕》：

萧萧中夜雨，决决满山泉。
幽客喜清听，未妨窗下眠。（其一）

架头百本书，园里数畦药。
邻曲澹相从，不知山月落。（其三）②

《闻夕》三首皆亲切自然，毫不修饰。第一首写诗人在萧萧夜雨之中，聆听清泉作响，但是如此悦耳响声丝毫不影响客人休息，反而可以去除心中杂念。诗歌以动衬静，将诗人所处之地衬托得更加幽静。第三首写诗人日日与读书、种地、邻居乡曲为伴，却丝毫不觉无聊、枯燥，不知不自觉一天便过去了。从这三首诗歌可以看出诗人对于如此悠闲自在生活的向往与喜爱之情。

金泽荣（1850—1927），字于霖，号沧江、韶濩堂主人、云山韶濩堂主人，花开人，世称又称“花开”，与黄铉、李建昌以及中国人张謇、张謇等人交好。金泽荣出仕较晚，年近四十才考取进士，历任编史局主事、中枢院书记官、学部编辑委员等职务。1905 年韩日“乙巳条约”的签订让金泽荣大为光火，1908 年为了躲避日本人的迫害，他不得不流亡中国。在中国，金泽荣在張謇开设的书局从事校书事务，并且结识了严复、梁启超等中国先进人士。在他们思想的熏陶下，金泽荣创作了很多具有启蒙思想的作品，如《万国之志》。除此之外，这一期间金泽荣还创作了《韩史棨》、《韩国历史小史》、《校正三国

① 姜玮《古欢堂收草·诗稿卷之十二·北游草·山海关》。
② 姜玮《古欢堂收草·诗稿卷之四·锦洄唱酬集·闻夕·其一、三》。

史记》等作品，整理出版了《申紫霞诗集》、《燕岩集》、《梅泉诗集》等著作。金泽荣现存《韶濩堂集》，其中诗集定本六卷，文集定本十五卷，补遗两卷，续卷五卷，《借树亭杂收》四卷，续集一卷。金泽荣自幼爱学习，他无师自通，依靠自己的努力学习去进行创作，故俞樾在《韶濩堂集·序》中评价道：

余读其文，有清刚之气而曲折疏爽，无不尽之意，无不达之词，殆合曾南丰、王半山两家而一之者。诗则格律严整似唐人，句调清新似宋人。[①]

如《落叶·苔庭叶》：

闲斋药裹气萧森，数树梧桐黄色深。
向晚空庭秋响乱，一时愁损碧苔心。[②]

这首写景抒情诗虽是抒发愁闷之情，但是诗风清新自然，别具一格。

李建昌(1852—1898)，字凤朝、凤藻，号明美堂、宁斋、澹宁斋、洁堂居士。宁斋生于文学世家，其高祖李忠翊、曾祖父李勉伯、祖父李是远分别著有《椒园遗稿》、《岱渊遗稿》、《沙矶集》传世。宁斋生于江华岛，其祖父李是远曾是江华岛的官员，1866 年法国入侵江华岛，洗劫了岛上大量的奇珍异宝，其祖父认为没有尽到本职，与其弟服毒自杀。后朝鲜人民击退了侵略者，朝廷为了告慰李是远和奖励爱国义举，还专门实施了一场江华别试。刚满 15 岁的李建昌参加了这次额外的举试，得以名扬朝野，但因其年幼，直到 1870 年才被招入弘文馆。四年后，李建昌以书状官的身份出使清朝，一年后，被贬。宁斋历任御史、工曹参判、海州观察使等职务，任职期间刚正不阿，忧国忧民，并坚持诗文创作，现有《明美堂集》二十卷传世，其中诗歌五卷，赋一卷，其余为文。其文“婉妙似乎欧、王，平实近乎洛、闽，整整乎其不乱，缅缅乎其不竭”[③]，因此，金泽荣将其文纳入《丽韩九家文选》。除文之外，先生还“善于歌诗，有白居易之风”[④]，其诗歌内容以关注国家、百姓生存为主，如《延平行》、《广州籴》、《安兴》、《田家秋夕》等均为其代表作。

如《延平行》：

睡鸭山南龙媒西，大小延平高复低。
海天万里青一色，便风直踔无燕齐。
达川将军真勇者，手持一剑睨天下。
谋疏事败脱身亡，犹能使船如使马。
阳侯海若感其义，特出嘉鱼为相馈。
将军一去二百年，此鱼至今留此地。
鳞光出水金的烁，个个首中俱有石。
鲜不可论羹更美，鲵鰌虽大珍难敌。

---

① 金泽荣《韶濩堂集·序·原序·俞樾》。
② 金泽荣《韶濩堂集·诗集定本卷三·庚寅稿·落叶·苔庭叶》。
③ 李建昌《明美堂集·跋·金宁后人金学权》。
④ 李建昌《明美堂集·序·金泽荣》。

五两高帆舸峨艑，张网势若云垂天。
有物驱鱼鱼不觉，凄风骤急轻雷阗。
举网百夫声呼耶，拾鱼如芥积如沙。
舟重人欢画鼓发，鼓声渐高客还家。
家中少妇春梦惊，手挽云髻出门迎。
海风黧面腥逆鼻，抱郎但道郎更媚。[①]

诗歌一开始先描写广阔无际的海，再用达川将军与鱼的传说来引出渔民的生活，诗歌后半部分将渔民捕鱼的热闹场面与返航时的喜悦心情描写了出来，可见诗人对普通百姓的生活很关注、了解。但是百姓的生活并不是时刻充满喜悦与快乐的，如《田家秋夕》：

南里醽白酒，北里宰黄犊。
独有西邻家，哀哀终夜哭。
借问哭者谁，寡妇抱遗腹。
夫君在世日，两口守一屋。
门前一席地，岁收仅糜粥。
去年秋早霜，扫地无半菽。
糠麸杂松皮，过冬犹不足。
春来向富人，乞禾得满掬。
一粒惜不咽，持为种田谷。
气力日以微，肠胃日以缩。
同是一般饥，妾何顽如木。
却送夫君去，去埋前山麓。
埋人人骨朽，种谷谷头熟。
谷头熟何为，闭门不忍目。
即欲决相随，奈此儿匍匐。
儿虽不识父，犹是君骨肉。
抱儿向灵语，气绝久不续。
忽惊吏打门，叫呼觅税粟。[②]

此诗一开始通过富者的幸福生活引出贫者的凄惨生活，对比强烈。贫家为一寡妇，丈夫在世时，虽然是吃糠咽菜、忍受饥饿，但还能勉强存活，但是丈夫去世之后，妇人生活苦不堪言，欲随丈夫同去，但是看着年幼的孩子，于心不忍，正在哭泣之际，忽然听到门外官吏催促交粮的敲门声……

除了以上主题之外，李建昌也有抒发闲情之作，如《即事》：

一春多病掩茅茨，孤负山红涧碧时。

---

① 李建昌《明美堂集·卷六·诗·碧城纪行·延平行》。
② 李建昌《明美堂集·卷二·诗·直指行卷·田家秋夕·其二》。

> 懒往人家犹恋客，疏看书卷未忘诗。
> 新菘露滴侵篱叶，老杏风摇过屋枝。
> 睡起开门成独笑，小鬟襁负戏婴儿。①

诗人因多病久未离家，使得大好春光成了“山红涧碧”，自己懒得行动但是却不舍客人离去，看着屋外“新菘露滴侵篱叶，老杏风摇过屋枝”，诗人开门走了出去。一杯浊酒、一卷诗书、一处美景、一两好友应该正是这些文人所追求的吧。

黄铉(1855—1910)，字云卿，号梅泉，长水人。梅泉自幼体弱多病，但是聪悟刚绝，所学者过目不忘，十一岁能诗，稍长习举子业，名声大噪，弱冠之年结交姜玮、李建昌、金泽荣等人，亦师亦友，其中尤其与明美堂、沧江神交。梅泉在二十岁时参加特设保举科，一举夺魁，但因不满官场丑恶愤然归乡。戊子年，受亲人逼迫，再次参加科举，复试第一。后因闵氏专权朝政黑暗，从此绝迹城市，之后梅泉一直以教育后进为主业。“乙巳条约”签订后，梅泉闻而痛哭不已，绝食数日，作《五哀诗》以伤时，又作《十节图诗》列为屏。1910年，惊闻《韩日合并条约》签订消息，惊号悲愤，作《绝命诗》四首后决然服毒自尽。现存《梅泉集》七卷，续集两卷，其中诗集五卷，其余为汉文。

梅泉别具诗才，其去世后，沧江携《梅泉诗集》请中国友人江谦敬为其作序：“谓君于诗有别才，善学苏陆，清警富健其有焉。”②朝鲜朴畅铉评价道：

> 今观梅泉先生之诗，其理致之工，如春蚕之作茧；气力之劲，如壮士之斫营；声响之亮，如哀筑之鸣堂。诗至于此，可以千古，而况兼有巍巍之大节者乎。③

清人郝尔泰则评曰：

> 作诗妙句如天成，奔放直追苏子瞻，清远复似刘长卿，何曾有心唐宋拟，信笔拈来自可喜，浮云缥缈游太空，襟怀洒落无余子。④

诸如此类评价还有很多，可见梅泉诗歌成就之高。如《看文科放榜》：

> 珂笛轮轩处处春，九街天暗马蹄尘。
> 不知雁塔留名地，济得苍生有几人。⑤

诗人看着春光无限的大地，望着贴完榜单绝尘而去的官吏，不禁担忧榜单之中能够关爱天下苍生的能有几人？诗人借此来抒发自己心忧苍生的博大胸怀。再如纪念忠臣义士的《五哀诗》，这五首诗歌分别赞颂了辅国闵泳焕、洪万植、赵秉世、崔益铉、李建昌五人，其中三人面对日益颓废的国政自尽而亡，李建昌被迫流落他乡。面对友人的悲愤离去，诗人伤心欲绝，作诗纪念，吟出了“瞻我汉江水，如何勿相思”⑥这样充满悲情的诗句。

---

① 李建昌《明美堂集·卷二·诗·后游余草·即事》。
② 黄铉《梅泉集·序·婺源江谦敬持》。
③ 黄铉《梅泉集·卷首·评语·朴畅铉》。
④ 黄铉《梅泉集·跋·题梅泉集后·中国郝尔泰》。
⑤ 黄铉《梅泉集·卷一·诗·戊寅稿·看文科放榜》。
⑥ 黄铉《梅泉集·卷四·诗·乙巳稿·五哀诗》。

再如《绝命诗》：

妖氛晻翳帝星移，九阙沉沉昼漏迟。
诏敕从今无复有，琳琅一纸泪千丝。（其二）

鸟兽哀鸣海岳嚬，槿花世界已沉沦。
秋灯掩卷怀千古，难作人间识字人。（其三）①

诗人面对国家覆灭，主权丧失，悲痛欲绝。鸟兽仿佛也知道了国家的不幸，哀鸣不止。诗人面对案前的万卷诗书，也只能叹息“难作人间识字人”。在诗人眼中繁华世界已经终结，生无可恋的诗人最后服毒自尽。如此有才气之人，以自杀终结了自己的生命，在赞美其忠孝节义的同时，还是不禁让人扼腕叹息。

在这里，不去评价朝鲜濒临覆灭时，诸多诗人以自杀来显示气节的方式正确与否，我们只需铭记，是他们为朝鲜死气沉沉、黑暗腐朽的政局注入了新的活力。他们在朝鲜末代发出的汉诗绝唱，为朝鲜古代文学史画上了一个震撼人心的句号。

① 黄玹《梅泉集·卷五·诗·庚戌稿·绝命诗四首·其二、三》。

第五章　朝鲜汉诗中的古体诗

宋诗对于朝鲜诗坛影响巨大，伴随着宋代文化以及宋代文人事迹在朝鲜的广泛传播，宋诗可以说深入朝鲜诗人的骨髓。这体现在士大夫（两班）的日常言行举止中，更表现在汉诗的创作中。这一点与日本有着较大的不同。日本汉诗界从江户时代以来始终是唐诗一统天下，尽管期间也有主张学习宋诗的论调出现，但是从汉诗创作实际情况看，崇尚盛唐诗风显然已经成为江户诗坛的主流传统。李氏王朝前期的诗坛上曾经宋诗风气盛行，特别是苏东坡的人品受到推崇，其诗作也大受欢迎，模学者层出不穷。在普遍流行宋诗风格的朝鲜诗坛上，还出现了“海东江西派”，著名汉诗人朴訚、李荇、成俔、朴祥、申光汉、郑士龙、卢守慎等人，都明显表现出了仿学宋代江西派诗风的倾向，尤其是对苏轼、黄庭坚的诗作特别倾心，琢磨研究得很深。受此影响，他们的汉诗写作重视结构形式之美，讲究气格声韵，表现出了凝练的笔法和纯熟老道的格调。从诗歌产生的社会背景看，朝鲜李氏王朝五百年间可谓多灾多难，内忧外患交替出现。汉诗人虽说都是社会的文化知识分子阶层，与官宦关系紧密，但是政局不稳也经常给汉诗人带来精神上的压抑及仕途中的坎坷，故而诗作中多悲怆之音。此外，朝鲜李氏王朝与中国朝廷关系紧密，中国明清王朝的更替，也没有影响与李氏王朝的藩属国关系。两国间的使臣来往频繁，产生了大量的汉诗文唱酬及交流，明清诗坛的潮流变化，也会及时地被朝鲜汉诗人所知晓，并影响朝鲜汉诗创作的发展走向。

在这样的背景下，朝鲜近世汉诗出现了各体皆荣的兴盛局面，大量的汉诗佳作，显示出李氏王朝的汉诗人已经达到了较高的诗歌艺术创作水平。但从总体上看，近世朝鲜汉诗的各种诗体作品中，所呈现出来的艺术成就是不平衡的。相对于近体诗而言，同时相对于东亚其他国家的汉诗而言，近世朝鲜汉诗中还是以古体诗最为成就突出，表现为诗作的内容丰富，艺术表现力强，能够生动地显示出诗人的个性及朝鲜社会文化的色彩，因而在东亚汉诗坛上占有重要的地位。

第一节　强烈关切民生疾苦

古体诗篇幅长，格律要求较为宽松，写作起来自由发挥的余地较大，但同时，对于诗人的语言及各种文史知识的要求相对来说比较高，需要古人所谓的“才气”，也就是有能力运用广博的知识，提炼丰富的诗材，组合成叙事性强、情感充沛的诗作。近世朝鲜汉诗人在古体诗创作方面取得了令人瞩目的成就，首先表现在大量古体诗作中刻画了时代和社会的真实景象，展现了朝鲜近世社会发展的生动画面。如鱼无迹的《流民叹》写道：

苍生难，苍生难。
年贫尔无食，我有济尔心，而无济尔力。
苍生苦，苍生苦。
天寒尔无衾，彼有济尔力，而无济尔心。
愿回小人腹，暂为君子虑。
暂借君子耳，试听小人语。
小民有语君不知，今岁苍生皆失所。
北阙虽下忧民诏，州县传看一虚纸。
特遣京官问民瘼，驲骑一驰三百里。
吾民无力出门限，何暇面陈心内事。
纵使一郡一京官，京官无耳民无口。
不如唤起汲淮阳，未死孑遗犹可救。[①]

鱼无迹字潜夫，号浪仙，官奴出身，居住在金海，为布衣诗人。因写诗揭露讥讽州守贪纵枉法、收刮钱财而遭到恐吓拘捕，后流落客死他乡。诗人目睹百姓无衣无食，生活艰难，自己虽有救济之心，但无权无钱，无力解救百姓，心中十分难过。而当地的富人官府，有钱有权，却没有救济百姓之心，“彼有济尔力，而无济尔心”；“北阙虽下忧民诏，州县传看一虚纸”。朝廷虽有救济之诏令，但是“京官无耳民无口”，州县的父母官起着阻隔信息的反作用，这样的残酷现实使得诗人悲愤着急而又无奈。诗人最终还是盼望能够有像中国古代“汲淮阳”这样的酷吏清官出现[②]，但这也只是诗人的一种善良愿望而已，在朝鲜社会的现实生活中是难以实现的。诗人关切民生疾苦的心愿在另一首《新历叹》诗中得到了浪漫的表现：“我愿三万六千日，判作人间两朝夕。春花一吐一年红，秋月一照千年白。尧舜至今颜尚韶，周孔至今头尚黑。朝闻吁咈土阶上，暮见弦诵杏坛侧。一年黄河水再清，三岁蟠桃子屡熟。泰山肴核铜柱箸，沧海杯樽斗杓勺。聊与万民同醉眠，呜呜共唱康衢曲。却劝紫皇诏太史，万万年来一改历。”展开神奇想象，让时光倒流，让幸福永远停留人间，盼望“黄河水再清”、“蟠桃子屡熟”，而目的就是能让百姓过上太平小康的日子。再如吴尚濂的一首《打麦行》：

---

① 鱼无迹事迹及诗作见（朝）张志渊《大东诗选》卷二，汉城，亚细亚文化社 1980 年 7 月出版，以下引用该书出处相同。

② 汲淮阳指西汉人汲黯（？—前 112），汉景帝时以父任为太子洗马，汉武帝时为谒者，往视河内火灾，矫制发仓粟赈民。后出为东海太守，轻刑简政，而有治绩。为人性倨少礼，好直谏廷诤，批评阿谀君主之臣，被汉武帝称为“社稷之臣”。以事免官，居田园数年，召拜淮阳太守，卒于官。事见《史记·汲郑列传》。

打麦复打麦，打麦何辛苦。
辛苦无人知，为君且一吐。
耕时已苦旱，刈时复苦雨。
雨多贯旬朔，气蒸半欲腐。
鸡鸭有余食，硕鼠有余粮。
今朝天乍霁，曈昽丽日光。
打麦未云半，湿云又度墙。
仅可充瓶罂，何以输官仓。
姑酌真一酒，且唤邻翁尝。
辛苦虽无比，为乐未渠央。
谁为打麦图，持之献吾君。

收获麦子，是农民一年中最为辛苦的时候，但是农民并不怕辛苦，而是担心老天不帮忙，比如种麦时苦旱，收麦时苦雨，收成不好就完不成税粮。诗人虽然身为年青进士，但还是很关心农民的生活状况，希望朝廷了解下情，能够帮助农民缓解歉收的困苦。再比如李氏王朝后期著名诗人丁若镛的《积城村舍》描写道：

临溪破屋如磁钵，北风卷茅攘鬠鬠。
旧灰和雪灶口冷，坏壁透星筛眼豁。
室中所有太萧条，变卖不抵钱七八。
狗尾三条山粟颖，鸡心一串番椒辣。
破罂铺糊堵穿漏，庋架索缚防坠脱。
铜题旧遭里正攘，铁锅新被邻豪夺。
青棉弊衾只一领，夫妇有别论非达。
儿稚穿襦露肩肘，生来不识袴与袜。
大儿五岁骑兵签，小儿三岁军官括。
两儿岁贡钱五百，愿其速死况衣褐。
狗生三子儿共宿，虎豹夜夜篱边喝。
郎去山樵妇佣舂，白昼掩扉气惨淡。
昼阙再食夜还炊，夏每一裘冬必葛。
野荠苗沉待地融，村篘糟出须酒泼。
饷米前春食五斗，此事今年定未括。
只怕逻卒到门扉，不愁县阁受笞挞。
呜呼此屋满天地，九重如海那尽察。
直指使者汉时官，吏二千石专黜罚。
弊流乱本棼未定，龚黄复起难自拔。

远摸郑侠流民图，聊写新诗归紫闼。[1]

丁若镛(1762—1836)号茶山，是朝鲜李朝19世纪实学派的代表性人物。他出生在京畿道的广州，少年时代便熟读儒家经典，中进士后位至高官，但秉持清高品性，对朝中两班贵戚采取敬而远之的态度。后受到镇压天主教事件的牵连，被流放到全罗南道的康津，度过了19年的谪居岁月。此间他潜心实学，关切农民生活实态，写下了不少实录民情的诗篇，这首《积城村舍》便是其中之一。诗中对于农民生活的苦难，家境的凄凉，农民的愿望，都有真切的描述，反映出实学家秉持的"实事求是，经世实用，务实力行，实心事天"的态度与原则，明确地站在下层农民的立场，大声鼓呼农民心曲，批判官吏的恶行。在另一首《海南吏》中诗人这样描写道："客从海南来，为言避畏事。坐久喘未定，怖劫犹有余。若非值豺狼，定是遭羌胡。催租吏出村，乱打东南隅。新官令益严，程限不得逾。桥高万斛船，正月离王都。滞船必黜官，鉴戒在前车。嗷嗷百家哭，可以媚棹夫。吾今避猛虎，谁复恤枯鱼。泫然双泪垂，条然一啸舒。"同样是直接揭露不良官吏凶狠收刮村民的恶劣行为，言辞激烈，表现出诗人的爱憎分明。

近世朝鲜汉诗人表现出了对于民生疾苦的强烈关切，对于朝政时局的自觉关心，这在东亚汉诗人群体中是较为突出的。正因如此，在近世朝鲜古体诗的创作中就出现了很多大型的纪事诗篇，诗人往往凭借史诗之笔，实录国计民生的大事，表达自己的见解。其中很多诗篇揭露社会不公平的现象，如军队中的腐败也是十分惊人，一将功成万骨枯，高官得以获取权利，谋取私利，而生命财产受到损害的还是下层士卒百姓。李明宗时期，弘文馆博士官安璲的一首《疲兵行》[2]写道：

关云漠漠关雪堆，北风惨惨山木摧。
长河冰合马蹄滑，沙塞日暮胡笳哀。
此时疲军长叹息，愁枕干戈眠不得。
兜矛零落铁衣寒，击柝中宵十指直。
枵肠不得一饱饭，垢面常带三年土。
自言少年系军籍，伤心几度关山苦。
关山之苦岂徒云，苦将膏血输将军。
将军好拥黑貂裘，一貂皮当金十斤。
将军好食大牢味，一日军中久牛死。
山无余貂野无牛，诛敛无穷捶楚至。
鼎中粒，机中布，一一输入将军库。
将军日肥士日瘠，欲往诉之逢彼怒。
至尊每忧军士冻，毛衣衲衣年年送。
将军分给亦不均，暖者无多寒者众。
虫蝗水旱无岁无，不闻赈恤闻催租。

① 见张志渊《大东诗选》卷七。

② 安璲(1521—？)，字瑞卿，号沧浪，李明宗己酉年进士，选湖堂官。《疲兵行》见《大东诗选》卷三。

一家丁壮十余口，过半相携逃入胡。
胡中艰苦不可说，犹胜将军浚膏血。
将军将军胡不去，去为公卿军则悦。
君门杳杳但回首，御史纷纷犹闭舌。
廉颇李牧难再见，激烈中宵肠内热。

把军中的黑幕一一揭开，凸现出军士生活的孤独疲惫与艰难困苦，而形成鲜明对照的则是华衣美食养尊处优的将军。朝廷常年戍边，大量军费的投入，结果却是苦了军士，肥了将军，最终还是削弱了军队的军心斗志，使得边防瓦解，民不聊生，纷纷外逃，长此以往，国将不国。这首诗颇有杜甫诗风，沉郁愤慨，语言尖锐，痛斥无耻敛财的将军，盼望能有像古代中国廉颇、李牧那样清廉勇猛的将军出现。

近世朝鲜汉诗中记载军民抗击外族入侵的诗篇大都写得慷慨激昂，而古体长篇诗则有不少在记录时事的同时，洋溢着强烈的保家卫国的激情，成为纪事诗中的佳作。李安讷的《东莱四月十五日》就是一篇纪事佳作，诗曰：

四月十五日，平明家家哭。
天地变萧瑟，凄风振林木。
惊怪问老吏，哭声何惨怛。
壬辰海贼至，是日城陷没。
维时宋使君，坚壁守忠节。
阖境驱入城，同时化为血。
投身积尸底，千百遗一二。
所以逢是日，设奠哭其死。
父或哭其子，子或哭其父。
祖或哭其孙，孙或哭其祖。
亦有母哭女，亦有女哭母。
亦有妇哭夫，亦有夫哭妇。
兄弟与姊妹，有生皆哭之。
蹙频听未终，涕泗忽交颐。
吏乃前致辞，有哭犹未悲。
几多白刃下，举家无哭者。

四月十五日成了东莱百姓家庭的伤心祭奠日，是因为壬辰年的这一天，倭寇攻陷了东莱城，大肆抢掠，杀人无数，血流成河，使得东莱人“投身积尸底，千百遗一二”，家破人亡，留下了极其惨痛的记忆。诗中使用了十四个“哭”字，尤其是中间例举了八种哭者类型，描写到了此日，东莱城内哭声一片，极为悲惨。这样的纪事诗中充满了对于入侵者的强烈愤恨。再比如李民宬的《宿风山东村》，也记载了连年战乱给平民百姓造成的巨大伤害，诗中写道：

空山雪塞有微径，孤村烟暝响疏杵。

蜀秸编缚代柴荆，倚壁无综有机杼。
七十老妪膝过肩，见客咿嘤泣且诉。
一子年前属右营，身充火手渡辽去。
全师覆没无得脱，战骨沙场收底所。
老身单独与死伍，抱持幼孙无置处。
前冬戍兵数百骑，劫掠村间甚于虏。
瓶缸一空菹酱竭，遗资敢望留筐筥。
数口充糊杂橡菽，四肢羸困难掉举。
顽命虽存不如死，死后更有何思虑。
我闻此语心骨悲，尔语且休聆我语。
我家亦有荷殳人，万死生还命如缕。
侬今来往为此耳，听渠不觉零如雨。
呜呼哀哉可奈何，普天之下奚独汝。
安得销兵息战斗，普天之下无寡女。

李民宬字宽甫，号敬亭，永川人，李朝宣祖庚午年出生，丁酉年科举中式，选湖堂，官至左承旨。从其所写的汉诗看，敬亭对于仕途功名并不热心，如其《斋居》曰："争名争利意如何，投老山林计未疏。雀噪荒阶人断绝，竹窗斜日卧看书。"《汤站路上》曰："半生人误功名会，远别亲当喜惧年。何日粗酬王事了，好随耕犊卧林泉。"[1]半辈子生涯耗费在争名争利的仕途官场，了无乐趣，诗人希望的生活是归居林泉，与耕犊为伴，竹窗之下读古书。就是这样一位秉性清高的文官，对于百姓的困苦生活，还是忍不住发出叹息与愤怒。这首诗显然继承了杜甫"三吏三别"古体诗的传统，从诗歌旨意到语言表现都有几分类似老杜忧国忧民的情怀，但是其描写内容却完全是李氏王朝的悲惨现实。而著名汉诗人许筠在"壬辰倭乱"期间所写的《老客妇怨》，全然是唐朝安史之乱期间杜甫《石壕吏》的翻版：

东州城西寒日曛，宝盖山高带夕云。
皤然老妪衣褴褛，迎客出屋开柴户。
自言京城老客妇，流离破屋依客土。
顷者倭奴陷洛阳，提携一子随姑郎。
重趼百舍窜穷谷，夜出求食昼潜伏。
姑老得病郎负行，跖穿峥山不遑息。
是时天雨夜深黑，坑滑足酸颠不测。
挥刀二贼从何来，闯暗蹑踪如相猜。
怒刀劈脰脰四裂，子母并命流冤血。
我挈幼儿伏林薮，儿啼贼近驱将去。
只余一身脱虎口，仓惶不敢高声语。

① 见《大东诗选》卷四。

明朝来视二骸遗，不辨姑尸与郎尸。
鸟鸢啄肠狗啮骼，蒿里欲掩凭伊谁。
辛勤掘得三尺窖，手拾残骨闭幽坎。
茕茕只影终何归，邻妇哀怜许相依。
遂从店里躬井臼，馈以残饭衣弊衣。
劳筋煎虑十二年，面黧发秃腰脚顽。
近者京城消息传，孤儿贼中幸生还。
投入官家作苍头，余帛在笥囷仓稠。
娶妇作舍生计足，不念阿娘客他州。
生儿成长不得力，念之中宵泪横溢。
我形已瘁儿已壮，纵使相逢讵相识。
老身沟壑不足言，安得汝酒浇父坟。
呜呼何代无乱离，未若妾身之抱怨。

东州是京畿道铁原的古称，宝盖山是在铁原附近的山脉。诗人在此遇见一位流落他乡的京城老妇，听她倾诉了十分悲惨的人生经历。壬辰倭乱期间，妇人抱着儿子，随着丈夫和姑婆一起逃难，昼伏夜行，吃尽千辛万苦。结果丈夫姑婆在山中被匪贼杀死，幼儿被掳掠，只余得妇人一人孤单凄凉地客居他乡。诗的后半部分，老妇对于儿子“娶妇作舍生计足，不念阿娘客他州”的哀怨，是愈加令人心痛的，这也是战乱之后朝鲜遭受重创，社会秩序纷乱，道德风气低靡不振的辛酸剪影。

第二节　民族英雄的刻画

近世朝鲜古体汉诗中从正面歌颂抗击外族入侵的英雄人物及英雄事迹的作品不少，最著名的有林亿龄的《宋大将军歌》、宋英耈的《金将军应河挽》、金昌翕的《红衣将军歌》、洪良浩的《临溟大捷歌》、柳得恭的《云岩破倭图歌》、黄玹的《李忠武公龟船歌》等等，都是传唱诗坛的长篇佳作。现以宋英耈的《金将军应河挽》和张维的《张元帅出师歌》为例，看这一时期朝鲜长篇叙事诗的主要特色。先看《金将军应河挽》：

皇帝四十七年春，薄伐奴酋命将帅。
我国曾荷再造恩，二万兵因檄征起。
将军脱颖为营将，人不知其死所矣。
披甲上马渡江去，战阵无勇其心愧。
天兵谓虏在目中，要入虎穴得虎子。
期会未成绵竹计，进退先误兵家事。
或喜首功而轻进，或欲投降无斗志。
前锋陷没后军溃，万叠山中更何恃。

将军虽奋十倍勇，已无英雄用武地。
胜与不胜能无惧，怒发冲冠裂目眥。
大柳之下如负隅，手持强弓腰佩矢。
身当万仞芟伐中，屹若长松风雪里。
射则贯兮贯必双，贼将死者非一二。
胡奴不敢直前来，闻喝惊弹皆走避。
且战不至我独死，且退亦足成壁垒。
然无蚍蜉蚁子援，彼苍天乎禁于此。
弓摧矢尽力又竭，一掬余存惟义气。
天日惨惨忽黄昏，悲风萧萧血壮士。
身虽寸断寸寸断，履胡一心犹未已。
兵不用命罪孥戮，百夫千夫何乃尔。
提督自焚游击缢，元帅两将坐而视。
苟无将军此一死，孰谓吾邦知礼仪。
生不长生必有死，死如此死死不死。
非徒天下尽知名，凡有血气皆称美。
启行褒录乃旧典，判书追荣特降旨。
妻封弟郡皆异数，墓军资粮亦恩赐。
魂兮归来莫远游，古月狂风无处寄。
魂兮归来不如家，谷有幽兰洲有芷。
应还故国效结草，岂向沙场为厉鬼。
新祠香火不尽哀，旧垅松楸无限泪。
枫林青黑去来时，圣主恩深知也未。

朝鲜民族有着英雄崇拜的传统，而其崇拜的英雄人物大多带有浓厚的悲情色彩，这样的精神传统及行为倾向在当今朝鲜、韩国社会中仍然有着十分明显的表现。究其由来，这种精神传统的形成与李氏朝鲜王朝五百年间的磨难经历息息相关，从这首著名的古体诗中也能看到一丝痕迹。这首诗歌颂的金应河将军，是在公元 1636 年抗击入侵清军的战役(史称丙子胡乱)中殉国的，后来得到朝廷的封赐，在朝鲜历史上是一位著名的民族英雄。诗中记载金将军参战的起因很实在："我国曾荷再造恩，二万兵因檄征起。"因为朝鲜在抗击倭寇的壬辰战争中得到明朝军队的参战支持，所以对明朝怀有感激之心，抗击清军就是报答明朝。诗中如实揭露出朝鲜军队内部缺乏合作协调的致命问题，"或喜首功而轻进，或欲投降无斗志"，策划无谋，进退无序，导致了朝鲜军队的溃败。而金将军尽管忠贞勇猛，但独木难撑大厦之倾倒，此时"将军虽奋十倍勇，已无英雄用武地"。诗中描写金将军战死的场面极为惨烈：拼到最后是"弓摧矢尽力又竭"，战场上"天日惨惨忽黄昏，悲风萧萧血壮士"，壮烈牺牲的金将军"身虽寸断寸寸断，履胡一心犹未已"。金将军的死是壮烈的，也是有着极高价值的，因为这样壮烈的行为显示出了朝鲜民族的不屈斗志。"苟无将军此一死，孰谓吾邦知礼仪"，这样的诗句是深含褒贬寓意的，语气也是极为沉重的。金将军的壮烈殉国也感召了全国民心，使他成为崇高的道德榜样，“生不长生必有死，死如此死死不死。非徒天下尽知名，凡有血气皆称美”。朝鲜是个重礼仪重道德的儒教国度，金将军的殉国行为自然使他成为崇高道德的楷模，而立足于儒教治国的李氏王朝自然也是大力彰扬这样的道德楷模，所以出现“妻封弟郡皆异数，墓军资粮亦恩赐”的结果。综观全篇，对于军队高层腐败无能现象的大胆揭露，以及对于个人英雄气节及道德楷模的歌颂推崇，就成为了对照鲜明。再看张维的《张元帅出师歌》：

前行后行铁裲裆，赤羽白羽光煌煌。
卤簿前头咽鼓吹，君王亲送都元帅。
借问元戎身姓谁，汉代留侯本多智。
胸中金版玉帐经，要与海内除镵枪。
向者辽塞有胡尘，榆关以北无坚城。
三韩健儿岂不多，陇西都尉先投戈。
督府西巡临鸭水，威声直压单于垒。
主昏政乱万事非，王剪谢病频阳归。
吾王英武奋大义，太祖宗祀重光辉。
逆胡游魂待天诛，吾王赫怒张威弧。
铜虎兵符下武台，水犀十万随风雷。
吉甫文武众所推，分阃救世非公谁。
伏波据鞍气犹壮，充国论兵谋更奇。
坛场礼教久不行，九重有命群臣惊。
法驾平明出西郊，钩陈壁垒何纵横。
黄金锁甲八尺身，路左长揖真将军。
千牛万瓮犒飨遍，密授胜算人莫闻。
尚方宝刀秋水寒，玉具鹿庐龙雀环。
君王亲下双龙榻，付与将军双手接。
三军鼓舞声动地，父老纵观多感泣。
千载恩荣此最厚，百年胡运那能久。
有戈必喋可汗血，有旗必悬名王首。
辽河碣石汉乾坤，紫塞无复狼烟昏。
功成奏凯归金阙，然后方酬圣主恩。①

李氏王朝与明王朝一直维持着藩属与宗主的密切关系，曾经多次呼应出兵，协作合击来自北方游牧民族的进犯。这首诗描写的便是其中的一次出征，元帅姓张，诗人也姓张，于是便巧妙地用汉代名将张良来歌颂带队将军的勇猛善战。诗中对于朝鲜军队出征时的阵容进行了渲染，所谓“铜虎兵符下武台，水犀十万随风雷”，显出非凡气势。张元帅则是

① 诗见《大东诗选》卷四。

"黄金锁甲八尺身，路左长揖真将军"。出征仪式极为隆重，朝鲜君王亲自为将军壮行，"尚方宝刀秋水寒，玉具鹿庐龙雀环。君王亲下双龙榻，付与将军双手接"。此时朝军出征誓师的氛围达到高潮，出现了"三军鼓舞声动地，父老纵观多感泣"的感人场面。诗人的情感奔放、爱憎分明给读者留下深刻的印象，而这也成为朝鲜长篇叙事诗中常见的描写风格之一。

第三节　三千里江山的颂歌

朝鲜汉诗人在描写本土山水风光时，同样是充满着激情与浪漫，朝鲜半岛三千里江山在汉诗中尤其是在古体诗中得到了婀娜多姿的表现。朝鲜多山，其中金刚山美名远扬，金宗直的《登金刚山看日出》写道：

金刚之山高插天，白石亭亭露秋骨。
搏桑远影暗勾引，日观高标共崷崒。
我昔讨奇凌绝顶，手辟云关敲石室。
沧溟眼底小如杯，八极风来神横逸。
同游老僧倚壁睡，夜半蹴客候初日。
北方沆瀣澄似酒，天外鸡鸣闻仿佛。
是时旸谷半明暗，卧牛车盖争点缀。
长庚睒睒欲收芒，火轮忽辗波涛出。
红光腾起数千丈，万里惊荡鱼龙窟。
人寰鼻息尚雷鸣，辄向峰头晞我发。
平生伟观此已足，岱宗之游岂相埒。
不须崦嵫看入处，至今冷笑夸父渴。

金刚山位于江原道北端，座落在朝鲜半岛军事分界线（俗称三八线）之北侧，临近日本海，是著名的旅游观光胜地。诗人登顶远望，有"搏桑远影暗勾引，日观高标共崷崒"之句，既是眺望日本，又指与南方不远处的雪岳山（位于今韩国境内）遥相眺望。金刚山有着巨大的白色岩石，山体挺拔，高耸入云，气势雄伟，这些特点都在诗中有着生动的刻画。诗人描写登顶看日出的过程甚为详细，从最初的"北方沆瀣澄似酒，天外鸡鸣闻仿佛"，到朝日即将出现时的"是时旸谷半明暗，卧牛车盖争点缀"，景色瞬间万变。紧接着是"长庚"星光消退，"火轮忽辗波涛出"，从东海中涌出一轮朝日。顿时间，"红光腾起数千丈，万里惊荡鱼龙窟"，形成了极为壮观的海上日出美景。诗人看到这样的"平生伟观"，心满意足，并以汉诗中最出名的登高观日"岱宗之游"来相比，觉得朝鲜的金刚山胜过中国的泰山，朝鲜的名山观日胜过了中国神话中的神奇描写。类似这样的自豪夸耀的描写，在朝鲜汉诗中时常可见，折射出了朝鲜汉诗人的不甘示弱的心态。

与这种心态相关联的是，朝鲜汉诗在描写山水时颇多出现奇异的场面和浪漫的笔调，强调山水美景中的非现实因素，具有浓厚的浪漫想象色彩。以下面的古体诗为例看，可以明显感受到这一特色：

天磨山深深几许，万壑烟霞秘阴雨。
苍崖终古有神窟，一朝造物烦雷斧。
凿向云根开上房，觚棱金碧争辉煌。
俯视鸿蒙抚一气，分明沆瀣栖层梁。
回头两仪间，一笑破天悭。
赤城高起石桥断，定是仙界非人寰。
周游日欲落，偶坐溪边石。
流霞洗我肝，清泉濯吾足。
穷探恣嬉戏，幽兴惬心期。
须臾瑞色驱祥云，危峰月涌玻璃盆。
碧罗天净山如洗，金波潋滟浮清樽。
中郎膝上焦尾琴，刚风宛转生徽音。
夜鹤惊飞发清唳，幽虬何苦来悲诉。
长啸乐未半，举爵知无算。
醉后红绿眩生缬，起舞花影相凌乱。
怪底神清骨欲冻，不知晨鼓犹喧哄。
明日匆匆下山路，恍然一觉瑶台梦。

这一首是出自许琮笔下的《观音窟前溪夜饮》①，诗人游览并夜宿天磨山，山中有着万壑烟霞秘阴雨的景观，这是因为朝鲜山陵濒临大海，不仅地形峥嵘峻峭，而且多烟岚水汽。天磨山的夜景更是有着魔幻般的场面，诗中作了精彩的描绘："须臾瑞色驱祥云，危峰月涌玻璃盆。碧罗天净山如洗，金波潋滟浮清樽。"突出了仙界清高的氛围，使得诗人"恍然一觉瑶台梦"。李朝仁宗时期的汉诗人林昌泽也有一篇《天磨山冰瀑歌》，则是描写冬季的天磨山景色：

老僧谈山雪眉掀，碧眼荧荧灯下蹲。
前山屹嵂冲虚碧，万古磨尽苍苍色。
岩上瀑布万雷霆，轰轰日夜震寥廓。
忽然山崩天亦侧，玉帝罢朝群仙汹。
白鹤飞来呼龙潭，潭龙受诏叱玄冥，
风伯奔腾青女从。
凝成百围壮，袅袅几千丈。
真珠括沧海，萦络垂万象。
六丁用壮撑紫冥，眼瞳突出吐血青。

---

① 许琮，字献之，成宗时中文科进士，选湖堂，官至左相，谥"文贞"。此诗见《大东诗选》卷二。

天风吹卷纤云灭，射彩照耀金银阙。
广寒仙女卷帘看，灏气凄凄寒生骨。
玉兔徘徊怯凛冽，群仙拜贺酌北斗。
浩劫茫茫无时踣，白玉瓶，青鬃马，
帝命赏龙功不朽。
龙潭扬扬色自骄，列螺长醉仙人卣。①

朝鲜的冬季是寒冷的，天磨山的冬季万木凋零，更显出了山体的高耸险峻，正如诗中所写“前山屹崒冲虚碧，万古磨尽苍苍色”。这首诗描写冰瀑形态，笔触雄伟，场面开阔，如“凝成百围壮，臬臬几千丈。真珠括沧海，萦络垂万象”，气势不凡。然而诗中更为突出的则是充满了神话的色彩，从“玉帝罢朝”到“潭龙受诏”；从“白鹤飞来”到“六丁用壮”；从“广寒仙女卷帘看”到“玉兔徘徊怯凛冽”，引用了大量的中国神话元素，构成浪漫的想象画面，生动渲染出冬季天磨山那寒冷的境地及神秘的壮观。朝鲜汉诗中描写山如此，描写海也如此，比如李敏求写的《金襕窟行》：

君不见海上金襕窟，巨灵劈破霜鳌骨。
嵌石呀成小空洞，春涛啮作黄熊穴。
铁壁巉岩几百丈，飞云不到青崖上。
恍惚白日睹神怪，诞幻千秋传仿像。
只道高禅解隐踪，何曾石状如真容。
细观莫诘造化源，胜赏自超闻见宗。
河东夫子贤主人，邀我东游泛沧津。
撅头小舟容展席，摇橹入窟波色沦。
促具杯盘鲸作脍，拟驾天吴弋天外。
傍岩击鼓雷作骇，老鼍穹龟出狼狈。
须臾风起寒浪涌，四座无言色颇动。
东冈游客归思遽，老夫扣舷意弥勇。
数呼太白颠且狂，高歌激烈船低昂。
我谓舟子莫仓卒，挂帆直去凌扶桑。
扶桑仙人上森列，招我乘云俯裂缺。
婆娑一醉三万年，下视金襕真蚁垤。②

朝鲜半岛东侧的海岸沿线多陡峭的山峰，延伸入海，形成面对日本海的悬崖峭壁及海上孤岛奇峰，景色绮丽壮观，其中不少地方成为著名的旅游名胜之地（比如釜山）。这首诗中所写的金襕窟，便是其中之一。类似的水上奇峰景色，中国有桂林山水（从漓江看

① 林昌泽，字大润，号崧岳，谷城人。李朝肃宗庚申年生，辛卯年进士及第。有《海东乐府》一卷行于世。此诗亦见《大东诗选》卷五。

② 此诗见《大东诗选》卷四。

奇峰丛生），越南有下龙湾群礁（俗称海上桂林），日本有仙台的松岛，皆为山水绝佳之处，至今仍为旅游胜地。相比之下，朝鲜东海岸的风光以高耸陡峭的海岸巨礁为特色，而在朝鲜汉诗人笔下，则更加增添了几许神奇瑰丽的色彩。这首诗在内容结构方面显然受到苏轼《赤壁赋》的影响，但是在抒情风格方面则有李白及李贺的影子。苏东坡夜游的赤壁是在长江中游的岸边，而李敏求游览的金襕窟则是在风急浪高的海面上，地点不同，景观不同，描写的笔触自然有异；东坡游赤壁引发的是对人生哲理的深思，而李敏求泛舟金襕窟联想到的则是海上的种种神怪传奇，不同的人生经历及文化背景所产生的诗歌想象力也是大不相同的。诗中描写朝鲜东海岸的高耸峭壁甚为细致传神，如"嵌石呀成小空洞，春涛啮作黄熊穴。铁壁巉岩几百丈，飞云不到青崖上"。写海面气候突变风浪骤起也是极为生动，如"傍岩击鼓雷作骇，老鼍穹龟出狼狈。须臾风起寒浪涌，四座无言色颇动"。此刻众人皆惊，唯独诗人不但不惧怕，反而兴致愈加高涨："数呼太白颠且狂，高歌激烈船低昂。我谓舟子莫仓卒，挂帆直去凌扶桑。"挂帆远航，乘风直赴传说中的扶桑蓬莱仙境，在那里"婆娑一醉三万年，下视金襕真蚁垤"。直有李贺《梦天》诗的意境，从月宫仙界俯瞰人间沧桑，万年如走马，齐州九点烟。从海面舟上仰望"铁壁巉岩几百丈"的金襕，从仙界高空俯视只不过像一撮微不足道的蚁冢。正是在这样浪漫的想象中，诗人的兴致达到高潮，精神境界得到了升华。实际上，描写山水时的富于激情及浪漫想象，在近世朝鲜汉诗中是常见的，不仅古体诗如此写法，近体诗中也时常可见，如金净的《丛石亭》三首七律诗这样描写道：

绝峤丹崖沧海陬，孤标琼邈即蓬丘。
硬根即插幽波险，削面疑经巧斧修。
鳌柱天高残四片，羊碑岘古杳千秋。
鹤背人去已寥廓，目断碧空云自愁。

千古高皇丛石胜，登临寥落九秋怀。
斗魁铲彩随沧海，月宫借斧削丹崖。
巨溟欲泛危峦去，顽骨长冲激浪排。
蓬岛笙箫空淡伫，夕阳搔首寄天涯。

云灭秋晴淡碧层，清晨起望太阳升。
光涵海宇初吞吐，彩射天衢忽涌腾。
幽窟老龙惊火焰，深林阴鬼失依凭。
尘寰昏黑从今廓，欲向崦嵫为击绳。[①]

诗人被流放至偏僻的荒岛，生活清苦，心情压抑，正如其《绝国》诗中所描写的："绝国无相问，孤身棘室围。梦知关塞近，僮作兄弟依。忧病工侵鬓，风霜未授衣。思心若明月，天

① 金净，字元冲，号冲庵，庆州人。李朝中宗丁卯科举状元，选湖堂，官至刑曹判书。牵入己卯之案遭流放。后平反，谥"文简"。秉性高洁，诗风高古。这组七律见《大东诗选》卷二。

末寄遥辉。”还有《遣怀》诗写道：“海曲恒阴翳，荒村尽日风。知春花自发，入夜月临空。乡思千山外，残生绝岛中。苍天应有定，何用哭途穷。”正是在这样孤独寂寞的流放岁月中，朝鲜海岛岸边那挺拔峻峭的岩石使得诗人深有感悟，写出《丛石亭》这样的诗作，寄托自己的高洁秉性及倔强个性。值得注意的是组诗采用了现实描绘与浪漫想象结合的构思，从“硬根即插幽波险，削面疑经巧斧修”的眼前景象，到“幽窟老龙惊火焰，深林阴鬼失依凭”的丰富联想，诗人描绘出了朝鲜海岛独特自然景观。

第四节　浪漫抒情的长歌

朝鲜接受中土汉文化影响的历史悠久，汉诗写作人数众多，风雅习气弥漫朝野，至李朝汉诗已经达到成熟和繁荣的阶段，这在古体诗创作中表现得尤其明显。通过古体诗展现诗人内心的丰富情感世界，表达对于人生意义的哲理思考，形成了近世朝鲜汉诗发展中的又一突出现象。壬辰战争中直接参战抗倭的著名汉诗人权跸，其古体诗创作就极为出色，充分展现出了朝鲜汉诗的魅力。先看其《飞光戏赠友人》曰：“飞光飞光，尔行谁迫？朝出东溟暮西极，昨日今日又明日。如此如此不得息，人生世间驹过隙。少年一失难再得，不必身后名，何似眼前乐。请呼精卫衔木石，填四海之波化平陆。驾神农以耕，召后稷播百谷，千岁为春禾始生，千岁为秋禾乃熟。九州之铁铸大镰，獲而积之高于昆仑碣石。酿作无限酒，元气以为曲，一饮九九八十一万斛，醉卧鸿蒙之野、溟涬之域。大儿赤精子，小儿卫叔卿。令湘娥鼓瑟，命子晋吹笙，下视无怀儿。蘧等虽螟，其余尧舜禹汤、文武周孔，琐琐不足陈。时乘紫云车，容与出八纮。手撼若木枝，花叶纷而零，要令天下人拾而食之皆长生。狂吟志在此，无乃太濩落，既觏百年友，是不是歌一曲。”[①]此诗虽为戏言之作，但是抒发对于时光流逝的哲理思考，融入中国及朝鲜的古典神话传说，化为诗的浪漫语言，场面奇特，绮丽缤纷，展现出了诗人天马行空般的想象力。再看其一首古体《天何苍苍醉中走笔》写道：“天何苍苍，地何茫茫。山岳何崒崒，江河何洋洋。尧舜何巍巍，孔孟何煌煌。盗跖何以寿，颜渊何以殇。宁子何为愚，箕子何为狂。万物尽如此，此理谁能详。君不见楚国群阴蔽明月，屈原怀石沉江湘。又不见汉廷公卿恶年少，贾谊去傅长沙王。凤翔千仞竟焉往，蕙树百亩空余芳。有才不必用，有德不必彰。李斯入关秦乃帝，孔明出庐汉终亡。世间成败本如此，力耶命耶谁主张。郦生舌下七十城，不免身作鼎中烹。淮阴战胜攻必取，不免身死儿女手。智巧不可恃，从古有如此。为问白日金殿上，何似清风北窗里，况复长安大道多险巇。前有太行山，后有三峡水。魍魉啸林蛇出窦，熊罴西咆虎东踞。寄立尺寸地，进退俱不得，人生莫向此间行，富贵向来生五兵。所以江东张季鹰，但爱一杯酒，不愿千载名。去子骄气与多欲，不用多言与多力。骄则不自保，欲则不知止。言终裂苏秦，力不救任鄙。莫爱采石江上月，莫爱灞陵桥上雪。蹇驴觅句只冷淡，长鲸登天终恍惚。不如树樗无何乡，游居寝卧乎其傍。六合为室，万物为粮，

① 见《大东诗选》卷三。

星辰为佩，云月为裳。塞兑闭门，与道翱翔。下探黄泉，上登太皇，男儿到此即是大休歇，何用在世长躄躠。”这首长篇古体诗写得洋洋洒洒，化用大量中国事典，极尽神奇想象之能事，充分表现出诗人淡泊功名得失、酷爱自由的秉性。权跸的人生观受到庄子思想的很大影响，这首古体诗的结尾处描写到了“不如树樗无何乡，游居寝卧乎其傍”，纯然是庄子《逍遥游》中的虚无境界，诗人的清高本性难见容于尘世，但在这样虚构的艺术境界中却得到了精彩的展现。权跸生活在内忧外患交集的乱世，外有倭患入侵，内有民乱四起，而最为严重的则是皇戚贵族的骄横奢靡以及地方官吏对平民的欺压盘剥，这样就使得处在社会最下层的百姓陷于赤贫而难以生存。诗人曾有感于世道不公，写过一篇《忠州石效白乐天》，即用古体诗记录时事，揭露现实社会中的严重不公平及豪强贵族的丑恶面目。诗作写道：

忠州美石如琉璃，千人劚出万牛移。
为问移石向何处，去作势家神道碑。
神道之碑谁所铭，笔力倔强文法奇。
皆言此公在世日，天姿学业超等夷。
事君忠且直，居家孝且慈。
门前绝贿赂，库里无财赀。
言能为世法，行足为人师。
平生进退间，无一不合宜。
所以垂显刻，永永无磷缁。
此语信不信，它人知不知。
遂令忠州山上石，日销月铄今无遗。
天生顽物幸无口，使石有口应有辞。①

忠州盛产美石，豪门贵族纷纷开凿忠州美石，用作矗立在自己坟墓前的神道碑，请名家撰文，请名匠篆刻，极尽夸耀美誉之能事，将碑主刻画成是大忠大孝、言行完美的圣人。但实际上神道碑上的这些虚饰阿谀之辞，世间无人相信。诗篇最后说幸好这些忠州石不能开口说话，不然它们定会为在自己身上满刻的这些连篇谎言鬼话而感到羞愧难忍。全诗继承了白居易讽喻诗的传统，二十四句一气呵成，反话正说，辛辣地嘲讽了当时权贵阶层沽名钓誉的丑恶行径。

朝鲜古体诗的超现实色彩还表现在大量述怀抒情诗作中，诗人放达的个性往往在这些诗作中得到淋漓尽致的体现，其中对于人生的哲理思考则往往采取超现实的浪漫笔法。青年诗人李克焜的《梦天》写道：“清香烧罢一院深，寂寂山窗明桂花。何来仙客在我傍，半夜风外喧笙笳。揽我衣裳向我语，风尘误落堪悲嗟。何似清都九万里，与我飘然凌紫霞。我闻其言莞尔起，荷衣暂整登鸾车。登鸾车，向何处，碧落苍茫仙路赊。长离拂羽赤龙御，一团璇风兴正嘉。玉佩珊珊响渐高，仙驂已到银河涯。芙蓉城里白玉京，羽人罗

① 见《大东诗选》卷三。

列纷如麻。仍随羽人朝紫皇，紫皇乃赐丹桂之仙葩。鹤背青童捻玉箫，扶桑曙色迷窗纱。杳杳尘寰望不见，茫茫九点秋烟斜。蘧然惊罢一枕梦，恍疑身在三清家。珠宫璧殿若在眼，彩云重重归路遮。人间岂是久留处，早晚云汉期乘槎。"[①]李克焜是朝鲜著名汉诗人李必庠之子，聪明好学，自幼才华显露，但不幸早夭。这首古体诗充分显露出了这位青年诗人的超逸个性及过人才华，其描写神奇优美的梦境，随仙人，登鸾车，飘然凌紫霞，朝见玉皇大帝。又从天上俯瞰人间，"杳杳尘寰望不见，茫茫九点秋烟斜"，最终还是留恋天上仙境，摈弃人间俗世，在超脱现实的浪漫想象中，似乎还透露出了一丝诗人过早谢世的不祥预兆。再看一首任叔英的《朝天歌送月沙》[②]：

朝天仙客青旄节，影转银河一片月。
金鸡喔咿催六龙，晓色微茫射丹阙。
青童扫地铺锦茵，软风吹空浮玉尘。
芝田瑶草几回死，惟有桂花香袭人。
枝头有露真珠重，一阵春寒彩鸾冻。
雕栏鹦鹉似相讥，骨清不作西州梦。
霓裳羽衣舞素娥，乐府一曲朝天歌。
遥指东溟一杯渌，麻姑手弄清浅波。
银屏画照九宾位，春色和烟暗旗帜。
阊阖遥闻万岁声，罘罳渐露三清字。
琼浆屡满九霞觞，碧箫曲终双凤凰。
三十六宫犹未曙，满楼银烛参差光。

诗人遥望秋空，浮想联翩，描写赏月时的幽静微妙感受极为细腻。诗中出现了中国神话故事中的各种人物和场景，如桂花飘香，青童扫地，素娥羽衣，麻姑纤手，"琼浆屡满九霞觞，碧箫曲终双凤凰"，有声有色，五彩缤纷，构成了秋天夜空中的神秘境界。汉学基础深厚，诗赋才华横溢，加之放任的个性，这是任叔英诗作富于浪漫想象力的来源。他写秋夜如此，写春夜也如此，比如在一首古体诗《早春行》中，诗人这样写道："东风扑地吹一旬，百舌弄声啼作春。江中老龙已曝背，水鸟暗啄青玉鳞。三清仙客最多梦，梦入瑶台彩云重。香露如珠湿六铢，玉童一双调鸾凤。王母桃花血点红，霞光照空西复东。堪悲千载茂陵草，雨滴枯松啼鬼雄。丁东玉漏促天色，月脚斜飞破晴碧。紫绮衾寒眠不成，晨鸡一叫东方白。"诗人的春夜之梦同样充满着神话因素及浪漫想象，从"江中老龙已曝背"，到"玉童一双调鸾凤"；从"王母桃花血点红"到"雨滴枯松啼鬼雄"，诗中重笔渲染的皆为神话世界中的神奇景象。诗人自称"三清仙客最多梦"，显示出长期浸染于道教思想的影响，从这两首古体诗中，也可明显看出诗人超脱尘世的飘逸性情，写诗自由奔放，不拘一格，往往上穷碧落下黄泉，是受李白、李贺影响颇深的抒情诗人。

---

① 诗见《大东诗选》卷五。
② 此诗见《大东诗选》卷四。

著名汉诗人申叔舟的《和李太白紫极宫诗》[①]，回顾人生，述怀反省，颇有几分汉魏古诗的风骨：

西风万里来，秋声起丛竹。
高堂夜不寐，幽思正堪掬。
缅怀进前修，黾勉慎所独。
有德不敢忘，有怨不敢宿。
五十尚迷途，从兹亦可卜。
回舆及未暮，庶几不远复。
行行遵大路，视彼前车覆。
一日更一日，人事备生熟。

此为诗人五十岁时的述怀之作，按照孔子的说法，人生五十，应该是到了“知天命”之年，诗人此时自谓“五十尚迷途”，当然包含着对于官场仕途的种种失望。诗人坚守气节，洁身自好，所谓“缅怀进前修，黾勉慎所独”，还有谨慎小心，“有德不敢忘，有怨不敢宿”。但是长期的勤勉谨慎并没有让诗人得到成就感，反而因长期压抑而感到心情郁闷，诗人反省人生的结果，自然就是像陶渊明那样高唱归去来，“回舆及未暮，庶几不远复”。而在朝鲜汉诗人中，颇多李白类型的豪放诗风，如李朝仁宗时期的郑斗卿，其《侠客篇》曰：“长安少年气盖云，腰间宝剑七星文。结交汉代青云士，长楫秦时沧海君。秦时汉代多雄侠，意气相倾摇五岳。白昼杀人人莫当，避仇藏名燕市傍。猎罢宁论灞陵尉，兴来每携邯郸娼。邯郸娼女颜如玉，酒酣悲歌更击筑。黄金岂是能守物，匕首元因我辈设。平生不读一字书，门外犹多长者车。夜深月明车马散，堂上烛灭留专诸。”与李白笔下的长安侠客同一机杼，皆为少年英雄的赞歌，也是诗人壮怀激烈的一种表现。再看其《走笔赠朴伯谦》，字里行间透露出李白古风中常见的那股放逸纵横之气：

我昔十七八，始读子长书。
二十下笔作剑赋，沧州词伯称相如。
又有歌行数十篇，文章巨公争相传。
扬眉北渚先生座，抵掌东阳都尉前。
谓余殊有乐府风，可与汉魏相争雄。
丈夫岂可久贫贱，床头有书数百卷。
十年贯穿不知老，闭门城西长秋草。
至今壮怀无所成，可笑浮名何足道。
出门摆落向酒垆，翰墨于我浮云虚。
欲随雄侠学剑术，剑术自觉荆卿疏。
下士见我大笑之，此生落魄为人欺。
太行山高天马蹶，伯乐去远谁能知。

---

① 此诗又见《大东诗选》卷二。

君家兄弟自奇士，一见许我相追随。
管鲍其人骨已朽，千载知音各一时。
知君意气超千古，家有黄金散如土。
高堂日日会众宾，就中与我最相亲。
呼庐六博白日暮，但见一醉安知贫。
见君心，握君手，昨日长安细雨晴。
城头春风拂杨柳，请君更脱鹔鹴裘，
换取胡姬一斗酒。①

郑斗卿字君平，号东溟。李朝宣祖丙申年出生，仁祖己巳年获魁科，官至礼曹忝判提学，汉诗文才气横溢，称誉一时。在这篇赠送给好友的古体诗作中，诗人回顾自己昔日放浪的书剑生涯，好读书，好诗文写作，好剑侠，好饮酒交游，其间充满着欢乐，充满着自信，充满着友情，追求任侠快乐，鄙视功名利禄。显然，年青时期与友人一起度过的这段生活，给诗人留下了最为难忘的美好记忆，也成为诗人终身珍惜的人生经历。李白《将进酒》中吟唱道“天生我才必有用，千金散尽还复来”，郑斗卿同样唱道“丈夫岂可久贫贱，床头有书数百卷”；李白唱道“五花马，千金裘，呼儿将出换美酒”，郑斗卿则唱出“请君更脱鹔鹴裘，换取胡姬一斗酒”。差别在于，李白痛饮狂欢时的思绪更为深远，从“高堂明镜悲白发”，发展到“与尔同销万古愁”，感情淋漓，一气呵成。而郑斗卿虽学李白，但还是局限在个人经历及友情的表述，终难达到李白诗中那样的寓意高远、挥洒自如的艺术境界。但是作为朝鲜汉诗人，能够把不属于自己母语口语的汉诗写到这样的境界，已经是极为精彩和难能可贵的了。

值得注意的是，朝鲜汉诗人还在长篇古体诗中阐述对于文艺诗学的看法，有些观点相当精辟，表现出颇为深刻的见解。如金麟厚②的《次退溪郡斋移竹之韵》诗云：“君不见雪山衙亭名以竹，亦知前人犹不俗。栽莳晚学潇洒翁，不是邯郸失匍匐。又不见基山病守不学能，直截平生好奇服。城西之菊郡斋竹，举一可见其心曲。冰壶秋月古有人，借问何年主白鹿。口诵周诗三百篇，猗猗菉竹思淇澳。异哉青青贯四时，可怜非草又非木。移根长作眼中看，种地叠石坛先筑。清朝静夜对不厌，露叶风枝蔼寒玉。有时烟雨映萧萧，世间百卉皆碌碌。曾悬直钩渭水滨，名并西山饿夷叔。行吟手抚偃蹇质，拄杖自比空同腹。何须添却嫣然花，谩教好事移西蜀。一任纵横杂乱抽，不许髡尽烦僮仆。长长短短自成林，岂容鹤断而凫续。兼之春媚与秋严，粹盎真成富润屋。净扫长空云漠漠，直拂繁星明煜煜。禹贡行随筱簜登，齐效肯受牛羊牧。人言根上第一枝，雌者为双雄者独。从知物物各有对，易上分明验九六。依山一径孰偏僻，月皎霜风谁独宿。诗翁写出有声妙，画师纷纷多画肉。胸中吞得几千亩，病阅不觉高声读。安得烧笋酌松绿，杯心泛泛黄

① 诗见《大东诗选》卷四。
② 金麟厚（1510—1560），字厚之，号河西，蔚州人。李中宗庚子年科举及第，选湖堂，官校理，外放任玉果县监，后离任不仕。谥“文靖”。

金菊。"[①]退溪即李滉(1501—1570),朝鲜时代中期最著名的性理学家,尊崇朱子学,其渊博的儒家学问及高洁的人品,都使其成为朝鲜时代两班文人士族的杰出代表及人格榜样。这首诗中所言郡斋,是李滉的住所书斋号,"城西之菊郡斋竹,举一可见其心曲",种植竹菊,寄托胸怀,这在汉文学中是一种高雅的传统,诗中所描写的移竹,便饱含着敬佩和学习李滉风度人品的意思在内。竹子在中国文化中是清高人品的象征,宋代大文豪苏轼对于竹的描写赞颂,尤其成为汉诗中的经典,对于后代文人包括东亚汉诗人都产生了巨大的影响。这首长诗便是对于苏轼"竹"论的阐述,"诗翁写出有声妙,画师纷纷多画肉",点出了苏轼主张的诗画一体的观点;"一任纵横杂乱抽,不许髡尽烦僮仆。长长短短自成林,岂容鹤断而凫续",以竹林比喻文风,主张自由自在地抒发真情实感,这也继承了苏轼不拘一格、随物赋形的诗学主张;而"胸中吞得几千亩,病阅不觉高声读",则又透露出苏轼爱竹画竹、以竹品喻人品的遗响。这样的文艺观点在李荇的《题画竹》中也有类似的表述:"石生笔有神,信手写生竹。凛凛千亩姿,寄此一枝足。风人美君子,取譬淇园箓。对之至岁寒,可使食无肉。"[②]同样是化用苏轼诗中的典故语言,表现出人格的清高淡雅。李朝中期汉诗人们的学宋,不仅仅在诗歌语言风格方面仿效宋诗的精练锤炼,更重要的是在诗人的人格精神方面更倾向于独立,在诗歌审美趣味方面更显得清幽淡远,这也是李朝汉诗呈现出多姿多彩面目的重要因素。

李朝中期的汉文学呈现繁荣鼎盛的局面,可谓群星璀璨,人才辈出。其中李植(1584—1647)一首《江西行》,辨析江西学派与江西诗派的不同特点及地位,极有见地,显示出在吸收接纳中国思想文化时的清醒态度,全诗如下:

江西山水何磅礴,陪以湖湘带庐霍。
茂才间出为世仪,祥鸾瑞鹄骖寥廓。
虽然资禀颇好奇,大同之中有小歧。
风雅云亡训诰缺,一夫眩异千人驰。
后有江西学,前有江西诗。
江西诗,非正声,击瓮叩缶相喧争。
玉食铡羹不知味,金盘错陈五侯鲭。
高者粗雄次纤巧,遂凌曹徐掩韦柳。
黄陈一唱和者千,数百年来争袒右。
江西学,非正脉,扬眉瞬目徒喝啧。
空心按摩儜一悟,蔑乘典刑抛简册。
深衣章甫饰东鲁,竖拂拈提内佛祖。
二陆始俑吴氏殉,程朱之道弃如土。
谢孟书楼贮妓娼,文成倚庐侈肉粱。
滔滔洚水怀山岳,四海一抹谁能航。

---

① 诗见《大东诗选》卷二。
② 《容斋集》卷三,《题画竹,为尹副正宕作》,《标点影印韩国文集丛刊》第20册,第400页。

中间声响稍变置，达摩诋佛周贬耳。
阳藏阴纵不可测，葱岭真诠初不二。
大明一洗胡羯尘，风流靡靡良以此。
江西诗，江西学，智者喜之愚者惑。
原于其心害于事，气为之宰理为仆，
一言断案非中庸。
江西诗，尚可读；
江西学，不可宗。
学江西，邦国凶。[①]

这首古体诗针对宋明的江西学派和江西诗派，展现出历史观察的宽广视野，其中对于中国哲学和文学发展的思考能够高屋建瓴，贯穿古今，进行透彻的分析，在东亚汉诗圈中是难得一见的力作。诗中所言江西诗，是指“黄陈一唱和者千，数百年来争袒右”的江西诗派，从宋到明清，对汉诗坛影响很大。诗中所言江西学，是指明代中叶之后兴起的心学，所谓“空心按摩儜一悟，蔑乘典刑抛简册”，“二陆始俑吴氏殉，程朱之道弃如土”，是说心学彰扬个性，追求捷径，其融佛学与儒学为一体，但又抛弃经典，违背了儒佛的基本教义，因而是蛊惑人心的异端儒学，对于学者人品和社会风气都有着很大的蒙蔽性和危害作用，所以诗的最后说“江西学，不可宗。学江西，邦国凶”。值得注意的是，从朝鲜汉诗中表达出来的这种见解，与当时李朝汉学者中逐渐兴起的实学思想颇能遥相呼应。由这首诗也可以看出东亚各国之间的紧密文化联系，宋明思潮的变化对于中国社会风气变迁及朝代更替都产生了巨大的作用，而对此的思考也成为促进朝鲜近世实学思潮出现的一个重要因素。李植贬低江西学派和江西诗派，认为其非正脉，非正声，其基本理由就是“江西诗，江西学，智者喜之愚者惑。原于其心害于事，气为之宰理为仆，一言断案非中庸”。在“心”与“事”关系上，在“气”与“理”的关系上，李植都是强调“事理”的，强调“中庸”的，这就是朝鲜实学派哲学观念的核心所在。相比较而言，李植对于江西学是全然排斥的，而对于江西诗则有所取舍。虽然说“江西诗，非正声，击瓮叩缶相喧争”，偏离风雅正声，但同时也说“江西诗，尚可读”，江西派诗歌中出现过许多名家，“高者粗雄次纤巧，遂凌曹徐掩韦柳”，对于宋以后东亚汉诗的影响也不可小看。

第五节 民俗风情的生动写照

近世朝鲜古体诗创作繁荣的另一特点是大量诗作细致描写民俗风情，记录下朝鲜社会民众生活的千姿百态，以诗纪事，以诗补史，使得古体诗成为记录近世朝鲜历史变迁的重要方式之一。先看两首咏史的乐府诗，其一是申光洙的《关西乐府》，诗云：

① 见《大东诗选》卷四。

城郭江山过鸟前，朱蒙开国事茫然。
土人犹说真珠墓，虚葬君王白玉鞭。
虬髯客是盖苏文，勾引东来大国军。
留与高丽学士语，玄花白羽笑唐君。
豪华丽带乐西巡，花月年年浿水春。
空使妙清油饼计，太平文物污腥尘。
青阳馆里小西飞，血溅鳞身透铁衣。
当日剑痕犹着柱，将军不与桂仙归。
白首读书黄固执，偷儿还马路中揖。
桃李潭边顿氏碑，庐监司去绿苔涩。
青沙断础九梯宫，宫女如花昔日红。
伊今浿上春游妓，斗草抽荑辇路中。[①]

诗中所咏的“城郭”指高丽朝都城，即今平壤市。诗中两次提到的“浿上”，是指平壤北的大同江[②]。昔日高勾丽王朝后期，从中国东北境内移都于平壤，从此这座矗立在大同江边的都城，其兴衰便直接与朝鲜半岛的历史密切相关。诗开首所说的“真珠墓”、“虬髯客”，都是借用了唐传奇中的人物传说；而“白玉鞭”、“笑唐君”的描写，则是朝鲜真实的历史细节，两者结合，形成咏史诗中虚实相间的艺术效果。诗中对于昔日宫女游乐活动有着浓墨重彩的描绘，所谓“豪华丽带乐西巡，花月年年浿水春。空使妙清油饼计，太平文物污腥尘”。太平盛世，君王带乐西巡，春花与宫女共艳，浿水映丽影涨腻，大同江畔留下了高丽王朝春花秋月的繁华旧梦。诗的最末从古写到当今，“青沙断础九梯宫，宫女如花昔日红。伊今浿上春游妓，斗草抽荑辇路中”。故宫旧址，如花般的美丽宫女早已随着历史的烟云飘散而去，今日的大同江边古都辇道上，踏春的歌妓却仍旧玩着斗草抽荑的游戏，面对嬉戏玩耍的花样少女，沧海桑田的巨变，令多情善感的诗人唏嘘不已。其二是高时彦[③]的《关东歌》：

君不见
关左广阔厥土沃，六亩二升税即貊。
茫茫空地无非田，耕牧其中能饶足。
东市朝鲜一利窟，肯持锄耰事龌龊。
岁将钜万渡江去，半入燕市半沈栅。
山西羊毛尽冠帽，青布木棉如山积。
一年交易数四至，轻车快马还遑速。
归来突兀大第宅，左右蛾眉美衣食。
闻风山西尽襁负，离亲射利轻土着。
湾民生涯亦如此，毙死门市多奸慝。

---

① 见《大东诗选》卷六。
② 《说文·水部》：“浿，浿水，出乐浪镂方，东入海。”
③ 高时彦，字国美，号省斋，又号栗园，开城人。

一自釜倭变诈作，馆货阻断事异昔。
八路矿采既不少，年年北输公私赤。
罄我实货换虚物，目前随手任消铄。
辽民日饶我日瘠，彼此得失可叹息。
呜呼，何时交市之弊一洗濯，
长使边圉自肃清。[①]

这首诗所咏是广阔富饶的关东平原，突出描写东市的商贸，这里形成了朝鲜的"利窟"，用今天的话说，也就是最大的集贸市场，国内外商贸交易中心。诗中描写商人的辛勤射利获得了巨大的财富，不仅建筑了"大第宅"，而且还"左右蛾眉美衣食"，过着奢侈生活。富商的行为也影响了许多东市的民众，他们纷纷弃农经商，人心不古，原本淳朴的社会风气也随之发生变化，"湾民生涯亦如此，骛死门市多奸慝"。更使诗人感到愤慨的是在"釜倭变诈"（即壬辰倭乱）之后，东市交易的进出口物品发生变化，用诗中的话说，就是："罄我实货换虚物，目前随手任消铄。辽民日饶我日瘠，彼此得失可叹息。"朝鲜出口大量的矿产品（实货），换取的却是生活奢侈品（虚物），如此下去朝鲜国力势必愈加削弱，这是诗人最为担心也是最为痛心的，所以诗末写道"何时交市之弊一洗濯，长使边圉自肃清"。在这样的大声疾呼声中，表露出诗人对于朝鲜现状的不满及对国家前途的担忧。身为社会下层的文人，在汉诗中如实记载商业社会状况，发表自己的见解，表述自己的担忧，表现出朝鲜文人强烈的社会道德责任心，这是值得注意的。

朝鲜近世古体汉诗中，对于社会风习及民俗传统的描写不仅数量多，而且细致生动，形成一幅幅多姿多彩的百姓生活画面。李建昌的《宿广城津记船中赛神语》描写道：

大船击鼓鼓三四，小船打鼓声无次。
长竿大旗如火红，风飐照江江水沸。
船头杀猪大如马，船人沥酒篷窗下。
长年秃头捣如蒜，女巫广袖纷低亚。
潮来舟动一丈高，明月满天江无涛。
金支翠羽光晻霭，灵来如云满江皋。
既醉既饱何锡予，水宫至宝持与汝。
延平石首七山鲥，只恐船重抬不举。
归来计利清本钱，缗弄恰赢三万千。
便可一生不操楫，买田买宅终汝年。
船人闻之谢神赐，口中又有祈请事。
圣主宽仁恤农商，郡县处处犹苦吏。
去岁明诏罢水税，今年截港觅抽计。
三南特遣运漕艘，滨海捉船仍烦弊。

① 诗见《大东诗选》卷六。

又如神赐得钱多，买田买宅谁耐过。
红泥蹋纸字如斗，马尾压顶事如何。
神言此事非我职，汝虽百拜请无益。
往诉岸上吟诗人，采入风谣献京国。[①]

此诗描写广城津（位于江华岛）的赛神活动，鼓声震天，旌旗翻卷，人声鼎沸，百姓纷纷拜神祈福。然而诗人关切的重点，还是在与船主的饮酒交谈，透露出船家生计的窘迫与烦恼。“圣主宽仁恤农商，郡县处处犹苦吏。去岁明诏罢水税，今年截港觅抽计”。这两句揭示出地方官吏的摊派杂费，成为困扰百姓生活的首要原因。在风俗描写中不忘关切民生疾苦，注重社会写实的内容，这在朝鲜汉诗中成为普遍的倾向。再看一首权用正[②]撰写的《稻竿》诗：

十尺长竿如人立，竿头缚草风簌簌。
富家买田多膏腴，每岁祈年年谷熟。
千牛捆载百室盈，鸡有余粒犬余粟。
贫家元无卓锥地，屋上何由竖竿竹。
不及富家鸡与犬，终日力作未得食。
贫家莫羡富家竿，转眼贫富互翻覆。
去年东家曾竖竿，今年更在西家屋。
竿起竿倒自年年，人生志愿苦不足。
何时复行均田法，千村万落竿簇簇。[③]

这首诗描写朝鲜农村的“稻竿”风俗，农家竖起长竿，竿头缚稻草，在风中簌簌作响，借以祈求风调雨顺，稻谷丰登。诗人从稻竿的变化观察到了农家贫富的变迁，“贫家莫羡富家竿，转眼贫富互翻覆。去年东家曾竖竿，今年更在西家屋”。从对风俗的描写转变成为对社会的观察，揭示出“竿起竿倒自年年，人生志愿苦不足”的普遍现象，其根源就在于社会贫富的不均。所以诗的最后吟诵出“何时复行均田法，千村万落竿簇簇”的句子，通过均田达到均贫富，就是诗人心目中理想社会的缩影。权用正身为地方官员，对于民间疾苦有着近距离的观察体会，加之其秉持着儒家的道德心[④]，所以在诗中有着如此真切的感受。再看一首尹洁[⑤]的《饭筒投水词》，描写端午祭祀屈原的习俗也在朝鲜盛行，诗曰：“沅有

---

① 见《明美堂》卷四，又见《大东诗选》卷十。

② 权用正，字宜卿，号小游，安东人。李朝纯宗辛酉年生，官至府使。

③ 诗见《大东诗选》卷九。

④ 如其《南汉山感旧》诗曰：“旄头夜炫九重惊，朔雪边风卷地声。生死纲常三学士，存亡社稷一孤城。来禽花落春将晚，立马峰高月自明。二百年间如梦寐，长官无事坐谈兵。”又《统营忠武公祠》诗曰：“水滨荒庙泊舟时，衰草离离鸟雀悲。一去将军余大树，千年沧海有沉碑。阴风昼裂红旗尾，残日秋明画戟枝。叹息英雄不可见，后人空作战场诗。”感叹朝鲜历史，怀念忠烈将军志士，可以想见诗人的忠爱胸怀。

⑤ 尹洁，字长源，号醒夫，南原人。中宗丁丑年生，癸卯年进士及第，选湖堂，官至修撰，“乙巳之案”中冤死。

沱兮湘有汜，九嶷山高皆相似。芳洲五月发芙蓉，风吹香气动南纪。满船竹枝楚国人，且将饭筒投江水。云是离骚屈大夫，五月五日沉江死。至今犹有未招魂，万里寒潮朝夕至。芰荷香尽木兰空，生别美人长已矣。江潭日暮采杜蘅，枫岸萧条欲谁寄。空将幽怨动郢人，旧俗传来成往事。沙棠舟上客倚桨，一曲悲歌数行泪。人生何必醒自苦，一樽为尔临江醉。”[1]从中国传来的风俗，在朝鲜民间同样流行，诗人因此而感慨万分。诗人自号醒夫，又痛感“人生何必醒自苦”，这样的心情与屈原是相通的，诗作透露出来的情感是真挚而沉痛的。

汉诗中的乐府诗，从中唐之后形成实录社会舆情、反映民生疾苦的传统。朝鲜汉诗人在继承乐府诗传统的基础上，将之与朝鲜民歌俗唱的传统相结合，撰写出具有朝鲜民歌风味的汉诗雅调，别具特色。从李钰的《雅调》十七首，便能看出朝鲜汉诗人在融合中朝民歌因素方面所作的探索：

郎执木雕雁，妾奉合乾雉。
雉鸣雁高飞，两情犹未已。

福手红丝杯，劝郎合欢酒。
一杯生三子，三杯九十寿。

早学官体书，异凝微有角。
舅姑见之喜，谚文女提学。

阿姑赐礼物，一双玉童子。
未敢显言佩，结在流苏里。

四更起梳头，五更候公姥。
誓将归家后，不食眠日午。

屡洗如玉手，微减似花妆。
舅家忌日近，薄言解红裳。

人皆轻锦绣，侬重步兵衣。
早田农夫锄，贫家织女机。

郎骑白马来，妾乘红轿去。
阿娘送门戒，见舅拜勿遽。

儿家广通桥，夫家寿进坊。

① 诗见《大东诗选》卷三。

每当登轿时，犹自泪沾裳。

一结青丝发，相期到葱根。
无羞犹有羞，三月不共言。

养蚕大如拳，下阶摘柔桑。
非无东海稠，要验趣味长。

为郎缝衲衣，花气恼侬倦。
回针插襟前，坐读淑香传。

小婢窗隙来，细唤阿只氏。
思家如不禁，明日送轿子。

草绿相思缎，双针作耳囊。
亲结三寸蝶，倩手捧阿郎。

人皆戏秋千，侬独不与偕。
宣言臂力脆，恐坠玉龙钗。

包以日文袱，贮之皮竹箱。
夜剪阿郎衣，手香衣亦香。

真红花布褥，鸦青土稠衾。
何必云纹缎，四龟镇黄金。①

这些雅调小诗皆以新嫁娘为中心，把朝鲜婚嫁风俗描写得细致如绘，也把新嫁娘的心态表现得活灵活现。前四首写婚礼场面，新郎所执“木雕雁”，新娘所奉“合乾雉”，皆为朝鲜婚俗中的常见喜庆之物，寄寓着对于这场婚姻的美好祝愿。至于“合欢酒”的祝酒辞，祈愿多子长寿，也是东亚儒家文化圈的共同祈愿。朝鲜夫家重视新娘的文化教养，写得一手清秀好字的新娘会受到公婆的由衷称赞，被称作“谚文女提学”，这是很有意思的称呼，折射出很多的内涵。姑婆送新娘礼物的细节描写也很微妙，折射出新娘的小心谨慎的心态。第五、第六首写新娘婚后的勤勉谨慎的生活态度，这在儒家文化圈国度中是很熟悉的现象，读来令人感到亲切莞尔。接下去是新娘回顾自己的心态剖析，“人皆轻锦绣，侬重步兵衣”，表现出她对男方人品的重视；而“一结青丝发，相期到葱根”，则表露出她对于婚姻爱情的执着。从“养蚕大如拳”以下数首，细腻表现出新嫁娘的生活侧面，其

① 李钰，全州人，生卒年不详，有《牟尼孔雀稿》传世。此雅调组诗又见张志渊《大东诗选》卷七。

中有欢乐甜蜜，有担忧等待，有悠闲放松，也有思念焦灼等等。通过这位新嫁娘生活的细致描写及心态的细腻表现，展现了朝鲜时代婚姻家庭生活的场景。值得注意的是，从18世纪以后，朝鲜女性诗歌创作逐渐兴起，不少女子用朝鲜的文字谚文写作时调长歌，出现了《思亲歌》、《惜别歌》、《思乡曲》、《兄弟所怀歌》、《秋风感别曲》、《花煎歌》等名篇，传颂诗坛。由于当时朝鲜女诗人大都出生和生活在两班阶层家庭，其诗作的内容很难摆脱儒家“妇德”及“贤妻良母”的道德规范，类似《警女词》、《诫女歌》、《教女词》、《闺中行实歌》的诗作大量出现。在此背景下，李钰的汉诗《雅调》生动描写女子婚姻生活，真实吐露女子生活感情，这样的汉诗既与时调俗唱互相呼应，又显示出独特的面目与价值。

从上所论可以得出初步的结论，近世朝鲜汉诗中的古体诗创作人才辈出、丰富多彩，不仅达到了兴盛，而且还鲜明表现出了朝鲜汉诗的独特风貌，形成了东亚汉诗发展史上浓彩重墨的一页。朝鲜近世古体诗的创作成功固然与继承了中国诗歌的悠久传统经验直接相关，但是更为重要的一点是，近世朝鲜汉诗人中的佼佼者并没有被中国诗歌的光辉传统所掩没。在唐诗宋词的伟大艺术面前，他们没有放弃自创新意的信心和努力，自觉走汉诗创作本土化之路，运用汉诗的形式，记载朝鲜社会生活的内容，并坚持以畅达表现朝鲜内容为主导，而不去斤斤计较于汉诗形式方面的辨析争议。正如朝鲜汉诗人权纯久在《大东诗选》跋语中所坦言的：“我东人不喜读我东人诗，诗期乎取法中国也。然而今之学诗者，口能言唐、言宋、言元明，而见其所为，则自东人而又最下乘。是又何也？昔季札观周乐，曰‘泱泱乎’，曰‘其细已甚’，曰‘思深而忧远’。列国之风不同也。又萧太子选诗，上自苏、李，下至鲍、谢，混纤雅丽，自不相侔。盖其山川俗尚以也，政令教化以也，为之者亦不知然而然也。若唐若宋元明诸家，使在鸭水以东，其名篇杰作，必不能如世所称颂，而况使之生于今千百载下乎？……夫我东有声诗久矣，自新罗崔孤云以下，如本朝穆陵盛际诸公皆善鸣一代，虽置之中土作者之列，可颉颃上下。下此者亦不失为我东声调，自成一邦，何必嘐嘐然，曰唐曰宋曰元明之为可法，是见其自小而已。”[①]强调东人诗的山川特色具有合理性，重视朝鲜汉诗声调的独特性，确信“我东声调，自成一邦”，认为“虽置之中土作者之列，可颉颃上下”，这样高调的自信心在东亚汉诗圈中也是不多见的，这种自信心是建立在其汉诗创作的实力得到东亚各国汉诗界广泛认可的基础之上的[②]。

---

① 见《大东诗选》跋语之二。

② 明清时期及日本的江户时期、越南的后黎朝都有大量的资料记载反映出对朝鲜汉诗人诗作的赞赏。

结　　语

1392年，高丽灭国，李朝建立，改国号为“朝鲜”，直至1910年被日本兼并而亡国。在近世朝鲜500多年的发展历程中，朝鲜汉诗的创作呈现出分阶段的消长轨迹，伴随着李氏王朝的兴衰及朝鲜社会的变化，经历了前所未有的繁荣昌盛，最终逐渐凋零，直至退出历史舞台，留下了令人回味无穷的美丽与辉煌。

一、李氏朝鲜时代汉诗的鼎盛

李朝初年诗坛仍然继承着高丽朝末年的风气，汉诗人普遍喜欢宋诗，尤其是苏东坡的诗作被奉为汉诗圭臬。出现这样的诗坛风气与两个因素关系甚大，其一是李朝道学的强势兴起，使得儒教哲学与汉诗创作开始有所区分，汉诗可以不再充当儒教道德宣讲师的角色，这样自然就会促进更多富有个性化的汉诗作品的出现；其二是朝鲜谚文的创制，使得更多的朝鲜人能够流畅地阅读和写作汉文汉诗，这就极大地促进了汉诗创作在全社会的普及，也使得汉诗创作内容愈加接近平民社会，朝鲜汉诗风格方面于是也开始趋向于通俗化。自然，明清两代诗坛风气的走向，也明显影响到了李朝汉诗及时调的发展变迁。

李朝初年文坛上名声较大的有权近(1352—1409)和卞季良(1369—1430)。他们都是由高丽朝入李朝的汉学者，又都在新兴的李朝任职，实际上执掌文柄多年，他们的汉诗爱好对李朝初年诗坛风气的转变产生了重大的影响。权近极力排斥佛学，倡导儒教文化，其诗风高爽明朗，如其描写风景胜地金刚山的诗作便堪称佳作①。还有其歌咏朝鲜半岛人文历史的诗作写道：

苍苍一点汉罗山，远在洪涛浩渺间。
人动星芒来海国，马生龙种入天闲。

---

① 《金刚山》诗曰：“雪立亭亭千万峰，海云开出玉芙蓉。神光荡漾沧溟近，淑气蜿蜒造化钟。突兀岗峦临鸟道，清幽洞壑秘仙踪。东游便欲凌高顶，俯视鸿濛一荡胸。”见《阳村集》卷一，载《标点影印韩国文集丛刊》第7册，第15页，汉城韩国民族文化推进会编，1999年版，下同。

地偏民业犹生遂，风便商帆仅往还。
圣代职方修版籍，此邦虽陋不须删。

《耽罗》①

这首诗作显示出诗人宽阔的胸襟和视野，是丰富的汉学知识与民族情怀密切结合之后的产物。他诗集中颇多咏物佳作，不仅有传统的梅、竹、兰，尽显高雅本性，还有咏颂生活日常琐物，如西瓜、豆腐、畜菜、生姜、梨子、柿子、五加皮、五味子等等，写得风趣生动，颇有晚唐及宋诗的风调，七律尤佳。

卞季良诗作风格清而不苦，淡而不浅，颇有隐居山林、透视人生的幽趣。比如其《题清溪山行上人院》诗曰："石路千崖尽，香烟一室清。客来求煮茗，僧坐自翻经。树老何年种，钟残半夜声。悟空人事绝，高卧乐无生。"②这种闲适的诗风表达出了卞季良散淡的生活情调，但身为显宦的他实际上并没有机会真正去山林隐居，而是长期在宫廷内参与朝政，宫中府内许多重要的政令辞命包括与明朝来往的文辞，皆出于其手笔，其华富的文辞和博大的气势，"中朝文人，亦见而叹之，可谓华国之文章，宜为后人之楷模"③。可见春亭不仅诗写得好，文章撰作更为出色，其文集中《乐天亭记》、《喜雨亭记》、《四佳亭记》等篇，皆有北宋苏舜卿、梅尧臣文章的笔调。

李朝初期汉文学的集大成者是徐居正，他执掌文衡二十六年，掌选二十三榜，李朝中期之后不少著名的汉诗人比如金宗直（占毕）、姜希孟（晋山）、李承召（三滩）等人，都出自其门下。徐居正的诗文集为《四佳集》，他擅长于诗，保留下来的诗作数量约有 3700 余篇，其诗作描写的内容涉及面广，多为个人生活中的真切体验，充满灵动活泼的气息。比如下面四首诗就写得颇有神韵：

小池猎猎弄青蒲，燕子来时鸡引雏。
万事不如春睡美，一窗红日转帘隅。

《春怀三首》其一④

柳阴翠合槐阴重，日午主人初睡浓。
一阵凉风觉身爽，雨声正在红芙蓉。

《夏日即事》⑤

公事无多早退衙，西风吹颤鬓边纱。
曲阑闲立无人见，独对东篱黄菊花。

《退衙》⑥

① 见《阳村集》卷一，《标点影印韩国文集丛刊》第 7 册，第 16 页。
② 《春亭集》卷一，《标点影印韩国文集丛刊》第 8 册，第 21 页。
③ 《春亭集》卷首，安止旧跋，《标点影印韩国文集丛刊》第 8 册，第 5 页。
④ 《四佳集》卷三，《标点影印韩国文集丛刊》第 10 册，第 262 页。
⑤ 《四佳集》卷二十九，《标点影印韩国文集丛刊》第 10 册，第 491 页。
⑥ 《四佳集》卷二十一，《标点影印韩国文集丛刊》第 10 册，第 452 页。

儿童闲事喜新年，欢笑团圞恬我眠。
我亦少年如汝辈，如今却怕雪盈颠。

《元日夕书怀》[①]

这四首诗分别描写了诗人在春夏秋冬四季中的生活情景，透露出诗人微妙的内心感受及情绪变化，显示出了高雅的审美品味，从中也可以看出李朝汉诗人的深厚汉学修养。居正性情疏放，其《诗成自嘲》写道："一诗吟了又吟诗，尽日吟诗外不知。阅得旧诗今万首，仅知死日不吟诗。"[②]又有《诗酒》曰："自笑平生任性真，颠诗癖酒两毛新。莫嫌诗酒颠仍癖，无酒无诗易老人。"[③]又有《叙怀》诗写道："大隐谁知在世间，宦情尘思共阑珊。已谙一铁能成错，未信千钱可买闲。诗道中兴黄太史，世缘终浅白香山。残年心事凭谁语，笑把青萎仔细看。"[④]可以看出居正的诗学崇尚终究还是在黄庭坚、白居易之间。细检居正诗集，从大量的咏物、唱和和题画诗中，可以明显感受到一种富赡的才情在日常生活记录中的自由挥洒，诗人将其所见所闻，无论巨细，皆娓娓道来，探幽寻秘，绕有情趣。

李朝前期诗坛宋诗风气盛行，苏东坡的诗风大受欢迎，模仿者很多。其中有成为诗坛巨擘的朴訚、李荇，还有先后出现的成俔、朴祥、申光汉、郑士龙、卢守慎等著名的汉诗人。值得注意的是，当时在普遍流行宋诗风格的诗坛上，出现了"海东江西派"的说法，上述这些著名的汉诗人，都明显表现出了仿学宋代江西诗歌的倾向，无论是写诗和论诗都讲究气格声韵。尤其是对苏轼、黄庭坚的诗风研究得很深入，其诗作也往往表现出凝练的笔法和纯熟老道的格调。朴訚以耿直谏言而惨死于昏君奸党之手，年仅二十六岁，后平反昭雪。其诗文遗作后人辑为《挹翠轩遗稿》四卷，其中写道：

醉嚼岩间雪，狂遗头上巾。
时应投懒散，境自着清真。
涧曲音生石，松高影落茵。
小诗偷胜景，君妇岂余嗔。

《万里濑二首》其二[⑤]

伽蓝却是新罗旧，千佛皆从西竺来。
从古神人迷大块，至今福地似天台。
春阴欲雨鸟相语，老树无情风自哀。
万事不堪供一笑，青山阅世自浮埃。

《福灵寺》[⑥]

---

① 《四佳集》卷二十二，《标点影印韩国文集丛刊》第 10 册，第 465 页。
② 《四佳集》卷二十九，《标点影印韩国文集丛刊》第 10 册，第 490 页。
③ 《四佳集》卷五十，《标点影印韩国文集丛刊》第 11 册，第 75 页。
④ 《四佳集》卷二十九，《标点影印韩国文集丛刊》第 10 册，第 495 页。
⑤ 《挹翠轩遗稿》卷三，《标点影印韩国文集丛刊》第 21 册，第 36 页。
⑥ 《挹翠轩遗稿》卷三，《标点影印韩国文集丛刊》第 21 册，第 41 页。

地如拍拍将飞翼，楼似摇摇不系篷。
北望云山欲何极，南来襟带此为雄。
海氛作雾仍成雨，浪势翻天自起风。
暝里如闻乌相叫，坐间浑觉境俱空。

《保宁营后亭子五首》其四[①]

这些诗篇在描写朝鲜胜地雄浑风光景色的同时，也透露出了年轻诗人超然尘世的放达胸怀。其中写景诗句如“涧曲音生石，松高影落茵”、“海氛作雾仍成雨，浪势翻天自起风”，细致刻画，十分真切；而“春阴欲雨鸟相语，老树无情风自哀”这样的写景诗句，语句精练，晚春景色与诗人落寞的心境情怀浑然一体，是朝鲜汉诗中的经典名句。许筠《惺叟诗话》中认为朴訚的诗风“严缜劲悍”，“不可易得”，是当时诗坛上宋派诗中的杰作。从上述几首诗中也可以看出朴訚诗风的这一特色。1709 年，俞得一在重刊《挹翠轩遗稿》后序中说：“前辈称翠轩文章为东国第一，真确论也。余亦酷好而绝爱之，恒置兀几间，辄盥手以读。妄谓公之诗出于天机，不假人工，而遇境抒情，曲写人所不能言。较之中华作家，如简斋、放翁，犹有所逊于公者，况吾东乎！”[②]

与朴訚齐名又是其挚友的李荇，是当时诗坛上的又一位大家。李荇字择之，号容斋，十八岁就科举登第，才华横溢。后来受到“甲子士祸”的牵连，他虽然没有像朴訚那样惨遭杀身之祸，但是也谪居忠州、巨济岛等地，因而诗作中充满着备受压抑的悲哀之情。其《感怀》诗写道：“骨肉各千里，光阴垂半年。一身如寄耳，双鬓自萧然。才大真怀璧，官闲莫着鞭。秋来归去梦，合眼在林泉。”[③]还有《风树》诗写道：“风树多危叶，秋山易夕阳。雁行斜度汉，蛩韵冷依床。病欲侵年至，愁令抵夜长。知音空海内，谁与一商量。”[④]诗中有着难以压抑的孤独寂寞的人生感受。后来他虽然被朝廷召回，主持文衡，后来官至左相，然而内心孤独的阴影一直难以消除。长期压抑的心境，使得李荇在诗学爱好方面更加倾向于欣赏陶渊明的独善和苏轼的豁达情怀，在诗歌艺术审美情趣的选择方面也倾向于独善其身式的清高雅致，如其《谨次止亭再示韵》诗中所言：

西日依依下远峦，倦飞禽鸟各知还。
黄莺无语分明老，红药伤心一半残。
藜杖解能扶病骨，酒杯聊为洗愁肝。
东皋舒啸邀清影，偷得余生分外欢。[⑤]

从陶渊明诗中境界化出，又融合了魏晋诗的闲适放达和宋诗的平易舒畅，铸造出自己的诗风境界。再如《题画竹》写道：

---

① 《挹翠轩遗稿》卷三，《标点影印韩国文集丛刊》第 21 册，第 44 页。
② 见《挹翠轩遗稿》卷四后，《标点影印韩国文集丛刊》第 21 册，第 65 页。
③ 《容斋集》卷四，《感怀二首》其二，《标点影印韩国文集丛刊》第 20 册，第 413 页。
④ 载《容斋集》卷二，见《标点影印韩国文集丛刊》第 20 册，第 357 页。
⑤ 《容斋集》卷三，《谨次止亭再示韵三首》其三，《标点影印韩国文集丛刊》第 20 册，第 386 页。

石生笔有神，信手写生竹。
凛凛千亩姿，寄此一枝足。
风人美君子，取譬淇园箓。
对之至岁寒，可使食无肉。①

化用苏轼诗中的典故语言，表现出人格的清高淡雅。这一时期汉诗人们的学宋，不仅仅在诗歌语言风格方面仿效宋诗的精练锤炼，更重要的是在诗人的人格精神方面更倾向于独立，在诗歌审美趣味方面更显得清幽淡远。

李朝中叶诗坛兴盛，此时正逢明王朝中叶，前后"七子"学唐风气正浓。这一风气也很快影响到朝鲜诗坛，于是李朝诗人模仿唐诗风貌者越来越多，出现了以崔庆昌、白光勋、李达为代表的"三唐"诗人，诗作往往场景阔远，气势雄壮，细节描写清丽优美，朝鲜汉诗创作出现了新一轮的繁荣局面。

崔庆昌当时诗名甚著，而且多才多艺，精通弓矢琴笛，但由于他是庶出，为当时权贵社会所轻视，仕途上始终不得重用，心中自有落魄失落的感觉反映在诗作中，如五律《间阳驿》中写道：

马上时将换，西归道路赊。
人烟隔河少，风雪近关多。
故国书难达，他乡鬓易华。
天涯意寥落，独立数栖鸦。②

庶出的身份使得诗人的仕途前程十分渺茫，因而他的内心充满担忧和无奈，却又毫无办法。诗中展现出来的日暮乡关的冷落场景，正是诗人忧郁心境的折射表现。他还有一组五言古诗《感遇十首寄郑季涵》，慷慨悲歌，同样表达出了内心备受压抑的愤懑不平，其一云："盈盈谷中兰，郁郁山上松。贞脆固有异，馨香乃相同。感兹鹈鴂鸣，霜露悴孤丛。芳意竟萧索，零落随蒿蓬。岁暮独如何，虬枝多北风。"③借用中国南朝鲍照《拟行路难》诗中的典故，把"谷中兰"与"山上松"进行对比，以遭受严霜而憔悴的"孤丛"和在北风中萧瑟挣扎的"虬枝"自喻，表露了诗人对当时官场歧视、限制庶出者的制度极其不满。崔庆昌的诗作还有另外一个方面的突出特征，就是七绝体的写景意境富有优美情韵，如下面三首：

水岸悠悠杨柳多，小舡遥唱采菱歌。
红衣落尽秋风起，日暮芳洲生白波。

《浿江楼舡题咏》

小少离家音信稀，秋来犹着战时衣。

---

① 《容斋集》卷三，《题画竹，为尹副正宕作》，《标点影印韩国文集丛刊》第20册，第400页。
② 《孤竹遗稿》，《标点影印韩国文集丛刊》第50册，第17页。
③ 《孤竹遗稿》，《标点影印韩国文集丛刊》第50册，第27页。

城头画角吹霜急，一夜黄榆叶尽飞。

《边思》

三月广陵花满山，晴江归路白云间。
舟中背指奉恩寺，蜀魄数声僧掩关。

《奉恩寺僧轴》[①]

这些诗作或咏江南，或咏塞外，皆行笔畅达，刻描细致，融情于景，色彩鲜艳，纯然是唐诗中轻婉清丽一派的情韵笔调，正如后人朴世采在《孤竹诗集后叙》中所评论的："公于诗，天才绝高，必皆轨范于盛唐，操觚家以为国朝所未有。"[②]

白光勋的汉诗中绝句体写得最为出色，如《寒川滩》："寒川滩上水如蓝，两石岩西雪满山。明月不逢骑鹤侣，夜深鸣笛下江南。"[③]《松月》："手持一卷蕊珠篇，读罢松坛伴鹤眠。惊起中宵满身影，冷霞飞尽月流天。"《清暎亭四时词》："一天晴雪夜迢迢，驾鹤人归碧玉箫。吟梦不知寒意重，也寻梅信到南桥。"诗如其人，潇洒自如，可以想见诗人超然尘世之外的姿态。白光勋与崔庆昌是知音好友，他曾有《忆孤竹》诗云："门外草如积，镜中颜已凋。那堪秋气夜，复此雨声朝。影在时相吊，情来每独谣。犹怜孤枕梦，不道海山遥。"又有《寄孤竹》诗写道："斋居寂无事，闭门春日迟。幽卉渐映砌，新流已满地。复此时雨霁，好鸟鸣高枝。相思不在此，谁可共华滋。日夕西南望，默默中自悲。"崔庆昌号孤竹，俩人之间的深厚情谊和互相关怀之情，从这两首诗中可以看出。

李达放浪行踪，云游四方，把种种人生感慨都融写进诗歌之中。比如以下数首：

花时人病闭门深，强折花枝对酒吟。
怊怅流年梦中过，赏春无复少年心。

《病中折花对酒》

城阙参差甲第连，五侯歌管沸云烟。
灞陵桥上骑驴过，不独襄阳孟浩然。

《洛中有感》

背指孤城远，鸣榔渡客舟。
驿亭云日晚，江树露蝉秋。
久滞常归计，临行又别愁。
随身无长物，孤啸看吴钩。

《别西京》

---

① 这三首诗分别见《孤竹遗稿》,《标点影印韩国文集丛刊》第 50 册，第 12 页、10 页、8 页。

② 见《孤竹遗稿》后叙，载《标点影印韩国文集丛刊》第 50 册，第 34 页。

③ 《玉峰集》卷上，载《标点影印韩国文集丛刊》第 47 册，第 114 页。

诗中的凄凉感受是极其深刻的，因为诗人的内心悲哀是难以排遣的。命里注定的卑贱身份使得诗人"怊怅流年梦中过，赏春无复少年心"，也使他经常自比一生落拓的唐代诗人孟浩然，更让他徘徊迷茫于人生旅途，"久滞常归计，临行又别愁"。末一首诗中"孤啸看吴钩"的动作，典型地表现出诗人壮怀长期被压抑的复杂感受。他在写给崔庆昌的一首诗中说："商胡卖锦江南市，朝日照之生紫烟。佳人正欲作裙带，手探妆奁无值钱。"(《锦带曲赠孤竹使君》)借胡商卖锦的比喻，表明内心深处的失落与自卑感。这种不由自主的伤感情愫的流露，确实是令人感到心灵震撼的。

朝鲜后期的诗坛，受东亚时局的动荡和中国明末清初诗风转变的影响，论诗著述中出现了一些重视自我和彰显个性的言论观点。在李朝尊唐诗崇理学的基调中出现这样的声音是值得注意的，金昌协撰作的《农岩杂识》便是其中的代表。《农岩杂识》共四卷，前三卷论经学，第四卷专评汉诗文，其中有段话对比宋诗与明诗的不同之处，颇显真知灼见："宋人之诗，以故实议论为主，此诗家大病也。明人攻之是矣，然其自为也，未必胜之，而或反不及焉，何也？宋人虽主故实议论，然其问学之所蓄积，志意之所蕴结，感激触发，喷薄输写，不为格调所拘，不为涂辙所窘，故其气象豪荡淋漓，时有近于天机之发，而读之犹可见其性情之真也。明人太拘绳墨，动涉模拟效颦学步，无复天真，此其所以反出宋人下也欤?"指出明诗不如宋诗的关键之处在于真性情太少。他还进一步比较了明诗与唐诗的关系，指出了明人学唐诗徒具其表、未入其里的弊端所在，关键还是迷失了自我意识，在诗作中缺乏自我个性的表象因素。这些言论，与明末清初钱谦益、黄宗羲、叶燮等诗论家批评明诗的主要观点基本一致。尤其值得注意的是，金昌协在评论和比较了唐、宋、明三朝诗歌之后，论诗的基本点侧重于表现真性情，认为无论是宋诗之病还是明诗之弊，都在于缺少鲜活的真性情，诗中苟无真性情，便不成自己的诗，也称不上好诗。这样的观点，与明末钟惺等人的诗论乃至清中叶袁枚等性灵派的诗论如出一辙，由此也可以看出朝鲜后期的诗坛与清代诗坛的密切交往关系。中国诗坛风气的传入已经不是像高丽朝那样往往滞后二百年了，可以说已经是达到中朝诗坛同步发展了，最重要的表现就是重大的诗风转变基本上一致甚至有时候达到同步。朝鲜汉诗至此进入了成熟的阶段，优秀作品层出不穷。

二、明清使臣与朝鲜诗人的唱酬诗

中朝两国诗人的交往历史悠久，唱酬之作汗牛充栋，佳作如林。见之于史籍，早在公元650年(新罗真德女王四年，唐高宗永徽元年)，新罗真德女王就作五言诗《太平颂》，遣使呈献唐高宗[①]。公元756年，唐玄宗避安史之乱而入蜀，此时新罗景德王仍遣使入唐，至成都朝贡。唐玄宗赋诗答谢，其中曰："兴言名义国，岂谓山河殊。使去传风教，人来习典谟。衣冠知奉礼，忠信识尊儒。诚矣天其鉴，贤哉德不孤。"患难识知己，在"感时花溅泪，恨别鸟惊心"的时候，唐玄宗的答谢诗不仅仅是礼尚往来的外交辞令，而是对新罗国

① 见(朝)《三国史记》卷五，新罗本纪五，真德王四年条。

王充满着由衷的尊敬及感谢之意[1]。明清时期，中朝两国诗人交往大增，唱酬诗作的数量和质量都大为提高，与明清诗人的密切交往成为促进李氏王朝汉诗兴盛的重要原因之一。

明清出使李朝的使臣大都为能诗善文、反应敏捷的文士，具有擅长诗赋应对唱酬的"专对"之才。"专对"是中国文化传统中极为重视的一种擅长外交词令的对答才能。孔子早就提出了诗歌具有"专对"的社会交往功能，比如《论语·子路》中说："诵诗三百，授之以政，不达；使于四方，不能专对，虽多亦奚以为。"

在外交的场合诵诗，用以传情表意，这是孔子极为欣赏的高雅举止，也是文人士大夫具有高贵品质和杰出才能的标志。明清时期的许多使臣出访朝鲜和日本的过程中，与陪同者吟诗唱酬，留下了许多东亚汉诗交流的杰作。公元1450年(明代宗景泰元年)，倪谦奉命出使李朝，完成使命归来撰有《朝鲜纪事》一书[2]，记载出使的行程见闻，"计自鸭绿江至王城，凡历公馆二十八处，共一千一百七十里"。期间多有与朝鲜官员文人诗吟唱和的描写，如：

> 己亥，安定起程，六十里至西京平壤府。确先于十数里外遣伶戏来迓。抵近郊，列香亭、龙亭、仪仗、鼓乐，率僚属迎诏。乐人皆着幞头束带，执仗者皆峨冠，葵花衫，金钉带，与华同。陈百戏，环绕作百兽率舞态，竖若幡幢者四，上书曰："万国同欢争蹈舞，两仪相对自生成。天下太平垂拱里，海东无事凿耕中。"迎导入城，至大同馆。门外东南二面各树鳌山、彩棚山，上下列伶妓诸戏。入馆，行礼毕，王遣壻尹师路来问安。拜诏罢，设宴。宴罢，辞回复命。

这是使臣团抵达朝鲜西京平壤府的情景，照例是歌舞欢迎，热闹非凡，值得注意是不仅是迎客的乐人、执仗者的装束与明朝相同，连若幡幢上的欢迎词都写成汉诗对句的整齐形式，由此亦可见汉诗文在海东异域的深刻文化影响，已经成为李朝社会生活中的闪光细节。再看下面对于使臣团行踪活动的记录：

> 戊申，王遣都承旨李思哲、礼曹参判李边送皮袄、胡帽、衣服，继遣中官送庖羞，又遣左议政皇甫仍来问安，偕司马洪安去。谒成均馆、宣圣庙，陪行者李礼曹、郑户曹、金汉城。到庙门外下轿，入幄盥沐讫，入庙，上香行礼。其庙扁曰"大圣贤殿"，庙制灵星门、仪门、正殿、两庑，圣贤俱塑像，并与华同。其春秋丁祭，俱用朝廷颁降雅乐。谒罢升堂，其官有大司成、少司成谒见，次馆生谒见。馆生曰"生员"，府州郡县学生曰"生徒"，皆着儒巾襕衫，与华同，但巾用软罗为之。坐定，生员抬书案于前讲书。谦曰："汝国音难晓，免讲。"茶罢，行。官与诸生送出馆，别。有谒庙诗，至馆有答郑工曹诗。

---

① 见(朝)《三国史记》卷九，新罗本纪九，景德王十五年条，《御制御书五言十韵诗赐新罗王》。

② 《朝鲜纪事》一卷，明倪谦撰。倪谦，字克让，浙江钱塘人。正统进士，官至南京礼部尚书。生平事迹详于《明史》、《国朝献征录》、《国朝列卿记》、《本朝分省人物考》等书。

闰正月丙午朔，四更，碧蹄起程。四十里至接官厅，工曹、观察设小宴。迟明，至慕华馆。宗亲百官具香亭、龙亭、黄仪仗、鼓乐、杂戏迎诏。行礼，导入城。至景福宫门东南，二面盛结鳌山、舞妓。进至勤政殿，宣诏受敕皆如礼。礼毕，世子扶病于殿东幄中相见茶话，谕以朝廷恩意而别。退就太平馆。王子首阳君瑈、安平君瑢、临瀛君璆、锦城君瑜、永膺君琰、和义君璎、桂阳君璔、义昌君玒、汉南君玗、密城君琛、寿春君玹、翼岘君琎、永丰君瑔来见，次百官来见。毕，首阳君代王设宴。馆堂设正使，副使二席，南向；主席东向。谦谓首阳曰："此礼足见尊朝廷。今既代王宴，可只分东西坐。"乃易席就宴。诸王子以次奉觞，至夕罢。未宴前，王先遣礼曹参判李边来达意曰："天使远来，小邦无可为奉，止有女乐数辈奉欢。闻一路来俱不用，今望天使容其奉侍，庶少尽微意。"又曰："殿下负病，不能亲待，十分惶恐。惟此乐妓，若少见容，殿下心悦，病亦可减。不然，愈加惶恐，病益增矣。"谦峻辞却之。又曰："小邦差人进贡赴京，朝廷俱作乐宴待，况天使辱临，敢不用乐？"谦曰："朝廷所用是男乐，今是女乐，如何可用？"又曰："朝廷用男乐是朝廷礼，小邦用女乐是小邦风俗，况小邦止有女乐，无男乐，小官奉旨来，若不听允，不敢复命。"固请不已。谦曰："汝云不敢复命，其于途间曾有却乐诗，但持此去复命可矣。"遂录二诗畀之，乃去。故宴时不曾用乐。自此在馆中。其馆伴官：工曹判书郑麟趾，汉城府尹金和，司庖膳官、迎接都监判事洪某、唐梦贤，副使郑有临、尹处信，判官李礼，长林效善赵克仁，通事官、三军副司直安，至善、三军司勇张义。

己未，王遣都承旨李思哲、右参赞郑甲孙来问安，小宴。继遣礼曹参判李边来请游汉江楼。乃与司马黄门乘马自南城出，陪行者：工曹判书郑麟趾，汉城府尹金和，知院申叔舟、成三问及迎接都监众官。至楼下，王预遣左副承旨李季甸、礼曹判书许诩设宴。楼下相迓，登楼宴。顷，都监持华扁诣前，跪索诗留于楼上。即席赋诗三章，与之。每一诗出，则众官聚首争诵，皆缩颈吐舌，向席惊叹。酒罢，请游汉江。下楼登舟复酌，赋一章。缘崖遡流而上，复返楼下，月出始还。

这三段文字的描写颇为生动具体，透露出当时中朝两国交往中的许多细节及微妙心态。第一段实录使臣团拜谒文庙的过程，气氛庄严，凸显出对于孔子及儒家传统的极为尊重，这是东亚汉文化的核心观念所在。第二段讲述了倪谦作为明朝使臣拒绝了朝鲜国王奉送的女乐款待，他与首阳君李瑈及礼曹参判李边的对话都很得体，显示出使臣高雅的素质及机敏的对答能力。值得注意的是朝鲜官员李边面对大国使臣，态度不卑不亢，说出"朝廷用男乐是朝廷礼，小邦用女乐是小邦风俗，况小邦止有女乐，无男乐，小官奉旨来，若不听允，不敢复命"这样的话，敢于坚守朝鲜风俗，与中央朝廷分庭抗礼，流露出内在的文化自信及自豪感。第三段描写倪谦登汉江楼赋诗，颇为自得意满。作陪的朝鲜官员中郑麟趾、申叔舟、成三问皆娴熟汉诗，水平并不在倪谦之下，然而却出现"每一诗出，则众官聚首争诵，皆缩颈吐舌，向席惊叹"的场面，这自然是朝鲜官员面对中国使臣表现出的"事大"友好姿态，另一方面也流露出了中国使臣本身的盲目"自大"心态。不管怎么说，使臣的出使过程充满着汉诗吟诵唱和，中朝两国官员的汉诗交流自始至终感情融洽，其乐也融融，如《朝鲜纪事》中所记载的：

辛未，平壤起程，城中谒宣圣、檀君、箕子三庙，庙皆木主。有谒箕子庙诗。出城西，谒箕子墓。有谒墓诗。至安定接待过，至肃宁设宴。

壬申，肃宁起程，至安州安兴馆。王预遣工曹判书郑麟趾设宴。侍宴者安州牧使朴以宁。工曹以诗留别，即席和答，叔舟、三问亦和以呈，复和答之。

癸酉，安州起程，麟趾、以宁具舟送过萨水。舟中置酒，赋诗留别，工曹和之。涉岸别。午，济博川，三问复和以呈，即和答之。至嘉平接待过，至新安设宴。

丁丑，在馆，石冈设宴，给辽东军马酒饭行粮。有留别金和、叔舟、三问诗，往复和答数章。

戊寅，义顺起程，至鸭绿江。石冈江滨设宴，叔舟赋词为别。即席和答之。宴罢登舟，舟中复酌。涉岸，又举酒，留连不舍。醉后，左右强扶上马别，遂与安进偕行至辽东，同入朝。

使臣返国过程中同样是处处留诗，而陪同的朝鲜诗人也是时时唱和，这些唱酬诗作至今仍然保存在朝鲜汉诗人的诗集中，成为中朝两国汉诗交流宝贵史料和历史见证。值得提一下的是，李王朝后来把倪谦在朝鲜期间所作诗作汇集刊印，取名《皇华集》。并且这成为了一个传统做法，之后李王朝多次将明使者在朝期间的诗作汇集刊印，皆题名为《皇华集》。

明代万历年间严从简的《殊域周咨录》，专门记载明朝与周边国家外交往来活动，视野广阔，记录详细，有着较高的史料价值①。其卷一中记载了明宪宗成化十二年(1476)派遣兵部主事祁顺率团出使朝鲜的过程②，就显示出当时中朝两国外交活动中汉诗酬唱交流的重要作用③：

既就馆诏命，遂谒先师孔子庙。顺与廷玉各赋诗以纪其事，而顺为之序。祁顺序曰："余仕中朝，闻外国之有文献者，以朝鲜为称首。其人业儒通经，尊崇孔圣之道，匪直守箕子遗教而已。兹余奉天子命，偕行人司副张君廷玉来使其国，恩诏既

① 其自序曰："按是录所辑，多今时事而略于古者，何哉？盖自汉、唐以来，各夷自有成史，不必再赘，故但揭其大纲，以见立国之由可也。若我朝之抚驭各夷者，其文典藏诸私馆，世莫易窥，有苟散见于各帙者，必尽著之，以表国家章程之大，以博臣工经略之猷，祗惧其语焉不详，未论其择焉不精也。"

② 祁顺(1434—1497)字至和，号巽川，从小跟从舅舅卢祥学《春秋》。天顺四年(1460)中进士，授兵部主事，升户部处所。祁顺任京官时曾代表明朝出使朝鲜国，因才华横溢及一身清廉颇受朝鲜人的推崇。

③ 如当时大学士李东阳有赠祁顺诗曰："圣代山川尽海隅，朝鲜东面一藩如。冠裳旧入周王制，文字全通汉诏书。千里威仪瞻候节，万年臣妾荷宗储。兹行大抵关风化，四牡歌成意有余。"

宣，即谒孔庙于成均之馆。馆在国城东北隅地，最高爽其庙五间，扁曰大成殿，祀典与中华同；殿后有明伦堂，堂后有藏书阁，诸生肄业者三百余员。索其所习词赋策问观之，亦中华体制也。宴坐明伦堂中，值雨良久。廷玉赋《谒庙诗》一绝，余亦作七言二律，其一则为诸生勉焉。藩臣在席者凡八人，咸依韵赋之，且愿一言序作之之意。惟孔子之道遍于四方，行于万世，而朝鲜能宗斯道以雄于东，亦为知所重也已。《宋史》称其俗喜读书，庶贱之家各于衢路置局堂，以相讲习。而国人金行成、崔罕、王彬相继就学于国子监，擢进士第而归，则诗书薰陶，已非一日。我皇明文教诞敷，东渐尤近，朝鲜人士岁觐京国，耳闻目睹，所得尤深，宜其文物典章，不异中华而远超他邦也。今诸生学圣贤之学，尚思蕴为道德，发为功业，以求高明远大之归，而不安于苟且卑陋之习，斯为善学者矣。若徒屑屑于词章末技，而弗究其本焉，则非中国所闻也。余之相勉以诗者，意盖如此，诸生择乎哉！”

祁顺至成均馆拜谒孔庙，对于朝鲜的儒教盛行留下了深刻印象，给出了“其文物典章，不异中华而远超他邦”的极高评价，中朝官员皆能写汉诗，所到之处，吟诗唱和，成为出使活动中必不可少的程序。祁顺等明朝使臣，不仅才华出众而受到朝鲜文臣的推崇，还因品德高尚得到朝鲜国王的敬佩，《殊域周咨录》卷一记载道：

顺等事毕，国王奉赠舆马金缯声伎诸物，顺等悉隙之，贻王以书曰：“仆不敏，辱承圣天子明命，以抵于斯，自入境迄今，余一月矣。始也闻王之德誉而倾慕焉，中也觌王之矩范而起敬焉，终也感王之礼意而眷恋焉。王之天资英迈，学力纯至，行己接人，悉有仪度，其于尊事朝廷以及行人之礼，盖无不至者。至于仆所以自处，则恐王未克尽知也。闻之左右，皆谓仆之斯行，凡馈仪赆礼，一一力辞，于盛意似有所不惬。噫！君子之交际，岂专在乎物哉！赠行有赆王之礼也，不贪为宝仆之心也，主宾各尽其道而无愧焉，斯足矣。不恭之愆，固所难避，赖高明亮察之。因参赞徐居正送别将还，专此奉达。居正有文学，乃王所信任者，而遣以相陪，周旋日久，则王所以厚斯文之意岂浅哉！临楮未罄所怀，惟希珍爱。”王又遣参判李克墩等追送至鸭绿江，馈顺等貂裘一袭，顺等复以书辞，书曰：“奉别以来，瞻恋弗置，沿途蒙遣官问候，款待有加，仆从而下，无不沾惠。兹抵鸭绿江，而参判李克墩、承旨柳眷已先至此，所以迎劳宴饯，有恪无懈者，皆王之盛心也。不意行间，承旨复以来命出貂裘见遗，则似乎不甚见知者。岂谓前日区区之弗受馈赆为虚伪耶？不然，何寓馆之辞已毕，而千里之赠复来也。昔晏婴一狐裘三十年，君子不以为陋。仆虽至愚，未尝不贤哲是效，兹焉衣一敝裘，犹未及三十年之久，其肯舍旧贪新，以易吾心耶？况物有尽而情无穷，则所以感王之深者，又在情不在物也。用是再辞，行忙，草率不宣。”王得书，喜二使廉介，为建却金亭。

祁顺返国时，朝鲜国王对其赏赐甚丰，祁顺一概却之，其表白则委婉得体，尽显儒雅之士的高风亮节，朝鲜国王也深受感动，所以在中朝边界的鸭绿江边建一座“却金亭”并刻碑以记其事。祁顺不接受赏赐之物，却很重视朝鲜国文人的汉诗创作，对于陪同他一个多月的朝鲜官员徐居正的杰出诗才甚为推崇。徐居正是李氏王朝前期著名汉诗人，他陪同祁顺，可谓是中朝诗人兴会，游宴唱酬，亲密无间，谱写出了中朝诗人深入交往的动人篇章。徐居正还把自己的汉诗集《北征稿序》拿出来请中国使臣批评指正，祁顺则欣然为其作序。序中高度评价了徐居正的汉诗创作成就，还强调了中朝汉诗创作的共同宗旨，其中写道："诗之道大矣。古今异世，而诗无间也；中外异域，而诗无别也。盖道之著者为文。文之成音者为诗。人有不同而同此心，心有不同而同此道。道同则形之言者，无往而不同矣。苟不于此求之而屑屑焉。古今中外之较，岂知言哉！此余于朝鲜徐刚中之诗所以有取焉耳。朝鲜以文献东方，诗派相传，夙有攸自。逮际皇明，气化丕降，声教沦浃，能言之士，尤彬彬乎视昔有加。刚中博古通经，擢巍科跻显仕，文学优赡，国人咸推重之。天顺庚辰，奉其主命入觐于朝，往还几八千里。上观乎都城之宏壮，宫阙之崇丽，车书文物之会同，礼乐典章之明备；下则睹乎山川之高深，道途之修迥，民风土俗之熙皞，鸟兽草木之咸若，凡其接于目触于心者，悉于诗发焉。长篇短乎其美盛也。渊渊乎其有本也，浩浩乎其不可穷也。推其所至，与中国之能声诗者殊不相远，等而上之，虽古人亦岂难及哉！是固所谓心同道同而形之言者，无不同也。昔陈良北学于中国，北方学者未能或之先，是以孟氏称为豪杰，而其名至于今不泯。然则刚中其东韩之豪杰欤！余承天子命来朝鲜，适刚中为远迎使，既又陪于馆中，送于鸭江之上，相与凡四浃旬，山川风物，倡酬殆遍，用是益信其能也。刚中以余有斯文之雅，出其《北征稿》请言序之。余忝使职，正思采东人之咏，以观所志而献之于上。则于斯集岂能忘情耶！庸为序其篇端，俾人知诗道之所同。然抑有以见圣朝文明之化所极者远，而所感者深也。"[①]祁顺所谓的"诗道之所同"者，是因为中朝两国汉诗学的核心观念，皆来自于中国传统儒家的诗教观，因而中朝汉诗人的亲密交流，往往显示出"心同道同而形之言者，无不同也"的和谐场面。祁顺不仅是清廉之官，而且还是著名的诗文家，游记文章颇有清新之作，其出使朝鲜期间也有佳作，如《游汉江记》曰：

> 朝鲜国城南十里许，有水曰汉江。源出五台、金刚二山，合流入海，其景以幽胜闻。而临江有楼，可以登眺，故前辈自中朝至者，咸往游焉。成化丙申春二月，余与行人司副张廷玉奉使于斯，甫竣事，有以游汉江请者，诺之。是月二十有六日，偕馆伴卢赞、成思慎、徐参赞居正自崇礼门出历山，蹊村径以达江浒。国王预遣都承旨柳轻、副承旨任士洪设宴楼上，而尹议政子云、金议政守温、任中枢元浚、成中枢任、李判书承召皆在焉。时宿雨新霁，山川明媚，天光与水色相连，二难与四美兼得，于是登楼纵观，举酒相酌，徐参赞赋诗二律，余即和之。既而相拉登舟，沿流西下。居人来观者奔走争先，而沙禽野鸟飞舞渔舟烟水间，亦若乐睹光华，徘徊不忍去也。宴设舟中，烹鳞炙鹿，畅饮无算。酒酣，余复作辞二章，诗一律。廷玉有作，又和之。数里，至杨花渡，乃各道军饷所聚之处，仓廪层出，与山势相高。又数里，登龙头山，山瞰水涯，视群峰特出。隔岸之人家远近，海岛之风帆出没，毕入望中。时日迫暮，而山上先已供张开筵，意不容拒，乃复酌数巡，赋诗一律而返。及抵城中，更漏作矣。嗟夫！朝鲜去中国数千里，非王事不得至焉，则汉江之游，非偶然耳！然斯游岂特探

① 《殊域周咨录》卷一。

奇览胜，留连诗酒而已哉！江之南，旧百济也。百济之东，古新罗也。而熊津都府又唐之遗址也。访其迹，思其时，盖有胜怀古者矣。余念斯游之不可常，而恐其或忘也，于是乎记之。

这样山清水秀的优美景色，诗酒交酬中的纯厚人情，至今读来仍然令人感动。中朝两国的汉诗人交往，在明代时大多有官方的背景，汉诗唱酬活动得到朝廷的重视，这也是汉诗在当时李氏朝鲜文学创作中占据主流位置的重要原因之一。

总之，中国和朝鲜使臣都以汉诗文作为两国文化政治沟通的方式。朝鲜文臣来中国，往往与中国的文人切磋诗文，明朝皇帝有时亦赐诗给朝鲜文臣。而中国使臣赴朝鲜后也经常在朝会、交游、宴请、倾谈之际以诗抒怀，以文会友。明代中朝使节频繁往来，明廷先后遣使170余次，使节多达200余人。明使一般择文学之士充任，朝鲜国王也必选文学之臣为馆伴，宾主赓和酬赠，朝鲜还把明使节酬唱之诗刊为《皇华集》，自明景泰初至崇祯朝，共刊行50卷，朝鲜文士徐居正、申叔舟、成俔、金安国等人唱和之作附载其中。朝鲜汉诗也通过各种渠道陆续传入明清。比如建文三年(1401)，中国使臣赴朝鲜选购战马，在朝鲜逗留期间曾多次向朝鲜国王请求得到朝鲜诗集。次年，当中国使臣结束公事准备归国时，朝鲜国王就命著名文臣河仑、金近、李詹等汇集汉诗近作，抄成轴卷赠与中国使臣。又比如万历二十六年(1598)，学者吴明济先后二次随中国使臣赴朝。吴氏有心搜求朝鲜诗人文集，汇集了包括新罗著名诗人崔志远，高丽诗人崔承祐、金富轼、郑道传，李朝诗人许筠、许葑、李穑、成三问、郑麟趾等人诗作，“自新罗至朝鲜，共百余家”，编为《朝鲜诗选》，回国后刊布流传。全书按五言、七言古诗、律诗、绝句体裁分为7卷，收录了112人的340首作品，成为中国文人选编的第一部朝鲜古代汉诗总集。明末清初学者钱谦益、朱彝尊、钱曾等人所撰藏书目都对此书做了著录，钱谦益《列朝诗集》、朱彝尊《明诗综》还分别选录了《朝鲜诗选》中的重要诗作数十首，成为明清时期记录中朝汉诗交流的重要资料。

三、朝鲜李朝汉诗的特色

在东亚汉诗圈中，朝鲜与中国政府的交往较为密切，对于中国传统文化的引进与吸收也较为积极，在思想方面更是深受中国儒家思想的浸润。朝鲜李朝从1392年立国到1910年灭国这500余年间，几度沉浮，历经沧桑，但是朝鲜汉文学却在这片历经磨难的土壤中蓬勃发展，其中尤以汉诗成就最为显著。

朝鲜李朝汉诗的发展与中国同时期的明清两朝的诗学转变息息相关。这一时期，中朝两国之间的交往主要是以使臣来往为主，尤其是在朝鲜李朝建国之初，视明朝为宗主国，奉行事大国策，唯明朝为尊，并通过互派使者与明朝保持着密切的联系，这一期间两国之间的交往盛况空前，尤其是“壬辰倭乱”中明朝政府派兵支援这件事情，进一步加深了两国之间的友谊，使得朝鲜政府在明朝灭亡后还一直念念不忘明的抗倭恩情，不愿奉清朝为宗主国，并且认为清朝为蛮夷，非正统。朝鲜政府还把与明朝使节文人的唱和诗歌整理刊刻为《皇华集》。当然，两国之间的汉诗创作是互相流通的，朝鲜李朝的汉诗创作也陆续地传入明朝，明人吴明济就曾先后两次赴朝并搜集了朝鲜著名诗人的作品，如新罗诗人崔致远，高丽诗人崔承祐、郑道传、李齐贤、李奎报，朝鲜诗人许筠、李穑、郑麟趾等诗人的作品，归国后编为《朝鲜诗选》刊刻流传，这部作品共搜集了112人的340首汉诗，是中国文人选编的第一部朝鲜汉诗总集。除此之外，明末清初的一些学者，如钱谦益、朱彝尊等人也对朝鲜汉诗进行了搜集编写，如钱谦益的《列朝诗选》、朱彝尊的《明诗综》等，这些诗集为研究中朝两国之间的汉诗交流做出了重要的影响。清朝建立之后，对朝鲜政府一直采取怀柔政策，使得两国之间的关系日益缓解，到了朝鲜中后期，两国之间的交往异常频繁，同时，这一时期也是朝鲜外交史上较为繁荣的一段时间，两国使节的交往促进了两国之间的文人与书籍交流。清朝政府赐予朝鲜大量的书籍，其中包括《全唐诗》、《朱子全书》、《康熙字典》、《性理大全》等，除此之外，朝鲜使臣还从北京采购了大量的书籍，如《唐诗选》、《宋诗选》、《元诗选》、《明诗选》、《欧阳公集》等，还有书法、地理、历史等方面的书籍。18世纪中后期，朝鲜奎章阁的设立进一步促进了朝鲜采购书籍的积极性。除此之外，两国使臣文人频繁交流，出现了较前期更为繁荣丰富的使节文化，这些使行文学后来被整理成《燕行录》，其中包括李晬光的《朝天录》、朴趾源的《热河日记》、洪大容的《湛轩燕记》、南龙翼的《燕行录》等。

除了以上文集外，朝鲜汉诗的集大成文集还有《韩国文集丛刊》500册，其中包括150册续编，共1259部文集，这些文集中90%都是李朝时期的著作，其余为新罗、高丽时期的文集。这部文集丛刊主要由韩国古典翻译院主持，现有网络文库：db. itkc. or. kr.。除了这部集大成巨著，还有张志渊主编的两大册《大东诗选》，这部文集是由朝鲜末期文人张志渊仿照中国的《全唐诗》、《明诗综》汇集而成，参照了《青丘风雅》、《大东文选》、《箕雅》、《昭代风谣》、《大东名诗选》等著作，从中选取精华，再加上增补，最终于1917年完成了朝鲜汉诗史上了一部总集——《大东诗选》。这部集子共收录了历代2078位诗人5423首汉诗，其中七律1785首，七绝1820首，占据了整部集子的66.5%。还有一部集大成的诗文集，那就是徐居正主编的《东文选》，这部总集共七册，主要选录朝鲜历代387名诗人的1936首汉诗，其中七绝592首，七律593首，五律232首，五绝79首，五古168首，七古186首，五排44首，七排39首，六言诗3首，这部集子中七言绝句与律诗依旧占据了全部诗歌总量的60%左右。还有在写作过程中可以看出绝大多数朝鲜诗人较为擅长七言律诗的写作。除了以上诗文总集外，还有一部较为完善的诗话著作《韩国诗话全编校注》12册，这一诗话集基本上包括了朝鲜现存的古代诗话作品。还有张伯伟的《朝鲜时代女性诗文集全编》也是对朝鲜古代女性诗人作品收集整理得较为完整的一部总集（诗歌数量见附录2）。

明清诗风的变化，对朝鲜汉诗产生了很大的影响，李朝初期诗歌风格继承了高丽以来的学宋之风，主要学习宋代诗人的诗歌创作风格，尤其是苏轼的诗歌被奉为诗中圭臬。宋诗风的兴起，使得大批文人开始模仿宋诗进行创作，到了海东江西派就经由苏黄学至江西诗派。江西诗派，是中国文学史上第一个有正式名称的诗文派别。该派形成于北宋后期，以杜甫为祖，黄庭坚、陈师道、陈与义为宗。这一派别崇尚黄庭坚的点铁成金、脱胎换骨之观点，他们的诗歌以吟咏书斋生活为主，重视文字的推敲锤炼。他们的文学主张影响了朝鲜的大批文人，故而形成了“海东江西派”。“海东江西派”的称谓最早出现于申纬的诗歌之中，“学富真才一代论，容斋正觉出禅门。海东亦有江西派，老树春阴挹翠轩”[①]。挹翠轩是指朴訚，是海东江西派的宗师。金万重也曾指出：“则翠轩之才，实三百年一人，又变而专工黄陈，则湖苏芝鼎足雄峙。”[②]其中翠轩指朴訚，湖指郑士龙，苏指卢守慎，芝指黄廷彧。此外，还有很多评论指出李荇、朴详等诗人的作品与“海东江西派”有着密切的联系。

随着诗歌的进一步发展，学宋诗歌的弊端开始出现，此时正逢明王朝中叶，前后“七子”提出了“文必秦汉，诗必盛唐”的文学主张。这一风气很快地影响到了朝鲜诗坛，于是朝鲜部分文人开始转而学习唐代诗风，自此，学唐诗风日益兴盛，出现了以崔庆昌、白光勋、李达为代表的“三唐诗人”，诗歌创作风格以盛唐与晚唐为主，诗作往往场景阔远，气势雄浑，这一现象使得朝鲜汉诗创作出现了新一轮的繁荣。16 世纪中后期，权韠、李安讷、许筠、车天辂等诗人开始对唐诗风进行自我反省，努力摆脱晚唐诗风中纤弱苦闷的气质，开始追求盛唐诗歌的雄厚强健。到了朝鲜中期，朝鲜诗坛拟古风、歌行体盛行，代表诗人是郑斗卿。总之，朝鲜初期从 16 世纪二三十年代到 16 世纪末，以流行中晚唐诗风为主，进入 17 世纪之后，朝鲜诗坛便以流行盛唐诗风为主。学唐诗风这一现象一直持续到了朝鲜中后期，到了朝鲜末期，政局动乱不堪，程朱理学也成为了权臣争权夺利的工具，理学思想逐渐失去了原有的价值，取而代之的是反对空谈误国的实学思想。这一时期大批文人士大夫开始关注现实，因此，出现了大量的现实主义诗人。朝鲜实学思想的发展大致经历了三个阶段：第一阶段 17 世纪中叶至 18 世纪前期，也就是朝鲜李朝中期，这一时期统治阶级内部斗争日益激烈，程朱理学已经渐渐失去了原有的作用，成为了党争的工具。面对理学的日益衰败，朝鲜社会一些先进的知识分子，开始反对清谈空论的朱子理学，主张“学以致用”，积极吸收、发展经学中的有益思想，这一时期实学派的代表人物主要有李睟光、柳馨远、李瀷等，他们后来被称为“经学派”或者“经学致用派”。早期实学派提出的改革措施具有鲜明的针对性，但毕竟思虑未深，基本上还只是处于从理学到实学思想的过渡阶段。实学派发展的第二阶段是从 18 世纪中期到后期，这一阶段主要是以徐命膺、洪大容、朴趾源、李德懋、柳得恭、朴齐家、李书九等人为代表，历史上称之为“北学派”或“利用厚生派”。之所以称之为“北学派”，是因为他们均主张学习清朝的先进制度文化，并且都先后多次出使清朝，归国后积极倡导朝政、社会改革，如在工商、货币、技术、土地、科举等领域均提出了改革要求，并且带有强烈的批判精神。在文学理念方面，他们发对模范古人创作，提倡文学须贴切社会，揭露问题，针砭时弊，起到讽刺、批判弊端的警示作用。但是“北学派”并非全部否定传统思想体制，他们提倡辨证地看待前贤人学说，吸收积极思想加以继承与发展，如他们提出的“天机说”就如此。这些实学观念的提出及探讨，将朝鲜实学思想推向了前所未有的高度。实学派发展的第三阶段是 19 世纪前半期，是以金正喜为主要代表的“考据派”。他们提倡实事求是、经世致用，但同时

---

① 申纬《警修堂全稿卷十七·北禅院续稿二·东人论诗绝句三十五首·其十六》。

② 金万重《西浦漫笔·卷二十七》。

又受清朝乾嘉考据风气的影响，关注并且深入研究传统经籍、金石文献等方面的学问。总之，朝鲜李朝实学派的这三个发展时期虽然在具体主张上有所不同，但是在关注现实、改革弊端、保全朝廷方面的理念是一贯相通的。实学派文人的诗文创作也都是坚持写实，反对浮华文风，主张诗文创作应该反映现实问题，并对朝政改革有所裨益。朝鲜后期涌现出了一些实学名著，如安鼎福的《东史纲目》、柳得恭的《四郡志》以及《渤海考》、李德懋的《清脾录》、李重焕的《择里志》等。这些杰出的论著充分表现出实学派思想家的理念和见解，为李朝后期政治、经济、文化、科学方面总结和改进作出了重要的贡献，也为朝鲜社会向近代化的跨进起到了显著的推进作用。

李朝汉诗的发展历经荣衰，到了朝鲜中后期李朝汉诗发展到高潮，汉诗的这一发展过程直接影响到了朝鲜李朝本土歌谣的发展，当然，本土歌谣也会反过来影响汉诗的创作。国语诗歌作为朝鲜中后期两大文学主流之一，在朝鲜肃宗、英宗时期也到达了一定的繁荣高度。尤其是“训民正音”出现之后，随着本国文字的普及，国语诗歌创作群体不断扩大，作家阶层也发生了改变，市民文学逐渐兴起，诗歌作品以及数量都达到了前所未有的高度，国语诗歌的主要形式也由高丽时期的时调发展到了朝鲜中后期的时调、歌辞、杂歌等俱盛。朝鲜中后期，社会经济有所发展，人们主体意识显著提高，原有的国语诗歌已经不能满足大众需求，这时候庶民阶层的创作内容开始走进百姓生活，深受普通百姓的喜爱。平民阶层的参与，标志着两班贵族文化垄断局面的结束，市民文学开始蓬勃发展，出现了许多著名的歌谣大家，如金天泽、郑澈、朴仁老等。当然这些文人同时也是汉诗创作者，本土歌谣与汉诗创作二者之间是相互影响，相互促进的。

总之，朝鲜李朝汉诗在500年间的历史洪流中，流派峰起，门户林立，在朝鲜文学史上形成了丰富多彩的局面，像“生六臣、死六臣”、“海东江西派”、“三唐诗人”、“许氏家族”、“金氏家族”、“文章四大家”、“委巷文学”、“实学派诗人”等流派的出现，为当时汉诗的发展锦上添花。而且，这些重要诗人的出现还在一定程度上促进了朝鲜其他文学形式的发展，如国语诗歌、诗话、小说等等。同时，这些诗人的文学观念也影响到了后代的大批文人。家族文学之间的相互影响，师徒之间的相互影响，都对朝鲜汉诗的发展起到了重要的作用。因此，可以说，朝鲜李朝汉诗在朝鲜文学史上占据着非常重要的一环，没有汉诗的朝鲜文学史将会是不完整的。韩国现存的朝鲜诗文集犹如汗牛充栋，不可胜数。所以朝鲜李朝汉诗不仅为研究本国文学提供了重要的参考资料，也为研究本国与东亚各国的交流提供了宝贵的素材。纵观整个东亚汉文学圈，李朝汉诗的发展不仅仅与中国有着密切的关联，与日本、琉球、越南等国之间也有着一定的联系，这些国家之间的相互交流不仅促进了本国文化的多元化，也为东亚汉文学的发展作出了重要的贡献。当然，应该指出的是虽然此种文化与中国文化交流密切，但是并不能说朝鲜汉文学是中国文学的分支或者附庸。这些作品是朝鲜文人自己创作而来，虽有参考中国文化，但是其中仍旧包含了朝鲜文人特有的情感、思维、民族思想、历史文化以及风土人情等。总之，朝鲜李朝汉诗是东亚汉文学中的一笔宝贵财富，也是东亚人民乃至世界人民的共同财富。

参 考 文 献

一、韩国古代文献

[1] [韩]金富轼. 三国史记[M]. 明文堂,1988.

[2] [韩]僧一然. 三国遗事[M]. 乙酉文化社,1983.

[3] [韩]郑麟趾. 高丽史[M]. 朝鲜科学院,1958.

[4] [韩]韩国文集丛刊(500 辑). 网络版:http://db. itkc. or. kr/itkcdb/mainIndexIframe. jsp.

[5] [韩]张志渊. 大东诗选[M]. 韩国学文献研究所重印,(汉城)亚细亚文化社刊行,1980.

[6] [韩]徐居正. 东文选[M]. 民族文化刊行会,1994.

二、中国古代文献

[1] 谷辉之. 柳如是诗文集[M]. 中华全国图书馆文献缩微复制中心(新华书店北京发行所),1996.

[2] [梁]沈约. 宋书[M]. 北京:中华书局,1974.

[3] [明]宋濂等. 元史[M]. 北京:中华书局,1976.

[4] [清]张廷玉等. 明史[M]. 北京:中华书局,1974.

[5] [明]朱彝尊. 明诗综. 康熙四十四年六峰阁刻本.

[6] [清]钱谦益. 列朝诗集小传. 康熙三十七年黄氏诵风堂刻本.

[7] [北宋]王钦若等. 册府元龟[M]. 北京:中华书局,1960.

[8] [清]彭定求等. 全唐诗[M]. 北京:中华书局,1999.

三、中国当代专著

[1] 韦旭昇. 韩国文学史[M]. 北京:北京出版社,2008.

[2] 李岩,徐健顺. 韩国文学通史(上中下)[M]. 北京:社会科学文献出版社,2010.

[3] 严明. 东亚汉诗研究[M]. 北京:中国书籍出版社,2013.

[4] 刘强. 高丽汉诗文学史论[M]. 厦门大学出版社,2008.

[5] 张敏.韩国思想史纲[M].北京:北京大学出版社,2009.

[6] 李甦平.韩国儒学史[M].北京:人民出版社,2009.

[7] 王晓平.亚洲汉文学[M].天津人民出版社,2009.

[8] 高汉文,韩梅.东亚汉文学关系研究[M].北京:中国社会科学出版社.2010.

[9] 张伯伟.朝鲜时代女性诗文集全编(上中下)[M].南京:凤凰出版社,2011.

[10] 张伯伟.域外汉籍研究入门[M].上海:复旦大学出版社,2012.

[11] 陈尚胜.中韩交流三千年[M].北京:中华书局,1997.

[12] 黄永武.中国诗学(4册)[M].北京:新世界出版社,2012.

[13] 罗时进.地域·家族·文学——清代江南诗文研究[M].上海:上海古籍出版社,2010.

[14] 徐雁平.清代世家与文学传承[M].北京:生活·读书·新知 三联书店,2012.

[15] 王力.诗词格律[M].北京:中华书局,2012.

[16] 孙卫国.大明旗号与小中华意识——朝鲜王朝尊周思明问题研究(1637—1800)[M].北京:商务印书馆,2007.

[17] 蔡美花,赵季.韩国诗话全编校注(12册)[M].北京:人民文学出版社,2012.

[18] 葛兆光.想象异域:读李朝朝鲜汉文燕行文献札记[M].北京:中华书局,2014.

[19] 邝健行.韩国诗话探珍录[M].北京:学苑出版社,2013.

[20] 孙歌.主体弥散的空间——亚洲论述之两难[M].南昌:江西教育出版社,2007.

[21] 朱云影.中国文化对日韩越的影响[M].桂林:广西师范大学出版社,2007.

[22] 韩昇.东亚世界形成史论[M].上海:复旦大学出版社,2009.

[23] 潘畅和.东亚儒家文化圈的价值冲突:以古代朝鲜和日本的儒家文化比较为中心[M].北京:中国社会科学出版社,2012.

四、外国当代专著

[1] [韩]柳晟俊.新罗와渤海 汉诗의唐诗论的考察[M].펴낸곳 푸른사상.2009.

[2] [韩]金台俊.韩国文学史[M]. 张琏瑰译.北京:社会科学文献出版社,1996.

[3] [韩]赵润济.韩国文学史[M].张琏瑰译.北京:社会科学文献出版社,1998.

[4] [韩]李家源.韩国汉文学史[M]. 赵季、刘畅译.南京:凤凰出版社,2012.

[5] [日]冈本隆司(Takashi Okamato).属国与自主之间——近代中朝关系与东亚的命运[M].黄荣光译.北京:生活·读书·新知 三联书店,2012.

[6] [韩]李能和.朝鲜女俗考[M].汉城:东洋书院.

[7] [韩]许米子.韩国女性文学研究[M].首尔:太学社,1996.

[8] [韩]许米子.朝鲜朝女流诗文全集[M].首尔:太学社,1996.

[9] [韩]金志勇.韩国女流汉诗[M].首尔丽江出版社,1991.

[10] [韩]赵钟业.韩国诗话研究[M].首尔:太学社,1991.

[11] [英] 齐亚乌丁·萨达尔.东方主义[M].长春:吉林人民出版社,2005.

[12] [美]狄百瑞.东亚文明:五个阶段的对话[M].南京:江苏人民出版社,2012.

[13] [美]费正清. 中国的世界秩序：传统中国的对外关系[M]. 北京：中国社会科学出版社，2010.

[14] [日]子安宣邦. 东亚论——日本现代思想批判[M]. 长春：吉林人民出版社，2011.

[15] [日]夫马进. 朝鲜燕行使和朝鲜通信使[M]. 伍跃，译. 上海：上海古籍出版社，2010.

五、博士论文

[1] 庄秀芬. 古代朝鲜女性汉诗研究[D]. 北京：中央民族大学，2007.

[2] 田雪.《颜氏家训》中的士族文化研究[D]. 河北：河北师范大学，2013.

[3] 毛海莹. 江南女性民俗的文学展演研究——以现代文学江南作家的女性民俗书写为例[D]. 上海：华东师范大学，2012.

[4] 陈家红. 六朝吴郡陆氏家族文学与文化研究[D]. 上海：上海师范大学，2013.

[5] 赵红卫. 明清安丘曹氏家族文学与文化研究[D]. 山东：山东师范大学，2012.

[6] 黄金元. 明清之际济南府望族与诗歌研究[D]. 山东：山东师范大学，2010.

[7] 丁小明. 清代江南艺文家族研究[D]. 江苏：苏州大学，2010.

[8] 崔琇景. 清后期女性的文学生活研究[D]. 上海：复旦大学，2010.

[9] 刘峰. 清末明初女性西游与文学[D]. 江苏：苏州大学，2012.

[10] 和庆峰. 隋唐太原王氏的变迁与影响[D]. 上海：上海师范大学，2013.

[11] 梁尔涛. 唐代家族与文学研究[D]. 江苏：苏州大学，2011.

[12] 许智银. 唐代临淄段氏家族文学与文化研究[D]. 山东：山东师范大学，2012.

[13] 汪孔丰. 桐城麻溪姚氏家族与桐城派兴衰嬗变研究[D]. 上海：上海大学，2012.

[14] 赵静. 魏晋南北朝琅琊王氏家族文化与文学研究[D]. 山东：山东师范大学，2011.

[15] 王建科. 元明家庭家族叙事文化研究[D]. 陕西：陕西师范大学，2003.

[16] 倪文波. 崔致远文学创作研究[D]. 北京：中央民族大学，2006.

[17] 赵妍. 比较文学视野下的中朝乐府诗研究[D]. 北京：中央民族大学，2010.

[18] 李雪花. 朝鲜朝闺阁汉诗研究[D]. 吉林：延边大学，2007.

[19] 徐东日. 李德懋文学研究——兼与中国文学相比较[D]. 吉林：延边大学，2002.

[20] 师存勋. 李奎报咏史诗研究[D]. 北京：中央民族大学，2011.

[21] 何永波. 李齐贤汉诗创作研究[D]. 北京：中央民族大学，2007.

[22] 邹志远. 李晬光文学批评研究[D]. 吉林：延边大学，2007.

[23] 李红梅. 韩国古典诗歌中的陶渊明研究——以朝鲜朝时期的歌辞、时调为中心[D]. 吉林：延边大学，2009.

[24] 王红梅. 许筠论略[D]. 北京：中央民族大学，2007.

[25] 杨会敏. 朝鲜朝前半期汉诗风格演变研究[D]. 北京：中央民族大学，2011.

[26] 孙玉霞. 丁茶山与杜甫诗歌创作的比较研究[D]. 北京：中央民族大学，2010.

[27] 韩恩珠. 中韩两国儒文化意识比较研究[D]. 北京：中央民族大学，2006.

六、硕士论文

[1] 董景玲. 许兰雪轩诗歌创作研究[D]. 北京：中央民族大学，2011.
[2] 卢英兰. 对黄真伊及其诗歌文学的文化阐释[D]. 吉林：延边大学，2003.
[3] 戚昕. 16—19 世纪中叶的女性与出版[D]. 山东：山东大学，2013.
[4] 陶诗媛. 清代富察氏家族研究[D]. 重庆：西南大学，2012.
[5] 李凯娜. 彭城刘氏家族与齐梁文学研究[D]. 浙江：浙江大学，2013.
[6] 朱平. 清代常州钱氏家族诗歌研究[D]. 江苏：苏州大学，2012.
[7] 刘光秀. 隋唐之际王氏家族文学研究[D]. 福建：华侨大学，2008.
[8] 孟子勋. 唐代弘农杨氏家族文学研究[D]. 陕西：陕西理工学院，2012.
[9] 张卉. 从《桂苑笔耕集》看唐末高骈镇淮史事[D]. 北京：中央民族大学，2007.
[10] 郝悦. 张乔、崔致远诗歌对比研究[D]. 吉林：延边大学，2013.
[11] 管洪波.《古诗十九首》在古代朝鲜的传播及对汉诗创作的影响[D]. 吉林：延边大学，2013.
[12] 姜珊. 中国儒道思想对新罗汉诗的影响[D]. 吉林：延边大学，2013.
[13] 张建. 安史之乱前后唐与新罗诗歌交往研究[D]. 内蒙古：内蒙古大学，2010.
[14] 霍伟伟. 李白与崔致远诗歌思想的比较研究[D]. 大连：青岛大学，2013.
[15] 金艳华. 朝鲜汉诗诗体演变考论[D]. 吉林：延边大学，2005.
[16] 魏平英. 李珥文学的陶渊明接受研究[D]. 吉林：延边大学，2012.
[17] 关晓云. 李齐贤与十四世纪前期的元丽关系[D]. 吉林：延边大学，2010.
[18] 李范洙. 论"尊唐贬宋"背景下李睟光的价值取向[D]. 吉林：延边大学，2004.
[19] 卢慧敏. 赵秀三现实主义汉诗创作研究[D]. 北京：中央民族大学，2013.
[20] 刘志峰. 新罗汉诗中体现的中国文化要素[D]. 吉林：吉林大学，2007.
[21] 李金宏. 唐宋与新罗、高丽僧诗交流研究[D]吉林：延边大学，2011.
[22] 崔华洋. 唐朝与新罗时期诗歌交流[D]. 吉林：延边大学，2011.
[23] 王方. 高丽诗人李穑汉诗中儒家风范研究[D]. 北京：中央民族大学，2012.
[24] 袁野. 曹操、曹植游仙诗与朝鲜李春英游仙诗比较研究[D]. 吉林：延边大学，2012.
[25] 孙艳玲. 18—19 世纪朴齐家与清朝文人的交流研究——以《稿苎集》为中心[D]. 山东：山东大学，2013.
[26] 张珺. 唐代诗歌对许兰雪轩诗作的影响研究[D]. 北京：对外经济贸易大学 2011.
[27] 庞礴. 朝鲜汉诗渊源及清诗对朝鲜诗人的影响[D]. 四川：四川大学，2002.
[28] 王轶男. 晚唐香奁诗对朝鲜朝中期艳情诗的影响[D]. 吉林：延边大学，2012.

七、期刊论文

[1] 杨玉. 朝鲜才女许兰雪轩的诗作及其在中国的流传[J]. 烟台大学学报(哲学社会

科学版),1999,2.

[2] 于欣.朝鲜朝妓女诗人汉诗的对话功能[J].当代韩国,2012,1.

[3] 金鲜.朝鲜末期女诗人崔松雪堂的羞耻感[J].中国韵文学刊,2012,4.

[4] 张伯伟.朝鲜时代女性诗文集的文献问题考论[J].中山大学学报(社会科学版),2010,6.

[5] 文丽华.朝鲜时期贞烈观的形成及其特点[J].中央名族大学学报(哲学社会科学版),2012,2.

[6] 庄秀芬.古代朝鲜女性汉诗中的"酒"的意象[J].沈阳大学学报,2009,4.

[7] 庄秀芬.古代朝鲜女性文学创作的文化反思[J].文艺评论,2009.

[8] 金晶.韩国古典女性文学的流变[J].长春理工大学学报(社会科学版),2012,2.

[9] 田香兰.近代朝鲜女子教育研究1876—1910[J].东北亚学刊,2013,2.

[10] 郝君峰.柳如是与黄真伊诗歌比较[J].韩国研究论丛,第24辑.

[11] 曹虹.论朝鲜女子徐氏《次归去来辞》——兼谈中朝女性与归隐[J].南京大学学报,2001,6.

[12] 庄秀芬,马东峰.论古代朝鲜女性汉诗创作的感伤特色[J].延边大学学报,2007,2.

[13] 庄秀芬.论许兰雪轩的自我艺术形象[J].东疆学刊,2006,4.

[14] 李南.许兰雪轩及其作品研究综述[J].湖南第二师范学院学报,2013,7.

[15] 庄婷.中韩妓女诗人薛涛和黄真伊文学的比较研究[J].华章,2013,29.

[16] 陈冰冰.中韩女性文人身份构建之策略研究——以柳如是与黄真伊为中心[J].辽东学院学报,2012,2.

[17] 张剑.家族文学研究的分层与守界研究[J].华南师范大学学报,2011,3.

[18] 罗时进.家族文学研究的逻辑起点与问题视阈[J].中国社会科学,2012,1.

[19] 楚爱华.家族小说的历史演进与现代品格[J].天津社会科学,2012,1.

[20] 罗时进.江南家族文学研究[J].苏州教育学院学报,2010,3.

[21] 王文荣.论清代京江张氏家族文化及其文学[J].宁波大学学报,2009,6.

[22] 李正春,路海洋.论清代吴地文化家族的家集编纂[J].苏州大学学报,2010,1.

[23] 温世亮.麻溪姚氏家族文化与明末清初龙眠诗苑[J].中国典籍与文化,2013,2.

[24] 孙虎.清代江南家族教育与地域文学家族关系探论——以嘉兴文学家族为中心的考察[J].苏州大学学报,2012,6.

[25] 孙虎.清代江南家族文学环境与文学创造力生成[J].求索,2012,12.

[26] 罗时进.清代江南文化家族的文学文献建设[J].文学史话,2009,3.

[27] 罗时进.清代诗文家与社团流派研究[J].苏州教育学院学报,2012,1.

[28] 徐雁平.清代文学世家的家族信念与发展内动力[J].苏州大学学报,2012,4.

[29] 朱丽霞,罗时进.松江宋氏家族与几社之关系[J].北京大学学报,2005,2.

[30] 罗时进,李凌.唐代女权文学的神话——上官婉儿的宫廷诗歌创作及其文学史地位[J].江苏大学学报,2005,6.

[31] 柳素平. 晚明藏书热潮与女性生存空间研究[J]. 湖北大学学报,2012,2.

[32] 常昭. 魏晋南北朝家族文化与文学研究现状与思考[J]. 济南大学学报,2009,4.

[33] 罗时进. 一个罕见的女性形象——宋代作家朱淑真论略[J]. 苏州大学学报,1993,1.

[34] 罗时进. 在地域和家族视野中展开清代江南文学研究[J]. 苏州教育学院学报,2010,3.

[35] 臧健. 中韩古代家规礼法对女性束缚之比较——以明清与古代朝鲜为例[J]. 北京大学学报,2000,3.

[36] 陈良运."东方汉文学鼻祖"崔致远诗论述[J]. 中国韵文学刊,1999,2.

[37] 贾云. 宾贡进士——崔致远和他的《桂苑笔耕集》[J]. 东南文化,1994,4.

[38] 李时人,詹绪左. 崔致远《桂苑笔耕集》的版本及其校勘札记[J]. 文学与文化,2010,3.

[39] 马家骏. 崔致远和他的诗[J]. 唐诗研究.

[40] 祁庆富. 崔致远在中国行迹考[J]. 烟台大学学报,2002,3.

[41] 李光德,王军领. 东海文圣崔致远的文学与书艺成就[J]. 社会科学家,2007,S1.

[42] 陈蒲清. 韩国文学家的奠基之作:《桂苑笔耕集》[J]. 长沙大学学报,2002,1.

[43] 田廷柱. 论《桂苑笔耕集》的史料价值——兼评高骈其人[J]. 辽宁大学学报,1996,5.

[44] 阎琦. 新罗诗人崔致远[J]. 西北大学学报,1993,1.

[45] 赵丹妮. 崔致远汉诗中的生命意识[J]. 延边大学学报,2014,4.

[46] 尹允镇,刘志峰. 试论崔致远汉诗中的中国人物[J]. 东疆学刊,2008,4.

[47] 范靓. 性理学的挑战者——黄真伊[J]. 作家评论,2013,11,B.

[48] 马金科. 海东江西派概念小考[J]. 东疆学刊,2005,1.

[49] 赵季.《箕雅》引经考[J]. 文学遗产,2009,4.

[50] 柳晟俊. 1950 年以来韩国唐诗研究之动向[J]. 南京师大学报,2003,4.

[51]于洁. 朝鲜—韩国古代汉诗中的道教意象[J]. 文艺评论,2011,06.

[52] 柳晟俊. 朝鲜朝后期以来清代诗学研究概况[J]. 中国韵文学刊,2005,2 .

[53] 王国彪. 朝鲜汉诗中的民族传说始祖檀君[J]辽东学院学报,2008,6.

[54] 曹春茹. 朝鲜汉文学家丁若镛汉诗的民本思想——以批判"三政"诗歌为中心[J]. 电子科技大学学报,2009,5.

[55] 严明. 朝鲜李朝古体汉诗论[J]. 上海师范大学学报,2010,6.

[56] 左江. 朝鲜李植《纂注杜诗泽风堂批解》底本辨析[J]. 杜甫研究学刊,1997,3.

[57] 王国彪. 朝鲜诗人车天辂汉诗中的"剑"意象研究[J]. 牡丹江大学学报,2009,6.

[58] 柳晟俊. 朝鲜王朝后期清诗研究概况——以王士祯为中心[J]. 苏州大学学报,2007,3.

[59] 孙玉霞. 论朝鲜诗人丁若镛的诗歌创作风格[J]. 作家评论,2011,02,B.

[60] 韩梅. 论佛教对韩国文学的影响[J]. 理论学刊,2005,5.

[61] 曹春茹.论朝鲜汉诗对韦应物及其诗歌的接受[J].云南大学学报,2012,2.
[62] 马金科.论高丽、朝鲜诗人对黄庭坚诗学的接受与变通[J].东疆学刊,2009,2.
[63] 赵季,张景坤.论韩国汉诗文献的整理研究[J].天津师范大学学报,2013,1.
[64] 刘青海.论金笠诗嘲讽风格和女性题材的汉诗渊源[J].齐鲁学刊,2011,6.
[65] 徐东日.论李德懋对诗歌结构美的创造[J].中南民族大学学报,2004,4.
[66] 马金科.论江西诗派在朝鲜汉诗中产生的特殊影响[J].东疆学刊,2003,4.
[67] 师存勋.申纬汉诗中的中国形象暨汉文化情怀[J].青海民族大学学报,2011,1.
[68] 张峰屹.儒学东渐与韩国汉诗[J].中国文化研究,2007,2.
[69] 金昌权.浅谈金宗直乐府观和《东都乐府》的特点[J].延边大学学报,2007,4.
[70] 高延军.浅谈流浪讽刺诗人金笠的汉诗风格及其思想特征[J].文学教育,2012,4.
[71] 黄渭周.关于韩国编纂的中国诗选集的研究[J].中国诗歌研究,2004,00.
[72] 刘倩.韩国汉诗飞中国典故的借鉴[J].大庆师范学院学报,2012,1.
[73] 徐江.韩国李朝汉诗与诗学的中国文化风习[J].中国文化研究,2003,3.
[74] 洪瑀钦.韩国文学接受中国文学影响的历史[J].吉林师范学院学报,1999,2.
[75] 张碧波.古朝鲜文化探源[J].北方论丛,2000,1.
[76] 韩梅.佛教对韩国文学的影响[J].理论学刊,2005,5.
[77] 姜燕.儒家美学思想对韩国当代文学的影响[J].当代韩国,2000,3.
[78] 郭德君.韩国"孝"伦理思想的历史探源及其当代社会影响[J].重庆理工大学学报,2010,2.
[79] 李京美.中韩日三国古代女性的爱与恨——以古代鬼妻故事为中心[J].当代韩国,2008,1.
[80] 何劲松.韩国僧人在中国佛教史上的地位和作用[J].当代韩国,2002,4.
[81] 李圣华.论韩国诗人对汉诗的接受与批评[J].中州学刊,2007,4.
[82] 张伯伟.朝鲜古代汉诗总说[J].文学评论,1996,2.

附　　录

1. 朝鲜汉诗人目录

上古到三国时期(公元前到公元7世纪前半期)					
序号	作　者	生卒年	作品(集)	创作(出版)年代	参考文献
1	神志(邃古时代)		《秘词》		《文献备考·艺文志》
2	丽玉(古朝鲜)		《箜篌引》		《古今注》
3	琉璃王 高类利(高句丽)	?—18	《黄鸟歌》		《三国史记》
4	僧人定法师(高句丽)		《孤石》		
5	乙支文德(高句丽)	六世纪中期—?	《乙支文德汉诗》(《遗于仲文诗》)		《三国史记》《列传》
6	九干(统一前新罗)		《龟何歌》	创作于公元前6—57年	《三国遗事》
7	?(统一前新罗)		《鼻荆词》	作于真平王时	《三国遗事》
8	真德女王(统一前的新罗)	?—654	《太平颂》		《三国史记》《三国遗事》《全唐诗》
9	僧元晓(统一前新罗)	617—686	《没柯斧歌》《无碍歌》	作于太宗金春秋(603—661)	《三国遗事》
10	虵福(统一前新罗)		《葬偈》	与元晓同时代	《三国遗事》
统一新罗时期(7世纪后半期—9世纪)					
序号	作　者	生卒年	作品(集)	创作(出版)年代	参考文献
11	金乔觉	696—794	《送童子下山》		《全唐诗》
12	金云卿	8—9世纪			
13	金可纪	?—859			《太平广记·卷五三》
14	金立之	8—9世纪			

续表

序号	作　者	生卒年	作品(集)	创作(出版)年代	参考文献
15	朴仁范	9 世纪	《九成宫怀古》《泾州龙塑寺》《江行呈张秀才》		《东文选·卷四七》
16	崔致远	857—951	《桂苑笔耕集》《孤云先生文集》	1834 年与 1926 年	《东文选》《三国史记》《新唐书·艺文志》《大东诗选》
17	王巨仁	9 世纪	《愤怨诗》		《全唐诗》
18	崔匡裕	9—10 世纪	《长安春日有感》《郊居呈知己》《忆江南李处士》		《东文选·卷四七》
19	崔承祐	9—10 世纪	《送曹松入罗浮》		《全唐诗》
20	僧人慧超		《往五天竺国传》《月夜》		
21	薛瑶		《返俗谣》		《册府元龟》
22	崔利贞				《册府元龟》
23	金地藏		《送童子下山》		《全唐诗》
24	金叔贞				《册府元龟》
25	朴季业				《册府元龟》
26	朴亮之				《册府元龟》
27	金允夫				
28	金夷鱼				《东史纲目·卷五》
29	金绍渤				《东文选·卷四七》
30	金渥				《三国史记·卷一一》
31	李同				《东文选·卷四七》
32	金茂先				《东文选·卷四七》
33	杨颖				《东文选·卷四七》
34	崔涣				《全唐文·卷九二二》
35	崔仁渷				《三国史记·卷一二》
36	金文蔚				《三国史记·卷四六》
37	崔慎之				《东史纲目·卷五》
38	元杰				《东史纲目·卷五》
39	金垂训				

续表

高丽时期(918—1392)					
序号	作者	生卒年	作品(集)	创作(出版)年代	参考文献
40	朴寅亮	?—1096	《新罗殊异传》《古今录》		《高丽史》《大东诗选》
41	崔承老	927—989			《高丽史》《大东诗选》
42	张延祐				《高丽史》《大东诗选》
43	崔冲	985—1068	《崔文宪公遗稿》		《高丽史》《大东诗选》
44	郭舆	1059—1130			《高丽史》《大东诗选》
45	金黄元				《高丽史》
46	李资玄	1061—1125	《歌颂》《南游诗》		《高丽史》《大东诗选》
47	金富轼	1075—1151	《三国史记》		《高丽史》《大东诗选》
48	高兆基	?—1157			《大东诗选》
49	李知渙				《大东诗选》
50	金富仪				《大东诗选》《高丽史》
51	郑袭明	?—1151			《大东诗选》
52	韩檄如				《大东诗选》
53	郑知常	?—1135	《郑司谏集》		《东文选》《东京杂记》《高丽史》
54	李仁老	1152—1220	《银台集》《银台集后集》《破闲集》《双明斋集》		《东文选》《高丽史》
55	金敦中				《大东诗选》
56	金敦时				《大东诗选》
57	金君绥				《大东诗选》
58	郑沆	1080—1136			《大东诗选》
59	崔鸿宾				《大东诗选》
60	朴椿龄	高丽中期人			《大东诗选》
61	朴浩	高丽肃宗时人			《大东诗选》
62	李之氐	1092—1145			《大东诗选》
63	崔惟清	1095—1174	《南都集》		《高丽史》《大东诗选》

续表

序号	作　者	生卒年	作品(集)	创作(出版)年代	参考文献
64	郑与龄	高丽 仁宗时人			《大东诗选》
65	金若水	高丽 末时人			《大东诗选》
66	金莘尹	高丽 毅宗时人			《大东诗选》
67	蔡宝文	高丽 毅宗时人			《大东诗选》
68	李奎报	1168—1241	《李相国集》		《大东诗选》
69	俞升旦				《大东诗选》
70	吴世才	1133—?			《大东诗选》
71	林椿	1147—1197	《西河先生集》	1713	《高丽史》《大东诗选》
72	陈澕	1200年中 科举曾出 使金国	《梅湖遗稿》	1784	《高丽史》《大东诗选》
73	慧谌	1178—1234			
74	白贲华	1180—1224	《南阳先生诗集》	1249	
75	陈温	高丽 高宗时人			《大东诗选》
76	任奎	？—1171			《大东诗选》
77	白文节	？—1282			《大东诗选》
78	李混	1252—1312	《舞鼓》		《大东诗选》
79	郭预	1232—1286			《大东诗选》
80	鲁屿	高丽后期人			《大东诗选》
81	蔡洪哲	1262—1340			《大东诗选》
82	禹倬	1263—1342			《大东诗选》
83	朴恒	1227—1281			《大东诗选》
84	申淑				《大东诗选》
85	赵冲				《大东诗选》
86	柳公权				《大东诗选》
87	李尊庇				《大东诗选》

续表

序号	作　者	生卒年	作品(集)	创作(出版)年代	参考文献
88	崔思齐	1081年入使宋朝			《大东诗选》
89	张镒	1207—1276			《大东诗选》
90	郑允宜	高丽后期人			《大东诗选》
91	郑瑎	1254—1305			《大东诗选》
92	许洪材				《大东诗选》
93	李頔				《大东诗选》
94	崔滋	1188—1260	《补闲集》		
95	金孝印				
96	金坵	1211—1278	《止浦先生集》	1801	《大东诗选》
97	李承烋	1224—1300	《动安居士集行录》	1359	
98	洪侃	？—1304	《洪崖先生遗稿》	1688	《大东诗选》
99	金台铉	1261—1330	《东国文鉴》		
100	安轴	1282—1348	《谨斋先生集》	1910	《大东诗选》
101	李齐贤	1287—1367	《益斋乱稿》	1698	《高丽史》《大东诗选》
102	权溥		《孝行录》		《大东诗选》
103	崔瀣	1287—1340	《拙稿千百》	1698	《大东诗选》
104	闵思平	1295—1359	《及庵诗集》	1354	
105	李穀	1298—1351	《稼亭集》	1662	《大东诗选》
106	景闲	1299—1374			
107	普愚	1301—1382			
108	曹继芳	高丽忠烈王时人			《大东诗选》
109	延镜				《大东诗选》
110	金方庆				《大东诗选》
111	俞千迈				《大东诗选》
112	许琪				《大东诗选》
113	张天翼				《大东诗选》
114	白文宝	1303—1374	《淡庵逸斋》	1900	《大东诗选》
115	方曙				《大东诗选》

续表

序号	作　者	生卒年	作品(集)	创作(出版)年代	参考文献
116	许少由				《大东诗选》
117	郑可臣				《大东诗选》
118	安震				《大东诗选》
119	俞元淳				《大东诗选》
120	白颐正				《大东诗选》
121	赵仁规				《大东诗选》
122	李兆年				《大东诗选》
123	金翔汉				《大东诗选》
124	郑誧	1309—1345	《雪谷集》	1609	
125	李达衷	1309—1385	《霁亭集》	1836	
126	金克己	约1150—1210	《金居士集》		《大东诗选》
127	金良镜				《大东诗选》
128	金之岱				《大东诗选》
129	田禄生	1318—1375	《壄隐逸斋》	1738	
130	李晟				《大东诗选》
131	全元发				《大东诗选》
132	金忻				《大东诗选》
133	洪彦博				《大东诗选》
134	李湛之				《大东诗选》
135	朴尚衷	1332—1375	《祀典》		《大东诗选》
136	薛文遇				《大东诗选》
137	权汉功	？—1349	《一斋集》		《大东诗选》
138	王伯	1278—1351			《大东诗选》
139	尹泽	1289—1370	《栗亭集》		《大东诗选》
140	李集	1327—1387	《遁村杂咏》	1686	
141	李穑	1328—1396	《牧隐稿》	1626	
142	元天锡	1330—？	《耘谷行录》	1858	
143	卓光茂	1330—1410	《景濂亭集》	1850	
144	韩修	1333—1384	《柳巷诗集》	1602	
145	李衍宗				

续表

序号	作　者	生卒年	作品(集)	创作(出版)年代	参考文献
146	郑道传	？—1398	《三峰集》	1791	
147	郑梦周	1337—1392	《圃隐集》	1607	
148	林宜中	1337—1403	《贞斋逸稿》	1924	
149	赵浚	1346—1405	《松堂集》		《大东诗选》
150	曹庶	朝鲜 太宗时人			《大东诗选》
151	金九容	1338—1384	《金陵录》		《大东诗选》
152	金齐颜	？—1368			《大东诗选》
153	蔡琏	高丽末期人			《大东诗选》
154	成石磷	1338—1423	《独谷集》	1460	
155	李存吾	1341—1371	《石滩集》	1734	
156	郑以吾				
157	李詹	1345—1405	《双梅堂箧藏集》		
158	郑浚	1346—1405	《松堂集》	1901	
159	河仑	1347—1416	《浩亭集》	1940	
160	李崇仁	1347—1392	《陶隐集》	1406	
161	南在	1351—1419	《龟亭遗稿》	1869	
162	元松寿				《大东诗选》
163	黄喜				《大东诗选》
164	权近	1352—1409	《阳村集》	1869	
165	孟思诚				《大东诗选》
166	咸傅霖				《大东诗选》
167	安省				《大东诗选》
168	辛蒇	？—1339			《大东诗选》
169	权适				《大东诗选》
170	韩宗愈	1287—1354	《复斋集》		《大东诗选》
171	吴珦	高丽末人			《大东诗选》
172	崔元祐	高丽末人			《大东诗选》
173	李行	1352—1432	《骑牛集》	1872	
174	吉再	1353—1419	《冶隐集》	1858	《大东诗选》
175	李公遂	1308—1366			《大东诗选》

续表

序号	作　者	生卒年	作品(集)	创作(出版)年代	参考文献
176	王康				《大东诗选》
177	金自粹				《大东诗选》
178	赵圣璧				《大东诗选》
179	徐甄				《大东诗选》
180	金益精				《大东诗选》
181	李茂芳				《大东诗选》
182	赵云仡				《大东诗选》
183	偰长寿				《大东诗选》
184	宋因				《大东诗选》
185	廉悌臣				《大东诗选》
186	刘敞				《大东诗选》
187	廉兴邦				《大东诗选》
188	李岩	1297—1364	《农桑集说》		《大东诗选》
189	安裕	1243—1306			《大东诗选》
190	金永暾				《大东诗选》
191	许锦				《大东诗选》
192	郑捴	1358—1397	《复斋集》	1446	
193	李种学	1361—1392	《麟斋遗稿》	1650	
194	姜准伯				《大东诗选》
195	崔斯立	高丽末期人			《大东诗选》
196	李坚幹	高丽忠肃王时人	《山花先生逸稿》		《大东诗选》
197	朴孝修	？—1337			《大东诗选》
198	李邦直	？—1384	《义谷集》		《大东诗选》
199	郭珚	高丽忠惠王时人			《大东诗选》
200	都元兴				《大东诗选》
201	咸承庆	高丽末期人			《大东诗选》
202	李冈				《大东诗选》
203	李稷	1362—1431	《亨斋诗集》	1737	
204	李原	1368—1429	《容轩集》	1957	

续表

序号	作　者	生卒年	作品(集)	创作(出版)年代	参考文献
205	李惠				《大东诗选》
206	卞季良	1369—1430	《春亭集》	1937	
207	卞仲良				《大东诗选》
208	尹祥	1373—1445	《别洞集》	1749/1900	
209	朴兴生	1374—1446	《菊堂遗稿》	1895	
210	申概	1374—1446	《寅斋集》	1929	
211	河演	1376—1453	《敬斋集》	1919	
212	罗兴儒				
213	柳淑				
214	金缘				
215	李藏用				
216	李瑱				
217	白元恒				
218	偰逊				
219	张仲阳				
220	崔思齐	1081年高丽礼部尚书任内使宋			
221	郑地				
222	洪载				
223	李锡周				
224	李在弘				
225	金大润				
226	李仁复				
227	朴文彬				
228	宋文贵				
229	田祖生				
230	田贵生				
231	李思之				
232	曹溪然公				
233	申德邻				

续表

序号	作　者	生卒年	作品(集)	创作(出版)年代	参考文献
234	柳珣				
235	廉东亭、闵霁				
李氏朝鲜王朝时期(1392—1910)					
序号	作　者	生卒年	作品集	创作(出版)年代	参考文献
236	柳方善	1388—1443	《泰斋集》	1851	
237	丁克仁	1401—1481	《不忧轩集》	1786	
238	尹绍宗	1345—1393	《桐亭集》		《大东诗选》
239	权遇	1363—1419	《梅轩集》		《大东诗选》
240	赵须	朝鲜世宗时人	《清卿集》		《大东诗选》
241	李孟畇	1371—1440			《大东诗选》
242	尹淮	1380—1436			《大东诗选》
243	鱼燮甲	1381—1435			《大东诗选》
244	南秀文	1408—1442	《敬斋遗稿》	1804	
245	让宁大君李禔	1394—1462			《大东诗选》
246	孝宁大君李补	1396—1486			《大东诗选》
247	崔致云				《大东诗选》
248	郑矩				《大东诗选》
249	姜硕德	1395—1459	《玩易斋集》		《大东诗选》
250	辛硕祖	1407—1459	《渊冰堂集》		《大东诗选》
251	金守温	1409—1481	《拭疣集》		
252	崔恒	1409—1474	《太虚亭集》	1707	
253	元昊	1397—1463	《观澜遗稿》	1927	
254	权踶	1387—1445	《止斋集》		《大东诗选》
255	朴元亨	1411—1469			《大东诗选》
256	张修				《大东诗选》
257	柳毅孙				《大东诗选》
258	河纬地	1412—1456	《丹溪遗稿》	1768	
259	李垲	1417—1456			《大东诗选》

续表

序号	作　者	生卒年	作品(集)	创作(出版)年代	参考文献
260	安平大君李瑢	1418—1453			《大东诗选》
261	梁诚之	1415—1482	《讷斋集》	1791	
262	金宗瑞				《大东诗选》
263	李石亨	1415—1477	《樗轩集》	1587	
264	朴彭年	1417—1456	《朴先生遗稿》	1658	
265	元柱				《大东诗选》
266	任元濬				《大东诗选》
267	曹尚治				《大东诗选》
268	申叔舟	1417—1475	《保闲斋集》	1645	
269	柳诚源	？—1456			《大东诗选》
270	成三问	1418—1456	《成谨甫集》	1758—1768	
271	俞应孚	？—1456			《大东诗选》
272	成聃寿				《大东诗选》
273	徐居正	1420—1488	《四佳集》	1705	
274	南孝温	1454—1492	《秋江集》		《大东诗选》
275	金寿宁	1436—1473			《大东诗选》
276	鱼世谦	1430—1500	《西川集》		《大东诗选》
277	卢思慎	1427—1498			《大东诗选》
278	朴抮谦				《大东诗选》
279	李总				《大东诗选》
280	赵旅	1420—1489	《渔溪集》	1901	
281	成任	1421—1484	《安斋集》		《大东诗选》
282	李承召	1422—1484	《三滩集第》	1515	
283	姜希孟	1424—1483	《私淑斋集》	1805	
284	成侃	1427—1456	《真逸遗稿》	1467	
285	姜希孟	1424—1483	《私淑斋集》		《大东诗选》
286	许琮	1434—1494			《大东诗选》
287	金宗直	1431—1492	《占毕斋集》	1789	
288	崔淑精	1432—1480	《逍遥斋集》	1813	
289	李智活				《大东诗选》
290	金时习	1435—1493	《梅月堂集》	1583	

续表

序号	作　者	生卒年	作品(集)	创作(出版)年代	参考文献
291	郑种				《大东诗选》
292	金汉				《大东诗选》
293	洪裕孙	1452—1529	《莜□遗稿》	1810	
294	李陆	1438—1498	《青坡集》		
295	李鼋	？—1504	《再思堂遗集》		《大东诗选》
296	洪贵达	1438—1504	《虚白亭集》	1841	
297	李鳖	朝鲜蓝山君时人	《藏六堂诗稿》		《大东诗选》
298	南怡				《大东诗选》
299	申沆				《大东诗选》
300	崔淑生	1457—1520			《大东诗选》
301	李琼仝	朝鲜成宗时人			《大东诗选》
302	成伣	1439—1504	《虚白堂集》	1841	
303	杨熙止	1439—1504	《大峰集》	1787	
304	孙肇瑞		《格斋集》	1479	
305	俞好仁	1445—1494	《□□□溪集》	1530	
306	孙舜孝				《大东诗选》
307	金䜣	1448—1492	《颜乐堂集》	1516	
308	安琛				《大东诗选》
309	李宜茂	1449—1507	《莲轩杂稿》	1696	
310	崔敬止	？—1479			《大东诗选》
311	蔡寿	1449—1515	《懒斋集》	1568	
312	月山大君李婷	1454—1488			《大东诗选》
313	表沿沫	1449—1498	《蓝溪集》	1914	
314	表根硕				《大东诗选》
315	朱溪君				《大东诗选》
316	李深源				《大东诗选》
317	李贤孙				《大东诗选》
318	李浤				《大东诗选》
319	安应世	1455—1480			《大东诗选》

续表

序号	作　者	生卒年	作品(集)	创作(出版)年代	参考文献
320	辛永禧	1454—1511			《大东诗选》
321	郑汝昌	1450—1504	《一蠹集》	1635	
322	金宏弼	1454—1504	《寒暄堂集》		《大东诗选》
323	金克俭	15世纪中叶			
324	丁寿岗	1454—1527	《月轩集》	1773	
325	曹伸				《大东诗选》
326	曹伟	1454—1503	《梅溪集》	1718	
327	崔溥	1454—1504	《锦南集》	1571	
328	李湜	1458—1488	《四雨亭集》	1500	
329	崔忠成	1458—1491	《山堂集》	1685	
330	李宗准	？—1499	《慵斋遗稿》		
331	李鼋	？—1504	《再思堂逸集》		
332	郑光弼	1462—1538	《郑文翼公遗稿》	1702	
333	申用溉	1463—1519	《二乐亭集》	1543	
334	姜浑	1464—1519	《木溪逸稿》	1910	
335	金驲孙	1464—1498	《濯缨集》	1512	
336	权五福	1467—1498	《睡轩集》	1509	
337	李贤辅	1467—1555	《聋崖集》	1665	
338	权达手	1469—1504	《桐溪集》		《大东诗选》
339	申從濩	1456—1497	《三魁堂集》		《大东诗选》
340	许琛	1444—1505			《大东诗选》
341	崔溥	1454—1504	《锦南集》		《大东诗选》
342	成重淹	1474—1504			《大东诗选》
343	李胄	1468—1504	《忘轩遗稿》	1571	
344	李堣	1469—1517	《松斋集》	1584	
345	李克堪				《大东诗选》
346	郑希良	1469—1502	《虚庵遗集》	1897	
347	柳轼				《大东诗选》
348	朴英	1471—1540	《松堂集》	1905	
349	申潜				《大东诗选》
350	郑球				《大东诗选》

续表

序号	作　者	生卒年	作品(集)	创作(出版)年代	参考文献
351	柳云	1485—1528	《进修楷范》		《大东诗选》
352	朴继姜				《大东诗选》
353	李穆	1471—1498	《李评事集》	1631	
354	金世弼	1473—1533	《十清轩集》	1748	
355	韩忠				《大东诗选》
356	李希辅	1473—1548	《安分堂诗集》		
357	洪彦忠	1473—1508	《寓庵稿》		
358	金克成	1474—1540	《忧亭集》	1860	
359	朴祥	1474—1530	《讷斋集》	1796	
360	沈义	1475—?	《大观斋乱稿》	1577	
361	柳洵				《大东诗选》
362	李昌寿				《大东诗选》
363	洪彦弼	1476—1549	《默斋集》	1561	
364	权橃	1478—1548	《冲斋集》	1671	
365	金安国	1478—1543	《慕斋集》	1574	
366	李荇	1478—1534	《容斋集》	1586	
367	朴訚	1479—1504	《挹翠轩遗稿》	1514	
368	南衮	1471—1527	《止亭集》		《大东诗选》
369	李耔	1480—1533	《阴崖集》	1754	
370	郑汉龙				《大东诗选》
371	梁彭孙	1480—1545	《学圃集》	1840	
372	郑子堂				《大东诗选》
373	金安老	1481—1537	《希乐堂集》		
374	鱼无迹	朝鲜成宗时人	《新历叹》		《大东诗选》
375	韩景琦				《大东诗选》
376	赵光祖	1482—1519	《静庵集》	1681	
377	李孝泽				《大东诗选》
378	李迨	1483—1536	《月渊集》	1873	
379	申光汉	1484—1555	《企斋集》	1573	
380	金正国	1485—1541	《思斋集》	1591	
381	金净	1486—1521	《冲庵集》	1549	

续表

序号	作　者	生卒年	作品(集)	创作(出版)年代	参考文献
382	金湜				《大东诗选》
383	苏世让	1486—1562	《阳谷集》	1571	
384	韩忠	1486—1521	《松斋集》	1889	
385	沈彦光	1487—1540	《渔村集》	1572	
386	金絿	1488—1534	《自庵集》	1659	
387	徐敬德	1489—1546	《花潭集》	1605	
388	成世昌	1481—1548	《遁斋集》		《大东诗选》
389	金锡哲				《大东诗选》
390	李彦迪	1491—1553	《晦斋集》	1565	
391	朴遂良				《大东诗选》
392	朴公达				《大东诗选》
393	卢叔仝				《大东诗选》
394	卢盼				《大东诗选》
395	郑兰宗				《大东诗选》
396	卢友明				《大东诗选》
397	吴庆				《大东诗选》
398	成梦井	1471—1517			《大东诗选》
399	金安老	1481—1537	《希乐堂稿》		《大东诗选》
400	卢公弼				《大东诗选》
401	崔寿峸	1487—1521			《大东诗选》
402	郑士龙	1491—1570	《湖阴杂稿》	1577	
403	奇遵	1492—1521	《德阳遗稿》	1606	
404	赵晟	1492—1555	《养心堂集》	1568	
405	闵齐仁	1493—1549	《立崖集》	1610	
406	尚震	1493—1564	《泛虚亭集》	1942	
407	成守琛	1493—1564	《听松集》	1806	
408	成守琮	1495—1533			《大东诗选》
409	成孝元	1497—1551			《大东诗选》
410	宋纯	1493—1583	《俛仰集》	1829	
411	金义贞	1495—1547	《潜庵逸稿》	1833	
412	周世鹏	1495—1554	《武陵杂稿》	1564	

续表

序号	作　者	生卒年	作品(集)	创作(出版)年代	参考文献
413	李瀣	1496—1550	《温溪逸稿》	1772	
414	林亿龄	1496—1568	《石川诗集》	1572	
415	成运	1497—1579	《大谷集》	1603	
416	洪春卿	1497—1548			
417	赵昱				《大东诗选》
418	权应挺				《大东诗选》
419	权应昌				《大东诗选》
420	朴光佑	1495—1545			《大东诗选》
421	罗世缵	1498—1551	《松斋遗稿》	1777	
422	罗湜	1498—1546	《长吟亭遗稿》	1528	
423	李润庆	1498—1562			
424	黄汝献	1486—?	《柳村集》		《大东诗选》
425	赵昱	1498—1557	《龙门集》	1779	
426	沈彦光	1487—1540	《渔村集》		《大东诗选》
427	宋麟寿	1499—1547	《圭庵集》	1907	
428	黄衡				《大东诗选》
429	高淳				《大东诗选》
430	李浚庆	1499—1572	《东皋遗稿》	1586	
431	许辑				《大东诗选》
432	申季诚	1499—1562			
433	许澣				《大东诗选》
434	李恒	1499—1576	《一斋集》	1673	
435	林熏	1500—1584	《葛川集》	1665	
436	李滉	1501—1572	《退溪集》	1573	
437	李玉峰				
438	李源	1501—1568			
439	曹植	1501—1572	《南冥集》	1604	
440	金光辙	许兰雪轩的外祖父,任礼曹判书			《大东诗选》
441	沈思顺				《大东诗选》

续表

序号	作　者	生卒年	作品(集)	创作(出版)年代	参考文献
442	崔演	1503—1549	《艮斋集》	1928	
443	洪暹	1504—1585	《忍斋集》	1712	
444	申师任堂	1504—1551			
445	李希彦	1504—1559			
446	宋麟秀	1506—1581	《秋坡集》	1753	
447	宋麟寿				《大东诗选》
448	严昕	1508—1553	《十省堂集》	1585	
449	金鳞厚	1510—1560	《河西全集》	1802	
450	李洪南				《大东诗选》
451	赵士秀	1502—1558，1557 年出使明朝			《大东诗选》
452	金质忠				《大东诗选》
453	金澍	1512—1573	《寓庵遗集》	1789	
454	吴祥	1512—1571	《负暄堂遗稿》	1883	
455	丁胤禧				《大东诗选》
456	李桢	1512—1571	《龟崖集》	1902	
457	丁熿	1512—1560	《游轩集》	1801	
458	朴枝华	1513—1592	《守庵遗稿》	1684	
459	柳希春	1513—1577	《眉岩集》	1897	
460	柳希龄				《大东诗选》
461	林亨秀	1514—1547	《锦湖遗稿》	1677	
462	尹铉	1514—1578	《菊减集》	1591	
463	成允谐				《大东诗选》
464	卢守慎	1515—1590	《苏斋集》	1665	
465	郑惟吉	1515—1588	《林塘遗稿》	1638	
466	洪仁佑	1515—1554	《耻斋遗稿》	1639	
467	黄真伊	1516—?			
468	沈守庆	1516—1599	《听天堂诗集》		
469	梁应鼎	1519—1581	《松川集》		《大东诗选》
470	姜克成	1526—1575			《大东诗选》

续表

序号	作　者	生卒年	作品(集)	创作(出版)年代	参考文献
471	郑礥	1526—1574	《万竹轩遗稿》		《大东诗选》
472	宋寅	1516—1584	《颐庵遗稿》		《大东诗选》
473	杨士俊	朝鲜明宗时人			《大东诗选》
474	权应仁	1517—?	《松溪漫录》		《大东诗选》
475	金贵荣				《大东诗选》
476	李后白	1520—1578	《青莲集》		《大东诗选》
477	郑碏				《大东诗选》
478	朴承任	1517—1586	《啸皋集》	1600	
479	安应世				
480	李之涵	1517—1578	《土亭遗稿》	1720	
481	杨士彦	1517—1584	《蓬莱诗稿》	1626	
482	林芸	1517—1602	《瞻慕堂集》	1669	
483	许晔	1517—1580	《草堂集》		
484	尹纪				《大东诗选》
485	黄俊良	1517—1563	《锦溪集》	1755	
486	卢禛	1518—1578	《玉溪集》	1632	
487	安敏学				《大东诗选》
488	李宓				《大东诗选》
489	田禹治				《大东诗选》
490	金贵荣	1519—1594	《东园集》	1935	
491	李逗春				《大东诗选》
492	李显郁				《大东诗选》
493	金德龙				《大东诗选》
494	郑轃				《大东诗选》
495	尹洁				《大东诗选》
496	金澍				《大东诗选》
497	梁应鼎	1519—1581	《松川遗集》	1842	
498	康惟善	1520—1549	《舟川遗稿》	1607	
499	权擘	1520—1593	《习斋集》	1653	
500	郑磏	1505—1549	《北窗集》		《大东诗选》
501	郑和	朝鲜宣祖时人			《大东诗选》

续表

序号	作　者	生卒年	作品(集)	创作(出版)年代	参考文献
502	安璲	1521—?			《大东诗选》
503	车轼	1517—1575			《大东诗选》
504	朴民献	1516—1586	《瑟僩斋集》		《大东诗选》
505	吴健	1521—1574	《德溪集》	1829	
506	姜翼	1523—1567	《介庵集》	1846	
507	朴淳	1523—1598	《思庵集》	1857	
508	徐起	1523—1591	《孤青遗稿》	1750	
509	赵穆	1524—1606	《月川集》	1666	
510	金隆	1525—1594	《勿岩集》	1774	
511	具凤龄	1526—1586	《柏潭集》	1670	
512	文益成	1526—1584	《玉洞集》	1873	
513	朴光先	1526—1605	《竹川集》	1929	
514	郑琢	1526=1605	《药圃集》	1818	
515	奇大升	1527—1572	《高峰集》	1629	
516	崔永庆	1529—1590			
517	郑介清	1529—1590	《愚得录》	1692	
518	具思孟	1531—1604	《八谷集》	1648	
519	金富伦	1531—1598	《雪乐堂集》	1939	
520	权好文	1532—1587	《松岩集》	1680	
521	金孝元	1532—1590	《省庵遗稿》		
522	辛应时	1532—1585	《白麓遗稿》	1660	
523	黄廷彧	1532—1607	《芝川集》	1632	
524	尹斗寿	1533—1601	《梧阴遗稿》	1635	
525	高敬命	1533—1592	《霁峰集》	1617	
526	郑惟一	1533—1576	《文峰集》	1799	
527	权文海	1534—1591	《草涧集》	1812	
528	宋翼弼	1534—1599	《龟峰集》	1762	
529	南彦纪	1534—?	《考槃遗编》		《大东诗选》
530	李忠绰	1521—1577			《大东诗选》
531	河应临				《大东诗选》
532	柳永吉	1538—1601	《月篷集》		《大东诗选》

续表

序号	作　者	生卒年	作品(集)	创作(出版)年代	参考文献
533	宋翰弼	朝鲜宣祖时人	《云谷集》		《大东诗选》
534	李诚中				《大东诗选》
535	刘好仁				《大东诗选》
536	李义健	1533—1621	《峒隐集》		《大东诗选》
537	朴溉	1511—1586			《大东诗选》
538	朴枝华	1513—1592	《守庵遗稿》		《大东诗选》
539	李俊民	1524—1590			《大东诗选》
540	金命元	1534—1602			《大东诗选》
541	成浑	1535—1598	《牛溪集》	1682	
542	李泼				《大东诗选》
543	郑介清				《大东诗选》
544	郑仁弘	1535—1623	《来庵集》	1911	
545	李济臣	1536—1583	《清江集》	1610	
546	李珥	1536—1584	《栗谷全书》	1814	
547	李海寿	1536—1599	《药圃遗稿》	1727	
548	郑澈	1536—1593	《松江集》	1674	
549	洪圣民	1536—1594	《拙翁集》	1631	
550	金千镒	1537—1593	《健斋集》	1893	
551	白光勋	1537—1582	《玉峰集》	1608	
552	尹根寿	1537—1616	《月汀集》	1647	
553	申光汉	1484—1555	《企斋集》		《大东诗选》
554	尹卓然	1538—1594	《癸巳日录》		《大东诗选》
555	郑世龙				《大东诗选》
556	赵徽	1543—?			《大东诗选》
557	申橹	1546—1593			《大东诗选》
558	徐益	1542—1587	《万竹轩集》		《大东诗选》
559	洪迪	1549—1591	《荷衣集》		《大东诗选》
560	金宇颙				《大东诗选》
561	赵宗道	1537—1597	《大笑轩逸稿》	1769	
562	金诚一	1538—1593	《鹅峰集》	1649	
563	郑昆寿	1538—1602	《柏谷集》	1710	

续表

序号	作　者	生卒年	作品(集)	创作(出版)年代	参考文献
564	河沆	1538—1590	《觉斋集》	1813	
565	柳云龙	1539—1601	《谦庵集》	1742	
566	李诚中	1539—1593	《坡谷遗稿》	1640	
567	崔岦	1539—1612	《简易集》	1631	
568	李山海	1539—1609	《鹅溪遗稿》	1595	
569	崔庆昌	1539—1583	《孤竹遗稿》	1683	
570	李达	1539—1618	《荪谷诗集》	1618	
571	洪履祥				《大东诗选》
572	权韐	1562—?			《大东诗选》
573	玄德升	1564—1627	《希庵集》		《大东诗选》
574	崔淀				《大东诗选》
575	金止男	1559—1631	《龙溪遗稿》		《大东诗选》
576	宋楠寿				《大东诗选》
577	金玏	1540—1603	《柏岩集》	1772	
578	洪庆臣				《大东诗选》
579	宋英耇				《大东诗选》
580	金宇颙	1540—1603	《东冈集》	1723	
581	朴汝龙	1541—1611	《松崖集》	1776	
582	李德弘	1541—1596	《艮斋集》	1752	
583	李廷馣	1541—1600	《四留斋集》	1736	
584	洪可臣	1541—1615	《晚全集》		
585	安敏学	1542—1601	《枫崖集》	1802	
586	柳成龙	1542—1607	《西崖集》	1894	
587	金应南				《大东诗选》
588	禹性传				《大东诗选》
589	金斗南				《大东诗选》
590	李尚毅				《大东诗选》
591	李瑀	1542—1609	《玉山诗稿》	1680	
592	李纯仁	1533—1592	《孤潭逸稿》	1891	
593	郑逑	1543—1620	《寒冈集》	1841	
594	梁大朴	1544—1592	《青溪集》		

续表

序号	作　者	生卒年	作品(集)	创作(出版)年代	参考文献
595	惟政	1544—1610			
596	李鲁	1544—1598	《松岩集》	1852	
597	赵宪	1544—1592	《重峰集》	1748	
598	刘希庆	1545—1636	《村隐集》	1707	
599	李舜臣	1545—1598	《李忠武公全书》	1795	
600	曹好益	1545—1609	《芝山集》	1883	
601	郑士诚	1545—1607	《芝轩集》	1821	
602	成汝信	1546—1632	《浮查集》	1775	
603	朴而章	1547—1622	《龙潭集》	1911	
604	李元翼	1547—1634	《梧里集》	1705	
605	金长生	1548—1631	《沙溪遗稿》	1687	
606	沈喜寿	1548—1622	《一松集》	1649	
607	黄暹				《大东诗选》
608	李光友				《大东诗选》
609	郑恢远				《大东诗选》
610	李尚信				《大东诗选》
611	郑好仁				《大东诗选》
612	李嵘				《大东诗选》
613	许筬	1548—1612	《岳麓集》		
614	柳根	1549—1627	《西垧集》	1665	
615	李廷馨	1549—1607	《知退堂集》		
616	林悌	1549—1587	《林白湖集》	1617	
617	宋象贤	1551—1592	《泉谷集》	1835	
618	许篈	1552—1588	《荷谷集》	1707	
619	尹继光				《大东诗选》
620	金德龄				《大东诗选》
621	尹渟				《大东诗选》
622	李瑀				《大东诗选》
623	李庆全				《大东诗选》
624	申光弼				《大东诗选》
625	郑镕	朝鲜宣祖时人			《大东诗选》

续表

序号	作　者	生卒年	作品(集)	创作(出版)年代	参考文献
626	黄赫	1551—1612	《独石集》		《大东诗选》
627	郭在佑	1552—1617	《忘忧集》	1629	
628	闵仁伯	1552—1626	《苔泉集》	1874	
629	吴亿龄	1552—1618	《晚翠集》	1662	
630	韩百谦	1552—1615	《久庵遗稿》	1640	
631	高尚颜	1553—1623	《泰村集》	1898	
632	李好闵	1553—1634	《五峰集》	1636	
633	张显光	1554—1637	《旅轩集》		
634	韩应寅	1554—1614	《百拙斋遗稿》	1702	
635	河受一	1553—1612	《松亭集》	1939	
636	赵靖	1555—1636	《黔涧集》	1740	
637	李廷立	1556—1595	《溪隐遗稿》	1708	
638	车天辂	1556—1615	《五山集》	1909	
639	裴龙吉	1556—1609	《琴易堂集》	1855	
640	车云辂	1559—?	《沧州集》		《大东诗选》
641	尹毅中				《大东诗选》
642	李恒福	1556—1618	《白沙集》	1629	
643	权恢				《大东诗选》
644	具荣	1569—1601	《竹窗遗稿》		《大东诗选》
645	任錪	1549—1611			《大东诗选》
646	韩浚谦	1557—1627	《柳川遗稿》	1639	
647	金涌	1557—1620	《云川集》	1694	
648	徐渻	1558—1631	《药峰遗稿》	1927	
649	李厚庆	1558—1630	《畏斋集》	1744	
650	赵纬韩	1558—1623			
651	李基卨	1558—1622			
652	柳梦寅	1559—1623	《于于集》	1832	
653	成文浚	1559—1626	《沧浪集》	1682	
654	李忔				《大东诗选》
655	吴允谦	1559—1636	《楸滩集》	1692	
656	李埈	1560—1635	《苍石集》	1631	

续表

序号	作　者	生卒年	作品(集)	创作(出版)年代	参考文献
657	金尚容	1561—1637	《仙源遗稿》	1640	
658	朴仁老	1561—1642	《芦溪集》	1831	
659	李德馨	1561—1613	《汉阴文稿》	1634	
660	李德一	1561—1622			
661	黄慎	1562—1617	《秋浦集》	1684	
662	李睟光	1563—1628	《芝峰集》	1633	
663	李春英	1563—1606	《体素集》		
664	禹弘绩	1564—1592			《大东诗选》
665	李光庭				《大东诗选》
666	李光坤				《大东诗选》
667	姜文弼				《大东诗选》
668	郑期远				《大东诗选》
669	郑晔	1563—1625	《守梦集》	1661	
670	成辂	1550—1615	《石田集》		《大东诗选》
671	许楚姬	1563—1589	《兰雪轩诗集》	1606	
672	成以敏				《大东诗选》
673	权湜	1563—1642	《沙西集》	1605	
674	崔岘	1563—1640	《讱斋集》	1778	
675	郑经世	1563—1633	《愚伏集》	1657	
676	许褵	1563—1640	《水色集》	1661	
677	张兴孝	1564—1633	《敬堂集》	1818	
678	李廷龟	1564—1635	《月沙集》	1636	
679	柳潚	1564—1636	《醉吃集》	1882	
680	郑文孚	1565—1624	《农圃集》	1708	
681	鲁认	1566—1622	《锦溪集》	1823	
682	申钦	1566—1628	《象村集》	1629	
683	姜沆	1567—1618	《睡隐集》	1658	
684	李棣				《大东诗选》
685	尹忠源				《大东诗选》
686	朴庆新				《大东诗选》
687	尹安性				《大东诗选》

续表

序号	作　者	生卒年	作品(集)	创作(出版)年代	参考文献
688	赵纬韩	1567—1649	《玄谷集》	1658	
689	尹晖				《大东诗选》
690	朴东说	1564—1622	《风村集》		《大东诗选》
691	朴东亮	1569—1635	《放逸遗稿》		《大东诗选》
692	李诚胤	1570—1620			《大东诗选》
693	李庆全	1567—1644	《石楼遗稿》	1659	
694	梁庆遇	1568—?	《霁湖集》	1647	
695	卢景任	1569—1620	《敬庵集》		
696	许筠	1569—1618	《惺所覆瓿稿》		
697	朴鼎吉				《大东诗选》
698	李烓				《大东诗选》
699	朴烨				《大东诗选》
700	李时发	1569—1626	《碧梧遗稿》		
701	郑仁弘				《大东诗选》
702	朴承宗				《大东诗选》
703	李尔瞻				《大东诗选》
704	柳希奋				《大东诗选》
705	金致				《大东诗选》
706	玄辑				《大东诗选》
707	光海君	1575—1641			《大东诗选》
708	苏亨震				《大东诗选》
709	光海世子祬				《大东诗选》
710	柳广善				《大东诗选》
711	权韠	1569—1612	《石洲集》	1632	
712	郑蕴	1569—1641	《桐溪集》	1852	
713	沈悦	1569—1646	《南坡相国集》	1660	
714	权得已	1570—1622	《晚悔集》	1712	
715	李民宬	1570—1629	《敬亭集》	1664	
716	金尚宪	1570—1652	《清阴集》	1654	
717	李安讷	1571—1637	《东岳集》	1640	
718	金鎏	1571—1648	《北渚集》	1658	

续表

序号	作　者	生卒年	作品(集)	创作(出版)年代	参考文献
719	李景颜				《大东诗选》
720	李春元	1571—1634	《九畹集》	1656	
721	赵缵韩	1572—1631	《玄洲集》	1651	
722	洪瑞凤	1572—1645	《鹤谷集》	1706	
723	金奉祖	1572—1630	《鹤湖集》		
724	朴知诫	1573—1635	《潜冶集》	1766	
725	安邦俊	1573—1654	《隐峰全书》	1773	
726	尹喜元	1576—1619			《大东诗选》
727	金搢	1585—?	《新补汇语》		《大东诗选》
728	柳塗	朝鲜宣祖时人			《大东诗选》
729	李元衡	朝鲜光海君时人			《大东诗选》
730	赵国宾	1570—?			《大东诗选》
731	李霆	1554—1626			《大东诗选》
732	朴瀰	1592—1645	《汾西集》		《大东诗选》
733	成汝学		《鹤泉集》	1706	
734	李民宬	1573—1649	《紫岩集》	1741	
735	洪命元	1573—1623	《海峰集》	1656	
736	沈諮				《大东诗选》
737	金集	1574—1656	《慎独斋遗稿》	1710	
738	睦大钦	1575—1638	《茶山集》	1685	
739	赵希逸	1575—1638	《竹阴集》	1681	
740	郑忠信	1575—1636	《晚云集》	1894	
741	元逊				《大东诗选》
742	赵溭				《大东诗选》
743	车殷辂				《大东诗选》
744	权得仁				《大东诗选》
745	李昌庭				《大东诗选》
746	郑宏远				《大东诗选》
747	南以恭				《大东诗选》
748	郑致				《大东诗选》

续表

序号	作　者	生卒年	作品(集)	创作(出版)年代	参考文献
749	尹继宗				《大东诗选》
750	朴擎南				《大东诗选》
751	刘希庆				《大东诗选》
752	白大鹏				《大东诗选》
753	曹守诚				《大东诗选》
754	韩舜继				《大东诗选》
755	金鍊光				《大东诗选》
756	安凤				《大东诗选》
757	韩濩				《大东诗选》
758	金文豹				《大东诗选》
759	河伟量				《大东诗选》
760	李埱				《大东诗选》
761	任叔英	1576—1623	《疏庵集》	1992	
762	申劬一	1576—1650	《化堂集》	1720	
763	高用厚	1577—1652	《晴沙集》	1680	
764	金坽	1577—1641	《溪岩集》	1772	
765	沈光世	1577—1624	《休翁集》	1636	
766	黄宗海	1579—1642	《朽浅集》	1713	
767	赵翼	1579—1655	《浦渚集》	1688	
768	朴民瞻				《大东诗选》
769	尹新之	1582—1657	《玄洲集》		《大东诗选》
770	曹臣俊				《大东诗选》
771	林应井				《大东诗选》
772	马尚远				《大东诗选》
773	金静厚				《大东诗选》
774	金应祐				《大东诗选》
775	金梶				《大东诗选》
776	朱大畜				《大东诗选》
777	韩崟				《大东诗选》
778	徐克温				《大东诗选》
779	赵仁奎				《大东诗选》

续表

序号	作　者	生卒年	作品(集)	创作(出版)年代	参考文献
780	文德教				《大东诗选》
781	朴焕				《大东诗选》
782	金景渊				《大东诗选》
783	李志完				《大东诗选》
784	尹晅				《大东诗选》
785	宋远器				《大东诗选》
786	金堉	1580—1658	《潜谷遗稿》	1670	
787	姜硕期	1580—1643	《月塘集》	1772	
788	郑弘溟	1582—1650	《畸庵集》	1653	
789	郑弘绪				《大东诗选》
790	李民宬				《大东诗选》
791	李袨				《大东诗选》
792	河义甲				《大东诗选》
793	尹瞰				《大东诗选》
794	李植	1584—1647	《泽堂集》	1674	
795	李敬与	1585—1657	《白江集》	1684	
796	李梅窗	1570—1610	《梅窗集》		
797	赵任道	1585—1664	《涧松集》	1744	
798	崔鸣吉	1586—1647	《迟川集》	1664	
799	赵絅	1586—1669	《龙洲遗稿》	1703	
800	吴竣	1587—1666	《竹南堂稿》	1689	
801	金应祖	1587—1667	《鹤沙集》	1776	
802	尹善道	1587—1667	《孤山遗稿》	1796	
803	张维	1587—1638	《溪谷集》	1643	
804	朴玨衢				《大东诗选》
805	赵复阳	1609—1671	《松谷集》		《大东诗选》
806	郑泰奇				《大东诗选》
807	申濡	1610—1665	《竹堂集》		《大东诗选》
808	洪锡箕	1606—1680	《晚洲遗集》		《大东诗选》
809	孙必大	1599—?			《大东诗选》
810	李冕夏	1619—1648			《大东诗选》

续表

序号	作　者	生卒年	作品(集)	创作(出版)年代	参考文献
811	鲜于浃	1588—1653	《遁庵全书》	1926	
812	申翊圣	1588—1644	《乐全堂集》	1682	
813	郑百昌	1588—1635	《玄谷集》	1650	
814	李敏求	1589—1670	《东州集》		
815	慎天翊				《大东诗选》
816	曹文秀				《大东诗选》
817	金地粹				《大东诗选》
818	权湜				《大东诗选》
819	李圣求				《大东诗选》
820	尹顺之	1591—1666	《涬溟斋诗集》	1725	
821	吴翻	1592—1634	《天坡集》	1646	
822	金世濂	1593—1646	《东溟集》	1737	
823	李景奭	1595—1671	《白轩集》	1700	
824	河弘度	1593—1666	《谦斋集》	1746	
825	李明汉	1595—1645	《白洲集》	1646	
826	李敬舆				《大东诗选》
827	吴竣				《大东诗选》
828	姜鍮				《大东诗选》
829	金光煜				《大东诗选》
830	金世濂				《大东诗选》
831	金敬文				《大东诗选》
832	金俊龙				《大东诗选》
833	李德泂				《大东诗选》
834	许景胤				《大东诗选》
835	郑荣邦				《大东诗选》
836	许濒				《大东诗选》
837	金光炫				《大东诗选》
838	许穆	1595—1682	《记言》	1772	
839	申硕藩	1595—1675	《百源集》	1755	
840	尹舜学	1596—1668	《童土集》	1712	
841	金庆余	1596—1653	《松崖集》	1871	

续表

序号	作　者	生卒年	作品(集)	创作(出版)年代	参考文献
842	金烋	1597—1638	《敬窝集》		
843	郑斗卿	1597—1673	《东溟集》	1647	
844	李尚质	1597—1635	《家州集》	1718	
845	河溍	1597—1658	《台溪集》	1683	
846	李昭汉	1598—1645	《玄洲集》	1675	
847	蔡裕后	1599—1660	《湖洲集》	1677	
848	郑瀁	1600—1668	《抱翁集》	1914	
849	李得元	1600—1639			
850	尹元举	1601—1672	《龙西集》	1993	
851	金弘郁	1602—1654	《鹤洲全集》	1718	
852	郑太和	1602—1673	《阳坡遗稿》		
853	姜柏年	1603—1681	《雪峰遗稿》		
854	洪柱元				《大东诗选》
855	李烱胤				《大东诗选》
856	李健				《大东诗选》
857	李元镇				《大东诗选》
858	尹集				《大东诗选》
859	洪翼汉				《大东诗选》
860	黄㦿	1604—1656	《漫浪集》	1668	
861	金得臣	1604—1684	《柏谷集》	1687	
862	权諰	1604—1672	《炭翁集》	1738	
863	申翊全	1605—1660	《东江遗集》	1690	
864	尹文举	1606—1672	《石湖遗稿》		
865	洪宇远	1605—1687	《南坡集》	1782	
866	赵锡胤	1606—1655	《乐静集》	1670	
867	宋浚吉	1606—1672	《同春堂集》	1687	
868	宋时烈	1607—1689	《宋子大全》	1901	
869	俞棨	1607—1664	《市南集》	1805	
870	李惟秦	1607—1684	《草庐集》	1805	
871	吴达济	1609—1637	《忠烈公遗稿》	1697	
872	赵复阳	1609—1671	《松谷集》	1705	

续表

序号	作　者	生卒年	作品(集)	创作(出版)年代	参考文献
873	赵威凤				《大东诗选》
874	柳硕				《大东诗选》
875	任有后				《大东诗选》
876	崔有渊				《大东诗选》
877	赵璞				《大东诗选》
878	李元胄				《大东诗选》
879	林坦				《大东诗选》
880	宋希甲				《大东诗选》
881	宋民古				《大东诗选》
882	朴漪				《大东诗选》
883	沈东龟				《大东诗选》
884	具崟				《大东诗选》
885	金益熙	1610—1656	《沧洲遗稿》	1708	
886	尹宣举	1601—1656	《鲁西遗稿》	1712	
887	朴长远	1612—1671	《久堂集》	1730	
888	徐必远	1613—1671	《六谷遗稿》	1865	
889	杨健	1614—1662	《葵窗遗稿》	1712	
890	金佐明	1616—1671	《归溪遗稿》	1672	
891	柳赫然	1616—1680	《野堂遗稿》	1909	
892	李殷相	1617—1678	《东里集》	1702	
893	尹鑴	1617—1680	《白湖集》	1927	
894	李徽逸	1619—1672	《存斋集》	1696	
895	李翔	1620—1690	《打愚遗稿》	1761	
896	洪汝河	1620—1674	《木斋集》	1761	
897	洪葳	1620—1660	《清溪集》	1695	
898	柳馨远	1622—1673	《磻溪石录》		
899	金寿增	1624—1701	《谷云集》	1711	
900	李端夏	1625—1689	《畏斋集》		
901	李惟樟	1625—1701	《孤山集》	1775	
902	丁时翰	1625—1707	《愚潭集》	1937	
903	卢亨弼				《大东诗选》

续表

序号	作　者	生卒年	作品(集)	创作(出版)年代	参考文献
904	金嶷立				《大东诗选》
905	郑之虎				《大东诗选》
906	申之悌				《大东诗选》
907	文继朴				《大东诗选》
908	郑爱南				《大东诗选》
909	郑聃寿				《大东诗选》
910	金忠信				《大东诗选》
911	崔奇男	1586—1665	《龟谷诗稿》		《大东诗选》
912	金孝一				《大东诗选》
913	梁诚一				《大东诗选》
914	金忠烈				《大东诗选》
915	李诚国				《大东诗选》
916	林仁荣				《大东诗选》
917	李之翰				《大东诗选》
918	朴尚立				《大东诗选》
919	金寿兴	1626—1690	《退忧堂集》	1710	
920	苏斗山	1627—1693	《月洲集》	1866	
921	李玄逸	1627—1704	《葛庵集》	1909	
922	闵鼎重	1628—1692	《老峰集》	1734	
923	申晸	1628—1687	《汾崖遗稿》	1734	
924	李瑞相	1628—1669	《静观斋集》	1682	
925	南龙翼	1628—1692	《壶谷集》	1695	
926	南九万	1629—1711	《药泉集》	1723	
927	金寿恒	1629—1689	《文谷集》	1699	
928	朴世堂	1629—1703	《西溪集》		
929	石希璞				《大东诗选》
930	蔡震亨				《大东诗选》
931	李穆				《大东诗选》
932	杨万古				《大东诗选》
933	赵相禹				《大东诗选》
934	权克中				《大东诗选》

续表

序号	作　者	生卒年	作品(集)	创作(出版)年代	参考文献
935	李回宾				《大东诗选》
936	蔡圣龟				《大东诗选》
937	李行进				《大东诗选》
938	李时楷				《大东诗选》
939	李时楳				《大东诗选》
940	李海昌				《大东诗选》
941	赵重吕				《大东诗选》
942	李志贱				《大东诗选》
943	郑麟卿				《大东诗选》
944	柳道三				《大东诗选》
945	宋浚吉				《大东诗选》
946	尹元举				《大东诗选》
947	李一相				《大东诗选》
948	曹汉英				《大东诗选》
949	洪处亮	1607—1683	《北汀集》		《大东诗选》
950	朴尚玄	1629—1693	《寓轩集》	1898	
951	尹拯	1629—1714	《明斋遗稿》	1732	
952	闵维重	1630—1687	《文贞公遗稿》		
953	宋奎濂	1630—1709	《霁月堂集》	1819	
954	李嵩逸	1631—1698	《恒斋集》	1808	
955	朴世采	1631—1695	《南溪集》	1732	
956	吴始寿	1632—1681	《水村集》	1932	
957	尹推	1632—1707	《农隐遗稿》	1916	
958	李选	1631—1692	《芝湖集》	1856	
959	李敏叙	1633—1688	《西河集》	1701	
960	金方基	1633—1687	《瑞石集》	1701	
961	金锡胄	1634—1684	《息庵遗稿》	1680	
962	申翼相	1634—1697	《醒斋遗稿》		
963	李世白	1635—1703	《雩沙集》	1712	
964	柳世鸣	1636—1690	《寓轩集》	1833	
965	赵圣期	1638—1689	《拙修斋集》	1710	

续表

序号	作　者	生卒年	作品(集)	创作(出版)年代	参考文献
966	赵持谦	1639—1685	《迂斋集》	1741	
967	金万重	1637—1692	《西浦集》	1702	
968	任相元	1638—1697	《恬轩集》	1760	
969	任埅	1640—1724	《水村集》	1760	
970	李箕洪	1641—1708	《直斋集》	1887	
971	权尚夏	1641—1721	《寒水斋集》	1761	
972	崔慎	1642—1708	《鹤庵集》	1884	
973	权斗寅	1643—1719	《荷塘集》	1810	
974	吴道一	1645—1703	《西坡集》	1729	
975	李畬	1645—1718	《睡谷集》	1739	
976	崔锡鼎	1646—1715	《明谷集》	1721	
977	金干	1646—1732	《厚斋集》	1766	
978	李玄锡	1647—1703	《游斋集》		
979	郑澔	1648—1736	《丈岩集》	1756	
980	金昌集	1648—1722	《梦窝集》	1758	
981	辛梦参	1648—1711	《一庵集》	1865	
982	金宇杭	1649—1723	《甲峰遗稿》	1904	
983	林泳	1649—1696	《沧溪集》	1708	
984	郑齐斗	1649—1736	《霞谷集》		
985	崔奎瑞	1650—1735	《艮斋集》		
986	金昌协	1651—1708	《农岩集》	1928	
987	徐宗泰	1652—1719	《晚静堂集》		
988	宋征殷	1652—1720	《约轩集》		
989	李衡祥	1653—1733	《瓶窝集》	1774	
990	金昌翕	1653—1722	《三渊集》	1732	
991	洪世泰	1653—1725	《柳下集》	1730	
992	朴泰辅	1654—1689	《定斋集》	18 世纪	
993	李玄祚	1654—1710	《景渊堂集》	18 世纪	
994	权斗经	1654—1726	《苍雪斋集》	19 世纪	
995	崔锡恒	1654—1724	《损窝遗稿》	1933	
996	李喜朝	1655—1724	《芝村集》	1754	

续表

序号	作　者	生卒年	作品(集)	创作(出版)年代	参考文献
997	朴光一	1655—1723	《逊斋集》	1782	
998	宋相琦	1657—1723	《玉吾斋集》	1760	
999	李寅烨	1656—1710	《晦窝诗稿》		
1000	李颐命	1658—1723	《疏斋集》	1759	
1001	李栽	1657—1730	《密庵集》	19 世纪	
1002	金镇圭	1658—1726	《竹泉集》	1773	
1003	金昌业	1658—1721	《老稼斋集》	1798	
1004	赵德龄	1658—1737	《玉川集》	1898	
1005	李海朝	1660—1711	《鸣岩集》	17 世纪	
1006	赵泰采	1660—1722	《二忧堂集》	1759	
1007	金柱臣	1661—1721	《寿谷集》	17 世纪	
1008	金昌缉	1662—1713	《圃阴集》	1726	
1009	李观命	1661—1733	《屏山集》	17 世纪	
1010	李健命	1663—1722	《寒圃斋集》	1758	
1011	李万敷	1664—1732	《息山集》	1813	
1012	李载亨	1665—1741	《松岩集》	1758	
1013	梁德中	1665—1742	《德村集》	1806	
1014	任守干	1665—1721	《遁窝遗稿》	17 世纪	
1015	李宜显	1669—1745	《陶谷集》	1766	
1016	蔡彭胤	1669—1731	《希庵集》	1775	
1017	崔昌大	1669—1720	《昆仑集》	1725	
1018	鱼有凤	1672—1744	《杞园集》	1833	
1019	金春泽	1670—1717	《北轩集》	1760	
1020	申益愰	1672—1722	《客斋集》	1862	
1021	李真望	1672—1737	《陶云遗集》	1854	
1022	李德寿	1673—1744	《西堂私载》		
1023	洪泰猷	1672—1715	《耐斋集》	1730	
1024	李光厅	1674—1756	《讷隐集》	1808	
1025	权榘	1672—1749	《屏谷集》	1797	
1026	尹东洙	1674—1739	《敬庵遗稿》	1916	
1027	赵泰亿	1675—1728	《谦斋集》		

续表

序号	作　者	生卒年	作品(集)	创作(出版)年代	参考文献
1028	李柬	1677—1727	《巍岩遗稿》	1760	
1029	玄尚璧	1673—1731	《冠峰遗稿》	18 世纪	
1030	李夏坤	1677—1724	《头陀草》		
1031	李森	1677—1735	《白日轩遗集》	1949	
1032	郑敏桥	1679—1731			
1033	尹淳	1680—1741	《白下集》	1927	
1034	赵文命	1680—1746	《鹤岩集》		
1035	金德五	1680—1748	《痴轩集》	1870	
1036	尹凤朝	1680—1761	《圃岩集》	1767	
1037	李縡	1680—1746	《陶庵集》	1803	
1038	朴弼周	1680—1748	《黎湖集》		
1039	申靖夏	1681—1716	《恕庵集》	1738	
1040	郑来侨	1681—1759	《浣岩集》	1765	
1041	李瀷	1681—1763	《星湖全集》	1922	
1042	申惟翰	1681—1752	《青泉集》	1770	
1043	金若愚				
1044	朴文逵				
1045	韩元震	1682—1751	《南塘集》	1765	
1046	金崇谦	1682—1700	《观复庵诗稿》	1709	
1047	林昌泽	1682—1723	《崧岳集》	英祖后期	
1048	尹凤九	1683—1767	《屏溪集》	1802	
1049	蔡之洪	1683—1741	《凤岩集》	1783	
1050	林象德	1683—1719	《老村集》	1735	
1051	金圣铎	1684—1747	《霁山集》	1860	
1052	沈錥	1685—1753	《樗村遗稿》	1938	
1053	尹东源	1685—1741	《一庵遗稿》		
1054	黄宅厚	1687—1737	《华谷集》	1794	
1055	权万	1688—1749	《江左集》	19 世纪	
1056	南克宽	1689—1714	《梦呓集》	1723	
1057	李匡德	1690—1748	《冠阳集》		
1058	姜在恒	1689—1756	《立斋遗稿》	1912	

续表

序号	作　者	生卒年	作品(集)	创作(出版)年代	参考文献
1059	吴光运	1689—1745	《药山漫稿》	1924	
1060	赵光彬	1691—1757	《悔轩集》	1762	
1061	赵显命	1691—1752	《归鹿集》		
1062	俞拓基	1691—1767	《知守斋集》	1878	
1063	李宗城	1692—1759	《梧川集》	1937	
1064	赵龟命	1693—1737	《东溪集》	1741	
1065	闵遇洙	1694—1756	《贞庵集》	1799	
1066	柳寿垣	1694—1755	《迂书》		
1067	申暻	1696—1766	《直庵集》	1811	
1068	南有容	1698—1773	《雷渊集》	1783	
1069	李天辅	1698—1761	《晋庵集》	1762	
1070	吴瑗	1700—1740	《月谷集》	1752	
1071	金道洙	1699—1733	《春洲遗稿》		
1072	慎后聃	1702—1761			
1073	尹衡老	1702—1782	《戒惧庵集》	1865	
1074	柳正源	1702—1761	《三山集》	1863	
1075	金元行	1702—1772	《渼湖集》	1799	
1076	赵载浩	1702—1762	《损斋集》		
1077	宋明钦	1705—1768	《栎泉集》	1805	
1078	李匡师	1705—1777	《圆峤集》		
1079	崔兴远	1705—1786	《百弗庵集》	1816	
1080	金乐行	1708—1766	《九思堂集》	1801	
1081	李用休	1708—1782			
1082	尹光绍	1708—1786	《素谷遗稿》	1915	
1083	黄景源	1709—1787	《江汉集》	1790	
1084	宋能相	1710—1758	《云坪集》		
1085	宋文钦	1710—1752	《闲静堂集》	1788	
1086	李麟祥	1710—1760	《凌壶集》	1779	
1087	宋德相	1710—1783	《果庵集》	1933	
1088	李象靖	1711—1781	《大山集》	1802	
1089	任圣周	1711—1788	《鹿门集》	1795	

续表

序号	作　者	生卒年	作品(集)	创作(出版)年代	参考文献
1090	李光申	1712—1775			
1091	安鼎福	1712—1791	《顺庵集》	1900	
1092	任希圣	1712—1783	《在涧集》	1813	
1093	申景浚	1712—1781	《旅庵遗稿》	1910	
1094	申光洙	1712—1775	《石北集》	1906	
1095	李光靖	1714—1789	《小山集》		
1096	徐命膺	1716—1787	《保晚斋集》	1838	
1097	李敏辅	1717—1799	《丰墅集》		
1098	安锡儆	1718—1774	《云桥集》	1906	
1099	李献庆	1719—1791	《艮翁集》	1795	
1100	李福源	1719—1792	《双溪遗稿》		
1101	蔡济恭	1720—1799	《樊岩集》	1824	
1102	李匡吕	1720—1783	《李参奉集》	1805	
1103	金钟厚	1721—1780	《本庵集》	1798	
1104	柳道源	1721—1791	《芦崖集》	19 世纪	
1105	金履安	1722—1791	《三山斋集》	1854	
1106	丁范祖	1723—1801	《海左集》	1867	
1107	金熤	1723—1790	《竹下集》		
1108	洪良浩	1724—1802	《耳溪集》	1843	
1109	吴载纯	1727—1792	《醇庵集》	1808	
1110	魏伯珪	1727—1798	《存斋集》	1875	
1111	宋焕箕	1728—1807	《性潭集》	高宗年间	
1112	赵璥	1727—1787	《荷溪集》	1789	
1113	金钟秀	1728—1799	《梦梧集》	1910	
1114	黄胤锡	1729—1791	《颐斋遗稿》	1829	
1115	俞彦镐	1730—1796	《燕石》		
1116	李种徽	1731—1797	《修山集》	1799	
1117	洪大容	1731—1783	《湛轩集》	1939	
1118	成大中	1732—1809	《青城集》	1840	
1119	俞汉隽	1732—1811	《自著》		
1120	朴胤源	1734—1799	《近斋集》	1817	

续表

序号	作　者	生卒年	作品(集)	创作(出版)年代	参考文献
1121	庄宪世子	1735—1762	《凌虚关漫稿》	1814	
1122	申大羽	1735—1809	《宛丘遗集》	1820	
1123	李万运	1736—1820	《默轩集》	1938	
1124	李东汲	1738—1811	《晚觉斋集》	1926	
1125	朴趾源	1737—1805	《燕岩集》	1932	
1126	李另翊	1738—1780	《信斋集》		
1127	李彦瑱	1740—1766	《松穆馆烬余稿》	1860	
1128	郑宗鲁	1738—1816	《立斋集》	1835	
1129	朴准源	1739—1807	《锦石集》	1816	
1130	金正默	1739—1799	《过斋遗稿》	1928	
1131	李家焕	1742—1801	《锦带诗文钞》		
1132	李忠翊	1744—1816	《椒园遗稿》		
1133	尹愭	1741—1826	《无名子集》		
1134	李德懋	1741—1793	《青庄馆全书》	1900	
1135	金载瓒	1746—1827	《海石遗稿》		
1136	柳得恭	1747—?	《冷斋集》		
1137	黄德一		《拱白堂集》		
1138	黄德吉		《下庐集》		
1139	徐滢修		《明皋全集》		
1140	朴齐家	1750—1805	《贞蕤阁集》		
1141	正祖	1752—1800	《弘斋全书》	1814	
1142	李晚秀		《屐园遗稿》		
1143	车佐一		《四明子诗集》		
1144	李颐淳		《后溪集》		
1145	徐荣辅		《竹石馆遗稿》		
1146	李九书	1754—1824	《惕斋集》		
1147	张混	1759—1828	《而已广集》		
1148	宋稚圭		《刚斋集》		
1149	李钰		《牟尼孔雀稿》		
1150	赵秀三	1762—1849	《秋斋集》		

续表

序号	作　者	生卒年	作品(集)	创作(出版)年代	参考文献
1151	南公辙		《金陵集》		
1152	成海应		《研经斋全集》		
1153	申绰		《石泉遗稿》		
1154	吴熙常		《老洲集》		
1155	丁若镛	1762—1836	《与犹堂全书》		
1156	李相璜	1763—1841	《斥稗诗》等		
1157	丁若铨				
1158	丁若钟				
1159	权哲身				
1160	权日身				
1161	尹行恁		《硕斋稿》		
1162	徐有榘		《枫石全集》		
1163	金祖淳		《枫皋集》		
1164	金鑢	1766—1821	《藫庭遗稿》		
1165	沈象奎		《斗室存稿》		
1166	李勉伯		《岱渊遗稿》		
1167	李学逵	1770—1835	《洛下生集》		
1168	申纬	1769—1847	《敬修堂全稿》		
1169	朴允默		《存斋集》		
1170	洪奭周	1774—1842	《渊泉集》		
1171	金迈淳	1776—1840	《台山集》		
1172	洪直弼		《梅山集》		
1173	柳致明		《定斋集》		
1174	赵寅永		《云石遗稿》		
1175	成近默		《果斋集》		
1176	郑元容		《经山集》		
1177	金正喜	1786—1856	《阮堂全集》		
1178	赵秉铉		《成斋集》		
1179	李是远		《沙矶集》		
1180	朴永元		《梧墅集》		

续表

序号	作　者	生卒年	作品(集)	创作(出版)年代	参考文献
1181	卞钟运		《啸斋集》		
1182	宋来熙		《锦谷集》		
1183	李晚用		《东樊集》		
1184	李恒老		《华西集》		
1185	尹定铉		《梣溪遗稿》		
1186	金进洙		《莲坡诗钞》		
1187	李圭景	1788—?			
1188	洪翰周		《海翁稿》		
1189	赵斗淳		《心庵遗稿》		
1190	许传	1797—1886	《性斋集》		
1191	申佐模		《澹人集第》		
1192	奇正镇		《芦沙集》		
1193	赵秉德		《肃斋集》		
1194	俞莘焕		《凤栖集》		
1195	李尚迪	1803—1865	《恩诵堂集》		
1196	朴珪寿		《瓛斋集》		
1197	郑芝润		《夏园诗钞》		
1198	宋达洙		《守宗斋集》		
1199	柳畴睦		《溪堂集》		
1200	任宪晦		《鼓山集》		
1201	李裕元	1814—1888	《嘉梧稿略》		
1202	张福枢		《四未轩集》		
1203	南秉哲		《圭斋遗稿》		
1204	李震相		《寒洲集》		
1205	姜玮	1820—1884	《古欢堂收草》		
1206	金平默		《重庵集》		
1207	金兴洛		《西山集》		
1208	金永寿		《荷亭集》		
1209	权用正	1801—?			
1210	金笠	1807—1863	《金笠诗集》	1992	

续表

序号	作　者	生卒年	作品(集)	创作(出版)年代	参考文献
1211	韩章锡		《眉山集》		
1212	柳重教		《省斋集》		
1213	崔益铉		《勉庵集》		
1214	许愈		《后山集》		
1215	许熏		《舫山集》		
1216	金允植	1835—1920	《云养集》		
1217	黄玹				
1218	宋秉璇		《渊斋集》		
1219	李种杞		《晚求集》		
1220	田愚		《艮斋集》		
1221	柳麟锡		《毅庵集》		
1222	郭钟锡		《俛宇集》		
1223	奇宇万		《松沙集》		
1224	李沂		《李海鹤遗书》		
1225	金泽荣		《韶濩堂集》		
1226	申箕善		《阳园遗集》		
1227	李建昌	1852—1898	《明美堂集》		
1228	李南珪		《修堂遗集》		
1229	曹克燮		《岩栖集》		
1230	黄玹	1855—1910	《梅泉集》		
1231	郑万朝	1859—1936	《国朝宝鉴》		
1232	安重观				
1233	崔亮衍				
1234	洪良浩				
1235	金履万				
1236	刘光泽				
1237	尹谦善				
1238	李承熏				
1239	郑昌时				
1240	赵成夏				
1241	赵五				

续表

序号	作 者	生卒年	作品(集)	创作(出版)年代	参考文献
1242	严启膺				
1243	李匡吕				
1244	黄五				
1245	李根洙				
1246	李履奎				
1247	崔大立				《大东诗选》
1248	郑之侨				《大东诗选》
1249	南应琛				《大东诗选》
1250	郑礼男				《大东诗选》
1251	金孝一				《大东诗选》
1252	林庆业				《大东诗选》
1253	郑楠寿				《大东诗选》
1254	金忠烈				
1255	朴顗				
1256	高时彦				
1257	宋奎斌				
1258	洪禹弼				
1259	安命钦				
1260	李养游				
1261	崔孝一				
1262	崔永年				
1263	洪锡模				
1264	安鼎福				《大东诗选》
1265	文一平	1888—1939			
1266	尹堦				《大东诗选》
1267	石之珩				《大东诗选》
1268	沈大孚				《大东诗选》
1269	权侙				《大东诗选》
1270	李知白				《大东诗选》
1271	金得臣				《大东诗选》
1272	俞櫶				《大东诗选》

续表

序号	作　者	生卒年	作品(集)	创作(出版)年代	参考文献
1273	许宾				《大东诗选》
1274	郑星卿				《大东诗选》
1275	郑起溟				《大东诗选》
1276	李仡				《大东诗选》
1277	安汝止				《大东诗选》
1278	吕尔载				《大东诗选》
1279	申曼				《大东诗选》
1280	赵龟锡				《大东诗选》
1281	李殷相				《大东诗选》
1282	李弘相				《大东诗选》
1283	李端相				《大东诗选》
1284	申最				《大东诗选》
1285	洪柱世				《大东诗选》
1286	申混				《大东诗选》
1287	许积				《大东诗选》
1288	柳赫然				《大东诗选》
1289	金万英				《大东诗选》
1290	洪柱国				《大东诗选》
1291	洪锡龟				《大东诗选》
1292	许嵱				《大东诗选》
1293	许丘				《大东诗选》
1294	郑昌胄				《大东诗选》
1295	沈廥				《大东诗选》
1296	赵国宾				《大东诗选》
1297	赵来阳				《大东诗选》
1298	金南重				《大东诗选》
1299	金始振				《大东诗选》
1300	金益熙				《大东诗选》
1301	申活				《大东诗选》
1302	尹宣举				《大东诗选》
1303	李之馨				《大东诗选》

续表

序号	作　者	生卒年	作品(集)	创作(出版)年代	参考文献
1304	韩汝虎				《大东诗选》
1305	李之馧				《大东诗选》
1306	廉友赫				《大东诗选》
1307	朱永晟				《大东诗选》
1308	李涣				《大东诗选》
1309	朴靖				《大东诗选》
1310	赵汝龟				《大东诗选》
1311	朴兴宗				《大东诗选》
1312	韩晋远				《大东诗选》
1313	韩明远				《大东诗选》
1314	韩希卨				《大东诗选》
1315	郑时元				《大东诗选》
1316	朱务				《大东诗选》
1317	朱震桢				《大东诗选》
1318	韩友琦				《大东诗选》
1319	朱汝斗				《大东诗选》
1320	朴廷郁				《大东诗选》
1321	柳晋善				《大东诗选》
1322	金光瑨				《大东诗选》
1323	韩纪百				《大东诗选》
1324	韩浣				《大东诗选》
1325	朱汝翼				《大东诗选》
1326	陈尚渐				《大东诗选》
1327	李天雄				《大东诗选》
1328	韩九抟				《大东诗选》
1329	朱汝井				《大东诗选》
1330	韩纪千				《大东诗选》
1331	魏定相				《大东诗选》
1332	崔承太				《大东诗选》
1333	郑希侨				《大东诗选》
1334	韩仁伟				《大东诗选》

续表

序号	作　者	生卒年	作品(集)	创作(出版)年代	参考文献
1335	庾重益				《大东诗选》
1336	朱义植				《大东诗选》
1337	朴孝先				《大东诗选》
1338	庾缵洪				《大东诗选》
1339	李起敬				《大东诗选》
1340	金友庆				《大东诗选》
1341	林俊元				《大东诗选》
1342	崔元祥				《大东诗选》
1343	高俊说				《大东诗选》
1344	李翊臣				《大东诗选》
1345	崔东涣				《大东诗选》
1346	徐俊翼				《大东诗选》
1347	金时元				《大东诗选》
1348	崔尔泰				《大东诗选》
1349	严义吉				《大东诗选》
1350	姜就周				《大东诗选》
1351	权大运				《大东诗选》
1352	高义厚				《大东诗选》
1353	林得忠				《大东诗选》
1354	金𪩘				《大东诗选》
1355	卓柱汉				《大东诗选》
1356	高徵厚				《大东诗选》
1357	朴时敏				《大东诗选》
1358	姜俊奭				《大东诗选》
1359	崔承润				《大东诗选》
1360	崔挺屹				《大东诗选》
1361	秦兴祉				《大东诗选》
1362	金富贤				《大东诗选》
1363	沈安世				《大东诗选》
1364	赵奎祥				《大东诗选》
1365	申仪华				《大东诗选》

续表

序号	作　者	生卒年	作品(集)	创作(出版)年代	参考文献
1366	李弘美				《大东诗选》
1367	吴斗寅				《大东诗选》
1368	黄徵				《大东诗选》
1369	韩泰东				《大东诗选》
1370	尹趾完				《大东诗选》
1371	李万元				《大东诗选》
1372	李玄逸				《大东诗选》
1373	柳命天				《大东诗选》
1374	金镇圭				《大东诗选》
1375	申厚载				《大东诗选》
1376	金必振				《大东诗选》
1377	申琬				《大东诗选》
1378	俞夏益				《大东诗选》
1379	柳命坚				《大东诗选》
1380	赵显期				《大东诗选》
1381	闵黯				《大东诗选》
1382	柳命贤				《大东诗选》
1383	金奂				《大东诗选》
1384	洪万遂				《大东诗选》
1385	李宇纪				《大东诗选》
1386	郑维岳				《大东诗选》
1387	俞世基				《大东诗选》
1388	李华镇				《大东诗选》
1389	姜硕宾				《大东诗选》
1390	洪星龄				《大东诗选》
1391	赵相愚				《大东诗选》
1392	柳尚运				《大东诗选》
1393	李瑞雨				《大东诗选》
1394	权愈				《大东诗选》
1395	林泳				《大东诗选》
1396	李颐命				《大东诗选》

续表

序号	作　者	生卒年	作品(集)	创作(出版)年代	参考文献
1397	李健命				《大东诗选》
1398	沈攸				《大东诗选》
1399	裴正徽				《大东诗选》
1400	朴世城				《大东诗选》
1401	闵宗道				《大东诗选》
1402	李台瑞				《大东诗选》
1403	吴挺伟				《大东诗选》
1404	权瑎				《大东诗选》
1405	权瑍				《大东诗选》
1406	沈尚鼎				《大东诗选》
1407	李明彬				《大东诗选》
1408	权歆				《大东诗选》
1409	郑汉柱				《大东诗选》
1410	洪重夏				《大东诗选》
1411	卢思圣				《大东诗选》
1412	成俒				《大东诗选》
1413	朴明义				《大东诗选》
1414	严缉				《大东诗选》
1415	徐宗泰				《大东诗选》
1416	李同揆				《大东诗选》
1417	李云根				《大东诗选》
1418	权忭				《大东诗选》
1419	许源				《大东诗选》
1420	吴挺一				《大东诗选》
1421	李幼洙				《大东诗选》
1422	安世光				《大东诗选》
1423	南鹤鸣				《大东诗选》
1424	李潜				《大东诗选》
1425	苏斗山				《大东诗选》
1426	李沃				《大东诗选》
1427	崔锡恒				《大东诗选》

续表

序号	作　者	生卒年	作品(集)	创作(出版)年代	参考文献
1428	李玄锡				《大东诗选》
1429	姜鋧				《大东诗选》
1430	李尚说				《大东诗选》
1431	严庆迪				《大东诗选》
1432	南克宽				《大东诗选》
1433	吴尚濂				《大东诗选》
1434	洪受畴				《大东诗选》
1435	蔡廷鳞				《大东诗选》
1436	许时亨				《大东诗选》
1437	许奎				《大东诗选》
1438	李熊徵				《大东诗选》
1439	郑思孝				《大东诗选》
1440	李宜绳				《大东诗选》
1441	金夏润				《大东诗选》
1442	李喜之				《大东诗选》
1443	曹锡				《大东诗选》
1444	金普				《大东诗选》
1445	崔廷宪				《大东诗选》
1446	安弘龄				《大东诗选》
1447	张希栻				《大东诗选》
1448	林春养				《大东诗选》
1449	李鼎成				《大东诗选》
1450	李君锡				《大东诗选》
1451	石万载				《大东诗选》
1452	申命义				《大东诗选》
1453	咸夏昌				《大东诗选》
1454	邵泰挺				《大东诗选》
1455	朴成赫				《大东诗选》
1456	崔东标				《大东诗选》
1457	申熙溟				《大东诗选》
1458	金时泰				《大东诗选》

续表

序号	作　者	生卒年	作品(集)	创作(出版)年代	参考文献
1459	韩昌五				《大东诗选》
1460	尹弘璨				《大东诗选》
1461	朴景夏				《大东诗选》
1462	申兴暹				《大东诗选》
1463	林尚筴				《大东诗选》
1464	金尚璧				《大东诗选》
1465	任璜				《大东诗选》
1466	李万三				《大东诗选》
1467	朴世坚				《大东诗选》
1468	金鼎三				《大东诗选》
1469	崔麟瑞				《大东诗选》
1470	朴东杞				《大东诗选》
1471	崔世钦				《大东诗选》
1472	金喜郁				《大东诗选》
1473	金重镇				《大东诗选》
1474	郭自完				《大东诗选》
1475	郑行百				《大东诗选》
1476	崔承胄				《大东诗选》
1477	韩翼横				《大东诗选》
1478	朱南正				《大东诗选》
1479	朱格				《大东诗选》
1480	朱椗				《大东诗选》
1481	池天锡				《大东诗选》
1482	朱檍				《大东诗选》
1483	韩淰				《大东诗选》
1484	李克焜				《大东诗选》
1485	文东道				《大东诗选》
1486	韩溶				《大东诗选》
1487	韩洸				《大东诗选》
1488	韩沆				《大东诗选》
1489	朱处正				《大东诗选》

续表

序号	作　者	生卒年	作品(集)	创作(出版)年代	参考文献
1490	朱宅正				《大东诗选》
1491	俞拓基				《大东诗选》
1492	权以镇				《大东诗选》
1493	郑澔				《大东诗选》
1494	赵文命				《大东诗选》
1495	金一镜				《大东诗选》
1496	权斗经				《大东诗选》
1497	宋瓆				《大东诗选》
1498	赵观彬				《大东诗选》
1499	李真俭				《大东诗选》
1500	郑羽良				《大东诗选》
1501	郑锡庆				《大东诗选》
1502	尹淳				《大东诗选》
1503	郑重元				《大东诗选》
1504	李宗城				《大东诗选》
1505	林象德				《大东诗选》
1506	李溆				《大东诗选》
1507	赵裕寿				《大东诗选》
1508	许是				《大东诗选》
1509	许采				《大东诗选》
1510	李万敷				《大东诗选》
1511	曹夏望				《大东诗选》
1512	蔡之洪				《大东诗选》
1513	李弥				《大东诗选》
1514	金信谦				《大东诗选》
1515	安重观				《大东诗选》
1516	姜樸				《大东诗选》
1517	尹治				《大东诗选》
1518	吴光运				《大东诗选》
1519	赵载治				《大东诗选》
1520	元景夏				《大东诗选》

续表

序号	作　者	生卒年	作品(集)	创作(出版)年代	参考文献
1521	朴弼履				《大东诗选》
1522	李德谱				《大东诗选》
1523	元仁孙				《大东诗选》
1524	李德寿				《大东诗选》
1525	李匡谊				《大东诗选》
1526	李墣				《大东诗选》
1527	尹斗绪				《大东诗选》
1528	沈翼云				《大东诗选》
1529	金尚埏				《大东诗选》
1530	南有常				《大东诗选》
1531	成大中				《大东诗选》
1532	李最中				《大东诗选》
1533	卢兢				《大东诗选》
1534	李重海				《大东诗选》
1535	赵明鼎				《大东诗选》
1536	洪相喆				《大东诗选》
1537	吴遂采				《大东诗选》
1538	任珽				《大东诗选》
1539	李英辅				《大东诗选》
1540	李文辅				《大东诗选》
1541	赵周圭				《大东诗选》
1542	许霔				《大东诗选》
1543	南玉				《大东诗选》
1544	李遂大				《大东诗选》
1545	蔡膺一				《大东诗选》
1546	俞彦述				《大东诗选》
1547	尹溹				《大东诗选》
1548	尹湜				《大东诗选》
1549	李允徽				《大东诗选》
1550	李凤焕				《大东诗选》
1551	李复运				《大东诗选》

续表

序号	作　者	生卒年	作品(集)	创作(出版)年代	参考文献
1552	任珗				《大东诗选》
1553	任埈				《大东诗选》
1554	许佐				《大东诗选》
1555	沈能淑				《大东诗选》
1556	朴希天				《大东诗选》
1557	李明焕				《大东诗选》
1558	尹潗				《大东诗选》
1559	尹得叙				《大东诗选》
1560	李麟祥				《大东诗选》
1561	郑璞				《大东诗选》
1562	李命瑞				《大东诗选》
1563	任希圣				《大东诗选》
1564	成梦良				《大东诗选》
1565	林配垕				《大东诗选》
1566	边日休				《大东诗选》
1567	柳逅				《大东诗选》
1568	李台明				《大东诗选》
1569	许檍				《大东诗选》
1570	南泰会				《大东诗选》
1571	崔守良				《大东诗选》
1572	李崇运				《大东诗选》
1573	洪宗益				《大东诗选》
1574	郑景淳				《大东诗选》
1575	姜世晃				《大东诗选》
1576	李德师				《大东诗选》
1577	朴致远				《大东诗选》
1578	安圣时				《大东诗选》
1579	朴师锡				《大东诗选》
1580	李箕镇				《大东诗选》
1581	金夏兼				《大东诗选》
1582	李敏德				《大东诗选》

续表

序号	作　者	生卒年	作品(集)	创作(出版)年代	参考文献
1583	张昌复				《大东诗选》
1584	陈箕范				《大东诗选》
1585	朴时戆				《大东诗选》
1586	韩命相				《大东诗选》
1587	许增				《大东诗选》
1588	王尔霖				《大东诗选》
1589	元镇兴				《大东诗选》
1590	李祥发				《大东诗选》
1591	郑彦儒				《大东诗选》
1592	黄宅厚				《大东诗选》
1593	李宜老				《大东诗选》
1594	玄复泰				《大东诗选》
1595	李廷俊				《大东诗选》
1596	崔世衍				《大东诗选》
1597	金万最				《大东诗选》
1598	韩兴五				《大东诗选》
1599	林时荚				《大东诗选》
1600	朴玢				《大东诗选》
1601	秦益重				《大东诗选》
1602	权衡				《大东诗选》
1603	柳东阳				《大东诗选》
1604	玄德润				《大东诗选》
1605	朴尚文				《大东诗选》
1606	高斗杓				《大东诗选》
1607	金泰奎				《大东诗选》
1608	刘光泽				《大东诗选》
1609	严汉宾				《大东诗选》
1610	郑宗周				《大东诗选》
1611	郑兴周				《大东诗选》
1612	郑浚侨				《大东诗选》
1613	张万建				《大东诗选》

续表

序号	作　者	生卒年	作品(集)	创作(出版)年代	参考文献
1614	崔亮渊				《大东诗选》
1615	朴昌元				《大东诗选》
1616	朴寿徵				《大东诗选》
1617	刘昌汉				《大东诗选》
1618	石之屹				《大东诗选》
1619	李夏蕃				《大东诗选》
1620	李允源				《大东诗选》
1621	金益龄				《大东诗选》
1622	高尚晦				《大东诗选》
1623	严汉朋				《大东诗选》
1624	金尚濈				《大东诗选》
1625	洪禹泽				《大东诗选》
1626	金德炯				《大东诗选》
1627	金昌震				《大东诗选》
1628	李舜琏				《大东诗选》
1629	文基周				《大东诗选》
1630	金尚泓				《大东诗选》
1631	金益焕				《大东诗选》
1632	金世濡				《大东诗选》
1633	林得雨				《大东诗选》
1634	任大伦				《大东诗选》
1635	金尚潾				《大东诗选》
1636	石之嵘				《大东诗选》
1637	李寿济				《大东诗选》
1638	李汉龟				《大东诗选》
1639	石世珩				《大东诗选》
1640	朴世文				《大东诗选》
1641	金声振				《大东诗选》
1642	金孝甲				《大东诗选》
1643	崔泰容				《大东诗选》
1644	宋奎徵				《大东诗选》

续表

序号	作　者	生卒年	作品(集)	创作(出版)年代	参考文献
1645	刘圣锡				《大东诗选》
1646	宋声远				《大东诗选》
1647	金时秋				《大东诗选》
1648	韩旭				《大东诗选》
1649	高世杰				《大东诗选》
1650	田万种				《大东诗选》
1651	李熢				《大东诗选》
1652	金春龄				《大东诗选》
1653	金重元				《大东诗选》
1654	廉重辅				《大东诗选》
1655	朴泰郁				《大东诗选》
1656	金时模				《大东诗选》
1657	安命说				《大东诗选》
1658	崔尚楫				《大东诗选》
1659	崔天翼				《大东诗选》
1660	朴枝万				《大东诗选》
1661	李受益				《大东诗选》
1662	张时翰				《大东诗选》
1663	金潚				《大东诗选》
1664	安光洙				《大东诗选》
1665	柳观夏				《大东诗选》
1666	白胤耇				《大东诗选》
1667	柳洙				《大东诗选》
1668	安国铉				《大东诗选》
1669	金尚彩				《大东诗选》
1670	柳世潭				《大东诗选》
1671	崔景夑				《大东诗选》
1672	朴景洙				《大东诗选》
1673	金德良				《大东诗选》
1674	石铢章				《大东诗选》
1675	李圣中				《大东诗选》

续表

序号	作 者	生卒年	作品(集)	创作(出版)年代	参考文献
1676	金可基				《大东诗选》
1677	李楫				《大东诗选》
1678	金圭				《大东诗选》
1679	朴箕采				《大东诗选》
1680	韩宇瑜				《大东诗选》
1681	尹衡进				《大东诗选》
1682	全弘叙				《大东诗选》
1683	崔重范				《大东诗选》
1684	金淑				《大东诗选》
1685	高时渊				《大东诗选》
1686	李廷麟				《大东诗选》
1687	崔北				《大东诗选》
1688	崔麟祥				《大东诗选》
1689	金德徽				《大东诗选》
1690	许瑞				《大东诗选》
1691	安祜				《大东诗选》
1692	金致夏				《大东诗选》
1693	李胤昌				《大东诗选》
1694	金光翼				《大东诗选》
1695	金必温				《大东诗选》
1696	金寿庆				《大东诗选》
1697	尹寿河				《大东诗选》
1698	柳世沛				《大东诗选》
1699	严启昇				《大东诗选》
1700	文以健				《大东诗选》
1701	金舜宾				《大东诗选》
1702	赵志渊				《大东诗选》
1703	金喜诚				《大东诗选》
1704	李复元				《大东诗选》
1705	白祥暻				《大东诗选》
1706	申道希				《大东诗选》

续表

序号	作　者	生卒年	作品(集)	创作(出版)年代	参考文献
1707	金弘祯				《大东诗选》
1708	张友奎				《大东诗选》
1709	李孝源				《大东诗选》
1710	金顺侃				《大东诗选》
1711	崔润昌				《大东诗选》
1712	严启恒				《大东诗选》
1713	安福衍				《大东诗选》
1714	太斗焕				《大东诗选》
1715	庾世通				《大东诗选》
1716	金义福				《大东诗选》
1717	金尚贤				《大东诗选》
1718	郑惟泰				《大东诗选》
1719	韩光汲				《大东诗选》
1720	吴鹏溟				《大东诗选》
1721	郑来周				《大东诗选》
1722	金宪哲				《大东诗选》
1723	洪慎猷				《大东诗选》
1724	朴体完				《大东诗选》
1725	严起兴				《大东诗选》
1726	李廷盖				《大东诗选》
1727	韩重贤				《大东诗选》
1728	闵复润				《大东诗选》
1729	金振泰				《大东诗选》
1730	张宅揆				《大东诗选》
1731	宋奎辉				《大东诗选》
1732	黄一清				《大东诗选》
1733	张寿仁				《大东诗选》
1734	洪重灏				《大东诗选》
1735	金喜重				《大东诗选》
1736	崔景禧				《大东诗选》
1737	金庸谨				《大东诗选》

续表

序号	作　者	生卒年	作品(集)	创作(出版)年代	参考文献
1738	金镇恒				《大东诗选》
1739	崔润硕				《大东诗选》
1740	林瑞桂				《大东诗选》
1741	崔挺祥				《大东诗选》
1742	张道纯				《大东诗选》
1743	池宗鲁				《大东诗选》
1744	安民钦				《大东诗选》
1745	高宇柱				《大东诗选》
1746	崔湜				《大东诗选》
1747	金东旭				《大东诗选》
1748	郑德亨				《大东诗选》
1749	韩复良				《大东诗选》
1750	崔润禘				《大东诗选》
1751	洪远泽				《大东诗选》
1752	李景聃				《大东诗选》
1753	李景孝				《大东诗选》
1754	全白淳				《大东诗选》
1755	李寅秘				《大东诗选》
1756	朴道弘				《大东诗选》
1757	崔重植				《大东诗选》
1758	李昌晢				《大东诗选》
1759	张敬重				《大东诗选》
1760	朴在荣				《大东诗选》
1761	张泰琪				《大东诗选》
1762	石世珙				《大东诗选》
1763	李胤恒				《大东诗选》
1764	朴埫				《大东诗选》
1765	李彦濡				《大东诗选》
1766	金国焕				《大东诗选》
1767	李亶佃				《大东诗选》
1768	韩重爆				《大东诗选》

续表

序号	作　者	生卒年	作品(集)	创作(出版)年代	参考文献
1769	韩重默				《大东诗选》
1770	魏兴祖				《大东诗选》
1771	韩冕铉				《大东诗选》
1772	微光肇				《大东诗选》
1773	尹东宪				《大东诗选》
1774	桂德海				《大东诗选》
1775	朴宗岳				《大东诗选》
1776	沈乐洙				《大东诗选》
1777	李瑞胄				《大东诗选》
1778	李福源				《大东诗选》
1779	沈念祖				《大东诗选》
1780	朴胤源				《大东诗选》
1781	金履安				《大东诗选》
1782	尹塾				《大东诗选》
1783	申光河				《大东诗选》
1784	睦万中				《大东诗选》
1785	权万				《大东诗选》
1786	郑东浚				《大东诗选》
1787	金相岳				《大东诗选》
1788	金相定				《大东诗选》
1789	尹行恁				《大东诗选》
1790	李东运				《大东诗选》
1791	沈鲁崇				《大东诗选》
1792	安锡儆				《大东诗选》
1793	赵琮镇				《大东诗选》
1794	李佐熏				《大东诗选》
1795	李观吾				《大东诗选》
1796	李思祚				《大东诗选》
1797	吴樀				《大东诗选》
1798	李嘉焕				《大东诗选》
1799	洪义浩				《大东诗选》

续表

序号	作 者	生卒年	作品(集)	创作(出版)年代	参考文献
1800	李森焕				《大东诗选》
1801	李秉延				《大东诗选》
1802	李明五				《大东诗选》
1803	李德胄				《大东诗选》
1804	权坪				《大东诗选》
1805	尹弼秉				《大东诗选》
1806	权䄥				《大东诗选》
1807	李鸣焕				《大东诗选》
1808	尹愭				《大东诗选》
1809	许澓				《大东诗选》
1810	丁志逊				《大东诗选》
1811	黄德吉				《大东诗选》
1812	李命采				《大东诗选》
1813	李光锡				《大东诗选》
1814	崔天翼				《大东诗选》
1815	赵宗铉				《大东诗选》
1816	黄磻老				《大东诗选》
1817	金启光				《大东诗选》
1818	李义师				《大东诗选》
1819	金浩天				《大东诗选》
1820	洪禹教				《大东诗选》
1821	李敬儒				《大东诗选》
1822	金基长				《大东诗选》
1823	李乔年				《大东诗选》
1824	苏应天				《大东诗选》
1825	许瑜				《大东诗选》
1826	元尚新				《大东诗选》
1827	尹德熙				《大东诗选》
1828	黄念祖				《大东诗选》
1829	李鼎运				《大东诗选》
1830	李志容				《大东诗选》

续表

序号	作　者	生卒年	作品(集)	创作(出版)年代	参考文献
1831	金汉星				《大东诗选》
1832	李珏				《大东诗选》
1833	郑相观				《大东诗选》
1834	李友信				《大东诗选》
1835	罗致煜				《大东诗选》
1836	朴奎淳				《大东诗选》
1837	吴祯				《大东诗选》
1838	辛履奎				《大东诗选》
1839	姜寅会				《大东诗选》
1840	吴延禄				《大东诗选》
1841	丁志默				《大东诗选》
1842	尹瑢				《大东诗选》
1843	韩锡祜				《大东诗选》
1844	赵有善				《大东诗选》
1845	林光泽				《大东诗选》
1846	严启膺				《大东诗选》
1847	范庆文				《大东诗选》
1848	吴擎华				《大东诗选》
1849	金德亨				《大东诗选》
1850	崔晚岦				《大东诗选》
1851	李阳馝				《大东诗选》
1852	李宅懋				《大东诗选》
1853	李学老				《大东诗选》
1854	金载禧				《大东诗选》
1855	金洛瑞				《大东诗选》
1856	吴得麟				《大东诗选》
1857	王太				《大东诗选》
1858	王荚				《大东诗选》
1859	金景濂				《大东诗选》
1860	吴命喆				《大东诗选》
1861	池德龟				《大东诗选》

续表

序号	作　者	生卒年	作品(集)	创作(出版)年代	参考文献
1862	郑澜				《大东诗选》
1863	李秉烈				《大东诗选》
1864	都容轸				《大东诗选》
1865	朴尚都				《大东诗选》
1866	李秀埙				《大东诗选》
1867	韩百元				《大东诗选》
1868	李彦熙				《大东诗选》
1869	柳增万				《大东诗选》
1870	赵容和				《大东诗选》
1871	李甲龙				《大东诗选》
1872	南景义				《大东诗选》
1873	金祖淳				《大东诗选》
1874	金履乔				《大东诗选》
1875	姜浚钦				《大东诗选》
1876	严焘				《大东诗选》
1877	郑弘庆				《大东诗选》
1878	睦允中				《大东诗选》
1879	韩致应				《大东诗选》
1880	权寔				《大东诗选》
1881	李复铉				《大东诗选》
1882	李采				《大东诗选》
1883	李祖默				《大东诗选》
1884	柳本学				《大东诗选》
1885	丁学渊				《大东诗选》
1886	丁学游				《大东诗选》
1887	崔宪秀				《大东诗选》
1888	李敏德				《大东诗选》
1889	李廷柱				《大东诗选》
1890	尹东野				《大东诗选》
1891	李济永				《大东诗选》
1892	李亮渊				《大东诗选》

续表

序号	作　者	生卒年	作品(集)	创作(出版)年代	参考文献
1893	李宗翊				《大东诗选》
1894	尹钟亿				《大东诗选》
1895	尹钟敏				《大东诗选》
1896	河镇极				《大东诗选》
1897	曹英振				《大东诗选》
1898	具本熙				《大东诗选》
1899	沈斗永				《大东诗选》
1900	金尚彩				《大东诗选》
1901	赵钟英				《大东诗选》
1902	金载明				《大东诗选》
1903	张必新				《大东诗选》
1904	李宜秀				《大东诗选》
1905	李宗愚				《大东诗选》
1906	金义铉				《大东诗选》
1907	罗文奎				《大东诗选》
1908	白履相				《大东诗选》
1909	黄希舜				《大东诗选》
1910	金晋述				《大东诗选》
1911	朴允默				《大东诗选》
1912	金忠显				《大东诗选》
1913	林得明				《大东诗选》
1914	曹俊民				《大东诗选》
1915	尹仁权				《大东诗选》
1916	俞汉绢				《大东诗选》
1917	卢允迪				《大东诗选》
1918	金明奎				《大东诗选》
1919	李学懋				《大东诗选》
1920	刘泰勋				《大东诗选》
1921	李景福				《大东诗选》
1922	张大哲				《大东诗选》
1923	洪万述				《大东诗选》

续表

序号	作　者	生卒年	作品(集)	创作(出版)年代	参考文献
1924	朴景烈				《大东诗选》
1925	刘明勋				《大东诗选》
1926	丁任直				《大东诗选》
1927	李至和				《大东诗选》
1928	金柏龄				《大东诗选》
1929	金鼎禄				《大东诗选》
1930	吴昌烈				《大东诗选》
1931	河敬姬				《大东诗选》
1932	崔星焕				《大东诗选》
1933	金致润				《大东诗选》
1934	李象彦				《大东诗选》
1935	韩庆泽				《大东诗选》
1936	宋宽镇				《大东诗选》
1937	徐义锡				《大东诗选》
1938	罗应纯				《大东诗选》
1939	洪圣浩				《大东诗选》
1940	金礼源				《大东诗选》
1941	洪宇琦				《大东诗选》
1942	韩鹤年				《大东诗选》
1943	安庆龙				《大东诗选》
1944	金熙民				《大东诗选》
1945	张锡辉				《大东诗选》
1946	赵秀弘				《大东诗选》
1947	金命铉				《大东诗选》
1948	吴永河				《大东诗选》
1949	金敬直				《大东诗选》
1950	李廷喆				《大东诗选》
1951	张道元				《大东诗选》
1952	金永冕				《大东诗选》
1953	金兴濂				《大东诗选》
1954	李思祖				《大东诗选》

续表

序号	作　者	生卒年	作品(集)	创作(出版)年代	参考文献
1955	崔忠钦				《大东诗选》
1956	刘汉廉				《大东诗选》
1957	刘元柱				《大东诗选》
1958	朴谦浩				《大东诗选》
1959	林虎				《大东诗选》
1960	李民璜				《大东诗选》
1961	慎学敬				《大东诗选》
1962	金兴国				《大东诗选》
1963	洪山柱				《大东诗选》
1964	李兴润				《大东诗选》
1965	朴基悦				《大东诗选》
1966	金义龄				《大东诗选》
1967	金允中				《大东诗选》
1968	洪义植				《大东诗选》
1969	李圭锡				《大东诗选》
1970	金鼎权				《大东诗选》
1971	吴天弼				《大东诗选》
1972	刘定柱				《大东诗选》
1973	金诚熙				《大东诗选》
1974	田琦				《大东诗选》
1975	李馨逵				《大东诗选》
1976	朴基祚				《大东诗选》
1977	吴痒秀				《大东诗选》
1978	郑大洽				《大东诗选》
1979	刘汉钟				《大东诗选》
1980	金濬熙				《大东诗选》
1981	罗应绅				《大东诗选》
1982	吴秀人				《大东诗选》
1983	郑焕				《大东诗选》
1984	李佑赟				《大东诗选》
1985	李若洙				《大东诗选》

续表

序号	作　者	生卒年	作品(集)	创作(出版)年代	参考文献
1986	文瓘				《大东诗选》
1987	郑元荣				《大东诗选》
1988	权敦仁				《大东诗选》
1989	赵寅永				《大东诗选》
1990	申在植				《大东诗选》
1991	李龙秀				《大东诗选》
1992	李光文				《大东诗选》
1993	李鲁益				《大东诗选》
1994	洪钟应				《大东诗选》
1995	朴周寿				《大东诗选》
1996	姜时永				《大东诗选》
1997	申观浩				《大东诗选》
1998	尹秀寅				《大东诗选》
1999	申锡愚				《大东诗选》
2000	赵耆永				《大东诗选》
2001	奇正镇				《大东诗选》
2002	俞莘焕				《大东诗选》
2003	金平默				《大东诗选》
2004	南秉哲				《大东诗选》
2005	申锡禧				《大东诗选》
2006	徐衡淳				《大东诗选》
2007	金永爵				《大东诗选》
2008	金尚铉				《大东诗选》
2009	韩镇棨				《大东诗选》
2010	申佐模				《大东诗选》
2011	徐宪淳				《大东诗选》
2012	赵冕镐				《大东诗选》
2013	李丰翼				《大东诗选》
2014	李象秀				《大东诗选》
2015	卞钟运				《大东诗选》
2016	李身逵				《大东诗选》

续表

序号	作　者	生卒年	作品(集)	创作(出版)年代	参考文献
2017	玄锜				《大东诗选》
2018	郑芝润				《大东诗选》
2019	赵寅奎				《大东诗选》
2020	李基福				《大东诗选》
2021	赵瑞镐				《大东诗选》
2022	许应淳				《大东诗选》
2023	尹致祖				《大东诗选》
2024	李应辰				《大东诗选》
2025	尹秉鼎				《大东诗选》
2026	尹致聃				《大东诗选》
2027	李裕膺				《大东诗选》
2028	李近宪				《大东诗选》
2029	申应朝				《大东诗选》
2030	崔遇亨				《大东诗选》
2031	沈英庆				《大东诗选》
2032	南相吉				《大东诗选》
2033	姜溍				《大东诗选》
2034	郑健朝				《大东诗选》
2035	南尚教				《大东诗选》
2036	黄五				《大东诗选》
2037	金炳渊				《大东诗选》
2038	张机英				《大东诗选》
2039	姜性钦				《大东诗选》
2040	赵云植				《大东诗选》
2041	金进洙				《大东诗选》
2042	安晋锡				《大东诗选》
2043	张之琬				《大东诗选》
2044	赵熙龙				《大东诗选》
2045	李明迪				《大东诗选》
2046	韩致元				《大东诗选》
2047	李用一				《大东诗选》

续表

序号	作　者	生卒年	作品(集)	创作(出版)年代	参考文献
2048	李黄中				《大东诗选》
2049	具鸿书				《大东诗选》
2050	具阳书				《大东诗选》
2051	李庆民				《大东诗选》
2052	王锡辅				《大东诗选》
2053	柳本正				《大东诗选》
2054	李根庠				《大东诗选》
2055	权褚				《大东诗选》
2056	申耆永				《大东诗选》
2057	郑履承				《大东诗选》
2058	张寅植				《大东诗选》
2059	睦仁培				《大东诗选》
2060	睦仁栽				《大东诗选》
2061	柳荆田				《大东诗选》
2062	柳最镇				《大东诗选》
2063	洪友燮				《大东诗选》
2064	韩一之				《大东诗选》
2065	李吉运				《大东诗选》
2066	李师古				《大东诗选》
2067	文衡轾				《大东诗选》
2068	文衡辅				《大东诗选》
2069	李大济				《大东诗选》
2070	李九夏				《大东诗选》
2071	李纪夏				《大东诗选》
2072	申光绚				《大东诗选》
2073	李义镇				《大东诗选》
2074	金宪寿				《大东诗选》
2075	许倕				《大东诗选》
2076	许傭				《大东诗选》
2077	尹乐浩				《大东诗选》
2078	李喜丰				《大东诗选》

续表

序号	作　者	生卒年	作品(集)	创作(出版)年代	参考文献
2079	朴齐珩				《大东诗选》
2080	李铉轼				《大东诗选》
2081	金正中				《大东诗选》
2082	任百渊				《大东诗选》
2083	白斗镇				《大东诗选》
2084	全象谦				《大东诗选》
2085	韩在濂				《大东诗选》
2086	金宪基				《大东诗选》
2087	尹廷琦				《大东诗选》
2088	白光镇				《大东诗选》
2089	李祖宪				《大东诗选》
2090	金弘琯				《大东诗选》
2091	朴文逵				《大东诗选》
2092	白膺绚				《大东诗选》
2093	李芝在				《大东诗选》
2094	徐命瑞				《大东诗选》
2095	许愈				《大东诗选》
2096	李正模				《大东诗选》
2097	成采奎				《大东诗选》
2098	李象曼				《大东诗选》
2099	金声宽				《大东诗选》
2100	金灏				《大东诗选》
2101	魏完奎				《大东诗选》
2102	张旭				《大东诗选》
2103	韩应范				《大东诗选》
2104	孙寿洪				《大东诗选》
2105	郑宇赫				《大东诗选》
2106	郑守赫				《大东诗选》
2107	柳最镇				《大东诗选》
2108	李鼎寅				《大东诗选》
2109	沈棨锡				《大东诗选》

续表

序号	作　者	生卒年	作品(集)	创作(出版)年代	参考文献
2110	李应信				《大东诗选》
2111	李章和				《大东诗选》
2112	罗岐				《大东诗选》
2113	玄镒				《大东诗选》
2114	洪仁秀				《大东诗选》
2115	俞汉宰				《大东诗选》
2116	梁进永				《大东诗选》
2117	权用正				《大东诗选》
2118	崔性学				《大东诗选》
2119	李诚敬				《大东诗选》
2120	金直渊				《大东诗选》
2121	安伯生				《大东诗选》
2122	赵弘烈				《大东诗选》
2123	吴庆锡				《大东诗选》
2124	李宇燮				《大东诗选》
2125	李承渥				《大东诗选》
2126	李源祚				《大东诗选》
2127	金丽源				《大东诗选》
2128	李义发				《大东诗选》
2129	李垕				《大东诗选》
2130	金炳翼				《大东诗选》
2131	权用直				《大东诗选》
2132	沈能圭				《大东诗选》
2133	廉景珏				《大东诗选》
2134	金昌基				《大东诗选》
2135	李是应				《大东诗选》
2136	洪祐吉				《大东诗选》
2137	姜兰馨				《大东诗选》
2138	郑显德				《大东诗选》
2139	李凤基				《大东诗选》
2140	金炳学				《大东诗选》

续表

序号	作　者	生卒年	作品(集)	创作(出版)年代	参考文献
2141	赵性教				《大东诗选》
2142	闵台镐				《大东诗选》
2143	宋近洙				《大东诗选》
2144	金益容				《大东诗选》
2145	金绮秀				《大东诗选》
2146	李宪基				《大东诗选》
2147	李承溥				《大东诗选》
2148	丁大懋				《大东诗选》
2149	李济九				《大东诗选》
2150	丁大栻				《大东诗选》
2151	李种元				《大东诗选》
2152	李鹤来				《大东诗选》
2153	洪在鼎				《大东诗选》
2154	申正熙				《大东诗选》
2155	韩章锡				《大东诗选》
2156	李敦行				《大东诗选》
2157	申奭均				《大东诗选》
2158	丁大肇				《大东诗选》
2159	郑昌时				《大东诗选》
2160	李秀敦				《大东诗选》
2161	安基远				《大东诗选》
2162	李宪永				《大东诗选》
2163	金弘集				《大东诗选》
2164	许薰				《大东诗选》
2165	尹显求				《大东诗选》
2166	郑圭宬				《大东诗选》
2167	柳惠鲁				《大东诗选》
2168	赵成夏				《大东诗选》
2169	金行健				《大东诗选》
2170	权养谦				《大东诗选》
2171	黄章渊				《大东诗选》

续表

序号	作　者	生卒年	作品(集)	创作(出版)年代	参考文献
2172	沈在昇				《大东诗选》
2173	郑宪时				《大东诗选》
2174	尹秉绥				《大东诗选》
2175	李偰				《大东诗选》
2176	李道宰				《大东诗选》
2177	鱼允中				《大东诗选》
2178	姜龟秀				《大东诗选》
2179	郑学默				《大东诗选》
2180	李南珪				《大东诗选》
2181	李建初				《大东诗选》
2182	丁弘燮				《大东诗选》
2183	李员一				《大东诗选》
2184	姜鸿秀				《大东诗选》
2185	李在靖				《大东诗选》
2186	郑益镕				《大东诗选》
2187	俞吉濬				《大东诗选》
2188	崔亨基				《大东诗选》
2189	金奭准				《大东诗选》
2190	卞元圭				《大东诗选》
2191	张锡轸				《大东诗选》
2192	朴致馥				《大东诗选》
2193	裴婰				《大东诗选》
2194	成蕙永				《大东诗选》
2195	李根洙				《大东诗选》
2196	王师天				《大东诗选》
2197	王师觉				《大东诗选》
2198	白春培				《大东诗选》
2199	李沂				《大东诗选》
2200	朴永善				《大东诗选》
2201	王师赞				《大东诗选》
2202	李伦蒙				《大东诗选》

续表

序号	作　者	生卒年	作品(集)	创作(出版)年代	参考文献
2203	张佑根				《大东诗选》
2204	吴应默				《大东诗选》
2205	刘焜				《大东诗选》
2206	柳相义				《大东诗选》
2207	张孝健				《大东诗选》
2208	尹瑗				《大东诗选》
2209	张信永				《大东诗选》
2210	池应铉				《大东诗选》
2211	金钟大				《大东诗选》
2212	金圭源				《大东诗选》
2213	朴凤仪				《大东诗选》
2214	边炜				《大东诗选》
2215	李容白				《大东诗选》
2216	廉泰赫				《大东诗选》
2217	宋一赞				《大东诗选》
2218	金亨镇				《大东诗选》
2219	池东恂				《大东诗选》
2220	吴弘默				《大东诗选》
2221	李周镐				《大东诗选》
2222	尹锡东				《大东诗选》
2223	李莘田				《大东诗选》
2224	朴元珪				《大东诗选》
2225	金钟				《大东诗选》
2226	李珏				《大东诗选》
2227	白岐镇				《大东诗选》
2228	黄岦				《大东诗选》
2229	张元燮				《大东诗选》
2230	张膺善				《大东诗选》
2231	白晦纯				《大东诗选》
2232	权益衡				《大东诗选》
2233	李昆寿				《大东诗选》

续表

序号	作　者	生卒年	作品(集)	创作(出版)年代	参考文献
2234	金正昊				《大东诗选》
2235	丁日宇				《大东诗选》
2236	张鸿善				《大东诗选》
2237	金观夏				《大东诗选》
2238	安重燮				《大东诗选》
2239	崔遇集				《大东诗选》
2240	曹益焕				《大东诗选》
2241	朴奎鼎				《大东诗选》
2242	郑在准				《大东诗选》
2243	孙致范				《大东诗选》
2244	李阳翼				《大东诗选》
2245	李秉穆				《大东诗选》
2246	李膺穆				《大东诗选》
2247	郑胤永				《大东诗选》
2248	郑趾善				《大东诗选》
2249	郑在谨				《大东诗选》
2250	郑秀铉				《大东诗选》
2251	李秀旭				《大东诗选》
2252	朴来翼				《大东诗选》
2253	郑龙复				《大东诗选》
2254	金福汉				《大东诗选》
2255	黄寿延				《大东诗选》
2256	尹胄夏				《大东诗选》
2257	李在亿				《大东诗选》
2258	郑基弘				《大东诗选》
2259	金游淳				《大东诗选》
2260	李镐根				《大东诗选》
2261	金衡重				《大东诗选》
2262	金成卿				《大东诗选》
2263	孙振湜				《大东诗选》
2264	吴敏燮				《大东诗选》

续表

序号	作　者	生卒年	作品(集)	创作(出版)年代	参考文献
2265	李炳七				《大东诗选》
2266	李亨来				《大东诗选》
2267	朴廷镐				《大东诗选》
2268	大觉国师				《大东诗选》
2269	廖一				《大东诗选》
2270	宗聆				《大东诗选》
2271	始宁				《大东诗选》
2272	惠文				《大东诗选》
2273	静明				《大东诗选》
2274	真静				《大东诗选》
2275	月窗				《大东诗选》
2276	达全				《大东诗选》
2277	祖英				《大东诗选》
2278	戒膺				《大东诗选》
2279	圆鉴				《大东诗选》
2280	禅坦				《大东诗选》
2281	宏淹				《大东诗选》
2282	云鉴				《大东诗选》
2283	了圆				《大东诗选》
2284	祖异				《大东诗选》
2285	正思				《大东诗选》
2286	真觉				《大东诗选》
2287	冲羲				《大东诗选》
2288	天因				《大东诗选》
2289	坦然				《大东诗选》
2290	垢雨				《大东诗选》
2291	惠愚				《大东诗选》
2292	涵虚堂				《大东诗选》
2293	懒翁				《大东诗选》
2294	混修				《大东诗选》
2295	益庄				《大东诗选》

续表

序号	作　者	生卒年	作品(集)	创作(出版)年代	参考文献
2296	无己				《大东诗选》
2297	冲徽				《大东诗选》
2298	清虚堂				《大东诗选》
2299	浮休				《大东诗选》
2300	智严				《大东诗选》
2301	参寥				《大东诗选》
2302	太能				《大东诗选》
2303	庆云				《大东诗选》
2304	希安				《大东诗选》
2305	守初				《大东诗选》
2306	处能				《大东诗选》
2307	行思				《大东诗选》
2308	秀演				《大东诗选》
2309	性聪				《大东诗选》
2310	清学				《大东诗选》
2311	法坚				《大东诗选》
2312	彦机				《大东诗选》
2313	弘静				《大东诗选》
2314	处默				《大东诗选》
2315	山立				《大东诗选》
2316	神骏				《大东诗选》
2317	明眼				《大东诗选》
2318	志安				《大东诗选》
2319	海源				《大东诗选》
2320	澈禅				《大东诗选》
2321	妙静				《大东诗选》
2322	义沾				《大东诗选》
2323	顿认				《大东诗选》
2324	宇平				《大东诗选》
2325	圣机				《大东诗选》
2326	圣能				《大东诗选》

续表

序号	作　者	生卒年	作品(集)	创作(出版)年代	参考文献
2327	雪潭				《大东诗选》
2328	觉性				《大东诗选》
2329	有一				《大东诗选》
2330	桂性				《大东诗选》
2331	最坚				《大东诗选》
2332	克庵				《大东诗选》
2333	秋波				《大东诗选》
2334	莲坡				《大东诗选》
2335	草衣				《大东诗选》
2336	普渊				《大东诗选》
2337	玉兼				《大东诗选》
2338	戒悟				《大东诗选》
2339	草广				《大东诗选》
2340	金刚僧				《大东诗选》
2341	螭峰				《大东诗选》
2342	李恪夫人				《大东诗选》
2343	郑氏				《大东诗选》
2344	林碧堂金氏				《大东诗选》
2345	冰壶堂				《大东诗选》
2346	宋氏				《大东诗选》
2347	苍严金氏				《大东诗选》
2348	郑氏				《大东诗选》
2349	成氏				《大东诗选》
2350	蓬原府 夫人郑氏				《大东诗选》
2351	李氏				《大东诗选》
2352	郑氏				《大东诗选》
2353	张氏				《大东诗选》
2354	李氏				《大东诗选》
2355	郭氏				《大东诗选》
2356	沈氏				《大东诗选》

续表

序号	作　者	生卒年	作品(集)	创作(出版)年代	参考文献
2357	尹氏				《大东诗选》
2358	柳氏				《大东诗选》
2359	曹氏				《大东诗选》
2360	南氏				《大东诗选》
2361	金氏				《大东诗选》
2362	崔氏				《大东诗选》
2363	只一堂全氏				《大东诗选》
2364	金氏				《大东诗选》
2365	影响堂韩氏				《大东诗选》
2366	徐氏				《大东诗选》
2367	静一堂姜氏				《大东诗选》
2368	锦园金氏				《大东诗选》
2369	滕二乔				《大东诗选》
2370	德介氏				《大东诗选》
2371	洪唐城小室				《大东诗选》
2372	高阳村女				《大东诗选》
2373	郑氏				《大东诗选》
2374	李氏				《大东诗选》
2375	杨蓬莱小室				《大东诗选》
2376	绣香阁元氏				《大东诗选》
2377	失姓氏				《大东诗选》
2378	失姓氏				《大东诗选》
2379	李玉峰				《大东诗选》
2380	庆参判 夫人金氏				《大东诗选》
2381	李氏				《大东诗选》
2382	金盛达女				《大东诗选》
2383	朴竹西				《大东诗选》
2384	吁咄				《大东诗选》
2385	动人红				《大东诗选》
2386	桂生				《大东诗选》

续表

序号	作　者	生卒年	作品(集)	创作(出版)年代	参考文献
2387	桂月				《大东诗选》
2388	翠竹				《大东诗选》
2389	秋香				《大东诗选》
2390	翠香				《大东诗选》
2391	翠莲				《大东诗选》
2392	桂花				《大东诗选》
2393	小琰				《大东诗选》
2394	蕙兰				《大东诗选》
2395	竹香				《大东诗选》
2396	桂香				《大东诗选》
2397	芙蓉				《大东诗选》
2398	凌云				《大东诗选》
2399	梅鹤				《大东诗选》
2400	一枝红				《大东诗选》
2401	妍丹				《大东诗选》
2402	福娘				《大东诗选》
2403	平壤妓				《大东诗选》
2404	咸安妓				《大东诗选》
2405	朝云				《大东诗选》
2406	国色				《大东诗选》
2407	太一				《大东诗选》
2408	失名妓				《大东诗选》
2409	失名女子				《大东诗选》
2410	小玉花				《大东诗选》
2411	扬州田妇				《大东诗选》
2412	京江村女				《大东诗选》
2413	於于同				《大东诗选》
2414	耘田女				《大东诗选》
2415	东阳尉宫婢				《大东诗选》
2416	朴生婢				《大东诗选》
2417	一朵红				《大东诗选》

续表

序号	作　者	生卒年	作品(集)	创作(出版)年代	参考文献
2418	卢儿				《大东诗选》
2419	小红				《大东诗选》
2420	交河落 花津女				《大东诗选》
2421	定平妓				《大东诗选》
2422	村女				《大东诗选》
2423	失名氏				《大东诗选》
2424	谷口老人				《大东诗选》
2425	采樵童子				《大东诗选》
2426	月溪樵夫				《大东诗选》
2427	清凉里隐者				《大东诗选》
2428	九曲老人				《大东诗选》
2429	弼云居士				《大东诗选》
2430	云下翁				《大东诗选》
2431	石丈人				《大东诗选》
2432	失名氏				《大东诗选》

2. 朝鲜女性诗人集

朝鲜女性诗人集				
集　名	著　者	生卒年	所存校点刊刻本	所存汉诗数目
《林碧堂遗集》	林碧堂金氏，俞汝舟之妻	不详	1964年2月26日抄录	7首
《德峰集》	宋德峰	1521—1578	存于《德峰文集并眉岩集》	22首
《兰雪轩集》	许兰雪轩	1563—1589	1608年韩国中央研究院藏原李王室图书，首尔大学奎章阁藏此本	210首
《梅窗集》	李桂生	1573—1610	1668年刻本已佚，现存刻本有韩国涧松博物馆馆藏和美国哈佛燕京学社中日图书馆藏本	58首
《光州金氏逸稿》	金氏李灿妻	1575—?	朝鲜李太王32年(1895)刊本	45首
《琴仙师》	金泠泠	1581—?	为抄本，李家源收藏，许米子校点影印	81首
《贞夫人安东张氏实记》	张氏李时明妻	1589—1680	韩国中央研究院藏甲辰刊本校点	9首
《安东世稿》	金盛达、李氏等	金氏：1642—1696 延安李氏：1643—1690	韩国忠南大学文姬顺教授发现并于2002年整理发表	249首其中金盛达177首，李氏71首
《宇珍》	金盛达、李氏等	金氏：1642—1696	韩国大田儒生博物馆藏抄本整理	53首
《浩然斋集》	金浩然斋	1681—1722	据韩国国立中央图书馆藏本整理	128首
《允挚堂遗稿》	允挚堂任氏	1721—1793	奎章阁藏正祖20年木活字本	存诗0首，皆为文章
《山晓阁芙蓉诗选》	申芙蓉堂	1732—1791	以《崇古聊芳集》为底本校点	23首
《令寿阁稿》	徐令寿阁	1753—1823	奎章阁藏本	122首
《情静堂遗稿》	黄情静堂	1754—1793?	以朝鲜哲宗九年1858活字本为底本	10首
《杏堂殇姊冤稿》	金子念	1758—1775	成均馆大学藏本	22首

续表

集　名	著　者	生卒年	所存校点刊刻本	所存汉诗数目
《三宜堂稿》	三宜堂金氏	1769—1823	丁日燮1933年刊刻为底本	260首
《静一堂遗稿》	静一堂姜氏	1772—1832	奎章阁藏1836年木子活本	37题
《幽闲集》	洪原周	1791—?	奎章阁藏本	193首
《宜言室卷》	淑善翁主	1793—1836	奎章阁藏本	282首
《云楚堂诗集》	金芙蓉	约1800—1860	以岸曙金亿藏《云楚诗》为底本	315首
《湖东西洛集》	金锦园	1817—1887以后	《韩国女性诗文全集》影印本	现存1首
《竹西诗集》	朴竹西	约1820—1851	1851年木活字本	166首
《贞一轩诗集》	南氏	1840—1922	1923年刊本	64首
《只在堂稿》	只在堂姜氏		启明大学校馆藏绿葵馆木活字本	101首
《蓝田诗稿》	徐蓝田、小蓝	1849—1894	韩国启明大学校图书馆藏本	112题、17首
《清闲堂散稿》	清闲堂金氏	1853—1890	1917年刊本为底本	33首
《松雪堂集》	崔松雪堂	1855—1939	1922年印本	271首
《小坡女士诗集》	吴孝媛	1889—?	有1929、1930、1975年版本	453首
《姑妇奇谭》	郑氏、吴氏		1915年本	
《凤仙花》	李凤仙(妓女)	1894—1992	崔斗1980年译本	63首

第二编

日本汉诗的近世流变

绪　论

对日本近世汉诗的研究，最早是江户时代的江村北海（1707—1782），著有《日本诗史》。《日本诗史》共五卷，其中三卷（卷三、卷四、卷五）分别评论了元和（1615—1623）以后至宝历（1751—1763）年间京都、江户及日本各州诗人，约150人[①]。选录范围广泛，叙述简明扼要，评论深中肯綮。限于北海生活年代，江户后期诗人未有涉及。之后对江户汉诗进行深入分析研究的，则首推松下忠（1908—1994）《江户时代的诗风诗论：兼论明清三大诗论及其影响》，该论著有着较高的创见和开拓价值。该书多从辨析诗话入手，结合汉诗创作，重点叙述了江户汉诗人对明清格调说、性灵说、神韵说的摄取与批判[②]。所论注重实证研究，详细而具体。另外，关于江户汉诗研究专著还有杉下元明的《江户汉诗》、《江户汉诗——影响と变容の系谱》，富士川英郎的《江户后期的诗人们》等。相关通史性论著，如菅谷军次郎的《日本汉诗史》、牧野谦次郎《日本汉学史》、户田浩晓《日本汉文学通史》、安井小太郎《日本儒学史》、冈田正之《日本汉文学史》、芳贺矢一《日本汉文学史》、石田博《汉文学概论》、绪方惟精《日本文学史讲义》、市川本太郎《日本汉文学史概说》、猪口笃志《日本汉文学史》、西乡信纲《日本文学史》、市古贞次《日本文学史概说》、加藤周一《日本文学史序说》、尾藤正英《日本文化的历史》、内藤湖南《日本历史与日本文化》等，对江户时代汉诗发展流变也皆有所论述。

中国学者对江户汉诗的记载始于明末，如朱彝尊《明诗综》、钱谦益《列朝诗集》等总集中，皆有对江户汉诗人极其诗作的选录及评论。清末陈曼寿（1825—1884）的《日本同人诗选》、俞樾（1881—1907）的《东瀛诗选》等，都对江户汉诗进行收录及点评。对江户汉诗的阅读中，须注意辨析文献正误。如以《东瀛诗选》为例，俞樾在著录时，对部分日本汉诗进行了修改且不加说明。比如直接删除了梁田蜕岩《读无然尊者画鸡行有感赋赠》中的四句："吾栖儒林七十载，了了劣于鴾倢时。饮啄因人素餐久，每误报更屡忸怩。"这样修改之后，虽然全诗或许"更显古雅"[③]，但也易给后来读者带来混淆。

---

① （日）江村北海《日本诗史》，清水茂、揖斐高、大谷雅夫校注《日本诗史・五山堂诗话》，《新日本古典文学大系》65，东京：岩波书店，平成三年（1991）版。

② （日）松下忠著，范建明译《江户时代的诗风诗论：兼论明清三大诗论及其影响》，北京：学苑出版社，2008年版。

③ 《俞樾与〈东瀛诗选〉》，蔡毅《日本汉诗论稿》，北京：中华书局，2007年版。第293页。

一、日本汉诗的源头

日本汉诗最早的源头可以上溯到公元7世纪①,此后在直到江户时期之前大约一千年的历史过程中,汉诗基本上是在贵族僧侣及上层武士中流行②。从早期的奈良时代到平安时代,汉诗吟诵在皇室长期流行,历代天皇都将中国传来的汉诗视为高雅和文明的象征,故而皇族及大臣皆以能写作汉诗为能事。比如在平安时代,出现了以嵯峨天皇为中心的“弘仁诗坛”兴盛,唐诗流行,诗作的题材扩大,七言诗增多,并出现了杂言歌行体及乐府诗。小野岑守(777—830)深得嵯峨天皇信任,受命编撰《凌云新集》,留下了平安朝君臣汉诗唱酬的珍贵记录。他的诗作收入《凌云集》有13首,《文华秀丽集》有8首,《经国集》中有9首,内容多以应制和奉和为主。释空海(774—835)渡唐归国后,开辟了日本佛教的真言宗,并以其博学多才得到嵯峨天皇的欣赏和信任,其汉诗现存25首,以彰显佛理的七绝诗最为出色。平安时期汉诗文大家菅原道真(845—903),得到宇多天皇及醍醐天皇的信任,成为掌握朝廷实权的重臣。他于宽平六年(894)鉴于当时唐朝已经陷于战乱的情况,提出废止遣唐使的建议被王朝采纳。延喜元年(901)菅原道真在朝廷争权中失利,左迁至大宰府(今福冈县中西部)直到辞世。起伏巨大的人生经历使得菅原道真的汉诗内容丰富,除了传统的宫中宴酬应制诗之外,他写了不少第一人称的咏怀诗,其中大多为抒发凄凉郁闷之情,如在大宰府谪居中的《不出门》写道:“一从谪落就柴荆,万死兢兢跼蹐情。都府楼才看瓦色,观音寺只听钟声。中怀好逐孤云去,外物相逢满月迎。此地虽身无检系,何为寸步出门行。”透露出自己谪居期间处处受拘的艰难处境,整日被迫闭门自锁,“看瓦色”颇有幽怨之深意,而“听钟声”也只能是仰天长叹了。菅原道真的诗作对当时及后来日本汉诗坛产生了较大的影响,身为朝廷重臣,他还正视社会下层民众种种的苦难,写出了不少直接刻画劳动者艰辛生活状况的诗作,这在王朝诗坛也是首屈一指的。平安时代日本汉诗的发展还处在学步阶段,汉诗写作一切都以当时传入的南朝诗及唐诗为榜样。日本第一部汉诗集《怀风藻》编定于751年,其中的诗作明显受到齐梁及初唐诗风影响,诗体以五言八句为主,好用对偶句,但大多不讲究合律。数十年之后,嵯峨天皇授命编集《凌云集》(814)、《文华秀丽集》(818),淳和天皇授命编集《经国集》(827),史称“敕撰三集”。五言诗之外,七言诗也逐步增加,从这三部汉诗选集的刊行,可以看出日本汉诗人创作水平的迅速提高,除了五言诗之外,七言诗的数量大幅增加,音律平仄也渐趋谐调,唐诗深刻影响了平安汉诗的成长,从上述菅原道真的汉诗中,就可看到当时日本朝廷盛行“白乐天风”的明显影响。

---

① 天智七年(公元668年)正月三日,天智天皇即位,群臣祝宴题咏汉诗,其中大友皇子所题咏之诗,被认为是保留下来最早的日本汉诗作品。

② 从1603年德川家康开幕府于江户(今东京)始,到1867年第十五代将军德川庆喜将政权奉还天皇为止,这260多年期间,在日本史上称为“江户时代”。

五山时期的诗僧是汉诗创作的主体[1]，而其中的虎关师炼(1278—1346)、雪村友梅(1290—1346)、中岩圆月(1300—1375)、义堂周信(1325—1388)、绝海中津(1336—1405)、一休宗纯(1394—1481)等人则代表了汉诗创作所达到的新高度。整个五山时期，尽管遣唐使已经废止，但是民间交往还在继续。尤其是得到幕府优待的僧侣，仍可以自由地西渡求法，而东渡传法的中国诗僧也不乏其人。在中日佛教僧侣的广泛交流中，两国汉诗文也得到了深层次的沟通，日本诗僧的汉诗创作得到了学习的源头活水，除了唐诗之外，宋诗也进入了日本汉诗人的借鉴视野。平安时期日本朝廷盛行白居易的诗歌，到了五山时期，诸多的唐宋大诗人都成为阅读和仿效的对象，像李白、杜甫、苏轼、黄庭坚等人的诗集都在日本山林诗僧中盛行不衰。因此，五山时期日本汉诗除了效仿唐诗，还出现了效仿宋诗的倾向，这使得日本汉诗的呈现出丰富多彩的面目。被誉为五山文学"双璧"的义堂周信和绝海中津，其诗作就已经呈现出相当成熟老练的技巧。如义堂周信的两首诗写道："纷纷世事乱如麻，旧恨新愁只自嗟。春梦醒来人不见，暮檐雨洒紫荆花。"(《对花怀旧》)"海边高阁倚天风，明灭楼台蜃气红。草木凄凉兵火后，山河彷佛战图中。兴亡有数从来事，风月无情自满空。聊借诗篇寄凄恻，沙场战骨化为虫。"(《乱后遣兴》)不仅对仗工整，音韵和谐，而且抒发胸中无限感叹，深沉老到，颇有杜甫晚年律诗的神韵。再如绝海中津的《山居十五首次禅月韵》(选三)：

人世由来行路难，闲居偶得占青山。
平生混迹樵渔里，万事忘机麋鹿间。
远壑移松怜晚翠，小池通水爱幽潺。
东林香火沃洲鹤，逸轨高风谁敢攀。

袅袅樵歌下杳冥，幽庭鸟散暮烟青。
卷中欣对古人面，架上新添异译经。
此地由来无俗驾，移文何必托山灵。
幽居日日心多乐，城市醺醺人未醒。

寒山拾得邈高风，物外清游谁与同。
林罅穿云凌虎穴，潭头洗钵瞰龙宫。
百年多兴朝朝过，一梦无凭念念空。
题遍苍崖千万仞，长歌短咏意何穷。

绝海中津出生在土佐(今高知县)津野，少年早慧，十三岁到京都拜梦窗国师为师，又兄事义堂周信，之后又至镰仓建长寺修练。三十三岁时西渡明朝，拜全室和尚为师，交游各地名士，并得到明太祖朱元璋的接见，以其敏捷吟诗对答，一时传为佳话。九年后归国，得

[1] 五山时期(1192—1602)包括镰仓时代和室町时代，这一时期皇室衰微，武士崛起，政权由将军幕府掌握。将军幕府供奉佛教，优待僧侣，推进汉学，并借鉴中国佛教体制，也在京都、镰仓创建了日本的"五山十刹"。

到将军足利义满及细川赖之的厚待，参与幕府政事。绝海中津的汉诗名擅一时，其诗风自然高逸，显示出高雅的情操。尤其是他游历广泛，知识渊博，其七律体怀古诗佳作很多，如游历江南京口（镇江）时的《多景楼》就脍炙人口："北固高楼拥梵宫，楼前风物古今同。千年城堑孙刘后，万里盐麻吴蜀通。京口云开春树绿，海门潮落夕阳空。英雄一去江山在，白发残僧立晚风。"场景广阔，思绪悠远，充满着悲壮情怀，与同时代明初著名诗人高启的名篇《登金陵雨花台望大江》可谓异曲同工。不过高启面对长江滔滔东流水，高唱出"从今四海永为家，不用长江限南北"，流露出高亢振奋的情绪，显然对新朝廷充满着期待。而绝海中津的感受则要深沉得多，流露出以禅观史的冷静，并塑造出"白发残僧立晚风"的鲜明形象。五山时期汉诗的风气转变，对于后来江户汉诗的发展产生了深远的影响。

二、明清时期汉诗典籍的输入

中国文献典籍的东传日本有着悠久的历史，到公元 9 世纪时，隋、唐两代著录的文献典籍种类中已有一半传到了日本①。但日本经过了连绵四百多年的中世战争之后，大量的汉籍已毁于战火。到了公元 17 世纪，德川家康将军垄断了权势，武功文治并重，统治日本列岛，在其驻地江户（今东京）建立文库，从各地寺庙僧侣那里大力收集残存的汉籍。德川幕府还通过商贾从中国购得大量明清时代的汉籍图书，从此拉开了明清时期汉籍大量输入日本的序幕。

在大量输入日本的汉籍中，汉诗占据着相当大的比重。当时的长崎是中日贸易的主要港口，从保留下的《唐蛮货物帐》、《商舶载来书目》等材料看，汉诗专集和总集的进口数量很大②。仅以正备元年（1711）十一月八日进港的一艘南京船（长崎海关编号为卯 51 号）为例，该船装载汉籍四十箱，计八十六种，一千一百多册。其中诗歌方面的书籍就有《唐诗正》二十六卷六册、《谭友夏合集》二十三卷六册、《诗观初集》十二卷十二册、《李杜诗通》六十一卷八册、《寸碧堂诗集》三卷一册、《纯翁类稿》百十八卷二十二册、《黄叶村庄诗集》八卷四册、《初谭集》三十卷四册、《诗归》五十卷十册、《万首唐人绝句》二十四册等等③。一艘普通商船上就带有这么多的汉诗集，一个沿续二百六十余年的时代中输入日本的汉诗数量之多就可见一斑了。

明清时期汉诗输入日本，不仅数量大，而且速度很快，明清诗人们的诗集往往在中国大陆刊行还没有多久，就被来往不断的商船带到了日本。比如在江户后期诗坛上很活跃的朝川善庵，就记载了当时清朝人的诗集很快就运到日本的情况："近刻清人诗集舶到极多。以余所见，尚有二百余部。而传播之广且速者，莫顾君铁卿《颐素堂诗抄》若也，梓成于道光庚寅（1830）首夏，而天保辛卯（1831）余得诸江户书肆玉严堂，盖冬帮船所致也。"④

① 见严绍璗《日本中国学史》第一卷，第 12 页，江苏人民出版社 1991 年版。

② 这两部书现存日本国立国会图书馆和内阁文库。

③ 参阅（日）大庭脩《江户时代の日中秘话》第 97—98 页，东方书店（东京）1980 年版。

④ 见朝川善庵《乐我室遗稿》卷二《清嘉录序》。

中国大陆刊印的当时人的诗集，半年之后就能在日本东京的书店里买到，汉籍输入速度之快，真是令人吃惊。

明清时代以前，汉籍输入日本的速度并不快。长期以来，日本接受中国文化和消化中国文化总是需要有二百多年的时间，或者说有着差不多一个朝代的时间差。比如六朝文化东传日本，主要在6世纪至8世纪日本飞鸟奈良时代的文化中得到表现；唐代文学的影响，又主要表现在9世纪到12世纪日本的平安时代文化中；而宋代文化则直接影响到从13世纪到16世纪日本五山文化的兴起。这样的时间差就造成了日本文化在东亚流文化圈中发展的滞后性。日本的文化人在很长一段时间内都是在接受和消化中国前一朝代的文化成就，而没有机会同期参与汉文化的共同创造。这种文化传播中的滞后性限制了本民族文化发展的速度，使得日本文化难以摆脱模仿和顺从外来强势文化的套路，从而压抑了发展本民族文化(包括文学)的积极性。但是，这一趋势从江户时代开始有所改变。由于汉籍以很快的速度和很大的数量输入日本，使得江户时期的日本文人学者对中国文化文学的发展现状极为熟悉，使他们有可能同步参与东亚文化特别是汉文化的不断创新与最新发展的活动中。从哲学思想中伊藤仁斋的“古义学派”、荻生徂徕的“古文辞学派”，到文学中的“读本体”小说的出现和江户汉诗的百花齐放，都标志着江户时代的日本汉文学已经充分成熟并且形成了本土的特色。

汉籍的大量输入还直接促进了江户时期汉诗欣赏和创作活动的趋向大众化。在平安时代，虽然像《白氏文集》这样的名著已经传入日本，但只有极少数日本人有通读全集的能力，汉诗创作水平也较低。五山时代的汉诗创作出现高潮，诗作水平已达到较高境界，但创作范围还是局限在寺庙僧侣之间。到了江户时刻，随着印刷业的快速发展和读者层的迅速扩大，汉诗在日本越来越普及。先是由南宋人周弼编的《三体诗》三卷以《增注唐贤三体诗法》的书名在日本各地的书肆大量刊行，接着又有森川许六的《和训三体诗》的问世，用当代口语来解释介绍汉诗，使得文化水平不高的平民百姓也可以欣赏到汉诗丰富多彩、美妙无比的艺术境界，这样就迅速提高了汉诗在日本人文化生活中的地位。在江户图书市场上极为流行的还有《唐诗选》，这本冒名李攀龙选编的唐诗选集在中国刊印的同时，就传到日本，经过荻生徂徕及其弟子服部南郭等人的大力推重，在日本风靡一时。此风一开，注解和普及唐诗的读本纷纷出现，比如《唐诗选书本》、《唐诗选国字解》、《唐诗选掌故》、《唐诗选笺注》、《唐诗选和训》、《唐诗选谚解》、《唐诗儿训》、《唐诗选解》、《唐诗选师传讲释》等有数十种。李攀龙死后，其声誉在中国大陆诗坛迅速跌落并且一蹶不振，但在东瀛诗坛却如日中天并且长盛不衰，这种鲜明的冷落对比显示出对一种经典文学的不同理解和接受，有时甚至出现有意识的误解和误读，实际上是在选择为我所用的独特方式，这是东亚汉文学史上很值得探讨研究的一种普遍现象。

三、江户汉诗繁盛的原因

江户时代，日本汉诗呈现了前所未有的繁盛局面。江户汉诗繁荣并达到日本汉诗发展最高境界的原因，主要有以下几方面：

（一）政策方面

江户时代，从庆长八年(1603)至庆应三年(1867)的二百六十五年间，除了庆长十九年(1614)“大阪冬之阵”以及庆长二十年(1615)“大阪夏之阵”的大型战役之外，日本国内基本上处于和平稳定的社会环境中。社会政治的稳定，给江户汉诗的繁荣发展提供了极大的保障。此外，德川幕府为巩固统治，制定了一系列的法律法规和政策，促进了江户文化的繁兴，这也为汉诗的繁荣奠定了良好的基础。江户幕府颁布的法律法规为汉诗的发展繁荣创造了条件，其中主要有：

1. 以法律的形式规定统治阶级须学文习艺，提高汉学修养。如元和元年(1615)7 月颁布的《武家诸法度》中，明确规定武士要文武兼修，不可偏废文事：“文武弓马之道，专可相嗜事。左文右武，古之法也，不可不兼备焉。弓马是武家之要枢也，号兵为凶器，不得已而用之。治不忘乱，何不励修炼乎。”[①]同年颁布的《禁中及公家诸法度》中，对天皇倡导学问的职责进行了明确规定：“天子诸艺能之事，第一御学问也。不学则不明古道而能致太平者，未有之也。《贞观政要》，明文也。《宽文遗诫》，虽不穷经史，可诵习《群书治要》云云。和歌自光孝天皇未觉，虽为绮语，我国习俗也，不可弃置云云。所载《禁秘抄》，御习学专要候之事。”[②]江户幕府对习文尚礼风尚的重视，对贵族武士阶层的广泛学习汉文化及吟诵汉诗，起到了直接的推进作用。

2. “参觐交代”制度化对日本国内物质文化交流的促进。宽永十二年(1635)，第三代将军德川家光对“参勤交代制度”的相关要求，作出了明确的法律规定。其中第 2 条规定：“大名小名在江户交替，所相定，每岁夏四月中可致参觐……”第 15 条规定：“道路驿马舟梁等无断绝，不可令致往返停滞事。”[③]江户幕府的参觐交代制度，使各地的大名家臣以及大批幕僚，开始大规模地聚居江户城。江户城迅速扩大，百业兴盛，日本各地物产汇集江户，各地区的文化交流也日益频繁。

3. 随着参觐交代制度的持续执行及全国经济的持续发展，日本国内的交通干线如东海道、中山道、奥州街道、日光街道、甲州街道等道路也日臻完善，改造后的通衢道路通畅发达，人们外出公干旅行都更加方便。江户时期的官员和文人在日益增多的旅途中，创作出了大量的纪行汉诗，佳作如林罗山的《丙辰纪行》、《癸未纪行》等。

（二）社会文化方面

1. 町人文化的兴起对江户汉诗风格的影响

日本学者吉田伸之曾对江户时期全国的町进行一个大概的估计：“江户有 1678 町(1745)，大阪有三乡 644 町(1753)，京都有 1615 町(1715)，仅仅三大都市已近 4000 町，如果加上 200 左右的城下町以及其他城市的町的话，其数量大概在 10000 左右。”[④]而当时每町的人数在 300—400 人左右，可见町人数量的庞大。“那些在城市中，以拥有丰富的

---

① (日)历史学研究会《日本史史料・3・近世》，东京：岩波书店，平成十八年(2006)版。第 68 页。

② (日)历史学研究会《日本史史料・3・近世》，东京：岩波书店，平成十八年(2006)版。第 82 页。

③ (日)历史学研究会《日本史史料・3・近世》，东京：岩波书店，平成十八年(2006)版。第 76—77 页。

④ (日)吉田伸之著，熊远报等译《成熟的江户》，北京：北京大学出版社，2011 年版。第 24—25 页。

物质而自豪的町人们，现在变成了文化的核心力量”①。町人文化开始兴起，并逐渐取代了以往贵族、武士把持的文化优势。比如江户元禄时期兴盛的浮世绘、浮世草子以及人形净琉璃、歌舞伎等新兴文艺形式，都是以町人社会人物为描写对象，展现町人生活的方方面面。

广大町人的生活趣味和行为方式，与京都的皇家贵族以及江户的将军武士差别甚巨。随着町人阶层的扩大以及市民文化水准的提高，他们也开始涉及创作汉诗、和歌、俳谐等文学作品。大量平民町人加入汉诗创作，不仅促进了雅俗文学之间的相互渗透，而且在这一过程中，汉诗本身也在渐渐由雅向俗转化，逐渐完成了大众化和普及化。

2. 教育的普及

江户幕府将军重视学问，如第五代将军德川纲吉曾亲自为大名、旗本讲授《论语》等儒学经典。为鼓励官员及民众尊儒向学，纲吉在元禄四年(1691)在江户城内的汤岛建立了“圣堂”文庙，升林家私塾为大学，使其成为江户幕府的最高学府。此令一出，各藩效仿，纷纷设立藩校文庙，奉养孔子圣贤排位。各地的私塾学馆如雨后春笋般纷纷建立，“如冈山的闲谷黉、加贺的明伦堂、熊本的时习馆、米泽的兴让馆、仙台的养闲堂、会津的日新馆、水户的弘道馆、尾张的明伦堂、广岛的修道馆、长州的明伦馆、鹿儿岛的造士馆、佐贺的弘道馆、伊势的有造馆等，都是著名的普及汉诗文的基地”②。

江户时期还大量出现了以平民为教育对象的学校，如寺子屋、乡校和私塾等，其教育内容也大都围绕汉籍而开展。尤其是在私塾方面，许多学者自设私塾，亲自任教，教授汉诗文。如山本北山(1752—1790)的“竹堤吟社”、菅茶山(1784—1827)的“黄叶夕阳村舍”、广濑淡窗(1782—1856)的“咸宜园”等，门下皆聚集了一大批汉诗爱好者。教育的普及不仅提高了莘莘学子的汉学水平，而且为江户汉诗的繁荣打下了坚实的基础。

3. 印刷术的提高以及出版业的进步

丰臣秀吉侵略朝鲜后，从朝鲜国带回了印刷工人，以及木活字、铜活字等刻版技术。印刷术的提高，促进了江户时代印刷业的兴旺发达，中日汉诗文书籍在日本本土得以有机会大量出版，这直接促进了江户汉诗的趋向繁荣。

第一，刊刻了大量中国的诗话著作，如《诗人玉屑》、《沧浪诗话》、《谈艺录》、《艺圃撷余》、《诗薮》、《联壁堂汇纂诗法指规》、《渔洋诗话》、《枕山楼课儿诗话》、《随园诗话》、《汇纂诗法度针》等。其中又以刊刻诗法类的书籍为主，如《枕山楼课儿诗话》，现在能见到的就有日本内阁文库藏雍正三年重刊本、东京尊经阁文库藏枕山楼诗集附录本、静嘉堂文库藏抄本、元文四年(1739)京都河南四郎右卫门刊本、文政元年(1818)东京英华堂刊大洼行点校巾箱本、明治十四年(1881)大阪北尾禹三郎横关刚校巾箱本。《汇纂诗法度针》则有日本安政丁巳(1857)京摄书林三书堂刊海屋贯名校订本《汇纂诗法纂论》、安政二年(1855)大阪河内屋喜兵卫印本《汇纂诗法纂论》三卷、安政四年(1857)大阪文容堂前川善

① (日)西乡信纲等著，佩珊译《日本文学史——日本文学的传统和创造》，北京：人民文学出版社，1987年版。第172页。

② (日)猪口笃志《日本汉文学史》，东京：角川书店，昭和五十九年(1984)版。第235页。

兵卫印本。日人刊刻中国诗话主要选择诗法类著作，这种选择很自然，因为首先就是要满足日本人学习汉诗写作的基本需要。

第二，日本诗话以及汉诗籍的刊行

日本诗话的刊行：江户时代刊行了大量的诗话著作，如大正九年至十一年间(1920—1922)池田四郎次郎编辑出版的《日本诗话丛书》中辑录了59种诗话，其中于江户时期出版的诗话就有52种。这些出版的诗话中讲解作诗法、作诗技巧的占很大一部分，如皆川淇园的《淇园诗话》、三浦梅园的《诗辙》、赤泽一堂的《诗律》、长山樗园的《诗格集成》、广濑淡窗的《淡窗诗话》等。汉诗人之所以刊行此类诗话著作的原因也在于为更多的读者提供写诗的方法，如菊池五山刊行《五山堂诗话》的目的在于为读者提供作诗参考书。

汉诗集的刊行：此时期刊行了大量的汉诗集，别集有元政的《草山集》、新井白石的《白石诗草》、高野兰亭的《兰亭先生诗集》等。总集和选集有林鹅峰辑录的《本朝一人一首》，新井白石编纂的《木门十四先生集》，荻生徂徕选、门人宇佐美浓水记录的《萱园录稿》，江村北海的《日本诗选》，友野瑍(霞舟)的《熙朝诗荟》等。书肆也编集出版了许多诗集，如浪华书肆北尾墨香编集《摄西六家诗钞》、墨香居编集《嘉永二十五家绝句》、广岛书肆文藻堂加藤渊编集的《文政十七家绝句》等。众多诗话以及汉诗集的刊行，不仅激励了更多的读者进行汉诗创作，而且向人们普及了汉诗学理论，同时也是江户汉诗繁荣的标志。

(三) 外交方面

1. 闭关锁国，加强对思想文化的控制

自第三代将军德川家光颁布锁国令始至第十三代将军德川家定宣布开国止，江户幕府锁国200多年。其锁国主要包括以下三个方面："第一，禁止日本船只出海贸易，禁止日本人与海外往来，违者处以死刑。第二，禁止基督教在日本传播，对潜入日本传教者应予告发并逮捕。第三，对驶抵日本的外国船只实施严密监视，其贸易活动由幕府严格管制。"①幕府之所以实行闭关锁国，主要原因在于基督教在日本的迅速传播，威胁了幕府的统治，引起了统治者的极大恐慌。早在天正十五年(1587)，丰臣秀吉就曾发布《天正禁教令》，禁止天主教在日本的传播，然而战乱未止，未能遏制天主教的发展。德川幕府建立以后，为了铲除天主教势力，采取了严厉的禁教措施，如第二代将军德川秀忠所施行的"奉书船制度"等。第三代将军德川家光颁布锁国令后，只开放远离江户城的长崎港，作为对外经济文化交流的通商口岸。这样做不仅可以加强对海外贸易的控制，而且还可以从源头上切断基督教对日本的渗透和影响。幕府将有关天主教的所有书籍都列为禁书，严禁其输入和传播。长崎的书物改役官在审查输入书籍的时候，会逐字逐句地留意是否有与天主教相关的内容。"一旦发现禁书，无疑应立即报告，即使对文句略有怀疑，也必须报告奉行"②。通告之后，被认为有问题的书籍或遭焚毁，或被涂墨，或被割裂。对违规

① (日)历史学研究会《日本史史料·3·近世》，东京：岩波书店，平成十八年(2006)版。第130—135页。

② (日)大庭脩著，徐世虹译《江户时代日中秘话》，北京：中华书局，1997年版。第51—52页。

的外国船只的处分也相当严厉，会令其载原货返回，甚至会禁止其再度航海来日[①]。在这种高压政策控制下，作为幕府官方统治意识形态的朱子学得到了长足的发展，其他学派如阳明学派、古义学派、古文辞学派等也跟着发展。儒学的全面繁盛带来了江户汉诗创作的欣欣向荣。

2. 开放长崎，促进中日文化之间的交流

江户幕府实行闭关锁国政策之后，开放长崎作为与中国、荷兰的通商口岸。尽管幕府只开放一个通商口岸，但由于航日贸易有着丰厚的利润，因此清朝时赴日的商船数量十分可观，"有时一年竟有 80 艘商船来日"[②]。来日的商船除了装有丝、纺织品、药材、砂糖、矿物、燃料等物品，还载来大量的书籍，如正德元年(1711)卯十五号船载有书籍 93 箱，这些书籍的内容包括了文学、历史、医学、地理、律法、工艺等方面，其中以文学类居多，如《三苏文范》(十八卷十册)、《唐宋八家文钞选》(十二卷十册)、《苏子美全集》(十六卷四册)、《震川先生文集》(二十卷六册)、《三国志》(六十五卷二十四本)等。文学类中关于汉诗的书籍也输入很多，如《诗观初集》(十二卷十二册)、《寸碧堂诗集》(三卷一册)、《黄叶村庄诗集》(八卷八册)、《万首唐人绝句》(二十册)等[③]。

1716 年德川吉宗继任幕府第八代将军，其自 1720 年，"便以书籍为主，积极地引进中国文化"[④]。第九代将军家重继位后，为了加快书籍的传播速度，简化了书籍的审查时间，如宝历六年(1756)六月规定："今后载来书籍，不必不论新旧一律写出提要，属第二次舶来的书籍，只需提出书名目录即可，但新舶来者必须要写提要。"[⑤]"到宽政年间，江户方面希望尽早看到书籍实物的要求更为急迫。林大学头曾致函老中松平定信，表达了如下的意向：应简化御用书籍的遴选，提高书籍审查的效率。对唐商也应尽快支付货款，以使之尽可能多地舶来书籍。"[⑥]手续简化后，"江户预购的书籍无须二、三年后方可到手"[⑦]。舶来的书籍越来越多，手续的简化使书籍在日本的传播速度也愈发快速，这有利于江户汉诗人及时掌握明清诗歌的发展变化。这也是在江户后期，诗风的嬗变几乎与清诗同时发生的主要原因。

此时期，幕府不断雇佣中国专家学者，如享保时期来日的沈燮庵、孙辅斋、朱来章、朱子章、朱佩章、沈大成等，传播先进的文化技术。而且还多次邀请中国僧人赴日讲学，如创立日本黄檗宗的隐元隆崎、享保二年(1717)来日的道本苣亭、享保六年渡日的杲堂净昶、卉木际润、大成际脭、道徽其俨等。其他如明末清初为躲避战乱而避居日本的遗民学者陈元赟、朱舜水等，都对江户文化尤其是汉学及汉诗文的兴盛贡献了力量。另外，江户幕府还通过长崎与荷兰、对马藩与朝鲜、萨摩藩与琉球保持着对外关系，这些都促进了汉

---

① (日)大庭脩著，徐世虹译《江户时代日中秘话》，北京：中华书局，1997 年版。第 45 页。
② (日)木宫彦泰著，胡锡年译《日中文化交流史》，北京：商务印书馆，1980 年版。第 641 页。
③ (日)大庭脩著，徐世虹译《江户时代日中秘话》，北京：中华书局，1997 年版。第 68—70 页。
④ (日)大庭脩著，徐世虹译《江户时代日中秘话》，北京：中华书局，1997 年版。第 23 页。
⑤ (日)大庭脩著，徐世虹译《江户时代日中秘话》，北京：中华书局，1997 年版。第 54 页。
⑥ (日)大庭脩著，徐世虹译《江户时代日中秘话》，北京：中华书局，1997 年版。第 54—55 页。
⑦ (日)大庭脩著，徐世虹译《江户时代日中秘话》，北京：中华书局，1997 年版。第 55 页。

诗在东亚各国的流传发展。

江户时代之前的五山汉诗时期，大量日本僧侣赴中国留学。如临济宗始祖明庵荣西(1141—1215)两次入宋留学，雪村友梅(1290—1346)留学元朝23年之久。“据日本《本朝高僧传》中所载传记469人中，记录留学者93人。据说，这个时代的高僧，5人中就有1人有留学的经验”[①]。另外，宋元以及元明朝代更替阶段，战乱不断，动荡不安，许多中国僧人东渡日本。“十三四世纪，归化僧达18人之多”[②]，具有留学经验的僧人以及归化僧将宋元文学也一并带回了日本，促进了日本汉文学再一次的发展繁荣。因其是以禅宗五山十刹为中心，以僧侣为文学的创作者，所以又被称为“五山文学”。五山僧侣爱好作诗，如镰仓时期的雪村友梅、别源圆旨、梦窗疏石、虎关师炼；南北朝时期被誉为五山汉文学双璧的义堂周信、绝海中津；室町时代的惟肖得岩、江西龙派、心田清播、一休宗纯等，皆是当时著名的汉诗人。进入江户时代后，五山时代的僧侣，如藤原惺窝、林罗山、石川丈山等又拉开了江户汉诗繁荣的序幕，他们培养了许多杰出的汉诗人才，为江户汉诗的繁荣奠定了基础。

四、对江户汉诗发展史分期的思考

关于江户汉诗的发展历程分期，学术界有多种说法。松下忠在《江户时代的诗风诗论：兼论明清三大诗论及其影响》一书中对江户汉诗的历史分期概况有较为详细的交代描述，其中列举了十六位学者的分期，主要有三分法与四分法两大类，其中又以三分法最为普遍。有代表性的说法见如下：

俞樾《东瀛诗选》首先提出“二变三期说”：

> 日本之与我中土同文字……也由来已久矣，其国运文运肇于天贞，盛于元保。而天贞间之诗不可得而见，所见者自元和、宽永始。……其始犹然沿袭宋季之派，其后物徂徕出，提倡古学，慨然以复古为教，遂使家有沧溟之集，人抱弇州之书，辞藻高翔，风骨严重，几与有明七子并辔齐驱。传之既久，而梁星岩、大洼天民诸君出，则又变而为抒写性灵，流连景物，不屑以模拟为工，而清新俊逸，各擅所长，殊使人读之，有愈唱愈高之叹。[③]

神田喜一郎在《岩波讲座·日本文学史》中将江户文学史划分为三个时期——汉文学复兴期：庆长八年(1603)至宝永六年(1709)；唐诗时代：正德初(1710)至天明末(1788)；主张清新性灵的时代：宽政初(1789)至庆应末(1867)。其分期与俞樾的“二变三期说”大致相同。

富士川英郎《江户后期的诗人们》将江户汉诗分为以下三个时期：庆长至贞享(1596—1687)、元禄至明和(1688—1771)、安永至庆应(1772—1867)。富士川英郎与神

---

①② (日)加藤周一著，叶渭渠、唐月梅译《日本文学史序说》上，北京：外语教学与研究出版社，2011年版。第285页。

③ (清)俞樾《东瀛诗选·序》，东京：汲古书院，昭和五十六年(1981)版。

田喜一郎虽然分期相同,但可以看出,两者在江户诗风转变的具体时间上持有不同看法。

其他如江户时期的六如上人、赖山阳、广濑淡窗以及明治之后的佐久节、前川三郎、芳贺矢一等人皆主三期说。

然而主张“三期说”的各位学者在江户诗风转变的时间起落点上各有所论,主要的区别集中在两个方面:一是由尊唐转至主张清新性灵的时间,二是清新性灵诗风中包括主张宋诗风以及清诗风的时代,如何划分宗宋以及尊清的时间段也是各持己见。

为了更为清晰细腻地体现江户汉诗诗风的嬗变历程,有学者提出了四分法。如江户时代友野霞舟较早就曾提出其四分法:创业至贞享(1603—1687),共八十五年,是“沿五山缁徒之陋习”的时代;元禄至天明(1688—1788),约一百年,是尊唐、明诗时代;宽政至天保(1789—1843),约五十年,是尊宋诗时代;弘化(1844—1867)以后为第四期。相较于江户时代其他学者的分法,友野霞舟的分法是较为细致的。

前川三郎在其《近世日本的儒学》中将江户汉文学发展分成如下四期:庆长至贞享(1603—1687),为草创时代;元禄至天明(1688—1788),为唐诗时代;宽政至文政(1789—1829),是宋诗时代;天保至庆应(1830—1867),是清诗时代。与友野霞舟的分法相近,但其第三期、第四期的分隔时间点有所不同。

松下忠教授也主张四分法,在对选出的每个时期代表诗人的诗文观进行考察辨析之后,他将江户汉诗的发展划分为如下四个时期:

> 草创期:庆长八年(1603)至延宝七年(1679),共七十七年。是明确提倡道德的、政教的诗文观的时期。
>
> 发展期:延宝八年(1680)至宝历九年(1759),共八十年。提倡唐明诗的时代。
>
> 繁荣期:宝历十年(1760)至天保七年(1836),共七十七年。提倡唐明诗向提倡唐宋诗转变,进而由唐宋两派朝着折衷方向演进。
>
> 衰微期:天保八年(1837)至庆应三年(1867),共三十一年。折衷说时代。①

可以认为,松下忠的四分法借鉴了友野霞舟、前川三郎的四分法,是至今为止最细致的分法。但也可以看出,松下忠在第三期、第四期的时间划分上改动最大。对于作出这样划分的理由,松下忠自言这种分期与“江户时代儒学史的时期划分”、“江户幕府的政治史的划分”、“江户时代经济史的划分”是一致的。毋庸置疑,江户汉诗的分期与江户时代政治、经济、儒学的发展有着重要的关系,但与这三者之间的发展变化是否如松下忠所言完全一致,还可以有商榷之处。比如其考察的对象往往只限于每一时期所选诗人的诗文观论述,并未与汉诗人的实际创作即汉诗作品进行详细勘照对比,这其中就有诗论与诗作脱节的问题。由上可见,在江户中后期诗风变迁的具体时间点方面,后出的四分法也是各有不同的。

国内学界对江户汉诗的分期法大多参照了日本学者的看法。如:

---

① (日)松下忠著,范建明译《江户时代的诗风诗论:兼论明清三大诗论及其影响·总论》,北京:学苑出版社,2008年版。

吴锦在《日本汉诗选评·前言》[①]中对江户汉诗的分期与神田喜一郎的相同。

高文汉、陈福康两位学者对江户汉诗的分期一致，其划分的三期说与神田喜一郎的分期也基本相同：

> 庆长八年(1603)至宝永五年(1708)为江户汉文学草创时期。
> 宝永六年(1709)至天明六年(1786)为江户汉文学繁盛期。
> 天明七年(1787)至庆应三年(1867)为江户汉文学浑成期。[②]

张龙妹、曲莉在《日本文学》(上编)中将江户汉诗划分为：元禄(1688—1704)时代的汉诗、文人时代(1716—1788)的汉诗、江户末期的汉诗[③]。对江户汉诗做了一个大概的分期，所言未超出俞樾"二变三期说"。

马歌东在《日本汉诗溯源比较研究·日本汉诗概说》中将江户汉诗划分为四个阶段：

> 第一阶段(1603—1708)，儒者文学的兴起。
> 第二阶段(1709—1750)，萱园古文辞复古派的盛行。
> 第三阶段(1751—1803)，清新宋诗风的勃兴。
> 第四阶段(1804—1868)，日本汉诗百花绚烂的极盛期。[④]

其四分法，着重突出了第四阶段江户汉诗的创作，其主要目的是凸显江户汉诗本土化特色，是一种比较独特的分法。

从上面可以看出，对江户汉诗的分期已有多种说法，无论是国外还是国内，可以说是人言人殊，至今尚未定论。笔者经过对江户时代汉诗人的个案统计与群体特征的分析，并结合儒学与汉诗关系的变化、汉诗创作中心的变化、文化思潮的变迁、汉诗籍的传播、汉诗人生活及心态等相关因素的综合关照，提出将江户汉诗史分为发展期、繁荣期、总结期三个时期、四个阶段，具体阐述如下：

第一期，汉诗的发展期：庆长八年(1603)至延宝七年(1679)，历经德川家康、秀忠、家光、家纲四代将军，共七十七年。在这一个异代承传的过渡阶段，汉诗的创作一方面传承了五山汉诗之余风，另一方面在木下顺庵等学者的倡导下，诗风向"尊唐"方向发展。

第二期，汉诗的繁荣期：延宝八年(1680)至文政十二年(1829)，共一百四十九年。无论是诗学理论、创作实践还是汉诗集的刊刻都处于极盛阶段。此时期又分为两个阶段：第一个阶段是延宝八年至宝历九年(1680—1759)，以元禄、享保为中心的尊唐时代。第二个阶段是宝历十年(1760)至文政十二年(1829)，诗风由尊唐转至标举清新性灵的时期。

第三期，汉诗的总结期：天保元年(1830)至庆应三年(1867)，共三十七年。此期汉诗的诗风开始融合，在汉诗的创作以及诗学主张上，呈现出折衷化的格局和风貌。

---

① 程千帆、孙望《日本汉诗选评》，南京：江苏古籍出版社，1988 年版。

② 陈福康《日本汉文学史·引言》，上海：上海外语教育出版社，2011 年版。

③ 张龙妹、曲莉《日本文学》上编，北京：高等教育出版社，2008 年版。第 260—265 页。

④ 马歌东《日本汉诗溯源比较研究·日本汉诗概说》，北京：商务印书馆，2011 年版。第 17—19 页。

笔者提出上述各阶段的起止时间，所依据的理由主要如下：

首先，笔者对江户汉诗创作的大量文本进行了具体统计分析，发现江户汉诗的繁荣期相当长，应该包括不少学者（比如松下忠）所说的发展期与繁荣期两个部分。比如延宝八年至宝历九年（1680—1759）以元禄、享保为中心的尊唐时代，无论是在汉诗创作的数量、诗作质量以及对后世的影响方面，都不比宝历十年（1760）至文政十二年（1829）减弱，所以应该将其划入繁荣期。

其次，从天保元年（1830）至庆应三年（1867），此时期日本社会汉诗创作广泛深入，保持较高的热度。但相较于前面繁荣期来说，还是有所降温减弱，所以本编将之单独划出，以与繁荣期有所区别。在这一时期的江户汉诗中，涌现出了一大批抒发慷慨悲壮心声的英烈诗风之作。此期汉诗人的创作，诗法方面多以折衷观念为主，所以本编将其视为江户汉诗的总结期。下启明治汉诗，总体上属于汉诗的过渡期，而不是衰微期。

最后，本编将江户汉诗繁荣期分成二个阶段，并将其间诗风嬗变的具体时间起落点划分为宝历十年（1760）至文政十二年（1829）。这样划分的原因，一点是注意到繁荣期的汉诗人基本上都卒于1829年之前；另一点是考虑到在文化、文政时期，诗坛还在上承宽政、享和年间的清新诗风，并且下启诗坛创作的折衷诗风。本编以“三期四阶段”论对江户汉诗历程进行分段，并相应地形成前面部分的四章内容。

第一章　江户汉诗的初期发展
（庆长八年至延宝七年）

第一节　概　述

庆长八年（1603）至延宝七年（1679）是德川幕府统治日本的创始期，也是江户汉诗的发展变化期。在这一个易代承传的过渡阶段，由于朱子学成为此时官方的意识形态，儒者诗人群体渐渐形成，从而取代五山僧侣，成为当时汉诗创作的主体。汉诗创作者身份的变化引起了诗风转变。江户初期的汉诗创作，一开始还是继承五山诗坛余风，普遍推崇宋诗。等到木下顺庵成为诗坛主盟，首倡唐诗，使尊唐之风顿时盛行，为江户汉诗创作的走向繁盛奠定了基础。

笔者据《诗集日本汉诗》、《词华集日本汉诗》、《日本诗话丛书》等，检得该时期较为著名的汉诗人约有四十位，大部分是活跃于京都及其附近地区的汉学者，其中名声显著者有藤原惺窝、松永五尺、伊藤仁斋、石川丈山、中江藤树、元政等。木下顺庵、林罗山等著名汉诗人，最初的汉诗活动中心也是在京都，后受将军幕府之召，而徙居江户。

京都无论是王朝时代还是五山时代一直都是日本汉诗的创作中心。由战国时代步入江户时代的汉诗人，大多受到五山诗僧影响，其中最著名的学者当属藤原惺窝。藤原惺窝（1561—1619）被尊为"振兴日本近世儒学的第一人"[①]。其弟子众多，且在当时诗坛名声很大，如林罗山、松永五尺、石川丈山等人皆是。后来友野霞舟编选《熙朝诗荟》时，"故录其诗以冠诸编，以示国家文明之运所由兴矣"[②]。五山诗僧多崇李、杜诗，贬元、白诗，提出"夫人有上才焉，有下才焉。李、杜者上才也，李、杜若有和韵，其诗又必善矣，李、杜世无和韵，故庚和之美恶不见矣；元、白下才也，始作和韵，不必和韵而诗坏矣，只其为下才也"[③]这样的诗学思想，依然影响着江户初期的诗人，如石川丈山（1583—1672）就曾

---

① 陈福康《日本汉文学史》中，上海：上海外语教育出版社，2011 年版，第 14 页。

② （日）友野霞舟《熙朝诗荟》，富士川英郎、佐野正巳、松下忠编《词华集日本汉诗》第四卷，东京：汲古书院，昭和五十八年（1983）版。第 84 页。

③ （日）虎关师炼《济北诗话》，池田四郎次郎编《日本诗话丛书》第六卷，东京：株式会社凤出版，昭和四十七年（1972）版。第 318 页。

言“元轻白俗漫成章”①(《庚辰蓂朔试粉卯》)。丈山非常推崇杜诗,至老“恨不似陵翁”②(《即事》),一生都在追求沉郁诗风。其诗力求“沉郁”,往往过于锻字炼句,堆砌典故,如《春游》等诗,用典生硬,语意晦涩,有些诗则多“和臭”,更是不知所云,如《过岩岛中流值雨雪》等。诗僧元政(1623—1668)诗学袁中郎,诗风虽极力追求性灵,但依然承五山余风,汉诗中多禅语。在诗僧创作逐渐衰微的江户初期,唯有元政的汉诗创作,还能保持着一些禅林诗作的昔日荣耀。

这一时期,由战国入江户时代的诗人藤原惺窝、林罗山、堀杏庵、石川丈山、松永五尺、那波活所等汉诗人还活跃于诗坛,体现出诗风的承继与转变。但是更为引人注目的还是林鹅峰、木下顺庵、伊藤仁斋等诗坛新秀,他们汉学修养深厚,诗作功底扎实,开始崭露头角,给江户初期诗坛注入了生机。

江户初期诗坛中以木下顺庵的门生最多,影响也最大。木下顺庵(1621—1699)是江户初期著名诗人,在江户初期诗风的转变上起到了重要作用:“国初以来,诗宗宋元,先生(木下顺庵)断然唱唐诗,英杰之士,四方来归焉。”③“及元禄之际,锦里先生者出,始唱唐诗,风靡一世。而出其门者,白石、鸠巢之徒,各木铎于东西,而扩其恶风于四方,虽徂徕、南郭之徒,相继而出,皆悉中其毒。不得复其迷,诗道渐衰矣。”④木下顺庵的学问诗作俱佳,其绝句创作较为出色,成就最大,诗风清新不俗,佳作颇有盛唐之气。此外,家居京都,终生设帐授徒的伊藤仁斋(1627—1705),倡导两汉经学,“首斥程朱,创一家之学”⑤,其汉诗风格老到,有洗净繁华反朴归真之态,正如西岛兰溪在《弊帚诗话》中所评的“高雅清俊”⑥。

江户初期儒者主攻经学,多数人将汉诗视为“余技”:“国初诸老皆专攻经学,不复留意于词章,虽间有所作,多以语录为诗,或以国雅为诗,若非白沙、定山之遗,则亦五山禅衲之余也已。”⑦“当时诸儒咏言,率出性理之绪馀,乏温柔旨。”⑧然而自石川丈山隐居京都

---

① (日)石川丈山《覆酱集》,富士川英郎、松下忠、佐野正巳编《诗集日本汉诗》第一卷,东京:汲古书院,昭和六十二年(1987)版。第11页。

② (日)石川丈山《覆酱集》,富士川英郎、松下忠、佐野正巳编《诗集日本汉诗》第一卷,东京:汲古书院,昭和六十二年(1987)版。第37页。

③ (日)西岛兰溪《弊帚诗话》上卷,池田四郎次郎编《日本诗话丛书》第四卷,东京:株式会社凤出版,昭和四十七年(1972)版。第513页。

④ (日)久保善教《木石园诗话》,池田四郎次郎编《日本诗话丛书》第七卷,东京:株式会社凤出版,1972年版。第518—519页。

⑤ (日)江村北海《日本诗史》卷三,清水茂、揖斐高、大谷雅夫校注《日本诗史·五山堂诗话》,《新日本古典文学大系》65,东京:岩波书店,平成三年(1991)版。第494页。

⑥ (日)西岛兰溪《弊帚诗话》上卷,池田四郎次郎编《日本诗话丛书》第四卷,东京:株式会社凤出版,昭和四十七年(1972)版。第524页。

⑦ (日)友野霞舟《熙朝诗荟》,富士川英郎、佐野正巳、松下忠编《词华集日本汉诗》第四卷,东京:汲古书院,昭和五十八年(1983)版。第84页。

⑧ (日)江村北海《日本诗史》卷三,清水茂、揖斐高、大谷雅夫校注《日本诗史·五山堂诗话》,《新日本古典文学大系》65,东京:岩波书店,平成三年(1991)版。第492页。

诗仙堂专事诗文创作，以及木下顺庵等诗坛大佬倡盛唐为宗，江户诗坛一改五山风气。明清诗歌的发展变化，对当时的江户汉诗开始产生越来越大的影响。来自于中国大陆诗坛的影响力，对江户诗坛趋向创作繁荣起到了直接的促进作用。

可以看到，江户汉诗的兴盛得益于初期众多汉诗人的共同努力。初期的汉诗创作者基本上为各门派的开山鼻祖，如木下顺庵是木门派的创始人，伊藤仁斋是堀川派的开创者等。这些开创者门下弟子众多，不少人才华横溢，逐渐成为江户汉诗创作的主力军。可以认为，江户初期这些汉学开山立派者，都是奠定江户汉诗繁荣兴盛基础的重要人物。

另外，随着朱子学成为幕府的官学，以及木下顺庵等知名学者逐渐聚居江户城，将军幕府所在的江户城逐渐成为与京都相颉颃的日本汉诗创作中心。伊藤仁斋在京都创立古义学派，中江藤树在近江创立阳明学派，江户有朱子学派等，各学派相互对立，也互相切磋诗艺，这在很大程度上激发出了汉诗人的创作热情，也启发了江户汉学家们对汉诗理论越来越多也越来越深入的争辩探索。

第二节 江户初期汉诗的创作格局

一、江户初期儒士的振拔与诗风的演变

庆长八年(1603)德川家康被封为征夷大将军，驻扎江户城建立大将军幕府。此时国内尚未完全统一，丰臣氏虽退居大阪城内，但仍有许多大名追随左右。鉴于丰臣氏对江户幕府的威胁，庆长十九年(1614)，德川家康以“方广寺钟铭事件”为借口，发动了日本历史上著名的“大阪冬之阵”。翌年再度出兵攻打丰臣秀赖，史称“大阪夏之阵”。此场大规模血战的结果是，丰臣秀赖及其母殿君在大阪城下自杀，日本结束了长达一百五十年的战乱时代，德川家康的将军幕府驻扎江户，称霸列岛，开启了日本史上繁荣辉煌的江户时代。

在由天下大乱到一统江山的江户初年，日本国内文禁松弛，天主教迅速传播。有学者统计，“德川幕府建立的1603年，在日本的传教士有129名，1605年接受洗礼的人数为793人，1606年便激增为8000人。1610年，总计日本全国天主教徒已有70万人之众”①。这样的异教突起，渗透社会，吸引人心，很快引起了江户幕府的恐慌。德川氏意识到新朝代开张，必须有建立官方政治意识的急迫性，这时于五山时期就已传入的朱子学，在将军幕府的大力鼓吹和扶植下，迅速登上日本的政治舞台。

朱子学很快被定于一尊，成为江户幕府指定的正统思想意识，这也得益于德川家

---

① 陈景彦、王玉强《江户时代日本对中国儒学的吸收与改造》，北京：社会科学文献出版社，2014年。第27页。

康本人对儒学尤其是宋学的深入了解。史载"家康公好书籍,南禅寺三长老、东福寺哲长老、外记局郎、水无濑中纳言、妙寿院(藤原惺窝)、学校(三要)、兑长老等,常常和他谈论。因之,他好学问,尤其他对文学的锻炼有心得……他所好的书,是《论语》、《中庸》、《史记》、《汉书》、《六韬》、《三略》、《贞观政要》。日本文,则为《延喜式》、《东鉴》。此外在大明,他褒美高祖宽仁大度,褒美唐之太宗、魏徵,张良、韩信、太公望、文王、武王、周公。在日本常说到赖朝。"①德川家康倡导儒学,在其招纳下,汉学儒士纷纷归附。此时日本全国统一,百废待兴,人心思进,由战国时代进入江户时代的儒士们大都激昂澎湃。士风的普遍振奋,使得江户初的汉诗创作风格呈现出朗畅刚健气象,这一时代风格尤其体现在藤原惺窝以及门下林罗山、松永五尺等人的汉诗创作中。

藤原惺窝(1561—1619),名肃,字敛夫,号惺窝,又号北肉山人、柴立子、广胖窝、竹处等,播磨人,著有《惺窝先生文集》等。"幼而颖悟,一览千言,七过万句,弱冠而蚤通经史及诸子百家之书,莫事不备,莫事不详"②。初为僧,名蕣,师从僧人九峰。"后悟其非,遂归于儒。时海内丧乱,日寻干戈,文教扫地,而卓然独唱道于其间"③。其以才、德著称:"是时五山诗学尚盛,其中有以才锋称者,而遇惺窝则折北不支。以故名重释氏。虽归儒后,不畜妻妾,不御酒肉。人或诘之,则曰:'我归儒也,崇其道耳。不我知者谓为食色。吾德不足服人,不能不避嫌而。'"④朝鲜儒学者姜沆对其人品大加赞赏:"其为人也,隐居教授,不求闻达,人可闻而不可见,可见而不可知也。箪瓢陋巷,处之裕如,义所不可,虽千驷万钟,有所不屑也。疾恶如风,见善若鹜。道所不合,虽王公大人,有所不顾也。"⑤后光明天皇为《藤原惺窝先生文集》作序时,赞其"宽仁大度之君子也"⑥。文禄元年(1592)藤原惺窝三十二岁时,作为著名的汉学家应邀入江户,为德川家康讲授《大学》、《贞观政要》等汉籍经典。庆长元年(1596)三十六岁时,由于一直羡慕中华之风,欲观其文物,而"奋发欲入大明国,直到筑阳泛溟渤,逢风涛漂著鬼海岛"⑦,最终不遂而归。庆长五年(1600)后隐居于京都,直至五十八岁时殁。藤原惺窝的弟子众多,如林罗山、松永五尺、那波活所、堀杏庵、石川丈山等,皆为江户时代大儒及著名汉诗人。

藤原惺窝被尊为日本近代朱子学派的创始人,其主要贡献就是通过身体力行示范,振兴了日本的朱子学:"先是京师有唱程朱说者,而犹未普四方,惺窝一出麾之,海内靡然宗之。"⑧"自藤原肃为程朱学,师其说者,凡百五十人。"⑨藤原惺窝治学严谨,为人也谨守儒家规范,这种观念也表现在他的汉诗中,如《岁旦》:

---

① 转引自郑学稼《日本史》四,台北:台湾黎明文化事业股份有限公司,1977年版。第9页。

②⑥ (日)国民精神文化研究所《藤原惺窝集》上卷,京都:思文阁,昭和五十三年(1978)版。第1页。

③ (日)冢本哲三《先哲丛谈》,东京:有朋堂书店,大正九年(1920)版。第2页。

④⑧ (日)江村北海《日本诗史》卷三,清水茂、揖斐高、大谷雅夫校注《日本诗史·五山堂诗话》,《新日本古典文学大系》65,东京:岩波书店,平成三年(1991)版。第490页。

⑤ (日)国民精神文化研究所《藤原惺窝集》上卷,京都:思文阁,昭和五十三年(1978)版。第17页。

⑦ (日)国民精神文化研究所《藤原惺窝集》上卷,京都:思文阁,昭和五十三年(1978)版。第7页。

⑨ (清)黄遵宪《日本国志》下卷,天津:天津人民出版社,2005年版。第782页。

光风和蔼满身春，一日岁新心亦新。
消尽寒微如克己，迎来阳气似归仁。[①]

温暖的阳光，柔和的风，使整个人沐浴在春天中。春天万象更新，也是心的开始，诗人因为“春天”的到来而获得一颗“新”心，这种喜悦之情喷涌而出。后两句用《论语·颜渊》中“子曰：克己复礼为仁。一日克己复礼，天下归仁焉”[②]的典故，将抽象的儒家道德修养变为实体感知，形象地呈现出何为“克己”，何为“归仁”，全诗节奏明快，用语通俗易懂。

藤原惺窝恪守师道尊严传统，待己待人，严谨慎独：“己以斯文自任，人惮其端严，而亦能风雅。”[③]其汉诗《访长啸子看花》云：

君是护花花护君，有花此地久留君。
入门先问花无恙，莫道先花更后君。

此诗是藤原惺窝访丰臣长啸赏花时戏作，虽然“意致曲折，足证蕴藉”[④]，但“诗句俚浅”[⑤]，透露出谆谆师长的厚道亲切。

林罗山(1583—1657)，名忠，又名信胜，字子信，幼字菊松麻吕，通称又三郎，号罗山，又号罗浮、浮山、罗洞、思维道长、梅村苑、夕颜巷等，京都人。江户朱子学官学的鼻祖。罗山幼即向学，博闻强记，八岁时其父读《太平记》，罗山在旁听之，即可背诵数十章。有人讲读《论语集注》，中间脱去一页，其操笔补写，不差一字。十四岁时入建仁寺读书，法号道春，众僧惊叹其才学超异，劝其出家，罗山不愿而归家。十八岁时研读朱熹注《四书》，甚为喜好，遂会友讲学。博士清原宣贤厌其狂放做派，上书德川将军望能定其言罪。不料家康“黜博士之议，而称罗山为有所见。于是，罗山益攻其学”[⑥]。二十三岁拜入藤原惺窝门下，不久“谒见东照君，席见应顾问，辨光武世系，孝武返魂香出典及《离骚》所载兰称旨”[⑦]。德川家康对其赞许不已。此后，罗山“大被宠任，起朝议，定律令，大府所须文书，无不经其手者”[⑧]。历仕德川家康、秀忠、家光、家纲四朝，期间“即位改元行幸入朝之礼，外国蛮夷之事，莫不与议焉”[⑨]。七十五岁殁，私谥文敏。罗山著作多述朱子学，诗集有《罗山诗集》七十五卷存世。

---

① (日)古野镜山《扶桑千家诗》卷上，富士川英郎、佐野正巳、松下忠编《词华集日本汉诗》第一卷，东京：汲古书院，昭和五十八年(1983)版。第167页。

② (春秋)孔丘著，杨伯峻、杨逢彬注译《论语》，长沙：岳麓书社，2000年版。第106页。

③ (日)江村北海《日本诗史》卷三，清水茂、揖斐高、大谷雅夫校注《日本诗史·五山堂诗话》，《新日本古典文学大系》65，东京：岩波书店，平成三年(1991)版。第490页。

④ (日)江村北海《日本诗史》卷三，清水茂、揖斐高、大谷雅夫校注《日本诗史·五山堂诗话》，《新日本古典文学大系》65，东京：岩波书店，平成三年(1991)版。第491页。

⑤ (日)友野霞舟《熙朝诗荟》，富士川英郎、佐野正巳、松下忠编《词华集日本汉诗》第四卷，东京：汲古书院，昭和五十八年(1983)版。第84页。

⑥ (日)冢本哲三《先哲丛谈》，东京：有朋堂书店，大正九年(1920)版。第14页。

⑦ (日)冢本哲三《先哲丛谈》，东京：有朋堂书店，大正九年(1920)版。第15页。

⑧ (日)冢本哲三《先哲丛谈》，东京：有朋堂书店，大正九年(1920)版。第16页。

⑨ (日)冢本哲三《先哲丛谈》，东京：有朋堂书店，大正九年(1920)版。第17页。

《罗山诗集》存诗近五千首，江户诗坛对其诗作的整体成就评价并不高。其汉诗中较有特色的为《丙辰纪行》、《癸未纪行》中的纪行诗。《丙辰纪行》、《癸未纪行》中的汉诗皆不是当时所记录，而是后来补写的。《丙辰纪行》有诗五十七首。元和二年(1616)林罗山奉德川家康之命管理骏河文库，从江户出发，取道东海道，经京都又折回江户，记叙了沿途隅田河、富士山、比叡山等五十三处名胜古迹的自然风景及其历史传说。宽永二十年(1643)后光明天皇即位，林罗山奉命跟随酒井忠胜、松平信纲等权贵赴京都恭贺。九月十六日出发，十一月二十四日回到江户。后来林罗山根据这两个月的旅途经历，补写了十八首汉诗记于《癸未纪行》中。

撰写《丙辰纪行》中的汉诗时，林罗山三十四岁，时值壮年，辅佐明主，有机会施展个人内心的抱负。故其诗作基调慷慨激昂，气概非凡。如云"怀古泪痕羁旅情，腐儒早晚起苍生"[①](《金泽》)，"绝境灵踪亘古今，寻名吾辈亦登临。走汤权现救人处，便是骊山神女心"(《走汤山》)，"合国中分源与平，东方气势尽豪英"(《富士沼》)，"好风美景非无意，吾亦东西南北人"(《比叡山》)等。除上述诗作外，他在《小夜中山》、《中泉》、《土山》等诗中，也对日本各地的风光人情进行了真实细腻的描写。从这些诗中可以感受他的爱国情怀以及雄健的气派。这种风格在《癸未纪行》诗中表现得更为明显。

《癸未纪行》作于林罗山六十一岁时，此阶段罗山纪行诗多写各地风光，如《富士山》、《滨松》、《三条桥》等，行笔老练，其中古诗尤为"气力雄厚"[②]，如《骏府》：

游事骏府曾十年，柳营幕下白云边。
数重垒堑比牢铁，千仞雪风吹御筵。
侍食传尝君子赐，读书常说古人贤。
花时供奉浅间社，月夜逍遥阿倍川。
梦回庆长宽永际，心存新主旧君前。
不知鸽矢爆生火，可惜蜃楼遭化烟。
只有雾中秋景在，满襟老泪出如泉。

"游事骏府曾十年，柳营幕下白云边。数重垒堑比牢铁，千仞雪风吹御筵"句，颇有中国传统边塞诗的雄阔诗境。明历三年(1657)年，林罗山的江户住宅发生严重的火灾，其藏书毁于一旦，"只有雾中秋景在，满襟老泪出如泉"，今昔对比，林罗山内心充满了悲痛。

林鹅峰(1618—1680)为林罗山第三子，名吉松，又名恕、春胜。通称又三郎，字子和，号鹅峰，又号向阳轩、春斋。少时先后拜入松永五尺、那波活所门下，学习儒学。十四岁已通读《史记》、《前汉书》、《后汉书》、《十八史略》等史书。十七岁时出仕幕府。二十五岁时因其精通历朝史实以及诸家谱系，参加编纂《宽永诸家系图传》。二十六岁时编修《本朝编年录》。三十九岁时着手编纂《大日本史》。四十一岁时参照《唐宋元明一人一首》体例编撰《本朝一人一首》。四十二岁时，受命续修《本朝编年录》。宽文四年(1664)经幕府

① 所引林罗山诗版本，(日)林罗山《丙辰纪行》、《癸未纪行》，富士川英郎、佐野正巳编《汉诗纪行汉诗》第一卷，东京：汲古书院，平成三年(1991)版。第1—30页。

② (清)俞樾《东瀛诗选》卷一，东京：汲古书院，昭和五十六年(1981)版。第15页。

议定将《本朝编年录》改称为《本朝通鉴》，同年林鹅峰开始编集《续本朝通鉴》。宽文五年(1665)时《本朝一人一首》刊行。六十二岁时殁。

江户前期儒者大都秉持“诗为余技”的观点，而林鹅峰则不然，他认为对于一位儒者而言，诗文同等重要，只有诗文兼备者才是一位真正的儒者。他在《本朝一人一首》中曾言“古人谓少陵圣于诗，于文则为短；南丰为文章之大家，于诗则有遗恨也。少陵非不作文，南丰非不言诗，然以不如韩、柳、欧、苏诗文兼备。……作诗者，岂不知文路哉？作文者，岂可无诗思哉？”[①]为《本朝诗英》作序时，其以天地、草木等作比，亦言何为优秀的儒者：“英者，何草木之荣也。人之作诗犹天地之生草木，草木者，天地之文章也；诗者，人之文章也。……天地之间不生草木之处者，非荒野哉？人之不作诗者，非鄙野哉？英则不野，野则不英……古人栽培其心地，生其诗英，而地不荒野，人不鄙野。呜呼！古人亦人也，今人亦人也，古既有诗英，今岂无诗英哉？”[②]林鹅峰主张儒者要诗文兼备，这对当时提高儒者对汉诗的重视程度起到了一定的推动作用。

林鹅峰尊崇朱子学，鼓励人们以儒家精神为导向，为国效力，这种倾向在《本朝一人一首》中尤为明显，如评越智直广江《述怀》“文藻我所难，庄老我所好。行年已过半，今更为何劳”，曾言：“人各有所好，此人其何晏、王弼之徒乎？高适五十始作诗为盛唐名家，何为自画如此乎？况亦不闻‘朝闻道而夕死可’之圣言乎？好庄老之弊，既于此小诗而见之。”[③]林鹅峰倡导以儒家进取精神为导向，摈弃庄老消极遁世的思想，借此诗评鼓励时人积极向学，不可自怨自艾。又如评小野永见《田家》“结庵居三径，灌园养一生。糟糠宁满腹，泉石但观情。水里松低影，风前竹动声。聊输太平祝，独守小山亭”，言：“永见任征夷副帅镇奥州要害，岂非显职乎？然能写田家之情景如此，若使彼熟读少陵田家诗，则百尺竿头进一步乎？”[④]杜甫一生以关怀国家命运，民生疾苦为己任，江户幕府在开国之初急需这种以天下为已任的仕者胸怀。林鹅峰以评判小野永见之诗为机，劝诫人们要重视汉诗的学习写作。评安倍吉人、屿田渚田《闻渤海客礼佛感而赋之》诗时，亦言：“当时人主虽好文学，然亦信释氏，故虽儒臣不免有其弊，就中如吉人、渚田闻蕃客礼佛感之，其感而不足，遂成诗章，何为其然乎？程子所谓骎骎然入于其中者也。”[⑤]林鹅峰认为诗如其人，从汉诗可以看出作者志向、胸怀等，如评大神安麻吕《山斋言志》“欲知闲居趣，来寻山水幽。浮沉烟云外，攀玩野花秋。稻叶负霜落，蝉声逐吹流。只为仁智赏，何论朝市游”，言其

---

① (日)林鹅峰《本朝一人一首》，富士川英郎、佐野正巳、松下忠编《词华集日本汉诗》第一卷，东京：汲古书院，昭和五十八年(1983)版。第75—76页。

② (日)野间三竹《本朝诗英》，富士川英郎、佐野正巳、松下忠编《词华集日本汉诗》第一卷，东京：汲古书院，昭和五十八年(1983)版。第99—101页。

③ (日)林鹅峰《本朝一人一首》，富士川英郎、佐野正巳、松下忠编《词华集日本汉诗》第一卷，东京：汲古书院，昭和五十八年(1983)版。第8页。

④ (日)林鹅峰《本朝一人一首》，富士川英郎、佐野正巳、松下忠编《词华集日本汉诗》第一卷，东京：汲古书院，昭和五十八年(1983)版。第15页。

⑤ (日)林鹅峰《本朝一人一首》，富士川英郎、佐野正巳、松下忠编《词华集日本汉诗》第一卷，东京：汲古书院，昭和五十八年(1983)版。第21页。

"情景兼备,想象其人"①。

林鹅峰作为史学家,注重考据,但其所作汉诗却并不古板,清新晓畅,别有一番风味,如《花前饯别》:

可惜风光倏别君,满园春色蝶纷纷。
纵然明日花犹在,回首长安是白云。②

前两句将饯别惆怅之情与春天明丽的风景相对,突出了离别之际潜藏于内心的抑郁感伤。"花"、"白云"两个意象分别在地上、天上,一静一动,暗示漂泊之情状。"回首长安是白云"突出行人虽已渐渐远去,但内心仍旧充满了依依惜别之情。

又如《溪边红叶》:

晴岚粧染晚秋山,锦树殷红映碧湾。
莲社板桥霜后叶,色如彭泽有酡颜。③

运用"红"与"碧"颜色字,突出夕阳之下枫叶之美。又将红叶比作陶渊明喝酒之后的醉颜,将枫叶之红表现得生动有趣。

林鹅峰有两子林梅洞、林凤冈(于第三章中叙述),皆善诗,有佳作传世。

林梅洞(1643—1666)虽有文才却英年早逝,著有《史馆茗话》。其诗《竹里梅》写的颇为有趣。其诗如下:

竹里爱看梅蕾开,一番风信暖春回。
数竿翠密还堪恨,遮障暗香疏影来。④

梅经冬之寒迎风而绽,竹子却因梅香而恼恨,想要遮盖住这种幽香,岂料一阵春风拂过,幽香扑鼻而来。尾句"遮障暗香疏影来"化用南宋林逋《山园小梅》中名句"疏影横斜水清浅,暗香浮动月黄昏",描画梅之姿,凸显梅之香。另外还用拟人的手法,对"遮障"梅姿梅香的数竿翠竹心生恼恨,这更突出了诗人对梅的真心喜爱之情。

藤原惺窝门下弟子众多,除林罗山外,还有堀杏庵、松永五尺、那波活所、石川丈山等弟子。其中林罗山、堀杏庵、松永五尺、那波活所被称为藤门四大天王,他们不仅在朱子学方面造诣颇深,在汉诗创作方面也颇有诗才。如堀杏庵(1585—1642)的《试笔》:

深窗今朝忽作霞,池水洋洋笔行鸦。

---

① (日)林鹅峰《本朝一人一首》,富士川英郎、佐野正巳、松下忠编《词华集日本汉诗》第一卷,东京:汲古书院,昭和五十八年(1983)版。第6页。

② (日)古野敬山《扶桑千家诗》,富士川英郎、佐野正巳、松下忠编《词华集日本汉诗》第一卷,东京:汲古书院,昭和五十八年(1983)版。第167页。

③ (日)古野敬山《扶桑千家诗》,富士川英郎、佐野正巳、松下忠编《词华集日本汉诗》第一卷,东京:汲古书院,昭和五十八年(1983)版。第178页。

④ (日)古野敬山《扶桑千家诗》,富士川英郎、佐野正巳、松下忠编《词华集日本汉诗》第一卷,东京:汲古书院,昭和五十八年(1983)版。第169页。

天公赐我青春宴，人见洛阳二月花。①

松永五尺(1592—1657)的《庆安元年夏五，不计依天恩于蓬洞门外，赐寸金土，被许筑蜗庐。新构已成，不速之客来，不胜欢悰，制七言律告诸友云》：

菊后不图天日好，缙绅武弁入贫家。
檐间才设吾侪席，门外幸留长者车。
荆棘误生蓬阙侧，杨园谩作亩丘加。
疏材缘地待秋实，斯会欢然先着花。②

那波活所(1595—1648)的《春日遣兴》：

疏慵不耐读诗书，日日窥园愧仲舒。
一任悠然闲俯仰，天渊昭著见鸢鱼。③

《元日书怀》：

喜气祥氛满洛城，朝来松竹寂无声。
清时宁慕屈原橘，到底唯怀考叔羹。
更惧疏慵驰日月，不须忘意卜阴晴。
人间亦有难量事，欲问檐前百啭莺。④

那波活所其子那波木庵(1614—1683)也善诗，如《岁暮感怀》：

一岁光阴今仅残，朔风吹雪海天寒。
读书自笑已头白，儒术无功愧素餐。⑤

除藤门子弟外，其他诗人如山崎暗斋(1618—1682)的《戊戌试毫》、《读论语》、《题孝经》、《中庸》、《中秋分儒林月三字得林字》等诗作，木下顺庵(1621—1699)的《春日待花》等，安东省庵(1622—1701)的《仲春释菜听讲论语同赋读论语》、《听讲诗经同赋二南风化之本诗》、《梦朱文公胡澹庵诗》等，皆可见当时汉诗人们热情学习儒学经典的盛况。江户初期汉诗人们多有借汉诗表达自己报效幕府，实现政治抱负的志向。从整体来看，这个时期大多数儒者心系天下，诗风较为开朗刚健。

①③ (日)古野敬山《扶桑千家诗》，富士川英郎、佐野正巳、松下忠编《词华集日本汉诗》第一卷，东京：汲古书院，昭和五十八年(1983)版。第168页。

② (日)古野敬山《扶桑千家诗》，富士川英郎、佐野正巳、松下忠编《词华集日本汉诗》第一卷，东京：汲古书院，昭和五十八年(1983)版。第259页。

④ (日)古野敬山《扶桑千家诗》，富士川英郎、佐野正巳、松下忠编《词华集日本汉诗》第一卷，东京：汲古书院，昭和五十八年(1983)版。第185页。

⑤ (日)古野敬山《扶桑千家诗》，富士川英郎、佐野正巳、松下忠编《词华集日本汉诗》第一卷，东京：汲古书院，昭和五十八年(1983)版。第181页。

二、江户初期诗人的避世心态与隐逸诗风

江户初期,虽然幕府倡导儒学,但并未给予儒学者参与核心政治的权力。仕于幕府的儒学者,不仅人数少,而且地位较低,俸禄微薄。大部分儒者学有所成之后想一展抱负,却被掌权猜忌者所不容。所以儒者们虽怀有拯济天下之志,却往往在现实面前碰壁,无从施展抱负。因此,一些汉诗人开始远离朝堂,隐居山林,比较著名的诗人有石川丈山、诗僧元政。

石川丈山(1583—1672)姓源,氏石川,名凹,字丈山,小字孙介。初号嘉右卫门,后改左亲卫,又号乌鳞子、大拙、山木、山材、六六山人、东溪。别称薮里翁、三足老人。其幼年聪颖,颇为勇壮,五岁时患疱疮,脓齑塞鼻,"请外舅本多正重使之割开,正重以竹刀割之,血出淋漓,公自若"[①]。七岁时其父曾言"此儿非常儿,他日为日本第一英俊之人也,不然为日本第一悍恶之人也"[②]。十三岁仕于远江守石川信光之家。十六岁其父去世后与弟三十郎仕于德川家康,因其"性捷敏,夜卧时微声入耳即觉"[③]而宿于德川家康寝室之户外,以为不虞之备。三十岁时已有退隐之志,后因母劝其建功立业而继续出仕。三十三岁时于难波之役中立下战功,受到德川家康的嘉赏。三十四岁时因母病,到江府侍疾。三十五岁经林罗山引见,拜入藤原惺窝门下,时惺窝见其诗,曰"斯人后来必为诗家之宗矣"[④]。四十一岁时因母病家贫而不得不再一次出仕,仕于艺阳太守十四年。宽永十三年(1636),与朝鲜聘使诗学教授权侙笔谈,权侙赞其为"日东之李杜也"[⑤],时年五十四岁。其母逝后遂退隐,五十九岁时于京都一乘寺筑诗仙堂,堂内壁上挂有汉晋唐宋三十六著名诗人小像,并建有啸月楼、百花坞、跃渊轩等十二景。诗仙堂风景优美,环境清雅,丈山在此一直隐居,直至九十岁病卒,其遗言葬祭皆用儒礼。

石川丈山生前已编有诗集《覆酱集》四卷,逝世后其门人石克子复续编七卷,与其汉文一起合编为《新编覆酱集》二十卷,存汉诗千余首。

石川丈山少年时即参加军阵,曾在大阪战役中奋勇杀敌。其汉诗之作如《宿室津》、《地狱谷》等,描写了蓄势待发的战舰征帆,以及大战后遍地焦土的惨况。他厌恶"百战争蜗国,千城构蜃楼"[⑥](《述怀》)的战争,但由于家境贫寒,又有老母需要奉养,不得不继续

---

①② (日)石克子复《东溪石先生年谱》,富士川英郎、松下忠、佐野正巳编《诗集日本汉诗》第一卷,东京:汲古书院,昭和六十二年(1987)版。第 59 页。

③ (日)石克子复《东溪石先生年谱》,富士川英郎、松下忠、佐野正巳编《诗集日本汉诗》第一卷,东京:汲古书院,昭和六十二年(1987)版。第 60 页。

④ (日)石克子复《东溪石先生年谱》,富士川英郎、松下忠、佐野正巳编《诗集日本汉诗》第一卷,东京:汲古书院,昭和六十二年(1987)版。第 64 页。

⑤ (日)石川丈山《与朝鲜国权学士菊轩笔语》,富士川英郎、松下忠、佐野正巳编《诗集日本汉诗》第一卷,东京:汲古书院,昭和六十二年(1987)版。第 248 页。

⑥ 所引石川丈山诗版本,(日)石川丈山《新编覆酱集》,富士川英郎、松下忠、佐野正巳编《诗集日本汉诗》第一卷,东京:汲古书院,昭和六十二年(1987)版。第 1—278 页。

留在军中。长期的军营生活，练得一身勇武却只能担任守夜之责，这样的经历不断加深了内心的郁结愁闷，这使得他逐渐萌生了放弃追求功名，转而隐退山林之心。因此其汉诗中描出"富贵功名浑幻术，人生真乐不如闲"(《中秋因病不见月》)；"永谢世氛入幽邃，从来忘了荣辱事"(《寓怀》)；"自初辞爵禄，无意执千丸"(《世道》)这样的诗句。

其汉诗创作中后来更是频频以陶渊明自拟，表达自己的归隐之志。如《修菊思渊明》："先生高砥节，隐操绝同伦。进退避荣辱，聪明抱智仁。"《放慵》："幽偏谢送迎，抱拙慕渊明。"《戏咏闲适》(其四)："道心寻隐约，不敢愧渊明。"《瓶菊》："花惯陶公无变色，瓶中别是晋乾坤。"石川丈山言其"素有隐癖"①，陶渊明由仕而隐的经历引起了他的强烈共鸣，多首咏陶诗表露出了归隐之心，如下面这首就是直接地宣言了："松菊吾当作主人，朱门虽富不如贫。平生性癖耽闲淡，何用浮名绊此身。"(《退隐》)

石川丈山五十九岁归隐京都一乘寺，建诗仙堂，之后"绝不关人间之事，杜门谢客，恣思典填，以淡泊宁静为乐"②。过着与世隔绝的悠闲生活，正如其汉诗中写道："幽居自拂尘，僻陋不求邻。"(《无题》)"出没于烟霞之里，啸傲乎松菊之间，心远地偏，如与世隔生矣。"③"或折园花而为心友，或闻新雁而为来宾，或开柴门而扫叶，或窥故园而栽菊，或登东皋而啸月，或倚北窗以诵书谙诗矣，此外无他事。"④诗仙堂的生活虽然贫闲清寂，但对诗人而言却充满了闲适诗意，这使石川丈山的心灵得到解放，其吟诗行事更显潇洒。正如他诗中所言："懒散居穷僻，自然遂性情。"(《梦醒》)"生涯任自然，闲放以穷年。"(《书兴》)居住诗仙堂期间，丈山写出了大量闲适诗，如《写闲适》、《闲咏》、《自适》(五首)等，都表达出对归隐生活的喜爱，这些诗作语言质朴，率真自然，表现出从容潇洒的诗风。

除了推重陶渊明诗，石川丈山还推崇杜甫诗。他对杜诗有着一种狂热的追求，这种诗学喜爱热诚至老不衰。其诗作中有着明确表白，如云"诗斑虽至老，恨不似陵翁"(《即事》)。他亦曾效老杜七言律诗，撰写出变体的《野望》诗。在《答昌三并叙》中，丈山记其"近获明邵君所选《杜律集解》，珍玩弗倦"时，表达出了对杜甫的敬仰之情：

解释少陵千岁意，文章光焰夺朝暾。
才攀屈宋楚荆畔，功慕关张巴蜀门。
夔府孤城穷望眼，浣花流水滌吟魂。
非惟万卷蟠离次，陆海潘江涌智源。

石川丈山常常称颂杜甫，其《新编覆酱集》中赞美杜甫的言论至少有二十余处。如"谢家子弟双兰砌，杜叟乾坤一草堂"(《九月七日同杏庵过讲习堂》)，"子美西家似，富春花满蹊"(《记怀》)，"斯文师杜叟，何敢望阴铿"(《村行》)，"吾家为与花相厚，春兴追思黄四娘"(《庚辰冥朔试粉卯》)等。杜甫一生羁旅漂泊，饱经战争忧患，后来即使远离朝廷，身居僻壤草堂，也时刻深切关心着朝政及民生。晚年的杜甫诗作升华，达到唐诗的最高

①②③　(日)石川丈山《与朝鲜国权学士菊轩笔语》，富士川英郎、松下忠、佐野正巳编《诗集日本汉诗》第一卷，东京：汲古书院，昭和六十二年(1987)版。第211页。

④　(日)石川丈山《与林罗山书》，富士川英郎、松下忠、佐野正巳编《诗集日本汉诗》第一卷，东京：汲古书院，昭和六十二年(1987)版。第204页。

境界,杜甫的漂泊经历强烈触动了石川丈山的诗心。丈山一生历经战乱,生活凄苦,晚年虽隐居诗仙堂,远离政治,得以闲适度日,但老年独居,京都寺院四季变换景观虽美,却并不能消弥其内心深处的沧桑苦闷。因而丈山晚年诗中多用"病"、"瘦"、"残"字,如《秋晓》:"多病倦长更,无端灭短檠。窗间残月影,风际远钟声。"《梦醒》:"梦醒过五更,村鼓报期晴。半壁残灯影,孤床落叶声。"《寓怀》:"老境岁移速,病床天曙迟。灯殚知月落,钟断解风吹。"此类诗作,多显老杜晚年的沉郁诗风。

石川丈山喜欢杜诗的另外一个原因则是想改变日本汉诗人长期醉心学元稹、白居易诗的传统。他说:"本朝之学者久效元白之轻俗,而未闻有闯李杜之藩篱者,以至于今,泯泯也。"①"本邦若干诗,未见参老杜。"(《山居言怀》其一)"李杜无人学,与谁细论诗。"(《自遣》)这些都表达出了当时无人与其唱和谈论李杜诗的孤独寂寞之情。正因如此,野间三竹、石克子复等汉诗人认为石川丈山是江户时期首位倡唐诗之人:"先生首倡唐诗开元大历之体制,遂明于一时,皆其力也。"② 其好友林罗山对其倡导唐诗之举也大加称赞:"公之出言,与唐体交书,而人难辨其异同。不佞亦谓格律者唐风,而语意乃宋儒之道学也。"③

林罗山给予石川丈山诗作很高的评价,认为其诗并未受到宋诗的不利影响。此言不全对,有些言过其实,过于绝对。石川丈山诗学杜甫,之后也受到宋代诗人黄庭坚的影响。"诗律学黄奇,莫随流俗移"(《次竹童子韵》),在《与林罗山书》一信中,丈山盛赞林罗山诗篇多锤炼:"不意云庄之中,复闻越吟之声,非但赓旧韵以出新意,又足以为夺胎换骨之法。"④而赞其诗作"专效唐诗体,有雅古之风,无轻俗之弊",正是"每句锻炼,每字推敲,苟不协意,不敢示人"⑤的结果。可见,丈山对宋代诗人黄庭坚提出的"夺胎换骨"的诗作法,无论是从诗学观还是从诗作法方面看,都是相当赞同的。

石川丈山诗作之所以追求锻字炼句,与其本人的认真性格也有直接关系:"公于武事,皆无不穷其精微,能通兵家之书,识其奥义,说其妙理。其挥矛之术者,穷内海左门之艺;其放炮之术者,穷稻富一梦之艺;其柔之术者,穷福野氏之艺;其御马之术者,穷大坪之艺,乃无不尽其技之秘奥也。"⑥正是秉持着这种精益求精的人生态度,加之受当时传来黄庭坚"点铁成金""夺胎换骨"诗作法的影响,使其在学杜诗,追求"沉郁"诗风时,非常注重锻炼字句,力求别致效果。甚至一些诗句用词生硬冷僻,如《早春与客驾舟过岩屿中流值雨雪》:

---

①② (日)石克子复《新编覆酱集·后序》,富士川英郎、松下忠、佐野正巳编《诗集日本汉诗》第一卷,东京:汲古书院,昭和六十二年(1987)版。第56页。

③ (日)林罗山《覆酱集·序》,(日)富士川英郎、松下忠、佐野正巳编《诗集日本汉诗》第一卷,东京:汲古书院,昭和六十二年(1987)版。第117页。

④ (日)石川丈山《与林罗山书》,富士川英郎、松下忠、佐野正巳编《诗集日本汉诗》第一卷,东京:汲古书院,昭和六十二年(1987)版。第217页。

⑤ (日)林罗山《覆酱集·总序》,富士川英郎、松下忠、佐野正巳编《诗集日本汉诗》第一卷,东京:汲古书院,昭和六十二年(1987)版。第44页。

⑥ (日)石克子复《东溪石先生年谱》,富士川英郎、松下忠、佐野正巳编《诗集日本汉诗》第一卷,东京:汲古书院,昭和六十二年(1987)版。第65页。

春帆带雨任轻风，江海空濛望故空。
屿上云低山上雪，孤舟撑入昼啬中。

最后一句显然是有意而为，凸显孤独之意，然而其用意还是在可解不可解之间，令人费解。对于此点，江户诗坛也有批评的声音，如认为丈山诗作数量虽多，有草率之处，“多警句而少佳章，殆由老笔颓唐，不事推敲也”①。平心而论，丈山诗的一些不可解之处，并非由于颓唐草率，或许恰如其反，是因为有着太多的求新之意，过于锻炼诗句，反而失去了自然之态。

总体来看，石川丈山潜心诗作，转益多师，不仅学陶渊明、杜甫，而且转学黄庭坚，其一生勤于吟诗，诗作以深幽清净和沉郁雄奇两种风格为主。代表性佳作有《寓怀》、《嘲为花有约不来》、《寓意》、《东草落花》、《偶为》等。另外，对于颜色字的使用，石川丈山偏爱“白”色，多赞美各种白花。如“悠然惜春尽，竞日独逍遥”的白樱花（《广陵新居移栽山樱三百株白花方盛开》）；“怪看天上十分月，化作人间第一花”的白牡丹（《白牡丹》）；“山麝满香腴，破鼻甚芬芳”的白百合（《百合花》）；“青萝伞上泻铅汞，白玉簪中发乳香”的白荷花（《园池白藕花》）；“细花缀白蝶，簇簇雪模糊”的白藤花（《白藤花》）等。石川丈山喜爱白花，曾言“白花皆绝品”（《瓶中有白芍药三品》），各种不同的白花正是其高洁品质的彰显。

此外，石川丈山还有一首以“白扇”比喻富士山的绝句闻名诗坛，其《富士山》云：

仙客来游云外巅，神龙栖老洞中渊。
雪如纨素烟如柄，白扇倒悬东海天。

此首诗在日本诗坛久享盛名，尤其是“雪如纨素烟如柄，白扇倒悬东海天”的比喻，可谓家喻户晓。从整首诗来说，前两句想象奇特大胆，描摹了富士山的圣洁之貌。后两句将想象转化为现实，将富士山比喻为一把日本日常生活中常用的白扇，倒悬东海天，场面壮观，且生动有趣。对于此诗，历来评价颇有分歧。旅日文人陈元赟（1587—1671）对此诗评价甚高：“起得遒壮，结的精巧，真得奇观，可谓佳绝。”②日本近代学者盐谷温、中国学者陈大康等则认为其中描写是否精彩仍需推敲。对此诗的争议，主要集中在句中的白扇是否有柄上面。部分学者认为日本的白扇应该是没有“柄”的，所以对此诗描写“白扇倒悬”的真实性有异议。在笔者看来，若离开诗作环境，单独讨论日本白扇是否有“柄”，看似务实求实，实则过于刻板，这样会抹杀日本汉诗的想象之美。众所周知，富士山是座活火山，江户时期山顶还有青烟喷出。石川丈山将山体的皑皑白雪，比作洁白的扇面，又将火山口喷出的一缕青烟比作扇柄（或折扇的垂须）。这样远观富士山，就像是一把倒悬的有柄白扇，或者像一把打开而倒置的折扇，这样的想象堪称奇特精巧。折扇是日本人日常习用之物，而带柄的团扇也早就传入日本，至少在日本汉诗人所熟悉的中国诗歌中就有大量的描绘。所以，石川丈山此诗中的比喻形象生动，通俗易懂，朗朗上口，堪称佳作。

---

① （清）俞樾撰《东瀛诗选》卷一，东京：汲古书院，昭和五十六年（1981）版。第19页。
② 陈福康《日本汉文学史》中，上海：上海外语教育出版社，2011年版。第23页。

丈山侍母至孝，曾为母制拐杖，希望自己不在母亲身边时，其可“嗟而代吾扶老亲”(《为萱堂自制杖》)。母逝后“隐而嗜诗”①，杜门扫却，不入城市，襟怀潇洒，啸傲山林。他文武兼备，“日夜勤学不怠……或有朋友之斗争者，公和解之，人皆感其义志，崇之。……其余讲武治业，守勇之志人皆以孙吴黥舍称之，然公不自善之，唯以圣经贤传为平生之勤，悦之乐之，至忘寝食”②。世人“高其行而服其德也”③。江村北海赞其为诗豪，“宽文(1661—1673)中称诗豪者，无过于石川丈山，僧元政”④。其生于武士之家，难波之役取得战功之后，能够急流勇退，辞别幕府，隐而专门赋诗，可谓江户时期专业诗人的先驱。

宽文年间隐于山林的大诗人还有僧元政，元政(1623—1668)本是武士，后出家，隐于洛南的深草。其诗作成就极高，可以说是整个江户时期汉诗创作成就最大的僧人之一，以下专节论述。

三、江户初期诗僧元政与《元元唱和集》

元政(1623—1668)，俗姓菅原、石井，小字俊，名日政，自号妙子，又号不可思议、泰堂。因母梦一高僧而孕。幼时颖异，有过目不忘之本领，建仁寺大统院九岩长老见之，抚掌叹曰：“谁知令有宁馨儿!”⑤八岁学文习武，十三岁就仕于近州城主井伊直孝。十九岁时，“抱病于江府，归乡而养一年，性乐山水风景，所至，终日吟咏援笔，题诗属文”⑥，其汉诗创作大致始于此年。同年拜日莲上人像，自发三愿：“一我必出家，二父母寿长，我竭孝心，三阅天台山三大部”⑦。二十六岁时，自祝发出家，拜妙显寺日丰上人为师。后于京南深草建瑞光寺，携母隐居此地。三十七岁，参诣身延山的途中，与明末清初旅日文人陈元赟结识相交。陈元赟将公安派著作介绍给他，他如获至宝。“元政得《袁中郎集》，悦之，以为帐秘”⑧。元政至孝，父八十七岁卒，母九十卒，母卒后二十七日，元政因病而逝，年四

---

① (日)林罗山《覆酱集·总序》，富士川英郎、松下忠、佐野正巳编《诗集日本汉诗》第一卷，东京：汲古书院，昭和六十二年(1987)版。第45页。

② (日)石克子复《东溪石先生年谱》，富士川英郎、松下忠、佐野正巳编《诗集日本汉诗》第一卷，东京：汲古书院，昭和六十二年(1987)版。第65页。

③ (日)石克子复《新编覆酱集·后序》，富士川英郎、松下忠、佐野正巳编《诗集日本汉诗》第一卷，东京：汲古书院，昭和六十二年(1987)版。第55页。

④⑧ (日)江村北海《日本诗史》卷三，清水茂、揖斐高、大谷雅夫校注《日本诗史·五山堂诗话》，《新日本古典文学大系》65，东京：岩波书店，平成三年(1991)版。第492页。

⑤ (日)通宪《元政行状》，富士川英郎、松下忠、佐野正巳编《诗集日本汉诗》第十三卷，东京：汲古书院，昭和六十三年(1988)版。第6页。

⑥ (日)太岳清《草山集·叙》，富士川英郎、松下忠、佐野正巳编《诗集日本汉诗》第十三卷，东京：汲古书院，昭和六十三年(1988)版。第4页。

⑦ (日)通宪《元政行状》，富士川英郎、松下忠、佐野正巳编《诗集日本汉诗》第十三卷，东京：汲古书院，昭和六十三年(1988)版。第7页。

十六岁。著有《草山集》、《元元唱和集》。《草山集》共三十卷，以千字文排序为每卷目录，有汉文三百四十八篇，汉诗一千零四十四首。

元政诗标举"性灵"，在整个江户时期，自成一家，享有较高的诗坛评价，被赞为"释家之风雅，诗家之正宗也"[①]。能够获得这样崇高的诗作成就及诗坛地位，除却元政本人的勤学努力之外，主要得益于向其大力推荐公安派诗歌创作的明末清初文人陈元赟，因此评论元政就离不开论及陈元赟，两人的交往也是中日汉诗交往史上值得大书一笔的事件。

陈元赟(1587—1671)，浙江余杭陈家桥人，宋代诗人陈与义(1090—1138)后人。名珦，子义都、士昇。号昇庵、升庵子，别号芝山、芝山道人。少年时由其父教授程朱理学以及陈氏诗作法。二十七岁时入少林寺潜修，二十八岁下山。陈元赟三十五岁时还未考中进士，心情沮丧之际，搭乘来往于中日之间的商船，到达日本。三十六岁至五十一岁，流寓于日本长崎、京都、防长、江户。五十二岁时仕于尾张藩所，受到礼遇，食禄六十石，其生活才渐趋安定。八十五岁在名古屋去世。陈元赟七十三岁时，开始与元政认识并相交。

元政在《与陈元赟书》中言："数日之前，探市得《袁中郎集》，乐府绝妙不可复言。《广庄》诸篇识地绝高。《瓶史》风流，可想见其人。又赤牍之中言佛法者，其见最正。余颇爱之，因足下言，知有此书，今得之读之，实足下之赐也。"[②]公安派的著作在江户宽永年间(1624—1643)就已传入日本[③]，但在元政之前的日本诗坛，几乎没有引起多大的关注。陈元赟渡日之后，虽然也大力推介公安派性灵说，也未见引起多大的反响。然而在其与元政相遇，并将公安派的作品介绍给他之后，情况顿变，三袁的"性灵说"在日本找到了传承人。

三袁作品中元政尤其喜爱袁中郎的诗。其云："余尝暇日与元赟老人共阅近代文士雷何思、钟伯敬、徐文长集，特爱袁中郎之灵心巧发，不藉古人，自为诗文焉。"[④]元政生病期间，"卧读袁中郎，欣然摩短发"(《对灯》)。他写了很多模仿袁中郎的诗作，如《春夜不寝戏和袁中郎渐渐诗》，还有《渐渐诗戏题壁上》等，皆主动与袁宏道的诗作唱和。

袁宏道推崇"独抒性灵，不拘格套"，反对文学创作受到人为的约束规范，强调创作要直抒胸臆，真实地表现个人内心的感情。元政对此颇为认同，他认为"盖胸中之妙，是诗

① 《元元唱和尘外埙篪集草山元政上人诗叙》，富士川英郎、松下忠、佐野正巳编《诗集日本汉诗》第十三卷，东京：汲古书院，昭和六十三年(1988)版。第6页。

② (日)元政《草山集》玄之卷，富士川英郎、松下忠、佐野正巳编《诗集日本汉诗》第十三卷，东京：汲古书院，昭和六十三年(1988)版。第61页。

③ 刘芳亮《日本江户汉诗对明代诗歌的接受研究》，济南：山东大学出版社，2013年版。第137页。

④ 《元元唱和集·元政诗》，富士川英郎、松下忠、佐野正巳编《诗集日本汉诗》第十三卷，东京：汲古书院，昭和六十三年(1988)版。第377页。

之真性灵也,非无心于诗,孰能至于此也"①。其"事佛之暇,有兴则吟"②,非常注重诗歌创作中随"心"任性的作用,如认为:"夫诗也,心不正则不成,心不静则不成,心不明则不成。既正既静既明则……于诗备矣。"③"惟有大心之士,不住生死,不住涅槃,见财如土,见色如尘。"④"草木无情,所以不变。人与禽兽有情,所以有禽兽心则人为禽兽,有人心则禽兽为人,一切有情不由心受形者,未之有也。"⑤

元政在汉诗创作中也常常用到"心"字。如:"观世必明心,读书要得骨。饱开法界口,直吞天上月。"⑥(《旅寓得月字》其二)"此心无所住,到处借化城。雨来即听雨,晴去便看晴。"(《偶成》)"人心如面殊,寓物各自适。任情述我怀,作诗莫拘格。"(《游九条旧宅得客字》)这些诗作,强调任性,尊重己心,正如袁宏道所总结的"信心而出"⑦。

元政在汉诗创作上标举"性灵"说,且作为释家,又非常注重"心"性修炼,这些因素使其在创作汉诗时,不论是写景抒怀还是状物赋事,都直抒胸臆,呈现出平实自然、清逸透脱的诗风。如诗《同诸弟分韵得助字》:

昔落尘网中,困心且衡虑。
今归丘壑间,白云任来去。
耳根绝尘谈,山禽皆人语。
吾诗写性灵,岂借江山助。
形为霜后枝,心作泥中絮。
秋景草山夕,春夜霞谷曙。
身心不两归,未足知妙处。

元政认为"方外者,以官家为樊笼,以爵禄为桎梏,以王侯为蚁垤,以富贵为浮云,宜矣"⑧。又自言:"吾性爱丘山,异境如异城。"(《劝修寺山路》)"汝非樊中物,本是云外仙。"(《折翼鹤》)"一壑因风景,万缘不挂怀。"(《孤蓬庵》)此首诗即是其归隐深草之后的内心吐露。

在其出仕之时,身体困乏,精神倦怠。归隐之后,耳根清净,闲看云卷云舒,山禽的鸣

---

① (日)元政《草山续集》成之卷,富士川英郎、松下忠、佐野正巳编《诗集日本汉诗》第十三卷,东京:汲古书院,昭和六十三年(1988)版。第326页。

②③ (日)元政《草山集》玄之卷,富士川英郎、松下忠、佐野正巳编《诗集日本汉诗》第十三卷,东京:汲古书院,昭和六十三年(1988)版。第63页。

④ (日)元政《草山续集》闰之卷,富士川英郎、松下忠、佐野正巳编《诗集日本汉诗》第十三卷,东京:汲古书院,昭和六十三年(1988)版。第297页。

⑤ (日)元政《草山集》盈之卷,富士川英郎、松下忠、佐野正巳编《诗集日本汉诗》第十三卷,东京:汲古书院,昭和六十三年(1988)版。第123页。

⑥ 所引元政诗版本,(日)元政《草山集》,富士川英郎、松下忠、佐野正巳编《诗集日本汉诗》第十三卷,东京:汲古书院,昭和六十三年(1988)版。第1—364页。

⑦ 《解脱集》之四《张幼于》,(明)袁宏道撰,钱伯城点校《袁宏道集笺校》卷十一,上海:上海古籍出版社,2008年版。第501页。

⑧ (日)元政《草山集》黄之卷,富士川英郎、松下忠、佐野正巳编《诗集日本汉诗》第十三卷,东京:汲古书院,昭和六十三年(1988)版。第72页。

叫也是如此悦耳。“吾心写性灵，岂借江山助”即是对其诗歌创作宗旨的宣扬。写诗即是写性灵，而无需江山之助。虽然身体已同“霜后枝”一样衰老，但是却拥有平和的心灵。世上隐逸者分为多种，有身隐而心不隐者，有心隐而身不隐者，有身、心皆隐者。“身心不两归，未足知妙处”，元政认为如果不是身体与心灵都归隐山林，是不能真正体会到隐逸生活妙处的。

此首诗语言质朴，叙述流畅，通过前后对比，写出了自己对隐逸山林生活的喜爱。另外，作者在这里认为归隐要做到身、心都归隐，这样才能解放性情，感受自然，体会隐居山林之妙。这也与其汉诗创作标举“性灵”的主张相得益彰。

又如诗《夏日作》：

夏日炎炎无奈长，手挥团扇到斜阳。
火云一片不消尽，月在绿荫深处藏。

此首诗前两句以白描的手法，真实形象地表现了夏日炎炎、诗人挥汗如雨的情形。后两句以“火云”对“绿荫”，“不消尽”对“深处藏”，利用巧妙的景物变化来呼应首句中的“无奈长”，描写生动自然。

“清夜耿无寐，唤童又煮茶”(《温泉杂咏》其三)，“啸咏淇园风，清音胜鼓瑟”(《竹》)。最能代表平实自然、清逸透脱之风的当属《竹叶庵十首》(并引)：

竹叶山盖草山之别称也，余缔一笠黄茅住此有年矣。近又欲别构一庵而名以竹叶，时时在其中，或禅坐或经行或读诵或啸咏，未果焉。今兹七月余暑甚炽，因停讲习，山静日长，终日徘徊修竹之下，叶叶含风，清气可掬，清兴不可言，乃信口拟《竹叶庵诗》五言十首，云：

屋前竹叶垂，屋后竹叶隔。
屋上竹叶覆，中有爱竹客。

一叶一天地，一庵一叶间。
凡夫及贤圣，总在此中间。

我观竹之心，草木之空者。
我观竹之形，幽人之友也。

其性清且和，非木亦非草。
个中足岁寒，犹余一束稿。

自轻如飞叶，竹叶似扁舟。
泛彼太虚里，随风自在浮。

一枕短椽下,清风叶叶凉。
恐人添曲节,莫遇蔡中郎。

吾庐无夏日,竹叶翠长寒。
瓶水时移影,绝胜月下看。

山庵不见尘,竹叶无古今。
何须引羊车,长当幽人户。

节中即是空,叶上即是色。
色空本一如,我向者里匿。

苏轼曾言:"宁可食无肉,不可居无竹。无肉令人瘦,无竹令人俗。人瘦尚可肥,世俗无可医。"[①]元政居住的黄茅屋,屋前屋后皆是竹。在其笔下竹之仙姿神态,不染世俗之气。竹之性情清和坚韧,经风霜而依然保持其清俊本性。"一叶一天地,一庵一叶间"。"自轻如飞叶,竹叶似扁舟"。竹身轻盈如竹叶,竹叶如舟似人生,元政将生命的体验消融于自然中。"吾庐无夏日,竹叶翠长寒"。竹叶一年碧绿,黄茅屋掩映于翠竹之中,至夏日时,屋内清凉无炎热。凉月高悬,微微清风,竹影婆娑,满室清香。于月下庵中赏竹叶的"幽人"沉浸于清境中,淡然忘虑。

此组诗,作者以其居住的黄茅屋为主,借咏竹,或咏此中生活,或咏此时心境。其以禅意入诗,描述了一种远离世俗、接近自然的澄静清幽的境界以及潇洒淡泊的超脱襟怀。

其他如诗《舟中口占》:"意境千山重,身安一叶轻。随流无所住,到处得斯生。"《春游吟》:"山河皆宝相,溪水本知音。招友寻梅日,题诗共见花。"《草山偶兴》:"晦迹烟霞避尘世,云松为屋竹为林。闲中日月不知岁,定里乾坤别有春。"等等,亦可见其清逸透脱之风。

综观《草山集》可以看出,元政诗非常注重对环境"幽"、"静"的描写,如"吾性不似人,抱病爱幽僻"(《会德上人》),"幽谷何由隐,此情可自知"(《和山居诗》),"幽林花自发,狂野鸟空飞"(《庚宜翁韵》),"境静心自安,何用观数息"(《净光庵分韵得北字》),"境静花竹和,池冷鱼鸟乐"(《夏日在吉氏新草堂,招石斋作诗乃以夏兴为题,石阶桂柱竹编墙为韵得石字》),"境静白日长,笑言过几日"(《游劝修寺》),"境宽心若海,人静念如灰"(《自高槻舟中即事》),"林下一堂静,静中境自分"(《树下堂杂兴》),"更有静中静,灯前一炷烟"(《自哂》)等。情之幽乃是诗之清的基础,元政对这种静谧环境的描述,往往使其"幽情更不在言中"(《重过赤间》),诗境也更为清逸。

同公安派反对拟古蹈袭一样,元政也反对模拟,在《和李梁溪戒酒诗并序》中言:"余尝答人书,漫论文章曰:所谓有德者必有言,有言者不必有德。盖流自性灵者,有德之言也;出自模拟者,不必有德之言也。流自性灵者,或虽不整齐无痕;出自模拟者,未必无

---

① 缪钺等《宋诗鉴赏辞典》,上海:上海辞书出版社,1987年版。第349页。

痕。余虽不知文章于此二者，暗中摸索只可知也，何者？言则心之迹，因迹求心，虽不中不远矣。由此言之，世之好文章者，不本道德，徒拾古人之唾余，以为得巧，可耻之甚也。”他认为汉诗的创新在于注重抒写性灵，这样作出的诗虽然不工整，但是表达的感情却是自然无痕的。而模拟的诗纵然整齐，但依然可以找到模拟的痕迹。因此，作诗不能以追求工整为主，而是应该不拘格套，独抒性灵，这样才能更好地表露自己的心迹，“因迹求心”。正所谓：“幽兴在人意，青山何必深。”（《次元赟翁寂照庵即景》）“此时何用杯中物，吟咏性情忘却忧。”（《次韵》）

江村北海曾言：“余谓中郎诗祖述白香山，欲矫七子套熟，勤去陈腐，而其弊失诸率易浅俗。”[①]北海在这里指出了袁中郎诗“率易浅俗”的缺点。元政诗学袁中郎，其诗亦有弊失，元政曾发下“会天下衲子，济天下迷途”（《偶作》）的宏愿，这种“济天下迷途”的责任，往往致使其诗中“颇多教语”[②]，如《五言佛六即偈并序》、《十法界偈并序》、《和大雪大雪》、《旅宿有感》（四首）等。

除喜袁中郎诗，元政亦学寒山、拾得的诗：“余每读寒山、拾得诗，自爱其诗之妙，可谓诗之最上乘。”[③]曾作《仿寒山子韵》等。

元政“天资聪敏，气质慈和。少时好学，壮岁致仕，信一佛乘，剃发为僧，入深草山创瑞光寺，居之，一室萧然，经卷之外无余蓄矣”[④]。他著述颇丰，“游其门者，录之为凡二十卷，读之，则文身句义尽发金石丝竹之声，琅琅然顿令声哑者觉”[⑤]。其汉诗创作标举“性灵”，可谓“日本性灵派诗人的嚆矢”[⑥]。

《元元唱和集》

万治二年（1659），元政与陈元赟相识之后，二人酬唱不断，共编《元元唱和集》，“其目的是为宣扬性灵体诗风”[⑦]。有诗一百六十首，涉及诗体有四言诗、五言古诗、五言绝句、五言律诗、五言排律、七言绝句、七言律诗、杂体、歌、颂、赋等，全面向江户诗人们展示了性灵诗创作风貌。该诗集于宽文三年（1663）刊行。

二人之间的相互唱和，创作最多的是五、七言绝句。这些诗篇幅短小，感情真挚，读之清新有味，如元政的《秋夜寓兴》：

风松夜夜琴，曲妙少知音。
唯有檐下月，自来照此心。

陈元赟的《次秋夜寓兴》：

---

① （日）江村北海《日本诗史》卷三，清水茂、揖斐高、大谷雅夫校注《日本诗史・五山堂诗话》，《新日本古典文学大系》65，东京：岩波书店，平成三年（1991）版。第 492 页。

② （清）俞樾《东瀛诗选》卷三十六，东京：汲古书院，昭和五十六年（1981）版。第 487 页。

③ （日）元政《草山续集》成之卷，富士川英郎、松下忠、佐野正巳编《诗集日本汉诗》第十三卷，东京：汲古书院，昭和六十三年（1988）版。第 326 页。

④⑤⑥ （日）太岳清《草山集・叙》，富士川英郎、松下忠、佐野正巳编《诗集日本汉诗》第十三卷，东京：汲古书院，昭和六十三年（1988）版。第 4 页。

⑦ （日）佐野正巳《草山集・解题》，富士川英郎、松下忠、佐野正巳编《诗集日本汉诗》第十三卷，东京：汲古书院，昭和六十三年（1988）版。第 12 页。

山泉夜涪琴，松籁和清音。
风送来枕上，寂寥慰我心。[①]

此类小诗，不仅易于读者了解性灵诗风，而且也易于初学者学习。

另外，《元元唱和集》中也体现了元政与陈元赟之间的深厚友情。“共结幽盟对月圆，合欢百岁两心坚”（陈元赟《月前恋》和歌题）。陈元赟曾言两人相识之时，“不胜久旱甘霖之喜，真古人之所谓白头相见眼终青之谓矣”[②]。后二人酬和不断。宽文二年（1662），陈元赟将归谒尾阳君，元政仿袁宏道《别石篑》诗之韵，作《送元赟老人十首并引》以赠行。陈元赟亦作十首回赠元政。表达了两者之间堪比袁陶的真挚友情。其他如陈元赟的《怀师拙吟》：“政公患病今痊否，子足痹疼尚未瘳。”元政的《谢元赟翁来访》“京北京南天一涯，路分深草入三叉。人无世事交常谈，客惯方言谈每谐”等，皆是两位中日诗人之间友情的见证。

日本早在平安时代，就有唐朝僧人鉴真东渡，为日本文化的发展做出了巨大的贡献。五山时期特别是战国时代，由于日本战乱频繁，致使中日之间的文化交流一度中断。江户初期，陈元赟东渡日本，传播性灵派诗学思想，开拓了江户汉诗人汉诗创作的领域。其与元政一起编撰的《元元唱和集》，可谓中日文化交流史上的重要结晶之一。另外，《元元唱和集》的出版，不仅为江户诗人学习汉诗创作提供了一种新的诗歌风格，而且推动了江户汉诗风格的多元化，也奠定了元政在江户汉诗史上的地位。

第三节　木下顺庵与江户诗坛的“尊唐”风

江户诗坛谁是首位提倡“尊唐”诗风的汉诗人，对此历来颇有争议。江户时代的石克子复、野间三竹、友野霞舟等汉诗人，都认为石川丈山是首位倡唐诗之人。如石克子复言：“先生首倡唐诗开元大历之体制，遂明于一时，皆其力也。”[③]而狄生徂徕、服部南郭、久保善教等人则认为木下顺庵为首位倡唐诗之人，如物茂卿曰：“锦里先生者出而扶桑之诗皆唐矣。”[④]

对于两者之间的争议，以《锦天山房诗话》所言较为公允，“建櫜以来，文治渐修，诗教渐胚，尔时虽有石川丈山等一二硕士，首唱唐诗，然气运未到，旧习未祛。至锦里先生出，

① 所引元政与陈元赟唱和诗版本，《元元唱和集》，富士川英郎、松下忠、佐野正巳编《诗集日本汉诗》第十三卷，东京：汲古书院，昭和六十三年（1988）版。第365—398页。

② 《元元唱和集》，富士川英郎、松下忠、佐野正巳编《诗集日本汉诗》第十三卷，东京：汲古书院，昭和六十三年（1988）版。第388页。

③ （日）石克子复《新编覆酱集・后序》，富士川英郎、松下忠、佐野正巳编《诗集日本汉诗》第一卷，东京：汲古书院，昭和六十二年（1987）版。第56页。

④ （日）友野霞舟《锦天山房诗话》第二十九卷，池田四郎次郎编《日本诗话丛书》第八卷，东京：株式会社凤出版，昭和四十七年（1972）版。第460页。

专以唐为宗，于此白石、南海等诸才人，皆萃其门，彼唱此和，铿金锵玉，殆与开天比隆矣”[①]。受时代环境所限，石川丈山虽然倡唐诗，诗宗杜甫，但其汉诗创作方法则与黄庭坚倡导的“夺胎换骨”、“点铁成金”一样，讲究锻字炼句，汉诗创作诚如江村北海所言“句多拙累，往往不免俗习”[②]，且其转益多师，除杜诗之外，汉诗又多学陶诗之风。可见，石川丈山虽倡唐诗但是创作汉诗时却并未以宗唐为首，其提倡的“尊唐”诗风在当时也并未引起多大影响。

至元禄年间，木下顺庵“专门提倡唐诗”[③]，尊唐之风成浩大之势，席卷整个汉诗坛。“国初以来，诗宗宋元，先生(木下顺庵)断然唱唐诗，英杰之士，四方来归焉”[④]。木下顺庵高望重，治学颇为严谨，“才俊多出其门”[⑤]，“参谋大政则源君美在中，室直清师礼；应对外国则雨森东伯阳、松浦仪祯卿；文章则祇园瑜伯玉、西山顺泰健甫、南部景衡思聪；博该则榊原玄辅希诩，皆瑰奇绝伦之材矣”[⑥]。他一生为人所敬仰，弟子亦“终身奉遵服膺先生之训，不敢一辞有异同焉”[⑦]。其倡唐诗，“出其门者，白石、鸠巢之徒，各木铎于东西，而扩其恶风于四方，虽徂徕、南郭之徒，相继而出，皆悉中其毒”[⑧]。在木下顺庵倡导下，尊唐之风大盛，推动了江户汉诗的创作进入繁荣期，可谓江户时期实际上的“尊唐”诗风的嚆矢。

木下顺庵(1621—1699)，京都人。原姓平，氏木下。讳贞干，字直夫。号顺庵，别号锦里、敏慎斋、蔷薇洞。幼时聪明卓颖，以神童著称乡闾。五六岁时读书写字，作诗属文，天台海公一见奇之，欲纳为法嗣，顺庵不肯。十三岁时作《太平颂》，献给大纳言乌丸光广，乌丸光广又将其作献给后光明天皇，天皇惊叹，以为国瑞。二十二岁时，受业于藤原惺窝弟子松永五尺门下，夙兴夜寐，刻苦研习，学业大进，门友贝原益轩、安东省庵、宇都遁庵，皆推服以为不及。四十岁时，加贺菅公欲聘其讲书论文，顺庵辞曰：“余尺五先生门人也，今先生之子永三见在，请先聘焉。”[⑨]菅公感其义，与松永永三一起聘用。六十二岁时任将军德川纲吉侍讲。七十三岁时，奉命修国史。七十八岁时因病逝于家中。遗言以

---

① (日)友野霞舟《锦天山房诗话》第二十九卷，池田四郎次郎编《日本诗话丛书》，东京：株式会社凤出版，昭和四十七年(1972)版。第 461—462 页。

② (日)江村北海《日本诗史》卷三，清水茂、揖斐高、大谷雅夫校注《日本诗史・五山堂诗话》，《新日本古典文学大系》65，东京：岩波书店，平成三年(1991)版。第 492 页。

③ (日)松下忠著，范建明译《江户时代的诗风诗论：兼论明清三大诗论及其影响》，北京：学苑出版社，2008 年版。第 275 页。

④ (日)西岛兰溪《弊帚诗话》上卷，池田四郎次郎编《日本诗话丛书》，东京：株式会社凤出版，昭和四十七年(1972)版。第 513 页。

⑤ (日)江村北海《日本诗史》卷三，清水茂、揖斐高、大谷雅夫校注《日本诗史・五山堂诗话》，《新日本古典文学大系》65，东京：岩波书店，平成三年(1991)版。第 494 页。

⑥⑦ (日)柴邦彦《锦里文集・序》，富士川英郎、松下忠、佐野正巳编《诗集日本汉诗》第十三卷，东京：汲古书院，昭和六十三年(1988)版。第 403 页。

⑧ (日)久保善教《木石园诗话》，池田四郎次郎编《日本诗话丛书》，东京：株式会社凤出版，昭和四十七年(1972)版。第 518—519 页。

⑨ (日)木下寅亮《锦里先生小传》，富士川英郎、松下忠、佐野正巳编《诗集日本汉诗》第十三卷，东京：汲古书院，昭和六十三年(1988)版。第 406 页。

《孝经》随葬,门人私谥恭靖先生。

木下顺庵"不以诗文为业,故平日所作,往往不留稿"[①],作品散逸较多。在其死后十七年,由其子木下寅亮多方搜集,辑录《锦里文集》十九卷,在其玄孙正直以及柴野栗山的帮助下于天明七年(1787)刊刻,但天明八年即遭京都大火焚毁。宽政二年(1790)由木下正直再一次刊刻。《锦里文集》有诗一千一百四十五(含弟子所作二十四首挽诗)首,有文八十三篇。

卷一至卷五为《西京稿》,为其居于京都所作。木下顺庵师从松永五尺之后,学问大进,曾赴江户想一展抱负。却被人猜忌排挤,抑郁不得志之下,归于京都,屏迹于东山,潜心读书二十余年。此时期,诗人隐于东山,生活悠闲,以诗纪录生活。或与其师友相互酬和送别,如《奉和尺五先生元日韵》、《和松崎生留别韵》、《送田君归东武》、《送友人东归》等诗;或悠然自在游览名胜古迹、湖光山色,如《游禅林寺》、《秋日游天龙禅院》、《江州八景》、《醉乐亭八景》等诗;或读书赏画,如《读杜律》、《读秋兴赋》、《山水图》、《李白观瀑图》等诗;或咏物述怀,如春之《柳》、《牡丹》、《黑谷樱花》……夏之《蛙》、《蝉》、《蚊雷》……秋之《菊》、《归雁》、《山中红叶》……冬之《浦雪》、《红梅》、《野塘孤松》……汉诗创作意到笔随,诗风清新俊逸。

卷六至卷十为《东武稿》,为其徙居江户之后所作。此时,木下顺庵名动天下,"天朝公卿争引为门客,五岳诗僧往来亦熟,尝有《中秋弄月于天龙寺里,双桂树下》及《龙门桃花寺》等诗"[②],也写就了大量的参加宴席的奉和之作,如《席上次柳震泽韵》、《淡水江君席上次韵》、《远州刺史南部公席上》、《和鸟山江太夫弄花高韵》、《中山君席上赠东皋禅师》等。咏史诗以咏武将为主,如《刘备》、《关羽》、《张飞》、《信玄》、《谦信》等,称颂英雄的仁、义、礼、智、信。咏物诗多咏花、鸟、虫、鱼,如《兰》、《荷花》、《杜鹃》、《风前萤》、《鱼》等,意象娴雅,节奏明快。题画诗如《太公垂钓图》、《渊明画像》、《王禹称看月图》、《武仙图》等,虚实相生,情景兼顾,着意于表现画中人物的品格。

卷十一《北海稿》是其在金泽时所作,多为侍宴奉和之作,如《中秋侍宴》、《中秋无月侍宴金城》、《奉陪羽林菅公中秋宴》、《奉和羽林菅公重阳尊韵》等。

卷十二、十三《对韩稿》收其天和二年(1682)与朝鲜通信史成翠虚、李磐谷等人相互赠答诗三十四首。在与朝鲜使者笔谈中,木下顺庵表达了自己尊唐的汉诗观,如《次学士韵》诗序云:

> 今乃挹盛唐之高风,岑贾之芳躅,别赐三篇,以示悃愊。此亦眄睐之深,期我乎盛唐也。不敢当!不敢当!是以掬元白之余波,撷苏黄之残芳,仍用来韵报谢。[③]

---

① (日)木下寅亮《锦里先生小传》,富士川英郎、松下忠、佐野正巳编《诗集日本汉诗》第十三卷,东京:汲古书院,昭和六十三年(1988)版。第404页。

② (日)源君美《春日追悼恭靖先生诗八首注》,富士川英郎、松下忠、佐野正巳编《诗集日本汉诗》第十三卷,东京:汲古书院,昭和六十三年(1988)版。第555页。

③ (日)木下顺庵《对韩稿》卷十二,富士川英郎、松下忠、佐野正巳编《诗集日本汉诗》第十三卷,东京:汲古书院,昭和六十三年(1988)版。第499页。

朝鲜使者成翠虚大赞木下顺庵的诗作呈现出盛唐之风，虽然木下顺庵自谦其诗只是“掬元白之余波，撷苏黄之残芳”，配不上这样的盛赞高评，但在其自谦中，也还看出其诗被朝鲜学者赞为有盛唐之风时的喜悦之情。

另外，日本与朝鲜方言各异，但两国学者仍然可以通过笔谈进行交流，这得益于两国同属于东亚汉字文化圈。“笔下谈论通地脉，胸中妙思吐天葩。相逢何恨方言异，四海斯文自一家”。木下顺庵在《卒赋一律呈成学士》一诗中表达了对属于东亚汉字文化圈的自豪之情。

卷十四《于役稿》收其纪游诗五十六首。《冈崎》、《池田》、《箱根》、《龟山夜行见萤火》、《富士》等诗不仅记录了其游踪，以而且描绘了沿途所见自然风景以及历史名胜，笔力刚健，情思深邈。

除此之外，卷十五收入木下顺庵用和歌题写就的汉诗十七首，如《卯花》、《梅万春友》、《草花露》等。虽然质量不高，但这种新的尝试，扩大了汉诗的表现领域，促进了和歌与汉诗之间的相互融合发展，为日本汉诗本土化作出了努力。

综观木下顺庵现存的一千一百二十一首汉诗中，绝句有四百九十九首，几乎是其汉诗总数的一半。可见，木下顺庵对绝句这种诗体的推重及熟练使用。木下顺庵在论绝句的创作时云：

> 诗之于绝句，易而难，难而易。自其易也而言之，字句不多，情思易通，故初学小生，亦能言之。自其难而言之，以无穷之思，寓于二十八字之间，词调流畅，兴趣含蓄，写意外之妙，非若五七言律争奇于对偶、杂体长篇演思于数十百之比也。故唐人绝句，以青莲、龙标为正宗。虽以少陵圣于诗者，有不逮焉，则其难可知矣。[①]

明人胡应麟评李白绝句：“太白五七言绝，字字神境，篇篇神物。”[②]王昌龄被后人称为“七绝圣手”，其诗《出塞》被誉为唐人七绝的压卷之作。木下顺庵认为“唐人绝句，以青莲、龙标为正宗”，还是比较中肯公允的。

木下顺庵推重李白之绝句，在与朝鲜使者李磐谷赠诗中曾对其大加赞赏：“太白仙才谁共论，赋成鹏翼掩天门。百篇一斗豪吟客，大雅千年今又存。”[③]（《呈李磐谷》），也作了许多题画诗对李白进行歌咏，如《李白观瀑图》：“豪气能知天下士，眼高四海有深情。庐山暗挽银河水，付与汾阳洗甲兵。”《李白醉像》：“懒看倾国醉冥冥，狂态犹含豪气馨。酬唱渔阳莨荡酒，大唐朝士几人醒。”等等，赞美李白之豪气。对于王昌龄，木下顺庵虽然没有像对李白一样在诗中经常提及，但在汉诗创作时也进行了模仿，如模仿王昌龄边塞诗而创作的《闻笛》、《归雁》、《闻砧》等，模仿闺怨诗而作的《木槿荣》、《妾薄命》等。但由于

---

① （日）木下顺庵《三体诗绝句跋》，富士川英郎、松下忠、佐野正巳编《诗集日本汉诗》第十三卷，东京：汲古书院，昭和六十三年(1988)版。第 529 页。

② （明）胡应麟《诗薮·内篇》卷六，上海：上海古籍出版社，1958 年版。

③ 所引木下顺庵诗版本，（日）木下顺庵《锦里文集》，富士川英郎、松下忠、佐野正巳编《诗集日本汉诗》第十三卷，东京：汲古书院，昭和六十三年(1988)版。第 399—558 页。

木下顺庵缺乏实际的生活体验，且其为人“终日整齐严肃”[①]，致使其此类绝句语意生涩，内容空泛，质量平平。

然而木下顺庵的绝句，也有语句流丽、诗风清新之作，如诗《梅雨》：

细细冥冥一月余，衣霉席湿奈吾庐。
好风吹断今朝雨，先晒床头数箧书。

在这首叙事性的小诗中，作者选取了一个典型的生活场景，将一位爱书人的形象展现在读者的眼前。

又如《春水》：

鱼戏萍开雁弄沙，贪看春色溢天涯。
温风一阵吹残冻，变作波涛万顷花。

冬去春来，残留的冰雪融化之后掉入水中激起一阵阵水花。诗人通过这一细节，表达了春天到来时的喜悦之情。

再如《梅花为儒者》：

玉色粹温凌雪开，德馨芬郁逐风来。
他年我亦修花史，妆做儒林第一魁。

以花喻人，表露了自己立志成为一名优秀儒者的决心。

除绝句外，木下顺庵还创作了大量的五七言律诗，这些汉诗中有些诗作颇有盛唐之气，如五言《田村春晴》：

微风泥尚滑，倚杖啸东皋。
竹落悬蓑笠，麦畦闲桔槔。
鸟鸣山色近，落花水声高。
村叟荷锄出，相呼嘉土膏。

“竹落悬蓑笠，麦畦闲桔槔”，描写春雨过后，诗人倚杖出行所见之景：人们将防雨的蓑衣以及斗笠晾在了竹落上，麦田中汲水的工具桔槔也闲置了下来，描写细腻，观察入微。“鸟鸣山色近，花落水声高”，此句以动写静，“鸟鸣”、“花落”渲染了田村自然的静谧。与(南朝)王籍的“蝉噪林逾静，鸟鸣山更幽”(《入若耶溪》)有异曲同工之妙。“村叟荷锄出，相呼嘉土膏”，诗人的笔触由写景转为写农事，“相呼”展现的是土壤适合耕种带来的喜悦之情。

全诗可谓“诗中有画、画中有诗”，通过描绘春雨初晴后田村秀丽清新、生机盎然的景象，表达作者对淳朴的田村生活以及优美的田园风光的赞美。

又如七言体诗《丰臣庙感怀，奉和尺五先生韵》：

---

① (日)木下寅亮《锦里先生小传》，富士川英郎、松下忠、佐野正巳编《诗集日本汉诗》第十三卷，东京：汲古书院，昭和六十三年(1988)版。第406页。

松下行厨丰庙边，登临转感艳阳天。
郢台人去荆榛合，骊岫云还陵谷迁。
残树空荣荒径里，余香暗度晚风前。
年年惟有花时节，醉舞狂歌花木前。

诗人由眼前丰臣庙之景，不由发出感慨："郢台人去荆榛合，骊岫云还陵谷迁。"世事变迁，丰臣秀吉死后，其所建的丰臣庙也渐渐荒败了。此句通过"郢台"、"骊岫"两个典故，表达了人事昔盛今衰的凄凉之境。下句将"残"、"荒"与"荣"以及"醉舞狂歌"的闹相对，更加突出了丰臣庙的凄冷。全诗由眼前所见的物象兴起，寓情于景，同时还具有现实的讽喻借鉴意义。

其他如"霜散丰山晓，花飞长乐春"(《风外鲸钟》)，"素房含露重，绿叶带烟新"(《暮春游禅林寺，残花一株烂漫盛开，是日初雨后晴》)，"一心存北阙，三世护南朝"(《楠公》)，"红湿花含泪，绿交草见心"(《春雨迎客》)，"晚烟村落平林暗，夕日川原远水明"(《丰臣庙感怀奉和尺五先生韵》)，"故园残梦藩城月，秋日高楼暮笛风"(《丰国庙》)，"无声暗滴花间露，有色偏添柳上烟"(《春雨》)等，自然浑成，"颇有唐气"[①]。

第四节　伊藤仁斋、中江藤树、德川光圀等汉诗人的创作

江户时期，日本儒学除朱子学派之外，还产生了古义学派与阳明学派。古义学派与阳明学派皆反对朱子学，其代表人物分别是伊藤仁斋、中江藤树。伊藤仁斋不仅是古学派之祖，而且还是堀川诗派的创始人。中江藤树虽然所留诗作不多，因其为日本阳明学派的开创者，而被日本人尊称为"近江圣人"。德川光圀为水户学派的创始人，其汉诗创作讲求直抒胸臆，明白晓畅，颇为清新易懂。

伊藤仁斋(1627—1705)，名维桢，初名维贞。字源佐，幼字源七。号仁斋，又号棠隐、棠阴、古义堂。生于京都堀河。幼年聪颖，"甫十一岁时，就师习句读，出授《大学》，读治国平天下章，谓'今世亦有知如许事者邪'。既而稍属诗，出语不凡，众共叹异"[②]。十六七岁时专研朱子学，"余十六七岁时，读朱子四书，窃自以为是训诂之学，非圣门德行之学。然家无他书，《语录》、《或问》、《近思录》、《性理大全》等书，尊信珍重，熟思体玩，积以岁月，渐得其肯綮。二十七岁时著《太极论》，二十八九岁时著《性善论》，后又著有《心学原论》，备述危微精一之旨。自以为深得其底蕴，而发宋儒之所未发"[③]。二十九岁时患病，离家隐于松下町，直至三十六岁时才返回堀川家中。同年开设古义堂授徒讲学，"草定语

① (日)西岛兰溪《弊帚诗话》上卷，池田四郎次郎编《日本诗话丛书》，东京：株式会社凤出版，昭和四十七年(1972)版。第514页。

② (日)伊东伦厚《伊藤仁斋(附)伊藤东涯》，《日本的思想家》10，东京：株式会社明德出版，1983年版。第212页。

③ (日)吉川幸次郎等《日本思想大系33·伊藤仁斋·伊藤东涯》，东京：岩波书店，昭和五十五年(1980)版。第288页。

孟古义，及中庸发挥，又设同志会，挂夫子像于北壁，鞠躬致拜，退讲经书”[1]，开始脱离朱子学而转向宣扬古义学。仁斋至孝，为奉养老母而曾拒绝出仕。七十九岁卒，私谥古学先生。被赐正四位。著有《古学先生诗集》。

《古学先生诗集》二卷，由其子伊藤东涯所辑，享保元年(1716)刊刻，有诗四百零八首。

伊藤仁斋“首斥程朱，创一家学”，且“概其为人，宜不屑于声律”[2]。因此，人们往往称赞其学问厚实，而少赞其诗才。实际上仁斋自年少即沉溺于诗文，他十九岁随父登园城寺、游日本名胜琵琶湖时，见景抒情，遂赋《园城寺绝顶》、《湖水》两首诗，表达自己期望像大禹一样建功立业的凌云壮志。仁斋早年受到程朱学影响较深，因此俞樾在评其诗时言“仁斋一生以宋学始，诗亦多康节击壤之遗音”[3]。其诗作《学问须从今日始》曰：

学问须从今日始，算前顾后莫悠悠。
寸苗遂作苍苍树，原水还为瀌瀌流。
知识开时八荒阔，功夫熟处一毛辅。
六经元自侬家物，何必区区向外求。[4]

此诗告诫人们做学问要脚踏实地，从今日今时开始，不可蹉跎等待，空度岁月，表达出一位汉学家为人处世的楷模风范。

伊藤仁斋的主要诗风，应该比较接近如西岛兰溪在《弊帚诗话》中所言的“高雅清俊”[5]。这种诗风在仁斋《北野即事》诗中得到精彩的呈现：

北野祠前千树梅，残葩寂寞晚风开。
月明未上林塘静，空逐暗香过野台。

此首诗首句描写诗人眼前之景，北野祠前的一片梅林中，只有残花还在寂寞地开着。“寂寞”一词既指梅林残花所剩无几，也指诗人内心的孤独之情。第三句描摹远景，用月之“明”写林塘静。清月低垂，梅林、池塘昏暗朦胧，悄无声息。第四句运用了拟人手法，寒风吹过，空气中弥漫着冷寂和清香，月光追逐着幽香而掠过了野台。结句一个“空”字，凸显了孤寂的心境，表达出了诗人此时此刻的悠然惆怅。

中江藤树(1608—1648)，名原，字惟命，通称与右卫门，自号藤树，别号颐轩、嘿轩、西江等。生于近江(今滋贺县)，后迁居伊豫大州(今爱媛县)。幼年颖悟，研习五经且颇有

---

① (日)伊东伦厚《伊藤仁斋(附)伊藤东涯》，《日本的思想家》10，东京：株式会社明德出版，1983年版。第212页。

② (日)江村北海《日本诗史》卷三，清水茂、揖斐高、大谷雅夫校注《日本诗史·五山堂诗话》，《新日本古典文学大系》65，东京：岩波书店，平成三年(1991)版。第494页。

③ (清)俞樾《东瀛诗选》卷一，东京：汲古书院，昭和五十六年(1981)版。第18页。

④ 所引伊藤仁斋诗版本，(日)伊藤仁斋《古学先生诗集》，富士川英郎、松下忠、佐野正巳编《诗集日本汉诗》第二卷，东京：汲古书院，昭和六十年(1985)版。第1—43页。

⑤ (日)西岛兰溪《弊帚诗话》上卷，池田四郎次郎编《日本诗话丛书》，东京：株式会社凤出版，昭和四十七年(1972)版。第524页。

心得："年甫十一，一日读《大学》'自天子以至于庶人，壹是皆以修身为本'，大叹悟曰：'幸此经之存于世也，圣人岂不可学而至焉乎？'"①十八岁时仕于大洲侯。二十二岁作《安昌弑玄同论》一文，批判林氏朱子学派观点。二十七岁时为侍奉独居小川村的母亲，去职归乡，同年开门授徒。三十三岁时购得《阳明全书》，得以全面研习王阳明心学。惜四十岁时即因病卒，在汉学研究及汉诗创作方面未有更多时间登峰造极。明治四十年(1907)追赠正四位。

中江藤树一生对日本儒学贡献颇大，其在广泛解读中国儒家经典的基础上，更结合日本江户时代社会文化的本土特点，对传来的王阳明心学进行了吸收改造，重新构筑起以孝为主体的具有日本特色的阳明学体系②。这一思想体系对江户社会影响深远，因此被后人敬称为"近江圣人"。中江藤树所作汉诗，在当时诗坛影响不彰，其中多为论学之作，如《元旦试翰，聊论学之体要》云：

大学规模宇宙宽，说而不愠深林兰。
灵台春到能弘道，智水冰开或起澜。
梅梢拥雪励三省，杨柳和风悟一贯。
自此云霞千变里，鉴衡虑得泰山安。③

全诗以形象的比喻，对《论语》、《大学》等儒家经典之意进行了通俗的解读，这样化繁为简的性理诗，是易于当时一般读者所理解和接受的。

江户初期汉诗人，除以上学者，还有水户学派创始人德川光圀，也擅长汉诗。

德川光圀(1628—1700)，字子龙，小字千代松。号梅里，又号西山。生于御三家中的水户家，德川家康之孙，水户城主德川赖房二子。三十三岁时袭赖房之职，成为水户第二任藩主。七十八岁时薨，谥号义。著有《常山文集》等。

德川光圀少有修史之志，三十一岁时设彰考馆，以厚俸招聘天下俊才，编纂《大日本史》。三十七岁时邀请明遗民学者朱舜水至水户，礼遇甚厚，长期居住授学，形成江户时代著名的水户学派。

德川光圀的汉诗往往直抒胸臆，诗风清新晓畅，如《送朝鲜国通信从事官朴庆后》云：

鸡林交际久，御命使扶桑。
盛礼复难浔，良缘不可常。
绿阴辞旧里，黄菊感他乡。
残梦屋梁月，相思几断肠。

《送朝鲜国通信副使李彦纲》云：

① (日)冢本哲三《先哲丛谈》，东京：有朋堂书店，大正九年(1920)版。第96—97页。

② 陈景彦、王玉强《江户时代日本对中国儒学的吸收与改造》，北京：社会科学文献出版社，2014年版。第138页。

③ (日)林文会堂《扶桑名贤诗集》，富士川英郎、佐野正巳、松下忠编《词华集日本汉诗》第一卷，东京：汲古书院，昭和五十八年(1983)版。第257页。

星轺持使节，敦好结交邻。
邂逅言虽异，殷勤情尚亲。
寄诗推李杜，分袂隔胡秦。
今日君归去，长为远别人。①

这两首诗展现了诗人与韩国通信史的相逢与别离，第一首诗“绿阴辞旧里，黄菊感他乡。残梦屋梁月，相思几断肠”，叙述了韩国通信史朴庆后的思乡之情。“绿荫”、“黄菊”拉长了时间感，蕴含着伤感的情绪。“残梦”、“断肠”则吐露了身居他乡的抑郁和块垒，展现了对家乡连绵不绝的思念之情。第二首诗“今日君归去，长为远别人”，充满了离别之后无法再见的痛苦，表达了作者与韩国友人之间的深厚情谊。从这两首诗中可看见，东亚汉诗文化圈内的日韩两国之间，有着悠久和深厚的文化交流，形成“邂逅言虽异，殷勤情尚亲”的亲密关系。诗中还揭示出当时朝鲜和日本诗坛都推重李杜的诗学走向。

德川光圀的诗作如《岁暮偶作》、《初秋偶作》、《见花》、《立秋雨》、《菊》、《还乡》、《题画秋草屏记》、《偶咏》、《旅馆闻雁得洲字》、《呈虎林禅师》等，都写得通俗易懂，感情真挚。此外，德川光圀是一位极有造诣的本土历史学家，渊博的学识使得其在汉诗中多用典故，显示特色。如“归思张翰鲙，趣同王粲楼”(《初秋偶作》)、“悲风传恨子卿信，暇日销愁王粲楼”(《旅馆闻雁得洲字》)、“只翻黄卷北窗里，占得渊明高卧心”(《送隐者》)等，都是书卷气息极浓的醇厚汉诗佳作。

德川光圀身为将军贵族，礼贤下士，对明儒朱舜水尤其礼遇。朱舜水定居水户后，德川光圀长期执弟子礼，虚心请教求学，其汉诗文创作也受到朱舜水的深刻影响。

朱舜水(1600—1682)，名之瑜，字鲁屿，又字楚屿，号舜水。浙江余姚人。1644年明朝灭亡之后，作为遗民的朱舜水一直参加反清复明运动，曾三渡日本，两至安南，寻求邻国的帮助。在安南时曾被威逼恐吓，但不改其复国之志。后因复明无望，再次远渡日本，从此一去不归。晚年定居水户，八十三岁病卒。私谥文恭，著有《舜水文集》。

朱舜水是位知识渊博的学者，自然不认为吟诗作赋是学问。因而他反对花费太多的时间精力吟诗作文，因为空洞的诗文于国计民生并无裨益，在明末动乱的时代背景下尤其如此。其曰：“吟诗作赋非学也，而弃日费时，必不可者也。‘空梁落燕泥’，工则工矣，曾何益于治理？‘僧推月下门’，赅则赅矣，曾何补于民事？‘鸡声茅店月，人迹板桥霜’，新则新矣，则何当于事机？而且捻须呕心，倘或不能工致，徒足供人指摘，又何益于诗名？”②

朱舜水之所以反对人们耗费时力，捻须呕心地为作诗而作诗，乃是因为明代后期不少文人诗人只顾沽名钓誉，哗众取宠，诗文创作并不是发自内心的真情实感：“今之诗益无用矣。高者宣淫导豫，下者学步效颦，掇取事文类聚及诗学大成等书，节令名物，敷衍

① 所引德川光圀诗版本，(日)友野霞舟《熙朝诗荟》，富士川英郎、佐野正巳、松下忠编《词华集日本汉诗》第一卷，东京：汲古书院，昭和五十八年(1983)版。第31—34页。

② 朱舜水《与奥村庸礼书》，转引自松下忠著，范建明译《江户时代的诗风诗论：兼论明清三大诗论及其影响》，北京：学苑出版社，2008年版。第259页。

数字，杂合成章。此不过虚张名誉，巧取世资，何尝发之性灵？”[①]从上面一段话，可以看出朱舜水论诗是标举性灵的。主张“发自性灵的诗文是具有‘清’、‘清华流利’、‘清爽’、‘凯爽明白’、‘清新流丽’等特色的诗文”[②]。然而正因为他不重视作诗，所以保留下来的优秀诗作传世者甚少。

朱舜水人生的后期在日本传授儒学二十余年，为江户时代培养出了一大批优秀的弟子，其中如安积淡泊、栗山潜锋、人见懋斋、秋山久积、今井善斋、奥村蒙窝等，皆有突出的汉诗才华。另外，朱舜水与当时日本著名学者木下顺庵、林梅洞、林凤冈等人交好，时常有书信来往，相互交流，研讨儒学，促进了江户汉文诗文的发展。其倡导的尊王贱霸、忠孝无二、实用实学等观念，为江户时代水户学的思想根源[③]。水户学在学派林立的江户初期占有重要的一席之地，后来更是对幕末的倒幕运动，产生了巨大的影响，这些与朱舜水所作出的贡献是分不开的。

---

① 朱舜水《答古市务本书》，转引自松下忠著，范建明译《江户时代的诗风诗论：兼论明清三大诗论及其影响》，北京：学苑出版社，2008 年版。第 264 页。

② （日）松下忠著，范建明译《江户时代的诗风诗论：兼论明清三大诗论及其影响》，北京：学苑出版社，2008 年版。第 265 页。

③ 朱谦之《日本的朱子学》，北京：人民出版社，2000 年版。第 444 页。

第二章 江户汉诗的繁荣期(上)
(延宝八年至宝历九年)

第一节 概 述

元禄元年至宝历九年(1688—1759),江户汉诗进入创作的繁荣期。此时期经过江户初期德川家康、秀忠、家光、家纲四代将军的励精图治,国力渐趋强盛,经济愈发繁荣。五代将军纲吉即位时,“世间虽然仍残留着战国时代的余风,但整个大环境已逐渐往重文轻武的新潮流迈进”①。另外,将军本人在文化方面也非常重视推行儒学。在这样的时代趋势下,江户儒学愈加勃兴,除了创世期的朱子学派、古义学派、阳明学派发展壮大之外,荻生徂徕倡导的古文辞派也开始风行日本列岛。儒者群体的日益扩大,也带来了江户汉诗创作阵营前所未有的繁荣景象。笔者据《诗集日本汉诗》、《词华集日本汉诗》、《日本诗话丛书》、《日本汉文学大事典》等,检得该期著名汉诗人约400位,几乎每位汉诗人都有诗集留世。就汉诗人数量与汉诗创作数量而言,此阶段汉诗的繁盛远远超过了其前一阶段的发轫发展期。

随着全国政治、经济、文化的中心由京都转移至江户,作为都城的江户成为汉诗人除京都之外的又一聚居地,而且是日益扩大繁荣的人文聚居地。因此,此期的汉诗创作,主要是以江户和京都为中心展开的。

以京都为中心的汉诗人主要有:以伊藤东涯为首的堀川诗派以及梁田蜕岩等木门弟子。堀川派诗人的汉诗通俗易懂,诗风清新。但从整体来说,汉诗人的创作水平不高,佳作不多。此时京都汉诗坛翘楚当属木门弟子梁田蜕岩,友野霞舟赞其“泛爱博纳,出入诸家,不固守一格”②。其诗雄浑豪放,格调昂扬,有古雅之风。但梁田蜕岩诗有时过于注重锻炼字句,致使诗中“温藉少让,纵横有余”③。

---

① (日)茂吕美耶《江户日本》,南宁:广西师范大学出版社,2006年版。第236页。

② (日)友野霞舟《锦天山房诗话》卷三十六,池田四郎次郎编《日本诗话丛书》第八卷,东京:株式会社凤出版,昭和四十七年(1972)版。第508页。

③ (日)西岛兰溪《弊帚诗话》上卷,池田四郎次郎编《日本诗话丛书》第四卷,东京:株式会社凤出版,昭和四十七年(1972)版。第521页。

以江户为中心的汉诗创作群体主要有林门、木门、萱园派等。林门汉诗人主要有林凤冈和秋山玉山。林凤冈的汉诗多奉和之作，佳作有《仲秋侍宴》等。秋山玉山的汉诗成就较大，江户后期著名汉诗人赖山阳将其与新井白石、祇园南海、梁田蜕岩并称为“正德四家”。其诗虽标举盛唐，尊崇李王，但却竭力创新，诗风雄浑高华。木下顺庵门下精英辈出，其中以榊原篁洲、新井白石、西山西山、南部南山、室鸠巢、雨森芳洲、祇园南海等汉诗人最为著名，木门弟子的汉诗创作秉承其师木下顺庵“尊唐”诗论，汉诗诗风总体来说具有风流雅致之美。荻生徂徕的萱园诗派在此期崛起，并迅速壮大。其门下高徒太宰春台、安藤东野、服部南郭、平野金华、高野兰亭等皆为当时俊秀。萱园诗派尊崇李王，汉诗创作亦崇尚唐诗风格。萱园诗派的诗风总体来说追求风雅之美，但由于其诗作讲求格调，重模拟，较大地束缚了汉诗人的创作，致使萱园派诗人未能摆脱蹈袭的窠臼，受到当时以及后世诗人的诸多批判。

总体而言，元禄元年至宝历九年(1688—1759)期间，以京都为中心的汉诗创作群体在影响上远不及江户诗坛，而江户诗坛尤以木门、萱园派的声势最为浩大。在木门、萱园诗人群体的鼓吹之下，唐诗风几乎覆盖整个江户诗坛。

另外，不同于江户初期儒者普遍还将汉诗视为“余技”，少有尽全力进行汉诗文创作者，此一时期的江户儒者多主张诗文兼修，如荻生徂徕就秉持此观念。津版东阳在《夜航馀话》中言：“学问之道从诗入，此为徂徕翁之发挥，诚为卓识格言。”[①]徂徕门下大弟子服部南郭，更成为汉诗文创作大家。“其全集中论学之作殊鲜，似于经学微不逮焉。然其诗则颇有出蓝之叹”[②]。儒者对汉诗文创作的日益重视，使得江户汉诗创作逐渐从儒学中独立出来，这就为江户汉诗的日本化奠定了基础。

第二节 “尊唐”论与诗坛的兴盛

论及元禄元年至宝历九年(1688—1759)诗坛，“尊唐”诗论的流播和传承对江户汉诗的重要影响是不言而喻的。而江户诗坛领袖人物的倡导，对“尊唐”诗风的兴盛起到了至关重要的作用。

西岛兰溪曰：“顺庵、徂徕二先生勃兴，海内诗风一变，为唐为明。”[③]久保善教言“及元禄之际，锦里先生者出，始唱唐诗，风靡一世。而出其门者，白石、鸠巢之徒，各木铎于东西，而扩其恶风于四方……虽徂徕、南郭之徒，相继而出，皆悉中其毒。不得复其迷，诗道

① (日)津版东阳《夜航馀话》卷下，池田四郎次郎编《日本诗话丛书》第三卷，东京：株式会社凤出版，昭和四十七年(1972)版。第42页。

② (清)俞樾《东瀛诗选》卷三，东京：汲古书院，昭和五十六年(1981)版。第41页。

③ (日)西岛兰溪《弊帚诗话》上卷，池田四郎次郎编《日本诗话丛书》第四卷，东京：株式会社凤出版，昭和四十七年(1972)版。第518页。

渐衰矣。”[①]木下顺庵德高望重,治学严谨,门下弟子众多。其论诗以唐诗为宗,而明代诗坛也是崇尚唐诗为主,是“含有格调说和神韵说的成分的未分化的诗文论”[②]。在木下的提倡下,江户诗坛习唐之风开始大盛。

木门弟子继承发展了木下顺庵的“尊唐”论,如室鸠巢就认为:“夫唐兴,黜浮华,崇理致,激颓风,而归之于正。兼之结撰之富,体制之备,洋洋乎成一代风谣,追及汉魏以上,与之比隆,可谓盛矣。”[③]木门诗人对明代格调说,也给予了充分的关注,如新井白石对明七子用心诗歌声律的做法极为赞赏:“观其后古人之诗,唐初卷中少此格,中、晚以后时时可见,至宋虽多见,然自明七子以来,尤能用心于声律。”[④]室鸠巢对标举李王诗的古文辞派也有所批判:“观古今大家之文,无不平易条畅,何如今人所好弇州沧溟之文诡异难涩?”[⑤]梁田蜕岩则对李攀龙《唐诗选》极为推重:“诗以初盛中三唐为正风,留心于正风,初学不知,只管熟读唐诗,诗人众多,不知何取何从。幸哉!明大家李攀龙所选《唐诗选》,于诗学字字千金,最为至宝。纵有不合之处,用心熟读之可也。”[⑥]

对这些同时出现的诗论观念,后来江村北海曾有评论:“白石、沧浪、蜕岩、南海大抵与徂徕同时,并非贾萱园之余勇者,而其诗虽曰宗唐,亦唯明诗声格。”[⑦]江村北海此论,正是看到了新井白石、室鸠巢、梁田蜕岩、祇园南海的不同诗论中,其实就是不同角度的明代格调说。木门弟子以唐诗为宗,无论是新井白石对格调说的赞同,还是室鸠巢对李王学说的反对,其实都是将格调说作为鼓吹唐诗的手段。如祇园南海将明诗作为学唐的阶梯:“汉唐之诗不可不学,而不可不解。明人之诗未必不学,而未必可解。然学诗者,初读汉唐之诗,犹梦中听钧天乐,非不知其音之灵妙,但其茫然不能识灵妙之所在。不如先读明诗之易成功耳。”[⑧]另外,他们在关注格调说的同时,也注意到并采用了神韵诗说,如祇园南海所提出的影写说,“是取格调说和神韵说之长,在糅合两者的基础上形成的具有独创性的诗说”[⑨]。因此江村北海所下的结论是“其诗虽曰宗唐,亦唯明诗声格”。就是看到

---

① (日)久保善教《木石园诗话》,池田四郎次郎编《日本诗话丛书》第七卷,东京:株式会社凤出版,昭和四十七年(1972)版。第519页。

② (日)松下忠著,范建明译《江户时代的诗风诗论:兼论明清三大诗论及其影响》,北京:学苑出版社,2008年版。第276页。

③ 《题杜律新注书》,《补遗鸠巢文集》卷十六,转引自松下忠著,范建明译《江户时代的诗风诗论:兼论明清三大诗论及其影响》,北京:学苑出版社,2008年版。第307页。

④ 《室诗新评》,《新井白石全集》第六卷,转引自刘芳亮著《日本江户汉诗对明代诗歌的接受研究》,济南:山东大学出版社,2013年版。第49页。

⑤ (日)室鸠巢《作文在于读书》,转引自松下忠著,范建明译《江户时代的诗风诗论:兼论明清三大诗论及其影响》,北京:学苑出版社,2008年版。第304页。

⑥ (日)梁田蜕岩《答樽井生》,转引自松下忠著,范建明译《江户时代的诗风诗论:兼论明清三大诗论及其影响》,北京:学苑出版社,2008年版。第432页。

⑦ (日)江村北海《日本诗史》卷四,清水茂、揖斐高、大谷雅夫校注《日本诗史·五山堂诗话》,《新日本古典文学大系》65,东京:岩波书店,平成三年(1991)版。第508页。

⑧ (日)祇园南海著,新井白蛾校《明诗俚评·序》,大阪:吹田屋多四郎,宝历六年(1756)版。

⑨ (日)松下忠著,范建明译《江户时代的诗风诗论:兼论明清三大诗论及其影响》,北京:学苑出版社,2008年版。第332页。

了这一点，虽然话说得有点绝对。

此一时期中，真正将明代的格调诗说发扬光大的，是萱园诗派的开创者荻生徂徕。他以明代李、王的格调说论唐诗："盖诗以格为别：高华雄浑，古雅悲壮，是盛唐所尚也。……流畅圆美，宛切动人，是中唐所长也。……新奇尖巧，刮目快心，是晚唐所擅。"[①]"夫盛唐主格，中唐主情，晚唐主意，古人曰在可解不可解之间，可见情意二者非最上乘焉。"[②]"中唐情婉易感，晚唐辞巧易眩。此所以失乎格故也。"[③]更以人之品、仪作比，形象地描述了格、调，"大抵格犹人之品也，故贵高。调犹人之仪也，故贵称。"[④]他认为盛唐、中唐、晚唐诗中，盛唐诗格调最高，因此在江户诗坛应该提倡诗宗盛唐。相对于木下顺庵提出的融合格调、神韵说的诗论，荻生徂徕标举盛唐格调说，可谓旗帜鲜明，一呼百应，很快便风靡江户诗坛。

荻生徂徕的格调说取法于明七子，对李攀龙、王世贞尤为尊崇，如："唐诗若少，当补以明李于鳞、王元美等七才子诗，此自唐诗正脉。"[⑤]"李王以修辞振之，一以古为则，可谓大豪杰矣。"[⑥]他曾苦心研读李王文集，"中年得李于鳞、王元美集以读之，率多古语，不可得而读之。于是发愤以读古书，其誓目不涉东汉以下。亦如于鳞氏之教者，盖有年矣。始自六经，终于西汉。终而复始，循环无端，久而熟之。不啻若自其口出，其文意互相发，而不复须注解。然后二家集，甘如啖蔗。于是回首以观后儒之解，纰缪悉见"[⑦]。对李王诗推赏备至："于鳞于盛唐诸家外别构高华一色，而终不离盛唐，细眂其集中，一篇一什皆粹然。元美一身具四唐，随年纪相升降，可谓奇事矣。"[⑧]推崇七子鼓吹盛唐之音的著作，"廷礼《品汇》、于鳞《诗删》、弇州《卮言》、元瑞《诗薮》，朝夕把玩，诗亦在阿堵中"[⑨]。认为"《唐诗选》、《唐诗品汇》，是等皆可作益友观。明朝之李空同、何大复、李于鳞、王元美之诗文，是亦益友也"[⑩]。另外，徂徕还编选了《绝句解》、《绝句解拾遗》、《唐后诗》等明七子

---

① （日）荻生徂徕《徂徕集》卷二十六，富士川英郎、松下忠、佐野正巳编《诗集日本汉诗》第三卷，东京：汲古书院，昭和六十一年（1986）版。第 272 页。

② （日）荻生徂徕《徂徕集》卷二十六，富士川英郎、松下忠、佐野正巳编《诗集日本汉诗》第三卷，东京：汲古书院，昭和六十一年（1986）版。第 273 页。

③④ （日）荻生徂徕《徂徕集》卷二十七，富士川英郎、松下忠、佐野正巳编《诗集日本汉诗》第三卷，东京：汲古书院，昭和六十一年（1986）版。第 288 页。

⑤ （日）荻生徂徕《徂徕集》卷十九，富士川英郎、松下忠、佐野正巳编《诗集日本汉诗》第三卷，东京：汲古书院，昭和六十一年（1986）版。第 194 页。

⑥ （日）荻生徂徕《徂徕集》卷十九，富士川英郎、松下忠、佐野正巳编《诗集日本汉诗》第三卷，东京：汲古书院，昭和六十一年（1986）版。第 195 页。

⑦ （日）荻生徂徕《徂徕集》卷二十八，富士川英郎、松下忠、佐野正巳编《诗集日本汉诗》第三卷，东京：汲古书院，昭和六十一年（1986）版。第 298 页。

⑧ （日）荻生徂徕《徂徕集》卷十九，富士川英郎、松下忠、佐野正巳编《诗集日本汉诗》第三卷，东京：汲古书院，昭和六十一年（1986）版。第 195—196 页。

⑨ （日）荻生徂徕《徂徕集》卷二十六，富士川英郎、松下忠、佐野正巳编《诗集日本汉诗》第三卷，东京：汲古书院，昭和六十一年（1986）版。第 273 页。

⑩ 《徂徕先生答问书》下，中村幸彦校注《近世文学论集》，《日本古典文学大系》94，东京：岩波书店，昭和四十四年（1969）版。第 172 页。

的诗歌集。荻生徂徕在鼓吹李王的同时,进一步扩大了江户诗坛的尊唐诗风。

荻生徂徕的弟子也继承了他的诗论,对元禄元年至宝历九年(1688—1759)诗坛尊唐风的兴盛起到了推波助澜的作用。如安藤东野:"四家为范,辟如学山;七子不画,辟如学海。故学四家者,以四家为归宿;仿七子者,以七子为舆梁。宁翅舆梁七子。周诰殷盘,亦皆吾之舆梁已。我自归于我宿。"①山县周南:"其学一遵徂徕先生之教,以经术文章为宗。文则秦汉,诗则唐明为归。"②太宰春台:"爰明室之中叶,回文运于太初。北地之豪,信阳之雄,发春葩于辞林,蜚白雪于艺圃。沧溟龙跃,弇州凤翔,凌千古以颉颃,耆万人而辟易。风雅之后,斯之为盛。"③高野兰亭:"苟学近体,则非唐诗是效,吾谁适从?欲效唐人者,非修于鳞氏之业,复何得之乎?子其勉旃。"④服部南郭:"唐人之诗,各体成家,自尔尔。至于明人,乃欲以一家兼备各体,亦势自尔尔。而难哉!但沧溟精刻,独集众思,左右其宜,几乎奄有其美矣。"⑤

江村北海曾言:"物徂徕以杰出才,驾宏博学,不能守旧业,遂以复古创立门户。其初一二轻俊,从而鼓吹之,终能海内翕然风靡云集,我邦艺文为之一新,而才俊亦多出其门。至今讲说之徒,藉口徂徕,坐皋比而骄生徒者,比比不鲜。"⑥荻生徂徕亦自言:"予倡古文辞于关以东者十年,海内喁然乡风,豪杰之士往往裹粮以至者,西薄大海之滨,而京洛独寥寥亡闻焉。"⑦短短十年,除了京都之外,全国的豪杰之士几乎都投入了徂徕门下。在其影响之下,林门的秋山玉山、堀川派的原双桂等汉诗人在汉诗的创作上也尊崇唐诗风格。

"延至元禄(1688—1703)、享保(1716—1735),作者林立,就中木门、萱社之徒最盛,人人口开天而不舍,羞用唐以后之事"⑧。在木下顺庵的木门派以及萱园诗派的大力倡导下,此期江户诗坛"尊唐"之风终于大盛。

---

① (日)安藤东野《东野遗稿》卷下,富士川英郎、松下忠、佐野正巳编《诗集日本汉诗》第十四卷,东京:汲古书院,平成元年(1989)版。第53页。

②③ (日)山县泰恒《先考周南先生行状》转引自(日)松下忠著,范建明译《江户时代的诗风诗论:兼论明清三大诗论及其影响》,北京:学苑出版社,2008年版。第362页。

④ (日)禅轼《书兰亭先生诗集后》,富士川英郎、松下忠、佐野正巳编《诗集日本汉诗》第三卷,东京:汲古书院,昭和六十二年(1987)版。第469页。

⑤ (日)服部南郭《南郭先生文集》卷九,富士川英郎、松下忠、佐野正巳编《诗集日本汉诗》第四卷,东京:汲古书院,昭和六十年(1985)版。第393页。

⑥ (日)江村北海《日本诗史》卷四,清水茂、揖斐高、大谷雅夫校注《日本诗史·五山堂诗话》,《新日本古典文学大系》65,东京:岩波书店,平成三年(1991)版。第508页。

⑦ (日)荻生徂徕《徂徕集》卷十一,富士川英郎、松下忠、佐野正巳编《诗集日本汉诗》第三卷,东京:汲古书院,昭和六十一年(1986)版。第105页。

⑧ (日)友野霞舟《熙朝诗荟·序》,富士川英郎、佐野正巳、松下忠编《词华集日本汉诗》第四卷,东京:汲古书院,昭和五十八年(1983)版。第5页。

第三节 林门汉诗创作

林凤冈(1645—1732),名又四郎,又名信笃、春常,字直民,号凤冈,又号整宇。林凤冈因其兄林梅洞早逝,继林鹅峰之后成为林家第三代继承人。其历仕纲吉、家宣、家继、吉宗四朝,为德川幕府从武治政治到文治政治的转变作出了贡献。林凤冈深受将军信任,得以实现政治上的抱负,其诗多歌功颂德之作,赞扬在德川氏的统治之下,国家的繁荣昌盛,如"和气融融孝子家,唯期怙恃鹤龄遐"(《庚戌元日》)[①]、"天运春回丁卯岁,太平文物示奎祥"(《丁卯元日》)、"君臣永乐万年乐,绝胜大名千里晴"(《仲秋侍宴》)、"太平有象云同轨,天下春风庆历车"(《己巳元日》)、"和气周流道德闻,儒风兴起太平文"(《辛未元日》)、"太平散化春风遍,天下车书同轨文"(《甲戌元日》)等。

秋山玉山(1702—1763),"正德四家"之一。名定政,又名仪,字子羽,号青柯、玉山,通称右卫门,肥后鹤崎人。幼年过继给藩医秋山需庵作养子。因秋山需庵之妻是徂徕学者水足屏山之妹,所以,秋山玉山童年时就跟随水足屏山学习,打下了深厚的汉文学基础。十九岁时跟随妙解寺面山和尚参禅。二十三岁时,藩主细川宣纪赴江户参勤,秋山玉山随行,后拜入大学头林凤冈门下,因舅父的关系与萱园派服部南郭、高野兰亭等汉诗人交好。五十一岁时,回乡建立时习馆,授徒讲学,为之后的文教事业作出了巨大的贡献。六十二岁病逝。留有《玉山先生诗集》六卷。

服部南郭赞"其为人磊落不屑一世"[②],"其诗豁达而有法亦若其人"[③]。冈井孝先赞其为士大夫的楷模:"子羽仕细川侯,为士大夫之矜式。"[④]江村北海称其"名声焕发,诗才可嘉"[⑤]。秋山玉山受到萱园派影响较大,在诗论上亦以李王格调说为尊,如:"盖自汉魏至唐,皆其善钧者也,宋人缘木矣。及明李王其善钧之亚乎?犹能饫其人矣。"[⑥]但其极力反对诗歌创作模拟剽窃:"子羽……才气甚高,博闻强识,其诗以超乘为志,不局促辕下。然遣辞温雅,韶令沨沨,唐音哉。……务排彼剽窃雷同为诗者,乃子羽之诗可知矣。"[⑦]

对于秋山玉山所作之诗,友野霞舟对其乐府诗颇为赞赏。其在《锦天山房诗话》中言。"玉山不专建门户,博综众家,掇菁咀英,其取友人于当世,亦犹是也。苟有可取者,

---

① 所引林凤冈诗版本,(日)林文会堂《扶桑名贤诗集》,富士川英郎、佐野正巳、松下忠编《词华集日本汉诗》第一卷,东京:汲古书院,昭和五十八年(1983)版。第215—219页。

②③ (日)服部南郭《玉山先生诗集·序》,富士川英郎、松下忠、佐野正巳编《诗集日本汉诗》第五卷,东京:汲古书院,昭和六十年(1985)版。第249页。

④⑦ (日)服部南郭《玉山先生诗集·序》,富士川英郎、松下忠、佐野正巳编《诗集日本汉诗》第五卷,东京:汲古书院,昭和六十年(1985)版。第251页。

⑤ (日)江村北海《日本诗史》卷五,清水茂、揖斐高、大谷雅夫校注《日本诗史·五山堂诗话》,《新日本古典文学大系》65,东京:岩波书店,平成三年(1991)版。第517页。

⑥ (日)秋山玉山《玉山先生遗稿·琴浦小集序》卷六,转引自松下忠著,范建明译《江户时代的诗风诗论:兼论明清三大诗论及其影响》,北京:学苑出版社,2008年版。第390页。

则不问其同与否矣。故其诗经营挥洒,颇极变化,歌行最琳琅可诵,一气孤行,独开生面。”[①]笔者对此颇为认同。秋山玉山的歌行在内容上可分为两类,一类是表现他襟怀广阔、洒脱自然性格的诗作,如《明月楼歌赠高子式》、《孟门行醉示南子和》、《醉歌行赠菅夷长》、《前有樽酒行》、《醉后放歌》、《踏海行》、《前川捕渔歌》等,以华丽的词藻以及澎湃的激情展现了诗人自信豪壮的气概。第二类是刻画吟咏中国古代诗歌中的题材人物,如《垓下行》中赞美了项羽的英雄气概,《荆卿行》赞美了荆轲不畏生死的勇气,《龙笛篇》表现了独守空房的女子对外出征战的丈夫的思念与担心等。

在秋玉山的乐府诗中,以女性为题材的歌行之作也是非常出色的,如《老妇叹镜》:

> 朝磨镜,夕磨镜,少娇十五十六时。
> 磨来磨去如明月,顾影扬蛾每相持。
> 一星呱呱啼,鬓发忽变衰。
> 昨日生一白,今日垂一丝。
> 桃李春色不复有,芙蓉霜下难自守。
> 昔日宝镜使妾妍,今日宝镜使妾丑。
> 镜兮镜兮何无情?明月不晕独自寿。
> 噫嘻镜乎何得知,妾之妍丑徒自取![②]

全诗用镜子映照了女子一生。前两句写出了正值大好青春时,少女的明媚飞扬。“一星呱呱啼,鬓发忽变衰。昨日生一白,今日垂一丝”。诗人笔锋一转,将目光转至少女婚后。通过女子鬓发的细微变化,表现了时间之快。“桃李春色不复有,芙蓉霜下难自守。昔日宝镜使妾妍,今日宝镜使妾丑”。韶华易逝,红颜易老。女子忧愁在怀,认为是宝镜将自己变丑。最后两句点题,美丑是由自己掌握的,而不是取决于外物。

全诗语言朴实无华,叙述浑然一体,表现细致生动,结尾引人深思。

相对于秋山玉山的古体诗,其绝句尤其是五绝更显其才情。秋山玉山也自诩五绝最好:“自开辟以来,亘无如臣之五绝者。”[③]他的五绝诗中以两类最优,一种是雄劲刚健的边塞诗。一种是送别诗及女性题材的诗,诗风清丽自然。

前者如《吹角》:

> 吹角黄河北,一声万马秋。
> 孤城寒欲裂,片月向人愁。

秋山玉山没有到过中国,他生活的江户中期也没有战乱发生。其所创作的边塞诗,虽为想象之作,但选择了颇有中国特色的意象,如黄河、孤城等。黄河、孤城在中国边塞

---

① (日)友野霞舟《锦天山房诗话》卷六十,池田四郎次郎编《日本诗话丛书》第九卷,东京:株式会社凤出版,昭和四十七年(1972)版。第410页。

② 所引秋山玉山诗版本,(日)秋山玉山《玉山先生诗集》,富士川英郎、松下忠、佐野正巳编《诗集日本汉诗》第五卷,东京:汲古书院,昭和六十年(1985)版。第247—312页。

③ 陈福康《日本汉文学史》中,上海:上海外语教育出版社,2011年版。第136页。

诗中常大量使用，如王之涣的《凉州词》“黄河远上白云间，一片孤城万仞山”，王昌龄的《横吹曲辞·出塞》“白花垣上望京师，黄河水流无尽时”，常建的《塞下曲四首》(其三)“黄河直北千馀里，冤气苍茫成黑云”等。玉山此首边塞诗，首句描写了吹角的地点“黄河北”以及吹角之后“万马秋”的局面。后两句“孤城寒欲裂，片月向人愁”，通过“寒”、“愁”突出了边关环境的恶劣以及士兵对家乡的思念之情。全诗格调苍凉，气势雄浑，为其比较优秀的边塞诗之一。

后者如《春别曲》：

长洲芳草绿，送郎从此去。
日暮春潮来，不见送郎处。

此首送别诗表现了女子离别之后的相思之苦。“春潮”上涨写出了思念的蔓延。“不见送郎处”凸显了女子的孤独寂寞之情。全诗将景、情巧妙地联为一体，将离别之痛以及思念之深推上了高潮，感情真挚动人。

《古意》：

妾心如浣素，郎心如洗红。
浣素素愈白，洗红红渐空。

此首诗前两句将女子之心比喻为浣素，男子之心比喻为洗红。后两句将浣素之白与洗红之空进行对比，突出了女子的坚贞，批判了男子的负心薄情。

秋山玉山创立时习馆，开之后文教之风，使汉诗创作成为一时风气，如国老有吉利喜，参政米田子隐，藩头堀大简，奉行井口君祥，府学助教草野潜溪，侍读片冈朱陵，府学训导辛岛青溪，藩士秋山子顺，世子侍臣木庭宇吉郎，府学句读师村井子瑶，处士山田怡云，宇士侯臣佐久间子坤，长冈宫之臣志水子国，阿苏大宫司宇治惟典，妙解寺僧僧绍完，隐医富田元朗，官医南李菴，町医村井忠山，庶人伊淳等，一时吟诵成风，官民皆有汉诗作传世。但整体来说，地方官民的汉诗创作未能持续良久，诗学成就也不大。

第四节 木门汉诗创作

木下顺庵门下人才辈出，游其门者“有若源氏二氏，有若梁田氏，有若雨森氏、有若祇园氏，硕儒俊才，继踵而起，郁郁济济”[①]。木下顺庵门下高足除上面这些，还有榊原玄辅、西山顺泰、南部景衡、室鸠巢等。木门弟子的汉诗创作以江户为中心，但后来有些学者去地方赴任，并且长期居留，汉诗创作的中心也随着转移，如梁田蜕岩，明石藩侯召其为藩儒后，一直活动于关西地区，木门汉诗创作的主阵营也由江户转至京都。

榊原玄辅(1656—1706)，字希翊，号篁洲，通称小太郎。本姓下山，因其由外祖父养

① (日)菅原长胤《锦里文集·序》，富士川英郎、松下忠、佐野正巳编《诗集日本汉诗》第十三卷，东京：汲古书院，昭和六十三年(1988)版。第401页。

大,故改姓榊原。少年拜入木下顺庵门下,潜心向学。三十一岁时被御三家之一的纪伊家聘为儒官。"其学博综,旁通星历、五行、风水、数术之说,兼工篆隶及画。专留意于经济,尤精明律"[①]。著有《篁洲诗集》、《艺窗诗稿》等。其写景诗清丽不俗,生动有趣,如《春光催柳》:

江城丽日渐迟迟,弱柳含黄欲作丝。
弄影东风如有意,殷勤摇曳不停吹。

诗题曰"催",却写得妙趣横生。"弱柳含黄欲作丝"描绘早春稚柳初醒之态。"有意"、"殷勤"将春风拟人化,"摇曳"写出了在春风吹拂之下柳丝轻轻摆动的样子,与"弱"相呼应,读之颇有美人摇曳生姿之美。

玄辅颇有报国之志,如《除夕咏怀呈雨书记》:"我昔少年时,满腔客气充。怀经千里驹,志吞万丈红。"《病中感怀三十韵》:"所愿应叵尝,岂在饮兼啄。文章夫地英,言机不盈握。"然而现实却没有给予他施展志向的机会,随着年华的流逝,诗中常有历经沧桑之感,如《春夜偶兴寄白石》:"欲尽年芳怜未赏,无穷世事饱曾经。"以此来抒发壮志未酬的苦闷。如诗《初冬偶兴》:

萧然茅屋晚,岁月促穷阴。
种种风吹鬓,凄凄日照襟。
霜花颓古径,冻叶下寒林。
素食谁无耻,空怀报国心。

"种种"、"凄凄"、"霜花"、"冻叶"等直写老境之凄凉,渲染了内心的无望和悲苦。"素食谁无耻,空怀报国心"直言自己报国无门的悲愤之情以及壮志未酬的失落之情。

新井白石(1657—1725),"正德四家"之一。本姓源氏,初名玙,后改名君美,字在中,又字济美,号白石,又号锦屏山人、天爵堂、紫阳、勿斋等,通称与次右卫门、堪解由,江户人。生而歧嶷,颖悟夙成。三岁写毛笔字。六岁通晓倭汉古今典故。十岁侍奉土屋家主民部君,为其代书。二十七岁时,从木下顺庵学。三十六岁时,经其师木下顺庵推荐,仕于甲斐府松平纲丰。及松平纲丰成为幕府第六代将军时,白石受到重用,从升大府,叙从五位下,任筑后守。德川家宣逝后,亦受到了第七代将军德川家继的倚重。新井白石颇有政治才能,在第六代、第七代将军在位期间,推行改革,卓有成效,促进了社会的繁荣。六十九岁病卒。有《白石诗草》(一卷)、《白石先生余稿》(三卷)、《停云集》、《木门十四家诗》留世。

新井白石诗备受海内外诗家推崇,现将一些评论,按国胪列如下:

朝鲜李朝:

朝鲜国制述官李重叔于《白石诗集·序》曰:"盖其诗格清而响亮,语新而趣远,

---

① (日)新井白石《停云集》,富士川英郎、佐野正巳、松下忠编《词华集日本汉诗》第九卷,东京:汲古书院,昭和五十九年(1984)版。第12页。

往往与唐人酷肖者。”①

朝鲜国通信正史赵泰亿于《白石诗集·序》曰:“其诗萃绚而实茂,格高而趣雅,豪健而不流于粗硬,婉丽而不泥于织巧,骎骎有盛唐人口气。”②

朝鲜国通信副使任守干于《白石诗集·跋》曰:“学富而气亢,格秀而词藻采色相宜,音律谐叶。”③

朝鲜国通信从事李邦彦于《白石诗集·跋》曰:“其格力清健,词彩萃绚,不但音律之谐叶,声调之雅丽,独运天机之妙,深得风雅之体,苟非特达之识,颖拔之才,恶能与于此哉。”④

中国清代:

清初渡来人高玄岱于《白石诗集·叙》曰:“当季之世,处海之外,旷邈灭没,希音合调,中其肯綮而不紊,存其脂粉而余馨,盖为其气魄博大,象华焕烂,专以旋转之功,而风骨有授,宜其有独得之操也。而吾尤善其五言绝,吾所谓间亦有一二者,于公乎或见。”⑤

清翰林院编修郑任钥于《白石先生余稿·序》曰:“其诗雄思杰构,秀丽绝伦,盖彬彬有‘三百篇’之遗风焉……幽冲而偏造者,昔之韦孟也;宏畅而尚达者,昔之元白也;质而超于诣者,则陈杜之伦;藻而工于境者,则钱刘之属。”⑥

日本江户:

室鸠巢于《题清郑任钥所序白石余稿》中曰:“君诗光华国家,溢美四方,其余波覃及海外者,北至朝鲜,南至琉球,又至堂堂清朝文化之国,莫不同然一辞,所至称善。譬如荆璧随珠,天下之宝者也。温润之色,渊然之光,有目者见而知之。是故秦吴同视,胡越合爱,初不以绝国殊俗而异论焉。欲掩而藏之得乎?”⑦

江村北海《日本诗史》:“白石天授敏妙,独步艺苑,所谓锦心绣肠,咳唾成珠,吃语谐韵者。索诸异邦古诗人中,未可多得者。……雨芳洲所著《橘窗茶话》:‘韩人索

① (朝)李重叔《白石诗集·序》,富士川英郎、松下忠、佐野正巳编《诗集日本汉诗》第一卷,东京:汲古书院,昭和六十二年(1987)版。第282页。

② (朝)赵泰亿《白石诗集·序》,富士川英郎、松下忠、佐野正巳编《诗集日本汉诗》第一卷,东京:汲古书院,昭和六十二年(1987)版。第285页。

③ (朝)任守干《白石诗集·跋》,富士川英郎、松下忠、佐野正巳编《诗集日本汉诗》第一卷,东京:汲古书院,昭和六十二年(1987)版。第300页。

④ (朝)李邦彦《白石诗集·跋》,富士川英郎、松下忠、佐野正巳编《诗集日本汉诗》第一卷,东京:汲古书院,昭和六十二年(1987)版。第302页。

⑤ (清)高玄岱《白石诗集·叙》,富士川英郎、松下忠、佐野正巳编《诗集日本汉诗》第一卷,东京:汲古书院,昭和六十二年(1987)版。第288—289页。

⑥ (清)郑任钥《白石先生余稿·序》,富士川英郎、松下忠、佐野正巳编《诗集日本汉诗》第一卷,东京:汲古书院,昭和六十二年(1987)版。第308页。

⑦ (日)室鸠巢《题清郑任钥所序白石余稿》,富士川英郎、松下忠、佐野正巳编《诗集日本汉诗》第一卷,东京:汲古书院,昭和六十二年(1987)版。第311页。

白石诗草者,陆续不已。'可见异邦人犹且玉之。"①

友野霞舟《锦天山房诗话》:"古今诗人,虽称为大家者,就其全集而阅之,则玉石混淆,瑕瑜相半,独《白石集》篇篇珠玉,句句锦绣,流丽秀润,美不胜收。"②

西岛兰溪《弊帚诗话》:"余暇日评本邦诗家,以白石、蜕岩、南海、南郭、南山、鸠巢、东涯为称首。白石典雅富丽,刻琢精妙,亦人中之麟凤,艺园之正朔,如三神山在海水缥缈之中,丹楼参差交影,可见不可至也。"③

由上面海内外诗人的评论中,可知新井白石诗名甚盛,其汉诗集不仅有朝鲜诗人所作的序、跋,而且还远寄中国,请清代学者郑任钥作序。在当时,江户诗人能够得到中国诗人的青睐,是十分光彩的事情。新井白石的汉诗集能够请到郑任钥作序,不仅是对新井白石汉诗创作成就的肯定,而且奠定了新井白石在江户汉诗坛的地位。另外,新井白石的诗名也传至琉球,对琉球的汉诗创作产生了一定的影响。可见新井白石汉诗在东亚范围内的传播与影响。

另外,各国学者对新井白石汉诗格调及词藻的评价也是颇为中肯的。综观《白石诗草》、《白石先生余稿》,可知白石之诗格调清健,词藻雅丽,有些诗句意境颇有李商隐诗的朦胧美。这种创作风格尤表现在七言律诗中。现举三首以示:

《坐上再用韵重求诸君和》:

罗浮春梦恍难成,青鸟歌残落月明。
色剪红水侵骨冷,香凝降雪透肌清。
琼琴应复求新谱,檀板何须按旧声。
莫厌天寒频劝酒,仙衣原有六铢轻。

《舟中赋》:

万里秋空挂素辉,兰桡轻拂水云微。
大江潮涌鱼龙舞,斜汉星稀乌鹊飞。
杨柳风来飘玉笛,芙蓉露下湿罗衣。
还疑此夕凌牛斗,欲逐仙槎海上归。

《卜居后示山威》:

一别朱门违曳裾,故人同学近何如。
还家哪问苏秦印,去国谁怜乐毅书。
捐珮芙蓉风浦冷,披衣薜荔月林疏。

---

① (日)江村北海《日本诗史》卷四,清水茂、揖斐高、大谷雅夫校注《日本诗史·五山堂诗话》,《新日本古典文学大系》65,东京:岩波书店,平成三年(1991)版。第 502 页。

② (日)友野霞舟《锦天山房诗话》卷三十,池田四郎次郎编《日本诗话丛书》第八卷,东京:株式会社凤出版,昭和四十七年(1972)版。第 469—470 页。

③ (日)西岛兰溪《弊帚诗话》上卷,池田四郎次郎编《日本诗话丛书》第四卷,东京:株式会社凤出版,昭和四十七年(1972)版。第 520 页。

悲秋自古多骚客，况复吾今赋卜居。[①]

如《坐上再用韵重求诸君和》一诗，诗人用春梦、青鸟、红水、降雪等清寒意象朦胧地表达“侵骨冷”、“透肌清”等凄清的心理情感，颇有李商隐诗的影子。其他如“捐珮芙蓉风浦冷，披衣薜荔月林疏”(《卜居后示山咸》)、“大江潮涌鱼龙舞，斜汉星稀乌鹊飞。杨柳风来飘玉笛，芙蓉露下湿罗衣”(《舟中赋》)无不皆是此类。而在辞藻的选择上，诗人更是在模仿李商隐的道路上更进一步。芙蓉、梦、琼琴、仙槎、青鸟等具有浪漫主义色彩的事物在诗中比比皆是，使人颇有惝恍其中之感。

其他诗亦是如此，如《次韵九月授衣》：“芙蓉洲畔风霜下，乌鹊桥边月露微。”《双莺菊》：“对舞影怜金镜冷，双飞香爱玉钗斜。”《十八夜集雄子璋宅复用前韵》：“玉杵风寒光浮幌，金笳霜冷影浸衣。”《荔实蔗根》：“金茎冷结三危露，玉粟寒生六月霜。”《梅影》：“碧天流月夜如霜，玉艳寒凝淡淡妆。”《谢泉南唐生所赠棉布因忆南纪祇伯玉》：“金堤弱柳花如雪，蚌壳剖时迸珠泪。”等等。

此外，新井白石汉诗集中唱和赠答诗颇多，几乎随处可见。如《九月十五夜与诸君玩月》、《和藤拾遗忠良委蛇楼赏月韵三首》、《中秋与诸君赏月赋》、《中秋海口新桥对月和田生韵》等或以月明心迹，或表达思乡之情。《和田子红梅韵》、《雨后堂前红梅盛开与诸贤同赋》、《小斋诸君集同赋庭上未开梅》等以梅之凌寒飘香，喻人之高洁。《奉和锦里先生辛未元日韵》、《和室直清次春初韵二首》、《重和室直清次春初韵六首》、《复合直清示韵二首》、《三用前韵谢沧浪》、《乙酉中秋和沧浪韵》、《和沧浪韵》、《和沧浪次韵》、《重和沧浪韵》、《和南山次韵》、《中秋和鸠巢韵》、《和伯玉咏雪三首》、《和祇生七家雪戏效其体》、《和子先赋学》、《丙戌仲春和诸君所赠寿诗韵二十六首》、《和李溪元日韵》、《和山咸中秋遥寄韵》、《又和岳达》、《又和松贞卿韵》、《和藤拾遗雨中梅花》等与师友相互唱和，或叙友情，或寄思念，或励志互勉，或表达谢意，言辞恳切，情深意长。

新井白石作诗讲究格调，注重揣摩锻炼，有些诗作陷入模拟的窠臼中，对此江村北海曾举其《送人入京》(又名《送人至长安》)一诗进行说明：

红亭绿酒画桥西，柳叶青青送马蹄。
君到长安花自老，春山一路杜鹃啼。

北海指出：“四句中，二句全用唐诗。夫剽窃，诗律所戒，而炼丹成金犹可言也，以铅刀代镆铘，将之何谓？‘草色青青送马蹄’，本临歧妙语。草色送马蹄，言春草承马蹄，以柳代草，蹄字无着落，殊为减价。”[②]北海的评价是颇中肯綮的。此首诗为送别诗，“柳”在古诗中多表达依依惜别之情，因此白石将“草色青青送马蹄”改为“柳叶青青送马蹄”，在

① 本文所引新井白石诗版本，(日)新井白石《白石诗草》，富士川英郎、松下忠、佐野正巳编《诗集日本汉诗》第一卷，东京：汲古书院，昭和六十二年(1987)版。第279—304页。(日)新井明卿辑《白石先生余稿》，富士川英郎、松下忠、佐野正巳编《诗集日本汉诗》第一卷，东京：汲古书院，昭和六十二年(1987)版。第305—354页。

② (日)江村北海《日本诗史》卷四，清水茂、揖斐高、大谷雅夫校注《日本诗史·五山堂诗话》，《新日本古典文学大系》65，东京：岩波书店，平成三年(1991)版。第503页。

感情表达上是没有错的。但是与"柳叶"这一意象相比,"草色"一词更有诗意,不仅着眼于现实,而且表达了内心的依依惜别之情。因而,用"草色青青送马蹄"更为贴切合理,形象生动。

西山顺泰(1658—1688),字健甫,号苹洲,名顺泰,称太郎八,又称健助,本姓阿比留氏,后改西山,对州人。二十岁时任本藩书记。二十八岁时入木下顺庵门下,因自恨学晚,所以勤奋苦读,常昼夜不息:"年二十九,病将死,悉焚诗稿曰:'吾辈诗文,何用遗为?'"[①]其诗写景颇有宁静舒缓之感,如《竹间纳凉》:

不堪三伏暑,相避绿�丛。

密叶能遮日,繁枝自动风。

脱衣悬石上,散发卧林中。

闲入华胥国,觉来月在空。[②]

全诗语言平直,"脱衣"、"散发"可见其率真通脱之性格,"闲"字则表现了诗人悠然、闲适的心境。

又如《郊行》:

春日迟迟鞋底闲,郊村佳趣隔人寰。

遥峰半出青云际,小渎斜分垅亩间。

竹外无家群鸟下,松阴有寺一僧还。

行吟忽觉渡头暮,短艇撑来傍柳湾。

诗写郊行之趣,从遥峰半出、小渎斜分;到竹外群鸟、小僧还寺;再到渡头暮色、艇傍柳湾,由远及近,写出了郊村环境的恬淡闲适。尤其是"竹外无家群鸟下,松阴有寺一僧还"一句,动静结合,将寂静的郊村写得生机勃勃、情趣盎然。

南部景衡(1658—1712),本姓小野。名景衡,字思聪,号南山,一号环翠园,称昌辅,长崎人。少孤,养于其父友小林义信家,授以四书五经句读,"学诗于闽人黄公溥、杭人谢叔且,为二子所称焉"[③]。后南部子寿见而器之,请为嗣子,改姓南部。及南部子寿应营侯之命聘于越中,景衡随之,学于安东省庵处。后游学江户,拜入木下顺庵门下。五十五岁时卒于越中。其"为人温恭笃谨,精通经史,文材富赡"[④]。著有诗集《唤起漫草》。

《唤起漫草》由南部景衡在世所辑,共八卷。据友野霞舟于《锦天山房诗话》中所言,诗集散佚已久。现其诗见新井白石辑录的《停云集》、祇园南海编集的《钟秀集》中。祇园

① (日)江村北海《日本诗史》卷四,清水茂、揖斐高、大谷雅夫校注《日本诗史·五山堂诗话》,《新日本古典文学大系》65,东京:岩波书店,平成三年(1991)版。第504页。

② 所引西山顺泰诗版本,(日)新井白石著《木门十四家诗集》,富士川英郎、佐野正巳、松下忠编《词华集日本汉诗》第九卷,东京:汲古书院,昭和五十九年(1984)版。第503—506页。

③④ (日)新井白石《停云集》,富士川英郎、佐野正巳、松下忠编《词华集日本汉诗》第九卷,东京:汲古书院,昭和五十九年(1984)版。第13页。

南海于《钟秀集》中评其诗："字熟意熟、情亦熟，风流蕴藉，浓态横生，正如谢安携妓游东山。"[①]友野霞舟评为"流丽蕴藉"[②]。笔者对此颇为认同。如诗《次祇伯玉寄冈石梁韵以寄二首》[③]（其二）：

几岁江湖绝雁鱼，诗情酒态近何如。
犹怀灯火连床话，还讶梦魂隔世居。
燕子微风春院静，梨花淡月夜窗虚。
愁来欲诉心中事，多少情长不得书。

此首诗为赠友抒怀之作，可谓句句感慨，表达了对异地友人的惦念、怀想。其中以"燕子微风春院静，梨花淡月夜窗虚"句最为巧妙，全诗用六个意象："燕子"、"微风"、"春院"、"梨花"、"淡月"、"夜窗"，烘托出了一种清冷的氛围，再用"静"、"虚"二字添了一份淡淡的忧伤，情景交融，形象生动。祇园南海对此句赞不绝口，曾言："'燕子''梨花'二句，古今绝唱。瑜尝寄崎阳彭城生，令书之以为柱联，挂于斋头。"[④]

又如《怀环翠园十首》（又名《忆环翠园十首》）其二：

百种花围一草堂，中藏书帙与琴囊。
生前不负十千酒，死后何须八百桑。
细雨红桃应委径，轻烟绿竹定过墙。
纵令归去非吾土，自笑异乡为故乡。

《怀环翠园十首》序中南部景衡言其创作因由："无用之才逢时不收，多病之人触物易感，余兼此两者，而官况已索然，春日偶有怀环翠园，因赋诗以言志。"[⑤]此首诗描述了他客居异乡悠闲自得的生活，以及对家乡的思念之情。"生前不负十千酒，死后何须八百桑"句，可见诗人乐观豁达的心性。"细雨红桃应委径，轻烟绿竹定过墙"句，"细雨"、"桃红"、"清烟"、"绿竹"不仅写出了草堂环境的优美，而且表露了诗人对归于自然生活的喜爱。"细"、"红"、"清""绿"等字看似轻描淡写但却流丽中更见清雅。尾句点题，表现了他辞官归隐的思想。"自笑"一词可感诗人内心的无奈、伤感以及对故土的思念之情。

《环翠园十首》中佳句颇多，江村北海《日本诗史》中转录了韩人吴南老，读过《环翠园十首》后，对"雁归塞北长为客，梅发江南暗忆人"一句，极口称赞一事。并且摘录不少《环翠园十首》中的诗句录入《日本诗史》中，如"窗客西领多看雪，圃学东陵半种瓜"、"欲见春

① （日）祇园南海《钟秀集》，富士川英郎、佐野正巳、松下忠编《词华集日本汉诗》第九卷，东京：汲古书院，昭和五十九年（1984）版。第272页。

② （日）友野霞舟《锦天山房诗话》卷三十三，池田四郎次郎编《日本诗话丛书》第八卷，东京：株式会社凤出版，昭和四十七年（1972）版。第492页。

③ 所引南部景衡诗版本，（日）祇园南海著《钟秀集》，富士川英郎、佐野正巳、松下忠编《词华集日本汉诗》第九卷，东京：汲古书院，昭和五十九年（1984）版。第260—262页。

④⑤ （日）祇园南海《钟秀集》，富士川英郎、佐野正巳、松下忠编《词华集日本汉诗》第九卷，东京：汲古书院，昭和五十九年（1984）版。第261页。

山常洗竹,因怜夜雨亦栽蕉”①等。

南部景衡诗集中其他佳句,新井白石《停云集》有所载录,也值得一读,现录入如下:“五言则《和初春作》云:‘松竹含清气,江山酿暖烟。’《和僧》云:‘四时花绕径,中夜月临堂。’《僧房即事》云:‘小棂笼远景,高树洒微凉。’《夏日闲适》云:‘暑至池塘少,凉生竹树多。’七言则《春山晚烟》云:‘轻素交云迷碧岫,浮光带雾拥青巅。’《落花》云:‘玉笙奏罢唯余月,珠幕钩残不见春。’《和送春韵》云:‘流水人家芳草径,斜阳渔笛绿杨津。’《衰柳》云:‘藏莺叶逐秋风落,笋蝶枝随夜雨衰。’《和韵》云:‘白日茶烟迷佛杨,黄昏灯火认僧庵。’《早春寄人》云:‘两地身成花下客,独居迹托酒中仙。’《忆先师》云:‘华发一朝终物故,青山千古为谁新。’”②

室鸠巢(1658—1734),名直清,字师礼,又字汝玉,号沧浪,又号鸠巢、骏台,称新助。幼而聪颖,十五岁时,北藩菅公赞其才华,并赠学资,令其学于木下顺庵门下,学成北归。五十四岁时,经新井白石推荐,任将军吉宗殿中侍讲一职。七十七岁卒。有《鸠巢文集》四十四卷行于世。

鸠巢虽精于经义,但亦爱好诗文,“性癖从来佳句耽,师门幸得我岑参”(《附三绝句以代尺牍》其二)③。江村北海对此曾言:“经儒不习文艺,文士或遗经业,能兼二者,唯东涯、沧浪二儒而已。”④鸠巢是通经学擅诗文的一代大儒。对其汉诗创作,江村北海有如下评价:“沧浪诗,五言古体学陶,而未得其自然;七言古风、五言近体师法少陵,尚隔垣墙;七言近体,祖袭盛唐诸家,而往往出明人迳蹊;若夫五言排律,学力与才气相驾,豪健腾踔,最为当行。”⑤友野霞舟对北海所评颇为赞同:“沧浪古风冲澹,时有见道之言;近体高华雄整,追武嘉隆;长律最雅,颇见才力。实如北海所论,只惜声律多乖,瑕瑜不掩。”⑥江村北海、友野霞舟所评公正平和。如诗《归田园居》:

自始从官役,无日忘丘山。
矧伊桑榆景,值我将老年。
鱼跃不襄陵,兽挺宁在渊。
违性少所宜,归耕南野田。
邻并八九家,屏迹白云间。
晨出随众后,暮还居人前。
团团远村树,荒荒近市烟。

---

① (日)江村北海《日本诗史》卷四,清水茂、揖斐高、大谷雅夫校注《日本诗史·五山堂诗话》,《新日本古典文学大系》65,东京:岩波书店,平成三年(1991)版。第504页。

② (日)新井白石《停云集》,富士川英郎、佐野正巳、松下忠编《词华集日本汉诗》第九卷,东京:汲古书院,昭和五十九年(1984)版。第16页。

③ 所引室鸠巢诗版本,(日)新井白石著《木门十四家诗集》,富士川英郎、佐野正巳、松下忠编《词华集日本汉诗》第九卷,东京:汲古书院,昭和五十九年(1984)版。第488—498页。

④⑤ (日)江村北海《日本诗史》卷四,清水茂、揖斐高、大谷雅夫校注《日本诗史·五山堂诗话》,《新日本古典文学大系》65,东京:岩波书店,平成三年(1991)版。第502页。

⑥ (日)友野霞舟《锦天山房诗话》卷三十一,池田四郎次郎编《日本诗话丛书》第八卷,东京:株式会社凤出版,昭和四十七年(1972)版。第474页。

牛羊日夕下，返景在山巅。
醉卧东山下，愉悦在自然。

此首诗是和陶渊明《归园田居五首》(其一)而作。在表达"爱山林"方面，他与陶渊明是高度相似的。"团团远村树，荒荒近市烟。牛羊日夕下，返景在山巅。"与陶渊明所描述的田园景象有异曲同工之妙。但陶渊明出语自然，不假雕饰，此诗与之相比当然还有一定的差距。

鸠巢诗善借典故表意抒思，如诗《悲秋》(其二)：

雁飞边塞日，叶落洞庭波。
天上风烟改，人间感慨多。
楚台悲宋玉，易水泣荆轲。
回首瞻牛斗，冯陵一浩歌。

首句以"燕飞"和"叶落"两个萧瑟的意象，衬托出一种悲伤的氛围。后两句用典，"楚台宋玉"、"易水荆轲"渲染了一种苍凉、悲壮的气氛，"悲"、"泣"颇能体现此时诗人内心的伤感之情。尾联诗人话锋一转，以"冯陵浩歌"表达了一种旷达乐观的情怀。这种由"悲"至"喜"的情感转变，也与"人间感慨多"相呼应。

有的诗中更是句句用典，如《用前韵叠和君美见酬二首》(其二)：

白雪几回闻楚讴，客中复上仲宣楼。
夷门感知一麾出，泗水从师十载游。
李白文才倾宠贵，井丹经术倒王侯。
旧来何处思玄度，明月清风碧月流。

鸠巢诗中最有价值的，是以叙事手法所写的叙事诗，如《代乞人》：

城中得食暂来归，儿死无生在母衣。
取饭与妻妻泣说，纵餐能疗几时饥。

江户元禄、享保年间，虽然经济飞速发展，但贫富之间的差距越来越大，土地集中于地方权贵之手，农民愈发的困苦，破产之后赴城市乞讨。此首诗不仅描写了乞人家破人亡的惨况，更是通过其妻"纵餐能疗几时饥"泣说，展现贫苦百姓内心的凄苦。言辞浅显，笔力简劲，不仅表达了作者对乞人的同情，也寓有针砭时弊之意。

鸠巢诗中佳句颇多，《锦天山房诗话》摘录不少，如："五言《客居秋怀》云：'官羁悲笼鸟，形役羡池鱼。'《访隐者不遇》云：'虚室自生白，晴窗堪草玄。'《首夏犹清和》云：'麦畦晨气润，竹径夜微凉。'……七言《咏王莽》云：'周公复辟终为假，刘氏兴亡自有真。'《元日》云：'五色云开鹏击外，万家春到鸟声中。'又：'鸟泄天机才著语，花关人意对忘言。'《和释法霖春兴》云：'六时已证无生说，半偈空持不死神。'……"[①]除此之外，如《空堂》：

① (日)友野霞舟《锦天山房诗话》卷三十一，池田四郎次郎编《日本诗话丛书》第八卷，东京：株式会社凤出版，昭和四十七年(1972)版。第474—475页。

“窗明知叶落，庭静见苔生。”《关山神祠》：“断桥空白水，荒径积青苔。”《再用前韵送石梁兄》：“故园北望七星高，重阳雨摘山中菊。”《立春日早朝公所路中作》：“天开霞彩河山丽，春入梅花雨露香。”等等，皆为佳联。

雨森芳洲(1668—1755)，姓橘，名东，一名诚清，字伯阳，号芳洲，一号橘窗，称东五郎，京都人(一说伊势人)。十七岁时拜入木下顺庵门下。风神秀朗，才藻卓绝，木下顺庵称其为“后进领袖”。元禄二年(1689)经木下顺庵推荐，出任对马藩书记。芳洲精通汉语、朝鲜语。韩人曾戏曰：“君善操诸邦音而殊熟日本。”①正德年间(1711—1715)入江户，与荻生徂徕交好，江村北海《日本诗史》中言：“徂徕尝倡复古，傲睨一时人士，特于芳洲称扬啧啧，殆不可解。”②其为人笃实，精力充沛，八十一岁时学作和歌，读《古今集》一千遍，自赋和歌一万首。八十八岁卒。著《橘窗茶话》、《芳洲诗集》等。

对于其诗，祇园南海评其“老成，俱是老杜以后中晚杰作”③。但是《钟秀集》中录其诗才三首，为选录最少者，可见，南海多是溢美之词。芳洲在《橘窗茶话》中言其案上所置诗集“以陶渊明为首，李杜为第二，韩白为三，东坡为二之下、三之上”④。然而：“芳洲长于文，而不长于诗。晚年常对人曰：‘吾无诗才，生平所作，无虑数百千首，而可视人者不过数十首也。’”⑤观其诗，整体成就不高，但一些小诗还算通俗自然。如：《癸亥岁奉役朝鲜，路经鸡和村，梅花数株，烂漫可爱。虽历寒暑，宛在心目。今夜与儿德允，话及曩昔，慨焉久之》：

> 春风识面野村梅，苦竹丛前雪作堆。
> 冷雨荒江身万里，梦魂犹觉暗香来。⑥

诗人先着意描画当年所见所感：柔和的春风、烂漫的梅花、竹丛前的白雪……一片清丽幽冷之景。“冷雨荒江身万里，梦魂犹觉暗香来”句，从时间、空间的角度出发，言所记之深。虽然已过去多年，自己又身处万里之遥，但当年所见之景，依然鲜明地印在脑海中，梦中似乎仍然闻到了当年梅花飘来的香气。

又如诗《冬晓》通俗易懂：

> 清晨霜满屋，日影上檐初。
> 把笔砚水结，起来窗下书。

---

① (日)友野霞舟《锦天山房诗话》卷三十五，池田四郎次郎编《日本诗话丛书》第八卷，东京：株式会社凤出版，昭和四十七年(1972)版。第497页。

②⑤ (日)江村北海《日本诗史》卷四，清水茂、揖斐高、大谷雅夫校注《日本诗史·五山堂诗话》，《新日本古典文学大系》65，东京：岩波书店，平成三年(1991)版。第504页。

③ (日)祇园南海《钟秀集》，富士川英郎、佐野正巳、松下忠编《词华集日本汉诗》第九卷，东京：汲古书院，昭和五十九年(1984)版。第272页。

④ (日)友野霞舟《锦天山房诗话》卷三十五，池田四郎次郎编《日本诗话丛书》第八卷，东京：株式会社凤出版，昭和四十七年(1972)版。第500页。

⑥ 所引雨森芳洲诗版本，(日)新井白石《木门十四家诗集》，富士川英郎、佐野正巳、松下忠编《词华集日本汉诗》第九卷，东京：汲古书院，昭和五十九年(1984)版。第515—517页。

祇园南海(1677—1751),“正德四家”之一。初名正卿,后改名贡,字伯玉,又字履昌、斌、汝珉,号南海,又号白玉、蓬莱、铁冠道人、箕踞山人、观雷、湘云主人等,讳瑜,生于纪伊藩医之家。其天资聪颖,文藻非凡,兼工书画。十四岁时师从木下顺庵。一日与白石、南海、霞沼、篁洲等人会于雨森芳洲寓所,即席赋七言律体一篇《边马有归心》,举座皆惊,白石赞其“此诗雄浑悲壮,足以卜后来可任斯文也”[①]。十七岁时,一夜得百首,人疑为宿构。其席间即立题作诗,自日中至夜半,百首复成。前后两百首词采富丽,无一雷同,众人皆惊叹,是以闻名天下。擢升为纪伊儒官,后因坐事,贬谪海上数年。三十四岁时,被召还,恢复官职,接待朝鲜通信使臣。七十五岁卒。著有《南海先生文集》、《一夜百首》、《钟秀集》等。

其师木下顺庵赞曰:“卮言甜似蜜,藻思涌如云。人称斗南一,马空冀北群。百篇终不日,行看任斯文。”[②]新井白石言其:“邺下思曹植,吴中想陆云。庭兰连玉树,野鹤拔鸡群。自作登龙客,通家识妙文。”伊藤长坚谓:“其风格体裁,曲尽其变,搴芳咀腴,扬芬吐艳。其气弘以畅,其风格以靡,其词和以雅。”[③]江村北海《日本诗史》中有言:“余按我邦诗,元和(1615—1624)以前,唯有僧绝海;元和以后,渐有其人,而白石、蜕岩、南海其选也。”[④]南海是江村北海最为推崇的日本汉诗人之一,他对南海汉诗的创色特色有着准确的把握,如云:“词采富丽,盖少时作。晚岁渐刷铅华,而神气融合,殊可传者。”[⑤]也有一些批评:“一味绮丽,后勤超脱,却屑屑乎纤巧矣。”[⑥]所论较为公允。

南海壮年时论诗提倡格调,如四十一岁时于《题白石源公垂裕堂诗后》写道:“予尝读唐诗,于贞观以来应制台阁之诸作,喜之尤深。谓太宗以龙凤之英姿,乘风云之际会,开国建基,既洪既壮,遂振前代之凋敝,大致海内之富雄。周后未有知闻也。宜乎唐初之作,气象庄丽,格律齐整,俨乎衣冠,焕乎圭璋,与夫六瑚四琏,龙旂鸟章,赫赫乎庙堂之上也。盖唐家三百年之规模,全见于此云。”[⑦]可见,其诗学宗尚在于台阁体淳雅的格调。又

① (日)板仓胜明《南海祇园先生传》,富士川英郎、松下忠、佐野正巳编《诗集日本汉诗·解题》第一卷,东京:汲古书院,昭和六十二年(1987)版。第24页。

② (日)祇园南海《一夜百首》卷二,富士川英郎、松下忠、佐野正巳编《诗集日本汉诗》第一卷,东京:汲古书院,昭和六十二年(1987)版。第473页。

③ (日)伊藤长坚《一夜百首·序》,富士川英郎、松下忠、佐野正巳编《诗集日本汉诗》第一卷,东京:汲古书院,昭和六十二年(1987)版。第363页。

④ (日)江村北海《日本诗史》卷四,清水茂、揖斐高、大谷雅夫校注《日本诗史·五山堂诗话》,《新日本古典文学大系》65,东京:岩波书店,平成三年(1991)版。第509页。

⑤ (日)江村北海《日本诗史》卷四,清水茂、揖斐高、大谷雅夫校注《日本诗史·五山堂诗话》,《新日本古典文学大系》65,东京:岩波书店,平成三年(1991)版。第503页。

⑥ (日)江村北海《日本诗史》卷四,清水茂、揖斐高、大谷雅夫校注《日本诗史·五山堂诗话》,《新日本古典文学大系》65,东京:岩波书店,平成三年(1991)版。第510页。

⑦ (日)祇园南海《南海先生文集》卷五,富士川英郎、松下忠、佐野正巳编《诗集日本汉诗》第一卷,东京:汲古书院,昭和六十二年(1987)版。第430页。

如清田儋叟言:“其少作,精彩华丽。”①朝鲜国制述官李重叔曰:“观其学成后所作,皆清婉浏亮,大得诗家格律。”②此种风格特色在《一夜百首》中最为突出,如《画障》:

丹青移绮树,的烁吐琼花。
帘挂含山日,窗开照水霞。
黄莺入柳啭,紫燕受风斜。
自向洛妃浦,何求仙子家。③

祇园南海擅长文人画,也擅长论述诗画关系,如其《诗画歌》曰:“诗所不能言,画以尽其态。画所不能写,诗以得其解。无声诗无形画,一生与我足称快。……如亦志在传与名,天机物趣脱然逝,我言诗画佛亦云,光明遍照十方界。”④其提倡诗画互补,这也正是文人画的魅力所在。题画诗是祇园南海诗集中重要的题材,如《题自写墨竹五首》、《题自画山水》、《题山水墨画》、《题烟雨渔舟图》、《题昭君出塞图》、《题唐伯虎先生名山卷》、《美人石上读书图》、《题江天欲雪图》、《观镰仓图歌》、《画山水》等。

祇园南海中老年时,“物茂卿之徒出,而海内宗明诗,模拟饤饾,靡然成风”⑤。南海对此风颇为厌恶,曾作《戏录诗盗判》进行批评,如:“虚而为盈,欺人诳世,自炫自浼,觍不知耻。风俗之颓,莫甚焉。”⑥“语不云乎?小人穷斯滥矣。又曰:约斯盗也。彼诗盗也,岂亦其性哉!才贫也,其取于我,良可怜尔。”⑦此时,南海进行了创新,提出了影写说,影写说是“取格调说和神韵说之长,在糅合两者的基础上形成的具有独创性的诗说”⑧。其在所著的诗话著作《诗学逢原》中对影写说的创作方法进行了描述:“使用雅语,趣而写之,言心中之哀,不直言其哀,言心中之喜,字面不见喜字,而悲哀之心,自能见之,喜悦之情,自能感之。于此我能言之,人能闻而生感。是诗之妙用,见于外之文字者也。”⑨

如《喜雨》:

---

① (日)清田儋叟《一夜百首·序》,富士川英郎、松下忠、佐野正巳编《诗集日本汉诗》第一卷,东京:汲古书院,昭和六十二年(1987)版。第443页。

② (朝)李重叔《南海伯玉诗稿·序》,富士川英郎、松下忠、佐野正巳编《诗集日本汉诗》第一卷,东京:汲古书院,昭和六十二年(1987)版。第446页。

③ 所引祇园南海诗版本,(日)祇园南海《南海先生文集》、《一夜百首》,富士川英郎、松下忠、佐野正巳编《诗集日本汉诗》第一卷,东京:汲古书院,昭和六十二年(1987)版。第359—473页。

④ (日)祇园南海《南海先生文集》卷五,富士川英郎、松下忠、佐野正巳编《诗集日本汉诗》第一卷,东京:汲古书院,昭和六十二年(1987)版。第373页。

⑤ (日)板仓胜明《南海祇园先生传》,富士川英郎、松下忠、佐野正巳编《诗集日本汉诗·解题》第一卷,东京:汲古书院,昭和六十二年(1987)版。第30页。

⑥⑦ (日)祇园南海《南海先生文集》卷五,富士川英郎、松下忠、佐野正巳编《诗集日本汉诗》第一卷,东京:汲古书院,昭和六十二年(1987)版。第433页。

⑧ (日)松下忠著,范建明译《江户时代的诗风诗论:兼论明清三大诗论及其影响》,北京:学苑出版社,2008年版。第332页。

⑨ (日)祇园南海《诗学逢原》卷上,转引自松下忠著,范建明译《江户时代的诗风诗论:兼论明清三大诗论及其影响》,北京:学苑出版社,2008年版。第331页。

一雨高原洗暑氛，禾黍稻粱其欣欣。
商羊舞罢龙归洞，农夫犹自望残云。

题云“喜雨”，全诗则未用一“喜”字，唯有“洗暑氛”的畅快、禾黍稻粱的长势与活力。即便雨势已收，还留下农夫意犹未尽而眺望残云的余影。句句皆能使读者感到喜悦之情。

又如《寒梅》，云：

凡卉皆摇落，芳姿立水村。
影横罗幌瘦，香扑酒尊翻。
冷艳雪千片，精神月一痕。
愁凭玉楼晓，羌笛断冰魂。

此诗虽题曰梅花，全诗从梅花之影、香、冷艳、精神等方面作具体形象的描绘，即使初读其诗，亦可知写梅之芳姿与品格及作者对梅的赞扬。最后一联则继承咏梅之余绪，写此时愁闷之情感。同样的尚有《古寺即事》诗：

行寻水西寺，一路石泉飞。
古殿时听梵，孤云昼掩扉。
雁余危塔去，鹤识古松归。
欲问前朝事，暮烟入翠微。

前三联写水西寺的清幽之境，飞泉、古殿、孤云、梵音都呈现出一种闲适的心态。又从雁、鹤的来去而联想到古往今来兴衰之感，“欲问前朝事，暮烟入翠微”将情融于景，并未直接点明作者内心淡淡的忧愁之感。

另外，南海在六言诗的创作上也有一定的尝试。如《题画山水》：

山高树色含霭，溪绕水声入江。
隔竹人家两两，宿岩渔艇双双。

作者把静止的画面动态鲜活地展现在读者眼前：挺拔的高山、蜿蜒的小溪、缭绕的轻烟、隐于竹林的人家、双双依偎的渔艇，读之令人如同身临其境，可谓诗中有画，画中有诗。

梁田蜕岩(1672—1757)，“正德四家”之一。初名邦彦，后改名为邦美，小字才，又字景鸾，号蜕岩，又号窳斋，称右卫门，江户人。生而颖悟，九岁时，受教于大桥平兵卫，读《孝经》。十一岁时，拜入幕府儒官人见竹洞门下，其后十年，蜕岩阅读了大量的书籍，如《史记》、《左传》、《前汉书》、《东汉书》、《三国志》、《晋书》等，每夜读韩柳等八大家文，抄至二十一岁。期间与新井白石相识，汉诗创作受新井白石影响较大，同时与室鸠巢、桂山彩岩、雨森芳洲等汉诗人交好。二十六岁时，受聘于加贺藩，为世子户田光熙讲授《中庸》、《孟子》、《资治通鉴》、《后汉书》、《诗经》等。三十四岁时称病致仕，归江户，在芝南门授学，此时蜕岩诗名渐高。四十八岁时，明石藩侯松平直常聘其为藩儒，七十三岁时自请退隐，于家中开设私塾，名曰景德馆，景德馆在当时亦充当明石藩藩校。八十六岁时逝于明石水上町宅内，法号浦月庵廓然蜕岩居士。著有《蜕岩集》、《蜕岩集后编》。

《蜕岩集》(八卷)有诗四百二十九首,所录诗多为蜕岩任明石藩儒之后所作。诗集刊于宽保二年,蜕岩七十一岁时;文集刊于延享三年,蜕岩七十五岁时。《蜕岩集后编》有诗五百三十一首,由其子梁田象水辑录,所选诗为蜕岩晚年以初唐、盛唐、中唐尤其是以盛唐为标准所作的汉诗。刊于安永九年,此时蜕岩已卒二十三年。

对于梁田蜕岩汉诗的风格,他"自言初学宋欧、苏,而旁放翁、简斋。中年学唐,祖祢李、杜,缘饰以钱、刘诸家。又退学明,而甘为王、李银鹿。亡几,为袁中郎,为徐文长,而遂以初盛唐为表准,弇州、济南为门户"[①]。一生诗风屡变。江村北海于《日本诗史》中也有表述:"蜕岩诗体屡变,为唐,为宋、元,为初明,为七子,为徐文长,为袁中郎,为钟谭。"[②]友野霞舟于《锦天山房诗话》中言:"独蜕岩泛爱博纳,出入诸家,不固守一格,愈变而愈妙。"[③]我国清代学者俞樾对此也颇为认同:"蜕岩以诗豪一时,意见屡改,格调屡变。"[④]蜕岩汉诗创作受教于新井白石,同白石一样汉诗创作以宗唐为主,同时还推崇李、王格调,正因为如此,俞樾在观其《蜕岩集后编》之后,将其评论归于"有明王李一派也"[⑤]。

蜕岩虽倡格调却反对作诗一味模拟,因此,其汉诗创作还推重性灵派诗人的创作,如袁宏道、钟惺、谭元春等,这主要表现在《蜕岩集》中。如与袁宏道相和的诗,《美人睡起词和袁中郎》、《春日病起仿袁中郎》等。又如在《题藤元琰水寻草后》一诗中对谭元春的推崇:

东诗模诸贤,所欠惟谭子。
而能得其神,铁轮掺王李。
瓦石皆黄金,炉霾咸紫气。
埕泽非鲁门,何声之相似。
秋寻及退寻,寻寻遂归水。
宇宙一性灵,春也终不死。
吾昔御风翔,勉而践平地。
漫为假钟惺,聊此印奇志。[⑥]

谭元春是明代后期竟陵派代表人物之一,他与钟惺一起,在袁宏道之后继续提倡性灵,反对模拟复古,在诗的创作上,另辟蹊径,追求幽深奇僻的风格。蜕岩认为日本诗人模仿了中国许多诗人的创作,惟一没有模仿的是谭元春。人们的汉诗创作如果能得谭元春诗的精神,那么就可以"铁轮掺王李"。

① (日)友野霞舟《熙朝诗荟》卷三十六,富士川英郎、佐野正巳、松下忠编《词华集日本汉诗》第五卷,东京:汲古书院,昭和五十八年(1983)版。第3页。

② (日)江村北海《日本诗史》卷四,清水茂、揖斐高、大谷雅夫校注《日本诗史·五山堂诗话》,《新日本古典文学大系》65,东京:岩波书店,平成三年(1991)版。第507页。

③ (日)友野霞舟《锦天山房诗话》卷三十六,池田四郎次郎编《日本诗话丛书》第八卷,东京:株式会社凤出版,昭和四十七年(1972)版。第508页。

④⑤ (清)俞樾《东瀛诗选》卷六,东京:汲古书院,昭和五十六年(1981)版。第90页。

⑥ 本文所引梁田蜕岩诗版本,(日)梁田蜕岩《蜕岩集》,富士川英郎、松下忠、佐野正巳编《诗集日本汉诗》第五卷,东京:汲古书院,昭和六十年(1985)版。第1—246页。

可以说，蜕岩对竟陵派幽深奇僻的诗歌风格也是比较赞同的，这种态度也体现在对徐文长诗的赞赏上。如他在七言排律《咏雪》诗序中所言：

> 徐文长有《咏雪》八十韵。袁宏道谓：险涩幽苦，东坡后复见乃公。余尝服其知言。癸巳冬十一月二十九日大雪，彻夜不止，寒殆堕指。弊侨索莫，绝无跫音。与妻儿拥炉坐，忽念文长诗，急起就灯下，摊卷朗吟，不绝大叫称快。儿已寐，为之惊啼。料文长后，长篇大作足以嗣其遗响者，盖有之矣。恨集学不博，未得见耳。如余材薄劣，万不可企。然嗜其诗，且奇伟人也尚矣，则效颦岂可让耶？乃缀五十八韵，以陈鄙怀。余频年穷甚，书簏中除四子外，有诗韵一册，徐文长集半部。

蜕岩"书簏中除四子外，有诗韵一册，徐文长集半部"。可见对徐文长诗的钟爱。而蜕岩之所以喜欢徐文长的诗，其主要原因当是袁宏道所言的徐渭诗的特点：险涩幽苦。其所作《咏雪》诗，也被友野霞舟评为："命辞之险，当世未见其此也。"①

"险涩幽苦"这种汉诗特点多表现于蜕岩所作的长篇古诗中，如《读无然尊者画鸡行有感赋赠》：

> 扶桑之山有三鸡，金承玉声石继之。
> 石喙一号天下应，日轮辗海烟雾披。
> 嗟乎，神物不可得见矣，蜀高荆矮各有宜。
> 仙窟桃花流水岸，驿路茅店残月埘。
> 朱冠露湿倚修竹，锦翼沙暖拂游丝。
> 叔世无复纪渻子，朋朋漫付五百儿。
> 恨使髦士草斗檄，骄而恃力羊沟危。
> 尚德怜才今谁是？俨然无染大禅师。
> 一观画鸡深感叹，走笔金屏题新诗。
> 诗成扬翘喷生气，墨华添彩益淋漓。
> 法中严距坚于铁，能知其雄守其雌。
> 阳春白雪天籁发，鹤猜犀伏不敢窥。
> 却悲禅关假鸣客，函谷云索黑如黟。
> 忽焉穷腊到来日，阎王殿前血泪垂。
> 吾栖儒林七十载，了了劣于鷃傕时。
> 饮啄因人素餐久，每误报更屡忸怩。
> 不羡陈宝二童瑞，不羡鵕鸃五色奇。
> 安得精心妙觉如宋家鸟，细谭玄理相逐随。②

---

① (日)友野霞舟《锦天山房诗话》卷三十六，池田四郎次郎编《日本诗话丛书》第八卷，东京：株式会社凤出版，昭和四十七年(1972)版。第509页。

② (日)梁田蜕岩《蜕岩集后编》卷一，富士川英郎、松下忠、佐野正巳编《诗集日本汉诗》第五卷，东京：汲古书院，昭和六十年(1985)版。第131页。

此首诗中蜕岩用了很多生僻字语，如“朋朋”“鴒鵳”等，用语险涩，读者不易理解。“吾栖儒林七十载，了了劣于鴒鵳时。饮啄因人素餐久，每误报更屡忸怩”，此四句更是直言自己之幽苦。俞樾读后颇为不喜，选其诗时，直接删除了这四句。当代学者蔡毅认为若把这几句删去，全诗“更显古雅”①。

对于蜕岩诗中俗白直露的缺点，江户诗坛也有相关评论，如江村北海在《日本诗史》中直言其是“用才太过，有伤风雅”②。西岛兰溪在《弊帚诗话》中认为乃是其诗“温藉少让，纵横有余”③所造成。友野霞舟认为其是“古风韵法颇疏”④的原因。除了以上原因，笔者认为这也与蜕岩的人生经历有关。蜕岩家贫，读书颇为用功，如《和并松山人藤紫城》：“山中读书甘儒酸，穷阴灯檠照壁寒。诗成心似风仙舞，酒酣身如舆梦残。”想在政治上有一番作为，却常常在现实中碰壁，内心非常苦闷，这在诗中，诗人是有所吐露的，如《鱼登龙门》：“久抱云霄志，龙门千尺高。”

四十八岁之前的蜕岩一直生活于穷困潦倒中，后来为了能够继续出仕，不停地向幕府儒官桂山彩岩推荐自己，如《用前韵呈桂彩岩》：“愿为堂前青松枝，日出朝朝承雾露。”四十八岁时，经桂山彩岩的推荐，蜕岩被明石藩侯召为藩儒，才结束漂泊的生活。即使如此，蜕岩的生活也不富裕，致仕之后还要授徒讲学，赚取束脩。一直以来，内心的郁郁不得志，使他自然而然地写下了“吾栖儒林七十载，了了劣于鴒鵳时。饮啄因人素餐久，每误报更屡忸怩”的诗句。

然而蜕岩生性豁达洒脱，不拘小节，“平生水蘖操，爵禄岂縻身”（《杂咏》其六）。“故箴仕数跌，屡遭困厄，家徒四壁，而意气不少”⑤。如《雪日同诸友饮》：“樽前歌罢青春动，一片壮心犹未灭。”《不能买书》：“惠车邺驾满天地，谁信空拳犹突围。”所以蜕岩的汉诗除了有“险涩幽苦”的特点之外，更多的是展现了一种雄壮豪放之气，这种汉诗风格，尤其体现在七言古诗中。如《宝剑篇》：

嵩阳道士本豪雄，咒制神龙盘匣中。
一朝化为三尺剑，夜光冲穹气如虹。
苍硎磨刃花文粲，朱袂拭春鹈膏融。
天造超然人寰表，惊杀吴冶泣越工。
深山猛虎魄忽沉，冥梁古魅吻自瘖。
吾将佩之托壮志，玳室银櫑照宝镡。

① 《俞樾与〈东瀛诗选〉》，蔡毅《日本汉诗论稿》，北京：中华书局，2007年版。第293页。

② （日）江村北海《日本诗史》卷四，清水茂、揖斐高、大谷雅夫校注《日本诗史·五山堂诗话》，《新日本古典文学大系》65，东京：岩波书店，平成三年（1991）版。第510页。

③ （日）西岛兰溪《弊帚诗话》上卷，池田四郎次郎编《日本诗话丛书》第四卷，东京：株式会社凤出版，昭和四十七年（1972）版。第521页。

④ （日）友野霞舟《锦天山房诗话》卷三十六，池田四郎次郎编《日本诗话丛书》第八卷，东京：株式会社凤出版，昭和四十七年（1972）版。第509页。

⑤ （日）江村北海《日本诗史》卷四，清水茂、揖斐高、大谷雅夫校注《日本诗史·五山堂诗话》，《新日本古典文学大系》65，东京：岩波书店，平成三年（1991）版。第507页。

五陵年少争问值，不论千金与百金。
平生未敢容易试，愿使一挥轰古今。
君不见将军黄钺镇戎衣，不有王忾观者稀。
又不见材官蹶张六钧弩，肯为鼷鼠发疆机。
由来用武感如许，兹物亦需养玄威。
佞头奸腰不足斩，还恐血腥污灵辉。

“神龙”、“天造”、“超然”、“惊杀”等词表现了宝剑锻造非凡，“深山猛虎魄忽沉，冥梁古魅吻自瘖”句，凸显了宝剑的气势与威力。“吾将佩之托壮志，玳室银櫑照宝镡”句，展现了作者对实现自己抱负的期望和自信。然而在现实生活中，宝剑却大材小用，“君不见将军黄钺镇戎衣，不有王忾观者稀。又不见材官蹶张六钧弩，肯为鼷鼠发疆机”。诗人郁郁不得志，又不愿宝剑沾染“佞头奸腰”的血腥。所以韬光养晦，争取一鸣惊人，“平生未敢容易试，愿使一挥轰古今”。整首诗语言雄放宏丽，气势恢弘，感情积郁到极点之后，汹涌而至。

又如七律《和横井生》：

美人赠我彩云笺，未见清扬已粲然。
夕照半扉黄叶路，秋风一艇白鸥边。
酒杯独倚高楼尽，心绪空随明月悬。
能使新诗相问讯，金兰何必待他年。

蜕岩曾在《答藤兰洲见寄》诗中言：“一诺遂结金兰契，妻儿惯见不相猜。”蜕岩交友不分门第，待人至诚，颇为重视友情，所以其集中有许多与朋友相互唱和之作，如《和玉田适山见赠》、《和宫子兰见寄》、《答友渊宜乡春日见寄》等。

此首诗即是表达自己与横井生之间深厚情谊之作。“夕照半扉黄叶路，秋风一艇白鸥边”句写景，“秋风”、“黄叶”点明此首诗所作的季节，“夕”点明时间。“夕照半扉黄叶路”展现的是一种静态美，“秋风一艇白鸥边”描述的是一幅动态图。动静的相互对比中，引发了诗人内心的孤独寂寞之情以及对友人的思念之情。尾句“能使新诗相问讯，金兰何必待他年”与首句“粲然”相呼应，表达了一种“海内存知己，天涯若比邻”的喜悦感，使孤独、寂寞之情得以宣泄。

此时期，木门诗人还有木下净庵、木下竹轩、益田鹤楼、三宅观澜、服部宽斋、向井三省、儿岛景范、松浦霞沼、南部国华、胜田养元、石原梓山、石原学鲁、冈岛达、冈田信盛、堀南湖、田中由恭、小栗鹤皋等诗人，可谓人才济济。其中“新井在中、室师礼、雨森伯阳、祇园伯玉、榊原玄辅，世谓之‘木门五先生’，加之南部思聪、松浦祯卿、三宅用晦、服部绍卿、向井鲁甫为‘十哲’”①。

① (日)友野霞舟《熙朝诗荟》卷二十九，富士川英郎、佐野正巳、松下忠编《词华集日本汉诗》第四卷，东京：汲古书院，昭和五十八年(1983)版。第457页。

第五节　堀川派汉诗创作

伊藤东涯(1670—1736),伊藤仁斋长子。名长胤,字原藏,号东涯,又号慥慥斋。幼受家学,博闻强记,仁斋去世后,由其继任古义堂。其"性温恭谦和,口不言人过,不事表襮,不设防畛,其言呐呐然,如不出诸其口。无他嗜好,手不释卷,每有所得,则札录之,经术颇深,行谊方正,粹然古君子也"①。纪州德川家以五百石聘之,不就。六十七岁卒,私谥绍述先生。

东涯德行高尚,经义诗文无不精通,人常赞之,如江村北海曰:"经儒不习文艺,文士或遗经业,能兼二者,唯东涯沧浪二儒而已。"②"东涯经义文章姑舍是,诗亦是一时巨匠。"③友野霞舟曰:"元禄以还称德行者,辄必先屈指于东涯;称博物者,亦必于东涯;称能绍堂构者,亦必于东涯;称著述文章者,亦必于东涯。"④对其诗更是称赞不已。

东涯著有《绍述先生诗集》十卷,有诗一千六百七十一首。对其汉诗特色,江村北海于《日本诗史》中言:"东涯诗篇最饶,余阅其集,有润丽者,有素朴者,有精研工整者,有平易浅近者,体段难齐。"⑤西岛兰溪《弊帚诗话》曰:"东涯平淡率易,如昭烈皇帝遇诸葛丞相,余一日在友人斋头阅《绍述集》,不觉日晷移,戏谓其人云:'余坐了春风半日。'"⑥友野霞舟《锦天山房诗话》中言其汉诗总体特色为"和平典雅"⑦,可谓言人人殊。

笔者认为,在汉诗的审美倾向上,伊藤东涯是崇尚自然者。如其在《唐名花诗集序》中所言:

> 出乎自然之谓天,成乎巧之谓人。谭者藉口,固勿论也。而徒知巧之为巧,而不知自然之巧,乃巧之至也……诗亦然。三百篇之作,往往出乎闺妇野人之口,固非较声病协宫商而为之,由衷之语,天机触发,何当不自然乎?而万世言巧者莫之能及也。汉魏近古矣,至于唐,体制虽变,而趣犹古也,亦以自然而胜也,而巧兼焉。后之学者莫不以为法在焉而不及,流而为腐、为俗、为容易、为蹈袭,矫而变之为奇、为僻、为凿、为堆队仗,甚矣其难也。今观杨氏之所辑,初见如无可喜者,咀嚼久之,而知其务取古淡,要归乎自然,以自然之巧赋自然之巧,其斯以为唐名花

---

① (日)友野霞舟《锦天山房诗话》卷二十六,池田四郎次郎编《日本诗话丛书》第八卷,东京:株式会社凤出版,昭和四十七年(1972)版。第443—444页。

②③⑤ (日)江村北海《日本诗史》卷四,清水茂、揖斐高、大谷雅夫校注《日本诗史·五山堂诗话》,《新日本古典文学大系》65,东京:岩波书店,平成三年(1991)版。第502页。

④⑦ (日)友野霞舟《锦天山房诗话》卷二十六,池田四郎次郎编《日本诗话丛书》第八卷,东京:株式会社凤出版,昭和四十七年(1972)版。第447页。

⑥ (日)西岛兰溪《弊帚诗话》上卷,池田四郎次郎编《日本诗话丛书》第四卷,东京:株式会社凤出版,昭和四十七年(1972)版。第521页。

诗集乎?[①]

从这段话可以看出,东涯认为诗要出于自然。唐以后的诗学自然而不得自然,才会出现"腐"、"俗"、"易"、"蹈袭"、"奇"、"僻"等流弊。

于古今汉诗人中,东涯最推重杜甫:"诗家之有少陵氏,亦犹人之有圣贤也。后之作者,虽体裁互异,嗜好不同,而未有不以为出类拔萃之杰出者也,无待乎评也。"[②]又如《读杜工部诗》[③]对杜甫的称赞:

一篇诗史笔,今古浣花翁。
剩馥沾来者,妙词夺化工。
慷慨忧国泪,烂醉古狂风。
千古草堂在,蜀山万点钟。

虽然唐以后的诗有诸多流弊,然而东涯并非拘泥于唐及唐以前的诗,他是个不依傍门户的诗人:"今也承平百年,文运不阐,杜诗始盛于世矣。呜呼,白之稳实,苏之富赡,黄之巧,要亦非可废者也。"[④]他在推重杜诗的同时,也称赞了白居易诗之稳实,苏东坡诗之富赡,黄庭坚诗之奇巧,认为这些是不可忽视的。如诗《自咏五首》(其四):

小诗时触兴,信口不求工。
声病尚难合,何论唐宋风。

又如诗《春寒》:

无处问芳信,壮丁未就田。
四郊春尚寂,何地且流连。
提榼到山馆,荷锄过野鄽。
勒寒风料峭,待伴雪婵娟。
堤柳青犹敛,溪莺舌未圆。
羸肌求坏帛,龟手就炉烟。
当记坡仙语,又闻子美篇。
莫言花较晚,行到艳阳天。

"当记坡仙语,又闻子美篇",亦可知其汉诗创作不固执门户,而是转益多师,自成一格。

东涯一生不仕,诗中常常表其志,如《岁暮书怀》:"吾本远世用,岂有涓埃禅。"《中春偶书》:"无营是我乐,何必讨乔巅。"《席上庚古峰词宗漫兴韵》:"岂将强项效奴颜,难化性

① (日)伊藤东涯《绍述先生文集·唐名花诗集序》卷三,富士川英郎、松下忠、佐野正巳编《诗集日本汉诗》第二卷,东京:汲古书院,昭和六十年(1985)版。第104页。

②④ (日)伊藤东涯《绍述先生文集·杜律评丛序》卷三,富士川英郎、松下忠、佐野正巳编《诗集日本汉诗》第二卷,东京:汲古书院,昭和六十年(1985)版。第98页。

③ 所引伊藤东涯诗版本,(日)伊藤东涯《绍述先生文集》,富士川英郎、松下忠、佐野正巳编《诗集日本汉诗》第二卷,东京:汲古书院,昭和六十年(1985)版。第43—562页。

灵素爱山。"《自咏》:"醉来天地阔,抛去是非轻。"《夏夜绪方老人宅小集次韵》:"尝把诗书代钓耕,岂将奔走买名声。"又如诗《戏为》:

易牙久不见,谁复辨淄渑。
荣辱与升沉,摆来附曲肱。
有时访故人,相对醉腾腾。
归来日已没,矮窗一盏灯。
左图而右史,乌几堪可凭。
随意拈诗句,蛇蚓满剡藤。
书生所自许,动必说鲲鹏。
世间长不与,献嘲比痴蝇。
不唯无知己,或遭多口憎。
滔滔古今然,何日复结绳。

诗题虽曰"戏为"实乃真言。全诗直抒胸臆,用笔清淡,将自己清静疏朗、悠然恬适的生活与"动必说鲲鹏"、"献嘲比痴蝇"、"或遭多口憎"的现实相对比,突出了自己远离世俗、纵情于山林的洒脱意趣。

东涯的生活恬淡闲适,常以诗书相伴,"日月几门近,诗书一室深"(《松洲翁宅会集次敦素丈韵》),"图画填左右,自足味真腴"(《冬日书怀》),"愁因诗暂遣,忧为酒初融"(《夜怀》),"醉味却令诗思恼,床头欲直到南柯"(《蕉囱宅同赋雨中书怀》)。东涯嗜好作诗,常常在诗中言如何作诗,如《山村待月》:"人语不侵坐,农谈还入诗。"《十月朔同诸友游东山》:"醉趣斯时鲜,诗料何外求。"《八月十四夜兰化斋玩月》:"杯盘多逸兴,争忍更无诗。"《泛湖》:"屿雾岫云悉佳致,何人能得入诗篇。"《梅》:"傍篱临岸尽清绝,不许无诗容易归。"《和绪方君席上韵》:"休骂缠居诗料少,江山神助不由来。"《古峰子宅赋秋雨》:"风情更没人收拾,个个拈来入我诗。"《秋日游知还堂》:"早知野意尤堪赋,金屋从来不入诗。"《与同庠诸友赋新绿》(其二):"远垧首夏恣行时,新绿依依似索诗。"等等。当其诗作成之后,心情更是喜悦异常,如《题吉田高尚轩时灯师寓焉》:"珠玉非君好,诗成满袖风。"《吾道》:"舞罢倚长剑,诗成飞酒杯。"

另外,东涯的诗中还有大量的宴饮诗和纪行诗。宴饮诗如《中秋饮长尾君宅》、《秋日同集长井君宅》、《壬辰中秋荷亭师席上得三字》、《松洲翁宅会集次敦素丈韵》、《甲戌中秋绪方君宅赏月次韵主人》、《蕉窗宅同赋雨中书怀》、《古峰子宅赋秋雨》、《集松崎君邸舍得为字》、《荷亭主人席上》、《春仲文会堂席上作》、《夏日冬岭公席上》、《同日席上赋岁暮会集》、《默所丈宅赋夜雪》等。纪行诗如《游三轮丈人贺茂幽居》、《寄坂口文安赴东武》、《十月朔同诸友游东山》、《泉州道中》、《游见二浦》、《晚过野宫》、《泉州道中》、《游往吉浦》、《游贺茂中大路丈庄》、《应子井春泽丈之招游伏见城》、《三月五日同游双林寺僧舍》等,皆为佳作。

其中较为优秀的诗作,宴饮诗如《荷亭主人席上》:

何厌寒威紧,新丰斗十千。

仍看烛将跋，不觉席相前。
竹带风声瘦，梅添雪意研。
诸君才思健，珠玉见连篇。

纪行诗如《摄州道中》：

新树雨晴森帝州，青山拱揖送扁舟。
浪踪尝过十年梦，濯足时临万里流。
振古金汤安社稷，于今带砺寄封侯。
等闲来往不曾住，京口谁营多景楼。

诗中既有对豪情壮志的寄寓，又有对自身境遇的不满。

其它一些小诗也写得清丽自然。如《竹间梅》：

庭外千竿修竹丛，野梅斜出一枝浓。
子犹爱与和靖节，春色并看一径中。

伊藤仁斋有五子，除了东涯外，还有梅宇、介亭、竹里、兰嵎，皆是一时俊才。友野霞舟《锦天山房诗话》中言："堀川五藏，东涯最彰，兰嵎亚之，故世有'腰鼓兄弟'之目。"[①]

伊藤兰嵎(1694—1778)，仁斋第五子。名长坚，字才藏，号兰嵎，又号启斋、六有轩等。仕于纪州藩。其兄东涯卒后，执教古义堂十年，后徙居纪州藩。著有《绍衣稿》等。相较于东涯汉诗，兰嵎诗远不及其兄。其诗中较为清丽者，如《赋戍楼春月》：

榆钱飞尽柳成绿，塞上春还戍未还。
独有故园桃李月，清辉一夜满闻山。[②]

此诗表达了对故乡的思念之情。"独有故园桃李月，清辉一夜满闻山"句，于情于景，均清丽迷人。

除伊藤兄弟外，堀川派诗人中以笠原龙麟诗名最盛。

笠原龙麟，生卒年不详，一说其"享保中(1716—1736)逝世，享年六十余"[③]。本姓小笠原，名龙麟，字子鲁，号云溪，称玄蕃，京师人。卒后其门人野春编其遗稿，名为《桐叶编》行世。

龙麟以善诗著称于世，在于其开班授诗的举动，江村北海《日本诗史》中对此讲述颇为详细："自惺窝先生讲学于京师，百有余年于兹，其间虽有以诗赋文章称者，风俗未漓，学必本经史，以翰墨为绪余。而云溪独以诗行。是时仁斋门人中岛正佐者，专业讲说，而所讲不出《四书》，终始循环，一日数席，诸州生徒辐凑其门。云溪居止接近正佐，乃以诗

① (日)友野霞舟《锦天山房诗话》卷二十六，池田四郎次郎编《日本诗话丛书》第八卷，东京：株式会社凤出版，昭和四十七年(1972)版。第450页。

② (日)友野霞舟《熙朝诗荟》卷二十六，富士川英郎、佐野正巳、松下忠编《词华集日本汉诗》第四卷，东京：汲古书院，昭和五十八年(1983)版。第433页。

③ 陈福康《日本汉文学史》中，上海：上海外语教育出版社，2011年版。第58页。

授人,生徒以为便,于是云溪诗名传播四方。"[①]对于笠原龙麟汉诗的风格特色北海亦言:"其诗妩媚足自喜,而气骨纤弱如律诗,全篇佳者无几。绝句则间有堪录者。"[②]笔者深以为然,其绝句中优秀者,如诗《春日郊行》:

雨后千林绿作堆,平郊拾翠步苍苔。
春风十里池塘草,曾入几人梦里来。[③]

此诗前两句描述了春日雨后郊外一片生机勃勃之景。后两句尤其是"曾如几人梦里来"句和前面浓墨重彩所描写的春景形成了情感上的鲜明对比,作者的感情由喜转为凄凉。感情丰富转变自然,令人印象深刻。

又如诗《寒夜话旧》:

急雪寒灯古驿中,相逢共是白头翁。
故人知我少年志,深愧剑书无寸功。

"急雪"、"寒灯"、"古驿"点出环境之恶劣,也写出了与故人相逢的偶然性。"相逢共是白头翁"句,可见作者内心与故友相逢的激动以及岁月无情、韶华已逝的慨叹,也为"故人知我少年志,深愧剑书无寸功"句中的惭愧之情垫下了铺垫。全诗行文流畅,感情真挚,读之感人。

此时堀川派诗人还有仁斋的学生,如荒川秀、小河成章、北村可昌、大町质、荫山元质、松冈成章、濑尾拙斋等。东涯的弟子松下见栎、木村之见、奥田士亨、杉信生、谷麋山、原双桂、泽村琴所、陶山冕、武田梅龙等。相较于木下顺庵的木门派诗人以及异军突起的萱园派诗人,堀川派诗人的创作成就以及影响远不及两者。另外,此期以京都为汉诗创作中心的汉诗人,除堀川派诗人外,还有松下真山、鸟山芝轩、入江若水、鸟山香轩、宇野明霞、日下生驹等人。

第六节　萱园派汉诗创作

荻生徂徕(1666—1728)是日本江户元禄年间(1688—1703)的著名学者,也是汉文学的一代巨擘。徂徕步武李攀龙,创立了影响极大的古文辞学派。以其号命名的"萱园诗派",更是声名鹊起,执江户文坛牛耳长达数十年,为一代操觚之盛。

荻生徂徕(1666—1728),本姓物部,名双松,字茂卿,号徂徕,一号萱园,称总右卫门,江户人。其母梦遇岁首用松枝插门而生。五岁识字,九岁写诗,十岁作文,十四岁时随父赴流放地。二十五岁时逢大赦而返回江户,开馆收徒,讲授朱子学。三十岁时,仕于柳泽

①② (日)江村北海《日本诗史》卷三,清水茂、揖斐高、大谷雅夫校注《日本诗史·五山堂诗话》,《新日本古典文学大系》65,东京:岩波书店,平成三年(1991)版。第496页。

③ 所选笠原龙麟诗版本,(日)友野霞舟《熙朝诗荟》卷二十一,富士川英郎、佐野正巳、松下忠编《词华集日本汉诗》第四卷,东京:汲古书院,昭和五十八年(1983)版。第355—361页。

吉保，亦受到五代将军德川纲吉的赏识。此时鉴于自己在朱子学中产生的疑虑，他开始向中国明代的王世贞、李攀龙靠拢，以复古为旗号，撰述《萱园随笔》，轻诋以伊藤仁斋为首的传统学派。进而提出"圣人之道"，非难宋儒。

以异端邪说被群起攻讦的同时，徂徕声名大著，高足云集，诸如太宰春台、服部南郭、安腾东野、平野金华、高野兰亭等。雨森芳洲称"博览文章，域内无双"[1]，江村北海说："物徂徕以杰出才驾宏博学，不能守旧业，遂以复古创立门户。"[2]

徂徕自然是汉文学史上一大家，但主要还是在学术一途，具体而言就是儒学以及文章之学。仅就其汉诗创作而言，其成就则就相对逊色得多。徂徕曾编著《唐后诗》、《绝句解》，意在宗尚嘉靖七子之诗。《唐后诗》一书选李于鳞七绝多达三百首，足见对其推崇备至。他说："于鳞于盛唐诸家外，别构高华一色，而终不离盛唐。细视其集中一篇一什，亦皆粹然，不外斯色，所以为不可及也。"[3]江村北海《日本诗史》云："徂徕诗有二体：初年作，瘦劲雄深；后来影响李、王，勤作高华之言。要之，诗非其所长也。"[4]确为一语中的之论。西岛兰溪在《弊帚诗话》评其诗亦有类似评语，云："物徂徕意在挽回旧弊，强为高华峻拔之语，然集间有不类平生所作者。"[5]

西岛兰溪亦极称其七绝，于《弊帚诗话》中录《小佛岭》、《塞上曲》、《次韵大潮上人春日见寄》、《春宫怨》等四首，谓之绝唱。徂徕所作七绝诸如《送县次公》、《送君上人之京》、《怀富山人》等七绝，皆有高华之致。《送县次公》云：

锦帆西尽青蜓州，赤马关高大海流。
料识愁心秋不极，回头东望月如钩。[6]

《怀富山人》云：

孟光相伴出亟关，短褐犊车终未还。
今说梁鸿谁得识，空传五噫满人间。

《江上田家》五律是一首不可多得的田园诗作，情景交融，描绘了江户时期农村安静祥和的和谐画面。诗云：

---

① (日)友野霞舟《锦天山房诗话》卷四十，池田四郎次郎编《日本诗话丛书》第八卷，东京：株式会社凤出版，昭和四十七年(1972)版。第523页。

② (日)江村北海《日本诗史》卷四，清水茂、揖斐高、大谷雅夫校注《日本诗史·五山堂诗话》，《新日本古典文学大系》65，东京：岩波书店，平成三年(1991)版。第508页。

③ (日)荻生徂徕《徂徕集》卷十九，富士川英郎、松下忠、佐野正巳编《诗集日本汉诗》第三卷，东京：汲古书院，昭和六十一年(1986)版。第195—196页。

④ (日)江村北海《日本诗史》卷四，清水茂、揖斐高、大谷雅夫校注《日本诗史·五山堂诗话》，《新日本古典文学大系》65，东京：岩波书店，平成三年(1991)版。第509页。

⑤ (日)西岛兰溪《弊帚诗话》下卷，池田四郎次郎编《日本诗话丛书》第四卷，东京：株式会社凤出版，昭和四十七年(1972)版。第539页。

⑥ 所引荻生徂徕诗版本，(日)荻生徂徕《徂徕集》，富士川英郎、松下忠、佐野正巳编《诗集日本汉诗》第三卷，东京：汲古书院，昭和六十二年(1987)版。第359—473页。

门巷随江曲，田家篱落稀。
岸低洗耕具，雨霁晒蓑衣。
小犊负薪饮，扁舟刈麦归。
儿童沙上戏，鸥狎不高飞。

《春日怀次公》，江村北海选入《日本诗选》，全诗如下：

黯淡中原一病夫，登楼落日满平芜。
沧溟春涌涛声大，菡萏晴摇雪色孤。
五斗时能愈我渴，千秋未必须人扶。
只缘寂寞悲同调，苦忆周南县孝儒。

其入选理由亦非仅因绝妙，云："结句一时游戏，固非常格；但初联雄伟，后联突兀，此翁本色。"[①]由此可见，友野霞舟在《锦天山房诗话》以"粗率"二字定评，确有实例可证，绝非泛泛空谈。"粗率"二字，评价徂徕之诗，正可谓之本色。然而这种粗率，却能给人畅快之感。

徂徕诗之弊，亦出于此，可谓之大拙大俗。诸如"诸子纷纷与雨来""巧似宗元在柳州"皆俗不可读。《饯野抟谦祇役三河护送朝鲜聘使》云："日本三河侯伯国，朝鲜八道支那邻。"《藤豫侯见枉草堂》云："白马银鞍金错刀，使君驺从寒江皋。"其拙可窥一斑。

芥川养轩在《丹丘诗话》中说："近物子首倡明诗，海内向风，夫人诵法于鳞，而争事剽窃，神韵乃乖。"[②]其拟古之作，诸如《山居秋暝》，空有其貌，诗意全无，可谓败笔。《独不见》乃由沈佺期同题之作变化而来，袭其诗意，与原作不可同日而语，判若云泥。

徂徕弟子诗多有青出于蓝而胜于蓝者，诸如太宰春台、服部南郭、高野兰亭等，皆有后起之势，是萱园诗派的主要代表人物。

服部元乔(1683—1759)，本姓服部，讳元乔，字子迁，号南郭，别号芙蓉馆、周雪、观翁等，京都人。弱冠随儒学大家荻生徂徕学习汉诗，专攻古文辞。享保九年(1724)，校订出版《唐诗选》，颇具反响。与太宰春台齐名，同为徂徕门下高足。徂徕殁后，南郭又编刊《徂徕集》，促进徂徕在日本的流传，其后操觚文坛数十年。友野霞舟《锦天山房诗话》称其"以赤羽之声，薰灼于四方，海内翕然推为诗宗，无复异议"[③]。

春台在《与子迁书》中称其"同门之翘楚也"[④]。就连徂徕在《南郭初稿序》中亦有"非

---

① (日)江村北海《日本诗选·正编》第六卷，富士川英郎、佐野正巳、松下忠编《词华集日本汉诗》第二卷，东京：汲古书院，昭和六十一年(1986)版。第138页。

② (日)芥川养轩《丹丘诗话》卷下，池田四郎次郎编《日本诗话丛书》第二卷，东京：株式会社风出版，昭和四十七年(1972)版。第623页。

③ (日)友野霞舟《锦天山房诗话》卷四十二，池田四郎次郎编《日本诗话丛书》第九卷，东京：株式会社风出版，昭和四十七年(1972)版。第344页。

④ (日)太宰春台《紫芝园后稿二编·与子迁书》卷十二，转引自松下忠著，范建明译《江户时代的诗风诗论：兼论明清三大诗论及其影响》，北京：学苑出版社，2008年版。第378页。

予不佞所敢当也"[①]一语，其中虽略有谦虚之气，但绝非泛泛客套之语。江村北海在《日本诗史》中尤其推重其诗文成就，云："盖徂徕没后，物学之门，分而为二。经义推春台，诗文推南郭。"[②]这一评价似可通过俞樾"其全集中论学之作殊鲜，似于经学微不逮焉"[③]一语得以印证。从师友推崇诸语以及后人盛赞之词中不难窥探南郭在诗文创作中的高度成就。

南郭汉诗推重汉魏六朝及唐诗，由下而及明代诸家，对晚唐、宋元诗颇多訾议。其在《江陵集序》中云：

> 汉魏六朝及唐风之盛，下至其季之萎，宋元之益枯，与明人旋复振起，商榷千古，纷乎不易论哉。[④]

这一观念也切实地体现在其诗文创作上。其古体歌行最为令人叫绝的是其《明月篇效初唐体》。此诗题名"效初唐体"，开门见山地体现其对古体歌行的诗学宗尚，踵武唐人此题的篇章结构、细部句法，月亮典故的连缀其中，顶针格的娴熟应用，使得此作颇具《春江花月夜》之韵致，回环往复，婉转流畅，极见大家功力。以下迻录《明月篇》中部分精彩章节：

> 长安八月秋如水，夜色纤尘空万里。
> 河汉已收星欲稀，江天初照月相似。
> ……
> 希逸毫[⑤]端霜露陨，仲宣楼上岁月深。
> 楼上遥清已翳翳，万户千门落月低。
> 旧时月落情难歇，落月今宵望转迷。
> 唯有远山长河色，斜影沉沉落月西。[⑥]

其他诸如乐府《铙歌十八首》、《四时子夜歌》、《战城南》，七古《汉宫词》、《塞下曲》、《从军行》等同题拟古之作，也皆有可称许之处。

服部南郭最为人称引者莫过于《夜下墨水》。此首七绝是南郭在月下泛舟隅田川的乘兴之作，与平野金华《早发深川》、高野兰亭的《月夜三岔口泛舟》并称为"墨水三绝"。

---

① (日)荻生徂徕《南郭初稿·序》，富士川英郎、松下忠、佐野正巳编《诗集日本汉诗》第四卷，东京：汲古书院，昭和六十年(1985)版。第3页。

② (日)江村北海《日本诗史》卷四，清水茂、揖斐高、大谷雅夫校注《日本诗史·五山堂诗话》，《新日本古典文学大系》65，东京：岩波书店，平成三年(1991)版。第509页。

③ (清)俞樾《东瀛诗选》卷三，东京：汲古书院，昭和五十六年(1981)版。第41页。

④ (日)服部南郭《江陵集序》，《南郭先生文集》三编卷五，富士川英郎、松下忠、佐野正巳编《诗集日本汉诗》第四卷，东京：汲古书院，昭和六十年(1985)版。第262页。

⑤ 毫，当作"豪"，见享保十二年江都书肆嵩山房须原新兵卫刊本。"希逸毫端"，指谢庄(字希逸)《月赋》。

⑥ (日)服部南郭《南郭先生文集》初编卷二，富士川英郎、松下忠、佐野正巳编《诗集日本汉诗》第四卷，东京：汲古书院，昭和六十年(1985)版。第20页。俞樾《东瀛诗选》选录时略有改动，如"毫"写作"豪"等。

全诗云：

金龙山畔江月浮，江摇月涌金龙流。
扁舟不住天如水，两岸秋风下二州。①

此诗山长水阔，起势豪壮，又颇具动感。江水摇动，明月涌动，交织而成为江月的浮动。画面由下而上，江天浑为一体，“天如水”使得全诗霎时颇具秋夜之凉意。以秋风下二州为合句，诗意更是升华至一种天成的境界，颇有《峨眉山月歌》那种清水芙蓉的盛唐诗神韵。其他七言绝如《早凉》云：“雨后西山落日微，那知此夕早凉归。白云不待秋风起，已为愁人数处飞。”《暮登春山》云：“桃李纷纷流水来，空山行尽傍溪回。不知春色人间去，多少残花犹自开。”皆饶唐人七绝韵致，清净可诵，为集中尤可吟诵者。

俞樾论诗，尤重七律，并认为南郭诗作“七律尤所擅长，沈雄博厚，俨然有少陵遗韵”②。其中不免有过誉之语。南郭的七律诗擅长对仗，结构甚为妥帖，再比如“云树依稀双凤阙，海天缥缈一渔舟”(《中川舟中》)，“应游云梦听秋雨，更侍兰台赋晚风”(《送松子润归江州》)，精巧细密，皆有独造之功。

《金川驿送别》一诗，既有饯别时的英雄豪迈，又有离别后的英雄迟暮，场景高远，大气淋漓，所以后来俞樾有“少陵遗韵”之赞。诗云：

出饯西看山上山，衔杯为问大刀镮。
沧波欲咏金川海，紫气遥悬玉笥关。
游子浮云迟暮泪，故人衰鬓别离颜。
驿亭不解销魂色，征马翩翩送往还。

平心而论，活脱一幅明七子模拟盛唐诗风的翻版，然而其中隐然已有一股江户汉诗人的豪迈之气，就抒发胸臆豪情而言，已有借花献佛之妙。

南郭的《镰仓怀古七首》，被后世诗论家结城蓄堂推为怀古诗第一。然而南郭在江户诗坛也引发了不同的褒贬声音，时人对南郭七律诗多有赞誉之词，而对其诗作的不足之作，也多有訾议。友野霞舟在《锦天山房诗话》对南郭诗作有称许，亦有尖锐的批评，如云：

盖其五古乐府过于模拟，七古换韵五法，近体拘束与声调，不得大驰骋。应酬率牵，排比支缀，体裁虽合，意兴索然，乏变化故也。虚心论之，当是之称许，固为太过；今时之矫枉，亦未得中。③

“体裁”合，是褒言，然“乏变化”和模拟“太过”，则是直接的批评了。

平野金华(1688—1732)，姓平，讳玄仲，名玄中，一名玄冲，字子和，号金华。陆奥国

---

① 所引服部南郭诗版本，(日)服部南郭《南郭先生文集》，富士川英郎、松下忠、佐野正巳编《诗集日本汉诗》第四卷，东京：汲古书院，昭和六十年(1985)版。第1—418页。

② (清)俞樾《东瀛诗选》卷三，东京：汲古书院，昭和五十六年(1981)版。第41页。

③ (日)友野霞舟《锦天山房诗话》卷四十二，池田四郎次郎编《日本诗话丛书》第八卷，东京：株式会社凤出版，昭和四十七年(1972)版。第344—345页。

(青森县)人。父母早丧,由其舅抚养长大,初学医,后弃医习文。先拜中野㧑谦为师,后入荻生徂徕门下。其"俊杰不群"[①],"倜傥使气,人称为狂生"[②]。金华赠诗服子迁,多有并称之意,诸如"昔者吾与君,双如珊瑚枝"[③](《赠服子迁二首》其二)、"白发如丝混兄弟,中原二子奈虚名"(《答子迁见怀》四首其一)、"悲风二子名"(《怀子迁》)。

其所著《金华稿删》,由源赖宽辑录而成,源赖宽在后序中说:"子和之集,名《金华稿删》,当子和之世。今删子和,予未见其人也。盖子和来东郡,六罹灾,十移居,尘甑不存。……今其稿见存者,子弟之说傍所录,千百中之一二已,删岂归子和之自为乎?是集固非全集也,而非删也……予深恐其业散落而不传,遂命田俊卿汇为六卷,传之四方。服子迁以管鲍之交序其首。"[④]

其诗较为著名的是"墨水三绝"之一的《早发深川》。诗云:

月落人烟曙色分,长桥一半限星文。
连天忽下深川去,直向总州为白云。

墨水即现在穿过东京城的隅田川,深川是江户城内一条连接隅田川的河流,江户时代为重要的航运码头及市井繁荣场所。平野金华描写墨水的短章尤为精彩出色,广受诗坛好评。其七律《江楼远眺》云:

城南霁色倚高楼,槛外遥开二总秋。
山尽浮云江气暗,天低长水夕阳流。
烟波自供任公钓,风雨还容范蠡舟。
病懒偏怜鱼鸟性,十年浪迹为谁留。

后来又有《墨水对月》五律三首,其一云:

墨水连天阔,秋风二总开。
潮平明月涌,山近白云来。
病懒人情变,归心酒态哀。
穷愁书未就,短发虞卿催。

显然此诗心态已然不似《早发深川》。诗人感受到了更多的"人情变",导致了更多的"酒态哀",这些都是金华汉诗中渐多穷愁的具体表现。"潮平明月涌,山近白云来"一联,场景空廓,诗情盎然,尤可称颂。另一首《冬日杂诗》,诗中饱含不平之气,其中既有感时

① (日)友野霞舟《锦天山房诗话》卷四十一,池田四郎次郎编《日本诗话丛书》第九卷,东京:株式会社凤出版,昭和四十七年(1972)版。第327页。

② (日)西岛兰溪《弊帚诗话》上卷,池田四郎次郎编《日本诗话丛书》第四卷,东京:株式会社凤出版,昭和四十七年(1972)版。第534页。

③ 所引平野金华诗版本,(日)平野金华《金华稿删》,富士川英郎、松下忠、佐野正巳编《诗集日本汉诗》第四卷,东京:汲古书院,昭和六十年(1985)版。第419—485页。

④ (日)源赖宽《金华稿删·后序》,富士川英郎、松下忠、佐野正巳编《诗集日本汉诗》第四卷,东京:汲古书院,昭和六十年(1985)版。第426页。

伤逝之叹,又有清高自许之意,诗云:

十年何所有,华发感吾生。
茅屋雨声暗,寒灯曙色清。
淹留怜薄宦,偃蹇怪虚名。
相值轻肥客,扬扬意气横。

其他佳句如"月生梅子冢,霜满中郎桥"、"旌旗绕海岳,剑佩杂星河"、"微雨花落寒食近,人烟还在水烟中",各有风致。

源赖宽称:"子和之于文辞,结撰穷异,气兴神遇,援笔辄成,不复置稿"[①],故江村北海评其诗"有太佳者,有太不佳者。太佳者体格雄华,金石铿锵;太不佳者浅陋支离,剽窃陈腐。如出二手,亦唯负才不能精思耳。"[②]恃才傲物,故能神韵天成,但易流为平熟浅陋,亦是弊端。

高野兰亭(1704—1757),本姓高石,名惟馨,字子式,号兰亭,一号东里。友野霞舟《锦天山房诗话》记载其生平颇详,迻录于下:

其先下毛人,祖胜昌,迁居东郭,改姓高野,废居治产。父胜春,以善俳谐联歌有名,号百里居士。维馨生聪敏,四岁能书,六岁从佐玄龙兄弟学书。成童见物徂徕,徂徕奇之,目以才抵连城。十七丧明,徂徕劝以专心为诗。于是尽绝人事,刻意为诗。与服南郭齐名,从游甚众。好蓄古彝鼎罍洗书画诸雅玩,治斋室,园亭颇修。又好山水,数游镰仓,筑草堂于圆觉寺侧,就营寿藏。宝历七年疾,卒年五十四。[③]

兰亭虽青年失明,但一生勤于吟诵,诗作数量很多,江村北海甚至认为其"生平所作殆万首"[④]。但兰亭诗作,晚年多付之祝融,存世不多。后来经其门生广为搜集,拾掇存诗近千首,遂编为《兰亭先生诗集》十卷。江村北海《日本诗史》评价兰亭诗,有如此的定位:"剪裁整密,音韵清畅,虽不及白石、蜕岩、南郭等大家名家,在小家数则称上首者。"[⑤]认为兰亭称不上是江户诗坛的大名家,然在二流汉诗人中还是名列前茅的。但在当时,江户诗坛已有兰亭诗"与服南郭齐名"而分镳并骋之说。其门人松崎惟时《兰亭先生诗集序》称:"物夫子倡复古之业,而俊民云集,家握灵蛇,人拥连城,千载一时,于兹为盛。而先生实与平安服子主盟斯道,更为桓文,海内之诗为之一变。"[⑥]当江户诗坛复古风盛行之时,兰亭与南郭互相唱和,振起复古诗风,对倡导徂徕复古诗论自有推波助澜功效。

兰亭熟读《诗经》及汉魏六朝、唐、明诗作名篇,这种广泛学习的经历,对兰亭自身诗

---

① (日)源赖宽《金华稿删·后序》,富士川英郎、松下忠、佐野正巳编《诗集日本汉诗》第四卷,东京:汲古书院,昭和六十年(1985)版。第426页。

②④⑤ (日)江村北海《日本诗史》卷四,清水茂、揖斐高、大谷雅夫校注《日本诗史·五山堂诗话》,《新日本古典文学大系》65,东京:岩波书店,平成三年(1991)版。第510页。

③ (日)友野霞舟《锦天山房诗话》卷四十四,池田四郎次郎编《日本诗话丛书》第九卷,东京:株式会社凤出版,昭和四十七年(1972)版。第347页。

⑥ (日)松崎惟时《兰亭先生诗集序》,富士川英郎、松下忠、佐野正巳编《诗集日本汉诗》第三卷,东京:汲古书院,昭和六十二年(1987)版。第335—336页。

风的形成以及其诗学理论的提出，有着深刻的影响，总体而言，兰亭的诗作和诗学观点是符合其师荻生徂徕诗学路径的。兰亭鼓吹明诗，尤其推崇李攀龙的诗学观，自身诗作所尚亦与之同调。其对明七子的李王亦有所取舍："然王博而杂，我特推李精而密，则构高华一色于盛唐诸名家之外，可谓超乘而上者。"①在诗学观方面这样的取舍，明显是受到了徂徕的影响，可谓师门诗风延续。

今观兰亭诗集，其于五七言近体尤为擅长，佳作颇多。《锦天山房诗话》称兰亭"诗贵华彩，尚标致，虽闳博不及南郭，而清润过之"②，可谓知人之评。兰亭《答徂徕先生赠梅花》③诗云：

君家春色早，忽有一枝传。
疏影侵晴雪，清香入旧年。
美人寻不见，明月独相怜。
还忆江南路，长歌望暮天。

全诗清新雅致，其中颔联尤为妙绝，梅花神韵，呼之欲出。全诗构思精练，思绪散行，挚情流畅。另一首追悼平野金华的《哭平子和》诗，同样写得感情真挚，凸显情深义重。诗中以司马相如作比，"挥毫"、"侍宴"等场面的描写，将金华的过人才华和倜傥风度，描绘得淋漓尽致。诗云：

曾作梁园客，凌云在吹台。
挥毫传雪赋，侍宴醉金罍。
消渴终难起，风流逝不回。
惟余封禅草，未读意先哀。

兰亭怀古之作则又多显沉郁顿挫，颇有一些老杜诗的神韵。如其《墨水览古》云：

空林精舍墨河头，梅子祠前吊远游。
华表莓苔封旧色，佳城杨柳乱春愁。
孤村云拥长堤树，二国潮通古度州。
此地犹余怀土泪，大江千里向西流。

兰亭刚入青年期就不幸失明，这一重大的生理缺陷，对其人生的深刻影响是不言而喻的。兰亭复杂的心理世界，可以通过其失明之"病"来窥探。而综观其诗集，有关"病"的词语及用典可谓俯拾皆是。其晚年所作《早春》诗中，总结了一生的感悟："五十人间世，春风一布衣。病余今日老，名识昔年非。"此类的诗作极多，在其集中有《病中闻秋文

① （日）禅轼《书兰亭先生诗集后》，富士川英郎、松下忠、佐野正巳编《诗集日本汉诗》第三卷，东京：汲古书院，昭和六十二年(1987)版。第469页。

② （日）友野霞舟《锦天山房诗话》卷四十四，池田四郎次郎编《日本诗话丛书》第九卷，东京：株式会社凤出版，昭和四十七年(1972)版。第348页。

③ 所引高野兰亭诗版本，（日）高野兰亭《兰亭先生诗集》，富士川英郎、松下忠、佐野正巳编《诗集日本汉诗》第三卷，东京：汲古书院，昭和六十二年(1987)版。第333—471页。

学归自富岳赋此寄赠》、《病中寄公疏》、《中秋卧病不赴乌山侯宴赋此奉呈》、《病中忆镰山草堂》、《病中寄大川禅师》、《病怀》、《病中偶作》等不下十数首。其《病雁行》诗中以病雁自况，场景凄凉，悲情洋溢，尤为震撼人心。

兰亭存诗面目多样，或独自消遣，或偶抒愁闷，或寄情山水，或倾诉友情，可诵可赏之作不少。如《即事》云：

天真知自乐，世务久相违。
懒性唯耽酒，浮名竟拂衣。
红颜多病老，白首故人非。
不肯风尘住，西山忆采薇。

此诗描述诗人的日常恬然生活，颇有陶渊明“悠然见南山”的旨趣。兰亭诗作中多有“违世”、“浮名”、“物外”等词语，显示出其超然自适的处世心态。这方面诗作还有《卜居杂咏七首》、《自遣》、《自遣二首》、《偶成》等，皆透露出此般情愫。如《偶成》诗云：

空堂岁晚转凄凉，短褐哀歌意不平。
湖海百年还浪迹，风尘万事任浮生。
佳人自爱倾城色，老骥何堪伏枥情。
偃蹇衔杯看玩世，安论身后有功名。

吐露其用世之心与出世之身的交织矛盾，对失明诗人而言，怀才不遇，落为痛苦之叹，只能在诗歌境界中徜徉吟诵，聊以慰藉。另一首《寄子祥》诗意与之相似，诗云：

朱邸多奇士，高才只尔思。
主应知骏骨，众自妒娥眉。
附凤人争望，屠龙技可悲。
即怀明月璧，按剑总堪疑。

正是这种贯穿其终生的矛盾心态，使得兰亭对于中国诗歌传统中的陶渊明和屈原这两种人生经历的感触最深，并在其诗作中多有提及。佳句如“春分彭泽先生柳，天阔桐江处士星”(《早春二首》)，“沧浪一曲传渔夫、词赋千秋吊楚臣”(《五日问文卿病》)。

兰亭的七绝体诗亦多有佳作，其中被誉为“墨水三绝”之一的《月夜三岔口泛舟》，正是兰亭诗中登峰造极之作，诗云：

三叉中断大江秋，明月新悬万里流。
欲向碧天吹玉笛，浮云一片落扁舟。

虽为短章，然而写得景境宏阔，情韵深远，在江户诗坛引出好评如潮，在日本汉诗史上也堪称难得一见的佳构。兰亭绝句中多有佳作，诸如《赋得梅花落送别》云：“江南二月送行人，此日梅花如笛新。一曲春风无限恨，不知吹作马蹄尘。”《送人游玉函山》云：“白笈青鞋试远游，西探玉笥万峰秋。夜来遥望芦湖月，何处猿胜不客愁。”《送人南归》云：“扁舟明月诗天涯，南过衡阳雁影斜。莫道桃源寻不得，春风醉杀武陵花。”俱讽诵人口而留香诗坛。

安藤东野(1683—1719),本姓藤,别名焕图,字东壁,号东野。幼年失怙,安腾氏收为养子,遂改姓安藤。初师从中野抝谦,后入徂徕门学汉诗文。后因病归家疗养,惜年不永,仅三十七岁而遽逝。荻生徂徕曾感叹道:"假之以年,岂不佞之所能及哉。"[①]徂徕特嘱门生搜其遗留诗文,终编成《东野遗稿》三卷。此遗稿刊行于元文三年(1738),此时距东野去世已过了二十年,徂徕门中师生情谊之深,道义之厚,由此可见一斑。当时汉诗人太宰春台、秋元子帅、山县周南皆为之作序。其中太宰春台的序文,讲述遗稿刊刻的曲折过程,详细生动,可资参考。总的来看,东野的汉文撰写水平胜于其汉诗,故当时文坛称其诗者不多,赞其汉文之论常见。其诗现存一百四十七首。

东野诗不走明七子高华壮阔一路,佳者以自然浑朴见称。如《冬晓》中所描写的冬日清晨的一个场景:

梦与晨钟绕枕时,似闻簌簌濑命枝。
开扉一片中庭白,残月繁霜未可知。[②]

这样的日常生活场景极为平凡,没有特殊深意,也不见引经据典。但是,其中刻画出来的,是一种注重自身感觉的描写,也就是诗人在当时场景中的听觉、视觉和心理感受交织而成的一种意境,直有陶诗般"繁华落尽现真淳"的妙趣。另一首《柬友人》同样如此,诗云:"十里烟霞被汉皋,武陵年少醉仙桃。可能无意东山屐,骀荡何村不浊醪。"

东野诗集中有引经据典而以韵致见长者,如《夜渡湘水》诗云:

不过湘泪庙,一楫上孤舟。
哀猿夜愈切,何处更悲秋。

此处湘水,自非实写中国之湘水,而是指日本的河流。诗人孤身远行,夜间渡河,心中自有日暮乡关之感,视河流如"湘水",是因为中国诗歌中的"湘水"意像充满了悲伤和无奈的因素,而这些因素暗合了诗人此刻的心情凄凉,使他顿时与"哀猿"、"湘泪"、"孤舟"等诗句,产生出了强烈的呼应和共鸣。另一首《寄人》写怀人之情,则有独造之语,诗云:

去年雪里含愁别,独坐今朝梅送香。
只缘音书慰遥念,每闻鸿雁立斜阳。

还有《农事忙》诗云:

桑麻叶密荫树墙,枳壳花飞满古庄。
时雨晓浓闻布谷,条风夏冷被菰蒋。
悉言南亩苗堪树,况复西畴麦上场。

① (日)松下忠著,范建明译《江户时代的诗风诗论:兼论明清三大诗论及其影响》,北京:学苑出版社,2008年版。第357页。

② 所引安藤东野诗版本,(日)安藤东野《东野遗稿》,富士川英郎、松下忠、佐野正巳编《诗集日本汉诗》第十四卷,东京:汲古书院,平成元年(1989)版。第1—70页。

栽饷儿童新袯襫，蒸藜妇女旧袢袑。
黄醅拍榼宁论肉，白汗随犁奈作浆。
彭令孤舟棹几日，少游下泽辗何乡？
久从蓁莽埋羊径，惟识泥途侵马缰。
为欲里胥颜色好，归来蹄酒事祈禳。

石岛正猗(1708—1758)，名正猗，字仲绿，又字子游，号筑波，又号颖川，称左仲，又称与右卫门，浜松人。其诗学于服部元乔，为人豪爽，爱好武术、饮酒。三十五岁时在江户开私塾"芰荷园"，教授弟子。五十一岁卒。著有《芰荷园文集》，有诗五百三首。

石岛正猗壮年即无意仕途，常有闲居之趣，如《夏日驹郊杂咏》三首，描写了市郊的美丽景致，也是诗人追随陶渊明隐居山林心态的直接表白：

驹簇郊天阔，鸡栖窳地偏。
门穿萝薜设，床傍石崖玄。
世态驯鸥外，时名避马前。
卜居聊养拙，长夏独陶然。

感时看夏树，忆昨送春芳。
乱石炎云起，崩沙蒸气扬。
除巾眠转熟，隐几啸何长。
行乐乘明月，桥东逐夜凉。

世路偏艰险，看经九折还。
无为言而志，长此爱吾闲。
飞鸟云峰外，鸣蝉水树间。
怪来秋色草，应为近商山。[①]

对于其汉诗创作，江村北海《日本诗史》中曾有生动的记载和评价："尝游京师，作诗曰：'弊裘仗剑入西京，自比能闻陆士衡。谁见篇章焚笔砚，岂将诗赋让簪缨。一时羊酪无人问，千里莼羹动客情。洛下书生夸博物，寥寥未听茂先名。'其狂诞大率类此。其诗往往神气轩翥，笔端活动，若济以精细，则可为词坛旌门。惜乎其人清躁，下笔亦复粗率耳。"[②]指出石岛的个性狂诞，然而赋诗却神飞气扬，动静自如，自有成就。同时也指出其急躁的个性，也容易使其汉诗出现粗率之作。石岛诗中有别具一格者，如《月夜听琴》：

明月晴云悲素秋，携琴有客共登楼。

① 所引石岛正猗诗版本，(日)石岛正猗《芰荷园文集》，富士川英郎、松下忠、佐野正巳编《诗集日本汉诗》第十四卷，东京：汲古书院，平成元年(1989)版。第353—408页。

② (日)江村北海《日本诗史》卷四，清水茂、揖斐高、大谷雅夫校注《日本诗史·五山堂诗话》，《新日本古典文学大系》65，东京：岩波书店，平成三年(1991)版。第510页。

青山乘月层层出，绿水穿云滚滚流。
影落飞鸿天际舞，声低别鹤曲中愁。
弹来似诉知音少，千载钟期何处求。

春秋战国时期俞伯牙与钟子期的知音之交，是中国历史上的一则千古传诵的至交典范，也是东亚汉诗中经常被引用的友情典故。石岛此诗将听琴的心理感受与登楼观赏月夜景色融为一体，诗中既有青山乘月、绿水穿云，又有影落飞鸿、声低别鹤，其中既有实景，又有作者的神兴所会。这样的诗歌意境与李贺《李凭箜篌引》，颇有异曲同工之妙。

石岛汉诗中常常透露出一种寂寞之感，如《春日漫兴》：

城南城北百花飞，折简同人报咏归。
恨杀长为多病客，未知何处试春衣。

此是诗人收到同人咏春诗作后的漫兴之作，显然石岛不满众多同人诗友的"病客"之音，但自己也是闭门不出，内心颇多惆怅，所以诗中显露寂寥之感。其他如《春晓》、《月下吟》、《春雁》、《邻花》、《栽花树》、《送春》、《芝浦夜泛》、《送春》、《仲冬七日雨雪》等诗作，皆有此等心路历程。

此期荻生徂徕弟子中，擅诗而扬名江户诗坛者，还有太宰纯、山县孝儒、本多忠统、守屋焕明、大内熊耳、冈井孝先、三浦竹溪、释慧岩、田良畅、宇鉴、秋元淡园、木下兰皋、鹰见正长、吉田孤山、和知棣卿、原叔茂、村公亮、山根清、小田村鄜山、松子锦、源赖宽、滕顺得、板仓九、板仓安世、板仓龙洲、释了玄、伊藤南昌、土屋昌英、久津见华岳、成岛锦江、释太墨、入江南溟、木村梅轩、墨昭猷、佐元锡、山井昆仑、武文安、释元海、释义全、越智正珪、朝比奈伯起、小仓鹿门、津田东阳、泷正恺、根本武夷、石川大凡、山田麟屿、服元雄、鸣凤卿、萱正朝、宇惠、汤浅元祯等。对于荻生徂徕门下弟子所带来的诗坛风气之变，江村北海《日本诗史》中有概括性的评论："徂徕门下称多才俊，其显者春台、南郭之外，犹数十人，可谓盛也。然细考之，则其中大有轩轾，盖大名之下易成名耳。况赫赫东都，非他邦比，或攀龙附凤，欻托禁脔，或曳裾授简，长沾侯鲭，假虎威者，附骥尾者，青云非难致也。加之邦国士人，各从其君往来，结交同盟，遍满诸藩，褒同伐异，鼓荡扇扬，靡遐僻不届，是其所以显赫一时也。退察其私，则羊质而虎文，名过其实者亦不鲜。"[①]可见，萱园诗派虽然人数庞大，但大江东下，鱼龙混杂，其中不乏沽名钓誉之辈。萱园一些弟子以传授汉籍经文为业，其儒者盛名在外，但汉诗创作成就实际上并不大。

① (日)江村北海《日本诗史》卷四，清水茂、揖斐高、大谷雅夫校注《日本诗史·五山堂诗话》，《新日本古典文学大系》65，东京：岩波书店，平成三年(1991)版。第509页。

第三章　江户汉诗的繁荣期(下)
(宝历十年至文政十二年)

第一节　概　述

宝历十年(1760)至文政十二年(1829)为第十代将军德川家治、第十一代将军德川家齐的统治时期。第十代将军德川家治执政时,重用老中田沼意次,推行发展工商业,扩大对外贸易等重商主义政策,极大地促进了商业的发展,也促进了城市文化的繁荣,史称"田沼时代"。在田沼意次理政这段时期内,思想上百花齐放,学术上百家争鸣,尤其是兰学得到了极大的发展,许多汉诗人如杉田玄白、桂川甫周等为当时杰出的"兰学者"。然而田沼意次的重商主义政策使得社会阶层不断分化,贫富差距急剧扩大,各地动乱频发,加之自然灾害的爆发,如发生于天明三年至天明四年(1783—1784)的"天明大饥馑",进一步激化了社会矛盾。天明六年(1786)德川家治去世,德川家齐执政以后,松平定信成为老中,其为革除田沼政治的弊端,主持了"宽政改革"。幕府由重商主义转为重农。在思想上严加控制,实行"宽政异学之禁",重修汤岛圣堂(昌平黉),规定朱子学是官方学问,其它学派如荻生徂徕的古文辞派以及兰学等皆为"异学"。一时朱子学大盛,主要的代表人物是被誉为"宽政三博士"的柴野栗山、尾藤二洲、古贺精里。松平定信实行的"宽政异学之禁"对汉诗坛摆脱萱园诗派的控制以及诗风的转变也起到了重要的作用。

总体来说,这一时期政治稳定,经济繁荣,学术思想较为自由,尤其是第十代将军德川家治在位时期。汉诗在此期进一步发展繁荣,笔者检得该期知名汉诗人约500位。此期汉诗创作主要是以京都、江户、大阪为中心展开的。

以京都为活动中心的汉诗人主要有:以龙草庐为首的幽兰社诗人以及江村北海主持的赐杖堂诗盟会等。龙草庐论诗以唐诗为标准,集中以感怀诗较为出色。但其缺点也尤为明显,颇受訾议,如友野霞舟在《锦天山房诗话》中言:"学术空疏,名过于实,故其诗多浮响而少实际。"[①]该诗社中还有山室春窗、小幡兰州等人的汉诗颇可一读。江村北海主

---

① (日)友野霞舟《锦天山房诗话》卷七十四,池田四郎次郎编《日本诗话丛书》第九卷,东京:株式会社凤出版,昭和四十七年(1972)版。第437页。

持的赐杖堂诗盟会以北海的汉诗成就最大。北海诗善于写景,笔调清新秀美。然友野霞舟在《锦天山房诗话》中评其有才无学,有句无篇。北海于明和五年(1768)出版的《日本诗史》是首部系统论述日本汉诗史的著作,该作首次以"诗史"命名,"系东方诗歌专门史最早立于世界文坛的集成之作"[①],堪称日本汉诗发展史上的里程碑。作者自言《日本诗史》的创作受明代胡应麟《诗薮》的影响较大,关于《诗薮》对《日本诗史》的影响将于第六章中进行详实辨析。

以江户为活动中心的汉诗人主要有僧六如,以市河宽斋为盟主的江湖社诗人以及由江湖社诗人柏木如亭、大洼诗佛等人创建的二瘦诗社等。僧六如其诗学性灵,诗风自然清新,是继元政之后,禅林汉诗创作的又一高峰。江湖社汉诗人论诗标举清新性灵,但每个人的诗风又有所区别。市河宽斋之诗多展现其平淡的心境,情韵幽然。俞樾《东瀛诗选》评其:"年逾古稀优游林下,其为诗颇有自得之趣。当时比之香山、剑南,虽似稍过,然亦略近之矣。"[②]柏木如亭诗作清新自然,通俗易懂。大洼诗佛之诗清新平淡,俞樾在《东瀛诗选》中对其评价颇高:"天民以诗佛自号而以诗圣名堂,盖欲以一瓣香奉少陵也。然其诗初不甚学杜,诗境颇超逸,有行云流水之致。东国自享保以后,作诗者多承明七子之余习,以模拟剽窃为工。天民起而扫之,风会为之一变,宜其在当时之奉为'诗佛'矣!"[③]从中亦可见其诗作在诗坛诗风的转变方面所起到的重要作用。

以大阪为活动中心的汉诗人最为著名的是以片山北海为盟主的混沌社诗人,如柴野栗山、尾藤二洲、古贺精里、赖春水、菅茶山、赖春风、赖杏坪等。柴野栗山、尾藤二洲、古贺精里人称"宽政三博士",友野霞舟在《锦天山房诗话》中对三人的汉诗风格进行了描述与对比,较为公允:柴野栗山之诗沉雄瑰丽,古贺精里之诗雄健遒爽,"约山(尾藤二洲)文诗,纵横闳肆不及栗山,风骨遒爽不及精里,然至其雅淡隽永,饶自得之致,则亦二家所无也,此其所以鼎足而立,自树一帜欤"[④]。赖春水、赖春风、赖杏坪兄弟三人以及赖春水的儿子赖山阳皆为当时著名诗人。赖春水虽然扬名文坛,但其汉诗创作水平相对并不高,其汉诗集中佳构不多,故俞樾《东瀛诗选》对其评价亦不高。如云:"为诗文喜为腹稿,不加点窜,菅礼卿言'千秋之诗不思而得者也',然间亦流于率易,易节取之。"[⑤]赖春风诗温雅自然。赖杏坪诗在内容上多体现现实情怀,感情表达真挚细腻。赖山阳"尤深杜、韩、苏诗"[⑥],颇擅咏史诗,在题材内容上有所扩大,如其《十二媛绝句》以组诗的形式,吟咏了日本历史上十二位著名的女子。菅茶山"各体皆工,而忧时感事之忱,往往流露行间,亦彼中有心人也"[⑦]。其诗在叙事状物、写景抒情方面非常出色,尤其是其写景诗,读之颇有

① 谭雯《日本诗话的中国情节》,北京:社会科学出版社,2007年版。第246页。

② (清)俞樾《东瀛诗选》卷十四,东京:汲古书院,昭和五十六年(1981)版。第186页。

③ (清)俞樾《东瀛诗选》卷十九,东京:汲古书院,昭和五十六年(1981)版。第251页。

④ (日)友野霞舟《锦天山房诗话》卷八十一,池田四郎次郎编《日本诗话丛书》第九卷,东京:株式会社凤出版,昭和四十七年(1972)版。第462页。

⑤ (清)俞樾《东瀛诗选》卷十三,东京:汲古书院,昭和五十六年(1981)版。第180页。

⑥ (清)俞樾《东瀛诗选》卷二十一,东京:汲古书院,昭和五十六年(1981)版。第276页。

⑦ (清)俞樾《东瀛诗选》卷十一,东京:汲古书院,昭和五十六年(1981)版。第145页。

"诗中有画"之感。

此期，诗坛上形成了京都、江户、大阪三大汉诗创作中心，但客观而言，以京都为创作中心的汉诗群体式微，以江户为创作中心的汉诗群体兴起，令人瞩目的还有大阪诗坛趋于兴盛并出现町人化的新动向。

大阪是町人之都，其通俗文学的市场繁荣，但汉学及汉诗的发展却进展迟缓。"元禄时期以后，正统的学问依然没有发展起来"[①]。"大约在享保时期，最先始于怀德堂的元祖三宅石庵(1665—1730)在大阪授业……真正始于町人要求而兴起的汉学当以此为嚆矢"[②]。而且怀德堂建立之初的目的在于提高町人的道德修养，对汉诗的创作并不关注。

随着町人阶层文化水平的提高，町人开始吟诵和歌，学作汉诗，欣赏俳谐，他们对雅文化的追求，促使了雅俗文学之间的相互渗透，使得雅文学向世俗化、通俗化方向发展。在这一过程中，江户汉诗创作也日益趋向大众化，在传播方面也趋向普及化。町人文学的兴盛以及町人加入汉诗创作的队伍，加之此期汉诗逐渐从儒学中独立出来，促进了汉诗创作在宝历十年(1760)至文政十二年(1829)间的持续繁荣兴盛。

第二节　反复古诗论的兴起及其对诗坛的影响

在历代将军的励精图治下，元禄、享保年间，国内政治稳定，经济繁荣，文化兴盛，国力日益强盛。儒者们也充满豪情壮志，渴望建功立业，实现自己的抱负。木门、萱园诗派标举的"高华雄浑、古雅悲壮"的诗风迅速流行起来。但随着町人阶级的崛起，以享乐主义、拜金主义为中心的町人文化取代了武士文化，风俗日颓，"元禄时期的健康思想已经消失"[③]，汉诗人的雄心壮志也逐渐消退。"高华雄浑、古雅悲壮"的诗风已经不能引人共鸣，加之后期萱园派汉诗人陷入死板的模拟蹈袭，如芥焕彦章言："近物子首唱明诗，海内向风，夫人诵法于鳞，而争事剽窃，神韵乃乖。'青山'、'万里'，动辄盈篇。纷纷刻鹜，至使人厌。"[④]在此种情况下，反复古诗论兴起，标举清新性灵的诗风成为诗坛的主流。

清新性灵诗风的兴起，直接形成了江户诗坛对萱园诗派拟古剽窃之风的有力反拨。其显著表现之一就是不少最初学于萱园诗派的汉诗人纷纷倒戈，改变诗学观点。比如僧六如"初从刘文翼(宫濑龙门)游，且读南郭、万庵等诗，颇为世俗所为。数年之后始省悟，

---

① (日)内藤湖南著，刘克申译《日本历史与日本文化》，北京：商务印书馆，2012年版。第146页。

② (日)内藤湖南著，刘克申译《日本历史与日本文化》，北京：商务印书馆，2012年版。第149页。

③ (日)西乡信纲等著，佩珊译《日本文学史——日本文学的传统和创作》，北京：人民文学出版社，1978年版。第173页。

④ (日)芥焕彦章《丹丘诗话》卷下，池田四郎次郎编《日本诗话丛书》第二卷，东京：株式会社凤出版，昭和四十七年(1972)版。第623页。

乃更体格也。"[1]"吾唱宋诗者，欲折明人之弊也。"[2]在编《六如庵诗钞》时，"其初年之作，有所谓嘉隆伪调者，凡数百首，名曰《赤城集》，刘维翰序之，今皆削而不录也"[3]。"削而不录"显示了六如反对拟古的决心。再比如菅茶山"年十九游京师，从市川某学所谓古文辞者，后自悟其非也"[4]。其他如柴野栗山、尾藤二洲、市河宽斋等汉诗人，也都是初期尊尚古文辞，后来更改诗学观。

在本时期的江户诗坛，山本北山提出了新的诗学理念，对主盟江户诗坛的萱园诗派产生了很大冲击，促进了诗坛新秀性灵诗风的崛起。北山在《作诗志彀》中猛烈抨击江户诗坛流行的明七子诗学观："专剽窃唐人，每句比，每句拟，舍眼前之景，遮腐烂之辞，公然称复古。视中晚以下如仇敌，标然别为高华工夫。天下之诗，为之一变。诗道之弊亦极亦。"[5]对崇尚李、王的萱园诗派更是大加挞伐："今浅学无识之辈，昧于诗道，为徂徕、南郭所诳，剽窃之恶诗，侵透肠胃。有一语听不惯，有一字无来历，即谓非诗也，是所以中郎悲愤，宛在近日矣。"[6]

北山在批判一味模拟、缺乏独创的复古诗派的同时，推举明代袁宏道的性灵论，主张江户汉诗创作要以清新性灵为主。如云："清新性灵四字，诗道之命脉。不是模拟剽窃就是清新性灵，不是清新性灵即是模拟剽窃。故于鳞、中郎二人，可分诗道一大鸿沟矣。"[7]山本北山不遗余力地鼓吹清新性灵论，对江户诗坛产生了较大影响。如大洼诗佛言："山本北山先生，文章博学为海内一人。……元亨年间伪诗之徒流毒一世，及先生出，首唱中郎之清新，排击李王之腐调，盖所谓用大承气汤也。近日诗风大改，先生居功居多。"[8]菊池五山也赞曰："山本北山先生昌言排击世之伪唐诗，云雾一扫，荡涤殆尽。都鄙才子，翕然知向宋诗，其功伟矣。"[9]可见山本北山倡导性灵诗说，对这一时期的江户诗坛产生了很大的震撼，冲垮了统治诗坛多年的崇尚盛唐诗的诗学理念。

---

① （日）松村子长《六如庵诗钞·序》，富士川英郎、松下忠、佐野正巳编《诗集日本汉诗》第八卷，东京：汲古书院，昭和六十年(1985)版。第5页。

② （日）畑橘洲《葛原诗话后篇·序》，池田四郎次郎编《日本诗话丛书》第五卷，东京：株式会社凤出版，昭和四十七年(1972)版。第3页。

③ （日）源长卿《六如庵诗钞·序》，富士川英郎、松下忠、佐野正巳编《诗集日本汉诗》第八卷，东京：汲古书院，昭和六十年(1985)版。第6页。

④ （日）赖山阳《菅茶山先生行状》，富士川英郎、松下忠、佐野正巳编《诗集日本汉诗》第九卷，东京：汲古书院，昭和六十年(1985)版。第134页。

⑤ （日）山本北山《作诗志彀·诗变总论》，池田四郎次郎编《日本诗话丛书》第八卷，东京：株式会社凤出版，昭和四十七年(1972)版。第60页。

⑥ （日）山本北山《作诗志彀·性灵》，池田四郎次郎编《日本诗话丛书》第八卷，东京：株式会社凤出版，昭和四十七年(1972)版。第20页。

⑦ （日）山本北山《作诗志彀·诗变总论》，池田四郎次郎编《日本诗话丛书》第八卷，东京：株式会社凤出版，昭和四十七年(1972)版。第62页。

⑧ （日）大洼诗佛《诗圣堂诗话》，池田四郎次郎编《日本诗话丛书》第三卷，东京：株式会社凤出版，昭和四十七年(1972)版。第431—432页。

⑨ （日）菊池五山《五山堂诗话》卷一，池田四郎次郎编《日本诗话丛书》第九卷，东京：株式会社凤出版，昭和四十七年(1972)版。第518—539页。

山本北山虽倡清新的性灵诗论，但毕竟“诗非其所自任”①，其本身的汉诗创作成就并不高，所以未能在在汉诗创作方面做出新变，自然对诗坛风气的影响有限。这一阶段中真正将清新性灵诗论与创作实践相结合的，是以市河宽斋为首的江湖社诗人。他们的创作成为此期诗风嬗变的主流，也成为当时影响最大的新兴诗社之一。江湖社汉诗人群体继承了山本北山的清新性灵诗论，但结合汉诗创作实际，又有了较大的改变。这些诗学观方面的继承和发展，主要表现在以下两个方面：

首先，他们同北山一样倡导明代袁宏道“独抒性灵，不拘格套”的诗学主张，但他们同时也很重视提倡清代袁枚的“性灵说”。如市河宽斋所宣称的：“诗之本乎性情，发自圣言，飘逸、沉郁亦皆其性所近，何必拘于一格，以己律人哉。”②(《送野村大受还伊势》)菊池五山也说：“诗者情所由发。苟无所兴，则一月可不作。境致一到，则一日累几篇，亦不为多。若必以诗为课，则夭阏性灵，桎梏才情，粗率牵强之病亦随生焉。”③此外，当时宽斋曾编有《随园诗抄》三卷，如亭曾校阅刊刻《随园诗话》十卷，五山仿《随园诗话》而作《五山堂诗话》评论当朝诗人诗作等，都表现出了他们对袁枚性灵说的认同与倡导。

其次，江湖社诗人在汉诗创作上也是博采众家，不拘于朝代流派门户，这一点与之前主盟诗坛的萱园诗派大相径庭，因而引发出更多赞许之声。如大学头林衡评市河宽斋诗曰：“子静于学精敏，最长乎诗，篇什颇富，清丽奇峭，无所不有，其初为樊川，一变而香山，再变而剑南，终又镕陶诸家，别出杼轴，亦非一体。后进推以为领袖，承其指画，粗能成家者不少。”④又如菊池五山自谓：“余诗见屡变。少时例趋时好，奉崇李王。小变为谢茂秦，亦皆弃去。既学温李冬郎。年垂三十，始窥韩苏门户，颇有所悟，一切谢纤弱者。后又获诚斋集，深喜其超脱。然方皋相马，不必相似。今日所主，在吸诸家之精英而出之。未知后来意见果能几变也。”⑤都是在强调转益百家、不主一格以及应时而变、随性而化。

江湖社诗人论诗标举清新性灵，在汉诗创作上任情随性，凸显个性，这样的诗学风尚影响了当时诗风的转变，促使着江户汉诗朝着折衷的方向发展。如与市河宽斋交好的僧六如，最初学于古文辞，后改其体格，转向清新性灵：“诗成不雕饰，信手扫陟厘。安知唐与宋，我自爱吾诗。”(《暮春邻老某携一僧见过》)松村梅冈言其诗：“根柢老杜，辅以香山、渭南、苏、黄、范、杨，下自青丘、天池、唐解元、袁石公，至于钱牧斋、程松圆，苟名其家者，

① (日)大洼诗佛《诗圣堂诗话》，池田四郎次郎编《日本诗话丛书》第三卷，东京：株式会社凤出版，昭和四十七年(1972)版。第432页。

② (日)市河宽斋《宽斋摘草》卷一，富士川英郎、松下忠、佐野正巳编《诗集日本汉诗》第八卷，东京：汲古书院，昭和六十年(1985)版。第225页。

③ (日)菊池五山《五山堂诗话》卷六，池田四郎次郎编《日本诗话丛书》第十卷，东京：株式会社凤出版，昭和四十七年(1972)版。第583页。

④ (日)林衡《市河子静墓碣铭》，富士川英郎、松下忠、佐野正巳编《诗集日本汉诗》第八卷，东京：汲古书院，昭和六十年(1985)版。第259页。

⑤ (日)菊池五山《五山堂诗话》卷一，池田四郎次郎编《日本诗话丛书》第九卷，东京：株式会社凤出版，昭和四十七年(1972)版。第561—562页。

无不摘取其长。”[①]又如津阪东阳言：“宋诗专于风趣，明诗主于气格，各有所宜取，不可偏废也。”[②]

另外，江湖社诗人大都喜爱外出游历，他们在漫游各地时也在宣扬性灵诗论，如大洼诗佛在《次韵林苏坡先生见赠》(其二)中说：“安稳金城旧酒盟，新诗语语使人惊。”所言“新诗”，指的就是充满性灵妙趣的汉诗。像诗佛这样经常漫游各地的著名汉诗人，他的广泛交游唱酬，不仅扩大了性灵诗的传播范围，而且点燃了年轻一代汉诗人写作“新诗”的热情。

第三节　江村北海的汉诗创作

江村北海(1707—1782)，名绶，字君锡，号北海，通称左卫门，福井藩儒伊藤龙洲次子，丹后宫津藩儒官江村毅庵养子。与伊藤锦里、清田儋叟并称为伊藤“三珠树”。少年时沉溺俚歌俗曲，对汉籍儒学并不用心。后拜入梁田蜕岩门下，发奋苦读，修习儒业。二十八岁时，养父去世，北海继承其位，出仕宫津，后又出仕京都。五十一岁时卸任致仕，在京都筑对梢馆，授徒讲学，七十六岁时卒。著有《北海先生诗钞》、《日本诗史》、《日本诗选》、《授业编》等。

《北海先生诗钞》共三编，收诗共八百二十七首。

“静退知时何待老，幽吟结社此寻盟。”[③](《孟秋念八日，藤卤山宅小集》)“诗词得友论，留谈茶鼎下。”(《冬日游龙安寺》)北海致仕后沉浸于汉诗文的创作，诗名渐高。但其汉诗创作水平与其名气不符，友野霞舟在《锦天山房诗话》中评其有才无学，有句无篇。然观其诗集可发现北海诗善于写景，如《夏川》：

河上山烟笼碧纱，南风吹动水纹斜。
夕阳才敛飞萤乱，殊胜春流泛落花。

诗人以清新秀美的笔调，描绘了一幅夏日河川美景图。青翠的山川、荡漾的微波、徐徐落下的夕阳、闪闪的萤光不仅写出了夏川的日暮之美，而且将诗人闲适的心情与秀美的环境融为一体。“殊胜春流泛落花”句更衬托出夏日傍晚河川的美景。

又如《同日桂水舟中》：

山色空濛水色寒，楼船载酒下前滩。
堤头春树花开否，雾里青红醉里看。

---

① (日)松村梅冈《六如上人诗集·叙》，富士川英郎、松下忠、佐野正巳编《诗集日本汉诗》第八卷，东京：汲古书院，昭和六十年(1985)版。第5页。

② (日)津阪东阳《夜航诗话》卷六，池田四郎次郎编《日本诗话丛书》第二卷，东京：株式会社凤出版，昭和四十七年(1972)版。第532页。

③ 所引江村北海诗版本，(日)江村北海《北海诗钞》，富士川英郎、松下忠、佐野正巳编《诗集日本汉诗》第五卷，东京：汲古书院，昭和六十年(1985)版。第314—413页。

其他诗如《春郊》、《秋日郊行》、《冬郊夜归》、《比叡暮雪》、《朱雀口春望》、《城头步月》、《浓中道中作》、《卢橘渡》、《晚秋郊行》、《鸭川寒景》、《北野春望》等皆为写景佳作。

北海长篇古诗中以《紫藤行观老妓藤江弄影戏有感作》较为出名。诗云：

紫藤花发鸭川隈，丝丝缀珠拂妆台。
原期引蔓托松柏，何谓零落委莓苔。
洛阳女儿郁金香，长袖善舞在教坊。
娥眉蝉鬓芙蓉面，艳歌一曲断人肠。
春风淡荡日将斜，第四桥边簇锦霞。
演剧场散鼓声断，大道青楼对繁华。
楼上谁家游冶儿，意气风流不自持。
欢迎生意开宴席，包鳖脍鲤酒如脂。
满座粉黛总堪怜，中有藤江艳且娟。
牛王庙前傍花立，仙渡街上伴月旋。
兰膏挂烛紫烟生，掌上玉卮待君倾。
丹梯静移金莲步，锦自巧通芍药情。
鸳鸯蝴蝶长相逐，罗帷绣衾不独宿。
只谓欢娱朝又暮，何知庭树红变绿。
东流之水西没月，忍教秋霜侵鬓发。
簪头金华不改光，镜里玉颜暗销歇。
莺莺燕燕春事阑，章台杨柳日凋残。
余韵尚想徐娘老，更将影戏佐客欢。
技胜公孙武剑器，奇正百出各有致。
汉宫休焚返魂香，千态唯随烛影生。
可惜妙技堪惊人，犹自衰年误其身。
人生及时宜自爱，荏苒莫失要路津。
吾亦妙年称才子，彩笔翩翩照青春。
无端蹉跎缠吏职，案牍如秋老风尘。
方今白发观此技，抚事感物泪沾巾。

此诗叙事，从首句到“中有藤江艳且娟”，写艺妓藤江的出场。“蛾眉蝉鬓芙蓉面”直言年轻女子容颜的娇美，“艳且娟”凸显了藤江当年的美貌。“牛王庙前傍花立”至“何知庭树红变绿”句，再现了藤江年轻时“只谓欢娱朝又暮”的生活。“东流之水西没月”到“更将影戏佐客欢”句，又叙述了美人迟暮、容颜憔悴之后生活的飘零沦落。“技胜公孙武剑器”至“犹自衰年误自身”句，写出了藤江高超的影戏技术以及“犹自衰年误其身”之感。最后作者借藤江的经历联系己身，发出了“人生及时宜自爱，荏苒莫失要路津”的劝诫。全诗通俗易懂，具有很强的情绪感染力。虽然可以看出有模仿白居易《琵琶行》之迹，但却毫无生硬之感。

除此之外，北海诗还有不少赠和酬唱诗，如《友松庵席上和周师韵》、《酬信中湖玄岱见寄》、《酬桑城南宫乔乡》、《同和田生韵》、《保津席上次韵奥平大夫》、《游天龙寺和诚公》、《七夕邀月楼集得先韵》、《琥珀亭小集得清字》、《怀古堂小集得斜字》、《赠藤子扬》、《用前韵赠乌崧岳》、《白云社雨集分韵得十二侵》、《三月十九日郊行和子贞》、《余伯玉邀宴长松观赋赠》、《洞津客中次韵南宫乔乡》、《次韵南宫乔乡》、《赠田雨龙》、《赐杖堂小集次韵赤松沧洲》、《春日赠六如上人》、《十三夜北山氏新亭赏月赠浪华诸子》等，但这部分汉诗，总体来说佳作不多。

其诗集中佳句如"红衣花在近，青盖叶全开"(《荷净纳凉时》)、"落日梅边屋，春风竹里扉"(《早春访鲁生》)、"绿暗禽声少，红空蝶影闲"(《首夏山楼即事》)、"床头青荔挂，枕上白云流"(《卧看亭宴集得十一尤》)、"日气犹余暑，云容已占秋"(《孟秋游加茂》)、"春风似恨无人赏，故放清香引客来"(《早春郊行》)、"一幅春山谁画得，梅花和尚倚梅花"(《和百拙师早春韵戏仿师诗体三首》其一)、"仙室晨蒸千石玉，月宫宵捣一团云"(《糍花诗》)、"晴岚湖寺开明镜，阴雨山林报熟梅"(《寄题北湖亭》)、"小院风清僧启户，长廊客至月临楼"(《山寺赏月》)等，皆语句清丽，颇堪击赏。

第四节　幽兰社汉诗人的创作

江户汉诗发展的兴盛期中，如同明清诗坛那样，涌现出了许多文人诗社，其中规模虽不大但创作颇有特色的是幽兰社汉诗人，代表性诗人如下。

龙草庐(1714—1792)，名公美，又名元亮，字君玉，一字子明，号草庐，一号竹隐、吴竹翁、松菊、凤鸣等，自称松菊主人、彦二郎。其幼年丧父，与母相依为命，家贫却颇有志气。初留京都，授徒讲学，办幽兰社，后徙居彦根，七十八年岁卒。著有《草庐集》、《金兰诗集》等。

草庐祖述徂徕诗说，在汉诗创作上标举唐明诗，自言："李杜二王之外，独岑嘉州予所特爱也。明则国初有刘青田、嘉靖七子，嘉靖七子之中，则谢茂秦为之魁，李于鳞次之。"[①]虽与萱园诗派以李于鳞诗为尊不同，但大抵未出萱园诗派诗论的范围。

草庐汉诗集中，以描写其自身境况的感怀诗较为出色，读之可见其心性品质。如《杂诗》：

城中有草庐，自似田园居。
数尺才容膝，闭户隔毁誉。
邻并人不通，门绝长者车。
主是多病容，马齿三十余。
奈何天所赋，弃才类散樗。

① (日)室鸠士锦《龙草庐先生传略》，富士川英郎、松下忠、佐野正巳编《诗集日本汉诗》第六卷，东京：汲古书院，昭和六十一年(1986)版。第7页。

懒惰一何堪，披发常不梳。
岂须慕轩冕，自爱分樵渔。
生计贫且贱，家无儋石储。
车囊堪盛萤，范釜可生鱼。
一箪兼一瓢，屡空犹晏如。
借问其所好，有琴又有书。
读罢时或弹，趣高与人疏。
唯酌杯中物，醉来仰太虚。①

其中“车囊堪盛萤，范釜可生鱼。一箪兼一瓢，屡空犹晏如”句，直言其家徒四壁，生计艰难。“借问其所好，有琴又有书。读罢时或弹，趣高与人疏”句，可见诗人志趣高洁，不与世俗同流合污。“唯酌杯中物，醉来仰太虚”虽有一种借酒消愁、逃避现实之感，但亦可见诗人风流潇洒的气质。

又如诗《岁暮言志》：

此生三十余，落魄竟何如。
岁月双龙剑，乾坤一草庐。
彩豪从我好，白眼与人疏。
唯有虞卿似，穷愁更著书。

相较于草庐三十多岁写就的感怀诗，其五十多岁时所作的感怀诗，则心境更为开阔。如其五十一岁时创作的《湖中早春》：

草庐孤客本称狂，五十从经颜色苍。
世上春回催白发，人间梦觉熟黄粱。
清贫所得诗千首，吏隐幽情琴一张。
纵是湖中花柳好，扁舟暇日弄风光。

除了感怀诗，草庐诗还有酬唱赠答诗如《赠观国梵诗》、《秋夜和酬三野田士详见寄》、《寄答备中冈元龄》等。题画诗如《题陶渊明图》、《题白牡丹图》、《题仙女图》等。送别诗如《送芳仲全》、《送田伯良之长崎》、《送五味伯耳还峡中》等。边塞诗如《从军行》、《戍楼》、《塞下曲》等。闺怨诗如《春闺怨》、《秋宫怨》、《婕妤怨》等，其他还创作了《杨柳枝词》、《春女词》，《幽居集句》等。其诗数量上虽多，但缺点也尤为明显，颇受訾议，如友野霞舟在《锦天山房诗话》中言其：“学术空疏，名过于实，故其诗多浮响而少实际。”②如其边塞诗多为模拟，缺乏气韵，艺术水平大多不高。如《边城闻笛》：

羌笛谁家吹客哀，声声侵月落龙堆。

---

① 所引龙草庐诗版本，(日)龙草庐《草庐集》，富士川英郎、松下忠、佐野正巳编《诗集日本汉诗》第六卷，东京：汲古书院，昭和六十一年(1986)版。第1—358页。

② (日)友野霞舟《锦天山房诗话》卷七十四，池田四郎次郎编《日本诗话丛书》第九卷，东京：株式会社凤出版，昭和四十七年(1972)版。第437页。

任他夜半频三弄，北地从来不见梅。

又如闺怨诗中的两首：

《秋闺怨》：

霜落园林木叶黄，多情堪摘菊花香。
纵然塞上长征苦，不似寒闺独夜长。

《闺怨》：

红粉楼头明月流，遥思夫婿滞边州。
纵然万里长征苦，不似寒闺独夜愁。

《秋闺怨》中的“纵然塞上长征苦，不似寒闺独夜长”句，与《闺怨》中的“纵然万里长征苦，不似寒闺独夜愁”句，只有三个字不同。作为当时著名的汉诗人，此种模式化的诗作如同初学者，显示出诗才局促，自然引起诗坛的批评。

幽兰社中除龙草庐外，还有香川蓬窗、大江玄圃、冈崎庐门、小幡兰州、西川沧海、山室春窗、佐佐木鲁庵、荒罼山、川合春山、释豹隐等。以上十位诗人，被当时诗坛称誉为“幽兰社十才子”。“幽兰社十才子”的存诗不多，有部分诗作收藏在龙草庐所编的《金兰诗集》中。“十才子”的存诗中，以山室春窗的最多，现存二十九首。其次为小幡兰州，存诗十九首。下面简介两人诗作。

山室春窗，名褧，字士锦，号虾蟆山人，越前人。早年丧父，后游学京师，入幽兰社。其诗中多怀乡之作，如《早秋书怀》：

昨夜金风满凤城，客心何事日纵横。
乡园有母繁霜鬓，旅馆无朋多病生。
万户雨晴砧杵动，千山木落狖猖鸣。
晚来吹笛谁家子，频起天涯陟岵情。[①]

其他诗如《岁晚偶作》、《感秋》、《绝句》、《坚田买舟》等诗，大都表达出在外漂泊的孤独寂寞之情以及对家乡的怀念。

小幡兰州，名君英，字文华，号兰州，京都人，有集《绿天居集》。其诗中较为优秀者，如《赋花浓春寺静》：

幽寺青山里，闲门春色开。
林深长者宅，花绕空王台。
峡上猿初叫，桥边僧独回。
堪怜尘外趣，勿使暮钟催。

“幽”、“闲”、“深”、“空”等字的活用，灵巧表现出了周围环境的寂静，充满诗意。

① 所引山室春窗诗版本，(日)龙草庐《金兰诗集》，富士川英郎、佐野正巳、松下忠编《词华集日本汉诗》第十卷，东京：汲古书院，昭和五十九年(1984)版。第42—83页。

又如《柳》：

二月桥边柳，东风乱绿丝。
袅袅迎行客，别离无限枝。

其诗中佳句，如《赋明月满前川》："同醉桥边月，共怜江上秋。"《冬夜作》："隔牖幽香起，疑是寒梅开。"《秋雨夜访石老人》："自是梧桐摇落雨，萧萧声起使人愁。"《感秋》："月寒蟋蟀声声夜，风老芭蕉夜夜秋。"等等，皆有妙趣。

第五节　混沌社汉诗人的创作

大阪汉学相对于京都、江户来说起步较晚，但在此期却发展迅速。与此同时，大阪的汉诗创作也渐趋兴盛，涌现出许多诗人。著名者有片山北海、冈葛子琴、中井竹山、中井履轩、尾池桐阳、尾池松湾等。其中名气最高、影响最大的当属混沌社汉诗人，主要成员有柴野栗山、尾藤二洲、古贺精里、赖春水、赖春风、赖杏坪、赖山阳、菅茶山等。下面将大阪混沌社的汉诗人分两组类加以介绍。

一、宽政三博士——柴野栗山、尾藤二洲、古贺精里的汉诗创作

宽政年间，柴野栗山、尾藤二洲、古贺精里相继被聘为昌平黉教官，主持学政。他们学识渊博，德高望重，极受尊敬，因此被称为"宽政三博士"①。这三人在汉诗创作方面也颇有成就，并且自成风格。

柴野栗山(1736—1807)，本姓平氏，名邦彦，字彦辅，号栗山，赞岐人。少时即显聪慧之质，先后师从后藤芝山、林榴冈等汉学家。三十二岁时与西依成斋、赤松沧洲、皆川淇园等结诗社"三白社"，诗名渐起。五十三岁时任昌平黉教官。宽政年间与大学头林信敬、儒官尾藤二洲等人商议，共同推出"异学之禁"，此为江户朝政的重大转折点。六十一岁时任将军世子侍读。七十一岁卒。有《栗山堂诗集》四卷。

对栗山的汉诗风格，菊池五山的评论较为公允："先生虽不专诗，音节天然，自不可掩。长篇大作，多在初年……迨幕府登庸之后，诗风亦变，多庄重雄大之作。……其中年诗……清丽却可喜。晚年不为此种诗，亦不屑为也。"②相较于尾藤二洲、古贺精里的汉诗，柴野栗山在汉诗形式上颇花功夫。其古诗多长篇大作，如《暮春同诸子登天台》一共九百九十七个汉字，洋洋洒洒，蔚然成一大观，足见其丰厚汉学及汉诗之才。这一特点，

① 也有学者认为"宽政三博士"是指柴野栗山、冈田寒泉、尾藤二洲三人。
② (日)菊池五山《五山堂诗话》卷三，池田四郎次郎编《日本诗话丛书》第十卷，东京：株式会社凤出版，昭和四十七年(1972)版。第459—460页。

也成为友野霞舟评其诗有“沉雄瑰丽”[①]之风的主要原因。

《栗山堂诗集》共收五百七十五首汉诗，其中题画诗则有两百一十五首[②]，几乎占据了一半篇幅，可见栗山对题画诗的喜爱和推重。若论题画诗，离不开论述诗与画之间的关系，从以下两首诗可看出栗山的诗学观点。

其一是《山水图》：

隔浦渔歌风里断，过桥人影镜中移。
谁将此景教君画，是我昔年水阁诗。[③]

其二是《画梅》：

一夜梅花浅水涯，分明月下梦新诗。
醒来吟向幽人画，沉沉水轮犹在枝。

第一首《山水图》中“谁将此景教君画，是我昔年水阁诗”之句，第二首《画梅》中“分明月下梦新诗”、“醒来吟向幽人画”之句，都可以看出栗山认同传统的“诗中有画”及“画中有诗”，这样的观点来自于唐代的王维诗作，以及宋代苏轼的诗评。

柴野栗山不仅喜爱题画诗，本身也擅长水墨画，如其《墨竹》诗云：

不记平生一笔端，漫题墨竹几千竿。
醉余又见亲篁影，吟出小诗韵韵寒。

他在题画诗中也常表露自己的心迹，如《题雨中夜归图》：

细雨斜风信步还，醉歌一曲轻余寒。
灯毬影里前村径，何似朝中言路艰。

直言做官之难，画面生动。又如《题画》诗：

误为苍生一出山，难忘松桂白云间。
林中一老今无恙，日日桥边候我还。

此诗篇中“林中一老今无恙，日日桥边候我还”，用拟人的手法，表白出内心归隐之志。

另外，其题画诗也经常触及社会下层人民生活，如《渔父图》描写：

泛宅浮家身世轻，三江七泽任风行。
妻孥衣饭终年计，尽在潮头撒网声。

其中“泛”、“浮”、“轻”的用词，凸显出渔民生活的漂泊不定。而“妻孥衣饭终年计，尽在潮

① （日）友野霞舟《锦天山房诗话》卷八十，池田四郎次郎编《日本诗话丛书》第九卷，东京：株式会社凤出版，昭和四十七年(1972)版。第460页。

② 数字统计所依据版本，（日）龙草庐《草庐集》，富士川英郎、松下忠、佐野正巳编《诗集日本汉诗》第七卷，东京：汲古书院，昭和六十二年(1987)版。

③ 所引柴野栗山诗版本，（日）柴野栗山《栗山堂诗集》，富士川英郎、松下忠、佐野正巳编《诗集日本汉诗》第七卷，东京：汲古书院，昭和六十二年(1987)版。第1—64页。

头撒网声”,则直言渔民生活的辛苦。

又如《樵夫图》诗:

乘醉去前山,住手束薪木。
恐有桂树枝,不敢市上鬻。

山民的辛苦之状,在这首小诗中得到了生动的表现。除题画诗外,其集中还有一些送别诗,如《送小圃仲达之长崎》、《送大源道公轮往东海寺》、《送山县公膺归乡》,赠和唱酬诗如《和答芥丹丘点正门人诗》、《和苍赖千秋赤壁集字作》、《和六如上人春兴韵》,咏物诗如《猿》、《狸》、《胡枝花野鹿》等,都是较为清新自然之作。

此外,栗山诗集中还有一些游戏之作,如《戏简精里》、《戏题》、《戏赠仲忍》等。这些诗作的描写内容颇为诙谑,如描述穷鬼外貌的《穷鬼歌》:“凤冠七宝妆,罗衣宫样裁。一笑值千金,百媚生两腮。见者心魂飞,谓之生辨财。”类似市井俗唱,令人发噱。

尾藤二洲(1745—1813),名孝肇,字志尹,通称良佐,号约山,一号二洲,伊予国宇摩郡人。五岁罹患足疾,不能继承其父海运业,转而读书向学。初学徂徕之学问。二十四岁时游学大阪,师从片山北海,入混沌社。此时他对徂徕之学产生了怀疑,继而转向钻研朱子学。二十六岁时开设私塾,授徒讲学。四十六岁被聘为昌平黉教官,直至六十六岁因病退官,六十八岁卒。留存《静寄轩集》,其中有汉诗四卷。

尾藤二洲对自己的诗风已有自我说明,如他在《读白氏长庆集二首》中有着详细的自我介绍:

自从知读书,触兴辄吟诗。
渊明与太白,所慕曾在兹。
性劣终不似,五十忽尔移。
偶读白家集,有感欲学之。
日日不释手,朗诵无已时。
皤皤斑白翁,而效少年为。
为之得似否,将来未可知。
莫问旁人笑,行探香山奇。(其一)

香山奇奈何,淡泊无余事。
此味真不穷,何人同吾意。
好之忘倦者,赋性喜坦易。
乐天若有知,必不我遐弃。(其二)[1]

又如其《自述》诗曰:

尝学靖节诗,分毫不能似。

---

① 所引尾藤二洲诗版本,(日)尾藤二洲《静寄轩集》,富士川英郎、松下忠、佐野正巳编《诗集日本汉诗》第七卷,东京:汲古书院,昭和六十二年(1987)版。第65—392页。

去又学香山，才得其影子。
不顾旁人笑，聊欲行我是。
是非与毁誉，一附东流水。

从以上三首诗中，可知尾藤二洲年轻时喜爱陶渊明、李白的诗，至晚年喜白居易的诗。

与柴野栗山、古贺精里的诗相较，尾藤二洲诗集中收录的大部分是律诗与绝句，只有少量古诗。因为这一点，被古贺精里嘲笑为诗体太弱。尾藤二洲不服气，作《弱字诗》进行反驳。诗云：

吾友淳风嘲余诗体弱，余乃自适于弱者也，戏赋弱字诗寄淳风一博一粲。
寒松一何劲，春柳一何弱。
莫伊寒松劲，而笑春柳弱。
天赋各有殊，宜安劲与弱。
纷吾守我真，真趣存斯弱。
丽日风初和，可无丝丝弱。

从“天赋各有殊，宜安劲与弱。纷吾守我真，真趣存斯弱”的表白，可知二洲对自我的认识相当清醒，并未轻信他人之言，也不人云亦云。也正是具备了这样的为人品格，使尾藤二洲的汉诗创作形成了闲雅自然的诗风，诗歌语言通俗易懂。如《春夜独酌》诗云：

三春胜事月升时，自在花间把酒卮。
花月有情都不语，为吾来照为吾披。

又如诗《过田家分韵》：

不知村里趣，只觉事皆幽。
茅屋多因树，柴篱斜傍流。
稻收喧野雀，艇击起田鸥。
闲听桑麻话，尘容我自羞。

其他诗句如《游麻姑桥口号》中的“乘闲随胜景，继望过南川”，《病后偶作》中的“病起书窗无所为，独探床上读唐诗”，《寄题三木氏得月亭》中的“闲坐翻书尘不到，杳然流水与心长”，《仲春筑小斋于舍旁颇有精致二首》其二中的“萧然幽坐远尘喧，架上书编信手翻”，《中秋百朋立中至得疏字》中的“闲适中秋幽意余，耽吟客至命巾车”，《偶作》中的“枝栖无所待，任口诵唐诗”等等，都是对其闲适生活的生动写照。

另外，其诗中精妙的写景句颇多，如“试问春容谁所绘，幽禽无语掠芳丛”（《东郊寻花》）、“芦芽接水镜中茁，花气入风杯里香”（《同前次志村仲敬韵》）、“花笑柳娇禽语闲，满园妆就晚春颜”（《迎翠亭偶成》）、“素蕊雨微低向地，幽香风缓暗随人”（《春日偶成》）、“潦水过庭斜学字，遥山对舍乍舒眉”（《春日偶成》）等，皆清丽可观，细腻生动，堪称佳构。

古贺精里（1750—1817），本姓刘，据称其为汉高祖刘邦的子孙。名朴，字淳风，号精里，别号莢浒野叟、舣舟斋主人、归卧亭主人、复原等，肥前人。他初学阳明学，二十五岁游学大阪，与尾藤二洲、赖春水等人交好，受他们的汉学观点影响，遂弃阳明学而转研朱子学。三十岁时入仕佐贺藩主之府。四十七岁时被召为江户幕府儒官，主持学政。六十八岁卒。留有《精里集抄》，存诗二百三十首。

三博士中，除了柴野栗山擅作长篇古诗外，古贺精里也擅长篇古诗，其诗集中有《次栗山翁六十五韵》、《再次栗山翁六十五韵》、《龟岛仿河子南滨体》等佳作。与柴野栗山相比，古贺精里的诗作更为"端严"，没有戏谑之语。所以友野霞舟评其诗风："雄健遒爽，无一毫妩媚之态，殆如其为人。"①就指出和赞美了这一点。其《浦岛子》诗写道：

秦始皇帝好神仙，碧海不还徐市船。
那识蓬瀛属日本，丹波舟北澄江边。
澄江渔郎出垂钓，中钩龟化女婵娟。
携手同游金银阙，凤箫相迓和鲲舷。
流霞之酒雕胡饭，始信瑶台别有天。
恨杀罪根犹未灭，万牛难回归兴牵。
缄藤态勤眍玉匣，莫开当有再来年。
分背荡兰桨，忽然到乡里。
曾无眼中人，城郭亦非是。
偶逢百岁妪，访寻举所耳。
故老传异事，蹈海浦岛子。
默遡如梦中，偏猜玉匣里。
一拚败盟启视处，蒸藤紫气冲空去。
绿鬓红颜俄变衰，目昏形偻待扶助。
刘阮归来七世过，王质须須烂斧柯。
神仙不仁勾引客，缩得居诸以蹉跎。
若使光阴似仙镜，千秋万岁亦无多。②

浦岛子为日本神话的传说人物，有神力，且有神奇的事迹。日本很早就有汉文小说《浦岛子传》传世。古贺精里取材小说，改写为汉诗，洋洋洒洒，足显诗才之富赡。此诗自"秦始皇帝好神仙"至"中钩龟化女婵娟"，交代了神话传说发生的背景。"携手同游金银阙，凤箫相迓和鲲舷。流霞之酒雕胡饭，始信瑶台别有天"，生动描写龙宫的富丽堂皇。后面叙述了神奇的结局：浦岛子回到故乡，无视龙女之劝告，打开玉匣，然而却瞬间衰老。"神仙不仁勾引客，缩得居诸以蹉跎。若使光阴似仙镜，千秋万岁亦无多"。全诗告诫人们不要耽于享乐，要珍惜时间。

古贺精里诗集中还有一些诗作描写乡村风景，视角独特，颇为有趣，如《观颐庄庄

① (日)友野霞舟《锦天山房诗话》卷八十，池田四郎次郎编《日本诗话丛书》第九卷，东京：株式会社凤出版，昭和四十七年(1972)版。第465页。

② 所引古贺精诗版本，(日)古贺精里《精里集抄》，富士川英郎、松下忠、佐野正巳编《诗集日本汉诗》第七卷，东京：汲古书院，昭和六十二年(1987)版。第393—572页。

分韵》：

村落催农事，平田膏雨沾。
禽言泥滑滑，牛卧草纤纤。
蓑挂残梅曝，水川疏竹添。
风光浓野味，憩玩负暄檐。

诗中颈联的描写笔法生动，"言"字将禽类拟人化，叠字"滑滑"、"纤纤"的使用，更突显出雨后村落的清新景色以及乡野之趣。

二、赖春水、赖春风、赖杏坪以及赖山阳

赖春水、赖春风、赖杏坪兄弟三人以及赖春水的儿子赖山阳，皆为江户时代中期的著名汉诗人。

赖春水(1746—1816)，名惟完，字千秋，号春水，又号和亭、霞崖等，通称弥太郎，安艺国人。二十岁时赴大阪入混沌社，与尾藤二洲、古贺精里等人交好。三十五岁时任广岛藩儒官。后经尾藤二洲、古贺精里推荐，任教于昌平黉。七十一岁殁。有《春水遗稿》十五卷行于世，中有诗八卷。

春水当时有诗名，但俞樾《东瀛诗选》对其评价却不高："为诗文喜为腹稿，不加点窜，菅礼卿言：'千秋之诗不思而得者也。'然间亦流于率易，易节取之。"[①]

综观其诗集，其中描写思乡之作，较为优秀，如《秋夕偶书》其一：

未必秋风销旅魂，吾情不易向人言。
山晴爽气遥来座，雨过斜阳半入轩。
因志道深身独健，为思乡切梦还繁。
海烟千里茫无际，屡写平安寄故园。[②]

此诗是诗人羁旅在外而思乡情切的诗作。秋高气爽的黄昏，夕阳西下，正是思乡的绝佳光景。"因志道深身独健，为思乡切梦还繁"一联，其中的节奏为一/三/三，颇与常见的二/二/三节奏不同，更能体现首联中"吾情不易向人言"的隐衷。此诗有岑参《逢入京使》的影子："故园东望路漫漫，双袖龙钟泪不干。马上相逢无纸笔，凭君传语报平安。"但此诗并没有岑参诗的豪迈，来自春水沉滞人生的低落情感，还是充斥在诗作中。

又如《看梅》诗：

自别梅花已几春，江南千里梦空亲。
一枝今向壁间看，癯影水魂遇故人。

---

① (清)俞樾《东瀛诗选》卷十三，东京：汲古书院，昭和五十六年(1981)版。第180页。

② 所引赖春水诗版本，(日)赖春水《春水遗稿》，富士川英郎、松下忠、佐野正巳编《诗集日本汉诗》第十卷，东京：汲古书院，昭和六十一年(1986)版。第1—164页。

其他诗如《得家书寄松万二弟》、《归乡口号》、《除夕》、《江户寄弟》、《归省阻风矢屿五首》、《归省东还四首》、《示二弟》、《月下忆弟千龄》等,皆表达了对家中亲人的思念之情,感情真挚深沉。

另外,其诗集中录有联句诗,颇值一读。如诗《河恕斋宅集落花联句二十韵》:

春深春可赋,(春水)
日永日相依。美景怜移席,(冈元凤)
艳阳看映扉。画墙翻蝶舞,(左凤)
粉壁误莺飞。皱白美老人,(河子龙)
脸红娘子肥。重茵朝刺绣,(葛张)
轻幕午为围。苔藓荒庭锦,(春水)
鉴池满架衣。风狂香远尽,(冈元凤)
烟暖影依稀。点缀秋千索,(左凤)
轻盈罗縠帷。砌阴使春住,(河子龙)
簷角借霞辉。蹈云径无迹,(葛张)
摘星袖有緋。戏禽相上下,(春水)
垂箔转霏微。钟度诸天雨,(冈元凤)
逐飏曲浦晖。胭脂浮水面,(左凤)
坠粉拂琴徽。拨鼻乍帘动,(河子龙)
簪头秃笔挥。痴汉眠未扫,(冈元凤)
冠者咏应归。步障珊瑚碎,(葛张)
移栏君带菲。氤氲酡可夺,(春水)
历乱醺何晞。迎月仙姿现,(左凤)
停云骚思霏。东君辞地主,(河子龙)
西魄泣宫妃。流水簸芳处,(葛张)
赏心期不违。(春水)

此诗是春水、冈元凤、左凤、河子龙、葛张五人小集时的即兴联句之作。这首合作之诗,描写了春日游园的情境,诗句流畅,辞藻华美,展示了江户汉诗人的吟诗生活及诗作才情。

春水汉诗善于通过营造清新的意境来表达心情,如"谁识吾心乐,春风扶老行"(《出郭》)、"新绿树阴多鸟语,晴檐案上读唐诗"(《天心居早起》)、"娇鸟催杯送斜日,飞花点水扑游鱼"(《爱日园集得鱼韵》)、"雨雪初晴引曙霞,城头红日照千家"(《岁首口占》)、"牵牛滋蔓映窗纱,开落人间抚岁华"(《牵牛花》)、"未传音信风无赖,为寄愁心月有情"(《秋夕偶书》)等,语言明净流畅,"扶"、"催"、"点"、"扑"、"抚"等字化静为动,字里行间,风光流溢。

赖春风(1753—1825),名惟疆,字叔义,又字千龄,号春风,通称松三郎。十四岁时随兄春水赴大阪,拜古林见宜为师,学习医术。二十岁时回乡行医。晚年任安艺国藩医。

七十三岁殁。有《春风馆诗钞》二卷行于世。

春风在当时与尾藤二洲相交甚好，汉诗创作亦受尾藤二洲的影响。加之其学成之后，归乡行医，生活休闲自乐，如其所言："读书元不为功名，尚友自娱千古情。"(《山居读书图为大户士章》)①因此，其诗多写闲逸之情，温雅自然。如诗《闲兴》：

何处宜吟步，林间又水边。
斜阳鸦认树，残雨竹浮烟。
耽句消长日，看花惜少年。
病身无别事，煮药汲前泉。

此诗表现出隐居林泉的闲适生活，"斜阳鸦认树，残雨竹浮烟"，写景细致，一"浮"字更是点睛之笔。同是夕阳下，却有一种祥和的气象。无论是林间水边，还是颈联"耽句消长日，看花惜少年"的日常活动，紧切诗题，凸显以"闲"字。诗的另一个主题无疑就是惜时，看花、煮药，这些都表现出诗人生病的生活。

又如诗《同石仪卿及诸友游古庭》：

黄瓜日熟紫茄肥，艾虎节过秧马飞。
吟余村步寻住处，斜照槐阴水半扉。

赖春风擅长中医，其汉诗中也有与医疗、药材等相关的内容。这些方面的描写，为日本汉诗题材内容的丰富作出了贡献，如其《寄菅野武助》：

采药归囊春色深，新栽杏树郁成材。
都门玩世悬壶日，客土思亲陟岵心。
岁月如流空隔绝，雁鱼难寄半浮沉。
疏顽沉痼谁疗却，为乞君家数寸针。

此诗为读者呈现了一个医术高明、悬壶杜门的汉医者形象。联通过杏树成林，让人不禁浮想。颔联则叙述了友人的事迹，客居都门，悬壶济世。"岁月如流空隔绝，雁鱼难寄半浮沉"，巧妙地表达两人久疏音问。最后则赞赏了菅野武助妙手回春的高明技术。全诗对偶工切，情感深沉，亲切感人。

又如涉及药材的汉诗《牛山园》：

栢仁与槲子，曾寄劝栽培。
寸青十年后，料得各成材。

化用中药药名，寄寓医者大爱，显出汉诗的奇妙而令人喜爱。

赖杏坪(1756—1834)，名惟柔，字千祺，又字季立，号春草，后改号杏坪，通称万四郎。二十五岁时游学大阪，入混沌社。二十六岁至四十一岁，随其兄春水辗转于安艺藩与江户之间。二十九岁时被聘为安艺藩儒者，教授朱子学。四十二岁时代替春水，任江户藩

---

① 所引赖春风诗版本，(日)赖春风《春风馆诗钞》，富士川英郎、松下忠、佐野正巳编《诗集日本汉诗》第十卷，东京：汲古书院，昭和六十一年(1986)版。第165—198页。

侯世子讲读。五十五岁时任御纳所奉行上席郡御役所,后历任三次、惠苏、奴可、三上等地奉行。七十五岁致仕,七十九岁殁。著有《春草堂诗钞》八卷,有诗六百二十一首。

赖氏三兄弟中,以杏坪汉诗水平最高,其诗才亦颇受诗坛赞誉,如菅茶山赞曰:“千祺诗既非前辈大声壮语,又异今时骫骳轻佻。特述其所遭,而意至笔随,民艰吏情,曲丁肯綮,虽传奇小说所不易言。然入诸诗律而优游余绰,语近而不俚,意深而不凿,洵称前无古人,呜呼!亦奇矣。……诚斋、秋崖,善言琐事,而意在搜阴险,千祺则平平出之,而奇在其中。”[①]俞樾也有评价:“全集凡六百余首,可传之作居其大半。尤长于古体,其用险韵、造奇句,竟有神似昌黎者,为东国诗人所仅见。其近体似黄山谷,有生硬之致。而晚年所作,又似陆放翁。有句云‘冷味未肯入新欢’,又有句云‘禽虫皆有天然语,草木本无人造枝’。宜其似黄复似陆也。诗中共于属对,如乌龟、黄人,箓骖、秧马,迷迭、穆陀,黎祈、护倒之类,可见其淹博。‘护倒’谓野酿,见陈慥诗注,亦人所罕知也。”[②]

杏坪对其汉诗风格,在《今岁二首》其一中有夫子自道:“道学晦翁诗放翁。”[③]又如《读陆集后得二律》曰:“放翁老健益吟诗,羞我身衰诗亦衰。”可见赖杏坪对陆放翁其人其诗极为推崇。

观其《春草堂诗钞》,可知赖杏坪的汉诗创作并未仅学陆游,而是博取多家,这一点从其诗题即可看出。如《读赤穗义人录效葛长庚体》、《东坡在黄州每岁以正月廿日出游,辄有诗,余亦春初一游,今春游病不得出,用坡韵赋此》、《演雅效山谷体》、《大塔王歌效古辞淮南王歌体》等诗作,皆如此。杏坪对中国诗家流派的特点,有着自己的选择和看法。如“谢诗锻炼胜陶诗,春草池塘亦苦思”(《谢灵运》),“苏州善病思田里,工部多愁亲酒樽”(《早春寓感》)等。所以其汉诗出现了俞樾所言的“似黄复似陆”风格。

其诗作《宝丹》:

> 矢人为矢犹不仁,刽子胸里岂有春?
> 青蛇出水电光动,头颅无声飞若尘。
> 刳腹如探囊底物,盆上人胆活泼刺。
> 取合参芪造宝丹,一粒千金肉枯骨。
> 翻恐县官重爱民,无复奇药利疾病。
> 尔不知,昔日成康刑措世,独有礼乐养人性。

此诗是一首记载市井社会某些现象的写实诗,对于宝丹(也就是后来的养生人丹)炼制过程的描写可谓惊心动魄,甚至通过血淋淋的描述,来凸显宝丹在修身养性中的重要作用,结句则寓含着希望统治者教化人民的告诫之意。

再如《虞美人草行》:

---

① (日)赖杏坪《春草堂诗钞》卷一,富士川英郎、松下忠、佐野正巳编《诗集日本汉诗》第十卷,东京:汲古书院,昭和六十一年(1986)版。第212页。

② (清)俞樾撰《东瀛诗选》卷十三,东京:汲古书院,昭和五十六年(1981)版。第168页。

③ 所引赖杏坪诗版本,(日)赖杏坪《春草堂诗钞》,富士川英郎、松下忠、佐野正巳编《诗集日本汉诗》第十卷,东京:汲古书院,昭和六十一年(1986)版。第199—286页。

楚人去楚尽归汉，汉人嘻笑楚人叹。
四面楚歌惊楚王，楚姬忧慨头自断。
香血化生草一根，大风独立汉乾坤。
春花未曾为汉发，芳心长伴楚王魂。
君不见，长陵未干一抔土，刘家社稷落诸吕。
汉后地下逢楚姬，应愧楚姬不负楚。

这是一首江户诗坛常见的咏史诗，诗中通过对虞姬和吕后两位杰出女性的对比描写，赞美彰扬虞姬慷慨就死的忠诚情怀。

又如《题画牛栗山先生索》：

陂头雨歇芳草匀，村农放牛牧青春。
乌犍瞑目眠残日，黄犉竦肩呼犊频。
世人视牛皆是牛，安知里不有麒麟。
时向牧人如有说，吾貌虽陋心却仁。
愿一绥耕天下田，大生谷粟济饥民。
牛音牟牟谁能辨，葛庐死后世无人。

此诗虽言题画，则更像是一则寓言故事，通过牧人放牛的场景描写，表达对牛的貌陋心仁的赞许，并将其升华成为一种爱民的情感。

其他如《九日书廨舍西牖》："郡无政绩违初志，国有灾伤痛老心。"《行郡口号》其二："自笑书生余旧态，半思民苦半思诗。"《郡衙偶怀》："倦官犹将缓民苦，未教心事入幽篇。"《秋风三首》其一："孤忠忧国泪，垂老爱君心。"等等，皆是其现实主义情怀的体现。

赖杏坪诗集中还有一些令人称颂的小诗，如《西斋小酌》：

霜早园林柹栗肥，秋光满眼拨簾时。
枣心小笔书笺细，鹤首长瓶注酒迟。
豪侈宁期万钱食，辘轲未作四愁诗。
醉来试握青筇杖，双蝶相牵到菊篱。

此诗展现了诗人"枣心小笔书笺细，鹤首长瓶注酒迟"的生活，表现了雍容的生活情调。

又如《艺南江村竹枝》其九：

岂识种蚝优种稻，江民尺地勤争田。
渔租如纸蚝如玉，一入京华值万钱。

这首《竹枝词》描述了艺南江村的农家生活情状，生动如绘，展现了江户农村的淳朴风景。又如《题胡瓜》：

胡瓜初似乳房时，争赏一番风味奇。
篱落秋风黄熟日，何人来问老豆皮。

此诗则略显诙谐，以初似乳房和成熟时的老豆皮形象形成前后的明显反差，最为直观地展现胡瓜由青涩到成熟的变化，也感慨了世态炎凉，人情冷暖。

其诗集中颇多佳句，如“恨杀残红飞向北，延元陵上落花风”(《游芳野三首》其三)、“黄杨一寸身方退，丹桂两回花复红”(《咏闰八月十五夜月》)、“风前白露终朝命，月下靛花残夜秋”(《牵牛花》)、“桃花临水鸭媒骄，竹里一村通小桥”(《春村》)、“人道春眸付夜蛙，宵眠一刻到晨鸭”(《春晚漫成》)、“暮林无叶鸦须数，早稻多香雀作团”(《冬日廨西》)、“云散峰棱初吐月，水高川底暗生潮”(《月夜晚过水庄》)等，皆清新可诵。

赖山阳(1780—1832)，赖春水长子，名襄，字子成，号山阳，又号三十六峰外史，通称久太郎，生于大阪。自幼聪颖，为人恃才蹇傲，狂放不羁。先后师从赖杏坪、尾藤二洲、服部栗斋等名流，与菅茶山、市河宽斋、广濑淡窗等相交。常外出游历，见识颇广。擅书爱画，尤长史学。五十三岁卒。有《山阳诗钞》、《山阳遗稿》、《日本乐府》以及《日本外史》等著作行世。

山阳诗早年学于赖杏坪，杏坪诗博采众家，山阳亦是如此，如《夜读清诗人诗戏赋》：

钟谭駈蛩真衰声，卧子拔戟领殿兵。
牧斋卖降气本馁，敢携韩苏姑盗名。
不如梅村学白傅，芊绵犹有故君情。
康熙以还风气辟，北宋粗豪南施精。
排奡群推朱竹垞，雅丽独属王新城。
祭鱼虽招谈龙嗤，钝吟初白岂抗衡。
健笔谁摩藏园垒，硬语难压瓯北营。
仓山浮嚣笔输舌，心怕二子才纵横。
如何此间管窥豹，唯把一袁概全清。
渥温觉罗风气同，此辈能与元虞争。
风沙换得金粉气，骨力或时压前明。
吹灯覆帙为大笑，谁隔溟渤听我评。
安得对面细论质，东风吹发骑海鲸。①

此诗扼要叙述明清诗歌的发展史，见解颇有见地。首句批判明后期钟惺、谭元春的“亡国之音”，明末清初陈子龙、钱谦益、吴伟业等人的诗作各有千秋，直到康熙朝后期之后，清诗创作才发展出独特的诗风。从清初到乾隆时期，宋琬、施闰章、朱彝尊、王士禛、赵执信、冯班、蒋士铨、赵翼等各有所长。对于当时江户汉诗坛独尊袁枚诗的风气进行了辨析批评，并不认同袁枚诗能够代表清诗的最高水准。

山阳于汉诗学，“尤深杜、韩、苏诗”②，他曾手抄杜、韩、苏古诗三卷，其诗作亦颇得杜甫、韩愈、苏轼诗风的真传，多显雄浑雅健之风。这一创作特色如筱崎小竹所言：“子成以

① 本文所引赖山阳诗版本，(日)赖山阳《山阳诗钞》、《山阳遗稿》，富士川英郎、松下忠、佐野正巳编《诗集日本汉诗》第十卷，东京：汲古书院，昭和六十一年(1986)版。第287—532页。

② (清)俞樾《东瀛诗选》卷二十一，东京：汲古书院，昭和五十六年(1981)版。第276页。

旷世之才，逞雄伟之词，体兼古今，调无唐宋，略应酬之常套，而发咏怀之蓄念，合典故于和汉，寓议论于风雅，操纵在手，细大无遗，能使览者壮气愤然，扼腕切齿，欲与彼韩苏诸公相驰焉。”①

赖山阳诗集中以咏史、纪行、题画方面的题材居多。

1. 咏史诗。笔力雄健，多现雄豪之气。如《咏史》：

带霜旌旆自东还，顿觉群儿肝胆寒。
屈指英雄存硕果，回头海宇敛狂澜。
马贞终得黄裳吉，狼跋何伤赤舄安。
休道西人谋大错，天教介胄换衣冠。

又如《咏史十二首》其四：

戢翼翻然饱且飏，分明后虎与前狼。
曹袁跋扈终无汉，朱李争衡岂谓唐。
要路尽归三管领，中原暂见两天王。
堪知繁实披枝干，大树何能栖凤凰。

以上两首诗风豪迈，意气风发。但“马贞终得黄裳吉，狼跋何伤赤舄安”句以及“要路尽归三管领，中原暂见两天王”句中的典故均来源于日本，用典生僻，颇为费解。

其诗作还注重历史事件的叙述，如《荷兰船行》：

碕港西南天水交，忽见空际点秋豪。
望楼号炮一怒嗥，二十五堡弓脱弢。
街声如沸四喧嘈，说是西洋来红毛。
飞舸往迓闻鼓鼛，两扬信旗防滥叨。
船入港来入巨鳌，水浅船大动欲胶。
官舟连珠累几艘，牵之而进声謷謷。
蛮船出水百尺高，海风淅淅飐罽旄。
三帆树诡施万绦，设机伸缩如桔槔。
漆黑蛮奴捷于猱，升桅理绦手爬搔。
下碇满船齐噭咷，叠发巨炮声势豪。
蛮情难测庙谋劳，兵营犹不彻豹韬。
呜呼，小丑何烦忧目蒿？万里逐利在贪饕。
可怜一叶凌鲸涛，譬如浮蚁慕膻臊。
毋乃割鸡费牛刀，毋乃琼瑶换木桃。

此诗结构清晰，场面宏大，斥责了“万里逐利在贪饕”的荷兰殖民者，赞扬日本民众抗击外

① （日）筱崎弼《山阳诗钞·序》，富士川英郎、松下忠、佐野正巳编《诗集日本汉诗》第十卷，东京：汲古书院，昭和六十一年(1986)版。第290—291页。

族入侵的英勇行为。

山阳的咏史诗在题材内容方面更有扩大,比如其咏史诗《十二媛绝句》,以组诗的形式,吟咏了日本历史上的十二位著名女子,这一内容题材在其他汉诗人的诗集中没有见到过,这一点尤其值得注意。现摘录两首。如《清少纳言》:

暗记长庆亦等闲,虾须一卷解龙颜。
谁知杂纂临摸手,当唤钗群李义山。

《尼将军》:

菱花买梦意殊深,双凤孤鸾忽古今。
人彘千年已酸鼻,自屠豚犬更何心。

其中透露出来赖山阳对历史上著名女性人物的评价,总的来说是推崇的态度,在重男轻女传统十分严重的日本江户社会,这样的评论是非常前卫的,令人读后觉得眼前一亮。

2. 纪行诗。山阳这方面的汉诗之作往往写得丰蔚壮丽,境界阔大,如《壇浦行》、《舟过千皱洋,遇大风浪殆覆得上峙原宿渔户,赋此志愆》、《入萨界遇雨》等,皆是长篇大作。纪行诗为江户汉诗创作的大宗,而赖山阳的表现堪称优异,他对日本列岛尤其是关西九州地区的自然景观、社会风俗,在汉诗中都有生动描述,如《到长崎》、《长崎杂诗》、《萨摩词八首》、《魔洲逆旅歌》等。

如《长崎谣十解》其一:

火海松船始上街,火云稍作乱峰堆。
连朝坤位风方熟,等待洋船入港来。

又《所见》:

萨南村女可怜生,竹策芒鞋趁晚晴。
果下载薪皆牝马,一人能领数驮行。

对日本九州地区女性辛勤劳作的描写,细致生动,令人印象深刻。

3. 题画诗。此类诗作用语雅致,多寓深意。如《画鲤》:

一江春水绿溶溶,绿藻深边好险喁。
三十六鳞吾事了,厌闻故友化为龙。

又如《题画》:

秋溪水缩露崖沙,秋树叶脱夕阳多。
谁结茅屋因溪树,绕栏水光镜新磨。
十年容迹软红裹,开图梦境依稀是。
门无剥啄案有书,人世适意宁有此。
应是读倦倚栏角,栖禽定处闻鱼跃。

其他如《题自画山水》、《题自画》、《题杂画三首》、《画蝶》、《题社日图》、《林逋图》、《题李白醉图》、《题镇西八郎图》、《题画牡丹》、《题墨水治春图》、《四条桥图》、《东山春游图》、《美人独坐图》、《题夏山骤雨图》、《石榴芙蓉合图》、《苏小图》、《牧牛图》、《题大雅富春山图》等，皆精美可读。

另外，其咏物诗如《五声五影诗》、《文房七咏》、《山茶》等，亦堪称佳构，如《咏樱花二首》其一：

层层霞绮衬仙绡，每怕春风相动摇。
丰艳尤宜银烛照，轻狂时向锦茵飘。
冰肌新浴粉犹腻，玉颊微醺红欲潮。
独立东方长擅美，懒从桃李竞芳标。

此诗中间两联对仗工整，辞藻华美，用拟人的艺术手法展示了樱花的丰艳、轻狂以及“细腻”质感和“粉红”色相，具有独特的艺术魅力。樱花是日本的国花，“独立东方长擅美，赖从桃李竞芳标”的诗句，虽是对樱花的赞美，却可以从中看出诗人本土意识的觉醒。

赖山阳本土意识的觉醒，明显表现在《日本乐府》的创作上。山阳曾表白：“我邦特立于大洋中，不知其广袤何如汉土，而至人物之盛未尝小让焉。所惜者，士人常惯读彼中书，而不屑阅国典，故有磊磊轩天地者，而或未之识也。”①他因而作六十六首咏史乐府诗，列数日本的神话传说、历史人物、风俗习惯等，以期引起人们对本国文化的关注。然而其乐府诗没有日文注解，对不少日本人来说颇为难解，正如筱崎小竹所言：“读子成乐府，如舟行雾中，茫乎不见津涯。凝眸审览，而后稍稍分山辨树。”②后来美浓诗人牧百峰翻阅各种典籍，进行详细注解，山阳的乐府诗才趋于明白晓畅。其乐府诗《狮子身中虫》及注解如下：

狮子威百兽，草木靡腥风。
啖尽百兽啖已肉，不啖自家身中虫。
此虫寄居金毛里，狮子已死虫不死。③

牧百峰注：大江广元，家本儒流，不得志于朝，闻右大将起用三善康信等，往而仕之，灭平氏，创霸府，军国大事多其所建议。右大将性忌刺，晚年兄弟皆被残害，广元不敢争。及右大将薨，北条氏图篡夺，广元中立而阴赞之。藤原兼宝尝云：“赖朝委任广元，恐犹狮子身中虫也。”④

其他乐府诗如《夜义来》、《十字诗》、《乌鬼舞》、《两块肉》、《南木梦》、《筑摩河》、《嚼馒

① （日）牧百峰《注日本乐府叙》，富士川英郎、松下忠、佐野正巳编《诗集日本汉诗》第十卷，东京：汲古书院，昭和六十一年(1986)版。第540页。

② （日）筱崎弼《日本乐府·序》，富士川英郎、松下忠、佐野正巳编《诗集日本汉诗》第十卷，东京：汲古书院，昭和六十一年(1986)版。第539页。

③ （日）赖山阳《日本乐府》，富士川英郎、松下忠、佐野正巳编《诗集日本汉诗》第十卷，东京：汲古书院，昭和六十一年(1986)版。第549页。

④ （日）牧百峰《日本乐府·注》，富士川英郎、松下忠、佐野正巳编《诗集日本汉诗》第十卷，东京：汲古书院，昭和六十一年(1986)版。第549页。

头》、《裂封山》等皆是如此。

赖山阳对本国文化的弘扬以及民族意识的高涨,对江户后期志士的忠君爱国思想影响颇大。另外,山阳的女弟子江马细香也擅长汉诗,对其诗作的评价将于第五章中详述。

菅茶山(1748—1827),名晋帅,字礼卿,备后人。茶山,其号也。明和八年(1771),入那波鲁堂门下,学朱子之学,因其友西山拙斋介绍而加入混沌社,与尾藤二洲、古贺精里、赖春水等汉诗人诗酒唱和,成为江户后期的诗坛翘楚。天明元年(1781),筑室黄叶山,名"黄叶夕阳村舍",门下弟子众多,赖山阳便是其一。曾受命编有《福山志》。

《黄叶夕阳村舍诗》前编八卷(附菅晋宝诗二卷),有文化壬申皇都书林汲古堂刻本;后编八卷,有文政癸未京摄、三书铺合刻本;遗稿七卷,天保壬辰京摄、四书堂合刻本。富士川英郎、松下忠等编《诗集日本汉诗》第九卷收录全稿。

《前编》前有释慈周《六如上人书二通》,赞其诗云:"他人吟卷,读之未过两三号,已倦而睡,若礼卿诗,似啖甘蔗,只恨其易了;又如石蜜,中边皆甜。每奇瑰横陈,往往使人自视缺然。"①

友野霞舟在《锦天山房诗话》将其与释慈周相较,颇有见地,迻录于下:

> 自六如师唱宋诗,茶山继起,诗风一变,其诗亦在伯仲之间。赖子成赠诗云:"唯许周公男兄弟,远神独绝几筹赢。"盖六如专宗剑南,上溯樊川;茶山则间出入韩苏,故纵横胜此,而稳秀不及焉。其精炼苍老,善道人所难状,固属独步,然如"瞽僧叫卖按摩行"等类,涉乎卑俚者,亦不复鲜。②

俞樾编选《东瀛诗选》,独编一卷,赞赏其诗作之妙。俞氏前有论评,观点中肯,其中曰:

> 礼卿诗各体皆工,而忧时感事之忱,往往流露行间,亦彼中有心人也。其《开元琴》一首,借题抒愤,可想见其怀抱。七律中如《耕牛》、《龙盘》等题,皆摘首句二字为题,实非题也,命意所在亦有不可揣测者,然语意悲壮,气骨开张,不失为名作。③

俞樾所述摘首二字为题的现象,在茶山诗集中较为常见,诸如《前峰》、《姜公》、《丽谯》、《幽讨》、《赤坂》、《农功》、《幽斋》、《僻处》、《春郊》、《狂痴》、《时情》、《璇玑》、《村亭》、《蛇峰》等,皆属此类。再如《耕牛》诗云:

> 一从刀剑换耕牛,四国讴歌二百秋。
> 鲁卫粢盛依贾竖,金张仪貌学优伶。
> 青山有地人争垦,碧海无边水自流。

---

① (日)释慈周《六如上人书二通》,富士川英郎、松下忠、佐野正巳编《诗集日本汉诗》第九卷,东京:汲古书院,昭和六十年(1985)版。第4页。

② (日)友野霞舟《锦天山房诗话》卷八十八,池田四郎次郎编《日本诗话丛书》第九卷,东京:株式会社风出版,昭和四十七年(1972)版。第484—485页。

③ (清)俞樾《东瀛诗选》卷十一,东京:汲古书院,昭和五十六年(1981)版。第145页。

自古清时总如此，迂腐何问杞人忧？[1]

又有《龙盘》云：

龙盘虎踞帝王都，谁见当是职贡图？
祭祀千年周雅乐，朝廷一半汉名儒。
世情频逐浮云变，吾道长悬片月孤。
怀古终宵愁不寐，城钟数杵起栖乌。

此二诗精于用典，对偶工切，感事之忧，语意悲壮，气骨开张。茶山忧国伤时，心怀杞人之忧，皆非通常诗人可比。一些咏史、怀古甚至题画之作，都能体现出其浓郁的忠君爱国思想。诸如题咏《诸葛武侯像》云：

汉季英雄郁如林，最思忠愤一门深。
三分割据争才略，二表精神照古今。
马谲曹奸俱白骨，吴驴魏狗各丹心。
空因绘事悲当代，西顾云天晚日沉。

菅茶山的尊刘，正是其正统尊皇思想的一种外在表征。《淡川》这首怀古之作，则表现得更为明显直白，云：

千年即墨委丘墟，下马碑前尚凛如。
许国心肝三尺剑，传家忠义一编书。

其他诸如所题《屈原行吟图》、《崔文姬归汉图》、《苏属国海上持节图》诸诗都有忠君爱国的影子。

茶山诗作山水云烟、樵歌牧笛之作，写景瑰丽，诗风淳朴，以难写之景最为擅场，独步一时。《冬日杂诗》写孤寺雪峰，读之令人身临其境，有杳渺深远之致，诗云：

寒鸟相追入乱松，隔溪孤寺静鸣钟。
山风俄约晚云去，雪在西南三四峰。

《笨车》"午梵烟中寺，晴云雪外山"、"农户春多暇，柴门昼也关"更是写农村景、静、境绝妙之笔。《竹田夜归》描绘了农民欢歌笑语归家，萤火乱飞相随的夜行之景，与辛弃疾《西江月・夜行黄沙道中》" 明月别枝惊鹊，清风半夜鸣蝉。稻花香里说丰年，听取蛙声一片"不分轩轾，异曲同工。诗云：

渔伴携归笑语喧，水禽惊起出林翻。
竹田村畔溪桥路，萤火群飞夜不昏。

《渔村》描写了渔家和谐温馨的生活场面，颇饶生活情趣，诗云：

---

① 所引菅茶山诗版本，(日)菅茶山《黄叶夕阳村舍诗》，富士川英郎、松下忠、佐野正巳编《诗集日本汉诗》第九卷，东京：汲古书院，昭和六十年(1985)版。第1—302页。

舍南晒渔网,舍北系渔舟。
渔叟荫杨柳,呼童敲钓钩。

这种淳朴的田园生活场面对于“我本农家子,生长事躬耕”(《寄肥后薮先生》其二)的菅茶山来说最为熟悉,其感受自然细致入微,赋入诗篇自然感人心魄。茶山晚年隐居乡村,对自然山水有一种难以割舍的喜爱情怀。《村居二首》其一云:

橦圃泥干人出耕,竹梢鹊语喜新晴。
山妻治饷将携去,且倩邻童护箭萌。

其思念好友而寄呈之诗亦屡有佳作,如《岁杪寄中山子干》云:

病居萧索感离居,夙志蹉跎复岁除。
月在眉梢云四散,故人今夜读何书?

《呈大肇上人兼寄林元隆》云:“归来为问林希逸,注到南华第几篇?”嘤鸣相和之情在日常询问口吻之下,油然而生。

菅茶山早年著有《花月吟》一卷,其后有《题花月吟后》之序,现逐录于下:

《花月吟》二十首,余少年时效唐伯虎所作,以纤靡似时样,弃而不录。友人中村圃公顷将梓之,乞题詹二。往时京人村濑栲亭见而评之,有蓝冰等语,今又为圃公所取,所谓世间随处有知音者矣。吁!羊枣疮痂,安知后来不有同嗜之人乎?[①]

《花月吟》题下注有“寄平安故人,效唐伯虎体”,可略知茶山前期诗学所好。

第六节　江湖社汉诗人的创作

江湖社汉诗人的创作,以市河宽斋为旗帜。关于市河宽斋的诗,历来评价较高,如大学头林衡曰:“子静于学精敏,最长乎诗,篇什颇富,清丽奇峭,无所不有,其初为樊川,一变而香山,再变而剑南,终又镕陶诸家,别出杼轴,亦非一体。后进推以为领袖,承其指画,粗能成家者不少。”[②]池桐孙曰:“先生之于诗,冲融都雅,毫无骄傲任放之气,其诗如人,其人如诗,表里透彻,何啻冰壶。”[③]俞樾《东瀛诗选》评其:“年逾古稀优游林下,其为诗颇有自得之趣。当时比之香山、剑南,虽似稍过,然亦略近之矣。”[④]从上面可以看出,各家审视角度不同,对市河宽斋汉诗成就也有不同评价。

---

① (日)菅茶山《题花月吟后》,富士川英郎、松下忠、佐野正巳编《诗集日本汉诗》第九卷,东京:汲古书院,昭和六十年(1985)版。第311页。

② (日)林衡《市河子静墓碣铭》,富士川英郎、松下忠、佐野正巳编《诗集日本汉诗》第八卷,东京:汲古书院,昭和六十年(1985)版。第259页。

③ (日)池桐孙《宽斋先生遗稿・序》,富士川英郎、松下忠、佐野正巳编《诗集日本汉诗》第八卷,东京:汲古书院,昭和六十年(1985)版。第258页。

④ (清)俞樾撰《东瀛诗选》卷十四,东京:汲古书院,昭和五十六年(1981)版。第186页。

市河宽斋(1749—1820),名世宁,字子静,又字嘉祥,号宽斋,又号西野、半江,通称小左卫门。其少颇有志向,负笈游学。二十八岁时,任昌平黉学员长,五年后因病离职。四十二岁时仕于富山侯,六十三岁致仕。七十二岁卒。私谥文安先生。其“性温厚和易,不喜忤于物,然内怀气节,每见小人作慝,指擿无所避,由是失意落魄,亦晏然不动”①。著有《日本诗纪》五十卷、《全唐诗逸》三卷、《随园诗抄》三卷、《陆诗臆注》七卷、《陆诗考实》三卷、《宋百花诗》七卷、《诗文集》十卷等。

在汉诗的审美风格方面,宽斋崇尚清新性灵一派。《送野村大受还伊势》诗序中,记载了他与野村大受论诗时所表述的诗学观:“予乃云诗之本乎性情,发自圣言,飘逸、沉郁亦皆其性所近,何必拘于一格,以己律人哉。”②“烹茗清为味,论诗心作师。”(《秋日休文盖夫见过》)其言汉诗的创作要发乎性情,自心而出。这种诗本性情的性灵论则来源于袁枚“诗,性情也”的观点。从其所著《随园诗抄》三卷,亦可看出他对袁枚的推崇。

宽斋论诗虽崇尚清新性灵,但同时他又是一个不依傍门户的人,阅其《宽斋摘草》以及《宽斋先生遗稿》,可以发现,宽斋推崇诗人颇多,主要有:

二陆、三苏:

《送源仲旋归奥中》其四:“诗家推二陆,文学见三苏。”

陶渊明:

《归去来图》:“辛苦几年诗和陶,开图今日愧徒劳。”

《客中偶作》:“若教彭泽知吾意,何厌衰腰折得多。”

李白:

《腾山侯挽歌》:“鲸鲵推李白,英妙拟终军。”

《送御牧彦明从片桐侯再往小泉》其三:“更向垂杨深处问,青莲居士旧藏名。”

杜甫:

《次韵栗新山休文》:“唐家格律口难占,嗫嚅深堑舌不尖。雄壮只须推老杜,浓妆谁更刻无盐。”

《题吟中八仙》:“尝诵少陵诗,歆此饮中仙。八仙趣虽异,天真靡匪全。我今过六十,始悟合自然。”

《新居偶成》:“穷愁独酌嗣宗酒,漫兴谁传杜老诗。”

白居易:

《答休文见寄二首》其一:“除却白香山集外,案头唯有我兄诗。”

《题白香山真》:“七帙诗编自写真,谁知好事更传神。”

① (日)林衡《市河子静墓碣铭》,富士川英郎、松下忠、佐野正巳编《诗集日本汉诗》第八卷,东京:汲古书院,昭和六十年(1985)版。第259页。

② (日)市河宽斋《宽斋摘草》卷一,富士川英郎、松下忠、佐野正巳编《诗集日本汉诗》第八卷,东京:汲古书院,昭和六十年(1985)版。第225页。

《怀克从》:“每到怀君时展取,壁间一副乐天真。”

杜牧:

《谢春星画江山晚照图》:“遥山远水抹霞红,竹迳烟收薄暮风。佳句题来谁副德,杜樊川集小诗中。”

陆游:

《拉两儿东郊寻梅》:“觉似放翁乘醉去,青羊宫畔晚归图。”
《小仓舟中》:“舟行明镜里,此诗放翁诗。”
《园花》:“健似放翁还自足,三春不出小南门。”

寒山、拾得:

《寒山拾得》:“秋老天台路,行吟携手时。秃帚休扫尽,恐有叶题诗。”

野僧:

《寄弘铠得雄二师信中》:“幽情爱看野僧诗,每值清闲忆二师。”①

以上诗人既有两晋又有唐宋,可见其尚学范围之广,也透露出其诗学根基厚实,学识渊博。宽斋嗜诗,曾言“半生事业诗为祟,惭对妻孥鬓似丝”(《秋日漫成》)。集中亦多次提及他对汉诗的喜爱,如《赠野崎克卿》:“要议吟翁得意处,寻梅半醉步春郊。”《五月六日同君长汝翼廷琦饮子野宅》:“谈诗心共醉,品画坐同倾。”《雨后访江子实》:“坐深诗思静,炉湿茗烟芬。”《谷文行》:“杖履久耽丘壑里,诗篇时落市朝间。”《今关生佳景楼》:“闲身添德诗情好,转觉生涯事事幽。”《初秋集子野宅得家字》:“论诗已自幽情足,缓带逾知交态加。”等等。

其诗多写平淡的心境,情韵幽然。如《幽居》:

半生乐事在园池,秋后逍遥兴独知。
水冷寒塘鱼聚藻,日斜深树鸟争枝。
炉香养了清凉味,壶酒钓来幽淡诗。
闲散自欣深得所,苍颜四十未全衰。

其他如《山中》、《小景》、《晚归山居五首》、《于玉池新居》、《初冬夜望分韵》、《小阁纳凉》、《城居》、《棠园田公水亭》、《矢仓新居作》等皆是如此。

宽斋以女性为描写对象的艳情诗如《离宫怨》、《三妇艳诗戏示随斋主人》、《戏题美人阅书图为益夫》等也颇值一读,其中佳构如《美人昼寝》:

玉枕薰笼多雨香,棠花露重倚银床。
垂杨影暗晶簾里,春梦偏追春恨长。

---

① 所引市河宽斋诗版本,(日)市河宽斋《宽斋摘草》、《宽斋先生遗稿》,富士川英郎、松下忠、佐野正巳编《诗集日本汉诗》第八卷,东京:汲古书院,昭和六十年(1985)版。第215—332页。

这种艳情题材汉诗的创作，显然与当时生动丰富的江户市井生活密切相关。宽斋汉诗以吟咏女性为雅事，这也是这一时期日本汉诗世俗化的一种重要表现。

宽斋诗集中还有仿效白居易新乐府体而作的讽谕诗，颇有针砭现实弊端之意，如仿白居易新乐府体，撰写讽刺江户市井低俗民风的《三弦弹》：

三弦弹，三弦弹，此器旧自海外传。
形似琵琶长且瘦，制比阮咸少一弦。
胸前斜抱人如玉，按手升降弹手烦。
清歌应手泣且诉，宛转欲停中天云。
秋夜胭脂月落后，春园舞转花飞前。
听者心如醉醇酒，冠婚宾席竞相延。
委曲但向三条索，嘈嘈切切又珊瑚。
升平情态尚纤巧，教坊新谱日换迁。
何知郑卫荡人意，调卑词淫无不至。
何知声歌坏中和，雍雍大雅欲坠地。
雪儿富乐日盛昌，王侯门外与相望。
父日博弈母日饮，不耻教女作歌娘。
世人好尚随耳目，宫样渐变时世妆。
男如俳优女如妓，薄德但重好衣裳。
流风荡尽三十载，沉没此中不知改。
不但悦听皆手弹，男淫女奔何归罪。
我闻宽永法度中，首禁佚游励士风。
又闻享保新政际，严放郑声废华丽。
雪儿之饥虽可嗟，其如亿兆人心何。

“性癖耽山水，千程不厌长”（《游星田村宿传宗寺呈贯上人》）。其集中还有大量行旅诗。如《隅田舟中望富士》、《发崎阳至内野道中记所见》、《木屋濑早发》、《雨夜宿难波桥逆旅》、《长崎春日》、《长崎冬夜》、《海上》、《佐屋道中》、《番场道中》、《藤川道中》、《挂川道中》等。其中优秀者，如《发江户》：

一杖飘然似御风，都门早发晓烟中。
归来解印陶彭泽，强健还乡陆放翁。
野旷虫生偏饱露，云晴雁影自横空。
此行已免人间险，不畏深山路途穷。

另外，其集中还有五十首傚具诗，所谓傚具诗是其“每一物系以一绝……有赋、有讽、有比兴、有感伤，但取之一时兴趣，不必拘拘咏物，名曰傚具诗”[①]。有些诗前有序，介绍物

① （日）市河宽斋《宽斋先生遗稿》卷三，富士川英郎、松下忠、佐野正巳编《诗集日本汉诗》第八卷，东京：汲古书院，昭和六十年(1985)版。第295页。

品来龙去脉、外形特征等,颇有文献价值。如《汉青鸾六乳鉴》:

背作青鸾六,制作精致,花纹匀净,铜色莹润,青绿彻骨,信千百年外物。河合元鼎所赠。

百炼青铜铸月光,瑶台曾伴美人妆。
即今却喜深青绿,免照衰翁两鬓霜。

宽斋所倡导的清新性灵论在当时的江户诗坛影响颇大,诗人自己为此也颇为自豪,因为经常以"新诗"字样进行吟咏。如"能愈世习轻浮病,使我新诗超不凡"(《浴塔泽温泉数日小诗纪事》),"风情更转雕虫手,裁出江湖新样诗"(《赠董斋》),"清韵寒高冬至,梅读书窗畔瓦盆。新诗饶有偷春手,一着输他已占魁"(《至日饮子愿宅》)。又如"知而胜游无不可,新诗能使几人警"(《送子野游热海》),"恨杀林丘花发日,新诗赋遍故园幽"(《送君敬游毛中》),"长程多少景,起色入新诗"(《送源仲旋归奥中》其二)等。

对此,时人也多有评论,如菅茶山言:"木、萱二社诗,辉映一时,然率多虚饰,而乏实际。子琴、六如始能振之,而孤唱寡和,及宽斋先生出,其徒相踵而起,诸州翕然风靡。夫诗言志,而言佛其志,得无愧乎?先生之诗坛亦伟矣。"[①]大洼诗佛:"少日学嘉万七子诗,不是他人,维河先生;排击七子,首唱清新,不是他人,维河先生。先生之老,益变益妙,混化诸家,金玉其声。呜呼伟哉!先生于诗,变化无穷,犹龙难名。"[②]赖山阳曰:"西野先生东隅起,艺苑不复说七子。登谈老将世稔闻,天明文政几四纪。陶娱庵,铸诗佛,左提右挈变词风,享保余党膝尽屈。譬如二十四考中书令,诫燧总自部下出。东北宿冠待剿殄,拨乱反正作又述。"[③]虽多溢美之辞,但却是对市河宽斋在江户汉诗诗风转变上所起的重要作用的肯定。

"昔我在江湖,自称诗社长。诗道明如日,云雾奈不朗。同盟当俊彦,歌咏多真赏。一时诗坛上,吾党臂可攘"(《重新结江湖社十二韵》)。宽斋曾为江湖诗社盟主,"一时诗坛上,吾党臂可攘"直言江户诗社影响之大,其诗社中俊彦也颇多,如柏木如亭、大洼诗佛、菊池五山等皆是当时著名诗人。

柏木如亭(1763—1819),江湖社核心人物之一。"江湖四才子"之一。名昶,字永日,号如亭,又号瘦竹、柏山人,通称门弥。其为人放浪不羁,喜好游历。汉诗创作师从市河宽斋,入江湖诗社。后与大洼诗佛于江户创办二瘦诗社。三十四岁时又至信浓开办晚晴吟社。五十七岁时客死京都。有《如亭山人遗稿》、《诗本草》、《海内才子诗》行世。

现存《如亭山人遗稿》是经梁川星岩删润之后的本子:"《如亭山人遗稿》,校刻峻否?《诗本草》阅了返纳。仆于山人其交太浅,然诵其书,想起为人,知不特笔墨。凡百事皆别

---

① (日)菅茶山《宽斋先生遗稿·序》,富士川英郎、松下忠、佐野正巳编《诗集日本汉诗》第八卷,东京:汲古书院,昭和六十年(1985)版。第255页。

② (日)大洼诗佛《题文安先生肖像》,富士川英郎、松下忠、佐野正巳编《诗集日本汉诗》第八卷,东京:汲古书院,昭和六十年(1985)版。第259页。

③ (日)赖山阳《宽斋先生遗稿·跋》,富士川英郎、松下忠、佐野正巳编《诗集日本汉诗》第八卷,东京:汲古书院,昭和六十年(1985)版。第256页。

具一家法，故删润之际，宜务不损其本色。”[①]《如亭山人遗稿》原有诗一百九十余篇，现有一百八十首。

如亭常年在外游历，其集中以纪行诗较多，如《夜泊》、《远行》、《寓边氏屏山楼》、《山太古村庄》、《吉备杂题》等，其中优秀者如《三日饮四日市海楼》：

东风吹海水摇荡，桃花三月鱼儿长。
此事不醉待何时，花岸酒楼尽可上。
万顷琉璃忽远移，正是三日潮退时。
银屋颓尽雷鼓绝，抃鳌吞鲸亦何之。
但见盘餐列海错，对此如何得不乐。
我生海国甘海味，一醉不须欢流落。
更思霜蟹擘玉净，我同湖上李氏性。
要待秋风重阳访，亦有青钱名买命。[②]

此诗下有小注：“李笠翁嗜蟹，于其未出时储钱以待，呼为买命钱。”[③]“我同湖上李氏性”、“亦有青钱名买命”可以看出如亭对海味的喜爱。“抃鳌吞鲸亦何之”句以及“但见盘餐列海错”展现了江户时期人们以海产品为主的饮食习惯。

类似的诗还有《骏州道中食松鱼》、《大刀鱼》等。

如亭还著有《诗本草》，梁川星岩曾言《诗本草》是如亭“最惬心之笔”[④]。《诗本草》全书一共四十八条，其中四十条是文政元年(1818)所录，剩下八条是之后补录，各条末尾都载有如亭自作的数量不等的小诗。

《诗本草》更像是美食随笔，其以食物为主题，展现了江户时期的饮食文化。如其中记载的“鲷鱼”、“松鱼”、“比目鲽鱼”、“河豚”、“鱼饭”等，皆是当时人们餐桌上的美食，有些条目还详细记载了食物的制作方法。如“海茸”条：

西海有一物，色苍灰，如犊角长，自五六寸至于尺，俗呼海茸。食之齿牙作声，盖海参属附石而生者也。食之法：先入擂盆加盐少许，捋手擦之，清水洗净，垢去即洁如白玉，细切成缕，用姜酢调和，较食水母则为稍胜，亦海族中一异味也，不可不纪，乃叹：

唐主风流召翰林，后宫恩赐袖难禁。

① (日)柏木如亭《诗本草》，富士川英郎、松下忠、佐野正巳编《诗集日本汉诗》第八卷，东京：汲古书院，昭和六十年(1985)版。第369页。

② 所引柏木如亭诗版本，(日)柏木如亭《如亭山人遗稿》，富士川英郎、松下忠、佐野正巳编《诗集日本汉诗》第八卷，东京：汲古书院，昭和六十年(1985)版。第333—354页。

③ (日)柏木如亭《如亭山人遗稿》，富士川英郎、松下忠、佐野正巳编《诗集日本汉诗》第八卷，东京：汲古书院，昭和六十年(1985)版。第337页。

④ (日)柏木如亭《诗本草》，富士川英郎、松下忠、佐野正巳编《诗集日本汉诗》第八卷，东京：汲古书院，昭和六十年(1985)版。第369页。

归来学士醉方发，谬坠缝间白玉簪。[①]

大洼诗佛(1767—1837)，江湖社核心人物之一。“江湖四才子”之一。名行，字天民，通称柳太郎，号诗佛，又号瘦梅、诗圣堂、江山翁等，常陆国人。其少年学医，在其父去世后，弃医从儒。先后师从山中天水、山北本山。二十四岁时入江湖诗社。二十六岁时与柏木如亭创办“二瘦诗社”。其后一直在外游历，至五十九岁时被秋田藩聘为儒员，教授诗文。七十一岁殁。著有《卜居集》、《诗圣堂百绝》、《诗圣堂初编》、《西游诗草》、《北游诗草》、《再北游诗草》等。

富士川英郎、松下忠、佐野正巳所编的《诗集日本汉诗》第八卷，收大洼诗佛所赋《诗圣堂诗集》三编，收诗一千七百首。富士川英郎、佐野正巳所编的《纪行日本汉诗》第二卷收其《西游诗草》、《北游诗草》、《再北游诗草》，有诗四百五十一首。

在汉诗的审美倾向上，大洼诗佛是崇尚清新者。如其为梁川星岩诗集写序时曾言：

余尝构江山诗屋于玉池，唱宋元清新之诗，一时望风来和者颇多。梁君公图亦适来参社，年仅冠字。……盖公图专宗唐诗，余兼取宋元。趣向虽小异，而其以清新为主，则未尝不同也。[②]

可见，诗佛于诗风选择方面是以清新性灵诗派为主的。又如其在《赠石野云岭》中赞友人诗句清新。诗云：

善画善书兼善曲，就中诗句最清新。
谁知洒落真才子，却在羁亭旧主人。[③]

其他如“惭我颠狂成老大，喜师唱和奉清新”(《壬午正月六日东林师访予于金泽客舍有诗见赠次韵和之》)、“何当出清诗，谢我知心友”(《宫驿别空翠》)、“安稳金城旧酒盟，新诗语语使人惊”(《次韵林荪坡先生见赠》其二)、“此间别有欣然处，一首清诗腹稿成”(《春游五首》其四)等，皆是其标举清新诗风的体现。

从上述的汉诗评述可以看出，大洼诗佛是主张性灵说的。他在《读北山先生孝经楼诗话》中，盛赞其师山本北山的首倡性灵之功。云：

藉君首唱性灵功，一洗伪唐模拟风。
世上是非知几许，难逃业镜照来中。

又如诗《致堂大夫寄似新诗数卷再有作见赠次韵谢之》：

---

① (日)柏木如亭《诗本草》，富士川英郎、松下忠、佐野正巳编《诗集日本汉诗》第八卷，东京：汲古书院，昭和六十年(1985)版。第360页。

② (日)大洼诗佛《星岩丙集·序》，富士川英郎、松下忠、佐野正巳编《诗集日本汉诗》第十五卷，东京：汲古书院，平成元年(1989)版。第237页。

③ 所引大洼诗佛诗版本，(日)大洼诗佛《诗圣堂诗集》，富士川英郎、松下忠、佐野正巳编《诗集日本汉诗》第八卷，东京：汲古书院，昭和六十年(1985)版。第379—562页。(日)大洼诗佛《西游诗草》、《北游诗草》、《再北游诗草》，富士川英郎、佐野正巳编《纪行日本汉诗》第二卷，东京：汲古书院，平成三年(1991)版。第431—528页。

诗卷寄来无限情，细吟句句使人惊。
清新语自性灵得，平淡功从锻炼生。
似把珠玑投夜暗，欲悬叆叇到天明。
依然做我春风里，温藉欣君不背名。

“清新语自性灵得”可看出其诗学性灵，主张清新诗风的主张。“平淡功从锻炼生”可见诗佛注重诗句锻炼以及重视平淡诗风的倾向。另外，诗佛也推崇杜甫的诗，如：“诗宗杜少陵，书学柳公权。”（《过奥毛界》）所以俞樾在《东瀛诗选》中曰：“天民以诗佛自号而以诗圣名堂，盖欲以一瓣香奉少陵也。然其诗初不甚学杜，诗境颇超逸，有行云流水之致。”①所论颇中肯綮。

总体而言，诗佛以汉诗为业，是江户后期诗坛的一位专业诗人，其《自诒》诗细致描绘自己的诗酒生活：

一迳深深竹树遮，柴门仅小不容车。
富非吾愿宁须慕，贪者士常何处嗟。
于世违多诗是业，与人交淡酒为家。
经营近觉费心匠，欲税邻园大种花。

从自称“诗颠”、“诗佛”、“吟狂”、“诗狂”等，可看出他对汉诗创作的无比热爱。再如云“喜佛家多藏佛典，耽诗身自号诗颠”（《过村田水庄杜陵堂》其二），“有何方便力，自以诗佛名”（《为半仙自题真》），“世间谁可语行藏，身是吟狂更醉狂”（《偶成》），“几回征命及诗狂，今日始欣陪画堂”（《伊贺侯席上作》），“须识耽诗同嗜茗，香中有苦苦中甘”（《题山县大年香甘诗屋》），“耽诗我比拾遗颠，爱客君张北海筵”（《四和前韵》），“吾曹好事君休笑，墨舞笔歌当管弦”（《秋田屋太古工门邀予景山梅逸饮难波酒楼》），“想见春宵风月夜，疏簾半卷坐吟诗”（《题河内当当老人所居》）等，皆可看出其对汉诗创作的全身心投入。

诗佛耽于汉诗的另一个原因，是因为可以“诗书供衣服，以之代耕田”（《过奥毛界》），赋诗卖字是其安身立命的重要手段之一。如《病中》诗云：

雨中思剧又春回，五亩闲园长绿苔。
粮乏故人教放鹤，家贫活计且栽梅。
有书才作慰闲伴，除酒别无消闷媒。
诗是穷人吾未信，多年生产自诗来。

“粮乏”、“家贫”都表明了其家境的困顿，生活的艰难。但就是在这样的状况下，诗人却可以大胆说出“诗是穷人吾未信，多年生产自诗来”，也就是说他可以靠“诗”来维持家计生活来源，“诗”可以养家，几乎与清代中叶诗坛盟主袁枚有着相类似的自信。当然，要想达到这样的自信境界也非易事，相信当时大部分汉诗人并不能达到这一境界。

① （清）俞樾《东瀛诗选》卷十九，东京：汲古书院，昭和五十六年（1981）版。第251页。

诗佛嗜饮,自称“醉狂”,“除酒别无消闷媒”,诗、酒几乎相伴一生。如“一从谢绝人间事,饮酒吟诗似有妨”(《山中温泉杂题》),“风流好事南宫子,诗酒场中几订盟”(《赠坂南宫》),“与君三日同醉醒,老子一杯君一诗”(《和长崎浩斋见赠》),“快乐都归醉乡里,休论诗句满奚囊”(《次韵田鹤山见赠》),“酒酣吟诗声,遥与山相答”(《题野村氏空翠楼》),“堪惭斋送一樽酒,难为名山钓好诗”(《山中温泉喜富田菁莪来并谢见送酒》)。

诗佛诗中又多写闲情与愁绪。佳句有“清愁毕竟谁谓伴,只有诗人吟步眠”(《虫声》),“不知何事吟如许,似替诗人说个愁”(《闻蛩四首》),“谁知一夜诗愁者,听尽虫声听雨声”(《客夜听雨》),“诗自苦中得,趣从闲处知”(《似白根天佑》),“清闲养得懒为性,辛苦吟来诗亦魔”(《春日闲居》),“满怀诗思乱难理,一种闲愁结欲成”(《蟋蟀》)等。诗人在写闲愁之时,表明了自己不与世俗同流合污,更愿意纵情山林的洒脱意趣。如“世除闲外无清福,我忘名来入醉乡”(《春游五首》其五),“世事浑抛高枕外,红尘十丈奈吾何”(《春日闲居》),“不知人海风波恶,闲听涛声松上生”(《江山诗屋守岁》),“浮利浮名总忘尽,韮菘却觉胜膏粱”(《偶成》)。又如诗《咏盆中兰竹石》:

潇洒数竿竹,笋从石罅穿。
下有春兰秀,猗猗绿相缠。
何为取于竹,心虚节自全。
何为取于石,面丑质自坚。
何为取于兰,高介挺自然。
此为三清友,与我结清缘。
移之几案旁,日溉以清泉。
情味亲交朋,爱抚比珍编。
唯恨吟思退,无复清诗传。

以竹之“心虚节自全”,石之“面丑质自坚”,兰之“高介挺自然”,表现自己高洁的品格。

另外,诗佛的诗中还有大量的题咏题画诗和唱和赠答诗。题咏题画诗如《题水竹居图为滕粲堂》、《题长井氏绿阴亭》、《题松吟亭》、《题上田土屋生二松轩》、《题妓静舞圆》、《题野村空翠残月石》、《题甲州小泽氏千岩书屋》、《题画》、《题自画梅二首》、《题三笑图》、《题山水图》、《题柏永日肖像》、《题陶渊明采菊图》、《题桃源图》、《题聚胜图》等。唱和赠答诗如《和松塘大夫竹影》、《酬爱竹师见寄诗及茶》、《伊贺席上作》、《长甲州大夫席上作》、《松代老侯席上作》、《次琴峰公韵》、《赠小西竹轩》、《赠长谷堂主人》、《访赖山阳有诗见赠次韵和之》、《石松吟社集得枝字》、《横山大夫画寒亭小集得侵韵》、《秋日樱花横山大夫席上作》、《蚓弟奉和小仓世子作》、《加贺晴雪大夫席上作》等。

其中较为优秀者,题咏题画诗如《题江村渔舍》:

江村何所见,田界似棋秤。
中有鸦与鹭,黑白谁输赢。

唱和赠答诗如《墨竹篇赠大垣江间氏细香》:

浓州女子号细香,墨竹从来其所长。

写出风稍与雨叶，浓淡疏密分豪芒。
今日闺秀无赵管，此枝何人得比方。
诗佛老人游尾日，闻名远道来相谒。
自浓到尾两日程，步步故试轻罗袜。
其意无他我知之，欲以豪锋对诗律。
我见君貌似天仙，铅粉卸尽更清研。
三十不嫁何足怪，眼中俗人非所天。
节操亭亭何所似，雪枝霜叶共便娟。
为我新写一两幅，秀润最觉出自然。
莫作寻常画图看，知君身自写其真世间。
如欲识浓有女才子，试读诗佛老人《墨竹篇》。

此外诗佛还有少量的讽喻诗，颇有现实意义，如《村家见妓》：

山北山南秋已熟，黄云深处笑歌哗。
农家曾觅避蝗咒，不识蝗虫来在家。

其集中佳句颇多，如"羊肠险路踏松稍，下瞰千寻打岸潮"（《根府道中》），"一座高楼枕海湾，行人来占十分闲"（《热海》），"巷陌纵横接人家，高下连山围三面"（《热海》），"花外青山总如笑，主人迎客启门时"（《香远山房》），"一庵窈窕锁松萝，隔断市尘幽趣多"（《宿仓田氏听奇庵》），"却笑山灵新手段，雪花红叶试诗人"（《阁笔山》），"西山不似山僧懒，吹拂宫前满地红"（《那谷寺》），"绿阴深处觉秋回，雨后清风未起埃"（《将抵吉田高松挟路》），"西山已敛夕阳红，忽怪喧阗声向东"（《村夜》），"雨痕过处改山容，烟锁前溪翠几重"（《四并楼触目》），"听彻松声睡味长，西窗不识到斜阳"（《游满愿寺》）等，字句精炼而清新，皆可诵。

菊池五山(1769—1852)，江湖社核心人物之一。名桐孙，字无弦，号五山，又号娱庵、小钓舍，称为左大夫，赞岐人。其诗学于市河宽斋，与柏木如亭、大洼诗佛、小岛梅外并称为"江湖四才子"。中年以后仕于高松藩侯。八十四岁卒。著有《五山堂诗话》、《五山堂诗稿》、《娱庵咏物》等。

五山受袁枚影响较大，其《五山堂诗话》是仿照袁枚《随园诗话》而编。加藤白良更是称其为"本邦之袁子才也"[①]。一方面是对其在汉诗创作上所取得成就的肯定，另一方面也是指其为人放浪不羁，任情取乐，在性格上与袁枚也颇为相似。如五山八十岁时所作《八十自寿》：

硕果后先今已藏，巍存漫拟鲁灵光。
三生花月酬逋债，一代风骚费较量。
老去未除才子气，傲余犹避丈人行。

① (日)加藤白良《柳桥诗话》卷上，池田四郎次郎编《日本诗话丛书》第六卷，东京：株式会社凤出版，昭和四十七年(1972)版。第337页。

著高缓缓收棋局，笑道闲中几劫长。①

五山在汉诗的创作上标举性灵，如其于《五山堂诗话》中所言：

诗者情所由发，苟无所兴，则一月可不作。境致一到，则一日累几篇，亦不为多。若必以诗为课，则夭阏性灵，桎梏才情，粗率牵强之病亦随生焉。②

袁子才不喜黄山谷而喜杨诚斋，与余天性若有暗合。③

五山在汉诗的创作上虽然标举性灵，但并未固守一家，而是博采多家，屡有变化。如言：

余诗见屡变。少时例趋时好，奉崇李王。小变为谢茂秦，亦皆弃去。既学温李冬郎。年垂三十，始窥韩苏门户，颇有所悟，一切谢纤弱者。后又获诚斋集，深喜其超脱。然方皋相马，不必相似。今日所主，在吸诸家之精英而出之。未知后来意见果能几变也。④

又如其对自己诗风变化的叙述：

余十年以前，作诗开口便落婉丽，决不能作硬语。尝有"画帘半卷读西厢"之句，为人所诵。冈伯和讥为女郎诗。而后欲矫其弊，枕藉韩苏，方且有年，殆得脱窠臼。余之有今日，实因伯和之激也。⑤

其诗由性情而发，读之无做作、矫情之感。如《冬日杂咏》其二：

雪里河豚恰及时，买来犹恨入庖迟。
人间珍味应无比，却是朱门不许知。⑥

河豚是江户民众最爱的美食之一。从"买来犹恨入庖迟"、"人间珍味应无比"可以看出诗人对河豚这一珍馐佳肴的喜爱。由于河豚含有剧毒，烹制时需要有经验丰富的厨师进行处理后才可食用。即使如此，因食用河豚而中毒死亡的事也时有所闻。为保证安全，大名及武士是严禁食用河豚的，如果有偷食者，则会受到严厉的处罚，这也是诗人说

① (日)书肆北尾墨香编集《摄东七家诗钞》卷一，富士川英郎、佐野正巳、松下忠编《词华集日本汉诗》第七卷，东京：汲古书院，昭和五十八年(1983)版。第205页。
② (日)菊池五山《五山堂诗话》卷六，池田四郎次郎编《日本诗话丛书》第十卷，东京：株式会社凤出版，昭和四十七年(1972)版。第583页。
③ (日)菊池五山《五山堂诗话》卷一，池田四郎次郎编《日本诗话丛书》第九卷，东京：株式会社凤出版，昭和四十七年(1972)版。第562页。
④ (日)菊池五山《五山堂诗话》卷一，池田四郎次郎编《日本诗话丛书》第九卷，东京：株式会社凤出版，昭和四十七年(1972)版。第561—562页。
⑤ (日)菊池五山《五山堂诗话》卷一，池田四郎次郎编《日本诗话丛书》第九卷，东京：株式会社凤出版，昭和四十七年(1972)版。第553页。
⑥ (日)菊池五山《五山百绝》，富士川英郎、佐野正巳、松下忠编《词华集日本汉诗》第十一卷，东京：汲古书院，昭和五十九年(1984)版。第37页。

“人间珍味应无比，却是朱门不许知”的原因。

另外，其集中一些小诗写得情思摇曳，颇有韵致。其中尤显婉丽者，如《美人观牡丹图》：

朵朵锦云春欲融，多情独自惜娇红。
沉香亭畔他时恨，吹落渔阳一夜风。①

而凸显情深意挚者，如《冬日田园杂兴》：

嫁女城中已抱孩，终年相面两三回。
水仙芦菔俱装担，冲雪今朝入郭来。②

小岛梅外(1772—1841)，“江湖四才子”之一。名筠，字克从，又字稚节，号梅外，又号瓢斋、孤山堂，通称西之助。其诗师从市河宽斋。著有《梅外诗集》、《大梅句集》。

小岛梅外出身富商之家，其本人亦以经商为业。虽然被称为“江户四才子”之一，但其汉诗成就及影响远不及柏木如亭、大洼诗佛、菊池五山这三人。其诗《移居》(其三)颇可一读。诗云：

辞去世尘初卸肩，贫居无树碍窗前。
砚池印得月能小，书架润来雨又颠。
麦竹空思李涉宅，种瓜自灌邵平田。
只应消受闲中好，不管人间造业钱。③

江湖社除以上诗人之外，还有松则武、宫泽邦达、原长卿、田德郎、胜善长等人，他们的汉诗创作也都有一些佳构，展示出当时诗坛的兴盛局面。市河宽斋于江户创办的江湖社，虽然人数不多，但在当时影响颇大。后来由于诗社的几位核心诗人或任职于地方或外出游历，致使诗社辉煌不再，渐趋没落。如市河宽斋曾感慨：“诸子散落，诗盟为寒。”④又如菊池五山对诗社同好常难以聚首的感叹：

人生聚散亦复难常。二十年间，江湖社一离一合，吟席殆无暖日。乙巳，余归江户，如亭见赠云：“叶水心初出宦途，四灵复聚旧江湖。”盖以余当水心也。后宽斋先生祇役越中，如亭去赴信中，余亦出关，独诗佛留在江户。如亭寄诗云：“结社都门相唱者，半江翁(市河宽斋)北五山西。竹(柏木如亭)埋深雪无生意，只有梅花(大洼诗佛)照旧溪。”如亭一号瘦竹，诗佛一号瘦梅故也。余再归，则如亭犹在信中。每一聚

① (日)菊池五山《五山百绝》，富士川英郎、佐野正巳、松下忠编《词华集日本汉诗》第十一卷，东京：汲古书院，昭和五十九年(1984)版。第36页。

② (日)菊池五山《五山百绝》，富士川英郎、佐野正巳、松下忠编《词华集日本汉诗》第十一卷，东京：汲古书院，昭和五十九年(1984)版。第35页。

③ (日)稻毛屋山《采风集》卷二，富士川英郎、佐野正巳、松下忠编《词华集日本汉诗》第七卷，东京：汲古书院，昭和五十八年(1983)版。第45页。

④ (日)市河宽斋《诗圣堂诗集·序》，富士川英郎、松下忠、佐野正巳编《诗集日本汉诗》第八卷，东京：汲古书院，昭和六十年(1985)版。第374页。

首,未尝无公车之叹也。[①]

后来诗佛被聘为秋田藩儒员,离开江户之后,江湖社日趋衰落。菊池五山有意重振江湖诗社,然而没过几年,五山被聘为高松藩儒员,也离开了江户,至此江湖社彻底没落。

在大阪汉诗创作持续兴盛的衬托下,江湖社作为江户城最有影响力的诗社活动,其没落也代表了以江户城为中心的汉诗创作的式微。

此期,未加入江湖社但以江户城为创作中心的汉诗人还有佐藤一斋、井上四明、荻原万世、山本北山、亀田鹏斋、馆柳湾、山梨治宪、松崎复、安积昼斋、友野霞舟、荻原绿野、鹰羽龙年、野田子明、安井衡、齐藤馨、吉川坚、芳野长毅等。其中以山本北山颇具盛名,其门下弟子虽多,然以诗人自居的只有中野素堂与大洼诗佛。如大洼诗佛于《诗圣堂诗话》中所言:"今日风气大改,先生之功居多,然诗非其所自任,故出其门者,如雨森牙卿、太田锦城、鹰野鲁屋、坂井子衷辈,非谓不能诗也,难以诗人目也。以诗人自许者,独素堂与余耳。"[②]中野素堂(1765—1829),名正兴,字子兴,伊势人。著有《素堂集》。其在汉诗成就与影响上不及大洼诗佛。

第七节　江户汉诗繁荣期诗僧的创作

市河宽斋论及江户时期的诗僧创作时这样说:"青山白雪久支离,五十年来不见诗。新样独供愁夜酒,政公之后有周师。"[③]诗中所言"政公"指的是元政,而"周师"指的是六如。诗僧群体的汉诗创作高峰,自然在五山时代。进入江户时代之后,虽有元政的崛起,但后继乏人,江户诗僧的诗作日渐衰微,陷入低潮。直到五十年后又迎来了诗僧汉诗创作的又一新高潮,而其中的代表性诗僧就是六如上人,他对江户诗坛产生了很大的影响。

六如(1737—1801),幼名虎吉,后改名慈周,号六如庵,一号白楼,近江人。其父苗村介同为藩医,曾师从伊藤东涯。六如幼年聪敏,七八岁即能诗,十一岁于比叡山祝发出家。十四岁时随大僧正慈门,后徙居武藏国川越仙波喜多院。三十岁时因东叡革律之事,被削僧籍。三十六岁时被召还,入正觉院。后赴江户,先后入明静院、浅草寺。四十六岁时复移居京都真葛原。六十五岁卒。著有《六如庵诗钞》、《葛原诗话》。

《六如庵诗钞》一共十五卷,有诗二千零四首,收录了其三十一岁至六十五岁之间的汉诗创作。其中初编共六卷,天明三年(1783)刊,有诗六五一首,收其三十一岁至四十七岁之间的汉诗作品。二编共六卷,有诗七零四首,收其四十七岁至六十岁之间的汉诗,宽

① (日)菊池五山《五山堂诗话》卷一,池田四郎次郎编《日本诗话丛书》第九卷,东京:株式会社凤出版,昭和四十七年(1972)版。第548页。

② (日)大洼诗佛《诗圣堂诗话》,池田四郎次郎编《日本诗话丛书》第三卷,东京:株式会社凤出版,昭和四十七年(1972)版。第432页。

③ (日)市河宽斋《宽斋先生遗稿》卷一,富士川英郎、松下忠、佐野正巳编《诗集日本汉诗》第八卷,东京:汲古书院,昭和六十年(1985)版。第262页。

政九年(1797)刊。遗编共三卷,文政元年(1818)刊,收其六十至六十五岁之间的汉诗作品,有诗五四九首。

六如诗初受萱园派影响较大,后有所省悟而变化诗作体格。"上人亦自谓,初从刘文翼游,且读南郭、万庵等诗,颇为世俗所为。数年之后始省悟,乃更体格也"[①]。在编集《六如庵诗钞》过程中,"其初年之作,有所谓嘉隆伪调者,凡数百首,名曰《赤城集》,刘维翰序之,今皆削而不录也"[②]。这样的"削而不录"的行为,显示出了六如反对拟古的坚定决心,这是其诗学观的核心。他的汉诗创作也是由初作"嘉隆伪调",转向学清新性灵,如曰:"诗成不雕饰,信手扫陟厘。安知唐与宋,我自爱吾诗。"[③](《暮春邻老某携一僧见过》)讲求作诗要自胸臆流出,不假雕饰,不区分唐宋,关键是要有诗人自己的个性以及显示自己的独特风格。

六如论诗不以区分唐、宋为藩篱,而是重在博采多家之说。这一基本态度在其诗作中也多有表现,如广赞历代各种风格流派的诗家:"怀哉李白今陵月,邈矣苏仙赤壁秋。"(《夜半乘月放舟抵中津》)"鱼乐思庄语,蒲荒感杜诗。"(《秋江放舟二首》其一)"床头白氏文双帙,竹外黄鹂歌一声。"(《嵯峨别业四时杂兴三十首》其九)"杜牧多才偏恨老,乐天抵死只耽诗。"(《春暮写怀五首》其四)"晋唐戏写屏间帖,韦柳读残床上诗。"(《春日书适》)"输却杭州绿底事,恨无苏白辟词源。"(《中津泛舟二首》其一)"时玩陆诗病豪诞,闲披白集喜和平。"(《秋夜》)"秋水无烟月满湾,放翁吟棹出三山。"(《原在中月夜放丹图》)等等,可见其学习面之广,以及诗学观的开放。

六如爱诗,诗中多有体现,如"独余习气耽诗酒,每怕少年嘲老狂"(《秋夕书感》),"颊上撚残数茎雪,余生犹供几篇诗"(《题端文仲小照》),"秋雨开门有数旬,最思诗酒平生亲"(《雨中简井纯卿》),"且将怀抱供诗句,应被英雄笑寂寥"(《梅雨遣闷》),"愁兼春共阔,诗与梦相连"(《上京途中口号》),"睡次得诗醒乍失,愁边摊帙倦还开"(《夏日寓舍作》),"宦情苦短吟情长,拟取全春贮锦囊"(《东山春兴八首》其五)等。

对于其汉诗的特点及成就,俞樾《东瀛诗选》中评其诗"无蔬笋气"[④]。东龟年言其诗"飘飘奇思用巧乎,致若风之恬,而霞之蔚,倏忽变幻,不可端倪也"[⑤]。所言颇中肯綮。综观《六如庵诗钞》,其诗情韵浓郁,自然清新中寓有一种淡雅幽寂之气息。如诗《季秋闲居小占》:

光阴容易又秋天,斗觉溪山别样新。

---

① (日)松村子长《六如庵诗钞·序》,富士川英郎、松下忠、佐野正巳编《诗集日本汉诗》第八卷,东京:汲古书院,昭和六十年(1985)版。第5页。

② (日)源长卿《六如庵诗钞·序》,富士川英郎、松下忠、佐野正巳编《诗集日本汉诗》第八卷,东京:汲古书院,昭和六十年(1985)版。第6页。

③ 所引六如诗版本,(日)六如《六如庵诗钞》,富士川英郎、松下忠、佐野正巳编《诗集日本汉诗》第八卷,东京:汲古书院,昭和六十年(1985)版。第9—200页。

④ (清)俞樾《东瀛诗选》卷三十七,东京:汲古书院,昭和五十六年(1981)版。第502页。

⑤ (日)东龟年《六如庵诗钞·序》,富士川英郎、松下忠、佐野正巳编《诗集日本汉诗》第八卷,东京:汲古书院,昭和六十年(1985)版。第7页。

药圃日烘时见蝶，枫林雨霁已无蝉。
可人早稻炊香玉，称体新衣裁木绵。
准拟西郊索吟料，青鞋并辨杖头钱。

此诗虽用平常语，但却境界浑成。“药圃日烘时见蝶，枫林雨霁已无蝉”句，作者将视觉描写和听觉描写结合起来，突出了景致的闲静。“早稻”、“新衣”等这些体现季节和时间的景物，于清幽恬静之中，浸透着诗人闲居自怡的心绪。这种静淡之美，使诗人产生了强烈的共鸣，“准拟西郊索吟料，青鞋并辨杖头钱”。全诗情景交融，体现了作者潇洒闲适的襟怀。

又如《过箱根山》：

客路辞乡垂浃旬，千山犹是独行人。
单衫云湿晴疑雨，老树花开夏似春。
仙鲤潭清无网罟，午鸡村远游朱陈。
萍踪未识何时定，仰望烟宵愧隐沦。

此为诗人过箱根时所作。在江户时代箱根是东海道上一个重要关隘，是从关西进入关东地区的第一个关口。此诗首联点明了写作背景，“千山犹是独行人”从京都到江户的一路跋涉，充满了孤独寂寞。颔联和颈联则是描绘诗人在箱根所见的恬淡、宁静之景。尾联“萍踪未识何时定，仰望烟宵愧隐沦”既有对隐居生活的眷恋，又含有人生漂泊不定的无奈。全诗语言平易，直抒胸臆，读来顺畅感人。

再如《中秋望月有怀》：

碧落鹤鸣山月孤，寒斋嗒坐抚霜鬓。
竹声敲玉清逾静，河影横银淡欲无。
三五佳期当此夕，十千名酝与谁沽。
南楼同赏人何哉，勿怪狂游非故吾。

此诗前四句写景，“孤”、“寒”、“嗒坐”、“静”等字，写出中秋夜境的环境孤寒，亦为其后四句抒发的思乡怀友作了铺垫。全诗感时伤怀，情景交融，孤赏悲凉。

六如有些小诗则写得清丽自然，如《咏稻秧》：

吉日开苞浸野塘，一番烟雨已抽秧。
谁知半席纤纤绿，散作秋天万顷黄。

此诗运用“绿”、“黄”两个具有鲜明对比的颜色字，展现了稻秧由青涩到成熟的过程，也含有光阴似箭、日月如梭的人生感触。

如上面“绿”、“黄”颜色字的运用，在六如的诗集中还有很多，如“绿醞有神理，黄柑非俗肴”(《与井纯卿游源文龙宅》)、“野黄知稻熟，林绿觉霜迟”(《秋江放舟二首》其一)、“紫拳薇未茁，黄蕾菜初抽”(《江行》)、“叶缺林光白，池澄石气青”(《过友人居》)、“白水紫山唯宿雪，梅花柳色是何乡”(《己酉人日在柏原山中有怀》)、“烂晴三日一风吹，红紫满庭绿满枝”(《春尽》)、“红蓼白蓉仍的的，青蛙紫蚓已鰫鰫”(《秋日松崎即事》)等。颜色字的使用使其诗作的叙述描写更为形象生动，在情感的表现上也更显张力。

六如还创作了一些讽刺诗如《野田黄雀行》、《宝剑歌》、《妾薄命》、《狂歌行》，此四首乐府诗作于三十岁那年。六如三十岁时因东叡山革律之事，被削僧籍。为此，他内心颇为不平，因此写下这四首诗，嘲讽寺院内部争权夺利的黑暗之事。其中《野田黄雀行》写道：

啧啧复啧啧，黄雀野田飞。
遗穗不满嗉，霜露湿毛衣。
大行骐蹶覆粟车，余粒粲然在泥沙。
群禽下食相争吓，汝独胡为甘瘦瘠。
岂不寒且饥，不忍利其悲。
洪钧赋仁性，何曾择么麽。
愿言附鸑鷟，去啄玉山禾。

借用乐府旧题而巧赋新辞，辛辣讽咏寺院僧人的追名逐利恶行。首句用叠字“啧啧”以及“飞”字，使人仿佛能够听到黄雀细细的叫声以及在野田飞来飞去的样子，营造出真实的空间感和生动的形象感。“遗穗不满嗉，霜露湿毛衣”句，凸显了黄雀觅食的辛劳。“大行骐蹶覆粟车，余粒粲然在泥沙。群禽下食相争吓，汝独胡为甘瘦瘠”句，表面上是写群禽相争在泥沙中混乱抢食，实际上是在讽刺僧侣们忙于争权夺利，彼此尔虞我诈，寺院风气大坏。在这样的嘲讽诗中，也透露出了六如不愿同流合污的高洁品行。

六如的诗作中有一点值得特别注意，就是在汉诗创作中借用日本和歌的内容形式，有所创新。《六如庵诗钞遗编》下卷中，收有六如用和歌题所作的汉诗一百六十首。此一百六十首和歌题汉诗，是六如在安乐心院一品亲王的诗会席上所作。这些诗作用语清雅，别具一格，如《纳凉》：

携酒池塘追纳凉，荷风触袖带新香。
悠然坐有沧浪思，不濯尘缨只洗觞。

后由荻原绿野校阅的《和歌题百绝》中，也以选录六如和歌题汉诗最多，共有八十二首。其他的十八首，为皆川淇园（1734—1807）所作。但对照两书，入选的六如和歌题汉诗，与《六如诗钞遗编》下卷中的原诗，在个别字词上有所差异。如《六如诗钞遗编》下卷中的《夏草滋》：

春郊绿浅夏加荣，重向香车碾处生。
除却金张门外路，南风何地不青青。①

到了《和歌题百绝》中所录的《夏草滋》，文字为：

春郊绿浅夏加荣，重向香车碾处生。

① （日）六如《六如诗钞遗编》下卷，富士川英郎、松下忠、佐野正巳编《诗集日本汉诗》第八卷，东京：汲古书院，昭和六十年（1985）版。第188页。

除却金张门外路，南风何日不菁菁。[1]

两书所选同一诗，结句一为“南风何地不青青”，另一句为“南风何日不菁菁”。从全诗结构看，这两个结句都说得通。“何地不青青”用叠字“青青”，描述夏草在空间的延展状态。“何日不菁菁”中的叠字“菁菁”，则传达夏草在时间上的延续状态。无论是空间的状态还是时间上的状态，这两句都是对夏草“滋”长加荣的生动描写，各有其妙处。此期诗僧除六如外，较为有名的还有显常、日谦等人。

显常(1718—1801)俗姓今堀，字梅庄，号大典，又号蕉中、东湖，通称大次郎，近江人。十一岁时于京都相国寺祝发出家。四十二岁时隐居于华顶山下，一生创作了大量的汉诗文。四十三岁时刊行了诗集《昨非集》。五十七岁时第二本诗集《小云楼稿》付梓。六十六岁出任相国寺慈云院主持。七十五岁时刊行《北禅诗草》。八十三岁卒。在其殁后七年，即文化四年(1807)，其诗文集《北禅遗草》付梓刊行。

除了以上著作，显常还有《萍遇录》、《唐诗集注》、《唐诗解颐》、《唐诗解颐补遗》、《小云楼手简》、《北禅文草》等多部著作。富士川英郎、松下忠、佐野正巳所编的《诗集日本汉诗》第六卷辑录了其《北禅诗草》、《北禅遗草》两部诗集。《北禅诗草》六卷，收其五十七岁至七十三岁时所作汉诗。《北禅遗草》八卷，有诗三卷，收其七十四岁至八十一岁所作的汉诗。

显常师从于僧大潮、宇野明霞，诗受萱园诗派影响较大，以倡格调为主，如“看君诗格进，千里慰杯浮”[2](《侗然舍即事赠子长》)。其诗中引用典故、化用诗句处，都进行了注解，此类诗在《北禅诗草》中颇多，如诗《六如上人将之江户，余病不能问，则特见来别》：

春风坐隔销魂桥，《开元遗事》：长安灞桥来迎去送皆至此桥，谓之销魂桥，今借谓三条桥。不得河边绾柳条。张乔诗：离别河边绾柳条。是日茅堂分手处，满园松竹雨潇潇。

又如诗《双鸥图》：

浣花春水绿，片片下湍时。杜诗：片片轻鸥下急湍。
自失杜陵老，相亲更有谁？又：相亲相近水中鸥。

其他如《明妃曲》、《双眺因题》、《赏之作诗三章寓意》、《秋兴八首》、《遨头日祭少陵》、《三月小尽过户田生》、《一歧舟中即事》、《送维宣和尚游大和三首》、《四月十九日会北山夕佳亭拟遨头宴会得八齐》、《哭兴国默宗座元》、《五月十九日朝行在所口号》等皆是如此，此类诗虽易于读者理解，也可显现汉诗人之才学，但毕竟独创性有所不足，并非其诗集中的佳作。

《北禅遗草》中所收汉诗多直抒胸臆之作，如《芝口新桥留别诸子见送》：

归心别恨两相关，况乃千山万水间。

---

① (日)荻原绿野《和歌题百绝》，富士川英郎、松下忠、佐野正巳编《诗集日本汉诗》第八卷，东京：汲古书院，昭和六十年(1985)版。第206页。

② 所引僧显常诗版本，(日)显常《北禅诗草》、《北禅遗草》，富士川英郎、松下忠、佐野正巳编《诗集日本汉诗》第六卷，东京：汲古书院，昭和六十一年(1986)版。第359—520页。

衰朽犹如西没日，强言再会复开颜。

此诗构思精巧，尤以尾句为胜。“衰朽犹如西没日，强言再会复开颜”句中将衰朽喻为西落日，写人生迟暮，倍显哀愁。“强”、“再”、“复”则将诗人内心的悲伤刻画得更为深刻与强烈，感人至深。

日谦(1746—1829)，俗姓日野，字道光，生于大阪。幼年跟从京都本国寺日领上人修业，后为出云国平田报恩寺住持。在报恩寺主持事务期间，居于寺外的听松庵中。其诗学于大阪的细合斗南。著有《听松庵诗钞》五卷。

日谦交友广泛，其与六如、村濑栲亭、畑橘洲、西山拙斋、菅茶山、胜岛敬仲等人皆为好友。《听松庵诗钞》中记其与好友唱和赠答的诗比较多，如《和敬仲玉浦即目》、《即事示敬仲》、《早春备后敬仲寄书问近况赋此谢答》、《菅茶山先生寄书及诗次韵奉答》、《赠菅先生》、《金粟园叠前韵呈茶山先生》、《春雨经旬，余寒殊甚有怀京师诸友次韵六如上人见送之作》、《寄六如上人》、《次韵松本愚卿见赠》、《答桃白鹿老先生见寄次韵》、《奉答藕华律师孟冬见寄》等。其中以叙友情、寄思念的唱和赠答诗，比较优秀。如《寄备中西山先生》：

经年无确信，道里几多程。
不见温恭色，空知鄙吝生。
月江悲只影，花坞阻同行。
何日陪言笑，顿消离索情。[①]

其哀挽追悼亡友的诗，沉痛悲凉，显现情谊厚笃，如《胜敬仲墓下作》：

我昔游玉浦，君为东道主。
君性直如愚，道艺皆师古。
端己能教人，乡党称善诱。
我亦辱同盟，训告励顽鲁。
为同山水好，经年共吟苦。
一别十余年，重此停渡杯。
嗟君逝已久，绿砥生青苔。
当时同游子，多是归夜台。
人生如泡沫，感怀向谁开？
叹息出门去，暮林倦禽哀。

此诗开篇追溯了两人相识的过程，赞颂了友人的品格与学识。“为同山水好，经年共吟苦”句，叙述了两人之所以具有深厚情谊的原因。后四句感情层层推进，“当时同游子，多是归夜台”句，写出了诗人亡友之后的凄凉与落寞。“人生如泡沫，感怀向谁开？”伤感之情溢于言表。尾句一个“哀”字则将诗人内心的沉痛哀伤推向高峰。全诗语浅而情深，字里行间充满了对友人的哀悼之情以及知音不在的孤寂感。

① 所引僧日谦诗版本，(日)日谦《听松庵诗钞》，富士川英郎、松下忠、佐野正巳编《诗集日本汉诗》第九卷，东京：汲古书院，昭和六十年(1985)版。第354—408页。

对于其汉诗风格，菅茶山曾言："上人津梁之余，出则寻山弄水，入则涉园接客。其胸中清致，随意发露。口之则成佳话，笔之则成好句。冲澹修远，自有独造处。不堕粗豪，不流纤媚，所谓调与时人背者。盖无意于不朽，而自可以不朽矣。"①所论颇为中肯。日谦《除夜有感》诗曰：

独对寒灯拥敝裘，更钟声里岁华流。
茶窗禅榻心逾静，利路名门人未休。
喜我新正逼丹枕，笑他残夜握牙筹。
梦魂一片春多少，欲向沙边问白鸥。

还有诗云："卜邻栖隐欣冥契，何用桃源深处逃。"(《次韵义速师》)皆是其宁静致远心境的真实吐露。诗人写高门大户门前的车水马龙，宴会上的觥筹交错，都是为了突出其"心静"。一个"喜"字，更显示了其内心对这种清幽平静生活的喜爱。最后以梦境作结，则更见其心的祥和平静。

另见其诗作《早春藕华律师见惠书及诗，赋此奉酬，仿杼山上人体》：

春信自萧寺，春情溢竹筒。
春山莺一啭，春涧雪初融。
春屋梅花月，春桥杨柳风。
春游心似荡，春梦逐樵童。

此诗为同头诗，是仿皎然的《和邢端公登台春望句，句有春字之什》而作。全诗情景交融，语言清新明快，为读者展现了一副优美的春光图。

再如六言体诗《梅》：

腊前槁木绝涧，雪里新花南枝。
识得不因人热，清高真是我师。

其他如《早春夜坐》、《夏日》、《雪夜友人至》、《秋晓》、《翠松绕家》、《江村看枫》、《春晓》等佳作，皆可呈现其清新率直的诗作风格。

江户汉诗繁荣期的诗僧还有元皓、原资、大龙、圆超、海云、普明、南山、良宽、知影、德龙、梅痴等。从汉诗的创作成就以及对诗坛的影响来说，这些诗僧远不及以上几位。

---

① (日)菅茶山《听松庵诗钞·序》，富士川英郎、松下忠、佐野正巳编《诗集日本汉诗》第九卷，东京：汲古书院，昭和六十年(1985)版。第353—354页。

第四章　江户汉诗的总结期
(天保元年至庆应三年)

第一节　概　述

此时期是将军德川家庆、德川家定、德川家茂、德川庆喜的统治时期，是江户幕府走向没落的时代。其时幕府处于内忧外患之中，内则灾害频发，暴乱不断；外则俄、英、美等列强不断叩关。而幕府将军生活骄奢淫逸，懒理政事，纲纪松弛，朝政腐败，贿赂成风。嘉永六年(1853)美国军舰开至横滨港外，强行叩关，江户幕府无力对抗，屈辱开国，是为日本近代史上有名的"黑船"事件。这一突发事件，使得保皇卫国的热血志士极为愤慨，在日本全国掀起了轰轰烈烈的倒幕运动。江户将军幕府处于风雨飘摇之中，最终德川庆喜将军不得不还政于天皇。在这种风云突变的局势中，列强势力的入侵强烈刺激了日本人，强化了改革国政、保存传统文化的决心，这就为汉诗创作提供了一个更为广阔的天地。

据《汉诗日本汉诗》、《词华集日本汉诗》、《日本诗话丛书》、《日本汉文学大事典》等主要的文献著作，检得该时期知名汉诗人约400位，其中对江户诗坛影响较大的是活动于九州地区的广濑淡窗、广濑旭庄以及美浓人梁川星岩等人。

广濑淡窗论诗以性情为主，如："歌诗写性情，实随民风移。风雅非一体，古今固多歧。作家达时变，沿革互有之。"[①](《论诗赠小关长卿中岛子玉》)他认为汉诗抒写性情，因为时代的不同而具有不同的特色。又如："袁子才讥宋元诗，为诗中文。予谓宋元虽堕理窟，犹有真率之趣，悠永之韵。性情未离，不失为诗。清人往往以议论为诗，反复辩难，无复余蕴。其去性情益远，则纯乎文矣，非诗也。子才其不可自省乎？"[②]因为性情未离，所以宋元诗为诗，而清诗多以议论为诗，远离性情，所以非诗也。其诗多表现其恬淡的隐居

---

① (日)广濑淡窗《远思楼诗钞》卷上，富士川英郎、松下忠、佐野正巳编《诗集日本汉诗》第十一卷，东京：汲古书院，昭和六十二年(1987)版。第257页。

② (日)广濑淡窗《淡窗小品》下，富士川英郎、松下忠、佐野正巳编《诗集日本汉诗》第十一卷，东京：汲古书院，昭和六十二年(1987)版。第355页。

生活,诗风清淡而幽远。广濑旭庄,俞樾誉其为"东国诗人之冠也"①,对其诗亦是赞不绝口,如:"吉甫诗,才气横溢,变幻百出。长篇大作,极五花八阵之奇;而片语单词,又隽永可味。"②所言颇为肯綮,其集中多长篇大作,汪洋恣肆,"浩浩荡荡,殆乎与大海争势"③,小诗则清丽隽永。梁川星岩,一生耽于汉诗创作,诗风典雅清雄,俞樾称其为"东国诗人之卓卓者"④。其集中歌咏忠义之作颇多,忠愤之怀,随寓而发,奏出了幕末慷慨激昂的英烈之歌。

除以上诗人,此时期还有藤森弘庵、藤井竹外、斋藤竹堂、吉田松阴等,以及大量的江户遗民汉诗人,如冈本黄石、小野湖山、大沼枕山、森春涛、鲈松塘等,他们将新旧交替时代的社会现实以及内心情感一一倾注于笔尖,记录下了那段风云变幻的社会历史。同时他们的创作也促进了汉诗在明治时期的发展繁荣。

此期汉诗从儒学中独立出来,许多诗人以专业诗人自居并且颇为自豪,如广濑淡窗曰:"予好诗,故云诗人……海内作诗者,可以万数,然非人人有诗人之称。余独得此名,非幸哉！于予可感佩耳。"⑤广濑旭庄言:"我年十四初学诗,尔来二十六年役神思。寝而不眠食忘味,未至强仕鬓成丝。乐天长短三千首,我诗之数远轶之。短篇二十字,长篇一千八百字有奇。诸体无不具,然而古律殆倍蓰。世好趋绝句,谁观如是聱牙巨什。"⑥大学头林柽宇赞梁川星岩:"终日谈诗之外,无一辞及他,果知其为诗人也。"⑦儒者以汉诗为业,不仅区分了汉诗与汉文这两种主要的文体,而且使汉诗彻底摆脱了附属于儒学的传统地位。

第二节　江户总结期诗风的传承与融合

此时期,在汉诗的创作以及诗学主张上,呈现出折衷化的格局风貌。如广濑淡窗曾言:

> 抑正德、享保之诗,有格调而无性情,天明以后之诗,以性情为主,而不知有格调。是皆一偏而不得中者也。予所好以性情为主,而不废格调,二者取其中也。享

①② (清)俞樾《东瀛诗选》卷二十二,东京:汲古书院,昭和五十六年(1981)版。第299页。

③ (日)吉田喜《梅墩诗钞初编·跋》,富士川英郎、松下忠、佐野正巳编《诗集日本汉诗》第十一卷,东京:汲古书院,昭和六十二年(1987)版。第425页。

④ (清)俞樾《东瀛诗选》卷十六,东京:汲古书院,昭和五十六年(1981)版。第210页。

⑤ (日)广濑淡窗《夜雨寥笔记》卷三,转引自(日)松下忠著,范建明译《江户时代的诗风诗论:兼论明清三大诗论及其影响》,北京:学苑出版社,2008年版。第578页。

⑥ (日)广濑旭庄《梅墩诗钞三编》卷三,富士川英郎、松下忠、佐野正巳编《诗集日本汉诗》第十一卷,东京:汲古书院,昭和六十二年(1987)版。第529页。

⑦ (日)林柽宇《星岩诗集·序》,富士川英郎、松下忠、佐野正巳编《诗集日本汉诗》第十五卷,东京:汲古书院,平成元年(1989)版。第181页。

保学明，天明学宋，予以唐诗为主，兼用宋明。是予之所好也。[①]

淡窗在这里对江户时期的诗风诗论进行了总结，也具体分析了每个时期汉诗创作的优缺点。在此基础上，其提出了以性情为主同时兼顾格调，以唐诗为主兼用宋明的折衷法进行创作。其弟旭庄也采取了这种折衷法进行汉诗创作，如其云：

唐宋本匹敌，何物立藩篱。
取人不拘代，巧收拙则捐。
取诗不拘人，醇选漓则删。[②]

旭庄在汉诗创作上的这种"不拘代"、"不拘人"，以巧拙论诗的方法也是折衷的创作方法。

梁川星岩的汉诗创作方法也是折衷的，正如伊藤信对其诗风诗论的评价：

翁诗既宗唐人，其溯渊源，不陷于六朝纤丽习气，不失于欧苏之病，不坠于李王之弊，不流于徐袁之俗。其诗骨诗力，其诗眼诗才，其诗品诗格，皆出自其独特之本领，既破模拟肤浅之弊，又洗淫靡鄙俚之风，卓然而目为一代钜匠，为诗道中兴之祖。而若问翁之诗，性灵格调，孰为其主，则格调为客，性灵为主矣。[③]

广濑淡窗、梁川星岩、广濑旭庄为此期最为著名的汉诗人，对江户后期诗坛的诗风诗论起到了明显的导向作用。加之他们门下弟子众多，在他们的倡导之下，折衷融合的诗作法成为江户后期诗坛的主流。这种折衷诗论的盛行，成为江户后期诗风趋于融合的强大推力，而广濑淡窗、广濑旭庄、梁川星岩等人功不可没。

一、广濑淡窗、广濑旭庄的汉诗创作

广濑淡窗(1782—1856)，幼名寅之助，原名简，字廉卿，又字玄简；后改名建，字子基，号淡川，又号苓阳、青溪、远思楼主人，通称求马，丰后人。著有《远思楼诗钞》两卷、《续编》两卷，《淡窗小品》两卷，《淡窗诗话》两卷。

淡窗少时从松下筑阴学习，后拜入龟井南冥、龟井昭阳门下，学业造诣大进。而关于淡窗的学诗经历，在其《怀旧楼笔记》中有一段自述云：

予初学诗时，专奉钱塘、西洋二先生之指导。其大略以七才子、《绝句解》、《沧溟集》为祖，以徂徕、南郭、万庵、大潮诸子为宗。……其后游北筑，专学南溟先生诗，并

① (日)广濑淡窗《夜醒斋语录》，转引自(日)松下忠著，范建明译《江户时代的诗风诗论：兼论明清三大诗论及其影响》，北京：学苑出版社，2008年版。第589页。

② (日)广濑旭庄《梅墩诗钞初编》卷二，富士川英郎、松下忠、佐野正巳编《诗集日本汉诗》第十一卷，东京：汲古书院，昭和六十二年(1987)版。第406页。

③ (日)伊藤信《梁川星岩翁附红兰女史》，转引自(日)松下忠著，范建明译《江户时代的诗风诗论：兼论明清三大诗论及其影响》，北京：学苑出版社，2008年版。第599页。

模仿同社诸先辈之体。……予自幼时,因诗说,见宋诗如魔道邪法。[①]

淡窗后来在借阅了《唐宋诗醇》之后,对自己以前的诗学观有了新的看法,作出了改变和说明,其云:

> 予于是恍然始悟诗道之广大,明诗、唐诗之外有中晚,中晚之外有宋,皆非可舍弃者。[②]

自此后,淡窗形成了比较成熟的诗学观,自成一家,诗歌创作也是日益精进,名噪一时。山岸德平称其为"海西师圣",猪口笃志则称其"镇西第一诗人",而淡窗亦以诗人自任。综合看来,其诗主张以情为主,淡窗在诸多场合都有明确的表述,诸如"诗,情语也,非文章叙事之类"[③],"诗文之道,文以述意为主,诗以述情为主"[④]等。其在《论诗赠小关长卿中岛子玉》诗中也有类似的表述,云:

> 歌诗写情性,实随民俗移。风雅非一体,古今故多歧。作家达时变,沿革互有之。苟存敦厚旨,风教可维持。[⑤]

淡窗论诗以情之有无作为衡量的标准,并且提到情并非一成不变,而是随着民俗变化而变化。此外,淡窗论诗并不分唐宋,既以唐诗为理想,对宋诗亦颇肯定,在《六桥记闻》中谈到唐宋诗之别,云:

> 诗莫盛于唐,惟宋抗之。唐诗秀发,宋诗浑厚。太白"朝辞白帝彩云间",东坡"竹外桃花三两枝",试玩味二诗,唐宋之别判然。[⑥]

就其所推重之诗人,在《六桥记闻》中曾列举中国著名诗人十六家,排以座次,分别为:"第一位少陵,二位东坡,三位青莲,四位渊明,五位昌黎,六位乐天,七位右丞,八位柳州,九位放翁,十位渔洋,十一位山谷,十二位忠雅堂,十三位苏州,十四位船山,十五位襄阳,十六位诚斋。"[⑦]虽以唐宋为主,但其不以特定时代为分界,一目了然。其中唐人所占正好一半八人,足见唐诗在淡窗心目中至高无上的地位。

淡窗诗,俞樾评其"平淡之中,自有精彩"[⑧],颇有唐人风韵。中子玉评其诗云:"先生

---

①② (日)广濑淡窗《怀旧楼笔记》卷八,转引自(日)松下忠著,范建明译《江户时代的诗风诗论:兼论明清三大诗论及其影响》,北京:学苑出版社,2008年版。第578页。

③ (日)广濑淡窗《远思楼文钞·题樵禅稿》,转引自(日)松下忠著,范建明译《江户时代的诗风诗论:兼论明清三大诗论及其影响》,北京:学苑出版社,2008年版。第579页。

④ (日)广濑淡窗《淡窗诗话》卷上,转引自(日)松下忠著,范建明译《江户时代的诗风诗论:兼论明清三大诗论及其影响》,北京:学苑出版社,2008年版。第579页。

⑤ (日)广濑淡窗《远思楼诗钞》卷上,富士川英郎、松下忠、佐野正巳编《诗集日本汉诗》第十一卷,东京:汲古书院,昭和六十二年(1987)版。第257页。

⑥ (日)广濑淡窗《六桥记闻》卷七,转引自(日)松下忠著,范建明译《江户时代的诗风诗论:兼论明清三大诗论及其影响》,北京:学苑出版社,2008年版。第580页。

⑦ (日)广濑淡窗《六桥记闻》卷八,转引自(日)松下忠著,范建明译《江户时代的诗风诗论:兼论明清三大诗论及其影响》,北京:学苑出版社,2008年版。第582页。

⑧ (清)俞樾撰《东瀛诗选》卷十七,东京:汲古书院,昭和五十六年(1981)版。第228页。

喜诵唐人‘返景入深林，复照青苔上’、‘微雨夜来过，不知春草生’、‘烟消日出不见人，欸乃一声山水绿’数章，盖有省于此。故其模景寓情多在依微恍惚之间，犹画半面美人者，正于其不尽处传神也。”[①]诸如《博多晓望》摹写真景，淡远有神，云：

落月逗沧波，宿云悬画栋。
一声柔橹来，搅破千家梦。[②]

又如《即景》云：

人立衡门外，牛归古巷间。
夕阳低欲尽，树影大于山。

《树影》则自然传神在离即之间，结思入细，余韵悠长，绝似宋人小品，云：

尝向晴窗仔细论，丹青妙致此种存。
风生荇藻齐浮动，云转龙蛇互吐吞。
一带绿杨春水岸，数家黄叶夕阳村。
栖禽半夜惊残梦，月里回头定断魂。

《江村》更是其得意之作，素描场景，野趣盎然，神似张志和《渔父词》，大有淡然处世、相忘江湖之意。诗云：

数家篱落水西东，芦荻花漂雨后风。
日暮钓鱼人已去，长竿插在石矶中。

淡窗对于摹拟剽窃的赋诗法颇为鄙夷，更是反对古文辞派的虚饰熟套弊端，这方面的看法在其《淡窗诗话》中屡见不鲜。菅茶山曾论淡窗诗曰：“不假模拟，自饶古色，是子基所长也。东坡评韦柳二家，发纤秾于简古，寄至味于澹泊，予于子基诗亦云。”[③]《远思楼诗钞续编》描写常见之景，往往能作人所未言，诸如《即事》一篇，云：

霜落溪间老苇苕，残流如线未全消。
寒沙一带多人迹，闲却崖头独木桥。

淡窗咏史之作，亦有佳制。诸如《题文姬归汉图二首》其二，亦有清人风趣，云：

拍拍胡笳肠九回，楚骚遗韵有余哀。
何人欲削文姬传，不及曹瞒尚爱才。

《咏史四首》其四，赞咏日本汉诗人晁衡在中日交流史上的卓越贡献，诗云：

---

① （日）广濑淡窗《远思楼诗钞》二编，富士川英郎、松下忠、佐野正巳编《诗集日本汉诗》第十一卷，东京：汲古书院，昭和六十二年(1987)版。第285—286页。

② 所引广濑淡窗诗版本，（日）广濑淡窗《远思楼诗钞》，富士川英郎、松下忠、佐野正巳编《诗集日本汉诗》第十一卷，东京：汲古书院，昭和六十二年(1987)版。第235—324页。

③ （日）广濑淡窗《远思楼诗钞》二编，富士川英郎、松下忠、佐野正巳编《诗集日本汉诗》第十一卷，东京：汲古书院，昭和六十二年(1987)版。第284页。

礼乐传来启吾民，当年最重入唐人。
西风不与归帆便，莫说晁衡是叛臣。

草场佩川称此诗为“亦良史笔”。麻彦国仅亦论淡窗诗，认为其五古及五绝中有神品，其歌行体及五七律堪称妙品，而其七绝多应酬之作，虽可称能品，但不免过于率直，有失粗疏。这样的评价可谓不偏不离，颇为中肯。总而言之，淡窗堪称江户后期诗坛的第一流诗人。

广濑旭庄（1807—1863），纪伊菊池海庄论及淡窗诗时，有说：“昔闻有三苏，今见推二广。西蜀与南丰，千载争奇响。”①其中的“二广”，是指广濑淡窗及其弟旭庄，将南丰兄弟与西蜀三苏并称，足见其推重。广濑旭庄，名谦，字吉甫。旭庄，其号也，晚年又号梅墩、秋村，通称谦吉。据龟谷行撰《旭庄广濑先生撰》，旭庄少时聪颖过人，从兄淡窗学。后访菅茶山，被称为“健笔快辩，海内无双，可谓后进领袖矣”②。天保七年（1836）以后，曾多次出游大阪、江户，交结名家。一生体弱多病，常患目疾，在家休养，开馆授徒，著有《梅墩诗钞》十五卷、《九桂草堂随笔》十卷等。

《梅墩诗钞》前后四编，计十二卷，自二十一岁至四十六岁间作。又有《梅墩遗稿》三卷，由其门人光吉苔溪编辑二卷而梓行之，则为四十七岁至五十七之作。因刊刻于明治四十三年，俞曲园所选并未及之。旭庄诗数量之多，叹为观止，其在《除夜祭诗》中云：“乐天长短三千首，我诗之数远轶之。”③此时，诗人尚三十九岁。据大槻崇《梅墩诗钞三编序》称：“今龄未满强仕，筐中所贮，殆一万首，可谓富矣。”④二说虽有数据之差，但其诗作之富，乃是无疑。

旭庄诗蜚声海外，俞樾编选《东瀛诗选》，独编两卷，并给予“东国诗人之冠”的赞誉，论其诗云：

> 吉甫诗才气横溢，变幻百出。长篇大作，极五花八阵之奇；而片语单词，有隽永可味。铁砚学人称其构思若泉涌，若潮汐，及其发口吻、上笔端，若马之注坡，若云翻空而风卷叶，虽多不滥，虽长不冗，洵知吉甫之诗者矣。吉甫摆脱尘务，不入仕途，所亲则墨客骚人，所好则江山风月，宜其为东国诗人之冠也。⑤

俞樾对旭庄诗作有“虽多不滥，虽长不冗”的简略评价。大槻崇的序文中认为旭庄诗有香山、放翁之富华，其“长篇短句，字炼句磨，每一编出，人皆翕然称其精妙，是亦古来诗

---

① （日）广濑淡窗《远思楼诗钞》二编，富士川英郎、松下忠、佐野正巳编《诗集日本汉诗》第十一卷，东京：汲古书院，昭和六十二年（1987）版。第323—386页。

② （日）龟谷行《旭庄广濑先生传》，富士川英郎、松下忠、佐野正巳编《诗集日本汉诗》第十一卷，东京：汲古书院，昭和六十二年（1987）版。第601页。

③ （日）广濑旭庄《梅墩诗钞三编》卷三，富士川英郎、松下忠、佐野正巳编《诗集日本汉诗》第十一卷，东京：汲古书院，昭和六十二年（1987）版。第529页。

④ （日）大槻盘溪《梅墩诗钞・序》卷三，富士川英郎、松下忠、佐野正巳编《诗集日本汉诗》第十一卷，东京：汲古书院，昭和六十二年（1987）版。第482页。

⑤ （清）俞樾《东瀛诗选》卷二十三，东京：汲古书院，昭和五十六年（1981）版。第299页。

人中所绝无而仅有者"[①]。关于旭庄汉诗的炼句，俞樾在《东瀛诗选》中亦有一例，以见其非浪使才情，云："然吉甫于诗律甚细，有《春夜闻语》诗云：'湿及琴书际，暖回衾枕中。'初稿'及'字是'入'字，后易之。或问故，曰：'嫌其似梅雨诗耳。'"[②]这种高度评价，是与旭庄反古文辞的诗学主张相表里为一的，陈言务去，力主尖新。诸如《闻诸子将作雪词先柬之》，云：

咏雪诗宜尚怪尖，休陈飘絮与堆盐。
写情精确推韩愈，叙景清新思子瞻。
此日饥寒无客问，明年丰俭任农占。
林东忽地红暾上，爱看流澌挂瓦檐。[③]

此后，继作《或讥前诗七八不振，乃改作一诗》，云：

百战从来禁仿颦，玉楼银海已成陈。
月非西落窗先曙，风不东吹树自春。
迷想山中师马客，饥怜岛上牧羝人。
此时谁若农家好，明岁年丰未病贫。

而这首《读摄东七家集》更是明确批评明后七子，特别是李攀龙的诗风，认为雷同剽窃，不是作诗之道。《摄东七家集》所录菊池五山、中岛棕隐、梁川星岩、安积艮斋、斋藤拙堂、野田笛浦、大槻磐溪无疑都是以反对或批判古文辞派为职志的。诗云：

维昔有明隆万时，盛行王李七子诗。
千人调似一手作，万篇诗以一律推。
斥卤弥望唯白苇，百豌何由得生滋。
人才雷同文运替，亦足以卜朱氏衰。

旭庄诗尤擅长长篇，其五言古诗《论诗》一篇，评论了中国自汉迄明以来诗学名家，并涉及日本江户时期以来的诗学风尚，都具有强烈的个人情感色彩，不失为一篇诗论名作。

《龙门寺瀑布歌》写景摩物，独出一格，读之令人身临其境，惊心动魄，云：

东距船冈十余里，西距宝山千余步。
谷歒岩狠可仰不可攀，中有一条涌来之阴雾。
逼迫玄间藏日光渐近，山根未午天疑暮。
手战足迷十步而九颠，始得山豫往来路。
忽见三个猎夫降林稍，手携鸟铳担雉兔。

① （日）大槻盘溪《梅墩诗钞序》卷三，富士川英郎、松下忠、佐野正巳编《诗集日本汉诗》第十一卷，东京：汲古书院，昭和六十二年（1987）版。第482页。

② （清）俞樾《东瀛诗选》卷二十三，东京：汲古书院，昭和五十六年（1981）版。第299页。

③ 所引广濑旭庄诗版本，（日）广濑旭庄《梅墩诗钞》，富士川英郎、松下忠、佐野正巳编《诗集日本汉诗》第十一卷，东京：汲古书院，昭和六十二年（1987）版。第373—636页。

却怪狐狸魅游人，踌躇不行心恐怖。
猎夫笑言不用相猜疑，此是龙门之瀑布。
虹垂霓挂落半空，雷吼霆怒起常风。
造化将以奇幻惊万物，饱费思虑施神工。
浪花直飞横散飘，霰雹势欲挟人趋瀑中。
目迸寒花口生沫，魂魄悸动耳将聋。
数尺鲤鱼长莛莛，鼓鬐矫腮眼光红。
寸进寻退清波底，气虽敢往路难通。
我闻龙门之瀑在西土，此水此险将无同。
右则千竿万竿竹，左则千年万年木。
别有老藤发幽花，大十围余高矗矗。
根龍嵸兮似蟒蛇，抱石缠岩露又伏。
行人蹈过谁不惊，回顾犹讶蛇来逐。
叶青苍兮弊太虚，其上有巢雕所宿。
藤根白骨互支撑，挐攫稚儿搏雏鹿。
满山不闻群鸟啁啾声，唯见栖岩藏穴白蝙蝠。
飞流落处作深渊，水色蔚蓝波晕圆。
颇似韩信一万囊沙一时溃，水光如电下成川。
此渊即是神龙宅，瀹沦百尺浮腥涎。
乞晴晴应乞雨雨，岁时伏腊至今传。
唯恨我来不逢鱼服旦，一举纲罗神物投我前。
而后颔下明珠浑，夺了献之九重丹。
墀边作诗长吟山谷动，乃应呼觉此中千载眠。

此篇是文是诗，难以辨别，实际上是何种体裁已经不重要。旭庄古体诗创作极为自由，体裁上已经最大限度地打破界限，重在内容的自由表现，诗体也随之自由表现，变得亦文亦诗，这也是引人注目的一点。

《吐月峰》则寂静幽悄，龟井昭阳评曰："此及前首(即《归云洞》)，写景微妙，柳记恐不能胜。"[①]诗云：

日落山气寒，谷静泉声邃。
何物来打人，腐果如雨坠。
异哉暗中风，恐有山夔至。
明月出前峰，清光天所赐。
苔涧射潜鳞，云巢照栖翅。
我误唾青藓，玲珑成鲛泪。

---

① (日)广濑旭庄《梅墩诗钞初编》卷三，富士川英郎、松下忠、佐野正巳编《诗集日本汉诗》第十一卷，东京：汲古书院，昭和六十二年(1987)版。第414页。

瘦衫与古藤，枝叶及诡异。
月行度其间，明华穿深翠。
犹如千尺龙，高张攫珠臂。
柳州八记中，斯境当何记。

旭庄长篇多有送别之作，长于叙事，在与朋友间的对话中，娓娓道来，更显情真意切，颇长于小说家言。俞樾《东瀛诗选》选录《四月二十九日发药师寺，村恒真卿兄弟、别直夫兄弟、冈养静送至松江》、《送桑原子华归天草》、《送耕石画史西游》都是洋洋洒洒，长篇巨制。今录其《丙辰初春，送刘九山东游，时余将西下》，云：

孟春我将向西州，刘君则作东道游。
彼此回首三千里，春寒野阴入别愁。
山如剑芒水罗带，西州所观奇而隘。
琵琶湖水富士云，东道名胜秀而大。
行看前路春色浓，日日探讨不停踪。
西归君与东归我，落花时节又相逢。

旭庄短章亦不乏佳作，诸如《春寒》，写景清丽，有略具哲理，云：

梅枝几处出篱斜，临水掩扉三四家。
昨日寒风今日雨，已开花羡未开华。

《夏日与田渊生舟游》则写尽畅游之乐：

几阵凉风递柳条，轻舟泛泛水迢迢。
溯游尽日不知倦，经遍浪华八百桥。

《淡窗》闲情逸致，抒写其淡于名利的书斋生活，云：

举世无人尚太羹，吾斋独以淡为名。
青山一角飞鸿影，红蓼半沟流水声。
地异书时愁客至，移嘉卉后恐天晴。
夏宵风与秋宵月，才入斯中特地清。

旭庄诗数量多，才华富赡，然其诗作中也颇多轻率、雷同处。当时及后来诗坛对此多有低俗、雷同的批评。

二、梁川星岩的汉诗创作

梁川星岩(1789—1858)，名孟维，字公图，号星岩，别号诗禅道人、天谷道人、夏轩老人、三野逸民等，出生于美浓国安八郡(今日本岐埠县大垣市)。星岩自幼聪慧，1807 年游学江户，入山本北山的奚疑塾，诗艺大进，与大洼诗佛、柏木如亭等齐名，为“北山门下十哲”之一。文化十四年(1817)在故乡闲居时，与友人结白鸥诗社，与柴山老山、江马细香等会集唱和。后又与菅茶山、赖杏坪、赖山阳、广濑淡窗等汉诗名家时相过从。1822年与妻子梁川红兰游历日本西部,历时五年,此间的诗作收入《西征集》(4卷)中,诗名鹊起,被誉为“日本的李白”。

梁川星岩是江户幕末著名的倒幕志士,为当时“尊王攘夷四天王”之一。他主持玉池吟社,门下人才济济,聚集了诸如森春涛、小野长愿等诗坛名家。星岩一生行迹,从其《五十自述》可窥一斑:“已非四十九年春,仍是东西南北人。莫笑风姿似麋鹿,也胜台阁楦麒麟。”①

梁川星岩诗作宏富,著有《星岩诗集》,分为甲(《蠡海集》、《梨花村草舍集》两种)、乙(《西征集》)、丙(《梨花村草舍支集》、《京甸集》、《归省集》、《问津集》、《京甸支集》、《蠡湖客渔集》、《竹兜集》、《夷白庵集》、《烬余集》)、丁(《玉池生集》)、闰(《莲塘集》)五编,笔者统计共有古今体汉诗一千二百三十首。刊行本较之于手抄原稿,多有删改之处。星岩尚有《春雷余响》十卷,另据《星岩集》闰集著录,尚有《花影庵词》、《玉雨山房词》等词作,其汉诗文创作形式多样,这种状况在日本汉诗人中是不多见的。

星岩论诗专重唐诗,其门人箕谷浦在《星岩集·凡例》中提及此点:“《甲集》二卷,今仅存一百余篇,人或恨其零星,盖先生专宗唐诗,诗有定度,不失尺寸。”②其好友斋藤谦在《星岩丙集序》中,对星岩的诗学宗尚也有一段评论:

> 吾友梁公图,盖有慨于此,意欲矫之而惩向者固陋之弊。故其诗祈向于三唐,而博涉历代。亡论宋元,至明之季迪献吉,清之骏公贻上诸家,咀其华而含其英焉,略其瑕而举其秀焉。③

其分析颇为清晰,其论断也属中肯。其实这样的诗学观,在星岩集中还是有不少蛛丝马迹可循的。星岩诗文集中,既有《书太白集后》、《读杜韩集》等诗作,又有仿南宋人题及陈白沙体等多汉诗创作。其《读宋元明清诸家集各书后》,更是历数宋清十家诗学成就,都可见其论诗并不专崇盛唐,不区分唐宋,星岩汉诗创作对明清诗亦多有借鉴和熔炼。

冈本黄石《读星岩先生〈吁天集〉题其后》云:“翁死十年变古今,凤麟不出犬羊侵。千秋一部《吁天集》,足见毕生忧国心。”④《吁天集》是描写江户幕末忠臣义士专题汉诗集,从这些诗作,也可以窥见其身为志士的英勇形象。星岩诗作时常紧抓重大时事,此可谓星岩诗作的一个重要特色,因而为人称诵。其《咏鸦片战史》诗,更是立足日本本土利益,对东亚局势的巨变,流露出十分紧迫的危机感,诗云:

---

① 所引梁川星岩诗版本,(日)梁川星岩《星岩集》,富士川英郎、松下忠、佐野正巳编《诗集日本汉诗》第十五卷,东京:汲古书院,平成元年(1989)版。第179—348页。

② (日)梁川星岩《星岩集·凡例》,富士川英郎、松下忠、佐野正巳编《诗集日本汉诗》第十五卷,东京:汲古书院,平成元年(1989)版。第189页。

③ (日)齐藤谦《星岩丙集·序》,富士川英郎、松下忠、佐野正巳编《诗集日本汉诗》第十五卷,东京:汲古书院,平成元年(1989)版。第238页。

④ (日)冈本黄石《黄石斋第二集》卷下,富士川英郎、松下忠、佐野正巳编《诗集日本汉诗》第十八卷,东京:汲古书院,昭和六十三年(1988)版。第197页。

赤县神州殆一空，可怜无个半英雄。
台湾流鬼无人岛，切恐余波及大东。

此类诗作是对列强侵入东亚而导致东亚危机的深刻担忧，也是日本幕末时代风云诡谲的产物，当然也是梁川星岩爱国情感在汉诗创作中的突出表现。再看其《读魏默深〈海国图志〉》诗，同样是表达担忧东亚、关切日本的心情：

百事抛来只懒眠，衰躬追及储麋年。
忽然摩眼起快读，落手邵阳筹海篇。

戊午秋，幕府间部诠胜奉命收捕尊王攘夷志士，星岩为之慨叹并作诗劝谏，切中时弊，现略举数诗如下：

当年乃祖气凭陵，叱咤风云卷地兴。
今日不能除外衅，征夷二字是虚称。

小筹大策漫纷纷，一举谁能扫海氛。
圣虑焦思无昼夜，微臣争不效忠勤。

势孤大树支难得，运去万牛挽不回，
欲寿国家真命脉，只须竭力拔群材。

当然，此类并非梁川星岩汉诗的代表作。星岩汉诗创作中，最受诗坛推重的是清新精美的写景诗。林皝序中如此描绘星岩日常生活状态："闻其生平，烟霞风月为室宇宙，江湖山林为苑囿，鸟兽禽鱼、花木竹石为臣仆姬妾。其所交者非骚流韵侣则渔樵农夫，而居常优游，自得乎其间，乃益知其为真诗人而不容疑也。"①俞樾也说过："余读其诗，多流连风月、登临凭吊之作，信林君之言不谬也。"②可见，俞樾评梁川星岩为"东国诗人之卓卓者"，广为人赏的当是此类"烟霞风月"之作。星岩自己亦云："吾曹无事，林下游焉。吟风咏月，聊以尽年。"③吟风咏月之作，自然以短章为盛，不以长篇见长。俞樾于其七律最为推重："清词丽句，皆可诵也。"④对其摘句尤多，皆为写景之作。细读星岩诗，确实可见其长于炼字锻句，时出精警佳句，如《九日蓝川路上》云：

晓痕仍滑马蹄霜，重叠青山去路长。
一把黄花半瓢酒，蓝川堤上作重阳。

此诗为其《西征集》第一首，作于壬午秋重阳之日。诗人早起出发，一路青山叠翠，花酒相

---

① (日)梁川星岩《星岩集·凡例》，富士川英郎、松下忠、佐野正巳编《诗集日本汉诗》第十五卷，东京：汲古书院，平成元年(1989)版。第181—182页。

② (清)俞樾《东瀛诗选》卷十六，东京：汲古书院，昭和五十六年(1981)版。第210页。

③ (日)梁川星岩《星岩先生自赞》，转引自(日)松下忠著，范建明译《江户时代的诗风诗论：兼论明清三大诗论及其影响》，北京：学苑出版社，2008年版。第600页。

④ (清)俞樾《东瀛诗选》卷十六，东京：汲古书院，昭和五十六年(1981)版。第210页。

随,颇见豪致。因诗人时常优游山林,多得江山之助。又如《舟夜梦归》,通过对梦境兄弟的推杯换盏与醒后蓬窗夜雨、人在旅途的强烈对比,表达对于故乡的深刻思念,诗云:

一瓮村醪三径秋,分明兄劝弟相酬。
蓬窗梦破潇潇雨,人在东宁万里舟。

《冬晚马上》则表现人情冷暖,诗境悲凉,诗人羁旅之苦,从中可窥知大概,诗云:

穷阴天易晓,转觉客行难。
平楚风逾力,奔湍月欲干。
僧敲初夜磬,鸟护一枝寒。
自笑栖栖者,中年跨马鞍。

诸如《读小栗十洲稿,有如亭山人序,彼此触怀,潸然题一绝句》,则又状写怀念友朋之深切,读之催人泪下,诗云:

读罢遗编掩复开,故交零落转堪哀。
山人有序伤长逝,逝矣山人亦不来。

星岩诗在诗意象的选择上,又多花鸟虫鱼,风花雪月,山长水阔,酒席梦乡,不仅色彩艳丽,而且在视觉上具有重彩纷呈的华丽美感,因此时人有清词丽句之赞。如《盘山道中》诗中写景,亦颇富韵致,与杜牧《江南春》"千里莺啼绿映红,水村山郭酒旗风",也可谓异曲同工。诗云:

马蹄鸟迹印晴沙,隔水青帘卖酒家。
好是香风吹不断,溪村十里早梅花。

《春晓》辞藻华丽,写景朦胧氤氲,直教人恍若入梦,云:

风香如水入帘流,斜月摇光澹未收。
好是花间莺试唱,引人残梦到扬州。

又同题之作云:

又在海南闻杜鹃,风风雨雨落花天。
分明记取家江梦,三寸香鱼上酒船。

星岩七律更是佳篇迭出,颇见精彩。诸如《三月廿八日病愈赴子成招引》,此诗颇受好评,今人程千帆先生评曰:"颔联流美,颈联勃郁,盖从老杜'勋业频看镜,行藏独依楼'化出。独依楼既无人见也。"[1]诗云:

子规声里雨如丝,客舍京城病起时。
流水漾愁终到海,风花为雪不还枝。
百年肝胆无人见,近日头颅有镜知。

① 程千帆、孙望选评《日本汉诗选评》,南京:江苏古籍出版社,1988年版。第232页。

唯此平生茅季伟，招吾灯下倒清卮。

《偶成》则将伤春情感，融入残花薄命、春鸟无情，诗境别有情趣，诗云：

燕拂帘旌午景晴，江城风物逼清明。
绵芊恰向吟边绿，磊块真从醉后平。
逢雨摧残花薄命，唤春归去鸟无情。
流光容易牵人老，此事虽谙也自惊。

还有《草舍偶咏》描写自己闲适的隐居生活，颇有陶靖节"结庐在人境，而无车马喧"之情趣状况，诗云：

三间茅屋古，耕钓自成邻。
有似鹿门隐，兼之原宪贫。
客稀长闲户，花落不知春。
咄咄莫轻出，满城车马尘。

诗中引鹿门隐、原宪贫的典故，更显出诗人安贫乐道、不乐仕进的隐逸情怀。

此外，星岩汉诗以七律佳构，最受诗坛推重，然其古风之制，亦有佳作，往往笔力雄健，然而并不为当时选家所赏。佳作如《食鲤鱼脍有怀如亭山人》：

东风吹雨过湖城，梁子适有湖上行。
气节正当三月半，满岸桃花锦浪生。
是时鲤鱼登春网，网师当舷如操兵。
大鱼挺立小鱼泣，但见一拥赑戢照沙明。
主人家住城南肆，招我为斫鲤鱼脍。
红霞片片落銮刀，吻角沫飞箸失置。
脍缕之美耳久闻，忽然入口疑梦寐。
京洛岂无活鲤鱼，气形随同丰神异。
昔我薄游东海滨，春茄腊笋恣尝新。
松鱼上市宁辞贫，不惜一头抛千缗。
如亭山人馋最老，对床相呼厨百珍。
意气似欲无郇国，邹平宪章何足云。
自从飘零各西东，爪痕不定雪中鸿。
山人骨已归荒土，白须我仍苦转蓬。
噫嚱今夕是何夕，眼明见此黄金尺。
恍惚如坐琳池侧，惜哉！
山人弗及知此味，一生只赏赤鬃赤。

如亭山人即著名汉诗人柏木如亭，在其《如亭山人遗稿》中确实多记载食鱼之事，而其《诗本草》中更是对烹鱼之法述之甚详，可知柏木如亭乐于此道。星岩享受美食时，怀念好友，不禁乐极生悲。梁川星岩《遗稿》刊刻后，柏木如亭《诗本草》也完稿，星岩翻阅后

极为喜爱,即将好友之书刊刻付印。因此,星岩对如亭山人的这本美食诗集,可谓知之甚详。其跋云:

遗稿刻既成,忽又获《诗本草》。是书为山人最惬心之笔,生前颇有梓行之志而不果者也。因亦谋之二三旧知,追刻以传。壬午秋八月梁卯志。[①]

三、藤森弘庵、藤井竹外、斋藤竹堂等汉诗人的创作

藤森弘庵(1799—1862),名大雅,字淳风,号弘庵,一号天山,通称恭助,江户人。其父仕于小野侯一柳氏,弘庵为世子侍读。三十六岁时,出仕土浦侯。后请辞,赴江户,授徒讲学。嘉永六年(1853)爆发美国战舰挑衅压逼浦贺港事件,弘庵愤撰《海防论》二卷,《刍言》六卷,呈献水户侯,力主保皇抗夷。弘庵此举动受到主张与美和议的幕府大老井伊直弼的忌恨,因而被逐出江户。直至四十八岁时才得以返回,六十四岁殁。有《春雨楼诗钞》九卷行于世,有诗四百八十一首。

弘庵自言"萍迹久依严武幕,离忧常赋屈平辞"(《丁未除夕》)[②],可见其深切的忧国之思,受到中国诗人屈原和杜甫的深刻影响。其诗中多揭时弊、刺恶吏的内容,如《书闷》揭露:"奸吏常言通互市,迂儒动欲议和戎。"又如诗《镜》:

三尺秦庭镜,以充耳目官。
空照宫娥胆,不照阉竖奸。

其他如《读史杂述》十七首、《官仓鼠》、《南朝旧事》、《韩蕲王骑驴图》、《郑延平焚儒服图》、《赤壁图》、《读岳武穆传》、《膳臣斩虎食》、《镰仓怀古》、《读史偶成》、《读宋史》、《二乔读兵书图》、《咏史》、《读信长记》等,也都寄托了他感慨时局,盼望保皇强国的殷切期待。

弘庵诗作中写得颇有特色的当属二十首《江门节物诗》。其自序言:"春初雨寒,拥炉枯坐,小女孙绕膝耍戏,因使举江门节物,得二十事,遂纪之。系以小诗,亦消遣一术也。"[③]这些虽如诗人所言是消遣游戏之作,但其用汉诗文记载的江户市井的风俗习惯,也是对当时日本节日文化的生动呈现。如其中记载除夕习俗的《撒豆》:

立春前夜,亦名除夕。人家撒豆遍屋宅,必大叫曰:福内鬼外!或即季冬大傩之遗意欤?儿女收拾撒豆,算生年数,以施丐者。禳厄灾曰年豆,以豆及川椒、白梅投茶啜之曰福茶。

---

① (日)梁川星岩《诗本草·跋》,富士川英郎、松下忠、佐野正巳编《诗集日本汉诗》第十卷,东京:汲古书院,昭和六十一年(1986)版。第369页。

② 所引藤森弘庵诗版本,(日)藤森弘庵《春雨楼诗钞》,富士川英郎、松下忠、佐野正巳编《诗集日本汉诗》第十六卷,东京:汲古书院,平成二年(1990)版。第236—296页。

③ (日)藤森弘庵《江门节物诗·序》,富士川英郎、松下忠、佐野正巳编《诗集日本汉诗》第十六卷,东京:汲古书院,平成二年(1990)版。第293页。

撒豆家家闹雹声，谁知老境易伤情。
妇孺茶熟灯前笑，欲为衰翁算岁庚。

又如《讨账鬼》：

贸易场中，以中元及除夕为二季，按季索欠，谓之二季账合。除夕尤甚，自昏至旦。虽东方既白，犹络绎道途，不嫌执烛入索也。据僧兼好所记，此风亦旧矣。

日月匆匆一掷梭，恬嬉虚度好年华。
人见大债非薪米，讨鬼何心惜齿牙。

记载江户市井社会的习俗琐事，生动细致，栩栩如生，而这些细致的材料在幕府正式史册中却不见记录，所以弘庵这些类似中国竹枝词写法的汉诗文短章，在江户汉诗史上，甚至在日本民俗社会史的记录方面，都有着独特的诗史价值。

藤井竹外(1807—1866)，名启，字士开，号竹外，一号雨香外史，摄津国人。藤井氏历代仕于高槻藩，竹外为高槻藩藩士。其诗学于赖山阳，与梁川星岩、森田节斋等人交好。有《竹外二十八字诗》四卷存世。

竹外于诗专攻七绝，有"绝句竹外"之称。对于其七绝，各家赞誉颇高，如梁川星岩赞其："以横溢之才，专攻七绝一体，一字或至有推敲经数年者，是其所以二十八字横绝于一世也。"[①]池内时："士开之诗，笔锋健快，声调高壮，字锻句炼，不留点瑕疵。至其二十八字诗，海内推称擅扬，可谓短兵斫阵，八面无敌。"[②]赖醇："藤井士开学诗于先人，尤长七绝，精思锐笔不甘著凡语。间有过用功力者，而音节响亮，色泽动人，优足以成一家。"[③]俞樾言其："为诗专攻七绝一体……是亦于诗家中独树一帜矣。"[④]所言颇为肯綮。

其诗在艺术特色上主要表现为两个方面：

1. 色调鲜明

竹外诗中多使用"白"、"红"、"黄"、"绿"等颜色字。颜色字的使用除了具有渲染环境的作用外，还使诗句流动着色泽美的光辉。如：

月蕊霜葩黄一丈，种花未发出家园。(《有卖菊过门书感》)
无限白云红叶底，唯留一鹤护琴书。(《访金谷山人于集仙亭不遇》)
桃花红谢菜花黄，细雨无声湿夜廊。(《春夜喜雨》)
半汀微雨未收丝，红藕花藏白鹭鸶。(《巨掠湖》)
白白红红终不言，几抛书卷起窥园。(《种花二首》其二)

① (日)梁川星岩《竹外二十八字诗·题言》，富士川英郎、松下忠、佐野正巳编《诗集日本汉诗》第十六卷，东京：汲古书院，平成二年(1990)版。第177页。

② (日)池内时《竹外二十八字诗·题言》，富士川英郎、松下忠、佐野正巳编《诗集日本汉诗》第十六卷，东京：汲古书院，平成二年(1990)版。第177页。

③ (日)赖醇《竹外二十八字诗·题言》，富士川英郎、松下忠、佐野正巳编《诗集日本汉诗》第十六卷，东京：汲古书院，平成二年(1990)版。第177页。

④ (清)俞樾《东瀛诗选》卷二十八，东京：汲古书院，昭和五十六年(1981)版。第378页。

绿草俄腓为白骨,青枫连染作丹枫。(《绿草》)

2. 命意深远

如诗《风雨望宁乐》:

半空涌出两浮图,更有伽蓝俯九衢。
十二帝陵低不见,黑风白雨满南都。[①]

此诗"十二帝陵低不见,黑风白雨满南都"句,借环境的描写来表现当时社会的黑暗与动荡不安,也隐晦表达出了其"尊皇"观念。

又如《偶作》:

大声谁敢告洋夷,回汝火轮回汝旗。
四百万人磨剑待,更无一个不男儿。

此诗慷慨激昂,从中可看出其"保皇攘夷"的强烈主张。将此诗与上面的《风雨望宁乐》合在一起看,可知竹外的思想属于幕末"尊王攘夷"一派。

其他如《登东山望皇城》、《读平语三首》、《八幡将军鸣弦图》、《山中鹿介拜月图》、《织田右府拜黄熟香赐图》、《听结城君弹琵琶演妓王怨》、《河田诚耕见似所藏刀》、《芳野皇居图》等,或是对英雄的赞美,或是发怀古之幽情。

另外,其诗中写花多用拟人手法,如"美人曾此葬冰肌,化作寒梅南北枝"(《樱井村看梅花侧有待宵小侍从坟》)、"美人山上背花立,却望美人天一方"(《芥川旡咎曾约同赏美人山山石榴,既而旡咎于役江户,余独往观》)、"一杯欲倩玉纤醉,月下美人来不来"(《伏水观梅丰臣氏故墟也》)等,皆形象生动。

远山云如(1810—1863),初名有浮,后改名澹,字子发,又字云如,号裕斋,一号云如山人,京都人。小仓大辅第三子,后因故冒母姓远山氏。著有《云如山人集》、《云如山人第三集》、《云如山人第四集》等。

《云如山人集》刊于嘉永二年(1849),共两卷,上卷为七言律诗,下卷为七言绝句。《云如山人第三集》别名《卜居集》,天保十四年(1843)刊行。《云如山第四集》由《京尘集》、《岛云渔唱》、《湖云岳雪集》组成,刊行于文久元年(1861)。以上著作,富士川英郎、松下忠、佐野正巳编《诗集日本汉诗》第十六卷全部收录。

关于云如的人生经历,家里松岛《云如山人小传》中有着详尽的介绍和评价:

髫乱游于诗佛五山诸老之间,以神童称。每拈韵赋诗,连篇累章,援笔立就,才思之敏,惊倒一座。年甫十六,著寰内奇咏,诗名渐高。后为道士,游于金华、葛城诸名山。数年后为书生,从长野丰山先生学。居一二岁,为幕府仓吏。时美浓星岩翁在府下开诗社,山人往叩诗法,遂辞职从翁。而颇耽花柳,或携妓薄游,家产为之荡尽。乃去寓南总海湾,与渔父蜑妇为伍。……会丁艰归江户……先是星岩翁来在京

① 所引藤井竹外诗版本,(日)藤井竹外《竹外二十八字诗》,富士川英郎、松下忠、佐野正巳编《诗集日本汉诗》第十六卷,东京:汲古书院,平成二年(1990)版。第175—231页。

师，山人亦携家来移，将与翁卜邻，而翁适没矣……山人怏怏不乐，漫游于淡路、飞弹、越前。

鸣呼！山人之诗可谓富矣，而其为人可谓奇矣。盖其性豪宕，不屑屑乎守绳墨。故忽而羽衣步虚，忽而呫哔攻业，忽而簿书期会，忽而冶群游屐，风流自喜，忽而莎蓑箬笠，垂纶自娱，既皆弃而不顾。予不知其宜目以何人也。[①]

从上面可知，云如先后学于菊池五山、长野丰山、梁川星岩，其论诗属标举清新性灵一派。然其一生身份多变，任情好交友，行踪不定，致使家里松岛都不明白他是怎样一种人："予不知其宜目以何人也。"从这样的评论中，可看出生活于幕末动乱时期的云如，在面对社会现实时，其内心常怀着一种不安，其人生途中充满着迷惘惆怅。因此，类似"愁"、"悲"、"酸"、"凄"、"恨" 等字眼，高频率地出现在其诗作中，从各种侧面都显示出其内心的愁苦烦闷。如其诗作《秋宵不寐》云：

万般心绪乱纷纷，理去理来犹未匀。
蝴弊馋蚊犹伺隙，粮空黠鼠亦安贫。
雨声才断蛩声续，灯影将消月影新。
耿耿通宵眠不得，栖禽早已出松筠。[②]

其他如《饭仓村访山崎嘉甫》："悲欢并取般般事，说到晨钟犹未休。"《七夕》："人间儿戏尽堪喜，天上离愁终奈何。"《雨后秋凉》："那知愁鬓吹如雪，快受西风入小楼。"《秋日书怀》："虫声太苦雁声酸，又使愁人思万端。"《冬日杂感二首似中村得之》(其二)："诗成自怪凄酸甚，不必心期在孟郊。"《秋日客感》："半生徒抱王宣恨，一褐谁怜范叔寒。"《岁晚次藤代劲节韵》："遣闷有时看古剑，此心未敢混樵渔。"等等，皆是如此。

在此种情况下，写作汉诗几乎成为他消愁遣怀的唯一途径。家里松岛也指出"其始终未弃者，乃在于诗"[③]。如其自言："半生心血果何为，收拾风光入小诗。"(《祭诗会》)在一生漂泊不定的生活状况下，云如写就了大量的纪游诗与题咏题画诗。

纪游诗佳构有《东山出游》、《七夕鸭东纳凉》、《鸭东散步二首》、《东福寺观枫》、《岚山观花歌》、《春晴游嵯峨途中作》、《明石夜泊》、《将游越前时庚申冬十月初八日也》、《小松早发》、《晚投山中驿》、《舟下三国港》、《鸟井本》、《辛酉二月将赴飞州偶有此作》、《晚投楢谷山寺》、《早下长柄河》等。

题咏题画诗佳构有《题山本木斋翠雨亭》、《题香谷生所画四时山水贴》、《墨竹》、《白描水仙》、《题对山人画册二首》、《题香谷生二十四番花信横卷》、《题谷口蔼山东山画卷》、

---

① 《云如山人小传》，富士川英郎、松下忠、佐野正巳编《诗集日本汉诗》第十六卷，东京：汲古书院，平成二年(1990)版。第 349 页。

② 所引远山云如诗版本，(日)远山云如《云如山人集》、《云如山人第三集》、《云如山人第四集》，富士川英郎、松下忠、佐野正巳编《诗集日本汉诗》第十六卷，东京：汲古书院，平成二年(1990)版。第 297—394 页。

③ 《云如山人小传》，富士川英郎、松下忠、佐野正巳编《诗集日本汉诗》第十六卷，东京：汲古书院，平成二年(1990)版。第 349 页。

《须磨二首》、《题梅谷生所画山水贴七首为士崇嘱》、《风雨归舟图为森三树嘱》、《梅花揭蓬图为梅圃师题》、《题竹内清华画卷二首》、《秋卉便回为距峰上人题三首》、《题橡栗山房为雪爪禅师嘱》、《题对山人画卷三首为硕圃主人嘱》、《海棠白头图为橘堂嘱》、《题生井修斋画水仙花》、《题竟痴画室壁》、《题画四首为福井瑞泉所嘱》、《题白云老人墨竹为星湖子嘱》等，皆值得细读把玩。

远山云如诗集中较为优秀者，纪游诗如《墨水四时杂咏》(其二)，描绘了墨水春初之景，颇有诗情画境。诗云：

狐王庙畔鼓冬冬，唤起游情又把笻。
细雨小梅村店酒，斜阳浅草寺钟楼。
舫将系处初看月，花未开时只赏松。
明日嬉春天已近，城中群屐若为容。

题咏题画诗如《题蔼山生所画寒山行旅图为川上淇堂嘱》，状写逼真生动，情、景、理兼备：

岁云莫矣天陨霜，捲地风来马欲僵。
怪禽一叫日已夕，前途何处卸行装。
岂无弄人魑与魅，岂无食人豺与狼。
四顾人烟看不见，一星樵火颇昏黄。
我入飞州逾险栈，雪崖冻壑指将断。
如今对此画中山，恍乎光景灯前现。
时手毕生出户稀，粉本如山徒把玩。
万事不经实际来，优孟衣冠麒麟楦。

其他一些小诗也颇为清丽自然，如诗《春雨二首》(其二)：

芹青鱼白水方肥，冲雨谁先访钓矶。
裙屐满城春互竞，输他一领绿蓑衣。

斋藤竹堂(1815—1852)，名馨，字子德，号竹堂，通称顺治，陆奥国人。其先后师从大槻平原、增岛兰园，后入昌平黉学习。三十岁时于下谷相生町开私塾，授徒讲学。三十八岁殁。有《竹堂诗钞》行于世。

《竹堂诗钞》刊行于明治二十六年(1893)，有诗三百四十六首。

综观《竹堂诗钞》，可知其诗清丽明畅，气韵自然。如诗《小景》：

半篙秋水绿，两岸有渔舟。
相见俱无语，新鱼欲上钩。[1]

竹堂生于幕末动乱时期，其诗集中有很多关注民生、反映时弊的诗作。如《偶成三

① 所引斋藤竹堂诗版本，(日)斋藤竹堂《竹堂诗钞》，富士川英郎、松下忠、佐野正巳编《诗集日本汉诗》第十七卷，东京：汲古书院，平成元年(1989)版。第380—413页。

首》(其三)诗云:

海内谁推一世豪,如今学弊日滔滔。
理穷豪末终何用,见到纲常始是高。
订诂大都归变发,谈天多半属红毛。
笑渠漫趁他家脚,遗却腰间日本刀。

又如《农妇词》:

上田下田草纵横,虽有镃基无力耕。
去年荒歉人相食,今年疫疠又大行。
儿病在床夫已死,新妇茕茕无所恃。
荒田且欲倩人理,东家西家病无起。
田荒犹可待来年,儿待来年也不痊。

在汉诗创作上,诗人较注重写作方法的创新,如诗《咏梅花用皇国典故》:

曾见王仁笔已挥,东西休道赏心违。
栖莺梦断佳人怨,纪贯之女。满箙香飘战士归。挹原景致。
花有姓名谁不识,安部宗任。春无远近客翻稀。僧西行。
芳魂肯借江南使,千里山河一夜飞。菅公。

把日本典故,尤其是当代时事材料写入汉诗,就使得竹堂的汉诗创作带上了独特的本土表现特色,从此角度看,这也推动了江户时代日本汉诗朝着重视本土化方面的发展。

此外,竹堂还扩大了汉诗的题材内容,如咏西方历史与人物的《外国咏史三十首》,描述琉球、虾夷、荷兰社会历史风俗的《琉球竹枝八首》、《虾夷竹枝词十首》、《荷兰竹枝四首》等,皆新奇有趣,是其诗集中较为优秀之作,也是江户诗坛出现日本本土特色汉诗的代表性诗人之一。

如其《外国咏史三十首》其二:

怪风连月雨漫天,大地山河水渺然。
疏导恨无神禹术,苦心只制匣如船。

诗下有小注云:"诺厄生有圣德,预知洪水之患,制匣大如船,携妻子仆从入之。既而猛雨四旬,全地皆没,匣飘到亚而墨泥亚而止。诺厄出匣,开国是为西洋诸国之祖。"①

讲述《圣经》旧约篇中诺亚方舟的典故,可是这些西方的传统典故,对于当时的日本社会及汉诗人而言,都还是较为新鲜的事物,知晓者不多。诗人在《外国咏史三十首》几乎每首下面,都标有较为详细的小注,这样做不仅易于读者理解,而且作者还能借此表达自己的政治意愿。如《外国咏史三十首》其六曰:

① (日)斋藤竹堂《竹堂诗钞》,富士川英郎、松下忠、佐野正巳编《诗集日本汉诗》第十七卷,东京:汲古书院,平成元年(1989)版。第398页。

荣利真成是鼠肝，千金一掷未未难。
君王心事无人识，唯有当时老凤鸾。

诗下小注云："王尝巡视，乞人伏驾前乞数钱，王与千金，乞人惊辞。王曰：'汝乞人不知千金宜矣，吾王者也，岂知有数钱哉。'王又得贤人亚里斯多而师事之，谓人曰：'我王天下，不足为荣，唯得一亚里斯多为荣耳。'"[①]此诗讲述古罗马故事，自然有规劝江户幕府尊重学者，盼望"不拘一格降人才"之意。

还有描述琉球(今日本冲绳)、虾夷(今日本北海道)、荷兰社会历史风俗的竹枝词，其中较为优秀的诗作有：

《琉球竹枝八首》其一：

虎马南嘶草木腥，关河非复旧时形。
蟒衣玉带前明样，犹向中山识典型。

其七：

官学曾经滞北京，燕山风月也关情。
东来始见芙蓉雪，双眼知他别样晴。

《虾夷竹枝十首》其三：

十里溪山去伴郎，鞋袜无著也何妨。
红唇有个花千片，不许傍人半点唇。

诗下小注云："妇唇刺镂花卉各种，皆已嫁之后所为，以证无他志。"[②]

其七：

数枝杨柳绿如烟，随处占成好墓田。
心丧须知是天性，日光不见恰三年。

诗下小注云："人死则葬之土中，插柳枝于其上。父母之丧，别做庐居之。出则戴笠，不敢见天日，凡三年。"[③]

《荷兰竹枝四首》其四，颇有讽刺之意：

北去南来为利忙，一船满载万琳琅。
鬓边赢得星星白，五度秋风过大浪。

竹堂诗集中信手拈来的佳句颇多，如《早行》："满地皆澎湃，人如踏海行。"《偶成三首》(其二)："半庭黄雨槐花落，满屋碧云香雾飘。"《春游晚归得咸》："梅无残白雪多散，柳有新青烟半减。"《梅雨排闷》："烟垂欲压林边竹，风湿不鸣檐角铃。"《牵牛花》："月光和恨

---

① (日)斋藤竹堂《竹堂诗钞》，富士川英郎、松下忠、佐野正巳编《诗集日本汉诗》第十七卷，东京：汲古书院，平成元年(1989)版。第399页。

②③ (日)斋藤竹堂《竹堂诗钞》，富士川英郎、松下忠、佐野正巳编《诗集日本汉诗》第十七卷，东京：汲古书院，平成元年(1989)版。第398页。

篱头映，虫语将愁花下催。”《秋蝶》：“栩栩难寻当日春，娇须零落粉为尘。”《彩笼蟋蟀》：“轻莎路隔魂空断，冷露丛深梦不通。”《竹夫人》：“粉脂争艳亦寻常，清淡天然岂借妆。”《小儿迷藏图》：“朦胧有影捉无由，嫣然一笑齐拍手。”《春阴》：“满城春色澹将无，香雾笼成水墨图。”《雨中探花分韵二首》(其一)：“无复林间簇绮罗，万堆香影玉横斜。”《墨水杂题》(其三)：“一路残樱白处来，红罗无复锦城堆。”《秋日》：“故人虽在皆千里，落日看云独倚栏。”《西瓜》：“秋月欲沉栽影，寒冰忽碎嚼时声。”等等，俱平易清新，画面生动，便于讽诵。

吉田松阴(1830—1859)，幼名大次郎，后名矩方，字义卿，号松阴，又号二十一回猛士、蓬头子，长门国人。幼年时跟随叔父既学儒学又学兵学，后拜入佐久间象山门下。1853年到江户游学，恰逢美国东印度舰队司令佩里率四艘军舰抵达江户湾，以武力威胁要求幕府开国。1854年佩里又率七艘军舰到达神奈川附近，在“不开国就开火”的威胁下，幕府被迫与美国签订了日本与西方列强的第一个不平等条约《日美亲善条约》，日本从此打开国门。就在这一年，吉田松阴私自请求搭乘美舰出国，被幕府逮捕入狱。出狱后回荻市(在今山口县)开设松下村塾，教授子弟。其弟子如高杉晋作、久坂玄瑞、木户孝允、山县友朋等，皆是之后倒幕运动的核心人物。安政五年(1858)，日本与美、荷、俄、英、法五国签订了《安政条约》(又称《五国通商条约》)，彻底结束了锁国时代。面对这种时局巨变，吉田松阴转而号召武装倒幕，并制定了刺杀幕府阁僚间部诠胜的计划，因事败被捕，于1859年被处死，年仅29岁。有《松阴诗集》二卷存世。

《松阴诗集》存汉诗二百八十首。由其曾孙吉田宽编辑，于明治十六年(1883)刊行。关于吉田松阴的诗，其曾孙吉田宽的评说较为具体：“凡古今体合三百余首(实则二百八十首)，皆根于忠义之诚。满腔忧愤，触景感物，冲口而出，一气呵成之。……懦夫诵之，可以兴起，烈士读之，益壮其志焉。”[①]题名《屈原》一诗，可以看做是其终生心迹的坦露，诗云：

秦国情不测，张仪多诡词。
怀王听不聪，上官逞忌猜。
内为奸邪扰，外为强敌窥。
国事日益非，愁思乱如丝。
宗臣不得君，偷生尚为谁。
怀石沉汨罗，汨罗千古悲。[②]

其他诗作如《方孝儒》、《和文天祥正气歌》、《狱中作》、《感时事作》、《咏史》等，也都体现出了强烈的时事忧思。又如《将赴狱赠佐世八十郎》，写得慷慨悲壮，诗云：

吾侪报国志，满世人不知。

---

① (日)吉田宽《松阴诗集·序》，富士川英郎、松下忠、佐野正巳编《诗集日本汉诗》第十六卷，东京：汲古书院，平成二年(1990)版。第398页。

② 所引吉田松阴诗版本，(日)吉田松阴《松阴诗集》，富士川英郎、松下忠、佐野正巳编《诗集日本汉诗》第十六卷，东京：汲古书院，平成二年(1990)版。第398—432页。

虽则人不知，苍天将知之。
直将区区身，去筑神州基。
人事有通塞，天道奚复疑。
冲雪向岸狱，此事绝世奇。
佐世同志士，我故寄斯辞。

吉田松阴的“尊皇论”在其讲解《孟子》的《讲孟余话》中表现得最为突出。在其中的《尽心下》篇里，吉田强调日本不同于中国的“尧舜让其位于他人、汤武放伐其主”，不同于中国的“忠孝不能两全”。吉田强调日本是臣民与君主“同死生休戚，虽至死也绝无可弃主而去”的“君臣一体、忠孝一致”的“万世一系”的国体。他认为中国传统文人的“良禽择木而栖”行为，就如同离开生家去认邻家之翁为父，是知耻者难以容忍的。因此他推论，大清被西方列强殖民的悲惨现状，很大一部分原因是因为清人都像孔孟那样“择其主之善恶而转移”，即由对生国之君不忠而引起的。要想避免清朝的悲剧，就要强调日本人对“万世一系”天皇至死不渝的忠诚。这样的保皇理念，成为一股强烈的时代呼声，也成为其汉诗创作的热血灵魂。

值得注意的是，吉田松阴极力鼓吹的“海外扩张(雄飞)论”有着侵略邻国的负面意义。他在1854年遭囚禁期间写成的《幽囚录》中说：“善保国者，不徒勿失其所有，又在增其所无。今应急修武备，具舰略、足炮略，则宜开垦虾夷，封建诸侯，乘间夺堪察加、鄂霍次克，谕琉球朝觐会同、比内诸侯，责朝鲜奉贡纳质如古之盛时。北割满洲之地，南收台湾、吕宋诸岛，渐示进取之势。然后爱民养士、慎守边圉，则可谓善保国矣。”在务实的思辨中，已经有了明显的对外扩张的主张。他在写给哥哥的一封信里还有着更为细致的论述：“俄、美讲和已定，决然不可由我破之，失信于戎狄。但须严章程、厚信义，其间以养国力，随取易取之朝鲜、满洲、支那。交易上失之于俄、美者，又偿之于鲜、满之地。”这就是吉田著名的“海外补偿论”。吉田提出的这一西进策略是经过他的深谋远虑的，虽然当时并未被幕府所采纳，但其“补偿论”方略却成为近代日本“征韩论”的先导，也为明治政府的对华侵略策略奠定了基础。在当时，他的这种强烈的“皇国史观”，直接影响了他的门生，促进了倒幕运动的发动。

这一时期的江户诗坛，还有奥野纯、松桥纯真、西岛兰溪、宫泽云山、岩古宕阴、吉川天浦、藤田东湖、原伍轩、佐久间象山、森田节斋、海田定名、木桥正顺、释月性、日柳正章、赖醇、河野铁兜、草场佩川、松本衡、桥本景岳、久坂玄瑞、松林饭山、高杉春风等汉诗名流，其风格各异，成就不等，然各有汉诗专集刊行问世，共同促进了江户后期乱世中汉诗创作的兴盛局面。

第三节　幕末明初的汉诗风尚

江户后期至明治初年的日本诗坛，出现了不同风尚的汉诗创作，如山田翠雨、芳野金陵、木内芳轩、青山佩弦斋、青山延寿、土井聱牙、菊池溪琴、大槻盘溪、洼田梨溪、小原铁心、正墙熏、森田居敬、西乡隆盛、木户孝允、云井枕月、佐藤楚材、宇都宫龙门、佐藤信古、长谷允文、菊池三溪、锅岛闲叟等，他们的汉诗创作或追慕江户幕府强盛时期的百业兴盛，或缅怀昔日诗坛的百花齐放，或浪迹山林，籍以对抗乱世的压逼骚扰。

本时期咸宜园以及玉池吟社的诗人群体人数都很多，但就汉诗创作成就以及影响而言，咸宜园诗人远不及梁川星岩主盟的玉池吟社诗人。在星岩门下，尤以冈本黄石、小野湖山、大沼枕山、森春涛、鲈松塘等人较为出名。而其中的小野湖山、大沼枕山、鲈松塘三位汉诗人，被尊奉为“明治三诗宗”。

冈本黄石(1811—1898)，本姓宇津木，后过继给冈本家，故改姓冈本。名宣迪，字吉甫，通称留弥、织部之介、半介，彦根藩人。因其任彦根藩的家老，所以又被称为黄石大夫。黄石颇有政治才能，在其任职期间革除弊政，举贤荐能，促进了彦根藩各方面的良性发展。俞樾《东瀛诗选》中对此有叙述赞扬：“吉甫为彦根世臣，是时藩国多故，吉甫能力除弊政，广举贤才，以辅幼主，颇负一时之望。及诸侯纳士，有荐之于朝者，掉头不顾，卜居华顶山下，角巾野服，环堵萧然。亦可想见其志节矣。”[①]其诗师从梁田星岩，并与大洼诗佛、赖山阳等人交好，七十二岁时创办曲坊吟社，八十八岁卒。有《黄石斋集》六集行世。

梁川星岩门下弟子诗以黄石为首，据说这是星岩自己的选择。黄石自述：“往年远山云如、竹内云涛将镌梁翁门下《玉池吟社诗》，询余曰：‘谁当置开卷第一?’余曰：‘亦从翁意耳。然以吾拟之，其大沼枕山、冈本黄石乎?’二子取决于翁，翁遂以黄石为第一。”[②]星岩曾赞黄石“忠厚恻怛，爱君爱国，得三百篇遗意”[③]。川田瓮江对黄石诗亦是赞不绝口：“盖翁诗写实陈情，不事粉饰。长篇短章，积成巨帙，数十年间，君臣遭际，兵马驰驱，朋友离合，山水游览，以迄夫天灾地变，可愕可惧之状，历历备载。有关于国家治乱兴废之故，余备员史馆。”[④]还有川田评黄石诗“写实陈情、不事粉饰”，可作为诗史而备于史馆。各家所言，大致公允，皆指出黄石诗实录时局社会的特点。如其诗作《神户》：

万里潮光带万家，近来开港日纷奢。
通漕已可压琼浦，繁富亦将同浪华。
蛮馆分区连海澨，妓楼作郭倚山涯。
镇留楠氏英灵在，此地逾看气色加。[⑤]

此诗用语简洁明了，“通漕已可压琼浦，繁富亦将同浪华”句，可见神户开港之后发展

① (清)俞樾《东瀛诗选》卷三十三，东京：汲古书院，昭和五十六年(1981)版。第454页。

② (日)小野湖山《黄石斋诗集·序》，富士川英郎、松下忠、佐野正巳编《诗集日本汉诗》第十八卷，东京：汲古书院，昭和六十三年(1988)版。第142页。

③ (日)小野湖山《黄石斋诗集·序》，富士川英郎、松下忠、佐野正巳编《诗集日本汉诗》第十八卷，东京：汲古书院，昭和六十三年(1988)版。第139页。

④ (日)川田瓮江《黄石斋诗集·序》，富士川英郎、松下忠、佐野正巳编《诗集日本汉诗》第十八卷，东京：汲古书院，昭和六十三年(1988)版。第141页。

⑤ 所引冈本黄石诗版本，(日)冈本黄石《黄石斋集》，富士川英郎、松下忠、佐野正巳编《诗集日本汉诗》第十八卷，东京：汲古书院，昭和六十三年(1988)版。第135—388页。

速度之快。"镇留楠氏英灵在,此地逾看气色加"句,赞美楠公。这与袁枚《谒岳王墓》"赖有岳于双少保,人间始觉重西湖"句赞美岳飞,有异曲同工之妙,皆是对忠义人物的敬佩推崇。另外,诗中分区连海溢的蛮馆以及作郭倚山涯的妓楼,也是对神户当时特定的人文景观的生动描述。

又如《逢小原铁心席上作》诗:

一旦兵尘天地昏,沧桑悲感且休论。
相逢只喜同无恙,浊酒三杯满座温。

此诗语言通俗,文字平实,看似寻常话语却再现了当时社会环境的恶劣,从中亦可感受到诗人对自身命运茫然不可知的担忧之情。

黄石四十八岁致仕后,创作了一些题画诗、咏物诗、田园诗,展现了其隐居之后的优悠生活。如《夏日田园杂兴》其一:"秧针寸寸露如珠,节过麦秋看忽殊。十里平畴三日际,黄云收尽绿云铺。"轻松流畅,得自然之趣。然而黄石始终忧心国家的前途命运,如其《观枯菊有感》所表达的:

有生何物不沦亡,千岁难流臭况芳。
君看花中霜下杰,剩将傲骨死仍香。

此诗笔势喷薄有力,作者借咏霜下菊,歌咏了傲骨铮铮的忠臣义士,同时也表明了自己矢志不移的志节。其它如《读屈原传》、《与诸同人分赋南朝忠臣余得名和长年》、《古剑歌赠神山古翁》、《诸葛春耕图》、《题菅公手植松》、《谒小楠公墓》、《大楠公》、《儿岛公》、《结城亲光》、《村上义光》、《本间资氏》等,也皆是对忠臣的褒扬以及仁义的赞美。

小野湖山(1814—1910),旧姓横山,名卷,后改名长愿,字怀之,号湖山,一号玉池仙史,近江人。十九岁时拜入梁川星岩门下,入玉池吟社,与大沼枕山、铃木松塘等人交好。三十八岁时仕于参河国吉田松平侯。四十六岁时因参加倒幕运动被捕,五十岁被释放。同年担任明治政府大政官权弁事,但仅就职三个月就辞职离开。五十九岁后居于东京上野,专事诗作。九十七岁卒。有《湖山楼十种》行世。

《湖山楼十种》包括《湖山楼诗稿》、《火后忆得诗》、《郑绘余意》、《北游剩稿》、《湖山楼诗屏风》、《湖山楼近稿》、《湖山楼近稿续集》、《湖山消闲集》、《莲塘唱和》、《莲塘唱和续编》十种著作,几乎囊括了小野湖山一生所作。

小野湖山虽壮志未酬,但仍心系苍生,胸怀国事。对此,中村敬宇于《湖山楼近稿·序》中记其言颇为详细:

吾少年辞乡,羁食江都,贫无资不能从良师。又欲入大学,交海内俊髦而不果。有志于经世实用之学而未有所成,蹉跎岁月,窃以自叹。会洋舶入港,幕政不振,慷慨忧国,通宵不眠,遂主张尊攘之说,奔走尽力,或上书时相,或与朋友论天下事,或作诗规讽一世,或为名士讼冤,遂以此得罪,屡危其身,而亦终不悔也。维新后,为檀辨事时,录海内耆宿英俊,获诗人姓名,荐之于朝,颇见采焉。又屡言德川氏之美事良法,不可尽废,且请以东台为大学校,皆不用。无几以母病,辞官归故乡,而后放浪诗酒优游渡日，然亦不能忘意于天下。[1]

对于其诗在内容以及风格上的特色，中村敬宇所言较为全面："其诗真挚而多变态矣。其欢欣怡怿、芊绵流丽者，歌颂升平、恋赏光景也；其苍凉沉郁、幽峭深长者，感愤遭遇、忧念世事也。而凭吊古迹，则有彷徨凄恻之慨；登览胜区，则多超旷迈往之怀。至若雕缋以为艳，刻画以为巧，则虽非所长，其能拔出乎时流、自成一家者，盖为是故也。"[2]清末著名诗人黄遵宪对其七律体诗尤为推崇："其中年七律，沉着雄健，剧似老杜，尤为高调。每读至佳处，或歌或舞，或喜或涕，或沉吟竟日不能已已。"[3]所言公允肯綮。如诗《镰仓杂感十二首》其八：

乾坤回首转长叹，神圣灵威赫可观。
酒臭通天天狗舞，宝刀投海海潮干。
欻然一炬付焦土，好及此时回倒澜。
安得贤如房魏辈，细论创业守城难。[4]

湖山古体诗也有佳作，以《郑绘余意》所收的十二首五言古体诗最为著名。此十二首诗是作者观山本琴谷所画《流民图》而作，每图题诗一首。宋郑侠关心民生，直言敢谏，曾绘有《流民图》上呈宋神宗。湖山将十二首诗题为《郑绘余意》，也是借此直指幕末吏政之黑暗，希望统治者能够以此为鉴，以关心天下苍生为己任，解民于忧患倒悬。清人何如璋对此十二首诗评价颇高："摹写饥民情状，读之欲涕！有民社之责者，当录一编，日置左右，庶几闾左贫民不至转于沟壑也。"[5]如《第八图掘草根剥树皮》描写道：

草根掘何苦，未掘泪先垂。
树皮剥更艰，未剥腹先饥。
幼稚伴羸老，寡妇抱孩儿。
嗷嗷如泽雁，相顾相欢咨。
问渠汝何苦，丁壮独何为。
丁壮困力役，晨出夜未归。
夜归晨复出，喘喘精力疲。
困极或为点，弃家轻别离。

---

① （日）中村敬宇《湖山近稿·序》，富士川英郎、松下忠、佐野正巳编《诗集日本汉诗》第十六卷，东京：汲古书院，平成二年(1990)版。第521—522页。

② （日）藤森大雅《湖山近稿诗稿·序》，富士川英郎、松下忠、佐野正巳编《诗集日本汉诗》第十六卷，东京：汲古书院，平成二年(1990)版。第438页。

③ （清）黄尊宪《湖山近稿诗稿评语》，富士川英郎、松下忠、佐野正巳编《诗集日本汉诗》第十六卷，东京：汲古书院，平成二年(1990)版。第439页。

④ （日）小野湖山《郑绘余意》，富士川英郎、松下忠、佐野正巳编《诗集日本汉诗》第十六卷，东京：汲古书院，平成二年(1990)版。第441页。

⑤ （日）黄尊宪《郑绘余意跋》，富士川英郎、松下忠、佐野正巳编《诗集日本汉诗》第十六卷，东京：汲古书院，平成二年(1990)版。第482页。

谋脱一身苦，不念妻儿悲。
嗟哉太平日，不异扰乱时。
使民至此极，其罪可归谁。[①]

此诗如实刻画了人民凄惨困苦的现状，令人感到悲愤而哀惋。尤其是最后“嗟哉太平日，不异扰乱时。使民至此极，其罪可归谁”句，将人民所遭受的不幸以及对朝政腐败的愤恨都倾泻出来了。全篇的叙述不事雕琢，层层铺垫，最后以议论为诗，笔力犀利尖锐。

又如诗《第十一图病苦冻馁极其惨》描写道：

手脚瘠如柴，颜面垢如土。
有病不得药，无家何处归。
叩门索馂余，挽袂诉困苦。
唇焦而口燥，所得果几许。
安知惰农徒，化为饥寒旅。
或恐朘削余，子父失其所。
一饱终无期，在世亦何补。
似闻鬼啾唧，自觉神凄楚。
不见互市场，酒肉饱点贾。[②]

此诗集记叙、描写、议论为一体，刻画了幕末时期庶民病、苦、冻、馁之惨状。作者将“不见互市场，酒肉饱点贾”与遭受苦难的庶民相对比，鞭挞了当时黑暗的社会现实，与杜甫“朱门酒肉臭，路有冻死骨”句可谓遥相呼应。

大沼枕山(1818—1891)，名厚，字子寿，号枕山，通称舍吉。其父竹溪为幕府小吏，也会作汉诗。枕山十岁时因父去世而寄居尾张叔父家，直到十八岁时才返回江户。归江户后在下谷仲御徒町开下谷吟社，授徒讲学。其诗先后学于菊池五山、梁川星岩。著有《枕山诗钞》、《江户名胜诗》等。

枕山的诗学观，可从《送彦之》一诗中窥探端倪，其诗云：

吾徒诗社不乏人，高材逸足皆绝伦。
少年意气贾余勇，笔陈何啻扫千军。
惜哉未能脱俗好，正门大路得者少。
铜碗龙吟人人同，认伪为真拙为巧。
不知平淡风味存，勉僻其字异其言。
唐宋大家置不问，彼明此清妄自尊。
议论虽大识见隘，井蛙辽豕纷成队。
何况腐质炫成新，篇篇虚饰非实际。

---

①② (日)小野湖山《郑绘余意》，富士川英郎、松下忠、佐野正巳编《诗集日本汉诗》第十六卷，东京：汲古书院，平成二年(1990)版。第479页。

诗道似盛日以衰，正始之音有谁知。
岂无二三非常士，支颠扶倒在此时。
铃氏之子今才隽，骚坛卓帜天所命。
古人赠别必以言，我有数言子且听。
诗无定法意所属，不要疏宕要精熟。
不古不今成一家，枯淡为骨菁华肉。
俯仰天地皆新句，森罗万象供才具。
行云流水无粘笔，生意活泼得真趣。
我告吾子盖止兹，子归努力有余师。[①]

从“诗无定法意所属，不要疏宕要精熟。不古不今成一家，枯淡为骨菁华肉。俯仰天地皆新句，森罗万象供才具。行云流水无粘笔，生意活泼得真趣”句，可知其主张诗作内容要注重写实，表现风格上则以流畅而枯淡为主。

“不古不今成一家”乃是折衷诗论的范畴。“不知平淡风味存，勉僻其字异其言”中的“平淡风味”是菊池五山的主张。可以看出，大沼枕山继承发展了其师菊池五山、梁川星岩的诗论，同时又有所创新。他重视诗“意”、“真趣”，讲求言之有物，反对“腐质”、“虚饰”，这就使得他的诗与社会现实比较切近，在表达上比较直白，爱憎分明。如诗《穷鬼图》：

首如飞蓬衣百结，饥走南北空皮骨。
手持破扇立苍茫，噫汝面相何寒乞。
四海无家不得归，流寓只赖读书儿。
逐之不去忽又到，有如形影长相随。
贫儿无计庇五鬼，鬼盍决去向富处。
府中潭潭公相居，雾阁云楼好栖止。
鬼也否否掉头言，我知富之不如贫。
公门有酒又有肉，冷炙残杯可悲辛。
却笑当年昌黎子，以文滑稽自嘲己。
穷鬼是愈愈是鬼，舟车相送无此理。
死为穷鬼生穷儒，人鬼虽异事何殊。
生死不能附势利，公门欲进足趔趄。
鬼也不移穷固守，穷者益穷富者富。

此诗语言冷峻而质直，颇有白乐天诗的风格。所以俞樾言其“于诗学颇近香山一派”[②]。又如《伊香保二女歌》：

二女沦落寄汤户，阿姊能歌阿妹舞。

---

① 所引大沼枕山诗版本，(日)大沼枕山《枕山诗钞》、《江户名胜诗》，富士川英郎、松下忠、佐野正巳编《诗集日本汉诗》第十七卷，东京：汲古书院，平成元年(1989)版。第418—575页。

② (清)俞樾《东瀛诗选》卷三十一，东京：汲古书院，昭和五十六年(1981)版。第418页。

温泉蒸出通体香，十三十五春无主。
奇货可居避暑楼，山中也有文信侯。
倚竹佳人非卿伍，赠芍吉士是君俦。
送旧迎新过炎景，一宵归梦云路永。
妾身吁与纨扇殊，弃捐却喜秋风冷。

“我有幽探癖，对此启心缄”(《南游》)。其所著《江户名胜诗》有诗一百零二首，皆为江户城中的风景名胜。如《浅草门》：

繁华似酒易沉酣，马道控人垂柳阴。
一句我能描此景，涌金门外已春深。

又如《日本桥》：

鱼菜吹腥市几场，东都四里是中央。
谁言二十八间短，宛见秦桥虹彩长。

其他如《樱田》、《四日市》、《十间居》、《新吉原》、《浅草寺》等，皆描述了当时江户城的人文景观与自然风光。

森春涛(1819—1889)，名鲁直，字希黄，通称浩甫、香鱼水裔庐、九十九峰轩、三十六湾书楼等，尾张人。其出生于医生之家。诗先后学于鹫津益斋、梁川星岩。四十五岁时，于名古屋结三轩吟社。五十六岁时于东京下谷创办茉莉吟社。七十一岁卒。有《东京才人绝句》、《歧阜杂诗》、《春涛诗钞》等存世。

《春涛诗钞》由森春涛女婿森川竹蹊编集，刊于明治四十五年(1912)。共二十卷，有诗两千三百六十五首。各卷下均保留了春涛自取的诗集名，如《三十六湾集》、《芦花渔笛集》、《人日草堂集》、《松雨庄人集》等。这些诗集名各取自每卷下第一首诗中的词句，如卷六《落花啼鸟集》，其集名来源于诗《王维像赞》的首句：“空庭一任落花频，啼鸟声中睡过春。”[①]又如卷七《牛背英雄集》，其集名取自《村童牧牛图》的第四句：“烟雨满村春叆叇，可无牛背出英雄。”

对春涛汉诗创作，依田学海有评论道：“其所作无虑数千首，藻绘雕饰，嘲弄风月，笑傲烟霞。”从其诗作《跋为永春水扇头翡翠》中，可知其诗中的“藻绘雕饰”乃是其意而为之。其诗云：

国史稗官非不读，翻将绮语写情来。
世间难遇兰苕手，何待掣鲸方是才。

另外，春涛的“绮语写情”也受到了李商隐的影响，如《悼亡》(其四)：

华年锦瑟入余悲，一柱一弦彼一时。
肠断西昆李商隐，集中多著悼亡诗。

① 所引森春涛诗版本，(日)森春涛《春涛诗钞》，富士川英郎、松下忠、佐野正巳编《诗集日本汉诗》第十九卷，东京：汲古书院，平成元年(1989)版。第4—168页。

从此诗可以看出春涛对李商隐诗的特点是非常了解的，而且他能熟练地化用李商隐的诗句。如诗《整理癸卯诗稿有感书后》：

锦瑟犹存廿五弦，闰年奇厄入追怜。
也知仙福难消受，暖玉明珠两惘然。

又如诗《春月》中“碧海青天夜夜心，最销魂兮易沉沉”句中的“碧海青天夜夜心”，直接引用李商隐《嫦娥》诗中“嫦娥应悔偷灵药，碧海青天夜夜心”句。

在刻意追求“绮语”以及李商隐秾丽诗风的影响之下，森春涛形成了香艳绮靡的汉诗风格。如诗《茉莉》：

一丝香迸小房栊，盈掬新凉不是风。
月透罗帷人在梦，玉钗娇颤雪玲珑。

又如诗《寓桑名》：

寄食海城忘我贫，河豚肥美蛎房新。
人间玉乳浑尝尽，昨日西施今太真。

其他如《海棠》：“雨痕数点粉脂腻，霞晕二分肌肉肥。”《春寒》：“无复佳人遗半臂，牡丹庭院倚春寒。”《春莺》：“仿佛佳人方睡起，隔帘娇怨上幽筝。”《闰人日》：“轻浅烟生幺柳颦，依微雨湿小樱唇。”《杨贵妃樱》：“牡丹宜比妃子醉，海棠宜比妃子睡。”等等，皆是香艳绮靡之风的体现。

另外，其诗中多喜用“恨”、“愁”、“伤”、“怜”、“凄”、“残”等字，如《谷口随元归丹后一别杳然十叠韵》：“相思欲访古人园，花落鸟啼离恨繁。”《江郭早秋》：“梦边凉动锦鸳水，愁里月生红藕秋。”《岐阜留别》：“惟道苦吟多得病，不知伤别暗恨生。”《中秋月下内集成咏》：“客里逢秋肠久断，膝前看月泪初干。”《秋蝶》：“昨夜月明惊复宿，可怜无梦趁欢场。”《晚秋村居》(其四)：“坠枫如雨忽凄迷，秋冷夕阳红半溪。”《东风》：“东风作意送轻寒，乳燕声中梦又残。”《梅花》：“疏影依稀看忽失，夜深肠断月过邻。”等等。

这些“恨”、“愁”、“伤”、“怜”、“凄”、“残”等字的运用，使其诗篇在香艳绮靡诗风中又透露出了一股深刻的感伤气息。如《晚春无题》所描写：

娟语乍来莺语残，半帘轻雨作春寒。
玉人病起梳初罢，斜倚薰笼看牡丹。

春涛这种香艳绮靡又带有感伤的诗风，小野湖山颇为不喜，称其为“诗魔歌”。然而丹羽花南、德山樗堂、桥本蓉唐、永井荷原、永井荷风等，对这种诗风颇为推崇。此种争论也使得春涛诗名渐盛，影响渐广。

森春涛诗也不是一味的香艳绮靡，如《村行所见》一类的作品，则清新自然：

杏花芳草雨初匀，父老相逢笑且亲。
到处欢声送归嫁，春风无地不朱陈。

春涛生活于幕末动荡时期，《风怀》一诗可见其的心志：

风怀未废才人笔,血性将赓壮士歌。
笑比柴桑陶靖节,赋闲情了咏荆轲。

当代学者程千帆对此诗评价颇高,他认为:“此鲁迅论陶之先驱。所谓‘倘有取舍,即非全人’也。春涛自比靖节,想见此老兴复不浅。”①

春涛诗集中描写社会现实、揭露时弊的诗篇有不少。如《好去矣行》曰:

揶揄坦跣去何之,东家初有未病儿。
儿亡今去向何许,西家更有垂死女。
垂死未死口呼爷,爷口叫苦噤齿牙。
先是娘殁爷继殁,惟有死别无生别。
不闻爷娘呼女声,但闻女哭爷娘声呜咽。
女呜咽,鬼啁啾,逝者哭者几时休。
哭者萧萧秋易雨,逝者悠悠水空流。
新冢秋寒狐昼啸,荒年村破鬼夜笑。
鬼兮,鬼兮,知不知?
万物之灵久苦饥,生灵不祭汝亦馁。
汝何用歼生灵为,我按韩家送穷典。
缚得柳船为汝饯,饯汝更以酒一杯。
嗟乎,汝好去矣勿复来。

又如短诗《文字》:

文字获钱能几多,笑颜呈媚奈君何。
可怜措大终年业,不抵珠娘半夕歌。

鲈松塘(1823—1898),本姓铃木,后改鲈姓,名元邦,字彦之,号小塘,又号十髯叟堂、东洋钓史、晴耕雨读斋、怀人诗屋等,安房人。十七岁时拜入梁川星岩门下。四十七岁时由家乡搬至东京浅草,同年创办七曲吟社,门下弟子有数百人。七十六岁卒。著有《松塘诗钞》、《七曲吟社诗》、《七曲吟社闺媛绝句》等行于世。

《松塘诗钞》共二卷,收其二十至二十八岁所作诗一百六十六首。

对其汉诗风格,鹫津毅堂言“句炼字锻,沉郁深稳,兼之闲雅淡远。敛其奔放,寖就规矩,骎骎乎入作者之域矣”②。指出其注重锻炼和收放自如的两方面特色,堪称大手笔。如其诗《除夜祭诗后有作》这样描写:

一字推敲枉费功,詅符我亦悔雕虫。

① 程千帆、孙望选评《日本汉诗选评》,南京:江苏古籍出版社,1988年版。第324页。

② (日)鹫津毅堂《松塘诗钞·序》,富士川英郎、松下忠、佐野正巳编《诗集日本汉诗》第十八卷,东京:汲古书院,昭和六十三年(1988)版。第21页。

可怜三斗闲心血，呕向酒悲诗瘦中。[1]

松塘耽诗嗜酒，酒使人悲，诗让人瘦，而诗人却坚持费功推敲，自乐于这样的诗酒生活。这种诗酒交织的豪情，在松塘诗集中多有表现，如曰："无根毁誉因诗起，有限生涯为酒狂。"(《入都访子寿芝山寓院》)诗人常常喝得烂醉，如"两鬓催人且莫欢，烂醉放歌天所赋"(《元日醉歌》)、"出门散醉步，与影俱蹒跚"(《夜意》)、"青灯白酒话情亲，醉里狂言亦见真"(《江大车至》)、"狂歌烂醉情如作，白惨红愁事可叹"(《东山问花花已摧残，怅然而作》)、"寂寥灯火夜将分，细捡吟笺酒半醺"(《除夜》)、"醉来颓然枕石卧，梦游混沌元气中"(《混沌石歌赠原子直表兄》)、"适身天气寒暄半，惜别情怀醉醒中"(《松琴亭集送黄石冈本大夫归彦根》)、"铃声马语共匆匆，何限征愁一醉中"(《板桥驿与诸子别》)等。

松塘喜外出游历，其集中纪行诗较多，如《上州道中》、《伏水舟中》、《骏府道中》、《十九日晓发藤泽驿》等。其中优秀者如《浦贺》：

云白天青风力遒，朝发房州暮相州。
三碕浦上烟初合，九里之滨日渐收。
千帆一齐落港口，鼓棹鸣榔万雷吼。
两岸渔市闹黄昏，人家北接官桥柳。
此乡风俗夸繁华，楼楼银烛绣帘斜。
娼女如花能留客，夜深犹闻歌管哗。
嗟我漂蓬遂何用，三年六试扁舟梦。
系缆旗亭呼一杯，孤怀惨澹无人共。
何况百里辞家庭，客窗灯火影伴形。
且喜舟人抛好语，便风明日是江城。

又如诗《戊申正月将赴京师，初八日发家至锯山下候潮，晚抵浦贺舟中作二绝句》：

买得扁舟叶似轻，海门山影碧波明。
布帆稳挂相州路，便我西游第一程。

夕阳辍棹重回头，依约青山隔水愁。
今夜津楼别离梦，逐潮一路向房舟。

松塘是安房人，安房即今千叶县。千叶县三面环海，松塘临海而居，这也使得"海"的意象频频出现于他的汉诗中，如"万丈芙蓉海气含，沧沧波色远拖蓝"(《锯山》)、"海水洗我眼，海风吹我发"(《二十一日朝阴舟不发，陆行至横渚，遂行金泽，午后冒雨逾能见山途中作短篇六首》其二)、"万里雄心吞巨海，多年素志赋闲居"(《十二月二十八日得子寿怀之都下书，子寿新卜居徒士街，怀之近日归，自松岛作诗却寄》)、"三更天半月，万里大洋风"(《送鹫津文郁游野岛碕玩月》)等。再如诗《江大车至》：

[1] 所引鲈松塘诗版本，(日)鲈松塘《松塘诗钞》，富士川英郎、松下忠、佐野正巳编《诗集日本汉诗》第十八卷，东京：汲古书院，昭和六十三年(1988)版。第1—21页。

海南冬暖不飞霜，江柳丝丝欲弄黄。
恰好故人浮一棹，容与直到水云乡。

此诗中“海南冬暖不飞霜，江柳丝丝欲弄黄”句，正是对此地冬暖夏凉的气候特点的描述。

松塘汉诗佳句，如“微雨留人心恋恋，残阳入树影蒙蒙”(《松琴亭集送黄石冈本大夫归彦根》)“夕雾轻浮深院柳，残阳淡在别园花”(《次怀之病后春思韵呈梅痴上人》)“交偏淡泊水相似，人自清妍花见羞”(《同星岩先生、红兰夫人、横山怀之游墨水》其二)“春云有意不成雨，却结轻阴护海棠”(《春日杂诗》)等，皆在江户末期诗坛传送人口。

除以上诗人，梁川星岩主盟的玉池吟社诗人还有新野陵、柏渊嘉一、宇野义以、名越敏树、矢口正常、大槻格、大槻祯、齐藤馨、前川精、小林至静、竹村族孝、铃木绅、广濑维、箕浦谷、加藤济、加藤权、吉田淳、高桥久、横山卷、高津涛、高井健、根岸笃、佐治好察、近藤幸植、加藤表、严崎复、柏渊健、林谦、林静、竹内鹏、藤井启、泽井桂、菅野洁、杉山懿、玉井华、市岛泰、生方宽、岩下贞融、中村正、森田居敬、森谦、黑泽彝任、多贺为纲、源幸道、佐藤得、阪野福、阪野法、户田信一、冈崎归一、源敬业、田中恕、橘继、橘颂、大石笃、柏仓信、加藤潜、百百祉、铃木邦、长岛氏、筱田氏、释泰囧、释密乘、释智凤、释无等、释良庆、释秀岩、释良顺等。这些汉诗人的生平情况未有详细记载，其存世之诗也大都散失，只有少量收载于弘化二年(1845)出版的《玉池吟社诗》中。然而《玉池吟社诗》所录汉诗“不论年齿诗学，随得编次”①，诗作质量也良莠不齐。因此，这些汉诗人不再一一赘述。

江户末期活跃于诗坛的咸宜园诗派人数众多，矢上行言“宜园弟子凡三四千人，其能诗者，不下六七百”②。《宜园百家诗》中载有五百十九人(中有六名为广濑淡窗先辈人)，主要有加峰亮、羽野仪、秋吉俊、释惠学、村山戈、重富林、释玄海、吉雄宗亲、富山俊、小林胜、释敲月、田代连、麻生直、渡边椿、荒木吉、春亨、桑原翼、松本温、柳乔、释正纯、恒远和、井上直、权藤可善、园田仲、野口常、玉杉田平、井口义龙、五弓久文、真屿济美、阪上弘祖、后藤重胤、中野南墙、芝冈孝繁、相良赖信、安武镇元、村上冲、青木丰、相良同、合原俊夫、本田克、山田纯、户原阳甫、白木希鱼、上田信任、麻生美、山本逸、石井范、井上荣、吉雄宗教、中田靖、园田朝保、上田信德、菊田保之、植木清纯、高桥种房、吉田利恒、须田昌世、小田种墙、千原镇知、小松彦、村田迂、山田常良、犬冢庭、山室元真、平田政、山县赖之、石井正政常、友石郁、二宫茂、山田毅、菊池信、小河内觉、小川彦进、大江亨、西尾直正、市来重久、西山道秋、藤井德、山田正俊、细川潜、富士尾翼、牛屿顺荣等。矢上行《宜园百家诗凡例》中说：“此编所主在辑而不在选，因人存诗，不因诗取人，故不论精粗，随所得而录之。”③与《玉池吟社诗》辑录标准基本相同，同样是鱼龙混杂，水平良莠不齐。

---

① (日)橘颂《玉池吟社诗·凡言》，富士川英郎、松下忠、佐野正巳编《词华集日本汉诗》第十一卷，东京：汲古书院，昭和五十九年(1984)版。第479页。

②③ (日)矢上行《宜园百家诗·凡例》，富士川英郎、松下忠、佐野正巳编《词华集日本汉诗》第十一卷，东京：汲古书院，昭和五十九年(1984)版。第45页。

第五章　江户时期女性汉诗人的创作

通观日本江户二百六十五年间，知名的男性汉诗人至少有三千余家，存诗超过四万首。而女性汉诗人大都湮没不传，其姓氏如今尚传的，共有四十余位，且存诗不足千首。论数量江户女性汉诗人虽然不及男性汉诗人的百分之二，但在颇为销沉的日本女性汉诗史上，这种规模的汉诗创作，还是非常突出的，当属日本女性文学史上的一段华彩乐章。

第一节　江户时期女性汉诗人创作的时代土壤

一、江户时期的文化教育与日本女性文学创作的传统

朱子学发展于五山时期，自江户藤原惺窝时起，迅速趋于隆盛。将军德川家康重视儒学，屡次招致各派学者，汇聚各方知识，大力刊行儒家经典，以期有裨于世风而臻社会稳定。文禄二年(1593)将军幕府招徕藤原惺窝，聆其讲解儒学。庆长十年(1605)又召惺窝高足林罗山，以备顾问。德川冈吉尤喜朱子学，任将军职后，"即召林凤冈讲《大学》，而及于四书五经。冈吉并且自己向其诸侯诸臣等讲授《论语》以及其他"[①]。林凤冈为林罗山之孙，"林家自罗山之后，累世任幕府的儒官，朱子学遂成为幕府的御用学"[②]。

幕府将军奖励向学，在江户设立直接管辖的昌平黉等学问所，而昌平黉中的研究，则明确地"仅限于朱子学"[③]。由于昌平黉在江户时期地位极高，成为诸藩学校的模范。所以各地藩学甚至不少乡学、私塾、寺子屋等，皆效仿昌平黉，乃至于江户初期日本各地的"汉学教法，不论何处，都和昌平校相仿"[④]。这使得朱子学在日本社会广泛推行，很快就被从朝府到市井的各阶层所接受。

朱子学的大力发展与普及，使得江户时代在继室町时代之后，出现全社会全方位地

---

①② (日)高桥俊乘著，秦启贤译《日本教育史》，南京：中日文化协会，中华民国三十年(1941)九月初版。第134页。

③④ (日)高桥俊乘著，秦启贤译《日本教育史》，南京：中日文化协会，中华民国三十年(1941)九月初版。第214页。

压抑女性生存空间的氛围，江户女性的社会地位进一步沦落。日本儒者对于女子的教育集中在对女子的训诫上，仿照中国《孝经》、《列女传》、《女诫》等书籍，编写了大量的《女童子教》、《女庭训》、《女实语》、《女大学》等教科书。这些教科书文字浅显易于理解，在江户时代大量刊行，使得儒家规范下的女性观渗透至当时江户社会生活的各方面。

在江户初期男女两性关系中，规定女子应当绝对服从男子："无论是士农工商哪种身份，凡是身为家长的父或夫，无论在法律上、道德上，对其妻子都是专制君主，妇女完全成了男人的附属品。"[①]儒者宣扬"三从四德"，"女子不分贵贱，均应遵守三从之法。幼从父史，既嫁从夫，夫死从子"[②]。"女子的修养，最注意于妇德、妇言、妇功、妇容等四德（又称四行）"[③]。在这四德中，最为重视的是妇德。"无论丈夫如何不好，不生怨恨，不起离心，宁死不出夫家，一心为夫着想"[④]。对于女性而言，被要求"坐立起居，体态端正，不仰不俯。步伐急促则俗鄙不堪，然若能悄然不喧，亦显柔和。步幅宽窄适度，行走运力于腰间。腰身柔弱，则形容萎靡；昂首阔步需适宜有度"[⑤]。"女儿自幼应专心于纺织裁缝，安于闲寂，克苦耐劳"[⑥]。这里的纺织、裁缝及打理家政，就是妇功的主要内容。

与明清时期流行的"女子无才便是德"的观念有所不同，江户时期对女性的要求虽然也重视妇德，但并未忽略对女子"才"的教育。这是因为：

首先，江户儒者认识到女性对后代的教育具有深远的影响："因幼小儿童受母亲的感化，实十倍于父亲，而尤其是对于女子，倘不给予相当教育，那末出嫁后生子时，其子将有如其母，在此种情形之下，历代子孙都将无法改良。"[⑦]"特别是子孙的教育，系于母亲的优良与否者至巨，所以女子也应充分学习圣贤的规矩，治理家政，坚守贞洁，善导其子女及仆婢。"[⑧]女子的教育关系着子孙后代的优良，因此，女子有接受妇学教育的必要。

其次，女性按照儒家规范自小进行教养，更符合男性的审美标准。江户时代女子同男子一样获得了相同的教育机会，但仍然有不同："教育女子和教育男子虽无不同之处，但应以柔和随顺为本。"[⑨]女性的教育目的主要"在于训练女子性情柔和，不违逆男子的

---

① 王保田主编《日本简史》，上海：上海人民出版社，2006 年版。第 73 页。

② 《日本教育文库·教科书编》，东京：同文馆，明治四十四年(1911)版。第 65 页。

③ (日)高桥俊乘著，秦启贤译《日本教育史》，南京：中日文化协会，中华民国三十年(1941)九月初版。第 151 页。

④ (日)伊势贞丈《伊势贞丈家训》，李卓编《日本家训研究》，南开：天津人民出版社，2006 年版。第 453 页。

⑤ (日)佐久间象山《女训》，李卓编《日本家训研究》，南开：天津人民出版社，2006 年版。第 547 页。

⑥ (日)高桥俊乘著，秦启贤译《日本教育史》，南京：中日文化协会，中华民国三十年(1941)九月初版。第 148 页。

⑦ (日)高桥俊乘著，秦启贤译《日本教育史》，南京：中日文化协会，中华民国三十年(1941)九月初版。第 151 页。

⑧ (日)高桥俊乘著，秦启贤译《日本教育史》，南京：中日文化协会，中华民国三十年(1941)九月初版。第 189—190 页。

⑨ (日)高桥俊乘著，秦启贤译《日本教育史》，南京：中日文化协会，中华民国三十年(1941)九月初版。第 189 页。

心”，至于“学问少些无妨，只要对于家务和裁缝等事熟习就够了”[①]。训练柔顺的性情为女性教育的首要任务，学问则并无严格要求，但这并不是说此时期并不重视女性学问的教育，当时中上层贵族女子则一如平安时代，重视文化修养，“能够习字读书，学习茶道、插花、三味线、弹琴等”[②]。平民女子在寺子屋中学习知识，寺子屋也可以聘请优秀女性担任教师。女性具备了一定的文化修养，不仅可以满足男性贤妻良母的要求，而且可以使家庭生活充满风情雅趣，这也促使女性在家庭生活空隙之际进行文学创作。

最后，日本女性文学创作传统的影响。日本女性的创作曾在日本文学史上大放异彩，平安朝女性的小说及和歌创作更是将日本古典文学推向了高峰。早在平安时代《经国集》以及残篇中就载有嵯峨帝第三女内亲王有智子《奉和太上天皇巫山高》等多篇诗作，林鹅峰认为其可与班婕妤相比，赞为“本朝女中无双之秀才也”[③]。江村北海评其具“幽贞之质，锦绣之才，古今罕传”[④]。友野霞舟认为其“实可谓旷世奇才也”[⑤]。另外，平安朝女性作家吟和歌、写物语、记日记……她们用温婉典雅的语言，将潜藏于内心的缠绵缱绻、寂寥悲怆，寄之于“物”，忧愁感伤地展现了当时斑驳陆离的社会世相和酸辛凉薄的人情世界。她们这种贵族式的写作风格也影响了汉诗的创作。她们的生活与文化，无论是在镰仓、室町时代还是在江户时代，都备受人们推崇。

二、中朝闺秀创作汉诗风气的传入

日本文化的形成与发展得益于中国文化的传入，在江户时期，“中国书籍输入日本，多且快。这不仅表现在中国旧有书籍的输入，新刊书籍七八年后即传入日本的情况十分常见”[⑥]。至江户后期，汉籍传入的速度越来越快，时间的间隔越来越短，日本汉诗的诗风诗论几乎与中国的诗学思潮同步发展。江户时期传入日本的中国闺秀诗集，据大庭脩《江户时代における唐船持渡书の研究》[⑦]记载有：元禄八年(1695)有《古今女史》一部一套，元禄十六年(1703)有《闺贞集》一部一本，享保八年(1723)有《名媛诗归》一套八本，享保十一年(1726)有《彤管新编》一部四本，安永八年(1779)有《午梦堂诗》一部八本，天明三年(1783)有《本朝名媛诗抄》一部一套，宽政十一年(1799)有《古今名媛诗归》一部一

①② (日)高桥俊乘著，秦启贤译《日本教育史》，南京：中日文化协会，中华民国三十年(1941)九月初版。第250页。

③ (日)林鹅峰《本朝一人一首》，富士川英郎、松下忠、佐野正巳编《词华集日本汉诗》第一卷，东京：汲古书院，昭和五十八年(1983)版。第25页。

④ (日)江村北海《日本诗史》卷二，清水茂、揖斐高、大谷雅夫校注《日本诗史 · 五山堂诗话》，《新日本古典文学大系》65，东京：岩波书店，平成三年(1991)版。第488页。

⑤ (日)友野霞舟《锦天山房诗话》，池田四郎次郎编《日本诗话丛书》第九卷，东京：株式会社凤出版，昭和五十九年(1984)版。第522页。

⑥ 孙立《日本诗话中的中国古代诗学研究》，北京：北京大学出版社，2012年版。第2—3页。

⑦ (日)大庭脩《江户时代における唐船持渡书の研究》，大阪：关西大学东西学术研究所，昭和四十二年(1967)版。参见张伯伟《明清时期女性诗文集在东亚的环流》，《复旦学报(社会科学版)》，2014年第3期。

套,天保十二年(1841)有《名媛尺牍》一部一套等。可以看出,相对于其他书籍,传入的闺秀诗集只占很少的一部分。

在明清书籍的输入中对江户时期闺秀诗人创作起直接影响的则是清乾嘉年间袁枚(1716—1797)著作的舶入。袁枚,字子才,号简斋,一号存斋,世称随园先生,晚年自号仓山居士、随园老人,钱塘(今浙江杭州)人。其论诗反对沈德潜的格调说及翁方纲的肌理说,力倡性灵,是乾嘉诗坛性灵派的核心人物。著有《小仓山房集》、《随园诗话》、《随园女弟子诗选》、《子不语》等。其著作《随园诗话》蜚声海外,推动了东亚诗风诗论的发展变化,以及江户女性闺阁创作的发展。

《随园诗话》正编十六卷,补遗十卷,共二十六卷。现一般认为正编最早刻本是乾隆五十五年(1790)随园刻本,补遗为嘉庆年间随园刻本。正编于1791年(宽政三年)传入日本后,引起了江户汉诗人的竞相购买,一时"洛阳纸贵"。"近辇下子弟,竞尚《随园诗话》。一时讽诵,靡然成风。书肆价直,为之顿贵。至抄每卷中全篇收载者而刊布焉"①。自宽政三年(1791),袁枚的著作依次载入日本。《随园女弟子诗选》在《随园三十种》之中,一同输入了日本,为日本闺秀所熟识:"宽政五年(1793)有《小仓山房》1部1套;宽政六年(1794)有《随园诗话》20部20套、《小仓山房》15部15套;宽政十年(1798)有《小仓山房尺牍》1部1套、《小仓山房文钞》1部1套。"②"天保十二(1841)有《随园卅种全集》两部十二套、《随园三十种》二部各十六套;天保十五(1844)有《袖珍随园三十种》二部、《随园三十种》二部;弘化三年(1846)有《随园三十种》一部十套;弘化四年(1847)有《随园三十种》一部十套;弘化五年(1848)有《随园三十种》一部十二包;嘉永二年(1849)有《随园三十种》一部八套;嘉永六年(1853)有《随园三十种》一部十套。"③

与之前诗话著作相比,《随园诗话》中采、评了约一百九十位女性诗作④,同时记录了袁枚广收女弟子以及与女诗人来往唱酬的过程。如两次于西湖举办湖楼诗会,"约女弟子骆绮兰同游西湖"⑤,为女弟子席佩兰小照写跋,送白米给孙云凤,过吴江梨里,收徐山民、吴珊珊夫妻二人为弟子,吴江严蕊珠典卖"环簪为束修,受业门下"⑥等事迹。江户中后期汉诗人受袁枚"性灵说"诗论影响较大:"有学清诗者,皆学袁子才。"⑦"《随园诗

① (日)田能村孝宪《竹田庄诗话》,池田四郎次郎编《日本诗话丛书》第五卷,东京:株式会社凤出版,昭和四十七年(1972)版。第585页。

② (日)大庭脩《江户时代における唐船持渡书の研究》,大阪:关西大学东西学术研究所,昭和四十二年(1967)版。参见刘芳亮《袁枚与日本江户汉文学——以与广濑淡窗诗论的比较为中心》,《晋阳学刊》,2008年第3期。

③ (日)大庭脩《江户时代における唐船持渡书の研究》,大阪:关西大学东西学术研究所,昭和四十二年(1967)版。参见张伯伟《明清时期女性诗文集在东亚的环流》,《复旦学报(社会科学版)》,2014年第3期。

④ 数字统计所依据版本,(清)袁枚著,王英志校点《随园诗话》,南京:江苏古籍出版社,2000年版。

⑤ (清)袁枚著,王英志校点《随园诗话补遗》卷四,南京:江苏古籍出版社,2000年版。第498页。

⑥ (清)袁枚著,王英志校点《随园诗话补遗》卷十,南京:江苏古籍出版社,2000年版。第626页。

⑦ (日)中村幸彦《近世文学论集》,东京:岩波书店,昭和四十四年(1969)版。第400页。

话》……诗家重宝,不啻拱璧。”[①]可见袁枚在日本的受欢迎程度。当然,袁枚提倡、鼓励女子作诗的做法,亦受到保守派的抨击。袁枚不仅在国内被章学诚等人批评为有伤风化,而且在日本亦受到汉学者的不少批评。如云:“袁枚则才学斯下矣……袁子才《随园诗话》,其所喜,只是香奁、竹枝,亦可见其人品矣。”[②]但这些批评没有降低江户汉诗人对袁枚的喜爱,反而进一步引发出诗坛对袁枚的关注以及模仿诗风。

江户后期女诗人江马细香(1787—1681)在悼念其师赖山阳(1780—1832)时,忆起赖山阳写信告诉她,他能同袁枚一样招收女弟子之时,其欣喜与自豪之情溢于言表:“《随园女弟子诗选》新刻成,朱书小文,赐余其略云:余亦有女弟子,弟子未必让集中数女。其师虽不望随园肩项,然以此差可颉颃。”[③]赖山阳“常被时人视为日本的‘随园’,这是由于他的性情、作风同袁枚颇多共同之处,甚至连喜好才女的性癖也相似”[④]。赖山阳去世后,细香在《奉挽山阳先生》(其三)中凄怆回忆了当时的情景:“列媛诗选今在箱,研朱题赠短文章。痴才弟子非金逸,授业先生是小仓。付尾多年悲失骥,临流竟日似无航。尤思海外媒酬唱,三度红梅赋彩鸯。”[⑤]袁枚曾言:“余女弟子虽余二十余人,而如(严)蕊珠之博雅,金纤纤之领解,席佩兰之推尊本朝第一:皆闺中之三大知己也。”[⑥]金纤纤即是金逸,金逸富诗才,能够精确领会和理解袁枚的性灵说,而被袁枚引为知己。此诗中细香将赖山阳比为袁枚,却没有将自己比作金逸。其自言资质驽钝,虽不如金逸一般有才,但其师无论是学识还是拳拳爱才之心,皆可与袁枚相颉颃。

袁枚的“性灵说”也引导出了江户闺秀学诗择师的热情:“比来闺秀钟于北山先生一家,先生之室缃桃女史,善画卉翎。女弟子文姬号小窗,聪慧能诗,摘句云:梅子欲肥先酿雨,竹孙稍长不禁风。瓶花改换轻旬水,棉服成褫连夜寒。皆娴雅可爱。故诗佛赠诗云:莫把清愁吟向天,人间谪堕有深缘。如今谁怪香熏骨,元是玉皇前殿仙。又有云章,年才过笄,极爱诵书,不愿适人,亦奇女子也。先生降帷讲书,此二人每捧册侍侧,殆有南郡家风。”[⑦]山本北山论诗反复古模拟,倡公安派“独抒性灵,不拘格套”,深受袁枚“性灵说”影响。北山“曾为文化元年(1804)柏木如亭校阅的《随园诗话》10卷和刻本作序”[⑧],而且在《孝经楼诗话》中,多次提及袁枚及《随园诗话》,可见他对袁枚的喜爱之情。此时期闺秀多喜性灵之诗,拜师亦多入标举“性灵说”汉诗人门下。所以在择师方面,山本北山受到闺秀的欢迎。

---

① (日)长沢规矩也《和刻本汉诗集成》补篇第四辑,东京:汲古书院,昭和六十二年(1987)版。第192页。

② (日)长野确《松阴快谈》卷三,池田四郎次郎编《日本诗话丛书》第四卷,东京:株式会社凤出版,昭和四十七年(1972)版。第398页。

③⑤ (日)江马细香《湘梦遗稿》卷下,富士川英郎、松下忠、佐野正巳编《诗集日本汉诗》第十五卷,东京:汲古书院,平成元年(1989)版。第166页。

④ (日)佐藤一郎著,蒯大申译《江户、明治时代的桐城派》,《江淮论坛》1995年第1期。

⑥ (清)袁枚著,王英志校点《随园诗话补遗》卷十,南京:江苏古籍出版社,2000年版。第626页。

⑦ (日)菊池五山《五山堂诗话》卷五,池田四郎次郎编《日本诗话丛书》第十卷,东京:株式会社凤出版,昭和四十七年(1972)版。第538页。

⑧ 刘芳亮《日本江户汉诗对明代诗歌的接受研究》,济南:山东大学出版社,2013年版。第171页。

江户时期的诗话著作也受到《随园诗话》很大的影响。日本诗话作家中最喜袁枚的菊池五山(1772—1855),被誉为"本邦之袁子才也"[①]。其《五山堂诗话》直接受到《随园诗话》的影响。在编写《五山堂诗话》时,处处模仿《随园诗话》,尤其是标举闺秀诗:"余每逢闺秀诗,必抄存以广流传。东湖有女弟子林氏文风者,年未及笄,颇善吟咏,平生读书有儒素风,又学书法于东湖老人,殊为秀媚。《春晚》云:'野杏山桃乱晚风,一年春事太匆匆。痴心缺爱蜘蛛巧,更吐纤丝缄坠红。'其最为可喜者,有人持扇索题西湖竹枝者,文风以诗拒之曰:'扇头求自愧君知,欲写还嫌多艳词。瓜李由来人所慎,懒书次也竹枝诗。'真清操女子也。"[②]赞扬了聪慧过人、坚守清操的江户闺阁诗人林文风。当时流行的诗话对女性汉诗人的诸多褒扬,极大地提高了江户女诗人的创作积极性。

另外,日本诗话中记载的中国明清女诗人的创作,也刺激了江户时期女性汉诗人的创作。如《作诗质的》中所载:"明初毗陵士人女,年十六,能诗。其《破钱诗》云:'半轮残月掩尘埃,依稀犹有开元字。想得清光未破时,买进人间不平事。'赋得好矣,白头先生亦将不及。"[③]《诗律》中所记:"妇人称居士者,宋李格非女李清照,号易安居士,有《题八咏楼》诗。又朱淑真,号幽栖居士。明孟澄女孟淑卿,号荆山居士,有《春归》诗。陈孟贤侍姬,号梅华居士。"[④]女诗人可以称为居士,这种可以比肩男子的殊荣,对日本女性的创作也是一种精神支持。

日本闺秀诗人的创作不仅受到中国明清时期女诗人创作的影响,也接受了朝鲜女诗人创作的影响。与同时期明清闺秀诗人相比,朝鲜朝女性汉诗人的创作较少。徐居正(1420—1488)在其著作《东人诗话》中曾言:"古之闺秀,如蔡琰、班婕妤、薛涛之辈,其词藻工丽,可与文士颉颃。……吾东方绝无女子学问之事,虽有英质,止治纺织而已。是以妇人之诗罕传。"[⑤]朝鲜受程朱理学影响较深,"女子无才便是德"、"女子不宜为诗"的观念深植于朝鲜民众的观念中,朝鲜女性亦大都谨守三从四德:"诗云,无非无仪,惟酒食是宜。易云,主中馈、贞吉,不必休其蚕织,烦事诗书。况四方皆有性,千里不同风,吾东方女子不学之俗,安知反有益耶。"[⑥]东亚儒家认为女性应以家庭为重,不需"烦事诗书",女子不学反而是有益处的。但是,朝鲜女子尤其是富有才华的女诗人,其内心还是存在着深深的不甘。可见明清闺秀诗风的东传,极大鼓舞了朝鲜女性汉诗人的创作发展。

与日本相比,朝鲜与中国的交通比较便捷,来往也比较频繁。因此,朝鲜女性汉诗人

---

① (日)加藤白良《柳桥诗话》卷上,池田四郎次郎编《日本诗话丛书》第六卷,东京:株式会社凤出版,昭和四十七年(1972)版。第 337 页。

② (日)菊池五山《五山堂诗话》卷一,池田四郎次郎编《日本诗话丛书》第四卷,东京:株式会社凤出版,昭和四十七年(1972)版。第 605 页。

③ (日)冢田虎《作诗质的》,池田四郎次郎编《日本诗话丛书》第一卷,东京:株式会社凤出版,昭和四十七年(1972)版。第 386 页。

④ (日)赤泽一堂《诗律》,池田四郎次郎编《日本诗话丛书》第四卷,东京:株式会社凤出版,昭和四十七年(1972)版。第 497 页。

⑤⑥ (朝)徐居正《东人诗话》卷下,池田四郎次郎编《日本诗话丛书》第九卷,东京:株式会社凤出版,昭和四十七年(1972)版。第 562 页。

的作品可较快地“回流”中国，如朝鲜著名女诗人许兰雪轩(1563—1618)的诗作传入中国后，柳如是赞其诗“散华落藻，脍炙人口”①，深受明清诗人喜爱。明清诗人在编选诗集时，往往采录其诗入编。如《列朝诗集》共选录六位朝鲜女诗人的三十八首诗作，其中有许兰雪轩十九首作品②。《明诗综》共辑录五位朝鲜女诗人的十首诗作，许兰雪轩的诗作占总数的二分之一③。

在明清之际，随着中国书籍输入日本的速度越来越快，这些采录朝鲜女诗人的明清诗选集也很快地输入日本。如《列朝诗集小传》刊行于康熙三十七年(1698，元禄十一年)，第二年(1699，元禄十二年)即传入日本。《列朝诗集》于顺治六年(1649)编撰完成，有顺治九年(1652)毛氏汲古阁刊本等。由于钱谦益(1582—1664)在字里行间中常常流露出对明朝的追思之情，而遭到清廷毁版禁行，流传甚少。即使如此，《列朝诗集》于雍正四年(1726，享保十一年)也已传入日本，受到日本诗人的热捧。《明诗综》于清康熙四十四年(1705，宝永二年)刊行，享保年间(1716—1734)传入日本后，也受到了日本诗人的青睐。

自1592年发生壬辰倭乱之后，朝鲜限制对日贸易，传入日本的书籍极少。宣祖四十一年(1608，万历三十六年，庆长十三年)刊刻的《兰雪轩集》于肃宗三十一年(1711，康熙五十年，正德元年)传入日本④，晚于《列朝诗集小传》十多年。明清之际，日本诗人对中国书籍经典的需求增大，对中国历代著名诗家的诗作极为仰慕。明清诗总集对朝鲜女汉诗人诗作的收录，以及明清诗坛对朝鲜女诗人的赞扬，都很容易引起江户诗坛对朝鲜女性汉诗的关注兴趣。江户女诗人通过传入的中国书籍中的相关记载，来了解朝鲜女性汉诗人。在这样的背景下，朝鲜女性汉诗的输入，自然会激励起日本女性汉诗的创作热情。

综上所述，江户时期女性的社会地位，较之于平安时代更为衰微。江户初期的社会趋于稳定，商业开始繁荣，本土文化渐起，思想较为开放。尤其是随着儒学在江户幕府及市井社会的普及，以及在中、朝闺秀诗风的影响下，到了江户中期之后，女子写诗蔚成风气。深闺中的女性点燃了汉诗创作热情，江户后期汉诗坛出现了一批才华横溢的女性汉诗人，如江马细香、梁川红兰、原采蘋等，正是她们掀起了日本女性创作汉诗的高潮。

① (清)钱谦益《列朝诗集小传》下，上海：上海古籍出版社，1959年版。第813页。

② 数字统计所依据版本，(清)钱谦益辑《列朝诗集》闰集第六卷，上海：三联书店，1989年版。第683—684页。

③ 数字统计所依据版本，(清)朱彝尊辑《明诗综》，文渊阁四库全书本。卷九十五。

④ 张伯伟《明清时期女性诗文集在东亚的环流》，《复旦学报(社会科学版)》，2014年第3期。

第二节　江马细香、梁川红兰、原采蘋等女性汉诗人的创作

梁川红兰、江马细香等为日本江户后期的著名闺秀诗人。清代学者俞樾在编撰《东瀛诗选》时，特设一卷选编日本闺秀诗，共入选36人女性汉诗人。其中对梁川红兰、江马细香尤为欣赏，赋诗赞曰："红兰湘梦两芬芳，彤管由来别有光。"[①]这两位女诗人堪称江户闺秀诗坛的佼佼者。

一、江马细香

江马细香(1787—1861)，名袅，又名多保、袅、猗，字细香，又字绿玉，号湘梦、箕山，美浓人，藩医江马兰斋第二女。五岁即读诗书学绘画，十三岁向僧人玉潾学画墨竹，二十五岁时与妹柘植游京都、大阪，二十七岁时，拜入赖山阳门下，学习诗书，师浦上春琴学习南画六法。后游学京都等地时与小石元瑞、筱崎小竹、武元登登庵等汉诗人交好，共同探讨作诗技巧，诗名渐高。游学结束后，细香与梁川星岩、红兰夫妇、村濑藤城等美浓文人结白鸥社。六十岁时，与小原铁心结黎祁吟社。六十一岁时，被推为咬菜社社长。七十五岁病殁。

明治四年(1871)，细香殁后十年，其所著《湘梦遗稿》刊行。前有其师赖山阳书简，小原铁心以及侄孙江马义信成所撰小文，卷末有后藤松阴所撰《细香女史墓志铭》以及跋，江马桂所撰短文一篇。《湘梦遗稿》共两卷，有诗三百三十八首，主要收录了其二十七岁至七十四岁四十八年间的诗作。

卷一收录了文化十一年(1814)至文政十年(1827)作品。此时细香闺中生活舒适，心境开阔，又值拜入名师门下，刻苦向学，诗思清新可爱。另外，游学经历使其不再局限于闺中这片狭小的天地，境界较为开阔。《插菊》、《理庭》、《养兰》、《赋闺里盆兰》表现了闺中生活的悠游自在。如《夏日偶作》"午窗眠足深闺静，临得香奁四艳诗"[②]、《所见》"知得读书人未寐，银灯一点透簾明"、《冬夜》"拨炉喜见红犹在，又剔残灯读几行"、《闲居初冬》"急景身闲犹觉永，吟诗学画代妆梳"等诗，表现其拜师之后于闺中认真读书习画之事。读万卷书，行万里路，细香不满足"生怕春光次第残，隔簾飞花偷眼看"(《春闺》)的闺中生活，于是她经常外出游历，《江行即事》、《自歧阜舟行至墨股》、《自势多舟行至大津》、《下高濑舟中》、《遡淀河作》、《同柳溪居士赴栢原途中书所见》、《同蛙亭山人寻近村花》等诗，诗中有画，可谓活丹青。游历途中细香广交友朋，留别赠人之诗占此时期较大比重。《六

① (清)俞樾《东瀛诗选》卷四十，东京：汲古书院，昭和五十六年(1981)版。第547页。

② 所引江马细香诗版本，(日)江马细香《湘梦遗稿》，富士川英郎、松下忠、佐野正巳编《诗集日本汉诗》第十五卷，东京：汲古书院，平成元年(1989)版。第148—176页。

月十二日访星岩居士》、《别后赠人》、《留别诗呈山阳先生北堂》、《别后寄大槻盘溪》、《赠菅太古新卜居》、《福楼集留别京师诸彦》、《赠藤城山人》、《赠鲁庵禅师》诸如此类，记述了见面时的欢乐与分别后的抑郁情怀。细香一生未嫁，近四十岁时寄身寺院，已脱离闺中女儿的娇俏之态，渐无少女情怀。“闲身寂寞寄僧家，一帙唐诗一鼎茶”（《平等寺侨居偶题》）。在此种寂寥生活中，她与唐诗清茶相伴，始终保持“看为闺阁画师来”（《自咏》）的任性豪气。

卷二为文政十二年(1829)至万延元年(1860)作品。此时期江马细香诗作逐渐脱却闺阁气息。大致来说可分为咏物诗、山水田园诗、行旅诗三类。

细香的咏物诗在此阶段中诗作中所占比重不大，其中较为优秀的是《燕间四适诗》，其所咏之物非闺阁常咏之花，而是指琴、棋、书、画这四件高雅之器。作者直抒胸臆，通脱豁达。其《琴》诗曰：“古来一子期，谁能听至今。好人纵难得，洁净心所钦。但与琴趣适，不必觅知音。”该诗引俞伯牙、钟子期高山流水的典故，表明在此世上知音难觅，无须强求，有琴相伴即可。其《棋》曰：“旁观眼能明，遇敌还易眩。人间事皆然，不独棋局面。”借棋喻人事，人间的诸多烦恼琐事如同弈棋，往往当局者迷，旁观者清。还有读书时“胸臆须贮古，落笔但要新”（《书》）。还有“为画论形似，其见邻童子。此语谁能吐，东坡老居士。余取以为法，墨君或落纸”（《画》）。对于中国画中的形神关系如何体认，历来诗画界争论不休，各大家各抒己见，各有发明。而女诗人细香除了诗才绝异，还擅长绘画，她十分认同苏东坡的艺术观，所以写出“若能写胸中，何必畏誉毁”（《画》）的诗句。

细香的山水田园诗中，女诗人多用白描的手法，记述了农村的自然风光及风土人情。其《菜圃群蝶》：“黄花惹黄蝶，黄蝶栖黄花。不辨花是蝶，菜圃春风斜。”语言清丽明快，颇有意趣。再看《插秧》：“水足秧田绿稍摇，康平气象风雨调。罫布千顷畦藤上，剩见余沾长豆苗。”描写了农村和乐太平之景。《至八幡途中书所见》(其二)记述了农村“菜麦纵横未收尽，尖尖寸绿插新秧”的繁忙景象，以及“一齐抽绿灯心草，知是耕余织席来”（《至八幡途中书所见》其一)的风俗习惯。“秋天镰札札，收获趁霜晴。公私廪已满，滞穗见丰成。不独寡妇利，鸟雀亦见喜”（《香稻南成》），则描写丰收之喜。

细香后期的行旅诗，往往写得气韵深沉，显露一丝沧桑之感。如《庚子八月将赴南势舟下桑名》诗云：“十里下江艇，一身浮水萍。”造句凝练，借物喻人，以“萍”自喻，自己如同浮萍一般的流浪生活，同时显露心情荒凉，凸显孤苦零丁的心境。还比如《长滨路上所见》诗云：“冷笑乔松岁寒翠，半身枉系薜萝红。”枉系薜萝，最终仍受孤单之苦，诗人悔恨又无奈，心境沉郁难遣。《己丑八月二十七日舟行下桑名》云：“柳容惨淡知霜下，芦影动摇疑岸行。”旅途景色，动感十足，但还是透露出一丝苍凉凄楚。此外还有《过白子有感》中“曾游回首梦依稀，山色犹青人已非”，抒发物是人非之感；《己酉三月游京偶有此作》曰：“故交半鬼录，知己多天涯。每经昔游地，转觉凄怆加。”感叹世事沧桑，变幻无常，人生暮年，故友已逝过半，因而在独特的行旅中更添悲伤之情。

细香的写景诗也颇多佳作。诸如《惜春》、《草蹊春霁》、《夏日小景》、《夏夜》等，皆能融情于景，抒发寂寞之情。再如《早春》：“春入梅花丙午年，东风吹冷忽凄然。”《晚秋》：

“寒闺寂寞掩窗纱，秋老瀼瀼风露斜。”《乙未秋日同无底禅师至乐老人探胡枝花至法幢寺门空锁因狂途游正觉寺》：“幽鸟幽花秋满村，禅开寂寞锁黄昏。”皆为写景抒情的佳作，透露出女诗人孤寂生活的独特感受。

细香还写了很多评论紫式部的《源氏物语》的诗作，如《读源语》对《源氏物语》中的夕颜、三公主、葵姬、玉鬘等人沉思刻画，身为女儿，自有一番真知灼见。细香的见解往往独特，比如不像一般读者那样同情夕颜的薄命。她认为“香烬芳空根不断，又抽柔蔓故缠绵”(《读源语》其一)，觉得夕颜虽死，还是有女儿玉鬘，她与光源氏的这一结晶，还是延续了他们的爱情缘分，因而令人欣慰。在《源氏物语》所刻画的众多女子中，她最喜欢的是光源氏多次求爱而未得手的女子空蝉。“红闺多少春宵梦，我爱空蝉蝉脱来”(《读源语》其二)。高傲美丽的空蝉形象，可能让细香想起了自己的少女时代，甚至可以傲然拒绝赖山阳的求婚。而写出“即色是空空即色，此中幻影认难真”(《读源语》其二)这样的诗句，既对《源氏物语》中的爱情进行了总结，也是对现实中的自己所经历的那段无疾而终的爱情的深刻慨叹。

《读紫史》为细香汉诗中的一篇长诗，全诗共168字，对《源氏物语》的主讲“情”进行了概括，认为“情有欢乐有悲伤，就中钟情是相思。勿罪通篇事涉淫，极欲说出尽情地”。细香还认为，《源氏物语》之所以让历代读者如痴如醉，原因是作者紫式部为女子身，自有异于男子的情感风怀。“分析妙处果女儿，自与丈夫风怀异”。她认为巾帼不让须眉，女子照样可以写出精彩的传世之作。另外，细香还有《木兰》、《雪夜读日本外史》、《读淮阴侯传》等诗作，皆有自己的独特看法。

细香晚年生活窘迫，独处之时，不免感到凄凉，这种凄凉的感情在其后期诗作中经常流露。如：

亲阅朝餐又晚餐，拮据左右要承欢。(《丙申冬作》)
老后无为天供我，群生芸而地收根。(《偶作》)
孤房弄笔岁年移，一误生涯何可追。(《题自画》其一)
写竹人知瘦于竹，半窗微雨昼萧然。(《题自画》其二)
耽画青年误此生，老来疏懒愧浮名。(《题自画》其三)
但愧鬓边多白处，三更酒醒独凄然。(《岁晚偶作》)
弄月嘲花六十年，老来情态更堪怜。(《偶作》)
一误无家奉舅姑，徒耽文墨混江湖。(《次韵平户藩铠轩先生寄作》)
人间司命冥官录，无用如吾每被遗。(《丙辰冬杪余呕血若干合戏有此作》)

她在诗作中多用“误”、“怜”、“瘦”等字，吐露出自己的某些人生悔恨。其师赖山阳在世时，曾劝其刻诗，细香坚辞不肯，“恐招售名钓利之谤”[①]，认为刊行自己的汉诗集于世无益，其原因或在于此。

---

① (日)江马细香《湘梦遗稿》卷下，富士川英郎、松下忠、佐野正巳编《诗集日本汉诗》第十五卷，东京：汲古书院，平成元年(1989)版。第147页。

细香前期闺中生活平静舒适，游学途中投身大自然，诗之内容带有童心意趣。如《新草》、《新烟》、《新竹》等，带有欣欣向上，蓬勃之气。《甲戌仲秋游妙兴寺归路失凉伞戏有此作》、《为赋杨宛宛十六艳中题》之类的戏作，也洋溢着欢快的情调。但这类诗作在后期诗作中越来越少出现。

细香的后期诗作，将笔触深入社会生活中，写景抒情，皆自然大气，颇具历史沧桑感以及岁月沉淀的厚重感。如送别赠人之诗，比之卷一所作，更显出独立思索，而且语真情深。尤其是《送侄孙信成从驾东行》、《别后赠侄孙信成》等诗作，殷殷嘱托，眷眷怀顾，令人感动。

细香有至孝之心，自云"此身所愿唯无恙，犹有高堂老病亲"(《自遣》)。从《赋近况时阿母卧病》、《春尽作时家大人卧病》等诗作中，皆可看出其侍奉双亲的拳拳孝心。继母逝后，细香同样写诗悼亡，表达哀情。细香又是一位深知感恩、极重情义的女子。其师赖山阳去世后，细香极为悲痛，撰写《奉挽山阳先生》、《京城秋游有怀亡先生》等悼亡诗，抚今忆昔，字字呜咽，读之令人潸然泪下。

细香对花中四君子"梅兰竹菊"颇为喜爱，其中尤好梅、竹。据《湘梦遗稿》粗略统计，诗集中咏及花木的诗百余首，其中咏竹三十一首，咏梅二十一首。细香一直将梅、竹引为知音，"梅香竹色旧相知"(《自述》)。她爱梅的"玉妃寒里立，素艳不为妆"(《题自画梅》)，竹的"独立湘江霜雪中，终年袅袅带清风"(《题自画竹》)。梅、竹遗世独立的气节，不畏严冬，坚韧绝俗的高雅风姿，正是诗人自身清华高洁的精神体现。细香咏物言志，写梅、竹之风骨，实际乃是她自身内在性格与情操外显。

其次诗集中歌咏最多的是樱花、海棠，近二十首。多借花落花开之态，或写离愁别绪，或发自己凄凉之境，寂寞之感。诗作中佼佼者，如《秋海棠》：

庭阶经雨气凄凉，冷艳茎茎发海棠。
一任秋宵花睡去，无人秉烛照红妆。

诗人化用苏轼《海棠》"只恐夜深花睡去，更烧高烛照红妆"[①]诗句，一反怜花惜花之意，用"凄凉"、"冷"、"一任"、"无人"等字，写出海棠之寂寞冷清，诗人萧索之心态。

像上述《秋海棠》那样化用中国诗歌传统典故，这在细香《湘梦遗稿》中可谓信手拈来，经常可看。如《十春词》(其一)曰：

阁晴云意久商量，香雾沈沈锁海棠。
自是花边蝶衣重，高飞不复过邻墙。

其中"香雾沈沈锁海棠"句，从苏轼《海棠》"东风袅袅泛崇光，香雾霏霏月转廊"[②]句中化出。"自是花边蝶衣重，高飞不复过邻墙"，则从晚唐诗人王驾《春景》"蜂蝶纷纷过墙去，

---

①② (宋)苏轼《东坡全集》上，北京：中国书店，1986年版。第190页。

却疑春色在邻家”[①]句中摘取化用。

再如《山居》云：

终年碧山里，别是占乾坤。
林鸟啼愈静，石泉咽不喧。
层峦天造画，双树自然门。
此里何人住，青苔绝屐痕。

“林鸟啼愈静”化用的是（南北朝）王籍《入若耶溪》“蝉噪林逾静，鸟鸣山更幽”[②]句。“石泉咽不喧”从（唐）王维《山居秋暝》“明月松间照，清泉石上流。竹喧归浣女，莲动下渔舟”[③]中析出。“青苔绝屐痕”句，从（唐）刘长卿《寻南溪常山道士隐居》“一路经行处，莓苔见屐痕”[④]句取鉴。

又如《梅边步月》云：

梅月婵娟奈夜何，微吟移步踏横斜。
满身疏影清如水，但认幽香不见花。

整首诗意境精微，幽情深沉，化用了林逋《山园小梅》“疏影横斜水清浅，暗香浮动月黄昏”[⑤]名句，而抒发女诗人内心的人生感慨及坚定信念。宋代诗人林逋爱梅成痴，以梅为妻，以鹤为子。这种高洁情操为历代汉诗人所激赏，江马细香亦然。她效仿林逋，幽居以梅为侣，赋诗曰“与梅相侣送残年”（《岁晚偶作》），又以兰为子，“因侬养兰意，解人育儿情”（《养兰》），可谓日本的女林逋，“梅夫兰子”。诗人一直养兰，将幽兰看作自己的孩子，不仅是爱兰花的淡雅清高，更多是得到一种感情慰藉：“爱兰清贞质，无人亦馥兮。不知空谷里，孰与我寒闺。”（《养兰》）兰花在风吹霜打后枯萎，女诗人伤心不已：“多年爱养素婵娟，昨夜风霜真可怜。香断玉销簾幕寂，小瓷盆上月萧然。”（《所爱素馨为寒枯萎诗以伤之》）

细香诗中也常常化用词作佳构或典故。如《春尽》诗云：

不闻钟响到闺扉，晓梦沈沈卧翠帷。
半点灯摇断肠雨，故将春睡送春归。

---

① 王驾《雨晴》又名《晴景》、《春晴》。据（宋）胡仔《苕溪渔隐丛话·后集》（北京：人民文学出版社，1981年版。卷二十五，第184页）记载，王驾《晴景》云：“雨前初见花见蕊，雨后兼无叶底花。蛱蝶飞来过墙去，应疑春色在邻家。”王安石喜爱此诗，改其七字，诗成：“雨来未见花间蕊，雨后全无叶底花。蜂蝶纷纷过墙去，却疑春色在邻家。”明清时代编选《千家诗》时，将王驾《晴景》的第一句与王安石改后的后三句，组成《春景》一诗。本文引王驾诗版本为（宋）谢枋得、（明）王相等选注《千家诗》，杭州：浙江人民出版社，1980年版。第11页。

② 余冠英《汉魏六朝诗选》，北京：人民文学出版社，1978年版。第282页。

③ （清）彭定求等《全唐诗》第四册，北京：中华书局，1960年版。第1276页。

④ （清）彭定求等《全唐诗》第二册，郑州：中州古籍出版社，2008年版。第696页。

⑤ 北京大学古文献研究所《全宋诗》第二册，北京：北京大学出版社，1998年版。第1218页。

"故将春睡送春归",化用北宋词人王观《卜算子·送鲍浩然之浙东》中"才始送春归,又送君归去"句,表现对春尽时节的哀伤之心。细香汉诗中化用诗词典故,往往信手拈来,适景合情,达到炉火纯青的境地。

总体来看,江马细香诗中所表现出来的情操与志趣,与中国宋代被称为"断肠诗人"的朱淑真较为接近。中日这二位才女,皆能诗善画,精通音律,人生旅途充满不幸。她们的内心忧郁哀伤,支撑她们艺术人生的动力更多来源于精神方面的追求。朱淑真虽然有过婚姻,却并不幸福。这种痛苦使她"宁可抱香枝上老,不随黄叶舞秋风"(《黄花》)。江马细香没有经历过婚姻,所以内心对婚姻还抱着一定的渴望,年老孤独寂寞时还曾后悔年轻时的耽于诗画。但她始终有着一颗坚强而独立的心,这也是江户女诗人能够傲然独立的根本所在。细香可以高声吟诵"浮生本如梦,聚散亦姻缘"(《戊午人日同铁心大夫雪爪禅师及松仓菱田二生游无何有庄赋即事时将大夫下东都禅师飞锡于越前》),这种阔大爽朗的心境使她的汉诗创作几乎未有小女儿娇羞之态。中日这两位伟大的女诗人,虽然生活在不同的社会家庭,不同的时代环境,但同爱梅、竹的风雅高洁,同咏出结构精美、挚情感人的汉诗,表现了她们柔中带刚的个性以及高雅的志趣情操。

细香诗作与其他日本女诗人多表现闲愁闺怨不同,她"为人笃实温雅,有卓识,事父孝。……笔砚自娱而又慨然有忧国之气,使鬓眉丈夫有愧色"①。其人及诗受到诗坛赞誉,被赞为"吾邦女丈夫"②。清末俞樾《东瀛诗选》,精选其诗三十四首,是日本闺秀诗中被选最多的,并称其为"奇女子也"③。江马细香堪称日本女性汉诗人之冠。

二、梁川红兰

梁川红兰(1804—1879),名景,又名景婉、芝香,字道华、月华,号红鸾,后改红兰,美浓人。著名汉诗人梁川星岩之妻,江户后期著名的闺秀诗人,与江马细香并称于世。观其一生行迹,从梁川星岩游历近二十载,辗转京都、江户各地。丈夫去世后,寓居京都,开设私塾,虽生活清贫仍吟诵不已。

所著《红兰小集》又名《芙蓉镜阁集》,共两卷,有诗一百三十首。梁川星岩题签《女工余事》,以"余事"称之,透露出一种严酷的现实,即汉诗写作在江户女性生活中还是处在非正统主流地位。小野湖山有题词云:

> 莫欺三寸弓鞋小,踏破江山万里春。长得琴书陪燕赏,宁辞挂玉共酸辛。班昭本意在箴诫,德曜遗风甘隐沦。夫子文章重天下,室家何怪有斯人。
>
> 谁信词章是绪余,吟成长短尽琼琚。优柔清婉人相似,卓越高情世莫如。不废

① (日)江马细香《湘梦遗稿》卷下,富士川英郎、松下忠、佐野正巳编《诗集日本汉诗》第十五卷,东京:汲古书院,平成元年(1989)版。第176页。

② (日)江马细香《湘梦遗稿》卷下,富士川英郎、松下忠、佐野正巳编《诗集日本汉诗》第十五卷,东京:汲古书院,平成元年(1989)版。第178页。

③ (清)俞樾《东瀛诗选》卷四十,东京:汲古书院,昭和五十六年(1981)版。第549页。

居常针黹事，兼工上古圣贤书。笑他弄月嘲花伴，忍把浮华买今誉。

小野原并不赞同其夫君的"余事"之题签，"谁信词章是绪余，吟成长短尽琼琚"一联，便是对女性汉诗人的极大肯定。这两首题词，不仅赞赏红兰与夫君近二十年的游历事迹，还赞美诗如其人，优柔清婉、卓越高情，生动地描绘出一位饱读诗书、名满天下的闺秀诗人形象。

《红兰小集》卷一为文政三年十二月(1820)至天保元年二月(1830)期间所作。文政三年，梁川红兰嫁与梁川星岩，此时所写汉诗，略显纤弱，以描写闺中生活和咏物为主，大多吟咏风月，咏物伤怀，以白描笔触表达闲适、无聊甚或感伤的闺中情怀，笔触细腻，但不出闺阁习气。如《睡起》"一寸红霞落明镜，脸边知有枕痕残"[①]、《夏日闲咏》"倦抛针线慵重埋，汗珠透衣睡方起"描写慵懒散漫的闺中生活，《无题》、《散步》、《连日余寒甚，书以遣闷》则抒发无聊的婚后生活。咏物之作乃是主要内容，《兰竹二咏》、《庭梅》、《榴花》以及诸多题画诗，诸如《芳草蝶飞图》、《秋江渔父图》、《题钏云泉山水画卷后》、《题自画菊花》、《牡丹蝴蝶图》、《红莲翠竹二图》、《题梅澹卿画溪山秋霖图》、《梅花寒雀图》、《梅花烟月图》，都不难看出梁川红兰初期诗歌创作在诗歌内容上的偏狭。其中不乏佳作，如卷首《无题》"阶前栽芍药，堂后莳当归"，采用"当归"谐音，表达盼望盼丈夫早日归来的殷切心情。至于不废针黹，兼工诗书，在梁川红兰此期诗中亦常谈及。文政五年(1822)后，红兰随星岩游历各地，吟诵唱和，多有进益，诗作饱含羁旅乡思，时有惊艳之作。如《客中述怀》、《梦得乡书》、《思乡二首》、《旅怀》、《舟下蓝川》等，皆得诗家好评。

卷二为天保元年三月(1830)至天宝十一年十一月(1840)作，不少诗作已脱闺中纤弱习气，转以写景、纪事为主，表现田园生活的和谐，穷苦病痛、飘忽不定的寓居生活，兼以表达朋友间的相逢离别情绪，或清新明丽，或深郁哀伤，但总不失乐观心态，时有佳作。诸如《鸭水寓楼夏日杂题十首》其五"家凫不待人驱去，相唤相呼队队归"，颇有田园诗之风韵；《九月朔日作》、《丙申之秋大饥书感，适初山生饷新谷，故第四句及之》表现生活之困苦；《病中夜吟》、《病起》表达了病中吟诗的乐观情怀；《三山亭双鹤诗》述双鹤去而复归事，发出"世上承轩者何限，势荣相警不如禽"的感叹；《壬辰九月从外君将赴江户，留别湖东诸旧》表达了离别好朋的恋恋不舍，是一篇不可多得的佳作，其末联"行到关东无可梦，化为双鹤上江州"，想落天外，颇有李白诗的遗韵风流。红兰的咏史诗作亦时有佳妙，集中有《杨柳枝词九首》，其一云："汴河一道碧波通，长缆高帆宫锦红。殿脚三千已黄土，空余眉黛媚春风。"此诗抒发历史兴亡之叹，颇有见识，凸显朝野悲喜的对照，百感交集，令人感慨。

梁川红兰喜爱花，经常观花、探花，整个过程欣喜高兴，并吟咏不辍。在细香笔下，兰花、梅花、莲花、樱花、菊花、杏花、桃花、牡丹等，都能取材化为诗料，在汉诗中得到精彩微妙的表现，极为出色。因此若将其《红兰小集》比喻为汉诗花圃，亦不为过。红兰对梅花的喜爱之深，从其诗集中的诸多咏梅之作，如《庭梅》、《亭中梅开一枝》、《至日腊梅始花，

---

① 所引梁川红兰诗版本，(日)梁川红兰《红兰小集》，富士川英郎、松下忠、佐野正巳编《诗集日本汉诗》第十五卷，东京：汲古书院，平成元年(1989)版。第395—406页。

乃赋长句》以及所题《梅花寒雀图》、《梅花烟月图》等，不难看出。这方面的代表作，非《庚寅二月十八日，同外君观梅于和州月濑村。晚间风雪大作，遂宿山中道士家，至夜半云破月来，奇殆不可状也。翌又探雄山、桃野、长曳诸村花而归，得十五绝句》组诗莫属。把汉诗咏梅，写得如此铺排精彩，在江户诗坛实不多见。其中有云：

> 水曹去后又逋仙，更有青丘诗句妍。
> 绝胜争如月滩雪，月中立雪耸吟肩。

在《读松亭老人梅花百咏》还有“赏心千古水曹郎，李白桃红失宠光”句。可见梁川红兰对于历代梅花诗颇有研究，见识不凡，特别推尊南朝梁代的何逊、宋代的林逋以及明代的高启。宋代喻良能诗云：“却月枝横淮海初，水曹句法到西湖。横枝影瘦池清浅，奇绝何人作画图。”[①]红兰吟赋，与其有异曲同工之妙。

综观梁川红兰一生遭际及汉诗创作，与中国宋代女词人李清照有几份相似，特别是因为人生变迁，其诗歌创作前后风格发生了明显的变化。人生遭际的巨大变迁给女诗人带来了生活感受及人生感悟的巨大变化，这也改变了诗作的抒情内容。《红兰小集》卷一、卷二中皆有题名《睡起》的诗作，相隔十年后的描写抒情诗风格发生了明显的改变。

卷一载《睡起》诗云：

> 流莺唤梦起凭栏，午日晶晶池水寒。
> 一寸红霞落明镜，脸边知有枕痕残。

流莺的欢鸣把梦唤醒，日光晶莹，红霞照镜，枕痕仍在，描绘了春天里无忧无虑、闲散闲适的闺中少女睡起凭栏的画面，富有青春活力、勃勃生机，对未来生活充满了幻想和憧憬。

然而十年后，汉诗同样在描绘闺房晨起的画面，则显得疏懒萧瑟。如卷二载一首《睡起》诗云：

> 细雨床头一觉眠，梦回香鼎有残烟。
> 半林斜日稀疏影，红叶风吹坠枕边。

梦醒不再因为有流莺的欢叫，也许是感受到秋天的凉意，在梦里还是回忆着往昔闺中香烟缭绕的情境。秋雨初霁，黄昏日影渐斜，红叶坠落枕边，悄无声息，一片静寂，此景不正是李清照词《声声慢》中描写的场景么。想必此时的梁川红兰，也应吟起近千年前的李清照词，并与之心息相通。日本江户时代的梁川红兰，与中国宋朝的李清照，东亚的这两位才女汉诗人，都曾有过有从“兴尽晚回舟、误入藕花深处”[②]，至“薄雾浓云愁永昼，瑞脑销金兽”[③]的人生转折及情感领悟，女性汉诗中这样的闺中记载，是一种令人刻骨铭心的心灵召唤。

梁川红兰前期的汉诗创作，有着较为明显模仿前人名句的痕迹，这种现象在日本汉

① （宋）喻良能《香山集》，清文渊阁四库全书本。卷十四。
② 唐圭璋《全宋词》第二册，北京：中华书局，1965年版。第927页。
③ 唐圭璋《全宋词》第二册，北京：中华书局，1965年版。第929页。

诗大家中也多见。在此不妨举以两例。《思乡二首》其二云：

> 红事阑珊绿事新，每因时节泪沾巾。
> 遥知樱笋登厨处，姊妹团圆少一人。

此诗与王维名篇《九月九日忆山东兄弟》“独在异乡为异客，每逢佳节倍思亲。遥知兄弟登高处，遍插茱萸少一人”[①]无论字句还是意境，都有明显的直接套用之处。还比如《红莲翠竹二图》其二云：“满城桃李竞芳辰，有似纷纷轻薄人。谁见此君能劲直，山中八月别成春。”也是化用了白居易《大林寺桃花》名句“人间四月芳菲尽，山寺桃花始盛开”[②]。此外，红兰汉诗中用语也有可商榷之处，比如《湖村春霁》中有“五亩卜不得，半生常泛然”句，用了《孟子·梁惠王上》中“五亩之宅，树之以桑”典故，借以表现漂泊之苦。然“卜”字常意卜卦，古人建房讲究风水，故可说“卜宅”、“卜居”，却不可说“卜田”。卜“五亩”的用法，在中国诗词中很少见。所以俞樾在《东瀛诗选》中，把这一句改为“五亩归未得”[③]，不知梁川红兰见到后会不会同意这样的推敲字词。

三、原采蘋以及其他女性汉诗人

原采蘋（1798—1859），名猷，号采蘋，筑前人。自幼由其父原古处（1767—1827）教授汉诗文，一生都在旅行漂泊中，有诗集《采蘋诗集》等。《采蘋诗集》中有部分诗作为残篇。其佳构如《秋思》：

> 坠叶纷纷林月鸣，幽庭夜色有余清。
> 欲题一句写秋思，先我虫声诉不平。[④]

整首诗押韵合律，用叠字“纷纷”描摹了树叶不断地坠地之态。“幽”字与上句“鸣”的相对，突出了月光的清冷，小院的寂静。在这样一个夜晚，内心孤独凄凉之情顿然而生。女诗人本想提笔赋诗，秋虫却似乎早就感知到了诗人内心所想，赶在她题句之前就开始倾述不平之鸣。此诗用了拟人的手法，用“虫声”把内心沉重的秋思和盘托出，秋虫虽然抢先鸣叫，有趣可爱，却能有效转移女诗人的注意力，不知不觉中就减缓了她内心的萧瑟之感。生活就是这样的多元和有趣，人的心情和感受也是多元和可变的，这或许就是采蘋此诗给人的不同解读。

又如《舟入隅州》：

> 萨城东去放孤舟，无限云山翠色浮。
> 满海春风吹不断，烟波深处入隅州。

---

① （清）彭定求等《全唐诗》第四册，北京：中华书局，1960年版。第1306页。

② （唐）白居易著，顾学颉校点《白居易集》第二册，北京：中华书局，1979年版。第341页。

③ （清）俞樾《东瀛诗选》卷四十，东京：汲古书院，昭和五十六年（1981）版。第549页。

④ 所引原采蘋诗版本，（日）水上珍亮《日本闺媛吟藻》卷上，富士川英郎、松下忠、佐野正巳编《词华集日本汉诗》第十一卷，东京：汲古书院，昭和五十九年（1984）版。第501页。

此首诗为行旅诗。路途人烟稀少，诗人放任“孤”舟自流。“浮”字不仅写出了舟行中“翠色”漂浮的动态感，而且表现了翠色晕染的范围之大，“孤”与“浮”相对而写，凸显了诗人的孤独寂寞感。全诗化用中国古诗句的痕迹明显，如“无限云山翠色浮”句中的“翠色浮”，在历代古诗中多有写到，如（宋）释师范《偈颂七十六首》（其一）“万木寒威解，千峰翠色浮”[①]。至于“满海春风吹不断”句，应该出自白居易《赋得古原草送别》中“野火烧不尽，春风吹又生”[②]之意。“烟波深处入隅州”句，虽不如李白的“烟花三月下扬州”（《黄鹤楼送孟浩然之广陵》）句意境优美，但此诗中的“人”字与“孤”、“浮”等前后呼应，共同形成了全诗的轻快节奏，人生行旅，烟波浩渺，不知何处是归途，轻快之后便能隐约感触到诗人内心的那份略显沉重的寂寞感。

铃木双蝶，名真，加贺人。其诗《湖上所见》颇为清新自然，独具神韵。诗云：

湖外西风吹雨丝，半随杨柳拂涟漪。
女郎偷折藕花去，沙上鸳鸯睡不知。[③]

全诗以写景起篇，遣词天然，用白描的手法，描写了所见之景。一阵秋风吹过，绵绵细雨以及湖边的杨柳，使水面泛起层层微波，点点涟漪。少女偷偷地将莲花折去，沙滩上的鸳鸯没有被惊醒依然在沉睡。“偷折去”和“睡不知”相映成趣，读来别有一番兴味。

大崎小窗，名荣，字文姬，江户人。朝川善庵（1781—1836）之弟子。其诗《夜意》颇可一读。诗云：

黠鼠欺人壁屡穿，空房守尽夜如年。
枕头收帙将成梦，灯火昏昏先我眠。[④]

此诗读之给人以无限酸楚之感。“黠鼠”既是写现实中的老鼠，也是以鼠喻人。诗人独守空房，孤处无偶，连鼠也欺她孑然一身，屡次洞穿墙壁，可见诗人内心的悲伤与怨恨。“昏昏”二字描摹了灯火燃烧时间越来越长之后的暗淡疲惫之感，也写出了诗人等待之久。

除以上诗人，此时期的女诗人还有加贺人津田兰蝶、高田霞亭、太田兰香；西京人松村小蘋、小岛绘花；江户人大崎小窗、大沼芳树、岩田湘蘋、高桥香子、石野留云、三上香村；神奈川人武村千佐；萨摩人川路芳洲；阿房人服部皋兰；出云人鹈饲蓝洲、鹈饲华峰；美浓人堤恭子；越前人铃木与素；越后人松村真实；佐渡人长岛春雀；筑前人龟井少琴；安房人鲈采兰；埼玉人松本荻江；常陆人齐藤民子；淡路人三田兰友；伊豆人筱田云凤等。这些女诗人大多生活于江户末期至明治初年，其身份从贵族女子到市井民女都有，她们

① 北京大学古文献研究所《全宋诗》第五十五册，北京：北京大学出版社，1998年版。第34782页。
② （唐）白居易著，顾学颉校点《白居易集》第一册，北京：中华书局，1979年版。第262页。
③ （日）水上珍亮《日本闺媛吟藻》卷下，富士川英郎、松下忠、佐野正巳编《词华集日本汉诗》第十一卷，东京：汲古书院，昭和五十九年（1984）版。第600页。
④ （日）水上珍亮《日本闺媛吟藻》卷上，富士川英郎、松下忠、佐野正巳编《词华集日本汉诗》第十一卷，东京：汲古书院，昭和五十九年（1984）版。第592页。

的诗作水平有高下，活跃的时间也有长短，共同烘托出了江户后期女性汉诗创作的兴盛状态。

第三节 江户时期女性汉诗人的艺术成就及地位

多感伤情调，是东亚闺阁诗人创作的一个总体特征。“以忧伤之思为中心脉络，用细腻委婉之笔写温润柔和之情，构成了古代妇女感伤型文学创作的一个总体特征”①。东亚女性生活在道德教条的严格规范中，传统的“三从四德”使东亚女性总体而言养成了柔和的性情。但这种柔和的性情，是在压抑女性个性发展、摧残女性精神之后形成的。这种性情使得东亚女性在男女两性关系中往往表现出弱势和奴性。传统的奴性使女性依附于男性而生活，而这种生活是小心翼翼、胆战心惊的。女子的教育也是以夫家生活为主，女子为了讨好丈夫，不得不将生活重心放置于家庭。这就使得东亚女性诗人“审美思维通常具有狭、深、抑的倾向。狭即审美视野狭小，进入她们审美视野的，基本上是非政治、非社会性的个人情怀，其中又主要是忧愁意绪。深，即审美情趣偏重于向自我内心世界沉潜，于此细致入微地发掘个体生命的体验。抑，即审美情感的释放委曲舒缓，始终伴随内在的压抑与压制”②。中国学者的这一论述，虽不能概括东亚女性汉诗人的全面情况，但确实是指出东亚文坛中一种常见的现象。

相对于中国、朝鲜的文学创作，日本文学具有某种程度的超政治性，因“没有科举制度，文人难以参政，文学创作队伍不像中国以文人士大夫，即官僚知识分子为主体，而主要是由僧侣、儒者、女性组成”③。“这些人都不大关心政治，从政治上来说多数是局外人。日本文学的核心是由政治局外人的文学家的游戏精神所支撑的”④。这种创作主体的传统自有其缘由，这也使得日本女性汉诗人的创作同男性汉诗人一样，从一开始就比较容易脱离政治因素的影响。

另外，日本女诗人还受到本土“物哀”论的影响。江户中后期本土国学受到重视，得到较快地发展。本居宣长（1730—1801）较早提出的“物哀”论，是从《万叶集》及《源氏物语》中的“哀”论发展而来，经过从“哀”到“物哀”的逐步系统化，经过本居宣长整理提出后，“物哀”论便成为一种在江户文坛长期流行的文学审美理念。“物哀”指的是心灵对“‘物’引起感动而产生的喜怒哀乐诸相”⑤情致的体味，这种体味无对错之分，“含赞赏、亲爱、共鸣、同情、可怜、悲伤”⑥等广泛含义。“物哀”论强调无论是作者还是读者都要有一个“知物哀”的心，不管是善还是恶，都要有善于感知之心，这是前提，只有具备了感知之

---

①② 乔以钢《中国女性与文学：乔以钢自选集》，天津：南开大学出版社，2004年版。第47页。

③ 蔡毅《日本汉诗论稿》，北京：中华书局，2007年版。第169页。

④ （日）铃木修次著，吉林大学日本书所文学研究室译《中国文学与日本文学》，福州：海峡文艺出版社，1989年版。第31页。

⑤ 叶渭渠《日本文学思潮史》，北京：北京大学出版社，2009年。第102页。

⑥ 叶渭渠《日本文学思潮史》，北京：北京大学出版社，2009年。第98页。

心的人才可能"知物哀"。

日本文学创作超政治性的传统，以及江户"物哀"论兴起，都促使江户女汉诗人创作，逐渐带上了哀而不怨甚或怨而不怒的情感色彩，也就是江户女性汉诗的物哀特色。如江马细香的《春晚》："午庭春影自迟迟，睡起窗边删旧诗。花上不悬护花铎，双禽暖语海棠枝。"[①]细香孤身一人，看见双禽，听到暖语，内心有哀也有爱，她的描写所呈现出来的是哀而怜，而不是哀而怨。因而她还能保持平静之心，还能有心情观察和欣赏周围事物中的温馨和美丽。闺秀之身独处，而又怜惜春禽双栖，何等多情，又秉持着何等的定力。又如《冬村即事》："尽收晚稼几村村，冻亩锄霜分菜根。"也是对所见之景进行叙述，保持着平静的心情，也透露出对农家的关怀怜爱，但只是轻轻地走过，并未去探究造成"分菜根"的社会原因何在。因此，物哀的另一侧面是冷静，甚或冷漠。

造成江户女性汉诗创作这一状况的原因自然是多方面的，一方面是在"三从四德"的规范下，江户女性的活动范围被局限于家庭，她们也安于家庭生活，汉诗描写的范围自然也就以家庭生活为中心。如"茶梅近植桂新移，半亩秋园料理宜"[②]（江马细香《理庭》），"倦抛针线慵重埋，汗珠透衣睡方起"[③]（梁川红兰《夏日间咏》），"懒把金针秀凤凰，且将水墨画孤芳"[④]（村岛海棠庵《画梅》），"针线纷纷窗日斜，困多倦眼欲生花"[⑤]（大崎小窗《书倦》），"独倚晴窗理针线，乳燕声中春正深"[⑥]（野村春翠《刺绣》）。江户女性生活的主要内容是做女工、养兰、养蚕、作画……这种悠闲枯燥的家庭生活，让她们生出很多的闲愁哀怨，所以在她们的汉诗中总有一种"为赋新词强说愁"的感觉。

另一方面，在江户社会的各种制约下，汉诗成为男性了解女性"知物哀"的主要途径之一。因此，女性汉诗人在表达自己的感情时，亦不忘通过对"梅兰竹菊"的赞扬，彰显自己的品德。如"此中清韵谁能赏，和得工商听自宜"[⑦]（筱田云凤的《咏竹》）。江户时期的女性并不能改变自己附庸于男性的社会地位，她们大都还是渴望着能有圆满的爱情人生，最终回归到家庭生活中。即使是终身不嫁，被誉为"吾邦女丈夫"的著名女诗人江马细香，最后也发出了"一误无家奉舅姑，徒耽文墨混江湖"[⑧]（《次韵平户藩铠轩先生寄作》）

① （日）江马细香《湘梦遗稿》卷下，富士川英郎、松下忠、佐野正巳编《诗集日本汉诗》第十五卷，东京：汲古书院，平成元年(1989)版。第166页。

② （日）江马细香《湘梦遗稿》卷上，富士川英郎、松下忠、佐野正巳编《诗集日本汉诗》第十五卷，东京：汲古书院，平成元年(1989)版。第154页。

③ （日）梁川红兰《红兰小集》卷一，富士川英郎、松下忠、佐野正巳编《诗集日本汉诗》第十五卷，东京：汲古书院，平成元年(1989)版。第397页。

④ （日）水上珍亮《日本闺媛吟藻》卷上，富士川英郎、松下忠、佐野正巳编《词华集日本汉诗》第十一卷，东京：汲古书院，昭和五十九年(1984)版。第590页。

⑤⑥ （日）水上珍亮《日本闺媛吟藻》卷下，富士川英郎、松下忠、佐野正巳编《词华集日本汉诗》第十一卷，东京：汲古书院，昭和五十九年(1984)版。第592页。

⑦ （日）水上珍亮《日本闺媛吟藻》卷上，富士川英郎、松下忠、佐野正巳编《词华集日本汉诗》第十一卷，东京：汲古书院，昭和五十九年(1984)版。第589页。

⑧ （日）江马细香《湘梦遗稿》卷下，富士川英郎、松下忠、佐野正巳编《诗集日本汉诗》第十五卷，东京：汲古书院，平成元年(1989)版。第174页。

的人生感慨,这样的人生感慨确实令人唏嘘感慨。

在这种背景下,江户女诗人的思想感情以及审美趣味带有鲜明本国特色。她们的创作多是感性的、即时的、表层次的,她们抒发的感情大部分是自身内心的哀伤与苦闷,无关政治。对现实景物进行真实的描写,但往往不做深入的探究以及评判。这种情感特色,使得日本女性汉人的创作,能够异于同时代东亚其它国家的女诗人创作。

江户时期,是日本女性汉诗创作的繁荣期。女诗人没有同平安朝的女诗人一样偏爱白居易,她们不仅学李清照、朱淑真等闺阁诗人的诗作,而且化用了陶渊明、李白、杜甫、王维、孟郊、苏轼、林逋、李商隐等男性汉诗人的各种方式技巧。女性汉诗虽然在数量、质量上不能与男性诗人并驾齐驱,但她们的诗作呈现出了异于男性的情怀。在东亚女性汉诗史上,日本女诗人尤其是江户闺阁诗人,占有令人瞩目的重要一席之地。她们是日本女性汉诗史上最为辉煌的一页,也是日本汉诗史中的重要组成部分。

江户时期女诗人对明治维新之后日本女性的思想解放也作出了贡献。她们创作的大量行旅诗,不仅影响时人,也感动后人,呼唤着更多的日本女性走出闺阁,踏足自然,见识社会世相。江户女性汉诗创作的兴起,促进了江户女性主体意识的觉醒,使她们对自身的生活进行反省,开始反抗社会制度及精神方面的压制,为明治时代日本女性的思想解放奠定了基础。

第六章　江户汉诗中的季节咏叹

从中国到日本，在诗歌中四季咏唱的传统可以说是代代相传。早在《诗经》中，就有《周南·芣苢》、《十亩之间》、《唐风·采苓》等诗作，都是描写先民在不同季节中的劳动生活。尤其是《七月》诗，详细记载了西周时代的农民一年四季劳作与日常生活的情况，开创了中国诗歌按照季节顺序纪事抒情的写法。汉魏乐府及南北朝的吴声歌曲中，已经有不少按照四季顺序来咏唱的篇章，比如郭茂倩《乐府诗集》卷四十四记载的《子夜四时歌七十五首》，其中包括《春歌二十首》、《夏歌二十首》、《秋歌十八首》、《冬歌十七首》，还有梁武帝的《子夜四时歌七首》、王金珠的《子夜四时歌八首》等①。到了唐代，李白和陆龟蒙等诗人都写过《子夜四时歌》。宋代的蒲积中又广泛收罗历代岁时吟咏诗篇，成《岁时杂咏》四十六卷，选录从元旦到除夕的吟咏诗作 2749 首（见《四库全书》本），中国诗歌咏唱岁时风俗，至此蔚成大观。

中国诗歌中四季咏唱的传统对日本汉诗产生了很大的影响，值得注意的是这种影响是通过日本汉诗人的主动选择而形成的。比如中国晋朝的陶渊明、唐朝的白居易、宋朝的苏轼，都是在诗作中描写四季景观较多的诗人。而恰恰就是他们的诗作，被历代日本汉诗人吸收模仿得最多。举例来说，平安朝藤原公任（966—1041）编撰的《和汉朗咏集》，共收录中日汉诗人的佳句 590 句，其中白居易一人的诗就占据了 137 句，而其他中日诗人的诗作都只有 10 句左右。这其中的缘故，是很值得探讨研究的。

日本岛国的四季分明，季节感强，四季天象气温及自然景观的变化明显，差异很大。这种自然生存环境，经过数千年的人文精神的沉淀，造成了日本人普遍对四季温差及景观变化相当敏感和细腻的心理。至今日本人见面互相打招呼时，仍然喜欢说“今天真冷啊”或者“今天真热啊”之类的话，尽管有时候气温实际上并不是太冷或太热，但是日本人还是习惯于用这两句话来互相打招呼，因为这两句话在日本人听起来最能体现出对别人的关心，因而最能引起对方情感的共鸣。这种情况，可以说是“日本之心”的独特表现之一。

日本诗歌作为大和民族精神灵魂的写照，显示出对季节更替和景观变化的描写丰富、表现细腻的特点，这在和歌及俳句中表现得非常突出。日本汉诗作为大和民族诗歌

---

① （宋）郭茂倩《乐府诗集》，北京：中华书局，1979 年版。

的一部分，同时又是中日文化交流的结晶，其对四季节候中花鸟风月（汉语中习惯说“风花雪月”）的特别重视也就不足为奇了。早在奈良朝，《万叶集》卷五《梅花歌序》中就这样写道：

天平二年正月十三日萃于帅老之宅，申宴会也。于时初春令月，气淑风和，梅披镜前之粉，兰薰珮后之香。加以曙岭移云，松挂萝而倾盖；夕岫结雾，鸟封縠而迷林。庭舞新蝶，空归故雁。于是盖天坐地，促膝费觞。忘言一室之里，开衿烟霞之外。淡然自放，快然自足。若非翰苑，何以摅情。诗纪落梅之篇，古今夫何异哉。宜赋园梅，聊成短咏。①

可以看出当时贵族社会中已经很重视结合季节时令的赋歌吟唱活动。吟唱日本和歌如此，吟诵日本汉诗也一样，奈良朝诗集《怀风藻》中所收 117 首汉诗中，吟诵四季花鸟风月的不在少数。平安朝时代的“敕撰三诗集”（《凌云集》、《文华秀丽集》、《经国集》）和《和汉朗咏集》中的汉诗中，对节序景观的描写内容大增。《和汉朗咏集》卷上的目录就直接按照春夏秋冬四季顺序来排列，其中对春秋两季的题咏对象尤为丰富，这是根据日本季节气候及自然景观的特色而形成的。进入江户时代之后，日本汉诗中对季节的咏颂就更是蔚然成风，佳作如林，充分表现出了日本汉诗的独特个性。

第一节　春花的寄托

春天是一年中四季的起点，是江山变绿、万物复苏、生命重新辉煌的开始，因而在诗歌中往往成为人生新希望的象征，古今中外的诗人们几乎都把最美好的赞歌献给春天。日本汉诗中对春天的颂歌尤为丰富多彩，尤其是到了江户时代，每年春天随着樱花锋线逐渐由南向北的迁移，日本各地的汉诗人们就会聚会于花前月下，拉开吟唱春季花鸟风月的序幕。

樱花是日本的国花，美丽的樱花与高耸的富士山为世界所熟悉。每年的从三月下旬到四月上旬，日本的樱花从南到北依次盛开，主要品种有山樱、彼岸樱、里樱等。江户前期著名学者本居宣长曾有“樱花树中王、武士人中杰”的赞叹，数百年来一直传诵人口。尤其是洁白的山樱，在日本早已成为纯洁与忠勇品性的象征。日本汉诗中对樱花的赞颂数不胜数，长期以来，樱花和富士山、日本刀一起已成为大和民族精神文化的象征之物。在今天的日本，每到春天赏樱季节，仍然出现全民参与的观赏活动盛况。由于地理与气候的关系，日本的樱花是从南到北次第开放的，而全国性的赏樱活动，也会由南到北一站接着一站地掀起高潮，形成充满着大和民族文化特色的全民狂欢活动。

江户时期汉诗中吟咏樱花的佳作很多，如江源高朗有《樱》诗云：

托得芳根东海边，琼英开遍养花天。

---

① （日）佐佐木信纲《新训万叶集》上卷，东京：岩波书店，1994 年版。第 217 页。

轻云罩日暄尤好，飞雪翻风霁更妍。
万朵婵娟含露重，一林烂漫映霞鲜。
倘教此树在西土，当入赵昌图里传。[①]

中间四句对樱花盛开时的姿态神韵描述得极为出色，诗人对日本独有山樱的自豪感油然而出。像这样的自豪感在江户后期的汉诗中更是常见，抒情的氛围也更为浓郁，比如著名诗人广濑旭庄（1807—1863）在《樱花》诗中写道“李杜韩苏谁识面，梨桃梅杏总虚名”，认为能够欣赏到樱花之美是日本人的幸运，像李白、杜甫、韩愈和苏轼这样伟大的中国诗人都无缘结识樱花，对他们来说实在是太可惜了。

检阅日本历代的汉诗，可以发现在江户时代之前，诗人对观赏樱花的热情并没有像后来那样的高涨。樱花尽管很美，吟咏的诗作也不少，但是它在很长的时间内还是被看作一种普通的花。平安朝出现的《凌云集》，作为汉诗“敕撰三集”的第一集，收集了从桓武天皇的延历元年（782）到嵯峨天皇的弘仁五年（814）三十三年间的 91 首汉诗，其中有文武天皇写的两首咏花诗，一首咏桃花，一首咏樱花，明显看得出来天皇对桃花的好感与赞美要强烈得多。在古代日本更长久的年代里，描写欣赏梅花的汉诗明显在数量和质量方面都占有优势。良岑安世、菅原清公等人于天长四年（827）编定的《经国集》中，就记载了文武天皇所写的三首咏梅花诗《咏庭前梅花》、《落梅花》、《咏庭花》。如果说天皇眼中的梅花主要还是显示出了雍容华贵的特点，那么后来在文人笔下出现的梅花形象就往往寄托着高洁的人格含义。比如广濑旭庄的《梅花》诗云：

悄悄独醒临碧津，花中渠是屈灵均。
静边乘夜飞幽魄，梦后闻香失美人。
何逊扬州二分月，林逋湖上一枝春。
此心如水休相妒，东帝枉教风雨频。

咏唱早春水边的梅花，经历风雨，悄然独醒，展枝吐蕊，散发幽香。诗中多处使用了中国诗歌中有关梅花的典故，也继承了中国诗歌中往往以梅花来寄托高洁人格精神的悠久传统。这样的写法，在中国和日本汉诗中都被认为是咏梅诗的正格。

被称为平安朝诗坛冠冕的菅原道真（845—903），据说在 11 岁时就写出了《月夜见梅花》的佳作，令他的业师岛田忠臣惊叹不已。在菅原道真的文集《菅家文草》十二卷、《菅家后草》一卷中，汉诗佳作如林，诗心极为细密。其《送春》诗云：

送春不用动舟车，唯别残莺与落花。
若使韶光知我意，今宵旅宿在诗家。

又如《落花》诗：

花心不得似人心，一落应难可再寻。
珍重此春分散去，明年相遇旧园林。

---

① （清）俞樾《东瀛诗选》卷十四，东京：汲古书院，1981 年版，第 196 页。

都是想象奇特，别有新意的佳作。在河世宁汇编的《日本诗纪外集》中记载了《菅家万叶集》，共收吟咏四季的汉诗119首，其中春、夏、冬歌各21首，秋歌36首，恋歌20首，形成了表达不同季节体验的汉诗心灵景观。其中的春歌如此描绘日本大地春暖花开时的绚丽景象，描写极为生动，如云：

绿色浅深野外盈，云霞片片锦帷成。
残岚轻簸千匀散，自此樱花伤客情。（其三）

霞彩斑斑五色鲜，山桃灼灼自然燃。
莺声缓急惊人听，应是年光趁易迁。（其十六）

红樱本自作莺栖，高翥华间终日啼。
独向风前伤几许，芬芳零处经应迷。（其十七）①

日本是一个多山林的国度，同时又是气候形态丰富，四季消息分明。读着这样的汉诗篇章，眼前就会浮现出春天来临时日本山川景色的丰富多彩：各种鲜花争相盛开，层层叠叠地盖满了高低起伏的山岭溪谷。日本的诗人们似乎特别钟情于春季的游山赏花活动，他们一代接着一代，在春天的百花盛开中感受着生命的灿烂，又在春花的依次凋零过程中感悟着人生生命无常的莫名悲哀，从而不断谱写出春季赏花的诗篇，抒发着对生活的热爱与细腻感受，对生命的珍惜，表现出了大和民族坚韧的生命意志力。日本汉诗就是这样不断构架起诗人的细腻心灵与自然界景物之间的沟通桥梁。从这样的角度看，这组诗篇可以看作既是日本诗人春游赏花的风俗画，又是展现大和民族性情心灵的一扇窗口。

第二节 赏春的心态

春花春月的优美，在日本汉诗人的心中最容易引发出对人世间优美易逝的感慨。江户汉诗人湖元泰写过一首歌行体《看花有感》，其中写道："花开花落知几日，一夜东风吹作空。玉环飞燕俱尘土，到此艳媸亦相同。"②从春花飘零中领悟到人的生命的殊途同归，人的美丑、贫富，古今的差异，在春花秋月的无穷轮替中显得是那么的渺小，这是古今中外的诗人都会有的强烈感受。然而日本汉诗人的独特之处就在于看到了生命的短暂无常之后，便常常会产生尽情地体验和痛快地放弃的强烈冲动，就像在这首诗中所表露出来的对急流勇退的坚执意念，这种类型的情绪冲动在中国古典诗歌中就较少见到。

大正三年(1914)，汉学家简野道明选编的《和汉名诗类选评释》在东京的明治书院出版，这本汉诗选按照诗歌表现的内容分成二十二类编排，包括了中日诗人的名篇，其中

① 见《词华集日本汉诗》第三卷，第463页。东京：汲古书院，1983年版。
② 见江村北海(1713—1788)《日本诗选》卷二，东京：汲古书院，1983年版。

“节序类”选录的诗篇颇能看出日本汉诗人心细如毫发的特点。日本春天的景色是美丽而丰富的，其中有百花的盛开，有鸣禽的欢唱，有青山的吐翠，有绿水的奔流。大自然的优美景观反映在汉诗中，一切都显示出了一种和谐自然的风光之美。江户时期诗僧慈周(1737—1801)擅写眼前实景，独有意趣。如写在京都的《堰川上即事》：

清流奇石绿萦弯，队队香鱼往复还。
忽有樵舟穿峡下，轻篙蹩破水中山。

又有《村》云：

箬笠清江口，梅花细雨天。
桔槔依岸树，网罟漉汀烟。
山瘦排云出，村寒与竹连。
涨痕看上路，时欲蹴渔船。

诗人观察自然的眼光极为细腻，而笔下山水村舍自然风光的表现也生动如绘。“轻篙蹩破水中山”、“山瘦排云出”两句历来广受称赞，被认为是慈周写景的神来之笔。其实“蹩破”就是“插进”、“穿透”的意思，至今中国吴地方言区仍旧这么说，但是慈周把这个方言词用在日本汉诗中，确实是一个创举。慈周写春日的佳作极多，其写景诗多取材于日常生活的场面，不尚用典，追求实际场面的真实生动与情调的朴实淡雅。细细品赏他描写自然风光的诗作，可以感觉得到诗人对大自然和谐状态的向往与欣赏的态度。无论是春日的早晨，或是春日的傍晚；无论是在村舍，还是在田野；无论是在溪流畔，还是在山丘边，诗人似乎随时随地都可以在平凡细微的自然景物中，发现日常生活中的情趣，发掘出某种看似寻常实则大有深意的诗情寓意。因而他的诗，擅长用朴实的语言表达出寻常生活中的诗情画意，讲究诗歌画面的生动与通俗。从这个角度看，慈周确实是继承了南宋江湖派诗歌的美妙境趣，特别是模仿了陆游的笔法。

对季节变化极为敏感的日本汉诗人，在诗作中表现出来的“惜春”情感也是细腻丰富的，尤其是表现为对时间流逝的无奈悲叹。新井白石(1657—1725)有两首诗可作为范例，其《偶作》云：

绿绮之琴绿水歌，能听此曲几人多。
天风吹发如飞雪，白日西流奈老何！

《千里飞梅》诗又云：

洛阳一别指天涯，东望浮云不见家。
合浦飞来千里叶，阆风归去五更花。
关山月满途难越，驿使春来信尚赊。
应恨和羹调鼎手，空捋标实惜年华。

这两首诗都作于诗人的年轻时代，在这种惜春的情感抒发中，包含着青春少年的豪放与自许，又包含着壮志未酬、空白了少年头的悲慨。

像新井白石这样叹息时间流逝的诗作在日本汉诗中是大量存在的，比如室直清

(1658—1734)的《杨花》诗云：

忽起南邻复北邻，飘杨上下逐风频。
洛阳城里飞如雪，不送行人空送春。

杨花飞舞，本来是很有诗意的春日景象，京城里到处漂浮着细絮般的杨花，上下飘扬，也足以勾引出诗人的满怀诗情，但是杨柳又意味着分离惜别，所以看到满天的杨花柳絮，又最容易引起离愁。室直清这里说“空送春”，显然不是指与具体哪个人的分离惜别，而是在春日里对时间流逝的感慨与烦恼。再看荻生徂徕(1666—1728)的《春日怀次公》诗云：

暗淡中原一病夫，登楼落日满平芜。
沧溟春涌涛声大，菡萏晴摇雪色孤。
五斗时能愈我渴，千秋未必须人扶。
只缘寂寞悲同调，苦忆周南县孝儒。

这首诗场景阔大，境界深远，首联和颔联把个人的离愁别绪与春日景观的暗淡遥远融为一体，颈联又把即时的忧思与远古的悲情串联起来，尾联点题，说出思念好友的缘由是因为“只缘寂寞悲同调”。从整体格局看，这首登楼诗与杜甫的名作《登高》颇有几分相似，写得气势纵横又收缩自如，称得上是一篇力作。“中原一病夫”、“落日满平芜”都是明代以后中国诗歌中的常见用语，荻生徂徕推崇唐诗，往往借鉴明代七子的诗歌笔法，所以诗中多出现这些习语也就不足为奇。“沧溟”、“菡萏”在中国诗歌中分别指水域和山脉，这里具体是指日本海湾中的春潮以及富士山上积雪，化用汉诗词语也颇为得体。末句“周南县孝儒”是指其好友山县周南，即诗题中所说的“次公”。山县周南名孝儒，诗人以此押尾韵结句，突出对其好友的怀念之情。

与中国诗人一样，日本汉诗人对春天的感受中也有着极为丰富的内涵。尤其是到了江户时代，众多的日本汉诗人运用各种写作手法自由地表达自己的复杂情感与细腻表现自己的人生经历。这种创作的高涨不仅把日本汉诗艺术推向了高峰，而且在汉诗创作蓬勃发展的过程中也逐渐表现出了日本汉诗的民族文化特色。从东亚汉诗文化圈的角度看，把继承中国诗歌的传统与体现本民族文化特色相结合，又往往是汉诗作品中最有价值的地方。比如日本汉诗人往往很注重人格精神方面的意义表白，尤其是对汉学深有研究的学者，如伊藤仁斋(1627—1705)、伊藤东涯(1670—1736)父子的汉诗中就颇多这样的佳作。仁斋有《即事》诗写道：

青山簇簇对柴门，蓝水溶溶远发源。
数尽归鸦人独立，一川风月自黄昏。

青色的山峰簇拥成团，显示出优美的形状，而青山簇拥之中的柴门，就更加显示出简朴和高雅。首句从韦庄《登汉高庙闲眺》诗“天外晚峰青簇簇，槛前春树碧团团”、杜甫《南邻》诗“白沙翠竹江村暮，相送柴门月色新”两联的句意中化出。第二句中的“蓝水”，指水深流量大的河川，呈现出蓝色。水深流量大，又显示出河川的源远流长。首句写山，这句写水，都有借写山水映衬诗人高洁人格的寓意。“蓝水”原指中国陕西省境内的灞水，杜甫

《九月蓝田崔氏庄》诗中曾写道："蓝水远从千涧落，玉山高并两峰寒。"仁斋写这两句诗时很可能就借鉴了杜诗的意境。第三句中"数尽归鸦"与首句中"青山簇簇"的描写前后呼应，其重点在于"人独立"。以晚归的一群乌鸦来衬托单个的人，乌鸦是动态的、群体的，而观赏归鸦风景的人却是静态的和孤独的，这动静的对比相衬，就突出了当时场景的静悠与诗人内心的淡远闲静。第四句浑然一笔，画出了富有意境的场景，其中"一川风月"的写法，与陆游《秋日郊居》中"万里秋风菰菜老，一川明月稻花香"的写法有些接近。不过陆游那首诗中流露出来的情绪较为乐观明朗，而仁斋此诗侧重表现他的傲然独立的处世态度。自然山水处处表现出了真实天然的美，诗人的内心感受也呼应着自然山水的悠然神韵，而对黄昏的降临似乎无动于衷。仁斋的这首短诗，虽然只写了黄昏水边一景，但其蕴含着的人格力量却是很明显的，这与他作为一位著名的汉学家的身份也是吻合的。

其子伊藤东涯在汉学研究方面继承了父亲的学术传统，在汉诗创作风格方面同样与父亲一脉相承。他有《早春漫书》诗写道：

岁晚吾非奔走人，春回不是拜趋身。
图书三百六十日，唤作清时一逸民。

又有《秋郊闲望》诗云：

一村桑柘暗，千亩稻粱肥。
蓝水流红日，白云住翠微。
世途荣愿薄，今古赏音稀。
尚愧机心在，山禽惊却飞。

无论是留连自然山水，还是感叹季节的轮换，诗人的内心始终保持着一份对自己进行汉学研究的自信，也显示出当时日本汉学家人格的清高。尽管汉学研究在江户早期已经受到了将军幕府的重视，但是对不同的汉学家而言，由于采取了不同的处世原则以及政治立场，他们在社会上的地位也会有着很大的差异。伊藤仁斋、东涯父子基本上是纯粹的学者，他们一心一意传授汉学，与当时权贵交往不多，更不屑于奔走巴结豪门，这样做当然就要甘守清贫，所以东涯诗中就有"世途荣愿薄，今古赏音稀"的感叹。然而他内心最关注的并不是物质生活的富庶，而是研究汉学，有了"图书三百六十日"就心满意足了。在这样的书斋授徒的寻常日子里，诗人感到幸运和满足，因为可以自由自在地欣赏"蓝水流红日，白云住翠微"，更可以庆幸自己"岁晚吾非奔走人，春回不是拜趋身"。值得注意的是，诗人并不满足于留连风景，而是进一步从平静的学者生活中感悟到宁静的心灵，还在不断努力消除"机心"，把自己完全融入到随缘自在的天然状态之中，也就是进入到一种自由自在的精神境界。

日本汉诗的咏春篇什中还有着许多面对现实生活中生命短暂、春光易逝而产生的强烈的内心震撼。早在五山文学时代，诗人义堂周信(1325—1389)面对着烂漫的春花，就曾发出过强烈的人生感慨：

纷纷世事乱如麻，旧恨新愁只自嗟。

春梦醒来人不见，暮檐雨洒紫荆花。

《对花怀旧》

诗中所说乱如麻的“世事”，是指足利义满幕府统治下的日本，当时南北各部将互相角力，政治纷争与军事争斗此起彼伏，虽说日本是逐步走向统一，但在统一的过程中充满着血腥拼杀，社会纷乱如麻，百姓生灵涂炭。在这样的乱世背景中，春天的到来并没有给诗人带来多大的欢乐，而是更多的忧愁与烦恼。“旧恨新愁”都是指新老朋友在乱世争斗中的不断消逝，给诗人的内心所带来的强烈情感冲击。如今人世间的春花依旧年年盛开，可是好朋友们却大都已经葬身于黄泉之下。一种人生的孤独感以及命运的无常感深深地笼罩着诗人的心灵，即使在春花烂漫的环境中，他都无法摆脱这种刻骨铭心的忧愁。“春梦醒来人不见”，对于多情的诗人来说这是何等的悲哀，又是何等的无奈！“紫荆花”原产于中国大陆，但在很早以前就传入日本，成为日本庭院中常见的人工栽培植物。这是一种豆科的落叶小树，树叶为心脏型，其花瓣呈红紫色蝶形，每年四月前后开放，果实可以用作染料。诗人在诗的结尾处特意点出了这样一种植物，显然是大有深意的。在义堂周信的《空华集》中，写春梦的诗作颇多，如《梦梅》诗写道：

梦入罗浮小洞天，幽人引步月婵娟。
晓来一觉知何处，雪后梅花浅水边。

罗浮山小洞天，位于今广东省境内，地势险峻，风光秀丽，从古到今都是道教名胜之地，古今诗词作品中多有吟咏。诗人写梦入罗浮山，月光下有幽人引路，欣赏无尽的风光。可是一觉醒来，发现还是黄粱一梦，神奇的仙境转眼消失，真是不知道自己是醒是梦，身置何处。诗人对时间易逝、生命短暂的感悟，都在这种对梦境的进出体验过程中表现了出来。诗的结句耐人寻味，罗浮山的梅花固然有名，但是“雪后”及“浅水”却不是岭南罗浮山赏梅应有的场景，而应该是在日本的山川景色中赏梅的典型场景。诗人在这里的场景“嫁接”，初看似乎毫不经意，实际上是把中国汉诗中原有的场面景观，悄然改换成具有日本自然山川地理特色的面貌，而日本汉诗人的独特文化感受，就在这样一种具有日本风味的自然景观中得到了展开。“雪后梅花浅水边”，就如同俳句中的一句景观造型，是一幅深得日本人喜爱的画面，其中蕴藏着丰富的诗情画意。

第三节　惜春的悲情

江户诗人梁川星岩(1789—1858)的《墨水游春词》中写道：

游裙冶屐好容姿，扑蝶弄花纷笑嬉。
一等风光不堪画，白须人赛白须祠。

白须祠是指位于江户城外墨水河畔寺岛村内的神社，白发老人与衣着艳丽的少男少女同处在春天的场景中，这在人生年龄与服饰色彩等方面都形成了强烈的对照。诗人刻意描绘出这幅画面是大有深意的，因为今日的白鬓老者曾是昔日的青春少年，而今日的少男少女也将成为明日的白鬓老者。这种对青春短暂与生命无常的敏感细腻的内心感受，是浸透在日本文化精神中的深层次内涵，在日本诗歌中经常以各种形式出现。这也是日本历朝汉诗人在风花雪月的场景中，心灵经常会被某种莫名悲情深深震憾的内在原因。梁川星岩在游历墨田川时触景生情，不由也发出了一声这种深藏于日本人内心的感叹。

类似的诗意表达在日本汉诗中比比皆是，比如林长孺（鹤梁）的一首《泛墨水》诗写道：

鹭所鸥边撑小舟，蓬窗细酌忆曾游。
当时绿鬓今成雪，不到墨江三十秋。

还有大槻清崇的《潮来》诗：

烟水茫茫去路遥，暮寒彻骨酒全消。
瞢腾一枕蓬窗梦，过尽潮来十二桥。

更有柏昶如亭写的《木母寺》：

隔柳香罗杂沓过，醒人来哭醉人歌。
黄昏一片蘼芜雨，偏伤王孙墓上多。

这些诗作尽管写作的时间和背景有所不同，但它们都浸透着一种对时光流逝的无奈以及对人生苦短的悲哀。这种泛化的悲思，如轻烟一般笼罩着人生过程中的一切境界。一个人的所见所闻、所经所历、所思所想、所爱所恨，思量到底，推论之极，终不免会有幻灭之感。这就是在日本的文化传统中经常可以感受到的“物之哀”情结。这种悲情在春天的背景下往往表现得尤为突出，无论在汉诗或是在和歌中都是如此。人生如幻，悲情如梦，当青春年少已经成为遥远的旧梦，诗人内心便充满着人生的苦涩。这种内心的苦涩并不一定来源于某一段具体的人生经历，或者某一件具体的事情，而是往往源于诗人长期受到日本文化精神的熏陶，形成了感受世界和体味人生的特定方式，即“物之哀”的感触方式，遇到了外在景物的感发触动，便会不由自主地发泄出来。尤其是在“烟水茫茫”、“蓬窗细酌”以及“一枕蓬窗梦”的场景时刻，诗人内心的悲情愁绪往往是难以言表的。传统的日本文人和武士大都信奉“沉默是金”的古训，不习惯于在公开的场合完全显露自己内心的强烈情绪。他们习惯于将自己的细腻感受及强烈感情收敛起来，经过内心理智的压缩，成为一种具有强烈张力的情感力量积蓄在内心，将其转化成为自己行为及人生奋斗的内在动力。有其人必有其诗，即使在描写春天灿烂景色的诗作中，也能明显感受到日本汉诗人这种自我压抑情绪张力的普遍存在和强烈律动。

日本汉诗的兴盛缘起于对中国文化与中国诗歌的崇拜与搬用，日本和东亚汉诗的久盛不衰又构成了世界诗歌史上的奇特景观。虽说今天的日本诗人已经基本上不写古体汉诗，但是古体汉诗以其精炼的艺术语言和深刻的内涵寓意仍然对当今日本社会保持着很大的影响力。每年在日本各地书店中卖出的汉诗普及选本都能保持较大的销售量，汉诗至今仍然是日本精神文化传统中很重要的一部分。对于世界文学研究而言，日本汉诗的长期兴盛又提供了一种在不同国度、语言、民族之间进行诗歌交流、渗透、借用和改造的成功样式。通过上述的分析，可以看出日本汉诗人在描写春季景观与抒发春天情怀等方面所表现出来的种种特点。从汉诗的书写形式看，日本汉诗确实是对中国诗歌的全盘搬用，但是从其中的寓意象征以及语言结构所表现出来的特征来看，日本汉诗又是在中国诗歌语言的外壳里面包含着日本文化精神的内涵，因此可以说是由日本诗人创作的名副其实的日本诗歌。

第七章　本土俗体的江户狂诗

日本狂诗作为一种特殊形式的汉诗创作，在江户诗坛上有着突出的表现。从江户到明治时代，日本狂诗的流行凸显出东亚汉诗的旺盛生命力与应变能力。印证了汉诗扎根在不同民族文化的土壤中，其形式及表现内容都可以因时因地因人而异，从而演绎出汉诗风格样式的丰富多样性。在长期接受中国文化熏陶的过程中，江户汉诗人不仅创造出了传统形式的日本汉诗，而且还在努力探求汉诗与日本俗体诗的结合之途。江户狂诗表现出了鲜明的艺术特色，其成功的主要原因来自于滑稽和俚俗两大要素的巧妙融合。江户狂诗的演变过程中出现过三次创作高潮期，对市民社会产生了巨大的影响，形成了近世日本汉诗的一大新变，同时也是对近代东亚汉诗发展的一份独特贡献。

第一节　江户狂诗的名称及来源

在东亚汉诗史上，江户狂诗作为一种特殊的汉诗创作，在日本近世文学史上有着突出的表现。在中国的明清两朝、朝鲜半岛的李王朝、安南（今越南）的黎朝和陈朝等汉诗流行圈内，虽然都有大量狂狷风格形式的自由诗作，但是都没有刻意标榜狂诗之名的。同时期的日本，在江户时代初期出现了"狂诗"的名称，到了江户中后期的明和、安永时期(1764—1780)，狂诗作为汉诗门类中的一种特殊形式正式确立，狂诗创作繁荣，狂诗专集出版，并涌现出像江户的大田南亩(1749—1823)、京都的畠中正盈(1752—1801)这样的名家，狂诗在日本江户时期风行一时。

江户狂诗作为日本近世特有的汉诗形式之一，今人对其定义看似简单明了，细究起来还是有一些难解之处。现在日本的一般词典注释为："在江户中后期流行的一种以滑稽为主的汉诗体，多用俗语，大体押韵及合乎平仄。"[①]指出了狂诗的主要特点是以滑稽为主和多用俗语，这固然没错。但是无论中国或日本，滑稽风味的汉诗自古有之，为什么要到了江户时代才称作狂诗？还有江户狂诗是怎样运用特殊的滑稽写法的，狂诗中的俗语

---

① 见《广辞苑》、《明镜国语辞典》等词典中的"狂诗"条目，释意大同小异。

又是怎样与雅语(传统汉诗语言)结合一体的,这些都需要做具体的辨析比较,才能明了江户狂诗的独特妙处。昭和时期著名汉学家青木正儿曾经深刻指出:“滑稽感来自于矛盾律,狂诗的本质,实际上是由于诗意的内容与诗体的形式之间的矛盾而酿成的滑稽感。”①江户狂诗之“狂”味,就来自于滑稽和俚俗两要素的融合。

青木正儿将狂诗的滑稽写法分为四类:讽刺、放言、弄言、拟作。运用讽刺手法常成为狂诗滑稽中的上乘之作,比如铜脉先生(畠中正盈之号)的《至讲释席》诗曰:“皆依三八日,挨拶铭铭传。讲席野郎少,见台坊主连。先生多叩口,弟子半分眠。开眼视书物,忽惊一面涎。”(诗见《太平乐府》)描写当时腐儒招徕生徒,在私塾讲堂上的种种难堪表现,极尽嘲讽之意。放言就是故作狂放之语,如中岛棕隐(1779—1855),号安穴道人,以第一风流才子唐伯虎为人生榜样,其《根浚篇》诗曰:“世间极荡皆胕抽,安穴奥仪非其俦。能持身上养嗅嗅,内证不知见挂优。家藏并轩百坪地,更建东山见晴楼。趣向受山无山气,谁察年来绞身油。先祖代代贫乏艺,读本书物常不休。”(诗见《天保佳话》)暴富之户不仅要建高楼来显富,而且还要乱翻书卷故作文雅之态,在看似放达的行为中显露出缺乏教养的本质,显得滑稽可笑。弄言就是利用同音联想或顺口溜等语言技巧来制造汉诗诗意中的滑稽感,如铜脉的《伊势道中六首》其一曰:“铃鹿多云助,山中博弈催。终负当烧火,散作护摩灰。”(诗见《太平乐府》)描写伊势道中运输役者竞争激烈,箱轿在山路上快速如飞,但最终还是免不了破损烧毁的结局。诗中多通俗口语,时人读来倍感亲切。再如大田南亩的《颜见世》曰:“积物积如山,挑灯挑至晓。矢仓太鼓声,金落知多少。”(诗见《壇那山人艺舍集》卷一)描写歌舞伎在新年后的首场演出,各种礼物(积物)堆积如山,挑灯演出,通宵达旦,盛况空前。诗人在阵阵太鼓声中(矢仓是歌舞伎演出时放置太鼓的地方),仿佛听到了金钱流向剧团主人的哗哗声。最后一句显然从唐诗名篇“春眠不知晓,处处闻啼鸟。夜来风雨声,花落知多少”中化出,两相对照,便能明白这首狂诗描写江户都市娱乐生活的妙趣。拟作是狂诗中的直接借用中国汉诗(多数为在日本流行的唐诗)名作形式,插入日本俗语,内容则是描写日本都市生活的各个方面,造成极俗内容与极雅形式的强烈反差,从而形成日本狂诗特有的诙谐调侃风调。如大田南亩的狂诗《夜送长右》,作者名题为“两契”,诗曰:“长子连理栅,于半背中悬。送君参伊势,浮名满桂川。”(诗见《通诗选笑知》)这首诗模拟初唐诗人杨炯的名篇《夜送赵纵》:“赵氏连城璧,由来天下传。送君还旧府,明月满前川。”杨炯这首送友诗写得起承转合,中规中矩,在意气豪放中显得笔调高雅飘逸。而大田南亩的拟诗从内容到写法都全然不同。这首拟诗描写背景是当时剧作家菅专助作的一出净琉璃《桂川连理栅》,该剧描写男主人公带屋长右门卫,和邻家信浓屋之女于半(日语发音おはん),在参拜伊势神宫的归途中相遇热恋同宿。后来于半怀孕,但是难以成婚,结果两人到桂川投水而尽。这是一场催人泪下的爱情悲剧,诗人杜撰的作者名“两契”,其日语汉字发音与“杨炯”近似,但深层之意还是在赞叹剧中男女主人公的两情相契。诗题中的“长右”,指男主人公带屋长右门卫,其发音与杨炯

① 《青木正儿全集》第二卷,《京都を中心として见たる狂诗》,东京:春秋社,昭和四十五年七月版。第294页。

诗题中的“赵纵”近似。“连理栅”即指净琉璃《桂川连理栅》。“背中悬”指剧中一段情节，两人倾诉情怀时，长右正背着于半。“伊势”指伊势神宫，位于今三重县，是日本神宫之祖。结句“浮名满桂川”，是指剧终时的一段对白：桂川的水面上呀，至今还浮淌着这场悲壮爱情的美名！大田南亩的狂诗描写了当时江户舞台上演的爱情悲剧，表现出江户市民社会的审美意识，这便是其狂诗创作的独特价值所在。

当今日本汉学界一般认为，“狂诗”作为一种诗体称呼使用，始见于江户初年禅僧文之玄昌（1555—1620）的《南浦文集》[①]。比如该文集中有一首旅途中答谢友人问候的诗写道：“一笔书音忝奉存，戴之几度更披翻。此方留滞强三日，何样罢归即叩门。”把日本口语中的恭敬语写入汉诗，如“忝奉”、“戴之”、“何样”等，日本人读起来，就会感到有着一些诙谐滑稽的口吻。究竟是谁最早使用过“狂诗”这个词，实际上并不重要。因为狂诗作为日本汉诗的一种变体，其本质就在于自觉地套用日本市井俗语和渲染夸张滑稽诙谐的生活情趣，而这两点恰恰表现出日本古代文学的传统精神。从这一角度观察，自然就应该重视早在江户之前的古代日本诗歌中，便存在着大量狂而俗的滑稽诙谐之作。日本汉诗研究者还具体考察，认为狂诗的来源与日本中世纪的联句密切相关。联句原是中国汉诗的一种形式，传入日本后成为平安时代贵族文人圈内流行的一种吟诗游戏。往往在聚会时主人出一句汉诗，宾客各自对一句汉诗，依次形成衔接。联句要求张口就来的赋诗“顿才”，而且联句一般是在聚会吟诗等热闹的场合进行，所以吟诵的句子颇多玩笑诙谐的喜庆气息。比如当时《江谈抄》、《十训抄》等说话集中就记载着“尾拂树间黄牛背，手打门前白雁身”、“泡垂观药口，贫负泰能肩”这类化用俚俗口语而形成滑稽意趣的句子。之后五山时代诗僧们同样喜欢联句，他们的汉诗水平更高，汉学修养更深，吟唱中往往把连歌、俳谐等日本的俗唱笑话形式，与传统的汉诗名句及当时流行的俚俗语结合起来，形成通俗俏皮、富有机趣的“汉和俳谐”，这在文人圈中很受欢迎。比如当时一首《百物语》中这样写道：“云雁过云雁，水鱼达水鱼。鹿鹿鸣明鹿，鹑鹑睡暮鹑。咄自口边出，睡令目下垂。油因油而断，火以火吹火。”诗中不仅咏物（如云雁、水鱼、明鹿、鹌鹑），还形象地解析汉字（如咄、睡字的解析，使人一看就明白字义，且容易记住字形），而且还巧妙地解释了日本汉字词组，如“油断”的词义是粗心大意而出差错，“火吹”是指灶下的吹火棍，如此通俗的解释显得诙谐有趣，令人印象深刻。这样的汉和联句，其句法和用意都和后来定名的狂诗甚为接近。由此可以看出，狂诗不仅来源于中国汉诗，而且也来源于日本诗歌。作为日本汉诗的一种形式，狂诗自然与中国诗歌长河中的许多狂狷之作有着内容和形式方面的继承和呼应之处，这一点在下面的文章中还将细论。但是作为一种汉诗体的狂诗，为什么没有在同样长期流行汉诗的朝鲜、琉球、越南出现，甚至在汉诗的本土中国也没有出现，而偏偏在17世纪中叶之后的日本诗坛隆重登场，这就说明狂诗的出现与日本的文学传统有着重大的关联，而且与江户中期之后的日本都市文化及社会生活更有着直

① 参见《青木正儿全集》第二卷，《京都を中心として见たる狂诗》，东京：春秋社，昭和四十五年七月版。第297页。坂内泰子《狂诗》，载《研究资料日本古典文学第十一卷汉诗汉文评论》明治书院昭和五十九年三月版，第115页。日野龙夫《江户汉诗の世界》，载其著作集第三卷《近世文学史》，ぺりかん社，2005年11月版。第252页。

接的关系,这是在考察日本狂诗来源时应该特别重视的地方。

第二节 江户狂诗创作的三次高潮

从保留下来的日本汉诗典籍看,江户时代之前可以称作狂诗的诗作数量很少,主要保留在五山诗僧编辑的《滑稽诗文》、一休宗纯的《狂云集》以及文之玄昌的《南浦文集》中。这三部书都出自诗僧之手,也就是说这些狂悖骇俗的诗篇竟然都出自佛门子弟,这确实是耐人寻味的地方,狂诗的根源及本质都不可避免的与日本五山时期的佛教丛林有着内在的关联。谈论日本狂诗的发端,总会提到一休宗纯(1394—1481)的《狂云集》,这位行为怪异的狂僧有点类似于中国明代苏州文人唐伯虎,民间对其过人的智慧才华及独立特行的人格魅力都极为崇拜,身后皆出现了大量的美化故事,比如中国有"唐伯虎点秋香"、日本有"聪明的一休"等家喻户晓的民间传说。一休宗纯被视为日本狂诗的鼻祖,其诗集中滑稽狂悖之作不少[①]。略举数首如下:

花笑花而易老花,花颜花盛梦中花。
花时花亦可情重,花落花过谁问花。

《恋》

有钱有酒有金银,今年初成大德人。
当寺他山若僧达,未申案内往来频。

《岁旦》

东山山下玉毛头,今日出家作比丘。
移得天台真罗汉,平生所望一时休。

《落发之时》

饭在中央盛曲盆,馒头无味铁昆仑。
殷勤三洒性灵水,水出推流地狱门。

《性灵棚》

布袋依袋眠,人言是坐禅。
工夫无一字,大食腹便便。

《布袋赞》

除了个别的日语词汇,从语言形式上看基本上是中规中矩的汉诗,东亚汉字文化圈各国

① 日野龙夫《江户汉诗の世界》中说:"一休所作称得上狂诗的约二十首。"见日野龙夫著作集第三卷《近世文学史》,ぺりかん社,2005 年 11 月版。第 252 页。又:三木贞一《古今狂诗大全》中收集一休的狂诗三十六首,见该书卷首,明治二十三年十一月东京博文馆出版。

的文人都可以明白无误地了解这些诗的含义，也就是说这些诗篇写得是有点儿狂味，但还称不上是日本特有的狂诗。一休宗纯之后，署名一枝堂主人的《童乐诗集》值得注意，这是江户初期的一本狂诗集抄本[①]，根据序文可知诗集主人是一位在姬路藩效力的浪人，曾在江户住过一段时间，享保九年(1735)六十岁而卒。该诗集所收狂诗多为享保年间的作品，该时段的狂诗数量极少，狂诗集手抄本能够保存下来更属难得，故弥足珍贵。其中有两首曰：

位牌知行如我功，忘君亲恩勤业空。
才艺劣他武具蠹，大禄高鼻俗士风。

《身程不知》

今宵春冬分目军，挂取攻来恰如云。
或谓留守或隙入，样样请和曾不闻。

《除夕》

第一首是说一些人依仗世袭而得到"位牌"大禄，却忘恩偷懒，才艺荒疏，仍然目中无人，自视清高，这就是俗士的坏风气。第二首是劝告世人不要随意借钱，不然到了年关日子就很难过了。值得注意的是这两首诗中的日语词汇用得极为自然，像"身程"、"高鼻"、"挂取"、"隙入"等，都是日本特有的汉语词汇，化用在汉诗中，形成了浓郁的日本风味，也形成了诗作表达过程中的滑稽和洒脱，这与前面五山时期滑稽汉诗偏重于语言游戏的写法已经不同。还有，作者似乎已经故意让汉诗的形式和内容出现不平衡，让俚俗的词语与高雅的诗歌形式发生某种不和谐，正是这种不平衡和不和谐，恰恰能够给当时熟悉汉诗的日本读者带来一种强烈的滑稽感和震撼感，这种写法离江户成熟期的狂诗已经相距很近了。

日本狂诗的第一次高潮在江户明和年间(1764—1771)出现的，而得到日本汉学界公认的标志，就是大田南亩于明和四年(1767)在江户刊印了《寝惚先生文集》。这本薄薄的个人汉诗文集的刊印，标志着江户狂诗的横空出世，也宣告了日本狂诗创作高潮期的到来，因而在日本甚至东亚汉文学史上都有着重大的意义。18世纪之初，在江户讲学的荻生徂徕(1666—1728)对作为占据主流地位的朱子学中片面注重道德教育的倾向进行了一系列的修正批判。以徂徕为中心的萱园学派，倡导强化政治统治功能的新儒学，放弃不切实际的道德修养规则，主张宽容和接纳人的自然性情，具有解放思想观念的倾向。在具体的教学中，还把传统的经学研究与现实的汉诗文创作分别对待，流风所及，就造就出有利于汉诗文创作的宽松环境氛围，促进了江户汉诗文创作的开放和全面繁荣。

在江户初期，汉文学还只是停留在贵族僧侣等社会上层人物的圈内，汉诗创作属于高雅活动，与市民百姓的俚俗生活毫不相干。但是进入18世纪之后，汉诗创作的风气也出现了变化，许多汉诗人开始打破雅俗的严格界限，认真关注市井民间的生活状况，汉诗

① 该狂诗集写本现存日本奈良县的天理图书馆。

中也频频出现俚俗生活的内容。比如荻生徂徕的高足、著名汉诗人服部南郭(1683—1759),曾在延享元年(1744)把江户游女传唱的俗谣“潮来节”译成汉诗《潮来词》二十首(诗见《南郭先生文集》卷三),可见当时汉诗人歌咏市井百姓生活已经成为新的风气。同时,江户文坛上还出现了大量戏作的风潮,通俗文学大量刊印,描写市井俚俗生活的洒落本、黄表纸风行一时,其中充满着讽刺、调侃、滑稽、逗乐的题材内容,是当时繁荣城市生活面目的生动写照,狂诗写作高潮便是在这样的时代风气背景下出现的。

现存最早刊印的江户狂诗文集是宝历十一年(1761)大阪汉诗人桂井在高刊印的《古文铁炮前后集》,这是一部对当时日本广泛流行的汉诗文选本《古文真宝》的翻版调侃之作。《寝惚先生文集》是大田南亩十九岁时刊印的狂诗文集,据时人平秩东作《莘野茗谈》中记载,大田南亩大约在出版该书的两年前,曾经拿着约二十首狂诗草稿给他看。他对大田的滑稽才能留下了深刻印象,鼓励其继续创作,并与书商斡旋,终于促成了该书的出版。初版的《寝惚先生文集》分两卷,卷一收汉诗 27 首,卷二收汉文 10 篇。从所收的汉诗看,多写江户市井生活百态,令人耳目一新。如《江户见物》诗曰:“江户膝元异在乡,大名小路下町方。二王门共中堂竣,两国桥逾御马长。悬直现金正札附,小便无用板屏傍。吉原常与品川赈,侻是狂言三戏场。”此诗为七律体,押下平声七阳韵,从汉字组合看,符合汉语近体诗的规则,但是不懂日语者却还是基本上看不明白诗中写了什么,原因就在于诗中大量使用了日语词汇,同样是汉字,词义却完全不同于汉语。比如“膝元”,指天皇和将军等权势者居住之所。“大名”为街名,在今东京都千代田区的丸之内,是一条南北向的大街。“二王门”指上野东睿山宽永寺的仁王门。“悬直”一句,是指日本桥一带高级和服店的售卖方式,现金交易。“小便无用”,此处禁止小便的意思,当时江户城内闹市区的板壁墙脚处,到处可见这样的纸贴条。“吉原”、“品川”都是江户市民的娱乐中心区,多妓楼酒馆及戏院。“狂言”,日本的歌舞伎,江户城内有中村座、市村座和森田座等三大戏场。明白了这些日语词汇,诗中一幅热闹繁华的江户城市图貌便显现出来了。

当然大田南亩的狂诗并非都如此刻意使用独特的日本词汇,比如下面的《江户四季游四首》,对于东亚国家的汉诗人来说基本上都能看懂:

上野兼飞鸟,花开日暮里。
三弦茶弁当,多有幕之里。

《春》

川长两国桥,花火燃前后。
歌响屋形舟,皆翻妓子袖。

《夏》

七月乍凉出,扬舟土手通。
灯笼多见物,尽入大门中。

《秋》

忽闻颜见世，番付卖人声。
正是芝居好，应侵夜雾行。

《冬》

选择了江户四季中的四个代表性场景：春天在上野、日暮里赏樱花；夏夜在两国桥赏焰火；秋季在吉原欣赏盂兰盆会的点灯风俗；每年冬季的十一月一日，到剧场（芝居）观看歌舞伎演员签订来年契约之后的开张演出，称之为“颜见世”，这些都是江户市民们最为熟悉的年中行事，大田南亩将其用汉诗的形式生动写出，确实是前全无古人的新尝试。同时代的服部南郭也写有《东都四时歌》组诗，分为春、夏、秋、冬四首五绝体，所不同的是，服部南郭写的是正体汉诗，而大田南亩写的是狂体汉诗，对于江户的下层市民百姓来说，或许滑稽风趣的狂诗更加通俗易懂，也更能引起他们的喜爱兴趣。

谁都没有预料到《寝惚先生文集》的出版会一炮打响，反响会如此巨大，使得这位十九岁的汉诗人很快便闻名于江户城。当时的汉诗人纷纷模仿其写作，书商们也闻风而动，各种滑稽风趣的汉诗集相继刊印。大田南亩自己也再接再厉地写狂诗，之后又出版了《通诗选笑知》（天明三年刊）、《通诗选》（天明四年刊）、《坛那山人艺舍集》（天明四年刊）、《通诗选谚解》（天明七年刊）。近二十年的创作，使得大田南亩当之无愧地成为江户狂诗的代表性诗人。

大田南亩在江户刊出《寝惚先生文集》的两年后，京都十八岁的汉诗人畠中正盈（号铜脉）也刊出了狂诗集《太平乐府》，同样是把日本化的汉诗写得风趣幽默，风行一时，形成了江户狂诗的东西两璧，狂诗作为日本汉诗的一种诗体也得以确立。寝惚和铜脉可谓英雄出少年，开启了江户狂诗的创作高潮。明和七年（1770）江户的暗云先生刊出了《娱息斋诗文集》，浪华（今大阪）的天所出版了《浪华狮子》，可可子刊出了《茄子腐稿》。次年又出现了《扫溜先生诗集》、《毛护梦先生纪行》、《片仾先生诗集》等。从明和年间到天明年间，狂诗创作兴盛不衰，大田南亩的狂诗大多以李梦龙《唐诗选》中的名篇作为调侃模写的对象，而畠中正盈的狂诗则多以嘲讽市井生活中的滑稽现象为主，像《势多唐巴诗》（明和八年刊）、《太平遗响》（安永七年刊）、《狂诗画谱》（天明六年刊）、《天平遗响二编》（宽政十一年刊）等狂诗集都是如此。值得一提的是，寝惚和铜脉两人一次都没有见过面，但这不影响到两人间的书信往来及诗歌酬唱，到了宽政二年（1790），两人甚至还把互相间的赠答诗作汇集成册在京都刊行，这就是《二大家风雅》。这部狂诗集以两人酬唱诗作为主，同时收入了其他人尤其是京都诗人的狂诗作，因而也是一部当时的狂诗选本。此书不分卷，首列铜脉的《遥寄寝惚先生》：

客莫如坊主，佛无贵随求。
茶屋悉受恶，借钱积如丘。
道乐异见重，亲类相谈催。
直行其夜短，朝饭过未回。
近日被追出，忽向关东之。
戏气尽又尽，偶有寐惚知。

从京都寄往江户的这首诗，透露出铜脉对于寝惚的尊敬和亲切感。两人都属于下层武士阶层，仕途无望，过着清贫的生活，又都年轻气盛，有着桀骜不群的诗歌才气，因而两人是惺惺相惜，互相赞许。末句中提出的"戏气"很重要，因为这是形成优秀狂诗人的根基，所以尤其值得珍惜。大田南亩显然与铜脉是趣味相投的，他立刻步韵回答了赠诗《和答铜脉先生见寄》：

狂诗无和者，年来且相求。
门番留老子，坭坊叱孔丘。
从知四角字，贫乏转相催。
文盲多大才，腹筋日九回。
偶读太平乐，御作又有之。
始识我姓名，君能御存知。

诗中"留老子"、"叱孔丘"两句表明了大田南亩的政治观念取向，即热心于老庄之学，而对幕府官方独尊的孔子儒学则敢于批评。"文盲多大才"又直接说出了他重视市民俚俗文艺的观点，狂诗即是面向市民百姓的一种通俗文学。"太平乐"指铜脉的《太平乐府》，与《寝惚先生文集》一样，都是江户狂诗的开山力作，也成为江户狂诗第一次创作高潮中涌现出来的代表作。

日本狂诗创作的第二次高潮期出现在文政初年（文政元年为公元1818年），而以中岛规（号棕隐）为领军人物。此前的宽政年间（1789—1800），江户将军幕府采取了从紧控制的文化政策，比如颁布奢侈品禁止令（宽政元年）；禁止好色本的出版令（宽政二年）；江户城禁止男女混浴令、惩处山东京传、限制洒落本等俗俚娱乐书物的出版（宽政三年）；在江户汤岛开设昌平黉及在各地建立官方藩校，限制民办学塾（宽政四年始）；禁止华丽服饰令，加强管理商店夜市（宽政七年）等等，这些法令政策都对江户、京都、大阪等大都市的市民生活产生了种种限制，自然不利于狂诗的发展。加之铜脉的过早去世（1801年，享年50岁），寝惚对戏作（包括狂诗）兴趣的减弱，江户狂诗创作出现了低潮。尽管如此，狂诗的创作还是根植于市井民间，在低潮中保存着其顽强的生命力。文化年间（1804—1817）还是有一些狂诗集刊行，比如署名桃花园编撰的《幼学自在诗楷梯》，文化一年（1804）江户版；狂言堂的《忠诗选谚解》，文化二年（1805）京都版；生醉山人的《狂诗语》，文化十年（1813）京都版；鼻垂先生的《同乐诗钞》，文化十年京都版等等。文政二年（1819），京都的堺屋伊兵卫刊印了安穴道人（中岛规）编撰的《太平新曲》，安穴祖父曾为江户前期京都著名学者伊藤仁斋的门生，父亲亦为下层儒者，研习汉学。

中岛规著有《棕隐轩诗集》、《金帚集》、《都繁昌记》、《东游集》、《鸭东四时杂词》等汉诗文集，又曾与赖山阳（1780—1832）隔壁而居，两人同为当时京都的代表性汉诗人。安政二年，中岛规以安穴道人的别号刊出了《太平新曲》，次年刊出《太平二曲》，再次年又刊出《太平三曲》。天保十年（1839）又刊出《天保佳话》，天保十四年再刊出《天保佳话二编》。这些接二连三刊出的狂诗选集，在京都诗坛引起了持续的反响，促成了安政、天保年间狂诗创作的复兴，各种狂诗集再次推出，安穴道人也就成为江户狂诗创作第二次高潮期中的代表性诗人。

上述所引中岛规编撰的这些狂诗选集并非都是他一个人的诗作，而是包括了周围的诗友及门生如包括愚佛、邹可潭、乌山人、武朝保等人的狂诗作品，这些选本的刊出意味着已经形成了一个以他为中心的京都狂诗人流派。中岛规刊出的多种狂诗集中，以《太平新曲》的影响最大，其中中岛规本人的狂诗又以善于嘲讽而闻名于诗坛，如其刻画当时的江户人和京都人互相嘲讽和互不服气的情形：

《江户者嘲京》两首

木高水清食物稀，人人饰表内证晞。
牛粪路连大津滑，茶粥音向叡山飞。
算盘出合无立引，筋壁连中假权威。
女虽奇丽立小便，替物茄子怕数违。

常叩石桥如渡苇，毕竟皆为钱回无。
胜手吝啬总眠目，上边追从难许肤。
带占鹅绒买不切，钵遣南京出煎枯。
最怜历历御见物，各包握饭出花都。

《京者嘲江户》

风荒火早狗粪多，汲立水道泥杂沙。
杀厨买鲣食倒客，卖娘出祭浮气爷。
喧哗割头中直早，丧礼荷桶鼻歌赊。
身上徒磨铜壶盖，年中上下赖质家。

只好头胜张込强，了简恒出无彻方。
素见潮来尾先暗，木遣音头肝声黄。
亲分口利皆唐穴，火炎威势大篦坊。
元来皆因意地丑，费钱买喰鼻下忙。

从日本史发展的角度客观地看，京都是古都，江户（今东京）是新京，两个大都市都是日本经济政治文化的集萃代表之地，长期以来形成了不同的城市风格面貌与市民生活习俗，这些正是日本城市文化所呈现出的丰富多彩之处。但作为同时代生活在不同城市的人，却经常会由于各种原因而产生彼此间的褒贬评论，刻意去寻找对方的丑陋之处，衬托和张扬自己的优异之处，在这样的贬人褒己的比较中求得某些优越感。这种城市间的互相攀比较劲、各自褒贬的言论表述，古今皆然，本不足为奇，至今还有东京与大阪之间的种种优劣比较，就属于此类（中国的京派海派对峙大体亦如此）。

然而，这类言论出现在狂诗中，还是首次，当属中岛规的独创，而且在狂诗中写得如此生动具体，栩栩如生，确实令时人读之莞尔。中岛规长期生活在京都，曾经东游江户，对于这两个大都市都很熟悉。尤其是他用学者的细心和狂诗的夸张诙谐来勾描这种大都市间的文化差异，用汉诗特有的形式展现出市井生活的种种特异之处，确实有着雅俗同赏的妙趣。安穴道人的诗友及门生中以愚佛较为活跃，在《太平新曲》和《太平二曲》中都收有愚佛的狂诗作品。此外，愚佛自己也编撰了《续太平乐府》(文政三年)、《钝狗斋新编》(文政五年)、《太平文集》(文政六年)、《续太平文集》(文政七年)、《太平风雅》(文政十一年)等汉诗文集，其中颇多狂诗作品，在文政年间的京都诗坛俨然成一大家。

愚佛显然只是一个称号，其真实姓名已经难以考察。其《续太平文集》中有一首诗题曰："从安穴先生登于鸭东绵亭，先生先归，因赋以呈。"诗后还附有安穴的点评语。从此看来，愚佛是安穴的后辈门生，但后来又能够自立门户。他编撰的狂诗集中，收罗了各地汉诗人的诗作，比如附近的兔鹿斋、顺斋、游足斋、乌山人、大极堂有长等人，还有金泽的痴医斋萃奈仁，彦根的间拔山人，浪华的南宫等外地诗人。甚至远在江户的半可山人这样有名的汉诗人也将其狂诗作寄给愚佛，编入其狂诗选集中。据青木正儿先生推测，愚佛很可能只是京都城里的一个小市民①。从蜀山、铜脉的狂诗看，尽管写得俚俗滑稽，但是骨子里还透露出一股士人志气，他们的身份毕竟都是下层武士；安穴的狂诗也写得世俗细致，但是细品还是看得出儒风尚存。相比较而言，愚佛的狂诗则全然是繁华城市下层生活的直接描述，充满着浓郁的市井俗气，称得上是狂诗中的白乐天。

愚佛《续太平文集》卷一《道乐园记》有一段自我描述写道："愚佛平生饮酒，左采茶碗，右持德利，不辨浊酒、鬼杀、伊丹、诸白之分。其于肴也，自红叶、锄烧、丸古、吕焦至泥鳝、油扬、鲸铁、鲍和旨物，皆集盘中。合口者喰之，虽无合口物，何打太鞁附人之请伴哉。醉回气浮，则张肝声，歌长歌，出糟声，语净留利，为加贺屋之声色，为高丽屋之身振。或怀手覗手妻，又脸被唆店，付莽莽虚虚，惟任足所向。山猫折乎，太夫时买，寝无叱者，起无褒者，身代与五体持，崩为痫症。隆隆焉，欢欢焉，不知天下之内，复有何乐可以代此也，因命之道乐。"②这段自画像中满足于市井间的饮食歌舞，醉心于声色娱乐，此为太平盛世中小市民之常态，愚佛寓所取名为"道乐"，自然含有知足常乐之意。

愚佛狂诗中颇多小市民的喜怒哀乐，其口吻全然是市井中的芸芸众生，比如《七夕》："无船难渡天之川，一年一度鹊桥悬。人间推量御待远，近年取越一夜前。"京都的七夕之夜极为热闹，而且近年来有提前过节的倾向，因为商机无限。再比如《精灵祭》："大暑时分来远方，驰走饮水不饮汤。况逢团子牡丹饼，可怜亡者成食伤。"酷暑长途旅行，又渴又饿，此时大量喝冷水，大吃京都名产糕团牡丹饼，就容易伤胃，甚至涨腹而卒。诗人祭奠的显然是这样一位亡者。还比如《汤屋》："入手込合汤如泥，臭气胸恶户棚里。不知何者股藏毛，按我首筋似佛子。"③描写京都最简陋的公共浴室内的入浴场景，虽则粗俗不雅，然比喻生动，显示出其狂诗俚俗到骨子里的本色。

愚佛狂诗中也有一部分内容只是汉字游戏，这样的诗作尽管能够取笑于一时，但并

① 见《青木正儿全集》第二卷，《京都を中心として见たる狂诗》，东京：春秋社，昭和四十五年七月版。第326页。

② (日)愚佛先生《续太平文集》，文政七年(1824)七月京都堺屋伊兵卫刊印，卷一。

③ 这几首狂诗见愚佛先生《续太平文集》，文政七年七月京都堺屋伊兵卫刊印，卷二。

不足取，如《石宝殿》："奇妙又奇妙，扨扨妙奇妙。此外云样无，最一返奇妙。"再如《犬咬合》："椀椀椀椀亦椀椀，亦亦椀椀椀又椀。暗夜何匹顿不分，始终只闻椀椀椀。"描写黑夜中狗咬狗的情景，"椀椀"形容狗吠声，即"汪汪"。"何匹"意为有多少匹（狗）。整首诗中充满了汪汪狗吠声，作为汉诗阅读，不知有何乐趣。但是将此狂诗放在街头卖艺的喧闹场合说出，对于市井小民来说，还是会有一些滑稽逗乐效果，这也许就反映出了愚佛狂诗的粗俗一面。从安穴到愚佛，尽管风格不同，水平有差异，但是他们的狂诗创作及出版狂诗选集的活动影响很大，带动起了江户狂诗创作的第二次高潮。

愚佛之后，在狂诗创作中取得较大成就的是半可山人和方外道人。半可山人是汉诗人植木玉崖（1781—1839）的雅号，他生于天明元年，历经天明、宽正、享和、文化、文政、天保，在天保十年去世。半可年轻时曾师事蜀山人，其后半生主要以幕臣的身份住在江户，而此时的江户城内可谓汉诗人云集，像大洼诗佛、菊池五山等著名的汉诗人及其门生都聚集于此，还有昌平黉的儒官野村篁园及其门生友野霞舟为主的幕臣汉诗人俱乐部，植木玉崖即为其中的一员，有《半可山人诗钞》（天保五年跋刊）传世。半可山人的这本诗集又名《狂诗妙绝》，收狂诗 49 首（五古 2、七古 2、五律 2、七律 12、五排律 1、五绝 6、七绝 24）。半可山人的狂诗基本上遵守了汉诗的押韵和平仄律，尤其是符合汉诗的平仄，这一点是前面的狂诗人都很难做到的。如其五言绝句《吉原》："大门五十间，游女三千人。几家子息殿，来成勘当身。"《船馒头》："唐诗长干行，和歌朝妻舟。欲入俗物耳，即是船馒头。"五言律诗《岁暮急作》："未掘门松穴，先闻煤扫音。釜随赁饼走，豆入福茶沉。年内无余日，世间多借金。空空待正月，却羡子供心。"用俚俗的日语汉字词汇描写江户的市民生活，另一方面却严格遵守汉诗的形式要求，兼顾好此两点，却是很不容易，因此半可山人狂诗创作的出众才华得到了时人及明治以后汉诗人的高度推崇。

方外道人的本名是福井健藏，又号梅庵，江户世代医家出身。其狂诗多写江户市井间的风俗人情，千姿百态，尤其擅长咏物。有《茶果子》（天保四年）、《江户名物诗》（天保七年）、《干果诗》（弘化四年）等狂诗集刊行，内容之丰富，描写之细腻，在当时江户诗坛是独树一帜的。其《咏樱》："八重樱出奈良都，折向唐人欲抚须。莫言四百余州广，如此名花一本无。"樱花代表着日本，赞颂独一无二的樱花，充满着大和民族的自豪感。还如《内田屋酒店》："昌平桥外内田前，德利如山酒为泉。孔子门人多上户，瓢箪携至是颜渊。"描写江户幕府昌平黉学府门外都是热闹的酒店，来往饮酒者大都是从官方学府出来的孔门弟子，嘲讽之意就包含其中。还有《万八书画会》："万八楼上书画会，不拘晴雨御来临。先生席上皆挥毫，账面频付收纳金。"举办书画展销是当时书商经常采用的促销方式，促销成功后，便出现了先生忙着挥毫应付顾客所求，账房则忙着收钱，显然是一场成功的文化促销会。再如《十轩店雏布》："小振内里古今雏，舟月玉山细工殊。唯恐节前悬直甚，试附半分打手呼。"这是一家出售和服布料的专卖店，节前就已经做好了准备，开始进行销售竞争。方外道人的狂诗描写细致入微，尤其是《江户名物诗》中，对江户百姓的生活细节处处都加以注目，留下珍贵的刻画记录，真实展示出江户市井文化的奇妙魅力，表现出狂诗特有的品位价值。

方外道人同时的不少狂诗人都更为细致地刻画了市井生活的细节画面，如中洲极堂先生的《年中狂诗》(天保二年,1831年刊);仰山先生的《浪华狂吟》(天保三年,1832年大阪刊),《天保山百首》(天保六年,1835年大阪刊);仁为、五十折合著的《狂诗百百色染》(安政二年,1855年江户刊)等。这些狂诗集皆偏重于实录民俗风情及市井生活的细节,诙谐滑稽的成分较之以前的狂诗而言逐渐减少,而趋向于中规中矩的汉诗格式,这是应该注意到的一种变化倾向。安穴先生(中岛规)曾在其《加茂川五景诗》序中有感而发:"狂诗之作不知其所始,五十年前铜脉、寝惚两子颇得风调,人争为上手。今皆拔舌于地狱,遗编徒成店曝。好事者虽间遗其形,而雅不知诗。故平仄悉违,颠倒每多。至句调之响、对语之工合,则绝无其考。杜撰最甚者,赖假名附以填无理字,使人如我所谓,倘消假名则顿不可解,此岂狂诗哉?"这段当事者的感言,指出了当时狂诗创作潮流中一种突出的现象,就是按照日本假名的发音来选择汉字填入诗中。这种糅合假名和汉语的狂诗,对于识汉字不多的日本市民来说,因其通俗易懂又充满滑稽风味而大受欢迎;但是对于正统的汉诗人来说,这种由雅转俗、甚至俚俗到庸俗搞笑的写法,则被理解为是汉诗创作的衰退,这种看法上的差异或许正反映出了临近幕末时期狂诗风调出现调整变化的内在原因。

日本狂诗创作的第三次高潮出现在明治年间(1868—1912)的前期和中期。与前两次高潮期相比,明治年间写作狂诗的人数增加,但在诗歌形式方面的探索和变革却不多,也没有产生出像上述寐惚、铜脉、安穴这样的代表性狂诗人,因此明治年间狂诗的兴盛,可以认为是日本狂诗发展历程中的热闹谢幕。明治维新的成功实施,彻底改变了日本的制度,迅速提升了日本的国力,创造出了一个崭新的日本。数十年的励精图治,使得经济持续繁荣发展,西洋文化与本土文化大融合,出现了前所未有的太平盛世。在这样的时代背景中,江户时代都市娱乐文化的传统得到进一步的光大,在全面贯彻西洋舶来的政治改革热潮中,追求享乐戏谑的风气也在蔓延,社会处在欣欣向荣的变化中。明治初年文明开化,自由思潮涌动,文社诗社及各种类型文人集社纷纷出现,汉诗文创作也形成高潮。随着活字版印刷的普及,各种新闻报纸杂志刊物如雨后春笋般地出现,其中不少是专门刊登汉诗文的杂志,这就为汉诗的兴盛,其中也包括狂诗的繁荣创造了新的条件。据日本学者杉本邦子《明治的文艺杂志》一书中考证,明治时期公开出版的杂志数量达到345种[①],其中的《新文诗》、《明治诗文》、《花月新志》、《团团珍闻》、《东京新志》、《骥尾团子》、《桂林一枝》、《春野草志》等明治前期的文艺杂志以刊登汉诗文为主,大量的俗文学包括狂诗就主要刊登在这些刊物上,借助时尚的印刷刊物而大量流行,形成对社会各个层面的巨大影响力,这就使得明治狂诗的写作和流传有别于前代。从诗歌内容看,明治狂诗最为突出之处,就是大量表现出明治维新之后日本社会出现的新面貌和新气象。下面数首号称七绝体的狂诗都摘录于《古今狂诗大全》[②],从中可见明治狂诗面目之一斑:

---

① (日)山本邦子《明治の文芸杂志》,东京:明治书院平成十一年版。第303—310页。

② (日)三木贞子《古今狂诗大全》,东京博文馆藏版,明治二十三年十一月刊行。

《舞踏会》 花月樵史

流行渐及化洋癖，舞踏熟来屡上席。
奇状夫妻携踊时，旦公鼻下长三尺。

《书籍》 吴园情史

凡凡作者多于蛆，几度著来无用书。
堪怪文明开化世，如斯纸屑却多储。

《新闻广告》 爱柳痴史

著书翻译又何何，胜手自由吹法螺。
中有可惊大安卖，先生名义灭法多。

《马车马》 不羁山人

日骋市中几十回，频遭鞭挞骨将摧。
满胸愤懑无由漏，聊向御夫放屁来。

《东京洋学生》 总子

月滞宿料穷书生，偶卖洋书买牛煮。
君仆我辈空论外，时闻藤八五文声。

《井户端会议》 秋乃家其月

井端依例议员集，论说纷纷可决难。
洗涤未干饭未熟，炮声早已报午餐。

《读决算报告》 蟹乃舍左文

算盘虽不误厘毛，岁出高超岁入高。
一国穷时民亦困，奈斯海外借金尻。

《汉学者叹》 禾毅斋

心不在此在花柳，嚊频吝气灵痴神。
见妓不为虽无勇，德末财本奈何贫。

《汉学书生》 酒佛生

坐无夫子须尽醉，礼让岂道叔孙通。
一锅牛肉一合酒，安扬快乐在此中。

这些狂诗作品描画了明治维新时代中的社会各个侧面，其生动细致的瞬间场面刻画，滑稽俚俗的语言表达，至今读来仍然令人发噱。文明开化之初的历史背景下，无论是舞会上丈夫的醋意、大量出版书籍中的鱼龙混珠、铺天盖地的廉价广告、城市马车业的辛苦经营，还是市民们对于议员议事的关注、对于国家经济预算失衡的抱怨、洋学生对日本文化的热衷、汉学衰落中的师生堕落，狂诗作中的这些点点滴滴，都成为明治初年日本社会的绝妙写照。和与洋、新与旧、雅与俗在碰撞中的趋向融合，成为维新时期日本城市生活中的普遍现象，而应时运而兴盛的狂诗创作自然也反映出了这样的时代特色。明治时代的汉诗人中对于狂诗创作起过较大推进作用的首推成岛柳北(1837—1884)，他出身在江户儒官家庭，长期在幕府任文官，曾经游历欧洲，后创编《花月新志》汉诗文杂志，开辟狂诗专栏。又著有《柳桥新志》一书，详记明治开化初期江户妓院歌楼的盛况，此书长期流行不衰。当时狂诗选本主要有原田道义编撰的《东京开化繁昌诗选》和《开明讽喻珍文莞诗》；福城驹多朗编撰的《开化穴探狂诗选》三编；榊原英吉编的《明治太平乐府》四编；新田保之助编的《狂诗余学便览》二编；醉多道人编的《抱腹绝倒诗选》；方外道人编的《笑注干果诗》；土田淡堂著的《正变狂诗选》；胡逸轮道太编的《明治狂体咏物诗选》；三木贞子编撰的《古今狂诗大全》；狂狂山人编撰的《狂诗选》等等。明治时期的狂诗集刊印在数量上明显超过前代，狂诗中描写的社会现象及社会层面也扩大了不少，从文学史的角度看自有其独特价值。然而迄今为止的日本汉文学研究中，对于对这一段时期狂诗的关注者极少，不少狂诗创作的基本资料还有待于去整理和分析，对于狂诗的性质及特征的研究则还有待于深入探讨。

第三节　江户狂诗的繁盛踪影

狂诗在江户时期及明治年间的持续兴盛，与这一历史阶段中日本城市蓬勃发展有着直接的关系。江户城在德川幕府统治下成为日本政治、军事、经济和文化的唯一中心，规定全国各地藩镇大名都须将其家族人口财产抵押在江户，江户城成为各地贵族权势者的聚汇麇居之所，各地的人力、财力及各种资源也都流向江户，在此背景下经过百年的平稳发展，使得江户形成了在日本一城独大的繁盛局面。到了江户中后期，江户城的人口超过了一百万，是当时亚洲最大的繁华大都市。德川幕府重视日本传统文化的传承，同时也对城市商业手工业采取了较为宽松的政策。幕府虽然把儒学作为官学加以推崇，但对于贵族官僚的生活享乐风气并不加以限制管束，反而乐于营造江户、大阪、京都等大都市的百业兴旺、太平盛世的欢乐氛围。江户等大都市的市井商业繁荣是产生狂诗的文化土壤，狂诗并非产生在学者文人的清静高雅的书斋中，而是诞生于市井街町混杂兴旺的俚俗环境中，市民社会的娱乐风气直接激发了狂诗人的创作激情，而市井间俚俗率直的审美习俗也助长了狂诗滑稽风趣的笔法形成。

当时江户城街町繁盛的状况，在许多史籍中都有着详细生动的记载。日本的各种季节行事活动有着悠久的传统，江户市民百姓对于一年中的各种聚会游赏活动也极为热心。这些频繁举行的民俗活动成为江户庶民文化的最佳展现窗口，而汉诗文中对于这些民俗活动有着详细的描写。静轩居士(寺门静轩)撰著的《江户繁昌记》中详细记载当时江户城下町丰富多彩的生活画面，如描写夏夜两国桥观赏焰火大会，可谓人山人海，盛况空前:"烟火例以五月二十八夜为始放之期,至七月下旬而止焉。际晚,烟火船撑出,南距两国桥者可数百步,而横中流。天黑举事,霹雳未响,电光掣空,一块火丸,碎为万星。银龙影欲灭,金乌翼已翻。丹鱼入舟,火鬣走丛。或棚上渐渐烧出紫藤花,或架头一齐燃上红球灯。宝塔绮楼,千化万现,真天下奇观也。两岸茶棚,红灿万点,栏内观者,累膝叠踵。桥上一道,人群混杀,梁柱摆动,看将倾陷。前舻后舳,队队相衔,画舫填密,川流迷水。夜将深矣,烟火船轮灯,人始知事毕。时水风洒然,爽凉洗骨。于是乎百千烟火观船并变为纳凉船,竞奢耀豪,扬弦歌于杯盘狼藉中,呕哑连晓而歇。"①夏夜观赏焰火,全民狂欢,江户时代已经成为日本全国的重要民间习俗,这一习俗至今仍在日本各地流行,成为夏祭的重要内容。

稍后的成岛柳北继承了《江户繁昌记》的实录传统,撰写了《柳桥新志》二编,其初编序言中说道:"往日有静轩居士著《江户繁昌记》,备摸八百八街之景状,胜场剧区,无所不载,无所不说。其文极诙谑,而其事则明详,使读者卧知其地之所有。虽有谙熟阛都风俗之人,亦不能附益一事也。然其距今过二十年,物换俗移,地之热闹冷索相变者,不为少也。往时新地、深川之妓院绮罗为业者,今乃索然无踪迹。明芳坊之娈童肆与娼楼相抗者,亦寥乎敛影。其他各处之繁华日衰月瘠,能及古者鲜矣。若芳原、品川,亦比当日所说,则减五六分。呜呼,使居士观方今之状,乃将愕然而惊,慨然而叹,不知其人尚存否。然此大都之繁华,奚其可扫地而尽矣。微于古而盛于今者,亦有焉,柳桥是也。柳桥何因,而然因深川之废也。凡物太盛而顿衰者,靡不复兴矣。譬诸将家,犹新田氏欤。乃今之柳桥,亦深川之死灰复燃者,而其盛,殆踵其旧云。噫,今而不记其盛,乃亦遇五年十年,安知凋零不如今日?"②从这些记载可以看出,江户市民喜好游闲娱乐的传统一直没有改变,尽管时过境迁,热闹的场所可以更替,但是这些放任狂欢的内容却代代相传,构成了江户通俗文艺活动中的一个重要特点,即戏作的流行。

所谓戏作,既是指江户通俗文艺作家和表演者的创作态度,也是指江户通俗文艺作品的基本风格,即人世间一切皆如游戏,内容何必当真,形式上也不必太认真。从现代文艺批评的角度看,戏作是格调不高的,也是格格不入的。现代文艺往往以人生探索为第一要义,而戏作则无可无不可,并无重大寓意可言;现代文艺讲究形式的唯美和标准化,而戏作则追求新奇和逗乐效果,因此表现形式上反而需要唯丑和非标准化;现代文艺描写塑造人物追求表现独特个性,而戏作中的人物表现则基本上是脸谱化和类型化的;现代文艺中也有滑稽诙谐一格,但只是配角,不会成为主流,而诙谐滑稽是戏作的常态和主流;现代文艺肩负着张扬正义和教育民众的责任,故追求雅俗共赏,而戏作则信奉表现第一以适应市场竞争,故多用夸张、俚俗、俳谐、离奇的手法,只追求开心一笑的喜剧效果。江户文坛上出现了多种形式的戏作创作,比如山东京传的黄表纸、洒落本,式亭三马和十返舍一九的滑稽本,泷泽马琴的通俗读本,为永春水的人情本等等,还有大量的川柳和狂歌,即狂体的和歌,都属于江户戏作的范围。而汉诗文领域中出现的狂文和狂诗,同样是

① (日)静轩居士《江户繁昌记》初编,岩波书店 1989 年 10 月版。第 436 页。
② (日)成岛柳北《柳桥新志》初编自序,岩波书店 1989 年版。第 536 页。

在江户通俗文艺大潮中的产物，自然也属于江户戏作的范围。江户戏作的流行，造就出市井百姓市民的强烈感官飨宴，丰富多彩的戏作中充满着滑稽和笑话的材料，读后令人喜悦开怀。从东亚甚至世界的文学史角度看，江户时代的戏作文学，确实创造出了日本独特的游戏文学，其特征和意义都具有独特的价值。

狂诗创作从江户时期到明治年代尽管有高潮低潮，但一直延续不断，有着许多选本刊行。从保留下来的刊本看，这些狂诗选集大多为坊间印本，制作成本低廉，显然是适合于社会下层普通市民的阅读物。对于现存狂诗刊本的统计，斋田作乐先生的《狂诗书目》相对而言是数量较多的[①]，其中记载有：

1.《狂诗选》	大江散人 编次	1763年大阪版
2.《寝惚先生文集》初编	毛唐陈奋翰 著	1769年江户版
3.《太平乐府》	铜脉先生 著	1769年京都版
4.《娱息斋诗文集》	暗云先生 著	1770年江户版
5.《茄子腐稿》	加兵卫先生 著	1770年京都版
6.《浪华狮子》	天所先生 著	1770年大阪版
7.《扫溜先生诗集》初编	都而万弃物 著	1771年江户版
8.《毛护梦先生纪行》	海道飞云助 选	1771年京都版
9.《讽题三咏》	镜间外史 撰	1771年京都版
10.《势多唐巴诗》	灭方海 著	1771年京都版
11.《片低先生诗集》	虚口出方第 著	1771年京都版
12.《物忘大笑诗》	阿阿那尔登野罗先生 著	1772年京都版
13.《戏场篇》	青田先生 著	1772年京都版
14.《图惚先生诗集》	愣愣锣方 著	1776年江户版
15.《铜脉先生太平遗响》	铜脉先生 著	1778年京都版
16.《通诗选笑知》	四方山人 著	1783年江户版
17.《通诗选》	四方山人 著	1784年江户版
18.《檀那山人艺舍集》	新宁武子 著	1784年江户版
19.《十才子名月诗集》	宿屋饭盛 辑	1785年江户版
20.《本丁文醉》	腹唐秋人 著	1786年江户版
21.《铜脉先生狂诗画谱》	铜脉先生 著	1786年京都版
22.《通诗选谚解》	四方山人 撰	1787年江户版
23.《黑珂稿》	颠鳌道人 著	1787年大阪版
24.《狂诗选》	独乐山人 著	1787年名古屋版
25.《兴诗选》	独乐山人 著	1789年名古屋版
26.《二大家风雅》	铜脉先生、寝惚先生 著	1790年京都版
27.《语句通风诗》	篇退子 著	1797年大阪版
28.《太平遗响二编》	铜脉先生 著	1799年京都版

① 详见斋田作乐《狂诗书目》，青裳堂书店，平成十一年一月版。

29.《町诗选》	湖吴都发陌先生 著	1800 年京都版
30.《青物诗选》	悟了轩泥坊 著	1803 年和歌山版
31.《幼年自在狂诗楷梯》	桃花园 著	1804 年江户版
32.《忠诗选谚解》	狂言堂 著	1805 年京都版
33.《疏漏庵诗集》	闲闲外史 选	1809 年尾道版
34.《狂诗语》	生醉山人 编	1813 年京都版
35.《狂诗础》	生醉山人 编	1813 年京都版
36.《同乐诗钞》	鼻垂先生 著	1813 年京都版
37.《毒玉集》	南山雅佛 著	1817 年高野山版
38.《唐金义宝诗》	竹罗山人 著	1819 年京都版
39.《太平新曲》	安穴先生 著	1819 年京都版
40.《太平二曲》	安穴先生 著	1820 年京都版
41.《续太平乐府》	愚佛先生 著	1820 年京都版
42.《狂诗图画》	乌山人先生 著	1821 年京都版
43.《太平三曲》	安穴先生 著	1821 年京都版
44.《愚佛先生钝狗斋新篇》	愚佛先生 著	1822 年京都版
45.《太平文集》	愚佛先生 著	1823 年京都版
46.《续太平文集》	愚佛先生 著	1824 年京都版
47.《泥鹏台文集》	陈李琳 著	1825 年名古屋版
48.《五十三次道中诗选》	云辅先生 著	1826 年京都版
49.《太平诗选》	愚佛先生 著	1827 年京都版
50.《狂诗马鹿集》	兆载坊 著	1827 年京都版
51.《太平风雅》	愚佛先生 著	1828 年京都版
52.《文政御影参旨诗》	仁参武 著	1830 年大阪版
53.《狂诗变》	天竺朗人 著	1830 年伊势版
54.《狂诗选》	势南地繁昌 编	1830 年版,刊地不明
55.《玉华道人狂诗集》	玉华道人 著	1830 年纪州和歌山写本
56.《赤油行》	骚界子 著	1831 年三河板版
57.《年中狂诗正月》	中洲极堂先生 著	1831 年大阪版
58.《年中狂诗二月》	中洲极堂先生 著	1832 年大阪版
59.《浪华狂吟》	仰山先生 著	1832 年大阪版
60.《甚太楼诗集》	双陵先生 著	1832 年江户版
61.《茶果诗初编》	方外道人 著	1833 年江户版
62.《半可山人诗钞》	半可山人 著	1834 年江户版
63.《冬夜寝言》	川嘘道人 著	1834 年纪州和歌山写本
64.《樱菜狂诗草稿》	樱菜 著	1834 年纪州和歌山写本
65.《太平乐初编》	马鹿山人 著	1835 年江户版
66.《天保山百首》	仰山先生 著	1835 年大阪版

67.《浪华醉咏》	仰山先生 著	1835 年大阪版
68.《江户名物诗初编》	梅庵道人 著	1836 年江户版
69.《马鹿早诗钝钝集》	钝斋钝佛 著	1836 年江户版近郊稿本
70.《飘百园诗文集》	默山、木任阵 著	1836 年上州写本
71.《忠臣藏狂诗集》	半可山人、方外道人 著	1838 年江户版
72.《天保佳话》	安穴先生 阅	1839 年京都版
73.《天保佳话二编》	安穴先生 阅	1839 年京都版
74.《一部诗集》	轻薄山人 著	1839 年京都版
75.《能乐山人诗钞》	抚松先生 著	1847 年江户版
76.《回向诗选》	碓山逸史 著	1849 年熊谷版
77.《狂诗百百色染》	仁为、五十折 著	1855 年江户版
78.《干果诗》	始刊于 1860 年，见《笑注干果诗》，刊于明治 15 年(1882)	
79.《太平茶谈》	茶罗公 著	1864 年江户写本
80.《狂诗诊志题》	宋蚊文文禄 辑	1865 年江户版
81.《木曾道中诗选》	云辅先生 著	1867 年刊
82.《释氏常仪》	道乐上人 著	江户年间 刊年不明
83.《观场性根玉》	太平先生 著	江户年间 刊年不详
84.《浚井鲋》	钝斋先生 著	江户年间 刊年不详
85.《东海道五十三次狂诗段辩》	神团防图内 著	江户年间 刊年不详
86.《椎园文稿(狂诗の部)》、 《椎园杂稿》	蜂屋椎园 著	江户末期、江户刊
87.《饮多雄诗》	高根厚朴 著	大阪刊，刊期不明
88.《捧腹子》	脐隐居 著	上方，稿本 年代不明
89.《稿本明治狂诗大成》	不明氏 编	东京活字版 刊期不明
90.《东京开化繁昌诗选》	原田道义 著	1874 年东京刊
91.《画本大阪新繁昌诗初编》	田中内记 著	1875 年大阪版
92.《东京日日新文》	松本万年 著	1876 年东京版
93.《日本开化诗》	宫内贯一、平山果 著	1876 年东京版
94.《开明讽喻珍文莞诗》	原田道义 著	1877 年东京版
95.《开化珍奇诗文集》	藤原元亲 编	1878 年东京版
96.《新京竹枝》(杂志)	石井南桥 著	1878 年东京版
97.《开化穴探狂诗选一编》	福城驹多朗 编	1878 年东京版

98.《开化穴探狂诗选二编》	福城驹多朗 编	1878 年东京版
99.《开化穴探狂诗选三编》	福城驹多朗 编	1880 年东京版
100.《开化狂诗洒边理诗题》	牛泩了 编	1879 年横滨版
101.《四季花揃珍珍集》	化三 编	1879 年东京版
102.《一粲集》 卷之上	森房太郎 编	1879 年滋贺版
103.《开化新题咄表诗话初编》	柳水亭种清 著	1880 年东京版
104.《开化新题咄表诗话二编》	柳水亭种清 著	1880 年东京版
105.《开化新题咄表诗话三编》	柳水亭种清 著	1880 年东京版
106.《明治太平乐府初编》	榊原英吉 编	1880 年大阪版
107.《明治太平乐府二编》	榊原英吉 编	1880 年大阪版
108.《明治太平乐府三编》	榊原英吉 编	1881 年大阪版
109.《明治太平乐府四编》	榊原英吉 编	1881 年大阪版
110.《明治风雅乐府初编》	本庄四郎 编	1881 年大阪版
111.《明治风雅乐府二编》	本庄四郎 编	1881 年大阪版
112.《狂诗余学便览》	新田保之助 编	1881 年大阪版
113.《续狂诗余学便览》	新田保之助 编	1881 年大阪版
114.《怪化狂诗选》	岛田梦春 著	1881 年甲府版
115.《抱腹绝倒诗选》	醉多道士 编	1882 年东京版
116.《笑注干果诗》	方外道人著、醉多道士 注	1882 年东京版
117.《狂诗文歌句幼学便览》	三木爱花、眠柳散史 编	1883 年东京版
118.《繁昌一斑山形土产狂诗选》	宫峰猎史 著	1884 年山形版
119.《狂诗语碎金》	痴囊谐史 编	1884 年东京版
120.《绘入狂诗假名手本忠臣藏》	土田泰藏 著	1884 年东京版
121.《笑注茶果诗》	方外道人著、 醉多道士 编注	1885 年东京版
122.《正变狂诗选》	土田淡堂 著	1885 年东京版
123.《出鳕目狂诗》	薄根贞义 编	1885 年静冈版
124.《古今人物狂诗百面相》	与美亭三鹰 编	1886 年东京版
125.《明治狂体咏物诗选》	胡逸轮道太 编	1886 年东京版
126.《人情解剖诗》	二濑川一醒坊 著	1889 年东京版
127.《浮世狂界诗林选》	骨皮道人 著	1889 年东京版
128.《古今狂诗大全》	三木爱花 编著	1890 年东京版
129.《狂诗选》	狂狂山人 编	1891 年高冈版
130.《日本诗军》	乌玉山人 著	1895 年东京版
131.《狂诗战》1—26 号(杂志)	小林少女庵他 编	1896 年东京版
132.《新诗国第一集》(杂志)	关梅痴、市川玩球 编	1896 年东京版
133.《狂诗眼》	真木痴囊 著	1896 年东京版
134.《狂诗一千题》	余霞楼主人 编	1897 年大阪版

135.《武奇阳集》	静间密 著	1899年岩国版
136.《洒落琐诗》	西原情仙 著	1910年中国地方版
137.《痴囊遗稿》	露の家尾花 著	1929年东京版
138.《金龙山景物三百诗》	浅田淀桥 著	1935年东京版
139.《通俗诗初编》	内山牧山 著	刊年不明，京都版

上述书目是斋田作乐先生经过数十年调研收集而形成的狂诗选集统计，集腋成裘，已成洋洋大观。对于江户明治时代的文人来说，选编狂诗集很大程度上不过是一种风雅的娱乐行为，往往是出于一时之兴趣。狂诗选本编成之后，由于种种原因最终未能刊印的有不少，未能刊印的稿本则难以长期保存，故至今绝大部分都已经绝迹。就是当时刊印出的狂诗集子，多数属于文化快餐式的大众普及读物，编撰过程随意，装桢形式粗糙，人们读过后往往并不加以妥善保存，因而未能保存下来的占大多数。还有一些狂诗稿本或手抄本只在极少的范围内传看，圈外人或者外地人很难见到。在这样的背景下，斋田作乐先生尽管竭尽了全力，然以一人之精力财力，终究难于达到完备地步。明治之后的狂诗大家的狂诗专辑在上述书目中就没有充分反映，比如像柳北、南桥、无水等人的狂诗作品就如此①。还有明治时代的众多杂志刊物上都曾刊出过大量狂诗作品，这些狂体诗作有很大一部分后来都没有以选本的形式刊印出来，因而在上述书目中也没有得到反映。从现存的狂诗选本刊印时间看，在17世纪70到80年代曾形成一段狂诗选集出版的高潮期，而到了18世纪的70到80年代再次形成狂诗选集出版的高潮期。日本狂诗创作的这两次出版高潮相隔百年、遥相呼应，形成了近代东亚汉诗史上的一段奇观。再从狂诗选本刊印的地点看，基本上是在江户（东京）和京都。这就表明狂诗发生地的基本特点，商业化的大都市和作为文化领袖地位的的京城，是诞生日本狂诗的不可或缺的文化土壤。

第四节　江户狂诗特征分析

从诗歌发生学的角度看，从江户至明治时期的狂诗，可以说是汉诗日本化之后形成的一种变体。对于这些有意突破汉诗正规体例的变体写法，当时日本汉学界和汉诗坛并没有给予很高的评价，而是任其潮起潮落，自生自灭。对于一心秉承汉诗正统的日本汉诗坛来说，持这样的基本态度是可以理解的，也是十分自然的，而且这一基本态度也影响到了至今日本汉学研究界对于狂诗评价的某种轻视甚至忽略。

但是从东亚汉诗发展史的角度看，正是在狂诗的这些变异中，生动表现出了日本汉诗的一些独特之处，这些正是今日的汉诗研究者应该关注之处。汉诗东传日本之后经过了一千多年，其间的流传和发展过程与日本社会的发展变化密切相关，汉诗与日本语言文学文化之间的交融影响也一直在持续。狂诗从本质上说，就是汉诗汲取了日本社会文化营养之后的产物，是日本诗人综合了汉文学和日本通俗文艺因素之后的灵感创作。狂

① 比如成岛柳北的狂诗在《柳北全集》中刊出，见《文艺俱乐部》增刊，明治三十年七月版。

诗既是汉诗，同时也是日本诗，或者说是把汉诗真正日本化的大胆尝试。评价狂诗，自然不能简单套用评价汉诗的标准方法，而更应该考察汉诗日本化的特色，观察东亚汉诗流传变化过程中所显示出来的兼容能力及体制张力之极限。

日本狂诗打破传统汉诗中的雅俗界划等级，大胆而又智慧地化雅为俗，在汉诗中融汇进日本文化及市民生活趣味，因而在汉诗的表现艺术方面表现出了一种雅俗共赏的乱淆之美。狂诗之狂，首先表现在诗歌内容方面追求滑稽机趣，能够生动表现出日常生活中的俗俚情趣。为了达到更佳的表现效果，狂诗在形式上经常有意打破汉诗的正体写法，努力通过变体来突出奇特滑稽的效应。在这些方面，江户明治时代的狂诗人可谓动足了脑筋，比如通过对《唐诗选》中名作的模仿调侃，就是常用的一种方法。调侃唐诗名作的做法始于大田南亩，在其《李不尽通诗选》中有着淋漓尽致的表现。标明李攀龙选编的《唐诗选》传入日本后在江户时代盛行一时，大田南亩同时的著名汉诗人服部南郭就注解了《李于鳞唐诗选》，刊行后对江户诗坛影响极大。大田南亩这本狂诗集也有意模仿《唐诗选》，从形式到内容都极尽调侃滑稽之能事，以下面三首为例来加以说明：

《买也处》

常住买龟甲，疑是御娘瑕。
举头折勾匙，低头落发差。

《春前》

证文不知数，处处步挂鸟。
野郎风气时，行残知多少。

《寻茶廓不遇》

山下问格子，游士赘言去。
只在此原中，颜白不知女。

第一首套用了李白的《静夜思》："床前明月光，疑是地上霜。举头望明月，低头思故乡。"明人胡应麟曾评论道："太白诸绝句，信口而成，所谓无意于工而无不工者。"[①]指出这首诗的妙处就在于实景描写，借景叙事，自然传递出浓浓的思乡之情。大田南亩的这首狂诗，是对江户城女子买饰品的实景描写。爱美的女子用高价买下龟甲制作的头饰品，可是价格不菲的龟甲发夹竟然是次品，"勾匙"、"发差"都是发饰品的名称，可见在江户装饰品市场上的商品经常是鱼目混珠，良莠不齐的。这样的狂诗自然缺乏像唐诗名作那样感人的内在情感张力，然而其中对于城市购物场景的描写，对于江户市侩习气的嘲讽，都有着引人注目的社会实录价值。尤其是其中套用当时人们所熟悉的唐诗名作声调，写出江户市侩风气中格调低下的侧面，形成了善意的嘲笑，便是狂诗吸引不少读者之处。

第二首套用了唐代孟浩然的《春晓》："春眠不觉晓，处处闻啼鸟。夜来风雨声，花落

① 见胡应麟《诗薮·内编》卷六。

知多少?”这首《春晓》短诗,从听觉的角度写出了春天的鸟语花香,也微妙地表现出诗人由喜春到惜春的情感起伏,联想丰富,自然天成,古往今来不知倾倒了多少读者,自然深受江户诗人的喜爱。而套用《春晓》声调而写成的这首狂诗《春前》,则是描写江户最富盛名的冶游之地吉原的风气。首句中“证文”,指在吉原大门口書肆出售的证书,其内容是入内冶游者应该遵守的治安规矩。第二句中“挂鸟”指空空的钱袋,冶游者囊中羞涩的意思。“行残”则暗指贫困男子无钱嫖妓,只能自慰的行为。

第三首狂诗套用了贾岛的《访隐者不遇》:“松下问童子,言师采药去。只在此山中,云深不知处。”贾岛原诗的特点是寓问于答,用字精简,在平淡中见深沉,透露出诗人对隐士高山仰止的钦慕之情。而这首狂诗则借用其诗体形式,表现江户城内上野广小路(位于现东京台东区上野四丁目)私娼盛行,颇有讽刺意味。“茶廓”指当时盛行的色情茶屋,“山下”指东叡山下,是上野附近妓寮云集之地。“格子”借指私娼,“游士”则指嫖客,“赘言去”意为早已离去。“原”原意指土地平展广阔之地,这里指妓寮麇集之地,比如江户娼妓区最为著名的就是吉原。“颜白”指用白粉涂脸,这是日本歌妓最为常见的妆容。

上述三首狂诗皆套用了唐诗名篇的形式,但都彻底改变了唐诗名篇的格调,舍去了原有的优雅高贵气息。借用唐诗的形式用以表现江户市井百相,其中俗俚的内容尤其是粗俗不雅的刻画,与汉诗高雅的形式造成了鲜明的对比。这种强烈的反差感使得狂诗带有某种调侃传统汉诗、甚至是挑战正统高雅的意味,这使得日本读者、尤其是中下层文人及市民阅读后顷刻间便会感到一种滑稽和痛快。以游戏的笔法写作汉诗,突出汉诗高雅的形式与粗俗的内容之间的强烈反差,这便是江户狂诗创造新意并吸引大量平民读者的重要原因。

对于十分熟悉中国诗歌传统的日本汉诗人来说,都懂得诗言志和诗贵实录的道理,在汉诗创作中也会自觉运用这些诗学原理,用汉诗来记录人生,实录社会,尤其是用狂诗来凸显社会中的千奇百怪。此风一直延续,于是在狂诗中细致表现都市生活便成为江户明治诗坛上出现的普遍现象。狂诗并不仅仅是诗人的游戏之笔,除了滑稽搞笑之外,狂诗中还有着大量对于当时市井社会生活百态的实录描写,范围之广,描写之具体生动,都是前所未有的。可以说江户城市风俗的细腻变化,乃至于近世日本社会快速发展的每一阶段,都在狂诗作品中得到了鲜明而丰富的展现。

江户、明治狂诗的兴盛,是日本近代市民社会狂欢娱乐风气的重要表现之一。江户时期开始的都市文艺潮流中,追求视觉上的多彩杂乱之美及生活感觉方面的丰富快乐感,成为市井社会平民百姓的普遍追求①。在此背景中,狂诗成为城市居民们的一种独特感官飨宴,因为狂诗所展示出来的种种机敏滑稽感和丰富的笑料,充满了令人愉悦的平民生活气息,生动活泼,雅俗共赏,使其成为日本市井生活中调节紧张压力与平庸乏味的轻松方式。狂诗之所以能够在近代日本诗坛大行其道,还与日本文学中注重表现瞬间感受与细腻精致美感的审美传统密切相关,在这一方面,狂诗与和歌表现出来的艺术特质

---

① 这一方面情况从江户时代盛行的的能剧、狂歌、浮世绘等通俗文艺中可以明显看出。参见静轩居士《江户繁昌记》,日野龙夫校注本,岩波书店 1989 年刊。

是颇为接近的。

其一，狂诗人写诗擅长于细节描写，从身边日常生活中取一平常景物，刻画细致，笔法细腻，虽无高远寄托，却经常洋溢出活泼的市井生活情趣。如铜脉先生笔下的咏物狂诗："欲剥吾身皮，能酬旧日恩。自弹两眼泪，不与座头言。"(《猫弄三弦》)"沽酒小坊主，归来倾一壶。击鼓腹便便，醉眠八叠敷。"(《狸》)"栩栩入梦来，未知菜种味。周也蝴蝶也，责而暂留手。"(《蝶》)"我庵京落南，绥绥薄埋麓。归去稻荷山，拔来生马目。"(《狐》)[①]这些小动物身上，都被赋予了人的习性和感情，借以表现江户时代市井社会下层小人物的种种悲情与无奈，有的来自于中国文化典故的敷衍，有的出自对于动物秉性的独特理解，这些动物形像化入狂诗中，皆表现得生动感人。再看方外道人(福井健藏)的几首杂咏诗："一玉三千丈，鸢飞戾于天。风强丝目切，遥落御滨边。"(《鸢凧》)"白雪三千丈，倚天似个重。不知近江海，何代为芙蓉。"(《富士》)"喜撰非和尚，嬉野似倾城。山吹兼信乐，终成茶渍名。"(《茶铭》)"小纹中形类，大丸是流行。帐场多勘定，判取小僧长。"(《大丸店》)[②]前两首诗显然脱胎于李白的《秋浦歌》："白发三千丈，缘愁似个长。不知明镜里，何处得秋霜。"借用李白诗中名句的格式，表现风筝高飞的身姿与展现富士山高耸入云的壮丽景观，也增加了狂诗的气势。后两首则用日本语咏日本物，日本茶叶青翠喜人，日本布料染印中爱用大大小小的圆形花纹，皆是江户市井生活场景的细致生动展现。

其二，取景视角独特，善于展示市井生活中瞬间的动感和美感，也成为日本狂诗的独到之处。日本狂诗中实录生活场景的绝句很多，往往能从一个看似普通的场景中发掘出富有生活情趣的美感。例如方外道人笔下的《品川海苔》："寒中新制味奇哉，诸国春来买得回。八百八町江户水，东风化作品川苔。"江户城南郊的港口品川(今东京都品川区)，在春天盛产新鲜美味的海苔，这里形成热闹的海苔交易市场。海苔包饭团是日本人最喜欢的日常食物，海苔来自于东京湾，春天是收获海苔的季节，这首狂诗中用优美的比喻来表达对于美味海苔的赞美，丰富的想象力令人印象深刻。还比如《花火》两首："十二挑灯照水明，流星虎尾入云鸣。栏干四面人争立，唤出玉屋键屋声。""翻翻花火在河洲，窈窕淑女屋形舟。太鼓三弦桥左右，悠哉两国纳凉游。"描写江户夏日夜晚焰火晚会的热闹情形，细致如绘。日本各地举办夏祭焰火晚会的传统与中国古代风俗有关联，但是到了江户时代已经发展成为日本特有的民间习俗，这一习俗在日本至今盛行不衰。再看两首："角力兴行大鼓闻，晴天十日入为群。大关关胁无胜负，小结东西是引分。"(《角力见物》)"琉球风起每家病，八百八町御救米。女者三升男五升，人人难有唯流涕。"(《琉球风》)前一首描写相扑竞赛，后一首描写琉球岛(今冲绳县)遭受台风灾难后的救灾活动。这两首诗狂诗所记载的都是日本特有的社会现象，其中汉语日语词汇混用形成了独特的艺术效果，比如"大关"、"关胁"是日本相扑界的专用名词，"难有"意为"感激"，由此可以看出狂诗所表现出来的明显的日本化倾向。这样富有日本风味的狂诗，对于同处东亚汉字文化圈的中国、朝鲜、越南的汉诗人来说，会产生阅读理解方面的困惑不解，但是唯有此，汉诗

① (日)三木贞一编《古今狂诗大全》，东京博文馆明治二十三年刊印，第 15 页。
② (日)三木贞一编《古今狂诗大全》，东京博文馆明治二十三年刊印，第 21—23 页。

才会被识字不多的日本市民百姓所理解和接受,汉诗才会对日本社会各阶层产生巨大的吸引力。其三,多用嘲讽幽默写法,使得狂诗成为市民阶层审美情趣的生动展现。狂诗之“狂”,代表着日本近代市井文化所特有的一种艺术气质,经常表现为嬉笑人世的洒脱态度。狂诗不仅在形式上有意违反中规中矩的汉诗写法,而且在立意方面也经常颠覆传统,故出惊人之语。如愚佛的《赞放屁灭行灯图》:“讽讽驺驺屁穴开,见物撮鼻吹出哈。腹减息弱甚难灭,明晚十分食芋来。”夸张地赞美放屁,在江户俗文化中多有表现,如狂歌、浮世绘中甚多细致描绘,寓意丰富,显然不能简单地用格调低俗来加以解读。再如方外道人的《论语杂咏》:“野郎三四辈,若众五六加。孔子连浴沂,汤钱师匠奢。”如此随性地解读《论语·侍座篇》,轻狂调侃孔子,这在其他东亚国家汉诗中是极少见的,但在江户狂诗中却常见,其根本原因是江户市民对孔子这尊外来的神像,没有达到顶礼膜拜的程度,而是将其作为普通人来看待。狂诗中的幽默效果,经常来自于写法上格调的突然转折,如吴园情史的《小向观梅》:“远望如雪近如云,小向初春客作群。此地元来多百姓,梅花薰处粪风薰。”诗的结句格调陡然一变,由极雅转为极俗,其善意的嘲讽中包含着令人发谑的喜剧效果,这一类的狂诗作品在江户明治时期的市井读者中显然是最受欢迎的。

综上所论,江户狂诗的出现与江户城的工商繁荣直接相关,江户城内大名贵族与商人市民同时并存,商铺兴旺,经济高涨,节气风俗活动也频频展开,丰富多彩。江户时期日本与中国、朝鲜的经贸文化交流也在持续进行,人员交往的密度之大,航海分帆船之多,汉文书籍交流之丰富,都是史无前例的。汉学和汉诗都在江户中期之后达到了兴盛,杰出的汉诗人大量涌现。值得注意的是,江户的汉诗人除了按照中国诗歌的传统和不同流派进行模仿写作之外,也受到了从一休宗纯以来的狂僧诗风的影响,即关注下层民众的人生命运,在汉诗中注意描写日本民众的日常生活及风俗习惯,并且在汉诗的表现形式及语言风格方面也有所创新突破,江户狂诗就是在这样的背景中出现的。江户狂诗的出现和发展,与当时中国的性灵诗派的影响东传也有着一定的关系。明后期到清前期,性灵诗风盛行一时,性灵诗派的作品诗集也随着航船很快地传到日本,并且受到了年轻汉诗人们的欢迎。在日本积极、热心传播袁枚和赵翼诗歌与诗话的,是在江户汉诗上有着举足轻重地位的文人,例如1804年,《随园诗话》出版,校点者是柏木如亭;1816年,《随园诗钞》出版,编选者是市河宽斋;1827年,《瓯北诗选》出版,大洼诗佛和冈部菊崖同校,大洼诗佛还写了四首绝句作为题辞;1828年,《瓯北诗话》出版,大洼诗佛和唐公恺同校。江户著名汉诗人对袁枚和赵翼的偏爱与重视,是因为他们发现性灵派的诗歌和理论契合他们在汉诗创作上的实践和主张,他们想借助外来权威的力量推动汉诗创作风气的转变。因此,对以袁枚、赵翼为代表的性灵诗的推介,并非像以前接受唐宋诗那样是单纯的、被动的文化影响模式,而是江户汉诗人立足于日本社会和文化发展的需要,采取的积极主动的策略,接受中国诗歌的同时也是利用和改造汉诗。

江户后期的汉诗人中,菅茶山的诗多从日常生活中取材;市河宽斋重视写实,注意表现个性;大洼诗佛的诗,在主导风格上与性灵诗风有相似之处,秉持清新而自然的诗笔。他们提倡学宋,在宋人中喜欢的也是杨万里、陆游等人,例如菊池五山《五山堂诗话》卷五自称“余酷喜诚斋诗”,梁川星岩曾编有《宋三大家律诗》,他喜欢的宋诗“三大家”指的是范成大、杨万里和陆游。这种创作风格和爱好上的相近，使得江户中后期的汉诗人的创作出现了较大的变化。日本汉诗人已经不满足于追随明七子模拟盛唐的格调与气象，认为无论如何用尽心力去模仿，也不可能是真正的唐诗，他们称这是“伪唐诗”(见菊池五山《五山堂诗话》卷一)。大洼诗佛在《瓯北诗选》题辞的前两绝句也写道：“诗文随世运，无日不趋新。瓯北有此语，足晓后诗人。请看李王徒，盛唐惟宗之。盛唐不可到，只是李王诗。”诗中对赵翼新变的观点表示极大的认同，并认为可以用赵翼的话来警醒那些仍然抱着“诗必盛唐”陈旧观念的诗人。而广濑淡窗有一首《论诗赠小关长卿、中岛子玉》诗中也评论说：“歌诗写情性，实随风俗移。风雅非一体，古今固多歧。作家达时变，沿革互有之。苟存敦厚旨，风教可维持。昔当室町氏，礼乐属禅缁。江都开昭运，数公建堂基。气初除蔬笋，舌渐涤侏儒。犹是螺蛤味，难比宗庙牺。正享多大家，森森列鼓旗。优游两汉域，出入三唐篱。格调务摹仿，性灵却蔽亏。里颦自谓美，本非倾国姿。天明又一变，赵宋奉为师。风尘拂陈语，花草抽新思。虽裁敖辟志，转习淫哇辞。楚齐交失矣，谁识鸟雌雄。寄言关及岛，更张良在兹。鸡口与牛后，趋舍君自知。我亦丈夫也，李杜彼为谁。谁明六义要，以起一时衰。”(诗见俞樾《东瀛诗选》卷十七)强调应该用汉诗抒发自己的“情性”，模学格调只会丧失诗歌的“性灵”。

江户汉诗人勇于更新，形成自己本土化的汉诗创作，这与袁枚和赵翼的诗学在江户诗坛受重视，性灵诗论契合江户汉诗发展需要有着直接的关系。汉诗发展到江户后期，除了不满于追随明七子模拟盛唐，还出现了一种更加深刻的反思，即不再满足于长期以来重复中国诗人描写过的题材，而是要求刻画自己身边的、具有民族特色的风物。比如菅茶山和市河宽斋的诗，大都从日常生活中取材，而不再是从传统的中国诗歌里取材模仿，日本人读了觉得贴近自己的生活，也容易产生亲切感。他们不希望日本汉诗只是中国诗歌在海外的一个附庸，而是希望形成日本汉诗的特色，从而具有独立的文化价值。

狂诗是日本人在汉诗改造方面的大胆尝试，江户时期众多的狂诗作品，自由的狂诗创作心态，都成为日本近现代诗歌发展史上承前启后的重要一环。明清诗歌发展过程中出现过不少呼吁诗歌通俗化的主张及创作尝试，但是从诗歌创作的实际情况看，无论是从通俗诗作的数量、质量，还是从诗中所涉及到的广泛内容及体认深度，都没有出现日本江户狂诗那样丰富多彩的创作高潮。朝鲜李氏王朝后期诗坛也出现过呼吁革新汉诗的声音，但也没有出现如江户诗坛那样精彩的狂诗作品。可见，江户时期的狂诗潮流在东亚汉诗史上是独一无二的现象，其对东亚汉诗的发展也有着独一无二的价值。日本汉诗人在汉诗创作上破除迷信，打破陈规，在大致遵守汉诗形式格律的基础上，让汉诗的写作更为自由，更具活力，诗歌作品贴近百姓日常生活，更具有对整个社会人心尤其是下层市民社会的影响渗透力。

江户狂诗创作继承了日本文学关切日常生活、长于细致刻画的传统，把汉诗描写的笔触延伸至市民社会生活的各个角落，记录了日本近现代社会变迁过程中的形形色色现象，也传递出日本民族在巨大社会变迁过程中的丰富情绪及复杂的心态历程。从这一角度看，江户狂诗是以非传统的形式，表现出了传统文学所注重的社会生活，在日本汉诗坛上起到了传统汉诗创作所欠缺的纪实作用。值得注意的是，江户狂诗的总体特征中融合了从中国明清时代的狂禅到日本江户之前的狂僧传统，凸现出了具有江户时代特征的独特风格。这样的汉诗演变，对于日本汉文学产生了重大影响，也对日本文学在近代的转型起到了促进作用。

江户狂诗创作中所表现出来的“狂”意，又与中国及朝鲜文人的狂气有所不同。中国文人的传统狂气多数为“佯狂”，即狂在表面，狂在外形，让内心的痛苦压抑通过外在的狂表现出来。在中国，狂意味着一个人没有能力把握自己的行为和思想，狂就是表示对自己社会责任及人生价值的否定。而佯狂，则源于中国特有的政治生态。早期的佯狂者，如“披发佯狂，漆身为厉”的箕子，主要是为了逃避政治迫害。而后来，佯狂就演变成一种表演者和观察者心照不宣的状态。古代文人在面临重大的二难选择时，往往采取佯狂的姿态来作“是”与“否”之间的第三种选择，而强势的一方也往往不深究佯狂的真与假，容忍其模糊态度的存在，佯狂行为因此往往奏效，佯狂者也具有了一种坚守信念的人格美。中国传统知识分子，深知“穷则独善其身”的道理，在人生不得意之时，往往游于文艺，或挥洒为翰墨，或醉心为丹青。真正的狂者在精神上是孤独的，庄子说过“下士闻道而大笑”，就指出了独立思想和卓越行为的狂者在普通人群里面的尴尬处境。

江户狂诗表现出来的是另外一种狂狷，实际上就是贴近社会生活，传递平民心声的写作态度。因此，“狂”在日本社会文化中基本上凸现出正面的价值意义，像“狂言”、“狂剧”、“狂文”等都与狂诗一样，是深受民众喜爱的文艺形式。直到明治维新时期，出使欧美的日本政府岩仓使节团，还用“始惊、次醉、终狂”来形容开放初期面对欧洲文明的惊喜。“终狂”就是最终下定决心，发誓要发狂似的学习和追赶西方先进文明，这里的“狂”显然也是褒义词，显示出明治维新时期日本人的决心和干劲。因此，辨析不同国度中的“狂”意，对于正确理解江户狂诗，有着重要的意义。

总之，江户狂诗的出现，是日本汉诗人对于中国诗歌学习和积极改造的结果，像白居易、寒山、杨维桢、性灵派诗人的传统，都引起日本汉诗人的共鸣。江户狂诗的兴盛，显示出日本社会和文化的宽容性，也凸显出东亚汉诗的旺盛生命力与变化发展能力。日本狂诗印证了汉诗扎根在不同民族文化的土壤中，其诗歌形式及内容都可以因时因地因人而异，从而表现出风格样式的多样性。东亚各国汉诗创作出现了不同的结构形态与审美趣味，这说明建立在中国文化基础之上的东亚汉诗，具有着良好的文化嫁接能力及异文化适应性。在长期接受中国文化熏陶的过程中，日本汉诗人不仅创造出了丰富多彩的传统形式的日本汉诗，而且还在努力探求汉诗与日本俗体诗的结合之途径。狂诗的出现，是近世日本汉诗创作的一大新变，从东亚汉诗发展史的角度看，这种新变带来了巨大的连锁影响，因而也形成了日本汉诗人对于近代东亚汉诗发展的一份独特贡献。

第八章　近世日本汉诗中的绝句体

日本汉诗的发展历程及至近世而鼎盛的状况前面已有论述，笔者在阅读日本江户时期众多汉诗人的诗集时发现，日本汉诗人对于汉诗各种诗体的选择中，对于古体诗的写作，尤其是长篇古风体汉诗，往往难以把握而佳作不多。多数日本汉诗人喜爱汉诗中的绝句体，觉得汉诗绝句与日本的本土诗歌较为接近，入手仿学较为容易。因此在江户汉诗人诗集中的绝句体诗数量较多。尤其是七言绝句，几乎人人喜爱，写作最多，佳作也最多。日本近世汉诗中的七绝体诗作题材广泛，几乎涉及到社会生活的方方面面，从中可以看出日本近代以来的时代风云变幻，社会思潮汹涌，市井生活百相丛生，文人武士的心灵发展历程等等。真可谓近代日本社会变迁的大千世界，千奇百怪，皆在七绝体的紧凑篇幅中得到精细生动的表现，而近代日本汉诗人的丰富精神世界，也在七绝体诗中得到了淋漓尽致的表现。从这一角度可以认为，七绝体成为近代日本汉诗创作的主要诗体，七绝体诗创作也代表着日本汉诗的主要成就。

第一节　东亚意识的觉醒

广泛阅读中国经典史籍，引发古今关联的各种深入思考，是近代日本汉学者潜心沉入和热心追求的事情，这在七绝体汉诗中多有表现。比如对于秦朝二世而亡的原因，日本汉诗人有着较为深刻的认识，这在下面两首七绝体诗中有所表现：

弃掷皇坟与圣经，漫求仙药究蓬溟。
盛称水德真堪笑，不救咸阳火一星。

霜剑一销皆入秦，咸阳铜狄为传神。
莫言天下浑无事，犹有江东学剑人。

第一首诗的作者是鸟山辅宽（1655—1715），京都人，善书法，精于诗，其诗作被荻生徂徕赞为“晚唐宗匠”，其书法也被时人誉为“洛阳名笔”，然终生不出仕，有《芝轩吟稿》七卷传世。第二首的作者是新井君美（1657—1725），号白石，自幼聪颖，刻苦求学，拜于木下顺庵门下。学成后进入江户将军幕府参与政务，才能出众。晚年退隐，读书撰著，博览古今，有《白石全集》传世。新井白石的汉诗气势博大，新见叠出，有徂徕之前第一人之称。这两首诗都提到秦始皇焚销书籍，销毁武器，企图让自己的帝王基业传承千秋万代，但结果适得其反，二世而亡，成为极为短命的王朝。可见历史的发展并不以帝皇的意志为转移，强权统治能够奏效一时，但终究难以长久。"江东学剑人"指项羽，"咸阳火一星"指火烧阿房宫之事，本事俱见司马迁《史记·项羽本纪》。唐代章碣《焚书坑》诗曰："竹帛烟销帝业虚，关河空锁祖龙居。坑灰未冷山东乱，刘项原来不读书。"新井此诗与唐代章碣诗同一旨意，传递出较为深刻的历史见识。

再看明治初年的一首题名为《长城图》的七绝诗："铁锥不中祖龙车，六国山河长一家。可惜君王胆犹小，长城万里划华夷。"作者中根淑(1839—1913)，号香亭，出生江户，明治年间先后在陆军参谋局、文部省任职，有《香亭藏草》传世。《日本诗话丛书》第九卷收入了香亭的《诗窗闲话》，其中可见其诗论颇为精练，时有创见。这首诗同样显出诗人的见识不凡，从秦始皇(祖龙)开始，中国历代君王耗费大量民力财力修筑长城，主要目的是为了防御北方骑马民族的入侵，但其作用实际上都很有限。"长城万里划华夷"的举措，并不能保障"六国山河长一家"。统治中原的君王除了"胆犹小"之外，从根本上说还是缺乏远见卓识，没有认识到这样一个历史的事实：富饶的九州大地，自古以来就是各民族交流融合及共同生存的场所，而不是哪一皇家或哪一民族的独享之地。无论哪一民族、哪一王朝，只有自身做强做大，才能主宰中原大地，若自身衰弱，必将被更强者所取代，这是不以人的意志为转移的历史规律。中国历朝历代的政权更替及民族融合，都反复证明了这一不以人的意志为转移的历史规律。可惜中国历朝君王大都不能或者不愿看到、不愿承认这一点。旁观者清，生活在日本明治维新时代的中根香亭对此就有着清醒的认识。秦始皇有着统一六国的雄大胸襟，也有着界限华夷的狭小气度，用简短的四句诗，就揭示出中国君王的某些重要的性格特点，这是一语中的也是极为深刻的，对照中国的历史变迁及王朝的兴衰更替，不禁令人感叹。

长城作为中国历史的见证，有着界划华夷的意义，而日本自古以来一直是被归入"夷"的岛国，所以中国的长城在日本汉诗人的心目中往往就会带有一些微妙的压抑感，而在日本的政治家的内心则往往有着隐忍的不服感。正因如此，日本汉诗人对于长城的存在是较为敏感的，对于长城的变化是极为关注的，这也成为日本人东亚意识中的重要部分，这一点在近代日本汉诗中多有表现。如下面三首七绝诗：

节牦半落敝绵裘，雪里牧羊天尽头。
回首汉廷何事在，人奴有姊既封侯。

田边太一《苏武牧羊图》

幽朔原平散马群，行人记此覆明军。
榆关日暮风沙起，飞入庐龙作塞云。

桂祐孝《送田边碧堂游禹域》

雄关北划古幽州，浩浩风沙朔气遒。
不上长城看落日，谁知天地有悲秋。

田边华《万里长城》

第一首七绝的作者田边太一(1831—1915)，号莲舟，幕末及明治时长期担任外交官，曾多次游历海外。明治四年(1871)作为书记官长随著名的岩仓具视考察团出访欧美。日本侵并台湾过程中又随大久保利通赴北京谈判，之后任驻清国代理公使。这样一位通晓国际关系和熟悉中国的职业外交家，评论汉代苏武牧羊的时候有其独特的见解。苏武在中国历史上一直是忠贞节义的象征人物，历来评论多为褒扬歌颂之辞。而田边太一的这首诗却把苏武与卫青作对比：苏武持节牧羊十九年，久经磨难归汉后只得到典属国的闲职；而出生低贱的卫青，靠着皇妃姐姐，青云直上，一直做到大司马，显赫封侯。汉武帝时朝廷体制的不合理及不公平之处昭然若揭。不能不承认，田边太一对于中国封建体制弊端的揭示是一针见血的，这首诗的言外之意也十分清楚：建立在如此荒谬体制基础上的崇高道德形象，多少是有些虚伪和虚弱的；而由此树立起来的中国"长城"精神，也将是岌岌可危的。近代日本政治家对于中国社会历史的深刻了解，由此可见一斑。第二首七绝的作者桂祐孝(1868—1938)，早年任新闻记者，多次到中国采访，后任早稻田大学教授，博学洽闻，精于汉诗文，学术名望很高，是当时"知中派"学者的代表人物之一。这首送行诗为朋友的中国之行而作，诗中所言"榆关"指山海关，"庐龙"指山海关外的庐龙山脉，明末吴三桂开关迎降清军，山海关见证了长城的溃败，这在中国人的心目中留下了沉重的记忆和历史伤痕。桂祐孝对于长城和山海关的历史十分了解，在这首七绝诗中他以山海关为视点，在景色描绘中寄寓着对于历史和时局的见解。"榆关日暮风沙起"可以说是封建末世社会动乱的象征，而"飞入庐龙作塞云"则寓含着内乱往往引发或者助长外患的历史规律，这在中国历史上时有发生，屡见不鲜。诗人不仅见解深刻，还把写景与寓意结合得如此天衣无缝，举重若轻，令人赞叹。第三首七绝的作者就是桂祐孝的朋友田边华(1864—1931)，号碧堂，在日本政界及企业界有着很深的人脉，曾在大东汽船株式会社及日清汽船株式会社任要职，晚年在大学任教，积极振兴东洋文化。其诗作皆为七绝体，有《碧堂绝句》传世。这首诗与桂祐孝的送行诗前后呼应，皆为登长城后的感慨之作。但两相比较，还是碧堂的这首写得境界更广，气魄更大，用意更深。尤其是"不上长城看落日，谁知天地有悲秋"两句，总括了万里长城及中华帝国的悠久历史，渲染出大清帝国行将灭亡前的惨淡氛围，从眼前的衰败凄凉回想起昔日的强盛帝国，从长城落日感受到古今悲秋，无限感慨皆凝结在这两句诗中，令人心灵震撼，不禁拍案叫绝。此诗传唱当时日本诗坛，深得好评，被誉为"大正三绝"之一①。

近代日本汉诗人更为关心本民族发展的历史，这种关切本土的意识不仅在历史学和民俗学研究等方面表现出来，而且在汉诗创作中也清晰可见。日本近代七绝体汉诗中颇多咏唱古迹遗址及历史事件人物之作，其中充满着对于本民族历史文化的热情和自信，如下面这些诗作：

① 另外两首七绝分别是大正年间汉诗人国分青崖的《吉野怀古》、久保天随的《那须野》。

绝海楼船震大明，宁知此地长柴荆。
千山风雨时时恶，犹作当年叱咤声。

荻生徂徕《寄题丰公旧宅》

沙汀南望浩烟波，闻说三军自此过。
潮水归来人事改，空山迢递夕阳改。

太宰纯《稻丛怀古》

欲为丰家致寸忠，关原一战气凌空。
金吾若守男儿节，不使老雄歌大风。

川田瑞穗《石田三成》

雪洒笠檐风卷袂，呱呱索乳若为情。
他年铁拐峰头崄，叱咤三军是此声。

梁川孟纬《田氏女玉葆画常盘抱孤图》

卧薪尝胆几辛酸，一夜剑光映雪寒。
四十七碑犹护主，凛然冷殺奸臣胆。

大盐后素《四十七士》

熊城本是好区环，焦土萧条人未还。
若使藤肥州尚在，不教贼度太郎山。

谷干城《乱后述怀》

江西书院闻名久，五十年前训义方。
今日始来弦诵地，古藤影掩旧茅堂。

伊藤长胤《过藤树书院》

这些咏古诗的每首后面都有一段扣人心弦的历史事件，这些事件的发生，影响了日本历史的进程，而一些重要的历史人物的性格面目也在这些诗作中得到了精彩的表现。第一首荻生徂徕所写的《寄题丰公旧宅》，咏颂丰臣秀吉的事迹。作为战国时代的一位将军，丰臣秀吉野心勃勃，骁勇善战，他率领日本武士渡海进攻李朝，企图攻占朝鲜半岛，进而进攻大明朝，其结果是兵败釜山，病死疆场。徂徕此诗选取丰臣秀吉发兵攻朝时的场景，渲染其楼船渡海、威压朝鲜半岛的气势；又将这种进攻时的强悍气势与失败之后旧宅的荒壁残垣、杂草丛生景象作对照，内心的感慨油然而生。从千山风雨声中，诗人似乎听到了当年秀吉率领大军渡海时的叱咤风云之声，透露出诗人心目中对于这位失败英雄的些许敬佩之心。

第二首太宰纯的《稻丛怀古》，则是描写发生在战国时代一段具有神话色彩的传说。

稻丛在今神奈川县镰仓市南部的海滩，元弘三年(1333)，新田义贞率领军队从这里上岸攻入镰仓。传说新田义贞到此，投剑于海，海水立刻分开，让出一条道路让新田义贞的军队通过。诗人感兴趣的并不是考证这段传说，而是超越古今，眼看潮起潮落，带走了人世间的利益纷争，也使得人间的胜败得失转眼成空。如今在诗人的眼前只有空山无语，夕阳依旧。结句移情于景，恰如中国小说名作《三国演义》开场词曲中所唱的"青山依旧在，几度夕阳红"，饱含着目睹历史变迁之后产生心灵震撼以及领悟到的历史沧桑感。

第三首川田瑞穗的《石田三成》，一反江户时代以来的成见，重新评价了石田三成这位历史人物。日本史上著名的关之原战役发生在庆长五年(1600)，是丰臣集团与德川集团争夺天下的大决战。自江户的史学家开始，石田三成一直被认为是品德低下的个人野心家，他临阵背叛丰臣家，导致了丰臣集团在决战中的失败。诗人认为，这是江户史学家惧怕德川家康而捏造的历史谎言，导致丰臣集团在关之原决战中失败的祸首不是石田三成，而是小早川秀秋(左卫门督，金吾是该官职的中国名称)。正是小早川秀秋的暗中通敌，才让老奸雄德川家康的计谋得逞，取得战役的胜利。

第四首梁川孟纬的《田氏女玉葆画常盘抱孤图》，其背景是发生在战国时期源家与平家争斗过程中的一段事情。源义朝兵败之后，其爱妾常盘带着三个孩子(今若、乙若、牛若)躲避追捕，在大雪中艰难跋涉。平家的主将平清盛为常盘的美貌所吸引，居然答应让源氏家的三个孩子出家活命的要求，换取常盘同意嫁给他为妾。若干年之后，当年在常盘怀中嗷嗷待哺的牛若，改名源义经，举起反平家的战旗。寿永二年(1183)，铁拐峰(在今神户市西南)一战重创平家军，次年彻底消灭了平家①。这首诗前后写出了两种声音，前面是婴儿索乳啼哭声，后面是叱咤三军的怒吼声，前后对照，衬托出母爱的强大力量。正是靠着母亲常盘的勇气和智慧，牛若才得以生存下来，并成长为最终打败平家的历史英雄人物。

第五首七绝是大盐后素写的《四十七士》，咏颂对象是著名的"赤穗四十七义士"，这在日本是家喻户晓的历史事件。江户时代的元禄十五年(1702)，身为高家笔头(大老)的吉良义央在家中被人残忍杀死，肇事者是大石良雄等四十七名浪士，他们宣称这样做是为了替旧主赤穗藩主浅野长矩复仇。这件事震动了江户城，如何处罚杀人的浪士，当时江户城内各种意见都有，但是多数议论都赞美浪士的尽忠效主行为。或许是受到这种社会舆论的影响，次年二月，江户幕府下令，让这四十七位浪士切腹自裁。这样做的效果是两全其美的，假如不惩处会使江户幕府的法令如儿戏，幕府威信扫地。而切腹自裁在当时是一种最光荣和最崇高的死法，因为在武士阶层看来，切腹是需要极大勇气和达到极高精神境界的，是一种终极的唯美行为。这四十七义士切腹自杀后与其旧主埋葬在同一处，成为后来日本武士经常来朝拜的武士道精神圣地，墓地在今东京都港区高轮二丁目的泉岳寺内。值得注意的是，诗人大盐后素(1793—1837)，本人就刚直不阿，他奉行阳明学，在大阪任职期间惩处奸小，秉持正义，致仕后教授弟子，修身养性。天保七年(1836)

① 江户诗人梁田邦美(1672—1757，号蜕岩)有《登铁拐峰》诗曰："古垒乌啼不见人，岭云涧水共伤春。谁知夜半风前笛，吹落梅花作战尘。"可以并读。

年日本发生大饥荒，他上书要求惩处误政奸臣。至次年二月，见上书没有回应，他忍耐不住，就散财救济灾民，同时联络近畿地区同志欲举兵起事。事情暴露后于三月二十七日自杀，留有《洗心洞劄记》三卷及《洗心堂诗文集》二卷。因此，大盐后素的这首诗既是歌颂了昔日的四十七义士，也表达出了自己内心奉行的武士道精神。这首汉诗传递出来的道德观念和精神传统，决不是少数人的想法，在江户时代以及明治之后，都有大量的激赏者和共鸣者[①]。

第六首是谷干城的《乱后述怀》，诗中所写为日本近代史上著名的十年西南战争，熊本城成为这场战争的中心战场，而谷干城(1837—1911)为一代名将，他在这场战役中陷入萨摩军的重围，艰难守城抗战。此诗从唐代王昌龄《出塞》诗中化出，王诗曰："秦时明月汉时关，万里长征人未还。但使龙城飞将在，不教胡马度阴山。"谷干城诗的前两句是说熊本原先是富裕之地，经过十年内战，已变成一片萧条焦土。后两句中的"藤肥州"，指当初修建熊本城的名将加藤清正[②]，"太郎山"指位于熊本县苇北郡的山峰。通观全诗，活剥模拟唐诗的痕迹过于明显，是其不足。但评价历史人物能够抓住本质，点出谷干城战胜而不居功自傲；失败则主动承担责任，深刻反省愧对祖先前辈。这种态度，也是一代名将优秀品质的表现。

第七首《过藤树书院》，则传递出日本江户时期汉学家的情怀。作者伊藤长胤(1670—1736)是伊藤仁斋的长子，子承父业，在京都城传授孔孟古学，与江户城荻生徂徕的朱子学分庭抗礼，是江户前期京都学派的代表。伊藤长胤号东涯，为人温恭谨慎，潜心学问之道，终生不涉仕途，设帐授徒，甘于清贫，所作汉诗文有《绍述先生诗文集》三十卷行世，是与荻生徂徕齐名的大儒。这首诗所写的藤树书院，位于京都湖西，是汉学家中江藤树的书院，在京畿汉学界颇有盛名。诗人淡淡写来，表述对已故汉学者的尊敬，同时也表现出自己的恬淡情怀与清高人格。

日本汉诗人题咏本土历史文化遗址的时候，对于与皇室命运相关的事件和地点特别关切，诗作也较多，这种情况就与中国和朝鲜有所不同。比如"吉野"就是日本历代汉诗人经常咏颂的题目，其意义就在于此。吉野位于奈良县吉野郡的山陵地带，景色优美。公元672年，大海人皇子隐退后居住于此。后来在此建造离宫，设置芳野监进行管理，成为大和国的一郡。南北朝时，朝廷发生元弘之变(1331—1333)期间，护良亲王在此筑吉野城并举兵起事，醍醐天皇也从京都迁居于此。之后历代天皇都在此设立行宫，使得这里成为赏花观山的胜地。历代描写吉野的汉诗很多，现引录数首在日本诗坛出名的七绝诗作，可见其间写景抒情的特色：

万人买醉搅芳丛，感慨谁能与我同。

---

① 如江户后期汉诗人坂井华(1798—1850，号虎山)有《泉岳寺》七绝诗曰："山岳可崩海可翻，不消四十七臣魂。坟前满地草苔湿，尽是后人流涕痕。"至今日本大众文艺中时常可见表现四十七义士的节目内容。

② 加藤清正是丰臣秀吉手下一位智勇双全的战将，秀吉死后又忠心辅助幼主秀赖，多有善政。他精于建筑术，主持修建了大阪、名古屋、熊本三座名城。

恨刹残红飞向北，延元陵上落花风。

赖惟柔《游吉野》

古陵松柏吼天飙，山寺寻春春寂寥。
眉雪老僧时辍帚，落花深处说南朝。

藤井启《芳野》

闻昔君王按剑崩，时无李郭奈龙兴。
南朝天地臣生晚，风雨空山谒御陵。

国分高胤《芳野怀古》

四境峰峦绿蔚然，行宫西北绕长川。
是山是水功堪勒，护得南朝正统天。

加藤虎之亮《芳山怀古》

天子当年驻翠华，故宫啼老白头鸦。
青山长是伤心地，辇路春风又落花。

土屋久泰《芳山怀古》

这些诗作的基调皆有几分相似处。吉野为乱世时天皇的避难地，天子有难，群臣蒙羞，那里的青山绿水间留下了令忠臣们伤心的痕迹，也让后代汉诗人描写吉野的时候，会情不自禁地流露出些许伤心、感慨与遗恨，上述汉诗的基调便是如此。赖惟柔（1756—1834，号杏坪）诗中所写的“延元陵”，指后醍醐天皇的陵墓[①]。在春风怡荡的季节，吉野平缓的山坡上樱花灿烂盛开，成为市民百姓喝酒赏花的最佳场所。诗人此时来到吉野，有着众人皆乐我独悲的感慨，这种感慨来自于对日本历史兴衰过程的探究，对昔日天皇蒙难的伤感。百姓的现世之乐与诗人的隔世之悲，形成了悲喜交杂的对照，使得这首诗有着强烈的情感张力。藤井启的《芳野》同是春天来到吉野赏花吊古，与赖杏坪那首诗不同的是探访的时间，不是在众人赏花的早春，而是在樱花飘落之后。因此这首诗的视角投向了古陵，也就是后醍醐天皇的陵墓。春风呼啸，松柏声响，越发衬托出山寺陵区的静寂。樱花飘落，游人散去，犹如历史的胜负恩怨，皆随着时间的流逝而去。眼下只有一位白眉老僧动作缓慢地在扫地，不时停下手来与诗人闲聊着后醍醐天皇的故事。此景此情，接近于唐代元稹《行宫》诗中“白头宫女在，闲坐说玄宗”的意境。凭吊古迹的无限感慨，尽融入在寂静的山林景物之中，余韵悠长，因而此诗备受好评，曾与赖杏坪及河野铁兜的诗作一起被称为“吉野三绝”。国分高胤、加藤虎之亮、土屋久泰的这三首诗，被称为“后吉野三绝”，同样名扬日本汉诗坛。国分高胤（1857—1944），号青崖、太白山人，享誉大正、昭和诗坛，风骨磊落，诗才卓绝，作品丰硕，富于奇特想象，存诗三千余首，有《青崖诗存》二

① 延元是醍醐天皇的年号，其陵墓在吉野之北，名称为塔尾陵。

册刊行。青崖的这首吉野怀古七绝充满着郁闷张力。据史籍记载，后醍醐天皇是手按在剑把上去世的，透露出其临死前的内心愤恨。唐朝靠着李光弼、郭子仪这样的忠臣猛将，平复了安史之乱，但是后醍醐天皇手下缺乏这样的忠臣猛将，所以才会无奈地含恨而逝。国分青崖痛感这段悲史，只恨自己出生年代太晚，不能为后醍醐天皇分忧解难。诗人的悲愤和遗憾融化在谒陵时的空山风雨之中，形成一种弥漫在字里行间的情感张力，使得这首诗作的格调在刚健中又显得凝重。加藤虎之亮(1879—1958)以学识渊博、长于考据而著称，曾在宫内为皇后讲解东洋文化经典三十年，有《周礼经注音义校勘记》二册及《天渊诗文》二册，为人敦厚，有谦谦君子之誉。这首诗不同于上述其他人的吉野怀古诗，不是愤慨披露于辞表，而是平心静气地赞美吉野的山水，正是在吉野这样优美的环境中，日本皇室的正统血脉得到了延续。这种赞美声中，表露出了诗人解读历史时的宽阔胸襟。对于历史中的恩怨得失，后代人尽可去泯然化解，而不必耿耿于怀。而更使诗人感动和感恩的，却是吉野蔚然的青山和长流的绿水，它们无言地见证历史，无怨地承受历史。从这样的诗篇中，确实可以体会到一位东洋学者的人格和胸怀。土屋久泰(1887—1958)是日本近代振兴东洋学的活动家，他于昭和三年(1928)创立“艺文社”，发行汉诗文杂志《东华》，后任大东文化学院教授、学院总长。才华横溢，诗书画俱佳。这首《芳山怀古》写于昭和七年(1932)，是游吉野时连作十首七绝中的第一首。诗中以凭吊伤感为基调，但表现得很含蓄，借故宫乌啼、辇路落花的所闻所见，渲染出一丝淡淡的伤心。后醍醐天皇在吉野时的这段伤心经历，对于近代日本汉诗人来说，已经是渐行渐远，但永远不会淡忘。

第二节　岛国山水的颂歌

近代日本七绝诗中对于山水的描写最多，名篇佳作也最多。描写山岭的七绝诗，在近代日本汉诗人诗集中随处可见。日本国土面积中百分之八十五以上是山区，所以山林对于日本人的生活和文化的影响都是十分巨大的，这在汉诗中多有表现，如下面三首：

上帝高局白玉台，千秋积雪拥蓬莱。
金鸡咿喔人寰夜，海底红轮飞影来。

室直清《富士山》

白云山上白云飞，几户人家倚翠微。
行尽白云云里路，满身还带白云归。

太宰纯《登白云山》

大岳削成三万丈，绝巅缥渺有无中。
吹散雪冰来作雹，涛声动地北溟风。

仁科幹《云州杂诗》

室直清(1658—1734),号鸠巢,江户前期著名汉学者,汉诗与新井白石齐名。这首七绝是众多描写《富士山》诗篇中较为出色的一首,其特色在于想象神奇和描写场景的阔大,凸现出富士山作为日本第一名山和最高峰的无敌气势,也表现出富士山在日本人心目中至高无上的神圣地位。富士山顶一年中大部分时间积雪,故称"白玉台",又有"玉芙蓉"之美称。蓬莱是中国传说中的东海三座神山之一,这里指富士山。金鸡是传说中天上的神鸡,当神鸡司晨啼鸣时,人间还笼罩在黑夜中,但站在富士山巅,却已经望见一轮朝日浮出东海。朝日给人间带来光明,带来希望,因而成为大和民族精神的象征。此诗描写站在富士山之巅迎接旭日东升,境界之广阔,笔力之雄浑,在日本汉诗中堪称佳作。太宰纯(1680—1747),号春台,曾师从荻生徂徕学习汉学,善诗文,通音律,自视甚高,终生不仕,有《紫芝园前后稿》二十卷传世。这首诗写登白云山,山以白云名,说明山中多白云。一般说来,在一首七绝诗中,一种名词不能两次出现。但是此诗中四次写到白云,却毫无堆砌累赘之感,反而显得诗意流畅,如行云流水般爽快。写法违反常规却取得超常的效果,这就是诗人的过人功力所在。第三首作者仁科幹(1791—1845),号白谷,性格豪放,天资聪颖,壮岁居江户,晚年居京都,有文集六卷、诗集二卷。此诗描写的"大岳",是指位于鸟取县西部的大山,海拔 1713 米,面向日本海巍然挺立。"削成三万丈",极言其山势险峻;而"缥缈有无中",又极言其山颠之高。来自西伯利亚的呼啸寒风,吹散了满山的冰雪,化成阵阵冰雹,但在震天涛声及冰雪飞舞中,大山的身躯巍然不动。这样的咏山,豪气冲天,是对山的礼赞,也是对像高山一样刚毅人格的礼赞。

日本岛国的居住人口,大多集中在几条大河入海口附近的平坦区域。日本的河川从中央山陵流向东西两侧的海洋,限于狭窄的岛国地形,一般长度较短,但流速较快。这样的河川状态,对日本人的日常生活各个方面都产生了很大的影响,因而在近世汉诗中对于河川的咏颂不仅数量较多,而且颇能描画出日本河川的特色。如下面数首皆为名篇:

月落人烟曙色分,长桥一半限星文。
连天忽下深川水,直向总州为白云。

平野玄中《早发深川》

三叉中断大江流,明月新悬万里流。
欲向碧天吹玉笛,浮云一片落扁舟。

高野惟馨《月夜三叉江泛舟》

金龙山畔江月浮,江摇月涌金龙流。
扁舟不住天如水,两岸秋风下二州。

服部元乔《夜下墨水》

满江明月满天秋,一色江天万里流。
半夜酒醒人不见,霜风萧瑟荻芦洲。

龟田长兴《江月》

河上烟岚叠碧纱，南风吹动水纹斜。
夕阳才敛飞萤乱，却胜春流泛落花。

江村绶《夏川》

清流奇石绿萦湾，队队香鱼往复还。
忽有樵舟穿峡下，轻篙蹙破水中山。

释六如《大堰川上即事》

湖北湖南暮色浓，停篙回首问孤松。
沧波两岸秋风起，吹送叡山云里钟。

梁田邦美《秋夕泛琵琶湖》

第一首的作者平野玄中(1688—1732)，号金华，早年丧父母，来江户学医。后如荻生徂徕之门，成为“七才子”之一，有《金华删稿》四卷刊行。此诗描写清晨从江户的深川住所出发，经过隅田川大桥时所见风景。隅田川是流经江户入海的一条大河，是江户城水上航运要道。诗人经过的深川大桥，就是位于今日东京市江东区的永代桥，此处河面开阔，水流湍急，昔日的木结构长桥常被急流冲得摇摇晃晃。此诗突出描写大桥的长，“限星文”，是说界划天上的星座，形容大桥的长度似乎可以通到天上。“总州”指上总地区，今千叶县木更津、富津一带。后两句是形容隅田川的水流湍急，冲入江户湾后好像还会乘势而上，腾升为总州上空的白云。

第二首的作者高野惟馨(1704—1757)，号兰亭，荻生徂徕的得意门生之一，青年时失明，潜心作诗，诗名与服部南郭相匹敌。兰亭诗情豪放，专学明七子李攀龙，喜爱盛唐诗风，故其诗作中也多有模拟痕迹。此首七绝中描写的三叉江，位于江户城郊今户川与隅田川的合流处，这里有着宽广的河面水域，历来是江户人泛舟赏月的胜所。这首诗的场面和气魄都极大，秋夜的三叉河面波光粼粼，明月新悬，扁舟一叶，引吭高歌，颇有苏东坡赤壁泛舟之意境。然而，对于长江的气势，可以用“万里流”来形容，而用于描写隅田川，却难免有过于夸张之嫌。当然，兰亭不是不知道其中的道理，他特意这样写，与李攀龙的诗作同一旨趣，重在抒发内心的豪迈情怀，而不拘泥是否与现实相符。

第三首《夜下墨水》的作者服部元乔(1683—1759)，号南郭，擅长音律，汉诗尚盛唐，其诗作古体气韵高古，近体精细华美。这首诗所写“墨水”，指墨田川，是隅田川的别称。而“金龙山”，是指位于江户城外浅草的待乳山，有着著名的圣天宫，隅田川就在宫寺旁侧流过，浅草寺至今仍然是东京的旅游胜地。南郭这首诗的前两句并不符合近体诗的平仄律，所以严格说起来是一首七言四句的古体诗。或许是出于放达的个性，南郭写诗经常出现类似出韵的情况，但诗人重在诗情抒发，并不在乎是否每句都符合中国韵书的合辙规定。在浅草金龙山的旁边，隅田川水面上月影晃动，流水湍急，就像金龙翻腾，而夜光朦胧中水天一色。秋风迅疾，秋水浩荡，都直指江户湾对面的武藏、下总两州。整首诗从夜色中水波光影的流动联想到金龙的翻滚，突出了隅田川流向江户湾的气势。上述三首诗都是描写隅田川的名篇，被称为“墨田三绝”。

第四首龟田长兴[①]的《江月》，咏隅田川的秋月，笔法与"墨田三绝"近似，都是着眼于江月波光、水天一色之处，以突出表现隅田川河面宽广、水流湍急的特色。不过这首诗后两句的构思，显然借鉴了宋词中柳永"今宵酒醒何处，杨柳岸晓风残月"的意境，其孤高不羁的个性可见一斑。《夏川》和《大堰川上即事》两首又呈现出日本汉诗人描写河川的另外一种类型，取景细致，笔法细腻。江村绶(1707—1782)号北海，他的这首《夏川》，描写了日本夏日傍晚河川水面的景象，烟岚叠碧，水纹荡漾，飞萤乱舞，都是具体的细小景物，凸现出日本夏季傍晚河面上的闷热而宁静的氛围，颇为生动。而《大堰川上即事》也是从表现细节入手，清流奇石，香鱼往复，水映山影，清新如画。末句"轻篙蹙破"的，不仅仅是这幅水中画面，它似乎还提醒着人们，生命中的新奇和美丽也是转瞬即逝的，高僧释六如的这首七绝蕴涵禅意，耐人回味。

梁田邦美的《秋夕泛琵琶湖》，则描写了秋夕游湖的乐趣。琵琶湖位于京都城之北，是日本最大的湖泊。日本是多山的岛国，平原少，自然形成的湖泊也少，像琵琶湖这样的大面积湖泊是绝无仅有的一个。日本汉诗人写到琵琶湖的不少，这首诗是其中较为出色的一首。首句是说湖的北岸和南岸都笼罩在暮色苍茫中，显然诗人乘坐的游船已经到了湖中心，次句写停舟"问孤松"，即回首南望寻觅位于唐崎的那棵松树。这里用了日本历史上一段传说，昔日明智左马介横渡琵琶湖时回首望见唐崎的一棵松，心潮起伏，成就一段佳话。诗人借用这个典故，是感悟到时光流逝，如今古人远去，美景仍在，心生无限感慨。后两句移开笔触，借写景而抒情。浩荡秋风，波光粼粼，远山近水，一派安然。秋风中，传来了京都郊外比叡山寺庙的钟声，余音悠长，这样的描写暗示出诗人此时此刻内心思绪的浮想联翩，由观景而悟道，一切尽在佛寺钟声的余韵缭绕中。

日本是四面环海的岛国，自古以来海洋就成为日本民族生存与发展的重要因素，也成为日本文化及文学表现中的重要关注对象。近代日本汉诗中对于海的描写很多，即使是描写风景的七绝体诗中也是如此，以下面四首为例看：

大海中分玉女峰，峨眉翠黛为谁容。
我将明月遥相赠，影涌瑶台十二重。

释普明《姬岛》

一碧琉璃滄不波，平湾无数点青螺。
月明宛如灯笼出，分付光辉夜色多。

赖惟完《松岛》

三十六湾湾接湾，扶桑西尽白云闲。
青天万里非无国，一发晴分吴越山。

吉村正隆《琼江舟行》

---

① 龟田长兴(1751—1826)，号鹏斋，江户人，父亲为鳖甲贩卖商，自幼丧母，好读书。成年后设帐授徒，对抗荻生徂徕的李王之学，鼓吹宋诗。为人性格不羁，诗作平仄不协处也较多，有《善身堂诗钞》传世。

危礁乱立大涛间，决眥西南不见山。
鹘影低迷帆影没，天连水处是台湾。

赖襄《阿嵎根》

第一首和第二首都是描写海岛，皆为日本的风景名胜之地。第一首七绝的作者释普明生年未详，卒于文化二年(1805)十月，书斋号香光室。他的诗中所描写的姬岛，位于大分县国东半岛北端约五公里外的周防滩海域，现属于濑户内海国立公园，从江户时代以来被称为九州三绝景之一。首句所言玉女峰，即指姬岛上的山峰，姬岛耸立在周防滩，远远望去，就像婷婷玉立的少女，把大海一分为二。次句突发奇想，如此美丽的"峨眉翠黛"，究竟是为了谁而化妆的呢？第三句更是进一步想象，把天上的明月，赠送给如此高贵美丽的玉女，只有天上的明月，才配得上姬岛的圣洁。末句情景交融，皎洁的月光下，姬岛俏丽的身影倒映在海平面上，细波摇晃，斑驳陆离，就像从海底涌现出了瑶台仙境，次为写景。同时，此句呼应着上句，似乎是写仙女接受了珍贵的礼物之后，含羞答谢之状，光影晃动，极其娇羞俏丽。"姬"为女性的尊称，此诗从姬字展开丰富的联想，构成了温柔多情的神奇境界。这样的诗作，出自僧侣之手，在东亚汉诗中并不少见，但探究其中的内含，却是意味深长的。

第二首诗的作者赖惟完(1746—1816)，号春水，出生在安艺(今广岛县竹原市)，弱冠后到大阪，进入片山北海的混沌社，与众多汉诗人交往密切。后在天满桥设家塾，天明八年(1788)又成为本藩的儒学教员，奉行朱子学，为人谨严方正。松岛位于宫城县的仙台市附近的海边，是日本著名的旅游名胜地，风景绝佳，被誉为"日本三景"之一。历来描写松岛的汉诗极多，比如江户汉诗人大槻磐石就有长篇古体诗记载松岛之游，达到六十四句，场面壮观，脍炙人口。赖春水的这首七绝虽然短小，但其抓住松岛"平湾无数点青螺"的景观特点进行描写，极富韵致，同样成为咏颂松岛诗篇中的名作。诗中"青螺"的美妙比喻，其灵感来自于唐代诗人刘禹锡的七绝佳作《望洞庭》："湖光秋月两相和，潭面无风镜未磨。遥望洞庭山翠小，白银盘里一青螺。"刘诗中洞庭湖中的老君山，像是安放在白色银盘中的一颗青螺。而此诗所咏分布在海湾中的诸多小岛，就像是无数青螺散落在一个硕大的平盘中，极目远望，各具形态，错落有致，形成了松岛独特的海湾美景。三、四句描写夜晚的松岛，月光皎洁，海湾波光粼粼形成悠悠晃动的光影，诗中用灯笼来形容，极为生动贴切。松岛自然也颇多波涛汹涌的时候，明治、大正年间著名汉诗人岩溪晋(1852—1943，号裳川)的一首《松岛》诗就写道："水寺茫茫日暮钟，惊涛万丈荡诗胸。海龙归窟金灯灭，雨送余腥入乱松。"水寺指位于海边的瑞岩寺，寺庙的日暮晚钟，伴随着海湾上阵阵浪涛声，荡涤着诗人的胸怀。后两句写风雨之夜的松岛，诗人看不到美妙的月色，却能感受到阵阵带着腥味的海风，乱世的氛围悄然展现。

第三首和第四首都是描写海湾，吉村正隆(1749—1805，号迂斋)诗中所写的琼江，是指流经长崎县南松浦郡的玉浦河，古人书中多称"琼浦"，故有琼江之名。玉浦河的入海处多海湾，岸崖矗立，颇为壮观，故有"三十六湾湾接湾"的形容，现在玉浦河入海口属于西海国立公园。诗人到此，登高远眺，发觉已经到了日本岛国的最西端，所以有"扶桑西尽白云间"的描绘。后两句写登高远眺所见海景，晴空万里，海天一色，一望无际。诗人面对浩瀚渺茫的中国东海，豪情彭湃，想象的视野穿越了东海海面，仿佛看到了中国扬子江下游江南吴越的一发青山，那里是汉诗中描绘渲染最多的充满神奇传说和历史故事的风花雪月场所，自然也成为日本汉诗人心中的神往之地，此诗中的隔海眺望便充满着向往之情。另一首七绝《阿嵎根》也是描写海湾远眺，作者赖襄(1780—1832)，号山阳，著有《日本外史》、《日本政记》、《日本乐府》等书，影响极大，有《山阳诗集》二十三卷刊行于世。“阿嵎根”位于九州鹿儿岛县西北部的阿久根市，这里温泉众多，山明水秀，风光明媚，而西部海岸一带礁石矗立，海域宽广，景色壮观，今为县立公园。这首诗是赖山阳于文政元年(1818)秋季在九州旅游时所作。与前辈汉诗人一样，当赖山阳站在日本本岛的最西南端，眺望中国东海时，无限感慨，心潮如海浪般激动澎湃。但是，生活在江户后期的赖山阳又有卓绝之处，他已经感受到新时代将要来临的征兆，他观察世界的眼界大大超越了他的前辈，中国形象在赖山阳的思想观念中已经发生了变化。所以，当其他日本汉诗人还在继续怀着崇拜之心眺望清国时，赖山阳的视线却转向了台湾。赖山阳的著述中充满着对皇室的尊崇及本土自豪感，他的这一精神对幕末维新志士产生了极大的影响。因此，这首七绝中的结句“天连水处是台湾”，诗人的视线转移中有怎样的言外之意，还是值得关注的。从诗作表现技巧方面看，赖山阳颇为重视宋诗，特别喜爱苏轼的人品及诗作。这首七绝中的三、四句，显然也是从苏轼的《澄迈驿通潮阁二首》“杳杳天低鹘没处，青山一发是中原”句中化出[①]，其描写效果极为出色。

第三节　近代日本汉诗人群

近世日本七绝诗中还颇多诗人的自叙自描之作，表现出了近代日本汉诗人群体复杂的胸怀情操及丰富的个性特点。江户时期的汉诗人群体的组成，绝大多数为贵族将军及附属其左右的武士幕僚群体。近世日本汉诗人群体的构成，显然与中国明清诗人群体及朝鲜李朝的诗人群体有着较大的不同。不同的社会地位及人生命运，直接影响到了日本汉诗人的诗歌创作，使其在汉诗中显示出了鲜明的个性特征。如下面数首汉诗所表现的：

苍颜如铁鬓如银，紫石稜稜电射人。
五尺小身浑是胆，明时何用画麒麟。

新井君美《自题肖像》

南溟奉使使臣槎，直破长风万里波。
忽值怒涛似奔马，起提雄剑叱鼋鼍。

堂浅元祯《赞海归舟，遭风恶浪猛，慨然赋之》

① 赖山阳游历九州期间写的《泊天草洋》诗同样如此，诗曰：“云耶山耶吴耶越，水天仿佛青一发。万里泊舟天草洋，烟横蓬窗日渐没。瞥见大鱼跃波间，太白当船明似月。”

磊落轩昂意气豪，闻说君身胆生毛。
想看痛饮京城夕，扼腕频视日本刀。

桥本纲纪《赠吉田松荫》

呼狂呼贼任他评，几岁妖云一旦晴。
正是樱花好时节，樱花门外血如樱。

黑泽胜算《绝命词》

妻卧病床儿叫饥，挺身直欲拂戎夷。
今朝死别与生别，唯有皇天后土知。

梅田定明《诀别》

几历辛酸志始坚，丈夫玉碎耻砖全。
一家遗事人知否，不为儿孙买美田。

西乡隆盛《偶成》

这些七绝每一首都写得刚劲有力，掷地有声，诗人的坚毅刚强个性跃然纸上。新井君美(白石)的《自题肖像》写于宝永七年(1710)，当时他五十四岁，辅佐德川家宣将军，参与江户幕府内务外交的重大决策，富有政治家的经验和手腕。这一年中御门天皇即位，新井白石作为江户将军幕府的使者赴上洛(京都)参加天皇登基仪式，这首七绝写于此时。诗中对于自己面容、身材及精神面目都作了精彩的描绘："苍颜如铁鬓如银"的容貌凸现出久经磨练之后的坚毅果敢；"紫石稜稜电射人"的眼神则透露出威严逼人的气势；"五尺小身浑是胆"的自述中充满自信；而结句"明时何用画麒麟"，用汉武帝建麒麟阁悬挂功臣画像的典故，表明自己自信有能力建功立业，却不在乎最终是否分封获爵，这样的描写和表白，凸现出新井白石作为江户幕府中的一位老练政治家的胆识和胸襟。

第二首诗的作者堂浅元祯(1708—1781)，号常山，年青时师事服部南郭、太宰春台等汉诗人。后入仕藩府，累官至判形役，因危言直谏而仕途受阻，晚年蛰居读书著述。此诗作于宽延三年(1750)，诗人四十三岁，奉藩命赴赞岐丸龟(今属香川县)。归途在濑户内海遭遇风浪，险些翻船。同船众人皆大惊失色，诗人却神色自若，吟诵了此诗。这首七绝通过三个动作"直破"、"忽值"和"起提"，豪气冲天，活画出诗人临危不惧的英雄气概。

第三首《赠吉田松荫》的作者桥本纲纪(1834—1859)，因崇拜宋代忠臣岳飞，自号景岳，出生藩医世家。少年入塾学习兰学和医学，才华出众，受到藩主松平春岳的赏识，提拔为藩学明道馆干事，参与藩政改革。后因卷入江户将军继嗣党争，在"安政大狱"中被杀，年仅二十六岁。这首诗作于江户狱中，吉田松荫同被羁押在隔壁狱室，两人吟诗唱酬，表现出视死如归的大无畏气概。尤其是末句"扼腕频视日本刀"，充分显示出青年英雄壮志未酬的激烈胸怀。桥本纲纪同时还有另一首《狱中作》七绝写道："二十六年如梦过，顾思平昔感滋多。天祥大节尝心折，土室犹吟正气歌。"诗人崇拜的是岳飞、文天祥这样的忠贞烈士，此刻关押在江户大牢中，面对死亡，他毫无畏惧，拿文天祥的气节来比照自己。文天祥最后在燕京囚牢中，面对死亡，写下了七言古诗《正气歌》，崇高气节，万世流芳，成为东亚汉诗人共同崇拜的道德楷模。

下面黑泽胜算的《绝命词》和梅田定明的《诀别》，都是江户后期幕末义士们在面对生死紧要关头，其道德情操与精神境界的真实袒露，显示出日本近代汉诗中极具阳刚之气的一面。写出《绝命词》的黑泽胜算（1840—1861），通称忠三郎，水户藩士之子，因参与"樱田门暗杀"事件[①]，被幕府处死，此诗就是临刑前的绝命之作。慷慨就义前年仅二十二岁的黑泽胜算，大声喊出"呼狂呼贼任他评"，表示不在乎个人生死，也不在乎幕府给他扣上什么罪名，关键是他们这次暗杀义举的目的已经达到，误国"奸臣"井伊直弼已被清除，"几岁妖云一旦晴"，因而心中格外爽快。后两句中连用三个"樱"字，豪情四射，凸现出诗人内心极度的自豪感。黑泽胜算在樱田门行动中曾受伤，当时鲜血溅落在白雪中，与樱花树上绽开的樱花形成鲜明的对照，这一细节的渲染也突出了诗人凛然就义前的强悍个性。当时另一位也主张尊皇攘夷的汉诗人大桥正顺有《题樱田雪》七绝写道："电发已看雠忽毙，淋漓血滴雪如花。子房博浪真迂拙，徒倩他人椎副车。"还有《逸题》诗写道："仓惶曲膝拜蛮夷，苟且谁知醸后患。恨刹满朝林立子，一人无复似椒山。"前一首用张良年轻时曾雇杀手在博浪沙椎杀秦始皇而未成的之事[②]，进行中日义士壮举的比较。相比之下，日本的樱田门刺杀活动是成功的，所以有"子房博浪真迂拙"的口气。后一首用明代直臣杨继盛书谏大将军仇鸾妥协北夷开马市的典故[③]，痛斥当下满朝大臣无一忠臣。这两首诗都表现出了当时尊攘派志士为国担忧、愤慨激怒的心情，可以与黑泽胜算的这首《绝命词》并读互参。梅田定明的《诀别》写于安政元年（1854）。该年九月十一日，俄国军舰侵入大阪湾的天保山冲，企图威逼江户幕府签订通商条约。附近十津川的乡士愤怒集合，准备袭击俄舰。住在京都的梅田定明闻讯也挺身参与抗俄，不顾"妻卧病床儿叫饥"的悲惨家境，出门前向友人拜托了后事，并写下此诗与妻子诀别。梅田定明赶到大阪湾，见俄舰已经离去，这才返回京都。翌年三月，妻子病亡；又过了一年，五岁的儿子夭折。之后梅田定明全身投入尊皇讨幕活动中，直到安政五年九月被捕，翌年（1859）九月病殁于江户牢狱。从梅田定明身上，可以看到尊皇讨幕志士的道德精神境界，为了国事，可以完全抛弃个人的家事和私利，甚至放弃年轻的生命而义无反顾。尽管从日本近代史的角

① 江户后期，幕府大老井伊直弼决定由德川庆福（家茂）继嗣将军幕府大位，兴起安政大狱镇压反对派，接着又签署《日美通商条约》，开放日本门户，这些举措激起了尊攘派志士的强烈愤慨与反对。1860 年 3 月，江户城樱田门外，来自水户、萨摩的 18 名浪士突然袭击并杀死了井伊直弼。史称"樱田门外之变"，这一事件使得江户幕府的威信削弱，并促进了日后幕府政权的倒台。

② 《史记·留侯世家》："良尝学礼淮阳，东见仓海君。得力士，为铁锥重百二十斤。秦皇帝东游，良与客阻击秦皇帝博浪沙中，误中副车。秦皇帝大怒，大索天下，求贼甚急，为张良故也。良乃更名姓，亡匿下邳。"中华书局 1982 年版。

③ 《明史》卷二百九《杨继盛列传》："俺答躏京师，咸宁侯仇鸾以勤王故有宠。帝命鸾为大将军，倚以办寇。鸾中情怯，畏寇甚。方请开互市市马，冀与俺答媾，幸无战斗，固恩宠，继盛以为雠耻未雪，遽议和示弱，大辱国，乃奏言十不可、五谬。""椒山，继盛别号也。及入狱，创甚。夜半而苏，碎瓷碗，手割腐肉。肉尽，筋挂膜，复手截去。狱卒执灯颤欲坠，继盛意气自如。朝审时，观者塞衢，皆叹息，有泣下者。"中华书局 1995 年版。

度看，讨幕志士们的行动并非全然出于公心，其行动结果也并非全是顺应历史潮流的正面效应，但是志士们所表现出来的义无反顾的献身精神，充实了自江户时代以来的武士道传统，确实有着震撼人心的强大力量，其精神对近代日本社会的影响作用不容小看。

再看西乡隆盛的《偶成》，用斩钉截铁的口吻，鲜明表达出他的人生观、名利观和家庭观，这样的观念，基本上出自于传统儒家的思想道德范畴。而类似的胸襟表白，在明清诗歌中并不少见，在朝鲜李氏王朝汉诗中也经常可以看到，从此侧面，也可见儒家思想尤其是朱子学及王阳明学派对于东亚的巨大影响。西乡隆盛（1827—1877）是日本近代史上争议颇多的人物，他早年率军勤王讨幕，几经生死，成为维新大业的功臣。在成为陆军元帅之后，鼓吹征韩论，遭到岩仓、木户、大久保等人反对而辞职。归居鹿儿岛之后建立私人学校，招收学生。九州各地动乱频发，明治政府怀疑西乡隆盛参与其中，密令将其暗杀。消息泄漏后，西乡隆盛起兵，一年后兵败自尽。明治维新的第一元勋，最后落得个叛乱而死的凄凉结句，其间政界各种恩怨利益关系的复杂交错，确实很难简单下论断。正因为如此，明治天皇在十二年后下诏为西乡隆盛平反，消弭叛乱罪名，追赠正三位，嗣子寅太郎继承侯爵勋位。至今，西乡隆盛的铜像还矗立在东京上野公园内，著名历史传记作家司马辽太郎也专门写过西乡隆盛的传记畅销书，对于这位具有悲剧色彩的日本近代人物，也颇多赞赏推崇之意。阅读西乡隆盛的这首诗，由诗及人，知人论世，不禁令人想起孟子的名言："故天将降大任于斯人也，必先苦其心志，劳其筋骨，饿其体肤，空乏其身，行拂乱其所为，所以动心忍性，增益其所不能。""君子不怨天，不尤人，""自任以天下之重。"（《孟子·万章》）古往今来的志士仁人，其刚强的意志与坚贞的品性，往往只有在痛苦磨练中才能炼成。正如西乡隆盛在其遗训中所言："不要命、不要名、不要官位也不要金钱的人，是无所畏惧的。只有与这些无所畏惧的人艰难与共，才能成就振兴国家的大业。"这条遗训和这首诗，西乡隆盛是一生身体力行的。他这么说，也这样去做，恪守言行一致，在日本近代政坛人物中是难得的。因此在一般日本人的心目中，西乡隆盛是一位富有哲学头脑的政治家，他品格高尚，洁身自好，其道德风范与人格魅力非一般政治家可比。

从上述七绝诗可以窥见近代汉诗中颇多阳刚之气，这与日本社会处在剧烈振荡和巨大变化的历史过程有着直接的关系。作为志士、政治家、书生、幕僚内心世界的精彩写照，日本近代七绝体诗经常表现出一种激昂悲愤的心曲，尤其是当事业遭受到挫折、人生遭受困顿之时。比如藤田彪的《将徙小梅过吾妻桥畔有感》："青年此地尝遨游，花下银鞍月下舟。白首孤囚何所见，满川风雨伴羁愁。"还有赖醇的《过函岭》："当年意气欲凌云，快马东驰不见山。今日危途春雨冷，槛车摇梦过函关。"这两首七绝描写的场景和心情都相似，前两句都写年轻时候的意气风发，胸怀大志，少年英雄，花下美人，这些都与后两句所写的"白首孤囚"及"槛车摇梦"场景形成了鲜明的对照，为国事奋斗的艰难、人生的磨难都在这些对照中得到了显现。藤田彪（1806—1855），出生水户，年青时来江户学文学剑，后辅助敬三郎、齐昭实施庶政改革，主张建立弘道馆，教化庶民。弘化三年（1844）遭到保守派的谗言诬陷而被幕府囚禁，这首诗写于被囚后的次年。吾妻桥位于墨田川（即今隅田川）上，是从浅草去向岛的必经之道，街道两侧布满歌楼酒馆，十分热闹。诗人因为变换囚居场所而经过此，不由想起年青时在这里度过的花前月下的快乐遨游岁月，与眼前的“满川风雨”相对照，其内心的“羁愁”之痛，难以言表。囚居中的藤田彪还写出《和文天祥正气歌》，通过对日本历史人物事件的评述，彰扬浩然正气，慷慨淋漓，文才焕然，堪称日本汉诗中的杰作。赖醇(1825—1859)，号鸭崖、古狂生，赖山阳的第三子，八岁失怙，十六岁到大阪求学，天保十四年(1843)游学江户昌平黉。亲睹江户幕府奢华铺张，心生愤慨，將上野宽永寺门前的石灯蹴倒后退学。回京都后主持家塾，交接四方志士，议论国事，有匡正天下之志。安政以后，参与尊攘运动，被捕。安政六年正月，槛车押送江户，这首诗就写于槛车经过箱根之时。“函岭”，汉诗中指函谷关，这里指箱根关所。“当年”，诗人十九岁，胸怀青春壮志，意气风发，快马东驰江户，一路上连游山玩水都顾不上。可如今再度经过箱根，却已是被槛车押送的囚犯。“摇梦”两字意味深长，既写出槛车押送的困顿，又凸现出今昔对比而产生的迷茫及对前途的绝望。事实上，赖醇被押至江户后，于当年十月七日在小冢原被斩杀。

当然，近世日本七绝体诗中所表现出来的个性特色是丰富多彩的，汉诗人在面对复杂困顿的人生磨难时也不都是高调地不屈对抗，有采取以柔克刚灵活应付的，也有采取独善其身之法的，自然也有采取妥协保身的。如下面这些汉诗中所展现出的：

樵蹊不与世间通，高卧东山异谢公。
占得烟霞吾已老，清风鹤唳白云中。

三浦晋《谢聘》

自甘无用卧柴关，花落鸟啼春昼闲。
有客来谈人世事，笑而不答起看山。

安积信《偶兴》

负郭卜居林樾间，黄尘不到似禅关。
草庵虽小吟眸阔，窗纳芙蓉万仞山。

川村慎《城西卜居》

才子恃才愚守愚，少年才子不如愚。
请看他日业成后，才子不才愚不愚。

木户孝允《偶成》

江湖满地欲何之，犹是万方多难时。
八十老翁无所用，拥炉暗诵少陵诗。

今关天彭《岁端杂吟》

图书堆里托微躬，长与幽人臭味同。
消受风霜文字气，一生不学叩头虫。

摩岛长弘《咏蠹鱼》

第一首《谢聘》的作者三浦晋(1723—1789),号梅园、洞仙,自幼聪悟,刻苦精励,诗文俱佳,有俊才之称[1]。当时各地藩主争相聘请,都被他先后谢绝,这首诗便是其中的一首。诗中表示不入仕途,自甘闲居,但与在闲居中奢华招摇的谢安还有不同。谢安的闲居是暂时的,之后还是让桓温请出了山林,并在淝水之战中大破符坚军队,建功立业。而他则是坚守"樵蹊不与世间通",并准备终老在"清风鹤唳白云中"。三浦晋拿中国名人谢安作比较,既显示出他的高洁人格,也流露出自视甚高、较为自负的个性。

第二首《偶兴》的作者安积信(1791—1860),号艮斋,奥州二本松出生,十六岁时入赘邻村富户。因受到妻子的嫌弃,单身出奔江户,成为佐藤一斋的门生,刻苦求学,终于成为一代大儒,名扬江户文坛。永嘉三年(1850)任昌平黉教授,门生众多,有《艮斋文略》正续十卷、《艮斋诗略》三卷,流行都下,当时有"洛阳纸贵"之称。安积信长期担任幕府儒官,负责幕府外交文书的起草及文词修饰,对于海外情况应该是较为了解的,而且身为江户文坛名人,自然容易被牵涉进当时群情激愤的攘夷论的争论中。然而安积信的态度不同于血气方刚的青年学子,他看到幕府内外各种复杂的人际关系,又经历了"蛮社之狱"、"安政大狱"过程,深知祸从口出的道理,所以就做出一副"自甘无用卧柴关"姿态,整天闲散,只看鸟啼花落,这样做的目的自然是为了避祸。三、四句的描写更妙,来客中还是有谈论国事的,对此他的回应是"笑而不答起看山",不回应一个字,就是彻底不给别人留下任何话柄。"笑而不答"的回应,来自于李白《山中问答》诗中的一句"笑而不答心自闲",然而安积信用在此,则凸显出他久经宦海风波之后,深谙官场的错综复杂关系,用看似畏缩的低调姿态,沉稳地自我保护。相比之下,安积信的表现自然显得平庸,甚至给人无能的感觉,但实际上当时这样想法和作为的官吏还是占多数,因此这首汉诗所表现的微妙心态,在当时不乏其人。

第三首川村慎所写的《城西卜居》,基调看似与第一首相同,但其内涵实际上不一样。川村慎(1882—1969),号骥山,自幼向父亲学习汉学及书法,博闻强记。明治十三年(1894)天皇银婚庆典时,十三岁的川村慎献上楷书《孝经》、草书《出师表》,被赞为神童。成年后潜心书道,彰扬日本传统文化,成为日本书道界重镇。因此,这首诗的内容重点不在于表达自己是否出仕,而在于表现一种高逸的生活情趣。诗题中所说"城西卜居"处,地点在今东京都的杉并区和泉町,当时还是东京郊外一处"黄尘不到似禅关"的场所,长满树林,安静宜居。这首诗的妙处在于三、四句,通过大小、远近对比获得时空扩张感,生动表现出居住在郊外的生活情趣。新居虽小,但是视野宽广,令人心胸舒畅;窗户虽窄,但是可以望见远方高耸的富士山,四季美景各异。这一构思脱胎于自杜甫《绝句》中的名句"窗含西岭千秋雪,门泊东吴万里船",其表现的旨意也借鉴于杜甫,都是在表达诗人虽然身居简陋草屋,却有着思接千载、视通万里的开阔胸襟。

第四首《偶成》的作者木户孝允(1833—1877)被誉为"明治三杰"之一[2],少年时代桀骜不羁,嘉永二年(1849)入吉田松荫门下修练兵学,关心国事。永嘉五年赴江户进入斋

① 三浦晋著书很多,今有全集传世,其中有汉语诗集二卷、诗稿一卷,此外还有诗话《诗辙》五卷。

② 另外两人分别为西乡隆盛、大久保利通。

藤弥九郎的练兵馆研习剑术，广交诸藩志士。之后参与倒幕运动，并于明治元年担任维新政府的太政官，明治四年参加岩仓具视的欧美考察团，归国后反对征韩论，任文部卿。不久他因反对出兵台湾，被迫辞职。天皇特谕其再出仕任参议，因而感激涕淋，西南战役爆发后愈加励精图治，因病而亡。作为生于乱世、经历磨难而奋斗成功的政治家，木户孝允在这首诗中强调的是一种"守愚"精神，也就是谚语所说的笨鸟先飞、大器晚成。少年才子固然受人瞩目，但是如果才子恃才而放松努力，那么到最后必然变成"才子不才"。而守愚者坚持努力，持之以恒，结果就是愚者不愚。这种精神在中国传统文化中有着悠久的历史，比如"愚公移山"的神话和"乌龟和兔子赛跑"的民间故事。从这首诗可以看出，这种强调自律奋斗的精神，在东亚汉字文化圈内都是一种受到普遍推崇的人生价值观。"守愚"是来自于中国古代老庄思想的观念，在明治维新政治家观念中仍然深深扎根，这涉及到老庄哲学对于东亚以及日本如何影响的问题。从这一角度看，这首诗的意思虽然朴素明了，但其文化观念交融的背景还是值得关注的。木户孝允还有一首七言古体诗《偶成》，其中写道："回头知己人已远，丈夫毕竟岂计名。世难多年万骨枯，庙堂风色几变更。""年如流水去不返，人似草木争春荣。邦家前路不容易，三千余万奈苍生。"这就是这位"守愚"政治家临终前的所思所忧，全然都是国家的前途与民众的处境。身为明治维新的功臣、国家的栋梁之才，内心常怀一份沉甸甸的责任感，这是令人敬佩的。

第五首今关天彭的《岁端杂吟》，则展现出现代日本社会中一位汉诗人的暮年心曲。今关天彭(1882—1970)，出生于房州今关村(今千叶县东金市)的一户木匠世家。从小刻苦好学，少年时移居东京，与清末学者章炳麟、康有为、梁启超交往，学问长进。后赴中国，前后在北京和南京任教，并担任外务大臣的对华顾问。战败后归国，鼓吹风雅，传授汉诗，参与编辑《汉诗大系》(昭和三十九年，集英社出版)，自作汉诗有《天彭诗集》十五卷刊行。作为一位长寿的世纪老人，今关天彭亲身实地地经历了近现代中日两国之间的恩怨交结；作为一位汉学家，他又终生对东亚汉学保持着关切和进行着研究①。在进入人生暮年之后，面对已经发生翻天覆地变化的新世界，诗人的精神还是回归到东亚汉诗的最高境界，也就是从陶渊明到杜甫的诗歌传统。其中最让人感慨万分的，是这位年过八旬的汉诗人胸中常怀一颗忧国忧民之心。今日的读者可以很容易地感觉到这份似乎早已过时的"老迂"，但是却难找到更高的道德高度去超越这份执着的"老迂"，这或许就是东亚汉诗仍然可爱、依旧感人的内在原因之一。

第六首摩岛长弘的《咏蠹鱼》，通过咏物，表现出来的同样是儒学者的高洁人品。摩岛长弘(1791—1839)，号松南，京都人。自幼好读书，学成后设帐授徒，善诗文，名扬四方，各地藩候争相重金聘请。但他淡泊名利，坚守民间儒师身份，赢得时人敬重。此诗所咏蠹鱼，即书中蠹虫，日语中又称蠹虫为"纸鱼"、"银鱼"。在汉诗中，蠹虫经常作为反面的角色被提及，但这首诗中的蠹虫却是正面角色，是诗人着力歌颂并比喻为同类的对象。

---

① 今关天彭除了汉诗作品之外，还著有《支那戏曲集》、《近代支那的艺术》、《东京先儒扫苔录》、《东洋画论集成》、《支那人文讲话》、《宋元明清儒学年表》、《法帖丛话》、《支邦禅学的变迁》、《清代及现代的诗文集》、《骏远的诗界》等，汉学造诣深厚。

读书人对蠹虫是最熟悉不过的,蠹虫的身躯微小,身份卑微,靠啃书本生存,这一点似乎与儒学者及文人(即“幽人”)的情况一致。诗的后两句更进一层,诗人还看到了一点,他书中的蠹虫啃的是“风霜文字”,也就是充满凛然气节的文字,这是从蠹虫的角度反衬出诗人所读和所写文字的性质。末句所言“叩头虫”,指米虫,米虫爬动时头一上一下蠕动,像在磕头一样,故有此称。说蠹虫宁可啃书本,也不像米虫那样去啃吃美味的大米,这里显然是在以虫喻人,凸显出诗人身为儒学者的清高气节,甘守清贫,耻于与名利小人为伍。

第四节　血性强国之歌

近世日本七言绝句中表现出来的诗人个性丰富多彩,其中最为引人注目的便是对于邦国强盛的热情追求,克己奉公成为汉诗人为人处世的基本原则,而忠诚和责任则成为汉诗人自我表白时的共同语言。这种集体意识产生于三百年江户幕府强权统治期间,也与近代日本目睹欧美列强侵吞亚洲、日本处境也岌岌可危的处境密切相关。近世日益觉醒的本土自豪感,夹杂着强烈的生存危机感,就使得日本汉诗人在抒发胸怀时更多表现出强烈的情感色彩,其中既有强烈的自尊意识,也有强烈的忧患意识,诗人对于社会对于国家的责任心日益增强。

在这样的时代背景下,近世日本汉诗人对于社会发展变化极为关注,他们用汉诗如实记录了现实社会生活的方方面面情况,这一趋势与清朝诗歌中出现大量纪事诗的发展潮流是一致的,自然与东亚近世社会发生翻天覆地的变化息息相关。但是清诗纪事还是以古体诗占主流,而近世日本汉诗人爱用七绝体纪事,这就使得日本近世七绝体诗在记载时事及描写社会面貌方面呈现出百花盛开的局面,这也成为日本近世汉诗的一大特色。从描写内容看,以下方面的描写颇为引人注目。

其一是反映近世有志青年苦读炼志,抒发报国壮志的,如下面数首七绝诗皆在日本诗坛传颂一时:

释月性《将东游题壁》

男儿立志出乡关,学若无成不复还。
埋骨何期坟墓地,人间到处有青山。

广濑建(淡窗)《桂林庄杂咏示诸生》

休道他乡多苦辛,同袍有友自相亲。
柴扉晓出霜如雪,君汲川流我拾薪。

梁田邦美《九日》

琪树连云秋色飞,独怜细菊近荆扉。
登高能赋今谁是,海内文章落布衣。

释月性(1817—1858),字知圆,号清狂,周防(今山口县)人。十三岁剃度,拜恒藤醒窗为师学习汉学。天保十四年(1843)他二十七岁时赴大阪,拜篠崎小竹为师,这首《将东游题壁》就写于离开周防赴大阪之时。诗作语言朴素,誓言刚劲有力,一位血气方刚、立志报国的青年英俊跃然纸上。释月性在大阪与关西的尊攘志士多有交往,意气投合,积极活动,鼓吹日本的海防急务。曾有《闻下田开港》七绝曰:“七里江山付犬羊,震余春色定荒凉。樱花不带腥膻气,独映朝阳薰国香。”写于安政元年(1854)三月三日,因不满幕府与美国贝利将军签订门户开放条约而作。剃度出家而矢志爱国者,在当时的日本僧侣中不少见,故有“海防僧”之称,而释月性就是其中的杰出代表之一。这首七绝体诗不仅在日本传唱一时,而且还传播到了中国,影响到了 20 世纪初中国的热血青年①。

广濑建的这首《桂林庄杂咏示诸生》,则表现出江户时代青年学子刻苦求学的日常生活场景。广濑建(1782—1856),号淡窗,江户后期伟大的教育家②,桂林庄是他设在家乡的私塾。学生来自于各地,生活清苦,学业紧张,但是师生及同学之间温暖融洽。“同袍”就是同穿一件棉袍,显示出塾生间有福共享、有难同当的亲密关系。后两句写塾生每天早起,汲水拾薪,煮茶炊饭,都是自己动手,并在劳作中也是互相配合,形成共同努力、默契合作的精神,这些也成为广濑淡窗私塾教育中所注重的一项内容。这种注重道德节操的磨练,强调刻苦努力及协调合作的基础教育,培养出了大量的人才,这对于近代日本社会的发展进步,起到了明显的推动作用,有着十分重要的意义。因此,这首诗虽然短小,却从私塾的角度,揭示出了江户后期有志青年苦读炼志的具体过程,这也成为当时社会产生积极变化的一个缩影。

梁田邦美(1672—1757,号蜕岩)的《九日》,写于江户前期。九月初九重阳节,东亚各国汉诗人都有登高赋诗的传统,这首诗一上来就写秋日满山红叶,“琪树”意为美丽的树,指长满红叶的山林,一个“飞”字,让秋色充满动感。然而,诗人此刻最关心的却不是满山红叶的美景,而是长在柴门边的瘦小的菊花。此刻,不起眼的菊花在诗人的眼中成为自喻的对象,成为高洁人品的象征。菊花超脱尘世的意象来自于东晋陶渊明的“采菊东篱下,悠然见南山”的名句,而陶渊明的诗集在江户时代长期流行,成为日本汉诗人普遍喜爱的汉诗典范。梁田邦美长期为布衣学者,精研朱子学,直到年近半百才在朋友的推荐下出仕③。此诗写于出仕之前,透露出身为布衣诗人的强烈自豪感,尤其是“登高能赋今谁是,海内文章落布衣”两句,大有睥睨豪贵、惟我独尊的气势。这种当今之世,舍我其谁的豪气,折射出江户时代汉学家有着较高的社会地位。特别是在精神层面,汉学家占据着道德话语主导权,成为全社会敬重的对象,这就是这位布衣汉诗人强大底气的来由。

其二是描写国难当头而奋起报国的诗篇,多为热血沸腾之作。近代以来,西方列强

① 相传青年毛泽东在湖南时曾手书此诗以立志报国。

② 广濑淡窗青年时把家业继承权让给其弟,自己全身心投入办学授徒,先后设桂林庄、咸宜园学塾,及门弟子前后达四千人,遍布全国,影响极大。天保十三年(1842),幕府因其长期办私塾教育有功于社会,奖赏其入士籍、可随身佩剑。

③ 享保四年(1719),梁田邦美在好友桂山彩岩的推荐下,进入明石侯松平直常的府中任职,时年 48 岁。

凭借先进的技术与强大的军事实力威逼日本开港贸易，强烈冲击了江户时代的农业经济，也强烈震撼了日本传统社会。面临这一冲击，江户武士及儒者很多人都有强烈的危机感，认为这是国难当头的非常时期，如果任凭列强侵入扩张，那么日本的传统社会及文化将会很快解体，日本国将不国。正是出于这样的认识，幕末汉诗中出现了尊皇攘夷的强烈呼声，而用七绝表现这一呼声也成为一时潮流。如武田正生的《题崖山楼》写道："崖山妖血污乘舆，礼乐衣冠扫地虚。却怪文章经术士，年来毕竟读何书。"武田正生（1804—1866）是尊攘派的首领之一，受到佐幕派的打压软禁，最后起事遭到幕军镇压而被处死。"崖山"楼名来自于对宋代文天祥的敬重，文天祥的忠贞气节不仅感动了南宋以后的中国人，而且也激励了江户汉诗人，这首七绝也旨在唤起士人的忠节之心。在面临着大和民族文化将被列强侵蚀的危难时刻，儒生不能再继续闭门研读经书了，而必须讨论时事，关切日本的前程，承担起儒生那份义不容辞的社会责任。

再如久坂通武的《失题》："皇国威名海外扬，谁甘乌帽犬羊盟。庙堂愿赐尚方剑，直斩将军答圣明。"久坂通武（1837—1864）是一位主张尊皇攘夷的年青志士，这首诗又名《入京师》，是诗人二十岁入江户时所写。来到江户，诗人见到外国人到处飞扬跋扈，而江户幕府则低声下气、一味因循姑息，痛感日本的沉沦而发出强烈的呼喊。接下来他在文久二年（1864）参加了高杉晋作发起的品川御殿山英国公使馆焚烧事件，又积极参与倒幕活动。到元治元年（1964），参与蛤御门之变，失败后愤而剖腹自杀，年仅二十六岁。对于这位热血志士的心曲表白，仅看到其中的偏执和狭隘是不全面的。因为从历史的角度看，当时日本社会确实处在风雨飘摇之中，诗人所表现出来的危机感和责任感，恰恰凸显出了大和民族愈挫愈奋的不屈精神，而这种不屈精神在近代日本脱胎换骨巨变中起到了非常重要的作用。应该看到，在这种精神的激励下，近代日本可谓是全民激动，万众一心，甚至连僧侣也积极投身报国。如伴林光平的《辛酉二月出寺畜发时作》写道："本是神州清洁民，谬为佛奴说同尘。如今弃佛佛休恨，本是神州清洁民。"伴林光平（1813—1864）号蒿斋，其父是志纪郡林村尊光寺的住持僧，按照习惯蒿斋自幼入僧籍。但是到了文久二年（1862），诗人已经五十岁，他看到日本的困境，决然蓄发返俗，投身尊皇攘夷活动，此诗就作于该年二月出寺之时。此诗的首句与末句完全重复，这在绝句写作中一般来说是不可想象的。但是这里却用得一气呵成，恰如其份地表现出了诗人蓄发出寺时毅然决然的坚决态度。"神州清洁民"指日本的普通民众，而把佛家弟子称为"佛奴"，两相对照，诗人的褒贬态度，高下立判。作为一位已经五十岁的老僧，还发出如此抛掷佛门而回归皇国庶民的骇听之言，充分表现出了当时日本社会的震荡不安，已经使得山林寺庙都受到影响。从当时不少僧人皆投身尊皇攘夷运动的历史事实看，日本佛教与皇室的关系甚为紧密，入世意识显著，对于俗世社会有着强烈的责任心，而佛门的规矩则较为宽松，这些在东亚佛教界都是较为特别的。

日本近代社会新旧蜕变产生了强烈的阵痛，也付出了巨大的代价，传统观念的崩溃，许多志士英勇就义，社会发生巨变的同时也是乱象丛生。身处乱世，日本近代汉诗人的感受是复杂的，其诗作中也出现了许多压抑的心情和无奈的感触。如宫部增实（1810—1864）的《逸题》："妖氛漠漠何年灭，白日青天不可期。如此生兮如此死，英雄心事英雄知。”把开港之后西方列强势力大规模进入日本视为“妖氛漠漠”，痛感幕府无能为力，也痛惜传统体制逐渐衰退。诗人怀着这样的“英雄心事”，但知音寥寥，胸中充满着压抑①。再如山内丰信（1827—1872）的《逸题》：“风卷妖云日欲斜，多难关意不思家。谁知此里有余裕，立马郊原看菜花。”山内丰信号容堂，幕末土佐藩主，性格豪迈，胸襟阔大，颇有远见卓识，曾建议德川庆喜将军实施“大政奉还”，开启了明治变法维新之途。但是他与朝中其他重臣关系不合，后辞职闲居，这首诗中透露出闲居时的无奈心情。还有冈千仞（1833—1914）的《十月赴东京途中作》：

白骨掩沙荒海边，风烟无处不伤神。
路旁累累阵亡冢，多是平生相识人。

诗写于明治三年（1870）十月，冈千仞号鹿门，仙台藩士，与大槻磐溪、斋藤竹堂并称为“仙台三才子”。二十岁时赴江户，入昌平黉，师事佐藤一斋、安积艮斋。后返仙台藩塾养贤堂任教，主张尊皇，在戊辰之役中为勤王之事奔走，因此曾在仙台入狱。此诗的描写，沉痛悼念死去的旧友，反映出戊辰之役中有识志士牺牲者很多。幕末及维新初期的巨变，使日本社会获得了新生，也让日本的士族付出了沉重的代价。面对这种沉重的现实，不少士族只能回避现实政治纷争，闭门闲居，正如佐贺藩主锅岛直正（1814—1872）在一首《山园》诗中所说：“正议纷纷乱似麻，不如掷去弄韶华。山园数亩栽何树，只有不言桃李花。”这位熟悉政治时局的藩主，见幕末政局混乱，难以有作为，就在井伊直弼于樱田门被暗杀后谢绝了幕府召命，辞职归居，避开了政治纷争漩涡，而专注于年青人才的培养。近代日本维新成功及持续发展，人才教育功不可没，而佐贺藩主锅岛直正就是这样一位颇有远见卓识的政治家。

第五节　入欧的惊奇与困惑

日本近代七绝诗中对于海外世界的描写数量很多，观察角度多层次多侧面，思考感悟的深度也是前所未有的。说起海外，千百年来日本汉诗人心目中首先想到的是中国大陆，那里是汉诗的发源地，也是东亚汉诗人的精神故土。但是，近代以来随着清朝的迅速衰败，日本汉诗人心目中的中国形象已经大打折扣，往日的强盛汉唐已成为历史的记忆，而眼下的中国却是山河破败、民不聊生。长三洲的一首《燕山杂句》，可成为近代日本汉诗人心目中当代中国印象的代表，诗曰：“渚宫水殿带残阳，秋柳萧疏太液波。独自金鳌背上望，景山满目夕阳多。”长三洲（1833—1895）名荧，三洲是其号，丰后日田人，十五岁入广赖淡窗之门，有门下第一才子之称。后参加讨幕军，在北越、会津战役中建立功勋，得到木户孝允的赏识，就任大学少丞。明治四年（1871），随柳原前光使节赴北京，参与缔

① 宫部增实号田城子，永嘉之末曾游历江户，与吉田松荫深交。日本开港后局势多变，深为担忧。文久二年（1862）参与清川八郎的勤王之师，曾任诸藩御亲兵的总监，因幕府人事多变受到冤枉而去职。元治元年（1864）上京申诉，六月五日与新撰组发生冲突，奋战而死。

结《日清修交条约》,这首诗就写于逗留北京期间。此时的北京,在诗人看来已经完全失去了曾经有过的荣耀与生机,到处呈现出萧瑟的景象。宫殿静寂地矗立在斜阳中,太液波岸晃动着萧疏的秋柳,全然是一幅衰败的场景。诗人站在太液池的金鳌桥面上,展目四望,看到的是被夕阳笼罩着的景山。稍知中国历史的人都记得明代崇祯皇帝最后在景山自尽,所以这里的夕阳景山便象征着清王朝的末日,显得格外地扎眼刺心。在这样的描写中,最多还保留着一些对于昔日中华帝国衰败的惋惜之情,但是已经是毫无尊重敬佩的含义在内了。

此时日本汉诗人的眼光,已经超越了近邻的中国大陆,而看到遥远的异国。如志贺重昂(1863—1927)的《南洋航行中杂诗》中写道:"双眸一碧水中央,数曲高歌意气扬。壮志未酬人未老,舵楼睨视大南洋。"此诗写于明治十九年(1886)二月,志贺重昂乘坐筑波舰下南洋,到达澳大利亚及夏威夷岛,一路考察海洋及岛屿,可谓意气风发,豪情满怀。诗人心中有着宏大的目标,所以此刻便有"舵楼睨视大南洋"的自豪感受。另一首《船入南温带圈》诗曰:"目断沧溟万里秋,天边那处是濠洲。何来孤鹗拂云起,皎月影高南半球。"描写海轮穿过赤道,进入南半球时的感受,写得豪爽快捷,这种境界是传统汉诗中所没有的。再看盐谷温(1878—1962)的《埃及怀古》写道:"三角陵荒岁月悠,怪神像古没沙丘。帝魂不返繁华尽,唯有大江依旧流。"盐谷温是东京帝国大学教授,曾留学德国和清国,长期从事中国文学研究,汉诗创作有《周览诗钞》传世。这首诗写于昭和七年(1932)游历欧美各国期间,到过埃及的开罗,游览了著名的金字塔及尼罗河。诗中传递出对于古老文明消失的感慨,从"唯有大江依旧流"的咏叹中也流露出诗人的洒脱。这种洒脱来自于对日本前途的自信,正如中井弘晚年在《西都杂诗》中表白的:"奏功英杰半黄土,识面美人皆白头。佳丽山河仍如昔,岿然桓武帝王州。"走遍千山万水,最终还是觉得故土的山水最为美丽,对于祖国的前途充满自信。

近代日本汉诗人周游世界,离开日本越远,内心就越思念祖国,越是充满爱国的情怀,强烈的本土自豪感和爱国心,在近代日本汉诗中就成为一种较为普遍的现象。丸山正路的《逸题》诗云:"凤诏擎来向北陬,钩陈星下使星浮。鄂虏何论疆界事,樱花发处是神州。"丸山正路(1840—1899)号东海,明治二年(1869)八月任外务大丞(臣)。这首诗写于该年九月,刚上任的丸山正路赴北方的桦太,与俄国就争议领土进行谈判。由于当时日本的国力及军力皆无法与沙俄帝国抗衡,所以谈判处处被动,次年四月,无果而返。至明治八年(1875)五月,桦太全岛划归俄国。这首诗的前两句写自己作为日本谈判使者赴桦太,后两句透露出谈判的艰难,沙俄帝国凭借军事实力,不把日本的要求放在眼里。诗人对于沙俄的强悍行为非常愤怒,称其为"鄂虏",但毕竟国小力弱,谈判代表也是无能为力,只能用精神胜利法似的语言宣称"樱花发处是神州"。桦太岛上有樱花,而樱花是日本的象征,所以桦太就是日本的领土。这种自说自话,也反映出作者的无奈及对于国势的担忧。

三岛毅的一首《矶滨登望洋楼》,则反映出当时日本志士在对待欧美列强关系方面奋发图强的心愿,诗曰:"夜登百尺海湾楼,极目何处是米洲。慨然忽发远征志,月白东洋万里秋。"三岛毅(1826—1915),号中洲,明治五年(1872)应征至东京,任司法官、裁判长,后被罢官，创办二松学舍，又任东京帝国大学教授。这首诗写于明治六年(1873)，矶滨望洋楼位于茨城县大洗町，面临太平洋。诗人夜登望洋楼，极目所寻处，既不是古老的中国，也不是临近的朝鲜、台湾，而是太平洋彼岸的美利坚合众国，一个新兴的列强，最早用武力逼迫日本开港通商的国家，与日本结下不解之缘的强大对手。明治初年的时候，日本的争竞对手并不是美国，日本关注的利益在亚洲，特别是东亚近邻国家的状况及动向。但是，日本未来的发展，并不局限于东亚，日本国内许多策士的战略眼光，早已投放到了大洋彼岸。作者在诗中“慨然忽发远征志”，虽说是个人的即兴随想，但也折射出了当时日本策士中的一种普遍想法，准确的说是一种渴望扩张的狂热情绪。诗的结句用盛唐边塞诗中的惯用笔法，填入“东洋”两字，展现出近代日本汉诗人狂热的爱国情绪及领土扩张意愿。

近代日本汉诗人多有周游世界的，用七绝诗记载世界各地见闻，便成了汉诗创作中的一种新流行，涌现出了大量的海外行旅诗作，中井弘便是其中一位代表性诗人。中井弘(1838—1894)，号樱洲山人，出生于鹿儿岛市，十六岁时胸怀大志而脱藩，放浪山水。二十二岁入江户，倡导尊皇攘夷。后投奔土佐的后藤象二郎门下，得到资助，出国考察，回国后于庆应四年在大阪出版《目见耳闻西洋纪行》。明治新政实施后，与各国公使接触频繁，明治四年，随岩仓具视考察团游历欧美。后又任外务书记生驻英国公使馆，明治九年漫游西欧各国，有《漫游记程》，归国后任元老院议员、京都府知事，策划“千百年奠都祭”、“太极殿重建”等重大项目。《漫游记程》是中井弘多次海外纪游的代表作，共收汉诗七十首，全部是七绝体。其中写参观俄国彼得大帝故宫的诗作有：“威武当年轰五洲，专权如意掌中收。英雄别有雕虫伎，旧宅犹藏手制舟。”“弱能制强柔制刚，图霸创业不寻常。一间小屋古城里，老弱烧香祭大王。”写出彼得大帝在俄罗斯民族崛起过程中所起的巨大作用，意蕴深长，是咏史诗中的佳作。在经过雅典的时候，中井弘写下了这样的诗作：“船到名都雅典国，欧洲文学此渊源。山上犹留遗迹在，经尽风霜二千年。”写出了雅典神庙遗址的古老身姿，象征着欧洲文学的源远流长。在经过土耳其的划分欧亚大陆的博斯普鲁斯海峡时，诗人写道：“曾自铜人跨峡间，风帆脚下往也还。欲寻遗迹不知处，数点渔灯照海湾。”“山如怒浪浪如山，箭似火船出峡间。半夜大洋风定后，一球凉月漾波澜。”土耳其横跨亚欧大陆，海峡风高水急，自古罗马帝国以来一直是水运交通要道及军事要塞，诗中的描写笔力劲健，场景辽阔，堪称纪游佳作。经过埃及时，诗人写下了这样的诗作：“我来吊古古立斜曛，沙没荒陵路不分。唯有巍然三角冢，塔尖高在半天云。”“麦田菜陇倚河畔，无限春风暑仅消。绿荫夹路墓村远，人骑骆驼过小桥。”“地中海接西红海，垦破功成舟路通。可无航海蒙余泽，闲却南洋好望峰。”第一首描写埃及的金字塔，沉稳庄重，恰如其分，被成岛柳北评为压卷之作。第二首描写开罗郊外的乡村风光，尼罗河自古以来养育了埃及的农业和畜牧业，成为埃及的母亲河。骆驼、麦田、菜陇、绿荫、古墓、小桥，构成了尼罗河畔的农村风光，清新可爱。第三首描写的苏伊士运河，开通于1869年，是近代的伟大工程。诗人乘船穿过苏伊士运河之时，目睹宏伟的工程，心里感受到了巨大的震撼。在经过印度时，诗人写道：“椰子槟榔交接枝，行到海湾景最奇。鹏云低处水天赤，正是日轮没海时。”“各种人民难记名，白衣高帽趁晴行。耳环殊小鼻环大，男女相携太有情。""处处门关夜不扃,重重椰子护幽栖。土民各种异风俗,半诵回经半佛经。"如实描绘了印度的热带海湾风景,奇异的民风习俗,与日本迥然不同的文化传统及社会结构,这些都是以往的日本汉诗中未曾有过的精彩刻画。再看中井弘七绝诗中对于伦敦的描述:"节入春阳议院开,富强论策最佳哉。三权并立如鼎足,能为君民其治来。""照路气灯粲似花,游人终夜不思家。骤雨恰先初月歇,绿荫移榻试唐茶。"描写春季国会开会,下议院讨论国计民生,辩论富国强盛的策略,对于当时的日本政治家来说,还是颇为新鲜的事情。尤其是英国立法、执法及监督的三权分立及良性运转,成为民主制度下的治国良策,这给了中井弘很大的启发。第二首描写伦敦繁荣夜景,民众生活安定,一天工作结束之后,闲散地品茶。英国人爱喝红茶,茶叶栽培及制茶技术始于中国,故名"唐茶"。

除了老牌帝国英国之外,中井弘在《漫游记程》中还用七绝体记载了对于法国、瑞士、德国、意大利等欧洲国家的印象。如描写法国巴黎的杂诗写道:

凯歌门向佛皇宫,树影灯光夜景红。
欲问当年创业迹,奈翁庙畔月如弓。

巴黎城郭一望看,十六炮台战后寒。
吟客登临无限感,欧洲犹未保平安。

春满街头事马纷,葡萄美酒带余薰。
遥自凯旋门外望,绿林原上客如云。

从凯旋门沿着香榭丽大街直通罗浮宫,一路上灯光闪烁,树影婆娑,一派歌舞升平的富贵气象。想起开创这份帝国伟业的拿破仑,至今仍然评价不一,一弯冷月照在其墓地上,抚今思古,令诗人无限感叹。第二首中提到的"十六炮台",是普法战争后留下的遗物,这提醒着后来的异国游客,欧洲至今仍然战争阴霾不散。但是,对于一般的巴黎市民来说,眼下似乎天下太平,满足于和平富庶的大都市生活。诗人从凯旋门远望,到处莺歌燕舞,美酒飘香,游客如云,活画出一幅欧洲大都市的繁荣景观图。诗人笔下的瑞士,则是一幅纯美的高原自然风光:"飙轮顷刻去旋回,铁路如弦石隙开。也是瑞西湖上宅,白山春雪入帘来。""路入峡中山又山,土人耕作极艰难。客窗不觉夜来寒,一片幽情梦自闲。"对于意大利,诗人这样描写道:"此是欧洲欲尽头,七山树色入吟眸。徘徊试访千年迹,城壁依然罗马洲。"意大利首都罗马城始建于有着七座小山的丘陵地带,历经千年,城壁犹在,引起诗人大发思古之幽思。还有一首写道:"四面青山春翠娇,蚕桑燕麦界平郊。村家隔在深林外,几个伽蓝现塔梢。"描写了意大利的乡村风光,伽蓝原指佛寺,这里代指教堂,诗人游览中还参观了罗马郊外最大的圣彼得大教堂,为其美轮美奂的建筑装饰所震撼。诗人在意大利还游览了庞贝遗址,并有七绝诗写道:"喷火之山耸半空,黑烟依旧九霄冲。土人伴我访遗迹,唯看全都在地中。"贝斯比活火山在意大利拿波里市之东十六公里处,海拔1223公尺,公元79年8月的大喷发,把山下庞贝城的街道都埋葬在火山灰石之下。诗人身临其境，尽管是近两千年之前的悲剧现场，但诗人来自日本，同样也是多地震多火山的国度，所以还是心有余悸。德国留在中井弘诗中的印象是啤酒之乡巴威里："夹街绿树映楼台，唯见樱花不见梅。独逸山中涓滴水，化为无数大河来。"这首诗被访日的清朝诗人叶松石评为"一气呵成，自然流畅"，确实描写出了啤酒之乡的泉水之美，酿成的德国啤酒自然也就名扬四海了。

对于新兴列强美国，中井弘的纪游诗中颇多着墨，比如有咏美国开发史的："黑白移民归版图，百年创业盛规模。南方未得开化实，遗恨无人禁卖奴。""神生此土布恩荣，未满百年文明明。能有宗经补开化，共和政治适民情。"从独立宣言到南北战争解放黑奴，百年发展使得美国迅速提升国力，诗中所言"宗经"指美国继承了英国及欧洲文明的传统，又根据自身的特点及需要，补上了"开化"措施，最关键的一点就是"共和政治适民情"，开创出适合美国国情的民主共和政治体制。诗人游历考察欧美，根本目的就是学习和观摩这种适合国情民情的先进政治制度，并将其移植到日本。诗人还描写了美国西海岸城市旧金山的景象："汽灯映水烂如星，渡口呼舟到旅程。半夜邻楼人未寝，弦歌断续隔窗听。""气候宛如春花开，远山近水树如烟。无端骚雨浮暑去，一枕凉风得稳眠。""金门东去驾孤舟，白浪连天感壮游。却喜顺风吹不绝，烟破深处是皇州。"诗人游历欧美，是为了考察和学习外国革新发展的经验制度，其内心还是一直牵挂着祖国日本，所以在归程中心情很是兴奋愉快。另一首《太平洋》七绝诗也写道："经过欧美拂袖还，五千海路不看山。舟中一月无聊甚，始见芙蓉开笑颜。"当归航轮船临近伊豆半岛时，诗人吟道："豆州七岛有无间，云断峰峦呈髻鬟。唯觉归心疾如箭，芙蓉依约现全山。"芙蓉即富士山，这是日本汉诗人心目中的神山，大和民族及神圣皇国的象征。诗人漫游欧美的最终目的，还是为了取回帮助日本革新发展的真经，正如其在《航海新说》题言中所吟诵的："吾爱汉时司马迁，文章得力几山川。千秋欲继龙门史，先向扶桑以外天。"可以看出，与东亚各国汉学家一样，中井弘最初接受的是中国传统的儒家教育，其政治观念也受到传统儒家王道思想的影响，尊皇攘夷也成为他最初拥护的口号及奋斗目标。但是生活在明治维新时期的中井弘，已经看到了欧美的崭新世界，看到先进的民主共和体制的运行，因而感悟到日本的革新崛起，离不开借鉴这些海外的新事物及新制度。正因如此，他喊出了"千秋欲继龙门史，先向扶桑以外天"的口号，首先把学习和借鉴的目标确定为欧美的先进国家，这是其出国考察游历的缘由，也是其纪游诗创作的基础。近代日本汉诗人的海外纪游诗，大部分都是本着这样的基本心态来进行创作的，所以放眼海外、胸怀祖国、虚心学习、励精图治就成为近代日本汉诗中的一种主流观念，中井弘如此，许多日本汉诗人皆如此，大量的海外纪游诗因此而产生。

近世日本七绝诗中对于社会百相的描写很多，有不少佳作抓住精彩的瞬间，细致如绘，别有境界。如神田醇（1854—1918）的《鸭涯旗亭所见》："木兰桥下水泠泠，小榭风凉酒半醒。沙鸟一声人不见，柳梢残月带烟青。"神田醇是京都的一位商人，擅长写汉诗，也有诗集传世。这首七绝描写了京都鸭川河边酒楼上所见风景，古老的小桥，清澈的河水，狭窄的街道，半夜风凉酒醒，柳梢残月，烟水朦胧，全然是一幅京都古城老街的写生画面。再看永坂德彰的《横滨竹枝》三首：

港楼暮色接沧溟，起卷湘帘酒未醒。
是水是天难辨得，蛮船灯火小于星。

天女街头二分月，佛郎馆外一支箫。
繁华端合扬州比，十里竹帘十七桥。

浅浅含颦淡淡妆，青山粉黛斗容光。
怜渠慧性谙蛮语，或赚英郎或法郎。

永坂德彰(1845—1924)出生在尾张的医家，东京帝国大学医学部教授，曾入森春涛之门，擅诗，有《横滨竹枝》一卷。横滨至今已经开港一百五十周年，是近代西方商贸及文化技术进入日本的标志性场所。明治时代的横滨，得开放风气之先，城市各种设施发展极快，迅速成为日本最大的开放港口。第一首写临港酒楼眺望港口全景，近处是高耸的大楼，远处东京湾内停泊着外国的货轮，灯火点点，水天朦胧。第二首描写的天女街，是当时横滨市中心，最繁华的商业街，法国领事馆就座落在此。横滨的繁荣可比中国的扬州，汉诗中对于扬州的描写极多，作为江淮盐业中心及南北交通枢纽，扬州城在清初盛极一时。扬州的箫声，"春风十里扬州路"，以及"二十四桥仍在，波心荡，冷月无声"，这些传统诗词中的扬州印象，都被诗人拿来比拟横滨，凸现出这座新兴港口城市的繁盛。第三首描写横滨街头的风尘女子，这也是开放港口城市的特色之一。她们淡妆浅笑，峨眉粉黛，争奇斗艳，似乎最能适应横滨的巨变，而且还能掌握外语，周旋于外国人之间，赚取外国钱币。这些城市景象在汉诗人眼中，是新奇的乱象，令他们担忧。

开港之后日本社会风气所发生的巨大变化，使得不少汉诗人忧心忡忡，写出了不少揭露和批判之作，如：

简野道明《辛酉岁晚述怀》

昏昏举世拜钱神，最厌儒名墨行人。
屏迹息交君勿怪，素衣偏恐涴淄尘。

日柳政章《问盗》

问盗何心漫害民，盗言我罪是纤尘。
锦衣绣绔堂堂士，白日公然剥取人。

这两首七绝诗都是对于近代社会不良风气的揭露和抨击。简野道明(1865—1938)的这首七绝宣称自己"屏迹息交"，根本的原因就是在"举世拜钱神"的社会风气下，连儒生都大都抛弃了洁身自好的传统。诗人特别讨厌不少文士表面上还装出儒生的样子，实际上则是追求名利，收刮钱财。诗人想要坚持洁身自好，不染污秽，"素衣偏恐涴淄尘"，就只能闭门息交。这样的感叹，显露出诗人孤高自爱的情怀。正如他在另一首七绝《神野寺晚眺》中所写的："懒逐功名建伟勋，浮图阁上倚斜曛。逢人不语行藏迹，笑指遥空一片云。"视世俗富贵如浮云，追求清静闲适的人生，所以有上述的述怀之作。日柳政章

(1817—1868)的这首《问盗》写于明治维新之时,用“问盗”及“盗言”的假设句,揭露当时各藩皆用重税盘剥庶民的严酷事实。“锦衣绣绔堂堂士”指各藩官府,“剥取人”指强行夺取百姓最后一点财产,正如白居易《杜陵叟》中所言“剥我身上帛,夺我口中粟”。藩政如此无道,百姓如此艰难,这也从一个重要的角度揭示出产生明治维新的原因。

第九章　江户汉诗对明清诗学的继承与发展

——以《诗薮》对《日本诗史》的影响为中心

通观江户二百六十余年间的汉诗创作，其诗风与中国明清诗歌的发展变化桴鼓相应，汉诗创作深受明清诗学思想的影响。明代以前后七子为代表的复古派，以"三袁"为代表的性灵派，以钟惺、谭元春为代表的竟陵派以及清代王士禛的"神韵说"、袁枚的"性灵说"等，皆对江户汉诗的创作产生了巨大的影响。如前后七子的复古主张开启了木门派、萱园派的"尊唐"诗论。袁宏道"独抒性灵、不拘格套"的诗学主张，启发了诗僧元政形成平实自然、清逸透脱的诗风。竟陵派幽深奇僻、孤峭幽寒的审美情趣对梁田蜕岩"险涩幽苦"的汉诗创作风格也影响深远。又如祇园南海在糅合格调说和神韵说的基础上提出了独创性的"影写说"。江湖社诗人在公安三袁以及袁枚诗学主张下，论诗标举"清新性灵"。其中袁枚《随园诗话》于宽政三年传入日本后，对江户女性汉诗的创作也发展产生了极大的影响。江户汉诗人如赖山阳模仿袁枚，招收女弟子，被称为日本的"随园"。江马细香也称："其师虽不望随园肩项，然以此差可颉颃。"[①]在加藤白良《柳桥诗话》中被誉为"本邦之袁子才"的菊池五山，其《五山堂诗话》仿照《随园诗话》亦编选闺秀汉诗。闺秀诗人在择师方面也多选择拜入标举"性灵说"的汉诗人门下。以上前文已多有论述。总体而论，胡应麟的《诗薮》在江户时期产生了广泛的影响，尤其是《诗薮》的传入日本，对日本第一部汉诗史《日本诗史》影响极大。现以《诗薮》对江村北海编撰《日本诗史》的影响为中心，辨析江户时代中日汉诗学观念的交汇及新变。

第一节　《诗薮》传播日本的背景

江户中期的明和八年(1771)，诞生了日本第一部具有诗史性质的诗话著作——江村北海的《日本诗史》。该书撰作"以华人为法"[②]，受到中国诗话著作的影响，其中，江村北

---

① (日)江马细香《湘梦遗稿》卷下，富士川英郎、松下忠、佐野正巳编《诗集日本汉诗》第十五卷，东京：汲古书院，平成元年(1989)版。第 166 页。

② (日)原尚贤《刻斥非序》，池田四郎次郎编纂《日本诗话丛书》第三卷，东京：株式会社凤出版，昭和四十七年(1972)版。第 133 页。

海在《授业编》中称其受明代胡应麟《诗薮》的影响最大①。本章主要从诗学论著的体例结构、“气运”说、诗歌审美标准三个方面，探讨《诗薮》对《日本诗史》的重要影响。

一、《诗薮》的日本流传

明代胡应麟(1551—1602)的《诗薮》于1590年(明万历十八年)刊行，大约于江户初期传入日本。贞享三年(清康熙二十五年，1686年)已有和刻本②，明和元年(清乾隆二十九年，1764年)又进一步进行了修刊③。“及元禄之际，锦里先生者出，始唱唐诗，风靡一世。然其所奉书，仅止于《沧浪诗话》、《品汇》、《正声》、沧溟伪《唐诗选》、胡氏《诗薮》而已。而出其门者，白石、鸠巢之徒，各木铎于东西，而扩其恶风于四方，虽徂徕、南郭之徒，相继而出，皆悉中其毒。不得复其迷，诗道渐衰矣”④。锦里先生(木下顺庵)及其门下新井白石、室鸠巢等汉诗人，皆以唐诗为尊。后荻生徂徕及门下服部南郭、高野兰亭等萱园弟子，更进一步倡导唐诗，推崇严羽《沧浪诗话》、胡应麟《诗薮》等持有尊唐贬宋诗学观的诗话。在木门及徂徕“萱园派”的大力推介下，胡应麟《诗薮》在日本汉诗界被广泛引用，如林东溟《诸体诗则》、原田东岳《诗学新论》、芥川丹丘《丹丘诗话》等，皆奉其为诗作圭臬，影响极大。《诗薮》在日本的广为流传，为江村北海借鉴其诗学观，进而为编撰日本汉诗史提供了重要的诗学理论资源。

二、江村北海的汉诗渊源

江村北海在汉诗写作方面由于师从梁田蜕岩的缘故而秉承木门传统。“国初以来，诗宗宋元，至先生(木下顺庵)，断然唱唐诗，英杰之士，四方来归焉，如白石、沧浪、芳州、霞沼、南海、蜕岩，皆出于其门”⑤。木门一派倡导唐诗，推崇《沧浪诗话》及《诗薮》，这对江村北海无疑有着很大的影响。

北海于宝历十三年(1763)五十一岁时卸任致仕，在京都室町新筑对梢馆，授徒讲学，平日以翰墨自娱，沉浸于汉诗文。每月十三日，召集诸多名士及门人在其赐杖堂唱酬赋诗，时称“赐杖堂诗盟会”，这使得北海的诗名远扬。赋闲之后的江村北海迎来了汉诗创作丰收的时期，持续地诗会酬唱，全身心地投入诗作，这些经历使得北海不断加深对汉诗学的理解，也为他编写《日本诗史》提供了厚实的基础。明和四年(1767)，初次刊行《北海

① (日)清水茂、揖斐高、大谷雅夫《日本诗史・五山堂诗话》,《新日本古典文学大系》65,东京:岩波书店,1991年版。第603页。

② 刘芳亮《日本江户汉诗对明代诗歌的接受研究》,济南:山东大学出版社,2013年版。第54页。

③ 刘芳亮《日本江户汉诗对明代诗歌的接受研究》,济南:山东大学出版社,2013年版。第105页。

④ (日)久保善教《木石园诗话》,池田四郎次郎编《日本诗话丛书》第七卷,东京:株式会社凤出版,昭和四十七年(1972)版。第519页。

⑤ (日)西岛兰溪《弊帚诗话》上卷,池田四郎次郎编《日本诗话丛书》第四卷,东京:株式会社凤出版,昭和四十七年(1972)版。第513页。

先生诗钞》。明和三年秋开始编写《日本诗史》，明和五年完成初稿，到明和八年定稿刊行。

总之，江村北海师从梁田蜕岩，其诗学观及汉诗创作深受木门（木下顺庵）一派影响。木门一派最重唐诗，也推重胡应麟鼓吹唐诗的《诗薮》，而且江村北海在《授业编》中自称受明代胡应麟《诗薮》的影响最大①，十分熟悉《诗薮》的内容和形式。北海致仕后在京都开馆授徒，在教学过程中对汉诗学追根溯源，进而想编写一部类似于《诗薮》的日本诗史教材，这或许也是其编写《日本诗史》的起因之一。

三、江户诗坛风气新变

中国历代诗歌是日本汉诗长期借鉴和创新发展的源泉。中国诗歌的新变潮流，在经过一段时间之后，也会相应地显现于日本诗坛。

胡应麟与江村北海虽然生活在不同的国度和时代，但他们身处的诗坛风气却有几分相似。明代中叶诗坛，派别林立。胡应麟入白榆社，诗社成员之间经常谈论诗歌流变，这使胡应麟对当时仍占诗坛主流的复古派诗风之弊端有了清醒的认识。他撰写《诗薮》的目的，主要是对前后七子诗学观进行理论总结，并对当时一味模拟、缺乏独创的复古派诗作进行批判。

江村北海身处江户中期，诗坛盛行格调派风气，"其中如赐杖堂、长啸社、幽兰社、混沌社等诗社，与当时市井生活的繁华、酒撰的丰盛、诗会谈论的关系密切"②。在此背景下，"汉文学的作者反省格调派的失误"③，江村北海不满复古派诗歌创作过于模拟唐、明诗，指出当时汉诗人唯复古为尊，不辨真伪之弊，"以荻生徂徕为首的萱园派诗人以复古论席卷整个诗坛，致使一些人没有诗才而假借复古派得以出名，一些有真才实学的人却被埋没"④。江村北海针对徂徕"古文辞"派的流弊，呼吁纠正诗坛盲目复古、空疏不学的风气，以求去伪存真，回复汉诗创作的正确轨道。

胡应麟生活的明万历（1573—1619）年间与江村北海生活的江户中期，都出现了对流行诗坛的复古诗风进行批判的强烈呼声。两位诗人对复古派诗歌的创作之弊都有着深刻的认识，也都在呼唤诗坛出现新的风气。这种相似的诗坛背景以及诗学观念，使得江村北海对胡应麟《诗薮》产生强烈共鸣，并借鉴其视角观念考察日本汉诗的发展历程，进而促进了《日本诗史》的诞生。

---

① （日）清水茂、揖斐高、大谷雅夫《日本诗史·五山堂诗话》，《新日本古典文学大系》65，东京：岩波书店，1991年版。第603页。

②③ 孙立《日本诗话中的中国古代诗学研究》，北京：北京大学出版社，2012年版。第13页。

④ （日）清水茂、揖斐高、大谷雅夫《日本诗史·五山堂诗话》，《新日本古典文学大系》65，东京：岩波书店，1991年版。第601页。

第二节 《诗薮》的体例结构对《日本诗史》的影响

《日本诗史》受《诗薮》影响颇大，尤在体例方面①，即利用诗话体概述诗歌史。《诗薮》共20卷，全书分为四编，其中内编六卷，以体为纲，分论古体杂言、五言、七言，近体五言、七言、绝句；外编六卷，以时代为序，评周、汉、六朝、唐、宋、元诗；杂编六卷，谈三国、五代、南宋、金诗及亡佚篇章、载籍；续编二卷，论明洪武至嘉靖年间诗。内编是分体诗歌史，外编是诗歌流变史，形成了纵横交错、经纬交织的诗史叙述体系。

《日本诗史》共五卷，卷一、卷二始自白凤时代(673—685)，讫于江户初的庆长末(1614)，叙天皇、朝廷大臣、贵族、武士、医生、隐士、僧侣、闺秀之诗；卷三、卷四、卷五分别论述元和(1615—1623)以后至宝历(1751—1763)年间京都、江户及日本各州诗人。全书以时代为序，地域为别，按诗人身份地位分类，纵横统摄，自成一体，简要叙述了日本自白凤至江户时代的汉诗历史。

《诗薮》内编以诗体为别，每种诗体按时代顺序加以简述；外编则概述历代诗歌衍变历程，由此对历代诗歌的源流正变以及体制发展进行了整体建构。江村北海同样追根溯源日本汉诗发展史，认为日本汉诗承顺“中土”发展而来，并辨析了古体诗与近体诗之优劣，“是编所论载诗，大率近体，绝不及古诗者。中古朝绅咏言，近体间有可录，至古诗殊失其旨。元和(1615—1623)以后，作者辈出，近体诗实欲追布中土作者，但五言古诗未得其面目”②。认为江户诗人近体诗优于古体诗，江户古体诗大都是一些肤浅模拟之作，未得汉诗真髓。因此，北海所论述的日本诗史，基本上只论述白凤时代至江户中期宝历年间近体诗的衍变历程，并对各个时期的诗人诗作进行了鉴赏品评。

胡应麟的《诗薮》是一部具有诗歌史性质的诗话著作，为江村北海的诗史写作提供了写作形式与方法，使步其后尘的《日本诗史》初步有了“汉诗史”的概述形式。江村北海仿《诗薮》内外编写作方式，分别概述了日本汉诗的发展历程，成就了第一部概述日本汉诗史的诗话著作。日本汉学界都将《日本诗史》归入诗话著作，如池田四郎次郎编纂的《日本诗话丛书》，清水茂、揖斐高、大谷雅夫校注《日本诗史・五山堂诗话》等。

应该看到，《日本诗史》借鉴了《诗薮》的诗史写作方法，但是其撰写并未囿于《诗薮》的结构体系，而是基于日本汉诗发展的实际情况进行了创新。“日本文学的一个明显特征，就是它的向心倾向。几乎所有的作者都居住在大城市，读者也同样都是大城市的居民”③。京都、大阪、东京自古以来就是文人聚居之地，文学兴盛之地，亦是汉诗活动昌盛

---

① (日)清水茂、揖斐高、大谷雅夫《日本诗史・五山堂诗话》，《新日本古典文学大系》65，东京：岩波书店，1991年版。第603页。

② (日)清水茂、揖斐高、大谷雅夫《日本诗史・五山堂诗话》，《新日本古典文学大系》65，东京：岩波书店，1991年版。第471页。

③ (日)加藤周一著，叶渭渠、唐月梅译《日本文学史叙说》上，北京：外语教学与研究出版社，2011年版。第11页。

之处。另外，日本文学具有超政治性，其“没有科举制度，文人难以参政，文学创作队伍不像中国以文人士大夫、即官僚知识分子为主体，而主要是由僧侣、儒者、女性组成”[①]。江村北海采取以“京师、东都、他州”的地域划分为主，又按照“天皇、武士、医生、隐士、僧侣、闺秀”的身份地位分类加以补充叙述，这样的分类法是符合日本汉诗发展实际情况的。

这种以“地域划分为主”、“按照身份地位分类叙述”的方式，可以看出江村北海将中国传统的史撰国别体、纪传体的体例运用于《日本诗史》的编撰中。国别体按国家（诸侯国）分类记载历史，如《国语》。纪传体是以为人物作传记的方式概述历史，如《史记》。随着中国史籍在东亚各国的广泛流传，国别体、纪传体成为东亚各国史传编撰中的常用体例。江村北海采用史传体例编写，使其《日本诗史》不仅记录当时京都、江户等中心城市汉诗创作及流派发展的情况，而且也记录了如越前、长崎、肥后、萨摩州、备前等其他州县的汉诗创作情况，堪称完备。这种史传叙事方式的使用，是《日本诗史》在借鉴《诗薮》体例结构的基础上进行的创新，其成功的运用又成为《日本诗史》体例上有别于《诗薮》的一大特色。

第三节　《诗薮》“气运说”对《日本诗史》的影响

江村北海在撰写《日本诗史》时，借鉴了《诗薮》中的“气运”概念[②]，用以总括日本汉诗衍变的深层原因，这在日本汉诗学史上是第一次。“气运”一词在《诗薮》中频繁出现，如“文章非末技也，权侔警跸，功配生成，气运视以盛衰，尘劫同其悠远”[③]。“盛唐句，如‘海日生残夜，江春入旧年’；中唐句，如‘风兼残雪起，河带断冰流’；晚唐句，如‘鸡声茅店月，人迹板桥霜’，皆形容景物，妙绝千古，而盛、中、晚界限斩然。故知文章关气运，非人力”[④]等。

刘勰《文心雕龙·时序》曰“文变染乎世情，兴废系乎时序”[⑤]，关注文学兴废与世情时序之间的制约关系，成为中国诗学研究的重要传统范畴之一。胡应麟所言“气运”说，延续前人视角，重视社会时代等外在因素对诗歌创作产生的巨大影响力，认为政治、经济、文化等因素会促使一个时期的诗体诗风发生转变，这种转变非关人力，不可抗拒，“气运”于是成为诗歌发展变化的根本原因。胡氏“气运”说对后世影响很大，如当时许学夷（1563—1633）的“风气”说、明末清初钱谦益（1582—1664）的“世运”说、清末黄遵宪（1848—1905）的“时势”说等，都在一定程度上受到了胡氏“气运”说的影响。清康熙年间吴中顾嗣立（1665—1722）编撰《元诗选》时，其编撰理念中同样贯穿着“气运”说的影响。

---

① 蔡毅《日本汉诗论稿》，北京：中华书局，2007年版。第169页。

② （日）清水茂、揖斐高、大谷雅夫《日本诗史·五山堂诗话》，《新日本古典文学大系》65，东京：岩波书店，1991年版。第603页。

③ （明）胡应麟《诗薮》内编卷一，上海：上海古籍出版社，1958年版。第2页。

④ （明）胡应麟《诗薮》内编卷四，上海：上海古籍出版社，1958年版。第59页。

⑤ （梁）刘勰《文心雕龙》，北京：中华书局，1985年版。第61页。

"顾子选元诗凡百家，刻成，以序请予，乃为之序曰：盈天地间皆以气运也，而气之神而善变者莫如风"①。总之，强调"气运"的作用标志着胡应麟对诗歌衍变规律的自觉探索，在明清诗学史上有着重要意义。

在北海《日本诗史》问世之前，胡应麟《诗薮》就已传入日本，其"气运"说也在日本诗话中被屡次提及。如《丹丘诗话》："诗者……夫天地之大，莫不有焉，腐宋胡元，亦气运之偏至，皆不外于元声也。"②《诗学新论》："文章之道，与气运盛衰。"③《诸体诗则》中林义卿"以与代相变者"而论诗："风雅颂既亡，一变而为《离骚》，再变而为西汉五言，三变而为歌行杂体，四变而为沈宋律诗。"④从上面引文中可以看出，江村北海之前的日本诗话中引用"气运"说，往往是论述中国诗歌的发展变化，尚未将审视目光转向日本汉诗的气运变化。而北海撰写《日本诗史》，则不仅自觉以"气运"说探寻日本汉诗发展规律，而且对胡氏"气运"说进行了深入阐释，并结合日本汉诗史的实际情况而有所创新发展。

据笔者统计，江村北海在《日本诗史》中至少有12次明确提到"气运"⑤，其所言"气运"涵义丰富，要旨如下：

一、"气运"递迁是日本汉诗发展的动力源泉，也是中日汉诗出现时间差的根本原因："夫诗，汉土声音也，我邦人不学诗则已，苟学之也，不能不承顺汉土也。而诗体每随气运递迁，所谓《三百篇》、汉魏六朝、唐宋元明，自今观之，秩然相别，而当时作者则不知其然而然者，气运使之者，非耶？我邦与汉土相距万里，划以大海，是以气运每衰于彼而后盛于此者，亦势所不免。其后于彼，大抵二百年，胡知其然？"⑥江村北海对日本汉诗的发展溯源探索，认为汉诗发源于中国，又在日本得到承续发展，其中起主要作用的是一种作者不知其然的"气运"。

日本汉诗的发展相对中国而言，表现出了一种似乎有规律的滞后期，大约滞后二百年，这一观点为江村北海首次提出并对日本汉诗界产生了较大的影响⑦。日本汉诗发展"二百年"滞后说，是江村北海对日本汉诗发展史与中国历代诗歌进行整体比较之后得出的合理推论，如《怀风》、《凌云》二集所收日本汉诗学中国齐梁诗风，五山诗僧学宋元，元禄汉诗人学明前后七子等，各时代皆如此。更重要的是，江村北海在此基础上还指出，出

---

① (清)顾嗣立《元诗选》序，北京：中华书局，1987年版。

② (日)冈白驹《丹丘诗话·序》，池田四郎次郎编纂《日本诗话丛书》第二卷，东京：株式会社凤出版，昭和四十七年(1972)版。第553页。

③ (日)原田东岳《诗学新论》，池田四郎次郎编纂《日本诗话丛书》第三卷，东京：株式会社凤出版，昭和四十七年(1972)版。第295页。

④ (日)林义卿《诸体诗则》，池田四郎次郎编纂《日本诗话丛书》第九卷，东京：株式会社凤出版，昭和四十七年(1972)版。第187页。

⑤ 数字统计依据版本：(日)清水茂、揖斐高、大谷雅夫校注《日本诗史·五山堂诗话》，《新日本古典文学大系》65，东京：岩波书店，1991年版。

⑥ (日)清水茂、揖斐高、大谷雅夫《日本诗史·五山堂诗话》，《新日本古典文学大系》65，东京：岩波书店，1991年版。第508页。

⑦ (日)清水茂、揖斐高、大谷雅夫《日本诗史·五山堂诗话》，《新日本古典文学大系》65，东京：岩波书店，1991年版。第603页。

现“二百年”时代差的根本原因是中日汉诗“气运”转换所致。北海所说的“气运”转换，一方面是指中日两国相距遥远诗风传递有时间差，在中国盛极而衰的诗风往往在日本还处于兴盛期；另一方面是指中国诗风传入后，被日本诗人接受和改造也需要一定的时间差。总之，江村北海所言“二百年”乃是中日汉诗气运转换的时间差，而这一段时间差，正是日本汉诗接受中国诗风后，学习消化并将中国汉诗本土化所需的时间。

二、气运是一种客观存在，不以诗人的意志为转移。北海认为：“有先于徂徕已称扬七子者，《活所备忘录》曰：‘李沧溟著《唐诗选》甚契余意，学诗者舍之何适。’又曰：‘谢茂秦《洞庭湖》，徐子与、吴明卿《岳阳楼》作，气象雄壮，与绝景相敌，殆可追步少陵、浩然二氏。’永田善斋《脍余杂录》亦论及七子，而尔时运未熟，故唱之，而无和者。迄徂徕时，其机已熟，白石、沧浪、蜕岩、南海大抵与徂徕同时，并非贾萱园之余勇者，而其诗虽曰宗唐，亦唯明诗声格。故云：气运使之也。”[①]江户前期诗坛的那波活所与永田善斋，虽然早已提倡明七子之诗，但当时气运未至，终未被诗坛所接受。这一段原因分析，与胡应麟《诗薮》中论述宋元诸子有志于复古而未成功的原因相同，皆是当时诗坛“气运未开”。而当日本诗坛复古学唐的气运形成之后，荻生徂徕、新井白石、室鸠巢、梁田蜕岩、祇园南海等人学明七子的风气就顿成浩大之势，席卷整个日本诗坛。可见气运的影响力之大，其主宰着江户诗风的转变和诗坛的兴衰。

从这一视角出发，江村北海对日本汉诗发展历程进行了更为细致的分析，提出了一些颇有见地的观点。比如认为江户前期诗坛风气转变及出现复古潮流，与中日汉诗气运转换密切相关：“以余观之，清人篇咏，大抵诸家相似，其缜整雅柔，颇似于元季明初作家。较诸近时所谓明诗者，无剽窃雷同之病，而其气格则稍淡弱矣。当今京摄才髦所作，往往出于此途，亦气运所鼓，不得不然。”[②]北海将中日汉诗放在同一平台进行比较，指出江户诗坛由推重明诗到仿学清诗的风气转变，是气运的不可逆性所致。同时他还指出江户时期复古派诗作中出现的剽窃雷同流弊也是受气运所致，并且对此流弊多有批评，如评新井白石《送人之长安》“红亭绿酒画桥西，柳色青青送马蹄。君到长安花自老，青山一路杜鹃啼”：“四句中，二句全用唐诗。夫剽窃，诗律所戒，而炼丹成金犹可言也，以铅刀代镆铘，将之何谓？‘草色青青送马蹄’，本临歧妙语。草色送马蹄，言春草承马蹄，以柳代草，蹄字无着落，殊为减价。”[③]在尊唐学明盛行的风气中，似这样明显的模仿之作还有很多。随着气运的推移，诗坛风向转变后，诗作的评判标准也会出现颠覆性的转变，因此，带来日本汉诗创作的推陈出新和不断发展。

三、诗运盛衰关乎世道污隆。除了“承顺汉土”的因素之外，日本诗坛风气变化还受到本国世道变化的深刻影响。江村北海指出：“文学盛衰有关乎世道污隆……应神天皇

① （日）清水茂、揖斐高、大谷雅夫《日本诗史·五山堂诗话》，《新日本古典文学大系》65，东京：岩波书店，1991年版。第508页。

② （日）清水茂、揖斐高、大谷雅夫《日本诗史·五山堂诗话》，《新日本古典文学大系》65，东京：岩波书店，1991年版。第508—509页。

③ （日）清水茂、揖斐高、大谷雅夫《日本诗史·五山堂诗话》，《新日本古典文学大系》65，东京：岩波书店，1991年版。第503页。

登极……于是我邦始有六经云。仁德天皇为皇子时……是以海内又安……胡厥盛哉。自时厥后，列圣相成，文教日阐……汪洋于弘仁、天历间，可谓帝业与文学偕盛也。延久已降，朝纲解纽，文事日废……战争无已，生民涂炭……艺苑事业，无复孑遗矣。……若夫神祖圣文神武……命惺窝先生，讲析经史之义……士业日广，至今百六十年，玉烛继光，金瓯无亏，风化之美……而近时文华之郁，无让汉土，今论列其一二，未遑屡举云。"[①]列代天皇都提倡汉学，汉诗文创作日渐兴盛。到弘仁(810—823)、天历(947—956)间，宫廷贵族尤重汉诗文，可谓"帝业与文学偕盛"。延久(1069)之后，进入战国时期，战乱频繁，汉诗文仅限于山林寺院。而至江户时代，社会太平，文教昌盛，汉诗文创作"玉烛继光，金瓯无亏"，生机盎然，甚至让日本汉诗人有了"无让汉土"的空前自信。

日本汉诗随中土诗歌的传入而仿效写作兴起，但其对中国诗也并非全盘接受，而是根据本国朝政及历史的实际情况进行选择、吸收、继承和创造。江村北海曾言"气运推移有本末、有迟速"[②]，虽然日本汉诗的源泉在中国，但是真正促使日本汉诗发展变化是本国的"世道"。世道兴衰形成日本历朝的发展脉络，而世道的变革也直接或间接地决定了日本汉诗的盛衰。江村北海通过对日本世道盛衰与汉诗创作消长之间的关系辨析，证实了日本汉诗的发展摆脱不了本国世道兴衰的制约关系。

以上分析可以看出，江村北海在胡应麟"气运"说的基础上，分析日本汉诗滞后中国诗歌发展的原因，首次指出日本汉诗滞后中国诗歌发展"二百年"的时间差。"二百年"是日本汉诗消化吸收中国诗歌，并逐步走向汉诗本土化的时间，这一时间差在很大程度上也促成了日本汉诗发展不同于中土的"气运"。北海意识到汉诗盛衰受制于"世道污隆"，日本汉诗发展与本国的世道变迁密切关联。其对日本汉诗发展的观察视角，不再局限于追随中国诗歌的轨迹，更立足于本国世道，从而认定本国世道变迁是促使日本汉诗发展的根本原因，世道变迁又促使着日本汉诗更为自觉地吸收和改造中国汉诗传统，日本江户诗坛最终也就形成了有别于中土的诗风变迁。江村北海此论，指出了制约日本汉诗发展的根本因素，具有重大的东亚汉诗学意义。

第四节　《诗薮》诗歌审美标准对《日本诗史》的影响

胡氏曾言："汉、唐以后谈诗者，吾于宋严羽卿得一悟字，于明李献吉得一法字，皆千古词场大关键，第二者不可偏废。法而不悟，如小僧缚律；悟不由法，外道野狐耳。"[③]他认为作诗既有法又要有悟，二者不可偏废。具体而言，作诗大要不过二端："体格声调、兴象风神而已。体格声调有则可循，兴象风神无方可执。……故法所当先，而悟不容强也。"[④]

---

① (日)清水茂、揖斐高、大谷雅夫《日本诗史·五山堂诗话》,《新日本古典文学大系》65,东京:岩波书店,1991年版。第490页。

② (日)清水茂、揖斐高、大谷雅夫《日本诗史·五山堂诗话》,《新日本古典文学大系》65,东京:岩波书店,1991年版。第509页。

③④ (明)胡应麟《诗薮》内编卷五,上海:上海古籍出版社,1958年版。第100页。

法即诗之体格声调，悟为诗之兴象风神，体格声调是作诗的基础，而兴象风神则是产生诗意关键。“体格声调、兴象风神”二者兼备，是胡应麟心目中的诗作理想，也成为他的诗歌审美标准。

《日本诗史》也将格律声调作为汉诗审美的首要标准，如论太宰大贰男的送别诗古朴，“体格未臭”①。村上冬岭之诗“精深工整，超出前辈，元和以后，七言律到此始得其体”②。宇野明霞“其诗纪律精详，一字不苟。……其诗亦得之苦思力索，是以规度合而变化不足，声调匀而神气离”③。平野金华诗“有太佳者，有太不佳者。太佳者体格雄华，金石铿锵；太不佳者浅陋支离，剽窃陈腐，如出二手，亦唯负才，不能精思耳”④。

对时人诗作中过于雕琢词语的弊病，胡应麟与江村北海皆多有批评。胡氏曾言“昔人谓石之有眼为研之一病，余亦谓句中有眼为诗之一病”⑤。“句中之眼”指的是刻意追求炼字琢句，往往成为诗人的通病。同样，江村北海对当时日本汉诗创作中好用奇字怪词的现象进行了言辞激烈的批评，称之为恶俗。“古昔朝绅咏言，非无佳句警联，然疵病杂陈，全篇佳者甚稀，偶有佳作，亦唯我邦之诗耳，较之于华人之诗，殊隔径蹊。虽近时诸名家，以余观之，亦唯我邦之诗，往往难免习俗”⑥。自奈良、平安时代始，日本汉诗人就喜爱并模仿六朝唐代诗风，追求炼字炼句，至江户前期诗坛此类弊病依然普遍存在。江村北海针砭不少日本汉诗人追求奇字奇句，刻意模仿唐风因而沉疴难除的弊病，如评大井守静“集中数用奇字僻语”，认为其“殊远风雅”⑦。小野篁《陇头秋月明》一诗“骨气韵格，直逼盛唐，而造语间失疏卤，可惜”⑧。参议有国七言长篇《重阳陪宴》“用事错综，足见才思，但章法句法未透，难入选耳”⑨等 。

胡应麟论诗古体推汉，近体标唐，近体诗人中对杜甫律诗尤为推崇：“古今专门大家，吾得三人：陈思之古，拾遗之律，翰林之绝。皆天授，非人力也。”⑩“杜五言律，自开元独步

---

① (日)清水茂、揖斐高、大谷雅夫《日本诗史·五山堂诗话》，《新日本古典文学大系》65，东京：岩波书店，1991年版。第480页。

② (日)清水茂、揖斐高、大谷雅夫《日本诗史·五山堂诗话》，《新日本古典文学大系》65，东京：岩波书店，1991年版。第494页。

③ (日)清水茂、揖斐高、大谷雅夫《日本诗史·五山堂诗话》，《新日本古典文学大系》65，东京：岩波书店，1991年版。第500页。

④ (日)清水茂、揖斐高、大谷雅夫《日本诗史·五山堂诗话》，《新日本古典文学大系》65，东京：岩波书店，1991年版。第510页。

⑤ (明)胡应麟《诗薮》内编卷五，上海：上海古籍出版社，1958年版。第91页。

⑥ (日)清水茂、揖斐高、大谷雅夫《日本诗史·五山堂诗话》，《新日本古典文学大系》65，东京：岩波书店，1991年版。第487页。

⑦ (日)清水茂、揖斐高、大谷雅夫《日本诗史·五山堂诗话》，《新日本古典文学大系》65，东京：岩波书店，1991年版。第499页。

⑧ (日)清水茂、揖斐高、大谷雅夫《日本诗史·五山堂诗话》，《新日本古典文学大系》65，东京：岩波书店，1991年版。第482页。

⑨ (日)清水茂、揖斐高、大谷雅夫《日本诗史·五山堂诗话》，《新日本古典文学大系》65，东京：岩波书店，1991年版。第475页。

⑩ (明)胡应麟《诗薮》内编卷二，上海：上海古籍出版社，1958年版。第35页。

至今。"[①]"七言律,唐以老杜为主。"[②]"老杜七言律……自是千秋鼻祖。异时微之、昌黎,并极推尊,而莫能追步。"[③]宋以后学杜者众多,但"学杜者什九失之,不知变主格,化主境,格易见,境难窥"[④]。宋人学杜反易陷入事障、理障,"余戏谓宋人诗,病正坐此。苏、黄好用事,而为事使,事障也;程、邵好谈理,而为理缚,理障也"[⑤]。胡应麟对宋诗人擅长的用事与主理非常不满,这一诗学倾向也影响到了江村北海评价日本汉诗。

日本五山汉诗主学宋,五山汉诗人中的绝海中津与义堂周信并称于世,被誉为"五山文学双璧"。江村北海这样评论这两位杰出的五山汉诗人:"读《蕉坚稿》,又读《空华集》,审二禅壁垒。论学殖,则义堂似胜绝海;如诗才,则义堂非绝海敌也。绝海诗,非但古昔中世无敌手也,虽近时诸名家,恐弃甲宵遁。……有工绝者,有秀朗者,优柔静远、瑰奇瞻丽,靡所不有。义堂视绝海,骨力有加而才藻不及,且多禅语又涉议论。温雅流丽者,集中无几。"[⑥]北海所言义堂诗作"参禅论道,且好议论",皆是宋诗影响五山汉诗的明显痕迹。其在编撰《日本诗史》过程中选择五山汉诗时,更明确树立"辞艰意滞,涉议论,杂诙谐者,与藉诗以说禅演法者,皆余所不采也"的选诗标准[⑦]。北海对五山汉诗"辞艰意滞,涉议论,杂诙谐"的不满,正是胡应麟所痛批的"事障、理障"。可见,在汉诗审美标准方面,江村北海与胡应麟都讲究体格声调,追求诗作声调的圆融浑然,其审美倾向是基本一致的。

此外,江村北海《日本诗史》在注重格律声调的同时,喜用"气骨"一词品评诗作。如评小野篁《陇头秋月明》一诗"骨气韵格,直逼盛唐"[⑧]。笠原云溪"其诗妩媚足自喜,而气骨纤弱"[⑨]。室鸠巢"五言排律,学力与才气相驾,豪健腾踔,最为当行"[⑩]。服部苏门其诗"欠精细工夫,气格并合"[⑪]等。对"气骨"的重视,显示出北海对评诗标准兼备"体格声调、兴象风神"的正确理解,用于评述日本汉诗人,往往一针见血,一语中的。

---

① (明)胡应麟《诗薮》内编卷二,上海:上海古籍出版社,1958年版。第73页。

② (明)胡应麟《诗薮》内编卷二,上海:上海古籍出版社,1958年版。第83页。

③ (明)胡应麟《诗薮》内编卷二,上海:上海古籍出版社,1958年版。第93页。

④ (明)胡应麟《诗薮》内编卷二,上海:上海古籍出版社,1958年版。第90页。

⑤ (明)胡应麟《诗薮》内编卷二,上海:上海古籍出版社,1958年版。第39页。

⑥ (日)清水茂、揖斐高、大谷雅夫《日本诗史·五山堂诗话》,《新日本古典文学大系》65,东京:岩波书店,1991年版。第487页。

⑦ (日)清水茂、揖斐高、大谷雅夫《日本诗史·五山堂诗话》,《新日本古典文学大系》65,东京:岩波书店,1991年版。第486页。

⑧ (日)清水茂、揖斐高、大谷雅夫《日本诗史·五山堂诗话》,《新日本古典文学大系》65,东京:岩波书店,1991年版。第483页。

⑨ (日)清水茂、揖斐高、大谷雅夫《日本诗史·五山堂诗话》,《新日本古典文学大系》65,东京:岩波书店,1991年版。第496页。

⑩ (日)清水茂、揖斐高、大谷雅夫《日本诗史·五山堂诗话》,《新日本古典文学大系》65,东京:岩波书店,1991年版。第502页。

⑪ (日)清水茂、揖斐高、大谷雅夫《日本诗史·五山堂诗话》,《新日本古典文学大系》65,东京:岩波书店,1991年版。第501页。

明复古诗派倡导“既学古人，遵古法，又有所创新，而不流于剽窃雷同”[①]。但实际创作中却往往拘泥古法，缺少真情实感，末流更是陷入剽窃雷同流弊。胡应麟论诗提出兴象风神，欲以纠正复古派诗作之弊。江村北海在继承《诗薮》“体格声调、兴象风神”的基础上，论诗既重视体格声调，又倡导气骨，并兼顾日本汉诗创作特色，在兼容本国“哀”的审美风格基础上，提出以“风雅”论汉诗。北海所言“风雅”已带有日本诗学特色，其具体内涵可概括为以下两点：

一、“风雅”偏重温柔敦厚。江村北海在日本历代汉诗人中推崇四人：绝海中津、新井白石、梁田蜕岩、祇园南海。“余按我邦诗，元和以前，唯有僧绝海。元和以后，渐有其人，而白石、蜕岩、南海其选也”[②]。绝海中津的汉诗，用事贴切自然，风格变化，形态万千，江村北海认为这种具有“唐人那种风韵流转的诗歌才是佳品”[③]。新井白石诗才非凡，“可谓锦心绣肠，咳唾成珠”[④]，从其汉诗全集来看，多清雅秀婉之诗，“悲壮沉郁、浑雄苍老者，集中无几”[⑤]。祇园南海之诗“词采富丽，盖少时作，晚岁渐刷铅华，而神气融合，殊可传者”[⑥]。但总体看来其汉诗“一味绮丽，后勤超脱”[⑦]，过于纤巧。梁田蜕岩则诗风屡变，“为唐、为宋、为元、为初明、为七子，为徐文长、为袁中郎、为钟谭”[⑧]。其作诗勤于锻炼，八十岁时依然“孜孜兀兀潜思字句，宜能造诣精微”[⑨]。北海赞其诗曰：“今读其集，譬犹上昆仑之丘，步步是玉；入梅檀之林，枝枝是香。”[⑩]但又惜其用才太过，不免“有伤风雅”[⑪]。“有伤风雅”即指梁田蜕岩的诗作缺少温柔敦厚之旨。相对于其他杰出诗人，服部南郭虽“天授不及白石，工警不及蜕岩，富丽不及南海”[⑫]，但其汉诗成就却不在这三人之下。北海认为其原因就在于服部南郭“能守地步，不求胜于一句一章，而全功于一卷一集”[⑬]。南郭诗虽大多为文辞拟古之作，但却写得中规中矩，体现出了温柔敦厚之旨，因而备受诗坛推崇。

二、“风雅”也指风流雅致。据日本国语辞书《大言海》，风雅意为“啸风望月风流”。日本俳圣松尾芭蕉在《笈小文》中强调“风雅乃意味歌之道”。所谓“风雅”是指“日本人的美意识中自然感之美、人物之风情”[⑭]，它是在本国传统美学理念“哀”的基础上发展而来。

“哀”在日本最早的文献著作《古事记》、《日本书纪》中即有记载，表示悲哀感情的直

---

① 廖可斌《明代文学复古运动研究》，北京：商务印书馆，2008年版。第314页。

②⑫ （日）清水茂、揖斐高、大谷雅夫《日本诗史·五山堂诗话》，《新日本古典文学大系》65，东京：岩波书店，1991年版。第509页。

③ 谭雯《日本诗话的中国情节》，北京：社会科学出版社，2007年版。第173页。

④ （日）清水茂、揖斐高、大谷雅夫《日本诗史·五山堂诗话》，《新日本古典文学大系》65，东京：岩波书店，1991年版。第502页。

⑤⑦⑪⑬ （日）清水茂、揖斐高、大谷雅夫《日本诗史·五山堂诗话》，《新日本古典文学大系》65，东京：岩波书店，1991年版。第510页。

⑥ （日）清水茂、揖斐高、大谷雅夫《日本诗史·五山堂诗话》，《新日本古典文学大系》65，东京：岩波书店，1991年版。第503页。

⑧⑨⑩ （日）清水茂、揖斐高、大谷雅夫《日本诗史·五山堂诗话》，《新日本古典文学大系》65，东京：岩波书店，1991年版。第507页。

⑭ 叶渭渠《日本文学思潮史》，北京：北京大学出版社，2009年版。第158页。

接喷发，带有同情、怜悯之意。后被《万叶集》继承发展，“哀”指的是带有个人感情色彩的“爱怜的咏叹和悼念的哀愁”[①]。至平安时代时，“哀”的审美内涵“从情绪性推移到情趣性的感动”[②]，“凡高兴、有趣、愉快、可笑等这一切都可以称为‘哀’”[③]。镰仓、室町时代时，“哀”又融合勇壮之意[④]。至江户中前时期，“哀”这一审美思想继续发展，指的是心灵对“‘物’引起感动而产生的喜怒哀乐诸相”[⑤]情致的体味，这种体味无对错之分，“含赞赏、亲爱、共鸣、同情、可怜、悲伤”[⑥]等广泛含义。

江村北海将“哀”美学理念融入了传统的风雅论中。以之论诗，既注重风雅内容上的深郁厚笃，又突出了风雅在艺术手法方面表现出的委婉细腻之美。如评藤原惺窝《长啸子灵山亭看花戏赋》诗“一时游戏之言，体格亡论已；然意致曲折，足证温藉”[⑦]。惺窝此诗韵脚五用“花”字，四用“君”字，虽为戏作，但却意致曲折，有风雅之致。评石川丈山“当时诸儒咏言，率出于性理之绪余，乏温柔旨；而丈山梦寐山林，襟怀潇洒，如‘窗间残月影，枕上远钟声’、‘风柳起莺懒，山花留马蹄’、‘半壁残灯影，孤床落叶声’等，意象闲雅，殊可讽咏”[⑧]。还有评伊藤仁斋“概其为人，宜不屑声律也。而诗间有有旨趣者，殊可嘉称”[⑨]等。

以上两点内涵构成了江村北海的“风雅”诗论，其标举风雅，不仅是对日本复古派诗论的补救，而且还包含着对日本汉诗发展史基本规律的总结。

《诗薮》是胡应麟诗学理论的集大成之作，其一方面对前后七子复古诗歌理论进行了总结，另一方面在格调声律之外力倡兴象风神，体现了由“格调”说到“神韵”说的嬗变，在明清诗学理论体系中具有承前启后的重要作用。《日本诗史》是首部系统论述日本汉诗史的著作。江村北海对日本历代汉诗发展作了扼要阐述，促进了日本汉诗学的本土化。其提出的日本汉诗发展滞后中国“二百年”的说法，视野广阔，分析透彻，对日本汉诗界产生了极大影响。《诗薮》与《日本诗史》在中日诗歌发展史上都具有承上启下的重要枢纽地位。尤其是北海的《日本诗史》首次以“诗史”命名，“系东方诗歌专门史最早立于世界文坛的集成之作”[⑩]，所以堪称日本汉诗发展史上的里程碑。

《日本诗史》也注意到避免《诗薮》论诗的一些不当之处。比如胡应麟自称以“无偏听，无成心，公而生明，则自尽心始”[⑪]的原则撰写《诗薮》，但由于私交甚好，胡应麟对王世

---

① 叶渭渠《日本文学思潮史》，北京：北京大学出版社，2009 年版。第 94 页。

② 叶渭渠《日本文学思潮史》，北京：北京大学出版社，2009 年版。第 95 页。

③ 叶渭渠《东方美的现代探索者——川端康成评传》，北京：中国社会科学出版社，1989 年版。第 213 页。

④ 叶渭渠《日本文学思潮史》，北京：北京大学出版社，2009 年版。第 92 页。

⑤ 叶渭渠《日本文学思潮史》，北京：北京大学出版社，2009 年版。第 102 页。

⑥ 叶渭渠《日本文学思潮史》，北京：北京大学出版社，2009 年版。第 98 页。

⑦⑧ （日）清水茂、揖斐高、大谷雅夫《日本诗史・五山堂诗话》，《新日本古典文学大系》65，东京：岩波书店，1991 年版。第 510 页。

⑨ （日）清水茂、揖斐高、大谷雅夫《日本诗史・五山堂诗话》，《新日本古典文学大系》65，东京：岩波书店，1991 年版。第 491 页。

⑩ 谭雯《日本诗话的中国情节》，北京：社会科学出版社，2007 年版。第 246 页。

⑪ （明）胡应麟《诗薮・序》，上海：上海古籍出版社，1958 年版。第 2 页。

贞的评价时有过誉之处。如“元美诸作，不袭陈言，独絜心印，皆可超越唐人，追踪两汉，未可以时代论”①。显然对其评价有虚美拔高之处。这些不实评价，也引起后来尊王尊李派之间的长期争议，甚至影响到日本汉诗人对胡应麟的不同评价。如芥川丹丘在《丹丘诗话》中批评胡应麟“颇阿其所好，与夺过实”②。也许正是看到这一点，江村北海在撰写《日本诗史》时坚持“近时作者必盖棺论定而后敢论”③，知人论世，全面评价，避免因一己私见而引起后人非议。北海汉诗评论中秉持中立态度，因为他充分认识到“古曰作诗之难，论诗更难，非论之难论，论而得中正之难”④。比如对江户古文辞派领袖获生徂徕的评价，既没有过于褒扬也没有刻意贬低，而是如实指出“徂徕才大气豪，言多过激，故其行也骤，而其弊亦速”⑤。相对于胡应麟《诗薮》中的颇多评论偏差，江村北海的“以诗论人”显得要公允得多。

综上所述，《日本诗史》在形式上将《诗薮》以诗话系统记载诗歌史的形式，与史传国别体、纪传体相结合，形成了别具一格的以“地域划分为主”、“按身份地位分类叙述”的叙事汉诗史结构。在内容上，继承和发展了胡氏“气运”说，不仅对日本汉诗追根溯源，而且提出了“世道”说，将汉诗本土化过程与日本政治以及时代风气变化相联系。江村北海认为“气运”与“世道”密切相关，“气运”转换是日本汉诗发展的根本推力，而“世道”则是日本汉诗发展的根本基础。也正因如此，日本汉诗才有了与中国诗歌的不同特色，也使中日两国在汉诗审美方面产生了差异。北海的“气运”、“世道”说立足于对日本汉诗发展衍变的探索，初步阐述了汉诗本土化与日本社会发展及时代风气变化之间的复杂关系。北海不仅首次阐述了日本汉诗的整体发展历程，而且还深入探讨了日本汉诗形成本国特色的内在原因，这在日本汉诗乃至东亚汉诗史上，都是具有划时代意义的。

---

① (明)胡应麟《诗薮》内编卷三，上海：上海古籍出版社，1958年版。第40页。

② (日)芥川丹丘《丹丘诗话》，池田四郎次郎编纂《日本诗话丛书》第二卷，东京：株式会社凤出版，1972年版。第619页。

③④ (日)清水茂、揖斐高、大谷雅夫《日本诗史・五山堂诗话》，《新日本古典文学大系》65，东京：岩波书店，1991年版。第471页。

⑤ (日)清水茂、揖斐高、大谷雅夫《日本诗史・五山堂诗话》，《新日本古典文学大系》65，东京：岩波书店，1991年版。第509页。

结　　语

东亚汉诗具有中国文学与本国（诗人所在国家）文学的双重性格。这种用非母语进行的文学创作在日本、朝鲜、越南、琉球等国家起源较早并长盛不衰。东亚汉诗以日本成就最高，汉诗在发展过程中呈现的变异也最为显著。日本汉诗在早期以移植、模仿、借鉴和接受中国古典诗学为主，在各个阶段以及诗歌的各个层面都明显地彰显出中国古典诗歌的影子。无论是《怀风藻》，还是后来之《凌云集》、《经国集》，都是以对中国古典诗歌的模仿为主，尚缺少日本特色的文学表现，亦或谓"本土化"，这是中国诗学嫁接于日本后必然经历的阶段。经过数代日本汉诗人创作经验和理论总结的积淀之后，日本汉诗创作在江户时期达到了繁盛，也呈现出了日本化的特色。

一、江户汉诗成功的原因

随着汉诗的大量传入和很快普及，日本人对汉诗的基本态度发生了重大的变化，其突出表现在汉诗已从经学道德的附庸地位中解脱出来，逐渐成为人们陶冶性情和生活娱乐的一种大众化的文学形式。正是这一重大改变，从根本上促进了汉诗创作的迅速发展，使江户汉诗呈现出全面兴盛的局面。

江户汉诗兴盛的标志首先表现在诗人辈出和创作繁荣方面。江户时代的汉诗人究竟有多少？就以有着个人的汉诗专集、并且有着全国范围影响为标准来看，江户时代著名的汉诗人至少在 150 人以上①。江户初年有藤原惺窝、那波活所、林罗山等人，从推重唐诗逐渐发展到吸收明代袁宗道等人的诗风；随着陈元赟、朱舜水等明代诗人学者到日本定居、讲学和从事诗歌创作，江户诗坛上的性灵诗风越来越强盛。木下顺庵、伊藤仁斋等大学者的出现，又带动起汉诗创作的新发展，像南部南山、新井白石、室鸠巢、祇园南海等人的萱园学派名动一时，萱园弟子中的安藤东野、山县周南、太宰春台、高野兰亭、服部南郭等人，都在汉诗领域辛勤耕耘，不断开辟出汉诗创作的新天地。接着又有梁田蜕岩、龙草庐、六如上人、中井竹山、皆川淇园、市河宽斋、大洼诗佛、菊池五山、中岛棕隐等人在诗坛崭露头角，创造出江户汉诗的鼎盛与辉煌。江户后期的汉诗仍然保持着创作繁兴，

---

① 见松下忠《江户时代の诗风诗论》第 13—30 页，明治书院（日本）1972 年版。

如广濑淡窗、广濑旭庄兄弟及梁川星岩、安积艮斋、齐藤拙堂、草场佩川、河野铁兜、森田节斋、山田翠雨、菊池海庄、大沼枕山、铃木松塘等人的诗作，分别融合唐宋元明清诗歌的各种风格，又结合日本山川景物和风俗人情的特点，积极探索汉诗创作新途径，取得了令人瞩目的成绩。

江户汉诗的兴盛还表现在汉诗的社会地位得到了空前的提高。许多文人孜孜于钻研汉诗，并非仅仅视其为陶冶性情和娱乐生活的一种方式，而且还将其视为一种完美的人生境界，所以江户时代就开始出现终生写诗，以汉诗为安身立命之本的专门诗家。江户初期的诗人们大多以儒业为重，写诗只是余兴之作。到了中期则风气大变，许多文人组织诗社，终日以吟诗评诗为业，充满了创造的情趣。比如在宽延、宝历年间（1748—1763），由四十多位诗人组成的“幽兰社”在京都诗坛极为活跃。他们把汉诗创作分为四种类型：儒生之诗、隐士之诗、禅者之诗和诗人之诗，其中又最推重诗人之诗。中井竹山在安永元年（1772）为《诗律兆》所作的识语中这样形容当时的诗坛盛况：“今也承文运隆盛之后，谈艺之士，四方林立，结轨乎都邑，所谓人人谓握灵蛇之珠，家家谓抱荆山之玉也，乃妙解声律，悉精极详。”文化四年（1807）出生的广濑旭庄在回顾自己学习和写作汉诗的经历时说：“我年十四初学诗，尔来二十六年役神思。寝而不眠食忘味，未至强壮鬓成丝。”经过这一番苦功夫之后，他对自己的汉诗创作显然较为满意：“乐天长短三千首，我诗之数远轶之。短篇二十字，长篇一千八百字有奇。诸体无不具，然而古律殆倍数。世好趋绝句，谁观如是聱牙巨什。”[①]一种对身为诗人而终身写诗的满足感溢于言表。吟诗成为学者的正业，汉诗也成为当时文学创作最高水平和正宗形式的表现，在这样的社会文化氛围中，汉诗的兴盛就成为一种必然的趋势。

在长期发展的过程中，注意向明清诗歌学习不迷信传统和追求不断变革的精神，这也是江户汉诗能够脱颖而出的重要原因。中国诗歌发展到明清，进入了总结前人创作经验的时期。明清诗人们对丰富多彩的诗歌传统大多能够采取较为明智的态度，在学习古人的过程中也能够秉持不分朝代、不拘门户的开明态度，从而做到兼蓄并收，推陈出新。江户汉诗人们十分重视明清诗歌这一传统，许多有出息的江户诗人也像明清诗人那样，在广泛学习古人传统的基础上积极探索自己独特的诗歌创作途径。比如赖山阳就宣称：“近体自经宋元明清，莫不可学也。”[②]广濑淡窗则主张“诗无唐宋明清，而有巧拙雅俗”，与袁枚的主张完全相同。他还根据日本人学习汉诗的实际情况，提出初学者应该先学清代人之诗特别是清人绝句的主张。安积艮斋标举清代的吴伟业、王士禛、袁枚，特别是把王士禛作为唐诗中王孟韦柳一派的真传而加以推重。此外，清代的钱谦益、朱彝尊、蒋士铨、赵翼等人在江户诗坛上也都颇有影响，乃至于日本的一些研究者把江户后期汉诗称为“清诗时代”的汉诗。

江户诗人们的可贵之处就在于兼学并蓄之后还能够独辟蹊径，创造出具有日本民族风格并为平民百姓所喜闻乐见的汉诗作品，从赖山阳等人创作日本乐府诗就很能说明这

① 广濑旭庄《梅墩诗抄》三编卷三《除夜祭诗》。
② 见《赖山阳全集・诗话》。

一点。赖山阳的乐府诗中,咏史之作极为成功,这与他深受明代诗人李东阳的作品影响是分不开的。李东阳《怀麓堂集》中的拟古乐府诗,借古喻今,展现了有明一代朝政的盛衰荣枯,显示出苍劲的笔力和开阔的视野。正是这一点,使年轻时的赖山阳读后深受感动,也非常喜欢,视为学习的楷模。中国的咏史诗有着悠久的传统,传入日本的时间也比较早,像曹植、阮籍、陶渊明、李白、杨维祯等人的咏史诗集在日本一直很流行。特别是清代人王元慎选编的《咏史集》八册在江户书肆非常畅销。赖山阳在广泛涉及中国历代咏史诗的基础上,对李东阳的诗作特别倾心,他私淑其人,模仿其作,继承其精神,开始了创作日本咏史诗的尝试。日本的和歌传统中没有咏史诗的专门分类,但在别集和选集中早就有咏史的内容,比如《万叶集》卷二、卷三、卷九、卷十六中就收录了怀古和咏史的作品,其特点是把传说故事与创造想象交错结合,构成了日本上古社会丰富多彩的生活局面。但总的说来,日本诗歌中的咏史诗并不发达。咏史诗的兴起是在江户时代汉诗创作进入隆盛期之后才普遍出现的,其中赖山阳的《日本乐府》就起到了开风气的作用。山阳借鉴了李东阳咏史诗的体例笔法,从日本历史中汲取材料,创作了六十六首咏史诗作,并于文政十三年(1830)冬天刊行,这是赖山阳生前刊行的惟一作品集。此书一出,风靡诗坛,影响极大,之后咏史诗专集便络绎不绝地出现,比如守田敬斋编的《咏史绝句》、大槻盘溪的《国史史略》、中岛子玉的《日本咏史新乐府》、大沼枕山的《日本咏史百律》、秋月古香的《诗史》、菊地晚香的《瀛史百永》等等,都受到了赖山阳乐府诗的影响。赖山阳对和汉两方面的历史典籍都长期钻研,深下功夫,他所创作的《日本乐府》和《日本外史》等诗文集能够融合中日文化传统,是具有"和臭"特色的汉诗文,因而受到了日本读者的广泛欢迎。比如其乐府中《截蜻蜓》一首:"骏州远州草皆腥,北军杀人势建瓴。一骑殿后万骑却,马上梨花截蜻蜓。蜻蜓之洲为君截,佳名开兆一丈铁,北军之锋何足折。"这首诗是讲元龟三年(1572)十一月武田信玄率领三万余骑的大军征讨德川家康之事,"截蜻蜓"是当时年青战将本多平八郎手中长矛的别称,他在这次战役中建立了奇功。再比如《赤夜叉》诗云:"赤夜叉,公爪牙,西军破胆东军夸。鞣韦跗注朱绦甲,日下已开太平色。东军西军见臣甲,臣甲在心赤最赤。"这是讲天正十二年(1584)四月,丰臣秀吉进攻尾张国,受到井伊直政率领的赤旗、赤标武装两千余人的顽强抵抗,使秀吉损兵折将。诗中歌颂了不畏强敌、尽忠尚武的抗争精神,这是日本民族的优秀传统之一。赖山阳在18世纪后期从回顾历史中呼唤民族优秀传统,这本身就代表了一种积极向上的新时代精神。通观日本近代的咏史诗,表现出诗人们对民族传统极感兴趣、并急于想从历史经验中寻找民族振兴之途的迫切心情。在日本近代振兴实业快速前进的社会氛围中,汉诗人们的创作中感伤悲观的情调较少,而慷慨激进的情绪较多,这或许是日本汉诗既源于中国诗歌文化传统又不同于中国诗歌基调之处。

二、江户汉诗的特色表现

江户汉诗上承奈良时代、平安时代、五山时代之余风,下启明治汉诗之发展,是千年汉诗史上的重要过渡阶段,也是日本汉诗的繁荣阶段。其汉诗坛及汉诗创作的表现特色主要有以下几点。

1. 汉诗人阶层的下移

奈良、平安时期，天皇、贵族、朝臣、归化人等为创作主体。镰仓中后期汉诗创作的中心转移至以镰仓、京都为中心的五山十刹中，具有留学经验的僧人、归化僧以及他们的弟子等成为五山时期汉诗的主创者。至江户时期，汉诗的创作主体不再以天皇、贵族、朝臣、禅僧等社会上层阶级为主，而是以儒者及町人等下层阶级为主。另外，不同于前两个时期，此期还出现了大量的闺秀汉诗人如江马细香、梁川红兰、原采蘋等。

江户汉诗创作阶层的下移，使汉诗创作日益大众化、普及化。这使得此时期诗人辈出，诗作繁富，门派众多，诗社林立。现据不完全统计，江户汉诗人多达三千余家，作品四万余首，诗话的数目有 80 余种①。林门、木门、堀川派、萱园派诗人，以及龙草庐的幽兰社、片山北海的混沌社、市河宽斋的江湖社、柏木如亭和大洼诗佛的二瘦诗社等皆为当时汉诗创作的翘楚。

创作阶层的大众化，也极大地丰富了汉诗的题材与内容。在内容上不仅有展现江户风土人情的汉诗，如藤森弘庵的《江门节物诗》；家国仇恨的幕末志士诗，如吉田松阴的《松阴诗集》，还有以描写恋爱为主的爱情诗，以艺妓为描写主题的青楼诗等，皆是对江户时代特有的社会历史与风俗文化的抒写。其中尤其是融滑稽与俚俗两大要素的江户狂诗的兴起，则成为日本近代汉诗的一大新变②。

2. 汉诗风格的多元化

奈良、平安时期，汉诗创作多表现贵族式的风雅，充满了唯美、哀伤的风格特征。五山时期，诗僧改变了平安时代长期以来以白居易诗为尊的局面，多以李白、杜甫、杜牧、苏轼、陆游、黄庭坚等诗人为学习对象，使汉诗的创作风格趋于多样性。

相较于前两个时期，汉诗的创作风格在江户时代则呈现多元化。江户初期，士风振拔奋健，虽然藤原惺窝、林罗山、松永五尺、石川丈山等汉诗人的创作承五山之余风，但汉诗风格总体来说朗畅刚健。诗僧元政一改五山禅僧宗宋诗风，在汉诗创作上标举袁宏道"独抒性灵，不拘格套"的主张。木下顺庵等论诗以"唐诗"为宗，促使江户诗风由"尊宋"向"尊唐"方向发展。江户中期，在木门以及萱园的大力倡导下，"尊唐"风几乎流布整个诗坛，高古雄浑的诗风成为诗坛的主流。唐代的王维、王昌龄、高适、岑参、李白、杜甫等，明代以李梦阳、何景明为代表的"前七子"，以李攀龙、王世贞为代表的"后七子"，钟惺、谭元春、王士禛等，纷纷成为当时诗人效习的对象。宝历至文政年间，僧六如、山本北山、市河宽斋、柏木如亭、大洼诗佛、菊池五山等诗人，对萱园诗派拟古剽窃之风大力批判，一时标举清新性灵的诗风成为诗坛的主流。宋代苏轼、黄庭坚、陆游、杨万里、范成大等，明代"公安三袁"以及清代袁枚颇受推崇。江户后期，汉诗人的创作则不拘于朝代，造就了唐、宋、元、明、清等多个朝代并崇的风尚。汉诗创作博采众家，也推动了汉诗风格的多元化。

---

① 张寅彭《东亚三国诗话异同考略》，上海社会科学院东亚文化研究中心编《东亚文化论谭》，上海：上海文艺出版社，1998 年版。第 64 页。

② 严明《日本狂诗创作的三次高潮——从东亚汉文学史的发展角度着眼》，《学习与探索》，2009 年第 2 期。

另外，江户汉诗风格的多元化，也得益于本国文学“哀”、“幽玄”、“物哀”等文学思潮的影响。美国学者霍尔曾言：“日本人吸收了很多中国文化的成分——汉字、政府组织、建筑和艺术的风格、哲学和宗教的体系等。但是，几乎在每个领域里，他们都把学到的东西打上自己的印记，从而保留了他们自己的风格。”①江户汉诗人在学习中国诗歌的同时也有意识的加入了本国的文学思潮。如江村北海将胡应麟“格调声律、兴象风神”的审美风格与本国“哀”这一审美观念融于一体，提出了格律声调、风雅并重的评诗标准。如在本国文学思潮“物哀”论的影响之下，江户女诗人的思想感情以及审美趣味带有鲜明物哀特色。这种创作意识使汉诗深深地扎根于日本文化土壤，成为了具有日本特色的一株“阆苑仙葩”。本国文学思潮成为汉诗审美风格的一部分，这使日本汉诗的创作风格异于同时代东亚其它国诗人的创作，从而使日本汉诗在东亚汉诗史上占有重要的一席之地。

3. 汉诗创作与儒学紧密相连

江户汉诗与儒学之间的关系，主要脉络大致可以概括为依附——并列——独立。初期，随着朱子学成为幕府的官学，以藤原惺窝、林罗山、木下顺庵等为首的朱子学派，主攻经学，将汉诗视为“余技”，他们的创作推动了江户汉诗快速地进入发展期。中期，儒学愈加勃兴，除朱子学派外，古义学派、阳明学派、古文辞派也开始发展壮大。思想上百花齐放，学术上百家争鸣，各派纷纷著书立说，阐发己见。儒者对汉诗的创作也相对重视起来，多主张诗文兼修，甚至出现了像服部南郭这样专事诗文的儒者。宽政年间，为巩固统治，松平定信于思想领域实行的“宽政异学之禁”，将除朱子学之外的其它学派视为“异学”，这对汉诗坛摆脱萱园诗派的控制以及诗风的转变起到了重要的作用。汉诗逐渐从儒学中独立出来，加之儒者群体的扩大，带来了江户汉诗创作前所未有的繁荣景象。后期，儒者以汉诗为业，不仅出现了广濑淡窗、广濑旭庄以及梁川星岩等大批专业诗人，而且区分了诗与文这两种文体，使汉诗彻底摆脱了附属于儒学的地位。

江户后期，汉诗发展虽然取得了独立的地位，但依然受到儒学较深的影响，如日本学者町田三郎在阐述折衷学派的时代背景时曾言：“宽政（1789—1800）年间，是日本学术普及于民间的时期。由于各地设置藩校，故僻野之区亦能培养出优秀人才。再者，学无南北，更无学派传承之局限，故学术风尚有所转移，固守家学之林家，即有衰微凋落现象。进而言之，所谓学风之改易者，盖指由着重内圣外王之实践志向的朱子学派或古学派，转为专注于知识学问追求为宗尚之折衷学派或考证学派。换言之，乃以趣味主义为取向，不但从古来学术传承之纵向发展的立场，转换成对目前学术发展作全面性的考察；而且研究宗尚亦以唯善是取为立场，以掌握同时代同性质之优良著述为重心。此一新的学术风尚，于己身思想尚未圆熟之际，又面对蜂拥而至的朱子学、阳明学，乃至汉唐注疏、清代考据学，诚为理想的对应方式，因此之故，不论学术传统流派，唯善是取，且能兼容并蓄的风尚，乃应运而生。”②这也是后期汉诗人论诗多采取折衷法以及诗学思想得以融合的原因。

---

① （美）约翰·惠尼特·霍尔著，邓懿、周一良译《日本——从史前到现代》，北京：商务印书馆，1997年版。第4页。

② （日）町田三郎著，连清吉译《日本幕末以来之汉学家及其著述》，台北：台湾文史哲出版社，1992年版。第5页。

三、江户汉诗学的的本土化

1. 日本汉诗的本土化

日本汉诗在很长的历史时间段内较多地停留在中国诗歌意境的想象和模拟阶段，即使是在江户时期，一些具有中国特色的意象也是俯拾皆是，如地理名词、历史典故等。秋山玉山《吹角》云："吹角黄河北，一声万马秋。孤城寒欲裂，片月向人愁。"这首边塞诗选择中国古典诗歌常用的画角、黄河、孤城、明月等意象，描绘的也是中国诗歌所描绘的经典意境，体现出较为明显的中国特色。又如其《风怀》句："笑比柴桑陶靖节，赋闲情了咏荆轲。"这些经典之作无疑都有中国古典诗歌的元素，并没有本土特色的元素呈现。再如梁川红兰有诗咏梅花，云："水曹去后又逋仙，更有青邱诗句妍。绝胜争如月滩雪，月中立雪耸吟肩。"又《读松亭老人梅花百咏》，有"赏心千古水曹郎，李白桃红失宠光"句，都少不了中国写梅名家的身影。由此可见，日本汉诗创作仍然囿于中国古典诗歌的范畴。以上所举例是日本汉诗的普遍现象，随手翻阅日本汉诗集，这些具有中国特色的经典意象随处可见。

但也正是在江户时期，日本汉诗的本土化特色开始展现出勃勃生机。汉诗创作开始追求新变，并自辟蹊径，更多地融入具有本国特色的诗歌意象，如富士山、樱花等意象典型，极大地扩张了日本汉诗的表现内容。

石川丈山《富士山》云："仙客来游云外巅，神龙栖老洞中渊。雪如纨素烟如柄，白扇倒悬东海天。"将富士山比喻为一把日本日常生活中常用的白扇，倒悬东海天，场面壮观，且生动有趣。想象奇特大胆，描摹了富士山的圣洁之貌。

又如赖山阳《咏樱花二首》其一云："层层霞绮衬仙绡，每怕春风相动摇。丰艳尤宜银烛照，轻狂时向锦茵飘。冰肌新浴粉犹腻，玉颊微醺红欲潮。独立东方长擅美，懒从桃李竞芳标。"用拟人的艺术手法展示了樱花的丰艳、轻狂以及"腻"的质感和"红"的色相，具有独特魅力。樱花是日本的国花，"独立东方长擅美，赖从桃李竞芳标"句，虽是对樱花的赞美，却可以从中看出山阳民族意识的高扬。赖山阳更有《日本乐府》之作，则是汉诗本土化的又一代表："我邦特立于大洋中，不知其广袤何如汉土，而至人物之盛未尝小让焉。所惜者，士人常惯读彼中书，而不屑阅国典，故有磊磊轩天地者，而或未之识也。"[①]列数本国著名的神话传说、历史人物、风俗习惯等，以期引起人们对本国文化的关注。

此外，此时期咏梅花之作，亦有别出心裁而用用本国之典故者。如斋藤竹堂《咏梅花用皇国典故》云："曾见王仁笔已挥，东西休道赏心违。栖莺梦断佳人怨，纪贯之女。满箙香飘战士归。担原景致。花有姓名谁不识，安部宗任。春无远近客翻稀。僧西行。芳魂肯借江南使，千里山河一夜飞。菅公。"此首咏梅花之作，与上文所见梁川红兰之作风格迥异，完全摒弃了中国梅花诗之典故，呈现出梅花诗的异域风貌。

---

① (日)牧百峰《注日本乐府叙》，富士川英郎、松下忠、佐野正巳编《诗集日本汉诗》第十卷，东京：汲古书院，昭和六十一年(1986)版。第540页。

又如森春涛《寓桑名》云："寄食海城忘我贫，河豚肥美蛎房新。人间玉乳浑尝尽，昨日西施今太真。"西施、太真，中国古典诗歌常用之意象，但多是美人喻美景，用来比喻河鲜海味之鲜美，尚属不多。这也是日本作为海中岛国在日常生活中的丰富想象和诗意化。

除了上述所论汉诗在诗歌意象、表现内容、典故运用等方面有本土特色之外，汉诗与和歌之间的交流互动，也足以窥探江户汉诗的本土化。和歌直接运用汉语词汇，借鉴中国题材，表现出和歌接受中国文学影响的变异性，在《万叶集》中已经有所展现。另一方面，日本汉诗创作也吸收了一些和歌的元素，体现出汉诗本土化的一些特征。木下顺庵用和歌题写就的汉诗十七首，如《卯花》、《梅万春友》、《草花露》等，虽然质量不高，但这种新的尝试，扩大了汉诗的表现领域，促进了和歌与汉诗之间的相互融合发展，为日本汉诗本土化做出了努力。僧六如《六如庵诗钞遗编》下卷中同样有六如用和歌题所作的汉诗一百六十首，亦是汉诗本土化的代表之作。

2. 近世日本汉诗的"诗界革命"

日本汉诗本土化的倾向，还体现在江户时期较有特色的"狂诗"创作上。狂诗作为日本汉诗的特有形式，主要特点便是以滑稽为主，并多用俗语，是突破汉诗承袭中国古典诗学的一种变体，更多地体现出汉诗创作的本土化，如与日本语言、文学、文化之间的交融关系，展现出中国古典诗学在异域的良好适应性。因此，狂诗可视作汉诗本土化的一种有益尝试，并取得了一定的成功。

日本江户时代的狂诗，从诗作形式上看往往是将唐诗诙谐化和通俗化，尤其是对传颂千古的唐代绝句作极为可笑和滑稽的篡改。如大田南亩《买也处》、《春前》、《寻茶廓不遇》，从诗题到内容分别对李白《静夜思》、孟浩然《春晓》、贾岛《寻隐者不遇》进行改造，形成化雅为俗的强烈反差。但从精神传统的角度看，狂诗又明显表现出江户市民文化对汉诗创作的强大影响，成为了真正有着日本风味的汉诗。狂诗的这一特性是来源于江户以来汉诗人身份的下移，主要以处于社会下层的儒者、町人为主，因此，书写对象也主要以贴近社会生活、传递平民心声为主。

狂诗作为对传统汉诗的本土化改造，可谓是一次汉诗的"诗界革命"。其表现如日本口语的运用，则是本土化最为直接的形式。江户初年文之玄昌(1555—1620)有诗云："一笔书音忝奉存，戴之几度更披翻。此方滞留强三日，何样罢归即叩门。""忝奉"、"戴之"、"何样"等都是日语中常见的恭敬语，是汉诗俗话的重要表现，是与江户时期市井文化紧密相连的。

除了口语外，日本本土的一些事物更多地出现在狂诗之中。如《买也处》云："常住买龟甲，疑是御娘瑕。举头折勾匙，低头落发差。"这是一首江户女子买饰品的描写，其中"勾匙"、"发差"都是日本特有之发饰名称。又如描写相扑竞赛的《角力见物》，云："角力兴行大鼓闻，晴天十日入为群。大关关胁无胜负，小结东西是引分。""大关"、"关胁"都是日本相扑的专有名词。狂诗的表现内容涉及到日本社会生活的各个层面，极其丰富。正是由于狂诗的俚俗倾向，使得汉诗在广大市民百姓中得以广泛传播，这对于汉诗影响的扩大无疑是具有积极意义的。

3. 日本诗话的本土化

与江户时期汉诗本土化同时，日本诗话也有一个本土化的进程。江户及其以后，日本的汉诗创作已经不局限于移植与模仿，开始在借鉴的基础上创新，创作出具有日本特色的汉诗之作。日本诗话的本土化是随着日本汉诗本土化以及中国古典文学在日本汉诗中角色的转变展开而来的。

日本诗话较早的遍照金刚《文镜秘府论》、虎关师炼《济北诗话》都从中国古代诗话著作汲取营养。直至江户时期，诗话才迎来了繁盛期。这一时期，日本通过多种途径引入了明清时期的诗话著作，进行翻刻重印，编纂诗话丛书，既有了解中国诗论渊源、指导本国汉诗创作的意图，又有了解当今中国诗坛的兴趣。

日本诗话以汉文与和文两种文字写成，最早的《文镜秘府论》、《济北诗话》以及林海洞《史馆茗话》都是以汉文写成。据马歌东《日本汉诗溯源比较研究》中《〈日本诗话丛书〉所收诗话一览表》，汉文诗话所占比重与和文诗话大致相等。江户时期出现的和文写就的诗话，以教科书式的训读、声律、平仄的启蒙著作为主，如原田东岳《诗学新论》、泷川南谷《沧溟近体诗律考》、梅师云洞《诗律初学钞》、铃木松江《唐诗平仄考》等。

就其诗话内容而言，诗话不再局限于中国诗词的诗学源流、名家诗作评论鉴赏，较多着眼于当代日本汉诗作家作品。日本诗话虽然在体例上仍然承袭中国诗话，如加藤善庵《柳堂诗话》仿袁枚《随园诗话》之例，收录本邦逸闻轶事、名家诗作，以觇汉诗风雅之盛。友野霞舟《锦天山房诗话》也是一部本土化诗话之代表。友野霞舟字子玉，幼名安太郎，江户人。编有总集《熙朝诗荟》一百十卷，仿朱彝尊《明诗综》，附有作者小传、前人评论以及自撰之《锦天山房诗话》。上述两类日本诗话在中国诗话的体例上，多以本邦汉诗为收录内容，也可视作日本诗话本土化的一个表现。此外专门记载日人汉诗诗歌为主的诗话著作尚有田能村竹田《竹田庄诗话》、小畑诗山《竹田庄诗话》、西岛长孙《敝帚诗话》等。江户时期，汉诗学者亦有致力于日本汉诗史的编纂，江村北海《日本诗史》横空出世，成为江户时期唯一一部日本汉诗史著作，广受后人赞誉。

四、近世日本汉诗的比较文学意义

毫无疑问，近世日本汉诗取得了极大的成功，无论在诗人诗作的数量，还是在诗人诗作的质量方面，日本汉诗都是出类拔萃的。汉诗不仅是日本传统文学中不可分割的组成部分，而且还成为东亚汉诗文化圈中十分重要并且极具民族文化特色的一部分。在东亚比较文学的研究中，不少学者已经注意到日本文学的独特之处。比如指出日本传统文学具有“超政治性”、“悯物性”、“精微性”和“幻晕嗜好”等特点[①]，这些都是非常精彩的论断。然而如果考虑到日本汉诗曾经大量存在，并且发挥过广泛的影响力这一历史事实，在论述日本文学的时候结合探讨日本汉诗的特点，对日本文学总体特征的研究就会更加完

① 见《淡窗诗话》下卷第33页。又见铃木修次《中国文学日本文学》第3章至第7章，东京书籍株式会社1987年版。

整，得出的结论就会更加全面，也更为深刻。

在近代日本向维新改革和帝国主义国家方向发展的过程中，汉诗曾经以其独特的艺术形式发挥过巨大的作用。这包括在宣传舆论方面的作用，也包括在促进道德修养方面的作用，还包括在统一思想、鼓舞意志方面的明显作用。日本和歌的"超政治性"是建立在日本汉诗具有明显的参与政治性这样的基础之上的，汉诗与和歌是长期并存和互相补充的，正是由于汉诗充分承担了参与社会政治活动和抒发壮志的功能，和歌才可以悠闲自得地发挥其远离政治、怡情养性的作用。在这一点上，汉诗与和歌的关系很像中国的诗与词的关系，这两种姐妹艺术之间在表现内容、抒情方式、形式结构、适用场合以及文学观念等方面都有明显的分工和相异之处，在诗歌发展的过程中，两者又是互相补充和并行不悖的。只有和而不同，共处互补，才能达到东方艺术的最高境界。从日本江户诗人对汉诗与和歌的创作形式选择上，同样可以看出他们受明清诗词创作以及文学观念影响的痕迹。如近代日本汉诗人安井朝康（1858—1938，号朴堂）的《党人歌》这样描写道：

党人党人汝何职，饥则咆哮饱则默。
党利甚重国利轻，头颅几百尽臧获。
巧言如簧鹭为乌，手握利权虎有翼。
天子待汝以国士，盍致臣节任辅弼。
山可拔兮铁可磨，嗟乎党人如汝何。

这首七古体汉诗揭露了近代日本党派林立、结党营私、党同伐异的丑恶现象，可谓一针见血。日本近代政党制度是引进西方民主政治体制之后的产物，明治维新以后融和日本的传统政治传统，逐渐成为主宰政坛的主流力量，其对近代日本国家发展的利弊作用皆有明显的显现。这首汉诗就继承了明清纪事诗的传统写法，直陈时事，痛斥邪恶，表现出秉持公心的社会责任感。

日本汉诗的创作高潮期是在江户时代，而中国诗歌的整合期也是在同一历史时期的明清时代，这一时期又是中日商业和文化交流的持续发展期。这三个时期在时空上的重合，是促成江户汉诗保持与明清汉诗同步发展共同繁荣的重要因素。从东亚汉文学发展的角度看，中国作为汉字文化的中心，同时也作为汉语文学的发源地，长期发挥着汉文化与汉文学发射源的重要作用。在这种大背景下，明清诗歌的发展变化，就具有着国际区域文学的意义。中国大陆出现的各种诗歌流派和各种诗歌理论，不仅是对古老诗歌传统的继承和发展，而且还是对东亚各国文学发展的启示和促进。因此，对明清时代出现的"性灵说"、"神韵说"、"格调说"等诗论和诗作的评价，就不能仅仅局限在中国诗歌传统和中国大陆的范围，而应该放进整个东亚汉诗的区域文学世界中来加以考察，仔细分析它们对日本的汉文学乃至民族文学所起的影响和作用。再比如咏物诗，日本汉诗中多有佳作，江户后期汉诗人冈千仞《北游诗草》卷二有《日本刀歌》吟唱道：

日本刀出日出处，日出天子天为祖。
天祖手持天琼矛，剖分破墟大八洲。
曾戮白龙深渊侧，白龙所窟云五色。

龙死云散遗白虹，光芒焕发冲苍穹。
天孙带之辟草昧，魍魉逃匿息百怪。
配之镜玺大庙藏，长祝宝祚与天昌。
中古大权归将帅，源平二家任重寄。
平有秡圆与小乌，源有斩鬼与截须。
是刀所向无坚敌，讨平乱贼护帝籍。
何直皇威被四陲，长见万国畏武威。
日本刀利冠万国，天降灵物壮神域。
彼悍而狡藩有徒，乘我武弛逞凶图。
余提此刀戮是辈，一扫妖雾清宇内。
誓为天皇雪大羞，誓为苍生除深仇。
中夜抚刀蹶枕起，荒鸡喔喔鸣不已。
老骥伏枥壮心摧，烈士暮年肠九回。
君不见，
夜夜东北有异气，紫彩万丈冲星次。
无乃百炼宝刀化龙渊底蟠，
无乃慷慨壮士弹剑中夜叹。①

诗人自序曰："有客出一古刀求诗，龙文陆离，一见知其为神物，赋此篇以赠。"烈士暮年，护帝讨贼，慷慨弹剑，全然是古人豪杰风范。即使在进入20世纪，现代文学的各种体裁成为文坛主宰之后，古老的汉诗仍然在重大的历史转折时刻发挥出纪事评判的功能，比如1945年日本广岛和长崎遭到美军的原子弹轰炸后，目睹惨景的土屋久泰写下了这样沉痛的诗篇：

怪光一线下苍旻，忽然地震天日昏。
一刹那间陵谷变，城市台榭归灰尘。
此日死者三十万，生者被创悲且呻。
死生茫茫不可识，妻求其夫儿觅亲。
阿鼻叫唤动天地，陌头血流尸横陈。
殉难陨命非战士，被害总是无辜民。
广陵惨祸未曾有，胡军更袭崎阳津。
二都荒凉鸡犬尽，坏墙坠瓦不见人。
如是残虐天所怒，骄暴更过狼虎秦。
君不闻，
啾啾鬼哭夜达旦，残郭雨暗飞青燐。②

---

① 见《纪行日本汉诗》第四卷，第351页，富士川英郎、佐野正巳编辑，汲古书院平成五年二月版。

② 土屋久泰(1887—1958)，号竹雨，此首七古诗描写1945年8月广岛、长崎原子弹爆炸后的惨象，凸现出日本人民也成为侵略战争的受害者。

从日本汉诗特别是江户汉诗发展和繁荣的历程看，接受中国诗歌特别是明清诗歌的影响是至关重要的。但除此之外，如何把外来的艺术形式与本民族文化意识以及现实生活内容相融合也是非常重要的。从某种意义上说，这是日本汉诗能否真正形成独特风格和取得独特成就的关键所在。江户汉诗人们在创造日本汉诗的独特风格方面作出了许多有益的探索，尤其是在汉诗创作中如何表现日本人的社会生活习俗，如何表现日本的传统文化和如何让汉诗与日本人的文化心态相默契等方面，都取得了巨大的成功。江户汉诗的成功为比较文学的深入研究提供了一份很厚实的材料，从中可以看出东亚汉文学在传播过程中的一些基本规律，包括一国的文学在接受外来文学的影响和同时又受本国传统文学制约的合力中如何进行创造和发展的规律。下面从日本的"狂诗"中举一些例子来探讨这一点。狂诗是日本汉诗中特殊的一类，它的出现与日本传统的曲艺说唱艺术不无关系。从深层次上说，狂诗在江户时期的兴起与日本文学中具有爱好讽刺和追求夸张幽默的传统审美心态有着直接的关系，但它又离不开中国汉诗的传入以及汉诗名篇在市井百姓当中的广泛影响。比如下面一首《粪舟惊人》："北风吹葛西，万里运河粪。扫除逢漂泊，臭香不可闻。"这首汉诗的写法模仿了《唐诗选》卷六所收录的苏颋的《汾上惊秋》诗："北风吹白云，万里渡汾河。心绪逢摇落，秋声不可闻。"再看江户时代的一首汉诗《永久夜泊》："鼻落声鸣蓬掩身，馒头下户拔钱缗。味噌田乐寒酒冷，夜半小船醉客人。"这首诗显然是从唐代张继那首脍炙人口的《枫桥夜泊》诗中转化出来的。还有唐诗中王之涣的《登鹳鹊楼》："白日依山尽，黄河入河流。欲穷千里目，更上一层楼。"千百年来在中国和东亚各国一直脍炙人口。然而这首名作在日本狂诗中却被改造成滑稽的《登欢乐楼》："薄札依吞尽，质物入期流。欲慰金利苦，更上牛肉楼。"这些在市井中广泛流传的狂诗，显然是对中国汉诗的一种大胆改造，它们所描写的内容是日本市民的日常生活，所流露的感情和表现出的情趣也是世俗的，语言充满着江户市井中的俚语土话，甚至是粗俗之语。然而正是在这种对正统汉诗进行世俗化改造的过程中，日本民间文学在起着作用，江户市民社会的审美心态在起着作用，明清诗歌中强调个性、冲破拘束的精神传统在起着作用，可以说这是中国汉诗被改造成日本化汉诗的结果。从比较文学研究的角度看，这是一种对正统汉诗的有意识的"误读"。这种有意的"误读"，并非是日本汉诗人对中国汉诗的不恭，也不是他们对汉诗传统的不懂，而是一种对中国汉诗有意识的变异和改造。这种变异和改造工作使得中国诗歌逐步日本化，也使优雅的古典诗趣逐渐地当代化和世俗化，从而创造出一种让日本的平民百姓都能够看明白、都可以接受和喜欢的汉诗形式。日本江户汉诗的民族文化特色，正是在这样对汉诗传统进行有意识的改造和创造过程中逐步形成的。

参考文献

一、中国著作

(一) 古典文献

[1] [晋]陶潜. 陶渊明诗[M]. 北京:北京图书馆出版社,2004.

[2] [唐]白居易著,顾学颉校点. 白居易集[M]. 北京:中华书局,1979.

[3] [宋]谢枋得等. 千家诗[M]. 杭州:浙江人民出版社,1980.

[4] [宋]苏轼. 东坡全集[M]. 北京:中国书店,1986.

[5] [明]胡应麟. 诗薮[M]. 上海:上海古籍出版社,1958.

[6] [清]朱彝尊. 明诗综[M]. 文渊阁四库全书本.

[7] [清]钱谦益. 列朝诗集[M]. 上海:三联书店,1989.

[8] [清]钱谦益. 列朝诗集小传[M]. 上海:上海古籍出版社,1959.

[9] [清]袁枚著,王英志校点. 随园诗话[M]. 南京:江苏古籍出版社,2000.

[10] [清]袁枚著,王英志校点. 随园诗话补遗[M]. 南京:江苏古籍出版社,2000.

[11] [清]彭定求等. 全唐诗[M]. 北京:中华书局,1960.

[12] [清]俞樾撰,[日]佐野正巳编. 东瀛诗选[M]. 东京:汲古书院,昭和五十六年(1981)版.

[13] [清]黄遵宪. 日本国志[M]. 天津:天津人民出版社,2005.

(二) 近现代学者著作

[1] 北京大学古文献研究所. 全宋诗[M]. 北京:北京大学出版社,1998.

[2] 陈国球. 明代复古派唐诗论研究[M]. 北京:北京大学出版社,2007.

[3] 蔡毅. 日本汉诗论稿[M]. 北京:中华书局,2007.

[4] 陈福康. 日本汉文学史[M]. 上海:上海外语教育出版社,2011.

[5] 程千帆,孙望. 日本汉诗选评[M]. 南京:江苏古籍出版社,1988.

[6] 陈景彦,王玉强. 江户时代日本对中国儒学的吸收与改造[M]. 北京:社会科学文献出版社,2014.

[7] 冯玮. 日本通史[M]. 上海：上海社会科学院出版社，2012.

[8] 高文汉. 日本近代汉文学[M]. 银川：宁夏人民出版社，2005.

[9] 高文汉，韩梅. 东亚汉文学关系研究[M]. 北京：中国社会科学出版社，2010.

[10] 刘芳亮. 日本江户汉诗对明代诗歌的接受研究[M]. 济南：山东大学出版社，2013.

[11] 李卓. 日本家训研究[M]. 南开：天津人民出版社，2006.

[12] 马歌东. 日本汉诗溯源比较研究[M]. 北京：商务印书馆，2011.

[13] 祁晓明. 江户时期的日本诗话[M]. 北京：中国社会科学出版社，2009.

[14] 乔以钢. 中国女性与文学：乔以钢自选集[M]. 天津：南开大学出版社，2004.

[15] 孙立. 日本诗话中的中国古代诗学研究[M]. 北京：北京大学出版社，2012.

[16] 谭雯. 日本诗话的中国情节[M]. 北京：社会科学出版社，2007.

[17] 唐圭璋. 全宋词[M]. 北京：中华书局，1965.

[18] 王保田. 日本简史[M]. 上海：上海人民出版社，2006.

[19] 王晓平. 亚洲汉文学[M]. 天津：天津人民出版社，2009.

[20] 王晓平. 近代中日文学交流史稿[M]. 香港：中华书局，1987.

[21] 王向远. 日本古代诗学汇译[M]. 北京：昆仑出版社，2014.

[22] 王宝平. 中国馆藏日人汉文书目[M]. 杭州：杭州大学出版社，1997.

[23] 王宝平. 东亚视域中的汉文学研究[M]. 上海：上海古籍出版社，2013.

[24] 吴雨平. 橘与枳：日本汉诗的文体学研究[M]. 北京：中国社会科学出版社，2008.

[25] 肖瑞峰. 日本汉诗发展史(第一卷)[M]. 长春：吉林大学出版社，1992.

[26] 余冠英. 汉魏六朝诗选[M]. 北京：人民文学出版社，1978.

[27] 严绍璗. 中日古代文学关系史稿[M]. 香港：中华书局，1987.

[28] 严绍璗，王晓平. 中国文学在日本[M]. 广州：花城出版社，1990.

[29] 严绍璗. 汉籍在日本的流布研究[M]. 南京：江苏古籍出版社，2000.

[30] 严迪昌. 清诗史[M]. 北京：人民文学出版社，2011.

[31] 严明. 东亚汉诗的诗学构架与时空景观[M]. 台北：圣环图书出版社，2004.

[32] 严明. 花鸟风月的绝唱：日本汉诗中的四季歌咏[M]. 银川：宁夏人民出版社，2006.

[33] 严明. 东亚汉诗研究[M]. 北京：中国书籍出版社，2013.

[34] 叶渭渠，唐月梅. 日本文学史[M]. 北京：昆仑出版社，2003.

[35] 叶渭渠. 日本文学思潮史[M]. 北京：北京大学出版社，2009.

[36] 叶渭渠. 日本文化史[M]. 北京：北京理工出版社，2010.

[37] 朱谦之. 日本的古学及阳明学[M]. 北京：人民出版社，2000.

[38] 朱谦之. 日本的朱子学[M]. 北京：人民出版社，2000.

[39] 张龙妹，曲莉. 日本文学[M]. 北京：高等教育出版社，2008.

[40] 张伯伟. 诗词曲志[M]. 上海：上海人民出版社，1998.

[41] 张伯伟. 清代诗话东传略论稿[M]. 北京:中华书局,2007.
[42] 张伯伟. 域外汉籍研究论集[M]. 北京:北京大学出版社,2011.

二、国外学者著作

(一) 日本

1. 古典文献

[1] 安藤东野. 东野遗稿[M]. 宽延二年(1749)江户嵩山房刊本.
[2] 柏木如亭. 如亭山人遗稿[M]. 文政三年(1820)刊富氏川英郎氏藏本.
[3] 柏木如亭. 诗本草[M]. 斯道文库藏本.
[4] 柴野栗山. 栗山堂诗集[M]. 国会图书馆藏本.
[5] 赤泽一堂. 诗律[M]. 天保四年(1833)菱屋孙兵卫刊本.
[6] 长野确. 松阴快谈[M]. 文政四年(1821)吉田屋治兵卫,鸭伊兵卫,藤屋定七刊本.
[7] 荻生徂徕. 徂徕集[M]. 明治三年(1870)敦贺屋九兵卫,本屋茂兵卫,山城屋佐兵卫,须原屋茂兵卫,天满屋武兵卫刊本.
[8] 大洼诗佛. 诗圣堂诗集[M]. 文化六年(1809)千钟房,文会堂等刊本.
[9] 大洼诗佛. 西游诗草[M]. 文政二年(1819)刊静嘉堂文库藏本.
[10] 大洼诗佛. 北游诗草[M]. 文政五年(1822)刊内阁文库所藏本.
[11] 大洼诗佛. 再北游诗草[M]. 文政八年(1825)刊鹗轩文库藏本.
[12] 大沼枕山. 枕山诗钞[M]. 安政六年(1859)至庆应三年(1867)刊静嘉堂文库藏本.
[13] 大沼枕山. 江户名胜诗[M]. 明治十一年(1878)刊内阁文库本.
[14] 稻毛屋山. 采风集[M]. 文化五年(1808)三都书林刊本.
[15] 荻原绿野. 和歌题百绝[M]. 文化十五年(1818)刊斯道文库本.
[16] 东条琴台. 先哲丛谈后编[M]. 明治二十五年(1892)东学堂刊本.
[17] 东条琴台. 先哲丛谈续编[M]. 明治十七年(1884)千钟房刊本.
[18] 服部南郭. 南郭先生文集[M]. 享保十二年(1727)至宝历八年(1758)江都书肆嵩山房刊本.
[19] 冈本黄石. 黄石斋集(第一、二集)[M]. 明治十四年(1881)矶部太郎兵卫刊本.
[20] 冈本黄石. 黄石斋集(第三、四、五集)[M]. 明治十五年(1882)至明治十八年(1885)华顶山房刊本.
[21] 冈本黄石. 黄石斋集(第六集)[M]. 明治二十四年(1891)晚晴阁刊本.
[22] 高野兰亭. 兰亭先生诗集[M]. 宝历八年(1758)小林新兵卫刊本.
[23] 古贺精里. 精里集抄[M]. 文化十五年(1818)爱月堂刊本.
[24] 古野敬山. 扶桑千家诗[M]. 元禄十五年(1702)上原半兵卫刊本.
[25] 广濑淡窗. 远思楼诗钞[M]. 嘉永二年(1849)须原屋茂兵卫,河内屋茂兵卫

刊本.

[26] 广濑淡窗.淡窗小品[M].安政二年(1855)须原屋茂兵卫,河内屋茂兵卫刊本.

[27] 广濑旭庄.梅墩诗钞[M].嘉永元年(1848)至安政三年(1856)群玉堂,千钟房刊本.

[28] 广濑贞基等.宜园百家诗三编[M].嘉永七年(1854)河内屋茂兵卫刊本.

[29] 桦岛益亲.宜园百家诗二编[M].嘉永七年(1857)群玉堂刊本.

[30] 江村北海.北海诗钞[M].明和四年(1767)植村藤三郎,植村藤次郎等刊本.

[31] 江马细香.湘梦遗稿[M].明治四年(1871)春龄庵刊本.

[32] 菅茶山.黄叶夕阳村舍诗[M].弘化四年(1847)河内屋喜兵卫刊本.

[33] 吉田松阴.松阴诗集[M].明治十六年(1883)文求堂刊本.

[34] 林文会堂.扶桑名贤诗集[M].宝永元年(1704)文会堂刊本.

[35] 林罗山.丙辰纪行[M].宽永十五年(1638)风月宗智刊本.

[36] 林罗山.癸未纪行[M].正保二年(1645)风月宗智刊本.

[37] 林鹅峰.本朝一人一首[M].宽文五年(1665)田中清左卫门刊本.

[38] 梁田蜕岩.蜕岩集[M].宽保二年(1742)有马屋庄橘刊本.

[39] 龙草庐.草庐集[M].享和三年(1803)林伊兵卫,钱屋庄兵卫,钱屋利兵卫,吉坂屋太兵卫,钱屋九兵卫刊本.

[40] 龙草庐.金兰诗集[M].宝历四年(1754)武村嘉兵卫刊本.

[41] 赖春水.春水遗稿[M].文政十一年(1828)文藻堂刊本.

[42] 赖春风.春风馆诗钞[M].天保十二年(1841)刊赖惟勤氏藏本.

[43] 赖杏坪.春草堂诗钞[M].天保四年(1833)抱玉堂,龙章堂刊本.

[44] 赖山阳.山阳诗钞[M].天保四年(1833)书林五玉堂刊本.

[45] 赖山阳.山阳文诗遗稿[M].天保十二年(1841)书林五玉堂刊本.

[46] 赖山阳.日本乐府[M].文政十三年(1830)刊本.

[47] 梁川星岩.星岩集[M].天保十二年(1841)大阪文荣堂刊本.

[48] 梁川红兰.红兰小集[M].天保十二年(1841)大阪文荣堂刊本.

[49] 鲈松塘.松塘诗钞[M].嘉永四年(1851)怀人诗屋刊本.

[50] 六如.六如庵诗钞[M].天明三年(1783)山崎金兵卫,河内屋八兵卫,柏屋喜兵卫刊本.

[51] 木下顺庵.锦里文集[M].宽政元年(1789)爱兰堂重刻本.

[52] 平野金华.金华稿删[M].享保十三年(1728)植村藤三郎刊本.

[53] 祇园南海.南海先生文集[M].天明四年(1784)须原茂兵卫,大野木市兵卫,加势田屋庄助,龟屋六兵卫刊本.

[54] 祇园南海.一夜百首[M].宽政九年(1797),近江屋新兵卫,堺屋伊兵卫,河内屋喜兵卫刊本.

[55] 祇园南海.钟秀集[M].宽政十一年(1799)草野圆次郎刊本.

[56] 祇园南海著,新井白蛾校.明诗俚评[M].宝历六年(1756)吹田屋多四郎刊本.

[57] 秋山玉山. 玉山先生诗集[M]. 宝历四年(1754)须原茂兵卫刊本.
[58] 日谦. 听松庵诗钞[M]. 嘉永二年(1849)积玉圃刊本.
[59] 石川丈山. 新编覆酱集[M]. 延宝四年(1676)刊本.
[60] 石岛正猗. 芰荷园文集[M]. 明和七年(1770)舟桥元亮藏本.
[61] 山本北山. 北山先生作诗志彀[M]. 天明三年(1783)青黎阁刊本.
[62] 市河宽斋. 宽斋摘草[M]. 天明六年(1786)刊本.
[63] 市河宽斋. 宽斋先生遗稿[M]. 文政四年(1821)江户浅草茅町二町目须原屋伊八刊本.
[64] 水上珍亮. 日本闺媛吟藻[M]. 明治十三年(1880)奎文堂刊本.
[65] 森春涛. 春涛诗钞[M]. 明治四十五年(1912)文会堂刊本.
[66] 矢上行. 宜园百家诗初编[M]. 天保十二年(1841)群玉堂刊本.
[67] 书肆北尾墨香. 摄东七家诗钞[M]. 嘉永二年(1849)刊本.
[68] 藤井竹外. 竹外二十八字诗[M]. 雨香书屋刊本.
[69] 藤森弘庵. 春雨楼诗钞[M]. 嘉永七年(1854)彀塾刊本.
[70] 尾藤二洲. 静寄轩集[M]. 内阁文库所藏本.
[71] 新井白石. 木门十四家诗集[M]. 安政三年(1856)安中造士馆刊本.
[72] 新井白石. 停云集[M]. 享保十二年(1727)刊本.
[73] 新井白石. 白石诗草[M]. 正德壬辰(1712)唐本屋清兵卫刊本.
[74] 新井明卿. 白石先生余稿[M]. 宽政元年(1789)泉本八兵卫等刊本.
[75] 显常. 北禅诗草[M]. 宽政五年(1793)刊本.
[76] 显常. 北禅遗草[M]. 文化四年(1807)须原屋伊八等刊本.
[77] 野间三竹. 本朝诗英[M]. 宽文九年(1669)刊内阁文库藏本.
[78] 元政. 草山集[M]. 延宝二年(1674)铜驼坊书林村上平乐寺刊本.
[79] 伊藤仁斋. 古学先生诗集[M]. 享保二年(1717)玉树堂刊本.
[80] 伊藤东涯. 绍述先生文集[M]. 宝历十一年(1761)文泉堂刊本.
[81] 远山云如. 云如山人集[M]. 嘉永二年(1849)水云吟社刊本.
[82] 远山云如. 云如山人第三集[M]. 天保十四年(1843)蟹红鱼白处刊本.
[83] 远山云如. 云如山人第四集[M]. 文久元年(1861)夕爽楼刊本.
[84] 原念斋. 先哲丛谈前编[M]. 东学堂,明治二十五年(1892)版.
[85] 斋藤竹堂. 竹堂诗钞[M]. 明治二十六年(1893)内阁文库本.

2. 近现代学者著作

[1] 长泽规矩也. 江户时代支那学入门书解题集成[M]. 东京:汲古书院,昭和五十年(1975)版.
[2] 长泽规矩也. 和刻本汉诗集成(三十辑)[M]. 东京:汲古书院,1985—1990.
[3] 长泽规矩也,阿部隆一. 日本书目大成[M]. 东京:汲古书院,昭和五十四年(1979)版.

［4］长沢孝三. 汉文学者总览［M］. 东京：汲古书院，昭和五十四年(1979)版.

［5］池田四郎次郎. 日本诗话丛书［M］. 东京：株式会社凤出版，昭和四十七年(1972)版.

［6］池泽一郎. 江户时代田园汉诗选［M］. 农山渔村文化协会，平成十四年(2002).

［7］村上哲见. 汉诗と日本人［M］. 讲谈社，平成六年(1994)版.

［8］大庭脩. 江户時代の日中秘话［M］. 东方书店，1990.

［9］大庭脩. 江户时代における唐船持渡书の研究［M］. 大阪：关西大学东西学术研究所，昭和四十二年(1967)版.

［10］大庭脩. 舶载书目［M］. 大阪：关西大学东西学术研究所，昭和四十七年(1972)版.

［11］大庭脩. 江户时代における中国文化受容の研究［M］. 京都：同朋舍出版，昭和五十九年(1984)版.

［12］德田武. 江户诗人伝［M］. ぺりかん社，昭和六十一年(1986)版.

［13］德田武. 近世日中文人交流史の研究［M］. 研文出版社，平成十六年(2004)版.

［14］芳贺矢一. 日本汉文学史［M］. 东京：富山房，昭和三年(1928)版.

［15］富士川英郎，佐野正巳，松下忠. 词华集日本汉诗(十一卷)［M］. 东京：汲古书院，1983—1984.

［16］富士川英郎，松下忠，佐野正巳. 诗集日本汉诗(二十卷)［M］. 东京：汲古书院，1985—1990.

［17］富士川英郎，佐野正巳. 纪行日本汉诗(四卷)［M］. 东京：汲古书院，1991—1993.

［18］富士川英郎. 江户后期の诗人たち［M］. 东京：筑摩书房，昭和四十八年(1973)版.

［19］高桥俊乘著，秦启贤译. 日本教育史［M］. 南京：中日文化协会，1941.

［20］冈田正之著，山岸德平、长泽规矩也补. 日本汉文学史［M］. 东京：吉川弘文馆，平成八年(1996)版.

［21］关仪一郎. 日本儒学丛书(十四卷)［M］. 东京：凤出版，昭和四十六年(1971)版.

［22］关仪一郎，关义直. 近世汉学者著述目录大成［M］. 东洋图书刊行会，昭和十六年(1941)版.

［23］国民精神文化研究所. 藤原惺窝集［M］. 京都：思文阁，昭和五十三年(1978)版.

［24］户田浩晓. 日本汉文学通史［M］. 东京：武藏野书院，昭和三十二年(1957)版.

［25］后藤昭雄. 日本古代汉文学与中国文学［M］. 高兵兵，译. 北京：中华书局，2006.

［26］江口大象. 江户汉诗［M］. 京都：同朋舍出版，平成四年(1992)版.

［27］加藤周一. 日本文学史序说［M］. 东京：筑摩书房，平成十一年(1999)版.

［28］菅谷军次郎. 日本汉诗史［M］. 东京：大东出版社，昭和二十二年(1947)版.

［29］菅野礼行，德田武. 日本汉诗集［M］. 新编日本古典文学全集 86. 东京：小学馆，平成十四年(2002)版.

[30] 吉川幸次郎.江户儒学私见[M].东京:岩波书店,平成元年(1988)版.

[31] 吉田伸之.成熟する江户[M].讲谈社,平成十四年(2002)版.

[32] 近藤春雄.日本汉文学大事典[M].东京:明治书院,昭和六十年(1985)版.

[33] 今关天彭著,揖斐高编.江户诗人评传集[M].东京:平凡社,平成二十七年(2005)版.

[34] 历史学研究会.日本史史料[M].东京:岩波书店,平成十八年(2006)版.

[35] 铃木修次.中国文学と日本文学[M].东京书籍,昭和五十三年(1978)版.

[36] 茂吕美耶.江户日本[M].南宁:广西师范大学出版社,2006.

[37] 牧野谦次郎.日本汉学史[M].世界堂书店,昭和十三年(1938)版.

[38] 木宫彦泰.日中文化交流史[M].胡锡年,译.北京:商务印书馆,1980.

[39] 内藤湖南.日本历史与日本文化[M].刘克申,译.北京:商务印书馆,2012.

[40] 内藤虎次郎.日本文化史研究[M].东京:角川书店,昭和三十年(1955)版.

[41] 清水茂,揖斐高,大谷雅夫.日本诗史·五山堂诗话[M].新日本古典文学大系65.东京:岩波书店,平成三年(1991)版.

[42] 庆应义塾大学附属研究所斯道文库.江户时代书林出版书籍目录集成[M].井上书房,1962—1964.

[43] 日野龙夫,德田武,揖斐高.江户诗人选集(十卷)[M].东京:岩波书店,1990—1993.

[44] 松下忠.江户时代的诗风诗论:兼论明清三大诗论及其影响[M].范建明,译.北京:学苑出版社,2008.

[45] 杉下元明.江户汉诗[M].ぺりかん社,平成十六年(2004)版.

[46] 杉下元明.江户汉诗——影响と变容の系谱[M].ぺりかん社,平成十六年(2004)版.

[47] 杉下元明.江户汉诗[M].ぺりかん社,平成十六年(2004)版.

[48] 山岸德平.五山文学集·江户汉诗集[M].日本古典文学大系89.东京:岩波书店,昭和四十一年(1966)版.

[49] 山岸德平.日本汉文学史论考[M].东京:岩波书店,昭和四十九年(1974)版.

[50] 森川昭.近世文学论辑[M].和泉书院,平成五年(1993)版.

[51] 森下澈,吉田伸之.近世の村と町[M].山川出版社,平成十八年(2006)版.

[52] 石川忠久.汉诗の风景[M].东京:大修馆书店,平成十五年(2003)版.

[53] 市川本太郎.日本汉文学史概说[M].东洋学术研究会,昭和四十四年(1969)版.

[54] 市古贞次.日本文学史概说[M].秀英出版社,昭和三十四年(1959)版.

[55] 矢岛玄亮.德川时代出版者出版物集览[M].万叶堂书店,昭和四十九年(1974)版.

[56] 神田喜一郎.日本の汉文学[M].东京:岩波书店,昭和三十四年(1959)版.

[57] 町田三郎.日本幕末以来之汉学家及其著述[M].连清吉,译.台北:台湾文史哲

出版社,1992.

[58] 西乡信纲等. 日本文学史——日本文学的传统和创造[M]. 佩珊,译. 北京:人民文学出版社,1987.

[59] 西沢正史,德田武. 日本古典文学研究史大事典[M]. 东京:勉诚社,平成九年(1997)版.

[60] 绪方惟精. 日本汉文学史讲义[M]. 评论社,昭和三十六年(1961)版.

[61] 伊东伦厚. 伊藤仁斋(附)伊藤东涯[M]. 日本的思想家 10. 东京:株式会社明德出版,1983.

[62] 伊海知义、德田武. 江户汉诗选(五卷)[M]. 东京:岩波书店,1995—1996.

[63] 揖斐高. 江户诗歌论[M]. 东京:汲古书店,平成十年(1998)版.

[64] 揖斐高. 江户の诗坛ジャーナリズム[M]. 东京:角川书店,平成十三年(2001)版.

[65] 野口武彦. 江户文学の诗と真实[M]. 中央公论社,昭和四十九年(1971)版.

[66] 佐贺朝、吉田伸之. 三都と地方都市[M]. 东京:吉川弘文馆,平成二十五年(2013)版.

[67] 诹访春雄、日也龙夫. 江户文学と中国[M]. 东京:每日新闻社,昭和五十二年(1977)版.

[68] 中村幸彦. 近世儒者の文学观[M]. 东京:岩波书店,昭和三十三年(1958)版.

[69] 中村幸彦. 近世文学论集[M]. 日本古典文学大系 94. 东京:岩波书店,昭和四十四年(1969)版.

[70] 中村幸彦. 近世町人思想[M]. 日本思想大系 59. 东京:岩波书店,昭和五十年(1975)版.

[71] 中村幸彦. 近世の汉诗[M]. 东京:岩波书店,昭和六十一年(1986)版.

[72] 冢本哲三. 先哲丛谈[M]. 东京:有朋堂书店,大正九年(1920)版.

[73] 猪口笃志. 日本汉文学史[M]. 东京:角川书店,昭和五十九年(1984)版.

[74] 猪口笃志. 日本汉诗[M]. 新释汉文大系 45-46. 东京:明治书院,昭和五十三年(1978)版.

[75] 中村真一郎. 江户汉诗[M]. 东京:岩波书店,平成十年(1998)版.

(二) 朝鲜

[1] [朝]徐居正. 东人诗话[M]//池田四郎次郎. 日本诗话丛书第九卷. 东京:株式会社凤出版,昭和四十七年(1972)版.

(三) 美国

[1] [美]约翰·惠尼特·霍尔. 日本——从史前到现代[M]. 邓懿,周一良,译. 北京:商务印书馆,1997.

三、学术期刊论文

[1] 陈广宏.明代文学东传与江户汉诗的唐宋之争[J].上海师范大学学报(哲学社会科学版),2010,6.

[2] 郭颖.日本江户汉诗评价基准与文化自觉[J].厦门大学学报(哲学社会科学版),2013,4.

[3] 郝润华.陆游诗歌与日本江户文学——以市河宽斋为中心考察[J].中国诗学,9.人民文学出版社,2004.

[4] 李鹏.性灵派与江户后期汉诗诗坛——以袁枚、赵翼诗歌及诗话在日本的传播为中心[J].中国典籍与文化,2004,2.

[5] 刘芳亮.袁枚与日本江户汉文学——以与广濑淡窗诗论的比较为中心[J].晋阳学刊,2008,3.

[6] 刘芳亮.日本江户汉诗与晚明公安派文学[J].四川外语学院学报,2007,2.

[7] 刘芳亮.大沼枕山对白居易诗歌的接受[J].信阳师范学院学报(哲学社会科学版),2011,1.

[8] 林章新.袁宏道对日本诗文学的影响[J].文艺理论研究,1993,1.

[9] 马歌东.试论日本汉诗对于杜诗的受容[J].陕西师大学学报(哲学社会科学版),1995,2.

[10] 马歌东.试论日本汉诗对于李白诗歌之受容[J].淮阴师范学院学报,1998,1.

[11] 祁晓明.日本汉诗本土化的探索——江户汉诗在理论及实践层面对和歌、俳句的借鉴[J].山东大学学报(哲学社会科学版),2012,4.

[12] 孙舒展.赖山阳汉诗研究及相关研究文献[J].中国诗歌研究动态,2013,2.

[13] 王英志.性灵派之袁、赵对日本诗坛的影响[J].江淮论坛,1997,2.

[14] 王晓平.江户折衷诗派的论诗诗[J].中国诗学,4.南京大学出版社,1995.

[15] 吴雨平.儒学的日本化与江户汉诗[J].深圳大学学报(人文社会科学版),2007,24.

[16] 严明.责无旁贷乎时不我待也——东亚汉诗研究的前景展望[J].学习与探索,2006,2.

[17] 严明.明清诗风之变对江户汉诗的影响[J].中国比较文学,2013,4.

[18] 张寅彭.东亚三国诗话异同考略[J].东亚文化论谭,上海文艺出版社,1998.

[19] 张伯伟.明清时期女性诗文集在东亚的环流[J].复旦学报(社会科学版),2014,3.

[20] 张伯伟.典范之形成:东亚文学中的杜诗[J].中国社会科学,2012,9.

[21] 衷尔矩.公安派文学在日本的传播和影响[J].文史哲,1990,6.

[22] [日]佐藤一郎.江户、明治时代的桐城派[J].蒯大申,译.江淮论坛,1995,1.

近世东亚汉诗流变

下

严明 著

凤凰出版社

第三编

琉球汉诗流变史略

绪　论

一、从琉球到冲绳

“琉球国”是现在日本冲绳县的旧称，自明朝洪武5年琉球国使通中国(1372)至日本吞并琉球，即第二次琉球处分(1879)，在这507年间，琉球在与中国接触、来往交流的过程中，将中国的儒家文化中最精髓的一部分——汉诗种子播入了琉球的文化土壤之中，沐浴着太平洋的海风和琉球群岛的朝阳，随之生根发芽，开花结果。现在古琉球国虽已不复存在，但是它的文化印记已深深沉淀进历史的长河中。

琉球国的历史是东亚史中无法被抹去的一页。由于处在“万国津梁”的重要地理位置，琉球国成了东亚海上交通及文化交流的重要枢纽。即使在明清政府实施严格海禁的时期，琉球也是唯一可以跟明清进行合法海上商贸往来的海外番邦，可见其在与中国邦交中所拥有的特殊地位和待遇。这样的特殊位置和待遇，也决定了琉球汉文学在东亚的重要地位，而作为琉球文学中的瑰宝汉诗，当然有其重要的研究意义和探讨价值。中国学者王晓平在《亚洲汉文学史》中指出：“汉文学是亚洲学人共读，共赏的文学遗产。”[①]东亚各国汉文学的魅力不在于他们有着相同的之处，而在于他们的不同之处，琉球汉诗所具备的独特美感，已经被历史风尘所遮盖，经过多次战火的摧残和侵占者的蓄意销毁，如今被挖掘出来的琉球汉诗已是所剩无几、残破不堪，但即便是硕果仅存的琉球汉诗，依然难掩其昔日的优美辉煌。

学界迄今为止对琉球汉诗的研究，大多是从某个汉诗人及诗作角度，或者从某个历史时期去进行整理分析，尚未将琉球汉诗作为一个整体进行观察，也未对其发展的脉络和每个时期不同的特点，作出系统详尽的分析。还有相关的研究内容，主要停留在对琉球汉诗文面貌的一般性介绍，也未见较为系统的相关研究专著。

有鉴于此，本编充分收集利用已刊行的相关文献资料基础，进一步补充和拓展琉球汉诗文本，细致梳理琉球汉诗发生、发展、高潮和衰微的基本过程，深入辨析琉球汉诗如何移植中国诗文的题材、手法、流派、风格以及本土化的过程，仔细探究琉球汉诗学习借

---

① 王晓平《亚洲汉文学史》，天津：天津人民出版社，2009年，第2页。

鉴中国诗文创作的方法，以求进一步深化中琉汉诗交流比较的研究。

有关琉球汉诗文献的整理，国内外学者已做了大量扎实的工作，但随着琉球王国覆灭及战火的摧残，散失的仍有很多，东亚各国都保存有琉球汉诗文本。这方面的研究还需要通过进一步的调查和访书，补充和拓展新的文献资料；同时，由于各种原因，前人的著录往往也多有缺失和讹误，本编的研究在访书过程中通过亲自目验，纠正前人著录中的错误信息，补充新的文献和甄别原先的错讹。

缘起于明初福建赴琉的三十六姓汉人的久米村士绅阶层，世代相传，努力不懈，并在琉球国朝廷及东亚外交中娴熟地运用汉文，由此诞生了琉球燕行记录，以及琉球官生们的汉诗文别集。爬梳琉球王国汉诗文献，探究琉球汉诗努力吸收、传播当时在东亚具有共同价值基础的儒家文明的举措，不仅体现了对曾经存在过的与中国有密切关联的琉球王国人文历史的尊重，更为重要的是，通过研究这些几乎已被遗忘的汉诗文文献，可以从一个特殊的侧面重现中华文化在东亚广泛流布的历史轨迹。

目前对琉球汉诗的研究，基本上还是停留在整理出版琉球汉诗文本的阶段。接下来的进一步研究，应该全面梳理琉球汉诗发生和发展的过程，探究琉球汉诗文学习借鉴中国及东亚各国的方法和经验，这对深化古代中琉两国文学的研究都具有深刻的意义。本编站在东亚文化交流背景上，全面展现和分析琉球汉文学发生、发展以及衰亡的原因和过程，对琉球汉诗文的成就作初步的考察梳理，并归纳琉球汉诗文各个时期发展的特点。

二、琉球汉诗的发展轨迹

从明洪武五年(1372)太祖遣杨载出使琉球，建立册封进贡关系，琉球王国与明清的封贡关系，一直延续到清末光绪五年(1879)日本明治政府宣布琉球“废藩置县”，并严令琉球割断与清国的关系。在这500余年历史阶段中，明清与琉球各方面交流频繁，大量的汉诗文书籍通过各种渠道传到琉球。琉球王国各种制度都仿学中土，仕宦学者大都钻研儒学，习作汉文，吟诵汉诗。正是在这样的文化交流背景中，汉诗在琉球这块土地上生根发芽，逐步地开花结果，最终造就出东亚汉诗圈中这一片小巧而别致的花园，展现出独特的魅力。

几经战火摧毁，五百年琉球王国的各种文献资料几乎损毁殆尽。琉球与明王朝建交后的两百多年间，从不谙汉文到汉文的普遍使用，汉诗在琉球经过了长时间的缓慢发展，逐渐形成了一批琉球本土的汉诗人。可惜他们的汉诗作品大都未能保存下来，幸运保存下来的汉诗作数量极少。

从残存的汉诗篇章可以看出，与明朝交往的这一阶段，是琉球汉诗发展的酝酿期。明朝诗歌的兴盛，为清代诗的进一步发展乃至诗学鼎盛繁荣作了充分的准备。同时，明朝与琉球王国各方面交往密切，尤其是国家管理的重大制度都是仿效明朝，比如学校设置及科举制度等等。有了明朝时期各种交流带来的汉诗创作萌芽出土，琉球汉诗才可能在与清朝交流时期出现全面开花的收获。明代国子监接纳琉球官生，完全按照中国的方式进行教育和培养，这为接下来清朝国子监继续培养琉球官生，树立了各种章法规矩。

有了明朝琉球官生培养的丰富经验，才使得清朝琉球官生的汉诗创作，有了全面开花的繁荣景象。

在琉球王国历史发展过程中，闽人三十六姓在传播中国文明、儒家文化以及汉诗文方面长期发挥着重要作用。由闽人三十六姓的后代所聚集起来的华人村落“久米村”，为琉球国培养了大批精通汉语，熟悉儒家文化的学者、官吏、外交官、进贡使节，以及各个方面的专业人才，为琉球王国的经济，政治，文化进步作出了极大的贡献。在这样的文化背景下，现存大部分的琉球汉诗人，也大都来自久米村。明初洪武年间，朝廷在泉州设立市舶司，专门管理对琉朝贡贸易，在晋江口岸设立来远驿，专门接待琉球贡使，当时的月港、泉州港成为中琉交往的重要港口。约百年后，至成化十年(1474)，市舶司移设福州，泉州的来远驿也随同市舶司移设福州，改名“柔远驿”，亦称“琉球馆”。省府福州，政治经济文化教育等都较泉州更为发达，这一移置对于明朝与琉球的各方面交流，产生了推进作用和深远影响。

琉球汉诗创作经过前两百年(与明交往期)的酝酿和蓄势，终于在后三百年(与清交往期)开花结果，留下了琉球汉诗史上最辉煌的一页。琉球汉诗研究先行者黄裔先生，曾将琉球汉诗发展的后三百年划分成两个大的阶段。第一个阶段是从1686年(康熙二十五年)至1759年(乾隆二十四年)，第二个阶段是从1760年(乾隆二十五年)至1884年[①]。然而在明末清初(1636—1686)一段时间内，琉球王国也出现过一些汉诗人。这些诗人往往出生在明朝时期，汉诗创作的主要时间是在清朝之后。从目前存留下来的文献资料来看，属于这一类的琉球诗人主要有王明佐。

公元1686年(康熙二十五年)，随着清朝立国后第一批琉球官生的来华，琉球汉诗创作渐入佳境。这批琉球官生由梁成揖、郑秉均、阮维新、蔡文溥四人组成。在与琉球王国官方交往断绝109年后，琉球官生们得以再次登上大陆，自然欢欣鼓舞。这也是清朝接纳的首批琉球官派留学生，康熙帝十分重视这批琉球官生的学习生活，特谕礼部妥善照顾。史载：“琉球国送到陪臣子弟三人入监读书，著安置得所。寻选取肄业贡生一人，令其教习。博士一员，专司董率。祭酒司业，时为稽察，傅之讲习，有成焉。”[②]可见对琉球官生的生活及学习的各方面细节，都作了精心的安排。有了良好的汉文学培养环境，琉球官学生的汉诗文水平提高很快，梁成揖、阮维新都留下较高质量的汉诗作，而蔡文溥更有诗集《四本堂集》等刊行传世。

从17世纪末至18世纪初数十年间，琉球汉诗创作持续发展，接连推出了七部琉球人汉诗集：1689年蔡铎的《观光堂游草》，同年曾益的《执圭堂诗集》；1693年周新命的《翠云楼诗笺》；1696年程顺则的《雪堂燕游草》。还有蔡肇功的《寒窗纪事》，蔡温的《澹园诗文集》，程转万的《焚余稿》。这些诗集的问世，标志着琉球汉诗进入创作兴盛期，琉球诗坛百花争放，春色盎然。

---

① 黄裔《琉球汉诗再探》，《语文学刊·高等教育版》，1950年40期。

② 《钦定国子监志·卷十八》，引自秦国经《清代国子监琉球官学》278页，《第一届琉球中国交涉史研讨会论文集》，冲绳县立图书馆，1993年。

琉球汉诗进入繁盛期的另一标志，是当时十分重要的《皇清诗选》中，也选录了相当数量的琉球汉诗。康熙四十四年(1705)刊行的30卷本大型诗集《皇清诗选》，由孙银辑评、黄朱菁编校而成。其中选录了25位琉球诗人的70首汉诗，其中程顺则21首，蔡铎10首，周新命9首，曾益6首，王明佐、梁成揖、阮维新各1首。对这些诗篇，辑评者大都给予较高的评价。琉球诗人首次能够大规模地跻身于汉诗故乡国度的诗选篇幅中，并受到关注和好评，这不能不说是一个巨大成就。琉球国作为一个偏在海隅的弱小国家，其汉诗作品可以集体性地出现中土御编的重要诗选上，这是一个从来没有获得过的莫大殊荣。

在这一标志性成就的鼓舞下，琉球诗坛又涌起一个更大的发展波峰。琉球尚敬十三年(1725，清雍正三年)，琉球国刊行《中山诗文集》，这是冲绳文学史上空前之举，也是仅有的一次对本土汉诗文成就收集检阅。该集所收范围上自琉球国王，下至贵族朝官，汉诗文精品荟萃，交映生辉。具体而言，该集收载了一位琉球国王和两位琉球朝官的8篇汉语散文，39位诗人的256首汉诗，其中包括程顺则、蔡铎、周新命、曾益、程传万等5位诗人的5部诗集。琉球诗人的阵容得到初步展现，不仅人数渐多，而且不少诗章堪称佳作，直可与清诗媲美。

这样的汉诗文创作成就展示，不能不说是继上述《皇清诗选》之后，琉球汉诗的又一次飞跃。尽管由于种种原因，这次编集其实未能将当时琉球国所有优秀汉诗文佳作都收入，但基本上已能反映出琉球汉诗文的巨大进步，彰显琉球汉诗创作所达到的较高水平。综上所述，琉球汉诗史上已出现诗家43人，除《四本堂集》、《澹园诗文集》因未见诗集而诗作篇数未计入外，此阶段已经有363首琉球汉诗保存了下来。琉球王国诗人的汉诗创作不仅数量可观，诗作质量亦日渐趋佳。

从1760年至1884年，这一时期的琉球汉诗创作，由于有了前面两个阶段的酝酿和发展，至此时便有大量优秀诗作涌现出来，所以可以称之为琉球汉诗发展的黄金时期。相对于前一个阶段，本时期的汉诗人人数相对较少，但是诗作质量总体成就比较高，保存下来的汉诗作品也比前一时期要多一些。

这一时期官生汉诗创作全面开花，官生诗人成了这一时期汉诗创作的主要群体。清乾隆二十五年(1760)，琉球官生蔡世昌、郑孝德、梁允治、金型四人来华赴京入北监读书习礼，名儒潘相为教习。后来梁允治、金型中途病故，蔡世昌、郑孝德学成归国。据中国第一历史档案馆资料记载，这批官生来华正值乾隆盛世，因而在较为优越的生活环境中，学习效果较之以往各届琉球官生都要好。比如郑孝德现存诗篇18首，分别为《辛巳十一月十五日皇上恭迎皇太后圆明苑进宫恭庆万寿诏许陪臣孝德等用本国衣冠随班接驾恭纪一首》、《恭庆圣母皇太后七十万寿诗八首》、《二十四日承恩赏赐缎正貂四张恭纪》、《冬夜书怀》、《秋雨叹》、《游陶然亭》、《赋得秋色正清华》、《有感口占》、《成均望家信》、《接家信志喜》、《酬高丽李伯祥》。保留下的诗作虽然不算多，但其汉诗水平却不低，通过这些诗篇可窥见全豹之一斑。清初的琉球汉诗发展，通过这些来华官生的汉诗创作，形成了一波发展小高峰。

清道光二十一年(1841，琉球国尚育七年)，琉球官生阮宣诏、向克秀、郑学楷、东国兴来华,循惯例赴京入国子监就读。他们钻研经典,博览群书,学业精进,同时用心习诗,汉诗水平提高很快。当时的教习孙衣言,将四位琉球官生的课堂习作辑评后刊行,这就是保存至今的《球琉诗课》。后东国兴又有《东国兴诗稿》刊行,另外还有《东子祥先生诗集》一卷,保留下来的汉诗数量比较多。

1844 年(尚育十年),除了传统的官生创作之外,琉球国内诗坛也出现了八位汉诗人。其中尚元鲁(王族)、郑元伟、魏学贤三人成就突出,他们合著的诗集《东游草》,刊行后颇受欢迎。琉球王国汉诗创作的这一次发展波峰,其独特意义在于首次出现了本土派汉诗人。琉球国诗坛至此时培养出了自己的本土诗人,这在琉球国汉诗创作发展史上显然是一次具有标志性的重大飞跃。

琉球王国尚泰二十年(1867,清同治六年),琉球国最后一批官生林世功、林世忠、葛兆庆、毛启祥 4 人来华入京城国子监就读。其中毛启祥于赴京途中就病故,葛兆庆学业未成而病故。林世功、林世忠兄弟习文赋诗,成绩优异,入北监次年(1868),教习徐乾就辑评官生汉诗习作《琉球诗课》、《琉球诗录》各 2 卷,收汉诗 147 首,刊行于清国。《琉球诗课》中辑录林世功、林世忠兄弟俩人的试帖诗,《琉球诗录》中不仅有琉球官生的课堂习作,还收录他们在课外及以前的习作。这两部琉球汉诗习作的刊行,较之之前辑录阮宣诏等四人的《琉球诗课》,汉诗创作声势更大。无论是汉诗的数量,还是汉诗的质量,在这两部诗集中都有了新的提高和突破。

崛起于琉球本土的儒家学者蔡大鼎,是一位高产的汉诗人。他在 36 年时间内,先后刊行了 5 部汉诗集,创下了琉球汉诗人的最高纪录。其汉诗作在琉球国及清国都得到广泛流传,直到琉球被日本吞并即“琉球处分”之后的第五年(1884),蔡大鼎的汉诗集还在再版刊行。琉球汉诗人延续数百年的汉诗吟诵,在激昂呐喊的诗作高潮中嘎然而止,陷于寂灭。琉球王国顷刻间就被日本萨摩藩所灭,这是令人悲哀的历史宿命。

清朝近两百年间(康熙二十五年至光绪十年)琉球汉诗的发展历程,大致可以分成两个阶段。这两个阶段有着各自的明显特点:

第一阶段,在琉球国王倡导带动下,琉球贵族习作汉诗蔚然成风。在读写汉诗的热潮中,琉球国涌现出了众多汉诗人,但是后来能够保留下来的诗作却不多,诗作质量高下差距也很大。

第二阶段的琉球汉诗人的人数虽少,但保留下来的汉诗集和汉诗作却比较多,诗作水平也得到不断提高,这标志着琉球汉诗创作已经渐臻成熟。琉球王国效仿明清,采用科举制来选拔官员,其中也包括了以诗赋取士。因此,琉球国内的各类学生秀才,对习作试帖诗一直热衷不减。而来华求学的官生,对琉球汉诗发展的推进作用也十分明显。

琉球汉诗人在数百年中留下了一笔宝贵的文化遗产,琉球国后来被日本吞并,当年的辉煌与文明已经在历史的长河中逐渐沉没。这些艰难留存下来的琉球汉诗值得珍惜,因为后来者从中可以清晰看到那个时代和社会的各方面痕迹,更能领略到琉球汉诗的微妙风神。琉球汉诗从酝酿到兴盛再转而衰亡的历程,留下了一份东亚汉文学与琉球本土文化交流融合的珍贵遗产。作为中国学者,自然应该有参与研究的意识,共同承担起这份拯救历史遗产的责任。对琉球汉诗进行文献保存和深入研究,不仅能够彰显汉诗在东亚文化圈中的重要地位，更能加深对琉球传统多元文化的理解和尊重。

三、琉球汉诗研究现状

目前国内外学界关于琉球汉诗的研究，主要是从以下两个层面展开：

1. 对琉球汉诗的概述介绍。迄今学界概述介绍琉球汉诗的重要论文约有十余篇，内容大致包括了以下几方面：

其一着重于论述琉球汉诗人的构成。如黄裔《琉球汉诗：中国诗歌移植的硕果》(《福建师范大学学报》1995年第3期)与《三探琉球汉诗》(《三明师专学报》1995年第4期)，按照诗人身份的差异分为三类："官生"、"勤学"和崛起于琉球的诗人。并提出了自己的观点："琉球汉诗人群是一个由60多人构成的庞大队伍。"日本冲绳大学教授上里贤一，是琉球汉诗研究的代表性学者，他同样注重从诗人身份的视角，透析琉球汉诗特质。其代表性论著有《琉球官生の汉诗》(1995年《第3回琉球・中国交涉史に关するシンポジウム论文集》)、《琉球官生毛世辉の汉诗について》(《第五届中琉历史关系学术会议论文集》，福建教育出版社1996年版)、《孙依言与琉球官生》(《第六届中琉历史关系学术研讨会文集》，中国第一历史档案馆编，2000年版)等。

其二是把研究重点放在为琉球汉文学史进行分期。如中国学者陈福康的论文《中国人不可不知道的一段文学史——琉球汉文学概述》(《学术月刊》2005年第12期)，把琉球汉文学史历程分为早、中、后三期。17世纪中国清代以前为琉球汉文学发展的早期；17至18世纪为琉球汉文学发展的中期，也就是黄金时代，这阶段产生出了一批极有才华的汉诗人与诗集；18世纪到19世纪末日本侵吞为琉球汉文学发展的后期，这段时期中涌现出一批充满爱国激情的汉诗和汉文。这样的论述，大致勾勒出了琉球汉文学史的发展历程。

其三是着重对琉球汉诗的内容寓意、艺术特点的研究。较为精彩的论文主要有黄黎星《琉球汉诗论略》(《漳州师范学院学报》2001年第1期)，整体评介了琉球汉诗创作概貌和艺术特色。郭丹《论琉球中山诗的汉诗传统》(《闽江学院学报》2009年第6期)与《琉球中山诗简说》(《闽台文化交流》2011年第1期)，以《中山诗文集》为例分析说明了琉球汉诗的内容和特点。毛翰《琉球弹丸缀闽海，得此可补东南荒——琉球汉诗概述》(《华文文学》2009年第1期)等系列论文，则着眼于有国之乐及亡国之痛两大主题，论述了琉球汉诗的后三百年，也就是清朝时期的琉球汉诗。学者韩结根的论文《从现存琉球王国汉文文献看中国文化的影响》(《复旦学报》2013年第3期)的第五部分《琉球的汉诗创作》，从三个层面简约论述了琉球汉诗特点：学习模仿中国历代各种风格和流派的优秀诗人；对中华文化的认同感与归属感；比中国文人士大夫多了一层感恩和谀颂的成分。论文作者经眼过百余名琉球诗人的二十余种作品集，其论述内容较为详细。

还有学者通过介绍琉球汉诗的别集和总集，概括了琉球汉诗的总体成就。如黄裔《四探琉球汉诗》(《语文学刊》1996年第4期)，以《雪堂燕游草》、《皇清诗选》、《中山诗文集》、《琉球诗课》、《琉球诗录》这五部诗集为代表，分别概述了三十四部琉球汉诗别集。

上里贤一则还有《毛有庆“竹荫诗稿抄”(资料绍介)》(《日本东洋文化论集》1999 年 3 月版)等文章。

2. 对琉球代表性汉诗人及诗作的研究。国内外学者的研究目光主要聚焦在程顺则、林世功和蔡大鼎三位代表诗人的身上。对于琉球最有影响的汉诗人程顺则,中日研究者都给予格外多的关注。中国学者黄裔有《程顺则和〈雪堂燕游草〉》(《福建师范大学学报》2003 年第 5 期),主要通过分析程顺则诗作,透视其创作心态和观念。日本学者上里贤一有《程顺则の父と子——程顺则の情爱と苦恼》(《日本东洋文化论集》2006 年 3 月版),重在分析程顺则对父亲的祭奠诗作而展现亲人间的深情。

关于汉诗人林世功身份的研究,成果主要见上里贤一《关于琉球知识人和动荡时期的中国——为林世功和蔡大鼎中心》(《国文学论集・琉球大学法文学部纪要》1986 年 3 月版)、《诗文から见る林世功の行动と精神》(《日本东洋文化论集》2000 年 3 月版)等论文。

对于琉球汉诗人中最多产的蔡大鼎,研究者们不约而同地把关注力都集中在其诗集《闽山游草》上。黄裔《六探琉球汉诗》(《福建广播电视大学学报》2012 年第 1 期)分六部分论述了该诗集的内容并评价。刘桂茹《〈闽山游草〉初探》(《黔东南民族师范高等专科学校学报》2003 年第 4 期),则从《闽山游草》中的诗作出发,细致比较了蔡大鼎的乡愁诗与中国同类传统诗作的异同点。

此外,钱志熙的论文《蔡文溥与〈四本堂诗文集〉——一位古琉球国诗人的汉诗文创作》(《中国典籍与文化》2006 年第 2 期),着重从版本及文本传播的角度,介绍了琉球国第一位留学清朝的官生蔡文溥的《四本堂诗文集》。

近年来国内外学界关于琉球汉诗的研究取得了可喜的成就,但总体上来看,研究的视野及方法都还有可以扩大和提高的空间。比如对于现存琉球汉诗文别集,还缺乏专门的探讨,对于琉球汉诗文的总集和选本,如琉球人自己选编的第一部而且是唯一的一部琉球王国汉文学总集——《中山诗文集》与琉球官生在华以及回国后所作的《琉球诗咏》、《琉球诗课》、《琉球诗录》等汉诗选集同样涉及较少;中国选录琉球汉诗的选集、总集也被研究者忽略,如康熙年间编选的《皇清诗选》是第一次集中展现琉球汉诗的成就,直到 1919 年,时任中华民国大总统的徐世昌,在组织人辑集清诗总集《晚晴簃诗汇》时仍入选琉球汉诗,对此尚未有专门统计研究。此外,中国教习记录琉球来华留学生诗作的《琉球入学见闻录》、个人诗文集中的师友赠答之作,诗话、使琉球录等这些中国各类文集以及日本、朝鲜、越南等国的诗文集、燕行录中保存的琉球汉诗文,更是缺乏系统的收集整理。因此,在更广泛地收集琉球汉诗文献的基础上,立足于东亚文化交流与融合,全面探索琉球汉诗的发展过程,追寻其与东亚国家的汉诗和而不同的地方,是本书以及今后的研究应该继续努力的。

第一章　琉球汉诗的酝酿期

第一节　琉球汉诗的起源

与日本、越南、朝鲜半岛等地区远在秦汉时期甚至更早就开始接触中国文化不同，琉球与中国的文化交流开始得较为迟缓。据明代陈侃《使琉球录》(1543年)记载：

> 琉球国，在泉州之东，自福州视之，则在东北。是以去必孟夏，来必秋季。国无典籍，其沿革不能详然。隋兵劫之而不服，元使招之而不从。我太祖之有天下也，不加兵而遣使，首效归附，其忠顺之心，无以异于越裳氏矣。[1]

可见在明代人看来，来往琉球仍不便利，需依靠夏秋的东海洋流。琉球国无典籍，是一个文化荒芜之地，然而民风强悍，"隋兵劫之而不服，元使招之而不从"，属于软硬不吃的倔强民族。中琉两国之间的和平交往是从明初洪武五年(1372)开始的，明太祖朱元璋派遣使臣杨载等人，携带诏书出使琉球，得到善意的回应。自此确立了中琉两国之间的贡奉关系，这种关系跨越明清两代，延续五百余年，成就一段友好往来的历史。

据琉球国史记载，杨载在传谕太祖指令后，中山王察度首先"受其诏"，并立即派遣王弟泰期，于同年随同杨载前来中国"奉表称臣"。"由是琉球始通中国，以开人文维新之基"[2]。随后琉球山南王承察度和山北王怕尼芝，也相继于洪武十六年(1383)向明朝皇帝称臣入贡。自洪武年间形成的中琉册封关系，在长达五百多年的时间里从未间断，即便是日本庆长十四年(1609)日本萨摩入侵琉球[3]之后，这种关系也一直维持而未曾改变。琉球国王选择这种周旋于中日两个强国之间的妥协政策，与琉球的地理位置以及自身的经济利益是密切相关的。对明清保持朝贡关系，明清两代皇帝会赐予丰厚的回报，同时

---

① 陈侃《使琉球录》(二)，商务印书馆1937年版，第53—54页。

② 《中山世谱》卷三，见《琉球史料丛书》第四，第41页。

③ 萨摩入侵又称庆长琉球之役、岛津侵入、琉球征伐、琉日战争、己酉倭乱、己酉萨摩之乱等，指的是1609年(明万历三十七年、日本庆长十四年)日本萨摩藩入侵琉球国的事件。这次战役使琉球成为萨摩藩某种程度上的附庸国，直到1879年琉球国被日本帝国完全吞并为止。

也可借以抗拒日本萨摩藩的武力压迫及经济掠夺。这样的做法也有利于保持与大陆之间的民间商贸往来，可以给琉球国带来经济贸易上的巨大利益。

在这样的东亚基本格局及琉球立国策略下，来自中国大陆的儒学在琉球王国受到尊重和欢迎，得到了广泛的传播。明清两朝的各种官制都被琉球王国仿效，汉学成为琉球国的官方意识，汉字成为琉球国的官方用语，而汉文和汉诗就成为琉球国高雅文学的代表。每一代的琉球王子在就位之前，都会到大陆王朝来学习，建立亲密的关系。而每位琉球国王的登基，也必须得到中国皇帝的首肯和册封。明初开始的中琉之间的这种册封关系，为汉诗在琉球国的传播以及琉球汉诗的兴起发展提供了坚实的基础。

洪武初年，明太祖朱元璋“特赐以闽人之善操舟者三十有六姓焉，使之便往来时朝贡，亦作指南车之意焉耳”[①]。从福建移民至琉球国的闽人三十六姓族人，遂世代定居于琉球国首府那霸郊外的“久米村”。由于这样的历史渊源，久米村成为传播弘扬中国文化的中心村落，“为国中文物声名最”[②]。这三十六姓闽人后裔，基本上世代传习儒学，传播中国文化。他们通晓汉语、擅长汉文，在朝廷世袭充任与中国交往时的陪臣大夫、长史通事（翻译）等，他们也经常担任琉球国需要西行朝贡、请封时的使臣。他们是琉球王国内传播和继承中国思想学术文化的中坚力量，自然也成为琉球汉诗创作的主要作者群。

明代宣德四年（1429），随着山南王他鲁母被中山所灭，琉球“三山”[③]归为统一，琉球王国进入了“第一尚氏王朝”[④]的统治时代。国家的统一，兵乱的终止，琉球王国的体制逐步和完善，加速了琉球社会各方面的发展。在尚真王统治期间，琉球王国全面效仿明朝，确立起稳定的朝政体制，包括文官制度、衣冠制度、法律制度、科举制度等，全面地仿效中土文明，迅速改变了琉球国的面貌，琉球国呈现出了社会快速发展的盛况，从原本荒芜落后的偏僻岛国，朝着文明的“首里之邦”转变。

据《隋书》记载，琉球国“无上下君臣之礼、拜伏之礼”，“无敛赋，有事则均税”，“无文字，不知节朔”[⑤]。可知琉球国在儒家思想文化没有传来之前，长期处于社会生产力低下、文明程度不高、社会混沌无序的状态。而在与明朝确立册封关系之后，在中国文明尤其是儒家思想的影响之下，琉球变成了一个以礼仪治邦、典章制度完善的王国，朝野社会、市井生活乃至商贸经济，皆保持有序运转。凭借着“万国津梁”的海上交通枢纽的有利位置，琉球王国平稳发展，呈现繁荣景象。

五百年间，明清朝廷多次派出册封使出使琉球，册封新任国王。明清两朝的派出琉球册封使总计达25次之多。在请封与册封制度的影响下，两国间关系友好紧密。在大陆，为琉球国进贡使节以及留学生而专门修建的“柔远驿”设备完好，许多琉球使节官员

---

① （清）陈侃《使琉球录三种·大明一统志》，商务印书馆1937年版，第1页。

② （清）沈复《浮生六记·卷五·中山历记》。

③ 三山是指历史上在琉球群岛建立的山南、中山、山北三个国家的对外统称。

④ 第一尚氏是对尚思绍王即位（1406）到尚德王被杀（1469）63年间统治琉球国的王室及其姓氏的通称，是琉球国最早的一个统一王朝。正式名称为尚氏，为了与第二尚氏做区别，一般称其为第一尚氏。第一尚氏从初代尚思绍王到末代尚德王，共传位七代。

⑤ （唐）魏征等《隋书·列传卷六十四·东夷》。北京：中华书局，1997年。

在此与中国文人士子谈诗论文，切磋学问，气氛融洽。从泉州到福州，再到京城的国子监，明清两朝都为琉球使节官员学子，提供了条件优渥的生活住所以及交流场所，这就为琉球汉诗的兴起和繁荣提供了较好的基础和有利条件。

中国朝廷派出的册封使团，在琉球国停留的时间一般都有数月半载。明朝的册封使多由兵部和吏部的官员出任，而到了清代康熙之后，则多是由翰林院儒臣出任。从册封官员身份的这一转变，也可以看出中琉官方来往的性质是在不断朝着文化交流方向靠拢。琉球国的久米村，按照中国文化传统样式，一直保留着祖庙和孔庙。在琉球国，无论是王室贵族，还是官员士子，甚或平民百姓，大都对中国的儒家文化怀着信服敬仰之心。公元1798年，为了更好地培养琉球国的汉学人才，在国师蔡世昌的建议下建立了首里国学，久米村的子弟可以优先入国学。

在明清时代，琉球国历朝都遣派一些官生来中土留学，作为王朝外交官及礼仪官的人选培养。除了官派学生，更多的是自费来中土留学的学生，他们被称为“勤学生”。来华的官生有机会被派到京城入国子监学习，而大部分勤学生，则是居留在福州（明初是在泉州）柔远驿。他们在当地名儒的指导下，悉心研学儒家经典，加之习文赋诗，时常游览山水。正是有了长期稳定的中琉友好关系，给琉球的官员学生学习儒学以及汉文汉诗提供了良好机会，这使得琉球汉诗的创作活动发展顺畅，为琉球汉诗的兴盛提供了广泛而深厚的基础。琉球汉诗人就是在这样的时代社会背景的熏陶及感染下，汉学功力日益增长，汉诗创作能力日益增强，促进了琉球汉诗的持续发展。

第二节　汉诗输入琉球的途径

关于琉球汉诗的最初起源，东亚学术界众说纷纭，并没有一个公认说法。琉球大学教授上里贤一认为，早在13世纪中期，也就是日本的五山时代，就有日本僧侣在传播佛教的过程中，就把汉诗带进了琉球岛国。实际上很早就有日本学者认为琉球汉诗的发生与日本有关，甚至有人认为唐代高僧鉴真和尚等人在东渡日本过程中就到过琉球。其证据是日本奈良时代的淡海三船写过《唐大和上东征传》，其中在天平胜宝五年（753）条中，记载该年十一月的“廿一日戊午，第一第二舟同到阿儿奈波岛”。还记载鉴真和尚一行人在这个岛上逗留了半个多月，而“阿儿奈波”与“冲绳（okinawa）”发音相近，因此推断“阿儿奈波”就是“冲绳”岛。但日本学术界本身，对此说认同者不多。然而，日本南部九州的萨摩藩离琉球航海距离最近，佛教传至日本后，顺势南下传入琉球。日本僧侣渡海南下，至琉球岛传教布道弘扬佛法者甚多，而琉球国僧侣，也较早就赴日本本岛参拜，修道学佛。这一过程中，就包括了佛经佛偈的吟唱，乃至汉诗的习作及交流。因此，应该是中国和日本的佛教、僧侣，最早把汉诗传播到了琉球岛国。而最初的琉球国本土汉诗人，也应该是学会了佛偈短诗的僧侣群体，日本五山时代行走四方的僧人佛徒，在琉球汉诗的产生过程中发挥了重要的作用。

在传播学中，把人际的传播视为最重要的文化传播载体。看待一种文化在异地传播交流时,首先是应该重视人际传播在文化交流中的重要作用。同理推论,在考察汉诗传播琉球的过程及途径的时候,作为汉诗传播重要载体的人的行为,理应成为首要的考察对象。据此观察,可以判定汉诗传入琉球主要有四种途径:

一、进贡使节的引入

自洪武五年(1372 年)之后,明清王朝与琉球国之间的封贡关系达五百年,琉球长期对中国朝贡,双方册封使与进贡使互相往来于途,络绎不绝。据《大明会典》记载,“谕令二年一贡。每船百人”[①]。大多超过百人,然不过百五十人。明清朝廷对四海各国前来的贡期、贡道及使团规模,都有严格的限制。然而在明代,琉球朝贡的次数却是异常频繁,经常会有一岁再贡,甚至一岁三贡,远超过明朝廷的规定。据日本日本学者赤岭诚记《大航海时代的琉球》一书中的统计,有明一朝,琉球使团来华达 537 次,接近平均每年来贡两次,与《大明会典》规定的“二年一贡”超过太多。为何如此? 主要的原因就是琉球国的每次朝贡都有着极大的利益反馈,这就成为其超多来贡的积极动力。尽管大明朝廷对朝贡有着诸多的限制,但执行起来并不像法条规定那么严格。事情的可否常常在皇帝的喜怒一瞬间,只要圣上不在意,特别是只要龙颜大悦,那么琉球国的朝贡多来几次也没什么不妥。琉球国的朝贡来得特别勤,其结果就是天道酬勤,获利颇丰。

朝贡的管道不仅是中琉两国维持外交关系的重要方式,而且也成为中国文化影响乃至汉诗创作输入琉球的重要途径。在朝贡期内,进贡使臣除了履行职务之外,他们也获得了实地考察中国社会以及与中国文人学者交流,习文赋诗的绝佳机会。由于每次朝贡在大陆行走经过的地方多,停留的时间长,这就为他们的学习提供了很多的时间和很大的空间。他们可以购买大量典籍带回琉球,其中既有自用,也可贩卖图利,客观上是推进了中国书籍在琉球的传播。他们还有机会学习中国的各种制度礼节,参拜文庙,参观书院,与中国学者进行交流,切磋学问,诗酒唱酬。在此过程中,汉诗写作已然成为中琉外交舞台上不可或缺的一项工具,而且在这诗文唱酬的过程中,汉诗的水平也成为中琉儒生文人显示修养素质的一种标志,格外受到关注。因此,频繁的朝贡活动,让琉球贡使加深了对明清社会文化的了解,提升了他们的儒学修养,传播了汉诗新发展,同时也为琉球汉诗创作水平的提高,起到了促进的作用。

二、中国册封使的传入

琉球作为明清两朝的属臣,每当遇有国王去逝、世子继位时,都会遣使中国报丧及奏请新的册封。而明清朝廷每次都会派遣册封使前往琉球,谕祭前王及册封新国王。据统计,明清两朝政府共 23 次册封琉球,派出正副册封使 43 人,其中明朝 15 次,27 人;清朝 8

① (明)李东阳等撰,(明)申时行等重修《大明会典·卷之一百五》,扬州:广陵书社,2007 年版。第 105 页。

次，16 人[①]。琉球使臣前往中国，加深了对中华文化的理解，相对应的中国使臣来到琉球，对儒家文化及汉文汉诗在琉球国的推广，同样也起到了积极促进的作用。明清政府派遣的册封使臣大都有着厚实的学术根基及文化素养，他们在完成册封使命之后，由于等待合适的洋流风向及其它原因，有时可能会在琉球国滞留几个月。这些册封使或为给事中，或供职翰林院，大多是科举精英、硕儒名流，或释译经典，或谈诗论文，自是拿手当行。在滞留琉球期间，他们与琉球文人学者进行广泛交流，各阶层士子学者会争相拜访，中琉文人或吟诗唱和，或论文谈经，或抚琴作画，其乐融融。这些活动使得中国文化在琉球得到了广泛的传播，琉球汉诗文创作也在交流中不断得到提升。

三、"闽人三十六姓"的作用

琉球地处中国东南太平洋面上，自古"缚竹为筏，不驾舟揖"[②]，加上中琉航路的险恶，"浪大如山，波迅如矢，风涛汹涌，极目连天"[③]。这给琉球朝贡带来了极大不便。为了帮助琉球国顺利完成航海朝贡活动，也为了在琉球国推广儒家文教，明太祖朱元璋挑选"闽人三十六姓"，让他们移民至琉球国。这一福建移民群体迁居到琉球国之后，其携带的中华文化基因以及航海耕作技术，自然会融入移居地琉球国。这一移民群体人数多，有着不同的知识结构，如有"知书者"、"习海者"等，他们较为全面完整地将儒家文化带进了琉球。

从琉球汉学的形成过程看，除了来自日本的五山僧侣谱系传播外，还有一个系谱就是从中国福建移民过来的三十六姓。在琉球的首府那霸郊外，华人聚集的村落被称作"久米村"。久米村的华人后代，一般都担任航海技师，朝廷外交文书的写作者以及管理者，在与明清朝廷进贡以及与周边国家交往中发挥着重要作用。从 14 世纪后半叶至 15 世纪中叶，东亚各国之间经历了商贸交往繁荣时代，这也是久米村人在琉球王国最为活跃的时代。由于他们有着懂汉语、掌握航海技术的天然优势，所以在琉球国中备受尊重。他们在朝廷担任重要职务，沟通国际交往，保护琉球王国，因而长期独占派往中国留学生（官生）的位置。

但是从 15 世纪后半叶开始，琉球国作为东亚贸易中继港的作用有所衰退，久米村的地位也随之衰落。至日本萨摩入侵（1609）琉球的前夕，久米村已经失去了往日的繁荣面貌。1606 年（尚宁王十八年），来琉球册封的明使夏子阳，对久米村这样描述：

> 余闻诸琉球昔遣陪臣之子进监者，率皆三十六姓；今诸姓凋谢，仅存蔡、郑、林、程、梁、金六家而族不甚蕃，故进监之举，近亦寥寥。[④]

萨摩入侵琉球后，根据丈量土地而制定出稻谷标准产量以供纳税参考，在这个过程中设定了久米村籍，推行久米村的强化政策，久米村这才渐渐复苏活力。

---

① （日）陈哲雄《明清两朝と琉球王国交涉史の研究》，《琉大史学》1976 年第 8 号。

② （明）严从简《殊域周咨录・卷四・琉球国》。

③ （明）徐孚远《明经世文编》卷四六〇《李文忠公文集》，中华书局影印本。

④ （明）夏子阳《使琉球录（下）・大明统一志・嬴虫录》，商务印书馆 1937 年版，第 1 页。

1674年(尚真六年),在久米村修建了孔庙,1718年(尚敬六年)创建了明伦堂。此外还修建了天尊庙、天妃宫、龙王殿、关帝庙等。研修儒教和信奉道教成了久米村人的世代传统。孔庙和明伦堂为教育机关,里面的具体职位有汉字方、汉文方、通书方、讲解师和训诂师等。录用汉字方与汉文方官吏,都采取用汉语作文考试的方式,还包括了撰写汉诗。久米村人还充当唐通事这样重要的职务,不管是通书方、讲解师、训诂师,包括汉字方和汉文方,被录取者大多是有着去中国留学经历的官生。

久米村内实行的汉文教育方式是推进式的,先在天妃宫里进行初级教育,然后在明伦堂里进行中级和高级教育。初级教育针对7岁以下的孩童,主要学习官话和启蒙教育,认字学书,即中国式的传统小学教育。进入明伦堂后,继续练说官话,学习儒家"四书五经",练习书写外交文书,比如咨情文和上表文等。总之久米村的汉文教育,其中心是为了培养琉球王国的外交人才,掌握汉语之后再在琉球国的外交方面上发挥实质性的作用。久米村的子弟所要学习的重点是一些实用性的知识,首先是学习书写琉球王国所需要的外交文书和养成中琉双语翻译人才,在与中国册封官员打交道的过程中,光会中文会话和汉语写作还不够,还需要熟知中国文化典籍知识和汉诗文方面的唱酬能力。

久米村子弟顺应琉球国的需求,努力学习中国官话,练习书写外交文书,学习儒家经典的基本教养。整个久米村承担起琉球王国不可或缺的外交人才培养以及中国教养的传承重任,正如日本学者所指出的:"久米村是以进贡为轴而编成的特别的官人组织。"① 久米村人维持了汉语教学及汉文化教养的传承,他们通过与中国官员文人的交流,不断学习新知识和获得新情报,他们世代传承的汉学教养及汉语技能,浸透了琉球朝廷所有领域,影响到琉球社会生活的许多方面,使得琉球国呈现出多面性的社会结构,以及色彩丰富的社会生活文化。

久米村的制度设置和人才培养,对琉球的汉诗文创作也产生了巨大影响。与日本汉诗相比较,琉球汉诗的特色首先就表现在诗人的身份方面。琉球汉诗人几乎都是与明清进行外交的相关者,中国移民的后代支撑着琉球王国的内政外交各方面,久米村本身就成为琉球王国外交人才的专门培养组织。琉球汉诗的成立与展开,从福建移民过来的"闽人三十六姓"产生了很大的影响,久米村的体制发挥了巨大的作用。由日本五山时代僧侣南下带来的日本式汉文训读法,在琉球国汉学中如何发挥作用?其与从中国大陆西传而来的久米村系统的汉学,又是如何相互影响、相互融汇的?南下的日本式汉学,与西传的中国式汉学又有什么区别?这些都是琉球汉学乃至琉球汉诗发展过程中的重大问题,还有待于学界进行更为细致深入的探讨辨析。

四、琉球留学生的诗文传播

早在明初洪武二十五年(1392)五月,琉球中山王察度就派出了第一批赴华留学生。史载:"二十五年,王及世子武宁各进表笺,贡马。并遣从子日孜每阔八马、寨官子仁悦慈

① 见(日)田名真之《近世久米村的成立和开展》。

入国子监读书——国人就学自兹始。太祖各赐衣巾、靴袜并夏衣一袭、钞五锭。秋，又赐罗衣各一袭及靴袜、衾褥。山南王承察度亦遣从子三五郎尾及寨官子实他卢尾、贺段志等入国子监读书，赉如中山例。”[①]可见在明初朱元璋恩威并行的感召下，琉球纳入了大明帝国的册封圈，琉球“国人入监肄业，自此而始。”中琉这两个宗主国与藩属国之间，建立起了一种较为密切的文化教育交流机制。从明到清数百年间，尽管中国有改朝换代，但是这种东亚宗主与藩邦之间的教育交流体制却一直延续了下来，成为东亚文化教育交流的一种典范。

对于西边大陆的中国文化，琉球人多年来都是极为恭敬，虚心学习的。洪武五年(1372)五月，琉球中山王察度向明朝派出了第一批琉球官生。琉球官生在明清国子监中的学习课程，与其他东亚国来的留学生所学习的课程相同。学习内容也是由浅及深，先学传统小学启蒙，再学主要课程“四书”、“五经”以及律令等科目。每日琉球官生都必须“早起、沐浴、正衣冠”，之后去讲堂学习小学规范，之后练习骈文、古文。每天习文一篇，学诗一首，第二天背诵。清代乾隆年间教习潘相在，规定琉球官生“逢三日，作诗一首，不拘古律。逢八日，作四六一篇或论序等类一篇”[②]。除了按照这些课业要求进行每天的学习，琉球官生和国子监学员一样，必须参加月考、季考和岁考。考试内容规定要考四书文一篇，五言八韵诗一首，或五言律诗一首。在品行学俱优的教习们的言教身传影响下，大部分琉球官生都勤学好问，多数人都取得了优异的学习成绩。

明代的琉球官生回国后大都受到琉球国王的重用。有的聘为国师，为国王世子、世孙讲经释典；有的任职官府，治国安民；有的担任贡使通事，沟通对外往来。总之他们都成为王国重用的人才，在琉球发挥出了经邦济世的作用，为琉球社会的发展和进步，作出重要贡献。他们同时也成为琉球汉诗创作的参与者，成为琉球汉诗发展的促进动力。他们的参与，不仅提升了琉球汉诗的创作水平，还促进了汉诗文在琉球的传播，为琉球汉诗的不断发展提升培养了一批又一批的汉诗人才，也为清代琉球汉诗的崛起作好了充分的准备。但是最令人遗憾的是，由于屡遭战乱灾患的毁坏，明代琉球官生的汉诗文作品至今绝大部分已经毁损而不可见。

除了官费生以外，琉球还有很多“勤学生”，他们大多通过自费或者半自费的形式来华学习。勤学生大多数都是在福州(明前期是在泉州)留学，住宿在“柔远驿”。他们的学习内容相对于官费生来说，更加多样化和实用化，也有学习儒家经典，也向文人名士学习汉诗文，但更多的则是学习各类实用技术，包括医术、工艺、养殖、耕种技术等。这些勤学生回国后，将学到的各类知识和技术传播到了祖国故乡，给琉球国的朝政社会经济文化的发展带来深刻影响。他们也将在中国学到的汉诗文，带回琉球继续创作和传播，从而有效地提升琉球汉诗文创作水平。无论是官费生还是勤学生，他们对汉诗文的学习、创作和传播，成为汉诗移植琉球国的又一重要途径。

当然，除了以上所述主要原因之外，汉诗传播移植琉球过程还存在着其他的影响因

① (清)徐葆光《中山传信录》卷三，上海古籍出版社《续修四库全书》收录，2002年版。
② (清)潘相《琉球入学见闻录》，见《传世汉文琉球文献辑稿》第28册。鹭江出版社，2012年版。

素。比如从第三方的间接传入，与直接传入有哪些区别？汉诗通过朝鲜和日本而传播到琉球，这样的间接传入方式自有特色。琉球除了与中国的直接交流，同时也与汉字文化圈的其他国家间接交流。汉籍与汉诗通过这些国家而传入琉球，会带上这些国家对汉诗的独特理解。东亚各国汉诗人之间的唱和交流，对琉球汉诗的发展产生了复杂的影响。此外，东亚商贸交流以及海上飘风难民等因素，对琉球汉诗的发展也产生了一定的影响作用。

第三节　明代琉球汉诗的保存现状

从明初中琉建立朝贡关系到明后期日本萨摩藩的入侵琉球，这一段历史时期内琉球汉诗的发展程度和写作水平到底如何，由于文献匮乏，今天学界已经难以细究。现存的琉球汉诗，绝大部分为17世纪中叶以后也就是入清以后的诗作，留存下来的明朝时期的琉球诗作确实寥寥无几。

目前所知的最早的琉球汉诗，是17世纪初出自琉球僧侣之手。在清代康熙年间，有人称“自明初及末，计有二百七十余年之久。未闻中山有著作”。然而自洪武年间确立琉球的册封关系，琉球国就开始派遣留学生赴明，积极引入中国的各种制度文化，而汉诗文作为重要的组成部分，在琉球喜欢和写作汉诗应当是大有人在。明代诗文创作兴盛，琉球国的学子文人有多种途径学习汉文汉诗，并练习写作。明人萧崇业在《使琉球录》中这样记载：

> 陪臣子弟与凡民之俊秀，则请致仕大夫教之；俾诵读孔氏书，以储他日长史、通事之用。遇十六七岁该贡之年，仍过闽河口地方，从师习齐人语。余颛蒙不慧者，第宗倭僧学书番字而已。至于作诗，譬落落辰星，仅知弄文墨、晓声律尔矣；而许以“效唐体”，吾诚不知其可也。
>
> ……
>
> 萧崇业曰：“余闻之长史郑迥云，国有僧容安者，素谙文义，且能诗，曾与日本人弹射不相下，辄欣然。索所为作，读三四过，语虽不甚精工，然意固飘飘物外。其于健羡，冷如也。所谓泉石膏盲、烟霞锢疾者，非乎？而此辈是已。”①

实录琉球贵族子弟注重儒家经典的学习，已经能够熟练地写作汉诗，其汉诗启蒙老师则多数是在琉球传法的日本诗僧。萧崇业认为琉球书生知道一些汉诗的技巧，也懂得一些汉语音律，但水平并不高。若说其类似唐诗，还有些过誉之处。但不论如何，会做汉诗的琉球人是有的。作为当时琉球汉诗创作最高水准的僧侣诗人的诗作，在明人萧崇业的眼中属于差强人意，他虽然可以看出琉球汉诗的一些思想境界，但是汉诗的语言技巧谈不上精工。这也反映出当时琉球汉诗的写作尚属起步阶段，诗人人数既少，诗作水平总体

① （明）萧崇业《使琉球录下·星槎胜览》。

也不高，远未到社会普及的程度。

这一时期西方殖势力开始进入东亚。位于东海要道的琉球，作为“海上马车夫”的贸易枢纽地位开始下降，贸易人才的需求量下降，也使得久米村变得萧条，据载当时“存者仅七姓”。有明一代，中琉交往的第一个高峰在15世纪和16世纪前半，这一两百年间，中国文化及汉诗创作都有相应的表现和存在。然而当时的状况却不甚可观。造成这种状况的原因，大致有以下两点。

一是像上述材料中所提到的，由于中琉朝贡关系刚刚确立不久，中国对琉球的影响还只是刚开始，能够真正接触到汉学的只是少数官生、勤学生和久米村的华裔子弟，他们学习汉文的目的，是为了能够担当琉球国的史官及使臣，动机比较明确。还有就是当时久米村还未设立学校，学习儒家文化的机会只限于家族内部，因此汉诗文写作的水平都是有待提升的。因此总的看来，由于当时琉球的汉文基础还较为薄弱，能够写作汉诗汉文的人自然不会多。

二是琉球的历史文献运乖多舛，几经毁损。特别是公元1609年的萨摩军入侵，使得琉球国“有如家家日记，代代文书，七珍万宝，尽失无遗”。据《中山世谱》等资料记载，萨摩藩派出以桦山权左卫门、平田太郎左卫门等为统领的三千多名精兵，乘百余艘战船，在琉球最北端诸岛登陆，一路烧杀掠抢。琉球国多年不习兵，无武备，民众手无寸铁，朝廷孤弱无力。而登陆的萨摩军极为凶残，毫无纪律约束，见人就杀，见物就抢，见屋即毁。琉球民众备受荼毒，琉球王国遭受巨大灾难。琉球虽是小国，但百年来通过与中国通商贸易也逐渐积累一定财富，金银珠玩、文书字画收藏丰富。当时以桦山久高为首的主要萨摩将领分兵四队，对首里王城进行了彻底洗劫。此次抢劫历时七八天，最后将所夺财物运回日本的鹿耳岛。琉球王府及百姓世代收藏积累的高价值财物，全部被一扫而空。“往古满是金银，或制答，或作祭器。又大明、暹罗、日本等等往来商贾……数百年后传至尚宁，失于己酉之乱”。经此场战乱，琉球王国世代积累的日记、文书、奇珍、异宝等，丧失殆尽。

几十年后，琉球的史学家们无奈感叹：“记籍湮没，而今有存者鲜矣，深可惜也哉！”“前代纪籍，颇致湮没，象贤深为之叹。”[①]象贤即向象贤，负责编修琉球国正史《中山世鉴》。由于日本萨摩藩军的野蛮劫掠，琉球文献损毁殆尽，致使琉球学者编修国史由于缺乏基本的材料而极其困难。

① （琉球）蔡温《琉球王国汉文文献集成·第二册·中山世谱》，上海：复旦大学出版社，2009年。

第二章　琉球汉诗的发展期(1636—1759)

经过与明朝的长期交流切磋,琉球汉诗的发展渡过了酝酿和蓄势期,在进入清朝得以开花结果,造就了琉球汉诗史上最辉煌的一页。值得注意的,在大陆的明清易代(1636—1686)时期,琉球汉诗数量不多,但还是有保留下来,其中不乏佳作,如琉球汉诗人王明佐的诗作。

王明佐(1622—1684),号怀楚,久米村王氏第三代孙,家族世承汉学,自幼聪颖好学,官至琉球国紫金大夫。公元1644年,明朝崇祯帝在北京自缢,福王朱由崧在江南建立了南明弘光朝。1645年弘光帝死,郑芝龙、黄道周等人扶朱聿键于福州登基称帝,改元隆武。琉球国王派王舅及王明佐等前来庆贺。归琉途遇海盗,遂折回福州。不久清军南下,贝勒将军特召琉使,谕以归顺之命,更吩其赴京朝觐。王明佐等随机应变,归顺清朝。顺治帝嘉其归诚,命通事随之赴琉招抚。王明佐存诗一首《送汪检讨舟次还朝兼祝封翁八十大寿》,收于《皇清诗选・五言律卷之十六》。清人孙思九评其"从容冠冕,赠名佳品"。此诗又以《咏松》为诗题,后来被收入《中山诗文集》,诗曰:

渡海缠三日,还家祝万年。
姓名香案吏,文采玉堂仙。
蜀岭梅方萼,绥山桃最仙。
遥知献觞处,歌舞满华筵。[①]

这首五律诗写得雍容雅正,有明代台阁体诗风遗韵,确是朝臣送别唱和及贺寿的端庄口吻,其音韵优美,用典精到,可以看出琉球朝臣汉诗创作的熟稔程度。结合诗人写此诗的时空背景审视,还透露出琉球国在中国大陆的明清鼎革之争中,其随机应变、不持立场的基本立场,以及琉球国因而达到左右逢源的实际利益。两大之间难为小,可是琉球国在很长一段时期内,都在主动或被迫地玩着这种夹在两大之间而为小的平衡游戏。琉球国的做法,与东北亚李氏朝鲜国的做法可谓大相径庭,这就形成了东亚各国朝政策略之间的鲜明对比。

---

① 程顺则《中山诗文集》,上里贤一校定本,九州大学出版社,1998版,第353页。

第一节　清代第一批官生及其汉诗创作

一、梁成楫、阮维新

琉球王国的书生赴华留学，有官生和勤学生两种形式。官生是由琉球王朝选拔、派遣，得到中国朝廷的批准接纳，被安排在明清两朝京城国子监读书就读，朝廷为其提供学习和生活的所有费用，待遇甚优。勤学属于自费留学，有的也由琉球王国派遣，但是中国朝廷不负担这部分琉球学生的学习和生活费用。勤学生的学习内容可以自己选择，中方对其生活场所也无特意安排，总之是自由度较大的留学方式。明清时期，琉球王国派遣来华学习的官生前后至少有 20 余次，据冲绳史学家仲原善忠估算，明清两朝琉球官生总人数为 97 人，其中明代 55 人，清代 42 人，学成归国者 77 人，因海难罹病死亡者 22 人。笔者检阅各种文献，查得知道姓名的琉球官生超过 80 人，兹列表如下：

明清时期来华留学琉球官生一览表

年　　代	官　生　姓　名	人　数
明洪武二十五年(1392)	日孜每、阔人马、仁悦慈	3
洪武二十五年(1392)	三五郎尾、实他卢尾、贺段志	3
洪武二十六年(1393)	段志每	1
洪武二十九年(1396)	麻奢里、诚志鲁	2
洪武三十一年(1398)	姑鲁妹(偕入谢恩)	1
永乐三年(1405)	李杰	1
永乐四年(1406)	石达鲁等	6
永乐八年(1410)	模都古	1
永乐九年(1411)	怀德、祖鲁古	2
永乐十一年(1413)	邬同志久、周鲁每、恰那晟	3
成化十八年(1482)	蔡宾等	5
正德五年(1510)	蔡进等	5
嘉靖五年(1526)	蔡廷美、蔡浩、郑富、梁梓	4
嘉靖十五年(1536)	梁炫、郑宪、蔡朝器、陈继成	4
嘉靖二十九年(1550)	蔡朝用等	数人
嘉靖四十四年(1565)	郑迵、蔡燫、梁炤、梁焌	4
万历八年(1580)	郑周、郑迪、蔡常	3

续表

年　代	官生姓名	人数
清康熙二十七年(1688)	梁成楫、阮维新、蔡文溥	3
雍正二年(1724)	郑秉哲、蔡宏训、郑谦	3
雍正五年(1727)	梁允治、郑孝德、蔡世昌、金型	4
嘉庆七年(1802)	向寻思、向世德、郑邦孝、周崇鐈	4
嘉庆十年(1805)	向邦正、毛邦俊、梁文翼、杨德昌	4
嘉庆十六年(1811)	毛世辉、马执宏、陈善继、梁元枢	4
道光二十一年(1841)	向克秀、东国兴、阮宣诏、郑学楷	4
同治八年(1869)	毛启祥、葛兆庆、林世功、林世忠	4

公元1686年(康熙二十五年),琉球王国在时隔109年之后,向清朝派出了第一批官生,他们是梁成楫、郑秉均、阮维新、蔡文溥,四人皆成为当时琉球诗坛的新生力量。

梁成楫(1668—1702),字得远,久米村人。1686年赴华,入北京国子监就读。1692年学成回国,与同学阮维新、蔡文溥同为琉球国讲解兼读书师。历任顶戴黄冠、座敷、朝京都事。康熙三十六年(1697),同紫金大夫蔡铎等显宦纂修琉球国重要的史书《中山世谱》①。1699年,被任命为国王世孙的经学讲解师,入首里王宫讲解儒学"四书"。1701年任接贡使都通事来华,翌年回国时在海上遇难。《皇清诗选· 七言律卷之二十四》录其所撰写的《凤尾蕉》诗一首:

铁木由来天上枝,恩深偏为近臣移。
酬功不待膺封日,树德尤宜未老时。
凤尾翩翩张夜月,龙鳞点点映朝曦。
雪堂今日新承宠,寄胜缘需共赋诗。②

可看出梁成楫汉学根底较为扎实,汉诗之作,工整典雅,显示功夫。史载琉球官生在北京国子监读书期间,礼部挑选宁波徐振、福建郑某等学行优异的贡生,担任梁成揖等琉球官生的日常教习。明代国子监对外国学生不设专门教习,而清代国子监对于琉球官生的管理更加严格。从康熙二十七年起始设专门教习,辅导琉球官生读书习礼。潘相《琉球入学见闻录》云:"明时琉球人学,不设教习,共法甚略。至我朝康熙二十七年梁成揖等人学,上特命司成于肄业正途贡生中,遴学行之优者,奉举一人为教习,专司讲解,派博士等

① 琉球国官修史书。康熙三十六年(1697),由摄政尚弘才,法司向世俊、马廷器、毛典相,总理司谱官尚弘德、向和礼、传崇道,校正官蔡铎等当官,对《琉球国中山世鉴》进行汉译和改订,但于1701年即中止。1724年,由国相尚彻,法司马献图、尚和声、毛承诏,总宗正尚盛、尚文明、毛光弼,纂修司蔡温等当官,又加以重新修订,并于翌年完成。

② 程顺则《中山诗文集·附录·皇清诗选所收琉球人作品》,上里贤一校定本,九州大学出版社,1998年。第357页。

官经理之，堂官不时加谨稽察。”清代国子监教学制度严格，师资配备加强，这样就确保了琉球官生的来华学习的顺利完成，同时也培养出汉学根基扎实的新一代琉球汉诗人。

梁成楫保留下来的汉诗只此一首，殊为可惜。这首为七言律诗，章法合体，笔法老到，有朝廷文臣的雅顺诗风。同样是以《凤尾蕉》为题，阮维新也有一首被收录进《皇清诗选》，诗云：

一株铁木岂能残，诸生时常带笑看。
叶向高秋低寄傲，枝临深夜不知寒。
论清未肯输孤竹，争翠从教过畹兰。
此日雪堂承宠来，年年花里报平安。①

这首七律重在咏物，虽然都是奉旨咏物明志，但与梁成楫的同名诗写法不同，诗风也有较大差异。总的看来，表现出诗人的高洁秉性和孤高性格。阮维新，字天受，其先祖为福建漳州府龙溪县人。明万历年间，福建有阮国，与毛国鼎同时奉命移居琉球，后官至琉球国正议大夫，充万历三十四年(1606) 谢封使，传 4 世至维新。维新 1686 年入北监就学，学成归国后官至紫金大夫，充康熙五十三年(1714)入清贡使。

二、蔡文溥和《四本堂诗文集》

蔡文溥(1671—1745)，童名百岁，字天章，号如亭，是明初久米村福建移民三十六姓的后裔。其祖蔡襄，传到他已经是第十一代。康熙二十五年(1686)，作为琉球中山王府派遣的第一批官生之一，蔡文溥赴华留学，历经险阻，到北京入国子监学习。康熙三十年(1691)，蔡文溥学成回国。担任久米村世袭的讲解师和训诂师，讲解儒家经典。他撰写的《中山学校序》留下了琉球王国初期引入儒学，开发文教，培育本土人才的艰难过程，可谓筚路蓝缕，极为艰辛：

中山虽在海外，自大明以来通中国，贡典不绝，沐圣天子文教者，盖三百余年矣。今世家子弟徒嗜膏粱，日好游观者常多；而笃志芸窗，精通经史者甚少：是亦由父兄之教不严，遂致子弟之业不修也。今我新嗣君勤修学问，讲论治平，凡所设施，皆宪章古圣贤之道，上行下效，捷如影响。故自王都以及乡邑，莫不奋然感发兴起。康熙乙未岁，会议于各乡中随分捐资，公建学堂，而选士之通经、善行者为师，以教子弟，诚一时之盛事、万世之良模也。于是从游者，皆争先恐后，就师肄业，而知言忠信、行笃敬，有彬彬邹、鲁之余风焉。贤君嘉文教大行，特遣近使巡宣钧谕，劝勉诸生曰：“尔曹潜心肄业，孤甚嘉之！但学必以不倦为功，积久而成，不可以旦夕求其效也。且所谓学者，不但诵读章句而已。盖小而进退应对之节、大而修身齐家治国之道，其敦人伦、笃宗族、和乡党、美风俗之事无不出于学也。故为师者，当以此施教；为弟子

① 程顺则《中山诗文集·附录·皇清诗选所收琉球人作品》，上里贤一校定本，九州大学出版社，1998 年版。第 358 页。

者，当以此讲习。为国取士，亦不外此。可不勉欤！”呜呼！吾君之所以振兴文教、化导士人者，至矣、大矣。由是师之所教、学者所习，皆以实学而不以虚文。凡所以致知力行之事、忠君泽民之道，莫不尽心讲求。处期无愧于圣贤，出期有用于邦国。养成德器，他日登庸廊庙，皆可以为菁莪棫朴之选也。伫见都邑之间，风醇俗美，户诵家弦。臣与臣言忠，子与子言孝，跻中山于一道同风之盛矣。予才惭制锦，学愧操刀，未获刺股之勤，徒切生花之梦，莫能颂扬休风于万一！不揣固陋，以叙其事云尔。①

康熙三十八年(1699)正月，蔡文溥奉琉球国王之命，担任接贡存留通事官赴京入贡。完成任务之后，蔡文溥在福建逗留了三年后才返回琉球，继续担任王室经籍讲解官。之后，康熙四十七年(1708)，再次任进贡存留官，十一月到福建后又学习地理历法。四十六岁时拜为正议大夫，五十岁官累紫金大夫。

蔡文溥有《四本堂诗文集》存世，收录125首汉诗。其诗风格清丽典雅，显露温柔敦厚性格。蔡文溥有一部份汉诗是在逗留中国期间所作，其将中国的山川美景，描写得栩栩如生、丰富多彩，表现出“独在异乡为异客”的思乡情。蔡文溥的大部分汉诗是在琉球国内创作的，从其诗作内容看，蔡文溥虽说一直在琉球王朝任职为官，但也一直怀抱着一种隐士情怀。蔡诗多写到优美的田园丘壑、幽谷白沙，全然是中国士大夫闲散生活方式的表现，其内心的隐士情怀也得到了清晰的表现。

作为中国人后裔，蔡文溥对中国山水的认知、欣赏和情感有其特殊处。如果说来自其他东亚国家的使臣，只是在汉诗中发表一些观景感悟，或者作一些技巧性的风景诗描写，一般很少将景物描写与内心情感联系起来。蔡文溥汉诗中对于中国风景有着一种文化和心灵上的亲近感，他在欣赏中国山水美景的时候，往往将自己的感情投入到了所看到的景物之中。虽然说汉诗写作技巧很重要，但是更重要的是来自心灵层面的一种亲近感。正是这种有着血缘传统的心灵亲近感，使得蔡文溥在写景状物时，经常有着与东亚其他国家汉诗人不同的直接感受，这也是蔡文溥写景诗的成功之处。如下面数首汉诗所示：

雄关千仞与霄邻，锁钥南天护八闽。
游子过时梅正白，看花一路喜逢春。

《初春过仙霞岭》

春登男贯最高巅，何处风光不眼前。
危磴千层浮翠霭，飞涛万顷拍长天。
烟笼花气侵衣带，洞咽泉声奏管弦。
相对一樽期人醉，当欢又动故园愁。

《上巳同诸友集饮江楼》

---

① 文见周煌《琉球国志》卷十五，有《丛书集成初编》版。中华书局，1985年版。

江楼客子叹年华，海燕横飞掠浅沙。
细柳含烟牵绿线，残桃经雨落红花。
九仙山暗春将暮，螺女江空日已斜。
遥忆高堂双白发，不堪书剑滞天涯。

《暮春有感》

上述三首诗，抒发了深沉的“故园愁”。但值得注意的是，诗人是带着自然投入的欣赏心来描述闽地的风光。给读者的感觉这不像是一个外国人，而像是一个外乡人，一位来闽中旅游的他乡诗人，这与蔡文溥对中华民族文化的归属感是有关系的。

蔡诗曾说过：“几年北阙苦淹留，诏许辞官到驿楼。”这是他从国子监留学之后的生活心情写照。当时清朝廷优待蔡文溥等三名琉球官学生，学成之后逗留中国期间给予州同的官俸待遇。蔡文溥利用这一清朝廷的优待政策，决定逗留福州研习儒家学术，而琉球国王也准许了他的请求，这就是蔡文溥所言的“诏许辞官”。蔡文溥汉诗中经常提到的驿楼，即柔远驿，建造在福州闽县的河口，是清朝设立的接待琉球使节与留学生的机构。柔远驿中设有琉球学生的学馆，蔡文溥多次在馆中居住过，其中任接贡存留通事时，居住在柔远驿内的时间最长。

蔡文溥在琉球王国任职，过着亦官亦隐的生活，兼有隐逸之士与王庭文学侍从的双重身份。从其文学侍从之诗作，明显可以看出其学习初盛唐诸家，爱好王维田园诗派，尤重台阁雅颂体。故其在琉球所写汉诗，大致以高华典丽风格为主。如《题使院种蕉图》[①]：

数株蕉扇半遮空，仙客栽培兴不穷。
虚槛笼阴消暑气，幽窗伴月引凉风。
飘摇影出高墙外，掩映绿浮一院中。
拟似辋川当日景，好将图献未央宫。

蔡文溥汉诗的这一特点，与清朝康乾时代的升平雅颂诗风也是一致融合的。当然蔡诗并不歌颂清帝，而是琉球国王，这是他对琉球王国的忠诚心所在。

蔡文溥曾作《同乐苑八景》，描写琉球岛国富庶文明、一派安详融和的乐居景象，诗云：

江芷汀兰映水清，风飘香气到前庭。
曾传东阁招贤地，可胜圜桥聚德星？

《延贤桥》

明王轸念草莱民，时上农坛望亩频。
省敛省耕行补助，海邦无岛不生春。

《恤农坛》

① 诗见周煌《琉球国志略》卷十五。有《丛书集成初编》版，中华书局，1985 年版。

一曲银塘供洗笔，光浮星斗自成文。
金鳞列队争吞墨，彷佛龙宫献彩云。

《洗砚塘》

台上新晴宿雾披，鸾旗掩映日迟迟。
春和淑气催黄鸟，正是农工播种时。

《望春台》

峰高路转欲凌云，亭上风光自不群。
纵目远观沧海外，登临何异读奇文！

《观海亭》

人间似隔红尘外，错认桃源有路通。
阴锁洞门闲寂寂，惟余鹤梦月明中。

《翠阴洞》

香出琼楼阆苑种，长承雨露叶苍苍。
春来每向岩头摘，先制龙团献我王。

《摘茶岩》

闻道仙家延寿草，移栽堤上自成丛。
莫教刘阮长来采，留与君王佐药笼。

《种药堤》[①]

清周煌在《琉球国志略·卷八》的“胜迹”中提到：“同乐苑在姑场川。亦有八景：延贤桥、恤农坛、洗笔塘、望春台、观海亭、翠阴洞、摘茶岩、种药堤。”[②]序中称本组诗作于“岁在甲辰雍正二年仲春”，即作者五十三岁之时(1724)。同乐苑在首里南苑，为尚贞世子尚纯营所，后尚敬幼时也居住在此。琉球第二尚氏王朝时期的王世子有“中城王子”的称号，因其居住在“中城御殿”之中。同乐苑正处其中，其苑名自然取中国典籍中所谓圣王“与民同乐”之意。

① 诗见周煌《琉球国志略》卷十五，有《丛书集成初编》版。中华书局，1985年版。
② 周煌《琉球国志略·卷八》。黄润华、薛英编《国家图书馆藏琉球资料汇编(下)：琉球入学见闻录(乾隆二十九年刻本)》，北京：北京图书馆出版社，2000年，第100页。

第二节　琉球勤学生的汉诗创作

所谓"勤学生"是指自费来中国留学的琉球学生，他们一般也住宿在福州的柔远驿（又名"琉球馆"）。该设施为中国官方兴建，先是用于接待琉球国赴华朝贡的使节，后来扩展到留学生和一般的琉球行人商客都可居住。1405年（明成祖永乐三年），原设在泉州的福州市舶司来远驿迁至福州，更名为"柔远驿"，寓意"优待远人，以示朝廷怀柔之至意"，这也是有关传统华夷关系的柔性化表述。从明到清，来华的琉球人甚多，他们有的是来学习先进的技术，有的来读书习礼，有的来经商营运，有的来旅游观览。福州的柔远驿是为了给琉球贡使及随员提供食宿之所，后来它也对来华的琉球民众开放，成为中琉间商业和文化交流的枢纽。很多琉球人在这里学习、交流、切磋唱和，琉球汉诗中的一些作品也在这里产生，故柔远驿在现存的琉球汉诗作品中屡被提及。因此，福州的柔远驿，称得上是琉球汉诗的创作基地。而琉球勤学生中，有学习历法、农业技术、医学、绘画等各种技能，其中不少人同时也留下了汉语诗作。积土成山，集腋成裘，琉球勤学生中的大部分人虽然默默无名，但他们对琉球的经济文化的发展，作出了巨大的贡献。尤其是他们与琉球官生殊途同归，成为了琉球汉诗创作的中流砥柱，对琉球汉诗的发展兴盛作出了独特的贡献。

一、蔡铎、曾益、周新命

（一）蔡铎

琉球勤学生中的汉诗人，首先应该提及的是蔡铎（1644—1724，琉球正保元年十二月八日至享保九年十二月十六日）。幼名思德，字天将，号声庭。蔡氏为明初的闽人三十六姓之一，蔡铎则是后来"琉球五伟人"之一蔡温（1682—1761）的父亲。蔡铎原为首里金城家人，后过继到久米村蔡家为养子。二十岁时任通事，居留福州数载，从儒家道统到王阳明新学，从道家到佛学，皆有涉及。担任过久米村的首领（总理唐荣司），为久米村的发展作出贡献。又曾任琉球国的法师、国师，知识面广，是熟悉中国文化、了解清国的外交专才。四十四岁时任进贡正议大夫，到北京向清廷进献琉球地图和《中山世谱》。官拜紫金大夫。

蔡铎是一名杰出的史学家，其奉命监修《中山世谱》，为后世留下了一部珍贵的琉球国历史资料。其子蔡温在《中山世谱》改订本的序言中感叹："臣温之父，紫金大夫臣蔡铎，奉命手修世谱，亦以前代难考而叹焉。"①可见蔡温为了保存琉球国的世系文献而严谨治学，这种求实发奋的治史精神深刻影响到了当时年幼的蔡温。

① （琉球）蔡温辑，见陈正宏、（日）高津孝《琉球王国汉文文献集成·第二册·中山世谱序言》，上海：复旦大学出版社，2009年。

蔡铎著有汉诗文集《澹园集》，颇多题咏琉球本土风俗人情的诗作[①]。其汉诗集《观光堂游草》共30首，其中有10首被《皇清诗选》选录，又有26首收入《中山诗文集》。这些诗多为留学福州及出使北京期间所作，记录了蔡铎在福州的留学经历，还写了作为琉球国贡使，自闽入京的所见所感。这些游历诗不仅显示出了蔡铎汉诗创作的高水准，同时也展现出了琉球使臣的辛苦跋涉，以及朝贡路线沿途风光的多姿多彩。

福州琼河出发时的秀美风光，黯淡滩的艰苦难行，仙霞关的雄伟险峻，苏杭水乡的秀丽美景，黄河怒涛的风云变幻。琉球使臣行走在中华大地上，景色一路变换，汉诗人的心绪也随之波澜起伏。古诗中常见的山水地名，一一呈现在琉球汉诗人眼前，目不暇接的美景，不断激发起诗人的灵感和诗情。使臣肩负进贡重任，万里跋涉，异邦见闻，似曾相识的山水风光，时常勾起诗人的思乡之情。这类诗作在蔡铎《观光堂游草》诗集中最为常见，如《过仙霞岭》：

南天锁钥古仙霞，闽越相连百万家。
鸟道千寻蝌蚪字，马啼十里野棠花。
乡云飘渺浮云回，剑珮萧条夕照斜。
见说九重多雨露，岭头翘首望京华。

仙霞古道是唐代以来南北官道中的重要一段道路，也是琉球贡使来往于京闽之间的必经之途。这一段道路地势险要，易守难攻，行走艰难，但是沿途风光秀丽多变，给诗人带来了创作的灵感和激情。蔡铎诗中感叹仙霞关的险峻奇景，也想到遥远的海域家国，顿生"萧条"之感。尾联又写登高望远，诗人最终还是没有因为思乡而消沉，而是展望前景，振作精神，凸显出强烈的使命感和旷达情怀。

又如《夜宿鱼梁》诗云：

看山一路到鱼梁，客邸深寒月似霜。
独对孤灯愁寂寞，为有梅影护匡床。

鱼梁驿站在由闽入浙边界的仙霞古道上，是琉球进贡使北上入京的必经之地。"匡床"为大床，意指夜宿驿馆的床很大，宽敞舒适。然而此典故来自《庄子》："及其至于王所，与王同匡床。"则又暗含着对赴京觐见清帝的期盼与对游览北京城的憧憬。"匡床"与"梅影"这两个典故的叠用，意境优美，尤其是化用在旅途孤灯的场景中，更显出一种独特隽永的汉诗意境。

再如《重游江天寺是日礼度》：

去年曾到江天寺，今日重来马齿加。
才愧相如能做赋，感同张翰每思家。
风尘满目功臣泪，王事忧心两鬓华。
此际登临频怅望，不知何以谢寒鸭。[②]

---

① 徐世昌《晚晴簃诗汇》卷二百，收录蔡铎《澹园集》中的两首诗：《千手院访赖全上人》、《吴我天底道中》。

② 上述所引三首诗，见程顺则《中山诗文集》，上里贤一校定本，九州大学出版社，1998年版。

这首诗写作者重游镇江江天寺，故地重游，观览佛教礼度。此诗并未陶醉于金山江天寺的美景，唐代诗人张祜的名句“树影中流见，钟声两岸闻”的景色依然可见，但此时的诗人心情沉重，无意观景。滚滚长江水，苍茫南北路，金山江天古寺成为了中国历史的一个时空交叉点，历代有太多的悲剧憾事发生于此，也有太多的人生感慨抒发于此。诗人想起了司马相如与张翰，汉诗典故在此用得也是恰到好处。蔡铎将自己的思归之情与担负王命的责任感之间的复杂矛盾心理，刻画得细致入微，读之令人百感交集。

还有《琼河发棹，留别闽中诸子》，这是一首离别诗，抒发了北上进京，离开福州之时，与送别友人的惜别离情。诗云：

裘马如云送客船，简书遥捧出闽天。
骊歌古骚三杯酒，帆挂空江五月烟。
别泪已随流水去，离情不断远山连。
故人若忆西窗话，极目燕台路八千。[①]

总体上看，蔡铎的汉诗多抒发羁旅之愁与思家之情，诗意较为压抑。晚清梁章钜《南浦诗话》第八卷中论及蔡铎的诗作，多有褒扬之意。如云：“近代琉球贡使往还中土者，多尔雅之选，并工吟咏。尝阅蔡铎《观光堂游草》，中有《夜宿渔梁》绝句，不必遥深，亦自泠然可诵。”[②]确实如此，蔡铎的汉诗语句工丽，情感蕴藉，堪称典雅可颂。当时福州鸿儒陈元辅，也曾赞叹蔡铎诗作有风骚遗韵：

余思长吉之心肝，时时欲呕；文山之正气，字字皆骚。今读声庭诗，缠绵悱恻，一往情深，经营惨淡，出以风雅，殆兼之矣。[③]

（二）曾益

曾益（1645—1705），久米村人。童名加路美，初名永泰，后改名益，又因避尚益讳，改名夔，号虞臣。曾任真嘉比、浦添、北谷村的“问切”（地方行政官）。十九岁时，曾赴福州留学，持续了两年。1681 年被任为琉球国长史。1683 年任谢恩都通事，出使清朝。1686 年以正议大夫再任进贡大使。最终官至紫金大夫。1687 年，他将历年赴华居留及北使途中吟咏之作，集成《执圭堂诗草》。曾益有 14 首汉诗被选入《中山诗文集》，还有 6 首被编入《皇清诗选》和《琉球汉诗选》。

曾益的《执圭堂诗草》和蔡铎的《观光堂游草》，都是记录留居福建以及担任进贡使期间的见闻感受，其中吟咏各地的山川风物之作居多。两人在中国到过的地方景点大致相同，比如同样都提到了诸如仙霞岭、黯淡滩、苏杭、扬州、黄河渡口等名胜之地。福州鸿儒陈元辅为其诗集作序，评论道：“历齐楚燕赵吴越之区，见闻既广，落笔惊人。”“况言言典雅，不为花鸟空谈；字字清新，堪作云上实录。”[④]曾益汉诗创作的基本特点，概言之应该是

① 程顺则《中山诗文集》，上里贤一校定本，九州大学出版社，1998 年。第 103 页。
② （清）梁章钜《南浦诗话》卷八，福建省图书馆藏清嘉庆十五年刻本。
③ （日）岛尻胜太郎选，上里贤一注《琉球汉诗选》，日本沙石艺社，1993 年。第 128—129 页。
④ 程顺则《中山诗文集》，上里贤一校定本，九州大学出版社，1998 年版。第 103 页。

结构严谨，老成庄重，而又典雅蕴藉。如其佳作《清湖除夕》曰：

三载离家一剑孤，何期此夜客清湖。
劳臣敢作穷途恨，浊酒聊寻野店沽。
灯下长歌愁鹿鹿，樽前沉醉唱乌乌。
椒花偏向他乡颂，鞅掌年年笑老夫。[①]

琉球诗人的羁旅之途，并不只有对美景的欣赏。还有对旅途辛劳的感慨，以及对离家远行的无奈，这首诗表达出了这种旅人心态，无聊且无奈，透露出一种内在的沉郁悲凉心境。《皇清诗选》评这首诗"得《四牡》遗意"，认为是继承了《诗经》的传统，又称"三四寄怀自远，五六属对甚工"[②]，赞赏尾联的用典甚是精妙，运用"椒花"和"鞅掌"的典故，说明这个时候正是农历新年期间，这个时候由于公务繁忙而身处他乡，便通过自嘲的方式来抒发，无奈之中更添几许悲凉。他写于杭州的《游灵隐寺》，《皇清诗选》评道："结构谨严，通篇老成。"诗曰：

我爱西湖灵隐寺，寺门斜傍薜萝开。
蒲团竟日谈兴废，花径由人数往来。
草色遥连骑马路，涛声长绕讲经台。
幸留一片袈裟地，不共沧桑化劫灰。

（三）周新命

周新命(1666—1716)，又名目取真亲云上，比程顺则年略小，童名真牛，字熙臣。1681年为秀才，1682年任通事，翌年赴福州，留居七年。回国后长期任职王朝，官至正议大夫。有诗集《翠云楼诗笺》存世。居住福州期间曾拜师鸿儒竺天植[③]三年研读经典，其撰文吟诗，叙事抒情，性情率直。竺天植给予这位琉球高足很高的评价，曾为其诗集作序曰："周子……读书之暇，雅好诗赋，见闻既广，落笔沉酣。或风雨楼头而起怀人之想；或莺花廉外而寓感物之情；或历高台而望红树；或忆乡井而盼白云；或看剑引杯挑灯读史，一往情深，时发泄于诗歌，以抒其无聊不平之慨。灵均之怨，长沙之激，叔夜之愤，步兵之狂，一切谢绝，其有得于性情之正欤。"[④]点出其汉诗创作博采众长，得性情之正的特长。陈允溥也认为周新命其人其诗"雍容而尔雅，和易而入人，彬彬有中州气习"。人正而诗正，确实显示出周新命诗作的特色。其佳作32首，被收录进《中山诗文集》。

周新命汉诗创作的内容丰富，表现多彩，包括了怀人、怀古、感物、羁旅、思乡、赠别等。相比于同为琉球汉诗人的蔡铎和曾益光，周新命的行旅诗要显得丰富得多。其诗风雍容尔雅，其用词工整大方，显示出其性情之正与和易近人，这一切都在其诗作中充分展现了出来。

①② 程顺则《中山诗文集·附录·皇清诗选所收琉球人作品》，上里贤一校定本，九州大学出版社，1998年版。第357页。

③ 竺天植(1637—?)，福州有名望的儒学者，其门下琉球留学生甚多，包括程顺则。

④ 见《琉球王国汉文文献集成·第二十五册·翠云楼诗笺小启》，复旦大学出版社，2009年。第136页。

周新命与程顺则是同时代的琉球汉诗人，周的年龄比程小三岁，俩人同时留学福州，拜在同一师门，因而友情深厚，关系密切。程顺则归国离开福州时，周新命有赠别《寄程宠文》诗云：

与子握手别，愁心绕故乡。
骚亭花径冷，江路草桥荒。
客梦随山月，溪声落雪堂。
故人如问我，万里一空囊。①

程顺则返回琉球后，仍然滞留福州的周新命还有《怀程宠文》诗云：

万里云山望渺茫，伊人宛在水中央。
一天月好多离思，四壁蛩寒独断肠。
知尔名园闲作赋，愧予古驿静焚香。
江湖满地愁羁旅，握手何时话故乡。②

第一首为赠别，第二首怀人，皆是对好友的惜别与思念，显示琉球青年诗人之间的深厚情谊。第一首字里行间皆是对好友离去的不舍与无奈，好友要回国了，而自己还只能滞留异乡。长期积郁的望乡之苦与此刻激发出的别离之愁，交织语内心，勃发于诗句，化成了“故人如问我，万里一空囊”无奈自嘲。第二首则是对程顺则的深深怀念，怀念的不仅是好友，还有故园。尾联期盼能与好友早日相聚，同话羁旅留学往事，表露出深沉的感情。周氏还在《怀梁得济》中写道“音书望断云中雁，身世疑同水畔鸥”，在《寄郑客叙》中写道“离人一纸相思字，只愿开缄不忍看”，都是怀人之作，在离愁别绪中又透露出身世飘零之感。其至情至性，正如恩师竺天植所赞赏的“其有得于性情之正者”。

周新命与琉球汉诗人蔡文溥、蔡肇功亦有交游。他长蔡文溥五岁，在其《雨夜怀蔡文溥》中，表达了对友人怀念：

孤灯独对夜如年，风风雨雨客未眠。
半塌空留良友梦，春深无雁到南天。③

从容的性情及吟诵基调，在周新命对四季时景变化的感触和描写中，得到了丰富而精彩的表现。如《秋兴》诗曰：

无边木叶下秋风，楼外云山四望中。
满眼烟光都在菊，一林霜气半宜枫。
离情每向闲中切，玄草还从醉后工。

① 《琉球王国汉文文献集成 · 第二十五册 · 翠云楼诗笺小启》，复旦大学出版社，2009年。第45页。

② （琉球）周新命撰，陈正宏、（日）高津孝编《琉球王国汉文文献集成 · 第二十五册 · 翠云楼诗笺小启》，上海：复旦大学出版社，2009年。第145页。

③ （琉球）周新命撰，陈正宏、（日）高津孝编《琉球王国汉文文献集成 · 第二十五册 · 翠云楼诗笺小启》，上海：复旦大学出版社，2009年。第152页。

岁月易过生幻想，好携瓢笠访岭峒。

《暮春即事》：

草满池塘水满堤，露寒微月印花枝。
子规不信春归去，犹向芸窗夜半啼。

《初冬晚眺》：

楼外烟光望渺茫，云天万里起微霜。
千山落日行人急，空有江声断客肠。[①]

这些诗作是琉球青年诗人留居福州期间多情多感心态的细腻表现。长期留学异国他乡，虽然收获丰厚，前程远大，但是学习过程毕竟辛苦艰难，孤寂的日子难捱。所以诗作中或是感慨青春时光易逝，或是伤悲于羁旅之思，这些都表现出了周新命汉诗的用词造字之工丽，在清秀雅致中又透露出了些许悲凉情韵。

二、苦难里磨练出的伟人——程顺则及其汉诗创作

(一) 程顺则生平

被称誉为“琉球五伟人”之一的程顺则(1663—1734)，出生在久米村，初名思武太，后改为程顺则，字宠文，号雪堂。因其66岁时曾任“名护间切总地头”[②]，其领地是名护(现冲绳县北部名护市)，所以也被称为“名护亲方”。闽人三十六姓中的“程氏”，原本是久米村里的大族，但到了第五代没有男孩出生，于是在尚质王九年，将琉球人虞氏京阿波根氏族中的男孩泰祚入继程氏，这男孩就是程顺则的父亲。程泰祚(1634—1676)官至琉球王国的“都通事”，1674年出使中国途中遇到海盗抢劫，他为了保护琉球国贡品，与海盗激战而身负重伤。在完成了进贡任务后，因伤发而卒于返程途中的苏州，享年42岁。程顺则长大后子承父业，继续为中琉之间的外交使命而不断地渡海奔波。

根据《程氏家谱》记载，程顺则一生仕途顺畅，在尚贞六年授为若秀才，尚贞八年成为秀才，尚贞十五年晋升为通事，尚贞二十年顶黄冠，尚贞二十七年晋升为都通事，尚贞二十八年提拔为当座，尚贞三十二年升为座敷，尚贞三十六年升为中议大夫，尚贞三十八年正议大夫，尚贞四十年为申口座，尚敬一年时，知行高二十石，尚敬三年晋升为紫金大夫，任命为总理唐荣司，尚敬七年加衔为法司正卿(俗称三司官座)，可谓步步高升，最后位极人臣。

程顺则是琉球汉诗创作的代表性诗人，也是汉诗创作成就较高的诗人。他一生曾五次到渡海到中国，第一次是以留学生身份到福州求学，居留四年。第二次又以接贡存留事身份来中国，在福州居留三年。担任琉球王国进贡大通事、正议大夫等官职之后，又先后三次奉命渡海进京朝贡。

---

① (琉球)周新命撰，陈正宏、(日)高津孝编《琉球王国汉文文献集成·第二十五册·翠云楼诗笺小启》，上海：复旦大学出版社，2009年。第147页。

② 见《久米村家谱程氏族家谱》，第309页。冲绳县图书馆藏。

然而纵观程顺则一生踪迹，并非全是官运亨通，实际上他屡遭受磨难，经历了常人无法想象也难以忍受的孤寂痛苦。正如琉球大学上里贤一教授所评述的："他背负了终生的孤独与苦难。在普遍意义上，虽说没有经历过苦难与孤独的人是不存在的，但是在碰触到程顺则的不幸、苦难和孤独的真相之后，不是谁都可以体味到他的苦难之深和苦难之重的。"①

《程氏家谱》记载了他十七岁时失去了祖母，三十二岁时(1694)刚刚为他诞下第四个孩子的妻子，也在正月五日不幸死去，年仅二十九岁。第二年二月，母亲又去世。三十六岁(1698)时，大儿媳突然去世，年仅十八岁。就这一年，他刊行了《中山诗文集》，扬名琉球文坛，也为琉球王国留下一份十分丰厚也极其宝贵的文化遗产。但是可以想象，当时程顺则本人和他的家庭是被一种沉重的心情和悲伤气氛所笼罩着的。

但是没过几年，1702 年之后所发生的一连串的不幸，更是成为对程顺则的难以承受的打击。1702 年 3 月他的三儿子抟云去世，远在中国的弟弟程顺性也在出使途中遇难。1703 年 7 月他的大儿子抟九离世，不久小儿子抟万也病死，年仅十四岁。这一年程顺则四十岁，刚进入中年，就连续失去了三个儿子以及弟弟，这给程顺则造成的心身打击之沉重是难以估量的，也是常人难以承受的。这种痛失亲人的不幸命运一直延续到 1729 年，在程顺则六十七岁那年，他唯一存世的一个儿子允升，在出使清廷途中不幸死在了山东驿馆。程家三代的不幸遭际，就像一面历史的镜子，显露出了当时琉球贡使的行程之艰难，完成王命之不易，以及付出的牺牲之巨大。可以说，程顺则为了完成中琉两国的外交沟通，沉默坚韧，奉献出了他所有的一切，这是令人唏嘘也是令人肃然起敬的所在。

程顺则是极为刚强的，支撑他活下去的原因，除了他自身的坚韧豁达性格之外，还在于他得到了琉球社会各方面的关怀和支持。尚贞王及王世子、世孙，都给了程顺则物质和精神上的很大帮助。程顺则四十二岁时，仍深陷丧亲之痛而悲情难以排遣，王子尚纯及王世孙尚益，就特意招他入王府，讲解"四书五经"及唐诗。到了年末和元旦，也会派使者赠送礼物，或是专程拜访久米村的程家，嘘寒问暖，备极关怀。挚情暖心还来自久米村邻里间，好友蔡温等同僚也不断给予温暖关心。作为后辈的蔡温，经常写信给晚年闭门谢客的程顺则，不断关心鼓励他。程顺泽的晚年得到了多方面和多层次的关怀帮助，这显示出了琉球国和谐的君臣关系，以及社会人际间的挚情暖谊，而这一点也是程顺则的人生仕途及汉诗创作取得成功的重要动力。《中山传信录》的作者徐葆光曾这样表达对程顺则的敬佩："劝学励志，言行交修，位紫金大夫，爱民洁己，不营宠利。年七十余，卒之日，书籍外无余赀，国人至今犹争道之。"册封副使林麟焻也赞叹曰："观程子之诗，知其为人，洵不愧彼所谓豪杰之士矣！"

（二）程顺则的汉诗创作

琉球国第一部文学作品荟萃《中山诗文集》中，程顺则的诗文占了三分之一。该书选录 25 位琉球诗人的 70 首汉诗，他的诗占了 21 首。1990 年岛尻胜太郎选、上里贤一注的《琉球汉诗选》出版，所选 8 家 91 首诗中，程诗超过了四分之一。程顺则存诗 118 首，包括

① 程顺则《中山诗文集》序文，上里贤一校定本。日本：九州大学出版社。1998 年。

《雪堂燕游草》85首,《雪堂杂组》28首,《雪堂纪荣诗·奉答诸公宴集雪堂赋诗纪荣》1首,此外《程氏家谱》中还录有程诗4首。

其个人诗集《雪堂杂组》中多描写琉球风物,而《雪堂燕游草》则记录了他在护贡入京往返过程中的各种见闻感受。

程顺则用独特而敏锐的眼光,观察中国大地上风光景色以及人情风俗。数次出使渡海,诗人的足迹踏遍闽、浙、苏、鲁、京,体味思考中华大地丰富而灿烂的名胜景观,堪称独具琉球国使臣文人使命感的一场"文化苦旅"。

《雪堂燕游草》共收诗85首,前面的25首写上京途中的感遇。从福州到北京,护贡路途遥远而艰难。在上京途中,由于使命尚未达,诗人心中一直充满担忧,并无暇心细赏沿途风物。因此《雪堂燕游草》前25首的诗作中,多了一些凝重和忧愁。如第二首《困关怀古》就表露了对路途的担忧:

八千驿路长,今泊困关始。
明日上危滩,茫茫尽烟水。[①]

八千里漫漫上京路,有多少意外艰难尚未可知,诗人难免会心生迷茫与彷徨。其《过黯淡滩》诗云:"但云滩黯淡,不知心忧惨。君看滩上人,真真惊破胆。"在这样的心境中观景,尽管沿途景观美不胜收,但也无法消除担忧而轻松愉快。在描写景物的诗中,诗人的心情依然抑郁,伤感愁绪加上正值秋天,更加深了诗作中悲凉沉重的气氛。如《登金山塔二首·其二》:

千尺浮屠插碧空,凭虚独上御天风。
中山遥在云飞处,极目苍茫望海东。[②]

又如《广陵月夜闻笛》也是如此:

杨柳吹何处,关山调渐高。
不堪愁里听,相思乱如皋。[③]

该诗集的第二十五首至三十五首,记载抵京后的见闻,包括皇帝赐宴等盛况。比如《赐宴春官》诗云:

九重传旨宴中山,柔远恩深礼法宽。
日射锦堂开绮席,霞流晴树抹朱栏。
仙醪光映黄金盏,天馔香浮赤玉盘。

---

① (琉球)程顺则撰,陈正宏、(日)高津孝编《琉球王国汉文文献集成·第二十五册·雪堂燕游草》,上海:复旦大学出版社,2009年。第63页。

② (琉球)程顺则撰,陈正宏、(日)高津孝编《琉球王国汉文文献集成·第二十五册·雪堂燕游草》,上海:复旦大学出版社,2009年。第66页。

③ (琉球)程顺则撰,陈正宏、(日)高津孝编《琉球王国汉文文献集成·第二十五册·雪堂燕游草》,上海:复旦大学出版社,2009年。第67页。

饱食敢言还卜夜，欢声一路下春官。[1]

康熙帝下旨礼部设宴招待琉球使臣，程顺则参加国宴，心情激动，大开眼界。此诗歌颂清帝的高德隆恩，会写并且写好这种应景的谢恩诗，是东亚各国使臣应该具备的本领，这涉及到各藩属国的脸面，所以是使臣在出行前必须做好的功课。《皇清诗选》对此诗的评语是："圣朝柔远之仁，于此可见。"[2]应该是认为写得合格过关的。再如《午门颁币》，实录清帝颁发回馈藩属国礼物的隆重场面，充满敬畏感恩之心。明清两代对琉球的进贡历来是"厚往薄来"，琉球进贡是一些海岛土特产，而天朝赏赐的则是精美冠服、丝绸锦缎、名贵药材，甚至还包括实用的钱币。此诗描写对琉球国进贡的回馈赏赐仪式，循例是在紫禁城正门午门外的广场举行。鸿胪官宣布仪式开始，朝廷张黄金榜公布赏赐物品名，赏品堆满台面，五彩鲜艳，云霞灿烂。这样的隆重场面让受赏的琉球国王及辛苦进贡的使臣都感到无上荣光。此诗尾联云"东海君臣何以报，承恩竞捧出蓬莱"。蓬莱，喻指清朝皇宫，帝都在藩属国使臣心目中成为了人间仙境。

此行还有《京邸中秋》诗，前有自题注云："时皇上亲统禁旅，西征葛尔丹凯旋，颁诏中外。"程顺则一行到达北京市，正逢康熙帝用兵边疆，击溃骚乱日久的葛尔丹，自是万分得意，向国内外发布捷报。作者跟天朝同命运，赋诗曰："秋光此夜十分清，大地河山尽水晶。况复西征新奏凯，欢声月色满皇城。"还有《都门九日》，实录琉球使臣在北京度过的重阳节。描摹清国首都的壮丽威严，抒发"名士登台"之乐趣，状写"陪臣作赋"之豪情。值得关注的是尾联中的"圣代即今声教远，搜奇何用更题糕"。为笼罩四海邻邦的圣代而自豪，又不失风趣。《皇清诗选》评曰："结有举头天外之想。"

该诗集的第三十五首之后，描写诗人完成使命后回闽，完成了进贡重任，心情随之轻松。其《出都》一首可以看出诗人此刻心情：

金勒丝韁白玉鞍，天书高捧出长安。
中原锦绣山川丽，江北江南立马看。

诗人一扫先前的不安担忧，"天书高捧出长安"，是何等的志得意满；而"江北江南立马看"，又是何等的自信期盼。有了这等轻松愉快的心情，当然就能更投入地欣赏锦绣山川名胜之美，所以其返程途中的纪游诗，明显要比赴京途中写得更为多姿多彩。其中包括《挂剑台行》、《晚泊淮阴感赋》、《淮扬遇雪》、《过扬子江》、《姑苏台怀古》、《游虎丘》、《枫桥泛月》、《胥门吊古》、《西子湖感事》、《兰溪雨泛》、《江郎积雪》、《仙霞岭观梅》等等，一路南行，风光无限，美不胜收。尤其是在苏杭两地，诗人逗留时间最长，游览地点最多，也将此次出使行程中的诗情推至最高潮。

程顺则此行诗情高潮的标志，是最为人称颂的《姑苏省墓》诗二首，这是在苏州凭吊其亡父程泰祚墓地而作。明末清初，日本萨摩藩乘着乱局入侵琉球，加强控制，琉球国王

---

① 程顺则《中山诗文集・雪堂燕游草》，上里贤一校定本，九州大学出版社，1998年。第162页。

② 程顺则《中山诗文集・附录・皇清诗选所收琉球人作品》，上里贤一校定本，九州大学出版社。1998年。

期盼刚登基的清帝能够出面遏制。1673年,程泰祚参与琉球使臣团渡海赴清,正值三藩之乱爆发。程泰祚一行人历经艰难完成出使任务后,却因福建战乱而被迫滞留苏州,隔年程泰祚客死于苏州郊外的天妃宫。当时吴地乡绅官员捐银八十余两,将其厚葬于苏州胥门外,并由当地人守墓[①]。程顺则十一岁那年父亲赴华,这成了父子间的生死别离。直到十年后,程顺则才有机会到苏州为父亲扫墓。而这次是又过了十四年之后,他第二次到父亲墓前拜谒。《雪燕堂游草》收录的《姑苏省墓》诗前,有一篇序文说明了情况:

先君讳泰祚,号景阳,为中山世臣,勤劳王事,精白一心。癸丑(按1673年)十月,护贡进京。甲寅(按1674年)五月,回至江南,闻闽变道梗,留滞姑苏,家国忧心,奄奄病笃。越乙卯(按1675年),捐馆,葬于吴县。不孝顺则于甲子(按1684年)观光帝阙,便道拜省。抵今一十四载,重瞻墓木,血泪横流,感赋二律,以志依恋云。[②]

这两首诗表达出了诗人沉痛悼念的心情,诗云:

劳劳王事饱艰辛,赢得荒碑记故臣。
万里海天生久隔,一时父子梦魂亲。
山花遥映啼君血,野蔓犹牵过马身。
依恋孤坟频恸哭,路傍樵客亦沾巾。(其一)

忍看霜露下苏州,十四年中泪复流。
鹿走山前松径乱,猿啼碣上墓门秋。
凄凉异地对枯骨,暂愧微官拜故丘。
过此不知何日到,茫茫沧海望无由。(其二)[③]

第一首诗,追忆父亲劳碌的一生,因公殉职,葬于异国他乡。与家人万里相隔,只有梦里才能相聚。三、四句用"杜鹃"、"野蔓"等意象,渲染谒墓时的悲伤氛围,长期压抑着的对父亲的深沉怀念,顷刻间喷涌而出,哀情淋漓,读之令人潸然。此刻程顺则与亡父虽然阴阳两隔,但是心灵是相通的。第二首诗主要表达了诗人内心的伤感。对父亲独自埋骨异国他乡极为不舍,也很无奈。今日谒墓之后,不知何时还能再来,因而内心充满着不舍与愧疚之情。《皇清诗选》评曰:"哀慕之思,溢于言表,令人不忍卒读。"[④]

如今,上方山国家森林公园中程泰祚碑和纪念徐葆光[⑤]的葆光亭遥遥相望。只要是

---

① 有关程泰祚墓地的历史均记载于苏州地方史志中。经考证,程泰祚墓址在今苏州市第三十三中学校园操场一隅。1994年8月,琉球国使臣程泰祚的纪念碑在苏州市西南郊上方山国家森林公园内建成。

②③ (琉球)程顺则撰,陈正宏、(日)高津孝编《琉球王国汉文文献集成·第二十五册·雪堂燕游草》,上海:复旦大学出版社,2009年。第67页。

④ 程顺则《中山诗文集·附录·皇清诗选所收琉球人作品》,上里贤一校定本,九州大学出版社。1998年。

⑤ 徐葆光(1671—1740),吴县人,康熙五十一年探花,授翰林院编修。康熙五十七年任册封琉球副使,在琉球逗留八个月,归国后撰《中山传信录》、《二友斋诗集》、《奉使琉球诗》等。

当年琉球国贡使的后人到苏州，必定到上方山参拜访问。这里留下的是苏州人给予琉球的“两代恩情”，记录的是中琉友好交往的悠久历史。

《雪堂杂俎》中有《东苑八景》组诗，以七绝的形式表现琉球首府郊外的各式风景，富有琉球岛国的特色。东苑是位于首里城东边，里面一处小山坡上建有茶屋御殿，是眺望四周风光的绝佳观景台①。其中的《东海朝曦》云：

宿雾新开敞海东，扶桑万里渺飞鸿。
打鱼小艇初移掉，摇得波光几点红。

朝东展望太平洋，描述出一幅雾散日出、海天辽阔的海景画面。万里波光，浩瀚无际，更显出琉球岛国孤悬海外的气势。再如《南郊麦浪》：

锦阡绣陌丽南塘，天气清和长麦秧。
一自东风吹浪起，绿纹千顷映溪光。

诗人视线一转，南向俯瞰，则是一幅阡陌纵横、麦浪翻滚的农田景观。位于首里城郊外的南塘，地势平坦，成为琉球首里的粮仓。再比如《北峰积翠》：

北来山势独嵯峨，葱郁层层翠较多。
始识三春风雨后，奇峰如黛拥青螺。②

观景视线再转向北，山势嵯峨，葱郁叠翠，恰似一幅中国山水图画。琉球岛多山地，王府首里城就建造在那霸港北面的山坡上，其后面有更多的山峰矗立，形成环抱屏障。入夏之后的琉球气候多雨雾，雨后的奇峰如黛，形似青螺，更突显出了琉球岛上青山起伏的俊俏可爱和富有诗情画意。

(三) 程顺则的诗学观

程顺则没有留下谈诗论文的文章，也没有专门的诗话著作，但是从其诗文创作的大量作品中，尤其是在与众多师友交往唱酬赠别的作品中，还是能够大致梳理出他的诗学观的主要脉络。程顺则拜师于福州的陈昌其和竺镜�，这两位都是闽中社会的下层文

① 参见徐葆光《中山传信录》卷四：东苑，在崎山。王宫以南一带石山，皆名崎山。石状甚奇。苑门西向，入门茵草遍地。板亭南面，二间。更进有屋三间，面南。屋上有“潮音应世”匾额，为天启五年诏使指挥同知萧崇基所书。亭东土阜一丘，形如覆盂，颇高竦。“汪录”云是“雩坛”。更进少屈，南下西转，山岩下有石狮、石虎尚存。激溜养鱼处，皆已废撤。南面，皆山南平田。东行，登小板阁，即望仙阁也。匾已失去，葆光为重书之。阁中有小龛，以香木为柱，气如桂。皮作薄板，刻空作字，大小参差。阁后有小佛堂，匾名“能仁堂”。南面出佛堂，东过小竹桥登阜，正东见林木丛茂为佐敷，中隔海港。少西，见小山，林木郁然，即辨岳也。南北望，皆见海。中山之东属岛姑达佳(译为久高)，前使汪楫为国王题“东苑”匾，今已失去。题东苑八景，有“久高朝旭”、“识名积翠”等八景，此为国苑，制甚简朴云。

② 以上所选《东苑八景》三首，见岛尻胜太郎选，上里贤一注《琉球汉诗选》，第28至30页。冲绳那霸：ひるぎ社，1990年版。

士[①]，然而师门传授，教学相长，程顺则不仅诗作才艺大长进，而且形成自己的诗学看法。这一方面情况，从其座师陈昌其的一首赠别诗中可见端倪。诗云：

清时声教遍八荒，何以中山峰独紫。
挺生程子擅才华，海外文风赖以起。
忆昔游学抵闽中，翻尽典坟勤自矢。
鹅湖鹿洞时讨探，栗里草堂读继晷。
黄初大历之风微，江河日下何抵止。
尖新浮薄竞争雄，流入元人词曲里。
唯君一柱砥狂澜，不失三百篇大旨。
春王正月义凛然，万里浮槎来献雉。
去年尺书达枫宸，一路纵观山水美。
风景收尽入奚囊，客中游草诗中史。
琼河两度开青毡，邺架曹仓吾与尔。
冬裘夏葛称体裁，春花秋月随杖履。
古来坛坫重师生，矩意悠悠薄如纸。
我弹中郎焦尾琴，流水高山皆变徵。
老夫双眼阅人多，舍君何处寻知己。
风信无情速君行，又捧玺书归去矣。
几点云飞五虎门，数行泪落台江水。
燕知别恨语无声，猿解离愁啼入耳。
最恨舟师铁作肠，一帆高挂忙东指。
遥遥溟渤岛烟深，所谓伊人在中沚。
君返雪堂若有思，钓鱼台下浮双鲤。[②]

还是偏重在直抒性情，造句行文则追求流畅自然，不用偏僻典故，但也讲究诗句的雅驯，追求道德表白的高度，显示出学者诗的风范。这样的诗风，自然会影响到琉球学子的诗作，包括程顺则这位“知己”也是如此。

三、蔡肇功、蔡温、程抟万的汉诗创作

1. 蔡肇功

蔡肇功(1656—1737)，童名思五郎，号绍斋，为久米村蔡氏后裔。曾为琉球造历官，5次来清。1678年奉命至闽，“从薛一白而学历法”。直至康熙年壬戌(1682)六月回国，“以掌历法而造大清时宪历，颁行国中”，琉球王国正式使用《大清时宪历》，从此时开始，而蔡

① 陈昌其的官场身份只是候补县丞，也不知最终是否补上。竺镜筠则是终生为穷儒，四处奔走，授徒为生。

② 程顺则《中山诗文集》，上里贤一校定本，九州大学出版社，1998年。第232—233页。

肇功居功至伟。蔡肇功还是琉球国史上文武双全的传奇人物。据史料记载,唐手①三大流派中,最早的是湖城流,就是由蔡肇功(湖城亲云上)创立的。唐手湖城流在蔡氏家族内世代传承,高手辈出。

蔡肇功有诗集《寒窗纪事》传世。保留至今的钦思堂版,先在康熙四十四年(1705)三月刊行,其七世孙蔡大鼎刊又于同治十二(1873)重刻再版。《寒窗记事》收录汉诗35题38首。有序4篇,一篇为蔡肇功的自序,写于康熙四十四年三月(1705)。一篇由蔡肇功的福建友人任伊写于康熙二十年(1681)。另外两篇,是蔡大鼎出使中国期间,请友人谢鼎和郑永宪写于《寒窗记事》刊印之年,即同治十二年(1873)。此外还附上蔡大鼎的一篇跋文,写于咸丰六年(1856)。最后还有林世功的题诗二首。

蔡肇功为人纯雅敦厚,汉学根底厚实,其诗作凸显性情温和,行文自然流畅,诗风清新飘逸。正如谢鼎序中所赞:“意旨醇厚,词气平和。”郑永宪序中也言:“其字斟句酌,如仙露明珠,如松风咏月,令人击节叹赏。”②

“思乡”是身处异国他乡的琉球诗人经常吟唱的共同主题,蔡肇功也不例外。思乡的主题贯穿了《寒窗记事》诗集,思乡出现在写景诗中。这些诗作或写于中国,或写于琉球。其中的时令时景诗,占了很大的篇幅。诗人每逢佳节,都会以诗抒怀。时令诗佳作有《七夕》、《七夕偶占》、《岁旦》、《中秋咏月》、《中秋月夜留友》、《重阳》等,显示出诗人对时令的交替感受敏感,表现细腻。其中《七夕偶占》曰:“双星今日喜佳期,孤客愁怀恨此时。思寄故园须酌酒,三更月落尚吟诗。”诗人独自身处异国他乡所积压的孤独感,在节日的气氛中显得更加突出,因此只能夜深人静之时,借酒消愁。诗人在华期间所作的纪游诗数量不少,如《游鼓山》尾联曰:“十里松阴一路幽,层层云气眼中收。风鸣石鼓千层响,水涌阴涛万壑秋。山鹿何心眠野寺,海门无际渺沧州。登临尽是思乡景,极目中山起百忧。”鼓山在福州东南12公里处,诗人登高东望,眼前景色与故乡相似,顿起思乡之念,为琉球的前程而担忧。全诗纪游鼓山,一路写来,场景多变。前三联叙述写景,经过层层推波助澜,诗情渐高,尾联则直抒胸臆,“尽是”、“极目”、“百忧”等用语,更显出诗人的情深思幽。

蔡诗描写风格,多字句清丽,朗朗可读。如《朝雾》:“朝雾满天地,濛然意欲迷。乌啼不见树,色色连空齐。”晨雾迷濛中,万物与天地融为一体,意境美好,如入仙境,有唐代诗人王维写景短章的空灵之妙。作于琉球的不少写景诗篇,更多展现出了诗人的恬淡性情。如《山居》:“松阴幽处曲溪边,深结茅庐晨夕禅。鸟宿柴门恒出入,云侵竹榻任牵连。朝看野老锄田亩,晚听樵夫唱岭颠。莫笑寻常人迹少,青山流水自悠悠。”恰似陶渊明归隐诗中的场景诗兴。还比如《游龙洞寺》写道:“江流四绕一山浮,疑见苍茫系舸舟。湖旷无从寻范蠡,林深何处觅巢由。寺依龙洞鸟鸣少,门对虎溪花径幽。借问上人平日事,白云堆处独遨游。”龙洞寺在琉球首里城西南方靠海边的奥武山上,该佛寺的住持心海上人

① 唐手,来源于中国,后传到琉球,是琉球古代一种徒手搏击武道。也是现如今空手道的原型。最初的唐手是传闻是由唐朝武术传入琉球改良而成。

② (琉球)蔡肇功撰,陈正宏、(日)高津孝编《琉球王国汉文文献集成·第二十五册·寒窗记事》,上海:复旦大学出版社,2009年。第67页。

是诗人的好友。诗中借用“范蠡”、“巢由”典故，也借用“龙洞”、“虎溪”地名，虽皆出自中国，但搬用在琉球汉诗中，同样能够表现出诗人此时此刻的闲情逸致。起句“江流四绕一山浮，疑见苍茫系舸舟”，描绘出琉球那霸港城的地形特点，而依江临海的形胜，与遨游云间的诗情，在此诗中融为一体，令人赞叹。

蔡肇功交游广泛，经常与友人把酒言欢，一同出游，登山临水，常有酬赠之作。佳构如《仲春夜雨共话》:“惠风春雨点江楼，聚首谈心解客愁。一醉敲诗尘滤涤，夜深不尽兴悠悠。”独处异国他乡，与友人聚首，酒酣赋诗，成为诗人在异乡旅途中最大的乐趣与慰藉。蔡肇功与琉球好友程顺则，以及清代文臣徐葆光都有交游，故诗集中多有唱酬之作。比如《奉和册使徐大人赠程顺则原韵》，功夫老到，韵美情深。此诗写于 1718 年(清康熙五十七年)，徐葆光任册封琉球王国副使出使琉球，逗留八个月，与琉球王室与官员诗酒酬唱，留下许多汉诗佳作，也成就了中琉两国外交史上的一段佳话。

2. 蔡温

蔡温(1682—1762)，童名真蒲户，字文若，号鲁齐。久米村三十六姓中蔡氏元祖蔡崇的第十一孙，汉诗人蔡铎之子，琉球第二尚氏王朝期间著名的儒学者和政治家。1708 年，二十七岁的蔡温渡海求学，师从自称湖广隐者的民间学者，注重知行合一的阳明学，重点学习农耕、水利、历法、地理、气象等实用技术。两年后归国，任职王朝，脚踏实地，在农耕、水利、山林、河道、疏浚港口等方面进行了一系列的改造，大见成效。为琉球国生产的发展及经济的繁荣做出了卓越的贡献。蔡温还大力推行儒家教化政策，他主导颁布了《御教条》，对治理琉球国，促进社会文明进步起到了积极作用。蔡温在琉球国曾担任三司官，通事，最后官至紫金大夫，任国相又兼国师二十余年，权倾一时，地位显赫，其超强行政能力和实干成效，得到王国朝野的推崇。琉球及东亚学界对蔡温的评价甚高，正如后人向廷翼《东汀随笔》中所论:“前辈宿儒，各彰后世，为人传诵不置者，惟唐荣程公、蔡公二人而已，二人各有所长。程公以德性，蔡公以才略。”[①]蔡温被冲绳学之父伊波普猷列为“琉球五伟人”之首，至今深受民众尊敬。

蔡温精于汉文与和文，一生著作颇丰。其汉文著作主要有《图治要传》、《要务汇编》、《实务汇编》、《治家捷径》、《居家必览》、《蓑翁片言》、《醒梦要论》、《客问录》、《一言录》、《家言录》、《山林真秘》、《琴论》。其和文著作主要有《独物论》、《家内物语》、《自叙传》、《御教条》、《农务帐》、《习俗要论》等，这些都被其后裔收录到《蔡氏家谱》之中，不幸都在 1945 年毁于战火。1724 年，蔡温奉命对蔡铎《中山世谱》进行修订，编成蔡温本《中山世谱》刊行。《中山世谱》是琉球国王的家谱，也是琉球历史重要史料之一。1745 年，蔡温出任琉球史书《球阳》的总编并完成编撰。

蔡温有诗集《澹园诗文集》，目前已不可见。琉球大学教授尚里贤一《琉球汉诗选》收录了蔡温的十一首汉诗，《琉球文传》[②]中收录了蔡温九首汉诗，《蔡氏家谱》中也有蔡温的《题物外楼》四首，总计保留下来的有二十余首。从蔡温残存下来的汉诗，可以看到其诗

① 见(日)喜舍场朝贤手抄《东汀随笔》本，1912 年(大正元年)11 月抄本，冲绳县博物馆藏。

② 琉球国际大学南岛文化研究所有复印稿本。

作常用平实的语言及流畅的结构纪实写景，在其汉诗笔下出现了诸如恩纳岳、许田湖、我部盐居、勘手纳港、宇庆田港、大荣河、戏马台、胜宇岳等琉球岛国上的各式景点，并不局限在传统汉诗的佳山丽水范围，而是带有琉球社会生活的鲜活场面，因而独具特色。比如：

《恩纳岳》

一片高峰尽是松，吾将此地访仙踪。
云深只怕迷前路，却使院郎笑蔡邕。

恩纳岳位于琉球岛中部，在琉歌以及组踊中经常提到这座山。1756年清朝随册封使到琉球的王文治曾留下"数峰天远"的题匾。此诗描绘了恩纳岳优美清幽的景色，其中提到了东汉蔡邕，曾隐居不仕，是作者所敬仰的高士。诗人以蔡邕自比，自然两人都姓蔡，是一种幽默的写法，但更主要的是表达出对归隐生活的向往。正如其在《泛许田湖》中所表白的："才是沧浪渔父兴，敢云我续范蠡游。"

《我部盐居》

草屋轻烟冲碧空，隔峰相望白云同。
应知煮海成盐味，只在乾坤造化功。①

我部盐居在琉球本岛的北部，是三面环海的半岛，琉球近代制盐业的发祥地。琉球岛制海盐历史悠久，至今品种繁多，品质优良，举世闻名，然其最大一个发展契机就在于蔡温主政时代的改良技术。此诗赞咏的盐居，正是在山林改造新政下所建的盐田，诗中描绘"煮海成盐味"的制盐场景，赞美琉球制盐劳动者们的"乾坤造化功"，实录社会生活新气象，其汉诗格局自是不同凡响。

3. 程抟万

程抟万(1689—1702)，程顺则的第四子，十四岁不幸夭折。程顺则将其从十一岁至十四岁间所作汉诗，编为《焚余稿》，表达出对早逝爱子深深的怀念。程抟万自幼聪慧，早岁能诗，从他十二岁的作品《步月》中就可以看出："寻句踏破三径后，夜深欲问广寒人。"②可见年幼的程抟万对汉诗写作的热情与苦吟。程顺则编成《焚余稿》后将其携带至福州，请恩师陈元辅作序。陈元辅阅后深受感动。他从程抟万联想诗仙李白、鬼才李贺，他赞抟万诗"明白流畅，字字欲仙，非鬼才也"，慨叹"使天假之以年，窥杜陵之堂奥，大程氏之家声，正未可量"，惋惜"白雪之歌未终，考兰之花已谢"③。琉球诗坛失去了这位神童诗人，确是莫大的损失。

程抟万虽年幼，但生于久米村中程家，自幼熏陶诗书礼仪，其学识心志的成熟早已超越琉球国的同龄孩子，可观其诗：

---

① 所选蔡温诗两首，见岛尻胜太郎选，上里贤一注《琉球汉诗选》，第93页至97页。冲绳那霸：ひるぎ社，1990年版。

② 程顺则《中山诗文集》，上里贤一校定本，九州大学出版社，1998年。第287页。

③ 程顺则《中山诗文集》，上里贤一校定本，九州大学出版社，1998年。第288页。

《春日登山》

春山一望景无穷，海色苍苍万里空。
飞鸟无声云几点，何时收入画图中。[①]

一、二两句描写了琉球群岛美不胜收的海景，"无穷"与"万里"相对应，海空场面开阔壮观。此联描写，让人想起杜甫《望岳》中的"荡胸生层云，决眦入归鸟"的名句。如果说在杜甫的诗中，感受到的是华夏山岳的壮美高峻，那么在程抟万的诗中，就会体会到琉球海景的浩瀚无边。在中国诗歌中，"江河"的意象描写很多，因为大江大河孕育出了灿烂多姿的华夏文明。而琉球为远洋岛国，其对大海的情感之深厚，较之中国人对于江河的情感有过之无不及。大海的宽广和包容，给了琉球人民宽广开阔的心胸，在他们的心中有着海浪般汹涌而丰富的情感。这些情感体现在婉转悠扬的琉球歌声中，也体现在写景抒情的汉诗中。这首琉球汉诗描绘的场面同样如此，景色秀丽的春山，极目苍茫的海景，几只白鸥在海面自在盘旋，堪称"诗中有画，画中有诗"的佳构。

琉球诗坛神童程抟万也擅长咏物，他十三岁时的《咏竹》写道：

庭前百尺竿，九十夏生寒。
高节厌花径，清姿护玉阑。
月来生个个，风过动珊珊。
群木凋霜落，虚心独自安。[②]

他十四岁时的汉诗作《咏兰》写道：

紫茎绿叶满庭幽，独秀园中一片秋。
空谷无人明月夜，幽香不散客滞留[③]。

兰花和翠竹，是中国诗歌中的传统咏物题材，也成为程抟万吟咏的对象。这样的咏物诗，不仅表现出了这位诗坛神童向往美好的君子气质，也可看出久米村程家良好的家教和品格修养。

第三节　《皇清诗选》和《中山传信录》收录的琉球汉诗

一、《皇清诗选》

该诗选最初名《进呈御览皇清诗盛初编》，为康熙年间江南秀才孙鋐所编。孙鋐，字思九，号雪窗，松江府华亭县青浦贡生，曾求学于苏州，向徐乾学请教，入文坛名宿汪琬之门，汪琬对其有好评，而汪琬的诗学观点对孙鋐也产生了较大的影响。这些在该书的汪

① 程顺则《中山诗文集》，上里贤一校定本，九州大学出版社，1998年。第289页。
②③ 程顺则《中山诗文集》，上里贤一校定本，九州大学出版社，1998年。第288页。

琬序、徐乾学序以及孙铉的自序文中，都可以看得很清楚。康熙二十七年(1688)，孙铉初步编定了《皇清诗选》，但当时他并没有资格和可能将其进呈清廷，只能束之高阁。十几年后，他终于等到了康熙帝南巡的一次机会。《清圣祖实录》中记载了孙铉献书的过程："谕提督江南学政张廷枢曰：朕比临幸松江，道经青浦。据该邑贡监生员孙铉等奏称，青浦之北地名孔宅，自汉时至圣苗裔避地至此，奉至圣衣冠环璧葬焉。恳请颁赐匾额。朕念孔子乃万世之师，既有遗迹，亟宜表彰。因以万机之暇，亲书'圣迹遗征'匾额，以示尊崇先世之意。"这一年是康熙四十四年(1705)，公告天下将南巡。孙铉做好了充分的准备，摸准了康熙帝此时的尊孔心理，于三月二十五日康熙南巡经过时，将准备好的孔宅资料及《恭请表章预期告庙文》呈进。结果康熙帝果然特意召见了孙铉，大加勉励，实际上康熙帝本来就想借尊孔之举，安抚和平息江南汉人尤其是文人学者的反清之心。孙铉两天后再次上疏，这次进呈的就是自己十几年编订的《皇清诗盛初编》，以及应景的《孔宅迎銮词》。康熙帝阅览后第二日(三月二十八日)就传旨颁赐御书匾额对联，这就使得孙铉的《皇清诗盛初编》一举成名，后来改名为《皇清诗选》。

《皇清诗选》保存下来的较早版本有康熙年间的凤啸轩刊本，其中收录了琉球国25位诗人的70首汉诗。分别是五言律诗15首，七言律诗28首，五言绝句8首，七言绝句19首。其中程顺则的诗作入选最多，达18首。其次是蔡铎，有10首。再次是周新命，有9首。再次是曾益，有6首。再次是向龙翼、毛文哲、陈其湘，各有2首。其余的都是每人选了1首。孙铉曾在"盛集初编刻略"中，说明他编撰皇清诗选，为何要同时收录东亚各国的汉诗作："圣朝文教覃敷，殊方异域，咸知讴颂。侧闻朝鲜、日本诸国多有诗歌传播，而竟无从考索。即家太史往年奉使朝鲜，曾有采风诗，封达御前。亦以未经留目为恨。尚容补辑，以扬圣化。"①可见孙铉注意收集周边藩属国的汉诗作，与江南地区与东亚各国的交流多有着密切关系，常熟人钱谦益编辑《列朝诗集》，嘉兴人朱彝尊编辑《明诗综》，都采录了东亚各国汉诗，就是江南文人重视东亚汉诗的明证。可以认为，孙铉所为，既是江南文人的一种传统，也是他生逢其时的有意作为。大清一统江山，极欲展现皇恩浩荡，振兴文教，统治天下。而东亚各国的汉诗创作，就最能直观地显示出这一点。难怪康熙帝阅览了孙铉的献书后，龙颜大悦，即刻召见。康熙年间以皇帝的名义刊行《皇清诗选》，借以彰显大清帝国的文化正统，而让天庭恩威，播及四海。孙铉在《皇清诗选》中编入各国汉诗，这样的做法，继承了明末清初朱彝尊《明诗综》、钱谦益《列朝诗集》的传统。并且他后来居上，其收录的东亚汉诗数量及质量，较之以前都有了很大进步。《皇清诗选》除了选诗，还附上了评语，可谓精当。

从孙铉这些选辑和点评中，可以看到在康熙年间，琉球国的汉诗创作已经呈现出较高的水平，一些佳作得到了清代诗坛的认可好评。当代琉球学者上里贤一在校勘再版《中山诗文集》时，在其后附上《皇清诗选》中所选录的琉球汉诗。《皇清诗选》选录的琉球汉诗，展现出了当时琉球汉诗的创作成就，保留了不少佳作，是琉球汉诗的一部重要选本。尤其是该书以康熙帝的名义刊行，使其带上了清朝文坛正统性，超越了明清文人自

① 程顺则《中山诗文集》，上里贤一校定本，九州大学出版社，1998年版。第352页。

选诗集的私人层次，而具有更重要的意义，其对清朝诗坛以及琉球诗坛的影响力也就更大。

二、《中山传信录》

编撰者为清人徐葆光(1671—1740)，全书六卷，后附《中山赠送诗文》一卷。康熙五十八年(1719)，编修徐葆光以副册封使身份(正使海宝)出使琉球，在琉逗留八个月期间，徐葆光四处调查，与琉球各界人士广泛交往，不仅编写出重要的历史文献《中山传信录》，还留下了不少与琉球汉诗人唱酬的汉诗之作。

记录出使琉球，徐葆光的贡献可谓后来居上。康熙二年，兵科张学礼出使琉球，有《使略》、《杂录》二卷，颇详于昔。康熙二十二年，检讨汪楫出使琉球，又撰有《中山沿革志》二卷、《杂录》五卷，典实远超前人之著，但是对于琉球的山川、辖属记载仍有阙略，在风俗、制度、物产等方面的记载多抄录明人，因此讹谬处颇多，传焉寡信。正是在这样的时代背景下，徐葆光继承了前人的传统，又实地考证，勘察谬误，他在自序中说："封宴之暇，先致语国王，求示《中山世蕴》及山川图籍。又时与其大夫之通文字、译词者遍游山海间，远近形势，皆在目中。考其制度礼仪，观风问俗，下至一物异状，必询名以得其实。见闻互证，与之往复，去疑存信。因并海行针道、封宴诸仪，图状并列，编为六卷。虽未敢自谓一无舛漏，以云'传信'或庶几焉。"显示出了充分的自信。正是徐葆光有着充分、长时间的实地勘察，与琉球官员学者文人(比如蔡温、程顺则等人)的交流讨论，使得《中山传信录》超越了前人的记载，而成为记录琉球实际状况的最重要的史籍。前使臣汪楫之侄汪士鋐，也作《中山传信录序》赞其："盖将归而著述，以为得之传闻，不如目见者自为真也。""证之史碟，信而有征。嵇含之《南方草木状》、范成大之《桂海虞衡志》，岂足羡哉！赋皇华者，所宜人置一编者也。"徐葆光返回后把本书"分为上下两册，缥装锦里"，呈献康熙帝，最终入藏清朝内库。他又"副墨排纂，分为六卷"，在康熙六十年(1721)秋刊行。到了1840年，日本将此书刊印出版。如今，齐鲁书社出版的《四库全书存目丛书》及上海古籍出版社出版的《续修四库全书》中均收录此书。

徐葆光《中山传信录》首次根据实地考察而绘制出了琉球国的全境地图，为此他实地考察，勘定山川地形，对照前人记载，疑问请教乡贤，正如其在卷四中所云："琉球旧无地图，前《使录》云'周围可五六千里，东西长，南北狭'，皆意揣也。葆光咨访五六月，又与大夫蔡温遍游中山、山南诸胜，登高四眺，东西皆见海。本国里数，皆以中国十里为一里。今皆以中国里数定之，乃南北长，四百四十里；东西狭，无过数十里而已。再三讨论，始定此图，备录三十七间切下诸县村名如右。"

徐葆光此行还为琉球国做成了一件大好事，通过礼部上奏康熙皇帝，促成了新的一批琉球官生来华留学。《中山传信录》卷五记载了此事的缘由过程：

> 册封琉球国王使臣翰林院检讨海宝、编修徐葆光等奏称"臣等册对琉球国王礼毕宴语，王令通事致词云：本国僻处海外，荒陋成风。于康熙二十五年，奉旨遣官生阮维新等三人入学读书，今得略知文教。自三十年来，无从上请。幸天遣使臣至国，

> 求照前使汪楫代请入学读书旧例，陈明远人向化之意。倘蒙再遣官生入学读书，则皇上文教益广矣"等因，具奏到部。查康熙二十三年，差往册封琉球国王使臣翰林院检讨汪楫等，将该国王尚贞所请令陪臣子弟赴京入监读书等语转奏到部，臣部照其所请议覆具题，奉旨依议，钦遵在案。今琉球国王尚敬倾心向化，既称再请将官生入学读书，则皇上文教益广等语，应如所请，准其官生等赴京入监读书。应行事宜，到日再议具题可也。于康熙五十九年八月初三日题，本月初五日奉旨："依议。"

《中山传信录》属于史书，但其中附录的一卷"中山赠送诗文"，却是当时琉球汉诗创作的实录。徐葆光在琉球滞留八个月，与琉球本地汉诗人多有来往，茶酒应酬，谈诗论文，切磋技艺，留下了东亚诗坛一段佳话。这一卷琉球汉诗集，收诗 38 首、词 1 首，皆是与徐葆光的交往赠送之作。其中包括了琉球国的国王、国相、国丈等贵胄，还有法司、紫金大夫、正议大夫等高官，还有一些陪同的中下层官吏。值得注意的是，该集中记录与徐葆光赋诗唱酬的僧侣有 12 人，汉诗 14 首。这些普通琉球人的诗作，没有在其它任何史籍中被提及，只是偶然被徐葆光记入了《中山传信录》，才得以躲过战火劫难而保存至今，片羽残影，弥足珍贵。夹在东亚的风云变幻及潮流起伏之中，琉球汉诗人的幸与不幸的无奈命运，令人唏嘘不已。

当年作为天朝使臣，徐葆光周围自然聚集了当时琉球最著名的学者和最有才华的汉诗人，比如程顺则、蔡温、蔡文溥、蔡肇功等琉球诗坛的代表性诗人，都与徐葆光有密切接触，诗酒唱酬甚多。该集中收录了蔡文溥的三首汉诗，将其与蔡氏《四本堂诗文集》中原诗相比，文词有不少差异。有学者认为，《中山传信录》中所录诗作，当经过徐葆光的润色修改，这是有可能的。不过这种情况直到清末俞樾编集《东瀛诗选》时都是如此，不足为奇。

徐葆光在琉球期间遍访佛寺，与僧侣交往甚多，谈诗论禅，了解颇深。《中山传信录》卷五对琉球的禅宗有着简要记述："国无道士，释有临济宗、真言教二种。临济宗，为禅门礼诵外，多学为诗。真言教，为人祈祷，书符咒，正、五、九月尤多祈福。俱戒荤酒。居首里诸寺者，皆临济宗。在那霸者，惟东禅寺、清泰寺及广严寺三处为禅宗，余俱真言教也。国自唐时有佛智圆融国师渡海参学，始有临济宗。藏经所有者，惟《法华经》、《维摩经》、《楞严经》、《法宝檀经》、《梁皇忏》、《临济录》、《中峰录》、《碧严录》等。又有《三籁集》，石屋、中峰、侑堂三僧所著，三僧皆元时人。又有高泉禅师，本朝初闽人，后居日本黄蘖山，著有《洗云诗集》、《佛国诗偈》、《藏林集》。其弟天池，闽僧，能书。国禁僧不得渡海入中国，惟至日本参学者有之。"

这段记载中，无意中披露了中日琉三国关系中的一个秘密，即日本长期影响乃至最终控制琉球国，是从禅宗传播入手的。毕竟大陆遥远，海上航行危险，加之明清两朝长期实行海禁，很大程度上限制了中琉间的民间往来。而日本较近，且萨摩藩很早就有南侵企图，所以从五山时代开始就有不少日本僧侣来到琉球传教。他们扎根琉球民间，传播包括佛教在内的日本文化，这些持续多年的努力，对琉球社会的发展，包括琉球语言和风俗习惯都产生了深刻的影响。甚至一些中国僧人，也非得先转道日本佛寺，才能到达琉球传播佛教。尽管徐葆光记载了这一情况，但并没有引起朝廷的任何警觉和重视，这是殊为可惜的。

《中山赠送诗文》一卷[①]，收琉球诗38首，词1首，其中僧人诗14首。因文献资料非常珍贵，特摘抄如下：

中山王尚敬

1. 只饮山头一勺泉，灵槎攀挽易经年。
乍瞻玉册临荒岛，又送云樯入远天。
水驿还乡旌节丽，台阶耀色使星连。
八分墨彩留屏幛，展对如亲绛阙仙。
(太史八分书"孝经"一通作屏幛见赠。)

国相尚佑(佐庵)

2. 君子归兮，其泽维遗。其泽维何，恤我实多。
草木无心，风来必偃。君之高风，如兰九畹。
海天万里，重晤难求。旌麾靡驻，恩德维留。
元辅储德，指日以陞。海东有众，永歌令名。

王弟尚彻

3. 凤凰于飞越海东，翙翙其羽鸣雝雝。
八月来集佳楚峰，去我归兮乘长风。
乘长风兮不可止，天隔一方兮从兹始。
鹿毛笔兮茧纸书，我情以赠远兮聊尔尔。
我邦之思君子兮，如海之靡底。
緊予小子之有心兮，亦何能以已已。

国丈毛邦秀(峻山)

《凌霄亭饮别》

4. 屋后凌霄亭，岩峣出云表。
空岩滴松雨，仄磴隐丛筱。
贵客健登陟，来游破清晓。
入门不就坐，振衣蹑缥缈。
螺铛煮广侧，酒瓠挂林抄。
噀手橘初熟，香盘楮新炒。
殊方乐虽异，丝管亦杳眇。
愿言尽此觞，起舞忽忘老。

法司向圣赓(元公)

① 《中山传信录》载于《续修四库全书》，上海古籍出版社，2001年12月出版。

《末吉山即事送别》

5. 离筵倾别酒，队舞彩衣童。
载榼山亭上，吹箫松径中。
举杯邀落日，欲别起悲风。
此后龟山胜，登临孰与同。

法司翁自道(诚斋)

《辨岳饯别》

6. 追游辨岳下，陂巇一鸣珂。
胜地山当海，豪情酒满螺。
深情难尽译，离绪且高歌。
此会人生少，临歧白发多。

紫金大夫程顺则(宠文)

7. 春风回暖送君旋，一点云帆入远烟。
万里简书归阙下，半江彩鹢到门前。
张骞槎自天边转，苏轼文从海外传。
莫道归装无长物，尽收景物入诗篇。

紫金大夫阮维新(天受)

8. 病卧经年欲退耕，喜逢大典结朝缨。
风仪方仰天家使，姓字偏知太学生。
枯树逢春荣有色，征帆催客去无情。
桥门石鼓摩娑遍，旧识烦君一致声。

紫金大夫王可法

9. 前朝巨榜已无存，椽笔重书天泽门。
扶杖来观还旧迹，摩娑老眼见朝暾。
(天使馆仪门上，前朝万历中册使夏给谏子阳书“天泽门”三字，久失去；徐太史重书，还旧观。)

紫金大夫蔡温(文若)

10. 颁对来汉使，鲛窟睹天麟。
陟海鱼龙静，乘风羽盖新。
威仪将国典，廉节抚夷民。
莫谓中山僻，歌声达紫宸。

11. 旌麾辞北阙，驿路到江乡。
麟服荣家庆，龙章册国王。
人门瞻上国，风采播殊方。

豫算还朝日，萱庭花正芳。

紫巾官向嗣保

12. 迎风海浪大于岛，日送浮槎万里旋。
船峭九帆鹏翼展，天垂四面笠形圆。
壮观一任仙才赋，小国还凭史笔传。
传信至君方有录，好从贡舶惠新编。

耳目官毛弘健(元疆)

13. 海水东流人不住，振玉佩，还朝去。鲸波一碧浮槎溯，
自有水仙神护。　　倚闾日望临江树，一只兰船轻渡。
王程两载从头数，已尽天边路。
(调寄"望江东"。)

察侍纪官向风彩(瑞庵)

14. 太史声名重帝京，一行华彩满东瀛。
新词独出标天秀，异域争传学凤鸣。

申口官何文声(美庵)

《呈诗卷就正太史》

15. 诗卷虽存天地间，不曾一字落尘寰。
三千余年法从古，八十一家文尽删。
鱼目骊珠恐相混，班香宋艳谁同攀。
一缄投寄莫嫌远，使者声名到北山。
(文声病退，久隐北山。)

那霸官毛光弼

《天使幕从容陈君学琴成声报谢》

16. 古乐入天末，七弦转南薰。
广陵遗调在，拂轸一思君。

正议大夫蔡文溥(天章)，三首。

17. 圣朝锡节航溟海，万里鲛宫紫气临。
五色云霞天子诏，一江秋水使臣心。
东藩向化忠忱笃，北阙颁封雨露深。
共赋皇华勋业盛，九重复命沐恩霖。

18. 特简名流使异方，衔书丹凤出仙乡。
风云万里驰星节，龙虎双符壮海疆。
圣代颁封唐典礼，鲛人被服汉冠裳。

殊邦未拜日边客，举国先传姓字香。

19. 灵槎向日至扶桑，万里鲸波静不扬。
星节已辞丹凤阙，麟袍犹带御炉香。
看山好处留题遍，醉月圆时惜夜长。
当代人文谁第一，中山争说探花郎。

种蕉使院正议大夫陈其湘（楚水）

20. 种蕉使院偏，暑月弄清快。
朝树夕荫成，凉飙倏如洒。
赫赫扶桑隅，化作清凉界。

大夫蔡肇功（绍斋）

《采石芝呈徐太史正议》

21. 碧海灵芝秀，粼粼见底清。
采为君子寿，光映使星明。

长史阮瓒（赞玉）

《城岳松下集字即席赋呈》

22. 消暑古松下，琴书草际横。
奇思编碎锦，集字总天成。

长史梁得宗（文在）

《燕集金福山下赋送》

23. 相从古松下，高高金福山。
仰止在咫尺，身亲霄汉间。
清言见今古，胜概出尘寰。
使事无淹没，灵查那可攀！

都通事红士显

《使馆堂前，徐天使植榕四株纪事》

24. 天家雨露洒扶桑，嘉树移栽敷命堂。
十亩清阴勤护惜，使臣手植是甘棠。

仙江院衲宗实（际外）

《徐太史见访报谢四章》

25. 天落珠玑古院传，声名藉甚玉堂仙。
颁封再见中朝使，不识春秋复几年。
（康熙二十二年癸亥，天使汪、林两公至国，皆有赠句。
时僧腊三十有三，至今三十六年矣。）

26. 彩鹢飞来那霸津,首蒙垂问愧高真。
新诗莫怪酬君晚,病卧山云一老身。

27. 一庭苔藓满林榛,独喜蒲团隔世人。
自古隐栖闲是宝,任他门外起车尘。

28. 三生石上觉前因,尝见汪林一笑新。
今日使星临海岛,又开禅户待仙人。

前人

《又送一首》

29. 远泛仙槎破浪行,地分南北隔鹏程。
一天不碍华夷月,万里云中眼共明。

衲元仁(东峰)

《名护岳万松院》

30. 蒙惠山僧金玉篇,瑶笺宛若降于天。
胸罗二酉才偏富,笔扫千章语倍鲜。
廉节流恩涵海岳,高文写物遍山川。
焚香捧读清人骨,好作空门世宝传。

前人

《又送一首》

31. 衔书彩凤下天边,翰苑先声海国传。
枉驾空山寻北衲,挑灯秋夜话东禅。
争传史笔推班固,竞说才名似马迁。
册礼欣成回绛阙,思君几度对瑶篇。

芝山衲兰田

《徐太史题拙诗后见赠报谢》

32. 衣里珠光恨未舍,滥裁员叶满空龛。
三千舌底澜翻偈,何似禅心在碧潭。

石虎山衲智津(梁天)

33. 殊方异语尽知君,太史声名独出群。
彩笔如椽摇碧海,驱来尽化墨池云。

奥山衲心海

34. 此日无涯喜,从天降德音。
笔花生觉树,慧业契禅心。
松老开山久,林幽客坐深。

平添奥山胜，留供白云浔。

天界寺衲廓潭

《送菊使院》

35. 岛荒秋有色，寺冷只黄花。
莫叹东篱远，携来就客槎。

与禅寺衲了道

36. 山院凄清落叶时，殷勤话旧及先师。
百年古寺增光彩，永镇禅林天使诗。

天王寺衲得髓

37. 皇华贵客谪仙才，驺从无声小队来。
踯躅空庭无一语，瘦梅根畔踏苍苔。
（天王寺，昔有老僧瘦梅能诗，天使来访遗迹，徘徊久之。）

莲花院衲德叟

《徐太史过访，屡问先师不羁诗卷，赋谢》

38. 古衲遗文已莫寻，频烦枉问见情深。
空庭剩有苍髯叟，偃屈难酬天上吟。

后樱岛衲不石

《题徐太史〈菊影诗卷〉》

39. 檀槽隔院喧，满地霜华冷。
仙客独含毫，寒灯对孤影。

第四节 《中山诗文集》——琉球第一部汉诗总集

《中山诗文集》是保留至今最早刊行的一部琉球汉诗文集，编纂者程顺则。初版时间应该是清雍正三年(1725)，也就是琉球国的尚敬王十三年。至琉球尚泰王九年(1856)有一次重订再版，这两次都是在福州刊刻的，这说明中国的闽地福州对于琉球国来说是可以依靠的福地，而福州的柔远驿也成为琉球汉诗创作的重要发祥地之一。该书初版前有清代人郑晃、王登瀛的序文，作于康熙六十年(1721)；任五伦的序，作于雍正三年，书后有任上喆的跋，作于雍正三年。郑晃序文曰：

今琉球居孤岛上，而顾彬彬然设学校、崇师儒，节而不流，文而不靡，岂非圣神作君作师，以教以养，而孔圣之流，泽所及也哉。已亥岁，上命词臣二人为正副使，奉册书玺绶，封其国主为中山王。余侄任铎，职司引礼，偕使者入其国都。归述其土风甚悉，且出中山诗文若干卷授余。余取而读之，其国主之文，炳炳琅琅，如龙翔凤起，日光玉洁。下而王子及诸臣，率皆质有其文，无惭作者。而程君宠文，则文词尤富，其貌廓以闳，其音璆以清，其精坚玮丽，如金石竹箭之英。余于是益叹豪杰之士，克自振拔，而覆载无私，不分中外有如此也。今荒服诸邦，非无土壤殷丰、毓产珍怪，然强者则刚戾以相矜尚，柔者不过习熟工巧而已。孰如中山之君若臣，沐浴诗书，浸淫儒雅，有古君子之风哉。夫谨臣子之职，尊先圣之教，安俭节而近文章，皆可嘉，而书以劝也。①

交代自己作序的来由以及对琉球汉诗的评价。可以看出，当时(琉球尚敬九年、清康熙六十年、1721年)中国的一般官员文人对琉球国的情况了解不多，册封琉球使带回来的各种信息，让清初不少文人学者大吃一惊，想不到孤悬汪洋之中的偏僻荒岛上，还保存着这样的礼乐之邦。他们一方面感到惊奇和赞叹，另一方面也为儒教圣学远播重洋、荒僻万里来归而感到兴奋和自豪。郑晃曾担任过广东学政按察使司佥事、礼部仪制清吏司郎中等官职，他对明末清初周边藩属国中"强者则刚戾以相矜尚，柔者不过习熟工巧"的复杂情况，当有所了解。因而在东亚各国比较而言，他更赞赏琉球国的风气："孰如中山之君若臣，沐浴诗书，浸淫儒雅，有古君子之风哉。"

王登瀛序文中对中琉两国交流互通的情况有着大致叙述，身为柔远驿琉球留学生教习，他对琉球的历史文化及社会现状了解得更多："自明初始通中国，纳贡膺爵。至洪武二十五年，遣闽人三十六姓入其国，教其子弟。万历年间，又补六姓往铎焉。自明初及末，计有二百七十余年之久，未闻中山有著作。自皇清定鼎以来，我皇上文教覃敷，薄海内外，闻风响化，莫不知学，中山独称其最。康熙十三年间，建立圣庙，行春秋释奠礼。从此诗歌文章，累牍成编。非文教德政感人之速哉。"可见，初版的编辑者都明白这是琉球国最早的一部汉诗文集，明朝虽然与琉球交往历史长久，但重在经济贸易，在文教方面并未来得及总结，也没有留下著作。入清之后琉球国儒学振兴，汉诗文创作兴盛，而编辑《中山诗文集》适逢其时，就承载着彰显琉球汉诗文创作成果与树立文教典范的重要使命。

一、《中山诗文集》的编纂动机

当代有日本学者认为，最早是日本五山时代的僧侣南下，在琉球建寺庙，传播佛教，同时也给琉球国带去了儒学观念及初步的汉诗文创作技巧，而早期的汉诗文影响主要集中在首里的国王皇族。历史典籍有记载明代以前从中国大陆就有一些佛教僧侣直接渡海至琉球，也有一些大陆僧侣先到日本，然后从日本再到琉球传教。可惜这方面保留下来的文献记录大都散佚，只剩下零星片段，难以形成完整的历史信息链②。

关于琉球汉诗文创作的起始，史籍有明确记载的是明初中琉官方及民间的交流。奉命从中国福建迁居而来三十六姓华人，多数是渔民、农夫、铁匠、木匠、漆匠等熟悉航海的

① 程顺则《中山诗文集》，上里贤一校定本，九州大学出版社，1998年版。第44页。
② 日本学者上里贤一就持这样的看法。见程顺则《中山诗文集》，上里贤一校定本，九州大学出版社，1998年版。第3页。

民众，迁居琉球的目的也很清楚，是为了帮助琉球国向明朝的朝贡交通。他们在琉球国受到礼遇，被安排居住在离首里王府不远靠海边的久米村，并在王府外交部门任职，于是居住在琉球的华裔时代相传，自成一体。到了明末，琉球国的汉学自然就形成了源于日本和源于中国的两大派，而到了清初，琉球汉学两派开始合并，而汉诗文创作也出现快速的发展。

《中山诗文集》收集的琉球汉诗文作者中，出生久米村的占据了多数。几位汉诗文专集的作者都是久米村的华裔，而首里王府中的国王贵族虽有诗文作品入选，却没有编辑其专集。出现这样状况，是有其缘故的。

首先这是久米村华裔文化意识的复兴，而这一复兴的出现有其独特的时代背景，那就是日本藩镇岛津入侵琉球后，振兴当时已衰落的久米村，振兴汉学，促进汉诗文的创作。而久米村在琉球国外交经贸及外来文化传播过程中所起的中介作用就更为突出，在这样的背景下，久米村人自信心大增，也萌生出重振久米村的责任感。

其次是清初时的东亚局势处于相对安稳期。清廷刚统一中国，威震四海，周边的朝鲜及日本虽然内心不服，但限于实力，并未实际叫板抵抗。从地理角度看，琉球岛地处东海万顷汪洋之中，扼守在东亚海上交通要道，成为东亚海上商贸运输的重要港口枢纽，是名副其实的"万国津梁"。当时，实力强大的清朝离琉球较远，而虽非东亚最强但十分凶悍的日本，离琉球国最近，而且久有觊觎之心和一步步的干涉控制行动。对于琉球这样的小国来说，夹在清朝和日本这两个大国之间，毫无抵抗之力，只有利用大国之间的矛盾攻防关系而求得一条生存之道。因此，琉球国采取了两头讨好的外交政策，就是对清朝纳贡，同时也向日本南部萨摩藩臣服。而在东亚复杂局势中，久米村出身的华裔文臣在开展外交活动中有着天然的优势，这也是清初久米村在琉球国的地位得到提升的现实需要。

凭借着传承中国文化基因和自幼谙习汉语的优势，久米村的年轻秀才们有着自信，也有责任心，更有紧迫感。琉球国弱小贫穷，这是他们无法改变只能面对和接受的现实。但是彰扬儒学礼教，写作汉文汉诗，却是他们可以通过努力而做到的。为了使琉球王国在东亚交涉中能够保持小国的尊严，赢得大国的尊重，他们可以做的就是文化礼教方面的积极建树，这就是东方"守礼之邦"的目标。所以，创作和编撰汉诗文集，就成为琉球对外彰显小国正面形象的的重要方式，并且在实际交往中也确实发挥出了积极有效的作用。

顺应历史新潮流，久米村的年轻文士跨海留学，以福州柔远驿(琉球馆)为中心，与福建文人深入交流。琉球青年诗人的旅游、纪实、咏史、赠答、留别等方面的汉诗文不断增加，水平迅速提升，并且得到了福州仕宦文人的热心帮助，在他们协助下编辑和刊行文集，这些从《中山诗文集》编撰刊行过程中展示得非常清楚。

程顺则作为久米村程氏的继承人，担任着复兴久米村的重要使命。受萨摩的长期干涉和强力侵入的影响，琉球国在逐渐地日本化。而久米村由于其渊源性质及时局变化，中国文化的色彩也得到机会加强，比如清初在琉球孔庙春秋祭奠仪式的实施，文庙明伦堂的建立，儒学的振兴，官生的恢复派遣，中国祭祀风气的传来，还比如风水、殡葬墓制等方面的中国化等等，都让琉球王国显示出受中国文化影响的一面。在向清朝纳贡以及民间商贸交流等方面,久米村的人才都在王国担任重要职务,发挥了不可或缺的重要作用。

二、《中山诗文集》的内容排列

《中山诗文集》的内容排列,除了前面三篇序文以及后面一篇跋文之外,共有二十二篇。其中一到六篇是琉球国王和贵族的汉诗文作品。第一篇是汉文《奉送翰林汪先生还明朝兼祝诰封检讨公八十大寿序》,琉球国王尚贞所作赠送给明朝册封正史汪楫,表达谢意和祝福归途平安,以及对汪父八十大寿的祝贺。第二篇是以王弟尚弘毅为首的首里及久米村的二十四名琉球高官,对正使汪楫父亲八十大寿的祝贺。第三篇到第六篇是赠与副使林麟焻的,第三篇《恭祝中翰林玉岩先生贤母勅封戴太孺人荣寿序》,祝愿副使林麟焻的母亲长寿。第四首是赠送副使林麟焻的汉诗,世子尚纯所作《小诗恭赠玉岩林先生诗》。第五篇是王弟尚弘毅以及三司官毛泰永、毛国珍、翁自仪四人的汉诗,题目是《祝林母戴太夫人寿》。第六首《林副使德政歌》,是对林麟焻的称赞。

以上六篇,是琉球国王贵族以及显宦的汉诗文作品。以久米村出身者为中心的《中山诗文集》,编排时将琉球王府贵族的汉诗文作品放在最前面,当然是尊崇王室的表示,也符合中国儒家的传统,更是为了显示琉球国汉诗文创作的正统性。下面介绍排列在前面的琉球王族作家:首先是琉球国尚贞王(1645—1709),在王位长达四十一年(1669—1709)。《中山世谱》这样评价他道:“王性质温厚,好学重礼,大兴文风,社稷奠安。”尚真即位后接受清朝册封,又在被迫默认萨摩藩不断干涉的基础上,在琉球国内实行改革,包括了奖学政策、官职的整理与新设、祭祀制度的更新、领主支配的规制等。在这位开明智慧国王的时代,琉球国各种人才辈出,比如程顺则、郑弘良、翁自仪、池城安倚、魏士哲等。王世子尚纯(1660—1706),在继承王位前就去世了,追尊称王。尚纯亲近文士,曾召集程顺则和蔡文溥讲解《诗经》和唐诗,十分好学。在《中山诗文集》中有他的《咏双松》五言绝句。王弟尚弘毅(大里朝亮),1676年(尚质八年)至1686年(尚质十八年)为摄政王。三司官毛泰永(伊野波盛纪),1665年(尚质十八年)至1688年(尚贞二十年)在职。三司官毛国珍(池城安宪),1670(尚质二年)至1696(尚贞二十八年)在职。三司官翁自仪(稻岭盛仪),1683(尚质十五年)至1696(尚贞二十八年)在职。三司官是琉球王国掌握政治实权的宰相,在王族亲方中选任,接受萨摩的部分支配,所以有日本名。

第七篇之后,是与程顺则有关系的人士的诗文。

第七篇是曾益的汉诗集《执圭堂诗草》。前有福州大儒陈元辅(昌其)1689年为其写的跋文,由此可以看出该诗集编订的时间。曾益(1645—1705)字子嫌,号虞臣,是久米村曾姓的第六代。最初名为砂边亲方、永泰,后改名为益。1692年(康熙三十一年)为避王世孙尚益的讳,改名为夔。1663年(康熙二年)作为勤学生随蔡彬(喜友名通事)和毛国俊(国吉通事)等远赴福州,读书习礼两年。之后作为进贡都通事,四次来到清国。又担任使者两次前往萨摩,活跃于当时的琉球国外交舞台。曾益雅号为虞臣,这是1686年他作为进贡正议大夫来到清朝,福州大儒陈元辅给取的。三年之后的1689年,曾益在福州停留期间,迎接琉球接贡船到达,这一次的存留通事就是程顺则。作为久米村的老前辈,曾益的诗集由程顺则的恩师陈元辅书写跋文，借以表达对久米村汉诗人群体第一人的尊重。接下来蔡铎的《观光堂游草》，依然是由陈元辅写作序和跋文，可以说这些都是表达了程顺则对久米村前辈诗人的尊敬之意。

第八篇《观光堂游草》是蔡铎（1644—1724，字声亭）的汉诗集。前有陈元辅 1690 年的序文。蔡铎在 1688 年作为进贡正议大夫来到清朝，第二年五月前往北京，1690 年春回到福州。这部诗集就是他在福州与北京的贡使往返途中所见所闻及所思所想的记录，共有 30 首。该诗集所收汉诗多数是七言律诗，而五律、五绝和七绝体较少。

第九篇《雪堂纪荣诗》为程顺则和当时的琉球汉诗人所编写，其内容是赞扬程顺则得到了琉球王世子（尚纯）赏赐凤尾蕉（苏铁）的荣誉，它收录了久米村的前辈和同僚的作品。作品完成的那年就是被赠予凤尾蕉的 1693 年（康熙三十二年）。陈元辅的跋文，是在程顺则作为进贡北京大通事来到清朝的时候，在福州见到了陈，请他为这本集子而写的。此本集子编辑完成的时间应该是在这一时间点之后，大概与后面的《雪堂燕游草》同样完成于 1698 年（康熙三十七年）。

第十篇《雪堂燕游草》是在 1696 年（康熙三十五年）十一月，程顺则被任命为进贡北京大通事来到中国，第二年五月从福州出发赴京，十二月回到福州，收录了他七个月旅途中的作品。其中在江浙二省所吟咏的诗作多达 50 首，超过了在其他地方所写的作品总数。该诗集总计 79 个题 84 首诗，完成于 1698 年（康熙三十七年）。

第十一篇是蔡彬写的长篇汉文墓碑，墓主是程顺则的父亲程泰祚，题为《江南江苏等处地方各宪遵旨捐助营葬琉球国贡使都通事程公讳泰祚号景阳墓志碑》，略称《景阳墓志碑》。程泰祚，号景阳，1673 年（康熙十二年），跟随正议大夫蔡彬贡使来中国。1675 年从京返闽途中，在苏州病逝。碑文中交代程泰祚病逝殡葬情况甚为详细：

> 康熙十一年贡期，余同耳目官吴公子成、都通事程公景阳，赍贡物驾两艘，因飓风大作，回泊古米山。至十二年三月初十日开洋。扬帆万里，风伯效灵，舟行如飞，计七昼夜，即抵闽。十月十一日，启行进京纳款。荷蒙皇恩，赐茶赐宴，赐缎匹及赏赉。贡事竣，回闽归国，梗阻在苏。程公以王事靡盬，忧郁成疾，医药罔效，乃于康熙十四年九月二十六日丑时卒于公馆。呜呼，公固国中翩翩贵介也，生平笃实，以道事主，以孝事亲，交朋友以信，训子弟以礼，国人莫不钦仰焉。乃中途殒越，天之报施如是，余复何言！幸蒙江苏藩宪今陞抚宪幕，垂怜远人，备请前抚院马具题。奉旨各属地方官，捐资殡葬。盖当军兴节省时也。欣然乐助，无不仰体朝廷柔远至意。公生于琉球，卒于吴郡，虽不忘丘首之志，而捐助殡葬，实出于圣主隆恩，岂非一时盛典，千载奇缘？公可以含笑九原矣。[①]

江苏的官员是好样的，苏州的民众是仁慈的，在这样兵荒马乱的年代里，程泰祚病逝异国，埋骨他乡，是其不幸。然而江南的秀丽山水接纳了他，苏州的纯朴民众守护着他，这堪称东亚关系中的一段千古奇缘，程泰祚可以含笑于九泉。程顺则《雪堂燕游草》中有两

① 程顺则《中山诗文集》，上里贤一校定本，九州大学出版社，1998 年版。第 191—192 页。

篇《姑苏省墓》诗作，是他子承父业，在二十余年后贡使途经苏州，再次吊唁父亲坟墓时所作。其中对父亲表达的悲伤哀婉，对苏州表达的感恩之情，皆低徊缠绵，感动人心。

第十二篇是《重修海桥碑文》，程顺则写于1696年(康熙三十五年)。桥在琉球首府的霸江入海处。碑文写出海门桥所在位置的绝佳风景和海天一色的非凡气势："中山之有那霸，犹藩篱也。东望则王城佳气，葱葱郁郁。巍峨宫殿，高出万松中。西望则姑米马齿诸山，时隐现于烟云雾雨间。而浩渺汪洋，空碧无际，南北风帆，络绎弗绝。凡迎送封舟，出入贡艘，悉由于此。曩者沿江砌石为堤，设木桥达海门。桥之首，则建有迎恩亭，以耸观瞻。自明初抵今，历数百年，为天使驻节地，仪仗旌盖毕集焉，殆所称中山之锁钥之区欤。"[①]海桥是连接那霸港与海门岛(也就是册封使驻扎地)的通道，明代数百年间都是木桥。康熙三十三年(1694)台风巨浪摧毁了这座木桥，琉球国王拨出资金"补葺旧堤，架石为桥。桥上左右，悉竖石为栏，以垂永远"。重修海门石桥后，使其成为那霸港的一大名胜景观地。观景赏月的诗人常来光顾，渔夫庶民也常集于此开办酒宴，这些都在琉球汉诗中得到描写。这篇优美的碑文在初版时还没有收录完整，后来重订版中得到补全。

第十三篇是程顺则的汉诗集《雪堂杂组》，1696年康熙三十五年编成，收录程顺则的感怀诗作二十八首。第一首至第八首是感怀琉球胜景，也就是程顺则的代表作《东苑八景》，描写首里城下王府花园的优美风景，堪称琉球写景诗绝唱。第九首至第二十八首，是程顺则所写的寄怀诗，寄怀从中国册封使臣到京口守备官、从福州到北京的众多师友。其中感怀福州老师的两首七律诗写得情真意切：

利津夜静月明多，照见先生鬓已皤。
漉酒高人存靖节，赋诗居士学维摩。
琼江帐里风犹古，沧海潮头感奈何。
奇字归来无可问，元亭万里隔烟波。

《寄怀竺镜�夫子》

入闽两度拜元龙，但见古高并古松。
挥洒江山文曲折，流连花月语从容。
荷香出水愁方别，梅信过江梦更逢。
坐我春风仙帐里，醒来只有寺门钟。

《寄怀陈昌其夫子》[②]

程顺则是挚情人，时常怀着感恩之心。他感恩父亲的教育，他感恩琉球国王的信任，他感恩中国老师的悉心教导，他感恩异国他乡的众多朋友，其《雪堂杂组》诗集，细腻地表现出了他由衷的感恩性情。

第十四篇是陈文雄编辑的《雪堂赠言》，1698年(康熙三十七年)夏五月完成。陈文雄字士知，闽人，程顺则在福州的同师门挚友。这是一部临别赠言的诗文集，收录了陈文

① 程顺则《中山诗文集》，上里贤一校定本，九州大学出版社，1998年版。第197—198页。
② 程顺则《中山诗文集》，上里贤一校定本，九州大学出版社，1998年版。第208—209页。

雄、陈元辅、竺天植等二十八名闽中文士诗人送别程顺则的赠别诗文，可看出程顺则在福州文坛结识的众多师友，多为中下层文人，却酝酿出醇厚的友情。前有陈文雄写的《征诗小引》，对程顺则的才艺极为推重："唯我宠文程世兄，汴都理学，泽国簪缨，溯游艺于榕城，早擅开府参军之誉；迨言诗于琼水，又传翰林工部之奇。丙夜下帷，三策究天人之秘；丁年释褐，九重观宫阙之光。雅慕名贤，时下南州一榻；常陈高会，日开北海千樽。往来尽圣代斗山，谈笑皆梁园宾客。允推骚坛隽品，不愧藩服殊才者也。"身为好友，自有溢美之词，但由此亦可看出，程顺则杰出才华在当时福州文坛所引起的倾慕和轰动。该集中有戴翼（字叔子，任郡司训）写的一首赠别诗，极为生动：

国书高捧入京华，策马题诗去路赊。
漫说张骞称汉使，还看杜甫出唐家。
两年闽峤瞻仙岛，双泪苏台落黄花。
忠孝如君今返旆，南风愁绝广文衙。

首联显示出琉球贡臣的庄严使命感，又写出了策马题诗的豪迈行程，这是对程顺则往返京华的生动写照。颔联点出琉球汉诗人身份，尤其是对其姑苏省墓诗的特意赞赏，可看出程顺则这两首感人诗作，对当时中国诗坛尤其是闽中诗人的震撼。

第十五篇是徐葆光的《赠言》，收七绝体诗 10 首，作于 1720 年（康熙五十九年）10 月。两年前徐葆光担任册封副使到访琉球王国，在琉球岛上逗留了八个月，期间与琉球文人一起踏访山川，诗酒唱酬，著有《中山传信录》传世。而今年程顺则作为谢恩使随册封使一起来到京华。这次程顺则新编了自己的诗集，赠送给诗友徐葆光。而徐葆光在程顺则完成使命离开京城前夕，也回赠了 10 首离别诗。这 10 首赠别诗构成了一个完整系列，记载了程顺则此行的过程及成就，也表达出徐葆光对出使琉球经历的回顾以及对琉球友人的感怀。其中第三首写道："由来东国解声诗，肯让朝鲜绝妙辞。一卷燕游增后集，星槎收尽域中奇。"在东亚汉诗中，朝鲜汉诗长期有着很高的声誉，认为程顺则诗作达到了朝鲜绝妙辞的水平，这是对琉球诗作的高度评价。第四首写道："雪霁胥江卷冻云，寒原荒草指孤坟。殊乡上冢千秋事，光贲重泉只见君。"这是写程顺则经过苏州时祭扫父亲坟茔，诗后有自注云："大夫有尊甫景阳，墓在吾乡胥江之内。今归再上冢，讣在冬仲。"徐葆光苏州人，自然为程顺则忠孝两全的精神深深感动，赞其为"光贲重泉"的"千秋事"。直至今日，苏州南郊上方山国家森林公园内，程泰祚的墓碑与徐葆光的纪念亭还在日夕相伴，成为中琉两国交流中这段佳话的历史见证。第八首写道："二至灵风送海门，神庥此日荷皇恩。怡山院里春秋祀，盛典须行久米村。"这首诗记载了中琉使者来往中的妈祖信仰盛行。诗后自注曰："天妃春秋祀典，历次封使还朝皆请之。今始得准行，久米村上天妃宫，亦当如礼。"可见明清使臣皆遵从东南沿海风俗祭拜妈祖，以佑海上行程平安，到了清初康熙年间，朝廷才将其列入官定礼仪。久米村中的天妃宫因而香火愈加旺盛，而久米村人在中琉交流及航海交通中所起的重要作用也愈加得到凸显。第九首写道："卅载英才作国宾，更为寸牍达枫宸。观光上国成才易，好遣家驹继后尘。"下有小注云："代请官生入太学，已准行。"程顺则此行赴京的一项重要使命，就是申请琉球官生入学北京国子监,终于得到康熙帝的批允。此事的成功,对于培养琉球人才可谓薪火相传,意义重大。所以说“观光上国成才易,好遣家驹继后尘”。最后一首中回顾了自己出使琉球期间的经历:“半年揽尽海东奇,风俗山川尽在兹。山南山北游屐伴,凭君一一寄相思。”诗后特意说明这些友好“游屐伴”的姓名并致谢:“游波上,采石芝,同游者紫金大夫雪堂,洎正议大夫蔡肇功、阮维新、陈其湘,长史阮瓒。辨岳同游法司翁自道、大夫蔡温。末吉同游王叔讳祐、法司向圣赓、国丈毛公家园。凌霄亭同游,大夫文若、向凤彩。文若先生又同游砂川、紫金岩、高岭、大里城,联辔尤数。皆烦切致相思也。”这段记载,透露出徐葆光游历勘察琉球山南山北过程中的诸多细节,琉球王室官员对上国使者的热情好客,令徐葆光感念于心。

第十六篇《琉球国新建至圣庙记》,撰者是康熙二十二年册封琉球国王正使汪楫,记载久米村在康熙十二年就创建了琉球第一座孔子庙,文明之风渐盛,但仍然缺乏儒学教育人才,因而奏请朝廷征召儒士前往琉球办学:“凡有志于圣人之学者,无不奉琉球为指归。呜呼,岂不盛哉,岂不盛哉。”第十七篇题目也是《琉球国新建至圣庙记》,撰者是康熙二十二年册封琉球国王副使林麟焻。此文呼应正使汪楫的报告,补述了琉球创建孔庙、民风淳朴的一些闻见细节,颇为生动。如云:“琉球虽僻处一隅,在瀛海中最为守礼之邦。岁奉职贡,恭顺谨畏,得尊君亲上之义。官制巾服有别。乡举里选,由俊秀而升,试以文艺,然后服官。国中搓手膜拜,道遇尊者,辄伏地不敢仰视。风俗淳厚,路不拾遗。人重犯法,无剽掠争斗之事。赋税则王及臣民,分土以为禄食,上下不交征,庶几古井田遗法焉。”

第十八篇题目为《琉球国新见儒学碑文》,撰者是康熙五十八年册封琉球国王的副使徐葆光。所谓新见儒学,指的是在孔庙内新开辟出来的学堂,以及在孔庙学堂里进行的儒学教育。碑文曰:“大夫程君顺则有碑记建庙颠末,寔成于康熙之十三年甲寅之岁,时尚未有所谓明伦堂也。今观其庙之左方,有室新建,堂构维杰,上室奉启圣公洎配飨神主。两庑舍,设学教授。岁立讲解师、训诂师二员。维其人,丰廪饩,尊体貌,而以通事、秀才、若秀才等若而人,皆从业焉。月有讲,岁有考,六经之文,与《上喻十六条》等书。凡有俾于行谊者,皆笺刻而讲明之。”把琉球久米村内孔庙学堂的建制描绘得一清二楚,这也是琉球汉诗人尤其是久米村出生的汉诗人,自幼启蒙接受汉学熏陶的场所,因而值得关注。

第十九篇,是程顺则的《琉球国新建至圣庙记》,写于康熙五十五年十二月。其中说明琉球最早的祭拜孔子像始于明代万历年间:“及万历年间,紫金大夫蔡坚始绘圣像,率乡中缙绅,祀于其家。望之俨然,令人兴仰止之思,不可谓非圣教之流于海外也。”而康熙十三年竣工的久米村孔庙,更是堂屋宽敞,设置庄严:“塑孔子像于庙中,左右列四配,如中国制。王乃令儒臣,行春秋二丁释典礼,既新轮奂,复肃俎豆,猗欤盛哉。从此睹车服礼器,恍如登阙里之堂。”可见久米村孔庙学堂之建制规模。第二十篇是程顺则撰写的《新建启圣公祠记》,记于康熙五十八年正月。新建成的启圣公祠,位于孔庙正堂的左侧,是祭祀孔子父亲的场所,这也是仿中国体制,由琉球王国出资建造的。

第二十一篇是《庙学纪略》,程顺则撰于1706年(康熙四十五年)。纪略概述久米村孔庙及学校建立的过程，以此为中心展示了琉球儒学的来龙去脉。本文的特殊价值，在于记载了从明至清在久米村孔庙学校任教的讲解师和训诂师的姓名。这些记录详实可靠，成为久米村庙学教育的一份较为完整的真实记录，也是琉球国儒学发展的重要文献资料。其中记载明代四位儒师来琉球任教的资料，尤其珍贵："兴学之始，例延中国大儒，教授生徒。如明之毛擎台讳鼎、曾得鲁、张五官、杨明州四先生，至今国人能道之。夫木有根本，学有渊源，四先生教泽，之于我国，炳若日星。及今弗纪，后将无有传之者。"[①]后来程顺则出使中国，途经山东曲阜时，特意向孔庙恭敬地献上此文。

第二十二篇《琉球国创建关帝庙记》，协理紫金大夫程顺则撰于康熙五十五年夏五月。祭祀三国时代英雄武将关羽的关帝庙，遍布中国大陆各省各地，但琉球一直没有建立关帝庙。直到康熙二十二年，到达琉球的册封使汪楫、林麟焻，"知吾国有欲为帝立庙意，乃捐俸五十金，以为之倡，王喜为立像祀之"。琉球国出现了第一座专门祭祀关公的关帝庙。琉球国王热心创建关帝庙的本意，在于倡导琉球社会人际间的忠诚心，尤其是君臣间的忠诚大义。正如记文中所云："祝帝之意，果何为也者？不知帝之正气，可以塞天地；帝之大义，可以贯古今。能使后之为臣子者，靡不知有君父焉。"对于东亚"守礼之邦"的琉球王国而言，推行这样的忠诚观念自然是很容易被接受的。

第二十三篇是传记汉文《中山自了传》，作者是闽中儒士陈昌其(程顺则的老师)。自了的事迹是从琉球使者那里听说的，文中说："康熙戊辰春，予下榻琼河古驿，国使者梁本宁与其小阮得济秀才为予言。予奇其人，异其事，为之立传。"可见此篇传记写于1688年(康熙二十七年)春天，是从琉球来客梁成楫、阮维新那里听到自了的传奇故事而觉得奇异，遂有感而发。其实，自了(1614—1644)是琉球国的一位真实人物，他本名钦可圣，日本名叫城间清丰。钦可圣出身首里士族，由于先天聋哑，不能继承父业当音乐家，就潜心绘画。他的画风受到南宋画影响，爱好山水画，又模仿福州的花鸟画。其杰出绘画才华得到尚丰王的赏识，召他进宫成为宫廷画师，赐号"自了"。当明朝正册封使杜三策看到他的画作时，惊叹可媲美顾恺之、王维。1634年(明崇祯七年，日本宽永十一年)，琉球赴江户使节带去了他的画作，日本画家狩野安信见后也是大加赞赏。本文以传神笔法，描绘出琉球这位传奇画家的生动形象。

第二十四篇《焚余稿》，程顺则编于1708年(康熙四十七年)，是其亡儿陈抟万(1689—1702)的汉诗集。陈抟万是程顺则的第二个儿子，字仲扶。聪慧异常，不幸十四岁就死去。程顺则在福州刊行了亡儿的诗集，请恩师陈元辅做序。

第二十五篇是周新命(熙臣)的汉诗集《翠云楼诗笺》，编订于1693年(康熙三十二年)，前面还有竺天植和陈允溥的序文。竺天植的序写于1693年，陈序写作时间没有记载，推测应该是同一年写的。周新命从1688年(康熙二十七年)开始在福州留学生活了五年。他和福州文士竺天植及陈元溥是至交好友。

《中山诗文集》中的琉球作者都是清初时代人，他们受清人尤其是福州诗坛的影响较为直接。清人宗唐诗，所以中山诗人受清人宗唐的影响比较明显。唐诗的内容当然非常

① 程顺则《中山诗文集》，上里贤一校定本，九州大学出版社，1998年版。第270页。

丰富，而纪行咏物、赠别怀古、思亲述怀等题材是最常见的内容。从《中山诗文集》所收的诗集来看，诗人所涉及的内容主要有：酬答、唱和、歌颂、纪行、咏物、赠别、怀古、思亲、述怀、悼亡等。而这些内容，都是中国汉诗中书写频率较高的内容。

琉球诗人到达中国，在闽地，在京城，以至游历各省，广泛接触了中国的社会文化与生活习俗，对于汉诗的丰富内容有了更详尽的了解。如蔡铎为程顺则《雪堂燕游草》所作的序文中说："(其)历吴越齐鲁燕赵之境，其间河山之壮丽，冠裳之都雅，与夫贤人君子之美秀，而文章尽纪于近体。"①所言确当。赠答类的诗不算太多，且举两首看。其一《小诗恭赠玉翁林先生》：

骏骏仗节咏皇华，海不扬波风送搓。
口代天言颁诏诰，身随王事带烟霞。
凤池染翰衣沾柳，鳌禁璃词笔梦花。
剑佩归朝闻曳履，应知圣主特恩加。②

诗作者是中山工世子尚纯，诗中对林王翁赴中山颁赐清廷恩典进行感谢外，对其染翰赋诗的文采也加以歌颂。虽然带有应酬的成分，但感情还是相当真挚。再如摄政王弟尚弘毅《祝林母戴太夫人寿》，这是一首祝寿诗："上林莺报兆芳辰，暖日迟迟淑气匀。柳絮已跨诗句敏，梅妆不减岁时新。瑶池桃熟三千树，海岛寿添九十春。从此殊方长献寿，年年记祝太夫人。"诗中的莺报、梅妆、瑶池、桃熟、寿添等都是祝寿的常用语，全诗却并不俗气，在颂声洋溢中透出几分雅致。

歌颂类的诗可以举程顺则的《京邸中秋》、《都门九日》、《赐宴春宫》等。这几首诗中都有一些歌功颂德的诗句，如："况复西征新奏凯，欢声月色满皇墟。"(《京邸中秘)"圣代即今声教远，搜奇何用更题糕。"(《都门九日》)"九重传旨宴中山，柔远恩深礼法宽。"(《宴春宫》)虽是如此，但从全诗来看，比起明初台阁体诗，已是非常平实了。诗集中纪行类的诗比较多。中国的山川景物比起琉球本国来说，当然丰富许多。因此，琉球诗人在中国各处游历，被各地胜景所陶醉，当然会引发出汩汩诗兴。纪行写景诗有不少相当出色，如曾益的《游西湖》：

西子湖头别有天，醉看花鸟尽嫣然。
六桥柳色摇晴绿，三竺莺声带晓烟。
走马客过桃叶岸，吹箫人上酒家船。
飞来一片峰前立，为问林逋放鹤年。

全诗点缀着花鸟、柳色、绿竹、莺声、晓烟，写得相当精致。其中颔联两句，在景色的描写中创造出了一个柳色朦胧、烟霭莺啼的意境，尤其是"摇"字用得好，借用了南朝乐府《西洲曲》中"海水摇空绿"的句意，一个"摇"字，使境界全出。结句突出林逋形象，寄寓其隐逸之志，亦吻合西湖的意境。

再如《灵隐寺》："我爱西湖灵隐寺，寺门斜傍薜萝开。蒲团竟日谈兴废，花径由人数

①② 程顺则《中山诗文集》，上里贤一校定本，九州大学出版社，1998年。第287页。

往来。草色遥连骑马路，涛声长绕讲经台。兴留一片袈裟地，不共沧桑化劫灰。"写景透露出灵隐寺的特点，其中"花径由人"、"草色遥"、"化劫灰"等都是学习或化用唐人的诗句。唐人有"花径不曾缘客扫"、"草色遥看近却无"等诗句。怀古诗在琉球诗集中的比例也不少，如曾益《苏台怀古》：

高台九初筑姑苏，池水生香接太湖。
一自温泉生蔓草，遂令响屧怅成墟。
殿檐夜月眠鼠□，禾黍秋风泣鹤鸪。
不尽馆娃千载恨，萧萧芦荻满平芜。[①]

苏州是琉球进贡使赴京途中的必经之路，这里的江南水乡秀丽景色迷醉了琉球诗人，远古的吴越争斗的历史故事也经常激荡出琉球汉诗人的浓厚兴趣及旺盛诗兴，此首七律诗，就堪称咏古诗中的佳构。

三、《中山诗文集》的刊行与流传版本

1.《中山诗文集》于康熙辛丑年孟夏在福州刊行初版，此役拖了四年才完成，其中主要的出力出资者应该是王登瀛。他在序文中透露了资助刊印的个中消息。

予谈经驿楼，得交蔡君声亭、曾君虞臣、程君宠文诸君，深知中山人文之盛。续读中山国王祝翰林汪太翁中书林太母二寿，冰清玉润，气夺钟岳。及读诸君子《游草》，或咏物，或赠答，或怀古思乡，出诸性情，皆有太史公之笔。予拍案称奇。时吾门从游诸子告予曰："汇梓成集，可乎？"予曰："善哉！"亟授梨枣。俾人知中山国王及王戚内外诸臣，文献骎骎。

王登瀛字阆洲，与陈元辅同是福建名士，学识厚实，擅长书法[②]。他当时在福州柔远驿担任训导，指导过蔡铎、曾益、程顺则等琉球学生，尝序跋《晚香园梅诗》、《梅花百咏》。王登瀛书法宗董香光，有时名，收入颇丰。看得出来，阆洲是一位重性情交谊的性情中人，他与琉球学子亦师亦友，关系融洽，在看到程顺则等琉球人创作的汉诗汉文后，大加赞赏。又在"从游诸子"（很可能包括了琉球留学生）的请求下，爽快答应尽快编辑和刊刻此书，经过四年的努力，终于使这部《中山诗文集》在福州书肆刊行面世。王登瀛的学识和书法固然受到琉球学子的尊敬，但是他为琉球学生刻书的义举，透露出中琉交流的密切关系，开创出琉球文学史的新篇章，保存文献，其功甚伟，理应得到后人的铭记。

---

① 程顺则《中山诗文集》，上里贤一校定本，九州大学出版社，1998年。第287页。

② 王登瀛的书法作品今可见行书《朱文公家训》立轴，钤印：一生学拙主菴峀畊；题识：闽中后学王登瀛敬书；鉴藏印：松南堂藏。2016年福建福州市春季拍卖会展出，2016年5月29日福州市西湖大酒店二楼华宴厅。

2.《中山诗文集》的各种版本

(1) 最初版本的系统

① 国立公文书馆内阁文库藏本，福州刊本，附带扉页，长 185 厘米，宽 115 厘米。《中山诗文集》的最初版本刊刻是在 1725 年(尚敬十三年，雍正三年)。保留了原型的最初的版本的体裁。表页上是中山诗文集的手写标题。表页长 238 厘米，宽 143 厘米，全一册。

② 冲绳县立博物馆藏本

表页和扉页的大小大致与①相同，但是只有郑晃的序文，没有王登瀛和任五伦的序文以及任上喆的跋文，分为两册，上卷一直到《景阳墓志》这篇，下卷从《雪堂杂组》开始。与①相同的是都缺少了《重修临海桥碑文》和《焚余稿》的陈元辅的序文。

(2) 重订版本的系统

这个系统的版本，虽然补上了《重修临海桥碑文》和《焚余稿》的陈元辅的序文，但是还是有些瑕疵。初刻本中任上喆的跋文放在了书的最后，但是这个系统的版本却放在了任五伦和程德裕的序文的中间。第二是蔡铎的《观光堂游草》中漏掉了陈元辅序文的最后一行。这些是属于比较长的部分，其余的只是漏掉了一个字或两个字。初刻本是有增补的需要。虽说是重订本，但是也并不完美。之所以如此，是由于没有底本的缘故。

① 岛根县立图书馆山口文库藏本，福州刊本。

上下两册本。表页由手写的标题“中山诗文集 上卷 立雪堂 共两册”、“中山诗文集 下卷 立雪堂 共两册”。接下来直接就是郑晃的序，没有扉页，后面是王登瀛和任五伦的序文和在初刻本中附在最后的任上喆的跋文以及重订本中出现的任德裕的序文。在重订的刊本中，虽然保存状态更加良好，但是却缺少了《观光堂游草》序文的最后一行。

② 国立公文书馆内阁文库藏本(写本)。冲绳县立图书馆微缩交卷所藏。重订本的全部写本。错字、俗字、异体字虽然很多难以阅读，但是与部分写本不同的是，他保留了《中山诗文集》的全貌。

③ 国立公文书馆内阁文库藏本《中山诗》。

此写本将《中山诗文集》中所收录的琉球汉诗作品，以《雪堂燕游草》为中心进行抄录。

④ 冲绳县立图书馆东恩纳文库藏本《雪堂燕游草》。

与①体系相同的刻本，下册单独以《雪堂燕游草》为标题刊行。

⑤ 夏威夷大学东西文化中心 ホーレー文库《雪堂燕游草》。

《雪堂燕游草》的初刻本是在 1689 年，但是之后 1714 年，京都的奎文馆主人濑尾源兵卫出版了再刊本，包含附录《琉球世法录》。

第三章　琉球汉诗的黄金时期

（1760—1844）

从公元1760年至1844年，也就是琉球王国尚穆王九年至尚育王七年，清朝乾隆二十五年至道光二十四年，在这八十余年间，琉球汉诗得到了进一步发展并趋向繁荣。清乾隆二十五年，蔡世昌、郑孝德、梁允治、金型四人被选派为琉球国官生来华入国子监就读，国子监选派资深拔贡生（同年新科举人）潘相①担任这批琉球官生的汉语教习，因而留下珍贵的实录文献《琉球入学见闻录》。这一批琉球官生入学期间，正值乾隆盛世，经济发达，儒学兴盛，琉球官生的教学条件都保持在较好的状态，因而相较以前，这一批琉球官生的学习效果较好，其汉诗文写作水平也得到很大提升②。

关于当时琉球官生在北京受到的礼遇，享受清廷提供的较高生活待遇，从潘相《琉球入学见闻录》中的相关记录就可看得很清楚："乾隆二十四年，官生梁允治等十二月入京；二十五年正月初二日，礼部劄知国子监。二十三日，本监选取教习奏闻。二月初八日，礼部仪制司送官生入学，博士等官带领谒庙、谒后殿及文公祠，入讲堂拜师。一、官生食用

---

① 潘相，字润章，号经峰，安乡县（今属湖南省常德市）东高田村人。幼年性敏好学，饱学经史，品行忠厚。乾隆六年（1741）州试选拔贡，入京师国子监深造，乾隆二十三年考充武英殿校书，乾隆二十五年国子监奏充琉球国官学生教习。他实心训课，造就有方，在学四年，始终如一。同年他参加顺天府乡试中举。乾隆二十八年经会试、殿试中进士，钦点山东福山县知县，兼摄黄县、泗水县政事。后调任曲阜知县，升任濮州知州。每为官一地，无不注重农田建设，致力教化事业，抚恤贫苦，表彰贤良，严禁迷信。且明于听断，善剖疑案，不冤黎庶，赈济灾民，使百姓安居乐业。乾隆四十三年服丧归里。乾隆四十五年补授云南昆阳州知州。因厌倦仕途，不久告老还乡。著作有《琉球入学见闻录》、《曲阜县志》、《澧志举要》、《周易尊翼》、《尚书可解辑粹》、《毛诗古音参义》、《春秋尊孟》、《春秋比事参义》、《春秋应举辑要》、《周礼撮要》等，可见其对儒学经典用功甚深。

② 乾隆二十五年正月二十三日，国子监臣观保、全魁、陆宗楷、博卿额、吉泰、卢穀谨奏："为请旨事。乾隆二十五年正月初十日，礼部劄送到琉球国陪臣子弟梁允治、郑孝德、蔡世昌、金型四人到监读书。臣等谨查雍正二年琉球国陪臣子弟郑秉哲、郑谦、蔡宏训等入监读书，经礼部议准照康熙二十七年之例，选取贡生一名，令其教习；派博士等员管理，臣监堂官不时稽察。至教习贡生一切等项，俱照官学教习之例等因，遵行在案。今该国王送到官生梁允治等四人入监读书，相应仍照旧例。臣等公同选得拔贡生潘相，湖南安乡县人。为人老成、学业优长，俾之朝夕讲解教习文艺。又派得博士张凤书、助教林人樾，俾之管理。臣等不时加谨稽察。至教习贡生一切等项，俱照官学教习之例。俟命下后，臣等移咨吏、礼二部存案。为此缮摺具奏，伏候皇上睿监施行。臣等谨奏。"本日奉旨："知道了。钦此。"

等项,俱照康熙二十七年题准之例。每官生一名,俱照进贡都通事之例,每日各给白米二升;跟役,每人每日各给白米一升。国子监每季核算人数小建,总计若干石,移咨户部关领火仓白米。一、官生食物,每人每日给鸡一只、肉二斤、茶叶五钱、豆腐一斤、花椒五分、清酱四两、香油四钱、酱四两、黄酒一瓶、菜一斤、盐一两、灯油二两;跟役,每人每日给肉一斤、盐一两、菜十两。”可见琉球官生在北京求学期间的生活待遇比照外交官员标准,十分优渥。

潘相《琉球入学见闻录中》卷四收录了郑孝德的汉诗 26 首,蔡世昌的汉诗作 13 首。嘉庆十五年(1810)秋,马执宏和毛世辉由琉球官派到北京国子监读书,毛世辉有《毛世辉诗集》传世,现收录到《琉球王国汉文文献集成》第三十六册第一卷,共 541 首。道光二十一年(1841 年,琉球尚育四年),琉球官生阮宣诏、向克秀、郑学楷、东国兴入北监就读。潜心习诗,学业精进,教习孙衣言将四人课堂习作辑评刊行,即《球琉诗课》和《琉球诗录》。此外东国兴又编辑《东国兴诗稿》、《东子祥先生集》、《东国兴诗集》等诗文集。1844 年(尚育七年),琉球诗坛出现了三位杰出的汉诗人:尚元鲁(王族)、郑元伟、魏学贤。他们刊行合著诗集《东游草》。随着琉球本土国学和乡校越来越多地建立,中国文化在琉球得到了进一步的传播,汉文及儒学教育也进一步发展。在这样的时代背景下,琉球本土诗人的汉诗水平得到了很大的提高,这也促进了琉球汉诗趋向繁荣,产生了很大的飞跃,形成了一百二十余年间琉球汉诗史上的黄金发展期。

第一节　欲为海国无双士,读尽天都未见书

——官生汉诗的百花盛开

一、郑孝德、蔡世昌、梁允治、金型

郑孝德、梁允治、蔡世昌、金型四人是第四批琉球来华的官生。乾隆十九年(1754)琉球世子尚穆遣使入贡,兼请袭封。乾隆二十年命翰林院侍读全魁、编修周煌充正副使,往封琉球国世子尚穆为王。乾隆二十二年册封使全魁、周煌自琉球还,上疏奏言:“臣等奉使将旋,中山王臣尚穆诣馆设宴送臣,令陪臣通事向臣等致辞,恳请许其遣陪臣子弟入学。”[①]礼部上呈,部议如所请,最后得到圣旨充准。琉球国中山王尚穆,遂于乾隆二十四年遣陪臣子弟郑孝德、梁允治、蔡世昌、金型四人来华入北京国子监学习。乾隆二十五年,郑孝德等四人随贡使毛世俊到京,进贡琉球地产围屏三千张、蕉布五十匹。四名官生随即入国子监留学。国子监选派资深拔贡生潘相为教习朝夕相陪,又派博士张凤书、助教林人魁董率其事。琉球官生入学后不久,即乾隆二十五年三月十六日,官生金型不幸

① 《钦定国子监志》卷十八。

病故。一个月后的四月二十日，官生梁允治也不幸病故[1]。作为教习的潘相对琉球官生关爱有佳，在他们患病时，做到了尽心尽力的照顾及请医治疗。两位学生不幸辞世后，潘相与他们痛泣诀别，妥善料理后事，并写诗文沉痛祭悼。祭文中说："生处海南，我居荆岫。中外各天，谁期邂逅。寝对予床，饭同予豆。如彼春兰，不差其臭。"表明了异国师生间同餐共食、气味相投的亲密关系。悼诗中"一杯奠柩前，涕泪何能止"，表达出了他对两位留学生逝世的抱憾及临祭涕泪流的悲伤心情。

(一) 郑孝德

郑孝德(1735—?)，字绍衣，琉球久米村人，明赐闽人三十六姓后裔。乾隆二十五年与蔡世昌、梁允治、金型来华入国子监学习。其祖士绚，正议大夫，充清雍正四年贡使。其父国观，少有志趣，1722 年求学于闽，1728 年始归，乾隆九年(1744)任都通事参与进京朝贡。郑孝德来华在国子监读书期间，昼夜刻励，问学不怠。谈经论学一宗于朱熹，尤喜玩味《小学》、《近思录》，善书法，精诗文，所作皆有规矩。学成归国，官至紫金大夫。教习潘相曾给郑孝德写过一句座右铭："欲为海国无双士，来读天都未见书。"又云"所以望其成者，固未有涯云"等[2]，多有鼓励之辞。

潘相在《琉球入学见闻录中》收录了郑孝德的诗 26 首，其诗作内容涉及面甚广，或歌功颂德，或赠酬留别，或感时抒怀，或怀乡思亲，或纪行揽胜。

1. 歌功颂德

郑孝德等琉球官生，进入国子监学习，其中一项重要的任务就是要学会写作各类外交文书，包括歌功颂德的汉诗文篇章的写作。因为官生学成回国后，需要担任汉文翻译、给中国皇帝上书、与中国及周边国家官府的交涉公文、进贡使者等工作。在《琉球入学见闻录》所辑郑孝德汉诗中，歌功颂德的诗作占了较大部分，可见诗人的练习之勤，也显出当时人对此类诗作的重视。比如《恭庆圣母皇太后七十万寿诗进呈》八首，就是赞颂清朝皇太后和皇帝的功德。如其二、其三：

华府门前膺册封，一方阜寿沐恩隆。

---

① 《琉球入学见闻录中》：梁允治，字永安，官外间亲云上。祖曰得宗，正议大夫，充康熙五十九年贡使。父锡光，官都通事。允治知读书，即喜从蔡澹园问津。家故多书，日夜披吟，忘寝食，遂以其意，绘《身心性命图》。又仿朱子"或问"法，着"服制辨义"。乾隆二十二年，王选士入学。其大夫，首举允治。允治年二十九，于四人最长。初入谒，即雍容有仪。执经书，孜孜请问，日五、七次不休；一句一字，必求其至是。字义偏傍、声音清浊，不毫毛放过。诗文亦可观。居无何，金型卒，郑孝德暨傔从皆染疫。允治偕蔡世昌日营丧务、料理诸医药，深夜犹奔事诸患者，不寝卧旬余。忽一夜，来请曰："郑孝德始知其妹夫金型之丧，将出视其棺，请呼工人再黝之。"旦日，令允治董工事。遽卧，答云："生病甚，惧不起也。"惊视之，已脱形。急召院医诊视，百方救之，竟以四月十九日卒于馆。金型，字友圣。远祖瑛，洪武中，自福建奉命入琉球。累世昌炽。至型，始入太学，年十九。资甚清，喜读书。在闽购颁发诸经，昼夜阅之，忘寝餐，因积痨瘵。到监月余，咨太医院发数医诊治不效。泣曰："生甫入学，遽若兹！无以报天朝及我王之德，贻老母忧。不忠！不孝！"语已，复泣，不及他。遂卒——时庚辰岁三月十六日也。一切恩赐，与梁允治并照蔡宏训旧例奏准施行。

② 潘相《琉球入学见闻录》，见黄润华、薛英编《国家图书馆藏琉球资料汇编(下)》，北京图书馆出版社，2000 年。第 39 页。

三平村酒千家碧，万岁山花四野红。
地应离明长捧日，天瞻干极远呼嵩。
今朝恭庆漩宫福，躬沐春晖虎拜同。

文教遥敷岛屿边，辟雍诏许沐陶甄。
手摩鼓碣春光暖，身托槐阴旧荫妍。
豢养恩波深似海，栽培德化博如天。
幸逢圣母长庚日，同效华封祝万年。①

写得端庄雍容，显示高雅华贵，符合此类诗作写作的要求。华府指琉球王殿，三平村是琉球村名，万岁山取义于"望阔嵩呼"，这些描写都表现出一位来自琉球的诗人，对中国文化的敬仰，对"文教遥敷岛屿边"的感谢，正是有了这些东亚册封国之间亲密关系的背景，这位琉球诗人才恭贺大清朝皇太后的寿辰。

2. 赠酬留别

留学异国，人在旅途，留下了不少诗酒唱酬、迎来送别的诗篇，其中不少都透露出浓浓的人情，显示出友情的珍贵。比如《赠潘二仲焜》写道：

久闻芳讯望云霓，此日勉欣接骏蹄。
宝树频怀三楚北，琪花惊拂六堂西。
风吹马帐同温暖，雪满程门共品题。
海国人欢随骥尾，相期文学步昌黎。②

这首是郑孝德赠给潘承炜、潘承悼二人的。三人是在国子监就学的同窗好友，郑孝德闻知二友来访，欣喜异常，遂作此诗相赠。诗中前两联写好友的到来，使得琪花惊拂六堂。颈联用了程门立雪的典故，回忆与友人诚心求学的往事，尾联写出琉球文人对中国文化的追随热情，表达在汉诗文写作方面精益求精的期望。

再看《承久米府王成绩、蔡玉台寄问，赋此答之》两首③：

万里燕京学步趋，每依北斗望枌榆。
天边过雁传瑶筒，日下烹鱼得宝珠。
王粲奇才人似玉，蔡邕博记腹如厨。
惭余六馆沾槐露，几载婆娑一字无！

依然海畔旧头颅，别后空余面有须。
秋晓长闻砧响急，夜深遥看月辉苏。

① 潘相《琉球入学见闻录》，见黄润华、薛英编《国家图书馆藏琉球资料汇编(下)》，北京图书馆出版社，2000年。第540页。

②③ 潘相《琉球入学见闻录》，见黄润华、薛英编《国家图书馆藏琉球资料汇编(下)》，北京图书馆出版社，2000年。第39页。

双龙跳跃蟠蛛网，群凤雝喈起碧梧。
反旆乡园犹计岁，可能重遣北飞奴。

这两首诗是对来自琉球久米村好友王成绩、蔡玉台来信问候的回复。写出诗人独居异国求学，接到家乡友人来信时的喜悦之情。诗中引用了王粲和蔡邕的典故，借以赞美这两位久米村好友的才华横溢，并感慨这几年岁月匆匆，自己的汉诗文创作甚少。诗人思念琉球，思念在故乡的好友，盼望着能够早日完成学业，返旆琉球，与家乡好友继续赋诗撰文，报效王国。

3. 感时抒怀

在福州和北京长期留学，尽管有良师益友的切磋学问，也有学业长进的收获喜悦，然而独居异国他乡，春日可以高歌，秋夜亦易伤悲，感时抒怀，引发出对世情人生的各种感悟，这方面内容在郑孝德的汉诗中有着不少精彩的表现。

如《秋日郊游书怀》三首：

久雨新晴北郭秋，闲游川上思悠悠。
临流席草舒清兴，何处吹茄未肯休。

远辟轻埃傍水游，晴川一色荻花秋。
盘旋最是心无极，逝者如斯昼夜流。

携手河干赋胜游，一江秋水向东流。
风吹苇岸舒尧翼，日暮杨林树色幽。

诗人看到流水、荻花、芦苇，听到胡茄声，发出逝者如斯的感叹。时光匆匆流逝，山水之美与古今之情，可以在汉诗中穿越融会，形成似梦如幻的迷离诗境。这三首小诗描写秋日郊游所见之景，似乎又是历代诗词作品中的场景重现，诗人此时的这种“闲游川上思悠悠”，与孔子在黄河边发出的“逝者如斯夫，不舍昼夜”（《论语・子罕》）的千古名叹，瞬间便产生出了跨越时空的强烈共鸣。

再看两首感时抒怀的诗篇：

《秋雨叹》

秋雨滂沱久未晴，陌头水涨断人行。
九衢珠桂腾金市，万户桑麻落玉英。
凭几常惊颓屋响，潮窗厌听滴阶声。
夜深剪烛摊书坐，四壁凄其动客情。

《冬夜书怀》

寒冬冷月照书帷，夜半拥护有所思。
学步常忧中道废，潜修宁愿外人知。
心从静后能忘我，文到神来自得师。
倾覆须先防未满，悔尤每自小瑕滋。

无论是秋日的叹雨，还是冬夜的感悟，都是郑孝德在北京留学生活的生动写照。清朝国子监的学习条件很好，官生的生活待遇也很高，但是国子监的各种规矩很严格，对留学生的学习要求也很高。想要完成每日每旬的各项功课，达到教习的严格要求，对于外国学生而言，实非易事。然而郑孝德明白自己官生身份的来自不易，也清楚自己肩上责任来自琉球王国，他懂得“大道酬勤”以及“梅花香自苦寒来”的道理，因此他的感时抒怀诗篇，基本上还是显示出了在隐忍中奋进的基调。这种坚韧顽强的精神表现，是其诗作中的精彩之处，也得到了中国教习导师的称颂。

4. 怀乡思亲

怀乡思亲是中国古诗中的常见内容，对于远离故土，客居求学的琉球官生来说，也是必然会有的人之常情。这在郑孝德的诗作中也有细腻生动的呈现。下面例举两首，看他从盼望家信和收到家信时的情形。

《成均望家信》

人事犹浮萍，海南羁天北。
去国已三秋，驻足桥门侧。
秋深冷露繁，篱菊夸逸色。
孤檠亮复幽，寒壁虫唧唧。
游子倍思亲，远梦翔弗息。
山长水且遥，家书难可得。
出城问闽邮，忧心日已极。
每闻风帘声，惊喜令人惑。
雁飞曾不到，何日舒胸臆。

《接家信志喜》

海外一帆渡重洋，舌耨笔耕傍六堂。
回忆离家经四载，思亲何尝一日忘。
年年空作登楼赋，雁飞曾不到炎荒。
有客忽从榕城至，遗我平安书一囊。
开缄惊视眶旋泪，捧诵一过喜欲狂。
天相蓬庐常迪吉，慈母康宁晚景昌。
从知万金何足宝，置书怀袖乐无疆。
孤身远道虽未返，欢心何异到家乡。①

前一首诗题中的“成均”指成均馆，是国子监的别称。诗人来华求学，犹如浮萍漂泊，转眼间离开琉球已经三年。深秋季节，北京国子监官生的书房宿舍里，孤灯明暗闪烁，寒虫墙脚唧唧，负笈求学的日子里很多时候是孤独的。寂寞时会想家，而故乡路

① 潘相《琉球入学见闻录》，见黄润华、薛英编《国家图书馆藏琉球资料汇编(下)》，北京图书馆出版社，2000年。第39页。

遥，即便想得到一封家书也是那么难。从“驻足桥门侧”及“出城问闽邮”的描写中，可知当时发自琉球的家书，都是先要随船带到福州，再请人捎到北京国子监。其间的渡海风险、跋山涉水、危机四伏，真可谓“山长水且遥，家书难可得”啊！这种等待和盼望中的身心煎熬，是生活在交通便利、电子通讯快捷时代的现代人所难以想象的。诗人每次听到风掀帘声，都以为是家书到了，结果总是空欢喜一场。“浮萍”、“冷露”、“篱菊”、“孤檠”、“寒壁”等物象的叠现，构造出孤独盼望家信的场景氛围，透露出焦急无奈心绪，令人感伤不已。

后一首描写突然收到家信后的无比欢欣，其挚情流露，同样令人唏嘘。诗人离家四年，思乡之心日甚。所谓“年年空作《登楼赋》，雁飞曾不到炎荒”，和盘托出其无奈且失落的思乡之情。接着笔锋一转：有客忽从福州来，捎来一封诗人千盼万盼的家书。接下来的描写堪称精彩，“开缄惊视眶旋泪，捧诵一过喜欲狂”，场面令人动容；而“天相蓬庐常迪吉，慈母康宁晚景昌”，亲情又令人感动；进而“从知万金何足宝，置书怀袖乐无疆”，憨态可乐，静思同样令人泪奔。

5. 纪行揽胜

郑孝德汉诗中还有不少游览纪行、观赏风景的精彩描写。诗人渡海来华，从闽赴京，一路游赏名胜风景，收获良多。比如《春望》诗：

帝畿无地不春光，万里风恬化日长。
到处江山辉锦绣，望中云物焕文章。
春归柳线高低色，红入桃腮远近香。
俯仰乾坤双眼豁，一时新景拂诗囊。[①]

表达了对帝都的赞美，在京华无边春色中，流露出对未来的憧憬。颔联“春归柳线高低色，红入桃腮远近香”，描写北京初春的桃红柳绿，用词精准，笔法细腻，显出吟诵推敲功夫，用“柳线”、“桃腮”这两个出色与飘香的场景，荡漾出帝都一片春色，堪称名句。

还比如小诗《有感口占》：

风满桥门月映川，一飞一跃见鱼鸢。
宫墙万仞云梯在，翘首于今已数年。

对于琉球国官生郑孝德而言，他的心目中有两座“宫墙”，一座是映在眼前的大清国帝都的皇宫，平地而起，巍峨高耸，实为禁圉。另一座是藏在内心的首里琉球王宫，坐落山坡，松阴笼罩，则是自己今后效忠尽责的地方。这两座宫墙，一远一近，一虚一实，俱由眼前鱼鸢的一飞一跃而引出，这种神思跳跃，实在是妙。而且更妙的是，眼前的宫墙高耸入云，就像云梯直达青天，而自己人生的登天云梯又在哪里？诗人翘首盼望，已经为此奋斗了好几年，目标似乎越来越近，但眼下还是难以明言，所以“有感”。鱼鸢的飞跃，生机勃勃；而自己的未来，是否也是信心满满，这就是诗人触物生情的有感，这种诗情联想，实

① 潘相《琉球入学见闻录》，见黄润华、薛英编《国家图书馆藏琉球资料汇编（下）》，北京图书馆出版社，2000年版。第39页。

在是妙。

总而言之，琉球官生郑孝德通过来华四年留学，在国子监接受了系统的学习训练，对中国的传统儒学、诗文写作、礼仪习俗都有了深入的了解和掌握，使其汉诗创作水平有了显著提高。琉球官生制度与汉诗创作发展之间的关系，应该成为进一步加深研究的重要内容之一。

(二) 蔡世昌

蔡世昌(1737—1798)，字汝显，蔡文溥弟紫金大夫文河之孙，都通官文海之嗣孙、正义大夫光君之长子。出生久米村的蔡世昌，有着深厚的家学渊源。他的的祖、父、伯、叔皆官至上大夫，可谓家族成员皆娴礼法，为久米村的望族。蔡世昌自幼目濡耳染，吟诗赋文，早有才声。成人后又得到同族长官蔡温的悉心照顾。赴华送别宴上，蔡温特意嘱托蔡世昌入清朝国子监后，不应太重词章的修养，而更重要的是主动学习治国平天下的宝贵经验和有效方法。乾隆二十五年，蔡世昌等琉球官生一行四人入学北京国子监，在教习潘相等人的朝夕陪同指导下，开始系统学习中国儒学经典及诗文。蔡世昌当年二十四岁，与郑孝德相劘切，不欲专为词章学。潘相因材施教，针对蔡世昌的秉性爱好特点，鼓励他“人在海邦推俊杰，学从京国问渊源”，注重在学以致用的实际才能培养方面，他后来总结道：

> 岁庚辰，偕郑生绍衣学于余。余不欲以古司乐之所教者教之也，作“答问”四条：一曰端趋向，二曰变习尚。生笃信之，与郑生禀承指授，刻苦力学，无间旦夕者凡四年。裒其课艺若干首，将以献于廷、师于家、模范于国。美哉！洋洋乎，其诚心于学者耶！其予所谓有大力而善变者耶！
>
> 生好读韩文，言必举为宗。顾其俊杰廉悍、峭刻雄厉，往往似柳州、半山。余尝论唐、宋八家，惟柳、王足亚韩豪，而韩公于柳、王之长无不有。生学焉而得其性之所近，故常相似也。韩公起八代之衰，生归而举公之所以为文者教其国之人，其弗变矣乎？抑闻昌黎居潮州，命进士赵德为之师，而潮人知学。衡、湘以南，经子厚讲解指画，为文词者皆有法度可观，到今两地尸祝之。蔡生勉乎哉！球阳之人千百世后，其犹如楚、越之尸祝两公也哉！①

指出了蔡世昌古文多学韩愈，兼取柳宗元和王安石，其为人及作文皆脚踏实地，不做仿古虚文，而求有功于现世。蔡世昌学成归国后，分别于清乾隆三十二年(1767)年作为存留通事、清乾隆三十五年(1770)作为接贡的都通事来华。并在乾隆四十七年(1782)以正议大夫之衔任进贡副使进京。贡使团完成使命回国后，蔡世昌晋升为紫金大夫，最后被尚温王封为国师。

蔡世昌被认为是历届来华琉球官生中，学习成效最好的一位。他学成归国后不仅在外交上发挥了巨大作用，而且正如其国子监教习潘相所教导的那样，充分利用所学经纶，进行经世致用，大胆改革琉球国的顽疾旧习。他编撰了琉球第一部成文的刑法法典《琉

① 潘相《琉球入学见闻录》，见黄润华、薛英编《国家图书馆藏琉球资料汇编(下)》，北京图书馆出版社，2000年版。第723—725页。

球科律》，这在琉球王国历史上意义重大，也是他把中国刑法运用于琉球社会的首次成功尝试。清嘉庆元年(1796)蔡世昌上奏提出建立琉球最高学府——国学，接着首里贵族集团又提出改变久米村独占官生名额的传统做法，每次琉球国的四位官生名额，首里和久米村各自分享两个。作为久米村后人，蔡世昌支持了这个方案，因此遭到久米村的强烈反对。1798年8月，蔡世昌在久米村的住宅中遭到袭击，史称"官生骚动"。同年9月，尚温王根据蔡世昌的建议开设了国学，并任命他为第一代学师。但是蔡世昌在开学之前就病逝了。建立国学很大程度上普及了汉文教育，同时这意味着久米村垄断汉文教育权力时代的结束。而官生名额的重新分配，则更是动摇了久米村作为辅佐琉球国进贡事务的机能，使久米村生存受到威胁，所以会引起久米村官生的不满。但客观而言，琉球官生名额的拆分，激发了首里王府的汉文学习的热情，使得中国文化在琉球王国的传播，突破了长久以来只限于久米村的缺陷，有利于汉学在琉球全国境内的深入推广。

实际上，蔡世昌对生于兹长于兹的久米村有着深厚的感情，他也为自己华裔的身份而感到自豪，这从其撰写的《久米村记》中可以看得很清楚，记文如下：

久米村，一名唐荣，即古之普门地也。明太祖赐唐人三十六姓，聚族于此，故曰"唐营"。又以显荣者多，故改曰"唐荣"。国王厚其裔，世其糈，故取"世禄"之义曰"久米"。

村之中有长道，纡回数里，蜿蜿蜒蜒。其南口港堤突出，圆广如唇，泉崎水萦带其间。中岛石卓立如印，洵所谓天马行空，鬼乐相生者。故是村有文明之象，而俊髦辈出，崭然见头角也。

村之东有文庙，紫金大夫金正春请王建之。厥宇背林，厥位面阳。殿堂墙扉，黝垩丹漆皆如法。殿外，为露台。殿内，割后楹为神座，塑王者像，垂旒搢圭，而署其主曰"至圣先师孔子神位"。左右二龛四配，各手一卷，则《诗》、《书》、《易》、《春秋》四经也。庙之左有明伦堂，紫金大夫程顺则启建之。堂中北壁分三小龛，奉启圣王及四氏神主。

两庑设学，选立二师：一曰讲解师、一曰训诂师。村中通事、秀才及童幼皆从业。于焉师生有舍、庖廪有次，人知向学，争自濯磨，改粗鄙之俗为儒雅之风，皆庙学之赐，而吾村之盛迹也。

自村口而入，行数十步，有神庙曰"上天妃宫"。嘉靖中，册使郭汝霖所建。宽不过数亩，周围缭垣。殿宇宏敞，其正中为天妃神堂，其右为关帝位座，其左为久米公议地。凡中朝册使及一切渡海官民，莫不赖天妃灵佑。故累朝天使，皆谒庙行香，竖匾挂联以酬之。庙东门之内，有小院曰"龙神庙"。徐太史有联云："受朝宗而宅海，敷雨露以行天。"左小扉外东北半里许，有松林焉，为吾蔡氏祖祠，广数十亩。堂之作，不用华饰、不列墙垣，以万松为藩篱、小山为屏风。其始浮屠居之，名曰"清泰寺"。其后澹园公与我伯祖价而售之，毁其旧寺、洁其园囿，汉松、福水之植周于四隅，嘉葩、美石又经纬之，乃作门堂寝室，颜曰"忠荩堂"。每岁春秋时享，长幼咸集，移孝作忠，盖世世罔替也。

至于首对奥山、尾注大瀛，出大门(村别名)、望山翠、登波上、观海澜，则游人之适情者多吟咏焉。其天钟秀于兹,以俟唐人之居而开百世之盛者欤! 不书所由,使胜迹郁堙,是贻"唐荣"之愧,故记之。[①]

这是保留至今较早也较为详细的一篇久米村记文,其描写条理清晰,明白晓畅,感情充沛,可谓文如其人。这样的行文风格中透露出蔡世昌观察事物、改造社会过程中有着一种举重若轻的描述辨析能力。

蔡世昌的汉诗,被潘相录入《琉球入学见闻录》卷四中,现存十三首。分别为《恭庆圣母皇太后七十万寿进呈》八首、《辛巳(1761)十一月十五日皇上恭迎皇太后白圆明苑还宫,庆贺万寿,诏许陪臣世昌等用本国衣冠随班接驾,恭纪》一首、《二十四日承恩赏赐缎三正、貂四张,恭纪》、《芙蓉》、《晴望》、《游陶然亭》。

这十三首中多为应制诗,这也是琉球官生入国子监首先应该学会的诗作类型。

御制之作,难免欢言奉承,但其中还是包含着琉球国士子对中国王室的崇敬和敬仰之意。如《二十四日承恩赏赐缎三正、貂四张,恭纪》尾联写道:"他年诏许还家日,世世传观耀海滨。"可见琉球国士族对于中国皇帝赏赐物的珍惜和重视,以此作为世代相传的无上荣耀。

蔡世昌诗作中写得有特色的是咏物诗。比如《芙蓉》诗,咏物明志,表达出诗人的高洁情怀,出淤泥而不染的品性:

芙蓉不与众芳同,蝉脱淤泥出水中。
玉柄凌波标洁白,赤幢清渚弄轻红。
全无雕饰擎朝露,独绽绉纹印午风。
小立银塘频注目,天然净植郁珑璁。[②]

场景清新,形象清秀,描绘中显出理性的文采。还有记游诗文,也极为生动优美,如《游陶然亭并序》:

岁在辛巳,节近重阳,函晖先生邀吾师及颙斋先生,携予两人南游陶然亭。兹亭也,贤士大夫之所以游目骋怀者。是日天朗气清,金风徐来,倚栏纵目,真可乐也。饫聆明训之余,忘其固陋,赋诗一章,以志胜游。

高台一上思悠悠,且喜黄花插满头。
碧水晴光摇草树,名山画景拥城楼。
一时诗酒同清赏,百代风流记胜游。
况有雄谈惊四座,更教远客豁双眸。[③]

---

① 潘相《琉球入学见闻录》,见黄润华、薛英编《国家图书馆藏琉球资料汇编(下)》,北京图书馆出版社,2000年版。第736—739页。

② 潘相《琉球入学见闻录》,见黄润华、薛英编《国家图书馆藏琉球资料汇编(下)》,北京图书馆出版社,2000年版。第709页。

③ 潘相《琉球入学见闻录》,见黄润华、薛英编《国家图书馆藏琉球资料汇编(下)》,北京图书馆出版社,2000年版。第710页。

这首秋游陶然亭的诗并序，详细记录了蔡、郑二人与师友交游共话的场景，一、二两联描绘了暮秋时节的美景，虽草木摇落，但并未感到有感伤情绪，反而是友人齐聚欣然同游的一片欢喜。后两联着重刻画了师徒的诗酒清赏、高谈阔论、语惊四座的情景，师生同游其乐也融融。

同样的时间地点，同门郑孝德也有诗及序各一篇，就文采情趣而言，似在蔡作诗文之上，摘录以资比较：

《游陶然亭(有序)》

辛巳重阳前六日，堂师张函晖邀同张颙斋及我经峰师游城南陶然亭，命德等随行。此地清幽绝尘，为天都名胜之区，贤士大夫之游观者，常络绎不绝。是日也，久雨新晴，金风清爽，芦叶弥川，菊花铺径：俯仰左右，真足以游目骋怀。矧两堂师及吾师吟诗飞觞，谈古今、论人物，无非至教。生等侍列座末，其乐何极！既而斜阳在山，告归西序。余兴勃然，爰赋诗以志之。

携我探奇九月秋，陶然亭上喜从游。
放怀别具千年眼，望远欣登百尺楼。
菊近重阳香满地，风清佳日酒盈瓯。
座间谈笑皆明训，欢豁心茅益进修。①

教习潘相及两位助教，带着两位琉球官生秋游陶然亭，赏景唱酬，并赋《张函晖、张颙斋携二生游陶然亭依韵》：

先生秋日兴无穷，携我城南眺远空。
背郭千里芦叶雨，抱楼四面菊花风。
凌霄健翮看鹏鹗，怀古高谈薄草虫。
况许鸡林陪座末，一亭佳话鲜人同。

乾坤浩浩意何穷，此日登临眼界空。
天放新晴饶胜趣，地余旷野足清风。
会心先醉重阳酒，得句谁惊四壁虫。
千古亭台留我辈，陶然襟抱几人同。②

这是一场汉诗唱酬的盛宴，也是国子监汉诗教学的实战演练。千古陶然亭，地处帝都，秋色怡然，古往今来迎接过的文人骚客，何止万千。但是此时此刻，却是来自琉球的青年诗客，参与一场中琉诗人秋日赋诗的盛会，唱出异国他乡汉诗人的衷心情愫，在陶然亭也算是难得一见的场景，这也成为中琉数百年汉诗交往史册中的温馨一页。

① 潘相《琉球入学见闻录》，见黄润华、薛英编《国家图书馆藏琉球资料汇编(下)》，北京图书馆出版社，2000年版。第695页。

② 潘相《琉球入学见闻录》，见黄润华、薛英编《国家图书馆藏琉球资料汇编(下)》，北京图书馆出版社，2000年版。第685—686页。

(三) 梁允治、金型

梁允治(1732—1760)与金型(1742—1760),与蔡、郑都是同一年来京进入国子监学习的琉球官生。不幸的是二人刚入学两个多月,就先后染病卧床,于乾隆二十五年(1760)三月及四月间逝世。教习潘相曾赋诗吊唁二人,由衷表达出对两位琉球官生不幸去世的哀叹和惋惜:

咄咄两官生,久米名家子。生长海天南,相隔万余里。
北学入成均,见我哈哈喜。如何两月余,相继而至此。
金生积瘵痨,初见愁难恃。梁生敏且强,勇欲追前美。
堆架洛闽书,鞭辟惟近里。手著已等身,质问忘移晷。
暇日多清吟,慨慷摩盛轨。更老顾之欢,叮咛细磨砥。
岂意命俱乖,一病长不起。天子恤远人,后先赐恩旨。
葬之利禅庵,厥茔亦修理。锡之养母金,高堂供滫瀡。
两生素心人,存没总相倚。九泉更奚尤,得兹亦幸矣。
嗟余何所缘,挟册来槐市。骑驴六七年,有如萍泛水。
值生四人来,遴师慎择使。相逢喜盍簪,意气谐商徵。
谁知欢聚场,忽成忧患垒。人生天地间,合离各有以。
况与异国人,结契宁漫尔。先笑后号咷,毋乃太遄驶。
独坐不能眠,侧听魂在几。叹息遂成诗,感念何时止。[1]

潘相在诗中追忆两名见面仅仅两个多月的学生,刚刚见到老师时,心中按耐不住的欣喜。回忆起初见金型时的情形:"金生积瘵痨,初见愁难恃。"刚入监时,他已经在来华赴京的奔波疲惫中,积劳成疾,潘相刚初见面时就对他的病情充满担忧和关切。他回忆梁允治,聪敏好学,好学笃志:"梁生敏且强,勇欲追前美。""堆架洛闽书,鞭辟惟近里。手著已等身,质问忘移晷。暇日多清吟,慨慷摩盛轨。更老顾之欢,叮咛细磨砥。"反映出二人孜孜不倦、勤学深思的的好品质。

潘相《琉球入学见闻录》卷四中,辑录了二人刚入学时,呈给老师的两首见面诗作:

《入学呈经峰师》(官生梁允治)

奇文诏许共窥探,万里从游意兴酣。
海外长瞻星聚北,帷前真喜派分南!
藏书有库常兼四,淑世余肱已折三。
遥听同门原济济,春风春雨楚山岚。

《入学呈经峰师》(官生金型)

丝纶特降海门东,王命从游国学中。
圣域乘时沾化雨,贤关到处坐春风。

---

① 徐世昌《晚晴簃诗汇·卷九十二》,北京:中华书局,1990年版。

鲸钟远响开屯否，石鼓奇文发困蒙。
独愧浅才多未达，不知何日奏微功！[①]

靠着国子监教习潘相在《琉球入学见闻录》记录，梁允治和金型的这两首汉诗被保留了下来。从这两首硕果仅存的汉诗作，可以看出这两位琉球官生的汉诗作已达较高水平。两篇诗作中的选词遣字皆精炼得当，描写气魄雄浑，诗中流露出逸兴遄飞、蓬勃向上的朝气。只可惜命运无情，年轻的生命花朵过早凋谢，琉球诗坛失去了两位很有前途的优秀诗人，这两位琉球青年的英年早逝，是琉球汉诗坛的憾事。

（四）向世德

向世德（？—？），琉球国来华进入北京国子监学习的官费生，属于入清以来琉球国第四批官生。中山王尚温派遣来的这一批来华官生，由向寻思、向世德、郑邦孝、周崇跷四人组成。之前在乾隆五十九年，琉球国中山王尚穆去世。至嘉庆三年（1798），琉球世孙尚温遣使入贡，兼请袭封。嘉庆四年，清帝命翰林院修撰赵文楷、编修李鼎元充正、副使，往封琉球世孙尚温为琉球王。嘉庆五年册封使返回后上疏，称中山王尚温愿其陪臣子弟来华入国子监就读。嘉庆六年礼部之奏获得清帝批准，"准其于应贡之年遣令来京"。于是尚温于嘉庆七年派了向寻思、向世德、郑邦孝、周崇跷四名官生，并向善荣、毛长芳、蔡载金、蔡思恭四名跟伴，随同贡使向铨等一同进京，四名琉球官生及四名跟伴进入国子监学习。

后出的《琉球诗咏》[②]中收录了向世德的诗作，多是与册封使及其他琉球官员的酬唱之作，还有一些是描写琉球的风景人物，总计约二十三首。分别为《贺林先生每试上一（首）》、《贺蔡、周两先生选为官生四首》、《贺蔡先生为副官生》、《赠唐荣陈梁两先二首》、《隐者幽居》、《山水图》、《唐荣》、《中城怀古》。

二、古族谱见证第六批琉球官生汉诗

琉球官生毛邦俊、向邦正、梁文翼、杨海昌四人，于嘉庆十一年进入国子监读书，成为琉球国来华求学的第六批官生。此前，琉球国王世孙尚灏请求增加入监学习官生名额，还要求派陪臣子弟到清朝太医院学习医术，以敷国内的需要。尚灏称述："历届遣送官生四人人监读书之外，更有随伴四人，只供役使。今生齿日繁，若只令四人学习遣回本国，不敷分教。现照历届奏准名数，谨遣官生毛邦俊、向邦正、梁文翼、杨海昌等四人随同贡使毛廷等进京，入监肄业外，更有随伴孙国栋、红泰熙、伯恢绪、荣社佑四人，亦属同官子弟，意欲仰恳皇上恩施，格外俯准孙国栋、红泰熙二人，同官生毛邦俊等一同入监学业。

① 潘相《琉球入学见闻录》，见黄润华、薛英编《国家图书馆藏琉球资料汇编（下）》，北京图书馆出版社，2000年版。第711页。

② 《琉球诗咏》被收录于《琉球王国汉文文献集成》第三一册，编纂者不详，但首页有林世功和林世忠印，或为二林所编纂。诗集记录了尚育王年间册封使赵文楷、李鼎元等来琉球前后的诗作以及琉球当地诗人的作品。

其伯恢绪、荣社佑二人,求入太医院学习医理。”[①]尚灝的这一扩大官生名额的请求,经礼部和国子监议复奏准,回复琉球官生入监名额仍限四人。至于官生入太医学习医术,向无此例,亦不允行。这样尚灝只派了毛邦俊、向邦正、梁文翼、杨海昌四人入监学习。其他四名只能以书童身份随行,以方便官生使唤。这四名官生于嘉庆十一年二月到京入学。国子监选派优贡生福建人陈梦莲为教习,派满州博士庆龄、汉博士篙梁担任董率,并派助教乌什杭阿、德楞额等二员料理一切。经过三年国子监的学习,毛邦俊等四名琉球官生完成学业,于嘉庆十四年随贡使王舅毛光国、紫禁大夫郑章观等一同返回琉球国。

福建学者陈贵垣在其论文《古族谱见证琉球与中国文化交往》[②]中提及,保留至今的福建古族谱中,有着一些中琉交往的文献记录,可资考订,勘察历史真相。比如永定县高陂镇上洋村的《上洋颖川陈氏族谱》中,记载了第四批琉球官生官生的教习陈锦湖的资料。陈锦湖(1768—1832),讳梦莲,字鸳升,号锦湖,优贡生,历任陕西知县,正七品,曾经担任过三年琉球教习。

陈氏族谱中记载了陈锦湖在北京国子监教学的这段经历:

> 嘉庆八年(1803),恩雨堂先生(讳普,字雨堂,蒙古镶蓝旗人,时任福建学政)典试闽中,而府君试第二,食廪饩。十年(1805)选拔优贡,雨堂先生所取“忠、孝、廉、节”四名,以府君为榜首。十一年(1806),府君进京,得考充琉球教习,座师玉研农先生[③],盖雨堂先生密友也。府君居门下,亲受业焉。雨堂先生以琉球国服化已久,自康熙年间送子弟来学,至今再来,实我朝声教洋溢,无违弗届。谕府君在教习,不得奉行故事,以副我皇上培植远方人材之至意。府君承命兢兢,口讲指画,无敢稍懈。三年期满,引见,奉旨着以知县用。琉球学生毛邦俊等四名(另三人为向邦正、梁文翼、杨德昌),人品学行,俱彬彬文质,似中华儒雅。中堂费箔浦先生[④]赠长古,有句云:“卓哉雨堂真赏识,保奏明经褒嘉德。旋主讲席教琉球,爵言嘉行流外国。”毛邦俊等将承贡使回国,临行拜别府君,师弟依依不舍,各赋诗为别。府君著有《教习记》一卷、《改正琉球学生诗、古文、词》四卷。

这篇谱文是在陈锦湖去世后,由他的儿子所撰,其中记载了陈锦湖担任国子监琉球官生教习期间的一些情况,具体生动。其中提及的《教习记》以及《改正琉球学生诗、古文、词》四卷早已佚失而不复睹见。但文中还是明确提及了这批琉球官生学习汉诗文的训练过程,并有着数量不少的优秀习作,这就填补了这一批入学官生学习汉诗文的记录空白。谱文中提到陈锦湖作为琉球教习,“不得奉行故事,以副我皇上培植远方人材之至意。府君承命兢兢,口讲指画,无敢稍懈”。足见清国朝廷对琉球官生的重视,以及在培养方面所花费的巨大人力物力。身为国子监教习,他们对琉球官生可谓尽心尽责,教学训练兢兢业业,师生关系融洽。最后“毛邦俊等将承贡使回国,临行拜别府君,师弟依依

---

① 见(清)《钦定国子监志》卷十八。

② 王贵垣《古族谱见证琉球与中国文化交往》,《东方收藏》2013年 第5期,第119—120页。

③ 玉研农(1766—1833),讳麟,字子振,号研农,满族正黄旗人,时任吏部左侍郎,正二品。

④ 费箔浦(1739—1811),讳淳,字箔浦,浙江钱塘人,时任体仁阁大学士,正一品。

不舍,各赋诗为别”。这段如实记录,将作为琉球官生与中国老师之间友好交往的佳话而流传千古,成为中琉文化传播交流的历史见证。

三、马执宏、毛世辉

(一) 马执宏

马执宏(? 一?),字容斋,首里人,和名丰平亲方良全。马执宏为第七批来华的琉球官生之一,同批来华入国子监读书的还有陈善继、毛世辉、梁元枢,共四人。嘉庆十二年七月,清帝命翰林院编修齐鲲、工科给事中费赐章往封琉球世孙尚灏为王。事毕返华后疏称,中山王尚灏愿遣陪臣子第入监读书。得旨允行。嘉庆十六年十月琉球国王遣陪臣子弟陈善继、马执宏、毛世辉、梁元枢来华至监。国子监“选取副贡生黄景福为教习,以训迪之”[①]。又派博士庆龄、助教金特赫、博士陈世昌董率。官生陈继善等于嘉庆十六年入国子监学习,至嘉庆十九年三年学习期满。但当时琉球贡使尚未抵华。礼部为此特报奏准:“琉球官生到监三年期满,其未回国以前,所有一切银米食物等项照旧由监支领。俟该国有贡使来京奏请回国,再行办理。”[②]等了大半年,直到嘉庆二十年二月,陈善继这批官生才随着琉球贡使耳目官向斌、副使正议大夫郑嘉训等一同归国。

马执宏生平资料不详。目前来看,未见有诗集传世,但他的诗作被收录到了《琉球咏诗》之中。《琉球咏诗》中收录了他的诗作 27 首[③]。民国初年的《晚晴簃诗汇》选录其《游善兴寺》一诗。从诗作描写内容来看,有咏物诗、时令观景诗、酬赠诗和应制之作。其中托物言志之作,最见诗人性情。诗人吟咏最多的是菊花,其《思故园菊》说道:“作客感云归去来,此身沐泽凤凰台。遥思三径花开遍,汝正芳时我未回。”[④]又如《赏菊》:

一自渊明归来去,玉堂茅舍总争栽。
秋花不比春花落,宁底高寒晚节开。[⑤]

还比如《赠菊》诗:

黄花历雨绽缤纷,手解新枝寄与君。
不是我夸培养厚,欲教晚节接清芬。

由此可见,诗人于百花中偏爱菊花,因为菊花是隐者陶潜的化身,是隐逸生活的化身,菊花象征着诗人清高孤傲的气节。唐人元稹就有诗句云:“不是花中偏爱菊,此花开

---

① 中国第一历史档案称藏,嘉庆十六年礼部奏折。

② 见(清)《钦定国子监志》卷十八。

③ 诗题有《海滨漫兴》、《夏日集观雪中山水图》、《恭题高寿》、《题恩纳岳图》、《深为苍生竭》、《十月一雨》、《叠岚共喜》、《题友松轩四首》、《祈雨》、《咏鹅冠花》、《天保王子家赏菊印制》、《思故园菊花》、《赏菊》、《中秋》、《喜雨》、《重阳》、《瓶花》、《池中鱼》、《赠菊》、《西王母桃》等。

④⑤ 陈正宏、(日)高津孝《琉球王国汉文文献集成·三十四册》,复旦大学出版社,2009 年。第 88 页。

尽更无花。”[①]这与马执宏“秋花不比春花落,宁底高寒晚节开”的咏物表白,有着异曲同工之妙。琉球诗人对菊花凌寒独放、高洁坚贞品格的赞颂,大都引用陶渊明《归去来兮辞》的意境,这也可以看出琉球士子在海外对“隐逸”意向的继承和发扬。琉球王国地处偏僻海岛,自然也成为诗人心目中理想的隐居之地,这也是琉球汉诗人对中国传统文化继承和发扬的成果。

还有其《池中鱼》小诗,则表达出了作者安逸自适,淡泊高远的情怀:“游泳无时不自如,成群随队最安舒。浮沉不厌池塘狭,至乐还同颜子庐。”[②]诗人羡慕水中鱼儿的自由自在,它们成群结队地游着,而不去在乎池塘是否狭窄。咏物抒情,表达出了自己知足常乐、忧道不忧贫的信念。其中还借用《论语》中描写颜回“一箪食,一瓢饮,在陋巷,人不堪其忧,回不改其乐”的典故,来深化了隐居之乐的主题。

(二) 毛世辉

毛世辉(1787—1830),和名我谢亲方盛保,童名真山户,号笔山。1811 年入北监,三年学成归国。1828 年(清道光八年)任进贡使节正使来华。著有《毛世辉诗集》,手抄本藏冲绳县立博物馆,共收汉诗 120 首左右。除了《毛世辉诗集》外,毛世辉的部分诗歌还被收录进了《琉球咏诗》之中。

《毛世辉诗集》收录了毛世辉在北京国子监期间的习作,诗集中还有其门师黄景福的评语,还保留了推敲修改的痕迹。可见毛世辉对汉诗创作的苦心孤诣,有着杜甫般“新诗改罢自长吟,颇学阴何苦用心”的推敲功夫,从中看出其诗作写作实际是处在不断修改的过程中。其诗集中有四十三首为赋得体,占了他诗作的三分之一。琉球官生入国子监学习,其中一项必须学会的本领就是会写赋得体诗,因为这是将来效力琉球王国时的任职需要,也是文臣的看家本事之一。同治十二年刊行的《琉球诗课》中,有孙衣言的序文记载道:

> 予谓试律之作,始于唐人。至今日而朝廷儒臣硕生,下至山陬海隅乡曲之士,无不揣摩声病,排比藻缋,以求合于应试之体。而海外文物之邦如琉球者,初未尝有场屋取士之法,乃亦效而为之,信乎风尚之所趋,有莫之其所以然者矣。[③]

正如孙衣言所说,之前琉球并没有类似中国的科举考试选拔制度。直至尚温王于 1798 年(清朝嘉庆三年、日本宽政十年)接受国师蔡世昌的建议,在王府之北侧建立国学,又建乡学三所。国中士族子弟,可由乡学始,进而选入国学,循序渐进,培养学子,大见成效。尚温王作《国学训饬士子谕》,说明琉球学习中华文化,开设科举(琉球称为“科”)以选拔人才。琉球官宦的选材制度自此向中国看齐,因此在乾隆年间盛行的试律风尚,也被带进了琉球国学科选中。琉球国学的学生被分成两种,一类是讲谈生,以研究经学为主,大约有两百六十多人。另一类是官话诗文学生,只有四十多人,以培养语言翻译人才

---

① (唐)元稹《菊花》:“秋丛绕舍似陶家,遍绕篱边日渐斜。不是花中偏爱菊,此花开尽更无花。”选自《全唐诗》卷一一四。北京:中华书局,1979 年版。

② 陈正宏、(日)高津孝《琉球王国汉文文献集成·三十四册》,复旦大学出版社,2009 年。第 91 页。

③ 《琉球王国汉文文献集成》第二十二册,《琉球诗课二卷》。复旦大学出版社,2009 年。第 115 页。

为主。此类学生的教学课程中，增加了中国诗文的课程，而这一类学生学到一定程度，去参加官生科考试者居多。官话诗文学生的考试中，就有"作诗"这一科目。考试作诗的题目和诗体，由考官从五言四韵帖体诗，以及今体五言七律中抽取。经过这样较为严格的学习训练和考试选拔，被选派到中国留学的琉球官生，大都具备了较好的汉诗文学识基础，对试帖诗的写作也不会感到生疏困难。据孙衣言序所说，琉球学子刚开始写的大多是四韵诗作，直至阮宣诏入监读书，才开始有更多的八韵诗作，这也透露出琉球国内汉诗文教学的变化情况。

毛世辉的试帖诗，大多是五言六韵，诗题从经史子集中选取，如取自诗歌的有《赋得十月先闻岭上梅 得先字》、《赋得独钓寒江雪 得江字》等，大多从唐宋诗歌中选取。如《赋得十月先闻岭上梅 得先字》："访遍梅消息，初冬十月天。缠开花几多，独占岭层巅。原是阳光近，应知暖意先。相看冻雪度，色早出尘鲜。灞上春犹远，江南信未传。和(调)羹应有日，结实孰争先。"题目取自唐代樊晃《南中感怀》："四时不变江头草，十月先开岭上梅。"[①]开篇第一句破题，围绕题目深化主题，写初冬十月访梅之事。接着承合原诗题意，从山顶谷底的比较看，岭上的阳光充足，先得暖意，所以梅花总是在山岭向阳坡顶先开。最后又话题一转，进行灞上春与江南信的比较，各处的梅花虽然开花不同期，但是开花结果后成为可食用的梅子，却不一定是谁处先得。这样的诗歌想象跳跃，结构巧妙，想法新颖有趣，在试帖诗中也算是佳构。

除了试帖诗作，毛世辉还有不少咏物及时令景观诗。值得注意的是，其吟咏对象中有一些是琉球国特有的风物，如《团扇》、《久米村竹篱》等。下面看其《久米村竹篱》：

闻道当年久米村，家家均种竹作篱(为垣)。
藩寒光削玉帘遮，户疏影传神月满。
欲学风流乌帽落，聊为酩酊玉山垂。
秋光满眼皆堪珍(赏)，愧我胸无记胜才。[②]

诗中有括号，是中国教习对琉球官生习作的修改处，也是他们吟诗的推敲之处。为什么要改，改得是否妥当，针对修改处的辨析思考，是颇有意味的。此诗描写久米村里的景观，家家都栽种竹子，以竹丛为围垣。种竹和爱竹，是中国的生活习俗，也是一种特有的文化精神。这种习俗和精神传统通过移民带到琉球久米村，使其在琉球国得以发扬开来，成为海邦岛国一道景色，蔚然成大观。诗人通过描写久米村的竹篱笆，寄托了浓浓的思乡之情，这也使得久米村篱成为了中琉文化交往中共有的精神寄托和友好象征。

① (唐)樊晃《南中感怀》："南路蹉跎客未回，常嗟物候暗相催。四时不变江头草，十月先开岭上梅。"选自《全唐诗》卷一一四。北京：中华书局，25册版，1979年。

② 陈正宏、(日)高津孝《琉球王国汉文文献集成·三十四册》，复旦大学出版社，2009年。第11页。

四、阮宣诏、郑学楷、向克秀、东国兴

道光二十年(1840),清朝廷再次准许琉球国选送陪臣子弟四人随同贡使北上,入国子监读书。道光二十一年,二十七岁的孙衣言,以副贡生留应京兆试,考取国子监任琉球官生教习。四月,琉球国官生阮宣诏、向克秀、郑学楷、东国兴四人入国子监读书。至道光二十五年,四名琉球官生学成回国,孙衣言将四人的古今体诗作,择其雅者,刻录刊行,并命名为《琉球诗录》。还将其平时写作训练所用的试帖诗,也刊刻成集,名为《琉球诗课》。这两部汉诗习作集,成为琉球官生在国子监学习诗作、提高汉诗创作水平的第一手文献材料。孙衣言令他们泛览汉魏唐宋以来诸家作者,间语以古人作诗格法蹊径。琉球人士所为诗律,大多是四韵,自阮宣诏等入监读书,始有八韵之作,皆洒然有得。时琉球都通事梁时亭亦来质诗法,其后琉球贡使向绍元、都通事梁必达来见于太学,均问学孙衣言。

(一) 琉球官生诗人四人组合

1. 阮宣诏(1811—1885),系久米村阮国九世孙。道光二十一年,入北监留学,归国后,三度出使入京,历任正议大夫,紫金大夫。阮归国十年后,充入贡副使至北京,探望恩师孙衣言。孙曾赋赠两首。“琉球处分”后,阮持对抗态度,与日本内务大臣抗争甚烈。后亡命清国,直至去世。

阮宣诏的诗作被孙衣言收录到《琉球诗录》与《琉球诗课》之中,其中《琉球诗录》中收录的是其古今体诗,共计59首,《琉球诗课中》为试帖诗63首。

被选入《琉球诗录》中的,是他的自闽入京的记游诗以及送别诗,还有在北京国子监学习期间的生活记录。其中有的诗作颇为精彩,孙衣言也为其做评语。阮宣诏的五言和七言古诗,蕴藉自然,往往别有情趣。如《采莲曲》:

> 江头芙蓉相新鲜,花开水面叶田田。
> 家人三五不可见,闻歌池中识采莲。
> 兰桡摇浪湿红袖,绿荫深处通小船。
> 小船来去各无定,里湖外湖分回旋。
> 采莲见莲子,莲子红可怜。
> 更采湖中藕,藕断思想连。
> 却忆空房泪如雨,五湖烟波徒渺然。

教习孙衣言评论此诗下一断语曰:“得太白之妙。”《采莲曲》是李白的代表作之一,语言如清水芙蓉,天然雅清,毫无做作,一气呵成,展示出诗人的姿态高雅、清新脱俗。而阮诗也充分地吸收了李白诗歌的优点,语言清新自然,节奏明快,毫无雕饰之感。最后一句将闺怨的场面巧妙融入诗中,视野广阔。全诗通过写采摘莲藕,表达了对远方的情人藕断丝连的想念之意。

再引一首《寄衣篇》:

光阴瞬息过，寒暑来如期。
西风逗洌洌，思妇欲寄衣。
中宵引刀尺，含愁方剪裁。
行云蔽远路，落月照高帷。
归雁天外去，何以慰别离。
征人久在外，朝夕当思归。
且复寄衣去，暂以解所思。

这首诗属于乐府诗一类。写女子思念远行的丈夫，其思念融入“行云”、“落月”、“归雁”等意象，使得全诗充满着悲凉的气氛。此诗的语言朴实自然，形象鲜明，音调和谐，富有历史场面的厚重感。孙衣言评此诗曰“情韵深厚”，可见他对阮宣诏五七言古诗极为赞赏。

2. 郑学楷，字以宏，琉球久米村人，生卒年不详。《琉球诗课》录其古今体诗作 75 首。诗歌内容包括记游、赠别、怀古、酬答等等。孙衣言称赞他的诗歌中有魏晋风骨，格调颇高，意境深远。第一首《海上观潮歌》中写海上潮声汹涌澎湃，气势恢弘：“苍茫万里无津涯，元黄不辨乾坤色。中流一气相潆回，银涛雪浪掀天至。”将汪洋海上的潮声巨响以及浩荡的场面，刻画得气势磅礴。孙衣言评价道：“写潮之形状颇亦善作奇语，结意正大，得诗人颂祷之旨。”

再如其《读汉书二疏传》：

兔死烹走狗，鸟尽藏良弓。
英雄大名下，遗恨属镂锋。
一日恋荣禄，千载成愚蒙。
贤哉二大夫，父子侍东宫。
师传亲谕教，荣名亦何隆。
浮云看富贵，往矣东门东。
千金分邻里，余年乐有终。
知止人有贵，得失谁能通。
范蠡昔高蹈，烟水托隐踪。
二君事虽异，用心岂不同。
雄风隔千载，夙志犹所踪。

《汉书·二疏传》(疏广、疏受传)，在汉代发达的史传文章系统中显得有些特别，主要是其描写涉及到了当时史官记载甚少的出仕与退隐的选择，以及如何养老的真实性情。这些描写，或多或少地颠覆了“苏武持节牧羊”这类的传统气节观，而将关注的重点深入到文人日常生活的本身，这就为后世士人树立了重视生活的典范。郑学楷这首诗的读史观感，表达了对疏广和疏受叔侄二人立身大节的赞赏，并引用范蠡功成身退的典故，说明恋栈贪禄是人性的共同弱点，而只有战胜人性弱点，见机行事并急流勇退者，才堪称豪杰之士。这段读史评论，得到了孙衣言的大加赞赏：“婉而多风，与退之《送杨少尹序子固归老桥记》可参看也,诗格调亦在晋宋人之间。"对此诗不仅赞誉有加,还进一步引导他参看韩愈的文章,在鼓励之余又指出其可以提升之处。这些具体的修改评点意见,皆可见孙衣言对琉球官生的指导风格,倡导积极思考,鼓励独立思考,自创新意。

3. 向克秀,字朝仪,首里人。在国子监学习刻苦,勤于写作,但可惜他在归国途中病故,未能有机缘为琉球诗坛增添更多的佳作。

《琉球诗录》里收录向克秀的 72 首作品。他的诗作格调轻逸俊秀,清新自然。教习孙衣言对向克秀诗作最常用的评语,便是"清新"二字。如《七夕》:

银浦流云淡月华,牵牛回驭鹊桥斜。
红楼画烛穿针处,断取蛛丝笑语哗。

可见其用词遣字的自然流畅,选择一个七夕场面,风格清丽,形象生动。再如其酬赠之作《奉马荣斋夫子》:

今夕长安月,光辉万里新。
晚晴云叶薄,微雨柳花春。
极目关山异,当年笑语新。
萧条三载客,孤馆坐怀人。

同样是用语平易,诗情流畅,确实凸显出清新的诗风。

4. 东国兴(1816—1877),首里人,童名樽金,出生在东氏津波古殿内家族。其父为东顺法(与世山亲方政辅),其母为童氏真鹤。1840 年,东国兴被选为琉球国的官生,前往清朝入国子监学习。完成国子监学业后,继续留在中国访学深造,直到 1847 年才返回琉球。回国后被尚育王任命为国学的讲谈师匠,受到尊敬和礼遇。此后历任御系图座中取、高奉行、讲谈读上役、御书院当等职务。1858 年成为御同学,担任尚泰王的侍讲。翌年授予佐敷间切津波古地头职。后来牧志恩河事件爆发,尚慎(玉川王子朝达)受到牵连,尚健(伊江王子朝直)欲将其逮捕拷问。东国兴居中调停,竭力向王母说情,使得其免于审问,避免了琉球王室的一场内斗动乱。

1871 年,日本江户幕府已经决定要废藩置县,琉球王国危机重重。尚泰王遣东国兴前往日本考察。东国兴访日后,看到日本在各方面逐渐兴起,远非旧时面貌。于是在归国后,建议尚泰王主动"奉还版籍",认为这对琉球未来的发展有利。东国兴的这一意见对尚泰王起了很大的影响作用。然而东国兴还是在琉球被日本吞并前夕(1877)就病死了。

东国兴著述甚丰,学识广博,文笔优美,正如其国子监教习孙衣言所评论的:"门下东生最妙年,当时文笔亦飘然。"东国兴除了《琉球诗课》和《琉球诗录》中所留下的诗作之外,还有《东国兴诗集》、《东子祥先生诗集》、《东国兴诗稿》传世。这三部诗集,合计有四百余首汉诗传世,他也是琉球汉诗史上诗作数量很多的一位诗人。

(二) 琉球官生与孙衣言的师生情谊

《琉球诗录》册首有孙衣言所撰序文:

圣清有天下,四裔徼外之国称臣仆效贡赋者,南朔际天地,而琉球、朝鲜尤号礼仪之邦，父子相承，君臣辑睦，享太平之福者垂三百年，予以为此学之效也。若夫四裔之外，自唐虞三代政教之所不及，而嗜好言语之不通，又不能自接于中国，以讲求先王之道，则性情之偏者，常不得其所以养，而义理之具于我心，反若非其固有也。琉球处东南海外，去中国远，然尝闻其风俗，知诗书，崇礼让，有先王之遗意。庠序教育之道，贤能考课之法，大约皆效中华。又其国故事，凡嗣王袭位，既得天子之命，则必请以陪臣子弟读书国子监，向学之诚，视朝鲜若尤勤焉。今天子之二十一年，琉球子弟复以故事入学，既则出经史百氏之书，与夫圣贤体用之道，进而求其说于师。而学之最勤、为之最多者尤在于诗，盖其国以之试士，而又为酬酢应世之用，故少而习之也。①

道光二十五年春，琉球国官生完成在国子监的学业归国。送走了诸位弟子之后，教习孙衣言以县令候吏部选，始南归。国子监各位师生聚会，赋诗送其南行。道光三十年，孙衣言请人作《海客授经图》，并征时人题咏。题诗者有邵懿辰、林鹗、金衍宗、张振夔、徐乃康、徐献廷等，桐城戴钧衡作跋以纪其事：

瑞安孙君劭闻（孙衣言），教琉球子弟凡三年，讲论经义之余，授以古今体诗法。弟子皆通经，尤工诗，梓行京师，人争传诵。后数年，孙君追作图，以纪朝廷之盛。余见而叹曰：孙君固通经工诗者，故琉球弟子成就若此。彼来学者，苟不遇君，则中国群相夸尚之时文，乃彼所不学，其所得于中国者不过排律八韵而已，弟子之遇师固有幸有不幸哉！

孙衣言国子监三年教习期间，与琉球官生之间的师生关系十分融洽。东国兴父亲顺德曾以草书、小刀、花布相赠谢师。向克秀父亲亦以海马、笺纸、瓷器见贻，孙衣言均赋诗以谢。道光二十二年，孙衣言、孙锵鸣兄弟回归故乡祭祖，琉球官生阮宣诏、郑学楷、向克秀三人都有《送孙锵鸣假归温州诗》，透露出浓厚的师生情谊。

琉球弟子回国后，与孙衣言依然保持着联系，孙衣言也十分关心他们的状况。除向克秀在回国途中亡于福建外，其他三人仕途平步青云。咸丰二年，阮宣诏、东国兴以土物见寄，孙衣言即作简诗并问候郑学楷，得知阮宣诏以存留官代郑学楷留福建。咸丰三年，郑学楷官正议大夫，不久亡故，孙衣言问询后深表痛心。咸丰七年，阮宣诏充入贡副使至北京，拜见孙衣言于澄怀园。孙衣言得知东国兴消息，即赋诗并寄东生："十年回忆授经时，万里重逢亦自疑""门人东生最妙年，当时文笔亦飘然"，思念门生之情，溢于言表。

同治初年，孙衣言过福建，特意探问阮宣诏、东国兴近状。当得知阮已官至总理唐营司，东已官至耳目官，非常高兴，甚感欣慰。他在日记中写道："总理为其国久米府达官。琉球三十六姓之子孙，皆居久米府，谓之'唐营'，海外人呼中国为'唐'也。耳目官则如中华之大学士矣。"同治六年夏，阮宣诏以谢封赴京师，十一月经过杭州，携其次子克绩、成勋来谒见孙衣言于紫阳书院，赠琉球折扇五十枚。孙衣言时任紫阳书院主讲，则以琉球扇分赠各书院主讲，各系以诗。师徒中外万里之别，复得相见，俩人皆喜出望外。又过了

① 陈正宏、（日）高津孝《琉球王国汉文文献集成·三十四册》，复旦大学出版社，2009年。第11页。

三日,东国兴适充贡使经过,也来相见,孙衣言认为与琉球门生别将三十年,而以数日间先后至杭相见,真是异事。东国兴既行,孙衣言召画工为图,题为《重谈瀛海图》,以纪盛事,并赋诗:"万里来相见,今生殊未期。片刻留笑语,垂老惜颜髭。"有缘育英才,桃李满天下,这是孙衣言这位浙江缙绅感受到的一生中最大的幸福。

第二节　琉球本土汉诗人的崛起

在这个历史时间段内,除了以上所提到的官生诗人为琉球汉诗的繁荣作出了重大的贡献之外,在琉球国内,随着汉学的日益普及和传播,琉球国内也涌现出一批本土汉诗人,其中最引人注目者是郑元伟、魏学贤、尚元鲁三位诗人,他们的诗作合编成《东游草》诗集,于1844年正式刊行。其中郑元伟存诗61首,魏学贤存诗近90首,尚元鲁存诗56首。

郑元伟,和名湖成亲方。据久米村家谱记载,他在道光元年至道光十五年间,一直担任首里王府的著作汉文役兼任述,之后又被任命为官生师。道光十六年九月担任谢恩使,随同王舅出使中国。琉球国自明初以来,一直遵循两年一贡或三年一贡的制度,但是郑元伟这次到中国后,道光皇帝降旨,命琉球、越南改两年一贡为四年一贡。作为琉球使臣,郑元伟听了之后很是着急,因为这会给琉球贸易带来不便,使琉球在经济上遭受很大损失。于是郑元伟一行,便通过福建的官员上奏皇帝,要求收回成命。最后通过中琉双方的努力,决定琉球仍依照旧制两岁一贡。由此看来,郑元伟为琉球国的朝贡贸易和经济作出了重要的贡献,维护了琉球国在朝贡贸易方面的利益。之后在出使萨摩的时候,萨摩友人鲛岛玄雾也对他们曾出使中国这一段经历甚为羡慕和感慨道:"三子曾游学深土多年,亲学彼此之钓法者也。故其所施饵,不下钓,自有别法,非我邦人唯据书学钓者也。"[①]这段感叹之词不仅是基于对郑元伟等人游学经历的景仰,也是对他们汉文学识的景仰。

道光二十二年(1842),即日本天保壬寅年,尚元鲁担任庆贺正使,郑元伟任正仪大夫,魏学贤为乐师,组成琉球王国访日团,随日本使节回访日本。这一行琉球外交使团,在该年的六月初三从那霸开船去日本江都,也就是京都。他们先是抵达萨摩藩,七月初一上午觐见了萨摩太守公。《东游草》记录了这一路的行迹,他们一路行吟汉诗,到了萨摩之后又与萨摩藩官员以及文人儒士多有交游,留下了很多唱和汉诗。这本《东游草》诗集就是这次行程的记录,由萨摩友人鲛岛玄雾、黑田恒点校,鲛岛玄雾并为之作序。

对于这一次的访日之旅,三位琉球汉诗人心中是充满欣喜和激动的。郑元伟在开篇《霸江发船》一诗中,难掩此次出航的兴奋之情:"碧海安澜长利涉,扣弦喜唱太平歌。"[②]一

---

① 陈正宏、(日)高津孝《琉球王国汉文文献集成·三十册·东游草序文》,上海:复旦大学出版社,2009年。第256页。

② 陈正宏、(日)高津孝《琉球王国汉文文献集成·三十册·东游草》,上海:复旦大学出版社,2009年。第264页。

个“喜”字，道出了他内心难掩的喜悦和期待。魏学贤也写道：“海晏河清好放船，直从那霸到山川。”①他们航海登岸后，一路前行，途径鹿儿岛的象征——樱岛火山，观赏了壮丽的火山景色。之后到了萨州首府，与萨州的官员、文士以及僧侣都进行了汉诗的唱和交流。之后又乘船经过长崎、福冈、兵库县，直到大阪，最终到达目的地京都。他们惊叹于樱岛火山的巍峨高耸，郑元伟有诗曰：

名山何与众山同，顶吐红烟插碧空。
下有人居千万屋，桑麻无处不葱茏。

《题樱岛》二首（其一）

在拜见萨摩藩太守公的时候，他们是一种恭敬的心态，并自称为小臣，可见对于强大的萨摩藩，不少琉球人都有着一种与其说恭敬更不如说是畏惧的心态，这与对中国君主的那种感恩戴德的心态是截然不同的。请看下面的小诗：

红云爱戴捧朝阳，阊阖初开曙景光。
瞻仰玉颜唯咫尺，小臣欣颂寿儿康。②

值得注意的是，琉球诗人即使是在国外都不忘参拜文庙，引郑元伟《恭拜文庙》：

素王化雨遍东瀛，群岳巍峨拱大成。
庙直天朝尊圣制，里居胜迹想昌平。
诸生车服当年礼，四壁金丝旧日声。
仰止高山频向往，丹墀未拜意先倾。

从这首诗看来，当时的日本社会深受儒家文化的浸染，文教兴盛，作为儒家文化圈的琉球人，即使到了异邦也依旧怀着高山仰止之心进行参拜，这是充分印证了琉球作为“守礼之邦”，对中国儒家文化吸收更为彻底。这也使人不禁想起程顺则在朝贡之路上参拜曲阜文庙，并献上《庙学纪略》时的情景。

可以试想琉球人，用中国的汉文文字记录了出使日本的种种行迹，这个现象看似复杂，其实却也简单。这是汉文化尤其是汉诗将东亚各国之间紧紧联系在了一起，加深了各国人民之间的内心深处的亲近感，但这也正印证了汉诗在东亚国家之间的强大的外交作用，诗发乎于情，中日琉三国以汉诗作为抒发心中友好交往的强烈情感和愿望，这种从自古以来就有的现象，也希望可以在东亚各国之间永久地存续下去。

---

① 陈正宏、（日）高津孝《琉球王国汉文文献集成・三十册・东游草》，上海：复旦大学出版社，2009 年。第 303 页。

② 陈正宏、（日）高津孝《琉球王国汉文文献集成・三十册・东游草》，上海：复旦大学出版社，2009 年。第 307 页。

第四章　琉球汉诗的落幕(1845—1884)

清同治六年(1867),即琉球尚泰二十年,琉球国派出最后一批官生林世功、林世忠、葛兆庆、毛启祥四人来北京。其中毛启祥于途中病故,葛兆庆和林世忠进入国子监后学习成绩优秀,可惜两人因病故未能毕业,因此这一批琉球官生中硕果仅存的只有林世功了。林世功、林世忠兄弟在国子监期间习诗唱酬,成绩显著。进入国子监的第二年,教习徐幹把二林的习作辑评成《琉球诗课》、《琉球诗录》各两卷,收汉诗共 147 首。这两本琉球官生汉诗集中,不仅有国子监课堂上按照教习布置功课的习作,还有课堂外官生自己唱酬写作的习作。比之前阮宣诏那批官生的《琉球诗课》,无论是诗作数量,还是诗作写作质量,都有了新的突破。

在这四十年间,特别引人瞩目的是崛起于琉球本土的诗人群,虽然人数不多,至今已知姓名的只有十几位,但是他们刊行的诗集却不少,诗作数量和成就都超越了前代诗坛。其中天才诗人蔡大鼎,成为琉球末期汉诗创作达到高峰的突出标志。他在三十六年间刊行了五部个人诗集,创下了琉球汉诗人创作的个人最高纪录。仅其《闽山游草》与《续闽山游草》两册,就收汉诗 338 首。蔡大鼎汉诗集,在琉球国被日本"琉球处分"之后的第五年(1884)还在刊行。

第一节　林世功的汉诗创作

琉球国最后一批入华官生创作的汉诗文被保留下来的,主要有林世功、林世忠两兄弟的诗作。他们在国子监的习作被中国教习收录于《琉球诗录》和《琉球诗课》两书中。两书都为二卷,卷一为林世功所作,卷二为林世忠所作。两书都有同治十二年(1873)中国教习孙衣言的序,诗集中还附有中国教习的简单评语。从内容上看,《琉球诗录》是官生在国子监求学期间的吟诵写作,内容广泛,有着多种诗体形式,诗作的艺术成就较高。《琉球诗课》则是中国老师出题目,琉球官生按题赋诗,其诗作形式就是上文提及"帖体诗"习作。

林世功(1841—1880),字子叙,为闽人三十六姓林胤芾八世孙,出生在琉球久米村的林氏新垣家,是若秀才林奕保与郑氏夫妇的次子。其《家谱》记载:"八世世功,童名加那,字春榜，行二，道光二十一年辛丑十二月二十四日生，父弈保，母郑氏真鹤。"①其祖先来自福建福州府闽县林浦，明洪永年间奉命同闽人三十六姓迁琉球。沟通交流，以敷文教，既是明清朝廷所希望的，也成为琉球久米村华裔借以安身立命的职责和使命。林世功与其他久米子弟一样，自幼在村里的孔庙明伦堂学习汉语及汉诗文，打下了较为厚实的学识基础。1865年，林世功被选为官生，人称"官生新垣"。1869年，林世功与毛启祥、葛兆庆、林世忠四名琉球国官生前往清朝留学，于次年春季到达北京进入国子监。林世功擅长作诗。他在国子监留学时，受到老师徐幹的指点，他还私淑于国子监的前任琉球教习孙衣言。林世功的诗作被老师评点赞为"详雅有中朝馆阁气象"、诗意"新颖绝伦"、"音节壮阔格律浑成"、"语语雅切亦细密亦大方"等。

《琉球诗录》中收录林世功诗作共计84首，每一首都附上老师徐幹的简略评语，其诗作内容包括吟咏北京名胜风物、思念故乡亲友、歌颂中琉友谊、留行送别等，体裁不仅有格律诗，也有古诗。从《琉球诗录》可以看出林世功的诗作水平相当高。国子监著名教习孙衣言应邀作序文曰：

> 中山人士往往能为诗，然多为五七言律绝，以资酬答而已，鲜有为古诗者。予为教习时，颇令弟子泛览汉魏唐人以来诸家作者，间语以古人作诗格法蹊径，皆洒然有得。其所为诗，亦往往可观。予尝择其雅者，录而刻之，谓之《琉球诗录》。今年春，琉球学生林世功在监期满，其师教习徐君幹，亦有《诗录》之刻。取而阅之，则皆驯雅可颂。而林君又来乞余《逊学斋诗》，谓将归诒国人。徐君又言，琉球人极重予前录，几于家有其书。其好文而勤学，皆可尚也。圣天子在上，方以文章礼乐陶冶天下，俾各安其性命之正，而荒洲穷岛、狂獉蒙昧之民，犹有奋其角牙，含沙嘘毒，自外王化者。而琉球礼仪相承三四百载，士之北学中国者，独能以扬扢风雅，自托于中朝俊秀之伦。殆所谓蓬莱方丈，秦皇汉武之所望而不见者欤？於戏盛矣。②

孙衣言的这篇序文是应林世功的请求而写于清同治十二年(1873)三月，也就是在这本《琉球诗录》刊刻前夕。这是中琉汉诗交往史上一篇重要的实录文献，中国最高学府的良师与琉球的最优秀诗人之间，因为这篇序文而命运交集。而中国诗坛对于琉球汉诗的认知评价，也因为这篇序文而具体彰显。值得注意的是，指导琉球官生多年、汉诗文创作富有经验的孙衣言，不仅高度赞赏林世功的汉诗创作功力非凡，而且俨然认同林世功即将成为琉球诗坛的新一代巨擘以及东亚汉诗坛的未来希望所在。而从林世功的汉诗创作实绩来看，他确实担当得起前辈老师的这份赞誉和厚望期盼。

按照孙衣言的说法，琉球官生从小就学习汉语和儒学经典，有小学启蒙功底，汉诗写作也侧重训练较有实用价值的五七言绝律，多数能写出基本像样的近体诗。但是对于琉球书生来说，古体诗的使用机会不多，且写作时对文史知识的积累，对汉语词语的掌握，对形散意不散结构层次的把握，训练起来语言和文化氛围的隔阂极大，很难达到如同明

① 《久米村家谱》23页。

② 徐幹选评《琉球诗录》，同治癸酉中夏经德堂刊本，冲绳东恩纳文库藏。日本冲绳县立图书馆有电子版本可供网上阅览。资料编号：1002005559。

清诗人那样自由自在的融合程度。因此,对进入国子监的琉球官生来说,广泛阅读,转益多师,训练古体诗就成为提高汉诗文习作能力的重要途径。而能否写好古体诗,也成为判断琉球官生汉学程度以及汉诗水平的醒目标示。林世功正是因其在古体诗写作方面的一枝独秀,才赢得中国教习的高度称赞。

比如林世功用古体诗写出在北京国子监求学期间,对北京四季的不同感受,就堪称佳作,兹举其四首古体诗作如下:

《春日游什刹海》

湖边有秀色,终日含青空。
流光没晴景,玉镜春溶溶。
我心爱流水,潋滟摇春风。
沿溪玩绿草,花药间幽丛。
路转清溪曲,竹树隐禅宫。
安知钟梵外,不与白云通。
落日忽将下,远岫烟濛濛。
行各理归策,微月上帘栊。

《夏日抒怀》

向夕敛微雨,残虹挂城头。
山色浓于染,槐荫翠欲流。
清风洒然至,爽气满驿楼。
蝉声在高处,双蝶穿花游。
门前人不到,客迹感萍浮。
独倾一樽酒,翻添别离忧。
欲取丝桐弹,知音不可求。
去年逢夏日,乘凉偕子由。
蕉衫并蒲扇,携手任去留。
一旦弃我去,生死隔明幽。
梦中现颜色,梦醒空悠悠。
唯有多情月,西窗伴客愁。

《都门秋日》

蓼虫不言辛,春蚕不知老。
客游多苦悲,未若回家好。
八月晓风寒,吹我庭边草。
岂伊庭草衰,三年嗟远道。
远道本怀归,欲归胡不早。
曷为歧路间,耿耿伤怀抱。

《西山积雪》

天地气严凝，出门行人少。
扑面朔风来，晴雪万家晓。
霞飞碧落间，日出扶桑表。
世界图画明，回头纵远眺。
一山蓟门西，积素何缥缈。
岭冻不流云，千里绝飞鸟。
何当登山顶，一望卅六岛。[①]

以上四首咏京城四季诗，除了其中透露出来的海外思乡情愫之外，看不出是海外诗人所写。因为其中根据四季选择应景之物的合适，典故运用的精炼，场景的自由切换，语言的典雅平实，都显示出诗人积累了较为厚实的汉学基础，所以吟诵四季景物时能够从容不迫，诗料信手拈来，抒发真实情感。特别是最后一首，诗人眺望雪后的帝都西山，心中想起的还是东海上的琉球三十六岛，那是诗人安身立命的故乡祖国。卒章明志，甚为感人。

林世功为了抗争日本兼并琉球王国而赴清朝恳请救兵，最后自杀明志。这位优秀的琉球诗人选择这样惨烈的人生结局，对于今日的日本学术界，包括已经成为日本一部分的冲绳学术界来说，多少有点敏感甚至尴尬的意味。林世功汉诗文创作中最为震撼人心之作，无疑是其自杀前撰写的一篇呈情汉文和两首汉诗。

1876年，琉球国王尚泰派遣秘密特使向德宏赴清廷，泣恳兴师征日，拯救琉球。但清廷软弱，未作出有效反应。1879年，日本得寸进尺，直接派兵废除琉球国，设立冲绳县，并将琉球国王尚泰、世子尚典等王室成员挟至东京软禁。琉球特使向德宏闻讯大惊，陈情通事林世功及蔡大鼎、毛精长等人在1879年秋赶到北京，直接将请愿书跪送大清总理衙门，并以绝食方式请求清廷向日本交涉，与在天津向李鸿章请愿的向德宏相互呼应。从1879年10日到1880年11月18日，他们共9次向总理衙门或礼部请愿，呼吁宗主国清朝替附属国琉球做主，讨伐日本，恢复琉球。他们还在清廷百官上朝必经的东华门守候，碰到大臣就跪着哭诉，许多清朝官员深表同情。比如官员毛澄赋诗道："弹丸吹桂榑桑枝，三十六家归路迟。龟背负桥迎册使，龙涎染殿引朝仪。飞章北渡求援夜，长跪东华请命时。容得包胥连日哭，当年岂不畏吴知？"另一位官员杨道南也感慨道："开国中山海上沤，扶桑东望战云愁。龙涎春贡经三佛，鼠尾云开望七洲。秦地有人思破釜，汉庭何日急同舟？凄凉马齿垂垂尽，三楚累臣一哭休。"但都是无可奈何，爱莫能助。林世功眼看琉球国无力回天，气急悲愤，在1880年10月18日上书恭亲王奕䜣，表明以死求师的决心。全文如下：

琉球国陈情通事林世功谨：为以一死泣请天恩迅赐救主存国，以全臣节事。窃功因主辱国亡，已于客岁九月随同前进贡正使耳目官毛精良等，改装入都，叠次匍叩

① 徐幹选评《琉球诗录》卷一，同治癸酉中夏经德堂刊本，冲绳东恩纳文库藏。日本冲绳县立图书馆资料编号：1002005559。有电子版本可供网上阅览，网址"http://archive.library.pref.okinawa.jp/?articleId=50543&type=book"。

宪辕,号乞赐救,各在案。准是作何办法,尚未蒙谕示。听夕焦灼,寝馈俱废。泣念功奉主命,抵闽告急,已历三年。不图敝国惨遭日人益肆鸱张,一则宗社成墟,二则国主、世子见执东行,继则百姓受其毒虐,皆由功不能痛哭请救所致,已属死有余罪。然国主未返,世子拘留,犹期雪耻以图存,未敢捐躯以塞责。今晋京守候又逾一载,仍复未克济事,何以为臣?计惟有以死泣请王爷暨大人俯准,据情具题传召驻京楼使,谕之以大义,威之以声灵,妥为筹办,还我君王,复我国都,以全臣节,则功虽死无憾矣。光绪六年十月十八日。①

面临君王被掳、国破家亡、乞师三年未有任何进展,林世功羞愤不已。1880年11月,传闻清廷将与日本签署《球案条约》瓜分琉球,林世功的最后一线希望破灭,心中的悲凉凄怆难以言喻。他选择了自杀,并提前写了两首绝命诗:

古来忠孝几人全,忧国思家已五年。
一死犹期存社稷,高堂专赖弟兄贤。

廿年定省半违亲,自认乾坤一罪人。
老泪忆儿双白发,又闻噩耗更伤神。

诗中所言"五年",是指来清廷寻求帮助拯救琉球国的时间,五年奔走呼号,毫无结果。"廿年"指自己年轻时来清朝入国子监求学开始至今,这二十年都奉献给了琉球王国,自古忠孝难以两全,在琉球王国被日本灭亡的时刻,诗人可以尽忠,却难以尽孝,心中难以割舍和最感歉意的是已经白发的父母。白发人送黑发人,这是何等的悲哀之事,而他为了拯救琉球国又只能走上这条人生的绝路,所以认为自己是天地间的"罪人"。无奈至极,忠诚至极,悲哀至极,这样的汉诗写作,由满腔的心血衷情铸成,令人伤情,也令人感动。1880年11月20日是林世功生命的最后一天,他服毒后再挥剑自刎,享年四十岁(实际三十八岁多)。蔡大鼎随即将林世功的亲笔撰文及绝命诗上呈清朝总理衙门。11月22日,慈禧太后闻讯后褒奖林世功是琉球王国的忠臣,赠白银200两,厚葬于通县张家湾立禅庵村(今北京市通州区张家湾镇立禅庵村)。后来多名不愿被日本奴役而流亡中国的琉球遗民,死后也都葬于此,陪伴琉球国的这位悲剧志士。

当然,林世功的汉诗写得再好,其为亡国陈情再悲哀,也阻挡不了日本军队铁蹄攻占琉球,更无法改变琉球国丧失独立主权而变为日本冲绳县这一历史宿命。后来的学者对这位特定时期历史人物的思想行为及汉诗创作可以提出不同的解读,但都无法抹杀林世功在琉球史上乃至东亚近代史上的崇高人格存在。冲绳学的先驱伊波普猷早就评价过林世功:"姑且不论事情的成败与否,林氏的自杀,确是给当时人们带来了冲击。连稚龄儿童和贩夫走卒,都对官生新垣的名字朗朗上口。但是随着日本思想的浸润,事情也就渐渐被遗忘了。"②透露出当琉球国变成冲绳县之后,随着日本的加强思想文化掌控,推行

① 《琉球王国汉文文献集成·第二十二册·琉球诗课二卷》,复旦大学出版社,2009年。第115页。
② 伊波普猷《伊波普猷全集》。平凡社,1974年版。第442—443页。

皇民化的同化政策,林世功自然就不再被提及。

但是有良心的琉球学者,是永远不会忘记林世功的。在第二次大战爆发前,冲绳历史学家东恩纳宽惇还在反省着琉球国:“我国久废武事,专修事大之礼,以弥缝安宁为国是。士气为衰,偷于安逸,作娱小康之风。当其时节,至如愿为国家所殉者,殆无可望。……节义久亡,以偷生为其事而争之者,盖利己耳,而墨守之处则惟因袭,此仍无具眼达识之士使然。当斯之时,(林世功)独引使命之责,加之当其正副使节晏如而俟百年河清之时,以一裨役之身,为大义名分而死。噫,林氏世功乃琉末一志士也夫!暂不可论其成败,然若云误其名分之根本,噫!则又何谓耶?”[①]

当代冲绳学者上里贤一教授主张在研究林世功的时候,把诗人的政治行为与诗作表现分开认识,他提出“林世功的悲愤慷慨之气不仅没有特别强烈,反倒在性格上恰恰相反,至少从诗文中所见的林世功是一位怀有温和性格的人”[②]。若针对《琉球诗课》及《琉球诗录》中收录的林世功诗作而言,确实是一位性情温和、胸襟宽广的年轻学子,他意志坚定,对未来在琉球弘扬儒学充满信心。但正是日本加快吞并琉球的行动,彻底打碎了林世功的人生理想,所以才会出现这样激烈的反应。这种激烈反应,恰恰就是传统儒者的人格操守及精神信仰所在。从这一角度看,林世功并不适合担任乱世中的政治家。这或许可以说明,为什么连琉球国王尚都没有直接激烈的反抗言行,而满朝达官贵族中只有林世功一个人采取了这么激烈的自杀行动。忠兮?愚兮?历史终究会给出评论。中国大陆学者和台湾学者大都秉持传统的评论观念,给予林世功较高的评价。台湾学者杨仲揆甚至提出林世功的诗歌造诣超越了蔡温、程顺则、蔡铎等公认的琉球优秀诗人,并认为林世功的诗作水平可以与清代大诗人比肩[③],也是褒奖有加的一家之言。

第二节　林世忠的汉诗创作

林世忠,琉球国久米村华裔,具体生卒年不详。同治六年作为最后一批琉球官生,进入北京国子监就读,教习是福建人徐干。林世忠学习认真,成绩优良,汉诗颇显功夫。不幸的是这位才华横溢的诗人,在国子监求学期间病逝,过早终结了其汉诗创作生涯。有关林世忠的生平材料保留下来的极少,而他的汉诗作品也主要保留在中国教习徐干编辑评点的《琉球诗课》与《琉球诗录》两部诗集中。倘若中国教习不去有心收集这些平时的习作和认真评点,完成教学后也不费时费力地去设法刊印这些教学诗文集,也不热心推荐外国留学生的汉诗文习作,那么琉球官生的汉诗作品绝大部分都会荡然无存。即使带回琉球本土的汉诗文创作集,也将会在后来二次大战美军的狂轰猛炸中烧毁殆尽。因

① 东恩纳宽惇《尚泰侯实录》,第430—431页。见《东恩纳宽惇全集》,冲绳:第一书房,1982年版。
② 上里贤一《诗文所见之林世功的行动与精神》,见琉球大学学术信息库信息,2000年3月。
③ 杨仲揆《琉球古今谈》,台湾商务印书馆,1990年版。第90页。

此,清朝的这些普通平民身份的儒生教习们,他们默默无闻的指导教育,不计报酬为外国学生刊行习作诗文集,这种热心义举,对于琉球汉诗文的传播发展,对于琉球汉文学文献的保存,都起到了至关重要的作用。这份东亚情谊虽已成历史,却是不应该被淡忘的。现存同治十二年(1873)夏刊印的《琉球诗录》,是林氏堂兄弟诗作合集,其中的卷二,就收录了林世忠从闽至京以及在国子监求学期间创作的古今体汉诗52首,从各个侧面展现出这位琉球诗人较为优秀的汉诗功力。

林世忠的诗作中有两个方面值得注意:

第一个方面是他的行旅写景诗作,在纪行中写景,又在写景中汇入了诗情画意,其描写场景颇有中国传统的绘画意境。下面选几首诗人从闽至京旅途中的汉诗为例看:

《晓发》

轻舟夜雨带潮咸,曙色熹微燕语喃。
几点疏星稀碧落,一钩残月挂秋帆。
荒鸡野店催征毂,晓露长堤湿客衫。
千里关河艰跋涉,前途山脊日初衔。
(徐幹评语:写景入妙。)

《舟行》

生怕危滩近钓矶,浪花喷雪讶烟霏。
帆如云影冲波度,橹夹潮声带雨飞。
两岸夕阳随浪转,半江山色入帘微。
西风一棹归何处,霜露斜沾客子衣。
(徐幹评语:晚唐音节。)

《丹阳舟夕》

故国知何处,吴天万里长。
湖声喧极浦,树色入丹阳。
岸远洲如雪,砂寒月似霜。
忧来谁可诉,依棹怨参商。
(徐幹评语:工于写景。)

《京口舟中》

水国晴光满,春流绕曲阿。
风中啼鸟缓,雨后落花多。
越女工持楫,吴侬善唱歌。
白鸥闲自浴,几度点清波。
(徐幹评语:动合自然。)

《溪上晚晴》

雨余溪色好，秋水澹无波。
隔浦低红树，遥村际绿莎。
浮云归鸟没，落日远蝉多。
此夕高邮宿，渔舟听棹歌。
（徐幹评语：情韵俱远。）

《次宿迁》

秋色淮南尽，迢迢楚望赊。
白鸥轻水国，红叶点人家。
海暗初成雨，江空忽上霞。
晚来仍鼓楫，何处泊风沙。
（徐幹评语：中两联清新俊逸。）

《易水怀古》

易水动寒波，西风未可过。
至今传太子，置酒送荆轲。
白鸟乘秋下，黄云出塞多。
我来思击筑，吊古发长歌。
（徐幹评语：悲歌慷慨，振笔直书。）

《金台夕照》

欲问前朝事，金台堕劫灰。
人随流水去，鸟带夕阳来。
霸业浑如昨，英雄讵自媒。
秋光犹满目，登眺独徘徊。
（徐幹评语：写慷慨于和平，饶有诗人雅致。）[①]

这八首诗犹如八颗珍珠，将由闽至京的漫长旅程串缀成线，读之如行山阴之道，美不胜收。这也是明清五百多年间，琉球贡使及官生们走过的路程，多数人幸运地往返归国，少数人无奈地往而无返（其中包括程顺则的父亲程泰祚，永远埋骨太湖之滨）。其间充满着多少日思夜想的故国牵挂，经历过多少舟马奔波的仆仆风尘，也留下了无数篇勘察中华大地的琉球汉诗杰作，林世忠便是其中的代表之一。然而，从林世忠汉诗创作本身来看，这些诗作恰恰可以表现出其诗作的主要特色之一，那就是叙事写景，多含古今画意。

① 徐幹选评《琉球诗录》卷二，同治癸酉中夏经德堂刊本，冲绳东恩纳文库藏。日本冲绳县立图书馆资料编号：1002005559。有电子版本可供网上阅览，网址“http://archive. library. pref. okinawa. jp/?articleId=50543&type=book”。

这位琉球早熟诗人来到中华大地，由南向北，赴京求学，一路观景赋诗，诗中透露出多姿多彩的古典画意。如“几点疏星稀碧落，一钩残月挂秋帆”(《晓发》)、“帆如云影冲波度，橹夹潮声带雨飞”(《舟行》)、“岸远洲如雪，砂寒月似霜”(《丹阳舟夕》)、“海暗初成雨，江空忽上霞”(《次宿迁》)、“人随流水去，鸟带夕阳来”(《金台夕照》)等佳句，皆是景物细绘如工笔画，场面充满着动感，正如其教习徐幹所评的，工于写景，动合自然，情韵俱远。诗人林世忠是独具画眼的，有着鉴赏古典绘画的文史修养以及独特艺术眼光。如其《题武夷画卷》诗云：“高堂白昼起云烟，幔亭玉女青相连。忽如置我仙山上，掉臂御风何泠然。九曲溪水流潺缓，三十六峰晴露巅。芝花瑶草犹翕艳，鸾车鹤驾何时旋。仙君宴罢知何代，徒闻绛服升遥天。金函玉蜕空岩秘，孰云二子非神仙。笑依刳木舟，欲向虹桥渡。虹桥未可渡，仙君不知处。恍惚云軿下紫空，眼前已觉步虚度。我披此图兴未已，采药当学赤松子。仙山可以得长生，何必蓬莱三万里。”八闽佳山丽水，以武夷山水最负盛名，而林世忠这篇题咏武夷画卷，表达出了对武夷山水历史沿革的熟知，以及武夷山水间的那种神秘氛围与神仙气息的神往之心。这些都是诗人在写作汉诗之前所积累的学识功课，或者说是在写作时构架汉诗所必须的充沛诗料。看得出来，林世忠是准备好了这些学识诗料的，包括在绘画方面的修养，这些都是他的诗作中独具画眼的缘由所在。

第二个方面是林世忠的诗作抒怀中，多悲咽之情，这与其琉球官生异国求学的身份经历相关，也与其性格类型及情感偏好相关。无论是人在旅途，还是身在国子监，林世忠叙事抒情的诗作中流露最多的就是思乡之情，这种乡思的浓郁悲哀程度是超过其堂弟林世功的。这种深藏于内心的悲情原因究竟为何？因时代久远且文献缺失，今人已难以窥察细究。然从其诗作的字里行间，还是能看得出不少迹象。现存林世忠的诗作，皆写于来华之后，尤其是在北京国子监求学期间，其思乡感伤之情，几乎随时可发，随处可见。如下面这些诗作：

《春日有怀》

春城愁见草萋萋，到处飞花踏作泥。
何事天涯音信断，东风还送小莺啼。
(徐幹评：深深款款，情见乎辞。)

《七月十五夜看月忆家人》

不信京华月，宵来转可怜。
望乡行忆汝，为客又三年。
鸿雁时将下，音书昨已传。
遥知小儿女，绕膝向灯前。
(徐幹评：情致凄凉，令人不堪卒读。)

《寓目》

萧萧落叶动秋心，一夕西风拂桂林。
树绕藤萝霜气饱，泉鸣涧壑暮云深。

哀鸿夜唳衡阳月，旅客愁听汉苑砧。
秋水蒹葭情渺渺，洞庭波阔梦难寻。
（徐幹评：一往情深。）①

《秋夜怀人》

午夜高吟备怆情，萧萧芦荻雁南征。
雨飞秋叶人无迹，潮落空江月有声。
估客帆樯闻短笛，中天鷩箕泣长鲸。
燕京十月无消息，浊酒孤灯到五更。
（徐幹评：清迥。）

这几首诗都写于北京，皆为感时而发的诗篇。春日有怀，为的是天涯音信断，毕竟故乡琉球远隔万里，在重洋之外，想要盼到一封报平安的家书，何其艰难。从春到秋，生活在燕京的琉球诗人一直眷念着故乡，怀念远方的亲人。他触目所及，不同时节的各种风物，皆染上一丝乡愁。古诗中所见，是“哀鸿夜唳衡阳月，旅客愁听汉苑砧”；而诗人心中所念，也是“午夜高吟备怆情，萧萧芦荻雁南征”。时节变化，带给诗人的感受是孤独地思乡，是望眼欲穿地期盼家书，是浊酒孤灯的不眠之夜。这种思乡愁绪，在《七月十五夜看月忆家人》诗中达到了喷发的顶点。七月十五的月亮，虽然不如中秋节那样有名，但也是一样的圆润明亮，同样辉映着万里之外的琉球岛国，辉映着家园中的妻子和绕膝小儿女。诗人在诗中用第二人称“汝”，直接与爱妻对话，离家已经三年，时刻在想念着你。种种思念，化成鸿雁传书，然而一封家书，在路上不知要走多长时间。诗人想象着琉球家中的妻子及一双小儿女，在接到他的信之后，齐聚灯下读信的场景，是何等的欣喜。但是谁都没想到，林世忠不久就患病，未能熬到回国便溘然长逝。可怜万里之外琉球家中的妻子及一双小儿女，灯下捧读的或许就是丈夫（爸爸）最后的来信。中国教习徐幹评曰：“情致凄凉，令人不堪卒读。”琉球官生包括在他们身后默默支持的家人，为了数年留学而付出的孤独辛劳甚至生命的代价，确实令人长叹。

再看其仿学古诗过程中所感受到的悲情，如：

《杂诗·十首选一》

孟秋寒霜至，明月照我床。
竟夕不成寐，揽衣独彷徨。
凉风入罗帷，衣带自飘扬。
蟋蟀声何哀，北雁已南翔。
触物多所怀，游子隔河梁。
出户无所之，泣泪沾衣裳。

① 徐幹选评《琉球诗录》卷二，同治癸酉中夏经德堂刊本，冲绳东恩纳文库藏。日本冲绳县立图书馆资料编号：1002005559。有电子版本可供网上阅览，网址“http://archive. library. pref. okinawa. jp/?articleId=50543&type=book”。

庭阶空伫立,感叹心内伤。
(徐幹评:音节苍凉。)

《寒柝》

无端关塞意,击柝太匆匆。
夜静和明月,天寒送朔风。
边愁千里外,乡泪一声中。
感慨挑灯坐,高城处处同。
(徐幹评:悲壮。)[①]

进入国子监,中国教习总是按照每一批琉球学生的不同基础,教他们习作古体诗。汉魏古诗中的苍劲悲怆之气息,对林世忠的触动尤为强烈,所以这两首古诗就抒发出来内心的思乡悲情。如"出户无所之,泣泪沾衣裳。庭阶空伫立,感叹心内伤"。就既是写古人之事,也是写自身之事。而"边愁千里外,乡泪一声中。感慨挑灯坐,高城处处同"。就更是触景伤怀,借古诗古事之酒杯,浇自己思乡悲情之块垒了,何其悲哀,又何其无奈。

在北京数年留学生涯中,每逢琉球人迎来送往的时刻,就是最为挑动诗人乡情相思的时刻,而留下的汉诗就充满了遥远的乡愁。如以下四首诗作:

《秋日怀同学诸友》

别来不觉鬓催华,归意常思海上槎。
岁暮剑书人万里,城中砧杵月千家。
深宵曾剪西窗烛,秋雨同栽满径花。
二十年来金石契,空将梦想托蒹葭。
(徐幹评:怀旧情深。)

《都门送客》

我从故乡来,君向故乡去。
乡月远随君,流光满春树。
(徐幹评:有清趣。)

《送友人还乡》两首

异乡同叹异乡身,剪烛床头意气亲。
无那回旌留不住,多情握手泪沾巾。

万里江山万里程,三千骑牡壮行旌。

---

① 徐幹选评《琉球诗录》卷二,同治癸酉中夏经德堂刊本,冲绳东恩纳文库藏。日本冲绳县立图书馆资料编号:1002005559。有电子版本可供网上阅览,网址"http://archive.library.pref.okinawa.jp/?articleId=50543&type=book"。

劝君客路加餐饭，归去平安寄一声。
（徐幹评：结有情致。）①

林世忠擅长近体诗，都门送琉球客回故乡，尤其是送别有着“异乡同叹异乡身，剪烛床头意气亲”共同留学经历的好友归国，其内心的依依不舍难以言表，尽付婉约诗作的字里行间。第一首《秋日怀同学诸友》，当是怀念在琉球久米村孔庙学府启蒙读书期间的同学诸友，中间两联极为精彩，一写现实中诗人的“岁暮剑书人万里”，倍感孤独；一写怀念中的“深宵曾剪西窗烛，秋雨同栽满径花”，那是昔日同学的温馨情怀，两相对照，情韵深厚。诗人的情怀如此，内心的悲哀也因此而起，诗人未能坚持到完成学业而病卒的悲剧结局，或许也与长期沉溺这种思乡悲情不无关系。

多情的诗人，无时不处皆为孤独思乡之情所困，而在其诗篇中留下了点点滴滴的痕迹，如下面数首所显示：

《题旅店壁》

秋风叶落搅窗前，闲剔银缸夜似年。
隔浦星星摇荻火，孤村漠漠起炊烟。
高楼目下人吹笛，过客江头夜放船。
旅邸易增离别感，最销魂是薄寒天。
（徐幹评：清澈无尘。）

《不寐》

斗室孤灯到五更，荒鸡乱唱梦难成。
新诗每向深宵续，旧恨难教枕上平。
半夜重衾秋更冷，一床残月晓犹明。
遥闻戍柝声声警，知有天涯客夜征。
（徐幹评：中有警句。）

《长廊步雨》

一字推敲仔细商，几回珥笔步长廊。
潇潇帘外芭蕉雨，赢得秋心似水凉。
（徐幹评：潇洒。）②

诗作至此，早已超出模唐范宋的东施效颦之作，而是直抒胸臆，直指人心，其形式的老到，语言的平凡中显出成熟，倒是次要的。徐幹所评的清澈、潇洒，应该也是感受到了其诗中的这种挚情的自然流露。

①② 徐幹选评《琉球诗录》卷二，同治癸酉中夏经德堂刊本，冲绳东恩纳文库藏。日本冲绳县立图书馆资料编号：1002005559。有电子版本可供网上阅览，网址“http://archive.library.pref.okinawa.jp/?articleId=50543&type=book”。

第三节　二林的试帖诗创作

一、琉球试帖诗的兴起

汉诗中的试帖诗始于唐人，最初规定为六韵或八韵排律体。北宋王安石变法时曾一度废除，不久又恢复。明代严格以科举取士，明代后期文人社会一直笼罩在八股文试帖诗的阴影之中，甚至有人将明朝灭亡，归咎于八股文试帖诗。明清鼎革之后，作为外族入主中原的清廷，也在不断摸索合适的取士方式，最终还是选择继续实行科举取士制度。乾隆二十二年颁旨规定：

乾隆二十二年颁布谕旨：嗣后会试第二场表文，可易以五言八韵唐律一首。……其即以本年丁丑科会试为始。[①]

在诗作形式上更加规范.增加了更多限制，最终确立了清代试帖诗的体制，并将其推向科场。晚清文人罗淳衍在《试律新话》序文中就曾提到："试帖一道，法积久而大备，自乾隆丁丑科举增用试帖，海内有志之士，争自研穷，彬彬乎风雅相尚，莫不胎息汉魏，表里三唐矣。"[②]

可以看出，清代诗坛对于试律诗研习甚为热衷，虽说这是科举过程中的"功令试诗"，但也符合汉族诗人振兴传统文化，尤其是复兴诗坛的愿望。清代诗人普遍意识到，唐诗之盛并不盛于试帖诗，但是试帖诗的先行兴盛，却是唐诗之所以兴盛的根砥之一。《琉球诗课》孙衣言在序中就是这样认为的：

予谓试律之作始于唐人，至今日而朝廷儒臣硕生，复至山陬海隅乡曲之士，无不揣摩声病，排比藻缋，以求合于应试之体。而海外文物之邦如琉球者，初未尝有场屋取士之法，乃亦效而为之。信乎风尚之所趋，有莫之其所以然者矣。[③]

正如孙衣言所说，清代以前的琉球王国，虽与明代建立了密切的贡奉关系，数百年来往不断，但是并没有效法实施科举选拔制度，或许这与缺乏高层文人交流相关，毕竟移民至琉球的闽人三十六姓，全部都是下层平民，其传授的也都是航海、耕种等实用技术。尚温王于1798年(清朝嘉庆三年、日本宽政十年)接受国师蔡世昌的建议，在王府之北建立国学，又建乡学三所。国中士族子弟由乡学选入国学。尚温王作《国学训饬士子谕》，号召琉球人学习中华文化，到这时才开设琉球的科举之科，用以选拔官员。琉球科举的建立，一开始就全部仿学清朝。于是在乾隆年间兴起的试律诗科考制度，也被搬到了琉球

① (清)俞正燮《癸巳存稿》(卷十二,"科场时日名目题目字号"条)，续修四库本。

② (清)梁章钜《制义丛话·试律丛话》，上海书店出版社，2001年版。第494页。

③ 《琉球王国汉文文献集成·第二十二册·琉球诗课二卷》，复旦大学出版社，2009年。第115页。

实行。按照孙衣言的说法，琉球年轻人大都不知为何要写帖体诗，对于试帖诗中的各种规矩也往往未明就里，多数是效仿而作。

琉球国学的学生一般被分成两种，一类是讲谈生，以研究经学为主，大约有两百六十多人。另一类是官话诗文学生，只有四十多人，教学课程中增加了中国诗文这一课程，这一类学生参加官生科考试的人居多，其中官话诗文学生他们的考试科目中就有“作诗”这一科目，诗的体裁由教师从五言四韵、帖体诗、今体五言七律中抽取，因此被选派到中国来留学的官生，大都有很好的汉诗文教养，对试帖诗这种文体也不会感到陌生。据孙衣言说，琉球人“虽尚试律”，但是写的大多是四韵短章。直至阮宣诏来华入监读书，琉球官生中才开始有八韵诗之作。但是现在阮宣诏的试帖诗已经遗失殆尽，无法再看到。后来入监读书的官生林世功与林世忠，长于汉诗写作，他们二人的试帖诗习作，被教习徐幹收录编辑成《琉球诗课》刊行，其中林世功有 52 首，林世忠有 49 首。这就为琉球诗坛保留下了试帖诗写作的珍贵记录文献。

二、《琉球诗课》试帖诗的题目出处分析

平时汉诗人的抒情、咏志、怀古、咏物等，都可以将诗人的性情才华淋漓尽致地展现出来。而试帖诗受到题目、韵脚、时间等限制，显然不同于平时诗作的有感而发、直抒性情。所以一般认为试律难出佳作，唐以来试帖诗也备遭诟病。

试帖诗的题目大多出自于儒家经典，采用“赋得……得某字”的形式。这样的题目包括两层意思：一是指明题旨内容范畴，二是指定形式上限用的诗韵。赋得“……”，即取儒家经典中的某一句，考生依此句内容为训诂线索，做相关内容的阐发。得某字，该字之韵，即规定为本诗所用之韵。二林所作的《琉球诗课》，大多数习作皆为取材集部的诗赋，其中古诗的比例较大，大都是唐宋诗集子。林世功所留下的 52 首帖体诗中，就有 20 首试题出自于唐诗，17 首出自宋诗。林世忠的近 50 篇习作，17 首出自唐诗，14 首出自宋诗。所选的唐宋诗的比例大致相当。唐诗自不必说，为何宋诗占诗题的比例如此之高，这与清代宋派诗的崛起，宋诗风尚影响琉球有着直接联系。道咸年间的经世思潮推出了“宋诗运动”，标举“诗人之诗与学人之诗合而为一”，实指唐宋兼取，取于唐者侧重在杜、韩，取于宋者侧重苏、黄。受此诗风影响，《琉球诗课》习作中多以杜甫、陆游、苏轼、黄庭坚之诗为题。还有一些出自于史部，如林世功的《赤壁烧兵 得烧字》、《天宝宫人 得宫字》、《烟波钓徒 得徒字》。再如林世忠的《程门立雪 得门字》题目出自《宋史·杨时传》，《明妃出塞 得妃字》出自《后汉书·南匈奴列传》。此外还有《诸葛武侯八卦阵图 得图字》、《闻鸡起舞 得鸡字》、《杀鸡为黍 得鸡字》等。还有少数试帖诗习作出自经部，如《士先器识 得先字》出自《论语》。杨春俏、吉新宏《清代会试试帖诗题目出处及内容类型分析》论文中所提到：“会试诗题出自经书集中于乾、嘉、道三朝，咸、同、光三朝诗，题无一出自经书，这种现象颇有意义。前三朝尤其乾隆时期国力如日中天，诗歌也多雍容典雅的盛世之音；后三朝内忧外患，国势衰颓，统治者失去了对王道与皇权的自信，也不再以经

书内容命题，诗题或与时事直接相关，或是无关痛痒的吟风咏月。”[①]这一点在《琉球诗课》中也有所表现。

三、《琉球诗课》中试帖诗的内容及其特色

最多内容是对中国君主的颂唱。试帖诗作为文人士子进入仕途、赢得功名的途径之一，歌颂太平盛世、皇恩圣德自然是必不可少的。二林虽身为琉球人，但是对于中国君主爱戴尊崇之心，似乎更为强烈。因为琉球国每一次只能选派四名官生来中国最高学府国子监留学，机会非常难得。千里挑一被选中作为官生，漂洋过海到国子监得到良师指导学习是琉球士子梦寐以求的夙愿。因此二林这两位幸运儿，对中国君主的感恩敬仰之心可以想见。如林世功的《日华川上动 得川字》：

已动羲和驭，晨光渚上延。
月华生巨海，日色丽晴川。
芒闪红成晕，澜翻绿不圆。
苍茫常耀彩，潋滟欲浮天。
云亦流时吐，霞从落处连。
双鸥明浅水，孤鹭破寒烟。
摩荡重轮合，回旋一线牵。
寰瀛钦圣德，久照遍垓埏。[②]

题目出自谢朓《和徐都曹新亭诸诗》。习作描写一轮红日冉冉升起，万道霞光洒满江面，远远看去，江水滔滔，波光粼粼，仿佛阳光在水面上泛动着；而青青原上草，沐浴着火红的朝霞，在晨光春色中迎风招展，充满着生机，延颈远眺，春日风光浮动于青草绿叶之上。谢朓原作描写春天的原野草色青青、日光浮动的景象，诗人将苍茫江色摄入胸怀，传达出豁达的意蕴。林世功的这篇习作承接原诗题意，开篇先写晨光初吐，“延”字将诗境界拉长，宏伟开阔。接下来，月亮还未完全落下，朝阳却冉冉升起，形成了奇丽的“日月同辉”的景象，苍茫而耀彩，明丽而夺目。孙衣言评价此诗也说道：“错采镂，金光艳，夺目。”[③]在模仿谢诗的场景诗意时，诗人联想到清帝圣恩的光辉，与自己的留学经历结合，最后一句恭颂“寰瀛钦圣德，久照遍垓埏”。“垓埏”显然是指自己的偏远小国琉球，将清帝比作太阳的万丈光辉，即使再偏远的海隅小国也能沐浴到圣恩。此诗描写海上日月光辉的景色场面极为精彩，但是更精彩的是诗人还巧妙地从“寰瀛”共辉联想到“颂圣”，诗意熨帖妥当，显出功力。再举一首林世忠的《坐看云起时 得时字》为例：

起览终南圣，浮云态最奇。

---

① 杨春俏、吉新宏《清代会试试帖诗题目出处及内容类型分析》，《晋阳学刊》，2007年，第二期。

②③ 陈正宏、(日)高津孝《琉球王国汉文文献集成·第三十二册·琉球诗课二卷》，复旦大学出版社，2009年。第115页。

卷帘闲坐处，倚石静看时。
谷口痕初袅，山头影渐披。
五言惟抱膝，不厌独支颐。
远势排空幻，枯禅入定思。
天教图屡变，人觉意俱迟。
散共余霞混，归来皓月随。
蓬莱呈五色，瑞气绕丹墀。①

这首习作的用意，与王维《终南别业》中“行到水穷处，坐看云起时”诗意场景贴合，与上面提到的林世功的诗一样，巧妙地从时景描写，转向吟咏太平祥和。

《琉球诗课》中还有一些属于述志诗。苏轼在《晁错论》中说：“立大事者，不惟有超世之才，亦必有坚忍不拔之志。”诗人志当存高远。诗人若无高远之志，其诗作就如同无舵之舟、无衔之马、无翼之鸟而难以有高远志向及高雅品质。“述志诗”的“志”是较为具体的志向，即理想、抱负，以及与之密切相关的高尚道德、贞洁品格、浩然正气等风节操守。“志”的内涵往往能够反映出述志诗作的思想性。在《琉球诗课》中这类诗作数量不少，往往抒发出了琉球诗人高尚的情操和浩然的胸怀，同时也能看出中华传统文化，尤其是儒家思想及程朱理学对琉球诗人的品格修养以及价值观的养成，发挥了深刻的影响力。

如林世功的《竹解心虚即我诗 得诗字》，题目出自白居易的《池上竹下作》中“水能性淡为吾友，竹解心虚即我诗”一句。香山这首诗，本是表达自己宁静淡泊、不愿被世俗纷扰所拘囿的心境。林世功对白诗之意，可谓心领神会，诗曰：

池上谁题竹，香山绝妙辞。
心缘虚已解，我即奉为师。
蒲拜恭能受，蕉弹傲不疑。
澄怀君子拟，清节主人知。
始信谦多益，从教俗可医。
薪传遥接处，茅塞乍开时。
让水环三径，春风坐一篱。
岁寒联友谊，取德总相宜。②

白居易原诗中将“水”比作朋友，将“竹”奉为老师。林世功此诗承接原作题意，写出“蒲拜恭能受，蕉弹傲不疑。澄怀君子拟，清节主人知。始信谦多益，从教俗可医”等句，刻画了竹子恭谦孤傲的品性，也借此反映出诗人高洁谦逊、孤高的气节。试帖诗的习作，很大程度上是为了训练汉诗写作的学识深厚，取材适合，诗意高雅而结构流畅，这首习作

① 陈正宏、(日)高津孝《琉球王国汉文文献集成·第三十二册·琉球诗课二卷》，复旦大学出版社，2009年。第144页。

② 陈正宏、(日)高津孝《琉球王国汉文文献集成·第三十二册·琉球诗课二卷》，复旦大学出版社，2009年。第100页。

做到了较好的程度,正如孙衣言所评:"承联流走属对亦极工巧,六联不即不离,作法独得。"[①]还如林世功《白菊为霜翻带紫 得冬字》:"白菊翻成紫,霜痕分外浓。非关经旧雨,只为近初冬。傲骨无寒态,秋花有醉容。露华连夜结,篱艳此番秾。不著丹青色,焉知皎洁踪。前身幽圃月,凉信昨宵钟。冷落时人眼,光明处士胸。晚来偏富贵,节比大夫胸。"此诗以菊花来自拟,通过写菊花的"傲骨无寒态","只为近初冬",抒发了诗人孤高的气节,表现出即使开始不会被时人赏识,但是内心亦光明乐观,等到百花凋谢,菊花的风姿才傲然展露。就像孙衣言的评语一样:"豪情胜概,身份独高。"

再举一首林世忠的《赏心惟良知 得心字》:

孤芳真自赏,谁与订知音。
惟结良朋契,终窥志士心。
潭宜秋月印,江入暮云深。
竹抱虚能受,兰言臭可寻。
半生多阅历,万古此胸襟。
谊许歌攻玉,情还筮断金。
有人偿素愿,凭汝证丹忱。
游兴南亭洽,同声石引针。

题承谢灵运《游南亭》中"我志谁与亮,赏心惟良知",而又另发新意。传统汉诗人都将谢灵运的"孤芳自赏"视为清高孤傲,但是林世忠却不以为然。这位琉球汉诗人有着自己的理解,他认为只有拥有可以欣赏自己的良友,才能获得真正的乐趣。这首习作表达了诗人对人生知音的渴求,以及对世间友情的赞颂。

《琉球诗课》中还有不少属于怀古抒怀的题材,这也是试帖诗乃至于应制诗经常描写的内容之一。咏古怀古诗一直是中国传统诗歌中的主旋律之一,通过对历史事件、历史人物以及古迹遗址的考察追溯,或感慨兴衰,或寄托哀思,或借古讽今。琉球华裔诗人自幼学习熟读儒家经典,对中国历史谙熟于胸,写起这类咏古诗往往游刃有余。如林世忠《明妃出塞 得妃字》,就是一首典型的咏古之作:

忍使红颜去,君王别泪挥。
琵琶凄古塞,粉黛泣明妃。
葱岭前程是,荆门故里非。
佩声寒落月,旗影淡斜晖。
怨甚班团扇,怜同赵舞衣。
画留容漫省,金赎愿终违。
梦尚深宫绕,身难异域归。

① 陈正宏、(日)高津孝《琉球王国汉文文献集成·第三十二册·琉球诗课二卷》,复旦大学出版社,2009年。第100页。

千年青冢在，春草自芳菲。[①]

此诗前四句描写昭君出塞时凄凉悲壮的场面，特别是“佩声寒落月，旗影淡斜晖”这两句，“佩声”和“旗影”两个物象刻画场面，有声有色；而“寒落月”与“淡斜晖”的对应，更将送行场面环境渲染得悲凉无比，让人不觉悲从中来。后四句表达对明妃身世际遇的怜悯与同情，对其不惧北嫁和亲的人格精神极为敬仰。然而最后点出“金赎愿终违”，也具褒贬深意。孙衣言评道：“金赎五字，直攻题背，余亦清朗可诵。”[②]“金赎”出自白居易诗《王昭君》：“汉使却回凭寄语，黄金何日赎蛾眉？”暗讽汉代君王的背信弃义。而王安石的《明妃曲》中有“万里家人传消息，好在毡城莫相忆”之句，就是说对于王昭君来说，精神安慰只有来自家人，而非汉代君王。“君不见，咫尺长门闭阿娇，人生失意无南北”。平时玩弄、关键时刻遗弃女子，历代帝王皆如此，古今中外，概莫能外。诗人也是借此咏古题材，表达了对这一现象的强烈不满与深深叹息。

再如林世功《大富贵亦寿考》，赞颂了唐代大将郭子仪。安禄山叛乱时，郭子仪任朔方节度使，在河北击败史思明，收复长安、洛阳，因功升中书令，后又进封汾阳王。戏剧传说中，郭子仪有七子八婿，都在朝作大官，其子郭爱是当朝驸马。每逢郭子仪寿诞，子婿都到府祝寿，朝官牙笏摆满一床。因郭爱是驸马，郭子仪可带子上朝。郭子仪寿高84岁，人们羡慕其官高位显，又长寿而子孙满堂，称颂为“大富贵亦寿考”。

四、琉球二林试帖诗的特色

1. 娴熟的写诗手法

由上文所提到试帖诗可以得知，二林对中国文史经籍知识较为熟悉，他们对试题的出处基本都能准确掌握，选择恰当角度切入原诗，有时候还部分改变原诗题意，加入自己的思考。有时将题旨巧妙转向颂圣，手法自如娴熟。如林世忠的《试院煎茶 得煎字》：“监试杭州日，新茶手自煎。地炉饶活火，锁院汲寒泉。蟹眼兼鱼眼，诗仙并酒仙。棘围烹桂露，花径扬松烟。黄甲凌云上，红丁撷雨前。论文同战茗，撤烛欲生莲。破睡封侯夜，抡才选佛年。杞南齐入贡，圣主正求贤。”《试院煎茶》本是苏轼的一首七言古诗，而由于诗人熟知原诗旨意，化用了其中的意象“蟹眼”、“鱼眼”、“手自煎”等。前五联是讲煎茶，可见诗人对煎茶的工序也十分了解，从第六联便转向“论文同战茗”，由论茶艺转向论仕途奋斗，转向“圣主正求贤”，这不仅歌颂了圣主招贤的德行，而且也希望自己可以得到圣主的赏识与任用。诗人把握咏物与颂圣之间的关系，通过承转腾挪，将咏物咏史等内容关合到颂圣、求仕的题旨上去，基本上能够做到自然自如。这些方面的成功，说明了琉球诗人已经有了较好的汉学基础，所以能够突破试帖诗写作的较大难点，而达到较为成熟的写作状态。

2. “二林”试帖诗之特色比较

孙衣言在序文中说到：“林生诗尤为妥帖详雅，有中朝馆阁之气象”，“而取材汉魏，导

①② 陈正宏、（日）高津孝《琉球王国汉文文献集成·第三十二册·琉球诗课二卷》，复旦大学出版社，2009年。第159页。

源风雅，以上溯夫温柔敦厚之遗者，盖不乏人，林生倘由此而求之”。可见在老师的眼中，二林的诗歌风格可以概括为“妥帖详雅”，“气韵浑沉”，“温柔敦厚”。特别是对林世功的诗作，孙衣言多次用“高浑”、“雄浑”、“沉雄”、“清稳”等词语来点评，可见林世功诗作的整体风格倾向，如《功夫在诗外 得诗字》：“胸中星宿列，碗底雨风随。悟道诗三昧，神来笔一枝。”[1]孙衣言评价道：“枝字韵尤觉高浑。”又如《江面山楼月照时 得楼字》描写江楼揽胜的景致：“高阁凌云汉，重檐近斗牛。三峰天外削，千里望中收。”意境开阔，气格老成，孙衣言的评价就是：“格律高浑，气象峥嵘。”在《琉球诗课》所选的52首林世功的试帖诗中，得到类似评语的大概有10首，占其中的五分之一。

但是仅仅使用“高浑”一词，还不能完全概括林世功试帖诗的创作风格。林世功在汉诗形式上，努力保持温柔敦厚的艺术风格与属对工整的传统技巧。中国是传统诗歌重在抒情，崇尚含蓄美。从《诗经》开始，中国诗歌就确立了“怨而不怒，哀而不伤”的温柔敦厚审美取向。到了汉乐府时代，又承续了“感于哀乐，缘事而发”的现实主义传统。林世功深受儒家传统思想影响，其诗作继承了“缘事而发”、“因事立题”的叙事传统，并彰显出了尽力保持温柔敦厚的艺术风格。在应制试帖诗的写作中，尤其注重描写抒情的不露不傲，委婉蕴蓄。

林世忠的诗作总体而言也是以含蓄蕴藉的风格为主，但与林世功相比，他的诗作也有一部分诗作显得清朗悠然。《琉球诗课 卷之二》中收录最多的就是他的时令风景诗作，林世忠诗作善于刻画，描写细腻深入，教习常用“秀润可爱”、“轻圆”、“情致悠然”等词语评价他的这类诗作。如“凉痕摇画舫，波影荡琴台”(《荷芰水亭开 得开字》)，“万花沉湿雾，双桨荡清波”(《芰荷声里孤舟雨 得荷字》)，“浓时会成水，回处尽蒸霞”(《水面风回聚落花 得花字》)，“影摇银蒜外，润到玉钩尖”(《晴日上帘分竹色 得帘字》)等。这些刻画优美场景的诗句，充分展现出清新疏朗的诗风。林世忠的诗作时而也呈现出“雄阔沧桑”的一面，如其《黄叶前朝寺 得经字》中的描写：“树老含霜饱，门欹待月归。秋声摇古殿，日色冷空庭。”透露出雄沉厚实的一面。

从语言方面来看，林世功与林世忠二人帖体诗都有一个共通的特点：语出自然，秀韵天成。陆游说道：“雕琢自是文章病，奇险尤伤气骨多。”(《读近人诗》)二林在对仗上，常常能做到工整而不落纤巧，新奇而不至雕琢，显得十分自然，十分流畅。如林世功的“不有青光补，浑忘碧影虚”(《青山缺处日初上 得初字》)，“苍茫常耀彩，潋滟欲浮天”(《日华川上动 得川字》)，“一路花堆雪，前途絮满山”(《玉关柳 得关字》)，林世忠的《腐草为萤 得萤字》：“春记锄时绿，秋惊照出青。枯痕怀旧雨，残烧点疏星。”再看其《不废江河万古流 得流字》：

江河传万古，杜老自夸修。
四杰名如废，千年水不流。
文章真作作，天地共悠悠。

---

① 陈正宏、(日)高津孝《琉球王国汉文文献集成·第三十二册·琉球诗课二卷》，复旦大学出版社，2009年。第90页。

波欲翻吴楚，光应逼斗牛。
寒声连日夜，岁序几春秋。
岂有洪涛涸，依然大笔流。
此情堪比拟，尔辈任沉浮。
力挽狂澜倒，何须哂未休。①

这首诗作意承杜甫《戏为六绝句》的批判精神，诗论纵横捭阖，表达一气呵成，直抒胸臆。

二林对景物刻画非常细腻深刻，选词造句凝练生动，注重炼字。像林世忠的《水面风回聚落花 得花字》：

片片随流水，风来正落花。
浓时会聚雪，回处尽蒸霞。
竹径凉风扫，芦洲夕照斜。
波光田点缀，天意驻繁华。
锦绣滢回抱，文章绮丽夸。
晕圆澜荡艳，涡浅浪淘沙。
燕掠芹泥滑，鱼吹柳絮遮。
液池韶景富，春满帝王家。②

其中倒数第二联"燕掠芹泥滑，鱼吹柳絮遮"中，"滑"、"遮"二字用得相当传神。"芹泥"是燕子筑巢所用的草泥，"滑"字虽然在形容燕泥，但是却写出了燕子的轻盈姿态。而"遮"字，将柳条比作帘幕，隔着帘幕能看到小河水面的鱼儿在吐泡，荡漾着浓浓的暮春之息，营造出一种朦胧的美感场景。

第四节　晚期琉球汉诗人代表蔡大鼎

蔡大鼎(1823—?)，和名伊计亲云上，字汝霖，闽人三十六姓蔡氏后裔。蔡大鼎工于诗文，笃志于学，在琉球文坛早就夙负文名，又深于诗教。蔡大鼎的诸多诗集，目前都被复旦大学新近出版的《琉球王国汉文文献集成》所收录。其诗作数量，在咸丰十一年(1861)刊行的《漏刻楼集》中，有两百余首。于同年刊刻的《钦思堂诗文集》三卷，收272首汉诗。后于光绪三年(1877)在此基础上，又继续刊刻了《续钦思堂诗文集》。1860年，蔡大鼎"自拜进贡存留通事"，来华滞留福州三年有余，在此期间留下游览酬唱之作《闽山游草》。1867年又随谢恩使团来华，驻留福州期间又著有《续闽山游草》。《闽山游草》正

① 陈正宏、(日)高津孝《琉球王国汉文文献集成·第三十二册·琉球诗课二卷》，复旦大学出版社，2009年。第136页。

② 陈正宏、(日)高津孝《琉球王国汉文文献集成·第三十二册·琉球诗课二卷》，复旦大学出版社，2009年。第138页。

续集都是刊刻于1873年,正续集加起来,共收录其汉诗作品三百二十余首。其间蔡大鼎还刊刻有一本专供琉球国王阅览的诗文稿《圣览诗文稿》,并在1867年请福建士绅为作序,具体刊印时间不详,共收诗歌25首。1872年,蔡大鼎拜进贡邦通事来华,在上京的路途中行吟不断,最后编辑成了《北燕游草》。

1875年,日本明治政府强迫琉球停止对清国朝贡,琉球官府派蔡大鼎随向世德一行剃发易服秘密来华。从福州由海路出发去天津与李鸿章进行陈情。蔡大鼎将这一段时期的经历集成了《北上杂记》,记录了他与林世功等人拼死请愿救国的这一段血泪史。1879年日本明治天皇实行"琉球处分",蔡等求援心切,乃化装奔京师,在东华门长跪不起。林世功殉国前,将上呈陈情文与绝命诗拜托给他,而他也不负友人所托付。蔡大鼎的行踪,至1885年尚有记录,之后则下落不明,据传可能最后客死中国。蔡大鼎作为琉球汉诗史上最高产的汉诗人,留下了六百多首作品,可谓琉球汉诗最后绝响,成为琉球汉诗史上最后一颗璀璨的明星。

蔡大鼎前期汉诗作大部分收进《漏刻楼集》。蔡大鼎于清道光二十六年(1846)任琉球王城首里漏刻官。道光三十年(1850)担任著作文章总师,《漏刻楼集》便是他担任漏刻官的时候所写成的作品。郑元伟序中提到,蔡大鼎"家中不饶,箪瓢屡空",可见当时蔡大鼎家中并不富裕,然而他"未少怠惰",虽然家中经济不济,但是他从未忘记赋诗作文的训练。靠着勤学苦练,蔡大鼎参加琉球国的科举并成功及第,仕途畅达:

> 充漏刻楼掌漏职,其往来禁城及直楼之间,看景感物,赋诗著文,其离任之后,家营亦难,递往严父所领采地,催收租米,其往还途次,赋诗作文,都为一集。①

《漏刻楼集》便是在这样的情况下完成的。蔡大鼎在自序中提到,在充任漏刻楼官职期间,因镂刻楼"巍巍乎高凌云汉",他经常登楼眺望。四面山色海景,碧海霞光,琉球三十六岛屿绝景中常常寄托着诗人的无穷情思。因此诗人经常灵思喷涌,感怀无限,"或述高楼奇观,或咏花卉,或写愁怀,或赠亲友"②。

该诗集中有多篇诗作描绘了与漏刻楼相关的各式景物,从中可感受到琉球国特有的海景风光,如《直漏刻楼》:

> 漏刻楼高耸碧穹,群山环绕带青葱。
> 漏声淅沥彤庭外,瑞气氤氲凤阙中。
> 遥望沧溟舟数点,回看村落树千丛。
> 微臣幸驻王城里,晨夕长吟句莫穷。③

又如《漏刻楼晚景》:

> 高楼日暮不胜愁,远望江城景色幽。

①② 陈正宏、(日)高津孝《琉球王国汉文文献集成·第二十七册》,上海:复旦大学出版社,2009年。第24页。

③ 陈正宏、(日)高津孝《琉球王国汉文文献集成·第二十七册》,上海:复旦大学出版社,2009年。第39页。

树杪争鸣惟宿鸟，渡头小泊有归舟。
久荡川上炊烟起，马齿山前夕照收。
寂寞依栏无客伴，晓钟声动思悠悠。[①]

这两首七律诗都描绘了漏刻楼的远眺景色。在“群山环绕”、“瑞气氤氲”的环境中，眺望着“久荡川上炊烟起，马齿山前夕照收”的美景，诗人觉得非常满足，不由发出了“微臣幸驻王城里，晨夕长吟句莫穷”的感慨。虽然所任只是一个微不足道的小官职，但是诗人的内心却非常安然，漏刻楼的美景，给了诗人无限的奇思灵想，赋诗咏唱，带来了莫大的精神慰藉，他已经觉得非常的满足。

《漏刻楼集》中又附载一卷《伊计村游草》，其中记录了蔡大鼎与友人赴采地，一路途中的所遇所感，共三十首汉诗。这卷汉诗之作实地描写了带有琉球特色的田园风光，各式琉球乡村野味，表现出了独特的琉球风情。

如《南原水田》：

万顷江田一望中，延袤阡陌目交通。
遥知今岁歌丰稔，合颖嘉禾处处同。[②]

这首诗描绘了琉球村落水田、阡陌交通的景色，诗人望着这一望无际的水田，心里想的不是水田优美的风景，心里想着的却是能够今年过得一个丰收年，哪里的庄稼都是一样的茁壮。诗人虽然当时身份卑微，但是关心着国家的民生社稷，具备了一份传统书生的入世情怀，显示出琉球汉诗人同中国传统汉诗人一样，同样具有着这份对社会民生的关怀和忧心。

此外，再如《平安座晒网》：

何物周围万倾中，老渔晒网夕阳红。
更看隐约芦花外，缕缕炊烟出短蓬。[③]

这首诗描绘了一个老渔翁在夕阳中晒网的景象，夕阳西照，红透了半边天，老渔翁在悠闲地晒着他准备用来捕鱼的网。后两句视角转向了岸边的芦花外，透过隐约的芦花，可以看到些许袅袅的炊烟，而这些炊烟又是哪里来的呢，原来是从河中的小船上飘来的，作者没有从正面描写小船，而是透过隐约的芦花，给人一种朦胧感，让人产生缕缕遐思，原来小船上有人在烧火做饭，还有没有在做其他的事情呢？由此可见作者高妙的写作技巧，给人以想象的空间。

《钦思堂诗文集》和《漏刻楼集》都是1860年刊刻于福州。该年蔡大鼎任存留通事来华参与入贡，活动结束后在福州逗留了三年。在此期间，他刊刻了这两本诗集。蔡大鼎雅好诗赋，常年笔耕不缀，在《钦思堂诗文集》谢鼎的序文中，提到：“昔梅圣俞日课一诗，

---

① 陈正宏、(日)高津孝《琉球王国汉文文献集成・第二十七册》，上海：复旦大学出版社，2009年。第40页。

②③ 陈正宏、(日)高津孝《琉球王国汉文文献集成・第二十七册》，上海：复旦大学出版社，2009年。第106页。

寒暑未尝易,名满于世,蔡生其可以嗣乡矣乎!"可见蔡大鼎每日赋诗习文,才会留下如此之多的诗文作品。此外,其父蔡德懋也为其作序,其中提到蔡大鼎幼年时并非天资奇高,成年之后的蔡大鼎能够达到汉诗文创作的较高水平,主要是靠其长期不倦的勤勉发奋。

《钦思堂诗文集》卷一以酬唱赠答类的汉诗为主,卷二多是一些感物怀人,时令时景,以及游览记物的诗作,第三卷为试帖诗。这三卷的分类明确详细,内容编排一目了然。

卷一酬答类诗文中包括了送别诗,其中有送师友兄弟回闽,或者来华入贡。还包括恭贺类的诗歌,恭贺友朋的及第、新婚、乔迁及寿辰。还有酬赠类的诗作,以及吊唁诗文。由卷一丰富的诗作内容,可见作者一生的师友交游及琉球仕宦的生活行踪。蔡诗中以"送"为开头的多是送别诗,如《送王承功游闽山》、《送叔祖父大人赴闽山》、《送林世元之闽山》等,现举一首为例:

《送从堂兄启业游闽山》其一

诗书万里静中求,负笈三山九月秋。
问业明师宜讲贯,结交益友快优游。
……①

这首诗是送堂兄弟赴福建求学所作。题目以"寄"字为开头的,多是与他人的书信,书信中也附有诗歌如《寄送在闽王承功启 有诗二首》、《寄送在闽堂兄启业启 有诗》等等。以"贺"为开头的为道贺诗,如:

《贺郑克让新娶》

由来佳偶自天成,结得良缘举酒觥。
春入庭前桃李丽,祥开堂上凤凰鸣。
朱陈此日同修好,秦晋当年久订盟。
琴瑟和调宜尔室,旋钟秀气玉麟生。

这首诗贺友人新婚,类似的诗作还有道贺考试及第或者弄璋之喜。

卷二内容多是以写景咏物、题画唱和为主。

如描写琉球国著名的中山八景,分别为泉崎也月、临海潮声、条村竹篱、龙洞松涛、城岳灵泉、筠崖夕照、长虹秋霁、中岛蕉园。以下引一首:

《龙洞松涛》

不知何处起涛声,古洞松风隔岭鸣。
忽听怒号天际落,居然澎湃月中生。
遥连万壑龙吟乱,突卷三更鹤梦惊。
溪口潺潺流水响,山间尽日韵同清。

八景诗的描写是东亚汉诗史上最为常见,也颇有特色的诗作现象。关于琉球国汉诗

---

① 陈正宏、(日)高津孝《琉球王国汉文文献集成·第二十七册》,上海:复旦大学出版社,2009年。第192页。

中的八景描写，保留下来最早的是清代乾隆年间琉球册封使周煌总结出的“琉球八景”诗作。琉球使节将这些八景诗作带到日本宣扬，将琉球美景的影响扩大至日本列岛。1832年，日本著名画家葛饰北斋根据这些汉诗描写的想像，画出了周煌笔下的“琉球八景”的生动场景。这首诗便是蔡大鼎描绘琉球龙洞松树林中的澎湃松涛声。

卷三是试帖诗。琉球王国的取士直接受到清朝科举制度影响，科举也采用试帖诗，蔡大鼎自幼练习汉诗文，也参加科举考试并成功入仕，自然也就擅长写作试帖诗。这卷收录的试帖诗题目皆出自唐宋诗，题目多与山水风景相关。如《宿雨初收野 得鲜字》、《细雨黄梅湿 得梅字》、《三径雪犹堆》等等，可见蔡大鼎平时写作试帖诗，相较于林世功和林世忠二人而言，取材范围还是有些局限。但是蔡大鼎的试帖诗中也有不少佳构，举一首《绝岛浮云外 得间字》，这首诗带有浓郁的琉球风味：

放眸遥岛处，露出白云间。
练罩三山耸，罗拖一水环。
苍茫迷蜃气，爱戴混螺鬟。
倘借先槎遍，蓬莱去复还。

《闽山游草》中的汉诗始作于1860年，该年蔡大鼎任进贡存留通事来华，并在福州逗留了三年。1867年，他跟随谢恩使团入京，因而有机会再次逗留闽地，因而又写下了《续闽山游草》。《闽山游草》正续集共辑诗338首，于1873年在福州书肆镌刻。

《闽山游草》正续集中，诗人俯仰八闽名山大川，徜徉古迹遗址，或寓情咏物，或送远怀人，大都性情温和，气派稳健。正如谢鼎在《闽山游草序》中所评：“要旨则又归于温厚，故能躁释而矜平，其亦不谬于古，不戾于今者。”蔡大鼎的诗歌虽内容涉及广泛，但其表达的主旨，大都显得温柔敦厚，写法上大体也是工稳雅正。其诗作风格，可以用“清新俊雅，秀骨天成”来概括。在闽留驻期间，诗人纵情观览八闽名山佳水，留下了许多生动工丽的诗作，如描写福州的万寿庵：

《避暑万寿庵》

万寿庵中暑气消，竹深荷静午风飘。
高僧细把浮生话，归路斜阳照板桥。[①]

福州的夏天潮湿闷热，琉球人住在柔远驿里的日子不好过，诗人便去旁边的万寿庵避暑。庵内的清凉场景，与外面酷热的尘世形成了截然不同的两个世界。本来诗人由于城市的炎热天气，心生躁意，但是听到高僧的箴言之后，顿时将燥热之心情一扫而空。傍晚归去之时，诗人的心情已经趋于平静淡然。“归路”、“斜阳”、“板桥”，这三个普通的意象连成一句，巧妙表达出了诗人内心的平静释然，进而产生了欢喜心，与来时的因炎热而焦躁不安，心情完全不同。可以看出，离柔远驿不远的万寿庵，当年成了琉球人经常光顾的一个去处，琉球汉诗人也与寺内僧人有着密切的交往。

① 陈正宏、(日)高津孝《琉球王国汉文文献集成・第二十八册》，上海：复旦大学出版社，2009年。第68页。

福州有两大名山：旗山和鼓山，琉球诗人经常去逛自不必说。蔡大鼎在闽期间还经常去各地书院游玩，如以下两首都是游书院所作：

《龙峰书院》

三山养秀集群贤，十郡英才乐有年。
司马文章推独步，江淹辞赋构新篇。
讲堂正谊光风爽，祀奉名儒霁月鲜。
碌碌远人何所愿，得沾化雨阐薪传。
（有“三山养秀”匾额）

《游凤池书院口号绝句 在鸟行前》

致道堂前霁月明，鸡窗有味读书檠。
满园桃李迎人笑，多士新题雁塔名。①
（有“致道堂”匾额）

“龙峰书院”为福州地区最早建立的书院之一，其历史可追溯到宋朝，该书院主体建筑目前还保留在福州晦翁岩风景区内。有了蔡大鼎的这首诗，可想见其历史渊源，也可看出悠久的历史渊源对于琉球汉诗人的巨大吸引力。最后一句语带自嘲，虽然自己只是一个异国远人，可追求学问的热情却和书院里的中国学生是一样的。

有的景点在《闽山游草》中已经游历过，在《续闽山游草中》又再次重游，如唐船川、阿佐村等等。比如《闽山游草》的《过阿佐村即事》：

高山底下几人家，如雪滨前散白沙。
四面千峰凌碧汉，西湖景色亦堪夸。

《续闽山游草》中有《重渡阿佐村抒怀》诗曰：

依旧风光人事异，天籁声断逐涛声。
凌汉山头千寻碧，江底涵天一色清。
烽火台高飞鸟倦，唐船川净玉壶明。
当年旅次今相忆，唯闻寒鸦欲宿争。②

福建的人文风土，给了琉球诗人蔡大鼎大量的创作素材和灵感，形成了他的汉诗的灵魂。他也将吟咏福建山水的汉诗带回到了琉球，让琉球书生诗人在两种文化的吸收和融合中得到升华。蔡大鼎的人生经历及汉诗作品，不仅在琉球汉诗史上有着独立的位置，值得后人传诵，在中琉交往史上，蔡大鼎的经验体会也成为一段不朽的佳话。

---

① 陈正宏、(日)高津孝《琉球王国汉文文献集成·第二十八册》，上海：复旦大学出版社，2009年。第98页。

② 陈正宏、(日)高津孝《琉球王国汉文文献集成·第二十八册》，上海：复旦大学出版社，2009年。第143页。

第五章　琉球汉诗文研究综论

第一节　琉球使臣眼中的中国形象

与朝鲜、越南等国朝贡使臣行人眼中的中国形象相较，琉球人的看法有着显著的差异，那就是琉球朝贡使者及勤学生、商贾行人等，一般都把福州视为故乡。之所以有如此情结，主要是他们的祖先来自福建，还有他们在福州逗留生活时间比较长。

不论是琉球进京使者还是留学国子监的官生们，都要在福州停留以等待进京时间，返回琉球时，同样要在福州等候开船时机，更不用说在福州当地勤学的留学生了。因此，福州生活学习的时日，使他们对福州的生活习俗、语言文化十分熟稔。通过汉诗文表现出来的中国形象，是值得注意的。

一、中华景物的奇与壮

1. 江山万里清如画

琉球硕儒、最有影响的诗人——程顺则，他的《早秋江上》对中华大地的景物有一个总括："桐业初飞古渡头，西风送客过沧州。江上万里清如画，添得劳臣一路秋。"正因为"江上万里清如画"，所以他在《客途秋日即事》中如此写道：

> 秋光掩映入篱东，几点微霜落碧空。
> 满地江湖人尽望，高飞白鹭过丹枫。

柔和的秋光穿越篱笆，落在几点微霜上；湖面的那边，一群白鹭正飞过火红的枫树林。秋光、篱笆、微霜、碧空、江湖、人、白鹭、丹枫组合成一幅色彩和谐、结构巧妙、动静皆俱的秋日中原风景画。

程顺则笔下的萧萧京口，是"舟过江来落晚潮，眼前京口觉萧萧。青丝缆系垂杨下，一片风烟似六朝"（《京口晚泊》），一下子使人穿越到烟雾蒙蒙的六朝。

朝贡任务完满完成，轻松坦然的程顺则，面对锦绣中原，更是觉得美不胜收："金勒丝

缰白玉鞍，天书高捧出长安。中原锦绣山川丽，江北江南立马看。”（《出都》）

如果说，程顺则笔下的北中国是“万里清如画”，那么，南中国更是“楚水吴山景物幽”（蔡大鼎《出七星桥》）。

2. 风光第一古来传

西湖可能是海内外游客慕名而来，最想观览的地方之一，所以，蔡文溥和蔡大鼎不约而同地赞叹道：

风光第一古来传，湖上游观忆昔年。（蔡文溥《游西湖》）

过其地而不能一饱眼福、得偿夙愿的痛苦，在琉球官生阮宣诏、向克秀同题《至杭州欲游西湖不果》诗中也表现得淋漓尽致。

蔡文溥、蔡大鼎的《游西湖》是“湖上游观忆昔年”，通过触景生情，咏史怀古；蔡铎《游西湖》其一：“曾传西子湖中胜，今日来游见所闻。”则以眼见为实，印证了传说，咏怀古迹。

描摹西湖著名景点，各家更是极尽所能，蔡铎的《西湖看梅》通过比德，细致刻画了梅的气节。《皇清诗选》评曰：“起句突兀，通篇善为梅花写照。”写梅花不争媚斗香，“梅有孤山骨，看来不改芳”，首联就明确揭示了主题是歌唱梅的凌霜傲骨！

曾益《游灵隐寺》则以“我爱西湖灵隐寺”轻快领起，《皇清诗选》评：“结构严谨，通篇老成。”

我爱西湖灵隐寺，寺门抖傍辟萝开。
蒲团竟日谈兴废，花径由人数往来。
草色遥连骑马路，涛声长绕讲经台。
兴留一片装装地，不共沧桑化劫灰。

写景结合着灵隐寺的特点，其中“花径由人”、“草色遥连”、“化劫灰”等都是学习或化用唐人的诗句。唐人有“花径无人缘客扫”、“草色遥看近却无”等诗句。灵隐寺在杭州西子湖畔。诗人直抒胸臆，说自己爱着灵隐寺这份清幽僻静，而怕见人世间的纷扰和盛衰更替。结束之句，感慨尤深。

纪行写景诗有不少相当出色，如曾益的《游西湖》：

西子湖头别有天，醉看花鸟尽嫣然。
六桥柳色摇晴绿，三竺莺声带晓烟。
走马客过桃叶岸，吹萧人上酒家船。
飞来一片峰前立，为问林逋放鹤年。

全诗着重写花鸟、柳色、绿竹、莺声、晓烟，写得相当精致，其中额联两句，在景色的描写中创造了一个柳色朦胧烟霭莺啼的意境，“摇”字用得好，借用了南朝乐府《西洲曲》中“海水摇空绿”的句意，一个“摇”字，境界全出。结句突出林逋典故，寄寓其隐逸之志，亦吻合西湖的意境。

程顺则《湖心亭》别具一格，为我们临摹了一幅静谧安详的湖心亭水墨画。除了观景，琉球的学者诗人们还研读有关西湖的书籍，如蔡文溥就在《阅西湖佳话有感》里提及自己曾经"灯前佳话阅西湖"。

苏州的虎丘，是仅次西湖而被琉球汉诗人重点聚焦的游览胜地。曾益《游虎丘》："曾梦江南好……川原经万劫……回首使人愁。"通过想象、现实、历史再到现实的回环往复，描绘了虎丘的变迁史，所以《皇清诗选》评曰："三四可当虎丘棒喝。"

蔡铎有《登虎丘山(二首)》，程顺则有《游虎丘》，都是描写虎丘美景的诗篇。蔡大鼎一人就写了五首游虎丘的诗歌：《游虎丘》、《坐舟游虎丘花园》、《登虎丘寺》、《到虎丘花园不果》等。

3. 人看山水两称奇

琉球汉诗人一踏入中华大地就"披奇抉胜，尤多吟咏"，如程顺则《题江郎石》："江郎石欲接天地，卓立三峰势莫支。恨不当年移入峡，人看山水两称奇。"描绘了江郎石的高与奇。

程顺则《仙霞岭观梅》：

> 玺书高捧上仙霞……过此仍为闽峤客，不堪闻雁更思家。

程顺则赋景即情，描绘出风烟夹道、梅花遍岭、景象壮观的天险仙霞岭。《皇清诗选》评曰："诗境如塞外山花，别绕奇秀。"

蔡文溥《初春过仙霞关》同样十分豪迈。而曾益《过仙霞岭》，可与《东游草》中描写富士山的诗作进行对比。扬子江的雄壮，可以见曾益的《过扬子江》："长江天堑古扬州，今昔乾坤日夜流。半壁烟沉金锁水，一帆风送木兰舟。地分南北波涛险，图绘山川带砺收。我过广陵怀旧事，轻鸥几点芦荻秋。"面对长江天堑，曾益不由怀古，寄情于景。从内容到风格都颇有刘禹锡《西塞山怀古》的风格。程顺则《过扬子江》描写扬子江壮阔景象。再看其《渡黄河》：

> 黄河秋色满，喜是大清时。
> 源自昆仑出，山从砥柱支。
> 潆洄斜塞雁，奔放走云螭。
> 九重看新润，三门溯旧基。
> 朝宗归海疾，鼓浪到天奇。
> 舟楫空中度，星辰水面移。
> 回澜冲柁急，落叶带烟披。
> 大势吞秦障，丰功勒禹碑。
> 东溟思献雉，涉此敢云疲。

描写黄河用典贴切，大气磅礴，渴慕中华文明，远涉天涯不言辛劳。

也就在这一次中国之旅，程顺则揽胜纪行、写景状物，沿途作诗八十余首，集成《雪堂燕游草》，后风靡琉球。其中歌咏中华江山诸篇，饱蕴深情，笔墨酣畅，佳作迭出，此诗集后来传入日本，备受推崇，有人为之配画，出版的《雪堂燕游图》，极一时之盛。

琉球使臣肩负着勤劳王事的重大责任，面对奔放似云螭的黄河，内心不由升腾起敬畏之情："天涯鞅掌问如何，祗为君恩受最多。万里一身轻似叶，秋风八月渡黄河。"(蔡铎

《渡黄河》)

曾益《游金山寺》采用登临模式,气势雄壮,怀古伤今:"见说南朝多胜概,欲从此处访崆峒。"蔡铎《游江天寺》(旧名金山圣驾南巡更名江天寺)写景阔大。

程顺则《登金山塔》:"金山塔势独嶙峋,晴日登临气象新。半壁江南看来了,一声飞鸟下红尘。"(其一)"千尺浮图插碧空,冯虚独上御天风。中山遥在云飞处,极目苍茫望海东。"(其二)可以望到半个江南的金山塔不可不谓高,但由于中山(即琉球)之遥,登此塔也只能极目远望了。

二、中华大地的风俗与民情

1. 饮食起居

> 米极为味美而洁白者,北上时,江山船下程所送者是也,虽不食肴,毫无厌之。菜有每日食之不厌者,山东白菜是也。此等之物,不唯我独嗜之,至其傔伴,亦无不然。(蔡大鼎《北上杂记·庚辰记事》)

"江山船"是运载过往旅客的头亭船、茭白船,琉球使者北上行经的衢江、桐江、东阳江、富春江和钱塘江流域一带,正是江山船活跃的地区。江山船上提供的米饭以及山东大白菜等寻常饭菜的口感和味道,给蔡大鼎们留下了极其深刻的印象。

除此之外,麦子也香甜可口,十分养人:

> 本地人都是高大而肥者,毕竟食麦故也。其麦五月间与米一共开花,非他所之可比。昔经过时,多少食之,味美且甜,乃知非说者之讹也。(蔡大鼎《北上杂记·庚辰记事》)

食用鲫鱼既可大快朵颐,又可除绝湿气,营养美味与养生健体一举两得:

> 前门以外,有许多鱼肆,海河鱼类不少,而鲤鱼最多。余叠次食鲫,得以除绝湿气,洵为良药。其大者六七寸许,每斤一吊余钱。曾在国时,闻得白鱼膏,制以鲫油,果无不然。(蔡大鼎《北上杂记·庚辰记事》)

不仅主食、菜肴让人赞不绝口,茶叶和烟草也让人回味无穷:

> 茶叶有雨前,烟草有净丝,此皆风味有香,余平时哈之、抽之,而有嗜无厌者也。(蔡大鼎《北上杂记·庚辰记事》)

2. 交通工具

山东途中,逢有顺风,手车上的帆争相扬起,令琉球使臣诗意地联想到五湖扁舟的优美景致:

> 山东途中,多有手车过去,逢有顺风,则相争扬帆,却认五湖扁舟。(蔡大鼎《北上杂记·庚辰记事》)

北京街头车水马龙,车马式样众多,一派繁华景象:

康衢日过车马，殆及数十万乘之多，其式不唯有二、四轮之异，而所牵马匹，亦有一口至八九口者，一轮手车亦多，此皆非上海之可比也。古所谓千乘、万乘各国者，洵就地知之也。轿子绝少，盖二、三品以上大员坐之也。（蔡大鼎《北上杂记・庚辰记事》）

还有络绎不绝运煤的骆驼队，保证了北京冬季的取暖问题：

日有骆驼几千匹（闻得是北狄种，不生中国），驮驾石炭，来往京中，强者重骑六百斤，弱者四五百斤。（蔡大鼎《北上杂记・庚辰记事》）

3. 节令习俗

在北京历经的六个寒暑，蔡大鼎对一年四季的生活习俗有着细致的观察和真切的体验：

京俗夏令，除朝冠外，并无戴帽者，小儿亦然。且节届大暑，袜子与腿裤，大人穿着，不待论说，小儿尚有穿之，岂不异哉？至其人家、店铺，都是盖起凉棚，其高二丈许，四面逐日舒卷，午天送风，真避暑乘凉之处所也。（蔡大鼎《北上杂记・庚辰记事》）

节届夏令，人家、店铺都高搭凉棚避暑消夏。

一进入腊月，街头就出现很多写着“书红”、“书春”、“借纸学书”和“点染年华”等招牌写春联的摊子：

年底有多少墨家书卖之，或在客寓，或在街巷，其招牌有“香墨春联”四字，总体古帖而得工夫，不但不顾句本，乃从末句末字始书之也。（蔡大鼎《北上杂记・卖春联记》）

正月初一至十五，络绎不绝的鞭炮声、让人眼花缭乱的冰灯等岁时节俗，更是让琉球使臣们叹为观止：

余入都以来，既过两次元旦，其俗于前夜四更时，不论人家店铺，一概争放喜炮，而声声不断，至天明止。许多炮壳载途，不可胜扫。迨其十五前后，家家户户，悬灯不少，其式样各异，曷胜奇观之至！而有最奇者，以冰造之，不但巧夺天工，而处处星光，遍照四面，令人叹观止焉。（蔡大鼎《北上杂记・庚辰记事》）

4. 休闲娱乐

无论北京还是福州，听戏都是老少咸宜、最喜闻乐见的休闲活动：

又最尚应酬，外省人至，群相邀请，筵宴、听戏，往来馈送，以及挟优饮酒，聚众呼芦[卢]，其费用不少者也。（蔡大鼎《北上杂记・风俗记》）

当场面目别贤奸，听戏高楼兴未阑。莫羡当年飞燕舞，何人不识古长安。（蔡大鼎《北燕游草・听戏》）

都邑戏园不少,每日听戏者(北京呼听戏,福州呼看戏)有数万多人,其报劳钱,每人不过二吊文。国家忌辰皆停止之,夜来演戏者禁,上海地方限以夜戏,福州或有之。(蔡大鼎《北上杂记·风俗记》)

端午的龙舟竞渡则是南中国最普遍的娱乐方式:

北京俗,五月五日,不行龙舟故事。时闻南边行之,故福州龙舟竞渡,不可胜算。

自古本国仿学中朝之制,每岁五月,龙舟竞渡,观者不少,极其闹热。吾离背而来,已历六年于兹,屡有观之竞渡之梦,在京亦然,当京不胜奇之,上年八月初八日夜,又复梦之。(蔡大鼎《北上杂记》)

《琉球国旧记》"爬龙舟"条记载:"俗谚曰:昔有长滨大夫者,曾住那霸西村,今呼其地曰长滨,姓名位传,奉命入闽赴京。已,仿南京龙舟而回来,即五月造舟,竞渡那霸津,以祝太平也。由是每年五月三日乘龙舟者,必着白惟子,以泛于西海云尔。往昔有久米村、那霸、若人、垣花、泉崎、上泊、下泊等爬龙舟数只,今有那霸、久米村、泊村三只也。"可见琉球五月龙舟竞渡习俗学自中国。"爬龙舟"一词的"爬"字,实际上出自福州方言。

及至冬天,乘冰床、着冰鞋在冰面上滑行则是北方人呼朋引伴的一种娱乐消遣活动:

西河沿大街北有城池,其长二三里许,阔二百余步。十一月初旬一概水冻,悠悠长江,如飘玉带。时有冰床(一作船)数百余只,争渡行人。该床四角,而脚底为巧,有五六人坐口,其主或步拉,或坐驾,其迅速过去,却胜车马。至报劳钱,不过一十二文。且为年少者,或二三人,或四五人,于其冰上戏站一脚,以任自去,其相去数十步。其《冰床》诗曰:"十月冰床遍九城,游人曳去一绳轻。风和日暖时端坐,疑在琉璃世界行。"又其《冰鞋》诗曰:"往来冰上走如风,鞋底钢条制造工。跌倒人前成一笑,头南脚北手西东。"(蔡大鼎《北上杂记·庚辰记事》)

此处所引《冰床》、《冰鞋》二诗,都出自清杨静亭的《都门纪略》。入冬以后,溜冰成了北京民众普遍的一种休闲方式,让来自温暖海洋国度的琉球人感到格外新奇。

5. 宗教信仰

在中国,逛庙会既是休闲娱乐,亦是宗教信仰生活的一个重要组成部分,对此琉球使者有不少记录:

西河沿附近有古寺,其上人动,则为人默祷,不舍昼夜,五旬多天,其勤无怠,孰不叹美。世间人所进布施,各有多寡。此时一夜钟声,随断续风而有飘送客寓。(蔡大鼎《北上杂记》)

正阳门内有关帝庙,我辈祈祷国事,每月朔或望日,上庙行之。其布施不过一吊钱,合香烛求签各价算之。每日祷告人等,往来不绝,况于其朔望,殆及数万人之多也。琉璃厂大街北有吕祖庙,其祈祷之事,亦同前由,所有匾额,极其过多。或有妇女献之者,殊可怪之。(蔡大鼎《北上杂记·祷告记》)

除了信徒众多的关帝庙,吕祖庙香火也颇盛,祈签甚验,献匾者极多:

京师神圣重纯阳，吕祖祠开好道场。问事求方香不断，多多匾额亦争光。（蔡大鼎《北燕游草・都门杂咏》）

6. 关于市井繁华的描绘，无论北京，还是福州，南北中国的城市大码头，都有大街小巷，有铺户旅邸，为天下商贸聚汇之所。

又最尚繁华，市廛铺户，妆饰富甲天下，如大栅栏之珠宝市，西河沿、琉璃厂之银楼、缎号，以及茶叶铺、靴铺，皆雕梁画栋，金碧辉煌，令人目迷五色。至肉市、酒饭馆，张灯列烛，猜拳行令，夜夜元宵，非他处可及也。吾在国时，传闻北上奇观，见者难言，听者亦不易信，依稀如登天，然其已然乎哉！（蔡大鼎《北上杂记・风俗记》）

琉球使臣回国述说北京城的繁华，让琉球人羡慕之余，又觉得难以置信，只有身临其境，方才能够真正理解。无独有偶，清代朝鲜燕行使者也有类似的感慨。

琉璃厂商肆主要经营书籍、笔墨纸砚、古玩等，作为深受儒家文化熏陶的传统文人，琉球使臣们自然常常流连于琉璃厂一带，北京城中的琉璃厂有书坊数百间，其经传诗文暨古今书画各帖，皆让琉球人不胜羡慕，所谓诗书万卷圣贤心，正在此处也。

闻得书铺很多，惟儒雅堂、荣华堂，皆胜诸店者也。其一堂开设琉璃厂东门火神庙内，一堂在其东门内路北，影壁对过，门面三间便是。（蔡大鼎《北上杂记・庚辰记事》）

又闻笔墨店铺亦多，最甲他所者，即程五峰以及胡竹溪是也。程氏在梁家园夹道路西，胡氏寓前门外杨梅竹斜街东头路北蕴和店内。凡笔莫如湖北，墨莫如徽州，于是乎，贡使每逢奉和御诗，国王暨使臣例蒙加赏湖笔、徽墨。（蔡大鼎《北上杂记・庚辰记事》）

湖笔、徽墨作为著名的笔墨常常赏赐给附属国君臣，只是这里望文生义，误将“湖笔”当成产自湖北。

眼镜之明，莫强似三山斋，其店在前门外东巷，水晶一镜，不过洋银一圆之价。所有什件，都是不二价，则不便再三商之，此我曾所见知者也。靴子之美，莫如北京，是以外省员役当京回时，购之为贽者多矣。（蔡大鼎《北上杂记・庚辰记事》）

北京眼镜、靴子的质量不仅深深地吸引了外国人，也是中国人进京必购送礼佳品。

7. 医药名品

北京同仁堂药家（此与天津同仁堂异主同号）有灵应痧药，又名兑金丸，江南塘西之姚氏……亦有痧气灵丹，各名虽少异，实皆痧药也。（蔡大鼎《北上杂记・庚辰记事》）

药店同仁堂之设，在正阳门外大栅栏西口路南，其散丸之药，皆甲于京都，而驰名天下者也。育宁堂，亦在其附近，所有汤药之类，无有胜于此者。……若夫两店，则本国人，或见知或闻知，而屡次为之讨论。（蔡大鼎《北上杂记・庚辰记事》）

上述药店，在琉球人中相当著名。琉球人吴继志所撰《质问本草》中，收录有他与中国人关于医药的通信，其中乾隆四十九年(1784)二月上旬“京都同仁堂周之良、邓履仁、吴美山仝具”的两封信表明，包括同仁堂在内的药店，“本国人或见知，或闻知，而屡次为之讨论”。

琉球人由于医疗条件的限制，对中国的医药用品极为重视。北京东华门外菜厂胡同皮赞公的灵宝如意丹、天育堂孙氏的夹纸膏等不仅在我国非常出名，还被琉球人将药方和药店地址不厌其烦地抄录下来，以便后来者寻医问药和返乡馈赠亲友。

> 灵宝如意丹，于一切初起之疮，而有其效，是不消说。每遇热病，尤不可无之。其药方有云：大人服十几丸，小儿四五丸，孕妇勿服。凡药之类，倘经久岁月，则其气有疏，是以节经用以一倍，或其重者，吞下二倍，均有效验。迨已吞之后，即刻吐出，尚无丝毫之妨，乃得瞑眩更好。凡用之者，皆应为之一试。(蔡大鼎《北上杂记·庚辰记事》)

> 都中天育堂孙氏所制夹纸膏，已行试用，最胜他所者也，其店开安定门内，国子监南边路东……然传译通事，统尚其唾纸膏。(蔡大鼎《北上杂记·庚辰记事》)

三、惜粪如金、各勤其业中国人

北中国除了辽阔的土地，给琉球使臣以极大的震撼之外，北中国的人也让琉球使臣印象深刻，“贫者虽多，而大富者不少焉”，“本地人都是高大而肥者，毕竟食麦故也”(蔡大鼎《北上杂记·庚辰记事》)。

1. 有关读书文人、有才艺的画家：

> 尝有善画周棠者，居住京中，其名闻世间，凡画皆工，而牡丹画妙入神也。余辛酉年，请他画成牡丹芝兰各花，当即为之卷轴，高悬大厅，皆有笑开之景况，俾人无不赞美也。时过画店，多有代笔，则其画之为宝也，不问可知。惜哉幽明相隔，竟不能重得其画也。(蔡大鼎《北上杂记·画家周棠记》)

通过近距离的亲身接触，《画家周棠记》为北京的一位民间画家留下了十分富有个性化的生动小传。

2. 勤勉的劳动者：

> 孤篷饱挂一帆风，回首江山夕照红。
> 寄语同年双姊妹，莫教桃李笑春风。
>
> 蔡大鼎《北燕游草·江山船偶题》

“同年双姊妹”，是指江山船上的女子，江山船以浙江桐庐、严州一带居多，她们中年纪轻的被称为“同年妹”，年纪稍长者为“同年嫂”，“同年”系“桐严”方音之讹。另外，蔡大鼎《北燕游草》之《舟中听童子歌》、《江村夜泊》、《佳人摘茶》、《佳人倚楼》、《佳人洗衣》等诗歌分别为北行途中亲眼目睹亲耳所闻勤劳朴实中国人民的真实写照。

北中国各地道路上还有另一常见的景观：

又有拾马粪者，往来不绝，逐去车马，十里之远，拾之如钱。（蔡大鼎《北上杂记·庚辰记事》）

朝鲜燕行使者一踏入中华大地，在使行道路上也常常见到拾马粪者，他们的《燕行录》中多感慨中国人"惜粪如金"的行为，与此恰可互相佐证。

凡所用磁器，遇有损坏，不必投弃，乃叫匠修补得以再用，福州也用之如此，洵可谓恒念物力维艰者也。（蔡大鼎《北上杂记·庚辰记事》）

"磁器"亦即瓷器，补瓷器是当时走街串巷工匠们的绝活，在全国各地都相当普遍，亦曾让朝鲜燕行使者赞叹不已，这些工匠以江西人居多。

作为帝国的政治中心，北京是巨大的消费性城市，以出卖劳动力为生的服务性阶层纷至沓来，有些人在为外国使者服务以后，主人还专门写文褒扬他们的品行：

王氏原系福来客店之伙计，上年六月间，移徙本寓，请他帮手。其为人也，年纪近壮，质而少言，强而多让，未见不恭之心。兼之一年之久，不论夏冬，每日黎明起来，洒扫内外。及其四更时，必有起来，查看厨房埋火，此岂有他哉，煤炭开火不易，恐有泡茶洗脸之妨也。一日一时，尚无有微疴，而能尽其职。至若日买东西，概行公平，而未有损人利己，是以同炊人等，无不叹美，乃除报劳钱若干外，屡有惠之。兹有感搦管，聊旌善行云。（蔡大鼎《北上杂记·佣王氏记》）

《佣王氏记》题记曰："名叙，直隶保定府涞水县人也。"据清光绪时人毕钟沅所辑《北上备览》记载，"福来客店"位于北京前门外的西河沿内。由此文可见，蔡大鼎对王叙的勤谨正直十分欣赏，故而专门留下《佣王氏记》一文。这类对下层劳动人民的细致描摹，为我们了解当时民众的真实生活和个性留下了栩栩如生的资料。

四、赞美中不忘思乡

明清两代均执行"怀柔远人"、"厚往薄来"的方略。福州地方官员热情接待琉球朝贡，对琉球遭风遇难船只关怀备至，抚恤甚优。"于是福州作为琉球国朝贡专港的地位更加稳固，使琉国人将福州视为第二故乡"（林伟功《明清琉球国朝贡与福州》，见《第五届中琉历史关系学术会议论文集》，福州：福建教育出版社，1996 年）。

琉球汉诗文一般具有好奇、颂扬、思乡三部曲，而赞美与思乡是琉球汉诗文的两大主题，由于思乡，常在有意无意的对比中，把福州当做第二故乡。

1. 纵令驿路风光好，还有思乡一片情

自离球阳事远征，英豪萃聚识文明。
纵令驿路风光好，还有思乡一片情。

蔡大鼎《北燕游草·舍馆漫题》

落日衔山客恨长，一堤芳草蝶衣凉。
团圆夜半天边月，照遍他乡又故乡。

蔡大鼎《北燕游草·红花埠》

那堪客子思乡夕，明月依然异地同。

蔡大鼎《北燕游草·泊姑苏驿书怀》

玉斝斟馀忆故乡。

蔡大鼎《北燕游草·酌杭州烧酒》

舍却舟行又陆行，不堪回忆故乡情。
梦醒惊看纱窗月，照向床前分外明。

蔡大鼎《北燕游草·王家营驿即事》

除了诗歌中直抒胸臆思乡以外，霜中之笛、叫卖之声也极易引发思乡之情：

远人寄寓旅邸，时闻霜中之笛，断续声随断续之风，何人不起故园之情？（蔡大鼎《北上杂记》）

寂静凄清的夜晚，悠扬的声音之所以能引发异远游客子的思乡共鸣，蔡大鼎自己在《北上杂记》中给出了详细的答案：

凡担卖人民甚多，或呼物名，或鸣金鼓，或吹箫笙，分别各件，以致发卖之便。而其善呼者，乃使游子之情自然而生，恰听猿声而断愁肠者也。其声竟夕不断，至三四更止。

来自遥远海国的琉球人，所见所思所感的潜意识中，经常以琉球母国为背景来观照中华大地上的气候地理、风俗人情，这也是人之常情。

(1) 风俗民情的相似性观照：

兹稽《都门杂记》，其略有云："京师风俗，最为醇厚，笔难尽述。"余在此多月，果如其所记，不任仰慕之至！且谓大凡国俗之善美，人才之蔚起，皆因皇都之远近，各有分别。至若县城之中，强似城外，其府城、省城亦无不然。因顾本国，均类于彼，则理之当然乎哉！（蔡大鼎《北上杂记·风俗记》）

上引《都门杂记》是清道光二十五年(1845)十一月北京通州人杨静亭编纂出版的《都门纪略》，刊印的目的就是为士子客商提供北京城市生活指南。该书分图、志、传、掌故等几部分，详略得当，影响颇大，在同治、光绪年间屡次增补、刊行，是研究晚清北京地方社会市井生活的重要参考书。从"因顾本国，均类于彼，则理之当然乎哉"可见，蔡大鼎也仔细研读过该书。

凡客寓所在，总设西河沿一带，皆建冲天牌而为其号，外省之召见、引见官员，若客商应试各人等，多有寓此，故一切卖物者，络绎不绝，大概本国之西、东两村一般

> 也。（蔡大鼎《北上杂记·庚辰记事》）

根据潘相《琉球入学见闻录》记载，西、东两村即东门村、西门村，与北门村、南门村一起构成琉球久米的大门村。“四村皆洪武中所赐闽人三十六姓之居，不他徙，故名唐营，亦称营中，后改名唐荣”[①]。明洪武二十五年（1392），朱元璋鉴于琉球孤悬海外，难以与大明保持朝贡关系，除向琉球援助海舟外，另赐“闽人三十六姓善操舟者，令往来朝贡”。闽人三十六姓原是福州水部门外河口一带世代以操舟为业的平民，到达琉球以后居住久米村。凡琉球进贡、接贡、请封、迎封、报丧、谢恩、报倭警、护送飘风难民、庆贺进香等与中国有关的外交事务，皆由三十六姓的后裔——久米村人担任。因此，西门村和东门村，也就成了人流量颇大、熙熙攘攘的场所，这一点与北京西河沿一带相似。清毕钟沅《北上备览》[②]编纂时间与蔡大鼎北京生活时期大致相同，该书就记载了北京西河沿一带的高升店、福升店、同升店等数十家客寓。

除了北京前门外西河沿一带的客店较多与琉球久米的东、西二村相似以外，由于饮用水质问题，“买甜水”是北京和琉球久米的又一相似之处：

> 都中井水味咸，故人家、店铺所饮清水，皆买而为用，不但多有水店而已，其马车、手车不可胜算，即如本国西、东两村，买用落平甜水，其卖舟亦不少，论其价钱，稍有差焉。（蔡大鼎《北上杂记·庚辰记事》）

琉球在征歌度曲方面也完全学习北京风尚：

> 昨夜邻家有数人唱曲者，其曲中腔口，似乎本乡所唱者。向在福州，未尝听见其腔，当经倾耳听之，而会其趣，仿佛如身在故乡，因知本乡所习者，皆北燕之腔也。（蔡大鼎《北上杂记·庚辰记事》）

（2）地理气候的对比性观照：

> 燕都十月节水始冰，是与宪书正符，小雪节下雪最小，大雪节其雪甚大，宜乎名以大、小也。自此至立春节，皆有雪无雨。惟本年二月春分前二日得雪，而就地立消。至小寒、大寒各节，亦其小、大字样，与彼颇同。谅其余节气都合宪书。再凌寒最难，避暑不易，然暑气不胜本国也。（蔡大鼎《北上杂记·庚辰记事》）

蔡大鼎详细说明了北京一年中的气候变化基本与二十四节气相吻合，琉球与此则相差甚远。

> 都邑草少，本国甚多，至其萌动，亦有迟速，盖北、东各方寒暖不均之所由致也。（蔡大鼎《北上杂记·庚辰记事》）

气候差异除引发北京与琉球植被的多寡、萌动的迟速有所不同外，还会带来身体上的种种不适，为此，蔡大鼎专门介绍了发病缘由以及调治的药方：

---

① （清）潘相《琉球入学见闻录》，清乾隆二十九年（1764）刊本。

② （清）萍踪客毕钟沅辑《北上备览》，清光绪十四年（1888）仲冬鸿宝斋西法石印。

凡外省仕商，寓居京都者，多有咳嗽吐痰，二三月间，必有如疥疮者生于手足脸面，虽其土人，间有生之者在焉。或曰：如此者无他，不用柴把，专用石灰故也。化痰各药，不可不服，其药大抵杏仁粉、八珍粉、海带菜也。（蔡大鼎《北上杂记·庚辰记事》）

至于春夏秋冬引起家居生活不便的虫子，蔡大鼎也进行了耐心的比较：

夏天蝇子最多，不胜恶之。小暑、大暑各节更多。故人家户口，垂帘防之。蚊子稀少，蜘蛛、蜈蚣亦少，蚊子乏从本国，秋夕蝙蝠居多，萤火壁虎，均是绝少。（蔡大鼎《北上杂记·庚辰记事》）

2. 错认榕城是故乡

蔡大鼎作为久米村华裔，一度进北京，两度拜进贡存留通事，在柔远驿居住多年，他把福州视为"第二故乡"，与馆驿结下不解之缘，留下13首诗，1篇文。《驿楼梦醒即事七首》与杜甫《梦李白二首》同为记梦诗，但各不相同。杜诗以"初梦"、"频梦"建构，蔡诗七首，五次点到"梦"："梦里"、"梦后"、"短梦难成"、"惊梦"、"惊梦"，且以乡愁纵贯全诗。

"柔远驿"原意是"优待远人，以示朝廷怀柔之至"。福州地方官员对琉球朝贡人员十分关怀，对他们居处之柔远驿饬工拨款修缮。"清同治十一年（1872）始由福州南台海防分府'禀奉大宪筹款兴修'"（林精华《闽海史韵》，厦门：国际华文出版社，2005年）。琉球驻榕官员包括蔡大鼎在内主动捐资修缮，见出他们爱驿如家。另一方面，从清同治十一年官方严禁当地百姓骚扰柔远驿的碑文，见出地方政府对琉国朝贡人员的保护（林伟功《明清琉球国朝贡与福州》，《第五届中琉历史关系学术会议论文集》，福州：福建教育出版社，1996年）。

《过榕城》诗云："东西旗鼓添诗思，翘首乌峰一抹云。"北宋治平年间，福州太守张伯守提倡植榕树，20年后，呈现一派"绿荫满城，暑不张盖"的景象。后由于历代广植榕树，更使绿榕满城，因此福州别称"榕城"（刘大治等著《福州掌故》，福州：福建人民出版社，1998年）。蔡大鼎点出"东西旗鼓"。鼓山山巅如鼓，耸峙福州之东；旗山则雄踞西侧，山巅如展旗之状，可谓旗鼓相当（刘大治等著《福州掌故》，福州：福建人民出版社，1998年）。

琉球汉诗人们常常"错认榕城是故乡"（蔡铎《观光堂游草·重游西湖有怀陈昌其先生即用其送别韵》）。

久客他乡即故乡，并州风景似咸阳。
……
祇因更宿燕台下，回首闽南一断肠。

程顺则《雪堂燕游草·再寄杨丹岩》

多少风光广见闻，有山有水有人文。
东西旗鼓添诗思，翘首乌峰一抹云。

蔡大鼎《闽山游草·过榕城》

自唐宋以来，福州城内遍植榕树，故称"榕城"，亦曰"榕垣"。东、西旗鼓山和翘首乌峰，都是福州境内的名山。"多少风光广见闻，有山有水有人文"。盛赞福州山水风光旖旋，人文景观让人开阔眼界。提及故园之思，琉球汉诗人们常常“榕垣、球阳”并举，“球阳”即是琉球，“榕垣”也就是福州。

既离桑梓几时还，檐燕营巢意自闲。
夜雨灯昏惟对影，乡心随雁过三山。

蔡大鼎《北燕游草·旅怀十首》之五

此处的“三山”，亦系福州之代称。

把福州视为第二故乡，眼中之景、心中之情不由自主会以福州的山水地理、风土人情为参照物。

(1) 水土地形之不同

余留京师已久，不啻风俗之美，而路上行人，未见癞者，则地灵人杰，亦不言可知。(蔡大鼎《北上杂记·庚辰记事》)

“癞”是福州自明代以来，颇为顽固的地方病之一，因此它的地讳是“癞”。蔡大鼎此处对北京的赞美，潜意识里显然是以福州为参照的。

不像在八闽大地举目皆是山，进入一望无垠的华北平原，尤其在麦子成熟收获的季节，太阳和月亮简直让琉球人觉得浪漫得是从麦浪中东升西落。

至其地方，四面皆平，其广几千余里，及麦秋也，日月出入，疑在其中。(蔡大鼎《北上杂记·庚辰记事》)

夫其为俗也，一切器具，不论巨细，总尚坚固，成衣之类，亦无不如此。至其水土，比较福州稍好，专山岭无几，岚气亦乏故也。(蔡大鼎《北上杂记·庚辰记事》)

蔡大鼎对北京的整体印象颇好，此处赞美北京的器具、成衣、水土等明显又是以福州为背景进行比较。

(2) 建筑材料之不同

大街小巷，一切人家店铺，强半以茅结构，五鼓经过时，有景色可比者，即所谓“鸡声茅店月，人迹板桥霜”是也。自福州至浙江，所过村落并不见茅屋。(蔡大鼎《北上杂记·庚辰记事》)

“鸡声茅店月，人迹板桥霜”，是温庭筠《商山早行》中早被众口传诵的唐诗名句，也是北中国清冷早晨最常见的自然景观。初次行经，蔡大鼎明显注意到它与长江以南村落建筑的不同——茅屋。

除了屋顶是以茅结构以外，蔡大鼎还注意到，北方的石头极少：

直隶、山东皆出石无几，故用砖瓦，而为人家之围，城郭亦筑以之，其厚且坚，无不类石。(蔡大鼎《北上杂记·庚辰记事》)

(3) 动植物之不同

燕都土性，最宜于杨柳，犹福州之榕树，其至大者，殆及三尺余寸之径。至置用

之器具，不论巨细皆造，以其木板凌霄直干，亦如球阳之青松也。（蔡大鼎《北上杂记·庚辰记事》）

“球阳”亦是琉球的代称。北京以及广大北方地区的水土都适合栽种杨树和柳树，就像榕树适宜生活在福州一样。杨柳除了外形美观让人赏心悦目以外，笔直的树干还和琉球的松树一样可以制造多种多样的器具。

人家畜鸠（京人谓之为鸽子）不计其数，统将鸣器，巧结于其尾间……福州亦多畜之。（蔡大鼎《北上杂记·庚辰记事》）

福州与北京一样，也有养鸽子、放鸽子的风习。

驴、骡二畜，往返之多，不计其灵敏。驴是似马长耳，身小力强，其大如马半身，骑之迅走，其声不欲闻。（其阳物，俗名驴鞭，即生子之良药也。）骡是驴父马母，其耳目似驴，余皆似马稍大。该二畜性好平地，绝嫌崎岖，故在福州见之无几。（蔡大鼎《北上杂记·庚辰记事》）

驴、骡两种牲畜性习平原，在福州则所见不多，蔡大鼎详细描述了二畜的体型外貌和生活习性。

南北气候的差异致使北京和福建家畜的种类也大不相同：

京人多凌寒气，至狗与猫亦无不然，而狗子或在雪中相戏为快。该狗甚大，在福州未见之，疑是北狗种。（蔡大鼎《北上杂记·庚辰记事》）

（4）生活习俗之不同

直隶顺天府有皇城，其内有大兴、宛平两县，就替福建福州府有省城，其内有闽县、侯官县一样的。兹稽余省，大概亦如其制。（蔡大鼎《北上杂记·京中两县记》）

文中的“就替”，在福州方言里即是“就像”的意思。蔡大鼎《北上杂记·贡举记》、《北上杂记·钦定中额记》等文在论述清代科举考试的时候，特别留意福建的“会试中式者”。

对日常生活细节的敏锐感知和细致观察，为我们了解当时福州和北方生活的差异提供了第一手资料，譬如：

刻闻都门无有粪价，福州有之。所以如此不同者无他，其离农家，按程计里，约有二三十里之远，倘收纳其价，则农夫有劳无利，不但买之无人，却有不便人家。（蔡大鼎《北上杂记·庚辰记事》）

本所人民统不挂帐子，谅必蚊子无几。福州甚多且大，其害亦重，倘或不挂之，则睡不得，遂染患疾病。故于夜时，驱除净尽，方得安睡，唯其声之可恶，不可形容。至其蝇子，岂非其次哉。（蔡大鼎《北上杂记·庚辰记事》）

剃头工钱（又曰薙发，又曰剃头）官民有差，余准给一吊文，打辫以其半，修指甲亦无不相类，报之以四百文，与福州有甚异哉。（蔡大鼎《北上杂记·庚辰记事》）

饮食方面，亦处处提到福州，处处以福州的有无、多寡、味道好坏相类比。

> 前门有春椒，即所研末者也，风味甚好，强似本国番椒，予动有肚不顺及大便不实者，每食和之，渐得顺适，可云良药。向在福州，未尝见之。（蔡大鼎《北上杂记·庚辰记事》）

> 佛手菜味好，其形似佛手柑，其大亦如之，福州绝少。于是乎，其人京回时，购之为贽者多。天津有咸菜，其味最美，似福州十锦菜，而有甜咸之殊焉。（蔡大鼎《北上杂记·庚辰记事》）

自明洪武二十五年(1392)，朱元璋赐予琉球"闽人三十六姓善操舟者，令往来朝贡"，琉球与中国的政治、经济、文化等外交事务，皆是由三十六姓的后裔来担任。闽人三十六姓原来主要居住在福州水部门外河口一带，世代以操舟为业，迁徙琉球以后居住的久米村，又被称为"唐营"、"唐荣"。

从琉球那霸港出发，福州是琉球国人登陆中国的第一站，因此福州建有琉球馆，以办理进贡、接贡、请封、迎封、报丧、谢恩、报倭警、护送飘风难民、庆贺进香、官生留学等事项，勤学生们则直接居住琉球馆开始百业的学习。

一些不幸病死福州的琉球人就地葬于福州。福州仓山区的白泉庵、陈坑山、鳌头凤岭、张坑山(今长安山)等地，是清代琉球人在福州的主要丛葬区之一。琉球人向当地山主买地立约，用来安葬病逝的亲人。

> 现今弟有拜托林老先生者，先生与弟，海天悬隔，虽未面见，捧见先生所出坟契，其心可知。……伏乞林老先生，洞察所出坟契，小心看守先父嘉桐墓，不得使人占葬界内，致伤风水，则深戴再造之恩。（蔡大鼎另代作有《续钦思堂集·寄托守墓华人林廷辉启》）

正是因为这一点，这些福州移民的后裔，他们与福州的关系极为密切，往往将福州当作自己的第二故乡。也正是在这种背景下，琉球使臣在描述北京风土人情时，时时刻刻会以数千里以外的福州为参照物。

第二节　从《东游草》与西游草之比较看琉球对中华文化的皈依

笔者对琉球使节出使日本所作的《东游草》，与大致同一时期西行出使清朝创作的《执圭堂诗草》、《观光堂游草》、《雪堂燕游草》、《北燕游草》等汉诗集进行对比分析后发现，琉球作为大洋中求生存的小邦，在两属以后依然保持着鲜明的国家意识和炽热的爱国情怀。

无论是西行还是东游，琉球使节写作的《舍馆漫题》(《北燕游草》)、《恭拜文庙》(《东游草》)等诗歌，明显传递出琉球对中华文化的皈依之情及认同之感。这些汉诗无论是用中华景物比拟日本景色，还是出使日本时不忘赞扬中华文化，以及萨摩官僚文人对汉诗文的认可和对琉球使节汉诗文成就的赞赏，都说明了琉球汉文学在东亚文化圈中的重要地位。

一、琉球汉诗中的《东游草》

《东游草》①为琉球贺庆正使尚元鲁、仪卫正郑元伟、乐师魏学贤日本天保十三年即道光二十二年壬寅(1842)出使日本时所作，卷之上 55 首为琉球正议大夫郑元伟著，卷之中 90 首为琉球唐荣乐师魏学贤著，卷之下 57 首为琉球贺庆正使摄政尚元鲁著。共三卷，选录 202 首琉球汉诗。该诗集首版由日本萨摩两位文人鲛岛玄雾和黑田恒校，据鲛岛玄雾日本天保十四年即清道光二十三年癸卯序云："天保壬寅之冬，中山贺庆使从我公驾来于江府。余亦扈从而在江府，与正使尚元鲁、仪卫正郑元伟、乐师魏学贤缔交深矣。……三子为江府一阅月，将归国，临别各出一小册子，曰是皆东游途中之所获，吾辈钓鱼图也，之以赠子，别后读之，则虽别犹不别矣。余笑而领之。适以此，语之储君麟洲公，麟洲公素好文海之游深矣，以同好相喜之故，辄命余曰：'汝寿之梓以成彼曹美焉。'"

琉球使节出使萨摩的《东游草》，与大致同一时期西行出使清朝的《执圭堂诗草》②、《观光堂游草》③、《雪堂燕游草》④、《北燕游草》⑤等，都是琉球使节出使纪行诗，"以真性情为真文章，追太史工部风"(陈元辅《雪堂燕游草序》)，是实录也是游记，"字字清新堪作云山实录"(陈元辅《执圭堂诗草序》)。因此，都贯以游草之名。当然，这些游草并非是个人游记，"持节非同汗漫游"(《北燕游草·过马岚桥》)，而是带着政治使命观光的记录。由于《执圭堂诗草》、《观光堂游草》、《雪堂燕游草》、《北燕游草》等都是出使大清时写作的，为了与出使萨摩的《东游草》进行对比分析的方便，笔者在此统称它们为西游草。

曾益《执圭堂诗草》14 首汉诗，陈元辅康熙二十八年己巳(1689)序云："尤长于诗，蚤

---

① (日)高津孝、陈捷主编《琉球王国汉文文献集成》第 30 册，上海：复旦大学出版社，2013 年。第 249—391 页。本文所引《东游草》诗及序皆出自该版本，诗歌数量笔者亦据此统计。

② (日)高津孝、陈捷主编《琉球王国汉文文献集成》第 30 册《中山诗文集》之《执圭堂诗草》，上海：复旦大学出版社，2013 年。第 47—55 页。本文所引《执圭堂诗草》诗及序皆出自该版本，诗歌数量笔者亦据此统计。

③ (日)高津孝、陈捷主编《琉球王国汉文文献集成》第 30 册《中山诗文集》之《观光堂游草》，上海：复旦大学出版社，2013 年。第 57—74 页。本文所引《观光堂游草》诗及序皆出自该版本，诗歌数量笔者亦据此统计。

④ (日)高津孝、陈捷主编《琉球王国汉文文献集成》第 30 册《中山诗文集》之《雪堂燕游草》，上海：复旦大学出版社，2013 年。第 89—138 页。本文所引《雪堂燕游草》诗及序皆出自该版本，诗歌数量笔者亦据此统计。

⑤ (日)高津孝、陈捷主编《琉球王国汉文文献集成》第 28 册，上海：复旦大学出版社，2013 年。第 159—319 页。本文所引《北燕游草》诗及序皆出自该版本，诗歌数量笔者亦据此统计。

岁登仕籍，以陪贰来闽者屡矣。勤劳鞅掌不辱君命……晋秩正议大夫。丁卯冬梯航耒贡税驾琼河，与余修缟纻之欢……”据陈序可知，曾益字虞臣，康熙二十六年丁卯，曾益以正议大夫出使清朝时著《执圭堂诗草》。

蔡铎《观光堂游草》有29首汉诗，据陈元辅康熙二十九年庚午(1690)序云：

> 忆昔中山梁子得济从余游时，每啧啧称其妇翁蔡声亭宏才伟抱，博学多识，余心窃向往之。戊辰冬，声亭以正议大夫奉贡来闽，与余一见如旧……因得悉其早岁登仕籍，理烦治剧，栉风沐雨，有勋劳于国，国人敬惮之。盖声亭之操心严而处事决，且虚心接物，下士礼贤，其天性然也。今春自都门旋出游草示余……今读声亭诗缠绵悱恻，一往情深，经营惨淡，出以风雅殆兼之矣。

蔡铎，字声亭，康熙二十七年戊辰以正议大夫来贡时作《观光堂游草》。

程顺则《雪堂燕游草》81首汉诗，据琉球紫金大夫蔡铎《雪堂燕游草序》：“独程子宠文为独异，少聪颖，长复嗜古。前后三至闽两入都，虽王事鞅掌而执经问业寒暑弗辍，且虚衷取友，更多结纳。以故榕城知名士咸乐与之游，即翰苑巨公，旗门儒将，亦靡不刮目。得李杜沈宋之奥，尤擅四声。丁丑奉使抵京，戊寅返棹，归国著有燕游草八十余篇，叙契阔后，即出以示余，更属以序。”以及康熙二十二年癸亥(1683)册封琉球副使林麟焻《雪堂燕游草序》：“康熙癸亥岁，予奉天子命册封琉球。……都通事程子宠文时方髫龄，亦在就正之列，今相距十六年，充彼国贡使入觐天朝。使旋裒其道里往来著《雪堂燕游草》一卷介榕城人请序于予……观程子之诗知其为人洵不愧彼所谓豪杰之士矣，异日有操选柄若钱牧斋先生其人者，采风谣备职方外纪，吾知必首登程子之诗也。”可知，《雪堂燕游草》为程顺则康熙三十六年丁丑以都通事充贡使时所作。

蔡大鼎《北燕游草》318首汉诗，其后蔡大鼎自记云：“同治十一年，岁次壬申，十一月二十七日自闽启程，癸酉年三月初六日入都，其日数凡九十七日。留都凡七十三日。贡务完竣，五月二十一日自都启程，七月十九日回闽，时有闰六月。其日数凡八十八日。以上其计二百五十八日，往来水陆诗稿，悉载此集，计三百十八首。”

琉球使节出使日本时所作的《东游草》与西行出使清朝的《执圭堂诗草》、《观光堂游草》、《雪堂燕游草》、《北燕游草》等同处于清王朝藩属时期，出使目的都是为了事大交邻，使节身份也基本相同，这就为对东、西游草进行比较提供了可比性。通过对比东、西行游草，可以从细微处体察琉球使节出使过程中的不同心态及其深层文化心理。当然，自1609年琉球被日本萨摩藩入侵控制之后，琉球使臣东、西方出使的游草肯定还有很多①，虽然至今能够目验的已经不多，但通过对存留文献的蠡测仍能够从中发现一些深刻的问题。

① 据王登瀛《四本堂诗集序》，琉球官生蔡文溥父蔡应瑞(字祚庵)以正议大夫出使大清，著有《五云堂游草》，见(日)高津孝、陈捷主编《琉球王国汉文文献集成》第29册《四本堂诗集》，上海：复旦大学出版社，2013年。蔡应瑞《五云堂游草》目前已经不能目验，东游草散佚的也不在少数。

二、事大外交中的不同情怀

1. 事大交邻背景下的不同出使目的

同样是事大，对比《东游草》，西游草明确表明西游的目的是朝宗，西游草慕华的愿望十分强烈，琉球紫金大夫蔡铎在《北燕游草序》中对此进行了详细的说明。

> 今读宪文（笔者注：《雪堂燕游草》作者程顺则字）诗，抑何忠孝之思深，师友之情笃，山川之兴长，无一不挥洒于楮上。且风流蕴藉大得唐人微旨，令予反复讽咏不觉曩日所过之地，其风景犹宛然在目也。然后知日月照之，舟车至之之乡皆可学而知贤哉。

"日月照之，舟车至之之乡皆可学而知贤哉"，西游草对这句话进行了生动的诠释，《执圭堂诗草·惠泉》："小臣欲制长生酒，捧作天朝万寿觞。"《雪堂燕游草·渡黄河》："黄河秋色满，喜是大清时。……东溟思献雉，涉此敢云疲。"如果说以惠泉之水酿制美酒，祝天朝万寿以及东溟跋涉万里来献雉，琉球的朝宗之心可对日月，那么，无论是"万国衣冠集凤池"（《观光堂游草·候朝》）、"万国梯航戴泽深"（《北燕游草·江苏抚台赐宴感赋》）、"争先朝贡古燕中"（《北燕游草·望忠义寺》），还是"万里输诚觐至尊"（《北燕游草·钦颁暇器因感赋此》）、"海不扬波泰运昌，梯航荒服仰龙光"（《北燕游草·恭庆贺万寿圣节》），都描绘了藩属国崇仰大清、争先恐后膜拜学习的心境。

慕华是为了朝宗，"北新关上朝宗客，鹢首乘风影动摇"（《北燕游草·太平船偶题》）、"惜我朝宗东海客，掩留无计发狂吟"（《北燕游草·马岚驿》）；是为了学习先进文化，"自离球阳事远征，英豪萃聚识文明"，程顺则在《北燕游草·舍馆漫题》中明确说明了出使中华的目的。琉球紫金大夫蔡铎同样在《北燕游草序》中对这种文化朝宗现象进行了解说："中山僻处东滨，孤悬于扶桑之表，自受天朝封典以来，沐浴于文教者深，故人皆知学且奏允陪臣子弟入成均读书，迄今国人有所观感悉蒸蒸向化。"《东游草》三卷可能出于顾忌，没有明显流露出对出使国日本的态度。

2. 对中华的不同情感

同样是事大，对照《东游草》，西游草明白表达了对中华的依恋之情、认同之感。虽然都由于赐宴赏赐感激柔远之意："九重传旨宴中山，柔远恩深礼法宽。"（《雪堂燕游草·赐宴春宫》）"鸿胪高唱午门开，币帛鲜新簇帝台。花织一枝梭几转，丝牵五色络千回。黄金榜映云霞灿，赤羽旗飘锦绣堆。东海君臣何以报，承恩竞捧出蓬莱。"（《雪堂燕游草·午门颁币》）"万里输诚觐至尊，得邀赐予荷天恩。声名洋溢周寰宇，更沛余波及外藩。"（《北燕游草·钦颁暇器因感赋此》）"跪请圣安午门前，慰问我王咫尺天。捧出龙章五色烟，蜀锦锡赉百与千。……怀柔万邦紫诏宣……"（《北燕游草·出京歌》）

但西游草表达了从希望雨露均沾，"自是圣朝饶雨露"（《执圭堂诗草·台江发棹》）、"朝天画舫发琼河，北望京华雨露多"（《雪堂燕游草·琼河发棹》）、"但愿圣明长作睹，共沾雨露返轻舠"（《观光堂游草·赐宴》）、"万国衣冠入帝城，均沾雨露列蓬瀛"（《北燕游草・到四译馆》),到对中华的依恋之情:"金勒丝缰白玉鞍,天书高捧出长安。中原锦绣山川丽,江北江南立马看。"(《雪堂燕游草・出都》),认同之感:"玉斝斟馀忆故乡。"(《雪堂燕游草・酌杭州烧酒》)甚至把榕城即福州当作自己的第二故乡来怀念:"错认榕城是故乡。"(《观光堂游草・重游西湖有怀陈昌其先生即用其送别韵》)"久客他乡即故乡,并州风景似咸阳。……祇因更宿燕台下,回首闽南一断肠。"(《雪堂燕游草・再寄杨丹岩》)

《东游草》三卷,郑元伟、魏学贤、尚元鲁三位使臣均用诗歌感激了此次出使萨摩每一次宴请的柔远之意,特别是卷之中,魏学贤诗歌记载得最为详细,这从诗题即可见出:《七月初一日仰瞻君公》、《初四日献膳》、《初九日赐宴并赏御能恭纪》、《十九日召入二丸殿赏苑并试席书纪喜》、《廿三日召入矶园赐宴并看烟火》、《廿九日再召入矶园赐宴并命走马恭纪》、《客中中秋恭蒙王子尚大人召入本殿赏月》、《蒙公命召入外庭赏花恭纪一律》。但是,细读《东游草》的这类诗歌,总让人感觉是筵席上的应酬之作,缺乏感情的深度和浓度。例如,《东游草》卷之上郑元伟《伏见别殿书怀》:"晴朝谒入五云中,殿阁嵯峨接碧空。……四海大平饶乐事,远人诗兴托征鸿。"再如,卷之下尚元鲁《再蒙恩命召入矶殿赐宴并看烟火》:"异数频颁偏惠我,雅诗还欲咏承筐。"《蒙恩命召入外庭赏苑并赐酒宴恭纪一律》:"上国景物最清幽。"这与出使清朝所表达的依恋认同情感是一种鲜明的对照。

3. 勤劳王事、忠心报主理想下的不同情怀

东、西游草均有表现忠心报主以及通过拜祭勤劳王事而没之人表达精白一心的篇章。

西游草表达勤劳王事的诗章不胜枚举:"封章何日上长安。祇因一念勤王事,卧听江城玉漏残。"(《雪堂燕游草・不寐次毛吉云先生韵》)"尽瘁皇华又一年……回顾天涯万感牵。"(《北燕游草・道中口号》)"五更鼓角束行装,银汉疏星尚有光。都为皇华膺使命,任他零露湿衣裳。"(《北燕游草・驿亭早起》)

此类诗歌在《东游草》也不在少数:"涉险一生忠信仗……少小便存宗悫志,壮怀到此更难消。"(《东游草》卷之上《兵库发舟》)"兹晨万国正朝王,犹自儒臣寄异乡。"(《东游草》卷之中《客中元旦》三首其一)

"一番忽触伤心事,闻说球人埋此中"(《东游草》卷之中《其二志感》)。出使途中,触景生情,感念因勤劳王事而没之人的诗篇在东、西游草中也同样为数甚多。譬如,感慨蔡修、梁文弼远没他乡:"江山远隔三千里……王事勤劳人已没。"(《东游草》卷之上《宿川内驿见蔡修书有感》)《东游草》卷之中还有《宿大小路□楼偶见同乡仪卫正蔡修书感题》、《梁文弼墓烧香》、《蔡修墓烧香》。

西游草中,如《北燕游草》既有拜祭已故都通事和留华官生的《王家营彤华宫后有都通官大岭亲云上文英郑公墓余随贡使拈香作诗吊之》、《忆故官生葛林毛三位》,还有哀悼此次出使仅相交数月的随从人员的诗篇《吊耳目管从人屋富祖》等。

《雪堂燕游草》中的《姑苏省墓》二首分别被选入《皇清诗选》和《晚晴簃诗汇》,成为程顺则的代表作,其小序和诗如下:

先君讳泰祚,号景阳,为中山世臣,勤劳王事,精白一心。癸丑十月护贡进京,甲

寅五月回至江南。闻闽变，道梗留滞姑苏，家国忧心，奄奄病笃。

劳劳王事饱艰辛，赢得荒碑记故臣。万里海天生死隔，一时父子梦魂亲。山花遥映啼鹃血，野蔓犹牵过马身。依恋孤坟频恸哭，路傍樵客亦沾巾。（其二）

程顺则血泪迸发地记载了父亲程泰祚的鞠躬尽瘁死而后已和自己对父亲刻骨铭心的追思。

西游草天涯鞅掌中多有一种自豪之感，而《东游草》中则多有归隐之意、身如飘萍之感。西游草无论是“三载离家一剑孤……劳臣敢作穷途恨……椒花偏向他乡颂，鞅掌年年笑老夫”（《执圭堂诗草·清湖除夕》），还是“天涯鞅掌问如何，衹为君恩受最多”（《观光堂游草·渡黄河》），朝清的使者们均有一种自豪之感。在自豪的同时想到肩负国家重任，不自觉忧心家国，感觉自身责任重大：“偏照劳臣一苇间。……敢忘君命重如山。……终日风尘两鬓斑。……且将杯酒破愁颜。”（《观光堂游草·邗关泛月》）“去年曾到江天寺，今日重来马齿加。……风尘满目孤臣泪，王事忧心两鬓华。此际登临频怅望，不知何以谢寒鸦。”（《观光堂游草·重游江天寺是日初度》）“劳臣何日卸征鞍，家国忧心彻夜寒。”（《观光堂游草·喜接家书》）

西游草感觉出使事关国家命运，面对中华壮丽山河，不禁有身如一叶扁舟之感：“他乡聊复颂椒花……身如一叶寄中华。……江上谁人不忆家。此夜正多乡国梦……”（《观光堂游草·北新关除夕》）“臣身轻似叶，君命重如山。万里神京向，何辞更出关。”（《执圭堂诗草·过黯淡滩》）“最是孤臣身似叶。”（《执圭堂诗草·枫桥夜泛》）蜉蝣于天地间，个人是渺小的，是沧海一粟。由于江河的深邃，令人畏惧，再加上乘舟，更会有一叶扁舟之感。

比较起来，《东游草》在记载勤劳王事的同时，则更多流露出人生归隐之意。比如：“碧海青山几万重，还来明石寄萍踪。……梓里关情劳梦想……何时归去田园乐，三径犹存菊与松。”（《东游草》卷之上《明石维舟》）对比程顺则《北燕游草·西子湖感事》：“难将东海劳臣意，说与栽梅处士知。”东、西游草表达了两种不同的志趣。

除了王事完成之后的隐逸之乐，《东游草》还有身如飘萍之感，譬如郑元伟在《东游草》卷之上连续表达了出使途中的这种感觉：“年来翻笑飘蓬甚，鬓发萧萧渐染霜。”（《东游草》卷之上《舟中话旅情》）“自笑霜鬓劳跋涉，漂流不异楚江萍。”（《东游草》卷之上《上关维舟》）“萍踪飘散旅情悠。”（《东游草》卷之上《泊寄津》）

三、异国美景视域下的不同观感

1. 近似的山水风光使《东游草》称如画的日本景致为仙境，但波光如画的琉璃美景更易惹起乡愁。

《东游草》以大量的诗篇描绘了日本美不胜收、风景如画的山水，如“山似画屏波似镜”（《东游草》卷之中《片浦系舟》二首其一），“江城如画映波光”（《东游草》卷之上《望平户江城》），“轻舟暂泊画图中”（《东游草》卷之上《深崛维舟》）。如画的风景其实画图难传，“米家老笔写难传”（《东游草》卷之下《船上眺景》二首其一），“淡色浓光画亦难”（《东游草》卷之上《题富士山》四首其三)。

日本的山光水色与琉球有相似之处,再加之,琉球去日本较中华大陆近,所以使节们一踏入日本领土,感觉像进入了仙境、桃源,"重来仙域先怀旧"(《东游草》卷之上《泊坊津》),"名山自昔驻仙踪"(《东游草》卷之上《白石系舟》),"人烟潇洒讶桃源"(《东游草》卷之中《下关》)。所过之景、停桡泊舟之处,水天一色,如琉璃般玲珑,"仙境琉璃景自清"(《东游草》卷之上《题樱岛》二首其二),"四面琉璃绝点埃"(《东游草》卷之上《避暑水云庵》),"山光水色共玲珑"(《东游草》卷之上《泊富冈》)。

相似的山水、如画的境界更易引发使臣们不尽的乡愁,因此,《东游草》一般前半写美景后半记乡思:"云注岩腰浑似画……兴酣翻觉间愁起。"(《东游草》卷之上《望湖堂》)"山河皆似画……异乡殊惹恨,胜概确多情。"(《东游草》卷之上《伏见起程至东武途中口占十六韵》)

虽然东、西游草都是出于政治目的的游览纪行诗,都有大量的思乡怀人之作,但郑元伟、魏学贤、尚元鲁的二百多首《东游草》大多为单纯写景思乡,较少像西游草那样把乡愁与天涯鞅掌的使命感相连系起来。

2. 西游草写出了见到梦寐以求中华景物的感受,更多地刻画了登临时俯仰遗迹、流连吊古的万千感慨。

西游使节们终于见到了梦寐以求的中华风景,难掩兴奋之情:"曾梦江南好。"(《执圭堂诗草·游虎丘》)"曾传西子湖中胜,今日来游见所闻。"(《观光堂游草·游西湖》二首)"风光第一古来传,湖上游观忆昔年。"(《北燕游草·游西湖》)这类诗歌大多采取先写见到梦想之景的欣喜,然后根据现实之景抒发思古之幽思。

"若不观光来上国,如何孤棹渡黄河。源头本自从天外,禹迹千年不可磨"(《北燕游草·渡黄河》)。没有出使来华,想象中国很难变成眼前现实之景。

即使由于道里阻隔等原因,朝京路线改道,对于没有亲见之历史遗迹,也不忘用"拟过"补题,如蔡大鼎《北燕游草》之《拟过董仲舒故里》、《拟过石门》、《拟过桃园》、《拟过卢沟桥》。

西游草还描绘了登临时的万千感慨,林麟焻和陈元辅分别对西游草众多登临类作品的成就进行了高度评价。

> 都通事程子宠文……充彼国贡使入觐天朝。使旋,哀其道里往来,著《雪堂燕游草》一卷,介榕城人请序于予。予受而阅之,见其集中所载……至其登临赠答,俯仰陈迹,流连吊古有慷慨悲歌之致,则又思如泉涌,笔若涛飞,秀句得江山之助也。(林麟焻《雪堂燕游草序》)

> 程子攻诗有年,为中山之秀,今复得睹九重宫阙之巍峨,以及大江南北湖山林麓城邑亭台之壮丽,以真性情为真文章,追太史工部风,予窃有望焉。(陈元辅《雪堂燕游草序》)

登临使秀句得江山之助,可以"以真性情为真文章",故西游草中多登临之作,这些登临之作不仅内容丰富，而且成就颇高。

西游草中的登临之作，主要有以下三个主题：

首先是登临咏史怀古，如《执圭堂诗草·游金山寺》："见说南朝多胜概，欲从此处访崆峒。"再有《执圭堂诗草·苏台怀古》、《观光堂游草·游江天寺》（旧名《金山圣驾南巡更名江天寺》），均写景阔大。

其次是登临思乡怀友，如过天险仙霞岭时的思乡："乡园缥缈浮云向"（《观光堂游草·过仙霞岭》）"过此仍为闽峤客，不堪闻雁更思家。"（《雪堂燕游草·仙霞岭观梅》）有时登临怀友，如《雪堂燕游草·再寄杨丹岩》："九秋听雁登高阁……"

最后是登临慨叹岁月流逝，如："去年曾到江天寺，今日重来马齿加。……风尘满目孤臣泪，王事忧心两鬓华。此际登临频怅望，不知何以谢寒鸦。"（《观光堂游草·重游江天寺是日初度》）

四、东西游草对中华文化的态度

虽然东西游草有上述种种之不同，但通过细读诗歌文本，笔者发现，东、西游草中体现出来的对中华文化的皈依之情、独立自主的国家意识和热烈深沉的爱国情感以及由此彰显的中华文化在东亚的主导地位，是其最主要的几个相同点。

1. 琉球对中华文化的皈依感

蔡大鼎十分仰慕中华传统文化，对培育人才的摇篮福州，甚感兴趣，瞻仰过文庙，参加过明伦堂举哀，走访过贡院、鳌峰书院、凤池书院等，留下诸多诗章。

《辛酉八月朔丁祭谒见文庙》诗曰："客居闽峤值秋丁，整肃衣冠仰圣明。乐备杏坛多士集，礼尊阙里庶宫盈。洋洋俎豆兼三代，秩秩罍樽列两楹。遥忆球阳当此日，略同释奠尽丹诚。"（明叶溥、张孟敬《福州府志》下，福州：海风出版社，2001 年）诗作状写福州祭孔的盛况，渲染祭祀的肃穆庄严气氛，颂扬孔子培育人材的建树，进而联想到琉国祭孔时人们赤心虔诚、顶礼膜拜的情况，与福州不相上下。

《游鳌峰书院》诗曰："三山养秀集群贤，十郡英才乐育年。司马文章推独步，江淹词赋构新篇。堂称正谊光风爽，祠奉名儒霁月鲜。碌碌违（疑是"远"之误——笔者）人何所愿，得沾化雨阐薪传。"首、颈、颔联，描摹全省书院之冠的盛况，歌颂名师云集，高徒辈出。尾联表达诗人希冀从书院中获得教化与薪传的心愿。主持书院的山长，先后有林枝春、朱仁、孟超然、陈寿祺诸人，都是享誉八闽、卓有建树的鸿儒耆宿。林则徐、蓝鼎元、赵轩波等，早年都就读于该书院。

如果说琉球紫金大夫蔡铎《雪堂燕游草序》中的自述："中山僻处东滨，孤悬于扶桑之表，自受天朝封典以来，沐浴于文教者深，故人皆知学且奏允陪臣子弟入成均读书，迄今国人有所观感悉蒸蒸向化。"是站在整个国家的视角，表明清朝的同文之化和琉球对中华文化主动认同皈依的话，那么，程顺则在《北燕游草》之《舍馆漫题》所说的：

> 自离球阳事远征，英豪萃聚识文明。
> 纵令驿路风光好，还有思乡一片情。

“事远征”、“识文明”明确地表达了琉球自觉的向化意识，学而知贤是琉球主动接受中华文化的主要目的。

西游草中表达对中华文明文化向慕之心的诗章自然不在少数，但《东游草》中不胜枚举的此类诗歌更能作为琉球对中华文化皈依的强有力证据。“此地曾留唐代客，如今也泊我球人”（《东游草》卷之下《唐泊系舟》），写与唐朝人同地泊舟的自豪感，“素王化雨遍东瀛……庙制天朝遵曲阜”（《东游草》卷之上《恭拜文庙》），流露在异国见到文庙的欣喜感，无不说明了琉球的向化之心。

而且，《东游草》用中华景物比拟日本风景，出使日本仍然赞同中华文化，更能凸显对中华文化的皈依之情，如《东游草》卷之上“比似渭川千亩地，筼筜谷里好联吟”（《咏伊集院竹》）、“游观却胜洞庭秋”（《泊寄津》）、“蓝田莫解杜陵秋”（《崎津逢重阳》）、“漂流不异楚江萍”（《上关维舟》）；《东游草》卷之中“好是道旁吴越艳，向人细语说卿卿”（《八月廿二日驾赴江府》）、“遥忆吴江里”（《泊舟久见崎看朝雾》）、“似此何止五岳尊”（《吉原见富士山》）、“人烟潇洒讶桃源”（《下关》）；《东游草》卷之下“地将兵库号，景胜洞庭秋”（《兵库浦泊舟》）、“聱牙学长郢中歌”（近江八景第一《比良暮雪》）、“南昌画本滕王阁，都入扶桑鹿老坡”（《鹿老渡晚望》）。渭川、筼筜、洞庭、蓝田、杜陵、楚江、吴越、吴江、桃源、郢中、滕王阁等等既是中华地名又是承载丰富文化积淀的典故，此类诗歌大多运用汉语语词对所见景致进行类比。

《东游草》卷之中《驾御座船大阪川进内港》二首：“远客乘过大阪川。……便疑汉帝济汾船。”（其二）以及《东游草》卷之下《船上眺景》二首：“米家老笔写难传。”“依稀摩诘画。” 与《过大阪川》：“山似画图水如镜，波心涌出月婵娟。”则是直接运用典故比拟日本山水。

除此之外，从西游草和《东游草》共五百多首汉诗的成就上亦能见出中华文化的显着影响，我们可以从另外一个视角审视这个问题，日本萨摩鲛岛玄雾《东游草》序云：

> 天保壬寅之冬，中山贺庆使从我公驾来于江府。余亦扈从而在江府。与正使尚元鲁、仪卫正郑元伟、乐师魏学贤缔交深矣。夫三子共好文海之游，每以毛颖为竿，以钓诗于紫石潭上。盖三子梦游中土多年，亲学彼地之钓法也。故其所施饵，不下钩，自有别法，非我邦人唯据书学钓之类也。

与尚元鲁、郑元伟、魏学贤三位使臣有过密切交往的日本萨摩藩官僚诗人鲛岛玄雾对三人诗作成绩主要来自亲受汉诗做法教诲，而不像日本人仅仅依据书本学汉诗的赞扬，更能说明琉球对汉文化的直接学习和继承。

当然，琉球也重书籍的传入与学习，姚鼐《袁随园君墓志铭》曰：“故《随园诗文集》，上自朝廷公卿，下至市井负贩，皆知贵重之。海外琉球有来求其书者。”[①]可为例证。

虽然迄今尚未发现琉球人撰著的经学著作，但《琉球王国汉文文献集成》（(日)高津孝、陈捷主编，共33册，复旦大学出版社，2013年版）丛书所附“琉球官话”编中有关琉球

① 见姚鼐《袁随园君墓志铭》。

本土读书写字的生动对话里，一再出现的琉球人"'四书五经'都读"、"会写(汉字)"、"读书、写字和中国都是一样，总是字同音不同就是了"之类的回答，又"琉球版汉籍"编中《大学章句》、《孟子集注》等四书类经籍原典赫然在目，很大程度上弥补了这一缺憾。结合文献记载所见琉球王国时期士大夫阶层对儒家文化的热衷，甚至像瞒着中国秘密前往萨摩藩的琉球使节郑元伟，在日本仍会主动"恭拜文庙"，并咏出"素王化雨遍东瀛"、"庙制天朝遵曲阜"那样写实的汉文诗句(郑元伟《东游草》卷之上《恭拜文庙》)，可见在那个被称为"守礼之邦"的庄严王国，努力吸收、接纳乃至传播当时在东亚具有共同价值基础的儒家文明的举措，曾达到如何令人惊异的高度。

2. 琉球士人独立自主的国家意识和热烈深沉的爱国情感

自离球阳事远征，英豪萃聚识文明。
纵令驿路风光好，还有思乡一片情。

程顺则《北燕游草·舍馆漫题》诗既表达了对中华文化的景仰，同时也流露出了强烈的思乡之情，由此情，我们亦能感知琉球诗人独立的国家意识。蔡大鼎"身在皇州沾厚泽，梦魂夜夜到中山"(《北燕游草·译馆即事》)亦把渴慕中华与思家恋国的两种情怀，表达得淋漓尽致。

此外，《东游草》卷之上《馆驿起身赴江都》："衣冠本是他邦制，夹道人民举首看。"卷之中《鞆浦》："彼美人兮恣目看。螓首蛾眉盘马髻，罗裙无带柳腰宽。"从琉球与日本服饰显著不同，引起双方"恣目看"说明琉球国家的独立性。

东行使节们在夸赞日本美景的同时，还透露了另外一个重要信息："兴盛故乡游"，即认为琉球的风光与日本不分伯仲。"何幸远人承鲤赐，冠童兴盛故乡游"(《东游草》卷之中《川内泛舟即席奉步仪卫正郑善桥先生韵》)。"纵使故乡多胜概，也应让尔十分妍"(《东游草》卷之中《望湖堂胜概》)。日本王子召入本殿赏月时，琉球乐师魏学贤仍然说："炎夏六月到扶桑……今宵胜会在他乡，风流何减我球阳。"(《东游草》卷之中《客中中秋恭蒙王子尚大人召入本殿赏月》)"风流何减我球阳"这种自信亦能说明琉球人的国家观念。

东、西游草中表达恋国思乡的篇章同样俯拾即是："愁看燕雁向南飞，万里劳臣尚未归。恋国犹余数行泪，凭风吹上子云衣。"(《雪堂燕游草·燕关秋夜寄留边杨丹岩》)"故园万里梦难通，日月悬天处处同。"(《北燕游草·太平驿书怀》)"欲寄多情海国遥。"(《北燕游草·过万安桥》)"回首球阳何处是，山长水远不胜愁。"(《北燕游草·泊瓜洲》)"萧萧行李客长安，万里长征道路难。离恨千般思夜永，参横银汉漏声残。"(《北燕游草·午夜书怀》二首其二)"今夜离人眠不稳，梦魂遥与故乡通。"(《东游草》卷之上《舟中秋十三夜赏》二首其二)

再看琉球仪卫正郑元伟与乐师魏学贤同题写作的《呼子晚泊》："浦名呼子情何切，人为离家思益深。……问途早冷远行心。今宵此地难成梦，多少征夫泪染襟。"(《东游草》卷之上)"到此乡心忽怅触，白云回望海天遥。"(《东游草》卷之中)在东行日本东京途中晚泊时引发的惆怅，更易惹起离乡游子的共鸣。

出使路途遥远，且风波险恶，东、西游草由此刻画了众多愁客的形象："回头云外故乡远，愁听猿声入夜频。"(《东游草》卷之上《泊坊津》)"那堪离思向东州，夜半滩声乱客愁。"(《北燕游草·黄田驿夜雨》)"芝城信宿客愁新。"(《北燕游草·建宁考棚遇雨》)"且将杯酒破愁颜。"(《观光堂游草·邗关泛月》)"独对孤灯愁寂寞。"(《观光堂游草·夜宿渔梁》)"愁把乡心托素琴。"(《观光堂游草·蛟潭夜泊》)"不堪愁里听，乡思乱江皋。"(《雪堂燕游草·广陵月夜闻笛》)

3. 中华文化在东亚的主导地位

应知名士登台乐，敢说陪臣作赋豪。
圣代即今声教远，搜奇何用更题糕。

《雪堂燕游草·都门九日》

程顺则此诗可以说是中华文化声教远播的形象概括。华儒们在西游草诸家序言中也大多把西游草取得的成就归结为儒家声教远扬之功，譬如，福州教师陈元辅在诸家西游草序跋里无不指明这个问题："亟寿梨枣使人知虞臣(笔者注：曾益字)之诗虽学识使然，而声教之覃敷固有无远不届者焉。"[①]"方今声教诞敷，无远不届。……倡程朱之学于海邦，阐李杜之诗于岛屿，异时輶轩所过日，中山有风焉，其有楚骚之遗意也，跂予望之。"[②]"吾门程子宠文奉其国命来朝京师……爰寿梨枣以鼓吹后来而同文之化无远弗届，亦概可见矣。"[③]琉球紫金大夫蔡铎也同样认同此观点："宠文其可以地囿之乎，况今人文方盛，宠文年甫及壮，优悠渐渍之久，其所造正未可量，唯毋负圣天子同文之化，无远弗届至意更自奋励则庶几矣。"[④]

《东游草》对几位日本友人汉字书法的赞扬，无疑也是东亚文化传播的有力证据："最喜高僧精笔法，煮茶评论右军风。"(《东游草》卷之上《赠水云庵笠胤上人》)"君是儒林髦士魁，鸿文吐彩射三台。……习书有体右军才。……此去江都策骑回。"(《东游草》卷之上《和小松清猷先生送别原韵》)"圣学常将木铎传。"(《东游草》卷之上《和山田有裕先生见赠原韵》)"英才学得二王传，纸上挥毫起紫烟。"(《东游草》卷之上《迭前韵赞山田明元书》)

《东游草》卷之中魏学贤的《白石系舟》："风诗白石咏粼粼，取义相沿信有真。"说明日本地名"白石"，取义于《诗经》。魏学贤另有一首《崎津泊舟》，描写崎津泊舟时，见到日本劳动人民各勤劳其业、风俗淳朴，亦是从儒家思想的角度来观察邻居的。

再如赐宴仍写诗听乐，尚元鲁《恭蒙恩命召入二丸殿赐宴并赏园》："二丸别殿翠华临，幸远臣受惠深。锦纸挥毫惭拙技，丹台鼓乐试华音。"(《东游草》卷之下)写的是汉诗，听的是华乐。

---

① 陈元辅跋曾益《执圭堂诗草》。
② 陈元辅序蔡铎《观光堂游草》。
③ 陈元辅序程顺则《雪堂燕游草》。
④ 蔡铎序程顺则《雪堂燕游草》。

第三节　琉球汉文尺牍的文学意义及史学价值

《说文解字》云："牍，书版也。"纸张发明以前，中国人用竹木或帛，制成约一尺长的版面，用以书写文字，传递消息，进行社会交往。这种书版就被称作尺牍、尺素、尺函、尺鲤、尺书、尺笺、尺翰等，尺牍这个称呼比较形象，使用得也较多，逐渐就成了书信的代称。

作为社会生活中一种必不可少的交流方式，中国尺牍文化不仅源远流长，而且在东亚汉字文化圈内广泛传播。汉文尺牍在中国、朝鲜、日本、越南、琉球诸国国内以及相互之间被普遍用来交流信息、传情达意，从而更加彰显了尺牍的文学性、社交性、艺术性等多重功能。

琉球虽早在隋朝就开始与中国交往，但自明代始与中国有定期的封贡关系。随着明洪武五年(1372)朱元璋下令福州河口三十六姓"善操舟楫者"迁居琉球，汉文在琉球开始被普遍使用。由于时代和战乱等原因，明王朝藩属时期的琉球汉文文献迄今已不可多见，至今能够目验的琉球汉文文献大多来自于清属时期。

一、琉球汉文尺牍的发展期

现今，琉球汉文尺牍实物虽已十分罕见，但汉文尺牍文本则在琉球汉文集中多有保存，还有周新命《翠云楼小启》这样的汉文尺牍别集传世，"小启"，亦是尺牍的别称。

周新命(1666—1716)，字熙臣，其祖父为琉球血统，自幼过继久米村，补入唐荣家谱，王赐周姓。入琉球首里国学就读，12 岁为若秀才，16 岁为秀才，22 岁任通事。翌年附贡西渡，入闽学习七年，其间师从福州儒士竺天植 3 载。归国后，曾为王世孙尚益讲解《四书》、《诗经》等，直至尚益为中山王。历任都通事、中议大夫，晋升至正议大夫，屡次出使中国。

其《翠云楼诗笺》共计 32 首诗歌，后悉数被收录在程顺则所编《中山诗文集》里。其《翠云楼小启》不分卷，附在《翠云楼诗笺》后，与之合为一册，题曰《翠云楼诗笺小启》。《翠云楼小启》内收汉文尺牍五函，依次为《孟春招同人游波上郊》、《上巳邀同人游波上亭》、《客中九日邀友人登高》、《雪中招友观梅》、《复某官启》。

前四通尺牍可以归为一类，均为邀友赏景的书信，下面以《孟春招同人游波上郊》为例，以观其概：

> 韶光澹荡，山川淑气欲撩人；春色迷离，花鸟争奇宜对酒。水方涣涣，询诘波上之郊；客正翩翩，临披风前之树。对青林而寓目，班瑶草以飞觞。且往观乎？洵有情矣。不佞薄滑斗酒，并载双柑，敬邀足下。揽辔行吟，且尽一朝之醉；乘时应景，同舒千古之怀。竚候玉移，毋辞金诺。[①]

① (琉球)周新命《翠云楼诗笺小启》之《孟春招同人游波上郊》，(日)高津孝、陈捷主编《琉球王国汉文文献集成》第 25 册，第 157—158 页，上海：复旦大学出版社，2013 年版。

该函以颇为纯熟的骈体文，表现出作者深厚的汉文学修养，其文笔之优美，让人印象深刻。竺天植序周新命《翠云楼诗笺》时云："周子熙臣……雅好诗赋。或风雨楼头而起怀人之想，或莺花帘外而寓感物之情，或历高台而望红树，或忆乡井而盼白云，或看剑引杯挑灯读史一往情深，时发泄于诗歌以抒其无聊不平之概。灵均之怨、长沙之激、叔夜之愤、步兵之狂，一切谢绝，其有得于性情之正者欤？至于词之工有当于古则，凡读是篇者皆能言之，亦无庸余之赘也。"竺序所指周新命诗歌的特点，同样也表现为其尺牍内容表现方面的鲜明特征。

再看第五函《复某官启》：

> 恭惟某官，海山毓粹，岳渎钟灵。并房杜以绥猷，遐方遥诵；法伊周而佐理，海国兴歌。人称有脚阳春，众仰无边福曜。某菰芦末品，樗栎散材，屡沐恩光，中心衔结。神驰左右，伤五载之睽违；心切门墙，怅三秋之萧艾。室则迩而人远，心虽合而形离。引领情深，扫门迹远。讵意台衷注念，更荷鼎贶特施。矢以弗谖，宁惟什袭其赐；感且不朽，实将五内为藏。冒奏肤言，聊申谢意。外有禀者：某末学而官，无能为役。荷国恩之浩荡，沐化雨之沾濡。尸素怀惭，负乘生惧。伏望某官入觐内廷，代陈下悃。倘邀一言之九鼎，奚啻载锡之百朋。附布微忱，统惟昭鉴。①

从"法伊周而佐理，海国兴歌"等语可见，回复此信的对象是琉球某位高官，擅长汉诗。信函使用"有脚阳春"之类的典故，尽显成熟骈俪文字之优美，这表明骈体文尺牍在琉球高层中，至少在周新命生活的康熙时期，已经十分流行。

二、琉球尺牍的成熟期

《翠云楼小启》仅有五篇书信，且偏重于文学性，没能更多地凸显汉文尺牍在琉球的社交性，目前能够目验的清道光时期蔡大鼎的《钦思堂诗文集》、《续钦思堂集》，能够使我们详细地观察汉文尺牍在琉球的使用和流传情况。

清道光二十六年（1846）蔡大鼎任职琉球王城首里漏刻官，道光三十年（1850）担任著作文章总师。蔡大鼎天资聪颖，学力过人，25 岁就印行了早期诗文集《漏刻楼集》。后来《钦思堂诗文集》、《续钦思堂集》又陆续结集成书。1860 年至 1864 年，作为进贡存留通事，出使中朝，滞留福州期间赋诗结集为《闽山游草》。1867 年再随谢恩使团来华，居留福州，又有《续闽山游草》问世。1872 年，任进贡都通事入京，途次吟作结集为《北燕游草》。1879 年日本施行"琉球处分"，蔡大鼎等求援心切，改装急奔清朝京师，其《北上杂记》满腔愤懑，记载了与林世功、向德宏等人的赴京请愿活动。

蔡大鼎《钦思堂诗文集》、《续钦思堂集》收文 160 篇②，其中尺牍 109 篇，占文章总数

① （琉球）周新命《翠云楼诗笺小启》之《复某官启》，（日）高津孝、陈捷主编《琉球王国汉文文献集成》第 25 册，第 160—162 页，上海：复旦大学出版社，2013 年版。

② 本文数据皆是笔者据高津孝、陈捷主编《琉球王国汉文文献集成》（复旦大学出版社 2013 年版）第 27 册《钦思堂诗文集》、第 29 册《续钦思堂集》统计而得，后文不再一一注明。

的68%。这些书信按照所写内容,大致可以分为因公和因私通信两类,后者包含有不少代作(24篇)。

我们先来看蔡大鼎公务之间的信件往来,与他人公务之间的通信,蔡大鼎通常自注为漏刻官或文章师。其中明确标明任职漏刻官的尺牍,现仅存《启同僚王瑞芝》,题下注云"时任漏刻职",其中写道:

> 伏惟台下,切偲之情深兮,忠贞之心尽兮。官僚常资兮,王事无阻兮。兹启者,为轮流看守事。查上届初三日,是同僚宗兄通上班也。是日偶染时疾,难堪其任,而有换班之请。余当此时,虽有采薪之忧,不敢请辞。急入值署,代任其职。近闻宗兄因病未愈、请辞其职等语。从今而后,其上班日,君与我不得不轮流防守。下届十五日,亦宗兄上班也。统希足下洞察资仁之道,垂恤辞职之情,将其上班日,代为莅任,办理公务,则幸甚矣。谨启。[①]

蔡大鼎写作此札目的是就宗兄、同僚蔡通因病无法上班,与同僚王瑞芝商议两人轮流顶班之事。全文叙事流畅、通俗易懂,可见汉文尺牍在当时的琉球国已成日常通用的文体。此函在文学性上不及前引周新命的《翠云楼小启》,但在实用性、社交性上超越了后者,真实地反映了汉文尺牍在琉球王国后期的使用情况,再现了当时的生活,既有史料价值,又兼具实用价值和文学价值。

任职文章司时期写的尺牍,蔡大鼎题下均注曰"时任文章师",其留存在《钦思堂诗文集》中的相对较多(10篇),如《上同僚启》云:

> 恭惟乙卯春王正月,四野见韶华之丽,万家迎淑气之新,此诚圣世泰安之象也。况今日逢元后试笔,意欲游山玩水,以畅佳怀,敢邀各位先生台驾,今晚联臂,同游于垣花村堂兄房屋,以尽试笔之欢。倘蒙俞允,诚出万幸,更求午饭后钟,驾临本署,是亦望切也。[②]

此札除如上引《启同僚王瑞芝》一样,具有日常交往功能。然其文笔,如"四野见韶华之丽,万家迎淑气之新",对偶贴切、文采飞扬;"意欲游山玩水,以畅佳怀,敢邀各位先生台驾,今晚联臂,同游于垣花村堂兄房屋,以尽试笔之欢",活泼灵动、情感真挚;"乙卯春王正月……今日逢元后试笔",记载琉球文人节日习俗与中国并无二致,极具史料价值。

蔡大鼎任职文章司时期的尺牍分别涉及国内和外交事务,上则有关国内事务,再举其涉及外交事务的一通尺牍,《寄送存留官毛发荣启》曰:

> 金风涤暑,玉露横秋,鸿雁排于重霄,芙蓉夹于两岸。遥想足下,自必随时获福,毋庸远祝也。兹启者,客载所遣接贡头、贰护送三只,于本年六月初三、初四等日,先后收帆,即知贵体康健,所有公务,妥办不误,可为欣羡。忝蒙足下,寄送补资斧削表

① (琉球)蔡大鼎《钦思堂诗文集》卷一《启同僚王瑞芝》,(日)高津孝、陈捷主编《琉球王国汉文文献集成》第27册,第237—238页,上海:复旦大学出版社,2013年版。

② (琉球)蔡大鼎《钦思堂诗文集》卷一《上同僚启》,(日)高津孝、陈捷主编《琉球王国汉文文献集成》第27册,第249—250页,上海:复旦大学出版社,2013年版。

奏贰册，并雅扇壹把、公用笔纸墨等件，曷胜感激。再者国主叨蒙皇上特赐御书匾额，暨册立皇后宝诏，由是今般遣发紫巾官等，恭进正贡兼谢恩庆贺方物，叩祝圣禧，倘蒙将其方物，扣抵下次正贡，则额外隆典甚多。业经将其所拟表稿壹册，寄托存留官林世元，转请华儒一一改正。统祈足下，俟该官到闽，相加商议，就正其表于华儒。为此寄送其拟表抄，以备雅览。若有格外隆典，出自不佞所拟意外者，更求照料周详，使其不误公务，是幸。兹遇鳞便，谨具微物白梅香壹斤、折扇壹把，附托该存留官带上，顺候平安，不备。①

文章师的职责主要是从事国家表、奏、咨文等行政文书的编撰工作。蔡大鼎此函委托在福州的琉球存留官毛发荣寻求中国文士，协助商议修改其所拟汉文表奏，看似是蔡大鼎个人的行为，但其又曰“若有格外隆典，出自不佞所拟意外者，更求照料周详，使其不误公务，是幸”，则显然不仅是需要润色所拟汉文表奏，而是面对琉中交往过程中随时出现的情况琉球如何应对的问题等。无独有偶，除此函之外，自注为“时任文章司”的其它六篇信函《寄送存留官郑学楷启》、《寄送存留官陈元辅启》、《寄送存留官林世元启》、《寄送存留官魏掌治启》、《寄送存留官郑宏猷启》、《寄送存留官孙得才启》中，均有在闽琉球存留官寄回的“公用笔纸墨”、“捐资就正华儒之表文” 等与中琉外交事务密切相关的物品，以及蔡大鼎的殷切嘱托“一应事变，弟不能预拟，若有格外隆典，乞妥为照料，使其克称职务，则感恩不尽”②。这些信函，既使我们知道了琉球汉文公文制作的细节，同时还为中琉外交史研究者提供了又一史料来源。

为表谢意，蔡大鼎随信附送了白梅香壹、折扇壹把，在其他公私信函中我们还可以看到蔡大鼎送给收信人琉球纸、手巾、蜡烛、土花布、梅露、酱油、鱼类海产品等物品，不一而足，从中我们既可以了解当时琉球的特产情况，也为中琉物品交流史提供了史料佐证。

因私信函，内容繁多，形式多样，说明汉文尺牍在蔡大鼎生活的琉球王国后期已经非常成熟和普遍。譬如，《赠郑夫子小启》就是对华儒郑老夫子润色诗、对所表达的感激之情：

郑老夫子大人炳览，前日捧领寄付润色诗、对各稿共三册，感激靡涯。捧读之下，真令人口舌俱香。本应亲谒以伸谢悃，奈因王事鞅掌，失礼不小，伏祈包涵，幸甚。谨叩崇禧，外呈进菲物二色，祈赐哂收，是荷。③

这里的郑老夫子即郑莘，字虞臣，闽地儒士，因教授众多琉球学生学习儒家经典和汉诗文，在琉球人中广为人知。琉球士人向华儒学习汉诗文的情形，我们也可以从蔡大鼎其他书信中窥知一二，蔡大鼎《续钦思堂集》之《寄候郑虞臣夫子启》十一章、《寄候谢燮臣夫

① （琉球）蔡大鼎《钦思堂诗文集》卷一《寄送存留官毛发荣启》，（日）高津孝、陈捷主编《琉球王国汉文文献集成》第27册，第167—169页，上海：复旦大学出版社，2013年版。

② （琉球）蔡大鼎《钦思堂诗文集》卷一《寄送存留官魏掌治启》，（日）高津孝、陈捷主编《琉球王国汉文文献集成》第27册，第169—170页，上海：复旦大学出版社，2013年版。

③ （琉球）蔡大鼎《续钦思堂集》之《赠郑夫子小启》，（日）高津孝、陈捷主编《琉球王国汉文文献集成》第29册，第106页，上海：复旦大学出版社，2013年版。

子启》八章中，无论自作还是代作，均为感谢并问候福州文人郑莘和谢鼎教诲诗文、润色诗文、统其诗稿、为诗文作序的致谢信；再如其《寄请改正小启》写道："统祈谢夫子大人，公暇之余，将草稿逐一恩赐润色，所有典故，亦示指教，兼用圈点，以醒愚生眼目。"[①]《寄送存留官孙得才启》又云："至客岁所托自作诗文集二册，乞赐就正明师，兼著其序，俟来夏返棹时，带给登存，是所切祷。"[②]从蔡大鼎为数不少的此类书信中，可知琉球汉诗的成熟、结集固然离不开中国教师们的诲人不倦，更少不了琉球士人的虚心求教。中琉士人双方的共同努力，铺平了汉诗文在琉球的发展道路，铸成了琉球汉诗文的发展史。

蔡大鼎私信函札中的代作较多，然题下皆标明"代作"二字。如《寄送华人郑夫子启》、《寄送华人谢夫子启》、《寄送华人林夫子启》、《答倪继昌夫子见寄启》、《谢华人谢夫子见寄启》等信札，都是代人写给华人老师的感谢信。而《寄送华人陈万源启》、《寄送华人王秉谦启》、《寄送华人赵哥启》、《寄送闽省女史嫦娥启》、《寄候谢维垣启》、《寄候华人启六道》、《寄托守墓华人林廷辉启》等则，则是蔡大鼎代去过中国并与中国人有交往的普通琉球人写的信札，由此可见，中琉民间交往非常频繁，感情深厚。

无论因公还是因私，至少到蔡大鼎所处的时期，琉球汉文尺牍已经完全成熟，而且可以根据不同的情境，写出有针对性的信函。琉球汉文尺牍成熟的标志是根据写作对象和内容的不同，出现了多种固定的标题套式。

第一类，《寄送……启》(20 篇)，或是寄送在闽的亲友、存留官，或代作寄送华人老师以及华人朋友、歌伎等人相关方面的讯息。此类信函，代作较多，前已举例说明，下面再举一自作的例子，《寄送在闽毛大兴启》云：

> 梧叶风高，桂枝月满，燕别于雕梁之杪，鸿鸣于沙渚之旁，恭惟台下，负笈游闽而来，定多受福，更承康乐，慈母自应一日无恙，永终天年。讵本国大疫流行，万死一生，是诚自古未见也。慈母染患疫病，不幸于三月二十八日长逝九泉，曷胜哀悼。足下闻讣，其终天之恨，更难遣此矣。然天数莫逃，不宜哀毁灭性，过伤肺腑。万祈珍摄自爱。以体亲心也。顺寄呈折扇两把，乞为莞纳，谨启。[③]

蔡大鼎特地写信告知在闽毛大兴，其母因染患疫病，不幸去世，嘱其节哀顺变。语言朴素自然，感人至深。

第二类，《贺……启》(7 篇)，主要是针对亲朋升官、登第等人生大事而写的贺信。

> 恭惟台台，性地高明，志趣远大，学究三才，名高百氏。既诵二酉于口，亦究六艺于心。声华早振于南闱，姓字斯闻于北省。是以天肇文明，人标豪杰，挂榜之下。宏才登第，词成五彩之观；凤册联名，色动九重之鉴。此诚天降下民，作之师者也。自

---

① (琉球)蔡大鼎《续钦思堂集》之《寄请改正小启》，(日)高津孝、陈捷主编《琉球王国汉文文献集成》第29册，第104页，上海：复旦大学出版社，2013年版。

② (琉球)蔡大鼎《钦思堂诗文集》卷一《寄送存留官孙得才启》，(日)高津孝、陈捷主编《琉球王国汉文文献集成》第27册，第171—172页，上海：复旦大学出版社，2013年版。

③ (琉球)蔡大鼎《钦思堂诗文集》卷一《寄送在闽毛大兴启》，(日)高津孝、陈捷主编《琉球王国汉文文献集成》第27册，第179—180页，上海：复旦大学出版社，2013年版。

时厥后，专掌入贡天朝之文章，而无毫厘之谬，可与东里子产争烈矣。且敷嘉谟于多士，如坐于春风之中，沾乎时雨之化，诸生悦服，无不爱戴者，此岂非天下桃李，尽在公门之谓哉。今者扬名显亲，光前裕后，不仅一时之盛，真毕世之荣也。鲰生素怀□□之胸，未接凤凰之翅，识荆有原，未获登龙，兹际足下鲲化之时，难以缄默，谨呈短启并七律一首，以贺大喜，伏乞丙照，曷胜寅祷。诗曰……[①]

由此信可知，琉球学习中国的科举制度，读书人在登第之后，一般荣任两项职务，"专掌入贡天朝之文章"和做诸生师。通过这种方式，琉球文化阶层培养和鼓励精通汉文的子弟，这在东亚汉字文化圈汉文学习史上具有重要的史料价值。

第三类，《谢……启》(6 篇)，主要是针对亲友招饮、教文章、见寄、问病等事由而写的感谢信。

套语不叙，咸丰七年六月间，叨蒙令侄寄赐瑶函，暨杭扇两柄，挂衫壹件，不胜感激。捧读之下，知夫子大人并潭府人等，皆康健无恙，其喜何可名言。来启内云，昨接令叔安信，知姑苏旅次，曾肃寸缄，由布庄顺寄舍间，嘱附便转致门生，布陈谢悃。讵布商中途遇寇，此信亦经遗失等由。此则出于夫子爱惜门生之至意，感恩不尽。伏惟夫子，圭璋望重，簪绂厘延，学富五车，咸羡无双国士，才储二酉，群推第一伟人。至丙辰朝贡事务，妥为办理，现今事竣京回，不胜雀跃之至，门生亦深喜之。更有告慰者，其眷口皆托福平安。兹托便员，奉进薄物贰色，聊表芹心，期望莞纳勿却，是幸。顺候尊禧，不一。[②]

此信虽为代作，但详细描述了师生之间的亲密交往，学生感激老师两次寄信寄物，除报以诚挚的回信以外，还附上进献给老师的礼物，华人教师与琉球学生之间的深情厚谊可见一斑。

第四类，《赠……启》、《赠……小启》(4 篇)，这四篇尺牍，不是赠别，也非赠言，而是有关诗文润色、句读校点、求学问知等方面往来讨论的书信，如《赠倪一兄启》：

予学愧雕龙，才惭依马。时有倪公，携带书本，请余句读，余不获辞，乃陈管见，为之句读。然有未妥者，不为不多，乞早质之高明，庶乎免贻误于后世也，因录数语，以赠云尔。[③]

倪氏请蔡大鼎帮助句读，蔡大鼎录出自己觉得"未妥者"，请倪氏"质之高明"，此札还原了琉球士人通过书信讨论学问，态度严谨的真实情形。前举《赠郑夫子小启》[④]亦说明了蔡

---

① (琉球)蔡大鼎《钦思堂诗文集》卷一《贺梁得功登第启 有诗》，(日)高津孝、陈捷主编《琉球王国汉文文献集成》第 27 册，第 185—187 页，上海：复旦大学出版社，2013 年版。

② (琉球)蔡大鼎《钦思堂诗文集》卷一《谢华人谢夫子见寄启代作》，(日)高津孝、陈捷主编《琉球王国汉文文献集成》第 27 册，第 217—218 页，上海：复旦大学出版社，2013 年版。

③ (琉球)蔡大鼎《钦思堂诗文集》卷一《赠倪一兄启》，(日)高津孝、陈捷主编《琉球王国汉文文献集成》第 27 册，第 229 页，上海：复旦大学出版社，2013 年版。

④ (琉球)蔡大鼎《续钦思堂集》之《赠郑夫子小启》，(日)高津孝、陈捷主编《琉球王国汉文文献集成》第 29 册，第 106 页，上海：复旦大学出版社，2013 年版。

大鼎请华人老师润色汉诗文的情况。

第五类,《启……》(8篇),告知同僚、朋友事情原由。

> 昨蒙台下,驾到蓬门,赐问安否,曷胜感激,是日因小病午睡,不能拜见,幸勿见罪。再者台下,尝令不佞,删改诗章,捧读之下,气脉贯通,以不必更加斧削。但两三字,似未妥当,故敢用臆见,谬为涂改。但恐眼力不到,间有未当处,伏乞台下,质之高明,是幸。顺请近祉不备。①

此类短启,主要用于朋友之间言简意赅地说明事情、传递信息,方便地突显了书信的实用文体价值。

第六类,《候……启》、《寄候……启》(共32篇),此类函主要是致信亲朋问安,问候病情、身体、近况等表示关切之情,《寄候……启》还兼对接受过的帮助申明谢忱之意。

> 毛兄与我,云山不隔,东北犹分,路途伊迩,家室为邻。自生杨梅疮以来,不知经历几天。缘不佞不得屡候安否,遂致音问久疏,抱歉殊甚。然所由抱歉者,非有他也,昼则在公,夜则伏枕,职是故耳。今鲰生有一言申告者,闻患此疮之人,每为遨游所致,或探山水之奇,或赏花卉之美,苦其手足,劳其筋骨,而患生焉。惟常谨饮食,痛绝酒色,则身体依然康健。不然,溃烂日甚,将有性命之虞。愿将不佞所言,牢记心头,庶免后患。今兄与我,原为总角之交,情同胶漆。知君平日临风望友,对月怀人,此际必不胜岑寂。请或过敝馆,谈今论古,或抵胜概,步月吟风,以慰足下之心,以尽故人之情,未卜可否。兹裁寸楮,奉候近祉,不一。②

蔡大鼎坦率地指出毛绩宏患杨梅疮是生活方式不当所致,为不使病情恶化,必须痛绝酒色,多与良朋畅谈,多游览名胜古迹修身养性。由于与毛绩宏是"总角之交,情同胶漆",且"路途伊迩,家室为邻",所以此类信札谆谆告诫之语,真诚直率,毫无虚与委蛇、矫揉造作之感。譬如,他认为一些朋友的病因,主要是由于没有"贮元精"、"凡病人之死生,系元精之饶乏",因此要求"夫妇异衾,往来相绝,方为第一"、"虽知郑兄原不述于色,而同衾者,亦须早绝",此等话语有迂腐的一面,亦可见出他对朋友的一片赤诚,也即是他自己所言,"专系朋友之职,故敢谏也"③。

第七类,《上……启》(2篇),在蔡大鼎书信中既是正式的邀请,同时也是对收信方的一种尊敬。

> 前日忘年燕会,其趣不尽,至共侍游,弗胜感激。今特请候高明有否酒醒,再者

---

① (琉球)蔡大鼎《钦思堂诗文集》卷一《启孙一兄》,(日)高津孝、陈捷主编《琉球王国汉文文献集成》第27册,第240页,上海:复旦大学出版社,2013年版。

② (琉球)蔡大鼎《钦思堂诗文集》卷一《候毛绩宏生疮启》,(日)高津孝、陈捷主编《琉球王国汉文文献集成》第27册,第244—245页,上海:复旦大学出版社,2013年版。

③ (琉球)蔡大鼎《钦思堂诗文集》卷一《候郑克让病启》、《候郑瑞龙病启》,(日)高津孝、陈捷主编《琉球王国汉文文献集成》第27册,第241—242页、第242—244页,上海:复旦大学出版社,2013年版。

所镌佳藻集，伏乞如前所约，寄赐愚徒，永为家宝，则感恩无既也。[①]

第八类，《慰……启》、《寄慰……启》（共4篇），是针对友朋伤亲之痛的慰问信。

台下从先严父，寝于寒苦，枕于土块，容颜愁惨，哭泣悲酸。吊者皆曰，陈公之哀，发自天性，使人目不忍见，耳不忍闻。然恐恸极过伤肺腑，故鼎点缀短启，以慰台台。窃惟天数原无所逃，性命最为难保，福寿康疆，固人之所同欲；死亡疾病，亦人所不能无。生我者父母也，罔极之恩，原同覆载。古之人失怙失恃，夙夜哀悼，毁身灭性者伙矣，是以圣人为之制礼，以节其哀。今兄严父长逝九原，原系天命，宜体圣人制礼之心，不可戚戚以伤己身。若或伤身，非所以慰严亲于泉壤也。惟祈足下，从今以后，节哀顺变，而侍养慈闱，善为劝谏，庶可冀其寿而康焉。并题绝句，以慰忧心，顺候金安。诗曰……[②]

友人遇丧父之痛，恐其"恸极过伤肺腑"，劝慰"不可戚戚以伤己身"，而应孝养慈母，"善为劝谏"，"冀其寿而康"。感同身受，句句落在实处，语言诚恳质朴，情感真挚深厚。

第九类，《答……见慰启》、《答……见寄启》（10篇），此类信件主要是答谢好友关于身体、情感等方面的慰问，和答友朋有关钱财债务、和韵诗文等问题的询问。蔡大鼎《答华人叶四四见寄启》题下原注"二章"，现看其第一章：

拜违叶四四哥，心思如渴，前月叨蒙寄赐书信，暨香茶、神粬等件，代为赔还钱票三千文，曷胜感激之至。缅想吉人天佑，福祉骈臻，馆内生意，日隆一日，不胜雀跃。至恩借银票，本应及早奉还，乃去年本国疹疮流行，多害人命，弟家资费用，不可胜算，故不能如意偿还，乞赐宽期是祷。且所告帮手一款，弟未接尊函之先，确与接贡船存留官翁长先生说明，既行约定，自可放心，至明年存留官帮手，亦将要如此约定，且前交帮手文文哥，亦与王舅通事外间先生，确行约定。务须叶兄转告文文，俟接贡船湾泊怡山院，一同驾扁舟，迎接两位可也。兹逢护送船入闽之便，寄呈粗物梅之露一包。内小包，要转给文文。聊表芹心，乞赐哂纳，是幸。并请候金安，不赘。[③]

此札内容丰富，既有中琉民间交流互赠礼品，如茶叶、神粬、梅露，也有钱财方面的往还，还有中国人愿做来闽琉球存留官帮手的请托和蔡大鼎肯定的答复。琉中民间私谊连缀着两国之间的外交事务，真实地再现了琉中两国当时亲密的外交关系。

第十类，《邀请……启》、《请……启》（9篇），多是邀人赏景饮酒、畅怀遣闷而作，邀人妓院畅饮寻欢，更能见出当时琉球士人的真实生活。这类邀请信，在蔡大鼎《钦思堂诗文集》卷二中共有三通，题下均自注"时在妓家"：

---

① （琉球）蔡大鼎《钦思堂诗文集》卷一《上郑学楷启》，（日）高津孝、陈捷主编《琉球王国汉文文献集成》第27册，第249页，上海：复旦大学出版社，2013年版。

② （琉球）蔡大鼎《钦思堂诗文集》卷一《慰陈元辅哭父启 有诗二首》，（日）高津孝、陈捷主编《琉球王国汉文文献集成》第27册，第255—256页，上海：复旦大学出版社，2013年版。

③ （琉球）蔡大鼎《续钦思堂集》之《答华人叶四四见寄启》其一，（日）高津孝、陈捷主编《琉球王国汉文文献集成》第29册，第143—144页，上海：复旦大学出版社，2013年版。

凡欢乐之事，莫大乎色酒，却不可不为之节，其术岂有他哉，然不得不邀请益友也。目今愚弟，久羁青楼，日醉红衣，月酣白酒，而不知晨昏相换，岁月迭行，恐有元神之不存，而隔幽明，怀忧不小。殊望先生，火速登楼，保全其命，则戴再造之德，为之特启。[①]

该短札以庄为谐，诙谐幽默，说明无论明清还是当时的琉球，青楼社交活动非常普遍，譬如蔡大鼎《启郑三兄》云："愚弟有片言申告者，刚才告余，以今夕要游于烟花之中，相慰心志，曷胜刻铭。"[②]但蔡大鼎在诗文书信中谆谆告诫亲友远离酒色的同时[③]，又写作了《青楼曲》、《戏求郑氏邀到娼门》、《戏和梁兄同游娼门韵》、《娼门漫题》、《青楼回后书怀》、《寄告红衣》、《偶因史女有经水口号绝句》等众多有亲身体会的艳曲歌辞，这说明儒家正统士大夫修身齐家理想与花街柳陌冶游邪行乐趣相斗争的矛盾心理在以蔡大鼎为代表的琉球士人身上表露无遗，这类信函既是琉球当时真实社会生活和士人心态的一个实证材料，也透露了汉文化对琉球的深刻影响和琉球士人全盘接受的情况。

第十一类，《寄请……(小)启》、《请辞……启》、《(寄)托……启》(7篇)，此类信札大多是由于具体之事，如请宽限还款之期，请辞约定之事，寄托办某事，寄请名医为亲友诊病等由而致函某人：

宋老先生官印廷赓台下，敬启者，本夏接诵华翰，暨赐御定《佩文诗韵》，不胜感激之至。唯念济急之施，没齿难忘。前项除拨交令弟手青蚨五千文外，所短之数，原拟于本年归璧。奈困乏窘逼，未得从心，兼之命运舛骞，家父于本年七月二十九日弃世，费用甚多，致使负欠，却非弟之乖夫情理也。屡蒙檄催，羞赧滋甚。尚冀始终全情，容俟明年前诣贵省时，即为措备完缴。断不敢再有拖延，以重失信之罪耳。耑此布肯，并寄呈微物二色，聊表寸衷，祈为笑纳，敬请金安，不既。[④]

从蔡大鼎祈请宋廷赓宽限还款之期的这封书信里，既可读出蔡大鼎也即当时琉球士人的经济状况[⑤]，也为我们开启了一个了解书籍在琉球流通的小窗口，"暨赐御定《佩文诗韵》"，说明琉球士人通过诗韵学习汉文诗歌及汉文书籍在琉球传播的情况。汉文书籍在琉球的传播情况，蔡大鼎《续钦思堂集》之《寄候郑虞臣夫子启》共有十一章，其五亦写收

---

① (琉球)蔡大鼎《钦思堂诗文集》卷二《邀请毛先生启》，(日)高津孝、陈捷主编《琉球王国汉文文献集成》第27册，第393—394页，上海：复旦大学出版社，2013年版。

② (琉球)蔡大鼎《钦思堂诗文集》卷二《启郑三兄》，(日)高津孝、陈捷主编《琉球王国汉文文献集成》第27册，第395页，上海：复旦大学出版社，2013年版。

③ 前举蔡大鼎《钦思堂诗文集》卷一《候毛绩宏生疮启》云："今鲰生有一言申告者，闻患此疮之人……惟常谨饮食，痛绝酒色，则身体依然康健。不然，溃烂日甚，将有性命之虞。原将不佞所言，牢记心头，庶免后患。"

④ (琉球)蔡大鼎《续钦思堂集》之《寄请宋大兄廷赓宽限启》，(日)高津孝、陈捷主编《琉球王国汉文文献集成》第29册，第155—156页，上海：复旦大学出版社，2013年版。

⑤ 前举蔡大鼎《续钦思堂集》之《答华人叶四四见寄启》其一例中，蔡大鼎也祈请华人叶四四"至恩借银票，本应及早奉还，乃去年本国疹疮流行，多害人命，弟家资费用，不可胜算，故不能如意偿还，乞赐宽期是祷"。

到郑莘送“《幼学须知》一部”①。

由上述可知，蔡大鼎内容丰富、形式繁多的汉文尺牍，强有力地说明了蔡大鼎生活的琉球王国后期，汉文尺牍已经进入了成熟繁盛期，这些书札除具有文学性、社交性以外，还为我们提供了外交文书写作、物品交流、书籍交流、士人社会生活及经济状况等多方面的史料信息。

三、琉球尺牍的绝响期

迄今所见时代最晚的琉球汉文尺牍，当属林世功1880年为抗议日本吞并琉球，于北京壮烈自决请愿前写给同僚的绝笔信。

清同治七年(1868)，林世功以琉球官生身份留学北京国子监，笃好于学，工于诗文，教习徐幹将其诗辑评在《琉球诗课》、《琉球诗录》(均刊行于1868年，前有福建儒士孙衣言序)二集的卷一部分 。1874年学成归国后，历任久米村诗文官话经书师匠、文组主取、琉球王府国学大师匠和中城王子讲解官。清光绪二年(1876)，日本明治政府勒令琉球与清断绝关系，林世功受三司官浦添朝昭之命，作为陈情通事与向德宏、蔡大鼎等秘密赴福州，呈文报警，要求维持现状。1879年，明治政府宣布“废藩置县”，林世功、毛精长、蔡大鼎等改装奔北京，联名多次向清总理衙门及礼部等处上书(今见请愿书九件)，请求清政府出兵救亡。1880年10月，琉球分割条约缔结。为抗议“分割”，1880年11月20日林世功向总理衙门上书，留下绝命诗与遗禀，自刎于北京。殁后葬通县张家湾。

林世功绝笔尺牍原件今已不可见，但蔡大鼎《北上杂纪》卷一《先子叙一周祀日记》详录原文如下：

光绪七年，岁在辛巳，十月十有八日，乃先子叙一周祀日也。……兹将子叙呈递总署，手书禀词，时有具禀报明。以及赠同僚、兄弟各启、诗，玩索数次，不胜惭感之至。……合无广知人士，故特登载，其禀曰：琉球国陈情通事林世功谨禀，为以一死泣请天恩，迅赐救主存国，以全臣节事。窃功因主辱国亡，已于客岁九月，随同前进贡正使耳目官毛精长等，改装入都，叠次匍叩宪辕，号乞赐救各在案。惟是作何办法，尚未蒙谕示。昕夕焦灼，寝馈俱废，泣念功奉主命，抵闽告急，已历三年。敝国惨遭日人益肆鸱张，一则宗社成墟，二则国主、世子见执东行，继则百姓受其毒虐，皆由功不能痛哭请救所致，已属死有余罪。然国主未返，世子拘留，犹期雪耻以国存，未敢捐躯以塞责。今晋京守候，又逾一载，仍复未克济事，何以为臣？计惟有以死泣请王爷暨大人，俯准据情具题，传召驻京倭使，谕之以大义，威之以声灵，妥为筹办，还我君王，复我国都，以全臣节，则功虽死无憾矣。谨禀。

其启曰：此禀并无与人牵涉之语，虽递无妨，祈诸公裁夺施行。如曰无补于事，不必投递，则功亦未如之何。虽然，与其事后递禀，有名无实，曷若事前以死请救，以

① (琉球)蔡大鼎《续钦思堂集》之《寄候郑虞臣夫子启》其五，(日)高津孝、陈捷主编《琉球王国汉文文献集成》第29册，第132页，上海：复旦大学出版社，2013年版。

全臣节哉。再，功谓奉主命告急，五载于兹，乃上不能救君，下不能存都，何以覆主命，何以对国人？世子如问父王，又将何以为对？此功所以捐生请救也。伏望诸公怜其愚而宥其罪，是荷。临命痛哭，笔此谨白。[①]

结合上文和蔡大鼎《北上杂纪》卷一《林子叙讳世功在京辞世记》[②]中的有关记载，可知林世功决意自杀前，虽已写好递呈清政府的禀文，并未亲自投递，而是由蔡大鼎在其自刃当天代他向总理衙门递交，其绝笔尺牍也是由蔡大鼎抄录下来的。

林世功生当末世，无力回天，一腔热血，满腹才情，"上不能救君，下不能存都"，无以对国人，而"以一死泣请天恩，迅赐救主存国，以全臣节事"，琉球王国的汉文尺牍，以字字血泪的文辞作结。

四、琉球汉文尺牍的文学和史学意义

就目前所存琉球汉文文献来看，周新命、蔡大鼎、林世功等能够娴熟地运用汉文尺牍进行社会交际，当与其在中国的求学和生活经历有关，其他人撰写汉文尺牍的情况，迄今所见的琉球汉文集中，虽然保留不多，但是《酬世锦囊正家礼大成》[③]这部琉球人编纂的汉文类书的存在，足可以证明琉球士人大多运用汉文尺牍进行书面交流，亦可以说明汉文尺牍在琉球的广泛传播和巨大影响。

《酬世锦囊正家礼大成》的具体编纂年代已经无法确证，但该书对联之部的"元宵遇雨"部分，"瑞气氛氲翔凤阙，春风仿佛暖蓬门"一联，下有"此官生郑孝德改之"八字小注[④]，郑孝德是清乾隆二十五年(1760)与蔡世昌、梁允治、金型入北京国子监留学的琉球官生，教习为潘相[⑤]。因此，《酬世锦囊正家礼大成》的编撰时间不会晚于18世纪中期。

《酬世锦囊正家礼大成》作为琉球汉文类书，总结收录了不少汉文尺牍写作时常用的套语、词汇。例如，"人事类语"部分有下列指导性用语：

阁下、足下，称人之语　　　不佞、鲰生，自谦之词
感人好书曰"辱承华翰"　　谢人致问曰"多蒙寄声"

---

① (琉球)蔡大鼎《北上杂记》卷一《先子叙一周祀日记》，(日)高津孝、陈捷主编《琉球王国汉文文献集成》第29册，第268—271页，上海：复旦大学出版社，2013年版。

② (琉球)蔡大鼎《北上杂记》卷一《林子叙讳世功在京辞世记》，(日)高津孝、陈捷主编《琉球王国汉文文献集成》第29册，第266—267页，上海：复旦大学出版社，2013年版。

③ (日)高津孝、陈捷《琉球王国汉文文献集成》第24册《酬世锦囊正家礼大成》，上海：复旦大学出版社，2013年版。

④ (日)高津孝、陈捷《琉球王国汉文文献集成》第24册《酬世锦囊正家礼大成》，第440页，上海：复旦大学出版社，2013年版。

⑤ 清潘相《琉球入学见闻录》卷三"师生"下之"官生"："郑孝德，字绍衣。……父观国……乾隆九年充朝京都通官，没于馆，葬张家湾。乾隆十九年，孝德年二十，随妇翁蔡宏谟入请封，乞省墓；二十五年，入学。"

曾经会晤曰"向获承颜"　　求人吹嘘曰"望汲引意"①

这些词汇和套语，显然不能用于日常口头交流，而是书面交流时，写作汉文尺牍必备的措辞。

除了前文对周新命《翠云楼小启》的文学性进行分析之外，蔡大鼎众多汉文尺牍兼具文学性、社交性，不少尺牍还附有汉诗，譬如，《钦思堂诗文集》卷一《贺梁得功登第启 有诗》、《慰陈元辅哭父启 有诗二首》。林世功血泪凝结的绝笔信后也附有写给亲人的哀婉凄楚的诀别诗二首。无论是研究这些尺牍本身还是所附的诗歌，以及追踪琉球汉文尺牍史的发展演变，其文学史意义自不待言，前文多举例具体进行了详析，此处不再展开。

作为社会生活的一种私人性的真实记录，可以说每一函琉球汉文尺牍都具有独特的史学价值。特别是在琉球王国已经被迫消失了一百多年之后，幸运保留下来的琉球汉文尺牍是真实的历史资料，其中记载的琉球士人数百年间的生活、心态、经济状况是值得珍惜的第一手历史记载，而涉及的中琉外交、民间交流、汉诗文创作、汉籍及各类物品交流等多方面内容，其史料价值因其具有的唯一性而弥足珍贵。

第四节　《中山诗文集》解说

众所周知，程顺则编撰的《中山诗文集》，是琉球汉文学史上最重要的一部诗文总集。该书经过日本琉球大学上里贤一教授的精心校订，于 1998 年由日本九州大学出版会再度出版，这堪称日本学术界近年来琉球汉文学研究中最为重要的成果之一。尤其是在新版《中山诗文集》的前面，有着上里贤一教授精心撰写的数万言"解说"。这篇解说不仅对《中山诗文集》的编撰者、编撰动机、编撰过程以及编排特色等相关内容都有着详尽的考辨论证，而且对涉及到琉球汉诗发展的相关重要问题皆有所论述和总结，显示出这位当代日本琉球汉文学研究领军人物的多元宽广视野、扎实学术根基以及独到的深刻见解，对初入门的研究者更是能够指点迷津，有着极大的参考价值。鉴于该文至今尚未有中译本，故在本书译出全文如下，以供国内相关研究者参考。

《中山诗文集》解说

(日)上里贤一撰　王婷婷译　严明校

一、琉球汉学的起源与佛门的作用

在琉球，《中山诗文集》是第一本正式的汉诗文集。1725 年(尚敬王十三年)第一次出版，1856 年(尚泰王九年)又重新修订。虽然不久之前，又出了初版的再刊本，但是不论哪

① (日)高津孝、陈捷《琉球王国汉文文献集成》第 24 册《酬世锦囊正家礼大成》，第 416 页，上海：复旦大学出版社，2013 年版。

一本都是出版于福建省福州市。除了刊本以外，还有其他几个种类的写本，通过这本书不仅可以了解琉球王国的汉学动向，同时它也是一本非常贵重的诗文集。

琉球汉学的成立和展开，分为两个系统。第一个是根据从日本舶来的僧侣和去日本留学的琉球僧侣们所传下来的系统，主要以山门为中心发展起来。以及，由被称作“闵人三十六姓”——从中国福建省等地来琉球定居所形成的久米村的人所传下来的的部分。

比如，日本僧侣在传播了假名文字的同时传来了汉字。最早舶来的僧侣，据说是在咸淳年间（1265—1274）住在英祖王在浦添修建的极乐寺中的禅鉴，但这也只是根据普陀洛僧说的记下来的。禅鉴是什么国家的人，他有着怎样的经历，还是有着不少说不清的地方。在之后大约一百年后的1365年，日本僧侣赖重法印来到琉球，于1368年创建了波上山护国寺。之后又过了大约一百年，京都南禅寺的僧人芥隐禅师（1495年殁）来到琉球，创建了广岩寺、普门寺和天龙寺等寺庙，并成为在1494年（尚真王八年）竣工的圆觉寺的开山住持僧。

圆觉寺在琉球是临济宗的总寺院，第二尚氏王统的菩提寺。历代住持以芥隐为首位，之后有翁觉、五山僧檀溪全丛、春芦祖阳等，还有从中国浙东来的熙山周庸，之外还有像菊隐、恩叔、德叟这样的名僧。

在这个时期僧门汉学成果具体的例子，通过下面的文章可以展示出来。

> 琉球国者，南海胜地也。钟三韩之秀，以大明为辅车，以日域为唇齿，在此二中间涌出之蓬莱岛也。以舟楫为万国之津梁，异产至宝，充满十方刹。地灵人物，远扇和夏之仁风。故吾王大世主（庚寅）庆生（尚泰久）兹，承宝位于高天，育苍生于厚地。为兴隆三宝，报酬四恩。新铸巨钟，以就本州岛中山国王殿前挂着之。定宪章于三代之后，戢文武于百王之前。下济三界群生，上祝万岁宝位，辱命相国住持溪隐安潜叟求铭，铭曰：
>
> 须弥南畔　世界洪宏
> 吾王出现　济苦众生
> 截流玉象　吼月华鲸
> 泛溢四海　震梵音声
> 觉长夜梦　输感天诚
> 尧风永扇　舜日益明
>
> 戊寅六月十九日辛亥
> 大工藤原国善住相国溪隐叟志之

这段文字是作为首里城正殿的钟铭而被大家熟知的，在冲绳市立博物馆大门口展示的钟上所刻的文字，俗称“万国津梁钟铭”。同时，这段文字也被写在了冲绳县政府的知事接待厅的屏风上。这段铭文为何能够如此强烈地抓住冲绳人的心呢？大概是虽然琉球只是海上浮现的弧形列岛，在这样的地理条件下还能克服困难，生存下去，表现出了一种自立自强的气概和自信的精神，加上与之相符的高格调的精炼文章，抓住了读者的心。

这口钟是在1458年铸造的，距今已有540年的历史。在琉球正值尚泰王（在位1454—1460）五年，日本处于室町幕府时期，在中国为明代天顺二年。当时，琉球在三山统一（1429）后的大约20年，首里城因布里·志鲁之乱（1453）而消失，两年后（约1455）得到重建。终于巩固了国家基础，调整了发展的方向。在这个时期寺院相继建立，也铸造了很多巨钟，首里城正殿的巨钟就是这个时期的代表作之一。

正如铭文内容所显示的那样，琉球王国作为东亚的贸易中继地充满着活力。“琉球国者，南海胜地也。钟三韩之秀，以大明为辅车，以日域为唇齿，在此二中间涌出之蓬莱岛也”。在钟铭起始的一段，琉球在东亚地理位置的特殊性被立体地呈现出来。但是，它不单单是反映出琉球地理位置的意义，也反映出琉球在文化上与周边其他国家关系的重要性。

如果不考虑到朝鲜、中国、日本这些具有压倒性优势地位的国家存在，琉球王国就无法生存。因此必须要不断加强友好合作，抓住机遇。处在相当强大的日本和中国（明）的夹缝中，如果不被认可和理解的话，琉球国是无法生存下去的。想要经营好这个小国，就必须要有细致的经营战略。尚泰久王，不仅让琉球在东亚取得独立的地位，而且具有了一定的影响力，并成功构建出了与周边各国相互信赖、相互依存的关系。在周边各国中，特别是如何对待在历史和文化上有着密切联系的日本和中国，是一个最为重大的外交课题。

铭文接下来继续赞颂道：“以舟楫为万国之津梁，异产至宝，充满十方刹。”与其让海成为与外界的阻隔的原因，还不如让它成为与外部连接的桥梁，让琉球国聚满来自各个国家的贵重奇珍异宝。

在看清了琉球地理特征的基础上，琉球王国展示出了一种以海作为最有利的条件，来谋求国家独立和与周边各国共存的精神气概，这也是冲绳人民之所以对这段钟铭寄予了深厚的感情的一个原因吧。同时，铭文使用了华丽而掷地有声的语言，也展示出了独特的魅力。铭文把巧妙的比喻和对偶穿插其中，使用深奥的佛教语言，并伴以轻快的节奏，这种紧凑的修辞手法上的美感，也可以说是这篇铭文能够深入人心的另一个原因吧。

在钟铭的最后，注明了是由工匠藤原国善铸造，铭文是由住在相国寺的溪隐法师撰写的。藤原国善是日本最著名的铸造师之一，而溪隐法师则是与京都五山派有着密切关系的僧侣，是一位在琉球佛教史与文学史上都留下重要笔墨的人物。据小岛瓔礼说：“尚泰久王时代，佛教的兴盛支撑着文学上的兴盛。”并说溪隐是“琉球首屈一指的五山文学者”（《首里城正殿的钟铭和水墨画〈光与影的世界〉》）。

关于首里城正殿的钟铭，从其相关介绍中，不仅可以看到琉球汉学的产生，而且可以看出五山僧对其所起到的作用，以及之后所继承的僧门文学，对以王府为中心而形成的首里氏族文学，起到了一定的压制作用。同时也可以确认，在15世纪中叶的琉球已经可以撰写出这么具有文学性的文章。

而且，在萨摩藩入侵琉球（1604）后来到琉球的日本僧侣，他们通晓佛教和儒学。琉球王府珍视这些僧侣，并予以重用，而这些僧侣也努力习得王国自身的儒学。僧门的学问,极大刺激了琉球的氏族子弟。1632年(尚丰十二年),南浦文之的高足泊如竹从萨摩渡海来到琉球。他继承了禅师桂庵玄书的学统。他作为尚丰王的侍讲,在琉球待了三年。南浦文之,就是那位发明了被称作"文之点"的汉文训读方法的重要人物。可以想象得到,泊如竹的到来,用琉球的训读法迅速增进了汉文的普及。尚贤王(在位1648—1668)将大日寺的赖庆座主封为侍讲,向他学习儒学课程。尚真王(在位1669—1709)向萨摩在藩奉行的久永氏学习四书,尚真王在王子时期曾有留学萨摩一年的经历,受到了萨摩学风的熏陶。

参考文献:

小岛瓔礼,金城美智子:《南海梵钟の世纪首里城正殿の钟と墨绘"光と影の世界"》,冲绳总合图书,1991年12月。

富岛壮英:《真境名安兴全集》第一卷,琉球新报,1993年2月。

村井章介:《东アジア往还　汉诗と外交》,朝日新闻社,1995年3月。

家坂洋子:《萨摩荫绘卷 儒者泊如竹の生涯》,八重岳书房,1982年4月。

二、琉球汉学与闽人三十六姓

在琉球汉学的产生和展开过程看,除了五山僧系谱外还有一个系谱,那就是从中国福建来的移民,被称作"闽人三十六姓",他们所发展起来的汉学系谱。这些人是明朝皇帝为了方便中琉之间的交往而赐予琉球的。最早一次移居要追溯到明朝的洪武年间,有1392年、1394年、1396年等说法(参阅《明太祖实录》)。但实际上,大概是由于商业买卖以及其他目的来到琉球的华人,定居在这里并形成了村落,再加上以公开目的来到这里的人而逐步发展起来的。由华人聚集所形成的村落,被称作"久米村",久米村的人自称"唐营"(后称唐荣)。

久米村的人,担任像航海技师、外交文书的写作以及管理者,明清时期对周边国家的外交使臣,翻译等一些对琉球的外交以及贸易起着重要作用的职务。14世纪后半叶以及15世纪中叶的所谓的大交易时代,也是他们最为活跃的时代。他们由于职能的重要性,守护着琉球王国,长期独占派往中国留学生(官生)的位置。

但是在15世纪后半叶,琉球作为东亚中继贸易地的位置有所衰退,久米村的地位及作用也随之衰退。在萨摩入侵(1604)前后,久米村失去了昔日繁荣的面貌。1606年(尚宁王十八年),来琉球的册封使夏子阳,对久米村这样描述道:"余闻诸琉球昔遣陪臣之子进监者,率皆三十六姓。今诸姓凋谢,仅存蔡、郑、林、程、梁、金六家而族不甚蕃,故进监之举,近亦寥寥。"

入侵琉球的萨摩人,根据丈量土地而制定出稻谷的标准产量。在这个过程中设定久米村籍,推行久米村强化政策。久米村这才渐渐复苏,好不容易从明末至清初的动乱中恢复过来,在萨摩的统治下重新踏上了与清朝进行入贡贸易的轨道,久米村又重新恢复了活力。

1674年(尚真六年),在久米村修建了孔庙。1718年(尚敬六年)创建了明伦堂,接着还修建了天尊庙、上下天妃宫、龙王殿、关帝庙。由这些可以看出,儒教和道教成了久米村人的精神依靠。孔庙和明伦堂为教育机关,这些在内部支撑起行政机关的具体职位有汉字方、汉文方、通书方、讲解师、训诂师等。录用汉字方与汉文方都是采取汉诗文的作文考试方式。任期结束后,大都充当渡唐通事这样重要的职务。不管是通书方、讲解师、训诂师,还是汉字方和汉文方,最终采用者大多是一些拥有去中国留学经历的官生。

在久米村的教育方式是,先在天妃宫里进行初级教育,之后中级和高级教育是在明伦堂里进行的一种推进式的教育。初级教育阶段在天妃宫进行,是针对7岁以下的孩童,主要是学习"官话"和机械地照着字面读"小学"。在明伦堂说官话自不必说,除了要学习"四书五经"这些经典之外,还要学习书写咨文和表文这样的外交文书。由这些教育内容可以看出,久米村教育的中心,是为了在外交舞台上发挥实质性的作用。

久米村子弟的学习重点是一些实用性知识,首先被优先考虑的因素是能写出琉球王府所期待的外交文书和翻译文书。在为树立国家的威信而展开的外交舞台上,从事文书的写作和翻译的人才是至关重要的。在与中国官员打交道这个必须有的过程中,光是会一些汉语会话和写作是不够的,还需要有与之对等的知识体系以及汉诗文方面的能力水平。

琉球王国与中国一直保持着册封的外交关系,在此之下进行着一种进贡贸易。为了将王国经营下去,就需要一些必要的制度性保证。久米村的子弟就是顺应这样的需求,从而努力地学习中国官话,练习书写外交往返的文书,学习获得基础教养的儒家经典,深入学习在外交舞台上充当人际关系润滑油的汉诗文等课程。"久米村是以进贡为轴而编成的特别的官人组织"(田名真之《近世久米村的成立和开展》),为了支持国家的外交关系而进行日常人才培养的久米村作为官人组织,他们直接从中国学习知识和获得情报,以及通过与中国的官员与文人交流所培养出来的教养技能,浸透进了琉球王国的所有领域,使得琉球呈现出拥有多面性且色彩丰富的文化。

在汉诗文方面也不例外。与日本汉诗相比较而言,琉球汉诗特色,首先必须要说的就是与明清两国进行直接的交涉。从中国过来的移民支撑着王府的外交,并且形成了拥有重要职能的人才培养组织。琉球汉诗的成立与展开,从福建移民过来的"闽人三十六姓"起了巨大的作用。而且由京都的五山僧侣集团所带来的日本式训读法,它是如何与汉学相互融合,相互影响,他们之间有什么区别?在冲绳汉学的普及和发展这个问题上来看,这是必须深入研讨的课题。

参考文献:

1. "中央研究院"历史语言研究所:《明实录——太祖实录》,1900年,民国五年。

2. 田名真之:《程顺泽と彼の时代》,《名护送方程顺泽资料·人物·传记录》,《名护市史》编纂室,1991年3月。

3. 田名真之:《近世久米村の成立と展开》,《新琉球史 近世编 上》,琉球新报社1989年9月版。

4. 池宫正治:《久米村——历史と人物》,ひるぎ社,1993年3月版。

三、《中山诗文集》的成立

说到中山，“山”在琉球就是“岛”的意思，原来是指冲绳本岛的中部。琉球的南部、中部、北部相互分裂抗争的时候，将城堡建在浦添、首里的王，被称作中山王。后来中山王尚巴志统一了三山，中山王就被变成了琉球国王。《中山诗文集》也就是《琉球诗文集》。

1725 年（尚敬王十三年，雍正三年）初版的《中山诗文集》中，有郑晃、王登瀛和任五伦的序以及任上喆的跋，他们都是清朝的官员和诗人。他们与从琉球来的进贡使和留学生一起出席筵席，并且进行诗文的唱和。在越来越亲密的交际中，得到了接触到琉球汉诗文的机会，从而撰写了序文，他们成为大清国里对琉球文化有着很深理解的人。他们通过与琉球诗人进行交流，了解到了琉球国的状况，在序文中这样写到：

> 天子御极六十年，德教四讫，寰宇肃清。至于穷荒僻海之君，亦皆举首向风。愿为臣藩朝贡以期奉职纳欵者，不可胜计。独琉球知好文学，岁遣其陪臣子弟，入成均，观教化，且立至圣庙于郊，二时行释奠礼。噫，异矣。夫王中夏者，自上古以至于今世，有圣神作君作师，以教以养。而孔子以天纵之圣，宗主斯文。俾君子小人，咸归于学道，故能仁立义行，尊者爱人，而卑者易使也。今琉球居孤岛上，而顾彬彬然设学校、崇师儒，节而不流，文而不靡，岂非圣神作君作师，以教以养，而孔圣之流泽所及也哉。己亥岁，上命词臣二人为正副使，奉册书玺绶，封其国主为中山王。余侄任铎，职司引礼，偕使者入其国都。归述其土风甚悉，且出中山诗文若干卷授余。余取而读之，其国主之文，炳炳琅琅，如龙翔凤起，日光玉洁。下而王子及诸臣，率皆质有其文，无惭作者。而程君宠文，则文词尤富，其貌廓以闳，其音瓈以清，其精坚玮丽，如金石竹箭之英。余于是益叹豪杰之士……（《郑晃序》）

从序文的性质上可以看出，虽然过分的溢美之词占了很大的比例，但是由于是与琉球人的直接接触，也直接看到所带过去的琉球诗作，其感想还是非常真实的。“己亥之岁”就是 1719 年（康熙五十八年），为了册封尚敬王，正使海宝和副使徐葆光该年前往琉球。这里的“国主之文”，指的是放在《中山诗文集》的开头，由先王尚真所写的《奉旨送翰林汪先生还朝兼祝诰封检讨公八十大寿序》这篇汉文。“翰林汪先生”、“诰封检讨公”都是指册封正使汪楫。“下而王子及诸臣，率皆质有其文，无惭作者”这句话指的是继国王尚真之后，所载录王世子以下的王府高官的汉文。

> 自皇清定鼎以来，我皇上文教覃敷。薄海内外，闻风向化，莫不知学，中山独称其最。康熙十三年间，建立圣庙。行春秋释奠礼。从此诗歌文章，累牍成编，非文教德政感人之速哉。予谈经驿楼，得交蔡君声亭、曾君虞臣、程君宠文诸君，深知中山人文之盛。续读中山国王祝翰林汪太翁、中书林太母二寿序，冰清玉润，气夺钟岳。及读诸君子游草，或咏物、或赠答、或怀古思乡，出诸性情，皆有太史公之笔，予拍案称奇。时吾门从游诸子告予曰：“汇梓成集可乎？”予曰：“善哉！”亟授梨枣。……（《王登瀛序》）

这段序文比起郑晃的序文，显得更加意味深长。郑晃虽然拥有直接阅读琉球诗人作品的机会，但是文中并没有涉及到是否直接与琉球诗人交流。而王登瀛与《中山诗文集》中所收录的诗人有过亲密的交涉，而且一起讨论关于诗文的话题。驿楼，自不必说就是位于福建省福州市的柔远驿。

王登瀛，著有诗集《柔远驿草》，歌咏了在福州琉球馆与琉球使节赠答以及宴会时的情景。更加值得注意的是，在这样的交流场所，出版《中山诗文集》成为了话题，王登瀛很快就同意资助出版《中山诗文集》。引用序的最后一句"'汇梓成集可乎?'予曰'善哉!'亟授梨枣。"尽管只作了简单的叙述，文章虽短，却令人印象深刻。《中山诗文集》的出版可以说是以王登瀛为首的中国文人们，与以程顺则为代表的琉球使节们所进行的充满温暖的人际交流的产物。

王登瀛与程顺则在琉球馆商讨《中山诗文集》出版相关事宜的时候，收录的大多数作品是来自已经成型的作品集。郑晃与王登瀛的序文，是1721(康熙六十年)年所写，出版是在四年后的1725年。当时将收录到的全部作品都刊印出来是不可能的，然而将占有重要地位的程顺则的《雪燕堂游草》、蔡铎的《观光堂游草》、曾益的《执圭堂游草》、周新命的《翠云楼诗笺》这些个人作品集刻印出来的可能性却很大。可现在可以见到的刊本，仅有《雪燕堂游草》和《翠云楼诗笺》两种，而《观光堂游草》和《执圭堂游草》的刊刻本至今尚未见到。因此，除了前两种以外，并没有出现过涵盖后二种的单独作品集，后两种诗集可能只是通过草稿以及写本流传的可能性比较大。

琉球汉诗作品，除了在《中山诗文集》中所收录之外，在清朝还有更早的选录介绍。清朝康熙四十年代末(1701年初)，编纂了《皇清诗选》。在总共二十卷的诗集中，除了中国诗人之外，还网罗了像朝鲜、安南、蒙古等十五个国家的诗人作品，当时信奉中国为宗主国而朝贡的周边国家的诗人作品都被选录其中。虽然日本同属中国周边的国家，也受到了中国文化的巨大影响，但是与中国没有臣属(朝贡)关系，所以日本汉诗人的作品没有被收录进去。这部诗集中包含了二十五位琉球诗人作品，总计七十首诗。

关于《皇清诗选》中收录琉球诗人作品的经过，在这部诗集中有编纂者孙鋐的记叙，他收到琉球正议大夫毛文哲与都通事陈其湘发来的恳求采录琉球诗文的信件。毛、陈二人是康熙四十七年(1708)十月被派遣来华的进贡使，这封恳请收录琉球诗文的信件，是在第二年(1709)的八月十日通过苏州邮亭发送的。收到这些之后，孙鋐记录了当时的感想和采取的措施(见《皇清诗选》卷十六)。

孙鋐的这篇记叙中包含了当时中国与琉球文化交流的许多重要信息。从他与《中山诗文集》成立的关系上来看，孙鋐收到了毛、陈二人赠与的《学记》一篇和《琉球诗》六帙，从孙鋐记叙中所提到的"尝阅《琉球学记》"来看，孙在收到《学记》一篇之前，就已经读过《琉球学记》，因此《学记一篇》和《琉球学记》应是同一篇文章。看来这篇文章应该是指程顺则的《庙学记略》。孙鋐的记叙引用了该文的开头部分："尝阅《琉球学记》，康熙十四年始于久米村建学，行春秋释奠之礼，此前未尝有之。至二十二年皇上命检讨臣汪楫，舍人臣林麟焻颁赐御书'中山世土'四大字。"大部分文字内容都出自程顺则的《庙学记略》。

如果《学记》一篇就是程顺则《庙学记略》的话，那么这篇文章写作的当年就被传播到了中国。被《中山诗文集》收录的《庙学记略》，写于康熙四十五年(1706)十一月十八日。作者程顺则在五天后的十一月二十三日，被封为进贡正议大夫，与耳目官马元勋由那霸出港来清朝。第二年前往北京。程顺则在途中并没有直接提到这篇文章，但是孙铉却说读过此文。据《程氏家谱》记载，程顺则在这次上京途中，在曲阜祭拜了孔子庙，并献纳《庙学纪略》。可见此次上京是携带了这篇文章的。

三年后，也就是"康熙己丑岁"(康熙四十八年，1709)的秋天，孙铉收到了琉球的诗文。那么顺着之前程顺则所做的事情，程顺则在协助孙铉完成《皇清诗选》的编纂之后，很快就向皇帝进呈。与这样的情报相符，程顺则《中山诗文集》中收录了所有琉球人的作品，达成了毛文哲、程顺则刊印琉球汉诗文集的愿望。

顺便说一下，《皇清诗选》传播到琉球的时间仅仅是十年之后，也就是康熙六十年(1721)。此前一年清朝皇上册封尚敬王，程顺则作为谢恩使来到清朝，在江南自费购买了数十部《皇清诗选》带回国。献给了王府的书院一部，圣庙一部，评定所一部(参照《程氏家谱》)。

程顺则对《皇清诗选》，是由于作品被收录而将其传播到了琉球，这是一层紧密的关系。程顺则的热情感动了清朝诗人，像之前所说的那样，最终得到了不错的结果，琉球共有二十五人总计七十首诗被收录其中。这些诗作又被收录进《中山诗文集》中，包括《学记》一篇以及《琉球诗》六帙，最终都被收入了《中山诗文集》中。

参考文献：

那霸市史编辑室：《那霸市史资料编 第一卷六 家谱资料二〈程氏家谱〉》，1990年3月。

尚里贤一：《冲绳(琉球)と中国文化の交流史 中国の诗集に登场する琉球の诗人》，琉球大学医学部附属地域医疗研究センター编《冲绳の历史と医疗史》，九州大学出版会。

真荣田义见：《名护亲方程顺则评传》，冲绳印刷团地出版部，1982年2月。

四、关于出版者程顺则

程顺则是近世琉球代表性的政治家、外交官、教育家以及文学家。他以中日为琉球对外关系的机轴，能够清楚地洞悉东亚世界关系的动向，并展开生机蓬勃的切实外交活动，作为踏实能干的官僚发挥了重要的作用。

程顺则出生于1966年10月，是家中长子，父亲程泰祚，母亲真饶古樽。程泰祚的父亲是外间筑登治亲云上实房，五代之前的先祖是京阿波根亲云上实基。原来是出生在那霸，到程泰祚的时候，成为担任久米村再兴要务的程氏继承人。母亲真饶古樽是正议大夫郑子孝(安次岭亲云上)的长女，也是久米村出生。因为母亲是久米村出生，所以程顺则自幼就开始进行汉语的训练，通过一点一滴的积累，在实力得到认可之后进入了久米村。

近世琉球的历史时期，是从岛津入侵琉球（1609）开始到1879（明治十二年）结束。之前被称为古代琉球时期，与近世琉球相对应。这个时期的琉球，与以前的时代相比发生了很大的变化。在日本，江户幕府开启了近代幕府的先河。与之步调相合，琉球也迎来了重大的变革时期。当然并没有因脱离室町时代的丰臣政权而获得自由，被岛津政权重新控制，意味着在更加强大的幕府体制下进行重组。琉球的制度与结构被改编进入日本的体系。

如前所述，岛津入侵琉球时，久米村基本上已荒废。岛津实行强化政策，意图重新构建与中国的朝贡贸易。程泰祚作为久米村的程氏继承人，就出现在这个时期，而程泰祚作为久米村的构建者之一，发挥了重要的作用。1658年任通事，1663年也就是程顺则出生的那一年，又拜为谢恩存留通事远渡福州。1670年（康熙九年）又顺利得升为都通事，1672年再拜进贡都通事。第二年（1673）再次渡清。

1673年（康熙十二年），中国出现了“三藩之乱”，这是一场深陷混乱之中的进贡。泰祚一行在福建沿海遭到了海贼的袭击，泰祚身负重伤，得到治疗后赴北京，完成任务后返回福建。途经苏州时，因三藩之一的福建耿精忠所发起叛乱而无法返闽，在苏州滞留期间因病去世，那时程顺则年仅十三岁。中国发生的混乱对琉球产生了直接的影响，泰祚一行因叛乱风波而最终能够返回的使节只有少数人。

士族的男子一般在十五岁前后元服，久米村的子弟在元服之前的大概十二三岁时被称为“若秀才”，并开始享有年俸。这是首里的子弟所没有的制度，与首里和那霸的士族相比，享有更丰厚的保障。程顺则在十二岁的时候被选为若秀才，十四岁元服后被选为秀才。

1683年（康熙二十二年），他成为通事并作为“勤学生”来到中国。第二年赴北京后返回福州，在福州学习了四年。这个时候他见到了之后成为终生的老师的陈元辅（昌其）。勤学是以福州的柔远驿为居住点，在福州接受适当的指导而进行的留学，有别于被派遣到公共的教育机关学习的“官生”。久米村的子弟由于职能上发挥的作用而享受着优厚的保障。在进行国家的贸易业务中，需要学习各种各样实用的知识。比如说除了学习翻译业务，与清国官僚进行交涉的时候，还需要实用文书写作以及管理、航海技术、船只的维修等，儒学和诗文也是作为官员最基本的修养。每一代国王中官生的规定人数仅限四人，长久担任久米村业务人才的培养十分不足。为此，久米村的子弟达到一定的年龄后，大都需要作为“勤学生”而远赴福州进行学习。

1689年（康熙二十八年），程顺则二十七岁，担任接贡存留通事再度前往中国。这次一直到二十九岁，整整在福州待了三年。在福州滞留期间，写作了《柔远驿土地祠记》和《柔远驿崇报祠记》两篇文章，以慰在中国死去的先人亡灵。而且，在临近归国之前，还自费购买了《十七史》（计有一千五百九十二卷），归国后献于孔子庙。从他前后两次长达七年的留学生涯中可以看出，他在二十几岁的时候，在自己钻研的同时，也在致力于提高琉球的文化地位和增强久米村的实力。在柔远驿建立了土地祠和崇报祠，写下了相关的文章，购置了《十七史》回国，从这些活动中已经可以看出他以后活动的原型了。

从福州回国后，就任汉字书写者和讲解师。并且顺利出仕。1695年，三十三岁的他被任命为都通事，第二年作为进贡北京大通事第三次出使清朝，1698 年 6 月回国。这一阶段从福建到北京的往返之旅中取材的汉诗文作品集，就是《中山诗文集》中的杰作《雪燕堂游草》。

回国之后，程顺则得到尚真王和世子尚纯王的宠爱。他一边为王世孙尚益讲解“四书五经”，一边担任从事官阶和官制修订的重要工作，屡次得到国王和王世子的赏赐和褒奖。其官职也在康熙四十三年(1704)四十二岁的时候升至中议大夫。1706 年四十四岁时再拜正议大夫。他在四十岁之后，写的更多的是汉文章，所留下的大多数作品也是汉文。1706 年，他以写作《王府官制》的序文《庙学记略》为开端，1708 年又写作了《指南广义》，1716 年又写作了《琉球创建关帝庙记》、《琉球国新建至圣庙记》，1719 年作《新建启圣公祠记》，作为久米村的领导者，程顺则越来越显得游刃有余。

1706 年程顺则四十四岁的时候，作为进贡正议大夫第四次渡清。第二年四十五岁的时候，向北京出发的途中路过山东省时造访了曲阜的孔庙，献上了上一年刚写成的《庙学记略》。1708 年程顺则四十六岁的时候回国。在这个时候，他在福建自费四十六金出版了《六谕衍义》、《指南广义》以及次子程抟万的《焚余稿》。这段时间内，尚益即位(1710)，程顺则曾经为其讲解过“四书五经”，又受王命讲解《春秋》及《贞观政要》。

1714 年(康熙五十三年)五十二岁的时候，程顺则作为庆贺使节的掌翰使前往江户，向萨摩的萨州大守中将吉贵公献上《六谕衍义》。吉贵公又在 1719 年将此书献给了江户幕府将军吉宗。吉宗命荻生徂徕加上训点、室鸠巢加上和解(二十一年)，并在二十二年刊出了幕府版的《官刻六谕衍义大意》。程顺则在江户与新井白石和荻生徂徕等会面，返回时在草津摄政近卫家熙公的鸭川别墅物外楼，创作出一批汉诗文。1715 年程顺则五十三岁时从萨摩归来，拜为紫金大夫，也获得了久米村的最高地位总理唐荣司(久米村总役)。这一年又向摄政近卫家熙公献上了《诗韵释要》，以及在曲阜孔庙购得的孔林“楷杯”。

成为久米村总役之后，他大力振兴久米村的教育。1718 年程顺则五十六岁时，在久米村孔庙的旁边创建了琉球最早的一所教育机构明伦堂。在明伦堂内有启圣祠，祭祀启圣(孔子的父亲)以及颜子、曾子、子思和孟子父亲的灵位。1719 年，清帝册封尚敬王，正史海宝及副使徐葆光一行四十六人来到琉球。这一年，前来册封的清国人员总数、停留日期、携带物品的数量都是史无前例的。对于接受方的琉球而言，程顺则以及后辈蔡温，都能作为接待和交涉的担当者应对自如。

1720 年的春天，程顺则作为谢恩使，陪送册封使一行再度赴清。这已经是他第五次访问中国了。每次到访中国，他都自己投入大量经费，购入各种各样的书籍，刊行琉球人的作品。这次他又购入数十本《皇清诗选》(全三十卷)带回琉球，献给了王府的书院和久米村的孔庙。如前所提及的一样，在这次渡清之前他已经做了将琉球诗作汇集成《中山诗文集》介绍给中国的准备。结束公务，从北京返回福州的程顺则，大概是已做好最后一次核对，争取在 1725 年(雍正三年)将其刊行。

第五次渡清结束归国(1721 年，康熙六十年，59 岁)的程顺则，从投入了全部心力的外交和教育一线退出。到了 1728 年，拜为“名护间切总地头”，之后被称为“名护亲方”。程顺则所任的久米村总役，是久米村中的最高职位。他一生五次远渡中国，又作为使者被派遣到江户，是活跃在政治舞台上的琉球外交人物代表。

但是在家庭方面，不幸的阴影从小就笼罩着程顺泽，他背负了终生的孤独与苦难。在普遍意义上，虽说没有经历过苦难与孤独的人是不存在的，但是在碰触到程顺则的不幸、苦难和孤独的真相之后，不是谁都可以体味到他的苦难之深和苦难之重的。如果是普通人的话，光看到这些触目惊心的深渊就会吓死，可程顺则却坚韧地爬上来并坚强地存活下去。

程顺则体味到的最初悲哀，是他十三岁(1675)那年父亲程泰祚的死。萨摩入侵琉球之后，在久米村推行强化政策，作为程氏继承人的泰祚，顺利发挥着他的能力，为王府执行外交任务，泰祚带着使命远渡中国，途中客死苏州。

由年谱可见，程顺则十七岁时失去了祖母。三十二岁时(1694)刚刚为他诞下第四个孩子的妻子，也在正月五日不幸死去，年仅二十九岁。第二年二月，母亲又相继去世。三十六岁(1698)时，大儿子的妻子也突然死去，年仅十八岁。这一年，虽然他出版了《中山诗文集》，但是不难想象，当时他的家庭是被悲伤的气氛所笼罩的。

1702年(康熙四十一年)内所发生的一连串的不幸，更是对他构成了极为沉重的打击。这一年三月三，二儿子抟云去世。这时远在清朝执行公务的弟弟顺性，也在途中遇难。第二年七月，大儿子抟九离世。不久小儿子抟万也死去，年仅十四岁。这时程顺则正值四十岁。仅在半年里，失去了三个儿子以及弟弟，这给程顺则造成的精神上的巨大冲击是无法估量的。1729年(雍正七年)他六十七岁的时候，仅存在世的四儿子允升，作为北京大通事，在出使清朝旅途中死于山东。至此，程顺则失去了他所有的儿子。"器宇深沉、学识丰富的程顺则，果敢地关上了人生大门，闭门谢客，从此世影遁"(《琉球五伟人》)。

程顺则在失去了妻子(不久后再婚)、弟弟以及四个儿子而陷入人生孤独及消沉失意时，首先得到了以尚贞王为首的王世子、王世孙给予的物质和精神上的关心支持，以及好友蔡温等同僚的热情鼓励。在他四十二岁陷入孤独情绪最低谷时，王世子尚纯以及王世孙尚益特意招他入王府，为王族讲解"四书五经"以及唐诗。到了年末和元旦，还会派使者专程赠送礼物，或是摆驾前往那霸的程家，或是拜访住在久米村的程家。而作为后辈的蔡温，也温情写信给闭门谢客的程顺则，不断鼓励他，渡过情绪难关。失去了家庭亲人的程顺则，却得到了以王府带头的关怀，以及来自前辈和同僚的极大信赖，这也为他开展社会活动提供了力量的源泉。

参考文献：

那霸市史编辑室：《那霸市史资料编 第一卷六 家谱资料二〈程氏家谱〉》，1990年6月。

名护教育委员会：《名护亲方程顺泽数据集·一——人物·传记类》，1991年3月。

伊波普犹，真境名安兴：《琉球五伟人》，《真境名安兴全集》第四卷所收，琉球报社，1993年2月。

真荣田义见：《名护亲方程顺则评传》，冲绳出版社团地出版部，1982年11月。

五、编纂的动机

《中山诗文集》是由继承了五山僧侣山门传统的首里汉学，以及从中国人迁居久米村所形成的华裔汉学，这两股源流汇合而成的。其中久米村诗人占据了主流地位，而首里诗人以及与王府亲近者的诗文作品入选受到了限定。这样做是考虑到了很多原因理由的，第一个是处在内外强烈呼吁复兴久米村文化作用的时代背景。收录作品中的大多数，都可以明确看到编撰者的这一意图。岛津入侵琉球之后，推行强化政策振兴久米村，其结果就是有很多久米村籍的汉诗文作品登场。第二个原因是，久米村成员对自身作为王府对外交易的牵引者地位及作用越来越自信，他们更加强烈意识到久米村成员参与的必要性。第三个原因是，由于中国和日本当时处于安定期，考虑到两国的实力，维持关系成为琉球王国能否生存的关键。为了与两个相邻强国的官僚和政治家进行平等交涉，也为了使交涉正常进行，就需要与对方对等的或者是不能被对方轻视的知识体系。而诗文集的编纂，就是对外宣传琉球汉诗文力量的手段之一。第四个原因是，为了久米村的再兴和比较顺利地展开交易。琉球诗人以福州柔远驿（琉球馆）为中心再次活跃与中国文人的交流，在与中国文人赠答、送别作品不断增加的同时，也得到了福州当地士绅文人的帮助刊行琉球作品集。《中山诗文集》中所收录的序和跋，都充分说明了这一点。

我想大概就是出于以上的动机，程顺则的父亲将他从那霸过继过来，作为久米村程氏的继承人，并培养其将来担任久米村再兴使命的重要人物，这样将重新确立久米村作为王府所期望的重要职能机关，发挥作用以及谋求团结。在政治方面，由于受萨摩的支配，琉球在逐渐日本化。而久米村具有其特殊性质，中国色彩也在逐渐地加强。由于孔子庙春秋释奠的实施和明伦堂的设立，儒学的振兴，派遣官生的恢复，系图座的设立，清明祭祀的传来，风水思想，葬制、墓制的中国化等等，在文化和习俗方面，久米村达到了在萨摩入侵前的盛况空前。尽管在萨摩入侵的时候，久米村形同废墟，满目萧然，但是随着与清朝交易的担当者的作用的正常化，它在恢复活力同时地位也得到了提高。之后，久米村恢复了担任琉球贸易的推进者的自识和骄傲。直到琉球处分（明治十二年）为止，久米村人士都担任着重要的职务。

参考文献：

田名真之：《近世久米村の成立と展开》，《新琉球史 近世编（上）》所收。琉球新报社，1989 年 9 月。

池宫正治：《久米村——历史と人物》，ひるぎ社，1993 年 3 月。

六、关于所收录的作品

《中山诗文集》所收录的作品如下所示：

作者名	作品名	写作时间(以及序文的写成)
郑晃	《序文》	1721 年 尚敬九 康熙六十
王登瀛	《序文》	同上
任五伦	《序文》	1725 年 尚敬十三 雍正三
中山王尚贞	《奉送翰林汪先生还明朝序》	1683 年(尚贞十五 康熙二十二)
尚弘毅等	《题画奉祝诰封翰林汪太公寿诗》	同上
中山王尚真	《恭祝中翰林玉岩先生贤母勅封戴太孺人荣寿序》	同上
王世子尚纯	《恭赠玉岩林先生诗》	同上
王弟尚弘毅等	《恭祝林母戴太夫人寿诗》	同上
	《林副使德政歌》	同上
曾益(虞臣)	《执圭堂诗草》	1689 年(尚贞二十一 康熙二十八)
蔡铎(声亭)	《关光堂游草》	1690 年(尚贞二十二 康熙二十九)
程顺则(宠文)	《雪堂纪荣诗》	1693 年(尚贞二十五 康熙三十二)
程顺则	《雪堂燕游草》	1698 年(尚贞三十 康熙三十七)
蔡彬	《景阳墓志碑》	1677 年(尚贞九 康熙十六)
程顺则	《重修临海桥碑文》	1696 年(尚贞二十八 康熙三十五)
程顺则	《雪堂杂组》	同上
陈文雄(士知)	《雪堂赠言》	1698 年(尚贞三十 康熙三十七)
徐葆光	《赠言》	1720 年(尚敬八 康熙五十九)
程顺则	《新建至圣庙记》	1716 年(尚敬四 康熙五十五)
程顺则	《启圣公祠记》	1719 年(尚敬七 康熙五十八)
程顺则	《庙学记略》	1706 年(尚贞三十八 康熙四十五)
程顺则	《关帝庙记》	1716 年(尚敬四 康熙五十五)
陈元辅	《中山自了得》	1688 年(尚贞二十 康熙二十七)
程抟万	《焚余稿》	1708 年(尚贞四十 康熙四十七)
周新命(熙臣)	《翠云楼诗笺》	1693 年(尚贞二十五 康熙三十二)
任上喆	《跋文》	1725 年(尚敬十三 雍正三)

其中第一至六篇是在 1683 年(尚贞十五，康熙二十二)来到琉球的册封使(正史汪

楫,副使林麟焻)有关的作品,第一、二篇是赠与正使汪楫的,第三至六篇是赠与副使林麟焻的。第一首诗的全名是《奉送翰林汪先生还明朝兼祝诰封检讨公八十大寿序》,琉球国王尚贞在册封使回国的时候,表达了对册封的谢意和归途平安的愿望,以及对汪父八十大寿的祝贺。第二篇的内容是以王弟尚弘毅为首的首里以及久米村的二十四名高官,对正使汪楫父亲八十大寿的祝贺。第三篇《恭祝中翰林玉岩先生贤母勅封戴太孺人荣寿序》,题目没有省略。内容是祝愿副使林麟焻的母亲能够长寿。第四篇是世子尚纯的作品,本文中的题目是《小诗恭赠玉岩林先生诗》。第五篇是王弟尚弘毅以及三司官毛泰永、毛国珍、翁自仪四人的作品,在本文中题目是《祝林母戴太夫人寿》。第六篇是对副使林麟焻的赞歌,第四至六篇虽然各自成立了目录,但是从内容上也可以将它们归为一类。

以上一至六篇,是以琉球王府的官员为代表的作品。编纂者程顺则作为久米村人中国文化的正统继承者,将首里的官员置之不理的话是无法进行下去的。诗集作为《中山诗文集》,可以看出有给首里王府面子的秘密意图,同时也可以察觉久米村在首里王府的地位和作用。以久米村出身的人为中心的《中山诗文集》,从他的内容上可以看出,将王府摆在前面,意图是为了确保琉球国的诗文集的正统性。

关于作品集开头的人物先作一个简单的介绍,尚贞王(1645—1709),在位四十一年(1669—1709),《中山世谱》这样评价他道:"王性质温厚,好学重礼,大兴文风,社稷奠安。"即位后第十五年接受册封,1676 年任羽地国秀为国相,在承认萨摩控制的基础上,果断地实行现实性的改革。羽地的一系列改革包括奖学政策、官职的整理与新设、祭祀以及节日的整理、领主支配的规制等等。这个时代人才辈出的时代,出现了如程顺则、郑弘良、翁自仪、池城安倚、魏士哲等优秀人士。

世子尚纯(1660—1706),为尚贞的王世子,在继承王位之前就驾崩了,之后追尊称王。他召集程顺则和蔡文溥为他讲解《诗经》和唐诗,十分好学。在《中山诗文集》中有题名为《咏双松》的五言绝句。

王弟尚弘毅(大里朝亮)1676 年(尚贞八年)1686 年(尚贞十八年)为摄政王。三司官毛泰永(伊野波盛纪),1665 年(尚贞十八)至 1688 年(尚贞二十)。毛国珍(池城安宪)1670(尚贞二年)至 1696(尚贞二十八年),翁自仪(稻岭盛仪)1683(尚贞十五年)—1696(尚贞二十八年)任三司官(琉球王国时代掌握政治实权的三位宰相,在亲方中选任,接受萨摩的支配)。

第七篇之后,是与程顺则有有关系的人士的诗文。

第七篇《执圭堂游草》,1689 年陈元辅(昌其)为其写作跋文,由此可以看出他写作的年份。作者曾益(1645—1705)是久米村曾姓的第六代,最初名为砂边亲方、永泰。后改名为益。1692 年(康熙三十一年)为避王世孙尚益的讳,改名为夔。字子嫌,号虞臣。1663 年(康熙二年)作为勤学生随蔡彬(喜友名通事)和毛国俊(国吉通事)等远赴福州,读书习礼两年。之后作为进贡都通事,四次来到清国,后作为去萨摩的使者两次前往萨摩,活跃于琉球的外交舞台之上。雅号为虞臣,这是 1686 年他作为进贡正议大夫来到清朝时福州的大儒陈元辅所赐予的。三年之后 1689 年,曾益在福州停留期间,为了迎接他们的接贡船到达了,存留通事就是程顺则。作为久米村的老前辈,曾益的作品由程顺则的恩师陈元辅书写跋文来作为久米村系诗人的开头，接下来蔡铎的《观光堂游草》依然是由陈元辅写作序和跋文，可以说是表达了对程顺则的前辈的敬畏之情。

第八篇《观光堂游草》是蔡铎(1644—1724，字声亭)的作品集。1690年陈元辅为其写作序文。可见作品也是在这个时候完成。蔡铎在1688年作为进贡正议大夫来到清朝，第二年五月前往北京，1690年春回到福州。作品就是在福州与北京的往返途中写下的，收录了30首。作品的大多数都是七言律诗，五绝、五律、七绝很少。

第九篇《雪堂纪荣诗》，是赞扬程顺则得到了王世子(尚纯)所赏赐凤尾蕉(苏铁)的荣誉，它收录了久米村的前辈和同僚的作品。作品完成的那年就是被赠予凤尾蕉的1693年(康熙三十二年)。陈元辅的跋文，是在程顺则作为进贡北京大通事来到清朝的时候，在福州见到了陈，让他为其书写的，完成应该是在这之后。大概与之后的《雪堂燕游草》的完成同是在1698年。

《雪堂燕游草》是在1696年十一月，程顺则被任命为进贡北京大通事来到中国，收录了他第二年五月从福州出发，十二月回到福州大概七个月期间的作品，在江浙二省所吟咏的作品多达50首，超过了在其他地方所写的作品总数。作品总数79个题目84首诗。在1698年完成。

第十一篇是《江南江苏等处地方各宪遵旨捐助营葬琉球国贡使都通事程公讳泰祚号景阳墓志碑》的长题碑文，目录略称为《景阳墓志碑》。作者是正议大夫蔡彬。程泰祚，号景阳，是程顺则的父亲，1673年，跟随正议大夫蔡彬来到中国，1675年从北京返回福州的途中，在苏州病逝。《雪堂燕游草》中题为《姑苏省墓》的作品，就是程顺则吊唁了父亲之墓并表达了悲伤哀婉之情。

第十二篇《重修海桥碑文》，写作于1696年，作者为程顺则。据碑文所写，临海桥是原来的三桥，1694年因由台风所引起的巨浪而毁坏。在被破坏之前，赏月和赏景的诗人和渔夫常集于此开办酒宴。明末三桥中的东桥被阻塞，只剩下中桥和西桥两座桥。重修的其中的西二桥。这篇文章在出版中没有收录完整，后来重订版中补了上去。

第十三篇是程顺则的汉诗集《雪堂杂组》。1696年完成。收录作品二十八首，第一首至第八首是程顺则的代表作《东苑八景》。

第十四篇，是陈文雄(士知)所编的《雪堂赠言》，1698年(康熙三十七年)写作完成。此部集子显示了程顺则在福州宽广的人脉。收录了陈文雄、陈元辅、竺天植等28名中国诗人的诗文。

第十五篇徐葆光的《赠言》，写于1720年或是第二年1721年。徐是前年作为册封使来到琉球，这一年(1720年)程顺则作为谢恩使跟随他一起回清。在程顺则第五次来到中国，这个时候程顺则出了自己的诗作，并请求他校正。借此机会徐葆光赠给了程顺则十首诗。由于徐葆光回国还不到一年的时间，对在琉球所遇到的人和在游玩的时候所到过的地方的印象还是非常的鲜明的。最后一首中，作了特别注明，追加了在海上一起同游的蔡肇工和阮维新的名字。

第十六至第十九篇，是程顺则所写的有关孔子庙、启圣祠、琉球的教育史和关帝庙的文章。其中先简单地介绍一下十八篇《庙学记略》，这篇文章写于1706年，内容是以久米村的学问为中心，记述关于儒学在琉球的成立和开展：建立孔庙的经过，儒学的开展和变迁，历代司教和讲解师的名字的详细的记录，这些作为资料来说都非常的重要。程顺则在 1707 年作为进贡正议大夫，出使中国，途经山东曲阜孔庙的时候献上了此文。

第二十篇是《中山自了传》，1688 年写作完成。是首里王府画师自了的传记。自了（城间清丰，1614—1644），作为画家和书法家被人们所熟知。他从一出生就失聪了，不能读书与写作，自己奋发努力之后成为了画家。尚丰王时，作为画师而被招进王府。陈元辅从官生（在北京国子监学习的学生）阮维新、梁成楫那里听说了这个故事，觉得是一位非常了不起的人物，并特地为他做了传记。这是一篇表达了在琉球的残疾人教育方面的非常珍贵的文章。

第二十一篇《焚余稿》是写于 1708 年，陈抟万（1689—1702）的汉诗集。陈抟万是程顺则的第二个儿子，字仲扶。程顺则在福州刊行了在十四岁就死去的儿子的遗稿。程顺则的恩师陈元辅为其做序。收录了他十一岁至十四岁的作品。同年，程顺则带回了版刻发行的《六谕衍义》。初版少了陈元辅的序文。后来重订时补上了。

第二十二篇是周新命（熙臣）所著的《翠云楼诗笺》，写于 1693 年（康熙三十二年），带有竺天植和陈允溥的序文。竺天植的序是写于 1693 年，陈的序文的写作时间没有记载。可以猜想是应该是同一年书写的。周新命是从 1688 年开始在福州生活了五年。他和寄序的竺天植和陈元溥应该是至交。

参考文献：

横山重他：《中山世谱》，《琉球资料丛书》第四卷，凤文书店，1988 年 7 月。

岛尻胜太郎选，尚里贤一注释：《琉球汉诗选》，ひるぎ社，1990 年 1 月。

结　　语

一、琉球汉诗的主旋律

琉球汉文学发于明初，洎乎清末，尤以发展到清朝的康熙、乾隆年间最为鼎盛。琉球汉诗，更是代表着琉球汉文学的最高成就。琉球汉诗人们自最初的阅读受教始，勤勉作诗，工于模仿，字斟句酌，讲求格律，走出了一条结合中国古典诗词风雅与琉球文化特色的创作道路。

琉球汉诗受清代诗歌的风格和诗歌理论影响比较大，清代诗主要在以学唐宗宋的基础上不断加入新的元素，一改明代诗歌保守的基调，赋予了汉诗新的生命。琉球汉诗就是基于这样的诗歌理论的影响发展起来的，清诗的繁荣同时也带来了琉球汉诗的繁荣。从琉球诗歌的内容上来看，内容非常丰富，中国诗歌中所出现的内容在琉球汉诗中几乎都可以看到。琉球汉诗的内容包括酬赠唱和、留别、咏史怀古、羁旅思乡、纪行咏物等等。琉球汉诗人在旅华游学的过程中，对中国的习俗、风物、人文传统进行广泛而深入的接触，这些丰富的经历给了他们创作的素材，因此琉球诗歌创作很好地吸收了中国诗歌的大部分内容。以纪行为主要内容的诗歌占的比例比较大，这些诗对中国的山川美景进行了淋漓尽致的描绘咏唱，对于广袤的中华大地秀美景色的赞叹，琉球诗人从不吝惜他们的文墨。在其诗歌中充满了事大慕华的基调，面对历代古迹，许多琉球诗人与中国文人一样都会留下思古之忧愁。

《过仙霞岭》(程顺则)

南天锁钥古仙霞，闽越相连百万家。
鸟道千寻蝌蚪字，马啼十里野棠花。
乡云飘渺浮云回，剑珮萧条夕照斜。
见说九重多雨露，岭头翘首望京华。

《游西湖》(蔡大鼎)

风光第一古来传，湖上游观忆昔年。
南宋君如知将将，骑驴未必隐高贤。

仙霞岭是由闽赴京首先要经过的关隘，是历代琉球贡使学者北上的必经之路。而西湖是历代文人都熟悉的江南佳丽地，汉诗人心目中大都有着一个西湖梦。而琉球诗人远在海外读到吟咏西湖的名章秀句的时候，不免会对西湖充满神往。蔡大鼎这首诗歌是他第二次来中国，上京入贡的时候途经西湖时所作。诗人吟诵这首诗作时，不禁勾起了内心的黍离之悲。遥想当时若不是南宋的朝廷腐败昏庸，那么西湖的这些草庐之中，为什么会有如此之多的隐士。作为异邦人，他站在了中国人的立场上，感叹国家的前途和命运。此时的清朝已是日薄西山，不知诗人是否借此来讽谕现实。

思乡怀人，是中国诗歌史上经久不衰的题材。琉球诗人们对于自己的故乡充满着眷恋。“羁鸟恋旧林，池鱼思故渊”，即使是到了地大物博的中国，琉球诗人们并没有乐不思蜀。几乎每一个到华的诗人，无论是有任务在身，不得不离乡背井，还是单纯的来访游学，诗歌中都笼罩着浓浓乡愁。这种类型的诗作在琉球汉诗中所占的比例非常大。如蔡文溥的《饯秋》：

白云横江接画楼，朝朝闲看白云游。
客中剧有离乡恨，才送春归又送秋。①

季节的变换以及季节感受的差异，往往会引起琉球诗人的怀乡之思。比如在北京或福州感受到的秋思，尤其是中国北方肃杀的秋气，总是会勾起琉球游子的思乡情怀。这里诗人用了一个“恨”字，可见有多么的不愿意离乡背井。即使是到了比自己故乡更富饶更强大的国度，诗人依然怀念故土，挚爱家乡和亲人。如杨文凤的《同忆乡》：

骖騑俨上路，此地暂淹留。
冷月侵寒馆，清风浮驿楼。
雁声惊客思，蛩韵动乡愁。
首里回头望，千山万水悠。②

这首五律，充满唐人羁旅诗的气息，第一句是引用王勃《滕王阁序》中的：“俨骖騑于上路。”由“雁声”和“蛩”可以得知这也是写于深秋，旅途漫漫，身心乏累，回首遥望故乡，还在烟水茫茫的万里之外。

琉球汉诗人擅长使用中国诗歌样式来描绘本国人文风貌，使得汉诗种子落到了他国异乡土壤，逐渐长出带有本土特色的花朵。拿蔡文溥的汉诗为例看，在其《四本堂诗文集》中，对琉球的农业生产作了很多的描写，让今人可以了解当时琉球国的农业生产状况，如其中《灌溉》、《收刈》、《登场》、《拾穗》等描写具体生动。以下引一首《收刈》：

满目黄云晓露希，腰镰获稻喜晴晖。

---

① 陈正宏、(日)高津孝《琉球王国汉文文献集成·第二十五册》，上海：复旦大学出版社，2009年。第260页。

② 陈正宏、(日)高津孝《琉球王国汉文文献集成·第二十五册》，上海：复旦大学出版社，2009年。第358页。

儿童处处收遗穗，村社家家荷担归。①

这首琉球汉诗的描写，不由让人想起唐代白居易的《观刈麦》。蔡文溥在这首诗中展现出了一幅乡村农忙时的风景画，洋溢着丰收的喜悦，琉球人民的辛劳和勤勉都可以从中映射出来。

对于有琉球特色的风物景观描写，除了之前提到了琉球八景诗，还有很多具有琉球特色的风物，比如凤尾蕉和团扇、球纸、琉球等。引一首《毛世辉诗集》中的《团扇》：

齐纨皎洁白于银，裁作合欢宫样新。
静夜轻摇层阁上，清风一榻月双轮。

团扇来自中国，但是被引进到了琉球，一般都成了白色，显得单薄轻盈。琉球炎热夏季，团扇成了居家驱除暑热的必备之物。此诗中的"齐纨"、"合欢"都是中国团扇描写中的常用词语，而后两句的描写则表现出了暑夜纳凉高阁上的凉爽。夜空中的一轮明月，与佳人手中摇动着的银白色团扇，形成了双轮共辉的静夜纳凉场景，颇有琉球风味。

琉球四面环海，琉球汉诗人对浩瀚的海洋有着深厚的情感。大海的潮声、波涛、船帆、岛屿等，都是琉球汉诗中经常描写的对象。

如毛世辉的《临海潮声》中所描写：

一为听潮国寺门，长堤日色又黄昏。
苍茫势接天河远，汹涌声惊地轴翻。
雪鼓无端驱怒气，鸱夷何处忍忠魂。
长风万里如堪借，拟向钱塘载酒樽。

虽是在描写浙江临海的钱塘江观潮，但在其笔法中，还是能看出来自琉球海国的诗人，对于潮水潮声有着独特的感受，似乎从钱塘江潮的强悍气势上，看出其来自波涛汹涌的东海大洋。浩瀚的远洋，不仅是琉球诗人的家国所在，还成为钱塘江大潮的力量来源。

二、琉球汉诗中的特色意象

诗歌意象在汉诗创作中乃至在中国诗学中都有着十分重要的作用和意义。汉诗中的许多意象只要一被提及，就能勾起众多人心中的共鸣。这些意象往往带着诗人心中的主观情思，比如柳象征着别离，梅菊象征着文人清高孤傲的风骨，鸿雁象征着思乡怀远等等。琉球人在阅读和写作汉诗的时候，也须将这些意象的多层意味及象征意义加以熟练运用。

意象的运用以自然稳妥为尚。以"竹子"意象的运用为例说，竹子在中国文人心目中是品格高尚君子的化身，是"岁寒三友"之一，如宋代苏轼《绿竹筠》："宁可食无肉，不可居无竹。无肉使人瘦，无竹使人俗。"再如清代刘谦《新竹》："自是子猷偏爱尔，虚心高洁雪

① 陈正宏、(日)高津孝《琉球王国汉文文献集成·第二十五册》，上海：复旦大学出版社，2009 年。第 278 页。

霜中。”皆为咏竹名句，后人诗词中提到竹子，自然就会想到这些名句中的竹子意象。琉球蔡大鼎的汉诗创作中就运用了此类传统的竹意象，比如《新竹》三首其一云：

> 莫嫌新竹未凌空，彩凤高栖旭日红。
> 节劲心虚檐际立，此君节操有谁同？

这首诗是描写的新竹虽然没有长成，但其“节劲心虚”的高尚品质已经具备。竹子的坚韧，竹子的虚心，也都成为作者人格的象征写照。毛世辉《久米村竹篱》汉诗中还写道：“问道当年久米村，家家均种竹作篱。”诗中描写久米村家家都栽种竹篱，编竹丛为墙垣，就地取材，不仅环保，而且自然美丽，显出琉球家居院落的清新气质。种竹和爱竹，都是中国悠久的传统，这种植物被传播到琉球群岛后得以扩散发扬，大量种植，使得翠绿的竹林竹丛成为海邦国度的优美一景。在华留学任职的琉球汉诗人也往往通过描写琉球的竹篱，寄托浓浓的思乡之情，也使得汉诗中的竹子意象，成为中琉文化交往中共有的精神寄托和友好象征。

再如大雁的意象。大雁在中国诗中往往象征着羁旅之思，或是孤倦之情。大雁是有着季节性迁移习惯的候鸟，到了秋天就会南迁，春夏之际再北飞。正因如此，人生不自由的中国文人，常常羡慕能够按时自由迁飞的大雁，用以寄托游子思乡怀人之情和羁旅伤感。如唐代赵嘏《长安秋望》：“残星数点雁横塞，长笛一声人倚楼。”宋代欧阳修的《戏达元稹》：“夜闻归雁生相思，病入新年感物华。”宋人戴复古《月夜舟中》：“星辰冷落碧潭水，鸿雁悲鸣红蓼风。”这些描写归雁的诗词名句，对琉球汉诗创作的影响极深，如周新命的这首汉诗：

《闻雁》

> 碧空凉月一帘秋，携酒相将话旧游。
> 客夜不堪愁绝处，数声归雁过南楼。

开头写到了“凉月”，秋夜碧空，月亮更显冰凉，衬托出作者远在异乡他国的孤独寂寞。诗人借酒消愁，这时又听到了过雁叫声。从凉月到归雁，几种意象的组合，将一种独在异乡为异客的清冷孤寂氛围烘托了出来。

“小楼”意象在传统中国诗歌中也是经常出现的。小楼意象代表着适宜的居住场所，可以表达闲适之情。如陆游的《临安春雨初霁》中：“小楼一夜听春雨，深巷明朝卖杏花。”登楼远眺往往可以表达怀远的哀伤幽怨之情，如白居易的“明月人倚楼”（《长相思》）。再如崔颢《登黄鹤楼》“日暮乡关何处是，烟波江上使人愁”的名句。中国古代文人墨客不管是壮山河之美，抒安邦之志，发思古之幽情，还是表闲愁遗恨，诉相思之苦，大都“爱上层楼”，登高望远，天地悠悠，或喜或悲，一吐为快，留下了许多声情并茂的诗词名句。琉球汉诗中也经常提到“登楼”，这个“楼”多是指驿楼，即福州的柔远驿。如周新命的诗中就经常有着登楼举动，如《高楼远眺寄怀旧友》：“一别家乡近五秋，高楼独倚望芦洲。绿堤鸟语惊残梦，隔水葭苍忆旧游。”再如《古驿题壁》中说：“山形依旧依层楼，四壁萧萧忆旧游。”这两首诗都是表达了羁旅之愁与思家之苦，也都通过“登楼”来诉说衷情。福州柔远驿，不仅为琉球的贡使官员以及留学生提供了驻留以及文化交流的场所，也承载了琉球汉诗人无尽的愁绪和思念。面对四周景色变化的古驿楼，琉球汉诗人往往是寂寥之心与相思之情相遇杂糅，五味杂陈，显得更加深沉，也愈加悲凉。正如福州学者琉球学生导师竺天植在《翠云楼诗笺》序中所说："风雨楼头而起怀人之思。"

驿楼也是琉球文人士子之间和中琉文人之间的交流场所，他们在此围炉夜话、谈史论经，彼此吟诗唱和。这样的活动，也为琉球汉诗创作水平的提高起到了重大的作用。蔡文溥有《和陈昌其先生驿楼坐雨》诗云："碧天云已尽，沧海月初生。解榻留高士，焚香话旧情。文章归大雅，学业愧虚名。今夜忻相对，楼高秋色清。"又有《喜耻光上人同陈昌其王邦安梁先生过柔远驿待月用耻光上人原韵》诗云："江楼处入夜，新雁报清秋。月上沙皆白，风清云不留。千山一老衲，孤馆数名流。但得频相对，长消客里愁。"诗题中所说的昌其先生，指的是陈元辅。陈元辅，字昌其，明万历十九年辛卯榜进士，入清不仕，坚守布衣身份。陈元辅为闽地著名儒学者，程顺则到福州后拜其为师。还有王登瀛，字阆洲，明末清初福建人，与陈元辅、程顺则等交游，书法宗董香光，尝游琉球等国。陈元辅和王登瀛等闽地儒学者与琉球文士交游甚广，与程顺则、蔡铎等琉球汉诗人不仅有师生之谊，更有深入的唱酬交往，经常在柔远驿把酒夜话，研讨学问，唱酬汉诗。正如王登瀛序文中所说："穷河柔远驿楼，日与诸子谈经染瀚。"①驿楼随之成为琉球汉诗人诗作中经常提到的温馨意象。

三、琉球汉诗之于东亚汉诗的特殊意义

在东亚汉文学中，汉诗之所以有如此高的地位，不仅是由于它的教化作用，而且它扮演着重要的外交和交际作用。但是论及东亚汉诗，其中一员琉球汉诗的存在，似乎一直被掩盖在东亚其他国家的汉诗身后，显得模糊而神秘。甚至是在日本汉诗中，对琉球汉诗都很少提及。其中的原因，一是琉球王国被日本消灭后，琉球这个词汇便从人们视野中逐渐消失。其次由于在琉球王国的历史上，一次又一次经受了战火摧残，在经济和历史文化上一次一次遭受重创。由于明治政府吞并琉球以后，限制中琉之间的文化交流，并禁止写作汉语，加上二战期间美军对冲绳的狂轰滥炸，使得琉球王国原有汉文文献绝大部分都被摧毁，尤其是琉球王国时期琉球人翻刻的汉籍和自撰的汉文著作，大都在空袭轰炸中灰飞烟灭。据调查，目前在冲绳的琉球国文献存留已不足五十种，在日本国内也不超过百种，且从未全面系统地整理出版过。直到2009年中日两方共同合作出版的《琉球王国汉文文献集成》的问世，将散失在海外的琉球汉文文献进行了首次搜罗和初步整理。这套丛书的出版，为琉球汉诗的研究打下了初步的文献基础。

相对于其他东亚国家，琉球汉诗起步的时间较晚，诗作数量也相对较少。但是在琉球王国存在的五百年中，琉球汉诗人怀着对中华文化的追慕和恭敬之心，潜心学习，发奋进取。琉球人士对于中华文化的学习热忱和仰慕之心是有目共睹的，孙衣言在《琉球诗录》序文中提到：

① 《琉球王国汉文文献集成·第二十五册·四本堂诗文集》，上海：复旦大学出版社，2009年。第178页。

> “琉球处东南海外……可谓远矣，然尝闻其风俗，知诗书崇礼让，有先王之遗意。泮序教育之道，贤能考课之法，大约皆效中华。又其国故事，凡嗣王袭位，既得天子之命，则必请以陪臣子弟，读书国子监。向学之诚，眡朝鲜若尤勤也。[1]

可见中山人的向学之心的积极热切，甚至是好学的朝鲜人都比不上的。有了这样的一种积极向学的心态，才使得琉球汉诗在有清一代取得丰硕的成果。

笔者曾经指出：“东亚汉诗虽然有着相同的艺术形式规范，但从不同民族文化土壤中培育出来的东亚汉诗人及汉诗却有着形同神异的妙处。正是这些丰富的同中之异，表现出东亚汉诗艺术精神的独特魅力。”[2]琉球汉诗在写作规范以及艺术形式上都达到了很高的水准，由于是将汉诗的种子植入琉球的文化土壤之中，琉球汉诗也带有其独具特色的风格特色。

从地域关系方面看，琉球被长期夹在东亚两个大国之间，虽说琉球从明代初年洪武年间之后一直是作为中国的藩属国，按期进贡，接受册封。但是在明末 1608 年之后，琉球国一直都遭受日本南部萨摩藩的侵入，在经济和文化上被控制。尽管遭受着萨摩藩的压力，琉球王朝对中国文化的仰慕和追崇的心态始终未变。据保存下来的文献记载，琉球王国士大夫对儒家文化极为热衷，甚至像瞒着清朝秘密前往萨摩藩的琉球使节郑元伟，到了日本会主动“恭拜文庙”，并咏出“素王化雨遍东瀛”、“庙制天朝遵曲阜”的汉诗句。可见在被称为“守礼之邦”的琉球王国之中，长期以来都在努力吸收传播具有东亚共同价值基础的儒家思想文明。从这一点上来说，琉球汉诗也从一定程度上反映出了琉球王国对于宗主国的一种感恩和敬重心态。这对于如今重新解读东亚各国之间的关系，提供了重要的历史存在的依据。

琉球诗人们凭借坚韧的努力和超凡的天赋，在国内政治和国际交往中娴熟地运用汉诗文，由此诞生了琉球来华使者以及琉球留学生撰述的汉诗文别集。整理现存的琉球王国汉诗文文献，不仅体现了对曾经存在过的与中国有密切关联的琉球王国人文历史的尊重。更为重要的是，通过整理保存乃至研究这些几乎已被淡忘的域外汉诗，可以从一个特殊的侧面，重现中华文化在东亚广泛流布的历史轨迹。而本书的展开，则有助于对琉球汉诗文所承载的东亚汉学文化意义的解读和保护。

综观从清初之清末的琉球汉诗创作，主要的汉诗人至少有 14 位，保留下来的琉球汉诗集也至少有 14 部。但令人遗憾的是，琉球汉诗的发展高峰刚形成，就在高潮阶段因亡国而嘎然而止。这是五百年琉球王国的宿命，也是琉球汉诗发展的宿命，可叹也夫！

---

① 陈正宏、(日)高津孝《琉球王国汉文文献集成·第三十一册·琉球诗录序文》，上海：复旦大学出版社，2009 年。第 124 页。

② 严明《东亚国别汉诗论》，《安徽师范大学学报(人文社会科学版)》，2014 年第 42 卷，第 3 期。

参考文献

一、古代典籍类

[1] 明实录[M]. 台湾:“中央研究院”历史语言所影印本.

[2] 历代宝案[M]. 台北:国立台湾大学 1972 年影印本.

[3] 严从简. 殊域周咨录[M]. 北京:故宫博物院图书馆,1941.

[4] 程顺则. 中山诗文集[M]. 九州岛:九州岛大学出版社,1998.

[5] 潘相. 琉球入学见闻录[M]. 台北:文海出版社,1973.

[6] 龙文彬. 明会要[M]. 北京:中华书局,1956.

[7] 傅维麟. 明书[M]. 商务印书馆,1936.

[8] 徐葆光. 中山传信录[M]. 二友斋刻本,清康熙六十年(1721).

[9] 徐世昌. 晚晴簃诗汇[M]. 得耕堂刻本,1929.

[10] 周煌. 琉球国志略[M]. 清光绪十九年(1893)刻本.

[11] 梁章钜. 南浦诗话[M]. 清嘉庆十七年留香室刊本、光绪三十一年重刊本.

[12] 球阳研究会. 球阳[M]. 角川书店,昭和五十七年.

[13] 齐鲲. 琉球国志略[M]. 日本冲绳县立图书馆影印本.

[14] 沈复. 浮生六记[M]. 湖南文艺出版社, 1995.

[15] 钱谦益. 列朝诗集小传[M]. 上海:上海古籍出版社,1983.

[16] 陈子龙等. 明经世文编[M]. 中华书局影印本.

[17] 齐鲲. 续琉球国志略[M]. 日本冲绳县立图书馆影印本.

[18] 黄遵宪. 日本国志[M]. 文海出版社,1981.

[19] 陈寿祺. 重纂福建通志[M]. 正宜书院重刊本,同治七年.

[20] 黄仲绍. 八闽通志[M].

[21] 何乔远. 名山藏[M]. 明崇祯刻本.

[22] 孙鋐辑评,黄朱芾编校. 皇清诗选[M]. 四库全书存目丛书集部・第三九八册. 济南:齐鲁书社,1997 年影印本.

[23] 顾炎武. 天下郡国利病书[M]. 四部丛刊本.

[24] 高歧. 福建市舶司提举司志[M]. 1939 年铅印本.

[25] 郑若曾. 筹海图编[M]. 明天启年刻本.
[26] 清实录[M]. 崇谟阁影印本,1936.
[27] 茅瑞征. 皇明象序录[M]. 影印明崇祯刻本.
[28] 王世懋. 闽部疏[M]. 丛书集成出编本.
[29] 陈建. 皇明从信录[M]. 明泰昌元年刻本.
[30] 郑舜功. 日本一鉴穷河话海[M]. 味经书屋,1939.

二、近现代出版的琉球典籍

[1] 高津孝,陈捷. 琉球王国汉文文献集成[M]. 上海:复旦大学出版社,2013.

[2] 传世汉文琉球文献辑稿编委会. 传世汉文琉球文献辑稿[M]. 厦门:鹭江出版社,2012.

[3] 域外汉籍珍本文库编纂出版委员会. 域外汉籍珍本文库[M]. 重庆:西南师范大学出版社,2008、2011.

[4] 弘华文. 燕行录全编[M]. 桂林:广西师范大学出版社,2010.

[5] 黄润华,薛英. 国家图书馆藏琉球数据汇编[M]. 北京:北京图书馆出版社,2000年影印本.

[6] 殷梦霞. 国家图书馆藏琉球数据续编[M]. 北京:北京图书馆出版社,2002年影印本.

[7] 王菡. 国家图书馆藏琉球数据三编[M],北京:北京图书馆出版社,2006年影印本.

[8] 中国第一历史档案馆. 中琉历史关系档案顺治、康熙、雍正、乾隆、嘉庆朝系列[M]. 北京:北京中国档案出版社、人民出版社,2006.

[9] 纪连海. 琉球之谜[M]. 北京:北京大学出版社,2011.

[10] 徐斌. 明清士大夫与琉球[M]. 北京:海洋出版社,2010.

[11] 赖正维. 清代中琉关系研究[M]. 北京:海洋出版社,2010.

[12] 谢必震,胡新. 中琉关系史料与研究[M]. 北京:海洋出版社,2010.

[13] 丁春梅. 清代中琉关系档案研究[M]. 北京:中国档案出版社,2007.

[14] 米庆余. 琉球历史研究[M]. 天津:天津人民出版社,1998.

[15] 徐恭生. 中国·琉球交流使[M]. 那霸:ひるぎ社,1991.

[16] 王芸生. 六十年来中国与日本[M]. 大公报社,1932.

[17] 吴壮达. 琉球与中国[M]. 正中书局,1948.

[18] 陈大瑞. 雍乾嘉时代的中琉关系[M]. 明华书局,1948.

[19] 徐玉虎. 明代琉球国对外关系之研究[M]. 台北:台湾学生书局,1982.

[20] 徐玉虎. 明代与琉球王国关系之研究[M]. 台湾版,1986.

[21] 杨中揆. 琉球古今谈[M]. 台湾商务印书馆,1931.

[22] 何慈毅. 明清时期琉球日本关系史[M]. 江苏古籍出版社,2002.

[23] 李云泉. 朝贡制度史论——中国古代对外关系体制研究[M]. 新华出版

社,2004.

[24] 安里延.日本南发展史[M].三省堂,昭和十六年.

[25] 东恩纳宽惇.黎明期の海外交通史[M].东京帝国教育会出版社,昭和十六年.

[26] 野品铁郎.中国と琉球[M].开明书院,昭和五十二年.

[27] 新屋敷幸繁.新讲冲绳一千年史[M].雄山阁,昭和四十六年.

[28] 真境名安兴.冲绳一千年史[M].冲绳:琉球新报社,1993.

[29] 岛尻胜太郎.琉球汉诗选[M].日本:ひるぎ社,1990.

[30] 和田久德.琉球王国の形成:三山统一とその前后[M].宜野湾:榕树书林,2006.

[31] 喜舍场朝贤.琉球见闻录[M].三秀舍,1914.

三、期刊论文类

[1] 韩结根.从现存琉球王国汉文文献看中国文化的影响[J].复旦学报,2013,3.

[2] 陈福康.中国人不可不知道的一段文学史——琉球汉文学概述[J].学术月刊,2005,12.

[3] 黄裔.琉球汉诗:中国诗歌移植的硕果[J].福建师范大学学报,1995,3.

[4] 黄裔.程顺则和《雪堂燕游草》[J].福建师范大学学报,2003,5.

[5] 毛翰.琉球弹丸缀闽海.得此可补东南荒——琉球汉诗概述[J].华文文学,2009,1.

[6] 钱志熙.蔡文溥与《四本堂诗文集》——一位古琉球国诗人的汉诗文创作[J].中国典籍与文化,2006,2.

[7] 郭丹.论琉球中山诗的汉诗传统[J].闽江学院学报,2009,6.

[8] 赖正惟.琉球古国华裔儒学大师程顺则[J].华侨华人历史研究,2005,1.

[9] 董明.明清时期琉球人的汉语汉文化学习[J].北京师范大学学报,2001,1.

[10] 武尚清.琉球民族与华夏文化[J].世界民族,1995,2.

[11] 倪霞.明清时期儒学在琉球的传播及影响[J].东南学术,2010,3.

[12] 崔军锋.儒学与明清琉球教育事业的发展[J].福建师范大学学报,2005,3.

[13] 李未醉,赖文斌.明代中国与琉球的友好往来[J].商丘师范学院学报,2005,1.

[14] 郑辉.明清琉球来华留学生对琉球文教事业的贡献[J].东疆学刊,2007,3.

[15] 歧原丽霞.从程顺则生平著作看儒学在琉球国的传播[J].日本问题研究,2012,2.

[16] 上里贤一.孙依言与琉球官生[J].第六届中琉历史关系学术研讨会文集.中国第一历史档案馆,2000.

[17] 上里贤一.毛有庆《竹荫诗稿抄》(资料绍介) [J].日本东洋文化论集,1999.

[18] 上里贤一.琉球官生毛世辉の汉诗について[J].第五届中琉历史关系学术会议论文集.福建教育出版社,1996.

四、学位论文类

[1] 游励.清代闽籍册封琉球使及其著作考[D].福建师范大学硕士学位论文,2006.

[2] 江岱丽.琉球爱国诗人林世功研究[D].福建师范大学硕士学位论文,2006.

[3] 刘畅.清代琉球诗人及其汉诗[D].天津师范大学硕士学位论文,2013.

[4] 李源.康熙年间徐葆光使琉球及其著作考[D].福建师范大学硕士学位论文,2006.

附　　录

1. 琉球汉诗别集版本

编纂者姓名	诗集名称	版　本
蔡肇功	《寒窗记事》一卷	冲绳县立图书馆藏，清同治十二年福州刻琉本
程顺则	《雪燕堂游草》一卷	日本国立公文书馆藏，日本正德四年奎文管刻本
周新命	《翠云楼诗笺》不分卷	冲绳县立图书馆藏写本
蔡文溥	《四本堂诗文集》一卷	冲绳县立博物馆美术馆藏，清乾隆间刻本
杨文凤	《四知堂诗稿》三卷	国立公文书馆藏，日本文化三年刻本
毛世辉	《毛世辉诗集》一卷	冲绳县立博物馆美术馆藏，清光绪五年琉球写本
东国兴	《东国兴诗集》一卷	琉球大学附属图书馆藏写本
	《东子祥先生诗集》一卷	冲绳县立博物馆美术馆藏，琉球写本
	《东国兴诗稿》一卷	冲绳县立图书馆藏写本
孙衣言	《琉球诗录》四卷	大阪大学附属图书馆藏，清道光二十四年刻本
	《琉球诗课》四卷	冲绳县立图书馆藏，清道光二十四年刻本
佚名	《琉球咏诗》不分卷	美国夏威夷大学马诺亚分校（Manoa）图书馆藏，琉球写本
蔡大鼎	《闽山游草》一卷 《续闽山游草》一卷	冲绳县立图书馆藏，清同治十二年福州刻琉球本
	《北燕游草》一卷	冲绳县立图书馆藏，清同治十二年福州刻琉球本
	《镂刻楼集》一卷附《伊计村游草》一卷	应庆义塾图书馆藏，清咸丰十一年福州刻琉球本
	《钦思堂诗文集》三卷	应庆义塾图书馆藏，清咸丰十一年福州刻琉球本
	《续钦思堂集》不分卷 《圣览诗文稿》不分卷	早稻田大学图书馆藏，清光绪年间福州刻琉球本
	《北上杂记》六卷存二卷（一、二）	冲绳县立图书馆藏，清光绪十年福州刻琉球本

续表

编纂者姓名	诗集名称	版　本
徐幹(清)选 林世功、林世忠(琉球)撰	《琉球诗录》二卷	那霸市历史博物馆藏,清同治十二年刻本
	《琉球诗课》二卷	早稻田大学图书馆藏,清同治十二年刻本
梁必达、葛兆庆、毛启祥、林世功撰	《琉球官生诗集》一卷	冲绳县立博物馆美术馆藏写本
东国兴、毛凤仪、马建基、向廷翼撰	《琉球诗集》一卷	冲绳县立博物馆藏写本

2. 琉球汉诗人统计

诗　人	生卒年月	简　介
1. 王明佐	1622—1684	号怀楚，久米村王氏三世。官至紫金大夫。1645 年，南明隆武帝朱聿键在闽即位，琉球王奉谕派王舅及王明佐等前来庆贺，事毕归琉，途遇海盗，折回福州。清贝勒将军特召琉使，谕以归顺之命，更吩咐赴京朝勤磅。王明佐等在明、清政权交替之际，随机应变，向清投诚。顺治帝嘉其归诚，并命通事赴琉招抚。王明佐存诗 1 首《送汪检讨舟次还朝兼祝封翁八十大寿》，收《皇清诗选 · 五言律卷之十六》，孙思九评"从容冠冕，赠名佳品"。此诗以《咏松》为题收入《中山诗文集》。
2. 蔡　铎	1644—1724	字声之，曾作为贡使来华，向清廷进献琉球地图《中山世谱》，著有《观光堂游草》。童名思德，字开将，号声亭，史学家，诗人。系久米村蔡氏八世，本是琉球血统，过继给久米村人。23 岁时来闽"勤学"。他是编修史书的先驱者，编纂《历代宝案》、《中山世谱》、《中山世鉴》。他又以"宏才伟抱，博学多识"闻名遐迩。1690 年春，奉贡京师归国，著《观光堂游草》，陈元辅曰："缠绵恺恻，一往情深，经营惨澹，出以风雅殆兼之矣。"
3. 曾　益	1645—1705	字虞臣，也曾作为贡使来华，著有《执圭堂草》。
4. 蔡肇功	1656—1737	
5. 程顺则	1663—1734	字宠文，琉球原住民子嗣，过继给华裔，为著名儒学大师、诗人、航海家。著有《中山集》、《闽游草》、《燕游草》、《中山官制考》、《指南广义》等。程顺则一生五次来华，四度晋京，从中国带回《十七史》等典籍及《课儿诗话》，大力推广中华文化，包括汉诗。康熙年间刊行的《皇清诗选》收录琉球二十五位诗人 70 首汉诗中，程顺则即有 21 首。
6. 周新命	1666—1716	字熙臣，曾留学福州七年，官正议大夫，后屡次出使中国。有诗集《翠云楼诗笺》。12 岁若秀才，16 岁秀才，22 岁任通事，翌年附贡人闽，滞留 7 年间，师从竺天植 3 载，"读书之暇，雅好赋诗"，"见闻既广，落笔沉酣"，其诗情兼有屈原之怨、贾谊之激、嵇康之愤、阮籍之狂，"时发泄于诗歌，以抒其不平之慨"。陈允溥评周诗"雍容而尔雅，和易而入人，彬彬有中州气习"。他的《翠云楼诗笺》存诗 32 首，后悉数收录《中山诗文集》。周新命归国后曾给王世孙尚益讲解《四书》、《诗经》，直至尚益为中山王为止。1711 年，为久米村讲解师。历任都通事、中议大夫、正议大夫。
7. 梁成揖	1668—1702	字得远，久米村人，梁篙九世孙。祖父梁应材，字绍江，正议大夫。父邦翰，字艳江，正议大夫，充康熙二十一年(1682)贡使，诗收入《中山诗文集》。邦翰有 6 子，成揖排行第三。成揖 1686 年入北监就读，1692 年学成归国后，与阮维新、蔡文溥同为久米村讲解兼读书师。历任顶戴黄冠、座敷、朝京都事。康熙三十六年，同紫金大夫蔡铎等纂修《中山世谱》。康熙三十八年，"王世孙命为讲解师，日夜在殿中初讲《四书》"。康熙四十年任接贡使都通事来华，翌年回国时在海上遇难。《皇清诗选 · 七言律卷之二十四》录梁成揖《凤尾蕉》1 首。
8. 蔡文溥	1671—1745	字天章，康熙二十五年入学北京国子监，归国后为琉球王室讲解四书等，官至紫光大夫，有《四本堂诗文集》。

续表

诗　人	生卒年月	简　介
9. 蔡　温	1682—1762	字文若，号鲁齐，和名具志头亲方文若，童名真蒲户，琉球国第二尚氏王朝时期著名的政治家、儒者。蔡温在出任琉球三司官期间，对琉球的山川进行疏导，并制定了保护山林的一系列政策，以及鼓励发展农业、手工业的方针，使琉球王府的财政收入大为提高。此外，蔡温还制定了《位阶定》，对琉球的政治制度和位阶制度进行改革。蔡温被冲绳学学者伊波普猷列为琉球五伟人之一，至今仍受琉球人尊崇。
10. 程抟万	1689—1702	程顺则次子，14 岁便夭折，其《焚余稿》被收进《中山诗文集》。
11. 郑孝德	1735—?	字绍衣，乾隆二十五年入学。祖士绚，正议大夫，充清雍正四年贡使。父国观，少有志趣，1722 年北学于闽，1728 年始归，乾隆九年(1744)充朝京都通官，没于馆，葬京师通县张家湾。乾隆二十五年(1760)，孝德入北监就学，昼夜刻励，孜孜问学不怠，手抄《四书五经》儒先语，一衷于朱子，尤玩味《小学》、《近思录》等书，善书法诗文，皆有规矩，教习潘相为郑孝德座右铭曰：“欲为海国无双士，来读天都未见书。”学成归国，官至紫金大夫。郑孝德现存诗仅见 26 首：《辛巳(1761)十一月十五日皇上(乾隆帝) 恭迎皇太后圆明苑进宫，恭庆万寿，诏许陪臣孝德等用本国衣冠随班接驾，恭纪一首》、《恭庆圣母皇太后七十万寿诗八首(之一)》、《二十四日(1761 年阴历一月—笔者)承恩赏赐缎正，貂四张，恭纪》、《冬夜书怀》、《秋雨叹》、《游陶然亭》、《赋得秋色正清华》、《有感口占》、《成均望家信》、《接家信志喜》、《酬高丽李伯祥》等。另外，散文有《瑞泉记》、《那霸港记》、《重修泉崎桥记》。
12. 蔡世昌	1737—1798	字汝显，二十四岁时与郑孝德同期入太学，不欲专为词章学。蔡文溥之弟，蔡天章从孙。其先世自宋端明殿学士君谟以文章政事显，厥后六世孙蔡崇生为南安县移民，奉明太祖命入琉球，传数世，子孙着绿者数十人，入太学者强半。世昌为崇生十三世孙。世昌之祖父、伯叔，皆官上大夫。父光君为正议大夫，娴礼法，笃志洛闽学。世昌“ 胚胎前光，耳濡目染，早铮铮有才声” 。1760 年，世昌入北监就学，刻苦力学无间，酷爱韩愈文，教习潘相赠联云：“人在海邦推俊杰，学从京国问渊源。”学成归国，官至紫金大夫。世昌现存诗仅见 13 首：《辛巳(1761) 十一月十五日皇上恭迎皇太后自圆明苑还宫，庆贺万寿，诏许陪臣世昌等用本国衣冠随班接驾，恭纪一首》、《恭庆圣母皇太后七十万寿诗八首(之一)》、《二十四日(1761 年阴历一月—笔者)承恩赏赐缎三正、貂四张，恭纪》、《游陶然亭》。
13. 毛世辉	1787—1830	嘉庆十六年(1811)入学国子监官生。
14. 魏学贤	1806—1850	又名学诚，字有正，久米村魏氏九世孙。书法家，诗人。12 岁为若秀才，历任都通事、中议大夫。他与尚元鲁、郑元伟合著《东游草》诗集，1844 年(清道光二十一年，琉球尚温十年)刊行。
15. 东国兴	1816—1877	道光廿一年(1841)入学国子监官生，首里人，贵族子弟。在北监学习成绩优良。直至 10 年后，教习孙衣言赋诗还说他“门下东生最妙年，当时文笔亦飘然”。学成归国后，曾任侍讲，在王宫授王世子经。明治政府“处分琉球”时，他支持“ 废藩置县” 政策。著有《琉球诗课》(与人合作)与《东国兴诗稿》。

续表

诗　人	生卒年月	简　介
16. 蔡大鼎	1823—?	字汝霖，系闽籍三十六姓移民后裔，为晚期琉球汉诗的代表人物。其早岁诗作收入《刻漏楼集》，后几度来华，其居留福州的诗辑为《闽山游草》、《续闽山游草》，进贡入京之行的诗辑为《北燕游草》。其晚年晋京请愿期间所作诗文结集为《北上杂记》，于1884年刊行。
17. 阮宣诏	1811—1885	道光廿一年(1841)入学国子监官生，系久米村阮国九世孙。归国后，三度出使入京，历任正议大夫，紫金大夫。归国10年后，充入贡副使至都，得便探望恩师孙衣言，孙赋赠2首。“琉球处分”后，阮持对抗态度，与日本内务大臣抗争甚烈。后亡命清国，直至去世。
18. 向克秀		道光廿一年(1841)入学国子监官生。
19. 郑学楷		道光廿一年(1841)入学国子监官生。
20. 林世功	1841—1880	
21. 林世忠		字子翼，久米村华裔。同治六年入北监就读，成绩优良。不幸的是，这位才华横溢的诗人，却病逝于风华正茂之年。诗作入《琉球诗课·卷二》与《琉球诗录· 卷二》。
22. 梁必达		
23. 葛兆庆		同治八年(1869)入学国子监官生。
24. 毛启祥		同治八年(1869)入学国子监官生。
25. 毛凤仪		
26. 马建基		
27. 向廷翼		
28. 马执宏		字容斋，嘉庆十五年(1810)秋，曾由琉球官派到北京国子监读书。
29. 魏学源		
30. 蔡如茂		
31. 中山王尚敬		
32. 国相尚佑		
33. 王弟尚彻		
34. 毛邦秀		
35. 向圣赓		
36. 温自道		
37. 王可法		
38. 向嗣宝		
39. 毛弘建		
40. 向凤彩		

续表

诗 人	生卒年月	简 介
41. 何文声		
42. 陈其湘		
43. 阮 瓒		
44. 梁得宗		
45. 衲宗实		
46. 衲元仁		
47. 衲兰田		
48. 衲智津		
49. 衲了道		
50. 梁学孔		
51. 郑永功		
52. 阮维新	? —?	字天受,其先祖福建漳州府龙溪县人。明万历时有阮国,字我萃,与毛国鼎同奉命移居琉球,官正议大夫,充万历三十四年(1606)谢封使,传四世至维新。维新1686年入北监就学,学成归国后累官紫金大夫,充康熙五十三年(1714)贡使。《皇清诗选·七言律卷之二十四》录其诗《风尾蕉》1首。

第四编

越南汉诗流变史略

绪 论

中国与东南亚山水相连，在地理上有着不可分割的关系。中国西南地区的山川与“东南亚陆桥”连成一气，许多高山和大河向南伸延到中南半岛，形成山河纵列、峻岭与平原交错的地形，并伸入海洋形成许多岛屿。中南亚半岛的山脉呈由北向南的走势，实际上是我国横断山脉的延伸。奔流在这些山间的河流，大都发源于中国西南地区，如缅甸的萨尔温江上游是中国的怒江，伊洛瓦底江源于中国的龙川江，泰国的湄南河上游在云南，流经缅甸、老挝、泰国、柬埔寨、越南的湄公河上源为中国的澜沧江，在越南入海的红河上游为元江，它们都是国际性的河流，是中国通往东南亚的天然水道。古代中国与东南亚诸国的经济文化的密切交流，与这样山川相连的自然环境密切相关。

在整个东南亚国家中，越南受古代中国文化的影响最深。越南古称交阯，后又称安南，在两千多年的历史过程中全面吸收了中国的文化和制度，其社会发展是与中国息息相关的。早在公元前 214 年，秦秦始皇发士卒戍守五岭以南，设立南海、桂林、象郡，便将今越南的北部和中部地区纳入了象郡管理的范围，开始了越南史上的“郡县时期”。至秦末中原板荡，守将赵佗自立为南越王，建都于番禺（今广州），推行“南北交欢”、“和集百越”的政策，设立交趾、九真二郡，交阯在南越国范围之内。汉武帝平南粤，灭南越国，又将其地划分为九郡，其中的交趾、九真、日南三郡，均在今越南国境内。东汉初年，光武帝派伏波将军平定二征起义，“治城郭，穿渠灌溉，以利其民”，进一步开发越南。及至隋唐，又在越南设立安南都护府，下设十州，如同中国一样实行租庸调和两税法，施行唐律，又建学校，以科举考试选拔人才，一切建制皆依汉朝。之后一直到唐五代末，南越地区都是中土朝廷任命地方长官，史称“郡县时期”。宋太祖开宝元年(968)，交阯人丁部领在群雄竞争中胜出，统一安南，建立大瞿越国，结束了延续千年的郡县时期。从此安南国脱离了中国统辖而独立，但是一直向中国称臣朝贡，史称“藩属时期”。直到清德宗光绪十一年(1885)，中法签订“天津条约”，安南成为法国的保护国，中国和安南结束了近千年的藩属国关系。安南成为法国保护国之后，形式上还是独立的阮朝，但实际上受控于法国，民间反法情绪强烈。二次大战中日本军队占领安南，至 1945 年日本战败退出，阮朝末代皇帝保大帝退位，越南历史进入了新的时代。

安南从宋朝统辖中脱出而独立建国后，一如既往继续与中土朝廷和睦相处，仍然遵循中国的典章制度。安南国的官制悉如中土，中央设六部、六寺、六科及御史台、翰林院、东阁、国子监、国史院、府尹、宫师府、同天监、太医院、秘书监、中书监、华文监等机构，地方行政为路、府、州、县几级，官品与冠服饰物仿唐宋之制。李朝颁布的刑书及陈朝确定的刑律皆以《唐律疏义》为准，后黎朝圣宗颁布的《洪德法典》更加完备，《历朝宪章类志》记载："洪德刑律，参用隋唐，断治有画一之条，轻重有上下之准，历代遵行，用为成式。"安南历代王朝，均以儒学为安邦治国之本，李朝兴建文庙，陈朝创办国学院传习"四书五经"，黎朝以《四书大全》为科举考试内容，阮朝刻印儒家经典颁行全国。汉字和汉语在越南长期通行，从秦朝实施郡县制时候开始，便有大批中原移民和汉族官吏进入越南，长期的文化交流导致越南语中吸收了大量汉语词汇。据语言学家调查，现代越南语中，汉族借词超过 50%。由于越南语属于汉藏语系，又有大量汉语借词，比较适合使用汉字，所以，自秦汉以来的近两千年中，汉字一直是越南官方正式通行的文字，称为"儒字"。越南汉诗就是在这样的历史文化背景下逐步产生和发展的。

越南汉诗的产生和发展的历史悠久，在延绵千年的郡县制时期，中原汉人南迁不断，汉文化与本土文化逐渐相融，而安南朝廷及社会上层皆使用汉语，汉诗自然成为高雅贵重的象征，本土汉诗创作也逐渐兴起。但是越南汉诗的繁盛还是在进入了藩属时期之后才出现，尤其是具有越南本土文化特色的汉诗创作，是在藩属时期的后期才大量产生，这一发展趋势，与中国周边的朝鲜、日本等东亚汉诗发展总趋势是一致的。汉文诗歌是越南古代文学的重要组成部分。古代越南汉文诗歌的诞生标志着越南民族文学的开端。在将近 1000 年的发展历史中，越南古代文学创作中数量最多、成就最高的首推诗歌。它见证和表现着越南古代文学的进步历程。从 10 至 12 世纪的佛门禅宗诗歌发展到 13 世纪以后的多种诗歌题材。这时期越南诗歌创作从内容到形式都呈现出多样化局面。

总之，越南汉诗一直陪伴着越南古代文学由起端到终结的整个历史进程，出现了许多著名的诗人和诗作。本编对保存至今的越南汉诗人及其诗作进行统计分析，以期理清越南汉诗基本流变轨迹。在现有文献资料的基础上，初步统计出越南汉诗流变过程中留下姓名的汉诗人有 657 人，保存下来的汉诗作品约有 6 万余首。

一、越南汉诗的研究现状

在东亚国家中，越南与中国有着最为深厚的历史文化渊源。越南早期的历史是和中国结成一体的，后几经独立，古代安南国与中土朝廷始终保持着宗藩关系。纵观越南历史，中国文化对越南的国家体制、意识形态、伦理道德、文化教育和文学艺术的构建和发展做出了不可磨灭的巨大贡献。尤其是作为古代越南的正式书面用语的汉字，在越南长期使用过程中始终处于独尊地位，它与越南人日常所讲的口语是脱节的。这影响到了越南汉文学在小说、话本等通俗文学方面以及说唱文学的发展，产生了较大的局限性。这也使得越南汉文学的发展，主要集中在书面语表达力很强的诗、赋等韵文体中。而在越南韵文体中，汉诗又占据了绝对的优势。汉诗写作是在越南汉文学各种体裁中，越南诗人掌握得最为精到、运用最为娴熟的一种体裁。

从20世纪50年代开始,越南学术界就从越南人的视阈,对越南汉诗的发展历程进行过广泛的探讨。在汉诗资料整理方面,越南学术界成就卓著,有黎驰(Lê Trì)注译的裴辉璧(Bùi Huy Bìch,1744—1818)编辑的《皇越诗文选》(越南文化出版社,1958年)、陈文岬的《越南作家略传》(第一集,汉喃作家。越南史学出版社,1962年)、《阮攸汉诗集》(越南文学出版社,1965年)、陈文岬的《汉喃书籍考》(越南社科出版社,1990年)、陈义(Trân Nghîa)的《10世纪前越南人的汉文作品搜集与考论》(越南世界出版社,2000年)等。20世纪90年代末,越南完成了越南文学研究最宏大的工程——《越南文学总集》,它共42集,其中收录、编译了越南古代文学史10世纪到20世纪初期间大量有代表性的越南诗人的汉文诗歌。1979年,越南学者胡玄明在台北金刚出版社出版了《中国文学与越南李朝文学之研究》一书,该书重点对越南李朝的汉诗与中国古典诗歌进行了系统的对比研究,资料翔实,史论结合,论述透彻,是越南学术界所进行的中越比较文学研究的一部力作。

在越南出版的一些越南文学史专著也对越南汉诗进行了不同程度的研究。越南文学史专著有文新等编写的《越南文学史初稿》(1—5卷,越南文史地出版社,1957年)和《越南文学史略》(越南史学出版社,1960年)、杨广翰的《越南文学史要》(再版,越南教育部学术中心,1973年)、越南社科院主编的《越南文学史》(越南社科出版社,1980年)、丁家庆等主编的《越南文学(10世纪—18世纪上半叶)》(第5次再版,越南教育出版社,2001年)、阮禄主编的《越南文学(18世纪下半叶—19世纪)》(第4次再版,越南教育出版社,2001年)、潘居帝(Phan Cu' Đê)等编写的《越南文学(1900—1945)》(第5次再版,越南教育出版社,2001年)、裴德靖(Bùi Đu'c Tinh)编写的《越南文学史略》(胡志明市文艺出版社,2005年)等。在上述这些文学历史著作中,杨广翰的《越南文学史要》对越南汉诗论述较详细、评价较客观,并对汉诗与中国文化、文学之联系进行了初步的比较研究。

中国学术界对越南汉文学的研究始自20世纪60年代。北京大学东语系的颜保是中国研究越南文学以及中越两国比较文学的鼻祖,他最早开设了越南文学史课,并撰写了《越南文学史讲义》,他对中国文化对越南文学的影响进行了深入的探讨,撰有《越南文学与中国文化》(《国外文学》,1983年第1期)等。在越南文学研究方面的论文和著作还有卢蔚秋和赵玉兰的《越南文学介绍(古代至1945年)》(《国外文学》,1980年第1期)、颜庆云的《试论越南文学的渊源》(《亚非》,1985年第1期)、温组荫的《越南汉诗与中国文化》(《福建师范大学学报》,1989年第4期)、严明《东亚汉诗研究》(中国书籍出版社,2013年)、胡文彬的《中国文学名著在越南的流传》(《文史知识》,1992年)、于在照的《论越南黎朝洪德年间的汉诗》(《解放军外语学院学报》,1993年第2期)、林明华的《中国文学在越南的传播》(《东方语言文化论丛》,广东经济出版社,1997年)、林明华的《越南古典名著〈征妇吟曲〉评说——兼谈汉文化对〈征妇吟曲〉的影响》(《东南亚研究》,1998年第3期)、于在照的《论越南汉诗的产生及演变》(《解放军外语学院学报》,1999年5月)、于在照的《越南文学史》(军事谊文出版社,2001年)、赵玉兰的《中越近文化的诗学比较》(王邦维主编:《比较视野中的东方文学》,北岳文艺出版社,2005年)、于在照的《中国文化与越南汉文学》(梁志明主编:《古代东南亚历史与文化研究》,昆仑出版社,2006年)、于在照的《古代中越文化交流中的汉文邦交诗》(“地区及国际文化交流中的越南文学”国际学术研讨会论文,越南河内,2006 年)等。王晓盾、何仟年《越南古代诗学述略》(《文学评论》,2002 年第 5 期)、祁广谋《越南陈朝汉文诗小议》(解放军外语学院学报,1991 年第 2 期)。

台湾学者在越南汉文学的资料整理和研究方面取得了丰硕成果,有郑永常的《汉文学在安南的兴替》(台湾商务印书馆发行,1987 年)、陈益源的《越南汉文小说〈传奇漫录〉的渊源与影响》以及《剪灯新话与传奇漫录之比较研究》(台湾学生书局印行,1990 年)、郑阿财的《越南汉文小说中的历史演义》等。其中,郑永常的《汉文学在安南的兴替》是一部论述越南汉文学发展演变的力作。作者将越南汉文学发展分为三个大的时期:郡县时代——汉文文学的孕育期、藩属时代——汉文文学的成长期、殖民时代——汉文文学的式微期。书中用最多的篇幅论述了越南汉诗的嬗变,历史考据与文学评论相结合,有很高的学术价值。

国际合作研究越南汉文学也取得了可喜的进展。法国与台湾联合编辑出版了陈庆浩、王三庆主编的《越南汉文小说丛刊》(第一、第二辑,法国远东学院出版,台湾学生书局印行,1987 年,1992 年),中国大陆、台湾和越南学者王小盾、刘春银和陈义等共同编辑完成了《越南汉喃文献目录提要》(台湾中央研究院中国文哲研究所编印,2002 年)。《越南汉喃文献目录提要》是对目前越南现存的汉喃文献资料目录较为系统的整理,为各国学者研究越南汉文学和喃字文学提供了便利条件。由复旦大学文史研究院和越南汉喃研究院合作完成的大型文献丛书《越南汉文燕行文献集成(越南所藏编)》(复旦大学出版社,2010 年),收录的主要是越南陈朝、后黎朝、西山朝和阮朝出使中国的燕行使者的著述,其中包含了大量的汉诗,为越南汉文学的研究提供了便利条件。

综上所述,可见中国、越南对古代安南汉诗的研究在整理基本文献方面取得了巨大的成果。但到目前为止,对越南汉诗史进行全面研究的尝试并不多见。因此,本编的研究具有以下几点意义:第一,从域外汉文学的角度对越南汉诗进行整体性的流变考察。第二,对越南古代的汉诗文及汉诗人数量进行统计描述,这样可以更为直观地看出越南汉诗的流变状态。第三,对形成越南汉诗的历史条件进行分析,对各个时期最具代表性的越南汉诗人及诗作进行系统性的解读。

二、越南汉诗的概念和流变分期

(一) 越南汉诗的概念

在中国学术界,对越南“汉诗”定义的表述不一,但所指大体相同。如:“本文所说的越南的古典诗歌,实即为汉文诗歌”[①]。“越南汉诗是越南诗人采用中国古典诗歌的各种诗体以及越南喃字诗体(六八体和双七六八体)用汉文写成的诗歌”[②]。概而言之,中国学

① 何仟年《越南古典诗歌传统的形成——莫前诗歌研究》,扬州大学博士学位论文,2003 年。第 1 页。

② 于在照《越南汉诗与中国古典诗歌之比较研究》,解放军外国语学院博士学位论文,2007 年。第 7 页。

术界所言的越南汉诗,是指古代越南人用汉字创作且具备古代格律诗形式的诗歌,这也是本文所说的越南汉诗。

(二) 越南汉诗的流变分期

在中国学术界,对越南汉诗的流变有着以下四种看法:一是毛翰在《试论越南历代汉诗》中,从宗藩关系的角度看:"越南汉诗不过两大倾向,即对于宗主国的离心或向心。表现离心倾向的作品,是争战、分裂和对抗的产物,是其民族独立意识的结果,作品尽管少,却颇有分量和杀伤力。表现向心倾向的作品,是中华文化强大魅力与亲和力的产物,是文化认同感以及历代南迁者的民族认同感的结晶,占了越南汉诗的绝大部分,其情思韵致与中国是个水乳交融,往往见不出什么差异。"①二是于在照在《越南汉诗与中国古典诗歌之比较研究》中,根据越南汉诗在越南古代文学的整个历史进程中的形成与发展,将其分为越南汉诗的发轫(公元10—12世纪)、越南汉诗的兴盛(公元13—14世纪)、越南汉诗的繁荣(公元15—17世纪)、越南汉诗的新发展(公元18—19世纪中叶)、越南汉诗的式微(19世纪中叶—20世纪初期)、越南汉诗的衰亡(20世纪20年代以后)。三是李时人、何仟年等按照越南独立建国后的各个朝代,将其分为:前黎朝(980—1008)汉文诗,李朝(1009—1225)汉文诗,陈朝(1225—1400),胡朝(1400—1407)汉文诗,后黎朝(1428—1789)汉文诗,西山朝(1778—1802),阮朝(1802—1949)汉文诗②。李朝汉诗,陈、胡、后陈汉诗,黎朝汉诗③。四是郑永常在《汉文文学在安南的兴替》中按照越南同中国的关系,将越南汉诗的流变分为:郡县时代——汉文文学的孕育期,藩属时代——汉文文学的成长期,殖民时代——汉文文学的式微期。

本编在借鉴前人研究成果的基础上,主要根据越南汉诗在各个朝代表现出的不同特点,将其分为李朝汉诗、陈朝汉诗、后黎朝汉诗、阮朝汉诗。

三、越南汉诗的流变内容分析

本编主要从以下几个方面进行论述。

首先,论述越南汉诗产生的背景,主要从中越文化交流与汉诗传播的角度来分析,其中包括历史纵向——"中越文化交流的渊源"、文化横向——"越南汉诗的土壤和背景"、东亚册封体系——"中越两国的汉诗外交"三方面。其次,按照朝代顺序将越南汉诗分为李朝汉诗、陈朝汉诗、后黎朝汉诗、阮朝汉诗四部分,同时根据每个朝代越南汉诗的不同特点再将其细化成具体的章节,具体情况如下:李朝汉诗,根据李朝前后期诗歌表现内容的不同,分为李朝初期佛偈诗、李朝中后期儒士汉诗,李朝前还有小部分僧侣诗,也将其划分到李朝。陈朝汉诗,根据陈朝诗歌创作的主体不同,分为国君汉诗、宗室朝臣汉诗。后黎朝汉诗,这时越南的诗歌创作带有明显的群体性特征,所以将黎朝汉诗分为黎圣宗

---

① 见毛翰《试论越南历代汉诗》,《世界文学评论》,第247页。

②③ 见李时人、刘廷乾《越南古代汉诗文叙论》,《上海师范大学学报(哲学社会科学版)》,2010年第6期。

的诗歌创作活动及其影响、黎末南北方汉诗两大部分。同时又将越南古代文学历史上两位诗文大家——阮荐、黎贵惇单独论述，以见其对越南汉诗做出的突出贡献。阮朝汉诗，鉴于当时越南历史局势的异常复杂，越南汉诗也受历史局势的变化而呈现出不同的特点，所以将这一时期的越南汉诗分为：嘉隆时期的南北诗风，明命、绍治、嗣德三朝的汉文诗，法国入侵后的爱国志士诗以及汉诗的厄运和断绝。而且在每个朝代之前都有对这一朝代汉诗创作的概论，主要包括这一朝代的历史、汉诗人数、汉诗数量。同时选取这个朝代最具代表性的汉诗人再加以论述，主要包括考证诗人的生平、诗集、诗歌数量并分析其诗歌特色。最后，将视野扩大到越南汉诗对越南文学的影响。

第一章　中越文化交流与汉诗传播

越南汉诗的产生有其历史背景和时代环境。本章主要从历史纵向方面——中越文化交流的渊源，文化横向方面——越南汉诗的土壤与背景，东亚册封体系——中越两国的汉诗外交三方面来论述越南汉诗产生的得天独厚的条件。

第一节　中越文化交流的渊源

一、中越文化交流渊源考

越南与中国有着深厚的文化渊源。越南早期的历史与中国是融为一体的。远古时代的越南北部地区被称之为“交趾”，中越典籍均记有关于交趾的传说。《尚书大传》卷二《金縢》曰：“交趾之南，有越裳国。……越裳以三象重译而献白雉。”[①]《墨子·节用》曰：“古者尧治天下，南抚交趾，北降幽都，东西至日所出入，莫不宾服。”[②]《楚辞·大招》曰：“北至幽陵，南交趾只。”[③]从这些材料可以看出，交趾为当时中国人所知的最南的极限，也可以说是与中国有直接交往的最远处。秦始皇三十三年(公元前214)平定岭南，设象郡，“交趾”作为一个特定区域的名称而被固定了下来。公元207年，南海郡尉赵佗趁秦灭亡，中原纷乱之际“击并桂林、象郡，自立为南越武王”[④]，建立了南越割据政权，他在执政期间，实行“和辑百越”的政策，促进了汉越民族的融合，并把中原地区先进的文化带到了南越之地，对于中越文化交流意义深远：

越武帝趁秦之乱，奄有岭表，都于番禺，与汉高祖各帝一方。有爱民之仁，有保

---

① 《尚书大传》卷二，《四部丛刊》初编经部，上海书店1989年据商务印书馆1926年版重印。

② 孙诒让《墨子闲诂》卷六，《诸子集成》四，上海书店，1986年版。第102页。

③ 《楚辞通释》，上海人民出版社，1975年6月第一版。

④ 司马迁著，裴骃集解，司马贞索隐，张守节正义《史记》卷一百一十三《南越传》，中华书局，1959年版。第2967页。

邦之智，武功摄乎蚕丛，文教振乎象郡，以诗书而化训国俗，以仁义而团结人心，教民耕种，国富兵强。[①]

汉武帝灭南越以后，把原南越所辖之地划为九郡，其中包括今属越南领土的交趾、日南、九真三郡。交趾成为中国的郡县，在政治组织上与中国其他地区没有太大的差异，只是由于离中原太远，汉化还不是很完全，所以贤守良吏特别留心儒家文化的推广。《三国志·吴志·薛综传》曰：

自斯（指汉武帝）以来，颇徙中国罪人杂居其间，稍使学书，粗知语言，使驿往来，观见礼化。及后锡光为交趾，任延守九真，于是教其耕犁，制为冠履，初设媒官，始知聘娶，建立学校，导之经义。由此以降，四百余年，颇有似类。[②]

"稍使学书，粗知语言"一语说明这时候，越地人民已初步接受了汉文化的影响。汉语已渐渐渗入越语中，为越南文学的汉化特征准备了条件。汉时儒家学术在越地的建立也依赖地方官的推广和内地移民的输入。《论衡》卷十九："巴蜀、越嶲、郁林、日南、辽东、乐浪，周时披发椎髻，今戴皮弁；周时重译，今吟诗书。"[③]说明在汉代，越南已出现了汉化的士人阶层，表现了他们接受了汉语，并受到儒家文化的教育。《安南志略·人物》记载隋前时期，李琴、张重、黎回等人曾仕中国内地[④]，说明当时越南的士人接受汉文化的深度。

隋时岭南的儒家文化继续发展。据《隋书·令狐熙传》载："熙至部……为建城邑，开设学校，华夷感激，称为大化。"[⑤]唐代时，国家政治稳定，唐高宗调露元年（679）改交州大总管为安南都护府，属岭南道，以刘延佑为都护。从此"安南"作为越南正式称谓一直沿用至清初。此期安南的文化趋于昌盛。有唐一代出现了被称为"安南三贤"的三位文士：姜公辅、姜公复、廖有方。中越文化交流史著作一般都记载有唐代安南爱州（今清化）进士姜公辅逐步晋升为唐朝宰相之事例，传为中越文化交流史上的佳话，用以证明中原与安南两地文化交流之密切和安南地区文化的发展。

唐末至五代，王纲解纽，藩镇割据，公元968年丁部领自称"大胜明皇帝"，建立大瞿越国，自此越南正式结束了作为中国一个行政区域的历史，建立起独立的封建王朝。开宝八年（975），宋太祖封丁部领为交趾郡王，此后越南历代都对中国封建王朝"修臣行礼"，中越两国建立了长达千年的宗藩关系，直到1884年越南沦为法国的殖民地才结束了这种关系。至于越南国名的缘来，也是拜中国朝廷所赐定。1802年，阮朝的创建者嘉隆王阮福映请求改国号为"南越"，1803年中国清廷册封他为"越南国王"，越南之名始于此。如此深厚的历史渊源和密切的政治关系，为汉文化在越南的传播奠定了坚实的社会基础。

---

① （越）黎嵩《越鉴通考总论》，见吴士连等修《大越史记全书》卷首。

② （西晋）陈寿《三国志》，中华书局校点本。

③ （东汉）王充《论衡》，诸子集成本。

④ （越）黎崱《安南志略》，中华书局，2000年6月第一版。

⑤ 《隋书》，中华书局校点本。

二、中国书籍在越南的传播

由于越族文化比汉族相对落后,因此引入中国的政治礼仪制度成为越人交流建设的重要内容。而政治礼仪制度的引入在很大程度上是通过书籍交流来实现的,因为书籍是文化传播最重要的物质载体。越南以"文献之邦"自许,从公元前3世纪末,汉籍就通过推行汉文化教育的方式传入南越,比汉籍东传日本早了5个多世纪①。可以说汉籍向越南的传播是中越两国文化关系中最为重要的一个部分。在越南作为中国行政区域的北属时期,在现存的各类典籍中难以寻觅到关于中越书籍交流的明确记载。但通过对间接材料的分析,可推知这一时期主要通过官方推行儒学教育及人口的自然流动两种方式传入越南。黎嵩《越鉴通考总论》记载赵佗:"以诗书而化训国俗,以仁义而固结人心。"②《诗》与《书》等典籍在当时可能已传入了南越。三国时代的士燮任交趾太守,"乃开学,教取中夏经传,翻译音译,教本国人,始知习学之业"③。而士燮本人就精通于儒家经典。经过历代地方长官的大力推行,儒家文化与礼乐文明逐渐浸润到越南社会深处,儒家经典也就成为越南文化之渊薮。再者因地理位置上的紧密相连,中越之间人口的流动非常频繁。其中最为常见的两种情形是罪人的流放和躲避战乱的迁徙。交州地处南陲,路艰途远,是三国时期罪人流放的重要地区。到了唐代,岭南更是流放罪人最为集中的地区。其中可考的被贬至安南的唐代文臣有王福畤、褚遂良及其二子(彦甫、彦冲)、高检、杜审言、李巢、李友益、沈佺期、韩思彦、卢藏用、宗晋卿、严善思、宝参、杨收、刘瞻、李乾佑、李仁钧、裴夷、陈蟠叟等二十名④。这些具有较高文化素养的流放者,流放之后,仍然讲学著述不断,推动汉籍在越南的深入流传。还有就是为躲避战乱而迁徙之徒。如王莽之乱,社会动荡不安,仅有交州偏安一隅,于是许多士人避地交州。这些学者士人长期生活于交州,有的还热心于文化教育事业,汉籍必然随着他们文化活动的开展而传播至越南。

而在越南独立自主时期,中越两国正式建立起宗藩关系。越南使臣在中越书籍交流中充当了极其重要的角色。伴随着频繁的外交活动,中越官员往往结下深厚友谊,相互进行文学交流。中国文士常常礼尚往来,将汉籍赠与越南使臣。而越南使臣也通过对外交流的机会,根据自己的兴趣、实际需要,自由地选择各种书籍购买,因此儒学之外的书籍也随之传入越南。例如,明宋濂以文而名噪一时,"士大夫造门乞文者,后先相踵。外国贡使亦知其名,数问宋先生起居无恙否。高丽、安南、日本至出兼金购文集"⑤。使臣带

① 汉籍东传日本的时间约在公元4世纪,参见严绍璗《汉籍在日本的流布研究》,江苏古籍出版社,1992年版。第5—6页。

② (越)黎嵩《越鉴通考总论》,见吴士连等修《大越史记全书》卷首。

③ (明)严从简撰,余思黎点校《殊域周咨录》卷六,中华书局,1882年版。第236页。

④ 高明士《东亚教育圈形成史论》,上海古籍出版社,2003年版。第287页。其中宝参、杨收被赐死于赴驩州途中。

⑤ (清)张廷玉等《明史》卷一百二十八《宋濂传》,中华书局,1974年版。第3788页。

回的某些书籍还为越南制定典章制度提供了重要的参考文献。如明命元年(1802)五月定贡士行走例,就是越南使臣潘辉湜根据从清朝带回的《京钞集》制定而成的。除此之外,由于两国间的宗藩关系,作为宗主国的中国政府向越南颁赐书籍,成为这一时期汉籍传播越南的又一新途径。据考证,明清期间,所赐书种类增多。明代的赐书主要以儒书为主。清代的赐书均为御定小学类书籍。除此之外,越南还常常派遣留学生到中国读书,把中国先进的知识带回越南。书籍的流行、留学生的往来学习,是文化交流的强有力的动力,对越南文化和文学的影响是非常深刻的。

第二节　越南汉诗产生的土壤与背景

随着越南与中国密切联系的加深,在中国汉文化的长期浸润下,出现了越南汉文学,成为越南文学不可或缺的组成部分。但是,在越南汉文学历史上,各种文学体裁的发展并不平衡。而诗歌是越南汉文学中发展最强势、最昌盛的体裁。可以说,同中国一样,越南也是"诗的国度"[①],而且越到封建社会后期汉文的诗歌越多。之所以会出现这种情况,并不是空穴来风,有其产生的特定地土壤与背景。

一、历代移民及汉诗人交往

秉承上述,越南与中国自古有着天然的密切关系。自公元939年越南独立后的1000多年间,交趾(后称交州、安南)地区的郡县官吏均由历代中国封建王朝派遣。这些官吏大力推行汉文化教育,推动交趾地区从愚昧走向"通诗书,习礼乐"[②]的封建社会。除了有统治者的提倡外,在这期间中原与交趾之间,存在着经常性的移民浪潮。中原地区历经几次战乱,有许多文人、名士为躲避战乱而移居交趾地区。这样的群体必然会对周围原住民中的中上层输出较先进的汉族文化。这对汉文化在这一地区的传播起了有力的作用。还需注意的是,当时的交州尚属于荒蛮之地,是中原王朝流放罪犯的重要地区,特别是在唐朝,有许多具有较高文化素养的流放者,比如杜审言、刘禹锡等都曾寄寓安南,他们在安南吟诗抒怀,留下名篇佳作。下面是杜审言的《旅寓安南》诗:

交趾殊风候,寒迟暖复催。
仲冬山果熟,正月野花开。
积雪生昏雾,轻霜下震雷。
心到长安陌,交州后夜钟。[③]

① (越)吴时任《星槎纪行序》曰:"我越以文献立国,诗胎于李,盛于陈,大发扬于皇黎洪德间,一部《全越诗》,古体不让汉、晋;今体不让唐、宋、元、明。戛玉敲金,真可称诗国。"

② 见《大越史记全书》卷首。

③ 《新唐书·杜审言传》。

唐代诗人与越南的往来，和他们唱酬创作的示范，激起了越南人的创作意识，使越南人直接模仿中土各种文体进行创作。除此之外，中越之间还保持着长久的朝贡关系，使臣往来其间，他们之间常以诗歌互相唱和，所以邦交之诗非常多。而且许多越南士人都有出使中国的经历，期间往往将所作的诗篇编辑成册，成为越南文学史上特有的一类作品——北使诗。有的越南诗人则因政治原因长期居住中国，以后的作品又传回越南国内，陈益稷、黎崱的诗作便是一例。

二、越南科举制度的建立

越南汉诗之所以在越南的国土上得到系统的发展，取得重大成就。还有一个重要的原因：从公元 8 世纪起至 1919 年(共延续了 9 个世纪)，越南一直实行以推行汉文化为实质的科举制度。当科举制度在中国本土已经被废止时，在越南却依然回荡着余响。由此越南诞生了大量的进士与不计其数的秀才举人，伴随着他们文化活动的开展，越南本土也产生了大批的汉文汉诗典籍。值得注意的是，越南科举制度虽然仿效中国科举制度而实行，但也极具有其本土特点。比如科举制度中的儒、佛、道三教并试，这是中国古代从未有过的，具有浓厚的安南国本土特色。再如，中国科举于明代时已取消以诗赋取士的做法，清代虽有恢复，然仅作为备考。而越南历代科举考试均重视诗赋写作，其原因之一是羡慕中国汉唐以来之“华风”。越南至今对于汉赋唐诗仍以“汉越音”训读的方式进行阅读，可见其仰慕膜拜汉唐文化精华之程度。其原因之二是在中越邦交的过程中，即一些外交场合，不免要进行一些礼尚往来的酬唱赠答，为了不被宗主国所鄙视，更是要加强这一方面的训练。所以在越南一些诗作中所张扬的大越民族主义精神，也就不足为怪了。越南对诗赋的重视，甚至达到了令中国人都觉得可敬的程度。如阮朝科举特别重视诗赋，凡出韵、重韵、不协韵者都被黜落，凡评阅官员不严格执行评阅标准者，一经查出，连带考官一并降职。越南历代统治者不仅在选拔人才时重视诗赋才能，而且统治者本身也具有较高的汉学文化素养，且出现了不少以汉诗文写作著称的统治者，越南汉诗的兴盛也离不开这些统治者的大力提倡。总之，越南重视诗赋的科举制度的实行，使得越南的士人无论是出于个人的修养造诣，还是为了考取功名利禄，都要学作汉诗，这些都为越南汉诗的日渐兴盛提供了有利的条件。可以说，越南科举制度与越南汉诗的兴衰息息相关，不可分割。

三、儒、释、道对越南汉诗的影响

与此相关的另一个重要因素是，在越南接受中国文化的丰富内容中，传统的哲学思想儒、释、道深入到了越南人的思想意识之中，并且反映在越南的汉诗创作中。这种儒、释、道并存的复杂思想意识，总的发展趋势是随着安南封建国家的发展，儒家学说的作用不断增强。佛教势力到安南国后期，其地位虽然已不如前期那么高，但一直保有着广泛深入的影响。道家在安南国的影响和作用，则始终次于儒家与佛教，未曾有过如中国封建社会中曾经有过的与儒、佛那样三足鼎立、平起平坐的地位。这种特殊的意识形态在越南汉诗中有着各种具体的表现。

10到12世纪，佛教在安南宫廷中有着比儒学更高的地位，在安南社会上也有着比儒家学说更大的影响力。于是这一时期的越南汉诗，被深深打上了佛教的烙印，诗歌字里行间渗透着大量佛理。汉诗人则大多为佛教禅师，而且由于佛教的盛行，这些禅师们在政坛和诗坛均充当了重要的角色。尽管这一时期的汉诗数量寥寥可数，汉诗人也是屈指可数，具有代表性的诗人有杜法顺、万行、满觉和杨空路禅师等。但在汉诗形式上，五绝、七绝、七律等已初露端倪，风格以自然朴素为主。

13世纪以后，越南历史步入了封建制度的巩固和发展时期。科举制度趋于完善，儒学和孔子的地位也进一步提高，最终压倒了佛教，确立了牢固的封建国家意识形态，并在官方受到重视。随着以诗赋为主要内容的科举考试的实行，儒士们研习汉文，随之带来的行卷之风日甚，促进了汉诗艺术的成熟。13至14世纪，越南汉诗进入兴盛时期。在这一期间，诗人创作视野开阔，诗歌内容丰富多彩。抒发军旅情怀、描写山水田园的秀美风光、讽喻时弊及感叹人生际遇等题材的汉诗均呈现于越南诗坛。诗歌风格也趋于多样化。诗人与汉诗数量较前大为增加。五绝、五律、七绝、七律等诗体已完全成熟，其中，七绝、七律创作最多，成就也最大。在此基础上15至17世纪，越南汉诗出现了全面繁荣的局面。这一时期，诗歌内容丰富，有田园山水诗、咏史诗、哲理诗、邦交诗和御制奉和诗等，风格流派丰富多样，绚烂多彩，诗歌艺术成就斐然，诗家名辈百出。五、七言绝句，律诗趋向完美，五、七言长篇汉诗兴起，为后世越南汉文叙事诗的形成奠定了基础。18世纪至19世纪中叶，由于越南本土书面文学——喃文文学的产生，汉诗逐渐退居越南文学的次要地位。但是之后汉文长篇、短篇叙事诗异军突起，这些叙事诗大都与当时的现实生活密切结合，充满了浓厚的现实主义色彩。这一时期，还出现了不少"邦交诗"。19世纪中叶到20世纪20年代以后，越南先是处于艰苦抗法时期，这一时期的汉诗诗人多为抗法将领和革命活动家，诗歌内容多与抗法事业相关，感情真实自然，风格犀利畅达、遒劲豪迈，抨击了法国殖民者，抒发了自己的壮志与情怀。后越南彻底沦为法国的殖民地，汉文科举考试和汉字被废除，越南拉丁语开始普遍被人们接受并应用于文学创作，越南汉诗开始退出越南文坛。

至于道教，虽然和佛教基本上同步进入越南，最初都活跃在朝廷政治舞台，但道教并没有像佛教那样成为越南的国教，反而在后来越南朝廷独尊儒学的潮流中，道教的社会地位逐渐下降，最后在黎朝时期退出朝廷而回归民间。总的来说，来自中国的儒道佛三教，在越南北属时期传播到了越南，在越南独立时期各自站稳了脚跟并持续发展，对古代越南乃至现当代越南都产生了和继续产生着巨大的影响作用。佛道两家在安南国朝廷政治舞台产生的主导影响，较之儒家要弱一些。但儒道佛三家都没有在越南人的思想中消失，而是长期不同程度地支配着越南社会的意识形态，并对越南汉文学创作和传播产生了不可估量的影响。

第三节　中越两国的汉诗外交

一、越南北使诗的起源

公元939年，吴权自立为王，拉开了越南走向独立自主时期的序幕。公元968年，越南封建豪族丁部领削平国内十二使君，完成统一越南的重任，自立为“大胜明皇帝”，定都华闾城，建国号“大瞿越”。太平六年(975)，丁部领上表宋太祖请求册封。是年，宋太祖封丁部领为检校太尉、交趾郡王。从此，新安南王朝得到了北宋政府的承认，两国之间正式建立起了持续长达千年的宗藩关系。遵守着这种关系，越南定期派遣使臣到中国进行求封、进贡、谢祭、告哀等国事活动。与此同时，在越南汉文学中出现了一种特殊的诗歌创作——因使臣外交活动及其经历而产生的“北使诗”。“北”是越南人用来指代北方中国的词语。“北使”指出使到中国朝廷完成各种国事活动。“北使诗文”指的是越南使臣在出访中国过程中所作的各体诗文。这些北使诗是中越文化交流的结晶，它们生动而细致地反映了汉文化在两国间的传承，有着不同寻常的学术价值和文献意义。

二、越南北使诗文创作概况

《越南汉喃文献目录提要》共收录有80余种北使诗文集。这些文献的成书时间跨度长达五百余年，按其产生的时代可依次分为陈莫、后黎西山、阮朝三个时期。

陈莫时期的北使诗，由于年代久远，有不少作品未能流传下来。据考察最早的北使诗文是陈朝阮宗彦出使元朝所作的《介轩诗稿》，除此之外还有一些北使诗文散作。

后黎西山是北使诗的兴盛时期，这一时期的的北使文献在越南文学中的地位越来越重要，流传下来的专集数量大大增加，并出现了许多著名的北使诗人。这一时期有明确记载的北使诗人与作品如下：

(一)后黎朝前期：黎光贲《思乡韵录》，冯克宽《使程诗集》(抄本6种)，邓廷相《祝翁奉使集》(今不见)以及别集《零江营卫录》，阮登道《阮状元奉使集》(今已不传)，陶公正、阮公沆(《星槎诗集》以及二人合编的《北使诗集》，阮公基《湘山行军草录》，丁儒完《默翁使集》。(二)景兴朝北使诗：阮宗奎《使华丛咏》，阮翘《浩轩诗集》，黎贵惇《联珠使集》、《北使通录》，郑春树《使华学步诗集》，阮辉僅《奉使燕京总歌》或称《阮探花诗集》，武辉珽《华程学步集》或《华程诗集》，黎光院《华程偶笔录》，胡士栋《华程遣兴》、《瑶亭诗集》。(三)后黎朝投清诗人：黎侗《黎侯北行集》，陈名案、黎惟亶《黎惟亶诗集》，丁翔甫《古驩溪亭丁翔甫使程诗集》。西山朝：武辉瑨《华原随步集》，段阮俊《海烟诗集》或《海派诗集(稿)》，潘辉益《星槎纪行》，吴时仁《燕台秋咏》、《皇华图谱》，武茂甫《北使江隐夫茂甫武原稿》。

阮朝是北使诗的繁盛与终结时期，整个阮朝所流传下来的北使文献达四十余种，是后黎朝的三倍。这一时期的北使诗在越南文学中的地位很重要。有明确记载的北使诗人与作品如下：

（一）嘉隆朝北使诗：郑怀德、吴仁静《拾英堂诗集》，黎光定《花原诗草》，武辉瑨《华程学步集》，阮廷素《使轺吟录》，陈文着《华轺候命集》，阮嘉吉《华程诗集》，阮攸《北行诗集》，武桢《使燕诗集》，潘辉湜《星轺纪行》。（二）明命朝北使诗：吴位《梅驿诹余文集》，范有仪《使燕丛咏》，潘辉注《华轺吟录》、《华轺续吟》，潘清简《使程诗集》、别集《梁溪诗草》，邓文启《华程记诗画集》，汝伯仕《粤行杂草》，范世忠《祝嘏诗》，阮登选《燕台婴语》，李文馥《克斋粤行诗》（包括《闽行杂咏草》、《粤行吟草》、《三之粤杂草》、《镜海续吟》、《仙城侣话》等等 8 种）。（三）绍治朝北使诗：李文馥、张好合《梦梅亭诗草》，潘辉泳《如清使部潘辉咏诗》。（四）嗣德朝北使诗：裴樻《有竹先生诗集》，阮攸《星轺随笔》，阮文超、张登桂《使程万里集》，范芝香《郿川使程诗集》，武文俊《周原学步集》，潘辉泳《柴峰驷程诗集》，邓辉熺《伯悦集》，裴文禩《万里行吟》，阮述《每怀吟草》。黎峻、阮思僩二人出使中国，是越南历史上最后一次以藩属国的身份向中国朝贡，预告了中越宗藩关系的终结。1885 年 6 月 9 日，李鸿章与法国公使巴德诺在天津签订《中法会订越南条约》，中国放弃了对越南的宗主权，承认越南是法国的保护国。从此，中越宗藩关系正式宣告结束。而伴随着宗藩关系产生的北使诗也定格成了历史产物。

三、越南北使诗的特点

据《越南汉喃文献目录提要》的数据统计，在越南现存的北使集中，有 8 种燕行记，82 种北使诗文集。毫无疑问，北使诗文是越南使臣中最主要的著述文体。而在东亚其他国家的使节文献中却未有如此之大的数量差别，据考察，元、明、清三朝的使节专集共有 31 种，使交诗文只有 16 种。而在朝鲜的使节文献中则多为燕行录，他们出使所作的唱和诗文多附于燕行录中。这表明，朝鲜使节作品的文献价值主要在于史学方面，而越南北使作品的文献价值则主要在于文学方面。

越南使臣的出使，文化交流的意义已超过了政治意义。对汉文化的认同以及对诗赋外交的重视，成为越南北使诗文创作兴盛的根本文化动因。具体体现在如下几个方面：

首先，我们先从这些越南使臣的身份来考察，发现越南使臣都是越南国内最优秀的学者和诗人。如后黎朝的使臣黎贵惇，汉文学和学术才能非常卓越，共有涉及经学、文学、哲学、史学、天文、地理、医学、农学多个领域的著作五十余部，可谓著作等身。还有一点需要注意的是，越南历朝都曾以科举状元领北职之事，几乎每一位越南使臣都接受过科举制度的选拔。更何况越南的科举以重视诗赋而著称，也就是说，越南使臣都有着深厚的汉文化素养和尊贵的社会地位，他们以出使中国为荣，更以创作高水平的汉诗为荣。因此，越南北使诗文出现繁荣的创作局面，产生较高质量的诗作也就不足为奇了。

其次，越南历朝统治者对诗赋外交特别重视，甚至将吟诗作赋与事关国体的政治大事等同视之。如前黎大行皇帝，曾经令善于作诗的僧人顺，冒充朝廷官员来迎接宋朝来使,这样做显然是为了能给宋使留下越人文化素养高的好印象。越南历朝国王中有不少人善作汉文诗赋,甚至很多帝王亲自参与外交的诗文唱和。如陈太宗在接待元使张显清时写有《送北使张显清》一诗写道:"顾无琼报自怀惭,极目江皋意不堪。此去未知倾盖日,诗篇聊为当清谈。"[①]张显清在越南期间也留有诗作,诗中写道:"安南虽小文章在,为何清谈井底蛙。"[②]可见越南国王在接待中国来使时所下的功夫,可谓用心良苦。对汉诗文创作的这种重视,本质上是对汉文化的认同和推崇,这同时也在无形中加深了越南使臣向宗主国展现其汉文水平的使命感和荣誉感。这一强大的内驱力,有力地促进了越南北使诗文创作的长期繁荣。

再次,使节的汉诗文作品在越南国内得到极大尊重,也得到广泛传播。据河内汉喃研究院所藏典籍看,所存抄本最多的一种书籍就是阮宗奎的北使诗文集《使华丛咏》,共存有十七种抄本,可见北使诗文集在越南国内的传播盛况和所享有的极高声誉。阮案(1770—1815)曾在《桑沧偶录》中写道:"奉使有《使华丛咏集》数百篇,中朝品藻,极加叹奖。迄今五十余年,国人皆传颂焉。"[③]此外冯克宽的《冯使臣诗集》存抄本六种;李文馥的《粤行吟草》、《闽行杂咏草》各存抄本五种,《周原杂咏草》所存抄本则达九种之多;裴文禩的《万里行吟》不仅存有三种抄本,而且还存有版式不同的印本四种。以上表明这些作品曾被反复传抄,多次版刻。这些作品的广泛流传,一方面表明了北使诗文具有比较高的审美价值和艺术价值,能赢得众多的读者;另一方面则说明外交作品在越南得到了普遍关注和欢迎。

根据各种北使诗文及其相关的文献著作[④],可以看出历代越南北使诗文主要由酬唱赠答、请序题词、鉴赏评点、书信笔谈四种类型构成。

酬唱赠答是中越使臣最普遍的一项文学活动。中越外交场合的唱和有两种情形:一是越南官员与中国使臣在越南的唱和;二是越南使臣与中国官员在中国的唱和。唱和诗是北使诗文中的主体部分。越人北使,路途遥远,每到一地都有中国官员接待,自然也就有了中越文人交往唱酬的机会。诗歌赠答唱和便成为北使交往的高雅方式之一。越南使臣十分重视这种高雅的文化交往,他们认真进行着汉诗唱酬,其乐融融,最终把这些唱和诗编辑成诗文集。有些集子就以"唱酬""酬应"等直接体现交际、唱和主题的字眼为书名,如《中州酬应集》、《大珠使部唱酬》等等。

请序题词也是越南文上坛的一种风尚,汉诗创作及编辑刊行同样如此。越南汉诗是在仿学中国诗的基础上创作的,所以越南诗人在与中国诗人的交往中,往往虚心请教学习,这样自然就出现了大量的请序品评要求。在当时的安南国内,一本越南汉诗集,如果能得到中国诗人的作序题词,那么其身价就会大大提高。比如阮绵寯的《雅堂诗集》成书

---

① (越)阮惠芝《李陈诗文》,社会科学出版社,1988 年。第 21 页。

② (越)阮惠芝《李陈诗文》,社会科学出版社,1988 年。第 23 页。

③ (越)范廷琥、阮案著,许端容校点《桑沧偶录》下,《越南汉文小说丛刊》第一辑第七册,台湾学生书局,1987 年版。第 200 页。原文因避讳将"华"写作"花"。

④ 刘玉珺《越南汉喃古籍的文献学研究》,中华书局,2007 年 7 月。

后，其胞兄襄安郡王就建议他："阁下名盛历朝，宜钞诗文寄往中国题词，以之加重声价。"[①]而作者却以为"学当为己，不患人之不己知"[②]为由拒绝了此项好心建议，表现出其人格的倔强。但这也说明，越南诗人出诗集请中国人作序，乃是当时较为通行的提高身价的做法。

鉴赏评点是中越使臣之间进行交流学习的一种方式。典型的例子就是清劳崇光与越南诗人的文字之缘。劳崇光是一位在晚清史上的重要政治人物，曾出使越南，留下美妙笔墨，以文学风流而传诵人口。阮绵寘曾评价他："劳公清国钦使，中原第一流人也。四方艺苑，闻者无异辞焉。"[③]他之所以受到越南众多文人骚客的追捧，一方面是因为他曾以使臣的身份前往越南册封嗣德帝为越南国王，整个行程过程极为隆重，安南举国欢动。另一方面是因为他著有一篇《南国风雅统编序》，记叙了他在道光二十九年（1849）出使越南的经历，其中有一段是评价越南汉诗的：

> 亟受而读之，清奇浓淡，不拘一格。或书写性灵，或留恋景物，或模山范海，论古怀人，佳篇好句，美不胜收。其中杰构，居然登中华作者之一而浸浸入于古。吾不知其视朝鲜诗人如何，要非他国所能望其项背。[④]

这种高度评价，明显是对越南文学的褒奖，且包含了中越文学乃至东亚汉诗文比较的意识，这是越南汉诗人从文化母国获得的一种充分的肯定。劳崇光还对越南诗人的诗作进行了具体的品评，如他对越南诗人绵审的《苍山诗话》多处进行评点。这种评点的方式亦见于许多越南诗人的诗集，如李文馥的《闽行杂咏草》署"梅峰潘霖卿凤朱评、恒岳郑思台墨评、杭州缪莲仙氏艮朱忝评"。总的来说，无论是赠答唱和、请序题词还是鉴赏评点，都是普通的文学活动，但这种文学活动出现在汉文化圈的不同国度的文人之间，评点的对象是产生于外交场合的北使诗文或产生于域外的汉文诗歌，它的意义就不同寻常了。实际上，它反应了两种汉文学——产生于本土的汉文学与成长于域外的汉文学之间的交汇融合。

总而言之，作为诗赋外交的产物，北使诗文反映了汉文化向域外辐射的深度和广度，是越南古代文最宝贵的财富之一，是越南汉文学发展的强大助力。中越经过长达2000多年的文化交流，独立以前的越南完全受中国影响，独立后越南通过向中国购买书籍，派遣留学生，使臣朝贡等方式进而全面吸收了中国文化。在接受过程中，越南不断吸收中国文化，使汉文化扎根于越南封建制度的土壤之中，并且生根发芽，开出了丰盛的硕果——越南汉诗。

---

①② 阮绵寯《雅堂诗抄自序》，《雅堂诗集》，河内汉喃研究院所藏VHb.7号刻本。

③ 阮绵寘《徇陔别墅合集》序，（越）洪依撰，鹰馨校订《徇陔别墅合集》，越南河内汉喃研究所所藏A.2985/1号刻本。

④ （清）劳崇光《南国风雅统编序》，《集美诗文》，越南河内汉喃研究院所藏A.2987号抄本。

第二章　李朝汉诗

概　述

中越两国壤土相接，山川相连。特别是越南地处中南半岛，领土呈狭长形。由于几条东南走向的山脉，使得东西之间的交通颇为困难，而与中国紧邻的南北交通却较为便利。在我国古籍之中，早有关于古圣先王“南抚交趾”①或“南至交趾”②的传说。秦时，又在今越南中部顺化一带海岸，置象郡。汉启海运，开辟了南海交通，使得中越往来更加便利。南北朝时代中原动荡，大批士民避浮于海，流寓交州，其中不乏僧侣、学者和士人。在这长达数百年的历史中，越南成为中国与东南亚、南亚和西方进行经济和文化交流的重要枢纽，中印僧人相互交往的中间站。而随着汉文化在越南逐步渗透，使得越南文化渐渐脱离印度文化的影响，处处表现出中华文明的痕迹。

在汉文化南传的过程中，重要一翼就是佛学禅宗。据史载公元二三世纪佛教通过多种途径传入越南。而中国佛教向外传播，最早是向越南。至我国唐代时，交州佛教已经普及。据义净《大唐西域求法高僧传》的记载，唐代中国僧人到达交州弘传佛教，或与交州僧人同往印度或南海求法取经者人数颇多。他们赴东南亚和印度求法取经途中，将中原佛教文化传播到交州和占婆，促进了越南佛教的发展。而作为“教外别传”的禅宗也同时传入和发展，并与当时越南社会生活结合，先后形成了颇具越南民族特色的禅宗派系。从6世纪至9世纪，中国禅宗已成为越南皇室推崇的教派。据越南史书记载，丁朝(968—980，宋太祖开宝元年至宋太宗太平兴国五年)、前黎朝(980—1009，宋太宗太平兴国五年至宋真宗大中祥符二年)与李朝(1009—1225，宋真宗大中祥符二年至宋仁宗天圣三年)都崇信佛教。因此这一时期越南汉诗的创作主体主要以僧侣为主，诗歌创作内容则主要以僧侣诗和佛偈诗为主。而且值得注意的是，在李朝中后期，由于儒学思想的不断深入以及采用科举取士的选官制度，越南汉诗出现了新的创作主体——儒士，随之而来的就是他们创作的儒士汉诗。

---

① 见《尚书大传》：“尧南抚交趾……交趾之南有越裳国，以三象重九译，而献白雉，曰：‘道路悠远，山川阻深，恐使不通，故重九译而朝。’”

② 见《淮南·主术训》：“昔者，神农之治天下也……其地南至交趾。”

但是由于受国情的影响，这些儒士汉诗也大多被打上了佛教的烙印。

第一节 李朝前僧侣诗

一、李朝前僧侣诗创作背景

事实上，越南自唐亡后，六十多年都处于群雄征战的局面。后丁部领平定十二使君之乱，随即称帝建立丁朝，但仅传二世即被权臣黎桓所夺位，丁朝有国只有十三年。黎朝也只延续了三世，有国二十九年，就被李公蕴所取代。丁、黎两朝加起来只有四十二年，而且以一介武夫及权臣而称帝，争斗不休，小朝廷一直处于动荡变更之中，自然无暇也无力去创建文化，历史记载也相当缺乏。在当时兵荒马乱的时代背景之下，仅寺院得免于兵燹，僧侣们仍然可以研读诗书佛经，因而汉文学得以由僧侣所保持。而贵族们更将子弟送往寺院求学，换言之寺院便成了学习汉文的重要场所。当时的僧侣不但是佛学的传布者也是汉学的传播者，他们负起了汉文学在安南复兴的重要任务。丁、黎两朝僧侣不但受到礼遇，而且直接参与到当时的朝政实务之中。据《大越史记全书》记载：

> （宋开宝四年，公元971年）初定文武僧道阶品……僧统吴真流赐匡越太师，张府尼为僧录……①

丁朝统治者仿照中国的僧官制度，封无言通派的第四祖为僧统，并赐以“匡越大师”的称号。中国的僧官制度始于南北朝，当时管理全国僧人的僧官叫道人统，以后历代在名称上虽有变化，但基本上沿袭旧制。唐代设立僧录司，置僧录等职位，这些机构与职位虽属中央级，但与俗官相比，级别却要低得多。越南僧官地位之高是中国僧官们不敢望其项背的。这些富有才学的僧侣实际上负起了当时的文化教育以及文书等工作。而之后黎朝的建立更是得力于僧侣的支持，所以开国君主黎恒重用僧人而抑制儒生。例如宋于雍熙四年(987)派遣李觉出使越南，黎恒启用高僧杜法顺和吴真流来接待李觉。

隋唐时期传入安南的禅宗思想，对于社会影响很大。丁、黎两朝僧侣汉诗的主要内容则是应制和佛偈，上乘者已经显出诗笔的空灵绝妙，如王真空禅师(946—1001)答弟子的佛偈诗就如此。弟子问起如何得“真如妙道”时，答：“若到仙家深峒内，凡丹换骨得怀皈。”弟子问起何谓凡丹？答曰：“历劫愚蒙无洞晓，今晨一悟得开明。”又问起何为开明？答曰：“开明照彻娑婆界，一切众生共一家。”又有问身体毁灭后如何？答曰：“春来春去疑春尽，花落花开只是春。”阐明佛理，通俗易懂，从中也可见当时汉诗创作的原生状态。总体上看，当时的汉诗只是在能够通晓汉语及了解汉文化的部分上层僧侣之间通行。

李朝初期的汉诗坛大致还是佛理诗的天下，这与佛教界承继了丁、黎朝的禅诗风习

① 见《大越史记全书》(卷一)(内阁官板)黎朝正和十八年岁在丁丑仲冬鼓日(1697)。河内社会科学出版社出版，1998年。

有关，还与李朝开国主李公蕴对待佛教的崇拜态度直接相关。据史籍记载，李公蕴的出身成长及开国称帝过程皆与佛教僧侣密切相关，如《大越史记·本纪》卷二中记载李公蕴的出生与蕉山寺僧侣有关，七八岁起即拜六祖寺的万行禅师为师。万行禅师是黎朝后期著名的僧侣，他城乡布法，学通三教，擅长诗偈，对于社会影响力很大[①]。他悉心教导培养李公蕴，对李公蕴的成长及日后的称帝活动发挥了巨大的作用。开国后的李朝视佛教几同国教，实行拜著名禅师为国师的制度，如万行、草堂、枯头、阮明空等高僧都曾为一代国师，地位崇高并直接参与朝廷政事。

从汉诗创作所需的文化素养角度看，当时安南社会中知识渊博并能够写作汉诗文的，就是佛寺中的高僧。李朝初期的朝廷政教法令不少都出自这些能够书写汉文的禅师之手，可见佛教对于社会各个阶层影响力之大。后来黎嵩在《大越史记·总论》中评论李朝立国之初时佛教盛行的得失："天下日安然，然圣学不闻，儒风未振。僧尼半于民间，佛寺满于天下，非创业垂统之道也。"这自然是后来儒教盛行之后，从儒生学者的眼中看出的李朝初年社会文化结构的缺陷：佛教盛行导致社会崇尚虚幻风气，而儒家学说仍然未被普遍接受，这自然不是经国治民的正道。确实，李朝立国之初，承续丁、黎朝的制度及尊佛风气，儒学尚未兴起，朝野的政事教化皆由僧侣禅师掌控，因而当时文坛流行的就是佛偈禅诗。裴辉璧《皇越诗选》卷二共收李朝诗五首，其中四首是禅师所作。

二、李朝前僧侣诗人——杜法顺、吴真流

杜法顺、吴真流二人的学养，虽然不是在丁、黎两朝时培养而成的，但如果要谈论到当时的文学家，也只能列举出这两位了。杜法顺生平，据《禅苑集英》[②]所辑：

> 隘郡蜍乡，鼓山寺，法顺禅师（916—992）不知何许人？姓杜氏，博学工诗，负王佐之才，明当世之务。少出家，师龙树扶持禅师。既得法，出语必合符识。当黎朝创业之始，运筹定策，预有力焉。及天下太平，不受封赏。黎大行皇帝愈重之，常不名，呼为杜法顺，倚以文翰之任。天福七年，宋人使臣李觉来，帝命师变服为津吏，觇觉举动。会有两鹅浮于水中，使戏吟云："鹅鹅两鹅鹅，迎面向天涯。"师于把棹稳足之云："白毛铺绿水，红棹罢清波。"觉于是叹服。……兴统二年告终，寿七十六。[③]

这里显然是套用了唐代诗人骆宾王的《咏鹅》诗，但也由此可知，杜法顺是一位"博学"的高僧，又曾帮助黎恒创业。黎恒遂"倚以文翰之任"。法顺诗所见并不多，除应和李觉的诗外，《禅苑集英》辑有法顺答黎大行国运一事。其诗曰：

---

① 李仁宗有《僧万行》诗："万行融三际，真符古谶诗。乡关名古法，挂锡镇王畿。"（见《皇越诗选》卷一）可见万行禅师的影响力之大，李朝君王对于他的品性都是极为推崇。

② 《禅苑集英》为现存越南古代最早的佛教载集，为释如智辑编，主要记载越南13世纪以前的僧人事迹，现存刊本为黎朝永盛十一年（1715）重刊本，今存河内"越南汉喃研究院"，版本记号：VHv.1267。本文所据为其影印本。

③ 见释如智《禅苑集英》（影印本），第744页。

国祚如藤络，南天理太平。
无为居殿阁，处处息刀兵。①

这虽然是一首应制诗，但短短的五言四句写来随意，通俗易懂，又包含了道家的“无为”思想以及释家的好生之德，可见其“工诗”亦不假。从中也可以看出李朝处于儒释道三教合流的思想背景之中。

与杜法顺同时的匡越太师吴真流生平事迹，据《禅苑集英》辑云：

常乐吉利乡，佛陀寺，匡越大师(930—1012)初名真流，吉利人也。姓吴氏，吴顺帝之裔。壮貌魁伟，志向倜傥。少丛儒，及长归释，与同学住持，投开国云峰受具。由是该览竺坟探颐禅要。年四十名震于朝，丁先皇(即丁部领)召对称旨，拜为僧统。大平二年(970)赐号匡越太师。黎大行皇帝尤加礼敬，凡朝廷军国之事，师兼与焉。宋使李觉回京，师作词《玉朗归》送之。顺天二年二月十五日告寂。寿七十九。②

匡越“少丛儒，及长归释”、“该览竺坟探颐禅要”，可见其学问博大、治学精深。其词《玉郎归》无论是押韵，还是用辞都挥洒自如，没有雕琢之迹。有早期词的风味。其辞曰：

祥光风好锦帆张，神仙复帝乡。
千重万里涉沧浪，九天归路长。
人情惨切对离伤，攀恋星星郎。
愿将深意为南疆，分明报我皇。③

可见其诗艺已达到随手写来，便能恰到好处的如意境界。因此学者黎贵惇(1726—1784)论及越南初时独立开国之文风时，对杜法顺及吴真流之诗倍加赞赏：“师顺诗句，宋使惊异。真流词调，名振一时。”④

然而僧侣们虽擅长诗作，但诗文创作呈现文学修养才能，并非其写汉诗的根本目的。因此，除了以上提到的应制诗以外，丁、黎两朝的僧侣们大都写些佛偈，来阐明佛理。如匡越太师为其入室弟子讲“如何是学道始终”云：“始终无物妙虚空，会得真如体自同。”又临终时，告示徒众云：

木中元有火，有火火还生。
若谓木无火，钻燧何由萌。⑤

再如前述王真空禅师答弟子的佛偈诗，亦是相当有韵味，阐述佛理深入浅出，明白晓畅。

总体上看，佛偈诗可以说是丁、黎两朝的代表文学。而且值得注意的是，这种空灵绝妙，与万物混而为一的佛偈诗逐渐发展演变为语言雅洁、诗意盎然的禅诗，最终成为李朝

① 见释如智《禅苑集英》(影印本)，第743页。
② 见释如智《禅苑集英》(影印本)，第826页。
③ 见释如智《禅苑集英》(影印本)，第824页。
④ 黎贵惇《见闻小录》(汉文本)今存河内“越南汉喃研究院”，版本记号：A. 25。越语译本，范仲恬主编，越南河内史学出版社，1960年。
⑤ 见释如智《禅苑集英》(影印本)，第823页。

汉文文学的代表。

第二节　李朝初期佛偈诗

一、佛教、僧侣在李朝的特殊地位

李朝开国国君李公蕴是前黎卧朝的亲卫殿前指挥使，兵权在握。适时，卧朝昏君龙铤残虐无道，天怒人怨。李公蕴乘龙铤崩，随即自立为帝以安定天下，开创了越南第一个稳定的朝代——李朝(1009—1225)，享国约两百年。

李公蕴的出生、成长、甚至建国立业都与佛教有着极其密切的关系。如《大越史记全书》卷二记载：

> 帝父不知所出，母范氏有娠，生帝于焦山寺。年三岁抱至古法寺李庆文家，庆文遂养为子。幼而聪颖，资表秀异。七八岁，庆文以属六祖寺僧万行肄学……万行见而器之曰："此非常人，其年既壮，必能剖处折繁，为天下明主也。"及长，不事生产作业，终日涉猎经史，慷慨有大志。

万行是一位"该览三学(儒释道)，发语必为天下符讥"[①]的高僧。他不但悉心地教导李公蕴，使其成为日后的"天下明主"，还积极地参与李氏的篡位活动。最明显的事件是，黎朝末年古法州有一株古老的木棉树遭受雷击后树身出现震文，其文曰："树根杳杳，木表青青。禾刀木落，十八子成。东阿入地，木异再生。震宫出日，兑官隐星。六七年间，天下太平。"[②]当时高僧万行法师私下跟李公蕴说："近者臣睹符识之异，知李氏壮盛，而兴业必矣。今观天下之姓，李最多，无如亲卫宽慈仁恕，颇得众心。而掌握兵柄者，宗主万民，舍亲卫其谁当之？"[③]自此李公蕴怀有觊觎王位之志，"人亦多归附"等等诸如此类的一系列事件，都为其篡位做好了准备，最终使其顺利完成了"黎终李兴"的改朝换代。看到佛教有如此深入人心的影响力，也作为其直接受益者的李公蕴，于是在建国以后，立佛教为国教，拜僧侣为国师，并让其参与国家的实际政治。后黎朝史臣黎嵩在《越鉴通考总论》中曾对此作了如下评述：

> (李公蕴时)天下日安然，然圣学不闻，儒风未震。僧尼半于民间，佛寺满于天下。非创业垂统之道也。太宗勇智兼全，征伐四克，有孝友之德，习礼乐之文。讨贼平戎，却农耕籍，伸冤有钟制，刑有律，为守成之主也。然耽仙游诗偈之禅，感西天歌调之曲，非经国子民之道也。

不仅李公蕴如此，而且终李一朝，佛教的影响都是非常广泛的。据《大越史记全书》

---

① 见释如智《禅苑集英》(影印本)，第738、739页。

②③ 见《大越史记全书》卷一。

卷四记载:"李朝诸帝,尊祀僧流,最为隆重,太祖至于万行,仁宗至于明空、觉海。或崇之以国师之好,或加尊者之称,给户数百,赐田千顷,故天下糜然趋之。"僧侣参政,享受封邑,使得越南历史上出现了"帝与僧统治天下"的时代,成为有别于他国的一大特色。

二、李朝初期佛偈诗创作概况及其特点

这些僧侣大都是博学多才的高僧。而且僧侣们为了弘扬佛理,多制作一些佛偈禅诗来示信众,由是形成了李朝时代特殊的诗风。但由于李朝去国已久,再加上汉文诗的创作、流传都只限于越南皇室宫廷和佛寺僧院中,交流圈子极窄,所以流传下来的诗歌作品并不多。《全越诗录》收录李朝诗包括:李太宗二首,李仁宗二首,段文钦三首,僧万行一首,僧空路一首,僧圆照一首,僧满觉一首,僧悟印一首,僧真空一首,道行禅师一首,僧庆喜一首,僧宝鉴一首。共计12位诗人,16首汉文诗[①]。其中除太宗、仁宗、段文钦外,其他都是僧徒作家。

从现存的作品看,其内容绝大多数与佛教有关,形式上有些诗较完整,为四句五言或七言,另外有很多为禅师念出的偈颂,只能看作诗句。现一一对其进行分析。

首先是禅师的偈语诗。如定香长老会众诀别论偈云:

本来无处所,处所是真宗。
真宗如是幻,幻有即空空。[②]

又如道惠禅师示疾叹曰"乱离瘼矣,爰自其来"说偈云:

地水火风识,元来一切空。
如云还聚散,佛日照无穷。
色身与妙体,不合不分离。
若人要甄别,炉中花一枝。[③]

又如慧明对太宗参问禅旨云:

法本如无法,非有亦非空。
若人知此法,众生与佛同。
寂寂楞伽月,空空渡海舟。
知空空觉会,三昧任通周。[④]

又如宝觉禅师答净戒禅师偈云:

万法归空无所依,归寂真如目前机。

---

① 转自何仟年《越南古典诗歌的形成——莫前诗歌研究》,第31页,扬州大学博士学位论文,2003年。
② 见释如智《禅苑集英》(影印本),第821页。
③ 见释如智《禅苑集英》(影印本),第794页。
④ 见释如智《禅苑集英》(影印本),第726、725页。

达悟心圆无所指，水水心月泯心仪。①

又如究旨禅师示寂云：

觉了身心本凝寂，神通变化现诸相。
有为无为从此出，河沙世界不可量。
虽然偏满虚空界，一一观来没形状。
千古万古难此况，界界处处常朗朗。②

又如净戒禅师将示寂说偈云：

此时论道罕知音，只为如斯道丧心。
悉似子期多爽惨，听来一达伯牙琴。
秋来凉气爽胸襟，八斗才高对月吟。
堪笑禅家痴钝客，为何将语以传心。③

又木净禅师示众云：

幻身本自空寂生，犹如镜中内心出。
觉了一切空幻身，幻身须臾证实相。④

又如广严禅师将示疾论偈云：

离寂方言寂灭去，生无生后说无生。
男儿自有冲天志，休向如来行处行。⑤

又常照心痛示众云：

道本无颜色，新鲜日日夸。
大千世界外，何处不为家。⑥

又如现光禅师答僧问，说偈云：

那以许由德，何知世几春。
无为居旷野，逍遥自在人。⑦

又如觉海禅师告其门徒之示寂偈云：

春来花蝶善知时，花蝶应须共应期。

① 见释如智《禅苑集英》(影印本)，第775页。
② 见释如智《禅苑集英》(影印本)，第807页。
③ 见释如智《禅苑集英》(影印本)，第773页。
④ 见释如智《禅苑集英》(影印本)，第790页。
⑤ 见释如智《禅苑集英》(影印本)，第767页。
⑥ 见释如智《禅苑集英》(影印本)，第765页。
⑦ 见释如智《禅苑集英》(影印本)，第757页。

花蝶本来皆是幻，莫须花蝶向心持。[①]

又如妙因尼师示寂说偈云：

生老病死，自古常然。
欲求出离，解缚添缠。
迷之求佛，惑之求禅。
禅佛不求，杜口无言。[②]

这几位禅师都是李朝年间名动一时的著名高僧，万行“姓阮氏，古法乡人，幼超异，该贯三学，出家事六祖，精于禅。所发语多为符谶。黎大行尝召问，李祖拜国师”[③]。空路“姓杨氏，海清人，世为渔，舍其业而学禅，与觉海为友。栖荷泽寺，精法术，奇怪莫测”。满觉“名长，姓阮氏，安格乡陇廛人。中书员外郎怀素子，仁宗在潜邸，选名家子弟入侍，预其选。上即位后，出家，瓶锡云游”。悟印“名弃，姓谭氏，金牌乡思理人，少业儒，出家居宁山隆恩寺”[④]。显然，禅师写汉诗，不是为了要表现自己汉文修养有多高，也不是为了树立作为汉诗人的社会声誉，而是通过汉诗来表达自己修炼禅功过程中的种种体会。当时安南汉诗交流的圈子还比较狭窄，能够读懂汉诗的安南人不多，掌握汉学和能够使用汉文写作者主要集中在佛寺。故而这些禅师的汉诗基本内容，可以分为抒胸怀和示弟子两大类，而集中表现的就是用汉诗的语言形式来阐释佛理，也就是将高深抽象的佛理通俗化和形象化。正是在这一方面，李朝初期在佛寺僧院流行的汉诗，表现出了禅机思辨的机智，不少佳作使用精炼的诗句渲染佛家出世思想，有着让人警醒的感染力。如上述的万行禅师的“任运盛衰无怖畏，盛衰如露草头铺”，表达出勘破红尘之后的大自在心态；从空路禅师的“有时直上孤峰顶，长啸一声寒大虚”，到满觉和尚的“莫谓春残花尽落，庭前昨夜一枝梅”，还有悟印禅师的“玉焚山上色常润，莲发炉中湿未干”等诗句，皆透露出对自然界和人类社会万千现象较为深刻的认识，有着佛理意蕴的持久回味，充满着哲理思辨的乐趣。

这些偈语诗都是僧侣们用来阐明禅理的，由此宣扬了禅宗的虚无观。正如万行禅师所认为的那样：佛教最根本的思想作为绝句，比起佛经中言更精要好记。但是却疏忽了文字上的艺术技巧，所以后黎朝的大学者黎贵惇在编选《全越诗录》时，未将这些偈语诗收录其中，这当然是接受过正统诗学教育的大儒对诗歌优劣进行评判后的取舍，但对于残留下来的为数不多的李朝诗文，以及从后世学者研究越南汉诗发迹的角度来说，也是弥足珍贵的了。

再者就是讲求词藻和艺术技巧的佳作了，也就是黎贵惇收录在《全越诗录》中的那16首诗。现辑录如下几首汉诗及诗人生平概要，以窥李朝汉诗人之诗艺。

万行禅师（？—1008），姓阮氏，古法乡人。幼超具，该贯三学。出家事六祖，精于禅，所藉多为符谶。黎大行常召问，李祖拜为国师。顺天九年示寂，《全越诗录》收录一首。

① 见释如智《禅苑集英》（影印本），第771页。
② 见释如智《禅苑集英》（影印本），第707页。
③④ 见裴辉璧《皇越诗选》卷二，越南河内：汉喃研究院图书馆藏。

《示弟子云》：

身如电影又还无，万木春荣秋又枯。
任运盛衰无怖畏，盛衰如露草头铺。[①]

空路禅师（？—1119），姓杨氏，海清人。世为渔，舍其业而学禅，与觉海为友。栖茼泽寺，精法术，奇怪莫测。会祥大庆十年示寂。《全越诗录》收录一首。《言怀》：

选得龙蛇地可居，野情终日乐无馀。
有时直上孤峰顶，长啸一声寒太虚。[②]

圆照禅师（？—1090），始名梅直，福堂龙潭人，李灵感太后兄子也。幼聪敏好学。后辞亲投芭蕉山寺，定香授业，执侍余年，研究禅学。广祐六年庚午九月日无疾而终。《全越诗录》收录一首。《无疾示众》云：

身如墙壁圮颓时，举世匆匆孰不悲？
若达心空无相色，色空隐现任推移。[③]

满觉禅师（？—1096），始名阮长，安格乡陇廛人。中书员外郎怀素子，仁宗在潜邸，选名家子弟入侍，预其选，上即位后出家。会丰五年十一月示寂。《全越诗录》收录一首。《告疾示众》：

春去百花落，春到百花开。
事逐眼前过，老从头上来。
莫谓春残花尽落，庭前昨夜一枝梅。[④]

悟印禅师（？—1088），始名谭弃，金牌乡思理人，少业儒，出家居宁山隆恩寺。广祐四年示寂。《全越诗录》录诗一首。《示寂》：

妙理虚无不可攀，虚无心悟得何难。
玉焚山上色常润，莲发炉中湿未干。[⑤]

真空禅师（？—1100），始名王海蟾，仙游扶董人。年十五博通史籍，及冠，栖于慈山寺，不下山者二十载。李仁宗闻之，延入大内，使诵法华经。时太尉李常杰甚加敬礼。会丰九年十一月初一日示寂。《全越诗录》收诗一首。《示寂》云：

妙本虚无日日跨，和风吹起遍婆娑。
人人尽识无为乐，若得无为始是家。[⑥]

---

① 见释如智《禅苑集英》（影印本），第737页。
② 见释如智《禅苑集英》（影印本），第791页。
③ 见释如智《禅苑集英》（影印本），第810页。
④ 见释如智《禅苑集英》（影印本），第797、798页。
⑤ 见释如智《禅苑集英》（影印本），第795页。
⑥ 见释如智《禅苑集英》（影印本），第710页。

道行禅师(? —1116),始名徐路,隐于慈山岩,日持大悲心陀罗尼,历事乔智玄、法云、崇范,据云能祷雨治病,无不立验。坐化。关于其生卒年,《禅苑集英》未言,但《禅苑集英》及《史记》仁宗会祥大庆八年(1117)皆记,是年八月,求宗室子育于宫中,崇贤侯之子阳焕年方二岁,帝立为太子,是为神宗。《禅苑集英》又以阳焕乃道行投胎,其生时,禅师坐化。则道行卒于前年,即会祥大庆七年。《全越诗录》收诗一首。《示寂》云:

秋来不报雁来归,冷笑人间暂发悲。
为报门人休恋着,古师几度作今师。①

庆喜禅师(1066—1142),原姓阮,龙编古交人。从祝圣寺本寂受业,天章宝嗣中,召旨观,帝嘉其敷对称旨,拜为僧录,大定三年壬戌二十七日示寂,年七十六。有《悟道诗集》行于世,《禅苑集英》作《悟道歌诗集》,不传。《全越诗录》收诗一首。

劳生休问色兼空,学道无过问祖宗。
天外觅心难定体,人间植桂岂成丛。
乾坤尽是毛头上,日月包含芥子中。
大用现前拳在手,谁知凡圣与西东。②

宝鉴禅师(? —1173),姓乔氏,名浮中,瑞乡人。幼习儒业,读书无所不究,尤工书画。仕李英宗朝,为宫候舍人,年三十去官,居多云保福寺,藏经皆手自写。政隆宝历十一年五月七日示寂。《全越诗录》收录一首。《示众》:

智者犹如月在天,光含尘刹照无边。
若人要识须分别,岭上扶疏索暮烟。③

以上所录的禅诗佳作,虽然都具有佛教宣传的特点,但却在词藻和押韵上较之前的佛偈诗更具有艺术价值。甚至做到了用具体的物象描写来表达抽象的哲理,例如万行禅师的"身如电影有还无"、"盛衰如露草头铺",视自身生死、外境盛衰如同闪电晨露,毫无羡慕怖惧之念,向世人传达了其涵养超脱之情。又如满觉禅诗的"莫谓春残花落尽,庭前昨夜一枝梅"。春生、夏长、秋收、冬藏,本是生物之永恒规律,而皑皑冬雪中,寒梅绽放,生机盎然无穷。禅师以此具象之自然景物来告慰世人以抽象之哲理,即物由心生,真心常住,则万物始赋本体永恒,也即是庄子所言"天地与我并生,万物与我为一"。

通过以上所引的佛偈诗,我们大致可以知道李朝初期佛偈诗的特点。具体体现在如下几个方面:首先,在用韵方法上,不论四言或五、七绝律,大多都押平声韵。其次,诗人多属禅门中人。再次,这些禅门人士,大都博学多才,不仅贯通佛教奥义,而且能透彻儒道内涵。所以李朝上至君臣,下至社会中上层阶级,多将子弟交由禅僧负责教育。正如满觉在《佛学禅学与诗歌》所言:"事实上,一直到十一世纪即李朝时期,朝廷始设立学校,开科取士。当时一

① 见释如智《禅苑集英》(影印本),第729、730页。
② 见释如智《禅苑集英》(影印本),第718页。
③ 见释如智《禅苑集英》(影印本),第792页。

切文学活动皆由禅师担任，禅师们为了深入经藏，自修与弘法说教，彼等必得精研汉文。由此原因，使得禅师们必先娴通汉文儒学，再进于深究哲理。且他们又善于将中国学术思想配合越南民族之固有精神，而讲解传授于弟子。这些弟子既成为当时社会中重要士大夫阶层。他们又尽所能或扶持君主治国，或教化人民。在此同心协力之工作中，故能创成越南立国史上第一个辉煌灿烂的文化朝代。”①由于长期浸染于浓厚的禅学环境中，当时的僧俗诗人的作品多少带有解脱是非名利的思想，进而朝向“明心见性”的观念发展。

总而言之，这些佛偈诗倾向于情感的升华，强调人类真性，描写万物本体，以表现心灵与自然的融通无碍，反映了当时诗僧心灵恬静、笃实、稳健的风格。所以后世学者称李朝文学为心灵艺术文学。

第三节　李朝中后期儒士汉诗

一、李朝中后期儒士汉诗产生的背景

李朝中后期，国家政治局势趋于稳定，李朝的统治者们意识到“马上得天下，焉能马上治之”，要想实现承平之志，就需要文治，遂积极采取措施，其中最重要的举措是提高儒家思想的地位及采用科举取士的选官制度。李朝科举考试制度的成立经过，大致如下：

“秋八月，修文庙，奉祀孔子、周公及四配像，画七十二贤像，四时享祀，皇太子临学焉。”（李圣宗戊申三年，公元 1067 年）②

“春二月，昭选明经博学及试儒学三场，黎文盛中选，近侍帝学。”（李仁宗乙卯四年，公元 1075 年）这是越南科举的开始，黎文盛等成为第一批通过科举为官的儒士。黎文盛本人受到李朝重用。③

“夏四月，选文职官员识字者入国子监。”（李仁宗英武昭盛元年，公元 1076 年）儒学至是始为国学。④

“秋八月，试天下有文学者，充翰林院官，莫显绩中选，除翰林学士。”（李仁宗丙寅二年，公元 1086 年）⑤

“帝初御经筵，尝于开延馆听讲儒书”。儒家经籍为朝野学官塾校之主要科目。

① 转自胡玄明《中国文学与越南李朝文学之研究》，第 223 页，台湾“国立政治大学”中国文学研究所博士论文，1978 年。

②③④⑤ 见《大越史记全书》卷三。

(李神宗天顺元年,公元1128年)①

"冬十月,殿试"(李英宗大定十三年,公元1152年),"秋八月,试学生"(李英宗宝应三年,公元1165年),亦均开科取士。又"修文宣王庙殿,及后土祠"。(李英宗宝应九年,公元1171年)②

"春正月,试天下士人,自十五岁能通诗书者,侍学御筵,取裴国忾、邓严等三十人,其余并留学。"(李高宗天资嘉瑞十年,公元1195年)③

随着科举制度的确立和发展,出现了与朝廷有关的诗赋集体创作活动。见于《大越史记全书》的有:

帝幸武宁州松山石寺,见其人迹萧然,基址暴露,中有石柱倚斜欲倾,帝慨叹,意欲重修之。言未发,石柱忽复正,帝异之,命儒臣作赋以显其灵异。(太宗明道二年)④

昭建太和桥于苏历江,九月,桥成,帝临幸,命侍臣赋诗。(太宗通瑞二年)⑤

冬十月,帝幸览山寺,夜宴群臣,亲制览山夜宴诗二章。(仁宗广佑三年)⑥

十一月,(帝自应丰行宫)还京师,儒道释并献贺诗。(天符睿武四年)⑦

由上述史书记载可知,李朝当时应有大量应制酬唱诗出现,但事实上流传下来的却寥寥无几。《全越诗录》所收李代诗人中,太宗、仁宗、段文钦是谨有的三位非僧徒作家。《全越诗录例言》也称:"李家圣仁二宗皆能画工诗,今无可考。太宗二首,仁宗二首,谨见《禅苑集英》。"⑧据此可知圣宗也有诗作,但《大越史记全书》所言的诗赋及圣宗诗都没有流传下来。各中原因,略述如下:

其一,李朝建国初期,百业待兴,社会教育尚未普及,文字流行仅能限于贵族阶级,流传范围极小。绝大多数百姓"日出而作,日落而息",几乎无机会接受教育,更不用说吟咏诗书了。王公贵族所吟咏之诗赋自然不能被普通大众所接受,其失传也就不足为奇了。

其二,李朝以后各代更历战乱,内乱外患踵至,京城被陷,文献亡于兵燹,大量诗文也同时亡佚散失。李朝目前传世的诗文,大多由当时的僧人藏于寺院,免于兵患,才逃过一劫。这也就不难解释为何李朝诗文内容大多与佛教有关了。

其三,李朝虽然接受儒家思想习文讲礼,并效仿中国建立了科举制度,但其由于刚脱离中国统治不久,在朝廷制度方面还处于草创期,制度疏漏处不少。有时甚至会搞错,贻笑大方。如黎文休在编写《大越史记全书》一书时,就对李朝历代帝王陵寝命名错用,进

①⑦ 见《大越史记全书》卷三。

②③ 见《大越史记全书》卷四。

④⑤ 见《大越史记全书》卷二。

⑥ 见《大越史记全书》卷三,另见《越史略》卷二。

⑧ 见黎贵惇《全越诗录》(汉文本),今存越南汉喃研究院。

行过指摘："黎文休曰：'夫古者天子既崩，安灵柩有陵，或号茂陵，或号昌陵，遗宸章有阁，或名显谟，或名宝文，今李家历代只曰茂陵，阁只曰龙图，盖时君不学，而儒臣不能润色，或无稽古之力也。'"[①]至于保留前人之笔墨翰宝、典籍文献，更是意识淡薄。

二、李朝中后期儒士汉诗创作概况及其特点

就李朝中后期流传下来的儒士汉诗来看，其内容也绝大多数与佛教有关。现列举诗人诗作如下：

李太宗(1000—1054)，名佛玛，北江古法乡人，李太祖太子，在位二十六年，寿五十五岁。《全越诗录》录诗二首。《禅苑集英·禅老禅师》云，禅老归寂，"帝深悼惜，御制诗哀挽"[②]，其诗今不传。《禅苑集英》亦录有另外两首太宗作品，古体有《示诸禅老参问禅旨》：

般若真无宗，人空我亦空。
过现未来佛，法性本来同。[③]

近体有《追赞法云寺毗尼多流支禅师》：

创自来南国，闻君久习禅。
应开诸佛信，远合一心源。
皎皎楞伽月，芬芳般若莲。
何时临面见，相与话重玄。[④]

李仁宗(1066—1128)，名乾德，圣宗太子，通音律，制乐歌，广祐会丰之治，号为李朝之首，为李朝之盛主。在位五十六年，寿六十三岁。《全越诗录》收录二首。《追赠万行禅师》：

万行融三际，真符古谶机。
乡关名古法，拄锡镇王畿。[⑤]

《追赠崇范禅师》：

崇范居南国，心空及第归。
耳长回瑞质，法法尽离微。[⑥]

另外《禅苑集英》还录有一首李仁宗赞觉海禅师、通玄道人的诗：

觉海心如海，通玄通又玄。

---

① 见《大越史记全书》卷二。
② 见释如智《禅苑集英》(影印本)，第 820 页。
③ 见释如智《禅苑集英》(影印本)，第 804 页。
④ 见释如智《禅苑集英》(影印本)，第 752 页。
⑤ 见释如智《禅苑集英》(影印本)，第 736 页。
⑥ 见释如智《禅苑集英》(影印本)，第 739 页。

神通兼变化，一佛一神仙。[①]

段文钦，生卒年不详，仁宗时工部尚书。《全越诗录》收诗三首。一为《赠广智禅师》：

拄锡危峰摆六尘，默居幻梦问浮云。
殷勤无计参澄什，索绊簪缨在鹭群。[②]

一为《挽广智禅师》：

林峦白首遁京城，拂袖高山远更馨。
几愿净巾趋丈席，忽闻遗履掩禅肩。
斋庭幽鸟空啼月，墓塔谁人为作铭。
道侣不需伤永别，院前山水是真形。[③]

另一为《悼真空禅师》：

行高朝野振清风，锡拄如云幕集龙。
仁宇忽惊崩慧栋，道林长叹偃贞松。
坟茔碧草添新塔，水蘸青山认旧容。
寂寂禅关谁更叩，经过愁听暮天钟。[④]

两首诗都是追挽禅师，表达出对于高僧的崇敬之心，但显然已经不同于以往禅师诗作中常见的以诗喻禅，往往借诗作渲染佛理的写法，而是把描写的重点放在了多层次的景色描写，借景抒情，充满了人生惜别的真挚情感。更加值得关注的是，诗篇中突出描写的高僧，是生动活泼的人间形象，他们不辞辛苦地传播佛教，风餐露宿，声闻朝野，其精神感动了山水草木，所以有"碧草添新塔"、"青山认旧容"的感人之笔。

李朝思想背景为儒释道三教合流，且以佛教禅学的地位尤为尊荣，不仅是因为僧侣们博学多才，参与政事，治理国家。更重要的是李朝统治者们的大力提倡且衷心爱戴，比如李圣宗既贵为国君，同时又是越南草堂禅派创立始祖。可惜其诗今不传。又如其后倚兰王后曾代其理政，慈悲为怀，致国民尊称为"观音女"。《禅苑集英》载有其一首悟道偈《色空》："色是空空即色，空是色色即空。色空俱不管，方得契真宗。"[⑤]亦表明了释家四大皆空的思想观念。所以李朝上至王公贵族，下至士大夫都与禅门高僧有密切来往，并交游频繁，谈禅酬唱，以学佛研禅为荣。更加值得关注的是，诗中描写的僧人虽然声振朝野，功成名就，但是却超然物外，不为名利所动，最终得以善终，为当时君主及士大夫所深羡不已，频频写诗追赠。

李朝中叶之后，即李圣宗（1054—1072 在位）时期，安南开始推行儒学，朝廷"修文庙，塑孔子、周公及四配像，画七十二贤像，四时享祀，皇子临学"[⑥]。这样举朝尚儒的措施，使

① 见释如智《禅苑集英》（影印本），第 772 页。
②③ 见释如智《禅苑集英》（影印本），第 805 页。
④ 见释如智《禅苑集英》（影印本），第 709、710 页。
⑤ 见释如智《禅苑集英》（影印本），第 799 页。
⑥ 见《大越史记本纪》卷三。

得社会风气随之出现变化。经过圣宗、仁宗、高宗几代君王的大力倡导，安南社会的崇儒风气逐渐形成，朝廷中儒士势力也逐渐强盛，逐渐改变了李朝初年僧侣在朝廷和民间的教化主流地位。同时，儒士的汉诗创作也逐渐崭露头角，从残留下来少数诗作看，基本上都达到了中规中距、音律和谐的程度。

李朝历经两百余年，汉诗创作随世风而变迁，由盛行禅诗佛偈，而转为淡化禅意，逐渐彰显出人间真情的细致描写。同时，诗风也逐渐变得丰富多彩，安南汉诗在李朝完成了由山林禅诗朝着面向现实人生的儒家诗的转身。但是李朝毕竟刚脱离中国的统治不久，在朝廷制度建设方面还处于草创期，制度疏漏处不少，典籍文献也没有得到重视，保留下来的李朝资料很少。在此背景下，李朝诗人的少数诗作能保留下来就弥足珍贵了。终李一朝，完全与僧人、佛教无关的就只有一首。为李仁宗朝儒将李常杰所作《南国山河》：

南国山河南帝居，截然分定在天书。
如何逆虏来侵犯，汝等行看取败虚。[①]

据《大越史记全书》记载：李仁宗纪太宁五年，“春三月，宋令广南宣抚使郭逵为招讨使，赵卨副之，总九将军合占城、真腊来侵，帝命李常杰领兵逆击，至如月江大破之，宋兵死者千余人”。原注：“世傅常杰沿江栅筑固守，一夜军士忽如张将军祠中，闻高声曰：‘南国山河南帝居，截然分定在天书。如何逆虏来侵犯，汝等行看取败虚。’既而果然。”[②]张将军名张吼，张喝，是越南传说中节义之神。此诗或题李常杰作，其性质是假托于神口的谶语诗。这首诗作于当时的抗宋阵地，并在安南军阵中传唱，极大鼓舞了士气。“南国山河南帝居，截然分定在天书”，直抒胸怀，朴实似口号，然而豪气淋漓，唱出了安南军人内心强烈的民族自尊感。此诗昭然宣示南方皇帝可以与北方皇帝分庭抗礼，给李朝诗坛涂抹上了民族意识觉醒色彩浓重的一笔。

李朝现存的诗歌作品极少，而且这些作品或出于《禅苑集英》这样的佛教典籍，或出于《越甸幽灵》这样的志怪书，或出于《大越史记全书》这样的史书，因此在很大程度上影响了现存的李朝诗歌的面貌，使我们难以发现李朝汉诗在两百年间的发展变化。只能浅陋地得出李朝前及李朝诗歌总的特征——这一时期的诗歌表现出强烈的宗教意味。而与此同时的宋诗，则成为继大唐之后，中国古典诗歌的又一繁荣时代——不仅出现了“白体”、“西昆体”、“晚唐体”、“江西诗派”等影响较大的诗歌流派，而且王安石、欧阳修、苏轼、黄庭坚、陈师道、陈与义、李清照、陆游、杨万里、范成大等大家、名家辈出，而且宋诗题材领域得以极大开拓，吟咏内容异常丰富，堪称反映宋代社会生活风貌的一面镜子。与之相比，越南李朝前及李朝诗歌无论从吟咏内容上还是从题材上，都则显得非常单调。但值得注意的是，这种带有强烈宗教意味的诗歌创作特征是与当时越南社会的整体面貌相一致的——佛教在意识形态领域居于主导地位。同时也从侧面反映了越南自独立以后，与中国的政治文化联系也被割断了，进而使得越南汉诗也脱离了中国诗歌传统。

①② 见《大越史记全书》卷二。

第三章　陈朝汉诗

概　论

陈朝（1224—1428，宋宁宗嘉定十七年至明宣宗宣德三年）有国约两百年，除了承袭李朝积淀下来的经济、文化基础之外，还积极模仿中国的科举、刑律、官制、赋税等制度，于是国力强盛、文化发达。尤其是陈朝历代君主对科举制度的不断完善，开创了陈朝汉文学的发展新纪元。陈氏权臣以外戚身份而逼迫李朝末代女帝昭圣禅让皇位给陈日煚，是为陈朝第一位国王陈太宗。不过当时陈太宗只有九岁，实际把握朝廷权力的是其族叔陈守度。陈守度不识字，但积极仿效中国体制建设新朝政，这其中重要原因之一就是陈氏先祖是来自于中国福建的渔民，对于中国文化自然有着尊敬和向往之心。陈朝开科举、设刑律、订官制、制赋税，使得安南的治理进入稳定发展的轨道。其中开设科举是促进安南汉诗发展最为直接的因素，据《大越史记全书》记载：

> 陈太宗于天应政平五年（宋端平三年，公元 1236 年）秋八月，选儒生中科者入侍。后为定例。冬十月，以范应臣为尚书，知国子院，提调文臣从臣子弟入学。又于天应政平六年（宋嘉熙元年，公元 1237 年）夏五月端午节，吊屈原及古贤人如介子推者，每年是月，皆举行之。又天应政平十五年（宋淳祐六年，公元 1246 年）三月，阅文武内外各官，宰相则择宗室贤能，有道艺通诗书者为之。秋七月，定大比进士，以七年为准。又天应政平十六年（宋淳祐七年，公元 1247 年）春二月，大比取士，赐状元阮贤，榜眼黎文休，探花郎阮麻罗，太学生四十八名出身，有差，始置三魁之选。又于元丰三年（宋宝祐元年，公元 1253 年）六月，立国学院，塑孔子、周公、亚圣，画七十二贤像奉事。九月，诏天下儒士诣国子院，讲四书六经。又元丰六年（宋宝祐四年，公元 1256 年）春二月，大比取士，赐京状元陈国瑱，寨状元张灿，榜眼朱馨，探花郎陈渊，太学生四十三名，皆赐出身，有差，状元始置京、寨之别。[①]

① 见《大越史记全书》卷五。

陈太宗朝推行的科举制度,实为陈朝科举制度之滥觞。许多平民阶层的子弟因此得以入朝为官,虽然这一时期宰相等重要职位还是在宗室子弟中选任,但已要求"有道艺能诗书",而不再任人唯亲了。最值得注意的是,陈朝已开始注重边远地区的文教,如设立寨状元,以资鼓励。而且还注重全民教化,如在每年端午节举行凭吊屈原、介子推等人的竞渡活动。

陈圣宗绍隆十年(宋咸淳三年,公元1267年)夏四月,选用儒生能文者,充馆阁省院,时邓继为翰林院学士,杜国佐为中书省中书令。皆文学之士也。旧制非内人不得为行遣,未尝用文学之士,文学得柄用,自此始。又绍隆十五年(宋咸淳八年,公元1272年)冬十月,诏求贤良明经者,为国子监司业,能讲谕四书五经之义,入侍经幄。又宝符二年(宋咸淳十年,公元1274年)十二月,选天下儒者有德行者,入侍东宫。以黎辅陈为少师,兼储宫教授,以阮士固、阮圣训等充内侍学士。①

陈圣宗朝,文学之士得以重用,并委以宰相之职,而不再只是由皇亲国戚来担任。文学日益受到重视,使得学子们更是以此作为上进的阶梯,文学风气也因此大盛。

陈英宗兴隆十二年(元大德八年,公元1304年)三月,试天下士人,赐状元莫挺之,榜眼裴慕,探花郎张放,黄甲阮忠彦等,及太学生共四十四名。其试法,先以医国篇,次经疑经义,诗用五言古诗长篇,赋用八韵体。三场制诏表,四场对策。②

陈顺宗光泰九年(明洪武十九年,公元1386年)夏四月,诏定试举人格,用四场文字体,罢暗写古文法。第一场用本经义一篇,有破题接语,小讲原题,大讲缴结,五百字以上。第二场用诗一篇,用唐律赋一篇,用古体,或骚或选,亦五百字以上。第三场诏一篇,用汉体,制一篇,表一篇,用唐体四六。第四场策一篇,用经史时务中出题,一千字以上。③

陈朝仿效唐宋的科举考试制度,其形式也是先试治国策,再试经文,再试诗赋④。文人为求进身仕途,自然是苦练汉诗文写作,这就为安南汉文学的新发展开辟了广阔的道路。如果说李朝汉文学基本上只是少数禅诗一枝独秀,那么到了陈朝两百年间,汉文学快速发展,全面开花,诗赋文小说皆有可观的收获,文人专集也相继出现。陈朝汉诗的进步之大使得元朝的出使者都觉得惊奇。据黎崱《安南志略》卷十七记载,元朝出使安南的许多使者都与安南朝臣文人诗吟唱酬,并由衷发出了赞美之词。陈朝至英宗、顺宗朝时,实行诗赋取士已成为定制。而且,随着陈朝诗赋取士政策的实行,文学得到了长足的发展,不但宗室贵族能诗善文,而且朝臣大夫更有卓然成家者,文学专集也相继出现。

---

① 见《大越史记全书》卷五。

② 见《大越史记全书》卷六。

③ 见《大越史记全书》卷八。

④ 《大越史记本纪》卷六:"陈英宗于隆兴十二年三月试天下……其试法先以医国篇及《穆天子传》,次经疑经义,诗用古诗五言诗长编,赋用八韵体。三场创诏表,四场对策。"

有陈一代国运坎坷，可谓多灾多难，先后经历了元朝军队两次征伐、外戚胡季犛[①]篡位、明朝统治等事件。国祚虽几经动荡，但每次都能抵抗到底，化险为夷，从而维持了安南朝廷的有效统治。家国的命运多舛，使得当时的越南人民国家意识高涨，加之受到儒家忠君爱国思想的影响，这一时期出现了许多气节之士。这些有识之士将对家国命运的感慨融入到诗文中，从而写就了许多情文并茂的佳作，取得了很大的成就，使得诗坛风气全然不同于李朝，出现了另一番全新的景象。元朝尚书张显卿两次出使安南[②]，与安南君臣有不少诗赋唱酬，面对安南汉文学日益兴盛的局面，他发出了"安南虽小文章在，未可轻谈井底蛙"的感叹，表现出了当时中原文人见到安南汉诗时的震惊和钦佩。

陈朝汉诗作品主要靠《越音诗集》[③]、《精选诸家诗集》[④]、《摘艳诗集》[⑤]、《全越诗录》[⑥]、《皇越诗选》[⑦]、《历朝宪章类志·文籍志》[⑧]等诗文选集而保存下来。在中国刊行的书籍

① 胡季犛即黎季犛。据《大越史记全书》卷八记载："季犛字理元，自推其先祖胡兴逸，本浙江人，五季后汉时，来守演州，其后家居本州岛之泡突乡，因为寨主。至李时，娶月的公主，生月瑞公主，至十二代孙胡帘，徙居清化大吏乡，为宣尉黎训养子，自此以黎为姓。季犛其四世孙也。陈艺宗时，自祗侯四局正掌，并枢密大使，迁小司空，进封同平章事，累加辅政太师摄政钦德兴烈大王国祖章皇，遂移陈祚。国号大虞，复姓胡。"

② 张显卿，即元朝使者张立道，至越南两次，首次于1265年越南陈朝太宗时。第二次于1291年越南陈朝仁宗时。

③ 后黎仁宗顺天六年(1433)，国子监博士潘浮先首辑陈朝及后黎初年帝王、公卿士大夫诗为《越音诗集》，仁宗太和六年(1448)侍御史朱车重编，越南汉喃研究院藏裕宗保泰十年(1729)重印本残本(A. 1925)及抄本(A. 3038)，收录陈、黎、胡、后黎各朝及中国使节李思衍、徐明善、张亚卿、梁贡父等人诗700余首。

④ 杨德颜编有《精选诸家诗集》，收陈、黎两朝诗作550余首，其刊本现存越南汉喃研究院(A. 2657)。

⑤ 后黎洪德二十八年(1497)护都左侍郎黄德良编《摘艳诗集》五卷，补充了《越音诗集》、《精选诸家诗集》遗漏或因某种原因未能入选的一部分诗人和诗歌。有河内文学图书馆藏抄本(VHV. 2573)。

⑥ 18世纪越南著名的学者和文学家黎贵惇(1726—1784)所编的《全越诗录》共收录李、陈、胡、黎朝诗170余家，2300余首，辑录越南阮朝以前汉文诗最为完备。现存抄本较多，然多不全，越南汉喃研究所藏两种(A. 3200/A. 132)皆为16卷。

⑦ 后黎末愍帝二年(1788)裴辉璧(1744—1818)，以当时盛传的四种汉诗集《越音诗集》、《精选诸家诗集》、《摘艳诗集》、《全越诗录》为基础，又增添了后黎时作品，共选190余位作家526首诗，成《诗抄》六卷，后阮朝时刊本称《皇越诗选》。其卷一为李、陈、黎御制诗，卷二为李、陈诗人之诗，卷三为后黎朝国初之诗，卷四为后黎朝光顺、洪德之诗，卷五为后黎朝景统以后至景兴初之诗，卷六为景兴中晚诸家并编者之诗。现存阮朝明命六年(1825)刊本，本编所据为影印本。

⑧ 《历朝宪章类志》作者为潘辉注，字霖卿，号梅峰，越南阮朝著名史学家。该书于1809年开始编纂，历时十年，于1819年完成。该书共计49卷，分为十部分，包括：舆地志、人物志、官职志、礼仪志、科目志、国用志、刑律志、兵制志、文籍志、邦交志。其记载年代上讫鸿庞氏，下至后黎朝。是越南历史上唯一一部类书，对研究越南地理、官职、法律史、兵制史、外交史等科目都有非常重要的参考价值。其中《文籍志》主要是记载黎朝以前的汉字和字喃书籍，对研究越南古代文学具有重要意义。本编所据为此本之影印本，下不注出。

《安南志略》[1]、《南翁梦录》[2]、《越峤书》[3]以及越南史志《大越史记全书》[4]、《南天忠义实录》[5]等书中也有若干陈朝汉诗人、汉诗作的线索。其中可知有些汉诗人曾有创作,但未有汉诗作品流传,只留下一些残句。总之,据各种材料统计:陈朝现存有名姓的汉诗人共75名,汉诗作品共约700首。

综上所述,可知陈朝汉诗创作主体为国君和宗室朝臣。所以本章将陈朝汉诗分为国君汉诗、宗室朝臣汉诗两部分来陈述,以寻译越南陈时汉文诗歌的成就。

第一节 陈朝国君汉诗[6]

陈朝有国约两百年,先后历经了十五位君王。这些君王大都能文善诗,并且刊刻有自己的诗文集,而且不少已达到了较高的水平,对越南汉诗的兴盛起到了积极的推动作用。但由于战乱频起,不少诗集已散佚。现存有6位国君,80首汉诗。现按时间顺序将这6位国君的生平及其代表性汉诗陈述如下:

陈太宗(1218—1277),名日煚,天长府炎禄县即墨乡人。为陈朝第一代国君。受李朝女皇李昭皇禅即位,年仅九岁,大权握于其族叔陈守度之手。成年后,积极推行文治。天性宽厚,好文重学,乃任儒臣,开创制度,彬彬可见。在位三十三年,逊位十九年。寿六十岁。《文籍志》著录《陈太宗御集》一卷,今不传。《全越诗录》存诗2首。其中最为人称道的是《送天使张显卿》:

愿无琼报自怀惭,极目江皋意不堪。
马首秋风吹剑铗,屋梁落月照书庵。
幕空难住燕归北,地暖愁闻雁别南。

① 《安南志略》为13世纪末归附于元朝的安南人黎崱在14世纪初所作。该书内容涉及越南古代政治、社会、制度、文化、军事及对外关系等多个范畴,是研究越南古代史的重要典籍。该书现存19卷(原书20卷,末卷已佚)。本编所用版本为中华书局(北京)出版的武尚清点校本(1995)。

② 陈末,黎澄《南翁梦录》大约于明正统三年(公元1438年)著成。该书记叙越南李朝、陈朝的历史人物及事件,共三十一篇,可补越南正史记载之不足。本编所据为影印本。

③ 《越峤书》为明代李文凤嘉靖年间所著。

④ 后黎圣宗洪德十年(1479),吴士连在陈朝黎文休《大越史记》和后黎仁宗延宁二年(1455)潘孚先《史记续编》的基础上编纂《大越史记全书》十五卷,后又有数次增修。现存后黎朝正和十八年(1697)内阁官版本二十四卷(《外纪》五卷、《本纪》十九卷),记载越南自传说历史至黎嘉宗皇帝(1675)的历史,是越南篇幅最大的汉文书,本编所据即为此本之影印本,下不注出。

⑤ 《南天忠义实录》为越南学者范丕建所撰,收录了黎朝43名忠义之士的事迹。本文所用版本为孙逊、郑克猛、陈益源、朱旭强主编,上海古籍出版社出版(2010年12月)的《越南汉文小说集成》第十八册《南天忠义实录》。

⑥ 本节内容笔者已在《古典文学知识》上发表。见《越南陈朝君王汉诗的诗史价值》,《古典文学知识》,2016年1月,总第184期。

此去未知倾尽日，篇诗聊赠当高谈。①

此诗虽为酬唱之作，但诗人引用《诗经》、《离骚》、杜诗等典故来表现惜别之意，甚为贴切，尤其中间两联对仗尤为工整典丽。难怪曾两次出使安南的张显卿在与安南国君朝臣饯别酬唱时，写出“安南虽小文章在，未可轻谈井底蛙”之句。

陈太宗逊位后，潜心学佛，后又出家。著有《课虚录》、《禅宗指南》、《金刚三昧经》等多部佛家经典，至今都受到越南佛学界的推崇。这种无师自通且慧根超人的修为，常人实在难以企及。究其原因，正如他在《寄清风庵僧德山》一诗中所写的那样，实乃天赋使然。其诗为：

风打松关月照庭，心期风景共凄清。
个中滋味无人识，付与山僧乐到明。②

陈圣宗(1240—1290)，名晃，太宗长子。尊贤重道，大兴文治。性情仁厚，精于心性之学，好学深思，诗作常有微妙观察及深刻感悟之处。在位二十一年，逊位十三年。寿五十岁。《文籍志》著录《陈圣宗诗集》一卷，另有《箕裘录》一卷、《诒后录》二卷③、《皇宗玉牒》一卷，皆不传。《全越诗录》存诗5首。主要代表作有《挽宋臣陈仲征》：

痛哭江南老巨卿，春风愊泪为伤情。
无端天上编日月，不管人间有死生。
万垒白云遮故国，一堆黄壤覆香名。
回天力量随流水，流水滩头共不平。④

南宋忠臣陈仲征在南宋灭后，不服元朝，至安南避难，受到陈圣宗礼遇。曾作诗句云：“死为越国归乡鬼，生作南朝拒谏臣。”⑤后卒于安南。这首诗乃陈圣宗追悼之作，从“无端天上编年月，不管人间有死生”两句，我们可以看出身为帝王的陈圣宗对于人生终极问题的深刻感悟，堪称是神来之笔。其间流露出对亡者的真挚感情令人感动。圣宗的写景诗也别有一番风味，如其《夏景》：

窈窕华堂昼景长，荷花吹起北窗凉。
园林雨过绿成幄，三两蝉声闹夕阳。⑥

用细腻的笔法描绘了一幅热闹非凡的夏景图，其中蕴含着对大自然妙趣的独特领悟，读来别有新意。最能体现圣宗高超诗艺的当属《游天长府故乡》一诗：

景清幽物亦清幽，一十仙洲此一洲。
百部笙歌禽百舌，千行奴仆橘千头。
月无事照人无事，水有秋涵天有秋。

① 见《全越诗录》。
②④⑥ 见《全越诗录》。
③ 见《大越史记全书》卷五，“宝符甲戌二年，上亲写诗以训皇子，并作《诒后录》二卷”。
⑤ 见《李陈诗文》注释。

四海已清尘已净，今年游胜昔年游。[①]

对于这首诗，后来裴辉璧在《皇越诗选》卷一中将其列在陈仁宗名下，但陈朝的黎澄《南翁梦录》中却将其列在陈圣宗名下，并加以评论道："此诗作时，盖经元军两度征伐之后，国中安乐，故结意如此。其命意清高，叠字振响，非老于诗者焉能道此。况自性清高，天然富贵，国君风味，与人自别矣。"[②]陈圣宗诗中的"叠字振响"，确实已经到了收放自如的地步，可见其驾驭汉诗的能力之高超，早已不是初学者的水平了。这首诗是圣宗的记游诗。圣宗晚年传位其子后，颇为闲适，加之此时安南成功抵御了元朝两度征伐，国内安乐如故，此诗为重游天长府故乡时所作。

陈仁宗(1258—1308)，名吟，圣宗长子。仁慈有智略。在位期间曾领导两次抗元战争(1285，1287—1288)，选将御敌，固结民心，重兴陈朝基业，为陈朝贤君。在位十四年，逊位十三年。寿五十岁。著有《大香海印集》，绝唱颇多，但可惜历遭兵火，不得流传。《全越诗录》存诗29首。其诗作大可分为前后两个时期。禅位前担负国家重任又值元军南侵，诗作无论酬唱还是抒怀，都显示出不屈的斗志。如其《馈天使张显卿春饼》：

柘枝舜罢试春衫，况值今朝三月三。
红玉堆盘春菜饼，从来风俗旧安南。[③]

其中"从来风俗旧安南"句有一语双关之意，表面上是在说春菜饼的事，实际上是在表明安南是安南人的安南，使闻者足戒。又如其《答北使麻合乔元朗》[④]：

飘飘行李岭云南，春入梅花只两三。
一视同仁天子德，生无补世丈夫惭。
马头风雪重回首，眼底江山少驻骖。
明月泸江烟水阔，葡萄嫩绿洗心惔。[⑤]

这首诗流露了圣宗补世救国的壮志。其中"一视同仁天子德"也是对元军蠢蠢欲动的指责。再如元至正廿一年(公元1361年)，元世祖命脱欢带兵攻安南，安南军官起初节节失利，后陈仁宗与兴道王会师，仁宗作诗以振军气曰："会稽旧事君须记，驩演犹存十万兵。"[⑥]两败元军后，回龙兴府祖陵进谒告捷时有诗句云："社稷两回劳石马，山河千古奠金瓯。"[⑦]等等，可见仁宗初期诗作壮志不衰。

---

① 见裴辉璧《皇越诗选》卷一上。

② 黎澄，字孟源，号南翁，陈末权臣黎季犛长子，官至左相国。永乐五年(1407)被明军俘获，送入南京。因其谙悉越南的火器制造技术，明朝廷任命他为行在工部营缮司主事，专督造兵仗局铳箭火药。后历官工部郎中、右侍郎、左侍郎，正统十年(1445)升工部尚书。次年去世，年七十三。《南翁梦录》大约于1438年(明正统三年)著成。该书记叙越南李朝、陈朝的历史人物及事件，共三十一篇，可补越南正史之不足。

③ 见《全越诗录》。

④ 麻合乔元朗，即元朝两位使臣尚书麻合与礼部侍郎乔宗谅。

⑤ 见裴辉璧《皇越诗选》卷一上。

⑥⑦ 见《大越史记全书》卷五。

陈仁宗在位十四年，成功抵抗住了元军的侵犯，禅位后出家修行，自号“竹林大士”。仁宗仁慈有智慧，写诗较多，曾有《大香海印集》刊行。其《答北使乔元朗》诗曰：“飘飘行李岭南云，春入梅花只两三。视一同仁天子德，生无补世丈夫惭。马头风雪重回首，眼底江山小驻骖。明日泸东烟水阔，蒲萄嫩绿洗心惔。”对待元朝使节不卑不亢的态度，看得出他内心坚定的信念。黎澄《南翁梦录》中用“诗意清新”来评价仁宗的汉诗：

> 竹林大士《咏梅》诗云：“五出圆葩金捻须，珊瑚沉影海鳞浮。个三冬白枝前面，此一瓣香春上头。甘露歌凝痴蝶醒，夜光如水渴禽愁。嫦娥若识花佳处，桂按冷蟾寒只么休。”其清新雄健，迥出人表，千乘之君，趣兴如此，谁谓人穷诗乃工乎？又《山房漫兴二绝句》云：“谁缚更将求解脱，不凡何必觅神仙。猿闲马倦人应老，依旧云庄一榻禅。”“是非言逐朝花落，名利心随夜雨寒。花尽雨晴山寂寂，一声啼鸟又春残。”其潇洒出尘，长空一色，骚情清楚，逸足超群。有《大香海印集》，颇多绝唱。惜其地遭兵火，不得流传。余只记诵一二而已，吁可惜哉。

可见仁宗性情的高雅，诗作自然不同凡响。其诗集《大香海印集》曾经刊印过，因遭兵火而未能保留下来。《皇越诗选》选了仁宗的几首写景小诗，确实当得起“诗意清新”的评价，如《春晚》：“睡起启窗扉，不知春已归。一双白蝴蝶，拍拍趁花飞。”又如《月》：“半窗灯影满床书，露滴秋厅夜气虚。睡起砧声无觅处，木樨花上月来初。”再如《天长晚望》：“村后村前淡似烟，半无半有夕阳边。牧童笛里归牛尽，白鹭双双飞下田。”颇有中晚唐诗中常见的恬静淡远风味，由此可见仁宗的淡雅秉性。

陈仁宗禅位后出家修行，自号竹林大士，刻苦精进，慧解超脱，终成一代宗师，即越南禅宗竹林派初祖。由于心境清淡，诗风也转向清丽深远之境。如其《天长府》诗曰：

> 绿暗红稀倍寂寥，霁云吞雨土花销。
> 斋堂讲后僧归院，江馆更初月上桥。
> 三十仙宫横夜榻，八千香刹动春潮。
> 普明风景浑如昨，仿佛美墙入梦饶。①

再如《登宝台山》：

> 地僻台逾古，时来春未深。
> 云山相远近，花径半晴阴。
> 万事水流水，百年心语心。
> 倚栏横玉笛，明月满胸襟。②

可见仁宗晚年阅世既深，又精研禅理，所以诗境清新超凡。所以黎澄总结道“其潇洒出尘，长空一色，骚情清楚，逸足超群”③。

陈英宗（1276—1320），名烇，陈仁宗长子。史称其“善继善承，所以时臻康泰，治底休

①② 见《全越诗录》。

③ 见黎澄《南翁梦录》“诗意清新”条。

明，文物制度渐盛，亦陈朝之盛主”①。在位二十二年，逊位七年。寿四十五岁。英宗在日理万机之余，游神翰墨，尤其工于书画，御制诗集名为《水云随笔》，可惜临崩时都嘱托人焚之②，所以留存下来的诗作并不多。《全越诗选》存诗 14 首。现录其诗如下，以见其诗艺。主要代表作有《征占城还舟泊福城港》：

锦缆归来系老榕，晓霜花重湿云蓬。
山家雨脚青松月，渔国潮头红蓼风。
万队旌旗光海藏，五更萧鼓落天宫。
船窗一枕江湖暖，不复油幢入梦中。③

首联借用了杜甫《春夜喜雨》诗句“晓看红湿处，花重锦官城”，颔联则描绘出福城港依山而建的地形，颈联更是点出“海藏寺”、“天妃宫”等港城著名景观，也显示出得胜而归的喜悦心情。尾联笔锋一转，放逸江湖，抽身纷争（油幢指将帅幕府），颇有从此铸剑为犁、休养生息的乐观期望，作为一国君王，其诗作境界不可谓不高。据《大越史记全书》记载：兴隆十九年（元至大四年，公元 1311 年）腊月陈英宗带兵伐占城，并于次年（元皇庆元年，公元 1312 年）六月凯旋而归时作此诗。当时的越南与其边境小国一直都有领土争端，历代越南国君大都采取武力征服的方式来解决，终陈一朝，此类征讨共达 15 起之多。陈朝征占城之役有胜也有败，从英宗诗中可看出其扫除边患后，烦忧不复的明朗心境。而在其之后的国君就远没有他幸运了，如陈宪宗开佑七年（元至元元年，公元 1335 年）陈明宗亲征哀牢失败，重臣段汝谐溺死；陈睿宗隆庆四年（明洪武十年，公元 1377 年）陈睿宗亲征占城失败而崩。

陈英宗还是越南咏史诗的开创者。在《全越诗录》录存其 14 首诗中，有一组讨论中国各朝皇帝功过的的诗。这组咏史诗借古寓今，观点鲜明，有很强的时政意义和号召作用。这组诗有《汉高祖》、《汉文帝》、《汉武帝》、《汉光武》、《唐肃宗》、《宋度宗》6 首。如《汉高祖》：

诛秦灭项救生灵，驾驭英雄大业成。
不是高皇恩德薄，韩彭终自弃韩彭。④

这首诗先是表明了诗人褒扬汉高祖刘邦拯救生灵、建功立业的态度，后又表明了韩信、彭越为自取灭亡的观点，使闻者足戒。以史为鉴，可以知兴替，英宗用心良苦如此，视野广阔，胸襟博大，实乃陈朝名副其实之盛主。

陈明宗（1300—1357），名奣，英宗第四子，又号太虚子。史称其“文明饰翰，敷贵前功，忠厚存心，内宁外抚，纪纲毕张”⑤。在位十五年，逊位二十八年。寿五十八岁。《文籍

---

①⑤　见《大越史记全书》卷六。

②　见《大越史记全书》卷六“（英宗）万几余暇，游神翰墨，一书一画悉焚之，御制诗集名水云随笔，临崩亦焚之”。

③④　见《全越诗录》。

志》诗文类记载其有《明宗诗集》一卷，临终时命人焚之[①]，故诗作所存不多。《越音诗集》、《全越诗录》共存其诗 27 首。陈明宗逊位后，并没有像诸位先帝一样或出家，或游心三昧，不理朝政，而是积极推行各种改革以巩固陈朝基业。对内纪律毕张，赏罚分明。期间名儒纷纷入朝参政，人才济济。

明宗在位时，其叔官至上宰，大权在握而不避嫌疑，与人有隙并被其诬告，遂受到百官弹劾，要求置其极刑。朝臣中只有范迈不惧明宗威怒，力谏缓刑。后来王叔幽死，真相大白，明宗非常惭愧，隆重追赠其叔，并赐范迈诗，用来嘉奖其刚正不阿，并称赞其具有“鹰虎气”，其中也寄托了明宗整顿朝纲的政治决心。其诗作如下：

台乌久矣噤无声，整顿朝纲事匪轻。
殿上昂藏鹰虎气，男儿到此是功名。[②]

再如尚书陈邦谨“忱恂有守，简净无华”[③]，深得明宗心意，于是明宗亲自为其画像，并题诗曰：“形容骨骼耐冬寒，相貌亭亭亦可看。风流一段浑描尽，心里难画耿耿丹。”[④]有如此慧眼识人的明君，难怪人才极盛一时。

对外，尤其是在处理与元朝关系上，总是采取机动灵活的态度。表现在其诗中，如《谢北使马合谋杨廷镇和前韵》：

九鼎尊安若泰山，时旸时雨瘴烟寒。
普天玉帛归尧舜，比屋弦歌学孔颜。
铜柱不烦劳马援，蒲鞭谁复羡刘宽。
圣恩浩荡慈云阔，化作甘霖满世间。[⑤]

此诗为酬唱元使之诗，诗意虽然委曲求全，但“普天玉帛归尧舜，比屋弦歌学孔颜”两句亦可以看出当时安南汉学鼎盛的局面。这也与明宗实行重视儒教的举措密不可分。除此之外，明宗诗也有清静修心的一面，如《甘露寺》：

耸翠攒苍入望多，溪西日影转檐斜。
隔林啼鸟尤岑寂，一径古松疏坠花。[⑥]

明宗之后的国君，诗作所见极少，只有陈艺宗值得一述。

陈艺宗(1322—1395)，名暊，明宗第三子，初为右相国，后平杨日礼之乱，即位，三年后逊位其弟。在位三年，逊位二十七年。寿七十三岁。艺宗天资聪慧，八九岁时就能咏诗，曾作《咏竹奴》：“有伟此君，中空外劲。消汝为奴，恐伤人性。”[⑦]十一岁时，奉上皇命，

① 见《大越史记全书》卷七：“(明宗)疾笃，命侍臣阮民望，取御制诗稿焚之，民望迟留，明宗曰：‘可惜之物，尚不可惜，昔惜此为哉。’”
② 见黎澄《南翁梦录》“忠直善终”条。
③④ 见《大越史记全书》卷六。
⑤⑥ 见《全越诗录》。
⑦ 见黎澄《南翁梦录》“艺王始末”条。

应制作诗，有《大风雨》句曰："安得壮士力尽世？可御大屋之颓风。"[①]上皇奇之，赐金十两。可见艺宗年少时，已具有一定的文学修养。有《艺宗诗集》一卷，今不传。《全越诗选》仅存诗5首。主要代表作有《送北使牛亮》[②]：

安南老宰不能诗，空把茶瓯送客归。
圆伞山青泸水碧，随风直入五云飞。[③]

这首诗是艺宗为右相时写给元使牛亮的，牛亮读后即称艺宗"当有国"[④]，后果如其所言。从中我们也可以看出艺宗早年的凌云之志。再如其《避地嘉兴镇寄弟恭宣王瞰》：

位极谗深便去官，侧身渡岭入山蛮。
七陵回首千行泪，万里扪心两鬓斑。
去武图存唐社稷，安刘复睹汉衣冠。
明宗事业君须记，恢复神京指日还。[⑤]

裕宗驾崩之后，无子嗣继位，太后于是立明宗已故长子泰肃王的私生子杨日礼为帝。杨日礼即位后鸩杀太后，纵酒淫逸，欲复杨姓，以致宗室百官对其失望倍加，怨声载道。杨日礼为了铲除异己，巩固政权，开始残害宗室。恭定王（即艺宗）为了避免被迫害，于是出奔沱江（即嘉兴镇），这首诗正是其避祸时写给他弟弟的。表面上虽然是励志其弟，但实际上更是鞭策自己削平内乱，恢复祖宗社稷。也因此艺宗诗有"诗谶"[⑥]之誉。其中"七陵回首千行泪，万里扪心两鬓斑"尤为感人，艺宗虽无名利野心，但国祚篡亡，匹夫有责，更何况是陈氏宗胄呢？其间流露出对家国眷恋的真挚感情，令人千载之下为之动容。

如上所述，陈朝仁宗之后能诗君主有英宗、明宗、艺宗等，皆有汉诗佳作传世。英宗精翰墨，工书画，有《水云随笔集》。明宗是英宗第四子，汉诗水平显然超过其父。明宗存诗中有好几首是与北使唱酬之作，如《送北使撒只瓦赵子期》："驲骑行行瘴雾深，海边光照使星临。四方专对男儿志，一视同仁天子心。越国山河供杰句，周家雨露播纶音。明朝相隔云南北，今日休辞酒满斟。"[⑦]表达出对北使的一片深情厚意，其背景自然是对中国悠久文化传统的顶礼膜拜。明宗还有一首《白藤江》诗值得注意：

挽云剑戟碧巑岏，海蜃吞潮卷雪澜。
缀地花钿春雨霁，撼天松籁晚风寒。
山河今古双开眼，胡越赢输一倚阑。
江水渟涵残日影，错疑战血未曾干。

这首诗中所咏的白藤江入海口，是安南陈朝仁宗率军队与南下的元朝军队进行激战的场所。公元1287年（元朝至元二十四年，陈朝重兴三年），为了惩处断绝来贡、日益扩张的陈朝，元朝太子亲率三十万大军南下，气势如虹，年底攻占交趾城。次年三月两国大军激

①④⑥　见《大越史记全书》卷七。
②　牛亮：明使，于陈朝杨日礼大定元年（明洪武二年，公元1369年）出使安南。
③⑤　见《全越诗录》。
⑦　见裴辉璧《皇越诗选》卷一，越南河内：汉喃研究院图书馆藏。

战于白藤江,元军却以败绩而退兵。但是陈朝仁宗随即派遣使节北上,主动谢罪称臣,最终两国得以休战和平。据越南史籍记载,仁宗重兴四年(1288),"三月八日,元军会白藤江,迎张文虎等粮船,不遇。兴道王击败之。先是,王已植桩于白藤,覆从草其上。是日乘潮涨时挑战,佯败,贼众来追。我军力战,水落,贼船尽胶。阮蒯领圣翊义勇军与贼战,擒平章奥鲁赤。二帝将军继至,纵兵大战,元人溺死不可胜计,江水为之尽赤。及文虎至,两岸伏兵奋击,又破之。潮退甚急,文虎粮船搁桩上,倾覆殆尽,元人溺死甚众,获哨船四百余艘"①。这次战役显然是陈朝军设伏得胜,元军轻敌而败。但是元朝毕竟强大,陈仁宗惧怕元军报复,立即上书乞和,据《安南行记》记载:

> 至元二十五年(1288),安南国王上表曰:"安南国世子微臣陈日烜惶恐百拜,昧死伏罪,上言于上天眷命皇帝陛下圣旨。方今薰风解愠,钦惟圣躬起居万福。微臣父子归顺天朝三十有余年矣,虽微臣困婴疾病,道途辽远,陛下置之度外,纳贡方物使臣进献岁月,未曾欠缺。至元二十三年,阿里海牙平章贪厥边功,违却圣诏,是以小国一方生灵,化为涂炭。大军回后,微臣知其下情壅塞,恶语见诬,执反称成臣罪,特差通侍大夫阮文彦等奉赍方物前诣阙者,意谓少加矜恤,岂期并不回归。至元二十四年冬,又见大军水陆并进,焚烧国内寺宇,开掘祖先坟墓,虏杀民家老少,摧破百姓产业,诸残负行,无所不为。时臣怕死,先已逃去。乌马儿参政说与国人传臣云:'你走上天,我上天去;你走入地,我入地去;你逃山里,我山里去;你走水里,我水里去。'百般毁辱,不可容言。臣闻斯语,知其不免,愈行远遁。迨蒙太子矜恤,曲从小国,情愿发回大军。乌马儿参政久领船军,别出海外,尽捕海道边民,大者杀之,小者虏去,至于悬缚解剐,身首异处,百姓逼死,辄兴穷兽之祸。微臣恐为自累,亲来制止,道远已无及者也。……伏望陛下德配乾坤,恩过父母,智可以烛幽显,辨可以识情伪,顾垂矜察,曲加宽宥,庶令微臣免于罪戾,得尽誓终事天之意,岂惟微臣与一方生灵死生骨肉世受生成大造之恩,抑亦普率之国实享陛下仁心仁闻之大幸也。外大军遗亡者殆千余人,臣已发令归了,或后别有见之,臣亦寻教回去。小国近遭兵火,且今天气尚热,贡物人使,难以即办,待至冬间,方可发遣。臣下情无任叩天吁圣,惶恐昧死,伏罪之至。谨奏,至元二十五年四月,安南国世子微臣陈日烜上奏。"②

安南国王所言应为实情,面对强大的元朝,陈朝国王尽管内心并不情愿,但是最终也只能主动上表乞和称臣,这样主动的行为换来了元越间的和平相处。陈朝明宗这首诗的写作时间,已经是白藤江战役近半个世纪之后,昔日的血腥战场,眼下是"缀地花钿春雨霁,撼天松籁晚风寒",祖辈的英名伟绩,显然存留在儿孙的心中。而对中越之间历代征战和平的恩恩怨怨,明宗写下了"山河今古双开眼,胡越赢输一倚阑"的豪放诗句。倚阑远眺壮丽山河,缅怀祖辈抗元功绩,抚今思古,作为陈朝君王的明宗,此刻自然有着复杂的心情感受,但表现在汉诗中,却是一切尽在"一倚阑"的不言中,堪称胸怀宽广,风流潇洒。

---

① 《大越史记全书》本纪卷五,《陈纪》一。

② 转引自《古代中越关系史资料选编》第271至272页,中国社会科学院历史研究所编,中国社会科学出版社1982年5月版。

安南陈朝国君大都是能诗善文之士，他们自己本身就创作了大量的诗文，而且大都有专集行于世。可惜几经战乱，大都散佚不存。再加上有些君王又有临终焚书的习惯，如英宗在临崩之前将其平身所著《水云随笔》、《御集》两书焚之，明宗临终时亦命侍臣阮民望取《御制诗稿》焚之，所以流传下来的诗作寥寥无几。这也是研究越南汉诗的难处所在。

第二节　陈朝宗室朝臣汉诗

有陈一代是安南汉文文学长足发展的时代，不但国君有文学修养，而且宗室朝臣大都能文善诗，且卓然成家者不在少数。著名的文学家宗室有陈益稷、陈粹山、岑楼、陈国峻、陈元旦、陈光启、陈光朝、陈天泽等。朝臣有丁拱垣、阮固夫、朱唐英、黎廉、尹恩甫、谢天樵、阮士固、王威、陈克终、无名氏、赖益岂、裴宗瓘、裴慕、杜子微、阮子成、阮季膺、黎峋、阮圣训、阮昶、阮亿、张汉超、僧玄光、范五老、莫挺之、范迈、范遇、僧法螺、阮忠彦、莫记、朱安、黎伯适、陈效可、武世忠、同彦翃、陈雷、范师孟、胡宗鷟、黎献甫、陈俊、范仁卿、陈廷琛、阮飞卿、陈公谨、朱克让、陈观、刘常、阮公辅、黎景恂、胡季牦、邓容、范汝翼、陈娄、阮梦庄、阮谨、段舜俞等。现选其中重要者加以论述。先论及降元的诗人。

一、宗室朝臣中降元的诗人

陈益稷(1254—1329)，陈太宗第五子，仁宗时封为昭国王兼大将军。陈仁宗绍宝六年(元至元廿一年，公元1284年)，元军入境，安南力拒失败，益稷挈家内附降元。元赐其为安南王光禄大夫，从此定居在中国。年七十六卒，葬于汉阳贺家山。据《大越史记全书》记载："(益稷)聪明好学，通经史六艺，文章冠世。虽小技如蹴毬围棋，无不精谙。尝开学堂于第之右，集四方文士习学，给以衣食，造就成才，如旁河莫挺之、洪州裴放等二十人，兼资用于世。"[①]可见陈益稷在安南时是一时文坛领袖。有《拱极乐吟集》行于世，今不传。《全越诗录》收诗15首。其中大部分诗为入元后所作。清代学者顾嗣立编撰的《元诗选》收录其13首诗，且为其作传曰："元时兵力之强，尽有西南诸部，而安南独不入版图，选将用兵，频年暴露，而终莫得其要领。然益稷以羁旅降王，犹能以歌吟与中朝文士相颉颃。何地无才，亦足以见元诗诗学之盛矣。"[②]现举其诗以见。如《驾畋柳林随侍诗》：

仙仗平明拥翠华，景阳钟发海东霞。
千官捧日临春殿，万骑屯云动晓沙。
白鹞鞲翻山雾薄，黄龙旗拂柳风斜。
太平气象民同乐，南北梯航共一家。[③]

---

① 见《大越史记全书》卷五。

②③ 见(清)顾嗣立《元诗选·安南集》，中华书局，1987年。

这首诗词藻华茂，展现了帝王田猎时的豪华场景。最后以“南北梯航共一家”一语作结，气度不凡。再如《驻马渡头》：

大别山头汉口前，吴王矶下沔城边。
立残秋水隔滩鹭，噪落夕阳何处蝉？
赤壁冷烟销魏卒，黄州淡月照坡仙。
英雄潇洒名俱在，我爱狂吟不愧天。①

诗人借古怀今，表达了自己虽然羁旅他乡，但却潇洒无愧的心境。除了这些意气风发的诗作外，诗人也有抒发乡愁之诗作，如《鄂馆书怀》：

萧然孤馆起凄风，半壁青灯照病容。
滴碎秋心窗外雨，敲残晓梦枕边钟。
衡阳雁断三千路，巫峡猿啼十二峰。
不尽关山回首处，暮云叠叠水重重。②

陈秀峻（？—1289），安南国王陈益稷的侄子，武道侯之子，仁宗时封为文绍侯，后改为文义侯。陈仁宗绍宝七年春（元至元廿二年，公元1285年），秀峻劝其父母，归顺元朝。元赐其为辅义公，从此定居在中国，卒于汉阳。据《安南志略》记载：“（陈秀峻）秀而文……有《粹山吟稿》传后。”《粹山吟稿》今不传，《安南志略》卷十八收其诗2首。现试举其一，以见其诗艺，如《登岳阳楼》：

高楼百尺倚云端，扶病登临试一看。
望眼欲穷燕塞远，吟肠须贮洞庭宽。
乌沉谷口千林暝，龙战波心六月寒。
多少羁怀无处话！平芜漠漠水漫漫。③

末句直抒胸臆，表白了自己陷于流落他乡孤独寂寞的伤感情绪之中而无法自拔的心境，从中也可见诗人入元后的心境。

在降元的宗室朝臣中，有文名者且最有成就的就是《安南志略》的作者黎崱，据其书记载：其生于13世纪60年代，卒于14世纪40年代，为陈圣宗侄子彰宪上侯陈键的幕僚。黎崱的诗作，大都记载在其书中，共15首。《全越诗录》多《朝会》一首，共16首。其中最为人称道的就是那首七言长篇史诗《图志歌》（又名《安南地图歌》）：

安南版图数千里，少是居民多山水。
东邻合浦北宜邕，南抵占城西大理。
古来五岭号蛮夷，肇自陶唐有交趾。
其在成周为越裳，重译曾来共白雉。
秦名象郡汉交州，九真日南接其地。

①② 见（清）顾嗣立《元诗选·安南集》，中华书局，1987年。
③ 见黎崱《安南志略》卷十八。

汉初赵佗总雄据，乃命为王免诛徒。
继因高后禁闹市，佗复怙强随僭伪。
即称帝与中国侔，戕害边民严武备。
汉家自是起兵戈，每战无功罢力士。
汉文修德不事武，释罪不诛讨赵氏。
佗因感德称番臣，遂使婴齐来入侍。
方物珍奇岁贡输，传袭子孙给五世。
吕嘉谋叛暗兴兵，故杀其王并汉使。
武皇一怒奋天戈，千里精兵扫凶秽。
路侯博德勇有谋，破越如同破竹势。
分为九郡置官守，南越从兹国乃废。
中华闻化遍免收，渐教远人通礼仪。
光武初除新室害，未遑选擢南方使。
糜冷二女逞奸雄，姊名征侧妹征贰。
招呼要党据南郊，威服百蛮无与彼。
侵边寇掠六十城，壹立为王壹为帅。
堂堂汉将马伏波，苦战三年常切齿。
分军驱逐到玺汉，贼酋授首悉平治。
广开汉界极天南，铜柱高标传汉史。
命官遣尉镇其民，德政清新多惠施。
至于士燮善抚绥，贵重一方人所念。
国政纷纷吴蜀汉，吴蜀在争为壁垒。
陈兴交界入汉制，宋齐梁陈承一轨。
悠悠阅世逮隋唐，始号安南今乃是。
张舟始作都护时，修筑罗城制军器。
高骈威信行在后，此邦人人多慢易。
咸通末岁中国乱，转运遐方肆骄恣。
吴权曲颢矫与扬，纂夺相争民力匮。
宋初丁氏始封王，丁绝转封黎与李。
李传九世二百年，嗣有陈王来袭位。
承平日久重儒风，礼乐衣冠略初似。
皇元一统自古无，德服万邦恩泽被。
陈王纳款三十年，后嗣不道违上旨。
申中遐道征占城，令助军器供饷馈。
居然逆命相抗衡，拒捍王师心怀异。
陈王子侄二三人，慕义来归沐恩赐。
兴师伐罪出有名，千里膺扬耀旗帜。

进兵数道会于交，势若云雷驰万骑。
其王逃海匿山林，旁及无辜遭罪戾。
师还伏罪进表章，犀象玺珠常踵至。
圣心荡荡念斯民，罢战休兵合天意。
南垂从是悉安然，亿万生灵蒙其庇。
远人怀德自心归，天下为家当盛际。
小臣居沔拜皇恩，窃禄素餐心自慚。
乘闲缀缉旧所闻，写作安南旧土志。①

这首长诗有100句共700字，通过古体诗的形式来记录安南自古至陈朝的历史，是安南汉文学史上第一首长篇史诗。此诗是黎崱归顺元朝之后所作，其诗作中评论的立场多数情况下站到了元朝一边，因此受到安南士人的指责，称其“阿媚元人”，“敢极辞诋毁其主，君子贱之”②。站在本土民族立场看，这样的指责可以理解，也有其理由。但若抛开“胡越赢输”的历史恩怨纠葛，站在中越交流史的长远角度看，黎崱的《安南志略》及这首《图志歌》，都是不可多得的珍贵史料，其记载内容真实，叙述条理清晰，有着较高的文献参考价值。正如《四库全书总目》中所评述的：“安南文字，通于中国，其开科取士，制亦略同。故此书叙述，彬彬然具有条理，不在高丽史下。”③其对两国关系的记载中，还是隐含了作者对历史的看法。例如诗中叙述汉时征侧姐妹事件时，作者写道：“姐名征侧妹征贰。招手要当据南郊，威服百蛮无与彼。侵边寇掠六十城，壹立为王壹为帅。堂堂汉将马伏波，苦战三年常切齿。”敬仰之情溢于言表。相对于越南国内史书匮乏的状况，这首《图志歌》为研究越南历史提供了弥足珍贵的史料，有着较高的参考价值。

二、宗室朝臣中未降元的诗人

元军两下安南，使得安南两遭国破家亡的危急关头，但宗室朝臣之中降元的也只是少数，大多数人还是选择留在安南境内，并且积极抗元，最终得以化险为夷，维护了安南的有效统治。现按其年代先后来论及这些未降元的诗人。

陈光启(1241—1294)，陈太宗次子，陈圣宗同母兄弟，封昭明大王。陈仁宗时率兵抵御元军，并败元军于章阳，收复京师，功居第一。为陈朝功臣。陈圣宗曾称赞其“一代功名天下有，两朝忠孝世间无”④。卒于陈英宗时，寿五十四。有学识，通诸藩语。嗜学能诗，自号乐道先生，有《乐道集》行于世，今不传⑤。《文籍志》称其语多幽趣。《全越诗录》存诗10首。由于所处战争时代，所以其诗多有表现军旅征战之作。如《从驾还京师》：

---

① 见黎崱《安南志略》卷十九。
② 见《大越史记》本纪卷五。
③ 《四库全书总目》上册第588页，中华书局1965年6月第一版。
④ 见《李陈诗文》。
⑤ 见《大越史记全书》卷六。

夺矟章阳渡，擒胡咸子关。
太平须致力，万古此江山。①

此诗作于1285年6月6日，当时陈光启、陈国峻等陈朝名将率兵在章阳渡、咸子关等地击退元朝军队，陈光启于凯旋时作此诗，表现了强烈的民族自豪感和昂扬的斗志。诗风恣意旷达。再如《福兴园》：

福兴一曲水回环，中有平园数亩宽。
梅坞雪消珠蓓蕾，竹亭云卷碧琅玕。
暑来邀客浇茶碗，雨过呼僮理药栏。
南望狼烟无复起，颓然一榻梦偏安。②

从这首诗创作内容可得知，此时边疆战事已平，诗人赋闲在家，享受着怡然自得的田园生活。但是长期的军旅生涯，使得诗人一直都处于警惕状态，入睡前总要"南望狼烟"，待"无复起"时方敢"颓然一榻梦偏安"，可见作者时刻不忘保家卫国。与其经历相似的还有范五老。

范五老（1225—1320），唐豪扶拥人，才器绝伦，倜傥有大志。以军功至殿帅上将军、管天武军，拜关内侯，为陈朝名将。五老出生行伍，好读书喜吟诗，史称文武全才。陈明宗时卒，寿六十六。《全越诗录》现存诗一首。即《述怀》：

横槊江山恰几秋，三军貔虎气吞牛。
男儿未了功名债，羞听人间说武侯。③

将气壮山河、报效国家的豪情壮志表现得淋漓尽致，渲染出了一派沙场军队豪壮的气息。

阮圣训，生卒年不详，为陈仁宗时中书侍郎，性情仁厚，少年登科，长于诗，当时无双，后人称为"南方诗祖"④。其诗作传世不多，仅存《田园漫兴诗》一联，其辞曰："巢鸟寄林休伐木，蚁封在地未耕田。"⑤可见其确实是仁心及物。

莫挺之（1284—1361），字节夫，至灵人，陈英宗时状元，官至左仆射，居官廉洁，薄于自奉⑥，世称其贤。挺之聪颖绝伦，但身材短小，相貌丑陋。起初被英宗所嫌，于是作《玉井莲赋》以自况，表示自己是"爱莲之君子"，语言清丽雅致，用典自如，才华横溢，深得英

① 见《大越史记全书》卷五。
② 见《全越诗录》。
③ 见黎澄《南翁梦录》"诗志功名"条。
④⑤ 见黎澄《南翁梦录》"诗兆馀庆"条。
⑥ 见《大越史记全书》卷六："挺之廉洁，薄于自奉，帝体得其情，使人将钱十锵，暮夜置于门内，挺之明旦入朝，即以闻，帝曰：'无人来认，与卿取用。'"

宗赞赏并委以重任，出使中国，皆不辱使命，并赢得元人嘉叹[①]。《全越诗录》存诗 4 首。如《过彭泽访陶潜旧居》：

自性本闲旷，初不比碌碌。
斗米肯折腰，解印宁辞禄。
扶疏五株柳，冷淡一篱菊。
寥寥千载后，清名吾可服。[②]

从这首诗的写作内容来看，可推断是作者出使中国途中所作。作者不仅对陶渊明的生平非常熟稔，而且对其"不肯为五斗米折腰"的精神所钦服，从中也可见作者的心性如何。

范迈，常称范宗迈。生卒年不详。庄仁人。号镜溪，又号峡山敬主人。旧姓祝，名固，与其弟范遇，皆师从阮士固。因避师讳而更名为迈，后陈仁宗认为祝不是望族姓，又让其改姓范。与其弟皆少年登高科，有才名。陈明宗时随阮忠彦出使元朝。为官清要，鲠直敢言，有古诤臣风，对此陈明宗曾赐诗以示褒奖[③]。官至门下省同知。有《镜溪诗集》传于世，今不传。《全越诗录》收诗 4 首，《南翁梦录》录其临终时 1 首，即：

自从谪落下人间，六十余年一瞬看。
白玉楼前秋夜月，朝真依旧傍栏杆。[④]

又如《闲居题水墨幛子小景》：

红树一溪流水，青山千里斜阳。
欲唤扁舟归去，此生未卜行藏。[⑤]

范遇，生卒年不详。范宗迈之弟。号寮溪。原姓祝，名坚。因避判首惠义名而更名遇。廉政能文，以清谨称于时，深受重任。与其兄齐名。官至审刑院使而卒。《全越诗录》存诗 6 首。如《游浮石岩先祖修行之地舟中作》：

昔年曾作浮石游，童颜垂髫陪亲娱。
今年重作浮石游，江山如故人白头。
胜游邂逅那何必？尘土重来有何日？
悠悠身世倚栏杆，天外客帆归可疾。[⑥]

诗人通过今昔对比，感叹时光飞逝，物是人非，从而生发出"胜游邂逅那何必？尘土

① 见《大越史记全书》卷六："元使尚书安鲁威来，告武宗即位，帝遣莫挺之如元。挺之卑小，元人鄙之。一日宰臣召入府，与俱坐，当五六月间，府中有薄帐，绣黄雀样在竹枝。挺之佯认为生黄雀，疾趍就捕，元人皆大笑，以为远人鄙陋。挺之曳而裂之，众皆怪问。应曰：'我闻古人有梅雀画，未闻有竹雀画者。今宰相帐里绣竹雀，竹君子也，雀小人也，宰相以此绣诸帐，是以小人加君子，恶小人道长，君子道断，我为圣朝除之。'众服其能。"

②⑤⑥ 见《全越诗录》。

③ 见本文陈明宗处。《赐范迈》："台乌久矣禁无声，整顿朝纲事匪轻。殿上昂藏鹰虎气，男儿到此是功名。"

④ 见黎澄《南翁梦录》"忠直善终"条。

重来有何日？”的反问，实则是对命运的感叹，即要顺应自然规律，不必厚古薄今，不失为一首哲理诗。

张汉超（？—1354），字升甫，又字升庵，号遯叟，安宁福城人。陈英宗时，因兴道王陈国峻举荐，拜翰林学士。历事陈明宗、陈宪宗、陈裕宗三朝，累官至参知政事。为人骨鲠，尤排除异端，有文学才华，一时推崇，陈裕宗以师称而不名。吴士连曰：“张汉超乃文学之臣之尤者也。”于陈裕宗时卒，赠太保加赠太傅。陈艺宗赐从祀文庙。可见张汉超为陈时的大文学家。《文籍志》未见有集，但《全越诗录》有诗题《菊花百咏》，可知其一生作品应不只此数，今存诗仅7首。另有《白腾江赋》、《浴翠山灵济塔记》、《开严寺碑记》、《望月寺碑记》等文章传于世。其中《开严寺碑记》是借撰佛碑而从事反佛言论的名作，文中“为士大夫者，非尧舜之道不陈前，非孔孟之道不著述。顾乃拘拘与佛寺嗫嗫，吾将谁欺？”句，最为出彩，可见陈时佛教势力雄厚，反佛者不得不采取“捧着佛教反佛教”的手段以求达到目的。除此之外，张汉超亦工于诗，如其山水诗《浴翠山》：

山色正依依，游人胡不归？
中流光塔景，上界启岩扉。
浮世如今别，闻身悟映非。
五湖天地阔，好访昔鱼矶。[①]

再如其咏史诗《过宋都》：

艮岳神霄失故基，茫茫烟草没狐狸。
政经王蔡谁为厉，事到徽钦亦可悲。
南渡重兴能几日，中原恢复已无期。
惟余城阙连云外，空使行人赋黍黎。[②]

阮忠彦（1289—1370），字邦直，号介轩，天施土黄人。陈英宗兴隆十二年（元大德八年，公元1304年）应试，赐黄甲出身，年十六，时号神童。历事五朝，官至大行遣兼知枢密，82岁而卒。曾奉命修撰《实录》，著有《介轩诗集》行世，今不传[③]，今据《全越诗录》、《越音诗选》、《南翁梦录》共收诗87首。忠彦早有才名，为人颇自负，有《自述》诗：“介轩先生庙廊器，妙龄已有吞牛志。年方十二大学生，绕登十六充廷试。二十有四入谏官，二十有六燕京使……”[④]阮忠彦虽然自矜功伐如此，但确实为陈朝不可多得的贤臣。吴时仕[⑤]曰：“有陈一代，儒臣托用亦未有如忠彦者……忠彦集多边戴感慨，恋阙怀乡之作。则

①② 见《全越诗录》。

③ 景兴乙未年，潘辉注编有《汇集介轩诗稿全帙》，称“集之于劝告脱逸之后，而捃拾其所散件于诸书者，以成编”。今汉喃研究院仍存其书。

④ 见《大越史记全书》卷六。

⑤ 吴时仕（1726—1780），字世禄，号午峰，越南后黎朝末期历史学家，文学家，儒学家。越南吴家文派人物之一。原籍河东清威县（今属河西省），1766年丙午科黄甲进士。翌年担任东阁校书。后前往清化担任宪察，在当地因科举考试的过失而被罢职还乡。1775年为翰林校尉，1776年负责校正国史。1777年为谅山镇守，1780年卒于任内。其子吴时任亦为儒学学者。

虽有帷幄枢管之名，而未尝一日安于朝廷，其为掣肘者必多矣！”[①]可知阮忠彦虽然受到朝廷倚重，但是掣肘之多令其感慨万千，又因此而经常在外出使别国，所以多怀乡恋阙之作。现举其诗以见，如《追挽岑楼》：

平生恨不识岑楼，一读遗篇一点头。
蓑笠五湖荣佩印，桑麻数亩胜封侯。
世间此话谁能道？万古斯文去亦休。
欲将骚魂何处是？烟波万顷使人愁。[②]

这首诗表面上是悼念岑楼，实际上是藉此来一抒怀中之郁结。其中“蓑笠五湖荣佩印，桑麻数亩胜封侯”一联为岑楼诗句。岑楼原名陈国遂(1254—1277)，本为陈氏宗胄，封为威文王，娶陈圣宗女瑞宝公主为妻，聪明能诗，年廿四卒[③]，国人惜之。有《岑楼集》传世，今不传，只留几句残联[④]。其中有诗句云：“古来何物不成土？死后惟诗可胜金。”[⑤]其对诗痴爱如此，可称为“诗痴”了。

除此类感慨诗作外，阮忠彦诗集中还多怀乡恋阙之作。如其《湘江秋怀》：

草木已凋零，他乡尚客程。
晚山吟骨瘦，秋水道心清。
落鸬卫烟下，归舟皆月撑。
枕边重掩耳，二十四滩声。[⑥]

此诗为作者出使中国途中所作，他在渡湘江时，正值草木凋零，万物萧条的秋季，于是不禁对照自己的遭遇，依然是身在异乡为异客的此种悲思愁绪，无人倾诉，更使得诗人难以入眠。再如《归兴》：

老桑叶落蚕方尽，早稻花香蟹正肥。
见说在家贫亦好，江南虽乐不如归。[⑦]

此诗化用了两句唐诗，一句为戎昱《苦辛行》中的“远客归去来，在家贫亦好”，一句为李白《蜀道难》中的“锦城虽云乐，不如早还家”。这两句皆为“他乡虽好，却不如故土”的名诗，亦可见作者归心良苦。

陈朝与元明有战事纠纷的时间是短暂的，大部分岁月中还是友好相处，两国间使臣来往不断，由此也出现了大量的使臣唱酬诗作，成为中越友好交流的艺术象征。历事陈朝五

---

① 见吴时仕《大越史记》卷七。

② 见黎澄《南翁梦录》“诗用前人警句”条。

③ 《南翁梦录》载岑楼廿七岁而卒，今从《安南志略》所载。

④ 见《大越史记全书本纪》卷五：“时威文王燧，尚上皇女瑞宝公主，好学能诗，自号岑楼，有《岑楼集》，行于世。帝尝问官家字义，对曰：‘五帝官天下，三王家天下，故曰官家。’帝嘉其博识。不幸早卒(年二十四卒)，国人惜之。”

⑤ 见《李陈诗文》。

⑥⑦ 见《全越诗录》。

代君主的阮忠彦，使元诗作数量多，记载细致，从中可以看出当时使元官吏的匆忙行程生活，选录数首如下：

叨持使节出京华，驻马孤亭日未斜。
别酒一杯分客兴，泸江东畔即天涯。

《北使初渡泸江》

北风飕飕冻云黑，玉蟾西坠天无色。
故人别后睽南北，鲤书雁帛无消息。
破毡寒薄不成眠，窗外梅花旧相识。
天涯浩荡迷雁迹，微躬苦被虚名役。
易水休闻击筑声，函关未听鸣鸡客。
独背寒灯处槁梧，不知身在银江驿。

《灵川银江驿》

八千余里客，二十四桥秋。
异国逢佳景，恼中强倚楼。

《登扬州城楼》

容身小轿任攲倾，又趁黄昏到武盈。
几簇蛮家黄错落，四围山色碧纵横。
竹篱有菊秋垂晚，野戍无人月自明。
正是客中愁断处，不堪重听夜猿声。

《武盈洞》

王事匆忙敢惮劳，晓风吹露泼征袍。
斗南宫阙瞻天近，汉北关山过岭高。
猎猎汉旗陵草卉，萧萧胡马忧弓刀。
早知世路多艰险，自负平生耐得牢。

《永平寨初发》

世途役役趁风埃，一到湖南俗眼开。
十里帆樯通舸舰，半江风雨簇楼台。
云藏岳麓疏钟远，天近衡阳独雁来。
极目长沙成吊古，飘零空忆贾生才。

《湖南》

曲阑干外白云飞，上界楼台瞰水湄。

香篆忽残僧定罢，钟声不动鹤眠迟。
江山信美非吾土，杖履重来又几时。
虎啸龙吟浑寂寞，游人空打李邕钟。

《游岳麓寺》

猛拍栏杆一朗吟，凄然感古又怀今。
山浮鼇背蓬宫杳，水接龙堆海藏深。
景物莫穷千变态，人生能得几登临。
江湖满目孤舟在，独抱先忧后乐心。

《岳阳楼》

陈朝贡使北上，路程都是经由今天的广西、湖南长沙、湖北武汉、江苏扬州、沿着运河抵达大都(北京)。数月间风尘仆仆，车舟颠簸，很是辛苦，期间思乡情怀，常在诗中表述。但是这一路上经过的中国名胜之地及历史古迹很多，北使历程实际上又成为中国历史文化之旅，故而在使臣诗中多有登临中国名胜文化遗址的惊喜之感，东亚汉文学的同一性在使臣诗中得到了充分的表现。像阮忠彦上述诗中的“落雁冲烟下，归舟背月撑”、“极目长沙成吊古，飘零空忆贾生才”、“江湖满目孤舟在，独抱先忧后乐心”，乃至“见说在家贫亦好，江南虽乐不如归”，都是汉诗中常见的抒情意象，感古怀今，能在东亚汉诗人中引起深层次的精神共鸣。

朱文安(? —1370)，又名朱安，字灵哲，自号樵隐，清潭光列乡人。为人廉直刚介，笃好读书不求利达。居家授业，学业精醇，名闻远近，弟子众多，其中有不少后来做了陈朝高官，如范师孟、黎伯适等。陈明宗时征拜国子监司业，授太子经，寻迁太学祭酒。陈裕宗时，皇帝怠政，以致权奸用事。朱安数次进谏无果后，又上疏请斩佞臣七人(时人号为《七斩疏》)，既入不报，遂挂冠归田里。陈艺宗时，又杖策上谒，得到艺宗礼遇，以老病辞，不受封拜还乡，寿终于家。都城人士，景仰高风，莫不嗟悼。谥“文贞公”，配祀文庙。朱安为陈朝儒学大师，吴士连曰：“(文贞)其事君者必犯颜，其出处也则以义，造就人才，则公卿皆出其门，高尚风节，则天子不得而臣。况岩岩体貌，而师道严，棱棱声气，而佞人耆。千载之下，闻先生之风，能无廉其顽，而立其儒者乎？苟不求其故，孰知斯谥之称情也哉，宜乎为我越儒宗，而从祀文庙。”①又吴士连曰：“文贞公道学之纯粹，节操之高尚，直不顾身，忠不忘君。雍容朝会，铢视爵禄，去就进退辞受，取子(指孔子)之正，我越所称儒宗者，古后一人。”②黎澄也称朱安“清正严直”③。著有《樵隐诗集》，今不传。其诗作多已散佚，现存诗12首，且多为山水田园诗。如《灵山杂兴》：

万叠青山簇画屏，斜阳倒挂半溪明。
寻萝径里无人到，山鹄啼咽时一声。④

①② 见《大越史记全书》卷七。
③ 见黎澄《南翁梦录》“文贞鲠直”条。
④ 见《全越诗录》。

再如《清凉江》：

山腰一抹夕阳横，两两渔舟伴岸行。
独立清凉江上望，寒风飒飒嫩潮生。①

这两首诗皆为山水诗，前一首诗描绘了灵山山清水秀的优美风景，后一首诗则描绘了清凉江傍晚壮丽的景色，虽然在旁人眼里一处是"无人到"的山径，一处是"寒风飒飒"的江水，似有悲凉之感，但作者却能觉察到其中新意：一处"山鹄啼咽时一声"，一处"嫩潮生"，乐观之情自现，也体现了诗人对生活敏锐的观察和对诗歌艺术的高超把握。

朱安为一代儒宗，其弟子多正直之士，其中汉诗水平较高且有声誉者，当属范师孟、黎括两人。

范师孟，生卒年不详(约生于14世纪初，卒于明洪武前期)②，字义夫，号畏斋，又号峡石。峡石人。才器超迈。历任陈明宗、陈宪宗、陈仁宗三朝，累官至入内行遣，知枢密院事，时为陈朝重臣。亦有诗名，与黎括齐名，时称"黎范"③。据《文籍志》记载，本有《峡石集》一卷，今不传。现存诗43首，有多首和明使诗。除此之外，其诗还多涉军旅，诗风刚健雄爽。如《关北》：

奉诏军人不敢留，青油幢下握吴钩。
关山老鼠谷嵝濑，雨雪上熬岚禄州。
铁马东西催鼓角，牙旗左右肃貔貅。
平生二十安边策，一寸丹衷映白头。④

枕戈待旦，铁马东西，真实地再现了诗人的军旅生涯。头发斑白仍然壮志未已，戍边卫国，体现了军人的豪迈气概。其中"清油幢下握吴钩"颇似唐朝诗人李贺《南园》诗中"男儿何不带吴钩"一句。在艺术表现手法上，将叙事与抒情相结合，融情于景，成为越南边塞诗的典范。又如《行役登家山》：

行役登家山，翘首万重天。
睹鹏南溟外，滨日东岳前。
安阜天一握，象门仞九千。
层层紫霄云，会访安期仙。
汹汹白滕涛，想象吴王船。⑤

这首五古读来铿锵有力，气势非凡，颇有指点江山的意味。而且五言诗在陈朝并不多见，五古更是罕有。范氏的五言诗也可算是独步陈朝了。

黎括，生卒年不详。字伯适，号梅峰，东山人甫里人。陈明宗时累官至尚书右弼。少

---

①④⑤　见《全越诗录》。

②　见何仟年《越南古典诗歌的形成——莫前诗歌研究》，第49页。

③　见裴辉璧《皇越诗选》卷二。

有才名，充太学。范师孟爱其才，以女弟嫁之。学术纯正，力排异端[①]，以明圣导，为当时名儒。最为人赞叹的就是他的反佛文章——《北江沛村绍福寺碑记》，文章层次分明，实事求是，抒发了自己欲明圣道而终归失败的抑郁之情，感慨至深，令人千载之后读之仍掩卷长叹。其诗现存7首。如《送范公师孟北使》：

驿路三千君据鞍，海门十二我还山。
朝中使者天边客，君得功名我得闲。[②]

诗人对友人出使燕京的艳羡之情，溢于言表。据《大越史记全书》记载，当时黎括还是太学生，恰逢范师孟出使燕京，于是写此诗相送。看得出来，当时出任北使，对于文臣来说是一件很荣耀的事情，黎括一方面羡慕好友的这份好差事，另一方面也表明自己淡薄功名的素怀，正如其后来的两首《书怀》诗中所言："事务如毛病复闲，乾坤万变静中看。双梅桥畔秋风老，无数黄花映药栏。""年来世事与心违，日望家山赋式微。水国天寒惊岁暮，木兰花老雨霏霏。"[③]而范师孟的性格显然与黎括不同，他才器超迈，善于应对，历任三朝重臣。其《舟中即事》透露出晚年的仕宦感受："仕宦三朝备省官，苍头白发未还山。焚香坐对珥河月，惆怅烟溪峡石间。"功成身退，还山闲居，始终是汉诗人憧憬追求的一种人生目标，但也经常是一种可望而不可及的人生理想境界，古往今来多数人难以达到，安南陈朝的汉诗人黎、范也如此。俩人终身仕宦，未能真正休闲荣归，作为受到君王器重的文臣，这也是不得已的人生道路，在几许惆怅式微之外，更多的恐怕还是一种感到荣耀安稳的心态。仕途的起伏历练，最终锤炼出了"乾坤万变静中看"的老臣本事，这也是俩人的共同之处。晚年的范师孟有一首《和大明使余贵》七律写道："万里驰驱北使燕，旧游三十又三年。黄河波浪太行雪，大别驿程彭蠡船。孔庙尧都供访览，秦城汉邑入吟编。白头因睹公行色，历历江山在眼前。"余贵出师明朝，身为老臣的范师孟赋诗唱和，提起三十三年前的北使历程，当是别有一番滋味在心头。尽管有着车舟辛劳，思乡忧愁，但是大江南北的孔庙尧都，秦城汉邑，中国的壮丽山河，留在使臣心目中的是终生难以磨灭的美好印象，是一种可以向后辈炫耀的人生经历，这也是东亚汉文化圈中常见的现象。

胡宗鷟，生卒年不详。演州土城人。年少登科，为陈艺宗朝状元。据黎澄《诗酒惊人》记载："演州人胡宗鷟颇有才名。初未甚显。适至元宵，有道人黎法官者张灯设宴以延文客。胡宗鷟受简请题，一夜席上赋诗百首，饮酒百杯，众人皆环视叹服，无与敌者。自是名震都下。后以文学为人师。事陈艺宗，官至中书令。诗酒无需日，年八十余，寿终

① 《大越史记全书》卷七："时儒臣黎括，亦欲明圣道，辟异端，而卒不能行，尝作《北江沛村绍福寺碑记》云：'佛氏之祸福动人，何其得人之深且固矣。上至王公，以至庶人，凡施于佛事，虽竭所有，愿无靳啬，苟今日托付于寺塔，则欣欣然如持左券，以取明日之报，故自内京城及外州府，穷村僻巷，不令而从，不盟而信，有人家处，必有佛寺，废而复兴，坏而复修，钟鼓楼台，与民居殆半。其兴甚易，而尊崇甚大也。余少读书，志于古今，粗亦明圣人之道，以化斯民，而卒能信于一乡。常游览山川，足迹半天下，求所谓学宫文庙，未尝一见。此吾所以深有愧于佛氏之徒远矣。辄暴吾以书。'"

② 见《全越诗录》。另据裴辉璧《皇越诗选》辑录此诗为："驿路三千君据鞍，海门十二我还山。南朝使者天边客，君得功名我得闲。"并注释"南朝"字义当作"日南"。

③ 裴辉璧《皇越诗选》卷二，越南河内：汉喃研究院图书馆藏本。

于家。"[1]传为一时诗酒佳话，亦可见诗与酒的审美心理在越南汉诗文人心目中的地位。着有《讨闲效颦诗集》，已散佚。其诗流传下来的并不多，《全越诗录》今存诗1首，即《游东亭和蕊溪原韵》：

才识如君尚少年，文章嗟我老无缘。
已将得丧遗形外，不复功名到枕边。
变豹只堪闲隐客，羡鱼何必苦临川。
幸能日月频来访，休怪东亭似磬悬。[2]

从诗题上看，此为一首酬唱诗。蕊溪即阮飞卿。从诗中内容所看，阮飞卿为胡宗鷟晚辈，二人交往频繁，胡宗鷟非常赏识阮飞卿，并自嘲自己已与文章"老无缘"[3]，乐观豁达形象自现。诗中中国成典运用自如，可见诗人诗艺之高超。

陈元旦(1320—1390)，自号冰壶子[4]。为昭明大王陈光启之曾孙，威肃公文璧之子，初封章肃国上侯。曾协助陈艺宗匡复陈氏社稷，后拜为司徒，辅佐朝政。废帝时，因权臣黎季犛用事，力不能争，于是致仕，归昆山，寄情于山水之间。为人慈祥儒雅，有古君子之风。卒于陈顺宗时，寿七十一。有《冰壶诗集》，今不传。现存诗51首。致仕前，由于继位的两任皇帝(即陈裕宗、杨日礼)都所托非人，以致朝政日益败坏，国不将国。身为宗胄的陈元旦，忧心忡忡，感慨万千。其诗多讽喻时弊，反映国事民生之作。如《寄台中寮友》：

云端一去便天涯，回首伤心事事违。
九陌尘埃人易老，五湖风雨客思归。
儒风不振回无力，国势如悬去亦非。
今古兴亡真可鉴，诸公何忍谏书稀?[5]

胡季犛上台以后，采取一系列举措来压制儒学。如大力推广喃字、改革科举制度、对程朱理学进行抨击等等，儒学地位岌岌可危，所以陈元旦才发出了"儒风不振回无力"的呼喊，并号召台中僚友能以古为鉴，广进谏书，救国家于危难之中。

其诗还多体恤民生疾苦之作，如《壬寅六月作》：

年来夏旱又秋霖，禾槁苗伤害转深。
三万卷书无用处，白头空负爱民心。[6]

其忧国忧民之情由此可见。陈朝末年，弊政丛生，民不聊生，这些末世乱相在汉诗人陈元旦的诗中有着突出的表现。陈元旦裕宗时为御史大夫，数谏时弊不纳；艺宗时外戚胡季犛当权，力诤不能而身退。因此陈元旦诗中充满着对于时局的担忧，其《题玄天观》

---

① 见黎澄《南翁梦录》"诗酒惊人"条。

② 见《全越诗选》。

③⑤ 见《南翁梦录》"诗讽忠谏"条。

④ 见黎澄《南翁梦录》"诗讽忠谏"条："其人通晓历法，尝看百世通纪书，上考尧甲辰，下至宋元，日月交蚀，星辰缠度与古符合，奉道精炼，祈雨有应，自号冰壶子。"

⑥ 见裴辉璧《皇越诗选》卷二。

写道："白日升天易，致君尧舜难。尘埃六十载，回首愧黄冠。"前两句是针对胡季犛当权的担忧，后两句是倾诉自己身为老臣的无奈。又有《寄庄定王》六言诗曰："我是沟中弃物，公非大厦奇才。会取一般老去，田园早辨归来。"[①]对于时局朝政，同样表达出深深的失望与无奈。诗学杜甫，忧国忧民，这成为陈元旦诗中最为突出之处，如其七绝诗：

三分头白寸心丹，世上纷纭万事难。
自笑不如钱若水，年终四十便休官。

《戊申正月作》

万国民生沸鼎鱼，朔燕东汴已邱墟。
归舟未稳江湖梦，分取渔灯照古书。

《夜归舟中作》[②]

退居的陈元旦直至晚年仍然关切朝政，放不下一颗"爱民心"，其《山中遣兴》曰："十年政省负秋灯，松下行吟倚瘦藤。随马望尘无俗客，叩门问字有诗僧。退闲录野知何及，散给青苗谢不能。坐待功成名遂后，一邱老骨已稜层。"其气节风骨可见一斑。

陈元旦致仕后，归昆山。其地有清虚洞，山腰有漱玉桥、白云庵。景物清幽，树木葱郁，于是觞咏期间，浩然自适[③]。此时的诗多意境清新、韵味隽永的田园山水诗。如《小雨》：

小春山雨细霏微，出岫云深片片飞。
障日蒙幔昏似晓，随风萧瑟密还稀。
梅含玉粒传天信，竹迸琅簪泄地机。
睡起炉香残几度，村翁未把一犁归。[④]

此诗无论在押韵，还是在对仗上都臻于完善，亦可见诗人诗艺之娴熟。

与陈元旦同一时期的讽喻诗人，还有朱唐英。《全越诗录》现存其诗一首。即《题唐明皇浴马图》：

玉花照夜绝权奇，浴罢牵来近赤墀。
若使爱人如爱马，苍生何至有疮痍。[⑤]

结合陈朝末年社会背景来看，诗人实际是在讽喻权奸当道，贤才良吏得不到爱惜、重用的官场。

胡季犛(1336—?)，字理元，自推其先祖为浙江人胡兴逸，五季后汉时，来守演州。至十二代孙胡帘，徙居清化大吏乡，为宣尉黎训养子，自此以黎为姓。胡季犛为其四世孙。胡季犛为陈艺宗外戚，深得信任。专掌兵权，进封同平章事，累加辅政太师摄政钦德兴烈大王国祖章皇，遂移陈祚。国号大虞，复姓胡。在位一年，禅位于其子汉仓。明师来伐，

① 见《大越史记》本纪卷八。
② 裴辉璧《皇越诗选》卷二。
③ 见黎澄《南翁梦录》"诗讽忠谏"条。
④⑤ 见《全越诗录》。

被押解至南京下狱。后因其子黎澄向明成祖进献神枪法而被赦免，遂得以寿终，卒于中国。汉学修养深厚①，亦工于诗。《全越诗录》现存诗5首。最著名的就是其《答北人问安南风俗》：

欲问安南事，安南风俗淳。
衣冠唐制度，礼乐汉君臣。
玉瓮开新酒，金刀斫细鳞。
年年二三月，桃李一般春。②

在诗人看来，安南有汉唐古风，较之蒙元统治百年后的中国，安南代表着更为纯正的中华文化，这无疑是对明朝正统中华文化地位的一次挑衅。后明成祖派遣大军南下，郡县其地，其原因也就略知一二了。

阮飞卿(1355—1428)，上福蕊溪人。初名阮应龙，号蕊溪。为陈元旦门客，元旦爱其才，以女妻之。陈睿宗隆庆二年(1374)中进士，帝以寒族配宗室女，弃不用。至胡朝绍成元年(1401)其子阮荐登第，始授翰林学士，进大理卿兼中书侍郎，又任太子左赞善大夫，国子监司业。二胡被明军擒获后，阮飞卿投降明朝，被送往南京③，卒于中国。寿七十三。后其次子阮非熊将其骸骨归葬越南。其诗文见《阮飞卿诗文集》④，《抑斋遗集》中亦有附录。《全越诗录》收诗74首，今据《抑斋集》、《越音诗集》、《摘艳诗集》，得77首。是陈朝山水田园诗存量最多、成就最高的诗人。如《游昆山》：

一筇山上柱云烟，回首尘埃路隔千。
雨后泉声流簌簌，天晴岚气净涓涓。
百年浮世人皆梦，半日偷闲我亦仙。
兴去欲来僧院宿，昏钟催月挂峰前。⑤

阮飞卿早年仕途失意，于是乎寄情于山水之间，全诗流露出诗人超然物外、怡然自得的心境。其中颈联中的"簌簌"，"涓涓"，运用了叠字的写作技巧，使得雨后昆山的意境更为曼妙，而且读来朗朗上口，有"大珠小珠落玉盘"之感，亦可见诗人笔法之细腻。这种"叠字"的写作手法，也多见于其诗，如其《暮秋》："老景逼人侵迭迭，秋光恋我去迟迟。"⑥情景交融，通过叠字表达了诗人对秋景眷恋之情。再如其《山中》："雨余烟树笼笼翠，日

---

① 见《大越史记全书》卷九："吴时仕谓：'季犛少敏悟强记，善属文，举乡试中宏词选，补太学生。故柄国后，颇用儒臣，慕古典而好逞聪明，夸辩博而不自知。'"

②⑤⑥ 见《全越诗录》。

③ 据史书记载，阮飞卿被明军带往南京时，其子阮荐和阮非熊要求一同前往，以奉养父亲。但到中越边境时，阮飞卿却告诉两个儿子，要以国耻家恨为重，要求他们回去。后阮荐不负父望，一血国耻。成为越南民族英雄。

④ 越南汉南研究院藏一诗集合抄本题《阮飞卿诗文集》(A.198)，由三部分组成：其一为《阮飞卿诗文》，收录74首诗及1篇赋、1篇记；其二为《陈文公朱凤山夫子诗》，收诗26首；其三为《阮抑斋先生集》，收诗200余首，阮抑斋名阮荐，阮飞卿之子。

暮红云冉冉升。”[①]更是描绘了一幅如诗的画境。不仅如此，阮飞卿还对乡村野景情有独钟，其诗亦多描写乡村生活的佳作，如其《村家趣》：

抱篱竹树万条枪，老屋弓馀古寺傍。
过雨池塘蛙语聒，落花庭院燕泥香。
闲情湛湛春醪足，世路茫茫午睡长。
醒后出门携仆去，逢人只说向农桑。[②]

陈末诗坛还有文士黎景询与邓容的诗作值得一提。黎景询为胡朝的太学生[③]，胡亡后作万言书请明朝恢复陈朝，被明军逮送金陵，途中仍然赋诗《无意》曰：“无意于知便见知，此生行止岂人为。身虽老矣心仍壮，义有当然死不辞。蹑磴扪罗更万险，上滩下濑涉千厄。四方自是男儿事，踏遍江山也一奇。”邓容在胡亡后先后拥立陈氏后裔的简定帝、重光帝，后袭击明军营而被捕，解送中国途中不屈而死。其《感怀》一首云：“世事悠悠奈老何，无穷天地入酣歌。时来屠钓成功易，事去英雄饮恨多。致主有怀扶地轴，洗兵无路挽天河。国仇未报头先白，几度龙泉带月磨。”小国事大，不以成败论英雄，临终感怀，忠心耿耿，堪称豪杰之士。

三、僧侣诗人：慧忠上士、法螺禅师、玄光禅师

由于陈朝建立后，采取全面接纳汉文化的举措，重视科举取士的选官制度，逐渐形成了精通中国礼仪制度和熟悉汉文经典的儒家知识分子阶层，使得儒家地位较之李朝得到了很大的提升。所以陈朝佛教尽管在社会上仍有强大的势力，但已经与政权分离，僧人也不再充当国家治理者的角色，甚至在诗作上也深受文人风气的影响，而不再是纯粹的佛家语。这一时期主要的僧侣诗人有慧忠上士、法螺禅师、玄光禅师等。

慧忠上士(1230—1291)，俗名陈嵩，原为皇族，陈仁宗出家后多次参访他，是陈初最著名的禅学大师。《上士语录》[④]存其诗 40 首，主要为偈语诗和佛理诗。如《访僧田大师》：

不要朱门不要林，到头何处不安心。
人间尽见千山晓，谁听孤猿啼处深。[⑤]

此诗描写了慧忠上士拜访僧田大师时的体悟和感受，展现了僧田大师不为物累，不为世困，安然自适而又睿智豁达的禅者形象。

---

①② 见《全越诗录》。

③ 陈裕宗末期，权臣胡季犛篡位自立，改国号为大虞。陈朝宗胄告难于明朝，明军南下。明成祖永乐五年(1407)五月，明军擒俘胡季犛父子，胡朝仅七年而亡。

④ 《陈朝上士语录》，记慧忠上士及其门弟子有关佛教的对话，法螺编辑，附有慧忠上士所撰偈、颂、歌等，越南汉喃研究院现藏刊本为后黎正和十年(1683)刊印(A. 1932)。本文所用为影印本。

⑤ 见黎贵惇《全越诗录》。

法螺禅师(1284—1330),俗名同坚刚,海阳南策州人。从陈仁宗出家学佛,法号法螺。为越南竹林禅宗第二世传人。创立琼林院,编撰佛经,对竹林禅宗发展有极大的贡献。卒后谥"净智尊者"。《全越诗录》存诗2首。如《入俗恋青山》:

疏瘦穷秋水,巉岩落照中。
昂头看不尽,来路又重重。[①]

玄光禅师(1254—1334),俗名李道载。北宁嘉平县万载乡人。从学法螺,法号玄光。深受仁宗器重。为越南竹林禅宗第三祖,卒后谥"玄光尊者"。自幼学儒,据说其9岁能诗文,汉学修养极为深厚,著作颇多,有《玉鞭集》行于世,今不传。现存诗25首,其诗多关于反映禅僧修炼生涯,充满了浓厚的书卷气。如《石室》:

半间石室和云住,一领毳衣经岁寒。
僧在禅床经在案,炉残榾柮日三竿。[②]

再如《次宝庆寺壁问题》:

荒草残烟野思多,南楼北馆夕阳斜。
春无主惜诗无料,愁绝东风几树花。[③]

综上所述,相比于李朝汉文诗,陈朝的汉文诗歌创作相当丰富,共有70位有名姓的汉诗人,及其写作的约540首汉文诗歌存于世,其中存有20首作品以上者有7人。这些汉文诗歌从内容上看,山水田园、酬唱赠答、军旅边塞、咏物寄情、述怀感兴占了全部诗作的绝大部分,其中山水田园是写得最多的题材。这与中国古典诗歌的发展脉络是相一致的,因为山水田园诗在南北朝以后就一直是中国古典诗歌的主流,成为士大夫表达历史情怀和个人心境最常见的题材。从体裁上看,五绝、五律、七绝、七律等诗体已完全成熟,其中,七绝、七律采用最多,成就也最大,可以说是陈朝的代表文学。从诗歌写作技巧上看,已熟练运用诗句化用、采用中国典故、叠字、寓情于景、虚实结合、动静结合、直抒胸臆、托物言志、叙事等写作手法。而且在诗歌风格上也多模仿中国古代诗人诗歌风格的痕迹。亦可见,越南汉诗发展在与中国脱离一段时间后,随即又赶上,进步可谓是突飞猛进。总之,越南陈朝汉诗的种种迹象表明:越南汉文诗歌总体上已显现出强烈的文人特色,与中国文人诗歌已没有明显的分别,越南汉诗开始进入兴盛时期。

①②③　见《全越诗录》。

第四章　后黎朝汉诗

概　论

陈朝末年，胡季犛篡陈自立。陈朝宗室至明叩请讨伐胡季犛。胡季犛表面对明表示愿迎陈氏后裔陈天平返越，暗地里却早置伏兵。后明军护送陈氏回国遭伏击，陈天平被杀。明成祖大怒，发兵讨伐并将安南改为中国郡县，设官严加管治。

明成祖于永乐五年(1407)六月诏告天下，将安南纳入大明版图，改郡县制，并任命行政官吏。安南人不屈服，纷纷拥立陈氏后裔进行反抗，其中最强悍者是起兵蓝山的黎利。1418年(明永乐十六年)黎利领导蓝山起义，经过十年苦战，起义军逐渐由强变弱。此时的明朝廷也已经筋疲力尽，觉得占据安南，得不偿失[①]。所以到了宣德二年(1427)与黎利协议，明军退出安南。黎利立陈氏后陈暠为安南王。明年陈暠服毒死，黎利称帝自立，是

---

① 据《明宣宗实录》卷十六记载，宣德元年四月丙寅，宣宗在文华殿与蹇义、夏原吉、杨士奇、杨荣四位大臣的一段谈话极为重要，不仅透露出宣宗欲休战退兵的想法，还表明了明王朝与东亚藩属国之间外交关系的重要准则。摘录如下。上(明宣宗)曰："太祖高皇帝祖训有云：'四方诸夷及南蛮小国，限山隔海，僻在一隅，得其地不足供给，得其民不足使令。'又云：'若其不自忖量，来挠我边，彼为不祥。彼不为中国患，而我兴兵伐之，亦不祥也。吾恐后世子孙，倚中国富强，贪一时战功，无故兴兵伤人，切记不可。'后因黎氏杀其国主，毒害国人，太宗皇帝不得已有吊伐之师。初以但讨平黎贼之后，即可求前王子孙立之，盖兴灭继绝之盛心也。而前王子孙为黎贼杀戮已尽，乃徇土人之请，建郡县，置官守，非出太宗皇帝本心。自是以来，交阯无岁不用兵，一方生灵，遭杀已多；中国之人，亦疲于奔走，甚矣。皇考常念及之，深为隐恻，故即位之诏，施恩于彼特厚。昨日遣将出师，朕通夕不宁，诚不忍生灵之无辜也。反复思之，只欲如洪武中、永乐初使自为一国，岁奉常贡，以全一方民命矣，以休息中土之人，如何?"义等皆未有对。上曰："此固不背祖宗之心。"义、原吉对曰："太宗皇帝平定此方，劳费多矣。今小丑作孽，何患不克。若以二十年之勤力，一旦弃之，岂不上损威望，愿更思之。"上顾士奇、荣曰："于卿两人云何?"对曰："陛下此心固天与祖宗之心。交阯于唐虞三代，皆在荒服之外，当时不有其地，而尧、舜、禹、汤、文、武不失为圣君。太宗初欲立陈氏，所以为圣。汉唐以来，交阯虽尝为郡县，然叛服不常，丧师费财，不可殚纪，果尝得其一钱一兵之用乎？汉元帝时，珠崖叛，发兵击之，连年不定，有司议大发兵，元帝用贾捐之议，罢珠崖郡，前史称之。元帝中主，(转下页)

为黎太祖，建国号大越，定都升龙（后改名东京，今河内），史称后黎朝（1428—1789，明宣德三年至清乾隆五十四年）。

后黎朝九传至黎恭帝时（明嘉靖五年，公元1526年）为权臣莫登庸所篡，莫氏都于河内，控制北方，称为北朝。1533年，后黎朝故臣阮淦及其婿郑检拥立黎庄宗与莫氏抗衡，并将莫氏势力逐出清化、乂安，恢复后黎朝在南方的统治，史称南朝，由是形成南北两个政权互相对峙的局面，史称“南北朝时期”。黎世宗光兴十五年（明万历二十年，公元1592年），莫氏被南朝郑检之子郑松所灭，后黎朝因此才得以复国，但早已是大权旁落，后黎朝皇帝完全成为傀儡，形成“黎皇郑主”[①]体制。其时，阮淦死后，大权转入郑检子郑松手中，郑松骄横跋扈，自称郑主，阮淦子阮潢与其失和，自请出镇顺化。由是势力逐渐向南方发展，自称广南王，且出兵与郑氏争雄，又演变成“北郑南阮”对峙之局，因此内战频发，民不聊生，但双方仍奉黎氏为帝。后黎朝传至愍帝时才被西山阮氏所亡。

后黎朝延续三百七十余年，横跨中国的明清两朝，其中可以黎恭帝时的权臣莫登庸篡权（明嘉靖五年，公元1526年），引发近七十年南北朝对抗战乱为界，分成前后两个时期。前期百年的黎朝是兴盛向上的发展期，南北朝之后的黎朝陷于南北集团对峙，战乱频繁，这一切都直接影响到汉诗创作的发展。黎利建国之初，虽然政治上取代了明朝的统治，但在文教方面还是承继了明人治理期间举贤良、兴汉学的制度[②]，比如颁令“兴学校、国学，选官员子孙及百姓之俊秀者为监生，举遗贤，试明经，奖励国民教育”[③]。

后黎朝一改李朝、陈朝以来的三教并重政策，独尊儒学，提倡程朱理学。又仿明朝制度，在中央、地方广设学校，实行科举，以程、朱为标准。黎太宗不仅实行科举取士，而且刊刻《四书大全》，使程朱理学在越南日趋兴隆。据安南史籍记载：“我国家自经兵燹，英才秋叶，俊士晨星。太祖立国之初，首兴学校，祠孔子以太牢，其崇重至矣。而草昧之始，科目未置，朕纂承先志，思得贤才之士，以副侧席之求。今定为试场科目，期以绍平五年，各道乡试，六年会试都省堂。自此以后，三年一大比，率以为常。中选者，并赐进士出身。所有试场科目，具列于后：第一场经义一道，四书各一道，并限三百字以上。第二场制、诏、表。第三场诗赋。第四场策一道，一千字以上。”[④]推崇儒教，彰扬汉学，尤其是实施科举取士制度，极大促进了后黎朝汉文学的振兴。

在安南汉文学史上，后黎朝的汉文学成就超越了李、陈两朝，达到了全面丰收的鼎盛

(接上页)犹能布行仁义如此，况陛下天下父母，何用与此豺豕辈较得失耶？”原吉曰：“容臣等四人更审思以对。”上曰：“然。但朕素志如此，本不系用兵如何。”明日士奇、荣奏事毕。上曰：“昨日所论交阯事，朕意有在矣，卿两人意与朕同，第未可以遽言耳。”此段文字中最重要的就是明太祖高皇帝的祖训，确实成为明朝与周边藩属国交往关系的准则。明宣宗据此结束了二十余年与安南的争战，而且在明朝二百七十六年中，除了这二十余年外，对安南基本上都是实行睦邻相处的政策。

① 见张文亮《越南后黎朝后期的“黎皇郑主”体制》，郑州大学2007年硕士学位论文。

② 《明太宗实录》卷五十三记载：“（永乐五年十月）丁亥，交阯总兵官新城侯张辅等奏：访求交阯郡县怀才抱德、明经能文、博学有才、聪明正直、孝弟力田、贤良方正、练达吏事、明习兵法及材武诸色之人凡九千人，陆续遣送赴京。上以冬月气寒，南荒之人不耐，命工部遣官以锦衣、靴袜即途中赐之。”

③ 见《大越史记全书》本纪卷八。

④ 见《大越史记全书》本纪卷二、《黎纪》二。

阶段。后黎朝科举考试专门设"诗赋"科目,也就从制度上保障了汉诗创作的薪火相传,使得汉诗写作突破了皇家贵族的圈子,开始进入市井平民阶层。这不仅扩大了汉诗传播的范围,同时也使得汉诗与安南文化及文学得到了更为广泛和深层次的融合,使得安南汉诗创作发生变化,出现本民族文化特色,也使得后黎朝杰出的汉诗人层出不穷。

后黎朝发生的巨大变化直接影响到了越南汉诗创作的流变发展,主要表现在两方面:

其一,后黎朝汉诗随着黎朝国势的发展呈现出不同的特点。首先,后黎朝国势以莫氏篡位(明嘉靖五年,公元 1526 年)为界分为前后两期。前期是开国之始,国君们标榜文治武功,以诗文装点政通人和、百废俱兴的政治局面,有中兴气象。开国文学家阮荐承前启后,是这一时期最杰出的汉诗人。其次,后黎朝发展至四代君王黎圣宗时国力最盛,汉诗亦最发达,出现了盛世之音的酬唱诗人群体——"骚坛二十八宿"①。再次,后期经莫氏篡乱,继而是郑阮南北之争,由是废立、争权、战乱等事层出,造成了黎末人民的悲愤、彷徨、恐惧和无奈的心境,所以黎末时便出现了反映现实生活的写实之作,最著名的就是邓陈琨长篇叙事诗《征妇吟曲》。所谓"国家不幸诗人幸",在南北纷争之时,南北方各涌现出了一批杰出的汉诗人,其中以被誉为安南文学巨擘的黎贵惇成就最大。此外,南方广南阮氏的势力因不断向南扩展,于是汉诗创作随着政治势力向安南中圻和南圻传播,使汉诗在中南半岛得到了更大的发展,其成就超越前朝,扩大了汉诗在地域上的传播范围。

其二,后黎朝汉诗创作群体主要以儒士为主。后黎朝在建立伊始,首先把儒学作为建国治民的指导思想,一改李朝、陈朝以来三教并重的政策,独尊儒学,提倡程朱理学,使得儒家在意识形态领域起着主导的作用:"太祖立国之初,首兴学校,祠孔子以太牢,其崇重至矣。"②其次,建立起一套培养儒士和官吏的正规制度,以发展教育和学术,儒士的地位得到了前所未有的提高。"考天下学生,中考者千余人,分为三等,一等二等还国子监,三等还路学读书,并免徭役"③。黎朝进士科举考试"三年一大比,率以为常"④。这两项举措,都彰扬了汉学,极大促进了后黎朝汉文学的振兴。值得注意的是,后黎朝科举试法,专门设"诗赋"科目,《大越史记全书》中多有记载,"乡试法,第三场诗,用唐律"⑤、"会试,第三场诗赋各二题,以经书旨意,用李白体"⑥。这从制度上保障了汉诗的薪火相传,极大地激发了士人学习写作汉诗的积极性,使得汉诗写作突破了皇家贵族的圈子,开始进入儒士阶层。这不仅扩大了汉诗传播的范围,同时也使得汉诗与安南文化及文学得到了更为广泛和深层次的融合,使得越南汉诗的创作发生变化,出现本民族文化特色,也使得后黎朝杰出的汉诗人层出不穷。

从可考的作家作品来看,后黎朝现存有名姓的汉诗人共 142 名,汉诗歌作品共约 2047 首。作家和作品数远远超出李朝。这些汉诗作品主要靠《全越诗录》、《皇越诗选》、《越峤书》⑦以及越南史志《大越史记全书》保存下来。

---

① 见《大越史记全书》本纪,卷十三。

②③④ 见《大越史记全书》本纪,卷十一。

⑤⑥ 见《大越史记全书》黎纪,卷十二。

⑦ (明)李文凤《越峤书》,《四库全书存目丛书》史部第 162 册影印本。

第一节　开国文学家——阮荐

一、阮荐生平及其诗文创作

阮荐(1380—1442)，字抑斋，上福蕊溪人，于胡朝圣元康庚科登第，官至御史台。外祖父是陈朝著名汉诗人陈元旦，其父阮飞卿是陈末探花郎，曾任胡朝御史大正掌。胡朝亡后，其父阮飞卿被明军解送至金陵，阮荐泣以从至南关，飞卿止之曰："儿归雪国耻，复父仇，泣何为也?"[①]由是激发了阮荐的抗明决心，遂奔赴蓝山，辅佐黎利起义。在黎利创业的十五年间，运筹帷幄，起草文告，功绩卓著，封冠服侯并赐姓黎，是黎朝的开国功臣。阮能静在《抑斋集序》中评价其曰："我越丁、李、陈、黎，一代兴亡之君，必有一代兴亡之佐，求其全如抑斋先生邈然矣，且黎之兴也难矣哉?"

阮荐后来归隐于至灵县昆山寨，黎太宗途径于此，曾去探望，见阮荐妻阮氏路颇具才色，遂迫令随驾侍候，不料行至嘉定县(今北宁嘉平县)，太宗驾崩。人皆传阮氏路弑君，阮荐因此遭冤杀，并罪及三族。后黎圣宗时，知其冤，复官爵，加赠赞畴伯，并命人收集其诗文遗稿，编订成集。襄翼帝时加封济文侯。阮荐死后，留下了许多传说，大都是赞颂他的智慧和才华，尤其是其晚年因妻子而得罪之事，更是为小说家所津津乐道。

阮荐不仅是叱咤风云的政治家，还是黎朝的一位开国大文豪。他通晓各种文体，著述丰富，然而流传至今的却只有《军中词命集》、《蓝山实录》、《抑斋诗集》、《抑斋舆地志》等汉文集，以及用喃字写成的《国音诗集》。最令阮荐美名远扬的是《平吴大诰》，这篇诰文写于1427年12月，即抗明成功、安南国再次独立之时，以黎太祖的名义发出，现摘录如下，以见其文风：

> 帝(指太祖黎利)既平吴，大诰天下。诰文曰：仁义之举，要在安民；吊伐之师，莫先去暴。惟我大越之国，实为文献之邦，山川之封域既殊，南北之风俗亦异。自赵、丁、李、陈之肇造我国，与汉、唐、宋、元各帝一方，虽强弱时有不同，而豪杰世未尝乏。……予奋迹蓝山，栖身荒野，念世仇岂可共戴，誓逆贼难与俱生。痛心疾首者垂十余年，尝胆卧薪者盖非一日。发愤忘食，每研读韬略之书；即古验今，细推究兴亡之理。图国之志，寤寐不忘。当义兵初起之时，正贼势方张之日，奈以人才秋叶，俊杰晨星，奔走前后者既乏其人，谋谟帷幄者又寡其助。特以救民之志，每郁郁而欲东；待贤之车，常汲汲以虚左，然得其人之效，茫若望洋。由己之诚，甚于拯溺，愤凶徒之未灭，念国步之犹屯。灵山之食尽兼旬，瑰县之众无一旅，盖天欲困我，以降厥任。故予益励志，以济于艰。揭竿为旗，氓隶之徒四集；投醪飨士，父子之兵一心。以弱制强，或攻人之不备；以寡敌众，常设伏以出奇。卒能以大义而胜凶残，以至仁而易强暴。蒲滕之霆驱

① 见黄高启《越史要》卷二，第55页。影印本。

电掣，荼麟之竹破灰飞，士气以之益增，军声以之大振。……彼既畏死贪生而修好有诚，予以全军为上而欲民与息。非惟计谋之极其深远，盖亦古今之所未见闻。社稷以之奠安，山川以之改观。乾坤已否而复泰，日月既晦而复明。于以开万世太平之基，于以雪千古无穷之耻，是由天地祖宗之灵，有以默相阴佑而致然也。于戏，一戎大定，迄成无竞之功；四海永清，诞布维新之诰。布告遐迩，咸使闻知。[①]

这篇诰文采用骈体与散体结合的笔法，展开宏观视角，表现了黎利率众蓝山起义，不屈不挠，坚持抗争，最终获得安南国的独立新生。其叙述激情迸射，行文流畅，展现出强烈的爱国热情。又多套用中国历史典故，描绘战争历程，生动精彩，神采飞扬，堪称佳作。即使从明朝军队的角度看，这也是一位值得尊敬的对手。由战而和，和平共处，确实是东亚社会走向繁荣富强的必由之路。

这篇诰文虽然是拟君王的口吻而作，但是感情真挚，也注入了作者本人的深刻情感体验。前段详细述说了黎利起义前的准备，体现了黎利不屈不挠的精神，而且辞藻流畅平易，亲切动人，且多正气，所以才有后文"揭竿为旗，氓隶之徒四集；投醪飨士，父子之兵一心"这等得道多助的局面。文中提到的忧虑人才的一段，"奈以人才秋叶，俊杰晨星，奔走前后者既乏其人，谋谟帷幄者又寡其助。特以救民之志，每郁郁而欲东；待贤之事，常汲汲以虚左"，更是充满了求贤若渴的真挚感情。可想而知这篇诰文在当时所起的作用了。时至今日，《越南历史》评价这篇文章仍是"一首举世无双的英雄歌，是一幅天才的生动图画"，它"忠实地描绘出一个正在奋起的决心克服一切艰难险阻的、并为我国历史写下最光辉一页的英雄民族的形象"，并把它视为越南民族独立的第二篇宣言。

阮荐不仅"文章有气格"，而且"诗多情致"[②]。据《全越诗录》、《抑斋诗集》、《摘艳诗集》、《皇越诗选》等所录阮荐之诗，其诗现存 107 首。大致可以分为三类。他早期的诗，大多充满着胜利者的斗志。如其于顺天二年(1429)所作的《观阅水阵》：

北海当年以戮鲸，燕安犹虑诘戎兵。
旌旗旖旎连云影，鼙鼓喧阗动地声。
万甲耀霜貔虎肃，千艘布阵鹤鹅行。
圣心欲与民休息，文治终须致太平。[③]

其时正是黎朝建国初年，外患扫除，与民休息，国泰民安之时。再如其《题安子山花烟寺》：

安山山上最高峰，缠五更初日已红。
宇宙眼穷沧海外，笑谈身在碧云中。
拥门玉槊森千亩，挂石珠旒落半空。
仁庙当年遗迹在，白毫光里睹重瞳。[④]

---

① 见《大越史记全书》本纪实录卷一，《黎纪》。

② 见黎贵惇《全越诗录》卷一。

③④ 见裴辉璧《皇越诗选》卷三。

诗人心怀壮志且此时仕途得意,心境开朗豪迈,于是登高望远,不禁流露出"笑谈身在碧云中"的真情。

圣宗驾崩之后,阮荐隐居昆山。这一时期的作品,一方面对官场的倾轧和争斗表示厌倦,正如其在《偶成》中所言:"喜得身闲官自冷,闭门尽日少相遇。"一方面字里行间流露出一种深沉的人生虚无的悲哀,但是那种忧国忧民、君恩未报的心情始终萦绕在他心头,使他无法坦然地去选择出世。这种矛盾的心态,每每于其诗中流露。阮荐为后黎朝开国功臣,功封侯爵竟然也落得如此下场,这当然令诗人感慨系之矣。面对人生的枷锁,更是忆起外祖父陈元旦一生,也是忧国忧民而终身抑郁不得志,于是阮荐在外祖父曾栖居过的昆山隐居,并作《昆山曲》来这样安慰自己:

> 昆山有泉,其声泠泠然,余以为琴弦;昆山有石雨,洗苔铺碧,余以为席。岩中有松,万盖翠童童,吾于是乎偃息其中;林中有竹,千亩印寒绿,于是乎啸咏其侧。闻君胡不归去来,半生尘土长胶梏。万金重九鼎,何必然?饮水饭蔬随分足。君不见董卓黄金满一坞,元载胡椒八百斛;又不见伯夷与叔齐,首阳饿死不食粟。贤愚二者不相伴,亦各自求其所欲。人生百岁内,毕竟同草木。悲欢忧乐迭往来,一荣一谢还相续。上山华屋亦偶然,死后谁荣更谁辱。人间若有巢由徒,劝渠听尽山中曲。[1]

诗人通过极力美化昆山的环境、生活来说服自己归隐,所以"闻君胡不归去来",但是"半生尘土长胶梏"的人生阅历又使诗人感到极不公平,虽然他极力安慰自己"饮水饭蔬随分足","贤愚二者不相伴,亦各自求其所欲",但是却始终无法平息他内心的苦闷与不平,所以最后产生了"上山华屋亦偶然,死后谁荣更谁辱"的消极思想。而他自己的人生结局倒恰恰证实了这种结论。

栖隐的生活自然是寂寞的,何以解忧?书和友便成了阮荐的精神寄托,所以阮荐此时吟诵最多的,一是书,一是友。因此他"闲中尽日闭书斋"(《暮春即事》)、"如今只爱山中住,结屋花边读旧书"(《偶成》)。而他的朋友也同他一样"同为千里客,俱读数行书"(《赠友人》),以读书为乐,且能理解他的情怀:"杜老何曾忘渭北,管宁犹自客辽东。越中故旧如相问,为道生涯似转蓬。"(《寄友》)[2]可以说对书籍和友情的依赖,是阮荐在饱经忧患,痛感人生虚幻之后发出的心声。

阮荐保留下来的汉诗多人生感慨之作,或许与他晚年遭遇不幸、心情极为压抑有关,如其《海口夜泊有感》两首曰:

> 湖海年来兴未阑,乾坤到处觉心宽。
> 眼边春色薰人醉,枕上潮声入梦来。
> 岁月无情双鬓白,君亲在念寸心丹。
> 一生事业殊堪笑,赢得虚名落世间。(其一)

---

① 见《大越史记全书》本纪,卷九。
② 以上均见裴辉璧《皇越诗选》卷三。

一别江湖数十年，海门今夕系吟船。
波心浩渺沧州月，树影参差浦溆烟。
往事难寻时易过，国恩未报老堪怜。
平生独抱先忧念，坐拥寒衾夜不眠。（其二）[①]

诗中一位失意老臣的形象栩栩如生，是晚年阮荐的内心独白，吟诵中颇有宋诗中苏东坡、黄山谷诗作的韵味。从老杜诗入而由苏黄诗出，是阮荐诗作的用力之处，以下两首可见端倪。其一是《次菊坡》："太平天子正崇文，喜见黄金瓦砾分。美玉不劳求善价，猗兰终自吐清芬。羡君已作仪庭凤，愧我应同出岫云。两眼昏花头更白，涓埃何以报君恩。"其二是《漫兴》："朴散淳漓圣道湮，吾儒事业寂无闻。逢辰不作商岩雨，退老思耕谷口云。每叹百年同过客，何曾一饭忍忘君。人生识字多忧患，坡老曾云我亦云。"[②]压抑的心情，担忧的思绪，大起大落的仕宦经历，使得晚年阮荐诗作显得凝重沉郁，近似杜甫所言"庾信文章老更成"的境界。

阮荐的文，风格豪放俊逸，如在指引他人；阮荐的诗，风格则沉郁冷峻，如在劝导自己。其诗文俱佳，当之无愧为后黎朝开国大文豪。

二、国初诸家概况

除阮荐外，后黎朝国初著名的汉诗人还有阮梦荀。其生卒年不详，字文若，号菊坡，清化东山甫里人，胡朝进士及第。国初谒太祖于行在。太宗朝，累官至左纳言，上轻军都尉。以文学受知遇，著有《菊坡集》。《群贤赋集》收赋 41 篇，《全越诗录》存诗 143 首。《全越诗录》评其："诗文平易，无凄楚语，学者咸宗尚之。"如其《游湖》："殿阁沉沉昼景迟，政余何地写襟期。西湖近有陈家事，汾水休歌汉武辞。黄伞风高穿柳去，翠花天转逐云移。好将国论资深意，何必逢迎入梦思。"[③]

潘浮先，字信臣，号默轩，慈廉东鄂人。黎太祖己酉顺天二年，中明经科。历任国史院同修史，天长安抚，仁宗朝为国子监博士，致仕知史馆。越南历史上著名的文学家、史学家。亦进行古诗的整理，著有《越音诗集》，主要收录陈朝帝王、公卿、士大夫以及国初御制名儒诗，共千百余首，今仅存前数卷[④]。《全越诗录》存其诗 3 首，均见于《全越诗录》卷十，分别是《贺谏议大夫阮抑斋》、《当道县伴宫任满》、《为人求学》。

除上述较有诗名者外，黎朝国初有汉诗作品流传下来的汉诗人还有李子晋、李子构、程师孟、武梦原、黎少颖、黎叔颖、陈浮先、陶公僎、武邦衡、阮克孝、阮天纵、武永桢、朱三省、陈侃、程清、阮天锡、朱车、阮廷美、陈时中、阮彭、尹衡、阮直、阮如赌、梁如鹄、武览、黎苏、王师贾、黎弘毓等人。

---

①② 裴辉璧《皇越诗选》卷三。

③ 见裴辉璧《皇越诗选》卷三。

④ 见黎贵惇《全越诗录》卷十："（潘浮先）尝辑陈朝帝王、公卿、士大夫与国初御制名儒诗为《越音集》，又续黎文休《史记》，编自陈太宗至重光帝为《越史》，行于世。"

第二节 黎圣宗的诗歌创作活动及其影响

一、后黎朝国君汉诗

后黎朝始自太祖至恭皇，有国约百年(1428—1527)，共传十帝。有黎太祖黎利、黎太宗元龙、黎仁宗邦基、黎圣宗思诚、黎宪宗镨、黎肃宗漴、黎威穆帝浚、黎襄翼帝瀠、黎昭宗椅、黎恭皇椿。在这十位帝王之中，除太祖外，只有圣宗和宪宗是年长而即帝位，其余诸帝全是稚龄登基。因此，朝政多由权臣把持，年幼的帝王亲政后为收回权柄，多诛杀辅政大臣。然而自身又年少，无人辅佐，致使以后沉湎酒色，成为荒淫的君王，多行暴政，导致国中变乱纷起，后黎朝由是国运中衰，终招致莫氏篡位，社稷倾覆。

后来阮、郑二氏又将黎朝一分为二，且各自雄踞一方，自建基业，虽然表面上仍然尊奉黎朝皇帝，但早已是名存实亡，形同虚设。所以在后黎朝诸帝中，有条件创作汉诗，并有作品保存下来的共有六位皇帝，共计413首。其中以黎圣宗的数量最多，有368首，成就也最大。

关于后黎朝帝王诗文的艺术风格，阮朝学者潘辉注总结道："圣尊御制，大抵英气雄迈，词意飘丽。"[①]如黎太祖(1385—1435)的《征刀吉罕还过龙水堤》就展示了开国皇帝征战沙场的雄风和安邦治国的雄才大略：

崎岖险路不辞难，老我犹存铁石肝。
义气扫空千嶂雾，壮心夷尽万重山。
边防好为筹方略，社稷应须计九安。
虚道危滩三百曲，如今只作顺流看。[②]

再如黎太宗(1433—1442)的《亲征五令乡》描绘了自己的征战生涯和胜利后的太平生活：

穷山逆寇敢干名，劳我王师几日行。
桑柘暖回春万落，貔貅冷肃夜三更。
为民本欲除残暴，偃武终当洗甲兵。
边塞已清尘已净，从今九寓属隆平。[③]

黎贵惇在《全越诗录》序言中所说："本朝(黎朝)再辟山河，高皇倥偬马上，而御制三诗，气盖一世，直与沛公旗鼓相望。"虽然稍显夸大，但他们的诗风确实体现了开国帝王的

① 见潘辉注《历朝宪章类志·文籍志》，第84页。
② 见黎贵惇《全越诗录》卷五。
③ 见裴辉璧《皇越诗选》卷一。

遒劲、雄浑。

二、骚坛元帅——黎圣宗

黎圣宗(1442—1497),名灏,又名思诚,自号天南洞主、道庵主人,是后黎朝第四代国君,黎太宗第四子。年19继承大统,在位38年。他在位期间是后黎朝的鼎盛时期,史书称之为"光顺中兴"①,也是越南古代历史上最为兴盛的时期之一。吴士连曾评价黎圣宗曰:"帝创制立度,文物可观,拓土开疆,取章孔厚,真英雄才略之主。"②

后黎朝汉诗发展到圣宗时期出现了创作高潮,这既是黎朝开国之后文运高涨的结果,也与圣宗大力推行文教治国政策有着直接关系。圣宗光顺四年(1463),颁诏会试天下,全国举人四千四百余人应试,其中四百人中试被授予官职。光顺八年(1467)三月,"初置五经博士。时监生治《诗》、《书》经者多,习《礼记》、《周易》、《春秋》者少,故置五经博士,专治一经,以授诸生"③。圣宗洪德三年(1472),定祭孔子礼。洪德十四年(1483),扩建孔庙。圣宗在位共开科取士达十二次之多,录取进士五百一十一人。圣宗推行三年丧礼,洪德元年(1470)诏告全国实施三年丧礼制度,并制定《二十四条伦理》,以确立封建秩序和道德规范。圣宗将全国划分为十二道,区小易治,处理政务颇便,至于军事和刑法则由朝廷任命官吏管理。朝廷还设监察御史督察诸道之事务。洪德二年黎朝官员有爵位者达五千三百七十人,其中有二千七百五十五人在中央政府任职,二千六百十五人在地方任职。洪德元年,圣宗颁布安南历史上较为完备的首部法典《洪德律例》。这部法典以唐律、唐令为蓝本,结合安南固有风俗习惯和旧法编撰而成。这部法典包括了刑法、婚姻和家庭法、民事法和诉讼法的内容,成为一部复合法典,一直使用并保留到了18世纪末。此外,圣宗还颁发授田条例和俸禄制,定赋税和兵制。圣宗当政,可谓天下安定。黎圣宗还多次下诏收集公私所藏史书汉籍,对进献书籍者厚加赏赐,使得安南古书大多复出,文教大兴。

后黎朝汉诗出现创作高潮,与圣宗身体力行地大力提倡直接相关。正如黎贵惇在《全越诗录》例言中所说:"淳皇守成,好为诗章,多至千首,每命名臣评品。今见于辑录者,豪逸峭激,炯然帝王气焰,当不下于汾水英风。"其主要措施在以下几方面:

第一,定乡试之法,改革会试,即每隔三年,各地方举办一次乡试,在京城举办一次会试,以选拔人才。他还经常亲自主持各期廷试,如光顺四年及七年的廷试中,策问的题目是"帝王之道"和"帝王之治天下"④。并定出进士唱名例(宣读考中者的姓名)和荣归例(迎接考中者回乡),提高了儒士阶层的地位。

第二,扩建文庙,如洪德十四年(明成化十九年,公元1483年)着文庙并东西府及便服殿、书版库、祭器库、明伦东西堂等。在此基础上,扩充太学,前面是文庙,后面作太学,

---

① 据《大越史记全书》本纪卷十二记载:"(黎圣宗)于庚辰光顺元年(1460),六月初六日,即帝位。"

②④ 见《大越史记全书》本纪,卷十二。

③ 《大越史记全书》本纪实录卷三,《黎纪》三。

并建造房舍使生员在校住宿。又设立秘书库以藏书籍，如：“光顺年间，黎圣宗下诏求遗佚史籍及私家所藏笔记。洪德年间再诏天下，宏加奖掖，凡报告进献未见之善本，均厚加赏赐。布告之后，古书大部复出。”[①]

第三，亲自撰修《天下版图记数》、《亲征记事》等书，载录御驾亲征占城、老挝和诸蛮夷之事；命吴士连撰修《大越史记》，“自鸿庞氏至吴使君五卷，为外纪；自丁先皇至黎太祖十卷，为本纪。凡十五卷”[②]。命申仁忠、杜润等撰修《天南余暇集》一百卷，叙述洪德时之重要事件和刑律。之后又命人将过去法令条文汇编在一起，进行修订和补充，称为《洪德律例》，为越南历史上首部较为完备的法典，一直使用并保留到 18 世纪末。凡此种种，都使得当时越南的文教学术日益发展昌盛。

在黎朝诸帝乃至在越南封建帝王中，要论对汉诗汉文的倡导以及汉诗汉文创作，当属黎圣宗的贡献与成就最大。主要体现在以下两个方面：

第一，黎圣宗创立越南古代文学史上规模最大的文学组织——“骚坛会”，并自称天南洞主骚坛大元帅，在朝廷设立专门的文学馆“琼苑九歌”。该会有成员二十八人，称为“骚坛二十八宿”，即朝臣申仁宗、杜润、吴纶、吴焕、阮冲悫、刘兴孝、阮光弼、阮德训、武旸、吴忱、范道富、朱埙、吴文景、范智谦、刘舒茂、阮仁被、阮孙蔑、吴权、阮宝珪、裴薄、杨直源、杜纯恕、范柔惠、周皖、范谨直、阮益逊、刘曎、谭慎徽。“骚坛会”是皇帝与近臣组成的一个写诗和评诗的文人团体，他们相互酬唱奉和，创作了不少汉诗，并制作成诗集，从文学交流来讲，是极富成果的。这些诗集包括《琼苑九歌》、《文明鼓吹诗集》、《古心百咏》、《春云诗集》、《英华孝治诗集》、《明良锦绣诗集》等，主要内容是对皇帝和朝廷政绩的颂扬和歌颂，虽然带有明显的政治性，但是其对诗歌的钻研和提倡，对汉诗艺术水准的提高，都造成了越南汉诗文兴盛一时的局面，而且从长远来看，文学风气的形成对于民族诗歌、民族文学的崛起，也具有良好的促进作用。

现试选三首黎圣宗及朝臣应制诗以见当时越南诗坛现象。诗歌创作背景为黎圣宗光顺三年（明英宗天顺六年，公元 1462 年），明朝派遣正使钱溥前往越南册封黎圣宗为安南王，等到钱溥北返时，黎圣宗亲自写作律诗十首送行并命朝臣十多人唱和，非常隆重。据《越峤书》[③]记载，黎圣宗诗如下：

五岭天高瘴雾开，诏书飞下越王台。
万年重纪黄龙端，九译争看白雉来。
晓日珠崖标柱在，秋风银汉使查回。
吾君欲问交南事，久已倾心仰上台。（其一）

圣治衣裳易芥鳞，诗书岭表足儒绅。
礼严外屏君臣义，盟结中原父子亲。

① 见黎贵惇《黎朝通史艺文志》序。
② 见潘清简《钦定越史通鉴纲目》正编，卷二十三。
③ 见（明）李文凤《越峤书》卷二十。

岂待长缨能致越，何须寸舌苦强秦？
归途正值梅开候，两袖清香万里香。（其六）

诗中黎圣宗以君臣父子关系来表达对明朝天子的归顺之意，并由衷感谢明王朝皇帝的册封，同时也暗示明王朝化干戈为玉帛："岂待长缨能致越，何须寸舌苦强秦？"继续维持这种和平外交局面，才是长久之计。

朝臣有阮直奉和诗云：

晓日初升瘴雾空，归程马首正吹风。
知音岂限朱崖北，惜别哪禁珥水东。
上国有人还献纳，偏方无事赖帡幪。
他年两地如相忆，一片情怀寄寒鸿。[①]

又有朝臣阮自得奉和诗曰：

万里摇乘转望槎，天风吹向海南崖。
圣朝覆载乾坤大，下国沾濡雨露嘉。
泽物仁心春有脚，照人清节玉无瑕。
虽怀莫怪频频把，明日归朝路正赊。[②]

帝王赠诗自有其博大的胸襟气度，朝臣诗也站在自己的立场来表情达意。所以《越南历史》评价这一时期的文学，认为"一般说来，它或多或少地体现出民族精神和国家自强的意志"，并肯定了阮直等作者保持的"真正士大夫的进步理想和纯朴作风"，所以这一时期的诗作无论从量还是质上，都较李、陈两朝更为进步。从另外一个角度看，这些汉诗是黎圣宗敬重明朝，实施和平外交政策的真实写照。当时黎朝吏部侍郎黄清有唱和送别诗云："公望端堪迈俊豪，远持使节效贤劳。九霄日月瞻依近，万里江山兴咏高。别酒频斟情恋恋，归心莫遇水滔滔。自从回首天南后，几度怀人正郁陶。"朝臣阮直诗最后曰："晓日初升瘴雾空，归程马首正吹风。知音岂限朱崖北，惜别那禁珥水东。上国有人还献纳，偏方无事赖帡幪。他年两地如相忆，一片情怀寄寒鸿。"通篇都是关怀之情的自然流露，钱溥一行使臣就是在这样热烈友好的汉诗唱酬声中离开安南返回明朝的。汉诗唱酬活动出现在各种各样的外交场合中，比如洪德六年（1475）春正月，"明遣金吾卫指挥使郭景来追捕逃亡。景至自洮江路。及景还，上命太傅祈郡公黎念，吏部尚书黄仁添，兵部尚书陶隽，翰林院侍读兼东阁大学士申仁忠，东阁校书杜润、郭廷宝，翰林院侍书武杰，及史官修撰吴士连作诗，帝作序，以饯之。其序题曰：天南洞主道庵序"[③]。可见当时明朝官吏与安南官员交往过程中，往往少不了赋诗唱和活动，甚至连明朝武官来安南抓捕逃犯，待公务完成后，安南国王也不忘安排群臣赋诗唱和一番，并自己亲自写序助兴，当时黎朝君臣热衷于汉诗酬唱的风气可见一斑。

黎圣宗除了是酬唱文学集团的"骚坛元帅"外，还是越南莫朝以前创作汉诗作品数量

---

①② 见（明）李文凤《越峤书》卷二十。
③ 参见《大越史记全书》本纪实录卷四。

最多的汉诗人。《全越诗录》卷五收录其古体、近体诗 129 首，卷六收录《古心百咏》148 首，卷十五收录其诗 10 首；《皇越诗选》卷一收录其诗 35 首，有 2 首为《全越诗录》所失收，其余皆同，共计 289 首。他的诗自有独特风格，潘辉注认为其诗："逸词丽句雄奇，千古帝王之作，未可能及者也。"[①]主要体现在以下两个方面：

其一，黎圣宗作为盛世的皇帝，通过诗作来讴歌他治理清明、百姓安居乐业，歌舞升平的景象。如其《安邦风土》：

海上高峰群玉立，星罗棋布翠峥嵘。
鱼盐如土民趋利，禾稻无田税薄征。
波向山屏低处涌，舟穿石壁隙中行。
边氓久乐承平化，四十余年不识兵。[②]

此诗是黎圣宗游白藤江时所作，白藤江地处中越边界，两岸崇山叠嶂，是历次中越战争的古战场，为兵家必争之地，如今却是"鱼盐如土民趋利"、"四十余年不识兵"的繁荣和平景象，体现了圣宗的治国有方。再如其《东巡过安老》：

渺渺关河路几千，北风有力送归船。
江涵落日摇孤影，心逐飞云息万缘。
霜露零时无绿树，桑麻深处起青烟。
海山逦迤穷游目，只见雄雄亘碧天。[③]

朝臣阮直评价此诗曰："写出清明全盛之象，从容入妙，古所未有。"[④]这种评语虽然是以褒扬黎圣宗的统治为目的，但是就诗作本身所包含的帝王气象也不容忽视。

其二，黎圣宗作为越南英明神武之圣君，功绩卓著如此，离不开他对历史与人生的思考深刻和感悟。这种思考和感悟，正如他自己所说："情动于中，言行于外。"[⑤]多体现在他的诗作之中。如其《题浴翠山》：

三折流边浴翠山，孤高如削玉峰寒。
寻来废寺凌风上，览尽羌碑带暝还。
井密却疑天地小，登高顿觉水云宽。
山光不改浑如昨，回首英雄一梦间。[⑥]

此诗创作于黎太宗光顺八年（明成化三年，公元 1467 年），诗题前有序文曰："余拜谒山陵之回也，系轻舟于翠微之下，陟崔嵬披窈窕，拨云蹑石，放目凝神，感往古之英雄，慨当今之登览，漫留一诗于石云。"浴翠山是安南名山，挺拔高耸，林木葱郁，安南历代汉诗人多有题咏之作，如陈朝名臣张汉超就有《浴翠山刻石》曰："山色正依依，游人胡不归。中流光塔影，上界启岩扉。浮世如今别，闲身悟昨非。五湖天地阔，好访钓鱼台。"[⑦]看来

---

① 见潘辉注《历朝宪章类志·文籍志》。

②③④⑥ 见裴辉璧《皇越诗选》卷一。

⑤ 见《大越史记全书》本纪，卷十二。

⑦ 裴辉璧《皇越诗选》卷二。

浴翠山是令人顿生出世之念的自然仙境，这里优美的山光水色，历久常新，让人流连忘返，再加上历朝历代的文人骚客在此登临吟咏，刻石记事，读之难免让人感慨万千。而人生苦短，繁华转瞬即逝，空留下废寺荒碑，见证着人世间的兴衰无常。黎圣宗是颇有作为的君主，他勇于开拓的决心正是来源于对安南历史的深刻认识，“山光不改浑如昨，回首英雄一梦间”，透露出这位雄才大略君王的内心世界。

黎圣宗在安南历代君王中，是最热心于汉诗写作的一位，其诗作内容广泛，技巧熟练，佳作不少，加上在位期间国家歌舞升平，文教兴盛，故其诗作传世者也多。裴辉璧《皇越诗选》选李、陈、黎三朝君王诗共 70 首，而黎圣宗一人之诗就达到了 35 首。可见在安南汉诗选家眼中，黎圣宗的诗作水平在历代君王中是最高的。从越南汉诗发展史的角度看，圣宗时代的越南汉诗已经发展到了鼎盛的时期，而圣宗本身的汉诗创作确实也表现出较高的水准，在一定程度上起到了诗坛统帅的作用。总的来看，其诗作在两个方面颇有建树。其一是通过诗作描绘出太平盛世的清明升平景象，如《东巡过安老》曰：“渺渺关河路几千，北风有力送归船。江涵落日摇孤影，心逐飞云息万缘。霜露零时无绿树，桑麻深处起青烟。海山逦迤穷游目，只见雄雄亘碧天。”盛世巡行疆域，大好河山一片平安清明景象，身为一国之主的圣宗自然满心喜悦。再看《安邦风土》：“海上万峰群玉立，星罗棋布翠峥嵘。鱼盐如土民趍便，禾稻无田赋薄征。波向山屏低处涌，舟阱石壁隙中行。边氓久乐承平化，四十余年不识兵。”这首诗是圣宗巡游白藤江时的即兴之作。白藤江为出海口，两岸悬崖峭壁，地形险要，历来为兵家必争之地，曾多次成为中越军队交锋的战场。圣宗登基以来，中越交好，铸刀剑为犁锄，人民安居乐业，远离战争，所以出现了四十余年不识兵的和平局面。其二是对于历史的反思及人生感悟，如其登山题诗：

千仞曾峦古化城，攀缘石磴扣禅扃。
李皇怪诞碑空在，明寇凶残寺已更。
路少人踪苔甲绿，山多春雨烧痕青。
登高眼界无穷著，万里茫茫草树平。

《登龙队山，题崇善延龄宝塔碑后》

此诗作于光顺八年，题下有序文曰：“余拜谒山陵，路经山左，遂登览焉。笑李朝事诞之君臣，嗟国步曾经于兵燹，因留一律于石阴云。”李朝末年的君臣行为怪诞，导致朝政紊乱；而陈末朝廷的争斗杀伐，最后又导致了明军的入侵，这些历史教训都被圣宗铭记于心。登高望远，风光无限。此刻黎圣宗就犹如登上历史观察的制高点，古往今来的安南国势起伏尽收眼底，其感慨自然是一言难尽。圣宗一生爱好山水，在巡览山水过程中他留下了不少纪行诗，也在这些写景诗篇中表现出对于人生的种种思考和感悟。如《游壶公洞》诗云：“神锥鬼凿万重山，虚室高窗宇宙宽。世上功名都是梦，壶中日月不胜闲。华阳龙去玄珠坠，碧落泉流白玉寒。我兴乘风凌绝顶，望穷云海有无间。”身为君主，他传承祖业，自然需要追求功名。身为功成名就的君主，他切身体会到“虚室高窗宇宙宽”的孤独感受，所以有了“世上功名都是梦，壶中日月不胜闲”的感慨。这种人生感悟是瞬间产生的，是黎圣宗内心情感的真实流露，此时此景此情，表现出了一位真实的君王形象，汉诗也成为了后人了解黎圣宗个性和思想不可或缺的重要部分。

黎圣宗时，不但诗坛有所谓“骚坛二十八宿”形成的诗风，散文领域亦出现了“洪德文体”。所谓洪德年间，是指黎圣宗于光顺十年（明成化五年，公元1469年）大赦改元，以明年为洪德元年（明成化六年，公元1470年）至洪德廿八年（明弘治十年，公元1497年）。此时文章风格据潘清简《越史通鉴纲目》卷三十四谓：“正和十四年（清康熙三十二年，公元1693年）夏六月，厘正科场文体。洪德初，文风雅瞻。中兴后，学者习于套艺，文体日卑，至是始加厘正，试法一用洪德文体。”又引吴仕曰：“洪德文，经义随意用字，务发章旨，四六参用。”从中可知洪德文风特点：“雅瞻”、“随意用字”、“四六参用”。

安南汉文学在圣宗时代达到最为繁盛。圣宗于光顺十年大赦改元，以明年为洪德元年(1470)，直至廿八年(1497)，这近三十年时间内汉文学的主流称之为“洪德体”。洪德文体的特点是尚雅瞻，经义随意用字，务发章旨，骈散文参用，追求平易顺畅，富有气势。而洪德年间的汉诗创作同样显示出追求平易通畅的写景抒情风格，不少佳作达到了精巧细致、曲折多变的高水平。举数首为例：

插汉参差岸上峰，晴岚浓抹有无中。
湍流树影寒凝碧，日蘸波光冷浸红。
画角吹开千嶂雾，彩旗截断一江风。
古来只说从军乐，此去何人第一功。

武览《过安定滩》

流水悠悠兴莫穷，篷窗希瑟笑渔翁。
草青易见沙鸥白，树密难藏晚日红。
无意打船千叠浪，有情送客一帆风。
几多陈迹经过处，顾盼江山落眼中。

觅句寻踪作胜游，诗怀恋恋每淹留。
香风吹瘦梅枝月，玉笛腔残蓼岸秋。
大海盈盈惊往事，孤舟泛泛带先忧。
老天若谓能知我，山自依然水自流。

黎弘毓《江上偶成》二首

基本上是白描写实，避免了明显用典，而刻画景色细致，精于用字，诗句曲折叠转，诗意颇耐回味，堪称安南汉诗中的技巧成熟老练佳作。洪德年间学者黄德良进行古诗文的整理，著有《摘艳诗集》，共15卷，主要辑录陈时与国初诸家名诗。他本人则“酷好诗学，钜步有唐”。《全越诗录》现存其诗26首，《摘艳诗集》另存一首。其诗多为绝句，且“词章清丽，情景兼到”，如其《村居》：“桑暗蚕正眠，檐低燕初乳。力倦荷锄归，昼永鹧声午。”[1]

---

① 见裴辉璧《皇越诗选》卷四。

再如其《扬子江闲步》："柳下柴扉静，渔家无四邻。日斜江上路，何处独归人。"[①]

三、骚坛副元帅——申仁宗、蔡顺

"骚坛二十八宿"中最著名者，当属被黎圣宗钦点的两位副元帅——申仁忠、蔡顺[②]。申仁忠(1318—1500)，字厚甫，安勇安宁人。黎圣宗光顺十年(明成化五年，公元1469年)己丑科进士。历任翰林院承旨，东阁大学士，国子监祭酒，兼礼部尚书掌翰林院事。任职三十年间，深受黎圣宗信任，朝廷重要政策号令均出自其手。子孙中多人登洪德科进士，其子申仁信入选翰林院后，圣宗曾写诗称赞曰："二申父子佩恩荣。"可见申氏一门在圣宗朝备受殊荣。洪德十四年(明成化十九年，公元1483年)，奉命撰修御制诗集《天南余暇集》。洪德二十六年(明弘治八年，公元1495年)，赐号骚坛副元帅。而且"诸词臣庚和，每令评品。御制诗章，亦命评论加圈点"[③]。寿八十二。申仁忠文章条畅，诗清雅慎密，为一时宗匠。《全越诗录》今存诗22首，大都为歌功颂德的奉和诗。如其于洪德二十二年(明弘治四年，公元1491年)所作的《从驾西京奉和御制光德殿上感成》：

万姓欣闻管绝音，时巡岁月正骎骎。
巍巍磐石基图壮，荡荡银黄庆泽深。
香烛台前云飘渺，衣冠宫外树盖森。
玉兰杆上凝思火，谁识皇王感慕心。[④]

再如其于洪德二十五年(明弘治七年，公元1494年)所作的《奉和御制君道》：

圣谟神断致覃研，制治宏纲在宪天。
无逸保民三代法，有常立武四时畋。
九经克懋修和政，八柄龙公予夺权。
皇极巍巍光遂古，磐泰国祚万斯年。[⑤]

对于此诗，黎圣宗御评曰："谨实。"这种宫廷唱和诗必须明确谨守君臣规矩，诗人个人内心的真实想法无法自由倾吐。但是就汉诗台阁体诗写作的水准而言，都较李、陈朝有了很大的进步。

蔡顺(1441—?)，字义和，号蓼溪，又自号吕塘，超类柳林人。黎圣宗朝丁未洪德科进士。黎圣宗洪德年间，封为"骚坛洒夫"。官至海阳参政。卒年不详。蔡顺的政治地位虽然不高，但是他在越南的文学地位却非常高。吴时任曾在《星槎纪行序》中说："一部《全

---

① 见裴辉璧《皇越诗选》卷四。

② 见《全越诗录》卷十三小传云："圣宗称其(蔡顺)擅名诗场，特赐号骚坛副元帅。"据张娇《〈全越诗录〉纪事与诗人生平考》考证，黎圣宗组织的越南文学史上著名的"骚坛会"，黎圣宗自任"骚坛元帅"，选文臣二十八人庚和，为"骚坛二十八宿"，其中申仁忠、杜润二人为"骚坛副元帅"，蔡顺为"骚坛洒夫"。

③ 见黎贵惇《全越诗录》卷十一。

④⑤ 见裴辉璧《皇越诗选》卷四。

越诗》，古体不让汉晋，近体不让唐宋元明，戛玉敲金，真可谓诗国。就其机杼大段，可称诗家蔡吕塘、白云庵诸公，此外茫乎渺矣。”蔡顺有《吕塘遗稿诗集》行于世，该诗集序言记载蔡顺“历仕馆阁二十余年，道德文章为一时所宗，尤长于诗，平生所作多以千数，然无意著述，故其诗罕见全稿”①。可知蔡顺所作诗歌多达千首。现据《全越诗录》、《吕塘遗稿诗集》、《摘艳诗集》、《皇越诗选》所收蔡顺汉诗，共计存诗 272 首。他的诗擅长描绘安南国的一年四季景观，经常寓情于景，难免有伤春悲秋之感。如其《春暮》：

百年身世叹浮萍，春去谁能不老成。
流水桥边杨柳影，夕阳江上鹧鸪声。
月于烟树难无分，风与天番尚有情。
九十韶光容易过，草心游子苦难平。②

再如其《秋影》：

一秋霜信落寒空，到处园林叶总红。
凉吹送吟萧索外，残霞照影寂寥中。③

他的诗描写安南的风土人情，时常颇具南国特色。如其《乂安舟中》：

万里烟横苍茫间，孤舟渺渺过前滩。
江流世与山争远，天气愁兼海共寒。
老大乾坤惭钓艇，清平时节验安澜。
沙鱼亦是东南味，可敌金齑玉脍盘。④

再如其《顺化城即事》：

舟楫东西往复回，虹桥横处水门开。
云连山色天边去，风卷涛声海上来。
晚市绮罗人会合，夜船丝竹月徘徊。
歌儿不管江南怨，时有横吹唱落梅。⑤

安南国土沿着海岸线呈现狭长地带，大小城市多数分布在狭长的海岸线上，乂安和顺化都是历史悠久的港口古城，这两首汉诗通过几个细节刻画，写出了依山傍海古城的风貌特色。乂安、顺化依山傍海，作为港口城市，经济发达，生活富庶。物产以海鲜为主，商业繁荣，世风奢靡。裴基甫在《明都诗汇自序》中曾说：“蔡公吕塘，体膽而思深。”今读其诗，确实如此。

---

①　见蔡恪《吕塘遗稿诗集序》，越南国家图书馆所藏 R. 318 号抄本，本文所用为其影印本。

②③④⑤　见蔡恪《吕塘遗稿诗集》，越南国家图书馆所藏 R. 318 号抄本，本文所用为其影印本。

第三节 黎末南北方汉诗

黎圣宗之后，安南朝政日益混乱，传至黎恭帝(1524—1527)时被权臣莫登庸所篡。莫氏二传之后又被郑、阮两家所灭，黎朝遂得以复国。但是此后不久，郑、阮内讧，越南被一分为二，形成“北郑南阮”的对峙局面，文学也因此各有发展。其中汉诗更是呈现出南北方不同的特点。

一、黎末北方汉诗

黎末的北方是指篡位的莫氏政权，以及之后取代他的郑氏所统治的越南北部地区。其实，无论是莫、郑之间的激烈争权，还是郑、阮两家的内部纷争，几乎都发生在越南的中北部地区，所以频繁的战乱给北方广大人民带来的灾难尤为深重，这就使得黎末越南北方汉诗以及文学作品呈现出如下三方面的特点：其一，北方汉诗和文学作品大多倾向于写实主义，从而扭转了黎圣宗以来那种歌功颂德的酬唱文学，开创了安南文学中的写实风气。其二，此时的越南统治者正忙于争权夺势，根本无心倡导和影响文学创作。所以这一时期汉诗文活动的性质，不再是以朝廷文学活动为中心，即在经国济世名义下的御制诗篇或汉诗唱和，而是更多带有个人艺术创作活动的自由特色。当然除了一些性质特殊的北使活动以外，因为使臣之间的酬唱赠和，是东亚各国之间进行友好邦交必不可少的交流手段。其三，由于越南国内纷争不已，统治者对百姓的思想控制渐趋放松，所以这一时期安南文人及民众的民族意识高涨，出现了许多用喃字创作的长篇叙事诗，因此这一时期亦成为安南民族文学兴起的重要时期。如被誉为越南文学史上“喃字诗女王”①的胡春香，著有《春香诗集》，诗歌语言大胆泼辣，具有反封建意识和女权意识。又如，“越南四大名著”②中的其中三部就产生于这一段时期——《花笺记》、《宫苑吟曲》、《征妇吟曲》。阮辉嗣代表作《花笺记》，是根据中国明末第八才子书《花笺记》翻译及改编的长篇喃字诗，体裁是越南民族特有的诗歌形式“六八体”，其内容是一部才子佳人小说。阮嘉韶的代表作《宫怨吟曲》，是用越南特有的“双七六八体”写成的长篇喃字诗，是一部写实作品，至于其是否模仿明代韩邦靖的《长安宫女行》，学界至今仍存在争议。从这些侧面反映出了明清通俗文学当时在越南的传播和影响。邓陈琨的《征妇吟曲》，则是一首用汉字写成的长篇叙事诗，这是研究越南汉诗不得不提的一篇佳作，下文会重点介绍。

莫朝仅存二世而亡，因此可记载的文学作品不多，其中以阮秉谦最闻名。阮秉谦(1491—1585)，字亨甫，号白云居士，世称雪江夫子，建安永赖县人，安南史上著名的道学

---

① 见陈竹漪《胡春香汉喃诗及其女性意识研究》。

② 我国越南史专家陈玉龙将《花笺记》、《宫苑吟曲》、《征妇吟曲》、《金云翘传》四部越南古典文学作品称为“安南(今越南)四大奇书”。

家。他早年学儒,44 岁时参加科举,连中三元,出任莫朝吏部左侍郎兼东阁大学士,后升任吏部尚书,封爵程国公。莫宪宗广和二年(1542)因上疏被驳,愤而辞官,退隐于至灵县白云庵,设帐授徒,从学者甚众,年九十四而终。著有汉诗文集《白云庵诗集》,收诗近 1000 首。他的诗多为感时伤事之作,诗风老辣,多含讽喻之义。如其《伤乱》:

气运有升降,理乱是消息。
一周东而南,两路西而北。
战争互相寻,祸乱至此极。
恻怛无仁端,戗杀有鬼贼。
居屋折为薪,耕牛屠而食。
攘夺非己货,协诱非己色。
见陷重涂炭,所过生荆棘。
憔悴斯为甚,哀诉莫能得。
风雨时晦暝,日月时薄蚀。
惟天公无私,私佑民眷属。
以仁伐不仁,王师知必克。
救此凋瘼民,使跻仁寿域。[①]

莫氏自立国之后,因其倒行逆施,弑帝篡位,引起黎朝旧臣的不满,为匡复黎朝,越南因此陷入频繁的战乱之中,以致生灵涂炭,人民流离失所。阮秉谦身处其中,对乱世的丑恶纷争既愤恨又感到无力改变,最后只能寄希望于天公保佑来寻求心灵的慰藉。再如其《戏作》:

休期欣见圣人生,知是天将启治平。
历数在躬符舜护,室家胥庆傒汤征。
白旌西指群阴散,红日东升开国明。
自古帝王皆有命,笑他仇贼谩相争。[②]

莫氏虽然篡位自立,倒行逆施,但是黎末旧臣又有哪个是真心想匡复黎朝的?对于这些逆臣贼子欲盖弥彰的丑恶行径,阮秉谦极尽嘲讽:"自古帝王皆有命,笑他仇贼谩相争。"看到国家又陷入到"北郑南阮"的分裂局面,阮秉谦在《观棋古意》中借下棋暗讽之:"西河战罢气方酣,妙算兵机寓手谈。天数一周离更合,长江岂有限东南。"[③]

除此之外,他的汉诗还歌颂"万事置度外,清闲似神仙"的隐居生活,有儒家与老庄思想相结合的特点。如其《偶成》:

荏苒年逾六十强,老来自笑太疏狂。
江山秋色宦情薄,门馆春风客梦凉。
耻与娇花争世态,好同晚菊伴幽香。

---

①② 阮秉谦《白云庵诗集》卷十一,第 22 页。
③ 阮秉谦《白云庵诗集》卷十一,第 21 页。

烟村夕外谁家笛，醉倚高楼弄夕阳。[1]

祖露心迹，其与世无争，悠闲自足的归隐生活可见一斑。再如其《乱后忆高舍友人》（其二）：

自笑田园老病身，鱼虾为侣鸟为邻。
水边茅屋滩声近，竹外柴门月色新。
暮日着来消九忧，酒年醉把乐馀春。
休论行己随清浊，道大方能混世尘。[2]

阮秉谦晚年潜心修道，成为越南著名的道学家，他的"道心"思想在与友人的诗中可见端倪。

阮秉谦归隐后，设帐授徒，从学者甚众。门生中最得意的有两位：阮屿和冯克宽。阮秉谦得意门生之一的阮屿是安南文学史上著名的传奇作家，其《传奇漫录》一书想象浪漫，文笔优美，是黎朝后期北方汉文学的一部代表性的神话小说，其中穿插不少汉诗，与优美的汉文描写相映成趣、相得益彰。试举《徐散人碧桃洞遇仙》中的描写为例，化州名士徐式在胡朝时无意功名，筑草庐于宋山，一日被仙女引入碧桃洞温柔乡，在白素屏风上题诗十首曰：

眼底烟霞都底细，清光洒洒遍三神。
松花半老香风动，媒引沧浪钓艇人。

秋风一夜月漫山，帘卷黄风入倚栏。
酒力困人诗思苦，吟毫醉问碧琅玕

宝鸭凝寒换宿香，别裁新谱理霓裳。
词成不敢高声唱，惊起云阴风雨长。

红霞对起赤城椒，插汉宫情锁寂寥。
星斗绕栏天一握，夜深秦女学吹箫。

沧茫云外短长洲，闽桂乾坤日月浮。
一鸟暮春飞不尽，连云淡扫碧悠悠。

却寒帘放月重重，怯对衰颜把镜慵。
隔竹唤来仙枕梦，五更无奈远山钟。

① 阮秉谦《白云庵诗集》卷十一，第28页。
② 阮秉谦《白云庵诗集》卷十一，第30页。

浮浮瑞霭绕金闺，方丈携酒弱水西。
唱罢五更天欲曙，乡心何处一声鸡。

烟岚如髻柳如钿，锁闼晴窥海舶船。
羽客去后无处觅，步虚声外碧连天。

四百波涛宝髻山，夜来何处梦乡关。
茫茫座界回头远，身在红云碧水间。

桃花绕涧出天台，委地残红半绿苔。
却笑刘郎轻出洞，临风几把玉书开。[1]

这十首七绝诗一气呵成，描绘出梦中温柔乡的仙境氛围，虚幻的爱情故事就是在这样的环境中展开。这种笔法，是中国传奇小说爱情描写的一种传统，从魏晋志怪小说直到《红楼梦》中的太虚幻境，都穿插着在缥缈幻境中题诗吟诵的描写，诗作成为小说情节描写的重要组成部分，诗文的融洽配合成为中国文学表现的最高境界。从东亚汉文学的角度看，朝鲜、日本汉文小说中也颇多类似的笔法描写，而安南汉文小说中，阮屿的《传奇漫录》占据着重要的位置，其中诗文配合相映成趣的笔法是成功的。汉诗与汉文相结合，从而创作出极具神奇色彩的传奇小说，这是安南汉文学上的一大进步，也是安南汉诗走向雅俗共赏的标志之一。

阮秉谦另一位得意门生冯克宽（1528—1613），名弘夫，号毅斋。黎英宗光兴三年（1580）进士及第，初为给事中，后任工部左侍郎，官至户部尚书，封爵梅郡公，以能诗文著名。黎世宗光兴二十年（明万历二十五年，公元1597年）以七十岁高龄出使中国，至燕京后，适逢万历帝寿节，撰写《庆贺万历皇帝万寿圣节》七律诗三十首，通过武英殿大学士张立进览。万历帝阅后大悦，亲批"贤才何地无之，朕览诗集，具见克宽忠悃，殊可嘉美"，命刊行之，一时中外使臣唱和，燕京传为佳话，因此有"南北两朝状元"的雅号。现摘录其中两首，以见其被万历帝所认为的"殊可嘉美"之处。

秋昊平分节正中，万祥毕集大明宫。
尧眉舜目天姿异，汤敬文徽圣德同。
御座冕旒笼瑞日，贡庭玉帛引香风。
鹓行舞蹈同欢祝，帝寿增高天比崇。

《庆贺万历皇帝万寿圣节》其一

天庭一自降黄麻，万姓欣濡庆泽加。
河润海涵天地德，水环山护帝王家。

---

[1] 转引自李文雄著《越南大观》第65页，越南堤岸伟兴印务局承印，1963年版。

中秋节节新天气，上苑年年好物华。
岳宝川珍皆踵至，红云高拥六龙车。

《庆贺万历皇帝万寿圣节》其二

这两首贺寿诗写得四平八稳，语言华丽，引经据典，极尽歌颂之能事，实际上并无多少真情流露，全然是场面上的应景之作，然而却是此时此境中最为合适的诗作。

无庸讳言，从汉诗的产生之时起，社会就需要这样的应景酬唱之作。即席酬唱，在春秋战国时代已经成为社会上层交往中的常见活动之一，尤其是外交场合的诗吟酬唱更是成为表达微妙寓意的一种重要手段。东亚各国汉诗的流行过程中，同样继承和发展了中国诗歌的这一重要传统功能，君臣酬唱成为东亚各国汉诗创作的重要内容之一，这本不足为奇。

冯克宽诗作的可圈点之处在于其靠着扎实的学识与汉诗写作功夫，得到了明万历帝的当面赞赏，这使他在东亚外交场合中为安南国赢得了尊重和荣耀。当时东亚各藩属国都派出了使节，各位使节都是汉文水平甚高的能诗善文者，在燕京聚合，少不了吟诗唱和，少不了分辨高下，实际上吟诵唱酬成为东亚各国汉诗人之间的一种汉诗比赛。在这样的场合赢得万历皇帝的赞赏，自然有着如同国际大赛获奖一般的欣喜，同时这也让安南汉诗创作水平获得了东亚各国的认可，其意义自然非同一般。

冯克宽著有《冯公诗集》，今存版本多种，主要记录其作于越南的诗篇，涉及自叙志向、感怀、即景以及唱和、祝寿等。又有北使诗集《使华手泽诗集》、《梅岭使华手泽诗集》、《旅行吟集》等，主要记录其出使中国时所作的诗，内容包括向明帝祝寿、与中国士大夫以及朝鲜和琉球使臣唱和、吟咏出使途中风景等，存诗百首以上。与朝鲜使臣的汉诗酬唱，有着非同一般的意义，如其《答朝鲜国使李睟光》：

义安何地不安居，礼接城交乐有余。
彼此虽殊山海域，渊源同一圣贤书。
交邻便是信为本，进德深惟敬作舆。
记取使诏还国日，东南五色望云车。①

首句直承万历帝赞语“贤才何地无之”而来，正是这句评语，使得冯克宽身价倍增、无比荣耀。全诗充满着义礼诚信德的字样，因为这是东亚各国共同奉行的儒家道德信念，即所谓“彼此虽殊山海域，渊源同一圣贤书”。同一的道德信念，不仅使得东亚汉诗人交往时有了能够产生思想共鸣的共同标准，而且使得各国汉诗人彼此都感受到了一种思想来源及文化地位上的平等，这是东亚汉诗交流过程中具有积极意义的重要因素。从这些充满激情的唱酬中，可以看出当年东亚兴盛之时中国政治文化传统深入人心的情况，越南、朝鲜、日本等国都接受中华文明的辐射，成为同一渊源、同一制度、同一思想的友好邻邦。

李睟光（1536—1628），字润卿，号芝峰，朝鲜17世纪著名的学者及汉诗人，曾三次出

① 冯克宽《梅岭使华手泽诗集》，第12页。

使明朝，著有《安南国使臣唱和问答录》，记录了他于1597年入明时与安南使臣冯克宽的唱和之作。他在回赠冯克宽的诗中写道：

我居东国子南乡，风俗文章接百王。
使节旋观周礼乐，冠贺同缀汉衣裳。
雷趋殿阁迷仙仗，烟矗宫炉识御香。
偏沐皇恩昭盛事，疆拈花笔借揄扬。[①]

朝鲜和越南同属于东亚汉文化圈，他们对汉文化的认同感极为强烈，其中“渊源同一圣贤书”、“冠贺同缀汉衣裳”就是最好的写照。再加上使臣之间由于相似的使命和经历，尤其在异国他乡的环境背景下，更容易产生心理的共鸣，乃至相互吸引成为知己。

冯克宽北使北京，途经大半个中国，游历的地方不少，所以他的诗还有不少反映中国社会的风景名胜以及民俗风情。如其在扬州见到的景象是“二十四桥风月景，几千余丈海山图”[②]。在常州的景象则是“门外迷津千舸舰，水边影浸两楼台”[③]。诗人在杭州游春赏湖，所见情景，热闹非凡：“西湖画舫喧歌鼓，便见都人赏游春。”[④]东南地区的农桑业“农歌乐在农桑业”[⑤]，织造业“绣跬妇女奔如电，弄钵园犁转似车”[⑥]。同样也被诗人记录在册。

明清鼎革之后，安南国很快就向清朝上书请求册封，获准后两国仍旧维持藩属国关系，《光绪会典事例》记载道：“顺治十八年(1661)覆准，安南国王黎维禔奉表投诚，照琉球国例，颁敕一道，令来使赍奉回国。”又有：“康熙二年(1663)安南国王黎维禔卒，世子维禧权管国事，赴告广西，由巡抚疏报。令遣陪臣告哀，恭请朝命。”[⑦]照例安南国王由清廷册封，安南朝政大事亦需禀报清廷，清廷对于安南朝廷亦有保护的责任，在此背景下，两国间的使臣来往不息。黎朝后期使臣中汉诗出色者有阮公沆，其《奉使集》中记载了与朝鲜国使臣诗歌交流活动，其中有《简朝鲜国使俞集一、李世瑾》两首曰：“沧海扬尘几度山，炎邦自昔宅郊南。六经以外无他道，一岁之中熟八蚕。万户鱼盐尝给足，四时花草共敷覃。归来宣室如前席，似与观风助一谈。”“地各东南海际居，计程一万又零余。威仪共秉周家礼，学问同尊孔氏书。好把文章通肯綮，休论温饱度居诸。使轺云返重相忆，在子安知不我如。”第一首内容是向朝鲜使臣介绍安南的风俗国情，从盛产丝绸到鱼盐自足，从四季鲜花到礼贤尊士，皆突出了安南国的富庶与风雅。第二首则叙述安南与朝鲜的文化共同点，两国“地各东南海际居”，尽管相隔万里，但都尊奉儒学，道德观念一脉相承。所谓“威仪共秉周家礼，学问同尊孔氏书”，就成为东亚各国使臣津津乐道的话题。

---

① 冯克宽《梅岭使华手泽诗集》，第13页。
② (越)冯克宽《梅岭使华手泽诗集》，第41页。
③ (越)冯克宽《梅岭使华手泽诗集》，第56页。
④ (越)冯克宽《梅岭使华手泽诗集》，第60页。
⑤ (越)冯克宽《梅岭使华手泽诗集》，第55页。
⑥ (越)冯克宽《梅岭使华手泽诗集》，第40页。
⑦ 《光绪会典事例》卷五〇二、卷五一三《礼部》。

阮公沆出使清朝过程中也像前辈那样，一路游历山水，记录美好景色。但其诗中最为感人的部分还是对于中国历史上名节忠臣的至诚崇拜，如经过杭州时所写的《题岳武穆王庙》曰："歼金志复国家仇，丰瞻稜稜大丈夫。南渡昏君忘至计，东厢贼妇售邪谋。极知俊桧心诚快，愁杀徽钦泪莫妆。不是蔚蓝鉴忠孝，宁能禋祀永千秋。"南宋抗金英雄岳飞的事迹国人皆知，万世同悲，也感动了安南汉诗人阮公沆。尤其是在安南国势衰落之际，朝廷多难，诗人抱着一颗忧国之心，却难以施展才能，故诗中也有借古喻今的寓意。再看其《挽应山杨忠烈公》诗中，这种借古喻今的深刻感慨就表露得更为明显，原诗有序曰："杨公讳涟，谥忠烈，明时左都御史。公早岁蜚英，才名籍甚，及登宪府，风节凛然。今阅所弹逆珰魏忠贤疏，益见义气凌霜，精忠贯日，不胜敬止，遂成挽章一律。"诗曰：

季世屯睽见伟人，柏台风节宛如新。
计存累邪摅诚悃，罪指权珰触逆鳞。
暗主休论崇爱竖，天公何事毒忠臣。
弹文读罢重悲慨，琢就哀章泪满巾。

诗集载此诗后有诗人原注曰："初予至应山，憩杨公旧宅。其子孙以公弹逆珰魏忠贤疏见示。公四五代祖，我安南国人，随大军北回，留住应城。其后生公，登进士第，累官左都御史，以劾魏忠贤遇害，后追封立祠。至今公所营构旧宅犹存，规模壮丽宏敞，子孙居之。每我国使过应山，尝邀入款待，盖有依旧思本之意焉。且言亦有别姓，同时自安南来，今所居离县城三十里，子孙亦多，衣食颇足，犹往来为通家焉。"[①]这段诗文序注在中越文化交流史上是一段颇为珍贵的原始材料，通过杨涟这个真实的历史人物，记录了明代中越之间密切的人员往来及民族融合的关系。杨涟是明后期以死抗争宦官魏忠贤的忠节义士，其故乡应山县在今湖北省，正好处在安南使臣北上的必经之路，安南使臣经过应山时顺便凭吊一下这位明代的忠臣烈士，也在情理之中。然而阮公沆记载了杨涟的祖上四五代，是从安南国北迁至应山县的，也就是说这位在明后期感动过千万人的铮铮义士的祖先原来是来自越南的。所以应山的杨氏后代看到安南使臣之后特别亲切，交谈留宿，仍然保持着浓浓的同胞之谊。还应该看到的是，阮公沆不仅在诗文中推崇杨涟，而且在为人处世的行为准则方面也与杨涟颇为一致。杨涟因为尽忠建言被宦官迫害致死，而阮公沆也因为耿直敢言遭到迫害致死，两人都是耿直义士，所以产生惺惺相惜之情也就很自然了。

段阮俶(1718—1775)，原名段惟靖，琼瑰海安人，黎显宗景兴十三年(1752)进士，累官至副都御史，封玫川伯，生性耿介，后辞官归田。段阮俶曾于景兴三十二年(1771)奉使清朝，北使期间所写的诗颇有实录价值，现摘录数首如下，当时安南使华路途经历及诗作心态在诗中清晰可见：

① 见裴辉璧《皇越诗选》卷五，越南河内汉喃研究院图书馆藏本。

《南关晚渡》

数声罗炮响重台，北隘南关次第开。
驾骆客从天上去，歌骊人望日边回。
远山高鸟迎尘起，故国清风越岭来。
一担暮云知道远，私情公义递相催。

《题伏波庙》

感会随时竞着鞭，几人老壮更穷坚。
千秋勋业留铜柱，万古英灵记铁船。
不羡云台高密胜，别怀下泽少游贤。
只今起敬祠边过，想象遗风倍慨然。

《过洞庭湖》

岸连云色水连空，水色云光望莫穷。
天地此间何旷漠，波涛终古自冲瀜。
荆南楼橹青冥外，岳北帆樯杳霭中。
白苇黄茅何处远，飞过谁是朗吟翁。

《赤壁怀古》

菰蒲拂岭水漫空，三国争衡此地中。
流蘸曹公吟后月，岸飘诸葛祭余风。
鼎图一瞬成吹剑，江景千年付倚篷。
渔笛半腔秋色暮，兴遊长想扣舷翁。

《题赤壁苏东坡祠》

鸣橹呕哑每问津，江波浩浩石磷磷。
黄冈赤鼻非迁客，明月清风孰主人。
二绝赋留山阁宝，一枝梅占石屏春。
曹孙雄霸今安在，偏有高人面目真。

《济黄河》

晓发清淮泛蓼萍，黄河波浪渺无津。
马牛涯畔生烟雾，鲸鳄潭中出怪神。
舟楫秋千千转态，天工傀儡一般身。
棹歌半阕头添白，谁是穷源万里人。

《饯朝鲜国使尹东升、李致中》

越甸山川隔弁辰，他乡今幸挹清尘。
曾瞻汉节征星斗，更觌周墀焰凤麟。
旅况有心皆尚友，文光无地不同伦。
相逢莫讶分镳早，故国梅花今又春。[①]

仅就诗法技巧而论，在化用典故及虚词使用方面还有一些生硬堆砌之处，手法也略显稚嫩，然游历中土区域之广，熟读汉籍经典数量之多，在吟诵中还是看得很清楚。相比较而言，黎显宗景兴三十三年(1772)中进士的胡士栋(1739—1785)也曾出使燕京，其北使诗作技巧就显得较为成熟，举数首如下：

《苍梧即事》

郁郁苍苍一望中，倚山雉堞更穹崇。
途通两粤舟帆会，地控三江气势雄。
岭表巡游虞帝迹，交南文字士王功。
龙洲只峙尤奇绝，独障浔梧众水东。

《登岳阳楼》

百尺危楼耸汉孤，背撑巴岳面重湖。
宋儒文在光千丈，仙迹梅留香一株。
俯视亭台尘外境，暇观云水眼中图。
昌翁醉后谁飞渡，远浦纷纷泛舳舻。

《游黄鹤楼》

临流一簇俯波光，波影涵秋送晚凉。
名胜只今多在楚，品题自古共推唐。
苍茫远水浮鹦鹉，澹霭晴云拥凤凰。
鹤驾乘风仙笛杳，江城极目半斜阳。

《皖城怀古》

江声山色只如此，古往今来何限情。
草木渐随秋剥落，楼台几与世迁更。
张公宅里云常在，余将池间水自清。
尘劫算归成一瞬，无穷惟有善人名。

① 见裴辉璧《皇越诗选》卷六，越南河内汉喃研究院图书馆藏本。

《过黄河》

百泓星宿发源洪，终古滔滔亘地中。
智羡龙门神斧凿，奇闻牛渚客槎通。
一轮晴影涵春浪，半叶归帆足晓风。
想得清时还有几，观澜只合悟无穷。

《赠朝鲜国使李珖、郑宇淳、尹坊回国》

公庭朝罢路分殊，遥指东瀛忆使乎。
志气可能追缟带，篇章奚管付酱瓿。
敷文此日车同轨，秉礼从来国有儒。
万里相逢知匪易，六年王会一成图。[①]

对照两位使臣的汉诗，可发现其北使行程路线大致相同，其中描绘一路凭吊古迹、观赏风景，种种如会老友般欣喜兴奋的亲身感受，在安南汉诗人中都是颇有代表性的。尤其值得注意的是，当时安南使臣在燕京逗留期间与朝鲜使臣交往唱酬较多，并以得到朝鲜使臣赞赏为荣，而较少提到与日本、琉球等国的使臣唱酬来往，这其中似乎隐然有将朝鲜视为“小中华”之意。从此侧面，亦可见当时朝鲜使臣的汉诗水平较高，来华期间的聚会酬唱活动中也较为活跃，在东亚汉字文化圈中或者说中华帝国宗藩国圈中，俨然显露出一丝“学长”的姿态。

邓陈琨(1710—1745)，河内东清池县人。少第乡贡，补御史大夫。邓氏未及不惑之年就辞世，可谓英年早逝。诗集有《题潇湘八景诗抄》等存世。代表作《征妇吟曲》为其后期所作，是一首用汉字写成的长篇乐府叙事诗，全诗共 477 句，作者站在女性的立场，通过写一位征人妻子的孤寂和哀怨来反映战争给人民带来的离别之苦。越南著名闺秀诗人阮氏点亲自将其改写为“六八体”的演音，于是《征妇吟曲》不胫而走，在当时就被广为传诵，成为越南汉诗史上不可不提的佳作。当然它的广为流传还具有深刻的现实原因：黎末时“北郑南阮”之间的频繁战乱，使得越南大量的男性走上战场，士兵们不得不抛妻别子，开赴前线。《征妇吟曲》正是唱出了百姓在这场旷日持久的战乱中挣扎的心声，因此赢得了时人的共鸣。诗一开头就采用屈原《哀郢》质问上苍的写法，为全文定下哀怨的主调，并突出妇女被迫和男子一道面对战争的境况：

天地风尘，红颜多屯，悠悠彼苍兮谁造因？
鼓鼙声动长城月，烽火影照甘泉云；
九重按剑起当席，当夜寇檄传将军。
清平三百年，天下从此戎衣属武臣。

再试举一段有关征人妻子向远征他乡未返丈夫的哭诉以见：

君有老亲兮鬓如霜，君有婴儿兮年且儒。

① 见裴辉璧《皇越诗选》卷六，越南河内汉喃研究院图书馆藏本。

老亲兮倚门，婴儿兮待哺。
供亲食兮妾为男，课儿夫兮妾为父。
供亲课子此一身，伤妾思君今几度？①

由于战争的发生，使得她们不得不代替丈夫承担奉养双亲、抚养子女的全部责任。这既道出了她们由于沉重的负担而倍增的思念，同时也写出了妇女在战争中处境之艰难。

《征妇吟曲》在艺术上也极具特色。天津师范大学的王晓平教授在《越南黎朝汉文学的鼎盛》一文中对《征妇吟曲》的艺术特色作了中肯且文采斐然的评价：

> 《征妇吟》在艺术上的显著特色是多方面的模仿。它既模仿唐诗对酒放歌似的豪壮，也追随宋词浅酌低唱式的亲近，甚至散曲的表达方式也在杂糅之列。"花前月下月自白，月下花前花自红；月花花月兮影重重，花前月下兮心忡忡"，是模仿唐诗《春江花月夜》的反复成趣。"愁似海，刻如年，强燃香，花魂消柱下；强邻镜，玉箸醉花前；强援琴，指下惊停鸾玉柱；强援瑟，曲中愁歇鸳鸯弦"，是模仿宋词舒缓而有致的情调。而"籍愁兮为床，煮闷兮为餐。欲将酒制愁，愁重酒无力；欲将花解梦，闷压花无颜"，与元曲《西厢记》中的崔莺莺的"恨塞满愁肠胃"、"泪添九曲黄河溢，恨压三峰华岳低"同趣。至于"风紧紧打得人颜悴，水深深怯得马蹄蹴"、"昼沉沉午院行如坠，夕阴阴湘帘又垂卷"学的是散曲的三严词，更是不难看出的……在《征妇吟》中采用最多的是《诗经》式的复沓，即重章叠句……诗中又多用顶真格以形成回环往复之趣。……复沓与顶真等修辞手法的反复采用，将各种句式统贯起来，造成了民谣格调。②

总之，《征妇吟曲》的高度艺术成就，使得越南汉文文学又上升了一个层次，是安南黎末时期北方汉诗写实的代表之作。黎末北方文坛，著名的汉诗人还有武琼，他主要进行古诗文的整理，著有《素琴集》，编撰有《皇越文选诗选》和《历朝诗抄》。

二、黎末南方汉诗的兴起与开拓

这里的南方是指阮淦自请出镇顺化以后，不断向南拓展势力，进而占领的越南整个中圻和南圻地区。其时，阮氏自立足顺化之后便以广南王自居，自设官制，开科举，业已成为一个独立的政权，因此它的文教也得以恢复并发展。由于科举中实行诗赋取士的试法，所以越南南方文学亦随之而兴。至阮福凋时，越南南方的汉文文学更有积极的发展，尤其是中国移民鄚玖、鄚天赐的归附，不仅使得广南阮氏的势力伸展至柬埔寨的南端，而且使得汉文文学在中南半岛兴盛起来，并逐渐发展成为黎末时南方文学的荟萃之都。鄚

① 《征妇吟备录》，壬戌年重刊，柳文堂新版，青池仁穆邓陈琨著，文江中富段夫人点演音，神庆桐峰承书。

② 见王晓平《越南黎朝汉文学的鼎盛》，《亚洲汉文学》，天津人民出版社，2009年6月。第66页。

玖生平事迹，据《大南实录前编》卷八记载：

> 玖，广东雷州人。明亡留发而南投于真腊为屋牙。见其国柴木府多有诸国商人辏集，乃开赌场征课，谓之“花枝”，又得坑银致富。因招流民于富国、芹渤、架溪、陇棋、香澳、哥毛等处（今属河仙）立七社村，以所居地相传有仙人出没河上，因名河仙。至是玖委其属张本、李舍上书求为河仙长。上许之，授总兵。玖建立营伍，驻于芳城，民日归聚。

明亡后，鄚玖等人义不臣清，举族逃亡海外，所居之处开荒地、构铺舍、进行海上贸易，使得当地诸国商船凑集，成为当时的国际商埠，汉文明因此得以在中南半岛传播。而且这些侨居越南的中国人对下一代的传统教育也十分注重，汉文化因此在中南半岛得以传承。河仙地区在鄚玖及其子鄚天赐的管治下，亦成为广南阮氏势力范围内汉文文学最为兴盛的地方。当时河仙的文教情况，据中国典籍《清朝文献通考港口条》记载：

> 港口国在西南海中，安南暹罗属国。王郑姓（鄚氏误认为郑氏），今王名天赐。其沿革世次不可考……其风俗重文学，好诗书。国中建有孔子庙，王与国人皆敬礼之。有义学，选国人子弟之秀及贫而不能具修脯者弦诵其中。汉人有僦居其地而能句读晓文义者，则延以为诗。子弟皆彬彬如也。

可见，河仙地区在鄚天赐时，就已经是重文学好诗书的文明开化之地。而且鄚天赐本人就是当时的文坛领袖。《大南列传前编》称其：“招来四方文学士，开招英阁。日与讲论唱和，有《河仙十咏》，风流才韵一方称重。自是河仙始知学焉。”这里所提及的《河仙十咏》是指由鄚天赐，清人朱璞、陈自香等二十五人以及安南的郑连山、莫朝旦等六人和韵而结成的诗集，共计320首。由此可见当时河仙地区，中越诗人荟萃，在汉文文学方面比起阮氏的都城顺化更为兴盛，作为南方汉文文学的重镇，与北方汉文文学遥相辉映。如鄚天赐本人的《河仙十咏》：

其一《金屿拦涛》

一岛崔嵬奠碧涟，横流奇胜壮河仙。
波涛势截东南海，日月光回上下天。
得水鱼龙随变化，傍崖树石自联翩。
风声浪迹应长据，浓淡山川异国悬。

其二《屏山叠翠》

茏葱草木自岧峣，叠岭屏开紫翠娇。
云霭匝光山势近，雨余夹丽物华饶。
老同天地钟灵久，荣共烟霞属望遥。
敢道河仙风景异，岚堆郁郁树萧萧。

其三《萧寺晓钟》

残星寥落向天抛，戌夜鲸音远寺敲。
净境人缘醒世界，孤声清越出江郊。
忽惊鹤唳绕风树，又促乌啼傍月梢。
顿觉千家攲枕后，鸡传晓讯亦寥寥。

其四《江城夜鼓》

天风回绕冻云高，锁钥长江将气豪。
一片楼船寒水月，三更鼓角定波涛。
客仍竟夜销金甲，人正千城拥锦袍。
武略深承英主眷，日南境宇赖安牢。

其五《石洞吞云》

山峰耸翠砥星河，洞室珑玲蕴碧珂。
不意烟云由去住，无垠草木共婆娑。
风霜久历文章异，乌兔频移气色多。
最是精华高绝处，随风呼吸自嵯峨。

其六《珠岩落鹭》

绿荫幽云缀暮霞，灵岩飞出白禽斜。
晚排天阵罗芳树，晴落平崖泻玉花。
瀑影共翻明月岫，云光齐匝夕阳沙。
狂情世路将施计，碌碌栖迟水石涯。

其七《东湖印月》

云霁烟销共渺茫，一湾风景接洪荒。
晴空浪静传双影，碧海月明洗万方。
湛阔应涵天荡漾，凛零不愧海沧凉。
鱼龙梦觉冲难破，依旧波心上下光。

其八《南浦澄波》

一片苍茫一片清，澄连夹浦老秋情。
天河带雨烟花结，泽国无风浪沫平。
向晓孤帆分水急，趋潮客舫载云轻。
也知入海鱼龙匿，月朗波光自在明。

其九《鹿峙村居》

竹屋风过梦始醒，鸦啼帘外却难听。
残霞倒挂沿窗紫，密榭低垂接圃青。
野性偏同猿鹿静，清心每羡稻粱馨。
行人若问住何处，牛背一声吹笛停。

其十《鲈溪闲钓》

远远沧浪衔夕照，鲈溪烟里出渔灯。
横波掩影泊孤艇，落月参差浮罩罾。
一领蓑衣霜气迫，几声竹棹水光凝。
飘零自笑汪洋外，欲附鱼龙却未能。①

鄚天赐身为来自广东雷州的移民，在安南国南部开辟港口，繁荣经济，并凭借武力，割据一方，其性格中自有枭雄刚强的一面，正如其诗中所吟诵的“武略深承英主眷，日南境宇赖安牢”。生于乱世而拥军自重，整治一方，颇有一点乱世英雄的豪迈之风。但他在汉诗中表现更多的还是其骨子里的中国文化情结，如对“村居”、“闲钓”生活的真心向往，对于“萧寺晓钟”、“东湖印月”、“石洞吞云”的精细鉴赏，都透露出诗人浓厚的文人气息，显示出高雅的艺术欣赏品味。在鄚天赐看来，河仙的自然景观是极为瑰丽壮美的，所谓“一岛崔嵬奠碧涟，横流奇胜壮河仙”，组诗开篇就描写出了这一点。这样美好的山水，在诗人看来又是“浓淡山川异国悬”，是属于异国他乡的景色。尽管诗人事实上已经成为掌控河仙地区的首领，但他的心目中还依稀保持着此身为客的感觉，所以组诗中颇多异乡漂泊的感触，如“客仍竟夜销金甲”、“趋潮客舫载云轻”、“顿觉千家欹枕后，鸡传晓讯亦寥寥”、“鱼龙梦觉冲难破，依旧波心上下光”、“飘零自笑汪洋外，欲附鱼龙却未能”等等，皆有一丝淡淡的乡愁流露。然而，不管鄚天赐内心如何认可自己的国籍，从今天的国家疆域现实看，他属于越南汉诗人的身份是无可置疑的。

与黎末越南北方以反映民间疾苦为主的写实主义文学不同，南方河仙地区远离战场，又是一国际商港，人民生活相对富裕而安定，因此诗作亦多是酬唱奉和的风花雪月之作。“鱼龙”这个意像在诗中频繁出现，结合鄚天赐的生平，可以认为诗人是以“鱼龙”自况。在远古时代，龙是原始部落的图腾，因此华夏民族素来以龙的传人自居。进入封建社会，龙更是成为九五之尊的象征，而鲤鱼跃龙门更是家喻户晓的故事。鄚氏祖籍中国，因逃避战乱而避居安南，并凭借一己之力，割据一方，可谓“鲤鱼跃龙门”，且辖区大小事务均由自己做主，如鱼得水，挥洒自如，因此有“得水鱼龙随变化，傍崖树石自聊翩”之句；作为一位有作为有抱负的乱世英豪，他也深知要韬光养晦，明哲保身，勿忘初心，不能太锋芒毕露，所以他说“鱼龙梦觉衡难破，依旧冰心上下光”、“也知入海鱼龙匿，月朗波光自在明”。鄚天赐的《河仙十咏》虽为吟咏风花雪月的酬唱文学，但是情辞并茂，也自有一番境界，诗中不时流露出淡淡的故国之思，如“风声浪迹应长据，浓淡山川异国悬”、“飘零自

① 见李文雄著《越南大观》第74页，越南堤岸伟兴印务局承印，1963年版。

笑汪洋外，欲附鱼龙却未能”。

黎末南方汉诗，除鄚天赐较有文学声誉之外，著名的汉诗人还有阮登盛、阮居贞、阮登进等人。阮登盛，字香，号拙斋，著有《效颦诗集》、《拙斋文集》、《拙斋咏史集》等书。阮居贞，字仪，号澹庵，著有《澹庵诗集》。阮登进字敏号鸣谦，爱徐庾风调，晚读韩柳，体变古雅，学者多从之，著有《鸣谦诗集》等。

第四节　安南文学巨擘——黎贵惇

一、黎贵惇生平

黎贵惇(1726—1784)，字允厚，号桂堂，太平省沿河县人，忠献公长子。其家四代为官，可谓家世显赫。而且家学渊源，其父黎仲庶(曾名富庶)，博闻强识，学识渊博，以文章名天下，虽居官任职，但仍勤于教育，授徒四十年，弟子千余人，著有《竹庵文集》、《黎公启事》、《景录》等书。在如此书香世家中成长，黎贵惇从小就接受了较为全面的汉文化教育，而且他天赋异秉，自幼聪颖出众，一岁可以准确无误地分清“有”、“无”二字。四岁就学《唐书》，五岁学《诗经》，疑字一教不再问，家有书架，日日登坐其上，看《左传》、《国语》、《国策》、《文选》。六岁能诗文，七岁学史，八岁能做赋策，十岁能行歌论辨书檄，十一岁读完《宋史》、《元史》，日赋十篇，有“神童”之名。到十四岁时，已经“遍读五经四书，史籍传记，帝及诸子百家之书，无不熟读，人以宿儒称之。为文抻纸疾书，万言立就，不构思，不起草，而学问议论，汪洋大肆”①。十五岁时，随父亲居于京师，其汉文化素养获得了一次大提升。二十七岁时，登黎朝壬申科第一甲进士及第第二名(榜眼)，次年，授翰林院侍读，从此正式步入仕途。

初入朝堂，黎贵惇多任文职或是监察地方官，如景兴十五年(1754)入国史馆，撰修国史，此后奉命采访山南道、升任翰林院侍讲。由于职位比较闲冷，所以他难以在政治上大施拳脚。直到二十一年，方以岁贡副使之职出使清朝，与清朝官员吟诗作对，互赠诗集，名重一时。二十三年回朝，升至翰林院承旨，但上疏谏言多为大臣阻挠，才能难以施展，抑郁不得志之际，于二十六年上书请求辞官，获准后归田杜门著书，讲学授徒。二十八年被再度起用，担任侍书兼国子监司业，此后逐渐得到朝廷重用，从此官运亨通，屡有升迁，真正开始在政坛上有所作为。在此期间，他提出了一系列有利于社会安定和经济发展的措施，如“查三司府县政绩，奖廉平，退苛沉……免清华盐税”②等，而且这些措施均得以实施。三十六年，顺化初平，黎贵惇出任顺化镇抚司协镇抚。三十八年封爵义派侯。三十九年，朝廷为平息海匪动乱，被迫将负责此事的黎贵惇解职，直到四十三年才复起，出任

① 陈庆浩、王三庆《越南汉文小说丛刊》,《人物志・工部尚书黎相公年谱》,第216页至221页。

② 陈庆浩、王三庆《越南汉文小说丛刊》,《人物志・工部尚书黎相公年谱》,第223页。

国史馆总裁，四十五年升为工部尚书。可惜身居相位的黎贵惇还未来得及一展才华，就于同年卒于其母祖籍维先之阮舍，享年五十九岁。郑主闻讯后，辍朝三日，赠少保，赐谥文忠。终其一生，黎贵惇始终怀抱着积极入世的精神，建言献策，倡导改革，平息内乱，可谓殚精竭虑，因此他被后人誉为“越南王安石”。

二、黎贵惇文学成就

黎贵惇不仅是一位功绩卓越的政治家，而且还是黎末时期一位全能的学者。他的汉文学修养极高，不仅是当时著名的经学家、史学家和文学家，而且还在医学、天文学、农学、地理等领域均取得了引人注目的成果。可以说他在安南学术界的成就古今无出其右，不失为安南文学巨擘。越南史学院在出版越文译本《黎贵惇全集》的第一集前言部分时就介绍说“黎贵惇是越南封建时代最大的博学家”，“是唯一掌握了18世纪越南社会可能有的各种知识的学者”[①]。作为一位在越南汉文学的世界里独步千古的学者，他编撰的汉文学著作有多少种，各书记载不一，现综合越南河内汉喃研究院所藏潘辉注《黎朝宪章类志·文籍志》和《人物志》“刑部尚书赠少保河郡公黎相公年谱”[②]中所收黎贵惇汉文作品，简要概括如下表：

表1　黎贵惇汉文作品

	古　籍	提　要
经部	《易经丛说》	全书共二卷，黎贵惇编撰的易学著作。
	《书经演义》	全书共三卷，成书于黎景兴三十三年(1772)。黎贵惇以策文形式对《尚书》作了逐篇解答和注释。
史部	《黎朝通史》	又名《大越通史》，成书于景兴十年(1749)。记载了从1418年黎利举兵自立至1527年莫氏篡位的历史。全书原三十卷，今仅存本纪《黎太祖纪》，志书《艺文志》，列传《后妃》、《诸臣》、《逆臣》等传。
	《国史续编》	全书共八卷，记载了自庄宗以后到嘉宗德元(1647—1675)的历史，并对旧史进行了核对和补充。
	《见闻小录》	全书共十二卷，黎贵惇编撰于黎景兴丁酉年(1777)。笔记史料，主要记述政治、人物品评、科举、礼法等方面的典故并录有若干诗词、对联、碑铭等。
	《北使通录》	全书共四卷，黎贵惇编撰于黎景兴四十一年(1780)。记录了黎贵惇出使清朝行程、使团成员、所携贡品、朝见礼仪，以及与清朝官员、朝鲜使臣的唱和诗。

① 《黎贵惇全集》第一集前言第21—22页，河内社会科学出版社，1977年版。

② 佚名《人物志》“刑部尚书赠少保河郡公黎相公年谱”，陈庆浩、王三庆主编《越南汉文小说丛刊》第六册，法国远东学院出版社，第206页。

续表

	古　籍	提　要
史部	《黎朝功臣列传》	又名《名臣录》，黎贵惇为黎朝功臣黎石、黎来、阮翅等十九人编撰的小传，书后附载有黎太祖小传。
	《神迹北宁慈山芙留社内村》	黎贵惇为北宁省慈山府芙留乡内村福神范五德所撰写的事迹传。
	《抚边杂录》	黎贵惇编撰并序于黎景兴三十七年(1776)，是记录顺化和广南的地理历史之书。
	《群书考辨》	全书共四卷，黎贵惇编撰并序于黎丁丑年(1757)，是对中国从夏商周到宋代历史人物和事件的考证和评论。
子部	《圣谟贤范录》	黎贵惇编辑的各经传史籍的名言集录。
	《云台类语》	全书共九卷，是黎贵惇汇辑哲学、天文学、文学、地理等方面的类书。
	《黎贵惇家礼》	是黎贵惇编撰的丧葬礼仪。
	《太乙易简录》	黎贵惇编撰于景兴二十七年(1766)，是关于太乙星行度和宫度的四种基本卜法的占卜书。
	《阴骘文注》	是黎贵惇对《阴骘文》注本的订正、修改和增削。
集部	《全越诗录》，又名《全越诗集》	全书共二十卷，黎贵惇编订的诗歌总集。共收越南李、陈、胡、黎各朝诗173家，2303首。
	《桂堂诗集》，又名《桂堂诗汇选全集》	全书共四卷，黎贵惇诗歌别集，所收诗作有题咏名胜古迹诗、题扇诗、集句诗、与朝鲜使臣及中国友人之间的唱和赠答诗。
	《黎致仕诗集》	收录黎贵惇致仕后自作的诗文、黎王和郑主的赐联与敕封文、黎氏友人门生的酬唱祝贺诗文。

此外，据西南交通大学中文系教授刘玉珺考证①，《文籍志》中记载确为黎贵惇作品的还有唱和诗集《联珠诗集》四卷；别集《桂堂文集》三卷；总集《皇越文海》十一卷，收录从李陈至前黎的历代赋、颂、序、记等文。

以上所列汉文文献，无论是以中国典籍为基础编撰的基础读物《云台类语》，还是以中国典籍为研究对象的《群书考辨》，亦或是仿照中国著述体例编撰而成的《黎朝通史》、《全越诗录》等，都体现出黎贵惇深厚的汉文化修养。而且这些汉文文献对于研究越南古代文学、历史、地理、风俗、邦交都具有弥足珍贵的史料价值。

三、黎贵惇汉诗文创作及其影响

黎氏著书治学勤奋，成就超越时人。他的汉诗创作水平，亦为人称道。他的诗主要保存在《桂堂诗集》中，共四卷，今存抄本两种，收录黎贵惇出使中国时与朝鲜使臣李徽

① 刘玉珺《"越南王安石"——黎贵惇》，《古典文学知识》，2010年第2期，第101页。

中、洪启喜及中国友人间的酬唱赠答诗；另载有题咏名胜古迹诗、题扇诗、集句诗等，共计收诗514首。他的诗雅丽有致，含义深刻，为时人所推崇，如其《游碧桃洞》：

海外群仙事渺茫，碧桃洞口大荒凉。
乾坤一褐穷徐式，云水双峰老绛香。
石鼓有声敲晓月，沙盐无味涅秋霜。
世人若作天台梦？谁识天台亦戏场。

游仙幻境，神奇怪诞，世人皆向往之，但是在诗人却认为这种“天台梦”只不过是一“戏场”，终究是要“黄粱一梦”虚幻一场，引人深思。再如其《游古弄城有感》：

荒壁颓垣四百秋，瓜藤蔓豆放春柔。
碧波已洗陈王恨，青草难遮沐晟羞。
黄犊雨余耕古剑，寒禽月下噪残楼。
封疆何事勤开辟，尧舜当年只九州。

从四百年前的陈王遗恨，到如今的荒壁颓垣，古剑残楼，诗人透过眼前的景象，看到的是国君“勤开辟”的野心所带来的兴亡之根。尾联两句，直接提出质问，而且这种质问的涵盖面不仅只局限于安南一国，亦可以看做是对东亚各国君主国力强盛时喜爱武力扩张的拷问，发人深省。

而他的集句诗，则体现了他对中国古典诗歌的应用已达到了炉火纯青的地步，如其《永州初秋望集古》(其一)：

何处秋风至，村墟乃尔凉。
生烟纷漠漠，山树郁苍苍。
久露晴初湿，沙溪晚更沉。
启涂情已缅，远思满潇湘。

这一首五律集句诗，依次出自唐刘禹锡、南宋陆游、南朝谢朓、三国曹植、盛唐杜甫、北宋寇准、东晋陶渊明、中唐司空曙八人的诗作，而且这八句诗所出之原作亦有五绝、五律、五古多种体裁。我们知道，集句诗从诗歌原创角度来看其实并无多大价值，基本上属于诗人的消遣行为，所以也不为历代诗人所看重，但是要从浩如烟海的古人诗句中寻觅到最为合适的诗句连接起来，诗人不仅需要拥有高超的诗歌鉴赏能力，而且还需要拥有博闻强识的超强记忆力，而这势必是要建立在对中国古典诗词滚瓜烂熟的基础之上的，尤其是对于一个安南人来说，集句诗足以表明他的汉学修养之深厚。

黎贵惇于黎显宗景兴二十一年(1760)以岁贡副使的身份出使清朝，期间与朝鲜使臣，清朝官员互赠诗集，名重一时。其中最著名的就是他的《潇湘百咏》，黎贵惇曾在《北使通录·自序》中说：“《潇湘百咏》东使为弁卷，并载于此，亦观风一佳话。”此书抄本第二、三卷缺佚，高丽使者弁言已不见。据张京华研究[①]，以“潇湘百咏”为题的组诗(包括

① 张京华《黎贵惇〈潇湘百咏〉校读》，《湖南科技学院学报》，2011年第32卷，第10期。

“潇湘八景”绝句各一首），在中国及日、韩均十分少见，其范围显然已超过“潇湘八景”，也超过“湘妃”、“渔父”等传统主题，非常难得而珍贵。以今地统计，“百咏”中永州 23 首、衡阳 14 首、株洲 6 首、湘潭 13 首、长沙 36 首（含“潇湘八景”8 首）、岳阳 8 首。内容涵括潇湘八景，而吟咏山水之际，又颇能瞩目贤哲，及验看民情。现试举两首，以见其诗风。如：

共传老杜擅诗名，夔峡年年秀气生。
点出零陵山水好，元和司马极才情。

这首诗是咏柳宗元在永州所作山水游记，即《永州八记》。再如其咏潇湘八景之平阳落雁：

寒江秋影雨中稀，沙岸芦花湿不飞。
吹起西风催旅雁，一行作字报南归。

黎贵惇在不及花甲的一生中，不仅在政治、文学、学术上取得了辉煌的成就，而且由于他本人在汉文学领域的非凡成就，可以说他毕生的文化活动都是以推行、丰富汉文化为实质的，从而使得越南保留了一大批记录越民族几千年社会文化活动的汉文历史文献和文学典籍，具有弥足珍贵的史料价值。而且他也为中越文化交流作出了重要贡献，是汉文化在越南传播的重要实践者。

黎末学者裴辉璧，字希章，号存庵，青池定功人，黎景兴三十年正进士，累官至入侍行参，从丙午夏出为监军，乱后以疾退休。裴辉璧进行安南汉诗的保存整理，编撰有《皇越诗选》，现将该诗选原本小引抄录如下，以见其整理缘由及诗学主张。

昔潘公浮先始录有陈与国初诸名作为《越音诗集》，李公子晋就加评点。继有德颜《精选集》，黄公德良《摘艳集》，吾业师延河先生又奉编《全越诗录》，溯有李距洪德，蒐采特备，经兵后辄取而节之，佥载景统迄今若干首，末附拙作，命子弟辈抄录，盖未能博选诸家以续前编。天降乱并惧其逸也，聊粗犷取其便于巾笥间，私自索览而非敢以抗夫潘杨黄黎四君子之书也。嗟夫，诗之为诗，三百篇其至矣，汉《古诗十九首》犹为近之，自是以还，冲淡称陶令节，沉雄称杜少陵，飘逸称李太白，彼其骨格特异，要皆有深趣者也。我越有陈与国初，其气稍浑，洪德清丽，末流浸弱，中兴迺朴拙，永盛保泰更为通畅，近年颇尚意格，继今而作，殆将有大雅之遗响也。余抑闻之诗言志后夔教胄子，以诗歌声律养其性情，直而温，宽而栗，刚而无虐，简而无傲，夫子论诗蔽以“思无邪”一言。苟能从事于此而审择焉，是亦所以治心而养气，奚僅悦夫文藻而已哉。[①]

从以上序文内容可知，裴辉璧《皇越诗选》所选之诗，分别出自潘浮先《越音诗集》、杨德颜《精选集》、黄德良《摘艳诗集》以及其师黎贵惇《全越诗录》，共计 526 首诗，193 位诗人。与黎贵惇奉旨编撰《全越诗录》例言，谨言慎语，一味自夸相比较，裴辉璧的这篇序言对越南有陈以来的汉诗风格流变，作了中肯的评价，因此更具有文学批评的价值。

① 见裴辉璧《皇越诗选》卷首。

综上所述，后黎朝初期的越南汉诗总体上呈现出华丽、纤巧的形式主义特点。正如越南近代学者胡玄明认为的那样："陈朝以降而渐异其趣，诗之发展脉络进向主义音律声调之途。降至黎朝及阮初，即完全入于追求声律华美，格式严密之境。影响所及，非但在上位之君主好之，在下位之诗人尤为甚焉，莫不精心聚志于雕琢声律，并竟以华丽之辞汇兴典入诗。"[①]说的就是"骚坛会"所创作的奉和御制诗。黎圣宗之后，后黎朝局势动荡，社会发生巨大变革，后黎朝汉诗于是由前期的酬唱一变而为叙事长篇。写作叙事诗，要对社会生活进行艺术概括，以人物形象显示生活的本质，展示时代的精神和力量。这就需要文人具有相当高超的写作技巧，从中亦可见越南汉诗人文人地位的成熟。这一时期，更有学者整理编撰或记录前朝诗文专辑，较著名的有潘浮先的《越音诗集》、黎贵惇的《全越诗录》以及裴辉璧的《皇越诗选》等等，这些诗文专集的编撰与刊刻，不仅有利于当时汉诗在越南的传播，而且也为后来研究越南汉诗的发展脉络提供了重要的依据，意义深远。同时这一时期汉诗还在地域上扩大了传播范围，即由于越南领土向南扩张，使得汉诗在中南半岛南部得以传播。总之，后黎朝在汉诗方面的成就超越了李、陈两朝，可以说是越南汉诗的全盛时期。

① 见胡玄明《中国文学与越南李朝文学之研究》。

第五章　阮朝汉诗

概　论

黎朝显宗时(1740—1778)广南阮氏政权为权臣张福峦所掌控，张氏专权胡为，多行残恶之事，国中人人恨之，公元1771年，西山[①]阮文岳、阮文侣、阮文惠[②]三兄弟率众起兵，自号“西山军”，反抗暴政。西山军先攻占南圻，杀广南国王阮福淳，并于公元1778年称帝于归仁。之后阮文岳又以扶黎帝为名，派其弟阮文惠挥军北伐顺化，于黎显宗景兴四十七年(清乾隆五十一年，公元1786年)攻陷帝都升龙。明年黎显宗崩，愍帝继位。西山军洗掠升龙南返，北圻因而大乱。愍帝出奔广西，向清廷求援，十四年后殁于燕京，后黎朝覆灭。清廷派两广总督孙士毅亲率二十万大军南下与西山军对峙，但为阮文惠所败。清廷于是与阮文惠媾和，并封阮文惠为安南国王。在西山军大乱广南之际，原广南王阮福淳的侄儿阮福映乘机逃脱至暹罗(今泰国曼谷)，从事复国活动，并在法国人的协助下，势力日益壮大。终于在清仁宗嘉庆七年(1802)攻占升龙城，灭西山军，历时二十余年的西山朝灭亡。阮福映统一了全越，建都顺化，改元嘉隆，结束了黎朝中叶以来南北分裂的局面，是为阮世祖。

阮朝嘉隆元年十二月，阮福映派遣户部尚书郑怀德携国书和贡品赴燕京，请清帝赐封号并请改国号为“南越”，并承诺三年一贡，恢复了与中国断绝已久的藩属关系。次年清仁宗批复，改“南越”为“越南”。再次年(清嘉庆九年，1804)命广西安察使齐布森前往越南宣封阮福映为越南国王，阮朝与清廷继续保持藩属关系。然而这种藩属关系并没能持续多长时间，随着19世纪中叶之后法国殖民势力进入越南及大清王朝国力的衰退，越南与清朝的藩属关系渐行渐远。至1884年6月6日，法国胁迫阮朝签订了第二次《顺化

---

① 西山邑今为怀仁府所属之安溪、久安二村。

② 阮文岳其祖本姓胡，与胡季犛同宗，乃乂安兴元县人氏，阮郑纷争时为阮军所俘，被遣送至归仁所属的西山邑。至其父胡丕福时，迁居于坚城邑，即今绥远县富乐村。丕福生三男，长子岳，次子侣，三子惠。岳兄弟欲起兵反抗暴政，便改姓母姓阮以收买人心。因阮文岳兄弟起兵于西山，故将其建立的王朝称为西山阮朝(1778—1801)，仅存24年。

条约》,当众销毁中国大玺——阮朝宗藩清朝的大印,实际上宣布了阮朝断绝与清朝的藩属关系,越南从此沦为法国的殖民地。

在此剧变之际,越南汉诗也随着时代的变化而起落。大体来看,阮朝汉诗大致可以分为前后两个时期:嗣德中叶前是继承黎朝而向前发展的,甚至出现了兴盛的局面。中叶后因受制于法国人而渐趋式微以至终结。而且需要注意的是,由于这一时期恢复了与中国的藩属关系,岁贡更是以三年为一期,由是越南北使往来频繁,成为越南北使诗最为繁盛的时期,出现了众多名家名集。

在此时代背景下,阮朝的汉诗不可避免地经历了由盛到衰的过程,而法国殖民势力的入侵就成为导致安南诗运衰微的最为重要的因素。阮初世祖嘉隆时期(18 年),南北诗风仍然表现出很大的差异。北方诗坛上主要是一批后黎朝的遗民诗人,他们饱经战乱,目睹生灵涂炭,在大量实录的诗作中流露出沉痛的压抑悲伤之情。南方诗人心态与北方诗人有着很大的不同,他们本来就是广南国的臣民,南方阮氏统一越南,对于他们来说是较为容易接受,加之南方经济较为繁荣,文人生活较为舒适,因而在诗作中就颇多山水之作,有着乐观自信的心态表现。阮初诗坛上代表北方诗风的诗人为阮攸和范适,而南方诗风的代表诗人则是郑怀德,对比南北诗人的诗作,对于全面了解越南汉诗有着重要的意义。

阮世祖建立阮朝后,仍然沿用安南历朝重儒兴学的政策,以礼仪立国,推广儒学,开科取士,汉学地位得到进一步加强。世祖嘉隆间(1802—1819),按照中国明清体制完善了越南的国子监,设正、副督学。1803 年在京城创办小学,以儒家经典为教材,十二岁以上童生读《论语》、《孟子》、《中庸》等书,十五岁以上的读《诗经》、《书经》、《易经》、《礼记》、《春秋》等书,儒家的四书五经成为阮朝书生文士的必修课目①。阮圣祖明命(21 年)、阮宪祖绍治(7 年)、阮翼宗嗣德(36 年)期间汉学盛行,国君朝臣皆爱好收集汉籍,如阮圣祖明命年间数度下诏求贤良遗书,曾有诏谕曰:“朕于万机之暇,欲览籍典,考制度之沿革,风土之异宜,前已搜寻,遗逸尚多。兹再饬下其家藏奇书,不拘文字鄙俚,言语隐讳,咱得奏览,议行酬奖。”②在此背景下,阮朝的汉诗文创作出现了数十年的兴盛。与前朝汉诗兴盛时君臣勤于唱酬的风气相类似,阮朝君王本身都酷爱汉诗写作,并且诗作达到了相当高的水准。如阮圣祖有《题勤政殿诗》写道:

中外臣僚开锦袍,谁知天下已嗷嗷。
数杯美酒群生血,半盏和羹百姓膏。
天泪落时人泪落,歌声高处哭声高。
君门勿谓遥千里,孤望皇恩是汝曹。

---

① 《大南实录》正编卷二十二记载,嘉隆二年十一月:“阮世祖顷接嘉定留镇臣阮文仁等奏言:为国必本于人才,行政莫先于教化。曩者天造草昧,嘉定之人笔砚荒废。今山河再造,海宇清平,正学者得成其业。请宜审定教条,俾多士有所成就,以副圣上投戈讲艺之意。帝深嘉之。(其法,社择一人有德行文学者,免其徭役,使以其学教授。邑中子弟人年至八岁以上入小学,次及《孝经》、《忠经》,旁及子史。)”

② 见潘叔直辑《国史遗编》第 112 页,新亚研究所东南亚史料专刊之一,香港 1963 年版。

这首诗的中间四句直切社会贫富悬殊、民不聊生的尖锐主题，场面描写触目惊心，极为警醒，堪称安南诗史中的佳作警句。然而把这首诗放到东亚汉文化圈的背景中考察，则更能看出东亚各国汉诗创作传承变化的脉络关系。唐朝李白的名作《行路难》开篇四句这样描写："金樽美酒斗十千，玉盘珍馐值万钱。停杯投箸不能食，拔剑四顾心茫然。"朝鲜李朝著名小说《春香传》中的一首七绝诗这样写道："金樽美酒千人血，玉盘佳肴万姓膏。烛泪落处民泪落，歌声高处怨声高。"李白诗句与《春香传》诗的前两句相似，而《春香传》诗的后两句则与越南阮圣祖诗中的"天泪落时人泪落，歌声高处哭声高"相似。这种连环套似的相似关系，正说明了东亚各国汉文汉诗创作之间长期交流及相互影响的密切关系，东亚各国因长期奉行儒学而带来的伦理价值观的高度一致。东亚各国汉诗中经常出现词语类似的诗句，有时并非是有意抄袭或化用，而是在各自的创作过程中不经意间的相近相似。这种异枝同华、殊途同归的文学现象，是东亚汉诗乃至汉文学发展史上常见的，也是值得细究和总结的。

第一节　嘉隆时南北诗风

阮福映统一越南后，百废待兴，文学亦复如是。在汉诗方面，这一时期成就最高的当属阮攸、范贵适、"嘉定三家"——郑怀德、黎光定、吴仁静等人。阮攸、范贵适两人代表北方黎朝遗老诗人，他们亲身经历了西山军之乱、黎愍帝出奔中国、黎朝覆灭等事件，饱尝了战乱之苦，大都郁郁寡欢，不求闻达，只求低吟咏唱终老于山水之间。可是阮福映立国，积极建国兴业，不但重用黎朝旧臣，而且强征遗老出仕为其效力。阮攸、范贵适便在这种半强制的情况下踏上新朝仕途，其内心痛苦纠结可想而知，故其诗作常常流露出怨愤哀愁之情。与之持相反心态的则是以郑怀德为首的南方诗人。南方人本来就是广南阮氏的臣民，如今不但能复国建业，而且能统一全越，其欢欣雀跃不言而喻，所以他们的诗作也多显露出盛世之音，加之南方经济本就富庶，于是诗作更趋向于风花雪月。这两种截然不同的诗风直到嘉隆朝末期仍未能调和融洽。现分别略述范贵适、郑怀德、黎光定、吴仁静等人之成就，以见阮初南北诗风的概况。

一、嘉隆时期的北方诗风

相对于阮攸的悲愤绝望[①]，范贵适则显得冲淡平和。范贵适（1760—1825），字兴道，号立斋，别号草堂居士。海阳唐安人。黎景兴朝己亥科进士，黎亡后不仕西山阮朝。以文章名天下，尤长于辞命。嘉隆初召见，授侍中学士领怀德府督学，寻以病辞，于仙城授徒讲学，明命间，屡征不起，后卒于家，年六十五。范贵适为人弱不胜衣，但秉性刚毅，文

① 阮攸生平、诗作详见本章第二节《阮朝诗豪——阮攸》。

章节义皆为时人所推崇，著有《立斋诗集》[①]、《草堂诗集》[②]，共存诗600多首。

范贵适为人有气节，当被征入国子监时，常有思归之心。如其诗："此身已被文章误，更把文章欲误谁?""公门有幸肩桃李，圣代无穷侈米钱。"其不愿仕进之心可见一斑，但是他没有阮攸对人生的痛苦绝望，他只是希望能保有读书人"不事二姓"的气节，并过一种闲适隐逸的生活。这种冲淡平和的性情在其著名的题咏诗《剑湖十咏》中表现得尤为明显。诗曰：

金珮亦随神剑去，玉台不比钓名存。
百年灵物随流水，一带烟花夹岸村。
燕子无声来柳巷，渔郎有路入桃源。
临流几度逢人问，稚子敲针顾不言。

其一《钓台古径》

澄澄一鉴古今开，世有泉头活水来。
芦岸涛声并出入，罗城月色共徘徊。
山河血脉仍相贯，牛斗寒光尚未埋。
江上渔舟今有路，年年烟景足生涯。

其二《弭水引泉》

草色迷离剑水东，罗城一带夕阳红。
唐人楼橹湖声夜，李主山河杳霭中。
华表精魂几化鹤，珥郊灵气黯游龙。
伞山山外吞林影，萧飒湖风绕郭钟。

其三《故垒斜阳》

湖里一带夕阳除，转瞬风光大不如。
瞰水楼台渔子浪，傍城茅邸牧儿墟。
乌鸦陇畔霜笳急，芦狄洲头月角疏。
最是斗光摇曳处，梅花一夜落残芦。

其四《汀洲晚笛》

湖上孤风水巨流，禅音此里发声幽。

---

① 《立斋诗集》，范贵适诗集，西湖居士阮恒轩序于1902年，行参裴先生评。今存抄本六种。越南汉喃研究院(A. 3036/1—2)。

② 《草堂诗集》，又名《草堂诗原集》，范贵适诗集，收录有咏景、咏史、感怀、馈赠类作品。今存抄本七种，四卷，有序，有凡例。其中392页本由门人朱永致(号谢轩)抄，存庵评论；各本作品数目不同，多者630首，少者144首。越南汉喃研究院(A. 298)。

残星初落关河梦，淡月晨明草木秋。
宿鸟忙随霜岸去，寒鲸暗渡斗光浮。
住持那管闻钟外，湖上云庵叩不休。

其五《山寺晚钟》

山河光景约林泉，何处渔郎说宿缘。
钓址叶荫远唱曲，罗城树色隐吟船。
一腔残笛芦花畔，几曲新歌白鹭边。
最是月明孤竹夜，余音缭绕玉山前。

其六《渔歌竹影》

晓烟淡荡夕阳寒，何处鸥禽戏此间。
得趣神交流水逐，忘机身狎出云闲。
沧桑往局浑无梦，草木愁愁也不关。
湖海宿交谁与订，渔舟昏晓过浮山。

其七《鸥戏浮山》

龙泉天将奠地头，平湖南北岛双浮。
江河素魄成三片，蓬岛仙踪渺一洲。
牛女渡移银汉下，湘君影入洞庭秋。
可怜月色寒光逐，羡尔中流祇自由。

其八《双峰浸月》

鼎图已渺剑光沉，蓝岳遥瞩紫气深。
遗泽此回看万水，望台何处认灵金。
湖心午夜虚牛斗，龙脉孤村伴古今。
过客渡头寻故老，斜阳华表树萧森。

其九《望剑遗祠》

人寰倏忽改陈黎，云葛遗踪草色迷。
香火业缘仍未断，江山灵迹尽堪栖。
水魂隐隐剑光畔，风柳依依玉岛西。
箫鼓几船烟水外，斜阳古树乱鸦啼。

其十《神女灵庙》[1]

这一组七律诗吟诵升龙城内(今河内市)的剑湖十景，虽然有随声唱和昔日十景八景之类

① 见李文雄著《越南大观》第 75 页，越南堤岸伟兴印务局承印，1963 年版。

世俗风气之处，但细读组诗，还是发觉其写景抒情，皆婉转妥帖，把剑湖周围的山川风光之美，表现得层次分明，细致如绘，令人读后印象深刻。诗人在山水吟唱过程中的心情是平静的，沉醉于美丽山水，映衬出其人生态度是超脱世俗的。但是，诗人生活于乱世，经历了改朝换代，其内心还是隐藏着一段人生感叹及哀愁。面对着朝代的更替，诗人的思绪是迷茫和充满感慨的，正如诗中所写道“人寰倏忽改陈黎，云葛遗踪草色迷”，流露出来的是一种无奈的沧桑。

范适的诗作长于咏物抒情，笔法从容委婉，同时，由于其自身特殊的人生际遇，所以他的诗作中也有不少是抒发对国破家亡的感慨。如其《秋郊杂咏》：

野外连衔宇，秋高见远山。
斜阳明一半，烟树断中间。
国破家何在？年深客未还。
紫芝如何采，一为问商颜。[①]

再如其《即事书怀》：

故国山河已大殊，故园桑菊半荒芜。
茫茫天地为逋客，扰扰风尘自腐儒。
病骨半分丘岭瘦，臣心仍伴月轮孤。
有人劝我杯中趣，为问三闾肯醉无。[②]

无论是“国破家何在？年深客未还”，还是“故国山河已大殊”，都表现了诗人那种眷怀故国的孤臣游子的心态。似这样的诗作，惓怀君国，尽显黍离之悲，婉转表达出黎朝旧臣不愿出仕新朝的心愿。其感慨之深沉，笔力之老道，皆表现出阮朝初年越南汉诗所达到的高水平，所以被后来的中国研究者赞为“置之摩诘、工部集中，亦称佳句”[③]。

二、嘉隆时期的南方诗风

阮初南方汉诗人中有不少是来自中国的移民后代，如郑怀德的祖父郑会来自福建，吴仁静的祖先来自广东等。这些移民的后代与越南人早已融为一体，汉诗成为共同的语言，运用汉诗写景叙事，通过汉诗吟诵抒发情感，交流心得，南方诗坛得以逐渐繁荣。郑怀德《艮斋诗集序》中写道：“嘉定新邦，文运初开，诗流尚隘。欲沂渊源未由也。已爰购之唐名集，诸家法语，相与钻仰沈研，究其气格、体裁、关窍、底蕴之所在。寝食其间，绎意翻题，效颦学步。久后惯熟，触景生情，放笔肆吟，终不违乎杼轴之体制，而唐家樽俎，始得知其臭味也。”[④]

---

① 范贵适《立斋诗集》(影印本)，第36页。
② 范贵适《立斋诗集》(影印本)，第19页。
③ 见彭国栋著《中越缅泰诗史》，第28页。(台湾)“中华文化出版事业委员会”1958年4月版。
④ 见郑怀德著《艮斋诗集》，香港新亚研究所东南亚研究专刊之一，1962年版。

越南南方的嘉定地区，成为中国移民漂洋过海之后的新的生息地，故曰“嘉定新邦”。新来之时，儒学尚未普及，汉诗人寥寥无几。这群中国移民的后代在嘉定相聚之后，研究汉学，钻研揣摩，吟诵唱和，效法唐诗，终于“知其臭味”，推进了嘉定诗坛的兴起。

相对而言，越南北方的诗人较为关切民生疾苦，乡邦民族的意识也较为自觉强烈，所以诗作中揭示时弊较多，忧郁悲愤心情的表露也较为明显。南方诗人的视野较为宽广，思路也较为开放，不拘一格，兼取旁收。移民的加入及异文化的交融使得南方诗作显得多姿多彩，不拘泥于传统的诗歌教化，而突出了汉诗的娱情雅兴作用。与北方诗人消极、落寞的心态相比，南方诗人的心态则是进取、开朗的，反映在其诗中，就是极力在遣词造句上显示自己诗艺的功力，这其中最负盛名的当属华裔诗人郑怀德。

郑怀德（1765—1825），名安，号止山，又号艮斋。边和清河社人。其祖郑会是福建人，因不堪忍受清朝剃发易服之令，遂举家南下。官至户部尚书，功封安全侯，谥文恪。曾于嘉隆元年（清嘉庆七年，公元1802年）出使清朝。郑怀德常与吴仁静、黎光定吟咏唱和，时有佳作，遂结成《嘉定三家诗集》，因而有“嘉定三家”之名，他们除了自身刻苦钻研诗歌外，还共同拜师于郑德述九思先生门下，组建“嘉定山会”，广结诗友，造成了嘉定诗学的盛世，可以说这是越南南方文学继鄚天赐之后的又一盛事，嘉定也因此成为越南南方文学重镇。郑怀德为人谨慎，风度沉稳，学问博洽，德业文章皆为世人所推崇，尤工于诗，著有《艮斋诗集》①，不分卷，分为《退食追篇》、《观光集》、《可以集》三部分，共收诗327首。现试举其诗数首以见阮初越南南方诗风的特色。如其诗《自嘲》：

天若于予开笑端，生逢乱世疆名安。
因仍忙岁偷闲日，惭愧微才博好官。
泥醉一杯骄酒伯，鸦涂互韵傲诗坛。
近来侥幸乾坤量，水秀山奇足我欢。②

又如其诗《浇花》：

只恐骄阳热气烘，汲将春水灌花丛。
轻筛为护香骄力，频洒思陪造化功。
裕罢春娥流粉黛，盥余赵女退脂红。
明朝闲捡园亭下，桂子香孙占晓风。③

再如其出使清朝往返途中所作的《过伶仃洋有感》一诗：

千里星槎逐水东，伶仃洋里晚帆冲。
虎门牙制临关险，鹏岭屏开接地雄。

---

① 《艮斋诗集》，郑怀德诗集合编，有作者、阮迪吉、吴时位、高辉耀（一作曜）所撰的序跋。本书收录作者三部诗集，其一为《退食追编》，录诗127首，撰于壬寅年（1782）；其二为《观光集》，录诗152首，撰于壬戌年（1802）出使中国期间；其三为《可以集》，收录48首咏物酬应诗。

② 郑怀德《艮斋诗集》（影印本），第67、68页，越南汉喃研究院抄本（A.780）。

③ 郑怀德《艮斋诗集》（影印本），第9页，越南汉喃研究院抄本（A.780）。

赵尉来时南气王，文山过后宋图空。
无穷狱渎兴亡感，涛泣波号五夜风。[1]

这些诗虽然缺乏北方诗那种自然的美感，也没有北方诗人那种“国破家何在？年深客未还”的沉郁顿挫之情，但其体制严谨工整，用字精炼典丽，正是其与北方诗人的不同之处。

黎光定(1759—1813)，字知止，号晋斋，承天富荣人。历任翰林院制诰、东宫试讲、兵部右参知、兵部尚书、户部尚书。曾于嘉隆元年十一月至次年十二月间(清嘉庆七年至八年，1802—1803)出使清朝。黎光定为人才识通敏，谏答政体，又长于诗文，“嘉定三家”之一，有《嘉定三家诗集》、《华原诗草》[2]行于世。除此之外，还负责主修《大越一统舆地志》、《嘉定城通志》。他的诗清丽有致，感性色彩浓厚，如其《南乡塘记见》：

南乡江口别村墟，龙母祠边对石渠。
树绕红云门吠犬，滩回碧浪水惊鱼。
山松声落微风后，岸竹枝低细雨余。
诗句自惭当物色，寻常聊记日程书。[3]

再如其《留题汉阳天都庵》：

汉阳草树晚烟浓，歇步天都访梵宗。
法雨刷尘清枝岸，层云吐艳蔚莲峰。
吟魂淡荡湖中月，旅梦悠扬楼上钟。
夜色光分归鹤影，半窗疑是白衣容。[4]

黎光定身为请封正使，亦自视甚高。他描述清人对使节团的反映，有“丈夫倾尽迎王使，稚子登舟看锦衣”(《永纯城记见》)[5]，“文献也知吾国宝，将从何处不逢迎”[6]（《南宁纪胜》)，“山僧不识南人服，笑认蓬莱羽客飞”[7]（《又步政艮斋元韵》)等句，多少带有几分文人自豪自傲之气。

吴仁静(1763—1813)，号汝山，嘉定人，郑怀德表兄。自言祖籍浙江山阴县[8]。历任翰林院侍学、兵部右参知、嘉定城协总镇、工部尚书等职。曾于阮朝嘉隆元年(公元1802年，清嘉庆七年)出使清朝。吴仁静文学该博，工于诗文，为“嘉定三家”之一，著有《拾英

---

① 郑怀德《艮斋诗集》(影印本)，第5页，越南汉喃研究院抄本(A.780)。
② 《华原诗草》，艮斋藏本，有黎良慎1807年序，收录黎光定出使中国时所作的75首诗。越南汉喃研究院抄本(A.779)。
③ 见黎光定《华原诗草》(影印本)，第24页，越南汉喃研究院抄本(A.779)。
④ 见黎光定《华原诗草》(影印本)，第46页，越南汉喃研究院抄本(A.779)。
⑤⑥ 见黎光定《华原诗草》(影印本)，第23页，越南汉喃研究院抄本(A.779)。
⑦ 见黎光定《华原诗草》(影印本)，第32页，越南汉喃研究院抄本(A.779)。
⑧ 见吴仁静《客中杂感》夹注。

堂诗集》[1]，作品曾收入《嘉定三家诗集》。他的诗抒情色彩浓厚，如其《仙城旅次》：

半盏孤灯客梦残，百年心事话尤难。
老天不与人方便，漠漠溟溟一太宽。
悲欢离合向谁陈，落落风尘万里身。
未卜明年何去住，饮水惟对镜中人。[2]

再如其《旅寓龙山黄氏祠堂》：

幽栖长寂寞，靡定此身心。
德感南山重，雄怀北海深。
霜中闲对菊，月下静闻琴。
喜得清香趣，时消俗虑清。[3]

值得一提的是，由于使团曾在粤滞留数月，所以使得吴仁静有机会与当地诗人结识，并参与到当地的香山诗社活动中去。这种社团性质的交游，使其创作的酬唱赠答诗也较其他使臣更为深入。如其《到澳门倩陈睿远答余来意与刘照张稔溪知之》：

鹏程天共远，飞倦且投林。
雷雨千般状，乾坤一片心。
有生非本色，不响是真音。
为说余身事，悲愁感愤深。[4]

第二节　阮朝诗豪——阮攸

一、阮攸生平及其诗歌创作

阮攸(1765—1820)，字素如，号清轩，越南河静省宜春县仙田人。黎末宰相阮俨第七子(非嫡生)，参从阮侃之弟。二十岁时中乡试三场，承父荫出仕首校，有文才重气节，酷爱中国文史经典，精通汉诗文写作。黎亡后，回到妻子家乡(今太平省琼瑰县)隐居，一直关心时局，关切民瘼。嘉隆初被强征出任常信知府，寻以病辞。嘉隆五年(清嘉庆十一年，公元1806年)征授东阁大学士，嘉隆八年出为广平该簿，治民有政绩。嘉隆十二年升勤政殿学士，充如清岁贡正使，及还升礼部右参知。明命元年(清嘉庆二十五年，公元

① 《拾英堂诗集》，收录吴仁静出使中国时所作的唱和诗81首，有陈睿远嘉隆五年(1806)、阮迪吉嘉隆六年(1807)、裴杨沥嘉隆十年(1811)的三篇序文。

② 见吴仁静《拾英堂诗集》(影印本)，第17页，越南汉喃研究院抄本(A.779)。

③ 见吴仁静《拾英堂诗集》(影印本)，第20页，越南汉喃研究院抄本(A.779)。

④ 见吴仁静《拾英堂诗集》(影印本)，第21页，越南汉喃研究院抄本(A.779)。

1820年)再度出使中国,未行寻卒,年五十五岁。著有汉文诗集《北行杂录》[①]、《南中杂吟》、《清轩诗集》,共计汉诗249首[②]。被越南人尊为大诗豪。用字喃撰写的作品有《众生十类祭文》、《招魂文》、《笠坛离拓言》、《二女长流生祭》等,而其中最为成功的则是用字喃写成的诗体小说《金云翘传》(又名《王翠翘传》、《断肠新声》)。这部名作与后黎末期邓陈琨的《征妇吟曲》、阮嘉韶的《宫怨吟曲》、阮辉嗣的《花笺记》合称"安南四大奇书",而《金云翘传》的名声最大,艺术成就也最高。这部诗体小说的故事取材于清初青心才人所著的小说《金云翘传》,但采用越南的六八体诗和越南的文字(字喃),在诗体形式及表现方式上都显示出阮攸的独具匠心。这样的移植改造极为成功,使得《金云翘传》的故事情节更为紧凑,人物形象更为鲜明生动,富有艺术感染力,结果就让在中国明清之际只能算是二流小说的《金云翘传》,变身为越南文学史上最为出色的诗体小说,并在世界文学史上都占有一席地位。

后黎朝覆亡后,阮攸曾力图恢复黎室,但见大势已去,于是隐居于河静鸿山,不再怀有经邦济国之志,自号鸿山猎户、南海钓徒,终日寄情吟咏于山水之间。这一时期的作品,充满了怀才而不得志的忧怨。如其《杂诗其一》:

壮士白头悲向天,雄心生计两茫然。
春兰秋菊成虚事,暑夏冬寒夺少年。
黄犬追欢鸿岭下,白云卧病桂江边。
村居不厌频沽酒,尚有囊中三十钱。[③]

又如其诗《杂吟其一》:

秋生一夜渡蓝河,无影无形如我家。
万里西风来白发,一窗秋色在黄花。
百年哀乐何时了,四壁图书不厌多。
庭植孤松高百尺,不知青帝又奈何。[④]

再如其诗《猎》:

衣冠达者志清云,吾亦乐吾麋鹿群。
解释闲情安在获,屏除异类不妨仁。
麝眠浅草香犹湿,犬夺重山吠不闻。

---

① 《北行杂录》收公元1813年阮攸使清期间所作的131首诗,有些作品写于升龙(今河内),如《太平琴者歌》;此外皆作于中国,如《贵妃故里》、《刘伶墓》等。

② 1965年,为纪念阮攸200年生辰(1965年11月25日举行于河内大戏院,《纪念阮攸200年生辰》,河内科学出版社,1967年),河内文学出版社出版了较齐全的阮攸汉诗,一共收249首,其中《清轩诗集》78首,《南中杂吟》40首,《北行杂录》131首。

③ 见阮攸《清轩诗集》(影印本),第7页,河内科学出版社,1967年。

④ 见阮攸《清轩诗集》(影印本),第23页,河内科学出版社,1967年。

浮世为欢各有道，驱车拥盖是何人？①

这些汉诗的共同之处就在于，都表现了诗人因家国的不幸遭遇而郁郁寡欢之情。尤其是诗人在独处之时，更是倍感岁月虚度、万事无成，青春年少转瞬即逝。

嘉隆初，阮攸被强征出仕，后官至礼部右侍郎、参知政事，并两次获得出使清朝的殊荣，真可谓荣华富贵，尊崇至极。可是对故国的思念之情总是萦绕于阮攸心头，使他无法满意于现状，为官做事总是表现出一种消极的心态。这种"身在阮朝，心在黎"的心境从嘉隆帝的不满中亦可见一二。据《大南正编列传初集阮攸传》记载："攸为人傲睨自负，而外示谨慎。每进见，惴惴若不能言者，帝尝喻之曰：'国家用人惟贤是欤，初无南北之异。卿与吴位（黎凉山督统吴仕之子，有文学名）既蒙知遇，官至亚卿，当知无不言，以效其职，岂可逡巡畏缩，徒事唯诺为哉？'"阮攸不但没有仕进的野心，反而对人生感到绝望，以至于他病笃时竟以不肯服药的方式终结了自己的生命。"及病剧不肯服药，使家人启手足曰：'既冷矣。'攸曰：'好。'言讫而卒，无一语及身后事"。其在嘉隆朝时的作品，大多是对故国的追思，如其《镇南关》：

李陈旧事杳难寻，三百年来直到今。
两国平分孤垒面，一关雄镇万山心。
地偏每为传闻误，天近才知降泽深。
帝阙回头碧云表，钧韶耳畔有余音。②

再如其《升龙》二首，其一：

伞岭泸江岁岁同，白头犹得见升龙。
千年巨室成官道，一片新城没故宫。
相识美人看抱子，同游狭小尽成翁。
关心一夜苦无睡，短短声声明月中。

其二：

古时明月照新城，犹是升龙旧帝京。
衢巷四开迷旧道，管弦一变集新声。
千年富贵供争夺，早岁亲朋半死生。
世事浮沉休叹息，自家头白亦星星。③

字里行间流露出的故国之情，亲友之思，无处释怀，让人不难理解他最后选择以"病剧不肯服药"方式，结束其痛苦的一生。

① 见阮攸《清轩诗集》（影印本），第 20 页，河内科学出版社，1967 年。
② 见阮攸《北行杂录》（影印本）第 14、15 页，河内：越南汉喃研究院（A. 1494）。
③ 见阮攸《北行杂录》（影印本）第 11、12 页，河内：越南汉喃研究院（A. 1494）。

二、阮攸的叙事诗

在阮攸的诸多诗作中，当属他的叙事诗成就最大。这些叙事诗多取材于劳动人民的生活，而且与现实生活密切结合，充满现实主义色彩。对于阮攸的叙事诗，国内学者黄强发表如下看法："阮攸，不仅吸收了杜甫的忧国忧民的思想，还在诗歌创作中对杜诗有众多借鉴。"[①]对此，笔者深为认同。其中最能代表其创作水平的叙事诗是《所见行》和《阻兵行》。其中《所见行》是阮攸出使中国途中所写：

有妇携三儿，相将坐道旁。
小儿在怀中，大者持竹筐。
筐中何所盛，藜藿杂秕糠。
日晏不得食，衣裾何框禳。
见人不仰视，泪流襟浪浪。
群儿且喜笑，不知母心伤。
母心伤如何，岁饥流异乡。
异乡稍丰熟，米价不甚昂。
不惜弃乡土，苟图救生方。
一人竭佣力，不充四口粮。
沿街日乞食，此计安可长。
眼下委沟壑，血肉饲豺狼。
母死不足恤，抚儿增断肠。
奇痛在心头，天日皆为黄。
阴风飘然至，行人亦凄惶。
昨宵西河驿，供具何张黄。
鹿筋杂鱼翅，满桌陈猪羊。
长官不下箸，小们只略尝。
拨弃无顾惜，邻狗厌膏粱。
不知官道上，有此穷儿娘。
谁人写此图，持以奉君王。[②]

这首诗采用了客观叙述的写实手法，描绘了一个妇人带着三个儿子沿路乞讨的悲惨景象，有力地控诉了"朱门酒肉臭，路有冻死骨"的不公平社会。再如其《阻兵行》：

金锵锵，铁铮铮，车马驰骤鸡犬鸣。
小户不闭大户闭，扶老携幼移入城。

---

① 黄强《论杜诗在越南的译介》，《杜甫研究学刊》，2011年第四期，第76页。
② 见阮攸《北行杂录》(影印本)第75—77页，河内：越南汉喃研究院(A.1494)。

本地六月至九月，滑浚二县齐称兵。
贼杀官吏十八九，满城风雨吹血腥。
更有山东直隶遥相应，白莲异数多神灵。
州官闻贼至，挑灯终夜籍民丁。
州弁闻贼至，磨砺刀剑戛戛鸣。
州人闻贼至，三三五五交头细语声咿嘤。
行人远来不解事，但闻城外进退皆炮声。
……
民死在岁不在我，勿得欺心蔽圣明。
昨见新郑城门粘榜示，按户给粟苏残氓。
黄河以北麦又熟，百日而辈妻子皆得生。
归来归来勿作死，抚臣惠保如父兄。[①]

这首诗语言流畅，在遣词造句上与杜甫的《兵车行》极为相似，可以说是对杜甫《兵车行》的创造性借鉴。其实，细读阮攸的其他叙事诗，如《太平卖歌者》、《豫让桥匕首行》等等，多少都有点类似杜甫"三吏"、"三别"的写实之风。这些叙事诗不仅在创作上将通俗易懂的俗语和口语写入诗中，增进了诗歌的真实感和亲切感，而且在诗歌内容上还深刻揭露了统治者穷兵黩武的政策给老百姓造成的深重苦难，这是越南汉诗史发展的一大进步。

阮攸的诗歌，堪称越南古典诗歌的典范；阮攸的人格，堪称越南民族文人品格的楷模；阮攸的思想，堪称越南民族传统思想的精华。正因如此，阮攸才会被越南人民所铭记，所爱戴。世界文学评论界也常把他与俄国的普希金、德国的歌德、法国的巴尔扎克和中国的曹雪芹、屈原并论。1965年世界和平理事会将其列为永久纪念的世界文化名人之一。

第三节　明命、绍治、嗣德三朝汉文诗

一、明命、绍治、嗣德三朝国君的汉诗

阮世祖福映建国以后，随即在各地建立文庙，奉祀孔子；设国子监，教授子弟；开乡试科，选拔人才；增设督学之职，任用黎朝故臣，管理本朝教育，为越南汉文学的发展开创了一个安定的局面。阮圣祖明命帝时更加重视文学，尤其重用文学之士，他令乡贡入六部充行走之职，学习政治；开设国子监，发给监生粮俸，供其吃住，使其能够安心学习；在乡试的基础上又开会试、廷试，并将原先每六年一试改为三年一试，以广纳贤才；在考试方

① 见阮攸《北行杂录》(影印本)第46—48页，河内：越南汉喃研究院(A.1494)。

法中，特别注重考诗赋，进一步促进了越南汉诗的发展。阮翼宗嗣德帝时更加重视儒学，他留心科甲之事，改革科举，增开雅士科和吉士科，以选拔文学之士出来做官，又设置集贤院和开经筵，并亲自与各官研讨典籍、作诗赋或谈论政治。而且在嗣德一朝，对科举中诗赋考要求尤为严厉，凡出韵、重韵、不协韵者都被黜落，不仅如此，凡考官不严格执行评阅标准者，经查出，连主考官一并降职。可见，阮朝科举对诗韵的重视，不但使士人工于声韵，而且越南汉诗亦因此兴盛起来。

明命、绍治、嗣德三朝国君，无不以风雅自诩。明命帝（1791—1840），名胆，庚辰年（清嘉庆二十五年，公元 1820 年）正月继位，是为阮圣祖，在位 20 年。帝资质明敏，性好学且勤于政事，崇尚孔孟之道，精通儒学，擅长汉文诗，著有《御题名胜图绘诗集》[①]、《御制剿平南北贼寇诗集》[②]、《御制全集》[③]，共有诗 200 多首。

作为帝王，明命帝勤于政务，有时秉烛夜读表章疏奏至二三更，才肯寝息。他常常谓诸官曰："人心思治，不欲滋事生变，然年富力强之时不有所建树，而至年迈力衰之时还能有何作为！故朕不敢有一时之懈怠。"[④]这正是其勤政忧民的真实写照。

如其诗《多男》：

> 庆衍螽斯可信夫，华对三祝兆唐庐。
> 古称百子虽云别，今犹百儿岂谓殊。
> 不有周公周武圣，愿无叔度叔鲜愚。
> 莫征南史骆龙事，惟冀本朝皇祖符。

作为父亲，明命帝有 78 子，64 女，真可谓"百子"，相比于以往帝王对子女的严苛，他对子女的期望却是"不有周公周武圣，愿无叔度叔鲜愚"。这种家常的心态，在越南历代君王中实属罕见。

绍治帝（1807—1847），名绵宗，辛丑年（清道光二十一年，公元 1841 年）正月即位，是为阮宪祖，在位 7 年。宪祖生性温和，不喜惹事生非，在位期间，学校、制度、税务都完全遵循圣祖朝的成宪行事，为守成之主。宪宗作诗不拘一格且勤于练笔，或自创新体，有天文体、地舆体、文德体、武功体、群芳体等等，如其自创鱼名体《鱼泳浅深泓》，对仗工整，趣味横生：

> 鲲跃三千浪，鲸吞四海涯。
> 鲋争游夏沼，鲫斗泳春池。

---

① 《御题名胜图绘诗集》，明命题画诗，咏及宫中的胜景利农宫、赏胜宫、文庙等，亦咏及尧舜禹、渔樵、生物等人物与事物，书中载有图画。越南汉喃研究院（A. 1412/1—4）。

② 《御制剿平南北贼寇诗集》，明命御制诗，作于镇压南北方反叛力量之时，有何宗权、黄炯明十六年（1835）跋。分为《御制剿平北圻逆贼诗集》、《御制剿平南圻逆贼诗集》。今存 1835 年印本一种，藏于巴黎；河内藏抄本一种，馆藏编号（A. 146）。

③ 《御制全集》，收明命诗 161 首，其中有依韵和李太白、唐太宗等人的诗文。越南汉喃研究院（VHv. 223）。

④ 见《明命政要·勤政篇》。

鲈纵松江水，鲤登禹级时。
鲇鳀惊织女，蝌蚪学羲之。[①]

或游戏笔墨，如其回文诗两首，循环诵读，变化万千。一为《雨中山水》：

湾环雨下江潮泛，涨溢风前岸汴香。
山销暗云催阵阵，浪生跳玉滴声声。
潺潺水涧苔滋润，漾漾波洲廖茂荣。
闲钓一舟渔逸迅，向林双剪燕飞轻。[②]

另一为《池塘初夏临兴水榭》：

添长瑞旭腾云走，减却浓烟弄水溅。
淡霭翠流凝岸柳，槛装红馥送池莲。
恬恬明晓澄台斗，湛湛空明洞照天。
奁展媚光蒸透牖，范围同美众传筵。[③]

或仿中国著名诗人诗体，如其仿唐李白葫芦韵体所作的《读卷圣贤欢》：

今年读书无日暇，昔年观史亦弗舍。
书是圣贤心术编，史为帝王道统传。
昔年有今堪忆昔，且看今年效昔筵。
周孔有会岂欺我，悠悠天人乐鱼鸢。[④]

再如其仿梁元帝树名体所作的《树标立岁荣》：

桃媚三春日，杏征十雨期。
槐阴生爽朗，樾荫愈繁滋。
榆火随时发，梧风应节吹。
柏呈千岁寿，松献万年枝。[⑤]

以上著作皆收录于其《御制古今体格诗法集》[⑥]中，除此之外，他的诗还收录在《绍治御制诗》[⑦]中。

嗣德帝(1829—1883)，原名洪任，后改名福时。丁未年(清道光二十七年，公元 1847

① 《御制古今体格诗法集》(影印本)卷六，第 13 页。越南汉喃研究院(A. 3052)。
② 《御制古今体格诗法集》(影印本)卷五，第 20 页。越南汉喃研究院(A. 3052)。
③ 《御制古今体格诗法集》(影印本)卷五，第 32 页。越南汉喃研究院(A. 3052)。
④ 《御制古今体格诗法集》(影印本)，卷六，第 11 页。越南汉喃研究院(A. 3052)。
⑤ 《御制古今体格诗法集》(影印本)，卷六，第 12 页。越南汉喃研究院(A. 3052)。
⑥ 《御制古今体格诗法集》，绍治诗集，阮伯仪、尊宝铪、阮久长、武范启考校。正文三卷，目录一卷，前有内阁请求印行此书的奏表。本书收录 157 首诗，为绍治的游戏笔墨，有蝉联体、轱辘体、首尾吟、飞雁体、迷字体、离合体等。
⑦ 《绍治御制诗》，诗集，收录绍治及诸臣的 3032 首诗，共四册，六十三卷。越南汉喃研究院(A135/1—135634)。

年）十月即帝位，在位36年，是为阮翼宗。帝相貌儒雅，倡行节俭，性情和善，待母甚孝。生性好学，书法工整，继位时年方十九，但已博古通今，颇有学问，可以说是阮朝最为博学的一位君主。嗣德帝一生编有多卷本御制诗集，据说著有4000篇汉诗文，保存下来约100篇喃字文章及800余篇汉诗文[①]。除此之外，他还亲自将汉文典籍翻译为喃字刊行，如《使得圣制字学解义歌》、《论语演音》等。嗣德帝特别重视历史，曾在其诗集序言中说“生乎千百年之后，而能知乎千百年之前，非籍有史何以哉，故世世君臣士女不可以不读史”[②]，因此他不仅命人编撰《钦定越史通鉴纲目》[③]，述自上古以迄后黎之事，还以越南历朝历代的风云人物为吟咏对象，作了两百多首咏史诗，并结集为《御制越史总咏》[④]。嗣德帝的咏史诗，均为七言绝句，虽然言词简略，但概括性极强，如其咏阮荐一诗，用极简练的语言就将阮荐一生的事迹[⑤]概括出来，其诗曰：

葩国词章笔舌娴，平吴名溢鼎钟间。
功成已爱昆山兴，岂奈峨眉不许还。[⑥]

有时也不失帝王之气，如其咏冯克宽一诗曰：

燕京万里赋皇葩，笔阵纵横辨正邪。
防患难成专对易，朕家势焰异明家。[⑦]

此诗是对冯克宽北使之时，不辱使命且赢得明帝“何地不生才”褒奖事例的肯定，自豪之情溢于言表。嗣德帝还喜做古风，曾有古风一首咏安阳王女媚娘事：

螺城才筑绕复崩，江使何来夸其能。
邂逅就坚城灵弩，意必万世犹堪凭。
赵兵归，仲始赘。有佳儿，得佳婿。
君王既不疑，儿女更何知？
南北有时或失好，夫妇生死终相随。
床笫情亲热，安知弩机折？

---

① 《御制诗五集》，其中《咏景》诗一卷，嗣德作，题《御制诗五集卷之三》，则该编原为五卷本的第三卷，其余四卷今未见。今存印本一种，越南汉喃研究院（A. 2344）。另有《嗣德机余自省诗集》，嗣德诗集，绵寘、张登桂校阅，收嗣德所作560首诗。今存抄本一种，四卷，越南汉喃研究院（A. 1541）。

② 见《御制越史总咏集序》（影印本），越南汉喃研究院（A. 148/1—2）。

③ 《钦定越史通鉴纲目》，由潘清简修撰，采用编年体，越南重要史籍之一。全书共五十三卷。分为前编和正编两部分：卷首一卷；前篇五卷，记述从传说中的“雄王”时期至公元967年十二使君时期的历史；正编四十七卷，记述从丁先皇元年（968）至后黎朝昭统三年（1789）的史实。

④ 《御制越史总咏》，又名《御制越史总咏诗集》、《越史总咏》。嗣德帝咏越南历史人物诗，录诗212首，撰于嗣德二十七年（1874），有黎玳等于嗣德三十年（1877）所上表。陈文准、黎进通撰凡例，绵审、张登桂、潘清简、裴俊、阮励等校订，陈文准、阮述等补注。本书分帝王、后妃、宗臣、贤臣、忠义、文臣、僭伪、奸臣、佳事补咏诸目。今存印本九种，越南汉喃研究院（A. 148/1—2）。

⑤ 阮荐事迹见本文第四章第一节《开国文学家——阮荐》。

⑥ 见《御制越史总咏》（影印本），第60页，越南汉喃研究院（A. 148/1—2）。

⑦ 见《御制越史总咏》（影印本），第64页，越南汉喃研究院（A. 148/1—2）。

敌军已迫城，一发非初烈。
匆匆马匹竟何之？马上仍然拥画眉。
儿耶贼耶悔已迟，哀哉一剑恩情离。
鹅毛引路郎来追，空闲井水洗珠玑。
媚娘违，媚娘悲，始终寻寡由女儿。

安阳王女媚娘事至今已无考，但是从此诗的词句搭配及语言流畅性来看亦不失为一篇佳作。又有五言古风一首赐潘清简，其诗曰：

古人肩重任，利钝讵必先？
惟以诚悃孚，鬼神自可质。
暴虎犹渡河，狂鳄亦徙室。
蚓夫彼有知，何患乎强拂？
嘉言人所好，至理人所屈。
善言人所服，义气人所怵。
铁石终不移，溪壑焉能溢？
安危在此举，肯惜经纶术。
无言已默会，年来久亲密。

这首古风读来自然流畅，且充满正气，虽说是写给阮朝重臣潘清简的，但从中亦可见嗣德帝之胸襟气度。

二、明命、绍治、嗣德三朝宗室朝臣的汉诗

明命、绍治、嗣德三朝，吟诗作赋，皇帝躬亲于前；舞文弄墨，群臣紧随其后。可以说这是阮朝汉诗开始兴盛的时刻，当时著名的宗室诗人有松善王、绥理王，朝臣士子有潘清简、范富庶、高伯适、阮文超、阮庭炤、阮长祚、阮洵叔等。其中以松善王、绥理王两人在诗坛上最负盛名，嗣德帝曾有句云："诗到松绥实汉唐。"虽然不免有过誉之嫌，但是亦可见越南汉诗到嗣德朝时已呈现出中兴气象。

松善王阮绵审（1819—1870），字仲渊，号椒圆、仓山，又因其眉间有白毫，故自号白毫子。明命帝第十子。九岁开始写诗，曾随绍治帝北巡，嗣德帝诗集文章多由其编撰润色。著有《北行诗集》、《仓山诗集》①、《鼓枻词》等。特别值得注意的是《鼓枻词》，收录白毫子词作共 14 首，是我们所见到的越南最早的词，作者的才华横溢其间，真可称为越南词作的翘楚。试举其词作两首以见其词艺，如其《浣溪沙・春晓》：

料峭东风晓暮寒，飞花和露滴栏杆，虾须不卷怯衣单。
小饮微醺还独卧，寻诗无计束吟鞍，画屏围枕看春山。

① 《仓山诗集》，阮绵审诗集，其子洪赋士长、洪肥士胜注释，有序 5 篇，有目录。越南汉喃研究院（A. 1496/1—2）。

再如其《扬州慢·忆高周臣》：

草阁微凉，笆篱落日，晚来斜凭栏杆。望平芜十里，尽处是林峦。忆相与、长亭把酒，秋风萧凄。细雨阑珊，脱征鞭持赠，怕歌三迭阳关。

流光荏苒，到如今、折柳堪攀。岂缨绂情疏，江湖计得，投老垂竿。纵有南归鸿雁，音书寄、天海漫漫。但傍云凝思，不禁楚水吴山。

绥理王阮绵寯(1820—1897)，号仲延，又号松园、苇野。明命第十一子。著有《雅堂诗集》[①]、《苇野诗文合抄》。清末学者王先谦[②]曾为绵寯的《苇野诗文合抄》作序。序中盛赞绵审、绵寯二人诗文："苇野者，仓山之弟也。仓山工为诗，中国见者靡不叹异。苇野诗至，见仓山诗者咸惊，谓不亚仓山。"

值得注意的是，嗣德二十年之前的王公贵族及重臣名士并没有将民族的危亡写入诗歌中，从他们的诗歌中很少能读到法国侵略者践踏故土给安南民族带来的深重灾难。面对空前的民族危机，就连被嗣德帝派往巴黎，身负讨还国土重任的使者们的诗篇中，也很难找到国破家亡的如焚忧心，而更多的是对西行所见所闻的细致描绘。如范富庶(1820—1881)，著有《西浮诗草》[③]，记载了他出使法国和西班牙时所作的31首诗。他的《东西异趣五韵》，从地理环境、官府行事、饮食习惯、交往方式等不同现象写起，得出东西方人由于文化背景不同而思想感情也不同的结论：

东方日已出，西土鸡未鸣。
衔罢齐章服，军前叙友生。
一杯茶后酒，半碟食前羹。
重客同筵接，单车偕伴行。
所由途既异，无怪不同情。

又有《富浪沙火车道中书事》：

立国千余八百年，富强机巧擅西偏。
江山花树璃窗里，楼船街衢电线边。
八政实筹真有得，四端深意惜无传。
早教东土兼长技，玻理龙敦未足贤。

富浪沙即法兰西，这一首是写在法国火车上的所见所想，从法国建立的历史写起，描

① 《雅堂诗集》，绵寯诗集，有河静总督武进之及作者所作的两篇序，另有一篇题诗。本书收录词、行歌等体裁的诗作213首，内容有咏物诗、时节、饯赠、祝寿等。据目录，本书原有十五卷，384首，今存十卷。越南汉喃研究院(VHb.7)。

② 王先谦(1842—1917)，字益吾，因宅名葵园，学人称为葵园先生。湖南长沙人。清末学者，史学家，经学家，训诂家，实业家。著名的湘绅领袖、学界泰斗。曾任国子监祭酒、江苏学政、湖南岳麓、城南书院院长。

③ 《西浮诗草》，范富庶撰，绵审校阅，载范富庶出使法国和西班牙所作的31首诗。越南汉喃研究院(A.2304)。

绘沿途风光，归结到如果东方早些具有西方优良技术，那说不定玻理（即巴黎）、龙敦（即伦敦）也要相形见绌了。这种思想与清末魏源“师夷长技以制夷”颇有相通之处，亦可见中越两国诗人在面对相同的欧风东渐处境时，那种“天朝上国”的观念仍然根深蒂固。

第四节 越南北使诗大家——李文馥

阮朝的建立，不仅使得越南恢复了南北统一的局面，而且还使得曾经一度中断的中越关系得以恢复。随着中越藩属关系的建立，请封、谢恩、进贡接踵而来，由是中越使节往来频繁，期间产生了大量的北使诗，据刘玉珺《越南北使文献总说》记载：“整个阮朝所流传下来的北使文献达 40 余种，是后黎朝的三倍。”[①]而且在这些北使文献中，绝大部分内容是北使诗，且在数量上占据了阮朝汉诗的半壁江山，但是这些北使诗从写作内容上看，无外乎三种：酬唱赠答，旅途所见，怀古凭吊。下面选取李文馥来进行具体详细的论述，以见越南阮朝北使诗诗风。之所以选择李文馥，是因为：第一，就个人创作角度而言，李文馥的北使诗集数量最多；第二，就诗歌内容而言，李文馥的北使诗内容涵盖北使诗所表现的大部分内容，具有代表性。

一、李文馥生平及其北使诗创作概况

李文馥（1785—1849），字邻芝，号克斋，河内永顺人。其祖先原籍中国福建漳州府龙溪县，明清之际渡海移居越南。李文馥于阮朝嘉隆十八年（1819）领乡荐，历官户部右侍郎、兵部主事、工部右侍郎、礼部右参知等。于明命十二年至十七年（清道光十一年至十六年，公元 1831 至 1836 年）曾四次赴广东、一次赴福建公干，绍治元年（清道光二十一年，1841 年）以正使身份出使中国。共有七种北使诗文集传于世：

（一）《闽行杂咏》，又名《闽行杂咏草》、《闽行诗话集》。李文馥往闽粤遣返中国遭海难渔民的途中所作的诗文集，撰于明命十二年（1831），并有撰于同年的作者自序。书中收录咏茶山、咸子关、璧山洞、万安桥等途中名胜诗以及唱和饯赠诗作，另有一篇《辨夷》，论越南为文明之邦。今存抄本 5 种，越南汉喃研究院有抄本（A. 1291）。

（二）《粤行吟草》，又名《粤行吟》、《粤行诗话》、《粤行续吟》、《粤行吟草略抄》。李文馥诗集，共三卷，巽甫撰跋于明命十六年（1835），中国缪艮莲仙氏序。收录作者道光十三年（1833）出使广东时所作的诗，其中多唱和之作。今存抄本 5 种，题名不同。越南汉喃研究院存抄本（A. 300）。

（三）《镜海续吟草》，李文馥出使中国澳门时所作的 110 首诗。有作者自序及黎文德明命二十年（1839）跋。本书附《仙城侣话》。见越南汉喃研究院抄本（A. 303）。

（四）《周原杂咏草》，辛丑年（1841），李文馥出使中国时所作诗文集，书中收录咏途中

① 见刘玉珺《越南北使文献总说》，《华西语文学刊》，第七辑，第 152 页。

名胜及抒怀赠答之作。恩光子黎文德序于绍治壬寅年(1842)。今存抄本九种。本书各抄本,附载其他内容:146 页抄本,附载《闽行杂诗草》;210 页抄本,附载作者的《辨夷》、《吕宋风俗记》及若干论文;134 页抄本,附载使途所见的对联集录,并附载《二氏偶谈记》,乃托名释迦与老子对话的一篇作品;140 页抄本,附载《三之粤集草》,集录作者出使广东时的诗作;138 页抄本,附载三种别集,即阮舒畅《使华丛咏诗集》、冯克宽《梅岭使华诗集》、高伯适《敏轩诗类》;178 页抄本,附载祝贺明命五十寿辰的寿联和对黎文德的贺文、祝寿文、悼文等。越南汉喃研究院存抄本:A. 304(134 页),A. 1188(140 页),A. 2497,A. 2805(138 页),A. 2992(178 页),VHv. 110(146 页),VHv. 111,VHv. 1146。

(五)《使程遗录》,李文馥的北使诗集,书中收录 166 首诗,咏及河内公馆、凉山道、南关、黄巢城、关公庙、漂母祠、岳阳楼、燕台八景、洞庭湖等途中所见。越南汉喃研究院存抄本(A. 2636)。

(六)《仙城侣话》,李文馥、陈秀颖、杜俊大明命十六年(1835)的北使诗集,书中共收录 104 首诗作。越南汉喃研究院存抄本(A. 301)。

(七)《西行诗记》,又名《西行诗记》,李文馥诗集,收录明命十一年(1830)作者出使新加坡期间的诗作 45 首,赋 1 篇。

二、李文馥北使诗内容与价值

酬唱赠答——反映了晚清中国东南沿海地区士绅的日常生活。就像所有出使中国的使臣那样,李文馥在出使途中与宗主国清朝的士大夫交流甚为密切,赠答频繁。李文馥在出使厦门时,与厦门巡检来锡蕃、海防同知许原清、文人王乃斌三人私交甚密,他们之间的酬唱诗就占了《闽行杂咏》的很大部分。李文馥说来氏不嗜酒唯独爱饮茶:"朝朝酒雅又茶清,风雨劳劳伴我行。"[①]说王氏最嗜酒:"吟声跃纸多敲玉,醇味倾醪胜捧觞。"[②]可见李氏与他们交往颇为密切。李文馥对结交内地士人一事颇为热心,如越南使团到达虎门境内时,李文馥便向人打听当地名流,得知此地张玉堂"善琴善歌",特地作诗寄赠以示友好,其诗曰:"韬铃儒雅竟传闻,千里闻君亦爱君。共道神育张草圣,又疑隽逸鲍参军。惜毛丹凤独栖枳,掉尾苍龙会入云。咫尺芳尘清夜梦,何当驿甲共论文。"[③]仰慕之情溢于言表。

怀古凭吊——记录了中国名胜古刹的相关传说。福建是李文馥的祖籍所在,所以到达福建后,他颇有回归故里之感,并拟访问原籍,途中他游历寺庙、祠堂及各处古迹,多撰写题记,介绍当地的沿革和传说。如其《万安桥瞻蔡公谟遗像拜题》:"长桥横过海之则,母愿当年孝已酬。笔底有神驱水去,涛声无鬼挤人愁。满船珠宝来金相,终古衣冠镇石头。乍忆史编台谏事,一般秋水照寒流。"其题记曰:"桥横过海陬,以石为之,长三百六百

① 见李文馥《闽行杂咏》(影印本),第 31 页,越南汉喃研究院抄本(A. 1291)。
② 见李文馥《闽行杂咏》(影印本),第 20 页,越南汉喃研究院抄本(A. 1291)。
③ 见李文馥《粤行吟草》(影印本),第 18 页,越南汉喃研究院抄本(A. 300)。

尺，广丈余，属泉州惠安县，以其近洛阳地头，亦号洛阳桥，宋状元蔡公居谟造也。昔者桥之未造也，行者必以渡，其水素多鬼魅，舟过往，见鬼手百叉攀其舟而覆之。公母时方怀公三月而寡，以事过其渡，患亦如。忽于空中有声云：'此中有状元胎，汝等宜及避。'众鬼随风而散，卒无事。其声人皆闻之，舟中惟母有娠。同舟者无虑二三百人，感母伤，既岸，各出资。其贷已谢，资殆千文。母素贫，乃却而不受。众不肯，以申于官，官亦强之。母发愿曰：'倘他日邀天之幸，其子果登状元，即以此资为造桥之助，今姑寄库可也。'官器而颔之。母既归生公，长，登宋仁宗朝状元，仕版赐历，而母未尝一怡颜也。公性至孝，累请其故，弗晓。及知泉州，母愁戚日甚。公跪泣请罪，母告之故。公泣曰：'母愿不完，非子也。'"[①]此万安桥在今福建省惠安县，李文馥路过此处，参观桥旁祠堂时，饶有兴趣地记录该桥修建的传说。该桥是中国第一座海港梁式古石桥，但因年代久远，该桥已被严重破坏，现已改为路堤。幸而有越南使臣记载，今人才得以见万安桥修建传说，确是宝贵的史料。其《展谒紫阳书院恭纪》："院在同安县之厦门考亭，朱先生祠也，同安僻在海滨，其民顽，其俗悍，于礼文道美邈如也。常夫夫子为同安邑簿，以诗书礼乐化其民，以忠信廉耻厉其俗，海则一泷，迄今遂蔚然有文章礼美。之遗船泊厦，因进谒焉。祠高而广，质素无文饬，盖书院故址也。历代因为祠匾金刻紫阳书院。祠正宗塑夫子神像，博带额冠，垂绅缙笏，俨然如生人。徘徊瞻拜，心头为鹿，夕时同行旧吏部陈公潍川亦云毛发忽然直竖，若有触之者，盖以见天理人心之同然也。小生馥，平生诵其诗，读其书，而今得亲履其庭，区区后生之衣，曷有穷已极，知才学简劣，不足摹拟其万一，惟诚之所发，不敢以五言熏沐书之，以志此行有衍幸云尔。"后赋诗曰："未见儒尊惟后圣，已闻金虏问先生。海疆礼乐豚鱼化，皇宋衣冠日月明。万古尚须开龠橐，当年岂敢啬钧衡。晚游有幸瞻遗范，落夕风尘梦亦醒。"[②]这里所说的紫阳书院，应该是朱熹任泉州同安县主簿时所设，后人为祭祀朱子，就地建造祠堂。对于一个从小就接受程朱理学教育的越南文人来说，能够亲自瞻仰古圣先贤的遗迹，真是莫大的荣幸。不仅如此，作为一位汉文修养极高的越南使臣，他还认同书院的建立对于移风易俗起着决定性的作用。

旅途所见——反映了晚清社会的风俗民情。在部分诗作的诗注中，为今人提供了不少有益的资讯。如其《广东洋分》："东流一水自滔滔，潮落还生不解劳。万里长沙惊绝险，七洲狂浪讶冤号。鳄鱼迹远存青鸟，白蛤行低坐碧涛。别有雄开南澳者，粤闽天限效峰高。"诗注曰："相传古有七洲，一夜风惨尽入于海，冤气终古不歇，舟船遏巨浪则起，用牲粥祷之乃安。"[③]记录了当地用牲粥来祈求海上航行安全的习俗。其《附少鄂饯二首》："折柳何年通使驿，分柑此日记西螺。"其诗注曰："按其地有东螺柑西螺柑，而西者佳人有东浦酒西浦酒。"[④]列出了此地的地方物产风情。其《澳门志行诗抄》题注载："澳门一名镜海，离虎门百里许，山重水叠，备极佳胜，粤之大岛屿也。西夷玛德里祖之以居。设斧苏

① 见李文馥《闽行杂咏》(影印本)，第34、35页，越南汉喃研究院抄本(A.1291)。

② 见李文馥《闽行杂咏》(影印本)，第27、28页，越南汉喃研究院抄本(A.1291)。

③ 见李文馥《闽行杂咏》(影印本)，第11、12页，越南汉喃研究院抄本(A.1291)。

④ 见李文馥《闽行杂咏》(影印本)，第98页，越南汉喃研究院抄本(A.1291)。

教院，置海防炮台，建楼屋，开市肆，商贾舟船多集焉。”[①]可见当时澳门已完全西化，一派繁华的景象，留下了越南使者关于澳门的宝贵记载。又如其《广东省城灾记》小引云：“广东城军民错居，屋比如栉，道径仅三四尺许。屋之上各有楼，累盖以瓦。四围墙壁，皆砌以砖石。”[②]为研究中外交通史、广东地方文化史提供了生动的实地考察记录。

第五节　法人势力下的爱国志士诗以及汉诗的厄运

然而阮朝的汉诗高涨期并没有维持多久，究其原因就是从嗣德中叶以后，越南逐渐沦为法国的殖民地，包括汉诗在内的汉文文学也在法国人的文化高压政策下渐渐走向绝境。嗣德十一年（清咸丰八年，公元1858年），法军以保护传教士为借口，入侵越南。嗣德十二年，法军侵占嘉定。嗣德十四年，法国殖民者在暹罗出版《法越——越法双向词典》，此书的出版对于普及越南拼音文字起到了很大的推动作用。嗣德十五年（清同治元年，公元1862年），法越签订第一次《西贡条约》，割让南越三省（边和、嘉定、定祥）给法国。嗣德二十二年法国殖民者下令越南各税务部门的税务账单全部改成拼音文字书写。嗣德二十六年（清同治十二年，公元1873年），法军攻陷河内[③]。嗣德二十七年法越签订第二次《西贡条约》（又称《甲戌和约》），法国承认越南为独立国，非任何国家的藩属，目的是割断与中国的关系。嗣德三十五年（清光绪八年，公元1882年），法国再次出兵，攻打河内，次年（嗣德三十六年，协和元年，清光绪九年，公元1883年）占领顺安港，迫使阮朝签订《顺化条约》，承认越南为法国保护国。河内成为法属印度支那联邦的总督驻在地，同年颁布法令，规定越南所有公文一律使用拉丁化的拼音文字。

一、法人势力下的爱国志士诗

嗣德二十年（清同治六年，公元1867年），越南华裔高官潘清简的殉节事件，让越南士子们看清了法人的真面目，进而掀起了越南的爱国抗法浪潮。潘清简（1796—1867），字靖伯、淡如，号梁溪，又号梅州。巴滋保盛乡人，其先世福建人。官至刑部尚书机密院大臣，为国事鞠躬尽瘁。嗣德十六年授命领使节团前往法国，与之交涉赎回南越三省一事，结果徒劳无功而返。后迁户部尚书，授命与法人讲和，但当时法人侵略野心正炽，于嗣德二十年攻占安江、河仙等省，欲占领越南南部全境。此时的潘清简目睹时难，知无法

---

① 见李文馥《粤行吟草》（影印本），第82页，越南汉喃研究院抄本（A.300）。

② 见李文馥《三之粤集草》（影印本），第35页，越南汉喃研究院抄本（A.1188）。

③ 清军将领刘永福应越方要求，率黑旗军与越军联合作战，在河内西郊大败法军，斩法军首领安邺上尉数百人，乘胜收复河内。次年，越南国王授予他三宣副提督之职，让他管理宣化、兴化、山西三省。但越南官员却态度消极，正如越南史家陈辉燎指出：“法军前进到什么地方，那里的阮朝官吏就望风归降。”

抗守，愿为大义殉职，不愿苟且偷生，于是服毒殉节。著有《梁溪诗草》①，存诗454首。其殉节事件震撼全越南，当时同乡文士阮庭炤有悼诗云：

破碎山河苦问由？风云惨淡遍鳌州。
安危六省一身责，事业三朝数行留。
蝶梦未回悲北驿，鹃声怕听泣南楼。
成仁取义书生忘，极目苍茫不尽秋。②

阮庭炤的追悼诗沉郁苍凉，尤其是"极目苍茫不尽秋"，写出了安南诗人面对国家行将灭亡前夕的无尽悲情。法人的一连串侵略行动，激起了越南人的救亡活动，爱国志士们纷纷起义抗法。但由于阮朝廷软弱无力，以罢兵之议不敢予以协助，致使各地的抗法义军孤立无援，纷纷失败。其中文士阮有勋被捕时慷慨不屈，从容就义，有绝命诗一首，其诗如下：

汗马艰关报国仇，只为兵罢致身休。
英雄莫把赢输论，宇宙常看节义留。
敢死已惊胡虏魄，不降甘断将军头。
当今秋水波流血，龙岛秋风起暮秋。③

又有书生阮忠直举义旗，被擒不屈，行刑于迪石市，其绝命诗为：

书剑从戎自少年，腰间胆气有泉龙。
英雄若遇无人地，抱恨深仇不戴天。

倡导维新思想的学者阮长祚，亦对国家民族前途深感绝望。他游历欧洲后，回越南上万言书改革国事，但终不为阮朝所用，曾有诗《题头屯海口》：

人家牢落杂西尘，一望平林镇晓烟。
山起三峰回海岸，灯高一柱引洋船。
关河莫定仍依旧，景色苍茫已不前。
如此江山谁是主，要将情事问之天。④

再如嗣德三十五年(清光绪八年，公元1882年)河内被法军攻陷时，北圻总督黄耀登上浓山武圣庙自缢殉国。消息传来，河内士子写诗追悼云：

孤城独守双身担，慷慨如公世所难。
旧录千秋传烈节，孤臣一死见忠肝。
偷生此日心犹愧，逆贼当年骨已寒。

---

① 《梁溪诗草》，诗集，潘清简撰并序于嗣德十九年(1866)，录其诗454首，内容有咏景、记出使中国与法国的行程等，其子潘清廉(号叔清)、潘清乡(号仲昇)、潘清孙(号季湘)考校，阮绵审序并评于嗣德二十年。今存印本两种，抄本一种，存越南汉喃研究院(印本A.2125)(抄本A.255)。

② 见李文雄《越南大观·越南志士汉诗选》，第76页，越南堤岸伟兴印务局承印，1963年版。

③④ 见李文雄《越南大观·越南志士汉诗选》，越南堤岸伟兴印务局承印，1963年版。

千载浓山标正气，英雄到处泪相干。[①]

诗人的一腔血泪汹涌而出，令人感动。但更令人感到悲哀的，是他们的绝命呐喊，丝毫改变不了越南沦为殖民地的悲惨命运。

二、汉诗的厄运和断绝

同庆元年、咸宜元年（清光绪十一年，公元 1885 年），在清朝将领冯子材取得镇南关大捷，以及刘永福黑旗军取得节节胜利的有利形势下，清政府却与法国签订了《中法会定越南条约》，明确放弃了对越南的宗主权，承认法国是越南的保护国，从此越南沦为法国的殖民地。面对国破家亡的危难，越南的宿儒士子们四处奔走，志在救亡图存。期间他们写下了大量的救亡诗篇，这些诗大多慷慨悲凉，但竟成了越南汉诗的绝响。其中尤以阮尚贤、潘周祯、潘佩珠等人的诗篇最具有代表性。

阮尚贤（1868—1925），又名鼎南，号梦莲，又号梅山。出身于阮朝名门世族，其父阮尚番为阮朝嗣德末年工部尚书。他本人也是进士出身，汉文造诣很深，著有《南枝集》[②]，收其诗 365 首。阮尚贤曾于嗣德三十六年（清光绪九年，公元 1883 年）奉命使华，乞师李鸿章。但因清政府惧怕法国，主张议和，所以对他们的请求无动于衷。使团返国后，嗣德帝已死，越南不久就被法国占领。阮尚贤后来作《感成》一诗来追忆此事：

使节孤臣九死余，关河霜鬓雪华侵。
岂知秦桧和戎计，难遂包胥复楚心。
石马国陵秋草冷，铜驼宫阙夕阳沉。
剑南家祭知何日？汉腊低徊怆不禁。[③]

诗中把李鸿章比作秦桧，在人物评价上当时是非常引人注目的。

越南沦为法国的殖民地后，阮尚贤退隐乡村，与潘佩珠、潘周祯等越南爱国志士从事复国运动。不久之后便同潘佩珠赴日本，在日期间开展"东游运动"，旨在协助鼓励越南青年出国留学，为将来抗法复国培养人才。在日本时，阮尚贤曾与孙中山领导的同盟会会员相往来，他曾写一诗赠章太炎："烟涛万里一虚舟，岛国相逢话壮游。醉把奇书灯下读，满天风雨入西楼。"[④]可见其对章太炎先生的仰慕之情。1907 年日法政府媾和，将在日的越南留学青年全部驱逐出境，阮尚贤等人被迫离开日本，来到中国继续开展复国运动。此后阮尚贤一直在中国活动，由于身负复国重任，他不得不辗转于中国各地，争取中国国内的舆论支持和援助，与中国当时的宿儒士子们结下了深厚的革命友谊。这些宝贵的人生经历，他都将其化作诗歌，记录在《南枝集》中。如其《送陆亮臣赴燕》：

① 见李文雄《越南大观·越南志士汉诗选》，越南堤岸伟兴印务局承印，1963 年版。

② 《南枝集》，阮尚贤诗文集，中国徐良弼撰序于 1912 年，章炳麟撰序于 1913 年，钱塘王展成题签。本书前二卷为诗集，第三卷为文。徐良弼将其比之为越南之范蠡、申包胥。越南汉南研究院（A. 2710）。

③④ 见阮尚贤《南枝集》，越南汉南研究院（A. 2710）。

异国知交等金石，男儿荣辱共山河。
悬知敌忾心尤壮，霜野年来每枕戈。[①]

再如其《旅晋感怀》：

万里孤臣九死余，江山有恨涕沾裾。
椎秦已破千金产，佐宋难凭半部书。
渐喜中天开日月，还悲故国付邱墟。
十年未遂歼仇志，犹自吹箫学子胥。[②]

此诗写于中国辛亥革命之后，诗人亲眼见证了中国推翻封建帝制，民主共和思想深入人心的伟大时刻，发出“渐喜中天开日月”的欣喜，但是马上又想到故国已“付邱墟”，不禁悲从中来。但是中国革命的曙光，点燃起他对祖国未来获得解放的憧憬，也借此勉励自己。

1925 年 5 月，潘佩珠在上海被法国殖民统治者逮捕，阮尚贤闻讯后，悲哀痛愤，寝食难安，于当年 11 月病死在西湖佛学院。其炽烈的爱国热情和才气纵横的诗学修养，不愧为一个时代的歌者。

潘周祯(1872—1926)，号西湖，别号希玛。广南省三岐府先福县人。1889 年考入广南省督学学堂。1900 年应乡试，考中举人。1901 年应会试，考中副榜。越南著名思想家，爱国主义者，维新运动发起人。曾在河内设“东京义塾”，主张用外国文明来“开民智、振民气”，激发民族精神，进而驱逐法国殖民者，争取国家独立。为此，法国殖民当局以“叛逆”罪，将其逮捕并判处死刑。但由于舆论的强烈反对和法国保护人权协会的干预，才免于一死，被流放到昆仑岛，之后又被押送到法国，软禁长达 14 年之久。1925 年回国，继续著文，演讲，宣扬民主思想，不久逝世，他的葬礼成为一次声势浩大的反法集会。他被逮捕时有诗云：

缧缧枷锁出都门，慷慨悲歌舌尚存。
国土沉沦民族瘁，男儿底事怕昆仑。[③]

慷慨激昂，充满了从容就义的大无畏精神。

事实上，自公元 1885 年中法签订《天津条约》以后，清朝就承认越南为法国的保护国。这不但意味着中国同越南长久以来建立的藩属关系终结，而且承认法国在越南有统治权。从此以后，法国便以高压政策来治理越南。法国对殖民地所实行的政策主要是同化政策，即以法国文化代替各地文化，从而达到法国化的目的。法国为了打击汉文化在越南社会的影响力，一方面在越南进行教育改革，主要是在各地设立法语和越南本国语[④]

① 见阮尚贤《南枝集》，越南汉南研究院(A. 2710)。
② 见阮尚贤《南枝集》，越南汉南研究院(A. 2710)。
③ 见李文雄《越南大观 · 越南志士汉诗选》，越南堤岸伟兴印务局承印，1963 年版。
④ 这里的本国语是指拉丁化的字喃。拉丁化的越南文字是 16 世纪时欧洲传教士为了传教的方便而创制的一种用拉丁文拼写的越南国语，其后法国神父亚历山大 · 罗德用拉丁化的越南语成功翻译了《圣经》。于是法国人统治越南后，便将这种拉丁化的越南国字喃，规定为越南新的国语文字。

学校，推行法语并积极提倡越南本国语，其目的是有意识地排斥汉文。另一方面设立特别参议会，其任务是重新改组越南各地具有中国文化传统特性的学校（即传统的私塾）和改变越南科举制度。至公元1919年，越南正式废除科举制度后，汉文就陷入了式微的阶段。到了1935年，在殖民统治下的越南政府规定各地学校用拼音化的拉丁国语进行教学，公元1936年又明令禁止汉字的通用，至此汉文便被法国统治者连根拔起。随着汉文的消失，越南懂汉文的人越来越少，越南土地上有两千年历史之久的汉文被越南人所遗弃，越南汉诗文创作随之灭绝。以上所述的这些汉诗人抗争呼喊出的悲怨绝望的诗篇，竟成了越南汉诗的悲惨绝响。

第六节　越南汉诗创作的绝响——潘佩珠

潘佩珠（1867—1940），原名潘文珊，号巢南，又号是汉，乂安省南坛县东烈社南沙村人。越南近代卓越的爱国主义者、革命先驱。出生于一个乡村教师家庭，自幼跟随父亲潘文谱（1830—1900）学习儒学经典，精通汉文，成泰九年（清光绪二十七年，公元1901年）应乂安乡试，考中解元。由于受父亲的影响，潘佩珠的爱国主义思想产生得特别早。童年时代，他就好扮“平西”（反法）爱国游戏。青年时代，他更富有反抗精神。1882年，当他获悉法国侵占越南北部时，连夜写出《平西收北檄文》，愤怒声讨侵略者。1885年，他聚集100多名同学，组成“学生军”，响应“勤王运动”①。1886年，他写出《双戌录》，热情歌颂宜安、河静军民抵抗侵略者的英雄气概和爱国精神。1888—1897年，在家乡教书期间，常同“勤王”余党、绿林豪杰秘密往来，同时为救国救民的真理而发奋读书。1904年，与邓蔡绅、阮诚等友人创立维新会，其宗旨是“恢复越南，建立君主立宪国”。1905年到日本后，先是与梁启超会晤，后又与孙中山（1866—1925）联系，孙中山称潘佩珠为独醒，并结识章太炎（1838—1922）以及云南广西在日留学生，与日本维新大臣大隈重信（1838—1922）、犬养毅（1855—1932）等人有所联系，争取援助。1905年潘佩珠赴日本时曾写《东游寄诸同志》：

身为男子要稀奇，肯许乾坤自转移？
于百年中须有我，岂千载下竟无谁。
江山死矣生徒赘，圣贤寥然颂亦痴。
愿逐长风东海去，千里白浪一齐飞。②

虽然“江山死矣”，“圣贤寥然”，但是作为铁骨铮铮的男子怎能“肯许乾坤自转移？”于是诗人发出了“于百年中应有我，岂千载下竟无谁”的感叹，可见诗人的豪情壮志。之后，他多次来往于日本、中国之间，并组织青年学生赴日本留学，史称“东游运动”。在他和友

---

① 勤王运动，越南“文绅”领导的抗法武装斗争，亦称“文绅运动”。“文绅”大部分是退休官吏或乡村中举人。

② 《兵事杂志》（影印本），第34期，第10页。

人的努力下，至1907年已有两百多位越南青年到日本留学。但在1909年，日本政府在法人的授意下将潘佩珠等人驱逐出境，"东游运动"就此宣告落幕。值得注意的是，"东游运动"时期是潘佩珠生命中最为辉煌的时代，他曾说："是年(1906)至戊申秋(1908)，为予生平最得意之时代。盖通计自有生以来，所谋之顺适，无逾是时者。"这一时期不仅是潘佩珠进行反法殖民运动最为顺利的时期，也开启了他与东亚知识人往来互动的契机，其中最具影响力的关键人物当属梁启超(1873—1929)。潘佩珠就如何"驱逐法贼，恢复越南"问题同梁启超讨论过多次。梁启超劝他从宣传入手，多写文章，向全世界揭露法国在越南的黑暗统治，以争取世人的声援。同时还劝他号召青年出国留学，培养人才，以振民气，开民智，积蓄力量。听了梁启超的这些意见后，潘佩珠感到"脑界眼界为之豁然"，先后写出《越南亡国史》、《劝国民资助游学文》、《敬告全国父老书》等汉文作品，这些书成为唤醒越南国内民族感情、激励同胞抗法并引起国际舆论的最佳宣传品。

被日本政府驱逐出境后，潘佩珠与友人前往暹罗(今泰国)躬耕生息，"为十年生养，十年教训之计"，等待时机，趁势而起。后听闻中国辛亥革命成功，潘佩珠又重新燃起抗法运动的希望，积极联络同志与中国革命党人，准备展开新一波的民族运动。1912年，在中国广州组织"越南光复会"，任总理，其政治方针为"驱逐法贼，恢复越南，成立越南共和国"。1913年，在法人的指使下被云南军阀龙济光逮捕，直到1917年才恢复自由。潘佩珠在被捕后，为了鼓励关在旁边单人牢房的革命友人枚老蚌(？—1942)，他作了这样一首诗：

飘蓬我辈各他乡，辛苦偏君分外尝。
性命几回濒死地，须眉三度入囹室。
惊人事业天陶铸，不世风云地主张。
假使前途尽夷坦，英雄豪杰也庸常。①

可见诗人乐观豁达的天性。作为一个以挽救越南民族危亡为己任的革命者，潘佩珠出狱后，毅然决定回国组织武装起义。1918年11月，他由杭州取道云南回国。当他于11月到达昆明时，才知道第一次世界大战已经结束，此时他意识到大势已去，只得原路返回杭州，就任杭州《兵事杂志》社编辑。值得注意的是，潘佩珠以越南人在中国革命党人的机关报任编辑，经常撰写社论，可知其汉文水平之高。在杭州三年期间，潘佩珠发表了不少号召越南人民起来革命的文章、汉诗作品②，使长期陷于沉寂和停顿的越南爱国者的革命活动又重新活跃起来。他的诗充满了战斗的豪情，当得知杜基光等三位同志牺牲时，潘佩珠虽然悲痛欲绝，但是知道自己肩负的历史使命，于是化悲痛为力量，作诗《哭友》：

碧天莽莽海茫茫，一纸书来泪万行。

① 见潘佩珠《狱中书》，上海，文明印书社，1914年。

② 《兵事杂志》，记载有潘佩珠用是汉、巢南、天赋、钟浩生等笔名发表的52首汉诗。本文所用为其影印本。

头恨不先朋辈断，心难并与国家亡。
江山剩我支残局，风雨随君涉远洋。
午夜灯前招影问，百身无计赎三良。①

再如其诗《哭奇选昆季》：

慷慨当年一剑雄，东原子弟失前锋。
三生义愤君能了，万死交情我未终。
幼稚山河冰火外，流离朋辈海天中。
国魂未没英魂在，夜夜银涛吼怒风。②

俄国十月革命的胜利和中国的“五四运动”给潘佩珠带来了希望。1924年，他再次南下广州，筹备建立越南国民党。1925年，潘佩珠应胡志明的邀请，启程赴粤，不幸在上海被法国密探逮捕。法国殖民当局随即将其遣送回越南，回国后潘佩珠被河内刑事法庭判处无期徒刑。越南人民听闻他被捕并被判刑的消息后，无比愤怒，于是各界人民联合起来向法国殖民统治者施加压力，印度支那全权总督瓦兰被迫签字释放潘佩珠，但却把他软禁于顺化，并严密监视其行动。越南人民于是在御津自发筹款为潘佩珠盖了一间土墙茅屋，以让这位居无定所的爱国者安家落户。因此，人们尊称他为“御津老人”。1940年10月29日，潘佩珠在顺化与世长辞，享年74岁。他的一生就像他在诗中所写的那样：

了却阎浮劫外身，茫茫沧海委前尘。
空怜十万胸中甲，未向沙场赠敌人。③

潘佩珠抱着“驱逐法贼，恢复越南”的目的进行革命活动，并且确实是进行了几十年如一日的斗争，但是最后他却没有达到这个目的。潘佩珠自己也说：“予之历史，为无一成功之历史耳。”其实不然，潘佩珠以强烈的爱国热情，积极投身革命，把各地爱国志士组织起来，培养爱国青年志士，重新开展救亡活动。他用文字激发人民的爱国思想，向世界舆论揭露法国帝国主义对越南的残暴统治，争取世界人民的支持，积极创造条件，准备随时以暴力革命反对法国殖民统治。总而言之，他利用一切可以利用的方法、方式，从各个方面去推翻法国的统治，恢复越南的民族独立，于是在20世纪初掀起了全越范围的反法浪潮。正如潘伯与在其未叛变革命之前曾说：“我国自勤王党没，义声沉寂几十余年。潘巢南子是汉先生，实吹余烬而再燃之。”④

潘佩珠的汉文诗现存有60多首，大多慷慨激昂，感情深沉。主要汉文作品有《琉球

① 《兵事杂志》(影印本)，第90期，第9页。
② 《兵事杂志》(影印本)，第76期，第5页。
③ 《兵事杂志》(影印本)，第84期，第5页。
④ 《潘佩珠全集》潘伯与序，第311页。

血泪史》[①](1903)、《越南亡国史》(1906)、《海外血泪书》(1906)、《狱中书》(1913)[②]等;越文作品有《巢南文集》(1935)、《国音诗集》、《潘佩珠年表》[③]等。值得注意的是潘佩珠在革命活动与诗文创作之外,亦是一位创作颇丰的小说家。据《越南汉文小说集成》第二十册《潘佩珠汉文小说集》记载,潘佩珠创作、翻译的汉文叙事作品多达二十多部。他的小说同他的诗文一样,呈现出"忧国之叹"与"兴国之想"的双重主调,既直面了现实的匮乏与困境,也有着对理想的渴望与追求。总之,潘佩珠在越南汉文学史的成就与地位,正如胡玄明所说"潘(佩珠)氏乃越南最后之汉学大家,犹如行将熄灭之灯,最后又重发光芒,一闪即灭。潘氏死后,汉字亦因之告别越南文坛矣"[④],无愧为越南汉学最后的大家,亦成越南汉诗坛之绝唱。

① 《琉球血泪书》,陈述亡国惨状,提出救亡图存办法,呼吁在职官吏和士大夫起来革命。书出后,在一般士人中产生了深远的影响,成为他结识潘周祯、黄叔抗等爱国人士的媒介。

② 《狱中书》是潘佩珠1913年在广州被龙济光逮捕入狱三天后写成传出给革命同志出版,其内容是从出生到被捕入狱为止的历史。上海,文明印书社,1914年。

③ 《潘佩珠年表》是潘佩珠于1925年在上海被法国殖民统治者遣送回国后于逝世前写成的,其内容是包括从出生到被捕回国为止的革命活动。这两种著作是研究潘佩珠历史最直接、最重要的材料。

④ 胡玄明《汉字对越南文学之影响》,台北:"国立台湾师范大学"国文研究所硕士论文,1972年6月,第102—103页。

第六章　越南汉诗中的七律体

第一节　安南七律诗的渊源

越南早在纪元之前就开始接受中国文化的影响，而且直到19世纪初被法国殖民者统治之前，一直是中国的属地或藩国。秦始皇统一六国，开拓岭南，设桂郡和象郡，今天的越南北部与中部属于象郡。秦亡，南海郡尉赵佗经过征伐，建立了称霸一方的南越王国，原来的象郡被分为交趾和九真。汉武帝统一南越后，越南北部和中部再次由中央朝廷直辖，在经济政治文化各方面都受到了中国深刻的影响。公元966年，丁部落首领建大瞿越国即丁朝，依照唐朝的体制建立国家，之后的黎朝、李朝、陈朝、阮朝等，都采取了中国的章典制度，并以汉字记载历史、编纂文学作品。中国文化的长期影响及同化，奠定了越南古代文化发展的基础。越南历朝统治阶级出于自身需要，积极主动地从中央朝廷汲取所需要的思想文化。《殊域周咨录》详细地记述了中国文化对越南的影响："本国（指安南）自初开学校以来，都用中夏汉字，并不习夷字。及其黎氏诸王，自奉天朝正朔，本国递年差使臣往来，常有文学之人，则往来学艺，遍买经传诸书，并抄取礼仪官制、内外文武等职与其刑律制度，将回本国，一一仿行。因此，风俗文章、字样书写、衣裳制度并科举学校、官制朝仪、礼乐教化，翕然可观。"①来自中国的各种因素深入地渗透进了越南社会的各个层面，因此在很长一个历史阶段中越南的政治体制、伦理观念、学术思想、宗教信仰及社会上层的生活样式，基本上都趋同于中国的模式。

越南受到中国文化的强大影响，汉字很早就被接受，成为行政、教育和书面交流的唯一文字。汉字输入越南始于汉平帝时的太守锡光，所谓"建治学校，遵仁依义"②之时。唐朝678年在河内设"安南都护府"之后，汉语词汇愈加渗透到越南的语言中。安南李朝圣宗推重儒教，在首都建立孔子祠堂，举行祭祀孔子的活动，并实施科举考试制度，积极引入儒教文化。与此同时，采用中国使用的规范文言文书面语，这些以汉语为中心的文教

---

① （明）严从简《殊域周咨录·安南篇》，北京：中华书局，1993年版。第237页。

② （越）黎崱《安南志略》第十四卷，北京：中华书局，1995年版。第324页。

制度一直持续到19世纪末。

事实上除了胡、阮两朝在短时间内使用过喃字外，汉文字一直越南是官方及民间使用的书面语。喃字即汉喃文字，是借用汉字六书表达越语音义的自造文字。越南人范廷琥曾经提到："中越字学，自丁黎以前，不可得见。李陈而后，取法宋人，说具《安南纪略》。今所考者，如勇翠塔、佛迹山、天福寺钟刻、唐安、郫溪、三厢周公别业，皆笔画遒劲。至如东花门匾，系李朝御笔，天然雄秀，迥不犹人，而撇捺勾挑，已追南字之祖。"[①]句中所提到的"南字"就是喃字，李朝时越南文人开始创造喃字，不过喃字并没有立刻得到普遍使用。很长一段时期内，越南的文学作品绝大部分是用汉文书写的。后来在陈、黎朝时，字喃得到一定程度的推广，此阶段出现了一部分用字喃写成的诗文作品。在1000余年里，汉字与字喃并行于世。但只有胡朝和西山王朝重视字喃，其它王朝不提倡甚至反对使用字喃。字喃对于发展越南的民族文化和文学起过很大的推动作用，不少越南文人也很喜欢这种本民族的文字，不过字喃始终没有取代汉字。

古代越南从一开始就以汉字作为第一书写文字，越南汉诗就是在大量汉文典籍的影响下发展的。汉语文字正式传入越南始于汉朝，当时"凡交阯所统，虽置郡县，而言语各异，重译乃通"[②]。古代越南很长时期内书面语言和口头语言是不一致的，官方人士与知识分子是用汉语进行沟通，而普通老百姓的通行口语是越语。"时有刺史名仕变（士燮）乃初开学，教取中夏经传，翻译音义，教本国人，始知习学之业。然中夏则说喉声，本国话舌声，字与中华同而音不同"[③]。越人所读汉语字音方言口音很重，与中国官话有着很大不同。明末朱舜水就讲到越南官员向其请教询问之事："四月初六日，不知是何官职，来问中文中义理。因居停黎先生传说不便，索纸笔写'植橘柚于玄朔，蒂华藕于修陵'。"[④]负责翻译的越南人"黎先生"能够说汉语，但是他的汉语发音越南口音太重，使得浙江人朱舜水大多听不懂。实际上这种现象至今依然，比如粤语区人士说普通话的时候方言口音很重，还很难纠正。越南的普通老百姓极少能识读汉字，越南汉诗创作和欣赏群体自然也就不是普通大众，而是少数的上层人物。"越南各封建朝廷基本上都用汉语、汉字作为正式语言文字"[⑤]。但是汉语汉字毕竟是外来语，通常需要经过多年的勤学苦练之后才能熟练读写汉诗文。因此越南汉诗作品，基本上就流传于社会上层人物的小圈子中。

由上所述，可知越南是东亚汉字文化圈中最早接受中国封建制度的国家，也是在各方面受中国思想文化影响很深的国家，汉诗在古代越南的长期流行并且达到较高的写作水平也就不足为奇了。值得关注的是，古代越南各种体裁的汉诗创作中，以七律诗写得最为出色。众所周知，七律是汉诗各种形体中最为讲究声韵结构、艺术技巧最为华美的，被誉为汉诗中的皇冠。正因如此，唐代以后汉诗人唱酬中多采用七律形式，七律逐渐成

---

① （越）范廷琥《雨中随笔·字学篇》，台湾：学生书局，1987年版。第20页。
② （南朝宋）范晔《后汉书》卷八十六，《任延传》，北京：中华书局，1964年。第2836页。
③ （明）严从简《殊域周咨录》卷六《安南》篇，北京：中华书局，1993年。第236页。
④ 《古代中越关系史资料选编》，北京：中国社会科学出版社，1982年。第457页。
⑤ 转引自《古代中越关系史资料选编》第758页，原载裴磐世《越语——越南民族的统一语言》，《历史研究》，1976年1—2月，第178期。

为衡量、辨别诗人才华、敏捷和学识的通用方式。中国的明清诗坛上，这样的风气是越来越明显。如前所述，明末清初的钱谦益，擅长于写七律诗（包括七律组诗），其卓越的诗才得到广泛的认同，被尊为诗坛领袖。越南汉诗中的七律，不仅数量多，而且内容丰富，艺术表现力强，达到了较为成熟和完美的程度。在东亚汉诗共同繁荣的背景下，观察和辨析越南汉诗中的七律体一花独秀现象，有利于凸显越南汉诗的特点，揭开古代越南汉诗发展的要因，并展现出越南汉诗创作的艺术特色。

第二节　中国文化的长期浸染

越南七律体汉诗繁盛的原因之一是越南对于中国文化的浸染时间长久，汉诗人的汉语及汉学的群体水准较高，这给越南七律诗的持续繁盛提供了雄厚的创作基础。越南七律体汉诗中呈现出了极高的格律结构及修辞表现技巧，这在东亚汉诗中是很突出的。黎朝汉诗人黎荐[①]的七律诗就堪称佳作，如下面四首：

《寄友》

乱后亲朋落叶空，天边书信断征鸿。
故园归梦三更雨，旅舍吟怀四壁虫。
杜老何曾忘渭北，管宁犹自客辽东。
越中故旧如相问，为道生涯似转篷。

《漫兴》

朴散淳漓圣道湮，吾儒事业寂无闻。
逢辰不作商岩雨，退老息耕谷口云。
每叹百年同过客，何曾一饭忍忘君。
人生识字多忧患，坡老曾云我亦云。

《海口夜泊有感其一》

湖海年来兴未阑，乾坤到处觉心宽。
眼边春色薰人醉，枕上潮声入梦寒。
岁月无情双鬓白，君亲在念寸心丹。
一生事业殊堪笑，赢得虚名落世间。

---

① 黎荐，号抑斋，上福人，原姓阮，诗人阮飞卿之子。胡朝时进士及第，为黎朝开国元臣，赐姓黎。太宗立，辅政，权倾一时。以妻侍中宫得祸连累被杀。黎圣宗下诏为其雪冤平反，封荫其后人。

《海口夜泊有感其二》

一别江湖数十年，海门今夕系吟船。
波心浩渺澹洲月，树影参差浦溆烟。
往事难寻时易过，国恩未报老堪怜。
平生独抱先忧念，坐拥寒衾夜不眠。[①]

这四首七律诗从写作技巧角度看，已经相当成熟老练，比如起句的信手拈来，举重若轻，似乎不经意间便布置了全篇的格局，气度不凡。中间两联无论平仄还是对仗，无论是典故引用还是景色描写，皆能做到工整而自然，显示出博学的功力和结构的技巧。每一首诗作都自成一段完整的抒情结构，生动表现出了诗人淡泊胸怀。高超的诗作技巧还表现在音节的节奏铿锵，如"故园归梦三更雨，旅舍吟怀四壁虫"，顿挫的吟诵表白了身处战乱期间对于远方亲朋故友的思念和担忧，令人感慨；还比如"往事难寻时易过，国恩未报老堪怜"，袒露出一位老臣的忠诚报国之心，拳拳切切，发自肺腑，令人闻之动容。高超的技巧还表现在写景与表意的融为一体，勾勒出富有诗意的境界，如"眼边春色薰人醉，枕上潮声入梦寒"，为诗人夜泊时所见所闻，醉梦间进入了今昔交错的场景；再比如"波心浩渺澹洲月，树影参差浦溆烟"，此为冷静地观赏夜景，以平静的心情细致描写夜色中的波光树影，透露出诗人淡泊的胸怀。高超的诗作技巧还表现在化用历代汉诗佳作的典故名句上面，将古人的诗句化为自己诗中的一部分，如"越中故旧如相问"，显然与唐诗"一片冰心在玉壶"名句相呼应；再如"何曾一饭忍忘君"，"人生识字多忧患"，"赢得虚名落世间"，"平生独抱先忧念"等等，读来都十分眼熟。对于熟悉中国历史文化典故的东亚汉诗人来说，看到这些诗句都会联想起这些事典的出处和涵义，从而引起共鸣和同感，也更容易理解诗人的情怀。

类似这样高超的吟诵技巧，在越南汉诗七律体中是常见的，许多诗作达到了极为精致的程度，表现出了极高的汉诗写作及汉学修养的水平。后黎朝诗人李子晋，有分别描写春夏秋冬的四首七律，排列在一起，组成颇有意趣的季节诗：

回头四十九年翁，得失悲欢一梦中。
蓝尾饱尝知世味，彩幡几度识春风。
三阳发育乾坤泰，二气融怡品物同。
未分先生甘守拙，试将笑口问天公。

《元旦作》

榴花庭院草池塘，水阁无尘夏景长。
叠叠苔钱朝雨净，阴阴槐幰午风凉。
梦回窗落数声鸟，昼永烟消一篆香。
留客茶瓜随分有，浮云富贵没思量。

《夏日》

① 见裴辉璧选编《皇越诗选》卷三，越南河内：汉喃研究院图书馆藏本。

槐暑阴阴度粉墙，荷花袅袅扇新凉。
一分秋色匀天色，四顾山光接水光。
紫蟹含黄初上箭，香橼带绿稍添瓤。
樽前有酒须行乐，莫待东篱菊叶黄。

《初秋》

雪风吹冷透衣裳，独对寒灯觉夜长。
岁月无穷闲点检，功名有分没商量。
塞翁心事宁论马，天禄生人定有羊。
莫道儒冠却多误，诗书圣泽有余芳。

《和祭酒武公冬夜读书有感》①

第一首元旦作，按照昔日汉诗人的习惯，是新春开笔之作。一年之计始于春，此刻的诗人自然是回顾人生，总结经验，展望未来。诗人四十九岁，临近“知天命”之年，饱尝人生的得失悲欢之后，看来是酸甜苦辣，一言难尽。诗中采用越南的名物典故，颇有特色，如“蓝尾酒”，指坐在宴席的末座，酒至则贪婪多饮。还如“彩幡”，则指安南风俗，春日妇人剪彩为幡，迎风飘扬，是为迎春。第二首描写夏日闲居生活，“叠叠苔钱朝雨净，阴阴槐廡午风凉”，是为屋外风光；而“梦回窗落数声鸟，昼永烟消一篆香”则为室内景色。诗人视富贵如浮云，待客友随缘分，显示出了淡泊人生的悟性。第三首写初秋，槐阴粉墙、荷花新凉，是描写近景；“一分秋色匀天色，四顾山光接水光”则为环视远景，远近对照，颇有层次感。诗人不仅写出秋天“把蟹赏菊”的共同乐趣，而且还写出安南特有的美味秋果：“香橼带绿稍添瓤。”香橼是产于交趾的一种热带水果，类似橘子，橼皮绿黄，香味浓烈，可入药。瓤原为瓜籽，这里指香橼的籽。第四首写冬日读书，这也是东亚汉诗中常见的内容。起句“雪风吹冷透衣裳，独对寒灯觉夜长”，这是沿袭了中国诗人的笔法，渲染冬日读书时的寒冷，实际上安南首都冬日极少有风雪交加之时。或者可以理解为这种寒冷来自诗人的内心感受，主要是指闲居时的孤独感。“塞翁心事宁论马，天禄生人定有羊”一联，马羊相对，寓意巧妙，“失马”是祸也是福，而“有羊”就是呈现吉祥。这四首诗并读，可以真切了解诗人从容淡定的人生态度，这种人生观念来自于中国传统思想文化的长期熏陶。正如诗人在另外两首《漫兴》中所表达的：“借问人生为底忙，胶胶扰扰利名场。窗间野马乾坤大，枕上黄粱日月长。弄巧徒劳蛇有脚，横行谁悟蟹无肠。何如乐道安天命，损益随宜任取将。”“浴沂濂溪访考亭，讨论石鼓订盘铭。膏油吃吃劳韩思，诗礼循循问鲤庭。技愧屠龙无所用，巧邀织女有何灵。从来医卜皆名世，何必区区究九经。”李子晋自认为是一名传统的儒生，自幼孜孜于求学考证，潜心学问，注重修身养性，努力用正统大儒的言行来激励和鞭策自己。但是成年后的他经过人生磨练，终于明白了自己求学成圣理想的虚妄易碎。年过半百的诗人冷眼看去，安南官僚士族社会中的众人皆在为个人名利奔走忙碌，而忙碌争斗的最终结果也是殊途同归，逃不脱如“枕上黄粱”美梦般的一场空。诗人

① 见裴辉璧《皇越诗选》卷三。

把这种“安天命”、“任取将”的人生感悟用四季组诗的方式表现出来，精练警醒，构成了完美的诗性思维的表现形式，这在越南汉诗人中是颇有代表意义的。

第三节　安南科举的影响

越南七律体汉诗繁盛的原因之一是科举制度历史悠久，科举文化深入人心，长期的科举制度培养出了数量庞大的越南士族文人，也为他们进行汉诗文创作提供了源源不断的原动力。正因如此，越南汉诗人醉心于中国文化传统，熟悉汉文学事典，经过长期的训练与世代相传，汉诗文写作达到较高的水准，这对于越南七律诗创作整体水平提高是不可或缺的。科举考试及第者中的佼佼者往往留在国子监任教，他们承担着越南汉学传统香火传递的重任，培养后生学子，同时也参与朝政的运行及变革，可谓身处中枢，责任重大。从他们所创作的汉诗中，可以看到一个汉学水平及社会地位都较高的越南汉诗人群体生态。黎朝阮梦荀[①]有《赠国子监祭酒阮公致职》写道：

六堂髦士久从游，苦欲留公挽不留。
璧水几年沾教雨，珥河今日望仙舟。
天衢知足真高蹈，云屋藏春岂拙谋。
魏阙江湖同一致，愿无金玉告辰猷。[②]

这首七律描写惜别告老归乡的国子监祭酒，诗人对年老归乡的恩师表达了由衷的感谢，对于惜别恩师也流露出了无奈，这种敬老及感恩之心在东亚汉诗文化圈中表现得较为普遍，这也是中国传统教育中的一项重要内容。诗中还流露出国子监中师生关系的和谐融洽，“六堂髦士久从游”及“璧水几年沾教雨”都叙述着师恩难忘。身为祭酒的老师，似乎不经意间以自己的高风节操影响着门生后辈，在京城是谨慎处世，即所谓“天衢知足真高蹈”，而归居后是“云屋藏春岂拙谋”，亦不失醇儒本色。这种“魏阙江湖同一致”的人格精神，深刻感染了作为门生之一的阮梦荀，他在另一首七律《怀禄》中吟道：“凤池底事久低徊，盛世如今岂乏才。得道忘师翻自讼，以诗鸣世也宽怀。清闲莫若歌归去，富贵从兹付倘来。怀禄区区真可笑，长源休待赐宫鞋。”[③]怀禄就是恋栈，舍不得放弃官职，舍不得离开朝廷官位（凤池）。科举及第后走上仕途，升职或者保位都不容易，何况全家的衣食生活来源皆有待于此，因此官员有怀禄的想法是十分自然的。但是对照老师的高节，诗人感到了自己的平庸；吟诵汉诗，更加深了诗人放弃世俗富贵、追求清闲归居的意愿，正如诗中所说“得道忘师翻自讼，以诗鸣世也宽怀”。阮梦荀还有另一首七律《赠祭酒武公致仕》写道：

① 阮梦荀，名文若，东山甫里人，胡朝庚辰科中进士。后拜谒黎太祖，授官职黎太宗时累官至左纳言，有《菊坡集》传世。

②③ 裴辉璧《皇越诗选》卷三。

宦成名遂世人稀，复见东门祖帐归。
雪缕匙翻天德鲙，春风伴荐烂柯薇。
焚香扫地闲缘有，听鼓排门往事非。
报国无才嗟我老，平滩亦拟制荷衣。[①]

武公指武梦原，仙游东山人，号薇溪，又号烂柯翁，胡季犛主政的圣元二年庚辰中进士。进入黎朝后任国子监司业，后升任祭酒。年七十四致仕。阮梦荀这首诗中对于即将致仕的祭酒武梦原表达了敬意，称其为“宦成名遂世人稀”，但是重点还在于羡慕其归居生活，即“焚香扫地闲缘有”和“春风伴荐烂柯薇”的悠闲惬意。武梦原遇到太平盛世确实是其人生的幸运，他的诗集中也有《送国子监教授黎公景略致仕》的七律诗写道：“圣朝优老赐荣归，灿烂枌榆昼锦辉。乐土丰年粇稻足，海邦霜月蟹虾肥。道书老氏称知止，易系文宣贵识几。早晚吾将投绂去，一杯聊慰暂相违。”同样表达出致仕闲居生活的向往之心，其人生观也是建立在中国传统老庄及易学思想基础之上的。他还有《盆松》自喻：“寸根移白岭云深，托迹盆中长绿荫。偃蹇当窗才数尺，䈥槮出槛讶千寻。昂霄耸壑渐无力，攫雾拿云谩有心。幸得主人常爱惜，朝昏对榻伴清吟。”[②]这首诗道出了盛世台阁汉诗人的普遍心态，汉诗中关切民生疾苦朝政利弊的传统，身居朝廷高位的越南汉诗人自然明白，但是实际创作中却感到“昂霄耸壑渐无力”，难以身体力行。汉诗中独善其身的一面，特别是基于老庄思想的田园诗风，越南汉诗人却是倾心向往、顶礼膜拜的，即使放不下京城官职，身体不能闲居山林，而山林之心却常存，此所谓“攫雾拿云谩有心”也。

安南汉诗人中科举及第仕途成功者很多，汉诗记录了他们的人生历程，而七律诗又成为衡量其汉诗艺术水准的一面镜子。黎朝汉诗人阮秉谦，自少聪悟异常，有高趣，精通数学，被时人誉为料事如神。其《白云庵诗集》，收诗作一千余首。其汉诗锻炼精粹，佳作很多，如七言体古诗《松》曰：

长松十丈昂且耸，磊落不与百卉共。
明堂制度方一新，左撑右柱克梁栋。
若言医国与医民，神苓琥珀备药笼。
老来却伴双鹤栖，少时曾记三公梦。
自娱泉石风独高，长傲雪霜色不动。
用之则行舍则藏，谁云材大难为用。

吟咏松树的姿态风骨，磊落高耸，历经寒暑，不与百卉同调。松树既能作为支撑大厦的栋梁之才，也能自娱泉石，伴鹤闲栖，可谓用之则行，舍之则藏。大材能作大用，也能作小用，也能不用，自由自在。在这些类似庄子《逍遥游》一般意趣表述的诗句中，诗人豁达的人生观及名利观袒露无遗。阮秉谦与师友日常交往重情感意气，在下面两首汉诗中可见一斑，如《留石郡公》云：“道非身外岂难寻，况又相期意气深。君父纲常千古在，孝忠誓不负初心。”君父纲常，忠孝意气，这些都成为诗人为人处世的基本原则。再如《与高舍友人

①② 裴辉璧《皇越诗选》卷三。

别后》写道："相逢乱后老相催，缱绻离情酒数杯。夜静云庵谁是伴，一窗明月照寒梅。"战乱余生，与友人重逢，更觉离情缱绻。诗中勾勒出一幅夜庵静思的画面，"一窗明月照寒梅"的场景中，明月与寒梅，以物喻人，皆有寄托，颇有唐诗神韵，无声的场面中表露出深沉的思念。

阮秉谦从科举中式后的仕途基本上算是平稳顺利的。但是生逢改朝换代，乱世余生，许多事情还是身不由己的。他年龄不算老的时候就致仕，闲居四十余年，或许并非出于自愿，内心自有苦衷，只不过诗人豁达随缘，不明说罢了。在其七律诗中，就依稀可见其情绪波动，如《从征》云："指期誓复旧山河，慷慨登舟发浩歌。棹摆水纹堆白雪，帆移月影皱寒波。孤忠对越乾坤老，四顾微茫草树多。记得贼奴平定了，重寻津馆侣鱼虾。"这首七律作于景历光宝年间间，诗人年逾六十，已经闲居数年。但只要君王召唤，他便欣然出门，慷慨登舟，可谓孤忠彪炳，壮心不已。阮秉谦还有七律《秋思》一首，也是抒发报国心愿：

昨夜金风一阵吹，闲亭兀坐动秋思。
云边雁过浑无数，天上月明应有期。
光景逐人年似矢，危时忧国鬓成丝。
田园自笑归来晚，松菊犹存是故知。

归居田园，松菊犹存，容膝之暇，云无心而出岫，鸟倦飞而归林，这本是陶渊明笔下描绘的闲居生活的自由境界，这也成为东亚汉字文化圈文人内心向往的致仕之后的理想生活场景。但是诗人的秋思却不是欣赏大自然的优美秋色，而是担心时事动乱，急于为国分忧，因而吟出"光景逐人年似矢，危时忧国鬓成丝"的诗句。再有《自述》两首：

万里鲲溟早奋身，穷时聊且戢修鳞。
昔并金马玉堂客，今伴青山碧水人。
醉里琴棋长度日，闲中花草足供春。
斜阳独立都无事，笑倚东风岸帻巾。

不待投章便解簪，田园旧约好重寻。
喧无车马牢春睡，乐有图画老客吟。
万古东风曾识面，一江流水是知音。
何年再睹唐虞治，偿了君民致泽心。

这些七律都透露出诗人豁达的人生观，在经历了仕途的起伏升降之后，诗人似乎已经突破了名利缰绳的束缚，在悠闲的田园生活中自娱自乐，感到极大的人生满足。从七律的写作技巧看，也是举重若轻，工整流畅，显示出大家风范。从科举考场走向仕途的诗人，到了人生的晚年，享受着青山绿水环绕的优美生活场景，从内心深处流露出一种超脱感。看透了人世间的是非纠葛，跳出名利荣辱的约束，由此来探索人生的真意，意境自然不同凡俗。如《里居简诸同志》所云：

不才误被衮龙褒，玩愒区区谩自劳。

实学未能孚士望，虚名空笑取时嘲。
人荣簪绂同年友，我爱松筠晚岁交。
谁是谁非休说著，青云争似白云高。

这首七律是诗人晚年的心态自白，在看透世态炎凉之后，反倒能放下一切心结，谦逊地待人待己，大度地应付人情冷暖。"松筠"贵于"簪绂"，"白云"高于"青云"，这些具有象征意义的物象对比中，凸现出诗人的人格追求，正如其《寓兴》诗中所描写的："突兀门前十二峰，烟花敛却露秋容。倚楼一望知山意，时送青来千万重。"①烟花过后露秋容，生命的真谛就存在于萧瑟与新生的轮回之中，自然界如此，人生也如此，诗人的倚楼一望，感悟到了如此的"山意"，与陶渊明《饮酒》诗中所道"此中有真意，欲辨已忘言"，真可谓是异曲同工，殊途同归。

第四节　群臣唱和风气的引导

越南七律体汉诗繁盛的原因之三是君主倡导，群臣唱和，形成了朝野以七律为尊的意识。尤其是进入了后黎朝，在黎圣宗的主导下，文教兴盛，诗坛唱酬风气盛极一时，而君臣唱酬使用最多的诗体就是七律。比如在洪德二十五年，黎圣宗写道："余静坐法宫，遐思今昔君明臣良，与当今基业之盛，偶成一律。"诗曰：

高帝英雄盖世名，文皇勇智抚盈成。
抑斋心上光奎藻，武穆胸中列甲兵。
十郑兄弟并贵显，二申父子佩荣恩。
孝孙洪德承丕绪，八百姬周乐治平。

在这首诗后面，黎圣宗还亲自加上了详细的注解："太祖高皇帝晦迹蓝山，义旗一挥，明人败衄，神州恢复，两京不隳。二十余城，开门纳款，启万年之基业，解百姓之倒悬，茂建大功，超越往古。太宗文皇帝，继承大统，内抚外宁，文教阐开，武威振荡，粟米狼戾，人物阜成。承旨冠服侯阮荐，号抑斋先生，于胡朝中科第。圣祖创业之初，涉江归附。内则赞画帷幄之筹略，外则草谕列城之文书，华国辞章，宠任益重。司马黎魁谥武穆，太祖高皇帝之侄，沉毅雄勇，才略过人，奋击明兵，所向无敌。镇守顺化，占人怖惊。太尉郑可，子郑伯适、郑公路、郑公吴、郑达、郑季述、郑季迪、郑侑、郑江兄弟十余人，并进宦途，极于贵显。申仁忠，子申仁信，接踵先后，高登科第。仁忠班并二品，职列论思；仁信亲擢词林，身登玉署。己卯大变，凉山弑君，贼臣假威权轻国。庚辰六日，文武臣僚，扫清大憝，奸党蒙戮，藩邸来迎，予登宝位，抚安兆姓。"②可见这首七律诗是对后黎朝开创时期君臣协力关系的一种赞赏。此诗一出，群臣纷纷上奏褒评，如东阁大学士申仁忠奏评道："自古天

① 裴辉璧《皇越诗选》卷三。
② 裴辉璧《皇越诗选》卷一。

生圣哲之君，必生文武之臣，为之辅佐，然后可以建大业于其始，保盛治于厥终。是以明良戒饬之歌，见于虞典；褒美赐劳之咏，著于周诗。今奉观圣制此篇，始述圣祖创业，神宗守成，虽其英勇大德，本于天生，亦由文武名宦，为之辅佐。终述当今功业之盛，翻述之良，冀望文武之臣僚，丕赞无穷之盛治，文辞雄雅，意理深长。上则褒法祖敬宗之忱，下则致任人图治之意，欲文武并用，期治效之益隆。懿范宠模，咸萃于此，与虞朝之载歌，周家之雅颂，同一揆也，岂可以唐宋韵语丽词秀句视之哉。臣猥以微宗，幸逢昌运，特蒙圣恩亲擢，寘在从班，授以穹阶，加之厚禄。仰思遭遇，惭负良多。勉竭庸愚，莫裨毫发，况复痴儿臣申仁信，滥中科场，又蒙圣恩广容，得以忝陪翰苑。一门父子，叠被恩荣。今蒙圣制以其姓名，著于诗篇，预得褒嘉。深怀愧赧，欣幸虽甚，忧惧殊尤。父子拜读之间，不觉感泣，岂图衰钝之迹，过蒙眷奖之恩。臣虽糜陨万身，亦不足报。”翰林院侍读阮仲悫也上奏道：“窃惟高宗思道，形于恭默之时，圣上励精，见于静坐之际。高宗《命说》三篇，载诸简册，固为善谈。圣上发为诗歌，命词臣赓和，尤为盛事。奉观圣制此篇，浑全精粹，莹洁光明，如美玉精金，实为至宝。起句追述太祖高皇帝以英雄定天下，太宗文皇帝以勇智开太平。孝感之心，溢于言表。颔联言昔日贤良之佐，虽概举阮荐、黎魁，而凡昔日贤良之佐者，皆在其中。颈联言今日文武之臣，虽独举郑公路兄弟、申仁忠父子，而凡今日文武之臣，亦在其中。所以丕视功载，奖励臣僚，非惟抑斋、武穆地下衔恩，而先正宁人，亦当有以妥逝爽矣。非十郑、二甲，一家胥庆，而百辟庶尹，亦知所以效忠忱矣。落句臣等又以仰见圣上觐耿光扬大烈，建万世太平之业，实宗社无疆之休也。”[①]由上引文可见黎圣宗时期君臣行文惯用骈体，凸显华丽辞藻、典故对偶与精巧文句结构，史称“洪德文体”，这与当时七律吟唱风行是互相呼应的。

上述引文中提到的东阁大学士申仁忠，被黎圣宗赐号“骚坛副元帅”，其诗集中颇多奉和诗作，大都是七律体。虽说奉和之作一般难以写出真情实感，但是申仁忠的奉和七律中还是有一些佳作，如《奉和御制思家将士》写道：

公义私情鲜得俱，可怜愁影镜中孤。
谁知壮志驱驰日，翻作柔肠契阔秋。
蝶梦三更随处有，雁书一字到家无。
离鸾别鹤休赓曲，自古男儿志九州。

这首七律写于洪德二十五年二月十六日从驾西征之时，而黎圣宗的原诗《思家将士》是这样写的：

北风携手与谁俱，不夜天高月影孤。
梅落五更增远恨，愁来一日似三秋。
魂能引梦存心否，酒到忘形惜醉无。
欲识故人旧消息，恐稀便雁到神州。

两相比较，申仁忠的奉和之作比黎圣宗的原作显得气魄雄大，格调铿锵，明显高出一筹。

① 裴辉璧《皇越诗选》卷一。

当时另一位东阁大学士杜润也有一首《奉和御制思家将士》写道：

同袍共枕两难俱，残月西营客梦孤。
碧草情怀空拟恨，青霜志气尚横秋。
沉沉鼓角数声断，杳杳麟鸿一字无。
此去莫嫌离别苦，人生几到帝王州。①

而另一位翰林官梁世荣也有同名唱和诗写道：

公义私情欲两俱，家山回首白云孤。
更筹暗数痴如梦，旅次空眠冷似秋。
万里马嘶愁绪有，一天雁断信书无。
指期偿了悬弧志，轻拂清风上帝州。②

翰林官陶举也有同名唱和诗如下：

牢落羁怀影与俱，海天万里月轮孤。
凄凉薄帐魂难梦，断续寒笳鬓易秋。
桑柘云深平望断，麟鸿路杳好音无。
愁边未肯弹清泪，自古男儿志九州。③

而另一位朝廷高官吴纶也奉和此诗：

故人王事恨难俱，惊枕油幢客梦孤。
斗胆悬悬空借酒，乡怀脉脉剧悲秋。
角声残月羁愁集，雁信斜风片字无。
何幸皇仁能体悉，仓庚时节入皇州。④

这些大臣的奉和之作咏颂同一主题，但是切入点各不相同，描写也各有千秋，但是君臣吟诵汉诗，同堂唱和，气氛极为热烈。从黎圣宗的原作到各位大臣的唱和之作，构成了“思家将士”汉诗主题的多侧面吟唱，也凸现出当时朝廷汉诗吟诵之风的盛行。

越南从丁部领削平群雄而称王开始，进入藩属中国的时代，全面吸收大陆皇朝的政治制度及科技文化。历经黎朝、李朝、陈朝、后黎朝的发展，越南的汉诗文创作不仅在官宦中达到普及，而且达到了较高的水平，出现了纯熟的笔法和鲜明的个性。而在朝廷君臣唱和的汉诗中，最为引人瞩目的就是七言律诗的大量出现，七律成为衡量汉诗人创作

① 杜润，金华县金华社人，光顺七年进士，累官东阁大学士，晋尚书，赐号“骚坛副元帅”，得到黎圣宗的重用，与申仁忠齐名，时称“申杜”。此诗见裴辉璧《皇越诗选》卷四。

② 梁世荣，字景谊，天平高香人。幼时聪悟过人，有奇气。光顺四年科举状元，时年二十三岁。累官翰林院承旨，掌院事。精佛典，朝廷文章多出其手。此诗见裴辉璧《皇越诗选》卷四。

③ 陶举，淳康人，十八岁光顺七年进士，选入翰林院。累官至东阁大学士，晋尚书，礼遇居申仁忠、杜润之次。

④ 吴纶，东岸三山人，洪德六年进士，选入东阁。得到黎圣宗的赏识和优遇，《琼苑九歌》，惟申仁忠、杜润及吴纶奉御评，荣耀一时。累官至尚书致仕。此诗见裴辉璧《皇越诗选》卷四。

功力的评判标准，自然也逐渐成为后黎朝汉诗人最为用心创作的一种诗体。越南汉诗诸诗体中七律一支独秀的局面，就是在这样的时代文化背景土壤中形成的。

第五节　近代诗风转变中的七律体

20世纪越南被法国殖民统治之后，文字声教，悉准法人标准，传统汉学遭到禁止，汉诗创作被釜底抽薪，失去了社会生存的空间，汉诗人难以为继，汉诗创作自然衰退。然而一些民族意识强烈的知识分子仍然坚持汉诗创作，并多用七律体表达内心的复杂情感，或激昂或悲愤或压抑，展现出了近代政局风云变幻给越南志士带来的强烈冲击。如潘巢南出洋时《寄友》云：

堂堂七尺好须眉，肯听乾坤自转移。
于百年中须有我，岂千载后更无谁。
江山死矣生徒赘，贤圣寥然吊亦痴。
便逐长风东渡去，补天填海誓相期。

潘巢南东渡日本求学，寻找拯救越南的治世良方，其对于本民族命运的关切之情及强烈的责任心都在这首七律诗中得到鲜明表现。再看阮仲来赠潘西湖的两首七律诗云：

一入红尘便拂衣，寒江回首钓鱼矶。
千重沧海忧来远，半枕黄粱梦到稀。
事怪每教书咄咄，天高枉自想非非。
月斜酒肆歌相和，侠骨嶒崚半未衰。

忠孝由来几两全，风尘回首倍凄然。
未能一死酬君父，空愧三生学圣贤。
十载梦魂青琐地，两行血泪白云天。
苦心一片教谁白，半夜灯残独自眠。①

纵观越南历史国情，可以发现其基本上是乱时多于治时，分裂多于统一。其间不时交织着与中国的藩属关系变化，与周边国家如真腊、林邑、暹罗等国邦交关系的变化。越南地形复杂，君王统一全国，往往也只是象征性的，各地强势集团据险地各自为营，依时势而归附不同政权。以汉文小说《驩州记》为例，虽为家族史之记载，也可以看成整个越南社会形势的缩影。黎太祖借张陈氏政权起家建立政权，九代之后，莫登庸夺黎氏权。黎朝旧臣又寻黎氏后裔复兴之，然黎氏政权旁落，国内阮郑两派各自为营，并间与莫氏相斗，或和或争，纷乱不断。越南历史上曾多次出现帝权旁落状况，如前黎朝的开国皇帝为

① 上引三诗见彭国栋《中越缅泰诗史》第120页，台北，“中华文化出版事业委员会”1958年4月初版。

"丁朝副王，国事不分巨细，皆出于黎氏之口"[①]。李朝开国者李公蕴是"前黎朝左新卫殿前指挥"；继之陈太宗陈守度掌"李朝兵马大权"，强取李氏皇权；胡朝复踵陈辙，权臣胡季犛废陈少帝，之后莫阮朝亦循此迹。越南历代朝廷更替后的政权，基本上都是权臣取而代之，其实质则是弱肉强食的演绎。越南民族素来尚武好勇，在中国的史书中记载为"其俗夷獠杂居，犷悍喜斗，或剪发或椎髻，口赤齿黑，跣足文身，暑热好浴，故便水"[②]。"安南国夷人性狡诈，好浴，信鬼神"[③]。汉文小说《越南开国志传》开篇中有这么一段诗篇吟诵道："尘扰扰，夜漫漫，竞说龙吟虎啸，争夸鲲跃鹏博。到头未卜江山远，送目方知天地宽。局外厌争胜负，寰中堪羡枕溪山。此盛彼衰，朝代兴亡，不知无易，东征西讨，天人感应有何难。"[④]这首琅琅上口的通俗诗可以说是对越南政治局面中"强者为王"的现实作了简略的注脚，一如中国三国争夺天下霸权一般，所以《三国志》通俗小说在安南国最为流行，受到士族文人的长期喜爱，其中也有小说描写与现实局势颇为吻合的原因存在。

安南国的正统观迥异于中国，正统观的含义在安南实际上已变为对强权政治的妥协与认可，在嫡少问题处理方面也是承继了以强者为尊的观念，帝王传位基本上是倾向于择能择贤而不择长。安南汉诗文中描写此类观念的例子甚多，如黎显帝病危，立次子维祈为后，立下遗嘱："朕倘乘云之后，其长子维均才疏德少，不堪继位，如次子维祈，恩威并着，有德有仁，堪承大业，得守宏模，以统国政。"[⑤]此外还有郑王森废长立庶等例子。不注重立长，其实质就是对封建纲常顺序的一种忽略，中国的正统观是很强调"君、臣、父、子"关系，注重尊卑长幼次序，其实是通过固定的秩序来维持社会安定局面。而越南朝廷政治中并无这种严格等级秩序，自然就会产生更多的争斗以及相应的优胜劣汰现象，强者为尊的思想在越南国内占主导地位也就成为一种必然了。

此外，中越之间的军事政治相争历史漫长，这直接影响到越南人的民族心理：一方面臣服强势大国，另一方面也希望自己国家能独立自强，与中国地位对等甚或凌驾其上。这种要求越南皇权独立的主体意识，流露于汉文演义小说中，也流露于汉诗作品中。在越南的历史演义小说中，不乏一些重笔描绘两国交战时越南人占上风的场面，借以一抒民族抑郁感。比如："话说越南一境，自雄、赵、丁、陈、黎六代，废兴相继。陈氏更遭家末造，明国来侵，将骄兵，吾民不堪荼毒。天生黎太祖，以布衣蓝山起义，收复封疆，堂堂与中国并帝。"[⑥]《越南开国志》中提到黎朝主动与明朝妥协停战，因为中越相争一直处于这样的一种状态中：短时战争中国可以取得胜利，而长期耗战，自是穷兵劳民，中国难以维护胜利成果。自丁朝之后，越南成为中国藩属国之一，其国内政治势力出现纷争时，往往求助中国皇权的有效保护。而一旦俟其国内局势安定明朗后，则又急于脱离中国朝廷的控制。中越之间历代的边疆纷争多是由此种关系而起，其焦点是对越南的控制管理到底

① 郭振铎、张笑梅《越南通史》，北京：中国人民大学出版社，2001 年。第 14 页。
② (明)张燮《诸蕃志外十二种·东西洋考》卷一，上海古籍出版社，1993 年。第 146 页。
③ (清)傅恒《诸蕃志外十二种·皇清职贡图》，上海古籍出版社，1993 年。第 411 页。
④ (越)《越南开国志传》，台湾：学生书局，1987 年。第 17 页。
⑤ (越)《越南开国志传》，台湾：学生书局，1987 年。第 34 页。
⑥ (越)《越南开国志传》，台湾：学生书局，1987 年。第 17 页。

该拿捏到什么尺度。中国朝廷采用什么态度来处理与藩属国之间的关系，直接影响到越南国内政局的变化。综观之，中国政府对越南的态度不外乎两种：一认为其国处偏僻地，赋薄而劳远人，且交通不便，适宜其国自治。宋朝时就一直禀持此观念，“交趾古交州东南薄海接占城，西通白衣蛮，北抵钦州。历代置守不绝。赋入至薄，守御甚劳。皇朝重武爱人，不欲瘴疠之区，以守无用之土。因其献款从而羁縻之”①。另一种看法是认为天国之大。四海为邦，不能疏于对越南的管理统治。这两种思想一直互为交锋，各擅一时。汉文小说《皇越春秋》中对此有着明确的描写阐述：

明成祖知汉苍多行不义，乃大会文武群臣，问以安南事务，新成侯张辅奏曰：“季犛反覆，暴虐百姓，罪恶莫大。今因国中多变，陈氏祚终，举兵执胡氏父子而归，郡县其民，以绝后患。”大学士杨荣曰：“安南之国系是蛮方，风俗不同，礼俗各异，得其民不可治，得其地不可居。莫若置之度外，使彼各处区处，成败不关于中，得失即委是他。如此，则不动兵端，而陛下不勤远略矣。”②

很明显张辅和杨荣的对话沿袭并代表着对安南两种政治态度的交锋，或战或不战，战则使越为邦，不战则越地自立，任其治乱。如何处理与越南的关系，中国朝廷采取的对策不外乎上述两种，这在中国历代史料中也可得以印证。莫黎朝之争时，史书记载：“督臣陈大科疏言：莫之篡黎其事逆，先朝犹赦其愆，况黎之复仇，其名正，今日宜许其顺。以夷治夷，祖宗成法。”③以夷制夷，即是让其自治，也让中国朝廷脱身于安南国内的各派势力纷争之外。《越南开国志》中对此也有非常详细的解释：“孙士毅见报谓僚属曰：‘安南在汉唐为内属，至宋丁氏崛强始为贡臣，更代相沿，以至于今，复不能保有其国，天其或使为中国之郡县乎？’清曰：‘开边大事，利害不细，果如所言，该国实属可悯，惟敌势料不过如此。彼自海滨奋起，结发从戎，一举而取三百年之余国，定是不弱，料不肯被人虚喝，闻风霄遁，除非一二番挫衄，安肯退听。中国二百年太平无事，民不知兵，一旦驱炎瘴之地，胜之不武，况未必胜。万一蹉跌，伤损实多。上宪为国大臣，建节边方，所宜固守边疆，岂可肤受人愬，骤开边，黄福、张辅厥鉴不远，在永乐宣德之时，请熟筹之。’”④孙主张，存黎而得安南，而永清则认为不可。两人所持的观点正与明时杨荣与张辅类同。可见自宋以来，中国历代王朝对与越南的宗藩关系，既有理想主义的一方面，也有现实主义的态度。其理想的一面是维持这种宗藩关系的模式，保护藩臣。但当时局变化，不能阻止藩属国内新王朝的篡立时，中国王朝便会采取实用主义态度，即承认篡立的新王朝而继续与其保持宗藩关系。

对于越南统治者来说，中国绝对是强势一方，其国内哪派政治力量一旦占了上风，巩固统治最好的办法就是向中国君主求封赐来正其名号，以此来确立其在越南统治的正统地位，安南历朝皆如此。越南统治者从中国王朝领受封号，政治军事上找到了有力的靠

① (宋)赵汝适《诸蕃志》，上海：上海古籍出版社，1993年。第2页。

② (越)《皇越春秋》，台湾：学生书局，1987年。第20页。

③ (宋)赵汝适等《诸蕃志外十三种・东西洋考》，上海：上海古籍出版社，1993年。第146页。

④ (越)阮榜中《越南开国志传》，台湾：学生书局，1987年。第206页。

山,巩固了其在国内的统治地位。受"敬天事大"文化思想的影响,只有受到中国的册封,才算"正统",才能"服众",因而越南历朝历代的国王无不孜孜以求中国的册封。而中国皇帝也因朝贡、赐封,显示了其"天朝大国"的宗主地位。所以,两国的朝贡、请封、赐封赠官以及吊祭、袭封的使臣,南北交通,络绎不绝,成为两国外交往还的主要内容。处于这样的环境中,越南国内的一切政治军事事务都可以与中国挂上关系,特别是动乱期间。中国封建王朝无论战或不战,干预或不干预越南政务都很完全难说是合适的。更何况中越战争有时会演变成具有侵略性质的战争,因此对于越南的知识分子来说,最希望的就是自己国家自强独立起来,希望自己国家强大富庶,能够自主其国,具有独立的发言权和管理权。在越南的汉诗文中提到中国各朝时基本上都是敬畏相杂,兼有不忿的基本心态,是为大国威慑下弱势小国容易产生的复杂民族心理。《越南开国志》及《驩州记》中都用了相当篇幅来记叙黎朝冯克宽使华一事,小说极力渲染其人神思敏才,面对明朝皇帝三次责问刁难,从容应对,使得明朝上下为之折服:"明帝听知,面有惭色,默然不语。朝廷百官宰相,各自骇然。"[①]文中一方面敬称"天朝"、"大明",一方面则为冯克宽其人为国扬眉吐气、"重君命,壮国威"而大张文墨,其背后正是弱国期强这一普遍心态使然。越南的汉诗文中笃信人物命运的天定成份,越南历史上的著名人物,总会有预言或天兆来证实其人之身份与地位的特殊性。"天意如此",则非人力所能奈何,因此强者当道,朝代兴替也就有了解释的理由。所以相应的越南汉诗文创作中就出现了浓厚的天命神授色彩,天将授命于斯人也,斯人或英雄或枭雄,都会显示出非同寻常人的特质来。越南汉诗中对英雄豪杰的看法并不狭隘,只要英勇守义者,无论敌我,都会加以肯定,并不考虑英雄的出身立场,而是就事论人,依表现出的品质而加以褒扬。如对于胡朝的记载,虽然胡朝不仁,民怨遍生,而诗人对忠胡至死不降的守城统领丁美却大加盛赞:"丈夫英气励勤王,虽死心中誓不降。忠贯两间悬日月,千秋青史永流芳。"至如对明将何忠之义烈英勇,也是赋诗凭吊:"丈夫志气异乎人,义胆忠肝层鬼神。凛凛英风千古在,不惟守义又成仁。"越南历史题材的汉诗中乐于描写被本民族敬重,也被对手敬重的英雄形像,其本质就是凸显出不畏强暴、忠义守仁的民族文化的传统观念,在七律诗的创作也可以明显地看到这一点。

① (越)《越南开国志传》,台湾:学生书局,1987年。第33页。

结　语

阮朝前期，由于社会动荡等原因，阮朝汉诗接着黎末叙事诗的兴起而继续发展，而且这一时期的叙事诗与当时的现实生活结合得更加密切，充满了浓厚的现实主义色彩。再加上北使诗创作的异常繁荣，使得阮朝汉诗出现了中兴局面。但是这种繁荣的局面并没有持续多久，随着法国殖民势力的不断扩张，以儒家文化为代表的汉文化被排挤，乃至于最后无立锥之地可言，汉诗亦随着这一时局的变化日渐衰落，乃至于灭亡。但是值得注意的是，在法人的势力下，越南爱国志士不甘沦为亡国奴，积极奔走救国，而汉诗则是他们宣传救国理念的重要载体。正如越南现代学者文津所说："19 世纪末叶的越南文学基本上是爱国文学。它的目的在于歌颂人民的战斗和勇敢精神，或斥责封建阶级卖国求荣的卑鄙行为，或描写人民在世事纷乱时期的境遇。……它对鼓舞人民的爱国热情和战斗精神有着巨大的作用。"①可惜的是，这些充满爱国情怀的诗作，竟成为越南汉诗的绝响。

阮朝汉诗的高涨期并没有持续多久，根本原因就是从阮翼宗嗣德中叶之后，法国殖民势力加速入侵越南，先用武力逼迫阮朝割让了南圻的边和、嘉定、定祥三省，继而主宰整个越南，并精心策划割断越南延续千年以上的汉文化传统。面对着法国殖民者的武力侵略，越南汉诗人爆发出了强烈的爱国呼声，出现了一大批悲愤激昂的爱国诗篇。如阮庭炤悼念服毒殉国的潘清简的诗，阮有勋被捕后英勇就义前写的《绝命诗》，以及黄耀自缢殉国后时人的赞歌，无不慷慨激昂、震撼人心。然而诗坛的一腔孤愤难以挽救阮朝沦为法国殖民地的命运。

1885 年，清朝廷却和法国签订了《中法会订越南条约》，明确放弃了对越南的宗主权，承认法国是越南的保护国。从此法国全部占领越南，并将越南分割为三个国家：交趾支那、安南王国、东京保护国。两年之后，又将柬埔寨纳入其殖民国版图，组成所谓"法属印度支那联邦"，全部纳入法国任命的总督管辖范围。然而在法国殖民者的高压统治下，越南汉诗人中不愿意当亡国奴的爱国志士大有人在，他们的抗法救亡诗篇写得悲慨沉痛，成为越南汉诗的绝响，如前面提到的阮尚贤（鼎南），他在 1873 年北上向

① 见（越）文津《越南古典文学》，载《越南新闻》，1958 年 11 月。

李鸿章乞师救国①,但此时的清朝惧怕法国,主张和议,对于越南的亡国危机无力援救,对于时局亦无可奈何。阮鼎南乞师不成,悲痛万分,他在寄居中国的岁月里时常心系故土,关注着祖国的危难,因而在其汉诗中充满着爱国悲情。其汉诗创作后来辑为《南枝集》,诗集名取自中国汉末古诗《行行重行行》中"胡马依北风,越鸟巢南枝"之意,越国的鸟北飞后仍然筑巢在南向的树枝上。这样的诗集名显然是以鸟喻人,表达对于灾难中的祖国故乡的眷念之心。《南枝集》收阮鼎南汉诗365首,民国初年在中国刊行,其中叙事抒情,颇多佳构,而拳拳爱国心曲,在诗作中缠绵回响,感人至深。如其《香江老人辞》写道:

黑风卷地云层层,战士十万俱饮冰。
飞星走火乱如蝟,天门一夜东南崩。
旌旗落落委街路,路旁战骨鸟争聚。
香江日斜水滔滔,血腥熏人不可渡。
江上老翁双泪垂,杯酒殷勤前致辞。
六飞已渡明良壮,诸君扰扰将安之。
老夫龙钟诚已矣,岂知满眼烽尘起。
回思少壮何凄酸,正见高皇奠都始。
屏山盏灯佳气锺,甭云高捧朝阳红。
层城巨阙峙天际,碧海荡漾环飞龙。
阙下旌旗拂岚翠,文犀白鹿纷纷至。
绣衣使者行乡村,竹马更忆儿时戏。
南方火气日渐衰,人事变幻不可知。
胡雏狼心眼如血,蛇蟠鼠穴肆所施。
白甲文旂绕阵去,百仞坚城铁如剖。
顺安战罢血随波,火船直渡三江口。
山河破碎不可收,西风栗烈南风柔。
落日胡笳动宫阙,黄门不见龙门楼。
珠车宝盖不足恤,可惜高皇掌中物。
童歌老壤八十年,垂老安知有今日。
吾家一孙颇能兵,长安健儿旧知名。
前年苦战得不死,姓名今隶羽林营。
偾军三日无消息,使我忧思集胸臆。
昨夜梦中相抱啼,性命多应委荆棘。
闻言怳瀁难为情,白日仰视天冥冥。

① 1873年11月,法国驻西贡总督杜白雷以保护法国商务为借口,命令海军上尉安邺统帅军队占领河内城,接着又侵占了海阳、宁平、南定等地区,越南北方危急,阮氏朝廷向宗主国清朝求救乞师。

顾谓老翁且莫声，千里飞埃马蹄生。
……①

这首古风长诗通过一位香江渡口的八旬老翁之口，描述了阮朝抵抗法军入侵之后的惨烈场面：旌旗委地，尸骨遍野，血腥熏人，越南大地山河破碎，野蛮外族横行霸道，“胡雏狼心眼如血，蛇蟠鼠穴肆所施”，美丽的文明国度沦落为充满血腥残暴的荆棘之地。诗人满怀着救国忧民之心，耳闻目睹如此惨况，真是呼天抢地、痛不欲生。这首古体诗借鉴了唐朝元稹《连昌宫辞》的写法，通过耄耋老人的亲身经历，叙述时世巨变过程中的民生之困苦，抒发今昔盛衰之感，是近代越南汉诗中出色的诗史之篇。诗人后半生被迫滞留中土，但始终心系南国，其《京中旅感》三首曰：

天意茫茫不可知，年来六合困疮痍。
炎山走魃原田废，黑海翻涛井邑移。
汉郡几迎长孺节，秦城空老卫青师。
沧江伏枕烟尘满，落日登高有所思。（其一）

南方留滞赋招魂，白日风埃闭九阍。
作宦可能谋菊径，看山渐欲问桃源。
浮生久厌桑田改，大运终疑火井温。
回首旧交半零落，十年书剑忍重论。（其二）

赋就江南泪满缨，登高一望觉愁轻。
黄粱将相人间梦，碧落云霞物外情。
万里秋风思解剑，千里明月待吹笙。
灞桥驴背崎岖甚，何似骖鸾向玉京。（其三）

在“年来六合困疮痍”的时局背景下，诗人“南方留滞赋招魂”，“赋就江南泪满缨”，漫长的落寞岁月中觉得人世间的一切都是“天意茫茫不可知”，“黄粱将相人间梦”。诗人仍然有着“思解剑”和“待吹笙”的期待，只是这种期待越来越遥远。“回首旧交半零落，十年书剑忍重论”，透露出诗人的心情是极其沉重的。又有《即事八首》曰：

南海惊涛铁马奔，蜃楼千叠映朝暾。
山川变故尧风改，天地精灵汉腊存。
投老遗臣栖白社，寄怀学士傍青门。
桃花柳色年年恨，呜咽江声过御园。

花外鹃啼不肯休，青山一榻枕泉流。
年年爱菊师元亮，中夜瞻星泣武侯。
仓卒龙媒辞大漠，凄凉鹤驭隔沧州。

① 见彭国栋著《中越缅泰诗史》第92页，“中华文化出版事业委员会”（台北）1958年4月出版。

南华可是忘情物，差胜金龟傍酒楼。

花落登高有所思，满天征雁夕阳迟。
山川兴废楼前笛，寒暑推迁马上诗。
营隐吴公留片石，罢官徐令得灵芝。
年来不向西林卧，午夜钟声属阿谁。

落日凭高望八荒，中原氛祲正茫茫。
金鳌洗海千山雾，铁马开边九月霜。
夜半诏书求将帅，天涯烽火废耕桑。
当年不问巢南鸟，遗恨伊川涕万行。

生小天涯志远游，结庐嵩华泛河流。
岂知禹甸千年迹，不为秦人举宾谋。
激浪戈船趋汉口，飞尘铁骑暗卢沟。
秋风又报沧溟浅，极目烟氛万古愁。

日出西南晓气清，诸陵佳气接皇京。
雄关山海迎南狩，遗老江湖记北征。
一代戎功云外庙，万年神迹水边城。
薰风梦想钧韶远，卖赋空老学长卿。

铁券山河累叶分，当年萑泽起烟氛。
六龙雷雨开南境，万马旌旗望左军。
传檄爱州遗老喜，洗兵泸水异方闻。
如何不献齐人策，只向沙中数旧勋。

回首龙编剩劫灰，三朝宫观暮笳哀。
秋风一水兼天去，前日千山绕塞来。
桥上闻鹃知地气，草间射虎惜人才。
西湖不记当年事，漫放莲花照酒杯。

这八首七律组诗显示出了厚实的汉诗功夫，其中熟练化用中国历代典故，借古喻今，沉吟低唱，沉郁顿挫，从多侧面表达出了诗人此刻复杂的家国情怀。其笔法的老道，诗风的沉雄，堪称越南汉诗中的上乘之作。有论者评道："此作与杜甫《秋兴》八首及陈恭尹《怀古》十首，可以并读。盖鼎南身丁国变，与子美哀时、元孝伤往。同一情怀，顾不觉出语之相似也。”[①]唐代大诗人杜甫的代表作《秋兴》八首写于晚年流落蜀中期间，而清初陈恭尹(1630—1700)的《怀古》诗大都抒发亡国之痛，如著名的《崖门谒三忠祠》中所写：“山木萧萧风又吹，两崖波浪至今悲。一声望帝啼荒殿，十载愁人拜古祠。海水有门分上下，江山无地限华夷。停舟我亦艰难日，畏向苍苔读旧碑。”拜谒南宋文天祥、陆秀夫、张世杰的忠烈祠，怀古中又带着对于南明势力退避海外的无奈悲哀。陈恭尹入清之后近四十年间一直不忘抗清复明，而阮鼎南也是数十年不忘抗法复国，这两位相隔两百余年的南粤(越)诗人，其怀古的心态是颇有一些相似之处的。阮鼎南这组七律《即事》以咏西湖结题，而陈恭尹也有一首七律《西湖》写道：“山中麋鹿若为群，岭外双鱼杳不闻。贫甚独存冯客剑，雪深特上岳王坟。西湖歌舞春无价，南宋楼台暮有云。休恨议和奸相国，大江犹得百年分。”[②]杭州有西湖，河内也有西湖，都是具有历史文化沉淀的名胜之地。想当年秦桧议和，留下千古骂名，但毕竟还是给南宋小朝廷带来百年的偷安日子。相比之下，此刻的河内，却是“西湖不记当年事，漫放莲花照酒杯”，已经全部沦入法国殖民者的控制。诗人空怀恢复之志，此刻也只能“桃花柳色年年恨，呜咽江声过御园”。正如他的一首五言古诗所言：“龙编昔上都，城邑土中开。烟花辟万户，玉珥波萦回。陵谷一改变，秋风凄以哀。西湖有宫观，日暮生莓苔。”这种触景伤悲的沉痛，与陈恭尹的“畏向苍苔读旧碑”是相同的。

19 世纪末，法国控制下的阮朝强行推行拉丁化越南文，汉字被废除，汉诗也就失去了生存发展的空间。抗法勤王运动失败后，以潘佩珠为代表的一部分知识分子，在中国清末维新派代表康有为、梁启超和法国启蒙思想家卢梭、孟德斯鸠、伏尔泰等人的思想影响下，开始组织“维新会”、“东京义塾”、“越南光复会”等团体，传播革新思想。日本明治维新成功之后在亚洲崛起，又使他们受到启发，于是掀起留学日本的“东游运动”。潘氏的《越南亡国史》、《海外血书》等汉文作品，就在此时写成。此外，黄叔抗、吴德继等人的汉诗文，也都阐明团结抗法的意义，激发人们的爱国热忱。而这一时期新国语体散文文学得到迅速发展，“东京义塾”大力号召人民学习新国语，还有一些新办的报刊，对传播拉丁化新国语也起到了积极的作用。进入 20 世纪之后，拉丁化越南文完全取代了汉文和字喃，汉诗创作也就逐步淡出了越南诗坛。

综上所述，越南自独立后，汉诗的发展虽较中国为迟，但中国所具有的汉诗体裁和形式，越南汉诗亦紧随其后而逐渐发展起来，遂成为越南文学的主流。越南汉诗历经丁、黎、李、陈、后黎、阮等朝代，已有 1000 多年的发展历程，期间出现的汉诗人及汉诗作品对越南产生了极大的影响。对此，越南学者吴时仕曾作如下评述：“我越以文献立国，诗自丁李，至于陈，大发扬于皇黎洪德间，一部《全越诗》，古体不让汉晋，近体不让唐宋元明，戛玉敲金，真可称诗国。就中求其机杼大段，可称诗家者，蔡吕塘、白云庵诸公……继乎皇黎中兴之后，名家之诗，杂见于使华诸作，其或寻幽访古，触景生情，去国怀乡，因事述意，残膏剩馥，真可以沾及后人。……为诗亦然，涉程朱之藩，逾屈宋之国，越韩范之室而

① 见彭国栋著《中越缅泰诗史》第 96 页，“中华文化出版事业委员会”(台北)1958 年 4 月出版。

② 见陈恭尹撰《独漉堂集》，中山大学出版社 1988 年校点本。

超李杜之衢……"[①]吴氏的议论，虽然有点夸大，但根据越南的实际情况，越南汉诗的成就真不愧称为"诗国"，而且在很大程度上"真可以沾及后人"，具体体现在以下几个方面：

第一，越南汉诗文的创作，尤其是越南汉诗人的增多，反映了古代越南社会文化的繁荣。越南汉诗创作群体的逐渐壮大、创作内容不断丰富、创作技巧持续提高，体现了越南自宋独立后从文化薄弱到文献之邦的发展过程。从早期以僧侣为主要的创作人群，其创作内容局限于佛学禅理，其诗歌创作注重于禅理的阐发。中后期随着越南科举的推行和完善，加上君王的提倡，一大批儒学之士投入到汉文化学习和汉诗创作当中，他们用汉诗记录下自己的日常生活、读书所感、国家大事，用诗歌记录下了当时的士人生活和许多宝贵的历史片段。同时也正是这些受过正规儒学教育的士大夫，将其所学的宋明理学渗透到安南社会生活的各个侧面，形成了在东亚儒学发展史上最为稳固的儒学教育体系，包括持续时间最久的科举取士制度。而且，越南科举制度实行的是儒、佛、道三教并试，这是东亚其他国度从未有过的，亦可见其时越南社会思想文化的繁荣。虽然汉语、汉诗文在当今的越南已近乎"销声匿迹"，又由于种种原因，中越关系曾一度出现过紧张态势，但是中国文化在古代越南社会确实深受尊重并发挥了广泛的影响，这一事实是不容抹杀的。

第二，越南汉诗展现了越南人民国家独立观念和高度的爱国主义精神，形成了越南汉诗的优秀传统。一千多年以来，在越南汉诗的历史长河之中，流传着许多光辉的汉诗人姓名及其事迹，他们在面对强势的宗主国——中国时，不是卑躬屈膝，而是据理力争，坚持"华夷之辨"，越南汉诗人始终认为越南和中国"彼此虽殊山海域，渊源同一圣贤书"[②]，两国虽然山海殊异，但是却同文同种，所以越南是"夏"而不是"夷"，因此当越南使臣李文馥看到清人为其准备的驿馆名叫"粤南夷使公馆"时，"甚怒，诮嚷馆伴官，声色俱厉，不入馆。令行人裂碎夷字，乃入，仍作《辨夷论》以示之"[③]。不仅如此，越南汉诗人在与西方殖民主义斗争的过程中，也坚持"内夏外夷"的观念，以中国、越南、日本、朝鲜、琉球等为夏，以西洋、南洋各国以及越南周边的占婆、高棉、哀牢等为夷狄。现代越南史学家明峥曾说："多少世纪以来，我国人民捍卫祖国独立的英勇斗争传统，一直活在越南人民的心目中，活在每一个体力劳动者与脑力劳动者的心目中。他们曾经建设了越南，当然不允许侵略成性的帝国主义铁骑来蹂躏自己的国土，干预我国人民的生活。在法国统治时期的连绵不断的斗争，已经证明了这个传统。在我国国土上赢得和平也同样证明了这个传统。"[④]按诸实际，这个传统确实在越南汉诗的实践中得以全面体现，李常杰、陈光启、范五老、阮荐、冯克宽以及阮尚贤、潘佩珠等汉诗人及其创作的汉诗作品，无不展现了国家独立观念，充满了高度的爱国主义精神，鼓舞了无数越南人民。而且越南汉诗作品中所大力张扬的这种大越民族自豪精神，在东亚汉诗界中也最为强烈。

① 见潘辉益《星槎纪行》(影印本)诗集序，第5页，越南汉喃研究院藏抄本(A.603)。

② 见冯克宽《梅岭使华诗集》(影印本)，第12页。

③ 见李文馥《闽行杂录》(影印本)，第50页，越南汉喃研究院馆藏抄本(A.1291)。

④ 见(越)明峥《越南史略》，北京：生活·读书·新知三联书店。

第三,越南汉诗丰富了越南国语文学的内容,促进了越南国语文学的发展。越南作家文津说道:“在十八世纪以前,喃字还受到歧视和很少用来进行创作。文学语言仍然受着汉语的影响。各种诗体也往往是临摹中国的诗体。”事实上,越南文人在汉字的启发下,创制了以汉文字为基础的喃字,这种文字和越南老百姓日常口语更为接近,因此更能为普通老百姓所接受。值得注意的是,喃字在发明之初,多用来赋诗或朝廷作文,由于受中国汉字和诗体的影响,不易被老百姓理解,所以传播范围也受到了限制。但是随着越南汉诗在越南的扎根、成长,越南汉诗与越南民族文学相融合,从而产生了六八体、双七六八体喃字诗,最终使其发展成了具有民族风格的喃字韵文文学。正如文津所说:“我们可以这样解释,喃字文学在内容、艺术和语言方面的成就,正是由于懂得和中国古典文学的优秀传统相结合,懂得和体现在歌谣民间故事中的民间文学相结合的。”[①]中越关系源远流长,中国古典文学中许多宝贵的作品流入越南,并与越南民族文化、民族文学相融合,越南文学史上著名的作品如《金云翘传》、《宫苑吟曲》等等,都突出地显示了中越文学融合的烙印,同时又体现出民族特色的高度艺术表现。不仅如此,越南文学史上,许多著名的文学家诸如胡季犛、阮荐、黎圣宗、阮秉谦、段氏点、黎贵惇、阮攸等等,不仅汉诗创作水平极高,而且喃字诗也相当出彩,可见喃字诗和汉诗之间,并不是完全分割的,二者可谓是相得益彰。

第四,越南汉诗在促进国际友谊上也曾起过积极的作用。这主要体现在诗赋外交上,即越南汉诗人与各国使臣的唱和,这种唱和或发生越南,或发生在出使中国的途中。事实上,在越南古代的作家中,使臣是一支蔚为壮观的队伍,缔造了一宗丰厚的文化遗产。诗赋外交对越南古典文学发展的影响绝不仅仅限于从中国吸收文化养料,以及与中国士人的文化交流。据现存的北使文献,我们发现以中国都城为地点,以使臣为中心的文化交流,不仅发生在中越之间,而且在整个东亚汉文化地区都是普遍现象。阅读北使诗文,我们能同时看到中国文人、朝鲜使臣、越南使臣三方面的相互交往。许多越南使臣都有过与朝鲜使臣酬唱的经历。如裴樻《有竹先生诗集》、段阮俊的《海派诗集》、胡士栋的《华程迁兴》等均收有与朝鲜使节的唱和诗。除此之外,越南使臣在北使期间,以中国文士为纽带,与日本文人进行过文学交往。如清人李辅耀与范熙亮、裴文禩、林发之、黎仲蔼等越南使臣有过诗文唱和,其别集《玩止水斋遗稿》中有《日本村山节南正隆为题越南阮惆叔诗札卷赋谢》一诗:“旧闻海客话东瀛,怅隔烟涛几许程。梦入樱花香飘渺,快搴华藻论纵横。山川绝胜皆能说,笙磬同音底用盟。韵事输君新点笔,几回正触日南情。”[②]从而增进了越南同其他国家的友谊。从另一个层面,我们也可以看到,汉诗作为一种文学形式,已被东亚文人普遍重视,越南汉诗和朝鲜、日本、琉球汉诗一起创造了古代东亚诗歌的辉煌。

但是,在概述了越南汉诗的这些卓越成就后,应该指出,越南汉诗也存在着些许不足之处。第一,相对于朝鲜、日本都有大量的汉诗文评论著作以及此起彼伏、互相争辩的汉

---

① 见(越)文津《越南的古典文学》,载《越南新闻》,1958 年 11 月。

② 《玩止水斋遗稿》卷三,民国间刻本。

学流派，越南则显得非常单薄。至于在中国、朝鲜和日本都较为常见的诗话，在古代越南则极为少见，目前保存下来的仅有两部，其一是绵审的《仓山诗话》，其二是黎贵惇的《芸台类语·艺文志》。第二，越南汉诗中，很少触及阶级斗争以及男女爱情的题材。我们知道绝大多数汉诗的创作者都是受过正统儒学礼教的皇亲国戚或者士大夫，他们处于等级森严的封建社会的最上层，对于外国的欺凌，他们有民族反抗的立场，甚至于有民族自豪意识，但是对于统治阶级内部存在的阶级矛盾，他们的认识是有局限性的，反映在其作品中，就是少有对下层人民生活的体察，也少有对男女爱情的描写。中国学者王小盾指出越南诗学最显著的特点其一就是："接受中国诗论尤其是经学诗论的极大影响，重视'诗言志'、'兴观群怨'、'温柔敦厚'、诗尊词卑等较富理学色彩的诗歌理论。"[①]综观越南古代的汉诗文创作，基本情况也确实如此。

然而，越南汉诗是历史发展的产物，是千百年来无数骚人墨客心血所凝结而成的遗产。越南汉诗的成就是卓越的，它在越南历史上，在东亚汉文化历史上所起的作用是巨大的。通过学习研究越南汉诗，笔者更加感觉到中越两国在历史上的密切交往关系，形成文化渊源上的休戚相关，这也加深了笔者对继承越南古典文学优秀传统、坚持中越两国传统友谊的强大信心。

① 王小盾、何仟年《越南古代诗学述略》，《文学评论》，2002年第5期。

参考文献

一、研究论著

[1] [汉]司马迁. 史记[M]. 北京:中华书局,1959.

[2] [元]脱脱等. 宋史[M]. 北京:中华书局,1985.

[3] [明]宋濂等. 元史[M]. 北京:中华书局,1976.

[4] [清]张廷玉等. 明史[M]. 北京:中华书局,2000.

[5] [宋]欧阳修,宋祁. 全唐诗[M]. 北京:中华书局,2000.

[6] 孙诒让. 墨子闲诂[M]. 北京:中华书局,2009.

[7] 王闿运. 尚书大传补注[M]. 北京,中华书局,1991.

[8] 严明. 东亚汉诗研究[M]. 北京:中国书籍出版社,2013.

[9] 中国、日本、朝鲜、越南四国历史年代对照表[M]. 太原:山西省图书馆,1979.

[10] 刘玉珺. 越南汉喃古籍的文献学研究[M]. 北京:中华书局,2007.

[11] 张伯伟. 域外汉籍研究入门[M]. 上海:复旦大学出版社,2012.

[12] 刘志强. 中越文化交流史论[M]. 北京:商务印书馆,2013.

[13] 郑永常. 汉文学在安南的兴替[M]. 台北:台湾商务印书馆,1987.

[14] 王晓平. 亚洲汉文学[M]. 天津:天津人民出版社,2009.

[15] 朱云影. 中国文化对日韩越的影响[M]. 桂林:广西师范大学出版社,2007.

[16] 张秀民. 中越关系史论文集[M]. 台北:文史哲出版社,1980.

[17] 黄心川. 东方著名哲学家评传·越南卷·犹太卷[M]. 济南:山东人民出版社,2000.

[18] 于在照. 越南文学史[M]. 北京:军事译文出版社,2001.

[19] 于在照. 中国文化与越南汉文学[M]. 北京:昆仑出版社,2006.

[20] 黄轶球. 越南爱国大诗人阮廷炤的贡献及其影响[M]. 广州:暨南大学出版社,2004.

[21] 文庄. 越南历代汉文诗的三种思潮及其特征[M]. 汉字传播与中越文化交流[M]. 北京:国际文化出版公司,2004.

[22] 陈庆浩,王三庆. 越南汉文小说丛刊(第一、第二辑)[M]. 台北:台湾学生书

局,1992.

[23] 王小盾,刘春银,陈义.越南汉喃文献目录提要[M].台北:台湾“中央研究院”中国文哲研究所,2002.

[24] 葛兆光,[越]郑克孟.越南汉文燕行文献集成(越南所藏编)[M].上海:复旦大学出版社,2010.

[25] 林明华.中国文学在越南的传播[M].广州:广东经济出版社,1997.

[26] 赵玉兰.中越近文化的诗学比较[M].山西:北岳文艺出版社,2005.

[27] 韩昇.东亚世界形成史论[M].上海:复旦大学出版社,2009.

[28] 吴士连.大越史记全书(内阁官版)[M].河内:社会科学出版社,1998.

[29] 黎嵩.越鉴通考总论[M].见吴士连等修《大越史记全书》卷首.

[30] [越]黎崱,武尚清点校.安南志略(汉文本)[M].北京:中华书局,2000.

[31] 张登桂.大南实录[M].日本:庆应义塾大学言语文化研究所整理,有邻堂出版,1963.

[32] 潘清简.钦定越史通鉴纲目[M].河内:越南汉喃研究院.

[33] [越]明峰.越南史略(初稿)[M].范宏科、吕毅译,北京:三联书店,1958.

[34] [越]陈重金.越南通史[M].戴可来译,北京:商务印书馆,1992.

[35] 潘辉注.历朝宪章类志·文籍志[M].河内:文化教育青年部,1974.

[36] 释如智.禅苑集英(汉文本)[M].越南汉喃研究院.

[37] 陈太宗.课虚录(汉文本)[M].越南汉喃研究院.

[38] 潘浮先,朱车.越音诗集(汉文本)[M].越南汉喃研究院.

[39] 杨德颜.精选诸家律诗(汉文本)[M].河内:社会科学图书馆.

[40] 黄德良.摘艳诗集(汉文本)[M].河内:河内图书馆与保存保藏务.

[41] 黎贵惇.全越诗选(汉文本)[M].越南汉喃研究院.

[42] 黎贵惇.见闻小录(汉文本)[M].越南汉喃研究院.

[43] 黎贵惇.芸台类语(汉文本)[M].越南汉喃研究院.

[44] 裴辉璧.皇越诗选(汉文本)[M].越南汉喃研究院.

[45] 裴辉璧.皇越诗文选[M].黎驰注译,越南文化出版社,1958.

[46] 越南社会科学院.李陈诗文(卷1,2,3) [M].河内:社会科学出版社,1997.

[47] 黎圣宗.古心百咏诗集(汉文本)[M].越南汉喃研究院.

[48] 阮荐.抑斋诗集(汉文本)[M].越南汉喃研究院.

[49] 阮攸.清轩诗集(汉文本)[M].越南汉喃研究院.

[50] 阮攸.北行杂录(汉文本)[M].越南汉喃研究院.

[51] 阮攸.南中杂吟(汉文本)[M].越南汉喃研究院.

[52] 阮秉谦.白云庵诗集(汉文本)[M].河内:越南国家图书馆.

[53] 范廷琥.东野樵诗集(汉文本)[M].越南汉喃研究院.

[54] 范文超.方亭诗类(汉文本)[M].越南汉喃研究院.

[55] 冯克宽.冯使臣诗集(汉文本)[M].越南汉喃研究院.

[56] 阮德达. 葫梓诗集(汉文本)[M]. 越南汉喃研究院.
[57] 阮嘉吉. 华程诗集(汉文本)[M]. 越南汉喃研究院.
[58] 皇越历科诗赋(汉文本)[M]. 越南汉喃研究院.
[59] 陈名案. 陈了庵诗集(汉文本)[M]. 越南汉喃研究院.
[60] 范贵适. 立斋诗选(汉文本)[M]. 越南汉喃研究院.
[61] 阮尚贤. 梅山吟草(汉文本)[M]. 越南汉喃研究院.
[62] 黎孟硕. 禅苑集英研究[M]. 胡志明市:胡志明市出版社,1999.
[63] [越]黎澄. 南翁梦录[M]. 台湾:台湾学生局出版社,1987.
[64] 阮忠彦. 介轩诗集(陈朝)[M]. 上海:复旦大学出版社,2010.
[65] 冯克宽. 使华手泽诗集(后黎朝)[M]. 上海:复旦大学出版社,2010.
[66] 冯克宽. 梅岭使华手泽诗集(后黎朝)[M]. 上海:复旦大学出版社,2010.
[67] 冯克宽. 旅行吟集(后黎朝)[M]. 上海:复旦大学出版社,2010.
[68] 陶公正. 北使诗集(后黎朝)[M]. 上海:复旦大学出版社,2010.
[69] 阮公基. 使程日录(后黎朝)[M]. 上海:复旦大学出版社,2010.
[70] 丁儒完. 默翁使集(后黎朝)[M]. 上海:复旦大学出版社,2010.
[71] 阮公沆. 往北使诗(后黎朝)[M]. 上海:复旦大学出版社,2010.
[72] 阮翘,阮宗室. 乾隆甲子使华丛咏(后黎朝)[M]. 上海:复旦大学出版社,2010.
[73] 阮宗室. 使华丛咏集(后黎朝)[M]. 上海:复旦大学出版社,2010.
[74] 阮宗室. 使程诗集(后黎朝)[M]. 上海:复旦大学出版社,2010.
[75] 黎贵惇. 桂堂诗汇选(后黎朝)[M]. 上海:复旦大学出版社,2010.
[76] 段浚. 海烟诗集(西山朝)[M]. 上海:复旦大学出版社,2010.
[77] 段浚. 海翁诗集(西山朝)[M]. 上海:复旦大学出版社,2010.
[78] 吴仁静. 拾英堂诗集(阮朝)[M]. 上海:复旦大学出版社,2010.
[79] 张好合. 梦梅亭诗草(阮朝)[M]. 上海:复旦大学出版社,2010.
[80] 范芝香. 志庵东溪诗集(阮朝)[M]. 上海:复旦大学出版社,2010.
[81] 陈文岬. 越南作家略传(第一集,汉喃作家)[M]. 河内:越南史学出版社,1962.
[82] 陈文岬. 阮攸汉诗集[M]. 河内: 越南文学出版社,1965.
[83] 陈文岬. 汉喃书籍考[M]. 河内:越南社科出版社,1990.
[84] 陈文岬注. 阮荐全集新编[M]. 河内:文史地出版社,1956.
[85] 阮董之. 越南文学总集[M]. 河内:青年出版社,1993.
[86] [越]陶维英. 越南古代史[M]. 刘统文译,北京:商务印书馆,1976.
[87] 胡玄明. 中国文学与越南李朝文学之研究[M]. 台北:金刚出版社,1979.
[88] [越]陶维英. 越南历代疆域[M]. 钟民岩译,北京:商务印书馆,1978.
[89] 越南诗文选集(十世纪至十七世纪)[M]. 河内:河内出版社,1962.
[90] 越南诗文选集(少数民族文学)[M]. 河内:河内出版社,1962.
[91] 越南诗文选集(十八世纪至十九世纪中叶)[M]. 河内:河内出版社,1962.
[92] 越南诗歌(形式与体裁)[M]. 河内:河内出版社,1968.

[93] 潘辉黎.越南封建史[M].河内:河内出版社,1962.

[94] 武跳.各历史阶段之越南知识分子[M].胡志明市:胡志明市出版社,1987.

[95] 梅亭.阮荐:天才文学家与政治家[M].河内:文史地出版社,1957.

[96] 黎重庆,黎英荼.哲理诗人阮秉谦[M].河内:文化出版社,1957.

[97] 陈黎朗.朱文安的人生与诗文[M].河内:河内出版社,1981.

[98] 梅青海.黎圣宗之人生与诗文[M].河内:文学家委员会出版,1998.

[99] 惠之.黎圣宗皇帝:才能政治家、磊落文化家、伟大诗人[M].河内:社会科学出版社,1998.

[100] 陈义.10 世纪前越南人的汉文作品搜集与考论[M].河内:越南世界出版社,2000.

[101] 吴文富.唐诗在越南[M].河内:越南作家协会出版社,2001.

[102] 杨广翰.越南文学史要(再版)[M].河内:越南教育部学术中心,1973.

[103] 文新.越南文学史初稿(1—5 卷)[M].河内:越南文史地出版社,1957.

[104] 文新.越南文学史略[M].河内:越南史学出版社,1960.

[105] 越南社科院.越南文学史[M].河内:越南社科出版社,1980.

[106] 丁家庆.越南文学(10 世纪—18 世纪上半叶)(第 5 次再版)[M].河内:越南教育出版社,2001.

[107] 阮禄.越南文学(18 世纪下半叶—19 世纪)(第 4 次再版)[M].河内:越南教育出版社,2001.

[108] 潘居帝.越南文学(1900—1945)(第 5 次再版)[M].河内:越南教育出版社,2001.

[109] 越南文学史略[M].胡志明市:胡志明市文艺出版社,2005.

[110] [越]章收.潘佩珠全集[M].河内:顺化出版社,东西方文学语言中心,2000.

[111] 胡志明.胡志明选集[M].北京:人民出版社,1964.

[112] [美]齐亚乌丁・萨达尔.东方主义[M].马雪峰、苏敏译,吉林:吉林人民出版社,2005.

[113] [美]狄百瑞.东亚文明:五个阶段的对话[M].何兆武等译,江苏:江苏人民出版社,2012.

[114] [美]费正清.中国的世界秩序:传统中国的对外关系[M].北京:中国社会科学出版社,2010.

二、论文

[1] [越]孙士觉.古越汉诗史述及文本辑考[D].华中师范大学 2006 年文学文献学博士学位论文.

[2] 何仟年.越南古典诗歌传统的形成——莫前诗歌研究[D].扬州大学 2003 年中国古代文学博士学位论文.

[3] 于在照.越南汉诗与中国古典诗歌之比较研究[D].解放军外国语学院 2007 年

亚非语言文学博士学位论文.

[4] [越]范氏义云. 越南唐律诗题材研究[D]. 吉林大学 2013 年中国古代文学博士学位论文.

[5] 石春柳. 越南古代女性文学探讨[D]. 广西民族大学 2010 年亚非语言文学硕士学位论文.

[6] 张苗苗. 唐诗与越南李陈朝诗歌[D]. 浙江工业大学 2008 年中国古代文学硕士学位论文.

[7] 胡玄明. 汉字对越南文学的影响[D]. 台湾师范大学 1972 年硕士论文.

[8] 张玉梅. 论越南六八体、双七六八体诗与汉诗的关系[D]. 华中师范大学 2008 年中国古代文学硕士学位论文.

[9] 林庆彰、刘春银主编,郑谊慧编辑. 越南儒学研究文献目录[J]. (台北)"中央文哲研究通讯",2010(1).

[10] 颜保. 浅说汉文化在越南[J]. 东方研究论文集. 北京大学出版社,1983.

[11] 颜保. 越南文学与中国文化[J]. 国外文学,1983(1).

[12] 郑瑞明. 越南华侨潘清简之研究[J]. 历史学报,1984(12).

[13] 塔娜. 越南科举制度的产生与发展[J]. 印支研究,1983(4).

[14] 金旭东. 越南科举制度简论[J]. 东南亚,1986(3).

[15] 黄国安. 中国科举制度对越南的影响[J]. 印度支那,1986(3).

[16] 基思泰勒. 十七世纪越南的文人复兴[J]. 东南亚研究期刊,1987(1).

[17] 马克承. 儒学与越南文化[J]. 中国东南亚研究会通讯,1999(1).

[18] 黄轶球. 越南汉诗的卓越成就[J]. 越南文史研究资料第三种,1961(2).

[19] 黄轶球. 越南汉诗的渊源、发展与成就[J]. 学术研究,1962(4).

[20] 邓台梅. 越南人民的爱国大诗人阮廷炤[J]. 文学评论,1963(5).

[21] 阮文环. 越南古典文学中最伟大诗人:阮攸[J]. 文学评论,1964(6).

[22] 刘世德. 越南杰出诗人阮攸和他的《金云翘传》[J]. 文学评论,1965(6).

[23] 罗长山. 越南古代汉字诗集序文选辑[J]. 广西教育学院学报,1996(1).

[24] 孟昭毅. 禅与朝鲜、日本、越南汉诗[J]. 天津师大学报,1998(4).

[25] 汤开建. 元代安南诗辑校[J]. 元史及民族史研究集刊. 海南出版社,2001.

[26] 王小盾,何仟年. 越南古代诗学述论[J]. 文学评论,2002(5).

[27] 何仟年. 越中典籍中的两国诗人交往[J]. 扬州大学学报,2006(1).

[28] 于在照. 试论越南古代帝王文学[J]. 东南亚纵横,2006(7).

[29] 于在照. 论越南汉诗的产生及演变[J]. 解放军外国语学报,1999(5).

[30] 于在照. 古代中越文化交流中的汉文邦交诗》[J]. "地区及国际文化交流中的越南文学"国际学术研讨会论文,越南河内,2006.

[31] 于在照. 论越南黎朝洪德年间的汉诗[J]. 解放军外语学院学报,1993(2).

[32] 阮庭复. 阮绵审与神韵诗学[J]. (南京)域外汉籍研究,2006(2).

[33] 詹志和. 越南北使汉诗与中国湖湘文化[J]. 中南林业科技大学学报,2011(6).

[34] 卢蔚秋,赵玉兰.越南文学介绍(古代至1945年)[J].国外文学,1980(1).

[35] 颜庆云.试论越南文学的渊源[J].亚非,1985(1).

[36] 温组荫.越南汉诗与中国文化[J].福建师范大学学报,1989(4).

[37] 胡文彬.中国文学名著在越南的流传[J].文史知识,1992.

[38] 林明华.越南古典名著《征妇吟曲》评说——兼谈汉文化对《征妇吟曲》的影响[J].东南亚研究,1998(3).

附　　录

越南汉诗古籍表①

古　籍	作　者	朝　代	收录诗人数	收录诗数	提　要	版本、页数及版式
禅苑集英（Thiền Uyển Tập Anh）	高僧	13世纪以前	44	60	越南13世纪以前的高僧事迹，含序、跋、目录各一篇，书中附有调御觉皇、法螺、玄光三位竹林禅派祖师的画像。原目编为3549号。内容可参见“大南禅苑传灯辑录”条。	今存印本二种，黎永盛十一年（1715）印行：146页印本，高28公分，宽18公；174页抄本，高27公分，宽17公分。
大南文集（Đại Nam Văn Tập）	陈艺宗、陈明宗、黎圣宗、郭有严、武晟、梁有庆、武有、黎少颖、黎肅、武宗璠、阮保、范士爱、阮文超等	陈朝（1226—1400）	13	—	诗文联集，作者有陈艺宗、陈明宗、黎圣宗、郭有严、武晟、梁有庆、武有、黎少颖、黎肅、武宗璠、阮保、范士爱、阮文超等人，附有陈名案《黄甲陈先生诗集》。原目编为887号。	今存抄本一种：172页，高32公分，宽23公分。

① 表中所示“原目编号”指河内汉口南研究院及巴黎远东研究院图书馆所藏越南汉藉编号。见程庆浩主编《越南汉喃文献目录》及刘春银、王小盾、陈义所编《目录提要》。（台北）“中央研究院”中国文哲研究所，2002年版。

续表

古籍	作者	朝代	收录诗人数	收录诗数	提要	版本、页数及版式
介轩诗稿（Giới Hiên Thi Cảo）	阮忠彦（Nguyễn Trung Ngạn）1289—1370	陈朝	1	81	阮忠彦诗集，雅轩居士潘辉注序于景兴乙未年（1775）、黄平政序于戊戌年（1778）。 本书收录阮忠彦延祐四年（1317）年出使元朝时所作的八十一首诗，内容有《咏宁江》、《洞庭湖》、《伏波祠》、《赠尧山僧人》等，附《介轩迹历记》，介绍阮忠彦的生平。 原目编为1241号。	今存抄本二种： 一本50页，一本32页。
介轩诗集	阮忠彦	陈朝	1	81	交趾事录（Giao Chỉ Sử Lục）。 交趾、占城、真腊、林邑等国的地理、历史、物产介绍，编者不详，有喃字，有越南文。本书资料采自《宋史》、《安南志略》、《岭外代答》、《交州记》等书，附有《崇严延圣寺碑铭》、《午峰文集》、《介轩诗集》等。 原目编为1228号。 《介轩诗集》收录了阮忠彦于延祐四年（1317）出使时所作的81首诗，其中包括作者出使途中写作的《邕州》、《游岳麓寺》、《洞庭湖》、《登扬州城》等咏中国名胜古迹的诗作，并有雅轩居士作于景兴乙未年（1775）、兴化省督同黄平政作于戊戌年（1778）的两篇序言。书末附有《介轩迹历记》，介绍了阮忠彦的生平。《历朝宪章类志》著录了此书。可知现流传下来的《介轩诗稿》为潘辉注之叔潘辉温（号止庵）所辑。	今存抄本一种： 200页，高28公分，宽18公分。

续表

古籍	作者	朝代	收录诗人数	收录诗数	提要	版本、页数及版式
抑斋遗集（Ức Trai Di Tập）	阮荐（Nguyễn Trãi）（附阮飞卿）1380—1442	陈朝	2	110	又名《抑斋诗集》（Ức Trai Thi Tập）。 阮荐诗文集，亦收录有其父阮飞卿及其他作者的作品，杨伯恭编辑并序于嗣德二十一年（1868），另有阮能静、吴世荣序两篇。 卷一收录阮荐一百十首汉诗，大部分采自《精选》、《越音诗集》、《全越诗录》等，附有两篇歌；卷二收录阮飞卿的汉诗；卷三收录《军中辞命集》以外的文，有诏、制、表等；卷四为《军中辞命集》，收录致明朝皇帝和将领的文件；卷五为《事状》、《评论诸说》，中有阮荐的事迹及有关评论；卷六为《舆地志》，述越南的地理历史；卷七为《国音诗集》，收录阮荐的二百五十多首喃诗。 原目编为4142号。	今存印本三种，抄本九种，七卷，各本皆不全，但各卷皆有保存。
古心百咏诗集	黎圣宗 1442—1497	黎朝（1440—1533）	1	100	黎圣宗即黎子诚。越南后黎朝皇帝（1460—1497），诗人。又名灏，自号天南洞主，道庵主人。幼时遭东宫疑惧，匿居民间。聪明好学，精通汉文。在位期间，制礼乐，定法律，崇文尚武，提倡儒学，建立科举制度；命官吏绘制地图，载录古迹，编纂《大越史记全书》；搜集文化遗产，鼓励和提倡用字喃创作。既精于国音文学，更攻汉语文学。在文臣中立“骚坛二十八宿”，组成骚坛会诗社，自称“骚坛元帅”，举著名文臣申仁忠、杜润为副元帅，经常聚会唱和。主要作品有《琼苑九歌诗集》、《明良锦绣诗集》、《珠玑胜赏诗集》、《征西纪行》、《喻确学》、	—

续表

古籍	作者	朝代	收录诗人数	收录诗数	提要	版本、页数及版式
					《兰山良水》、《古心百咏诗集》等，多以民间故事为题材。大部份作品收入《天南余暇集》，主题思想大都为歌颂封建王朝，宣扬封建伦理道德以及吟风弄月之类。作品声律严谨，风格清奇。对越文学发展有一定影响和贡献。	
思乡韵录（Tư Hương Vận Lục）	黎光贲 武公道	黎朝	1	342	黎光贲（字纯夫，号晦斋）的北使诗集，含序、引各一篇。 此书正文为黎光贲嘉靖三十三年（1554）起出使中国的十九年间致家人的六十六首诗，辑自其同乡的诗集、神迹、神谱等书。附载寿岭伯武公道（号时叟）的二百七十六首诗。 原目编为 4047 号。	今存抄本一种： 156 页，高 29 公分，宽 20 公分。
白云庵诗集（Bạch Vân Am thi tập）	阮秉谦 1491—1585	黎朝	1	1000	阮秉谦是越南著名的道家学者，道号白云居士。他早年学儒，考中黎朝状元，曾任职于莫朝，后辞官回乡办学，撰有《白云庵诗集》等著作。他对乱世的丑恶纷争既愤恨而又感到无力改变，其诗文多对世俗时事的愤激批评，歌颂"万事置度外，清闲似神仙"的隐居生活，有儒家与老庄思想结合的特点。	—
旅行吟集（Lữ Hành Ngâm Tập）	冯克宽 1528—1613	黎朝	1	80	诗集，录诗八十首，内容为出使中国途中的名胜，所咏有潇湘、洞庭湖、黄鹤楼、望夫石、彭祖庙等。 原目编为 2088 号。	今存抄本一种： 56 页，高 31 公分，宽 21 公分。

续表

古籍	作者	朝代	收录诗人数	收录诗数	提要	版本、页数及版式
冯克宽诗集	冯克宽	黎朝	1	—	又名《冯宽诗集》(Phùng Khoan Thi Tập)、《冯太傅诗》(Phùng Thái Phó Thi)、《冯舍社冯公言志诗集》(Phùng Xá Xã Phùng Công Ngôn Chí Thi)、《毅斋诗集》(Nghị Trai Thi Tập)、《言志诗集》(Ngôn Chí Thi Tập)。 冯克宽(号毅斋)的诗集。 原目与《冯使臣诗集》、《使华笔手泽诗集》、《梅岭使华诗集》并为一条，编为2744号，今析出。 按:此书分两部分，其一为作于越南的诗篇，涉及自叙志向、感怀、即景以及唱和、祝寿等;其二为出使中国时作的诗，内容包括向明帝祝寿、与朝鲜使节唱和、咏出使途中风景。 题《冯宽诗集》者，附载吴阳亭的评论，缘河榜眼、何芳泽及潘梅州的咏菊诗。 题《毅斋诗集》者，附载黎昭统向清朝求援表、谢恩表以及其他人所作的咏景咏历史遗迹的一百五十一首诗。	今存抄本七种：一本题《冯宽诗集》，146页，高30公分，宽25公分；一本题《冯太傅诗》，64页，高25公分，宽15公分，有朝鲜驻中国使臣李晬光的序文；一本题《冯舍社冯公言志诗集货》，150页，高21公分，宽13公分，有序文；一本题《毅斋诗集》，94页，高32公分，宽13公分，有李晬光的序文，有目录；二本题《言志诗集》，篇幅规格不同，106至140页，高27至31公分，宽15至20公分，有序文。
冯使臣诗集(Phùng Sứ Thần Thi Tập)	冯克宽	黎朝	1	—	又名《使华笔手泽诗》(Sứ Hoa Bút Thủ Trạch Thi)、《梅岭使华诗集》(Mai Lĩnh Sứ Hoa Thi Tập)。 冯克宽的北使诗集，内容涉及向明帝祝寿、与朝鲜使节唱和、咏出使途中风景等。 原目与《冯宽诗集》等并为一条，编为2744号，今单列。	今存抄本六种：一抄本题《冯使臣诗集》，100页，高28公分，宽19公分，朝鲜驻中国使臣李晬光序于万历丁酉年(1597)；三抄本题《使华笔手泽诗》，篇幅分别为68页、92页、136页，高26至28公分，宽15至16公分；另二抄本题《梅岭使华诗集》，34及138页，高22及30公分，宽13及20公分，138页本有光兴二十二年(1599)杜汪的序文和万历丁酉年李晬光的序文。

续表

古　籍	作　者	朝　代	收录诗人数	收录诗数	提　要	版本、页数及版式
湘山行军草录	阮公基 1676—1733	黎朝	1	324	北使诗文集，托名阮公基撰。 此书收录了作者与友人的赠答诗，以及行经南关、凭祥、宁明、阳朔、桂林、衡州、武昌、汤阴、相州、邯郸等地所作的歌咏风景名胜、历史事件的诗作，还有《使臣日录》一文，记录此次使华始末。 书中收录作者1715年出使中国时所作的三百二十四篇诗，内容咏途中风景、事件、历史遗迹以及与朝鲜使节金有渊、南廷顺、赵秉镐的饯赠和答诗；附有阮思僩赠副使范究的文章及佚名祝贺广安按察使阮营销公母被封赠的文章。 本书题下有现代越文的批注，云此书作者题目皆可疑。本书名《湘山行军》，其内容记北使经历。从诗题看，作者行经南关、凭祥、宁明、阳朔、桂林、衡州、武昌、汤阴、相州、邯郸等地，不止于湘山。另其中有咏圆明园诗，据此可知其时该园已为废墟。此书盖为阮思僩北使归国后所作。 原目编为4135号。	今存抄本一种： 200页，高17公分，宽29.5公分。
星槎诗集	阮公沆 1679—1732	黎朝	1	—	个人专著，见《文籍志》，称其“诗亦通畅可咏”。	—
往北使诗	阮公沆	黎朝	1	—	—	—

续表

古籍	作者	朝代	收录诗人数	收录诗数	提要	版本、页数及版式
公余寓意集（Công D ư Ngụ Ý Tập）	编者不详	黎朝	—	260	黎朝末期诗作二百六十首，编者不详，所录诗有《醉起漫成》、《延福寺赏莲》、《道旁荷花》、《兰》、《书斋残夜》等。 原目编为582号。	今存抄本一种： 40页，高24公分，宽14公分。
默翁使集（Mặ c Ông Sứ Tập）	丁儒完 1670—1716	后黎朝（1533—1788）	1	—	丁儒完的北使诗集，收录有咏景、抒怀、赠和之作，其婿进士阮仲常编辑于永盛十三年（1717），附载祭文、石磬铭文、诫子文等。《默翁指斋黎参诗文合编》中收录有此书。 原目编为2144号。 按，丁儒完字存朴，驩州香山人。阮仲常称其人其诗“敏而好学，于书无所不读，而于讽咏尤为长焉。其诗窖清音隐焉，有李杜之风。……己未年，奉命北使中国，凡所经过一皆品题。国音、唐律互相发明，五言七言不一而足，要其情词感慨，不外乎忠君，孝亲两端而已”。	今存抄本三种： 篇幅规格不同，厚60至72页，高26至28公分，宽10至18公分。
使华丛咏（Sứ Hoa Tùng Vịnh）	阮宗窐 1693—1767	后黎朝	1	206	北使诗集，阮宗窐（一作□）撰于景兴壬戌年（1742）。 胡士栋（字隆甫，号瑶亭）序于乾隆戊戌年（1778），张汉超（字卓山甫，号金陵）序于乾隆甲午年（1774），李半村（字采林，号淮阴）序于乾隆十三年（1748），江南卓山氏、湖南胡秀才、礼部官郑壁斋评论。 其中208页抄本，有欧阳旺（号衡山）的评论；780页抄本，现藏于巴黎；154页抄本，收	今存抄本十七种： 篇幅规格不同，厚112至780页，高21.8至32公分，宽13至22.5公分。

续表

古籍	作者	朝代	收录诗人数	收录诗数	提要	版本、页数及版式
					录二百零六首诗，数本录有一百一十二首诗，内容包括壬戌年九月二十八日饯送使团启程酒宴中的题咏诗，题咏仙井、仙洞、苏氏山、三青洞、洞庭湖、彭祖庙等途中名胜，以及与正使阮翘的唱和诗等。 《史文摘锦》、周原杂咏草》、《使程》皆收录有本书。 本书各抄本，附载其他内容。230页抄本，附载三篇作品：其一为《燕台婴话曲》33页，乃裴友竹的北使诗集；其二为《黎朝黎尚书奉命北使》30页，记有关北使的黎朝文件及贡品情况等；其三为描写风景的五言诗《凉江风景五言古篇》23页。134页抄本，附载两篇作品，其一为《古庵状元程先生祭文》4页，乃丁时中祭状元阮秉谦的喃文祭文；其二为《越南三圣祖禅宗实录》9页，记载僧人徐道行、空路与觉海等人的事迹。202页抄本，附载两篇作品，其一为《天仙诗集》92页，乃上福人黎沂侯逃避西山政权隐居于北镇时所作的诗，有偶兴、感怀、自叙、题咏等；其二为《阮丕照诗帐》18页，收录《咏留侯》、《出门遇客》、《仁者乐山智者乐水》、《爱莲花》等诗文。142页抄本，附载黎圣宗御制的《劝学文》。	

续表

古　籍	作　者	朝　代	收录诗人数	收录诗数	提　要	版本、页数及版式
华程诗集(Hoa Trình Thi Tập)	阮宗窐	后黎朝	1	122	又名《使华丛咏》(Sứ Hoa Tùng Vịnh),阮宗窐的北使诗文集。书中收录阮宗窐出使中国时所作的一百二十二首诗,多为题咏抒怀之类,有《诸葛求风台》、《伏波将军祠》、《贾谊庙》、《登岳阳楼》、《乌江晓望》、《金陵怀古》、《赤壁怀古》等。原目编为1408号。阮宗奎(1693—1767),号舒轩,越南太平御善福溪人,乾隆七年、十三年两次使清。	今存抄本一种: 82页,高21公分,宽14公分。
奉使燕京总歌并日记(Phụng Sứ Yên Kinh Tổng Ca Tịnh Nhật Kí)	阮辉僅 1713—1798	后黎朝	1	136	景兴二十五年(1764),阮辉僅以正使身份如清,创作了日记体诗歌《奉使燕台总歌》,今存有其子阮辉似书写,红蓼阮辉旺督刻的硕亭刊本。因阮辉僅中过黎朝探花,《文籍志》称其有北使之作《阮探花诗集》一卷。又名《奉使燕台总歌》(Phụng Sứ Yên Đài Tổng Ca)出使中国时所作的日记体诗歌,阮辉僅撰于黎景兴二十五年(1764),本书内容为歌咏中国历史遗迹、名胜古迹如岳阳楼、孔明庙的一百三十六首诗。 原目编为2750号。	今存抄本二种: 156页抄本,高31公分,宽22.5公分;76页抄本,高26公分,宽15公分,题《奉使燕台总歌》,由阮辉似抄录。
华程诗集(Hoa Trình Thi Tập)又名华程学步集	武辉珽	后黎朝	1	140	武辉珽的北使诗集。 宁逊(号希志)序于庚戌年(1790),范阮攸(号好德)、宁逊品评。 书中收录壬辰年(1772)武辉珽出使中国时所作的一百四十首诗,有题咏二青洞、苏氏望夫山、印山、伏波祠、桂林八景、赤壁、黄	今存抄本一种: 126页,高32公分,宽22公分。

续表

古籍	作者	朝代	收录诗人数	收录诗数	提要	版本、页数及版式
					鹤楼等途中名胜古迹的诗，亦有与中国友人如王步曾、杨世基、姚玉泰、欧阳新等及朝鲜使臣的赠答诗。 由武之次子辉遂和门生范兼编辑成书。	
华程偶笔录（Hoa Trình Ngẫu Bút Lục）	黎光院	后黎朝	1	515	黎光院诗集。本书收录作者景兴癸巳年（1773）出使中国时所作的五百十五首诗、四首词、二篇吟。 内容或咏途中风景，或赠和中国人如灵州知县邵坦、兴安知县张运昌、阳翔知县李应春等，兼有唱和朝鲜使臣李晬光等。书中附载黎光院同行官员书轩和浩轩两人的诗及序文二十三篇。 原目编为1405号。 黎光院，生卒年不详。道光十三年北使。	今存抄本一种： 246页，高29公分，宽20公分。
乾隆甲子使华丛咏	阮翘 1694—1771 阮宗窐 1693—1767	后黎朝	2	—	—	—
使程诗集	阮翘 阮宗窐	后黎朝	2	—	正使阮翘、副使阮宗窐的北使诗集。 正文即为《使华丛咏》，为二人甲午年（1774）出使中国时所作，内容有《春游花山》、《他乡夜听歌声》、《新城夜泊》、《南宁美景》、《他乡除夕》、《途中春节》、《衡州记》、《题班仙洞》、《桂江记》、《仰山风景》、《登黄鹤楼》、《赤壁怀古》等。 附载范贵适的诗集《华堂官诗》，有《看延福	今存抄本一种： 页数及版式，184页，高24公分，宽14公分。

续表

古　籍	作　者	朝　代	收录诗人数	收录诗数	提　要	版本、页数及版式
					寺梅花》、《月夜》、《赏兰》、《春节感兴》、《春夜》、《即事》、《福溪节义祠》、《看月》、《端午》、《长夏》、《回北方》、《题南仓武氏烈女祠》、《戏赠友人》、《悼亡》、《过三迭山坡》、《安阳王祠》、《状元祠》、《过横山》等篇。 原目编为3003号。	
浩轩诗集	阮翘	后黎朝	1	—	见载于《文籍志》。	—
华程遣兴	胡士栋	后黎朝	1	—	胡士栋号瑶亭，他的别集《瑶亭诗集》中也编录了《华程遣兴》。《文籍志》却著录为《瑶亭使集》一卷，并赞其诗浑雅有气概。	—
桂堂诗集（QuếĐ ường Thi Tập）	黎贵惇（Lê Quý Đôn）1726—1784	后黎朝	1	—	又名《桂堂诗汇选全集》（QuếĐ ường Thi Vựng Tuyển Toàn Tập）。 黎贵惇诗集。 黎贵惇，延河人，以榜眼及第。 本书收录黎贵惇出使中国时，与朝鲜使臣李徽中、洪启禧及中国友人之间的酬赠唱答诗；另载题咏名胜古迹诗、题扇诗、集句诗等。	本书今存抄本二种： 310页本高26公分，宽15公分；232页本高32.5公分，宽22.5公分。
北使通录（Bắc Sứ Thông Lục）	黎贵惇	后黎朝	1	—	公元1760年黎贵惇出使清朝活动的记录，桂堂黎贵惇编撰于景兴四十一年（1780）。 皆四卷本，有自序及题辞，有喃字。 书中记有出使行程、使团成员、所携贡品、朝见礼仪、与清臣的交往等。 另收录若干越中邦交的资料、清朝官员的诗文及作者与朝鲜使臣的唱和诗篇，并附	今存抄本二种： 一抄本藏河内，354页，高28公分，宽16公分；另一抄本今藏巴黎。

续表

古　籍	作　者	朝　代	收录诗人数	收录诗数	提　要	版本、页数及版式
					朱佩连《群书考辨序》和《圣模贤范续序》。 原书编为198号。 黎贵惇与清朝文士的唱和诗还被收入《尝心雅集》一书。据《文籍志》所载，黎贵惇此次北使，与使团其他人的作品，另结集为《联珠诗集》四卷。	
全越诗卷	黎贵惇	后黎朝	170	2300	字允厚，号桂堂，幼名黎名芳。是越南历史上著名的学者、文人、史学家、哲学家和政治家。其学识渊博、涉猎甚广，包括诗文、史学、地理、哲学、医学、天文、农学等多个领域。生平著述丰富，其大部分著作均收入《黎贵惇全集》中，其在越南哲学史和思想史上亦占有重要地位，被称许为越南集大成学者。 乾隆二十五年至二十七年以甲副使身份出使中国，有咏潇湘绝句一百首。	—
抚边杂录(Phủ Biên Tạp Lục)	黎贵惇	后黎朝	1	—	记顺化和广南处的地理历史之弓，涉及山川、城垒、道路、府县总数目、男丁数目、地税、矿税、开荒、风俗、产物、人才等项。 书中收有若干名士的咏诗，黎贵惇撰并序于黎景兴三十七年(1776)，吴时仕跋于黎景兴三十八年(1777)。 原目编为2728号。	今存印本二种，抄本六种： 河内所藏五种，篇幅260页至678页不等，各册规格亦有不同，高约在30公分左右，宽大多为16.5公分。

续表

古　籍	作　者	朝　代	收录诗人数	收录诗数	提　要	版本、页数及版式
黎朝武莲溪公北使自述记	武棉	后黎朝	1	—	武棉(字莲溪,号梅亭)的使华行程六八体自叙诗。	—
皇越诗选(Hoàng Việt Thi Tuyển)	裴辉璧(Bùi Huy Bích)1744—1818	西山朝(1778—1802)	193	526	越南李、陈、黎各代名家诗选。以越南李朝(越南语:Nhà L&yacute)到黎朝(越南语:Nhà Lê)末年的汉诗为范围选出来的诗选集。 裴辉璧(存庵)编辑并撰小引于戊申年(1788),山南镇督学阮折编辑并序于明命六年(1825)。 此书收录一百九十三位作者的五百二十六首诗,其中李朝七人,陈朝三十六人,黎朝一百五十人。 卷一为李陈黎御制诗,卷二为李陈诗人之诗,卷三为黎朝国初之诗,卷四为黎朝光顺、洪德之诗,卷五为黎朝景统以后至景兴初之诗,卷六为景兴中晚诸家并编者之诗。 其中收诗较多的作者有:陈朝范师孟十二首,黎初黎荐十四首,黎朝光顺、洪德之间申仁忠十一首、阮保十二首、蔡顺二十五首,黎景兴之前阮秉谦十七首,黎后期黎贵惇十七首。 编者称其编辑体例为:“御制篇端并恭书德业之概,其余作者亦各略述行状,以至山川事迹时或铨注一二以便参考。”故此书亦具史学价值。 原目编为1503号。	

续表

古籍	作者	朝代	收录诗人数	收录诗数	提要	版本、页数及版式
北行丛记（Bắc Hành Tùng Kí）	黎侗 1750—1805	后黎朝	7	119	随黎昭统投清求救的大臣黎侗、阮敞、李秉道、陈名案、郑宪、黎维治、阮晖等人的事迹及其在华所作的119首诗歌，长派侯黎侗编辑。 书前有序。书后附《北行略记》，内容为黎侗在中国羁留十七年的经历，另有诏文、表文若干篇。 原目编为161号。	今存抄本一种： 136页，高31公分，宽22公分。
黎侯北行集	黎侗 陈名案	后黎朝	1	—	《北行集》与《柳庵诗集》的合抄本。 《黎侯北行集》74页，为黎侗随黎昭统在中国求救时所撰的记文，内容叙其忍辱负重，希图恢复的经历，并录有此间的诗作。 《柳庵诗集》47页，陈名案撰，盖因陈名案亦随昭统来华，"与昭统皇帝患难相共"，其作品因而与《北行集》合抄。 本书与题《柳庵诗集》者内容多同。区别在于本书《北行集》前阙若干页，重订时有错页，且无《可礼山赋》、《上中书札》两文。 原目编为1861号。	
华程后集	武辉瑨 1749—?	西山朝	1	—	—	—
华原随步集（Hoa Nguyên Tùy Bộ Tập）	武辉瑨	西山朝	1	80	唐安县慕泽社人武辉瑨的北使诗集。书中收录己酉年（1789）武辉瑨随西山使团出使中国时所作的八十首咏景、述怀、饯赠诗。附有作者祭清朝阵亡将士文，向福安康、海	今存抄本一种： 52页，高31公分，宽22公分。

续表

古　籍	作　者	朝　代	收录诗人数	收录诗数	提　要	版本、页数及版式
					提督、良大人等人的谢恩表及若干对联。 附载乾隆御制诗及中国秀才平氏的诗篇。 原目编为 1397 号。	
海烟诗集（Hải Yên Thi Tập）	段阮俊 1751—?	西山朝	1	173	诗集。此书包括四部分，其一《海烟诗集》，为己酉年（1789）段阮俊出使中国前后所作的一百七十三首诗，其中有题咏中国名胜的诗，如《过珥河观北兵故垒》、《题马伏波祠》、《苍梧三咏》、《过湘潭吊三闾大夫》、《登滕王阁》、《登黄鹤楼》、《过殷故都》、《过羑里》等，其中有与中国及朝鲜作者的唱和诗。 附《瑞璋阮员外休致在京留柬并诗僚友贺饯文》、《家兄江程诗集》、《本国省府县州总社村数目》。 原目编为 1318 号。 段浚，又名段阮俊，越南琼瑰县海安社人，生卒年不详。	今存抄本一种： 98 页，高 26 公分，宽 15 公分。
海翁诗集（Hải Ông Thi Tập）	段阮俊	西山朝	1	395	段阮俊所作的三百九十五首诗。本书收录有作者出使中国时的诗作，其中有咏名胜如黄鹤楼、昭君墓及作者与清帝、朝鲜使节的唱和诗；另一部分诗为作者赴京都时所作，内容有与陈廷宥、吴琼、阮攸等人的酬应及咏沿途的风景；集中附文若干篇，如《岳阳楼赋》、《翠山行》、《从清帝游万寿山记》以及他人的和诗。 原目编为 1314 号。	今存抄本一种： 164 页，高 26 公分，宽 15 公分。

续表

古籍	作者	朝代	收录诗人数	收录诗数	提要	版本、页数及版式
北行偶笔	丁翔甫	后黎朝	1	—	《古驩溪亭丁翔甫使程诗集》。	—
宝篆黄甲陈公诗集(Bảo Triện Hoàng Giáp Trần Công Thi Tập)	陈名案 1754—1794	后黎朝	1	—	诗文集合抄。本书含两部作品:其一为《宝篆黄甲陈公诗集》,收录黄甲陈名案的诗文,内容有咏景、抒怀、咏史等,其中有咏中国历史人物如伯夷、叔齐以及随黎昭统逃亡时所作的若干篇文;其二为《古驩溪亭丁翔甫使程诗集》,丁翔甫撰,内容为出使中国及后来随黎昭统流亡中国时所作的诗。 原目编为 146 号。	今存抄本一种: 128 页,高 25 公分,宽 14 公分。
柳庵诗集(Liễu Am Thi Tập)	陈名案	后黎朝	1	100	又名《柳斋庵诗集》(Liễu Trai Am Thi Tập)。 陈名案诗一百首。 《黎侯北行集·陈柳庵诗集》亦收录有此书。 原目编为 2000 号。 陈名案对后黎忠贞不二,其情颇受清人嘉许。陈名案为北宁省嘉平县宝篆社人,昭统丁未科(1787)二甲进士。	—
黎惟亶诗集(Lê Duy Đản Thi Tập)	黎惟亶 1743—1789	后黎朝	1	102	黎惟亶撰。 本书收录三类作品:其一为咏后黎史实的四十二首诗,记有三府兵士之扰乱、阮惠出北方、郑主出逃、官吏投降西山、黎帝嫁女于阮惠等重大事件;其二为咏中越忠义人物如比干、苏武、黎俊懋、李陈瑻等人的三十首诗;其三为作者出使中国时所作的三十首诗,记有其行程经历。 原目编为 1858 号。	今存抄本一种: 82 页,高 28 公分,宽 16.5 公分。

续表

古　籍	作　者	朝　代	收录诗人数	收录诗数	提　要	版本、页数及版式
默翁止斋黎公诗文合采（Mặc Ông Chỉ Trai Lê Công Thi Văn Hợp Thái）	黎元忠	—	3	—	诗文集合抄，本书共收录三部作品：其一为《默翁使集》，参见本目所著录的同名单行本；其二为《止斋文诗集》，黎元忠撰，所录有《谢恩表》、《诫子孙惜书文》、《清漳县斯文祠碑文》、《罗山陈族家谱序》、《戒子书》等；其三为《黎惟亶诗集》，亦参见本目所著录的同名单行本。 原目编为 2143 号。	今存抄本一种： 192 页，高 29 公分，宽 16 公分。
古赋诗文集（Cổ Phú Thi Văn Tập）	编者不详	后黎朝	1	—	后黎名儒取材于经传北史的诗赋策文集，共九十五篇，作者有吴时仕、邓陈琨、阮伯璘等人，汉文间有喃文。 原目编为 573 号。	今存抄本一种： 188 页，高 27 公分，宽 15 公分。
裕庵吟录（Dụ Am Ngâm Lục）	潘辉益 1751—1822	西山朝	1	600	潘辉益的诗集，共六百首诗， 有嘉隆十四年（1815）的序文。 按：各种版本皆题为《裕庵吟录》，实为作者自序的题目。 此书为编年体诗集，卷一为《逸诗略纂》，撰于 1770 年至 1790 年；卷二为《星槎纪行》，收录 1790 年出使清朝时的作品；卷三为《逸诗略纂》，撰于 1791 年至 1796 年；卷四为《南程续集》，收录 1796 年至 1797 年春节往富春（顺化）向西山进献礼品时的作品；卷五为《逸诗略纂》，撰于 1798 年至 1803 年；卷六为《云游随笔》，撰于 1804 年至 1814 年告官归乡之后，有若干喃诗。 原目编为 750 号。	今存抄本三种，六卷，含目录一篇：480 页抄本，高 27 公分，宽 16 公分；438 页抄本，高 22 公分，宽 17 公分，阮文质用新式纸抄录；一抄本存卷二，98 页，高 25 公分，宽 15 公分，邓维稳抄于 1963 年，吴玉玕校正。

续表

古籍	作者	朝代	收录诗人数	收录诗数	提要	版本、页数及版式
					潘辉益，字谦受，号裕庵，越南天禄省收获县人，历后黎、西山、阮朝三朝，著作颇丰。乾隆五十五年使清，贺高宗八旬寿辰，颇受优待。	
星槎纪行	潘辉益	西山朝	1	83	《星槎纪行》，收录1790年出使清朝时的作品。	—
皇华图谱（Hoàng Hoa Đồ Phả）	吴时任 1746—1803	西山朝	1	100余篇	吴时任癸丑年（1793）的北使诗文集，含序文、小引各一篇。 此书收录癸丑年吴时任出使中国告讣并为光缵求封时所作的一百余篇题咏、饯赠之作，其中有描写写黄鹤楼、黄河渡口的赋文；另记录前人关于沿途名胜古迹的题诗、题赋、碑记等，间有引文和注释。 原目编为1447号。	今存抄本一种： 138页，高24公分，宽14公分。
燕台秋咏（Yên Đài Thu Vịnh）	吴时任	西山朝	1	—	吴时任癸丑年（1793）的北使诗文集，题侍中大学士晴派侯希尹甫（吴时任）撰，松轩审校，慎斋编辑，吴时抄录。 书中收录题咏、感怀、赠答之诗，其中有与清帝及朝鲜使节的唱和之作。 原目编为4513号。 吴时任，字希尹，号达轩，越南河内清威县左清威社人，乾隆五十八年北使。	今存抄本一种： 150页，高30公分，宽15.5公分。

续表

古　籍	作　者	朝　代	收录诗人数	收录诗数	提　要	版本、页数及版式
北使江隐夫茂甫武原稿（Bắc Sứ Giang Ẩn Phu Mậu Phủ Vũ Nguyên Cảo）	武茂甫	西山朝	1	87	武茂甫（号江隐夫）的北使诗集，含序文一篇。正文收录作者出使中国时所作的八十七首饯送、感怀、咏景诗；附有作者咏靖王郑森、宣妃、邓氏惠、硕郡公等人的诗篇及与吴时仕唱和的诗篇等。 与另两种书合订：其一为《越史诗集》，目录言有七十八首，实有三十二首；其二为邓廷谦《天南咏史集》，嗣德十三年（1860）抄本，参见《脱轩咏史诗集》条。 原目编为196号。	今存抄本一种： 142页，高24公分，宽14公分。
海派诗集（Hải Phái Thi Tập）	段阮俊	西山朝	1	—	又名《海派诗稿》（Hải Phái Thi Cảo）。 本书为段阮俊诗集，收录甲寅年（1794）段阮俊赴京都富春及其后出使中国时所作的诗篇，其中有咏浴翠山、宁明江、马援祠、滕王阁、昭君墓等名胜的诗作，以及与中国友人、朝鲜使节的赠和诗，另有作者的若干赋文及一首《胡妇行》；附有义泽伯汝公僚、杨川子、陈廷宥等友人的赠和诗。 按：本书题有"裴玉柜著"等字样，不可信，参见原目编为1314号《海翁诗集》条。 原目编为1315号。	今存抄本一种： 94页，高31公分，宽22公分。
大越历代皇朝御制造商玉牒世系普记	编者不详	阮朝	—	—	嘉隆、明命、绍治各代君臣的诗文。此书内容包括咏勤政院诗、歌颂长寿宫诗等。	今存抄本一种： 344页，高32公分，宽22公分。

续表

古　籍	作　者	朝　代	收录诗人数	收录诗数	提　要	版本、页数及版式
艮斋诗集（Cấn Trai Thi Tập）	郑怀德 1765—1825	阮朝	1	327	郑怀德（一名安，字止山，号艮斋）诗集合编，有作者、阮迪吉、吴时位、高辉耀（一作曜）所撰的序跋。 本书收录作者三部诗集，其一为《退食追编》，录诗一百二十七首，撰于壬寅年（1782）；其二为《观光集》，录诗一百五十二首，撰于壬戌年（1802）出使中国期间；其三为《可以集》，收录四十八首咏物酬应诗。 原目编为 398 号。	今存嘉隆十八年（1819）印本二种，抄本一种： 篇幅 182 至 215 页，高 25 至 27 公分，宽 14 或 15 公分。
华程消遣集（Hoa Trình Tiêu Khiển Tập）	阮偍	西山朝	—	324	驩南使者阮偍的北使诗集，阮傑序。 书中收录阮偍的三百二十四首使华诗，多为咏途中风景及感怀赠和之作，其中有与朝鲜使节及中国人的唱和诗。 130 页本附有《喜雨亭赋》、《诸葛亮赋》等赋文八篇。 原目编为 1409 号。	今存抄本二种，分前后二集： 一本 168 页，高 30 公分，宽 21 公分；一本 130 页，高 24 公分，宽 13 公分，阙前集。
拾英堂诗集（Thập Anh Đường Thi Tập）	吴仁静 1763—1813 黎光定 1759—1813	阮朝	2	156	北使诗集合编。首部为《拾英堂诗集》，收录吴仁静出使中国时所作的唱和诗八十一首，有陈浚远嘉隆五年（1806）、阮迪吉嘉隆六年（1807）、裴杨沥嘉隆十年（1811）的三篇序文。 附载《华原诗草》一部，艮斋藏本，有黎良慎 1807 年序，收录黎光定出使中国时所作的七十五首诗。 原目编为 3396 号。 吴仁静，字汝山，越南嘉定人，博学能文，与郑怀德、黎光定并称“嘉定三家”。	今存抄本一种： 70 页，高 22 公分，宽 14.3 公分。

续表

古　籍	作　者	朝　代	收录诗人数	收录诗数	提　要	版本、页数及版式
华/花原诗草	黎光定	阮朝	1	75	《华原诗草》一部，艮斋藏本，有黎良慎 1807 年序，收录黎光定出使中国时所作的七十五首诗。 黎光定，字知止，号晋斋，嘉庆七至八年以正使身份使清。	—
华程学步集	武希苏	阮朝	—	—	武希苏，生卒年不详，号澹斋，越南唐安慕泽人。阮朝开国皇帝阮福映即位，建元嘉隆，清廷封其为越南王，阮朝于嘉隆三年（清嘉庆九年）遣使致谢，武希苏以使部录事身份参与使清。	—
华程学步集（Hoa Trình Học Bộ Tập）	武辉瑨	阮朝	1	—	武辉瑨（澹斋）的北使诗集。此书乃嘉隆三年（1804）武辉瑨出使中国为嘉隆受封事进呈清帝谢恩表时所作的诗篇，多为咏途中风景及抒怀之作，其中有向清帝祝寿的诗。附范廷琥、阮案、陈辉照、郑辉洹、范如饯送作者的诗及序文各五篇。 原目编为 1402 号。	今存抄本一种： 46 页，高 31 公分，宽 22 公分。
使轺吟录（Sứ Thiều Ngâm Lục）	阮廷傃	阮朝	1	54	两种北使诗文集的合抄本，景兴三十年（1769）进士阮香（号复庵）编。 此书包括两部分，其一为甲子年（1804）阮廷傃（一作素）出使中国时所作的五十四首咏景诗，附有范乔年、陈辉照的饯赠诗；其二题为《华轺候命集》，乃 1743 年进士陈文瀿出使中国时所作的诗文，包括关于黎昭统之皇妃阮氏金的记文，咏烈女翠霭江人范氏舜的诗等。 原目编为 3002 号。	今存抄本一种： 142 页，高 19 公分，宽 13 公分。

续表

古籍	作者	朝代	收录诗人数	收录诗数	提要	版本、页数及版式
华轺候命集	陈文濴	阮朝	1	—	《华轺候命集》，乃1743年进士陈文濴出使中国时所作的诗文，包括关于黎昭统之皇妃阮氏金的记文，咏烈女翠霭江人范氏舜的诗等。	—
华程诗集（Hoa Trình Thi Tập）	阮嘉吉 1760—?	—	1	58	阮嘉吉（号迪轩）的北使诗集，李陈瓚编，黎良慎、阮攸（素如）审校。 此书收录嘉隆乙丑年（1805）阮嘉吉出使中国时所作的五十八首诗，内容咏途中的风景及事件，如《晓发珥河》、《谅山道》、《过关纪实》、《登金鸡岩》、《题马伏波庙》、《过五险滩》、《岳阳楼》、《浔州夜泊》等。 原目编为1406号。	今存抄本一种： 36页，高27公分，宽16公分。
使燕诗集/宫怨诗集	武贞 1739—1828	阮朝	1	—	武贞，字维周，又字符亨，号兰池渔者，曾于嘉隆六年（1807）出使中国。	—
北行杂录（Bắc Hành Tạp Lục）	阮攸 1765—1820	阮朝	1	130	编者不详。 本书由数部作品缀合而成，首曰《北行杂录》，收公元1813年阮攸使清期间所作的130首诗，有些作品写于升龙（今河内），如《太平琴者歌》；此外皆作于中国，如《贵妃故里》、《刘伶墓》等。 本书另收《高敏轩先生诗》，含高伯适180首诗作，并附无名氏作品《闺妇叹》。 原目编为160号。 阮攸，字素如，号清轩，河静省宜春县仙田社人，嘉庆十八年北使中国。	今存抄本一种： 78页，高32公分，宽21公分。

续表

古籍	作者	朝代	收录诗人数	收录诗数	提要	版本、页数及版式
南中杂吟	阮攸	阮朝	1	40	见孙士觉《古越汉诗史述及文本辑考》附录。	—
清轩诗集	阮攸	阮朝	1	78	见孙士觉《古越汉诗史述及文本辑考》附录。	—
名诗合选（Danh Thi Hợp Tuyển）	陈公宪	阮朝	—	1700	又名《海学名诗选》(Hải Học Danh Thi Tuyển)越南名家近体诗选，收录一千七百首诗，大体上为七律。 恩光侯陈公宪编辑，督学中正伯、助教时平男考订。 海阳省海学堂印行于嘉隆十三年(1814)，今存印本八种，皆为残本，存卷一至七、卷九至十不等。 五种印本题《名诗合选》，其款式不同，厚116至290页，高23至27公分，宽13至16公分，有目录，其中278页本有部分为手抄，原目编为690号。 另两印本，题《皇黎应制诗》，存卷六卷七，192页，高23公分，宽13公分，收录黎朝名家诗、赋、论、谕、铭、颂等作品，大多取材于中国经传，如《四方风动》、《龙飞在天》、《夫子闻韶》、《子华使于齐》、《孔子梦周公》、《子见南子》等，原目编为1453号。 一印本题《立斋诗选》，存卷八至卷十，226页，高24公分，宽14公分，原目编为1311号。 另存抄本一种，亦题《名诗合选》，十二卷，358页，高31公分，宽22公分，据1814年印	—

续表

古籍	作者	朝代	收录诗人数	收录诗数	提要	版本、页数及版式
					本重抄，前有陈公宪所撰的序文一篇。 此书卷六题《历科诗选》，有作者名，并载录判文、铭文、记文等作品；卷八为《立斋诗选》，收录范贵适的诗；卷九为《星槎纪行》，收录乾隆五十五年（1790）瑞岩侯潘辉益出使中国时所作的八十三首诗；卷十为《读史痴想》，收录范阮攸咏中国历史人物的一百四十六首诗。本目别集类及北使诗文类录有后三种诗集。	
黄碧山诗集（Hoàng Bích Sơn Thi Tập）	黄碧山 1791—？	西山朝	1	251	黄碧山四种诗集合抄。其中《言游上》、《言游下》收录自嘉隆丙子（1816）至嘉隆己卯（1819）年间的作品；《南游集》收录南下时所作的八十八首诗；《北游集》收录出使中国时所作的一百六十三首诗，大多为纪行咏景之作。 原目编为1438号。黄碧山，号懒斋，北宁龙编人，清道光五年随使团北使。	今存抄本一种： 248页，高22公分，宽18公分。
北游集	黄碧山	西山朝	1	163	黄碧山四种诗集合抄。其中《言游上》、《言游下》收录自嘉隆丙子（1816）至嘉隆己卯（1819）年间的作品；《南游集》收录南下时所作的八十八首诗；《北游集》收录出使中国时所作的一百六十三首诗，大多为纪行咏景之作。 原目编为1438号。黄碧山，号懒斋，北宁龙编人，清道光五年随使团北使。	今存抄本一种： 248页，高22公分，宽18公分。

续表

古　籍	作　者	朝　代	收录诗人数	收录诗数	提　要	版本、页数及版式
南游集	黄碧山	西山朝	1	88	黄碧山四种诗集合抄。其中《言游上》、《言游下》收录自嘉隆丙子(1816)至嘉隆己卯(1819)年间的作品;《南游集》收录南下时所作的八十八首诗;《北游集》收录出使中国时所作的一百六十三首诗,大多为纪行咏景之作。 原目编为1438号。黄碧山,号懒斋,北宁龙编人,清道光五年随使团北使。	今存抄本一种: 248页,高22公分,宽18公分。
星轺纪行/华轺杂咏	潘辉湜 1775—1842	阮朝	—	—	潘辉注之从兄。 1821年再次如清。	—
梅驿诹馀文集	吴位 (吴时位) 1774—1821	阮朝	1	93	收录了他出使期间创作的93首诗及12篇赋文等,内容多为题咏途中名胜古迹以及与友人的唱和之作。	—
使燕丛咏	范有仪 1796—1862	阮朝	—	—	范有仪,字仲羽,号澹斋。领乡荐初授典簿历修撰,任如清使部行人,使程所作有《使燕丛咏》一书。	—
华程吟录	潘辉注 1782—1840	阮朝	1	275	《华程吟录》全书分上下两卷,上卷收录诗161首,赋3篇,下卷收录诗114篇,赋1篇,词8首,作者序称"随所见而描写之,初未尝用力于声调字句间者"。	—
西行诗记(Tây Hành Thi Kí)	李文馥 1785—1849	阮朝	1	45	又名《西行诗纪》(Tây Hành Thi Kỉ),李文馥诗集,收录明命十一年(1830)作者出使新加坡期间的诗作四十五首、赋一篇。 原目编为3245号。	今存抄本三种,有序跋三篇:篇幅40至218页,高24至26公分,宽13至15公分不等。

续表

古籍	作者	朝代	收录诗人数	收录诗数	提要	版本、页数及版式
华程续吟（Hoa Trình Tục Ngâm）	潘辉注	阮朝	1	127	潘辉注第二次出使中国时所作诗集，有作者撰于壬辰年（1834）的自序，另含跋、目录各一篇，第一次是1824年。 书中收录一百二十七首诗，包括七律六十二首、五律十七首、七绝二十五首、五绝一首，七言古诗四首、五言古诗一首，多为咏途中名胜及抒怀赠答之作。 附录《回程和答饯赠诸作》。 原目编为1410号。 潘辉注，字霖卿，号梅峰，越南山西国威府瑞奎社安山邑人。	今存抄本一种：84页。
闽行杂咏草（Mân Hành Tạp Vịnh Thảo）	李文馥	阮朝	1	—	又名《闽行诗话》（Mân Hành Thi Thoại）、《闽行诗话集》（Mân Hành Thi Thoại Tập）， 李文馥往闽粤遣返中国遭海难渔民的途中所作的诗文集，撰于明命十二年（1831），并有撰于同年的作者自序。 书中收录咏茶山、咸子关、璧山洞、万安桥等途中名胜诗以及唱和饯赠诗作，另有一篇《辨夷》，论越南为文明之邦。 《周原杂咏草》附载此书。 本书各本常附其他内容：72页本附有作者所撰的《西行诗纪》中的若干作品；103页本间有林卿和思台的评论；56页本附有作者的《东行诗说》及《周原杂咏》，前者讲述往闽粤的路程，后者收录出使中国时所作的	今存抄本五种： 篇幅分别为56页、72页、102页、103页、130页，高25至28公分，宽16至22公分不等，56页本及72页本题《闽行诗话》，102页本及103页本题《闽行诗话集》。

续表

古　籍	作　者	朝　代	收录诗人数	收录诗数	提　要	版本、页数及版式
					一百七十六首诗;130页本附有清朝官员就越南送回遭难渔民一事的书信;102页本附载何宗权致明命的《上会典撮要表》。 原目编为2145号。	
巽甫诗集(Tốn Phủ Thi Tập)	何宗权 1798—1839	阮朝	1	462	何宗权诗集。 各本中以174页本最全,收诗462首;此外118页本收诗260首,88页本收诗180首,90页本收诗151首。 各本抄年可知者以90页本为早,为裴溥抄于明命甲申年(1820);以174页本为最晚,乃平陀人发祥抄于启定五年(1920),有裴溥明命五年(1824)所撰的序。 174页本另载作者《洋梦集》一部,记其出使经历,有作者及潘渭沚、潘清简、吴阳亭所撰的序跋,并有吴阳亭的评论。 原目编为3808号。	今存抄本四种,四本内容有异: 厚88至174页,高21至31.5公分,宽16至21公分不等。
洋梦集(Dương Mộng Tập)	何宗权	阮朝	1	—	何宗权诗集,收录作者壬辰年(1832)出使南洋期间所作的诗文。 潘渭沚(号春卿)序于明命十三年(1832),另有潘辉注、吴世荣、潘清简的跋文。 何宗权即何权,号芳泽、海翁,河东省青威县葛洞社人,明命三年(1822)进士及第。 原目编为792号。	今存抄本二种: 118页抄本,高27公分,宽16公分;108页抄本,高31公分,宽22公分,乃抄自118页抄本。

续表

古籍	作者	朝代	收录诗人数	收录诗数	提要	版本、页数及版式
芳泽何巽甫传附诗集（Phương Trạch Hà Tốn Phủ Truyện Phụ Thi Tập）	何宗权	阮朝	1	—	诗文合编，本书收录内容相关的二部作品，其一为《芳泽何巽甫传》，作者不详，传后收录有阮文超悼何权文；第二部作品即为《洋梦集》。 原目编为2765号。	今存抄本一种： 140页，高28公分，宽15.5公分。
南行集（Nam Hành Tập）	苏珍 何宗权	阮朝	2	—	诗文集合抄。本书含两部作品：1至38页为《南行集》，文江县进士苏珍撰，收录其赴南方途中所作的八十一首诗，附依文云行状；40至58页为《洋梦集》，进士何宗权（号巽斋）作，收录其获罪后在海船上服役时所作的诗文。 原目编为2242号。	今存抄本一种： 58页，高28.5公分，宽15.5公分。
梁溪诗草（Lương Khê Thi Thảo）	潘清简 1796—1867	阮朝	1	454	诗集，录诗四百五十四首，内容有咏景、记出使中国与法国的行程等。 潘清简撰并序于嗣德十九年（1866），其子潘清帘（号叔青）、潘清芗（号仲升）、潘清荪（号季湘）考校，绵审序并评于嗣德二十年（1867），云水居嗣德丙子（1876）年印。 其中298页本多收录诗二十首。 原目编为2095号。	今存印本二种、抄本一种： 分别为290、298、264页，高25至30.5公分，宽15至21.5公分不等。
使程诗集（Sứ Trình Thi Tập）	潘清简	阮朝	1	147	潘清简的北使诗集，含目录一篇，书中收录题咏、偶作、即景、自叙、怀古、唱和诗一百四十七首。 原目编为3013号。	今存抄本一种： 94页，高30公分，宽19.5公分。

续表

古　籍	作　者	朝　代	收录诗人数	收录诗数	提　要	版本、页数及版式
					潘清简(Phan Thanh Giản,1796年11月11日—1867年8月4日),又名靖伯(Tĩnh Bá),字淡如(Đạm Như),号梁溪(Lương Khê),一号梅川。越南阮朝时期的政治家、儒家、作家、历史学者。他是越南史料《钦定越史通鉴纲目》的编纂者,曾于1863年出使法国,后来在法越战争法军占领南圻后自杀身亡。	
使程遗录(Sứ Trình Di Lục)	李文馥	阮朝	1	166	北使诗集,书中集录一百六十六首诗,咏及河内公馆、谅山道、南关、黄巢城、关公庙、漂母祠、岳阳楼、燕台八景、洞庭湖等途中所见。 原目编为3005号。	今存抄本一种: 114页,高24.5公分,宽15公分。
李文馥遗文(Lí Văn Phức Di Văn)	李文馥	阮朝	1	—	李文馥诗文集。本书内容有作者出使吕宋时所作的诗文,记有该地的风土、民众、文字、耶稣教、婚姻等事,亦收入其他题材的诗文。 按:李文馥即李邻芝,号苏川、克斋,出使之国家地区众多,本目收录其《学吟存草》、《粤行吟草》、《克斋粤行诗》、《闽行杂草》、《三之粤杂草》、《使程便览曲》、《周原杂咏草》、《镜海续吟》等多种著作。 原目编为1938号。	本书今存抄本一种: 13页,高25公分,宽13公分。

续表

古籍	作者	朝代	收录诗人数	收录诗数	提要	版本、页数及版式
克斋粤行诗(Khắc Trai Việt Hành Thi)	李文馥	阮朝	1	—	又名《李克斋粤行诗》(Lí Khắc Trai Việt Hành Thi)。 李文馥诗集合抄,有巽甫跋及钱塘缪莲仙道光十三年(1833)序。 本书收录作者三部诗集:其一为《粤行吟草》,收录出使中国广东时所作的诗;其二为《西行诗记》,收录作者出使英吉利时所作的诗;其三为《东行诗说草》(1832年越南——菲律宾,30首诗),收录出使中国时与中国人的唱和诗,包括与缪莲仙的唱和诗是。 原目编为1646号。	今存抄本一种: 176页,高28公分,宽16公分。
粤行吟草(Việt Hành Ngâm Thảo)	李文馥	阮朝	1	—	又名《粤行吟》(Việt Hành Ngâm)、《粤行诗话》(Việt Hành Thi Thoại)、《粤行续吟》(Việt Hành Tục Ngâm)、《粤行吟草略抄》(Việt Hành Ngâm Thảo Lược Sao)。 李文馥诗集,共三卷,巽甫撰跋于明命十六年(1835),中国缪艮莲仙氏序。 收录作者道光十三年(1833)出使广东时所作的诗,其中多唱和之作。 原目编为4278号。	今存抄本五种,题名不同: 篇幅56至212页,高22至31公分,宽14至23公分不等。
粤行杂草(Việt Hành Tạp Thảo)	汝伯仕 1787—1867	阮朝	1	80	又名《元立粤行杂草诗》(Nguyên Lập Việt Hành Tạp Thảo Thi)、《汝元立粤行杂草》(Nhữ Nguyên Lập Việt Hành Tạp Thảo),汝伯仕(字符立,号澹斋)的北使诗集,其子	今存抄本四种,有撰于嗣德丁巳年(1857)的作者自引,以及中国缪艮莲仙、陈家璨、冯尧卿的三篇序文,并含例言、目录各一篇:

续表

古籍	作者	朝代	收录诗人数	收录诗数	提要	版本、页数及版式
					汝以姮编辑，收录明命癸巳年(1823)汝伯仕出使中国广东时所作的诗文，包括题咏风景、即事、感怀、赠和诗八十首，以及中国友人赠答作者的诗篇。 附有祭海神文、中国人所撰《清溪吟草》序文、关于越中诗会事迹的记文等。 248 页本卷下附有作者在广东所购书的书目。	两种题《粤行杂草》，原目编为 4279 号。 一本分上下二卷，248 页，高 27 公分，宽 16 公分；一本 158 页，高 28 公分，宽 16 公分。
华程记诗画集(Hoa Trình Kí Thi Họa Tập)	邓文启	阮朝	1	—	进士邓文启(字顺川)的北使诗集，武宗璠、潘清简序于明命十五年(1834)。 正文题为《华程略记》，乃作者明命十五年出使中国时作的诗篇，多为咏途中风景及赠和之作。 附有二项内容，其一为出使吕宋所作的《洋行诗集》(30 首诗)，包括赠别杜俊大、阮伯坦、阮世儒、武廷基等友人的诗篇以及咏途中风物诗；其二为吟咏及饯赠诗集《慎亭鹦语》。 原目编为 1404 号。	今存抄本一种： 80 页，高 32 公分，宽 22 公分。
三之粤集草	李文馥	阮朝	1	130	集录作者出使广东时的诗作。	—
仙城侣话(Tiên Thành Lữ Thoại)	李文馥 陈秀颖 杜俊大	阮朝	3	104	李邻芝(即李文馥)、陈秀颖、杜俊大明命十六年(1835)的北使诗集，书中共收录一百零四首诗作。 原目编为 3720 号。	今存抄本一种： 60 页，高 31 公分，宽 22 公分。

续表

古　籍	作　者	朝　代	收录诗人数	收录诗数	提　要	版本、页数及版式
使华卷（Sứ Hoa Quyển）	范世忠 1761—1845	阮朝	1	—	又名《使清文录》（Sứ Thanh Văn Lục）。 阮朝和清朝的邦交文件，1837年范世忠编辑。 范世忠曾于明命十八年（1837）使清，此书即此期间搜集而成。其内容包括敕、谕、表、奏、禀、帖、公文并有个人小传和诗作。236页本另附李文馥《周原杂咏》。原目编为2999号。	今存抄本二种： 236页抄本题《使清文录》，高29公分，宽16.5公分；66页抄本题《使华卷》，高27公分，宽15公分。
燕台婴语（Yên Đài Anh Ngữ）	阮登选	阮朝	1	—	仙峰梦莲亭阮登选的北使诗集，收录途中感怀的歌行等诗篇，若干篇有字喃。 书中附有自越南至燕京路程图版，绘有自南关至燕京途中的山川、名胜、古迹等。 原目编为4511号。	今存抄本一种： 134页，高31公分，宽19公分。
燕台婴语（Yên Đài Anh Ngữ）	阮登选	阮朝	1	—	记阮登选北使途中所见山川城郭的一首长诗，上栏为演音，下栏为汉文，题杜俊大、范芝香评，然评语未抄录。 原目与同名北使汉文诗集并为一条，编为4511号。	今存抄本一种，与《绎逻罗国书语》合订为一册： 12页，高29公分，宽18公分。
祝嘏诗	范世忠	阮朝	1	1	作者以平定布政使改授礼部左侍郎，任如燕正使。出使北京恰遇万寿节，因献《祝寿诗》而得到赏赐，此次北行相关的邦交文献，如公文，表奏、贡品单等附入《南史》一书。	—

续表

古籍	作者	朝代	收录诗人数	收录诗数	提要	版本、页数及版式
东野樵诗集(Đông Dã Tiều Thi Tập)	范廷琥 1768—1839	阮朝	1	110	又名《东野学言诗集》(Đông Dã Học Ngôn Thi Tập)。 范廷琥诗集,收录诗一百十首,敬甫阮案序于丙辰年(1856)。 按:据阮案的《东野樵学言序》,《东野樵学言》是此书原名。 原目编为1102号。	今存抄本二种: 52页本高27公分,宽16公分;100页本高20公分,宽13公分,另有《游佛迹山记》及此行所作的诗篇。
镜海续吟(Kính Hải Tục Ngâm)	李文馥	阮朝	1	110	李文馥出使中国澳门时所作的一百一十首诗。 李文馥,字邻芝,号克斋,河内永顺县人。 有作者自序及黎文德明命二十年(1839)跋,本书附《仙城侣话》。 按:《李文馥遗文》、《学吟存草》条目有此书内容。 原目编为1788号。	本书今存抄本一种: 120页,高30.5公分,宽22公分。
永盛年文集(Vĩnh Thịnh Niên Văn Tập)	编者不详	阮朝	1	—	黎永盛(1705—1720)至阮明命(1820—1840)年间的作品集,有诗、歌、赋、论、策文、祭文、表文、制文、谕文、檄文、对联各种文体,此书附有清代皇帝致黎朝、阮朝皇帝的文件,书中有喃文。 原目编为4346号。	今存抄本一种: 386页,高31公分,宽22公分。
周原杂咏草(Chu Nguyên Tạp Vịnh Thảo)	李文馥	阮朝	1	—	辛丑年(1841)李文馥(克斋)出使中国时所作诗文集,书中收录咏途中名胜及抒怀赠答之作,恩光子黎文德序于绍治壬寅年(1842)。	今存抄本九种: 厚84至210页,高25至30公分,宽13至22公分。

续表

古籍	作者	朝代	收录诗人数	收录诗数	提要	版本、页数及版式
					本书各抄本，附载其他内容：146 页抄本，附载《闽行杂咏草》；210 页抄本，附载作者的《辨夷》、《吕宋风俗记》及若干论文；134 页抄本，附载使途所见的对联集录，并附载《二氏偶谈记》，乃托名释迦与老子对话的一篇作品；140 页抄本，附载《三之粤集草》，集录作者出使广东时的诗作；138 页抄本，附载三种别集，即阮舒轩《使华丛咏诗集》、冯克宽《梅岭使华诗集》、高伯适《敏轩诗类》；178 页抄本，附载祝贺明命五十寿辰的寿联和对黎文德的贺文、祝寿文、悼文等。 原目编为 502 号。	
梦梅亭诗草（Mộng Mai Đình Thi Thảo）	张好合	阮朝	1	170	张好合的北使诗集。书中收录一百七十首诗，包括咏春日、咏各节、咏途中风景名胜等诗，以及与潘清简、黎德彦、张联壁等的唱和诗。 原目编为 2200 号。 张好合，号亮斋，越南新隆新庆人，清道光十一年、道光二十五年两次使清。《梦梅亭诗草》按行程顺序编排。	今存抄本一种： 86 页，高 32 公分，宽 22 公分。
张梦梅诗集（Trương Mộng Mai Thi Tập）	张好合	阮朝	1	—	诗集合抄。本书收载三部作品：第一为《段先生诗集》，段阮俊撰，66 页，本目录所著录之《海翁诗集》及《日南风雅统编》二书亦附载此编；第二部为《柴山进士潘公诗集》，10 页，潘辉益 1790 年出使中国时所作诗集，间有注释；第三部为《梦梅亭诗草》，86 页，张好合（号亮斋）撰。 原目编为 3983 号。	今存抄本一种： 162 页，高 28 公分，宽 17 公分。

续表

古籍	作者	朝代	收录诗人数	收录诗数	提要	版本、页数及版式
燕行总载(Yên Hành Tổng Tái)	裴玉柜 阮伯仪 尊室铪 武范启	阮朝	4	—	绍治七年(1847)裴玉柜、阮伯仪、尊室铪、武范启的北使诗文集,书中收录有词曲、诗文及有关的旨谕,间有注释。 原目编为4516号。	今存抄本一种: 137页,高21公分,宽13公分。
星轺随笔(Tinh Thiều Tùy Bút)	阮攸 1798—1855	阮朝	1	119	阮攸诗集,香亭先生阮尊甫编辑。 阮攸,字定甫,一作阮保,号靖山先生,一号九珍。 本编收录其1848年出使中国时所作的一百十九首诗,内容有咏风景、名胜、历史人物等,有序,诗中间有注释和按语。 原目编为3758号。	今存成泰甲辰年(1904)抄本一种,原由香溪阮氏藏: 83页,高24公分,宽13公分。
大南英雅前编(Đ ại Nam Anh Nhã Tiền Biên)	嗣德等	阮朝	8	—	诗文集,收祭文、议定、谕文、跋文、赋、策文、碑记等文体,阮朝君臣嗣德、张登桂、阮文超、黎维泰、郑怀德、高辉耀(一作曜)、黎文德、范贵适等作。 原目编为826号。	—
月亭杂志(Nguyệt Đ ình Tạp Chí)	潘廷评 陈文系 尊室桢	阮朝	—	—	潘廷评、陈文系、尊室桢编辑于嗣德二十一年(1868),河宁(河南宁平二省)总督陶智抄录嗣德朝的诗文选集,本书所收作品多与科举有关,如对考官的上谕、给戊辰科进士武洳的贺诗、己巳科(1869)会试考题及登第者名单、国子监报告、登第进士的谢恩表等;亦有嗣德、阮思僩等人所作悼文、挽联及诗赋,例如《命和岘定雅乐诏》、《行开宝通礼诏》。 原目编为2463号。	今存抄本一种: 108页,高31.5公分,宽22.5公分。

续表

古籍	作者	朝代	收录诗人数	收录诗数	提要	版本、页数及版式
今朝诏旨（Kim Triều Chiếu Chỉ）	编者不详	阮朝	3	—	诗文集合抄，编者不详。 本书收有三部作品：一为《今朝诏旨》，为阮朝的诏表奏文集，中有请印行颁布《御制古今体格诗法集》、《御制历代史总论》二书的奏表；二为《庆寿集》，收阮思僴、阮文谋、阮克勤等人的祝寿诗、联、帐；三为《名赋》，收有武洳的《麦秋至》赋、裴辉锐的《傍花随柳过前川》赋等。 原目编为1745号。	今存抄本一种： 88页，高31.5公分，宽22公分。
燕行曲（Yên Hành Khúc）	裴玉柜（裴樻）1795—1861	阮朝	1	62	北使诗集，所录由裴玉柜作于嗣德元年（1848）。 书中收录六十二首诗，咏途中风景和历史遗迹，附载吴忠让（即吴世荣）诗。 原目编为4515号。	今存抄本一种： 64页，高30公分，宽22公分。
有竹先生诗集	裴玉柜（裴樻）	阮朝	1	—	书中有咏宁明渡口、衡山、洞庭湖、舜帝墓等途中名胜之诗以及与中国友人的唱和之作。	—
燕台婴话	裴玉柜（裴樻）	阮朝	1	—	记录嗣德元年（1848）裴玉柜出使燕京路程的长诗，裴玉柜撰，礼部侍郎范慎甫、山兴宣总督魏善甫句读并评论。 70页本抄于字纸纸背，书末并题有“嗣德己酉”（1849）字样。 书中收录描写香江、御山、升龙城、伞圆山、谅山城、宁明渡口、伏波庙、岳阳楼等途中风景之诗，间有序文和注释。 121页本附有甲辰科（1844）进士阮文富（即	今存抄本三种： 一本68页，高27公分，宽15.5公分；一本70页，高30公分，宽18公分；一本121页，高28公分，宽16公分，均含跋一篇。

续表

古籍	作者	朝代	收录诗人数	收录诗数	提要	版本、页数及版式
					阮思僩）廷试文，祝贺阮文富第黄甲的贺帐、贺诗、贺联，以及同科进士名单。 原目编为 4512 号。	
使程要话曲	裴玉柜（裴樻）	阮朝	1	—	裴玉柜的北使诗集。正文为裴玉柜嗣德元年（1848）出使中国时所作诗篇，多为咏途中风景及感怀之作，附载友人送别诗。 原目编为 3017 号。	今存抄本一种： 68 页，高 32.3 公分，宽 21.8 公分。
方亭诗类（Phương Đình Thi Loại）	阮文超 1799—1867（1872）	阮朝	1	—	阮文超诗集合编，张登桂序于嗣德四年（1851）。 本书收录有四部作品：卷一为《方亭万里集》，其中有出使中国途中的作品；卷二为《方亭嘤言诗集》；卷三为《方亭诗类浏览集》，收录作者在顺京时的作品；卷四为《方亭漫兴集》。某些版本另附载《方亭文类》或《方亭随笔录》。 原目编为 2757 号。 阮文超，字逊班，号方亭，越南河内清池金缕乡人，后迁居寿昌勇寿。清道光二十九年以乙副使身份使清，自广西泛漓水入湘水，进洞庭湖。	今存印本九种，抄本三种，四卷印本： 较全者四种，均 580 页，高 25 至 28 公分，宽 15 或 16 公分。
使程万里集（Sứ Trình Vạn Lí Tập）	张登桂	阮朝	1	173	张登桂嗣德四年（1851）的北使诗集，并有作于同年的自序。 此书收录一百七十三首诗，包括题咏、记事、唱和作品，涉及珥河、谅山道、段城山、马头山、泉州除夕、燕馆中秋等。 原目编为 3016 号。	今存抄本一种： 70 页，高 27.3 公分，宽 15.5 公分。

续表

古籍	作者	朝代	收录诗人数	收录诗数	提要	版本、页数及版式
周原学步集（Chu Nguyên Học Bộ Tập）	武文俊 1803—1857	阮朝	1	125	武文俊（宅卿）的北使诗集。此书收录作者壬子年（1852）至癸丑年（1853）使华时所作的一百二十五首诗，间有典故注释。 原目编为 501 号。	今存抄本一种： 62 页，高 29 公分，宽 16 公分。
柴峰驲程随笔（Sài Phong Nhân Trình Tùy Bút）	潘辉泳 1801—1871	阮朝	1	174	又名《驲程随笔》（Nhân Trình Tùy Bút）。 潘辉泳的北使诗集，含序文一篇。 此书收录作者壬子年（1852）至癸丑年（1853）使华时所作的一百七十四首写景、抒情、题咏、唱和、怀古等诗篇。 原目编为 2944 号。 潘辉泳，字涵甫，号柴峰，越南安山瑞圭人。清咸丰三年至五年出使中国，中国文士李春暄有序并评。	今存抄本一种： 136 页，高 26 公分，宽 16 公分。
御制辟雍赓歌会集（Ngự Chế Bích Ung Canh Ca Hội Tập）	编者不详	阮朝	54	147	又名《雍歌》（Ung Ca），嗣德与群臣之诗，作于拜谒孔庙并临雍视学之后，嗣德七年（1854）撰，有目录。 有御制雅诗十四首弁其端，其后为群臣躬逢盛典的谢表；群臣的作品中有四言、五言、七言、骚体、赋多种体裁。 作者有邓文添、潘清简、魏克循、黄收、苏珍、范有仪、胡文义、张国用、张文琬、阮思僩、裴樻、阮文交、阮登选、张名振、绵审、绵寘、张登桂等五十四人，诗文共一百四十七首。 原目编为 2470 号。	今存印本一种： 458 页，高 26 公分，宽 16 公分。另有抄本一种，206 页，高 28 公分，宽 16 公分。

续表

古籍	作者	朝代	收录诗人数	收录诗数	提要	版本、页数及版式
					嗣德(Tự Đức,1848—1883)是越南大南国阮朝嗣德帝、育德帝、协和帝的年号,共计36年。	
诗文集编(Thi Văn Tập Biên)	高伯适 1808—1855	阮朝	1	152	诗文集,高伯适等人作。本书收高伯适诗文一百五十二篇及阮乔、阮宗室出使中国时所作《使华丛咏》;另有贺皇帝四十岁寿辰演出所用的乐章和桑女的情歌。 原目编为3488号。	今存抄本一种: 页数及版式:146页,高26公分,宽15公分。
高敏轩先生诗	高伯适	阮朝	1	180	《高敏轩先生诗》,含高伯适180首诗作。	—
竹堂诗文集(Trúc Đường Thi Văn Tập)	吴世荣 1802—1856	阮朝	1	—	吴世荣诗文集,收录诗、帐、联、表、奏、跋、记、铭等,附有中国、朝鲜诗人的作品。 原目编为3931号。 吴世荣(曲江吴阳亭,字仲翼)出生于癸亥年(1803),是南定省南镇县派阳乡人,明命九年戊子(1828)考上举人,明命十年己丑(1829)考上进士。他担任吏部郎中,但由于科举考试嫌疑而被解职,在家教书。后来皇帝邀请重新考试、恢复进士学位并派回家乡。他的学生成名的人很多。他给越南汉喃书籍宝库留下20多部著作。	今存抄本一种,分上中下三卷。
东南尽美录(Đông Nam Tận Mĩ Lục)	邓辉熿	阮朝	1	48	同治四年(1865)邓辉熿出使中国广东期间的作品,作者自编并序于嗣德戊辰年(1868)。 本书收录有四十八首诗、九篇序文、十七副对联,其中有与中国友人的赠和作品。原目编为1122号。	今存印本一种: 60页,高25公分,宽14公分。

续表

古籍	作者	朝代	收录诗人数	收录诗数	提要	版本、页数及版式
柏悦集(Bách Duyệt Tập)	邓辉熺 1825—1874	阮朝	1	28	贺诗二十八首,邓辉熺(字黄中)编辑。本书内容为邓辉熺出使中国广东时,贺其弟登第的诗,其中一首由邓辉熺自作,此外皆由中国人作。 原目编为67号。	今存承天省邓季族祠堂嗣德二十一年(1868)印本二种。 页数及版式:37页,一本高23公分,宽14公分;一本高26公分,宽15公分。
石农全集(Thạch Nông Toàn Tập)	阮思僩 1822—1890	阮朝	1	—	阮思僩(字恂叔)诗文全集。本书收录有作者多部诗文集,有《观河集》、《云林诗草》、《云麓诗草》、《燕轺诗草》、《雪樵吟草》、《南行诗草》、《小雪诗类》、《东征集》、《小雪山房诗集》、《对联集》、《燕轺笔录》、《石农文集》等,原目编为3284号。	今存抄本一种: 六册十二卷,2494页,高32公分,宽23公分。
义溪诗集(Nghĩa Khê Thi Tập)	范士爱	阮朝	1	—	范士爱诗文集,另有表奏、启文、帐文、祭文等。 范士爱,海阳省唐豪县中立社人,戊辰科(1868)进士。 附黎峻、阮思僩等于同治七年至八年(1868—1869)年出使中国期间所作的诗文,参见《燕轺笔录》条。 原目编为2330号。	本书今存抄本三种: 篇幅116至126页,均高27公分,宽15公分。
燕轺诗文集(Yên Thiều Thi Văn Tập)	阮思僩	阮朝	1	90	又名《燕轺诗草》(Yên Thiều Thi Thảo)、《燕轺诗集》(Yên Thiều Thi Tập), 东岸人阮思僩(字恂叔)的北使诗文集,李文田、吴嗣仲春谷氏分别序于同治八年(1869)。	今存抄本三种,二卷: 一本250页,高31.5公分,宽23公分;一本题《燕轺诗草》,101页,高30公分,宽21公分,仅存卷一;一本题《燕轺诗集》,194页,高28公分,宽16公分,阙谢表。

续表

古　籍	作　者	朝　代	收录诗人数	收录诗数	提　要	版本、页数及版式
					书中包括咏自顺化至燕京途中风景诗、与中国名人和朝鲜使节唱和诗、嗣德饯送使团的诗篇、使团对皇帝的谢恩表、祭神文、请求谒见广西湖南两省官员的信件等。 《云池诗草附燕轺集诗抄》收录有本书内容。 原目编为4519号。	
北溟雏羽偶录（Bắc Minh Sồ Vũ Ngẫu Lục）	范熙亮 1834—1886	阮朝	1	205	范熙亮（字晦叔）嗣德十五年（1862）的北使诗集，书中收录二百零五首感怀、咏景、唱和诗。128页本附载《鄂岗县吏奉贤表》，中国圆朴廉撰并序于同治十二（1873）年。 原目编为180号。 范熙亮，字晦叔，越南河内寿昌南鱼人，同治九年以甲副使身份使清。	今存抄本二种： 一本128页，高31公分，宽23公分；一本137页，高27公分，宽19公分。
志庵东溪诗集（Chí Am Đông Khê Thi Tập）	范芝香 1804—1871	阮朝	1	282	阮文理诗集，收录诗二百八十二首，其中大部分为题咏、饯赠之作，有绥安府教授潘希猷的评点。 原目编为426号。	今存抄本一种： 144页，高32公分，宽23公分。
御制越史总咏（Ngự Chế Việt Sử Tổng Vịnh）	嗣德	阮朝	—	—	咏越南历史人物诗，嗣德撰于二十七年（1874），有黎玳等于嗣德三十年（1877）所上表。 陈文准、黎进通撰凡例，绵审、张登桂、潘清简、裴俊、阮劢等校订，陈文准、阮述等补注，本书分帝王、后妃、宗臣、贤臣、忠义、文臣、僭伪、奸臣、佳事补咏诸目。 原目编为2492号。	今存印本九种： 其中四种为十卷722页，高约27公分，宽约17公分；另有抄本四种，其中一种316页本另附张登桂《读越史应制》和佚名所作《伪年号国号通考》。

续表

古　籍	作　者	朝　代	收录诗人数	收录诗数	提　要	版本、页数及版式
中州酬应集 (Trung Châu Thù Ứng Tập)	裴文禩 1832—?	阮朝	1	190	裴文禩使华时与若干中国友人唱和诗集，书中收录即事、咏景、感作、劝诫等类诗一百九十首。 原目编为 3942 号。 裴文禩字殷年，号珠江、海农，有《输轩诗草》、《逊庵诗抄》、《大珠使部唱酬》、《万里行吟》、《雉舟酬唱集》等著作见录。	今存抄本一种： 186 页，高 29 公分，宽 17 公分。
万里行吟 (Vạn Lí Hành Ngâm)	裴文禩	阮朝	1	170	裴文禩嗣德丙子年(1876)的北使诗文集，书中收录约一百七十首诗，苇野、云麓评论，绥理郡王题辞，嗣德赐诗，阮思僩跋，并有中国人所撰序文五篇。 原目编为 4160 号。 裴文禩又号逊庵，越南河内里仁府金榜县人，光绪二年以正使身份使清。	版式不同，厚 158 至 179 页，高 25 至 27 公分，宽 13 至 17 公分；抄本三种，篇幅规格不同，厚 138 至 268 页，高 25 至 32 公分，宽 16 至 22 公分。
大珠使部唱酬 (Đ ại Châu Sứ Bộ Xướng Thù)	裴文禩	阮朝	1	—	丙子年(1876)裴文禩出使清朝时与越南名人和中国名人唱和诗集，有中国唐景菘、倪懋礼所撰序文。 原目编为 807 号。	今存抄本一种： 158 页，高 25 公分，宽 18 公分。
雉舟酬唱集 (Trĩ Chu Thù Xướng Tập)	裴文禩 杨恩寿(清) 1832—?	阮朝	2	49 56	裴文禩、杨恩寿(号蓬海)的唱和诗集，作于嗣德三十年(1877)，其时裴为越南使节，杨为接待越使的清朝官员，书前有杨恩寿所撰的序文。 此书收录裴文禩的四十九首诗作、杨恩寿的五十六首诗作。 原目编为 3883 号。	今存光绪三年(1877)中国印本一种，62 页，高 24 公分，宽 15 公分；越南抄本一种，71 页，高 32 公分，宽 23 公分。

续表

古籍	作者	朝代	收录诗人数	收录诗数	提要	版本、页数及版式
葫样诗集（Hồ Dạng Thi Tập）	阮德达 1825—1887	阮朝	1	444	集句诗集，录诗四百四十四首，阮德达撰，编成并自序于嗣德三十二年（1879），有目录，有序文，亦为集句而成，其书有及第纪恩、早朝、家居春兴、秋日杂咏等目。 原目编为1521号。	今存嘉柳梓文堂嗣德三十四年（1881）印本三种，二卷246页，高27公分，宽16公分。
每怀吟草（Mỗi Hoài Ngâm Thảo）	阮述	阮朝	1	300	礼部左侍郎阮述（号荷亭）的北使诗集。 清朝翰林院御史陈启泰（号长沙）序于光绪七年（1881），清朝隐梅宝璐跋于光绪九年（1883）。 书中收录近三百首诗，其中有与清朝诗人的赠答唱和诗、咏途中名胜古迹的诗等。 84页本自第42页起附载《应制集》，裴珠江（即裴禩）撰，收录应和嗣德帝的五十六首诗，作于嗣德二十五年（1872）至三十六年（1883），并附有嗣德的原诗。 《中外群英会录》中附载此书。 原目编为2192号。	今存抄本四种： 篇幅规格不同，84至166页，高25至32公分，宽16.7至21公分。
立斋诗选（Lập Trai Thi Tuyển）	范贵适 1760—1825	阮朝	1	—	范贵适诗，恩光侯编辑，敏男校订。 其内容与陈公宪所编《名诗合选》中的某些部分有相同之处。 三本另附潘辉益的《星槎纪行》、《瑞岩侯诗集》，范阮攸的《读史痴想集》。 原目编为1851号。	今存印本三种： 篇幅104至110页，高23至24公分，宽13至14公分。
玉堂诗集（Ngọc Đường thi tập）	阮春温 1825—1889	阮朝	1	—	“勤王运动”中一名出色的将领，也是一名才华出众的诗人。他写下的数百首诗篇为越南文坛增添了光彩。他的大部分作品用	—

续表

古籍	作者	朝代	收录诗人数	收录诗数	提要	版本、页数及版式
					汉文写成，收集在《玉堂诗集》和《玉堂文集》中。他的诗字里行间饱含了对祖国山河的无限深情，而且行文流畅，格调高雅，意境清新，感情奔放，文学造诣颇见功力。	
梅山吟草（Mai Sơn Ngâm Thảo）	阮尚贤 1868—1925	阮朝	1	127	梅山阮尚贤（号鼎南，又号少梅山人）诗文集，本书收录诗文共一百二十七篇，另有对联若干。 原目编为2135号。	今存抄本一种： 成泰戊戌（1898）年重抄，134页，高24公分，宽13公分。
柴山诗录	清诗	阮朝	—	—	题咏河西国威县柴山寺事迹和风景的诗、联、碑、赋。 嶺山寺僧人清诗（号如松）编辑，黄叔会序，柴山寺印于保大五年（1930）。 原目编为2948号。	今存印本二种： 172页抄本，164页抄本，二本均高26公分，宽25公分。
河城诗抄（Hà Thành Thi Sao）	陈维（陈元旦、范师孟、冯克宽、范公著、段阮俊、武如璠）	陈朝至阮朝	—	—	自陈朝至阮朝有关河内的诗文汇编，内容摘录自《皇越诗选》、《傅奇录》、《升龙古迹考》等；作者有陈元旦、范师孟、冯克宽、范公著、段阮俊、武如璠等人，陈维编辑于1975年。 原目编为1283号。	今存抄本一种： 178页，高22公分，宽15公分。
北史诗集（Bắc Sứ Thi Tập）	陶公正（Đào Công Chính） 1639—? 阮公沆	黎朝	2	—	陶公正、阮公沆二人的北使诗集。 此书分为两部分，其一为陶公正永治二年（1677）起出使中国时所作的诗篇，附有启文一篇以及他人所写的和诗；其二为阮公沆永盛十四年（1718）起出使中国时所作的诗篇，附有御制汉文喃文诗各一首、阮公沆谢恩表一篇、洪顺帝黎襄翼与明朝使节湛若	—

续表

古籍	作者	朝代	收录诗人数	收录诗数	提要	版本、页数及版式
					水及潘希曾二人的唱和诗。 原目编为 197 号。	
郿川使程诗集（Mi Xuyên Sứ Trình Thi Tập）	范芝香	阮朝	1	—	范芝香的北使诗集。书中包括描写途中名胜古迹的诗篇、使团同僚的唱和诗、与朝鲜使节及中国官吏的酬赠诗等。 原目编为 2152。范芝香，号郿川，越南海阳省安眉县人。道光二十五年(1845)、咸丰二年(1852)曾两次北使。 咏关圣庙的即事诗《使燕京诗》。	今存抄本一种： 68 页，高 28 公分，宽 22 公分。
柳堂阮叟真心（Liễu đường Nguyễn tẩu Chân Tâm [thi phú tập]）	柳堂阮叟真心诗斋撰	—	—	—	—	—
郑御史诗集（Trịnh ngự sử thi tập）	郑春赏(Trịnh Xuân Thưởng)	阮朝	—	—	郑春赏，举人，北宁省慈山府东岸县会阜总名林社，丙子年三十二岁。 详见大南正编列传二集卷目卷三十六诸臣二十六(30 人)。	—
皇越历科诗赋	编者不详	—	—	—	—	—
三元安堵诗歌	编者不详	—	—	—	—	—

续表

古籍	作者	朝代	收录诗人数	收录诗数	提要	版本、页数及版式
真定县训导武文奉寄诗	编者不详	—	—	—	—	—
诗文杂抄（Thi Văn Tạp Sao）	佚名	阮朝	—	304	诗选集，收诗三百零四首，包括李文馥《西行诗记》和《周原杂咏草》中的作品，编者不详。 其中载有《恭饯工部侍郎阮忠川奉使如清》、缪艮《李邻芝西行诗纪序》、李文馥《周原杂咏草序》等。 原目编为3483号。	今存抄本一种： 140页，高28.5公分，宽16.5公分。
新拣应试诗赋（Tân Giản Ứng Thí Thi Phú）	编者不详	阮朝	—	—	作为考试范文的诗赋选，选自《唐诗合选》以及中国科举各科，收录五言诗、七言诗和六十八篇赋；书中附论诗赋的写法，含目录、凡例各一篇。 原目编为3178号。	今存印本一种： 柳斋堂印于明命十四年（1833），248页，高26公分，宽16公分。
陈明宗咏藤江	编者不详	—	—	—	—	—
大家诗文集	编者不详	—	—	—	—	—
芙菑阮先生诗集	编者不详	—	—	—	—	—
宫怨吟	编者不详	—	—	—	—	—
桂山诗集	编者不详	—	—	—	—	—
国音诗杂抄	编者不详	—	—	—	—	—
河内省文庙	编者不详	—	—	—	—	—

续表

古　籍	作　者	朝　代	收录诗人数	收录诗数	提　要	版本、页数及版式
华堂安适候立斋先生诗集	编者不详	—	—	—	—	—
螺湖庙诗歌训示记录集	编者不详	—	—	—	—	—
了庵诗集	编者不详	—	—	—	—	—
莲溪遗集	编者不详	—	—	—	—	—
列女传诗	编者不详	—	—	—	—	—
吕塘遗稿诗集	编者不详	—	—	—	—	—
名人诗题	编者不详	—	—	—	—	—
明命御制诗初集	编者不详	—	—	—	—	—
南诗新选	编者不详	—	—	—	—	—
南史略诗集	编者不详	—	—	—	—	—
绍治圣制题镇武观诗	编者不详	—	—	—	—	—
诗赋集成	编者不详	—	—	—	—	—
诗林时令	编者不详	—	—	—	—	—
诗体留照	编者不详	—	—	—	—	—
世运吟	编者不详	—	—	—	—	—
四家诗集	编者不详	—	—	—	—	—

续表

古籍	作者	朝代	收录诗人数	收录诗数	提要	版本、页数及版式
四时佳兴诗集	编者不详	—	—	—	—	—
喜雨诗	编者不详	—	—	—	—	—
啸能静诗文杂录	编者不详	—	—	—	—	—
新撰诗段卷	编者不详	—	—	—	—	—
养庵杂作	编者不详	—	—	—	—	—
咏诗歌	编者不详	—	—	—	—	—
幼学国史五言诗	编者不详	—	—	—	—	—
御制古金体格诗法集	编者不详	—	—	—	—	—
杂抄	编者不详	—	—	—	—	—
自寿诗料	编者不详	—	—	—	—	—
使程诗集（Sứ Trình Thi Tập）	编者不详	阮朝	—	132	北使诗集，书中收录一百三十二首题咏、即景、偶作、述怀及赠答诗，如《咏黄河》、《咏扬子江》、《题刘备庙》、《题黄鹤楼》、《燕京春节感作》、《闻回国之讯感作》等。 原目编为3014号。	今存抄本一种： 88页，高28公分，宽17.3公分。
使程诗集（Sứ Trình Thi Tập）	编者不详	阮朝	—	85	北使诗集，书中收录八十五首题咏、感怀、偶兴及赠和诗，涉及贾谊庙、项王庙、洞庭湖、岳阳楼、彭泽、北京的除夕、燕台的春	今存抄本一种： 52页，高26.5公分，宽16.5公分。

续表

古籍	作者	朝代	收录诗人数	收录诗数	提要	版本、页数及版式
					节、与朝鲜使臣的酬唱等内容，间有典故注释和评论。 原目编为 3012 号。	
中外群英会录（Trung Ngoại Quần Anh Hội Lục）	编者不详	阮朝	—	—	又名《群英会诗》(Quần Anh Hội Thi)、《中外英会录集》(Trung Ngoại Anh Hội Lục Tập)，中国人与越南使节的酬应诗文集，缪艮(号莲仙氏)编辑并印于道光三年(1823)。 书中包括与李文馥、汝伯仕、阮文章、黄烱等越南使节的唱和诗及来往书信，附有道光皇帝致越南政府就拯救中国遭难渔船一事的谢函。 《翠翘录》亦附载本书内容。 原目编为 3953 号。	今存 1882 年抄本二种，据初印本重抄：一本 204 页，高 25.5 公分，宽 14 公分；一本 116 页，高 33 公分，宽 23 公分。
日南风雅统编（Nhật Nam Phong Nhã Thống Biên）	编者不详	阮朝	—	—	含序文一篇，广西按察使兼布政使劳崇光序于道光二十九年(1849)。 北使诗集合编，分为三部分：其一 12 页，为北使诗篇十七首，内容咏灵江、横山、双仙洞、望夫石、鬼门关等风景名胜；其二为《段先生诗集》75 页，收录段阮俊使华时所作的一百四十一首诗，内容涉及宁明江、浴翠山、萧山寺、岳阳楼、谅山道等；其三为《柴山进士潘公诗集》12 页，乃柴山进士潘氏使华诗集，收录咏赵武帝祠、昭君墓等名胜的诗篇以及饯赠诗。按《张梦梅诗集》亦载后二种的内容。 原目编为 2540 号。	今存抄本一种： 100 页，高 28 公分，宽 17 公分。

续表

古籍	作者	朝代	收录诗人数	收录诗数	提要	版本、页数及版式
大家宝文杂编(Đại Gia Bảo Văn Tạp Biên)	编者不详	阮朝	—	—	诗文集,成泰十五年(1903)编辑此书有七部分内容:其一为阮朝名家的诗文对联集,收录黄耀、潘廷逢、阮仲合、阮尚贤、潘佩珠等人的作品;其二为表文集,有黄耀殉节前致嗣德的表文、阮有度向同庆皇帝说明与法国合作之必要性的表文、若干人的谢恩表等;其三为书信集,包括黄高启谕潘廷逢降法以及潘廷逢的拒降书、潘佩珠致高春育书、黄高启称颂殖民地政权的书信;其四为碑文,包括修建山西文祠碑记、察海将军祠碑文;其五为序文,有关于乂安琼堆社节妇的序文;其六为对联,包括奉祭少保裴文俊、巡府武洳、总督黄耀、督学阮超、尚书黄相协、御史朱维静等人的挽联;其七为诗集,收录《游西湖》、《饯送考官上京》、《丁酉春节》、《贺新举人》等诗篇,原目编为815号。	今存抄本一种: 182页,高32公分,宽23公分。
大南碑记诗帐宝集(Đại Nam Bi Kí Thi Trướng Bảo Tập)	黎嵩等	黎朝、阮朝	4	—	黎朝、阮朝名家的文集,包括碑文、帐文、对联、诗、序等文体,作者有黎嵩、何宗权、阮文理、潘清简等人,其作品有高山大王祠碑文、朱文贞祠碑文、贺李陈公中第的贺联、饯山西督学阮先生上京之诗、饯阮按察致仕之诗等。 附载清广西按察使劳崇光的《南国风雅统编序》。 原目编为829号。	今存抄本一种: 300页,高31公分,宽23公分,有插图。

续表

古　籍	作　者	朝　代	收录诗人数	收录诗数	提　要	版本、页数及版式
千家诗集（Thiên Gia Thi Tập）	编者不详	后黎朝	3	189	诗选集，编者不详，有序，有喃字。 本书计收诗六百九十七首，即阮荐、蔡顺、阮秉谦等人诗作一百八十九首，中国诗人如解缙、苏轼等人的诗作一百九十三首，题目采自经传的七言诗三百十五首。 原目编为3507号。	今存抄本一种： 270页，高26公分，宽14公分。
天南形胜明良遗墨录（Thiên Nam Hình Thắng Minh Lương Di Mặc Lục）	编者不详	后黎朝	8	174	描写越南胜景的诗文，编者不详，作者有黎圣宗、黎神宗、郑主、静都王、张汉超、阮保、武公宰、黎贵惇等人，书中录诗一百七十四首、祭文碑铭各六篇、序文匾额各一篇，有喃字。 原目编为3518号。	今存抄本一种： 168页，高30公分，宽21公分。
仙丹随笔诸家诗集合订（Tiên Đan Tùy Bút Chư Gia Thi Tập Hợp Đính）	陈维	—	6	—	《仙丹随笔》与《诸家诗集》的合订本，陈维合订，含目录一篇。 《仙丹随笔》，又名《仙丹武孝廉随笔》，73页，武炼撰，收录文、歌、帐、联等作品，包括送吴世荣回京、挽吴世荣、祭程国公文、贺直宁县县尹的联帐等。 《诸家诗集》161页，包括何宗权、邓文启、魏克循、吴世荣、黄济美等人的诗作。 原目编为3705号。	今存抄本一种： 234页，高26公分，宽15公分。
史文摘锦（Sử Văn Trích Cẩm）	编者不详	—	—	—	歌颂自唐虞至宋元历代皇帝事业、道德的诗文，作者不详。 三抄本内容有异，其中136页抄本，另载《读书乐趣》、《菜根略记》、《使华丛咏》；60页抄	今存抄本三种： 136页抄本，高26公分，宽16公分；60页抄本，高27公分，宽16公分；100页抄本，高24公分，宽14公分。

续表

古籍	作者	朝代	收录诗人数	收录诗数	提要	版本、页数及版式
					本，另载《文明者天下之至宝也》一文及若干对联、祭文；100页抄本，另载《史歌》。 原目编为3039号。	
古诗杂咏（Cổ Thi Tập Vịnh）	编者不详	—	—	117	诗文合抄，收一百一十首七言诗、两篇祭文以及《大越史记捷录》序文。 编者不详，此书作者、时代均无考，其纸张、字体不一，应是多人所抄作品的杂集。 原目编为3446号。	今存抄本一种： 60页，高21公分，宽12公分。
仙丹家宝（Tiên Đan Gia Bảo）	武炼	—	2	—	诗文联帐选，陈济昌、阮伯玉等作，武炼（号宁静主人）编辑，闲云亭序。 原目编为3704。	今存抄本一种： 124页，高23公分，宽13公分。
（天南）名迹诗集（Danh Tích Thi Tập）	洪锦黄居士	后黎朝	—	—	咏越南历史人物的诗集，含序文、跋文、目录各一篇。 洪锦黄居士编撰并序于景兴三十二年（1771），裴贵衙同年题跋。 此书所咏均为泾阳王之后的人物，其分卷如下：卷一帝王十九人；卷二名儒十四人；卷三名臣十三人；卷四义士九人；卷五异人十二人；卷六灵女十二人，书中于每一人物均记小传。 原目编为693号。	今存抄本一种，六卷： 212页，高29公分，宽16公分。
名言杂著（Danh Ngôn Tạp Trứ）	编者不详	黎朝	—	—	诗文集合抄，编者不详，有喃字。 本书共收录七部作品：一为《御咏诗集》，收郑主御制诗二十六首；二为《骚坛话古诗集》，收裴辉璧与范阮攸、宁逊、吴时任的唱	今存抄本一种： 260页，高30公分，宽20公分。

续表

古　籍	作　者	朝　代	收录诗人数	收录诗数	提　要	版本、页数及版式
					和诗，该集由范阮攸写序，裴辉璧写引，武温品评；三为《慈乌黄甲陈相公诗集》，收录陈文濼的九十五首诗，附有若干祭文；四为《抚掌新书》，收录山西省人阮玉蟾与山南处人邓陈琨的唱和诗；五为《南程联咏》，收录吴时仕出差山南时所作的诗篇；六为《金马隐夫感情泪集》，收录山南仁睦人杜少俊的诗；七为《吴氏家训》，为五言韵诗。附有吴时仕的《关夫子赋》。 原目编为 670 号。	
名家诗选（Danh Gia Thi Tuyển）	编者不详	阮朝	3	—	诗赋选集，探花山农的作品占其大部分篇幅，另有阮云逵、潘石初等人的诗文，撰于成泰九年（1897），含序文、目录各一篇，书中大部分作品取材于中国历史。 原目编为 662 号。	今存抄本一种： 136 页，高 26 公分，宽 15 公分。
名诗合采（Danh Thi Hợp Thái）	武孟泳	阮朝	6	93	历代名家诗选，紫亭武孟泳编辑，同文堂成泰丙申年（1896）第一次印刷。 此书共有九十三首诗，作者包括黎圣宗、郑圣祖、范立斋、武永贞、阮述、裴禩等人，内容包括咏胜地谱赖山、勾漏山、天长江、大悲寺的风景等。 原目编为 687 号。	今存抄本一种，据 1896 年印本抄录： 114 页，本高 25 公分，宽 13 公分。
名臣笔录（Danh Thần Bút Lục）	编者不详	—	5	—	诗文联集，编者不详，作者有同庆、阮仲合、裴文禩、杨名立、阮尚贤等人。 原目编为 679 号。	今存抄本一种： 246 页，高 31 公分，宽 22 公分。

续表

古籍	作者	朝代	收录诗人数	收录诗数	提要	版本、页数及版式
名公诗草（Danh Công Thi Thảo）	编者不详	阮朝	10	—	阮朝名家诗集，编者不详，作者有珠江公、裴禖、立斋先生范贵适、可庵先生阮德达、荷亭阮述、苇野、何巽甫、梅庵、绥理王等人，有序文。 所录作品包括裴禖《五十自赋》、《闺怨》、《过渌江》，范贵适《题美人画》、《山居即事》，阮述《谒马伏波祠》，梅庵《新榭避暑》，绥理王《自题小影》、《顺安泛竹枝》。 原目编为 654 号。	今存抄本一种： 80 页，高 27 公分，宽 17 公分。
名人诗集（Danh Nhân Thi Tập）	编者不详	阮朝	6	236	阮朝名家诗选，包括高伯适三十篇、阮文超五十二篇、白冬温五十篇、范富庶四十七篇、阮文理五十篇、高伯迓七篇。书中附载潘亭逢“感慨诗”，抒发其起义抗法不成的感慨，以及潘佩珠致友人诗，说明时事。 原目编为 672 号。	今存抄本一种： 130 页，高 29 公分，宽 16 公分。
名人诗集（Danh Nhân Thi Tập）	编者不详	阮朝	100	1000	阮朝名家诗选，收录近百位名家的约一千首诗作，作者有阮攸、绵审、启定、楚狂黎舆等，书中有注释，以及朱批和紫批。 原目编为 673 号。	今存抄本一种： 二册 424 页，高 29 公分，宽 16 公分。
黎朝名人诗集（Lê Triều Danh Nhân Thi Tập）	黎圣宗、郑靖王、梁世荣等	黎朝	3	—	黎朝诗总集，作者有黎圣宗、郑靖王、梁世荣等人，其中包括御制《牛郎辞织女诗》、《织女忆牛郎》，文武官诗《官尚郡泾从作》，洪德诗集《神符海门旅次》等，作品多为唱和之作。 原目编为 1893 号。	今存抄本一种： 104 页，高 21.5 公分，宽 13 公分。

续表

古籍	作者	朝代	收录诗人数	收录诗数	提要	版本、页数及版式
名臣遗稿（Danh Thần Di Cảo）	范嘉璷、范伯迢、范璌、何宗权等	阮朝	4	—	阮朝名臣范嘉璷、范伯迢、范璌、何宗权等人的诗文选，书中有喃文。 原目编为682号。	今存抄本一种： 128页，高32公分，宽22公分。
名人文集（Danh Nhân Văn Tập）	高伯适	黎朝、阮朝	—	—	黎朝和阮朝名家的诗文选集，书中收录高伯适所作的赋文、潘佩珠致高春育书、裴洲处的牧师关于斋戒节和复活节等的指示等。 此书附载《锦旋诗集》，载《海阳荆门府山县宋舍社人阮有机贺登第诗》、《贺弄田人进士武氏诗》等。 原目编为674号。	今存抄本一种： 174页，高27公分，宽16公分。
百僚诗文集（Bách Liêu Thi Văn Tập）	郑森、郑榆、阮俨、苏世辉、阮廷完、阮廷锦、阮缓、黎仲庶、黎伯惇等	黎朝、阮朝	9	—	黎朝、阮朝的作品选，有诗、联、帐、表、祭文各体，有喃字。 书中收录黎朝人郑森、郑榆、阮俨、苏世辉、阮廷完、阮廷锦、阮缓、黎仲庶、黎伯惇等人的诗文，并收录阮朝绍治帝、嗣德帝及其文臣的作品，如向嗣德祝寿的表文、三元安堵挽杨珪之文等。附载胡春香的咏景诗和杂咏诗。 原目编为71号。	今存抄本一种： 382页，高31公分，宽22公分。
名诗抄集（Danh Thi Sao Tập）	阮舒斋 陈名案	—	2	391	中越名家诗选，收录中国李白、柳宗元及越南阮舒斋、陈名案等人的三百九十一首诗，书后附载《平陆安堵进士阮宗劢诗集》，书中有喃字。 原目编为692号。	今存抄本一种： 230页，高22公分，宽13公分。

续表

古籍	作者	朝代	收录诗人数	收录诗数	提要	版本、页数及版式
名诗抄集（Danh Thi Sao Tập）	编者不详	—	—	275	以中国历史事件为题材的诗歌作品集，共录二百七十五首诗，分成外纪（至秦）、西汉、东汉三部分，按题材的年代顺序排列，用为举业资料。 按：外纪包括《太极生两仪》、《昌若生颛顼》、《吕望钓渭水》、《伯夷叔齐》等篇章，西汉包括《高祖筑歌》、《柏梁台》等篇章，东汉包括《许由洗耳》、《闻鸡起舞》等篇章，各篇长短不一，尚有大量作品有题无辞。 原目编为691号。	今存抄本一种： 102页，高22公分，宽14公分。
名家诗赋合选（Danh Gia Thi Phú Hợp Tuyển）	编者不详	—	—	—	诗赋选集，此书第一册首题为《赋谱》（出《拣金录》），420页，介绍赋体的源流、特点、创作方法，继为赋文诗文选，包括"凤城名作"、"赋略"、"五言诗"等几组作品；第二册为赋文选，289页，首为探花裴辉庭的作品；第三册亦为赋文选，429页，首为认斋的赋文作品；第四册亦为赋文选，251页，有目录及若干诗；第五册题为《名家诗集合选》，257页，其中包括"仁睦进士司业阮先生场"的《菊轩诗集》；第六册题为《龙仙张先生场赋集》，204页，首为张先生龙仙场的赋文选和"探花学堂家川场赋义"，后82页为一组赋文作品，分列于"细切"、"庄雅"两类，各篇均有详细眉批，并有作者名，此书于赋学研究甚有价值。 原目编为659号。	今存抄本一种，十六卷： 共六册，1850页，高23公分，宽16公分。

续表

古　籍	作　者	朝　代	收录诗人数	收录诗数	提　要	版本、页数及版式
名家诗集（Danh Gia Thi Tập）	编者不详	后黎朝	—	—	又名《名家诗传集》（Danh Gia Thi Truyện Tập）。 诗文集，此书内容包括《诗经》唐诗袭韵诗、即兴即景诗及《梅岭侯冯克宽小传》、《地轴通神论》、《刘晨阮肇游天台》等杂文若干篇，袭韵诗有《七月流火》、《桃花依旧笑东风》等，即景诗有《日月光华》、《暮春》、《渔舟歌唱晚》等，汉文间有喃文。 原目编为661号。	今存抄本一种： 114页，高26公分，宽14公分。
名山胜水诗（Danh Sơn Thắng Thủy Thi）	黎梦龙	后黎朝	—	93	又名《大南名山胜水诗题集》（Đại Nam Danh Sơn Thắng Thủy Thi Đề Tập），山水诗集，黎梦龙编撰，其子黎梦莲抄，含引一篇。 本书共录九十三首诗歌作品，按山水名排列，每名下有小记记其胜景与史事之大略，例如“普赖山”名下录黎桂堂、武永贞等人《览山》诸作。 原目编为678号。	今存抄本一种： 64页，高32公分，宽22公分。
名诗合选（Danh Thi Hợp Tuyển）	编者不详	后黎朝	—	56	诗赋集，共五十六篇，其标题多取中国的成语、诗句及典故，书中附载冯大人咏浮萍的诗篇以及撰者不详的咏火车、轮船的诗篇。 原目编为688号。	今存抄本一种： 31页，高24公分，宽13公分。

续表

古籍	作者	朝代	收录诗人数	收录诗数	提要	版本、页数及版式
名诗合选（Danh Thi Hợp Tuyển）	编者不详	—	—	—	诗文集，此书包括五部分：其一为阮秉谦的《罗仙十咏》，富市人首科（谓考上第一名）某氏喃译；其二为野庵居士寿元甫的《庭趋诗序》，包括两篇序文和家训诗；其三为七言的《家训长篇》；其四为《朱子家训》，探花阮氏演喃；其五为建昌府教授成德子所撰的《宜春八景咏》。书后并附载吴时仕题咏双仙峒的诗篇和悼念探花枚英俊的悼文。 此书有一部分与原目编为688号《名诗合选》相同，原目编为689号。	今存抄本一种： 192页，高24公分，宽14公分。
百家诗集（Bách Gia Thi Tập）	肃轩子	—	6	200	越南名家诗选，肃轩子搜集，有喃字。 书中收录莲亭、吴先生、叫先生、菊轩、解元阮高、按察使朱孟桢（一作祯）等人的二百篇作品，多取材于经史子集，此书附载南定、河内、乂安三省会试和乡试的四首诗。 原目编为68号。	今存抄本一种： 60页，高27公分，宽16公分。
名编辑录（Danh Biên Tập Lục）	明命、阮忠懋、阮咸宁、李文馥、何宗权、吴世荣、潘清简等	阮朝	7	—	诗文集，明命、阮忠懋、阮咸宁、李文馥、何宗权、吴世荣、潘清简等作，作品有表奏、廷试文、咏京城胜景诗、咏菊诗等。 原目编为651号。	今存抄本一种： 106页，高31公分，宽21公分。
坐花摘艳上集（Tọa Hoa Trích Diễm Thượng Tập）	段文钦、陈益稷、莫挺之、范宗迈、陈元旦、胡宗鷟、阮直、申仁忠、梁世荣等	黎朝、陈朝、黎朝	9	—	李、陈、黎朝诗人段文钦、陈益稷、莫挺之、范宗迈、陈元旦、胡宗鷟、阮直、申仁忠、梁世荣等吟咏唱和诗作，附有对联若干。 原目编为3781号。	今存河岸乡人裴之宽藏抄本一种： 152页，高30公分，宽21公分。

续表

古籍	作者	朝代	收录诗人数	收录诗数	提要	版本、页数及版式
吴家文派选（Ngô Gia Văn Phái Tuyển）	吴时族、吴时亿、吴时仕、吴时俧、吴时皇、吴时悠、吴时琠、吴时任、吴时至等	—	10	—	诗文集合编，共 7 册 3836 页，收载青威县左青威社吴时族的诗文作品。 本书内容如下：卷一为吴时亿（1709—1759）的《沂咏诗集》；卷二为吴时仕（1726—1780）的《鹦言诗集》；卷三、卷四为吴时仕的对联、文集、文集序、杂记；卷五为世禄公的《玉堂公暇》，由吴时仕编选；卷六为吴时仕的文集，包括祭文和赋；卷七收录吴时俧的《新谈心镜》和吴时皇的《石坞文集》、吴时悠的《碑记》；卷七与卷十八另有吴时位的《礼溪文集》；卷八为宏词献察公的《文集》和吴时悠的《诗集》；卷九为献察公的《书信集》、吴时位的《酬应金笺》、约斋公的《贺谅山镇守坚忠侯上寿笺》、吴时悠的《词笺集》、思斋公的《贺笺集》、征甫公的《赋集》、吴时俧的《赋集》、吴时至的《赋集》、吴时皇的《赋集》、吴时位的《赋集》；卷十至卷十三为吴时任的《笔海丛谈》；卷十四为达轩公的《金马行余》、吴时皇的《石坞文集》、约斋公的《礼溪文集》、靖斋公吴时琠的《对联集》；卷十五为吴时任的《邦交录》、吴时俧的《学飞文集》，卷十五及卷十七另载吴时至的《槩南行径文集》；卷十六为吴时俧的《诗集》；卷十八载吴时皇的《诗集》，另载《梧巢诗集》；卷十九、卷二十为吴时俧的《安南一统志》。 原目编为 2364 号。	—

续表

古籍	作者	朝代	收录诗人数	收录诗数	提要	版本、页数及版式
吴家文派(Ngô Gia Văn Phái)	午峰(吴时仕)、希尹(吴时任)、学逊(吴时俧)、征甫(吴时悠)、文肃(吴时道)、靖斋(吴时瑌)、峭岗甫(吴时佳)、玄斋(吴时皇)、养浩(吴时至)、成甫(吴时位)	—	10	—	吴时氏的诗文集合编。 三十六册,其作者有午峰(吴时仕)、希尹(吴时任)、学逊(吴时俧)、征甫(吴时悠)、文肃(吴时道)、靖斋(吴时瑌)、峭岗甫(吴时佳)、玄斋(吴时皇)、养浩(吴时至)、成甫(吴时位)等。 今存十一种抄本,共收有作品《吴午峰文》、《吴午峰遗草》、《宏词宪察公遗草》、《希尹公遗草》、《世禄公遗草》、《石坞公遗草》、《成甫公遗草》、《文肃公诗文》、《征甫公诗文》、《靖斋公遗草》、《午峰文集》、《述斋公遗草》、《平章学逊公遗草》、《养浩公遗草》、《吴时任春秋管见》、《邦交好话》、《吴家文选》、《青川居士强甫公遗草鸾坡官恂甫公遗草》、《吴家文派国史捷录》等。 原目编为2363号。	—
明良绵绣集(Minh Lương Cẩm Tú Tập)	黎圣宗及其文臣撰	后黎朝	—	—	又名《明良锦绣诗集》(Minh Lương Cẩm Tú Thi Tập)、《明良锦绣琼苑九歌》(Minh Lương Cẩm Tú Quỳnh Uyển Cửu Ca)。 诗集,黎圣宗及其文臣撰。 作品题材有咏海口、叙将士思家、咏梅等,某些作品有申仁忠、杜润、阮仲懿、吴伦等人的评语。 各本内容有异,有些收入了黎圣宗与“骚坛二十八宿”的唱和作品,有些另附《黄阁遗文》,参见《黄阁遗文》条。 原目编为2162号。	今存抄本五种: 篇幅120至148页,高28至31.5公分,宽16至23公分不等。

续表

古籍	作者	朝代	收录诗人数	收录诗数	提要	版本、页数及版式
东鄂范族家先遗稿（Đông Ngạc Phạm Tộc Gia Tiên Di Cảo）	河内东鄂社范族	—	5	—	河内东鄂社范族诗文集，有目录。 本书收录榜眼公、承使公、尚赠公、东阁公、左刑公等人的诗文，附有黎朝会试策文及非本族人的诗文。 原目编为 1129 号。	今存抄本一种： 264 页，高 29 公分，宽 17 公分。
明都诗（Minh Đô Thi）	河青裴家莲溪居士基甫编辑	陈朝、黎朝	3	376	陈、黎两朝诗选，共两卷，录诗 376 首，题河青裴家莲溪居士基甫编辑。 所录作品包括裴璀《江村秋望》、阮亿《河津送客》、范仁卿《御驾谒山陵回京》等，作者名下有简注，介绍籍贯、科榜、职爵。 原目编为 2158 号，误把《明都诗》、《明都诗汇》、《明都诗选》视为一书。	今存抄本一种： 140 页，高 25 公分，宽 18 公分。
明都诗选（Minh Đô Thi Tuyển）	编者不详	陈朝、黎朝	4	376	陈、黎两朝诗选，共两卷，录诗 376 首。 上卷录陈、黎二朝君王之作，下卷录范五老、裴慕、范遇、阮忠彦等人作品，作者名下有简注，介绍籍贯、科榜、职爵。 自 86 页起为附载，收录《汭川集》（别集，25 页）、《名贤录》（科榜录，52 页）、《观音佛祖灵感签诗》（21 页）等三种书。 原目编为 2158 号，误把《明都诗》、《明都诗汇》、《明都诗选》视为一书。	今存抄本一种： 186 页，高 28 公分，宽 18 公分。
明都诗汇（Minh Đô Thi Vựng）	裴汝锡	黎朝	1	—	黎朝诗选，共七卷。 题裴汝锡（号克斋）编辑，其子彦基（号温如）笺订，据跋文，乃编成于壬戌年（1802）。 书中作者名下有简注，介绍其履历，书后有	今存抄本一种： 214 页，高 26 公分，宽 18 公分，乃是此书第七卷“文臣下”部分，余六卷，今已不见。

续表

古籍	作者	朝代	收录诗人数	收录诗数	提要	版本、页数及版式
					“续编”，录裴汝锡诗三首。 原目编为 2158 号，误把《明都诗》、《明都诗汇》、《明都诗选》视为一书。	
罔珠亭题咏集（Vōng Châu Đình Đề Vịnh Tập）	编者不详	阮朝	3	—	又名《罔珠亭记》（Vōng Châu Đình Kí）。 题咏罔珠城隍庙的诗文集，罔珠城隍庙位于清化省东山县东山社，成泰十二年（1899）立，书中收录澹斋（汝伯仕）、王维桢、阮尚贤等人的诗歌、赋记作品，附载降笔诗，汉文间有喃文。 原目编为 4359 号。	今存抄本二种，一本题《罔珠亭题咏集》，180 页；一本题《罔珠亭记》，155 页。高均为 30 公分，宽均为 16 公分。
河东名家对联诗文集（Hà Đông Danh Gia Đối Liên Thi Văn Tập）	编者不详	—	3	—	河东省名家的诗歌对联集，其中主要是武范瑊、杨琳、阮尚贤等三位名家的作品，亦收录莫挺之及中国人如韩愈、韩世忠、岳飞、文天祥等人的诗联。 原目编为 1250 号。	今存抄本一种： 206 页，高 28 公分，宽 16 公分。
后陈朝诗集（Hậu Trần Triều Thi Tập）	编者不详	陈朝	9	—	陈朝作家诗选，书中亦载有空路、满觉、悟印、真空、道行、广善、宝鉴、法螺、玄光等僧人的作品。 原目编为 1361 号。	今存抄本一种，阮登丰抄，现藏于巴黎： 10 页，高 31 公分，宽 23.5 公分。
范家宝杼真藏（Phạm Gia Bảo Trữ Chân Tàng）	编者不详	—	1	—	慈廉县东鄂社范族诗文，多为贺登第、升迁等酬应之作。 原目编为 2608 号。	今存抄本一种： 46 页，高 28 公分，宽 17 公分。

续表

古籍	作者	朝代	收录诗人数	收录诗数	提要	版本、页数及版式
皇越丛咏(Hoàng Việt Tùng Vịnh)	编者不详	李朝、陈朝、黎朝	17	400	越南李、陈、黎三代诗歌的总集,收录君王、名儒、僧人所作诗篇四百首。 书中作品按作家排列,其中有李太宗、陈仁宗、黎圣宗、段文钦、朱文安、阮荐、李子瑨、李子构、程师孟、阮梦荀、武梦原、黎少颖、万行、法螺、玄光等人的作品,亦有无名氏之作。 其内容主要为咏物、即景、述怀、唱和、酬赠,有作者小传,御制诗有群臣的评论,附载胡代诗歌。 原目编为 1507 号。	今存抄本一种: 328 页,高 31 公分,宽 22 公分。
省臣祝嘏歌文(Tỉnh Thần Chúc Hỗ Ca Văn)	编者不详	阮朝	—	—	诗集合抄,编者不详,有喃字。 本书收三种作品:其一为嗣德皇帝五十寿辰时,南定、清化、宁平、山西、广安五省官员所作的贺诗;其二为兴安巡抚黄高启举办的咏本省文庙风景的诗作比赛中的及格和获奖作品;末为《珍斋诗咏》,收邓廷珍、张公谨、黎成周、周有耀等人的三十五首诗。 原目编为 3775 号。	今存抄本一种: 58 页,高 31 公分,宽 21 公分。
皇家锦说(Hoàng Gia Cẩm Thuyết)	编者不详	阮朝	—	—	嗣德帝和群臣的诗文集,此书包括六部分:其一为嗣德与阮述、范慎遹、阮思僩、阮须等人的关于春节和春景的唱和诗;其二为副榜杜辉琬的诗作,包括咏史、咏鹿、上嗣德帝的祝寿诗等;其三为嗣德帝在皇太后大寿时的颁恩诏文;其四为表文集,收录皇	今存抄本一种: 228 页,高 32 公分,宽 21 公分。

续表

古籍	作者	朝代	收录诗人数	收录诗数	提要	版本、页数及版式
					亲、朝野官员、水舍火舍皇帝祝贺嗣德寿辰的表文，范富庶、尊室说、尊室涉、范慎遹、杜登第、梁归正、杜仲玮等人的谢恩表；其五为黎峻、阮思僩出使中国前的奏文；其六为策文，评论中国史家如班固、司马迁、苏子由等人的史法优劣。 原目编为 1446 号。	
皇朝文选（Hoàng Triều Văn Tuyển）	编者不详	阮朝	—	—	阮朝官吏的表奏碑记集，此书所录多为酬应文字，其中包括歌颂皇帝功德、请求印行御制作品、祝贺著述杀青的表奏文，何权、杜高迈、范士爱、裴玉柜、阮文理等人唱和裴大人致仕的诗篇，祝贺吴世荣和探花枚氏登第的贺文等。 原目编为 1480 号。	今存抄本一种： 184 页，高 28 公分，宽 16 公分。
品汇古今诗家声应集（Phẩm Vựng Cổ Kim Thi Gia Thanh Ứng Tập）	编者不详	—	—	1529	题咏诗一千五百二十九首，编者不详。 本书分天文、地理、人事、节序、宫殿、庆贺、饮食、待人、花木、即景、禽兽、器用等十二目。 原目编为 2657 号。	今存印本三种，抄本二种： 厚 136 至 394 页不等，高 21.5 至 31 公分，宽 14 至 22 公分。
南风诗集（Nam Phong Thi Tập）	编者不详	—	—	—	咏各省府景物的诗，计承天十二篇、山西五十六篇、宣光二篇、谅山三篇、新志四十二篇，编者不详，有喃文。 原目编为 2253 号。	今存抄本一种： 73 页，高 28.5 公分，宽 16.5 公分。

续表

古籍	作者	朝代	收录诗人数	收录诗数	提要	版本、页数及版式
南城原草（Nam Thành Nguyên Thảo）	编者不详	—	—	—	碑文祭文诗联合抄，编者不详。 书中所录碑文有《万分社察海将军神庙碑》（奉黄将军）、《宜禄县好合社士会文坛碑》、《直宁县会同庙碑文》、《南定省即墨祠碑》（奉陈朝皇帝）等，祭文有祭义冢文、祭母文，诗有咏生日、咏元旦等，对联有陈兴道、陈光启、李常杰等人祠庙的二百六十五副对联。此外书中载有《南史辑编序》等。 原目编为 2287 号。	今存抄本一种： 110 页，高 30 公分，宽 17.5 公分。
家先遗稿（Gia Tiên Di Cảo）	编者不详	黎朝	—	—	诗文集合抄，编者不详，有喃字。 本书内容为河内省慈廉县东鄂乡范族的诗文集编，包括《黄甲公文》，收录莫代崇康十年（1577）丁丑科进士范寿祉的东鄂社市碑文；《榜眼公文》，为黎正和四年（1683）癸亥科榜眼范光宅的诗文集；《东阁公文》，收录黎永庆三年（1731）辛亥科进士东阁大学士范元宁的诗文。本书另附有友人、同僚的贺诗。 原目编为 1200 号。	今存抄本一种： 136 页，高 29 公分，宽 17 公分。
家诗合选（Gia Thi Hợp Tuyển）	编者不详	阮朝	—	—	诗选，据其内容或为富安总镇撰于阮朝初年，有喃字。 本书首收咏富安河的风景诗如《富安风土歌》、《虬蒙山》、《富安城楼》等，次为杂咏赠答之作。 原目编为 1199 号。	今存抄本一种： 22 页，高 29 公分，宽 14 公分。

续表

古籍	作者	朝代	收录诗人数	收录诗数	提要	版本、页数及版式
家乘留清(Gia Thặng Lưu Thanh)	阮文雅	阮朝	—	—	河内仁睦社阮文雅家族的诗文集,阮文雅搜集。 此书收录祠堂对联、祖先格言、作于嗣德二十一年(1868)及二十二年(1869)的祭伯父叔父文,族人及外人的诗歌、对联、帐文,阮文雅的小传及其所作的谢恩表,附录涉及阮文雅的敕旨和制文。书后附载祠庙中的碑记、横匾、对联和治疗眼疾的药方等。 原目编为 1198 号。	今存抄本一种: 248 页,高 29 公分,宽 17 公分。
秦宫怨(Tần Cung Oán)	编者不详	—	—	261	诗集,采用宫怨等历史题材,编者不详。 书中所录作品主要有两部分:一为咏汉高祖、项羽、汤沐邑等汉唐人物掌故的汉文诗篇,共二百六十一首;二为咏宫女的喃诗,共三十二首。 原目编为 3217 号。	今存印本、抄本各一种: 印本 16 页,高 16 公分,宽 12 公分;抄本 142 页,高 24 公分,宽 14 公分。
崧岛诗集(Tùng Đảo Thi Tập)	陈名案、彰德宝慈、笔峰	黎朝	3	—	又名《崧岛赓酬集》(Tùng Đảo Canh Thù Tập)。 黎昭统遗臣陈名案、彰德宝慈、笔峰等避西山时所作诗篇,编者不详。 原目编为 4021 号。	今存抄本二种: 176 页本高 29.2 公分,宽 17 公分;166 页本高 30.2 公分,宽 20.2 公分。
荷池夜集(Hà Trì Dạ Tập)	王令坤	阮朝	—	180	诗集,王令坤等作,编于嗣德二十二年(1869),范润撰总题,有引。 书中收录举人王令坤与南山可庵先生阮德达及其门生夏夜雅集时的唱和诗一百八十首。 原目编为 1286 号。	今存抄本一种: 37 页,高 25 公分,宽 13 公分。

续表

古籍	作者	朝代	收录诗人数	收录诗数	提要	版本、页数及版式
绍治御制诗（Thiệu Trị Ngự Chế Thi）	编者不详	阮朝	—	3032	诗集，收录绍治及诸臣的三千零三十二首诗。 其书原四册，六十三卷。 原目编为 3559 号。	今存印本三种： 皆有残阙，较全者 5634 页，高 27 公分，宽 17 公分，阙卷八至卷十五。
御制诗（Ngự Chế Thi）	编者不详	阮朝	—	—	嗣德及其文臣的唱和、应制之作，作于嗣德三十一年（1878）至嗣德三十五年（1882）。 176 页抄本首为嗣德与张登桂、阮伯仪、阮文超、张国用、苏珍、阮文丰、武惟清（一作武维清）、潘日省等人的唱和之作，其中多有咏中国人物诗；后为五种同一主题的诗各八十首，即阮思僩的《神仙册八十题》，咏中国的神仙，其事多出《列仙传》；绵审的《武略册八十题》，咏中国武人，首篇为黄帝；绵寘（原作宾）的《隐逸册八十题》，咏中国的隐者；阮文交的《赏览册八十题》，咏中国历史上的游赏之事，首篇为庄子濠上观鱼；范清《列女册八十题》，咏中国的女子。另一本附载嗣德和清乾隆的诗。 原目编为 2479 号。	今存抄本二种： 102 页抄本，高 26.5 公分，宽 14.5 公分； 176 页抄本，高 27.5 公分，宽 20 公分。
御制诗（Ngự Chế Thi）	编者不详	阮朝	—	—	诗文集，编者不详，本书收录嗣德和阮伯仪饯送潘辉咏出使清朝的诗篇及绍治、嗣德的诏、谕、箴，另有群臣奏疏，论及乡试赈灾等事。 原目编为 2480 号。	今存抄本一种： 150 页，高 28 公分，宽 16 公分。

续表

古籍	作者	朝代	收录诗人数	收录诗数	提要	版本、页数及版式
御制诗集（Ngự Chế Thi Tập）	黎懿宗	黎朝	1	44	黎懿宗维祳诗四十四首，高晖濯编辑于永佑二年(1736)。 原目编为2485号。	今存印本一种，残阙： 54页，高27公分，宽17公分。
乾元御制诗集（Càn Nguyên Ngự Chế Thi Tập）	郑楹	黎朝	1	265	郑楹诗文集，潘黎藩编辑于景兴三十一年(1770)，共四卷，有喃字。 本书录有二百六十五首汉文和喃文诗文。卷一《仁亲之事》含八首诗，《闲家之则》含三十五首诗，《为治之道》含九篇文，《诘戎之法》含十二篇文，《因事之训》含二十篇文；卷二《遣众将于征》含四十首诗，《命诸臣出镇》含十一篇文；卷三《奖谕大臣》含二十一篇文，《奖劳使臣》含十篇文，《优礼耆臣》含十八篇文，《褒崇圣哲》含三首诗；卷四有《感召天休》含十六篇文，《庆赏》含五篇文，《寄兴》含八首诗，《省方纪胜》含十四首诗，《畿甸纪胜》含四首诗。另载二十八首杂咏和三首偶作诗。 原目编为344号。	今存抄本一种： 210页，高26公分，宽15公分。
探花文集（Thám Hoa Văn Tập）	武范瑊及阮思僴、黎峻、黄并	—	4	—	探花武范瑊及阮思僴、黎峻、黄并等人的诗文集。 书中亦收录贺武范瑊考中探花的帐文、高启得封郡公的贺文、贺杜山同中进士的贺文、忠烈庙黄耀与阮知方等人的碑文等。 原目编为3317号。	今存抄本一种： 72页，高32公分，宽22公分。

续表

古　籍	作　者	朝　代	收录诗人数	收录诗数	提　要	版本、页数及版式
国朝诗文杂记（Quốc Triều Thi Văn Tạp Kí）	张汉超、邓容、刘常、陈名案、黎炯、阮光泱	陈朝、黎朝、阮朝	6	—	陈、黎、阮各朝诗文，作者有张汉超、邓容、刘常、陈名案、黎炯、阮光泱等人，有目录。 本书内容繁杂，编排随意，收有谢表、诗歌、题记、书信、赞颂、行状等文体。 原目编为 2893 号。	今存抄本一种： 200 页，高 26 公分，宽 18 公分。
国朝文选（Quốc Triều Văn Tuyển）	编者不详	阮朝	9	—	阮朝诗文，编者不详，作者有魏克循、武仲秉、陈践成（一作诚）、范富庶、阮公著、范士爱、潘清简、阮德达、阮攸等人，书前有目录，书中所收包括歌行、碑记、铭颂、诏表、谕制等文体。 原目编为 2900 号。	今存抄本三种： 488 页抄本，三册，高 30 公分，宽 17.5 公分；322 页抄本，二册，高 25 公分，宽 18 公分；170 页抄本，存一册，高 29.5 公分，宽 17.5 公分。
国朝名人诗采（Quốc Triều Danh Nhân Thi Thái）	编者不详	—	17	—	越南十七位名家的诗文选编，编者不详，作者有绥理王、范富庶、阮思僩、阮达、武范瑊、潘文安、陈名案、阮荐、阮飞卿等人。诗歌作品外另有若干歌、赋、记，有目录。 原目编为 2869 号。	今存抄本一种： 118 页，高 22 公分，宽 18 公分。
盛黎诗集（Thịnh Lê Thi Tập）	编者不详	黎朝	—	196	诗集合抄，编者不详。本书首为黎圣宗及诸臣唱和诗三十首，如《思家将士》、《绿云洞》、《圣贤》等；另载《明良锦绣》及《古诗选》二部，前者收越南咏景、饯送诗一百六首，后者收中国诗人陆龟蒙、邵子、朱子等人诗六十首。 原目编为 3571 号。	今存抄本一种： 86 页，高 28 公分，宽 17 公分。

续表

古籍	作者	朝代	收录诗人数	收录诗数	提要	版本、页数及版式
掇拾杂记（Xuyết Thập Tạp Kí）	编者不详	—	—	—	诗文杂抄，编者不详，内容有咏四季风景、《和德川秀才中秋玩月》、《寄内兄黎明甫》等。 原目编为4446号。	今存抄本一种： 102页，高29公分，宽16.5公分。
清游杂草（Thanh Du Tạp Thảo）	编者不详	—	—	248	唱和诗二百四十八首，撰者不详，内容有舟中寄友、湖亭喜雨、咏莲梅菊竹等诗。 原目编为3325号。	今存抄本一种： 66页，高26公分，宽14公分。
盛世雄文集（Thịnh Thế Hùng Văn Tập）	编者不详	黎朝、阮朝	—	—	诗文合抄，编者不详，有喃字。 本书收黎、阮二朝与清朝往来的二十四篇书表；另载潘辉湜诗文一百七十六篇、何宗权饯送裴尚书致仕的诗文二篇、枚世俊第探花时友人的贺诗十首。 原目编为3577号。	今存抄本一种： 394页，高32公分，宽22公分。
国朝鸿宝（Quốc Triều Hồng Bảo）	编者不详	—	—	—	诗文选，编者不详，所收多为名人所作的诗、文、赋、帐、谕、奏、碑、志、制、序等。 原目编为2878号。	今存抄本一种： 298页，高31公分，宽22公分。
越音诗集（Việt Âm Thi Tập）	潘孚先	陈朝、胡朝、黎朝	19	500	陈、胡、黎各代名家诗选，共六卷。 潘孚先编辑，阮子晋批阅，潘孚先序于顺天癸丑年（1433），阮子晋序于延宁六年（1459）。 此书收录陈仁宗、胡季犛、黎太祖、潘孚先和中国使节李思衍、徐明善、张亚卿、梁贡景昭、黄福等人的五百首诗，其中陈朝四十一家、胡朝五家、黎朝四十四家、南人传北者二家、北人南传者十九家。 原目编为4267号。	今存印本一种、抄本一种： 印本为保泰己酉年（1729）重印本，136页，高24公分，宽16公分，有卷一至父、陈孚、李仲宾、萧方崖、李景山、杜希望、文子方、杨廷镇、赵子期、智子元、王征、高卷三及卷三的补遗；148页抄本，高26公分，宽15公分，阙卷四至卷六。

续表

古籍	作者	朝代	收录诗人数	收录诗数	提要	版本、页数及版式
越诗续编（Việt Thi Tục Biên）	编者不详	莫朝—黎朝	—	400	越南莫朝至黎朝的诗歌选集，共三卷。 翰林院侍讲学士充使馆编修阮□（原名阮保）撰序，含小引一篇、目录二篇，小序叙及前人编纂总集的情况，具文学史价值。 此书收录莫、黎两朝诗人的四百首诗，计莫朝四家、黎朝三十七家，其中收诗较多的作者有裴辉璧一百一首、黎贵惇五十一首、阮秉谦三十三首、胡士栋二十六首、阮衙十八首。 参见《越音诗集》条。 原目编为 4336 号。	今存抄本二种： 一本 280 页，高 31 公分，宽 21 公分；一本 112 页，高 27.5 公分，宽 16 公分，存卷一。
越诗串珠（Việt Thi Xuyên Châu）	编者不详	陈朝、黎朝	7	140	陈、黎二朝君臣的诗集，多为唱和、饯送、题咏之诗。 收录陈太宗、陈圣宗、阮忠彦、黎太祖、黎圣宗、阮荐、黎贵惇等人所作的一百四十首诗。 原目编为 4337 号。	今存抄本一种： 78 页，高 23 公分，宽 14 公分。
朝阳咸中诗（Triều Dương Hàm Trung Thi）	编者不详	阮朝	—	—	诗集，此书收录回文诗《东家草翠》、回文诗《夜饮闲游》、中国《织锦回文》的喃文六八体译文、嗣德丙寅年（1866）所作的《贺陀北知州范温如》、壬戌年（1862）中秋闰月作于中州的《寄寿南副榜范贵台》等。 原目编为 3905 号。	今存抄本一种： 80 页，高 28 公分，宽 15.5 公分。

续表

古籍	作者	朝代	收录诗人数	收录诗数	提要	版本、页数及版式
词苑春花（Từ Uyển Xuân Hoa）	编者不详	阮朝	3	—	诗文集，嗣德等作，本书内容为嗣德、张登桂、阮思僩等人的诗文，另载制、谕、表、赋、颂共十六篇及若干考证文字。 原目编为4069号。	今存抄本一种： 133页，高27公分，宽15公分。
景诗唱和集（Cảnh Thi Xướng Họa Tập）	编者不详	—	—	179	琼璋、清和、文明、游士等人的唱和诗，题材涉及自然风景、历史人物、人间爱情，共一百七十九篇，书中附有若干喃诗。 原目编为348号。	今存抄本一种： 58页，高24公分，宽14公分。
集美诗文（Tập Mĩ Thi Văn）	编者不详	—	3	157	诗文集，录诗一百五十七篇，编者不详，作者有范富庶、魏克循、吴世荣等人。 按：本书所载多与出使迎送有关，例如有阮辉出使中国时的敕书与贺诗、贺联；有摘自范富庶《西浮诗草》的诗，内容咏新加坡、印度洋、巴黎等；有魏克循的诗文，为迎接中国使节劳崇光来越南册封嗣德而作；有嗣德九年吴世荣的饯送诗，其时作者赴京拜见皇帝；另有嗣德三十四年（188[illegible]）淹博科的歌、赋和阮思僩的《闽行集序》等，署道光十三年“武林缪艮莲仙氏操书于羊城旅舍”。 原目编为3222号。	今存抄本一种： 138页，高29公分，宽17公分。
舜汭诗文集（Thuấn Nhuế Thi Văn Tập）	编者不详	阮朝	—	—	诗文联总集，编者不详，作者有阮克宅（号舜汭）、范贵适、阮仲合、啸能静、阮瑾（一作谨）等人。 原目编为3621号。	今存抄本一种： 70页，高28公分，宽17公分。

续表

古籍	作者	朝代	收录诗人数	收录诗数	提要	版本、页数及版式
诗抄（Thi Sao）	编者不详	—	—	—	诗集，本书第一册收录历代皇帝如李太宗、陈太宗、黎太祖等人的诗作；第二册为李、陈、黎朝官员或僧人的作品，计李朝段文钦、万行、满觉等五家，陈朝陈光启、范五老、莫挺之、法螺、玄光等三十家，黎朝阮荐（即黎荐）、阮直、梁世荣、申仁忠、杜润等六十一家；第三册收录黎朝四十五位官员的诗作，作者有阮秉谦、阮屿、冯克宽、延河先生、吴时仕、邓陈琨等。 此书与《后陈朝诗集》、《高伯适诗集》、《高伯达诗集》合订。 原目编为 3448 号。	今存抄本一种，李文馥抄： 共三册，375 页，高 31.1 公分，宽 23.5 公分。
琴堂月令诗集（Cầm Đường Nguyệt Lệnh Thi Tập）	编者不详	—	—	94	诗集，收录诗作九十四首，其题目皆采自经史，每首诗注有解题和出处。 原目编为 384 号。	今存抄本一种： 96 页，高 21 公分，宽 12 公分。
诗家旧套宝录（Thi Gia Cựu Sáo Bảo Lục）	编者不详	—	1	—	诗选集，郑森等作，编者不详。 书中收载若干“连环”诗、“拆字”诗、“拆字回文”诗；另载郑森《题香迹寺诗》、《柴山遗咏》诗，有喃字。 原目编为 3422 号。	今存抄本一种： 14 页，31 公分，宽 22 公分。

续表

古籍	作者	朝代	收录诗人数	收录诗数	提要	版本、页数及版式
诗集合选（Thi Tập Hợp Tuyển）	编者不详	阮朝	4	—	诗联合选，编者不详，作者有海派侯、陈名案、阮贵昕、明命等人，书中另载朝鲜使臣向清帝祝寿的三首诗及朝鲜、暹罗两国朝贡中国的贡品清单。 原目编为 3457 号。	今存抄本一种： 168 页，高 21 公分，宽 13 公分。
诗课集并表帐文（Thi Khóa Tập Tịnh Biểu Trướng Văn）	编者不详	阮朝	1	—	诗文杂抄，阮思僴等作，编者不详。 书中收录八百三十首诗及若干诏、表、论、考、碑记文字，其中包括《北圻人民元旦贺成泰表》、《阮思僴登第谢恩表》、《珥河及东南亚各国考》、《阮有度生祠碑记》、《贺阮有度联》等。 按：书中所录多用为举业范文。 原目编为 3423 号。	今存抄本一种： 388 页，高 29 公分，宽 14 公分。
游香迹山笔记（Du Hương Tích Sơn Bút Kí）	黎文奇	阮朝	2	—	诗文集，黎文奇编辑于嗣德甲子年（1864），收其年十月十二日阮思僴、阮继之游香迹山所作的诗文。 原目编为 747 号。	今存抄本一种： 37 页，高 31.1 公分，宽 23.6 公分。
嗣德时文（Tự Đức Thời Văn）	编者不详	阮朝	1	—	嗣德朝的文章总集，书中收录有嗣德御制的《立政临民》、阮迪简的同题作品、嗣德御制经筵进讲诗（并序）、阮公著的同僚为其致仕饯行的帐文、题士王庙诗、中国劳崇光的《〈南国风雅统编〉序》、水舍火舍国王的谢恩表等。 原目编为 4117 号。	今存抄本一种： 56 页，高 31 公分，宽 23 公分。

续表

古籍	作者	朝代	收录诗人数	收录诗数	提要	版本、页数及版式
诗集（Thi Tập）	编者不详	阮朝	1	140	诗集，收诗一百四十首，嗣德等作。 原目编为3452号。	今存抄本一种： 92页，高20公分，宽15公分。
诗集（Thi Tập）	编者不详	阮朝	3	309	诗文集，收诗文三百九篇，作者有裴玉柜、武辉翼、阮有造等人。 本书所录包括诗歌、诏表、序跋、祭文、碑记等文体，其中有送别清朝使臣及与清使唱和之作，并有清帝册封嗣德诏及嗣德的谢恩表。 原目编为3451号。	今存抄本一种： 210页，高28公分，宽15公分。
经史诗集（Kinh Sử Thi Tập）	武范琙 1864—1906	阮朝	1	793	探花武梦海（即武范琙，1864—1906）编辑的诗集，二卷，共录歌咏君臣、圣贤言行的诗作七百九十三首；另载中国经史格言及其释义，又载杂咏诗作，有目录，所录诗颇多为摘句。 原目编为1777号。	今存抄本一种： 分装为二册，共634页，高32公分，宽23公分。
诗歌杂编（Thi Ca Tạp Biên）	编者不详	阮朝	1	207	诗文杂编，裴文禩等作，编者不详，收诗文二百零七篇，有喃字。 诗有裴文禩出使中国时作的《燕槎诗草》，咏及扶董天王、苏宪成、朱文安、邓悉、唐明皇、杨贵妃等历史人物；文则有《潘佩珠致高春育论科举书》、《南定省官吏贺成泰即位表》及其它贺联若干。 原目编为3415号。	今存抄本一种： 194页，高24公分，宽15公分。

续表

古籍	作者	朝代	收录诗人数	收录诗数	提要	版本、页数及版式
诗草杂编（Thi Thảo Tạp Biên）	编者不详	阮朝	9	494	诗选集，编者不详，作者有阮飞卿、陈名案、范富庶、绥理王、阮云麓、阮德达、陈子敏、阮述、裴文禩等人，共录诗四百九十四首。 原目编为 3462 号。	今存抄本一种： 328 页，高 24 公分，宽 16 公分。
诗文类（Thi Văn Loại）	编者不详	阮朝	7	—	诗文联集，编者不详，作者有杨琳、范文爱、阮晋境、范贵适、阮思僩、裴禩、啸能静等人，有喃字。 原目编为 3471 号。	今存抄本一种： 198 页，高 24 公分，宽 13 公分。
经略衙文集（Kinh Lược Nha Văn Tập）	编者不详	—	2	20	又名《经略衙文习集》（Kinh Lược Nha Văn Tập Tập）。 诗赋选集，收录朱孟桢（一作祯）、阮晋境所作诗歌二十首，赋十六篇。 按：本书作品曾于北圻经略使黄高启主持的比赛中获奖，其题材采自中国史，并附有黄甲阮曰抨的批语。 原目编为 1768 号。	今存抄本二种： 一本 35 页，高 26 公分，宽 18 公分；一本 74 页，高 28 公分，宽 16 公分。
诗集（Thi Tập）	编者不详	—	—	48	诗四十八首，包括《元旦》、《题龙城旅馆假山》、《嘉平述古》等篇章，另附神祠、祠堂的帐、联，编者不详。 原目编为 3455 号。	今存成泰十七年（1905）抄本一种： 108 页，高 26 公分，宽 13 公分。
诗赋文集（Thi Phú Văn Tập）	阮廷询	阮朝	5	—	诗文集，阮廷询编，作者有莫挺之、觉海、黎昭统、陈名案、三登范文谊等人，有序。 按：廷询字友梅，为辛丑科廷元，此书编辑于维新己酉即 1909 年。 书中另附若干祭文、谢表、对联。 原目编为 3445 号。	今存抄本一种： 354 页，高 29 公分，宽 15 公分。

续表

古　籍	作　者	朝　代	收录诗人数	收录诗数	提　要	版本、页数及版式
万选新编（Vạn Tuyển Tân Biên）	编者不详	阮朝	4	—	中越作品选，有批注及介绍，书中收录《三字经》、《阳节潘氏》、《三皇纪》、《夏纪》、《汉纪》、《启童说约》及高伯适、高伯迓、潘清简、嗣德帝、清道光帝、劳崇光的作品，有诗、赋、诏、敕、奏、启、帖、榜、谕、祭文、铭文、传奇、对联各文体；书中附载《大南状元录》、《举业传奇》以及文章杂记（包括人物作品），汉文间有喃文。 原目编为 4167 号。	今存抄本三种： 厚 502、308、408 页，均为高 30 公分，宽 20 公分。
诗赋集（Thi Phú Tập）	编者不详	—	—	41	诗赋文杂抄，编者不详，有目录。 正文包括赋三十七篇、诗四十一首，附载兴安官吏贺绍治即位表。 原目编为 3443 号。	今存抄本一种： 118 页，高 26 公分，宽 13 公分。
诗文集（Thi Văn Tập）	编者不详	—	—	199	诗文集，收录作品一百九十九篇，编者不详。 本书所收除感怀咏景诗作外，多为民间祭祀祈禳文，如祠庙竣工祭文、立碑祭文、禳火祭文、送穷祭文、祈雨祭文、祭死者祭文、贺新房词以及住房祠堂的对联等。 原目编为 3487 号。	今存抄本一种： 114 页，高 26 公分，宽 15 公分。
酬世名书（Thù Thế Danh Thư）	编者不详	西山朝	4	—	诗文选集，莫挺之、吴时任、范贵适、陈名案等作，收有作品如范贵适《祭昭统皇帝文》、陈名案的《西山行》等；另有赋、帐、联若干及喃诗二首。 原目编为 3614 号。	今存抄本一种： 208 页，高 28 公分，宽 18 公分。

续表

古籍	作者	朝代	收录诗人数	收录诗数	提要	版本、页数及版式
新江文集（Tân Giang Văn Tập）	编者不详	—	4	—	诗文选，编者不详，作者有杜辉琬、杜辉璙、武范启、阮超、阮克勤等人。 书中收录哭黄耀死节诗、祭师文、祈安文、驱愁檄文等诗文约一百篇，有喃字。 原目编为 3180 号。	今存抄本一种： 196 页，高 32 公分，宽 22 公分。
瑞莲堂诗集（Thụy Liên Đường Thi Tập）	编者不详	—	—	203	二百零三篇诗赋，编者不详，有喃字。 原目编为 3643 号。	今存抄本一种： 72 页，高 28 公分，宽 16 公分。
摘艳诗集（Trích Diễm Thi Tập）	黄德良	黎朝	7	—	诗集，阮忠彦、朱文安、张汉超、阮飞卿、阮荐、阮德贞、武琼等作，黄德良编辑并序于黎洪德二十八年（1497），吴玉玕校订，书中间有作者小传。 原目编为 3904 号。	今存抄本一种，六卷，有序及目录： 104 页，高 31 公分，宽 23.5 公分。
精选诸家诗集（Tinh Tuyển Chư Gia Thi Tập）	杨德颜	陈朝、黎朝	6	558	诗选，收载陈、黎两朝诗作五百五十八首，作者有陈元旦、阮荐、朱文安、阮忠彦、范师孟、阮梦荀等人。 杨德颜编辑，梁如鹄品评。 原目编为 3759 号。	今存印本、抄本各一种： 印本为卷四、卷五，140 页，高 26 公分，宽 16 公分；抄本为卷一、卷二，326 页，高 31 公分，宽 20 公分。
瑶亭诗集（Dao Đình Thi Tập）	编者不详	黎朝	2	129	此书前一部分为《观瀛窠十景》，收录吴时仕等人咏清化东山县巨庆社胜景的一百二十九首诗；后一部分为《华程遣兴》，记载胡士栋（字隆甫）于丁酉年（1777）出使中国时	今存抄本一种： 124 页，高 25 公分，宽 15 公分。

续表

古　籍	作　者	朝　代	收录诗人数	收录诗数	提　要	版本、页数及版式
					作的诗，此次出使以武陈绍为正使，胡士栋为副使，其作品可参见原目编为1403号《华程遣兴》条。 原目编为695号。	
华程遣兴（Hoa Trình Khiển Hứng）	胡士栋	黎朝	1	95	胡士栋的北使诗集，题副使胡士栋撰并序于己亥年（1779），汝慎斋（汝公瑱）评。 此书收录作者戊戌年（1778）出使中国时所作的九十五首诗，包括描写珥河、南关、金鸡洞、五险坡、印山、泰山、黄河、黄鹤楼、洞庭湖、湘江、桂林等途中名胜古迹的诗作，与朝鲜使节及中国友人唱和饯赠诗等。 书中附载阮辉倬、陈公灿、阮值、黎仕瑺、阮瑺、汝公瑱等人的诗作及序文，另有进士吴世玢的《征妇词》，《瑶亭诗集》中收录有此编。 原目编为1403号。	今存抄本一种： 90页，高32公分，宽22公分。
对联诗歌吟韵（Đối Liên Thi Ca Ngâm Vận）	编者不详	阮朝	5	—	诗联集，书中收录阮浩然、阮忠彦、嗣德、阮公著、苏珍等人的诗作，另有若干对联、喃文歌、箴等。 原目编为1077号。	今存抄本一种： 66页，高20公分，宽13公分。
翠山诗集（Thúy Sơn Thi Tập）	陈文近	阮朝	9	38	咏浴翠山风景诗三十八首，张汉超、从善王、张登桂、张国用、黎有声、吴世荣、武范启、范文谊、阮尚贤等作，陈文近编辑，段展序。 原目编为3635号。	今存抄本一种： 22页，高26公分，宽15公分。

续表

古籍	作者	朝代	收录诗人数	收录诗数	提要	版本、页数及版式
广览文集（Quảng Lãm Văn Tập）	编者不详	阮朝	3	—	诗文总集，共两卷，编者不详，作者有阮劝、潘佩珠、高伯迓等人。 其卷上为《广览文集》，录诗文八十三篇，文有《青波暇集跋说》等，诗有《题同喜庙》等，各种文体混合编排；其卷下为《杂文合采》，录赋文一百十四篇，如御制《南圻土产赋》、何尊权《谢实授工部右侍郎表》等，汉文间有喃字。 原目编为 2808 号。	今存抄本一种： 320 页，高 26 公分，宽 22 公分。
诸家诗文选（Chư Gia Thi Văn Tuyển）	编者不详	阮朝	7	—	阮朝诗文对联选集，此书收录方亭、高周臣、黎希永、武焕甫、阮快翁、陈慎思、叶怡春等人的唱和诗，华堂立斋的祝寿诗，《志亭诗集》摘选，以及何宗权诗集《巽甫学咏》、《芳泽何选甫洋程集》等。 原目编为 529 号。	今存抄本一种： 200 页，高 32 公分，宽 22 公分。
诸名家诗（Chư Danh Gia Thi）	编者不详	阮朝	16	—	诗选，编者不详，收录阮朝阮廷杨、黄佐炎、范富庶、阮思僩、黎廷延、裴维新、恭文沆、裴文禩、阮廷润、黎有佐、阮善庵、武退之、陈光练、陈廷肃、尊室说、嗣德等人作品。 原目编为 523 号。	今存抄本一种： 118 页，高 20 公分，宽 13 公分。
莲花八十咏（Liên Hoa Bát Thập Vịnh）	编者不详	—	—	80	咏莲诗，共八十首，编者不详。 原目编为 1984 号。	今存抄本一种： 14 页，高 27 公分，宽 15.5 公分。

续表

古　籍	作　者	朝　代	收录诗人数	收录诗数	提　要	版本、页数及版式
广记集诗文录（Quảng Kí Tập Thi Văn Lục）	编者不详	阮朝	2	—	诗文杂抄，编者不详，有序。 本书合抄整书和单篇著作，有《飞鸟元音》一部，为汝伯仕诗集；《巽斋学咏》，收巽斋何宗权诗；另载黄金灿禁耶苏教表，吴时任、吴时仕所撰二清洞碑及赋，何宗权所撰兴福寺钟铭；末附诗集、家谱等书的序文若干。 原目编为2806号。	今存抄本一种： 428页，高31.5公分，宽21.5公分。
诸史诗目（Chư Sử Thi Mục）	编者不详	—	—	—	咏中国历史人物及事件的诗集，收诗共二百余首，作者不详。 原目编为538号。	今存抄本一种： 138页，高32公分，宽23公分。
历代群英诗文集（Lịch Đại Quần Anh Thi Văn Tập）	编者不详	—	5	141	名家诗文集，汉文间有喃文。 书中收录吴时仕、阮俨、阮伯璘、阮辉谨、丁时中等人的一百四十一篇作品，有祭文、记文、诗、赋、箴、颂、赞、歌、帐、祷文各文体。 原目编为1954号。	今存抄本一种： 196页，高22公分，宽13.5公分。
澹斋诗课（Đạm Trai Thi Khóa）	范清等	阮朝	1	—	汝伯仕用来教诗的作品选本，题材大部分采自中国史传，体制有七律、七绝、五言排律。 汝伯仕评点并序于嗣德三年（1850），范清、黎伯仪编辑，汝以烜校订，含序、引、凡例、目录各一篇。 原目编为925号。	今存抄本五种： 篇幅规格不等，厚112至264页，高20至27公分，宽12至15公分。

续表

古籍	作者	朝代	收录诗人数	收录诗数	提要	版本、页数及版式
强与文战(Cường Dư Văn Chiến)	黎仲珹	阮朝	—	—	诗文选，黎仲珹(号梦石)编辑。 第一册为嘉隆时各科的诗文，第三、四册为明命时各科的诗文，第五、六册为绍治时各科诗文，第七册为汉、唐诗，第八册为《全唐诗集》，第十册为越南诗，第十一册为中国自汉至清赋文佳作，第十二、十三册为越南赋文。 第八册又题作《强与文战北集全唐诗鼓吹》，所录皆为七言，依古风、七言、摘句等体裁排列；第十册多为唱和诗，摘句部分多摘联句；第十二册载有姜公辅的《白云照春海赋》。 原目编为634号。	今存抄本一种： 原本十三册，今存十二册，共2480页，高27公分，宽15公分。
凯进诗编(Khải Tiến Thi Biên)	吴敦	—	—	194	诗选集，吴敦编辑，阮安之审评，共收咏景、赠和等题材的诗作一百九十四首。 原目编为1624号。	今存抄本一种： 112页，高25公分，宽18公分。
杂草集(Tạp Thảo Tập)	阮泽甫	阮朝	2	300	诗文杂抄，玉亭居士阮泽甫编辑于启定己未(1919)年，阮劝、胡春香等作，共收作品约三百篇，有喃字。 原目编为3140号。	今存抄本一种： 127页，高27公分，宽15公分。
琼林诗选(Quỳnh Lâm Thi Tuyển)	编者不详	—	—	100	咏中国自然风景和历史人物的诗约一百首。 原目编为2915号。	今存抄本一种： 64页，高26.5公分，宽14.5公分。

续表

古籍	作者	朝代	收录诗人数	收录诗数	提要	版本、页数及版式
杂撰诗赋论（Tạp Soạn Thi Phú Luận）	编者不详	—	—	21	用为科举范文的诗文集，编者不详，共收诗二十一首、赋及论文各二十七篇，作品题材采自经史，另有文论若干。 原目编为 3139 号。	今存抄本一种： 64 页，高 25 公分，宽 13 公分。
杂诗集（Tạp Thi Tập）	编者不详	—	—	86	诗集，录诗八十六首，附载关于“仁”、“德”的评论，编者不详。 原目编为 3142 号。	今存抄本一种： 40 页，高 26 公分，宽 14 公分。
双元中河文集（Song Nguyên Trung Hà Văn Tập）	编者不详	阮朝	—	30	诗集，收录阮克勤、阮超、阮国瑞等人诗作约三十首。 按：越南史上有两位名阮克勤者，本书作者为中河人，第黄甲于 1848 年，《大南实录》有载。另一人为越南光复会成员，生于 1875 年，卒于 1913 年。 原目编为 2962 号。	今存抄本一种： 68 页，高 28 公分，宽 16 公分。
韵对屑玉附杂文对联（Vận Đối Tiết Ngọc Phụ Tập Văn Đ ối Liên）	编者不详	阮朝	—	—	诗文集，其中 34 页为正文，收录词中对仗的韵句，按所协韵排列为“一东”、“二冬”、“三江”、“四支”等；其后为对联 11 页，包括挽父母、师长的“哀堂对联”，中国使节与状元梁世荣的唱和对联等，汉文间有喃文。 附载祭阮秉谦文（丁时中作）、祭殉国者文、祭月老文、禳星文、河伯文、哭业师文、唐人咏怀诗、醒世歌、酌酒歌、李白《行路难》等。 原目编为 4253 号。	今存抄本一种： 82 页，高 25 公分，宽 16 公分，残本。

续表

古　籍	作　者	朝　代	收录诗人数	收录诗数	提　要	版本、页数及版式
觉庵苏门文集（Giác Am Tô Môn Văn Tập）	编者不详	阮朝	4	—	潘志亭、潘清简、阮埙、吴仕等人的诗文集。本书收录记、赞、铭、传、诗、表、论、序三十七篇，其中有潘志亭的游览灵峰寺记、潘清简与阮埙的《行余集》序等。 原目编为 1216 号。	今存抄本一种： 110 页，高 32 公分，宽 20 公分。
观成文集（Quan Thành Văn Tập）	范慎遹	阮朝	—	—	诗文合集，收诗、联、帐、奏、表等文体，作者为范慎遹，字观成。集中有嗣德诗六首。 原目编为 2788 号。	今存抄本一种： 180 页，高 26 公分，宽 18 公分。
乂安黄甲范石峒咏史集（Nghệ An Hoàng Giáp Phạm Thạch Động Vịnh Sử Tập）	编者不详	—	—	—	咏史诗集，本书含两部作品，1 至 40 页为《乂安黄甲范石峒咏史集》，范阮攸作，内容为咏中国自盘古至唐宪宗（806—820）的历史人物；41 至 72 页为《玩史剩兴诗集》，陈氏（号春派懒夫）撰，收录有一百二十九首诗，咏中国自盘古至宋神宗（1068—1085）间的历史人物，每人一首。 原目编为 2313 号。	今存抄本一种： 72 页，高 26 公分，宽 15 公分。
乂安诗集（Nghệ An Thi Tập）	裴辉璧	后黎朝	1	467	青池县黄甲裴辉璧诗集，有范阮攸、阮壬寅年（1782）及黎贵惇景兴四十四年（1783）序各一篇。 本书收录裴辉璧在乂安任官时所作的四百六十七首诗，分二卷。 原目编为 2317 号。	今存抄本二种： 224 页本高 31.5 公分，宽 22.5 公分；194 页高 28 公分，宽 16.5 公分。

续表

古籍	作者	朝代	收录诗人数	收录诗数	提要	版本、页数及版式
了庵散翁遗稿(Liễu Am Tản Ông Di Cảo)	陈名案	后黎朝	1	—	又名《了庵遗稿》(Liễu Am Di Cảo)、《了庵散翁诗集》(Liễu Am Tản Ông Thi Tập),陈名案诗文集,收录有诗、赋、书信等体裁的作品。按:今存各本题目、作品数目不甚相同,其中有126页本二种所收录较为接近。"了"一抄本作"柳",误。原目编为1999号。	今存抄本四种: 篇幅38至162页,高21.5至32.5公分,宽13至23公分不等。
丁酉归田集(Đinh Dậu Quy Điền Tập)	阮尚	阮朝	1	—	诗文集,阮尚等人作,有目录。 本书收录工部尚书阮尚成泰九年丁酉(1897)致仕时的作品,如请求致仕的疏文、谢恩表等;另收录内阁、机密院、吏部官吏的奏文、敕文及友人赠阮尚的六十篇诗和十四副对联。 按:阮尚即阮尚贤之父。 原目编为1020号。	今存抄本一种: 80页,高27公分,宽17公分。
丁葆轩诗集(Đinh Bảo Hiên Thi Tập)	丁儒光	阮朝	1	100	丁儒光诗集,收录咏景、咏史、饯送、唱和等诗作一百首。 原目编为1019号。	今存抄本一种: 66页,高29公分,宽17公分。
大光禅寺陈子敏公诗集(Đại Quang Thiền Tự Trần Tử Mẫn Công Thi Tập)	陈子敏	—	1	76	又名《子敏诗集》(Tử Mẫn Thi Tập)。 陈子敏(陈善政)任三宣赞理军务时所作的七十六首诗。 原目编为893号。	今存抄本二种: 40页本高31公分,宽22公分;78页本高28公分,宽16公分。

续表

古籍	作者	朝代	收录诗人数	收录诗数	提要	版本、页数及版式
天南名迹诗集（Thiên Nam Danh Tích Thi Tập）	黄居士	后黎朝	1	—	咏史诗集，洪锦黄居士作于景兴三十二年（1771）。 本书内容为咏越南七十六位历史人物，如泾阳王李贲、枚黑帝、莫挺之等，间有小传。 原目编为 3515 号。	今存抄本一种，六卷： 154 页，高 30 公分，宽 20 公分。
水云闲咏诗集（Thủy Vân Nhàn Vịnh Thi Tập）	吴时任	后黎朝	1	384	诗、帐、词曲等三百八十四首，作者不详，有说为吴时任庚子之乱时（1780）作于太平省。 原目编为 3642 号。	今存抄本一种： 210 页，高 27 公分，宽 15 公分。
尹相公宦迹（Doãn Tướng Công Hoạn Tích）	尹蕴	阮朝	1	—	又名《绥静子杂言》（Tuy Tĩnh Tử Tạp Ngôn）。 尹蕴诗文集，有绍治二年（1842）自序。 本书收录咏景咏物诗作及碑记、赋文、祭文、表、记、说等，其中有文论及高蛮历史地理以及与越南历代的关系。 原目编为 740 号。	今存抄本二种： 243 页本高 32 公分，宽 22 公分；316 页本高 28 公分，宽 17 公分。
文亭遗稿（Văn Đình Di Cảo）	陈高第	—	1	—	陈高第诗文集，收录有吟咏酬应诗作及序、记、书、对联等。 原目编为 4178 号。	今存抄本一种： 42 页，高 32 公分，宽 22 公分。
古心百咏（Cổ Tâm Bách Vịnh）	黎圣宗	黎朝	1	100	又名《前黎圣宗淳皇帝诗集》（Tiền Lê Thánh Tông Thuần Hoàng Đế Thi Tập），黎圣宗诗集，阮直、武览品评，宁逊注释，有喃字。本书收录两类作品，其一为咏史诗一百首，所咏有历山、函谷关、灵光殿、浔阳江等中国	今存抄本一种： 138 页，高 30 公分，宽 19 公分。

续表

古籍	作者	朝代	收录诗人数	收录诗数	提要	版本、页数及版式
					历史胜地；其二为黎圣宗的近体诗，写巡游、夜宴等，兼有若干喃译作品。 原目编为576号。	
白云阮程国公录记（Bạch Vân Nguyễn Trình Quốc Công Lục Kí）	阮秉谦	黎朝	1	—	又名《程国公记》（Trình Quốc Công Kí）。 阮秉谦汉文诗集。 按：以上两本皆混有他人诗作，如25页本另有喃文《太平歌》一种；204页本收录有《程国公记》、《冯尚书记》、《老园稔语歌》，皆为喃文谶语，另有《略说三字记》，为三言韵文诗歌，内容为叙述自鸿庞氏至黎末的越南历史。 原目编为85号。	今存抄本二种： 25页本高18公分，宽16公分；204页本题双安陈抄于辛巳年，高26公分，宽14公分。
石洞先生诗集（Thạch Động Tiên Sinh Thi Tập）	范阮攸	阮朝	1	400	又名《石洞诗抄》（Thạch Động Thi Sao）。 范阮攸（字好德）诗集，收录诗约四百首，内容多为题咏酬应之类。 原目编为3279号。	今存抄本二种： 174页本高32公分，宽21公分；266页本高28公分，宽16公分。
卯轩拙笔（Mão Hiên Chuyết Bút）	裴溥 1776—1838	阮朝	1	408	裴溥诗集。裴溥（1776—1838），号卯轩，官至工部尚书。 本书撰于明命元年（1820），收录诗四百八首，含补遗十四首，四卷，有作者题词，有目录。书中另附其他作者的二十三首唱和诗。原目编为2140号。	今存抄本一种，翰林院侍读国史馆编修杨山伯、嘉琳富市人红桂轩抄于明命三年（1822）： 500页，高29.5公分，宽20公分。

续表

古籍	作者	朝代	收录诗人数	收录诗数	提要	版本、页数及版式
正轩诗集（Chính Hiên Thi Tập）	丁翔甫	—	1	364	丁翔甫诗集合抄。丁翔甫即丁鸿翻，驩州人，号溪亭。正文含两部作品，其一为《史诗题》，收录歌咏历史人物事件的诗三百六十四首，如《尧女舜妻》、《高祖剑》等，题材上起两汉，下迄两宋；其二为《灌畦诗抄》，杂抄对联、七言诗格律等。原目编为479号。	本书今存抄本一种，有目录：二册，186页，高24公分，宽15公分。
立斋范先生诗集（Lập Trai Phạm Tiên Sinh Thi Tập）	范贵适	黎朝	1	66	范贵适南下时所作的题咏、感作、唱和诗六十六首，吴维审阅，裴存庵编辑。 原目编为1848号。	今存抄本一种： 70页，高30公分，宽22公分。
立斋先生遗诗续集（Lập Trai Tiên Sinh Di Thi Tục Tập）	范贵适	黎朝	1	—	范贵适诗集，阮文超的学生搜集，阮文超写志。 内容有咏景、咏史、庆贺等。 原目编为1852号。	今存抄本一种： 78页，高28公分，宽17公分。
立斋诗集（Lập Trai Thi Tập）	编者不详	黎朝	3	—	诗集合抄，本书含三部作品：其一为《立斋诗集》，为范贵适诗集，西湖居士阮恒轩序于1902年，行参裴先生评；其二为何宗权《巽斋学咏》；其三为《义溪诗集》，戊辰科（1868）进士海阳省唐豪县中立社人范士爱撰。后二种本目收录。 原目编为1850号。	今存抄本六种： 二册，篇幅121至428页，高26至31.5公分，宽16至22公分不等。

续表

古籍	作者	朝代	收录诗人数	收录诗数	提要	版本、页数及版式
平望黎进士诗文集（Bình Vọng Lê Tiến Sĩ Thi Văn Tập）	黎宗珖	—	1	—	黎宗珖诗文集，何宗权批阅。 本书收录吟咏唱、写景抒怀之作，其中有悼黄耀歌和祭阮秉谦诗。 附载某神童所作的对联和苏蕙的《织锦回文》。 原目编为261号。	今存抄本一种： 380页，高31公分，宽21公分。
册使诗话附杂诗（Sách Sứ Thi Thoại Phụ Tạp Thi）	魏克循	阮朝	1	174	魏克循诗集，编于嗣德二年（1849）。 收录作者诗作一百七十四首，其中有与清朝使节劳崇光的酬应之作，另有题材采自经典的一百六十一首诗，内容为咏景或咏史。 原目编为2930号。	
石农诗集（Thạch Nông Thi Tập）	阮思僩	—	1	—	阮思僩诗选，采自《观河集》、《东征集》、《云林诗草》、《燕轺诗草》、《云麓诗草》、《雪樵吟草》等集，多为吟咏酬应之作。附有阮文桃咏古螺城诗。 原目编为3283号。	今存抄本三种： 篇幅105至200页，高24至28公分，宽16至18公分不等。
白茅庵诗类（Bạch Mao Am Thi Loại）	丁日慎	—	1	20	丁日慎诗文集，编者不详，由医学生阮才质献于图书馆。 本书录诗二十首，另有对联、贺表等；附若干吴时仕诗作。 原目编为82号。	今存抄本一种： 70页，高15公分，宽15公分。

续表

古籍	作者	朝代	收录诗人数	收录诗数	提要	版本、页数及版式
可庵文集(Khả Am Văn Tập)	阮德达	—	1	—	阮德达诗文集,收录有赋文、行状、祈文、祭文、记、说、帐、表等,如《乡试书事》、《笔梦记》、《登第自述》、《瑞竹赋》、《尚书胡仲挺行状》等。 阮德达,号南山主人,英山府春和社人,曾第探花,官至兴安巡府。 268 页本前数页为可庵的陵墓示图,注有碑文。 原目编为 1619 号。	本书今存抄本二种: 二册,268 页本高 23 公分,宽 13 公分;168 页本祇存卷一,高 28 公分,宽 17 公分。
希常先生诗集(Hi Thường Tiên Sinh Thi Tập)	黎德敏	—	1	—	又名《魏阳诗草》(Ngụy Dương Thi Thảo)。 黎德敏诗文集。收录作者咏景、咏物、咏史之作,其中有集句诗,另有赋文若干。 原目编为 1365 号。	今存抄本一种: 188 页,高 29 公分,宽 17 公分。
丙子京行记(Bính Tí Kinh Hành Kí)	作者不详	阮朝	1	372	诗集,作者不详。 本书内容为丙子年(1876)作者被召京都顺化为嗣德治病途中所作的三百七十二首诗,咏及途中名胜、节序及此次的使命。另附饯赠、唱和诗及对联。 原目编为 267 号。	今存抄本一种: 180 页,高 32 公分,宽 21 公分。
玉轩卢墓后集(Ngọc Hiên Lư Mộ Hậu Tập)	裴辉玿	阮朝	1	86	又名《卢墓后集》(Lư Mộ Hậu Tập)。 河内寿昌县人裴辉玿所作诗,作于为母守孝期间,共八十六首,表达触景伤怀、思念父母的心情。 阮文理(字循甫,号志亭)序于嗣德丁卯年	今存成泰四年(1892)印本一种,100 页,高 24.5 公分,宽 15.5 公分,有肖像一幅;另有抄本一种,题《卢墓后集》,70 页,高 31 公分,宽 21.8 公分。

续表

古　籍	作　者	朝　代	收录诗人数	收录诗数	提　要	版本、页数及版式
					(1867),阮有政(号善斋)跋于建福甲申年(1884)。 原目编为 2344 号。	
玉花咏集(Ngọc Hoa Vịnh Tập)	阮文松	阮朝	1	721	卯戌科(1838)进士阮文松所撰的七百二十一首诗。 原目编为 2346 号。	今存抄本一种: 304 页,高 31 公分,宽 21.5 公分。
古风杂草(Cổ Phong Tạp Thảo)	编者不详	阮朝	1	200	诗集,编者不详,本书录诗二百首,中有"立春"一首,为戊子年(1888)作,据此可考本书大致年代。 原目编为 572 号。	今存抄本一种: 84 页,高 32 公分,宽 23 公分。
正轩文集(Chính Hiên Văn Tập)	阮荣整	阮朝	1	—	阮荣整诗文集。阮荣整,慈江人,号正轩。此书编撰并序于成泰十六(1904)年,卷一为《河安集》,卷二为《正轩文集》,有喃字,收录诗歌、骈文、对联等。 原目编为 480 号。	今存阮珪抄本一种: 175 页,高 26 公分,宽 16 公分。
平湖阮太守诗集(Bình Hồ Nguyễn Thái Thú Thi Tập)	阮太守	—	1	159	阮氏太守诗一百五十九首,皆是与裴希明、陈舒轩、阮信卿、陈尹仲等人的唱和之作。阮太守名字生平不详。 原目编为 252 号。	今存抄本一种: 144 页,高 28 公分,宽 16 公分。
仙山诗集(Tiên Sơn Thi Tập)	陈廷肃	—	1	229	举人陈廷肃的二百二十九篇诗文。 原目编为 3719 号。	今存抄本一种: 128 页,高 25 公分,宽 13 公分。

续表

古　籍	作　者	朝　代	收录诗人数	收录诗数	提　要	版本、页数及版式
仙诗一集（Tiên Thi Nhất Tập）	作者不详	—	1	110	诗集合抄，作者不详。 本书首为《仙诗一集》，收录汉文、喃文诗五十首；次为《茶滨诗集》，收录汉文诗一百一十首，题材有咏开笔、入狱、出狱等。 原目编为3722号。	今存抄本一种： 128页，高26公分，宽14公分。
功臣阮按抚使传（Công Thần Nguyễn Án Phủ Sứ Truyện）	阮伯串等	黎朝	1	112	诗文合抄，曲江居士江桂峰抄录。 本书首篇为阮伯串小传，据此传言，阮伯串二十八岁曾跟随黎朝，至西山时随邓陈常辅佐嘉隆立下大功，官至按抚使，镇守高平；第二部分收录阮伯串诗文，计有一百十二首诗、二十一篇祭文、二十八篇帐文和赋文，其中有喃文诗文；第三部分收录范贵适等人的诗、文、联。 原目编为586号。	今存抄本一种： 252页，高30公分，宽20公分。
名家诗杂咏（Danh Gia Thi Tạp Vịnh）	编者不详	阮朝	1	—	三种诗集合抄，含目录一篇。 此书所载，其一为《慎斋诗集》，并附有汝公瑱室（一作真）的《诸赋体》及失名的喃文赋；其二为《中军联咏集》，有景兴辛酉年（1741）鸿鱼居士阮希思的序文，乃庚申年（1740）出征于海阳省时阮俨和汝尚真的往来唱和诗；其三为魏克诚的《定斋诗集》，有明命十四年（1833）的作者自序。 原目编为660号。	今存抄本一种： 306页，高29公分，宽19公分。

续表

古籍	作者	朝代	收录诗人数	收录诗数	提要	版本、页数及版式
式轩酬赠诗话(Thức Hiên Thù Tặng Thi Thoại)	潘式轩	黎朝	1	—	潘式轩诗集,作于黎景兴三十八年(1777),其中有为母亲祝寿歌三篇和若干对联。 原目编为 3662 号。	今存抄一种: 高 25 公分,宽 15 公分。
存庵诗稿(Tồn Am Thi Cảo)	裴辉璧	黎朝	1	670	裴辉璧诗集,范阮攸撰跋于景兴三年(1782),延河人桂堂撰序于四年(1783)。 裴辉璧,字希章,号存庵居士。 书中收录有裴辉璧的六百七十首诗,含三部分,其一为《碧沟前后集》,其二为《乂安上下集》,其三为《退轩集》,内容包括咏时节、景物、名胜、历史人物等。 350 页本附有若干祭文和铭文。 原目编为 3804 号。	本书今存抄本二种,七卷: 350 页本高 29.5 公分,宽 17.5 公分,另一本 558 页。
存庵诗集(Tồn Am Thi Tập)	裴辉璧	黎朝	1	124	裴辉璧诗集,裴字希章,号存庵居士。 共收录二十七首五言古风,十五首五言律诗,二十二首七言古风,六十首七言排律。 原目编为 3805 号。	今存抄本一种: 66 页,高 28.7 公分,宽 17 公分。
朱古源先生诗集(Chu Cổ Nguyên Tiên Sinh Thi Tập)	朱阮琳	黎朝	1	300	黎朝进士朱阮琳(号古源)诗集,收录四言、绝句、律诗三百首,内容为吟咏、述怀、饯赠、哀悼等。 附有黎敬夫诗,内容有《哭节女潘氏舜》等。 原目编为 491 号。	今存抄本一种: 186 页,高 32 公分,宽 23 公分。

续表

古　籍	作　者	朝　代	收录诗人数	收录诗数	提　要	版本、页数及版式
回京日程诗(Hồi Kinh Nhật Trình Thi)	范贵适	黎朝	1	96	范贵适诗集,收录作者回京都顺化途中所作的即景、即事、感兴、怀古诗九十六首。 原目编为 1534 号。	今存抄本一种: 46 页,高 31 公分,宽 22 公分。
自拟诗集(Tự Nghĩ Thi Tập)	阮克允	阮朝	1	150	阮克允及其祖父、父亲的诗文一百五十篇,阮克允编辑于明命八年(1827)。附有帐文、对联。 原目编为 4127 号。	今存抄本一种: 110 页,高 29 公分,宽 20 公分。
曲江吴阳亭文集(Khúc Giang Ngô Dương Đình Văn Tập)	吴世荣	阮朝	1	—	吴世荣诗文集,本书收录祭文,碑记、序文、赞、普劝文、制艺、帐文、饯赠诗、悼亡诗等,如《祭蝗虫文》、《刻印〈金刚经〉序》、《孔子赞》等。 原目编为 1684 号。	今存抄本一种,二卷: 380 页,高 29 公分,宽 21 公分。
竹堂诗文集随笔(Trúc Đường Thi Văn Tập Tùy Bút)	吴世荣	阮朝	1	3	又名《摘诗三首竹堂诗文集随笔》(Trích Thi Tam Thủ Trúc Đường Thi Văn Tập Tùy Bút)。 吴世荣诗三首,由其曾孙吴立之自《竹堂诗文集》中抄出。 原目编为 3932 号。	今存抄本一种: 4 页,高 30 公分,宽 21 公分。
竹堂诗文草(Trúc Đường Thi Văn Thảo)	吴世荣	阮朝	1	—	吴世荣诗文集。附有其门弟、友人的作品及阮忠彦的《磨崖纪功文》。 原目编为 3933 号。	今存抄本二种: 一本 260 页,一本 188 页,高均 24.5 公分,宽 15 公分。

续表

古　籍	作　者	朝　代	收录诗人数	收录诗数	提　要	版本、页数及版式
竹堂先生诗集附杂联帐(Trúc Đường Tiên Sinh Thi Tập Phụ Tập Liên Trướng)	吴世荣	阮朝	1	—	吴世荣诗，题目采自中国典籍。附有阮德杨、杜名俭、武仲威等人的诗联。 原目编为 3935 号。	今存抄本一种： 146 页，高 26 公分，宽 14.5 公分。
朱谢轩先生原集(Chu Tạ Hiên Tiên Sinh Nguyên Tập)	朱允致	阮朝	1	254	又名《朱谢轩诗集》(Tạ Hiên Thi Tập)、《朱谢轩诗集三卷》(Chu Tạ Hiên Thi Tập Tam Quyển)。 朱允致诗文集，其子弘夫编辑，方亭阮文超、志亭阮文理品评，门人陶春桂校订，成书于嗣德戊午年(1858)。 本书收录朱允致诗文二百五十四篇。诗有咏景、咏史、记事、述怀、饯赠之作，文则有记、铭、引、赞、赋、祭文、传、序、行状、铭文、挽文等体裁计十七篇。书中附有阮文超所撰的朱允致行状和悼文。 原目编为 504 号。	今存抄本五种，三卷： 厚 139 至 368 页，高 25 至 31 公分，宽 14 至 20 公分不等。
西浮诗草附诸家诗录(Tây Phù Thi Thảo Phụ Chư Gia Thi Lục)	编者不详	阮朝	7	—	诗集合抄。本书收录三部作品，首为《西浮诗草》，范富庶撰，绵审校阅，载范富庶出使法国和西班牙所作的三十一首诗；其二为《燕轺诗草》，载阮思僩出使中国时所作的六十二首诗；其三为《诸家诗录》，载吴时仕、绥理王、阮攸、潘清简、何宗权等人的题咏诗。 原目编为 3253 号。	今存抄本一种： 198 页，高 24 公分，宽 13 公分。

续表

古籍	作者	朝代	收录诗人数	收录诗数	提要	版本、页数及版式
竹堂述古诗集（Trúc Đường Thuật Cổ Thi Tập）	范富庶	阮朝	1	—	范富庶诗集。 附有胡光玟诗文、邓陈琨《征妇吟》、苏蕙的《织锦回文》等。 原目编为 3934 号。	今存抄本一种： 178 页，高 23 公分，宽 13 公分。
竹轩诗集（Trúc Hiên Thi Tập）	竹轩	阮朝	1	250	竹轩诗二百五十首，阮再序于嗣德丙子年（1876）。 原目编为 3939 号。	今存抄本一种： 200 页，高 28 公分，宽 16 公分。
竹轩对联类集（Trúc Hiên Đối Liên Loại Tập）	竹轩	阮朝	1	500	对联集，收录用于亭庙、祠堂、公所、祝贺、挽吊等的五百首作品，竹轩撰。 原目编为 3938 号。	今存抄本一种： 82 页，高 28 公分，宽 16 公分。
行吟歌词诗奏（Hành Ngâm Ca Từ Thi Tấu）	潘廷扬	阮朝	1	256	潘廷扬诗文集。收录诗二百五十六首，有咏景、咏史、赠和等作品；文二十二篇，如《望夫石赋》、《游卫灵山记》、《朱子家训演音》跋、《祭范贵适文》、《陈孺人行状》等。若干作品见于《高伯适诗集》，如《红毛火船歌》、《洋妇行》、《藤鞭歌》。 潘廷扬，绍治三年（1842）壬寅科进士。 原目编为 1345 号。	本书今存抄本一种： 206 页，高 32 公分，宽 23 公分。
百战妆台（Bách Chiến Trang Đài）	范廷煜	阮朝	2	355	又名《妆台百咏》（Trang Đài Bách Vịnh）。 咏妇女诗，范廷煜撰并序于成泰九年（1897），南峰阮其楠、止湖严士敦、按察朱孟桢（一作祯）题词。	今存抄本二种： 192 页本题《百战妆台》，高 30 公分，宽 19 公分；174 页本题《妆台百咏》，高 28 公分，宽 16 公分。

续表

古籍	作者	朝代	收录诗人数	收录诗数	提要	版本、页数及版式
					收录诗二百九首，所咏有180位中国妇女和28位越南妇女，诗前有小引；另附陈锡藩的作品，有《谒阮公著词》、《题百战妆台诗集》、《题云囊小史三首》等，收录诗一百四十六首，咏146位中国妇女，亦有引。 原目编为66号。	
西查诗草（Tây Tra Thi Thảo）	阮仲合	阮朝	1	68	阮仲合诗集，收录作者经新加坡、斯里兰卡出使法国时所作的六十八首诗，有序二篇。 原目编为3259号。	今存成泰六年（1894）印本一种： 74页，高27公分，宽17公分。
安堵进士诗集（Yên Đổ Tiến Sĩ Thi Tập）	阮劝	阮朝	1	—	阮劝诗集，舒轩先生校阅。 本书收录题咏酬应诗作，其中有多篇咏及越南阮秉谦、苏宪成、朱安、阮直及中国贾谊、苏武、马援、曹操、关羽、诸葛亮等历史人物。书中亦录有两首喃诗。 原目编为4514号。	今存抄本一种： 141页，高25公分，宽13公分。
行吟锦录（Hành Ngâm Cẩm Lục）	同川逸士白雪氏	阮朝	1	—	诗文帐联集，题同川逸士白雪氏撰，有喃字。 内容有饯送诗、怀古诗、祭文、贺寿联、碑记等。 附喃文《节妇吟演音》、喃文《渔樵问答演音》、《征夫吟》及《征妇吟》。 原目编为1346号。	今存抄本一种： 226页，高24公分，宽13公分。

续表

古籍	作者	朝代	收录诗人数	收录诗数	提要	版本、页数及版式
在京留草（Tại Kinh Lưu Thảo）	作者不详	阮朝	1	70	作者居留京都时所作的七十篇诗文，撰人不详。 另载《阮登楷祭范立斋文》、《阮文超贺探花勇寿文》、李邻芝（李文馥）为《北使诗集》所作的序文。 原目编为 3064 号。	今存抄本一种： 310 页，高 31 公分，宽 22 公分。
阮飞卿诗文集（Nguyễn Phi Khanh Thi Văn Tập）	编者不详	阮朝	3	300	诗集合抄，本书含三部作品，其一为《阮飞卿诗文》，收录七十四篇诗文，有咏景、酬赠诗及一篇赋、一篇记；其二为《陈文公朱凤山夫子诗》，收录诗二十六首；其三为《阮抑斋先生诗》，收录诗二百首。 阮抑斋名阮荐，阮飞卿之子。 原目编为 2417 号。	今存抄本一种： 164 页，高 31.5 公分，宽 23 公分。
沈香军次录（Trầm Hương Quân Thứ Lục）	范光宁	阮朝	1	200	黎永庆三年（1731）进士范光宁诗集。本书收录作者在茶麟府襄阳县康会社沈香（邻近老挝）时所作的二百余首诗，其中有与阮春甫、范石洞的唱和诗等，附有阮忠彦的《磨崖纪功碑》，本目史部著录。 原目编为 3833 号。	今存抄本一种： 163 页，高 30 公分，宽 16 公分。
阮衙诗文集（Nguyễn Nha Thi Văn Tập）	阮衙	阮朝	1	—	阮衙诗文集。编排较乱，前为诗，后则碑、铭、表、联、诗杂收，其中附入阮廷简、丁迓衡、裴弼直、昭统帝诗各一首，偶有喃文作品。 阮衙，左青威人，字南文，号左溪，黎景兴三	本书今存抄本一种： 168 页，高 32.5 公分，宽 20.5 公分。

续表

古籍	作者	朝代	收录诗人数	收录诗数	提要	版本、页数及版式
					十六年(1775)乙未科进士，累官高平督同，曾有《饮酒和陶集》，其诗盖学陶潜，亦有冲和淡远之致。 原目编为 2416 号。	
希明诗集(Hi Minh Thi Tập)	裴俵	阮朝	1	300	裴俵(字希明)诗集，收录诗约三百首，编成于嘉隆十一年(1812)，有当年自序，收录抒怀、咏景、咏史之作。 原目编为 1364 号。	今存抄本二种： 169 页本高 26 公分，宽 15 公分；110 页本高 21 公分，宽 14 公分。
沛阳诗集(Bái Dương Thi Tập)	吴世荣	阮朝	1	382	又名《沛阳进士吴先生诗集》(Bái Dương Tiến Sĩ Ngô Tiên Sinh Thi Tập)。 吴世荣诗集，收录吴世荣撰于绍治辛丑至壬寅年(1841—1842)的诗作三百八十二首。本书另抄有唐人王之涣、王昌龄、李白、王翰、杜牧等人的绝句数首，以及《明都诗汇自序》(基甫作)、《月赋》、《清风赋》。 原目编为 95 号。	今存抄本一种： 204 页，高 24 公分，宽 18 公分。
妙莲集(Diệu Liên Tập)	贞慎	阮朝	1	370	又名《赖德公主妙莲集》(Lại Đức Công Chúa Diệu Liên Tập)。 贞慎诗文集，收录诗三百七十首。 仓山朱评，苇野紫评，张广溪蓝评，潘梁溪绿评，阮壬山墨评，墨云集印于嗣德丁卯(1867)年。 贞慎，字叔卿，号梅庵，为明命第二十五女。有补遗和附录，收录天山悼梦松文、从善公	此书今存印本八种、抄本三种，其中两种现藏巴黎，抄本皆不全： 全书三卷，以 172 页本为多见，高 24 至 29 公分，宽 15 至 18 公分。

续表

古籍	作者	朝代	收录诗人数	收录诗数	提要	版本、页数及版式
					撰耀高峰生坟的对联、赋文。 原目编为 733 号。	
见山巢诗文集（Kiến Sơn Sào Thi Văn Tập）	玄同子（吴季侗）	阮朝	1	—	诗文集，玄同子（吴季侗）作于嗣德四年（1851）至嗣德九年（1856），其子伯伻、殷士、仲仕校。 此书内容颇富，除登山临水、吟咏唱和的诗作外，另载贺帐、挽帐、谢表、悼亡文、序、传、论等。 原目编为 1706 号。	今存抄本一种： 三册，470 页，高 26 公分，宽 18 公分。
阮洵叔诗集（Nguyễn Tuân Thúc Thi Tập）	编者不详	阮朝	1	251	又名《榆林阮洵叔诗集》（Du Lâm Nguyễn Tuân Thúc Thi Tập），阮思僩诗集合抄，有序。本书含四部作品，其一为《关河集》，收录诗六十首；其二为《东征集》，收录作者嗣德十五年（1862）任海安军务的感怀诗十九首；其三为《小雪山房集》，收录咏菊、琴、酒、诗等诗七十九首；其四为《燕轺诗草》，为作者嗣德二十一年（1868）出使中国时所作的九十二首诗；附有阮文桃咏柴山寺诗。 原目编为 2457 号。	今存抄本一种： 175 页，高 24 公分，宽 15 公分。
汭川诗集（Nhuế Xuyên Thi Tập）	阮克宅	阮朝	1	—	又名《汭川随笔诗集》（Nhuế Xuyên Tùy Bút Thi Tập）、《汭川白笔诗集》（Nhuế Xuyên Bách Bút Thi Tập）。 阮克宅诗文联集。其中诗有咏景、咏人、即事、赠和等题材，并包括集唐诗及织锦回文	本书今存抄本四种，四种收录诗数目不同，多者四百十四篇，少者四十三篇：篇幅 72 至 262 页，高 20 至 32 公分，宽 15 至 23 公分不等。

续表

古籍	作者	朝代	收录诗人数	收录诗数	提要	版本、页数及版式
					的演喃，文有《记山西省风景》、《祭陈国公文》等；有些本子附有阮文交、武范启的诗作。 阮克宅，字安之，号汭川。 原目编为 2558 号。	
志庵东溪诗集（Chí Am Đông Khê Thi Tập）	阮文理	阮朝	1	282	阮文理诗集，收录诗二百八十二首，其中大部分为题咏、饯赠之作，有绥安府教授潘希猷的评点。 原目编为 426 号。	今存抄本一种： 144 页，高 32 公分，宽 23 公分。
志轩诗草（Chí Hiên Thi Thảo）	阮文理	阮朝	1	250	阮文理诗文集，内阁何巽甫审阅，范敦仁品评。 本书收录诗、帐、启、铭、记、行共二百五十篇，其中有祝贺、饯赠、哀悼当时名人如范立斋、高周臣、阮黎光、阮攸等人的诗。另收录阮文理、何宗权等人饯送阮公、裴公致仕的诗篇。 原目编为 428 号。	今存法国远东学院抄本一种： 138 页，高 31 公分，宽 22 公分。
希张文集（Hi Trương Văn Tập）	邓文堪	阮朝	1	35	邓文堪诗文集，诗多收录酬应之作。 此外有《南行学咏》三十五首，咏南下途中的风景；亦有绍治嗣德间所作的表文、祭文等。 原目编为 1366 号。	今存抄本一种，三卷： 174 页，高 30.5 公分，宽 10.5 公分。

续表

古籍	作者	朝代	收录诗人数	收录诗数	提要	版本、页数及版式
阮黄中诗杂集（Nguyễn Hoàng Trung Thi Tạp Tập）	阮黄中	阮朝	1	—	阮黄中诗集，有自序。 本书分为五部分：其一为《杂诗》，收录咏中元节、春夜、采莲女、镇武观及饯送友人等诗；其二为《诗余》，题材有游春、惜花落、月夜看花等，大部分为集句体；其三为《广居寄言》，咏广平海口、海云关等名胜，大部分为作者在广义省教书时所撰；其四收录对联、祭文、记文等。 原目编为2415号。	今存抄本一种： 100页，高25公分，宽12公分。
杜令由诗集（Đỗ Lệnh Do Thi Tập）	杜令由	阮朝	1	60	又名《仁睦社杜令由诗集》（Nhân Mục Xã Đỗ Lệnh Do Thi Tập）。 杜令由任刑狱官时所作六十首咏升龙城诗。 原目编为1049号。	今存抄本一种： 40页，高29公分，宽17公分。
坎程诗集（Khảm Trình Thi Tập）	编者不详	阮朝	1	30	记行诗三十首，撰人不详。 按：此书原残阙，现已修补并与《顺广纪略》、《平南指掌日程图》合订。 原目编为1626号。	今存抄本一种： 25页，高26.8公分，宽16公分。
吴文禄严堂诗集（Ngô Văn Lộc Nghiêm Đường Thi Tập）	吴文禄	阮朝	1	—	吴文禄诗文集，兼收录汉文与喃文作品：汉文作品有贺诗、贺帐、祭文等，其中有祭阮秉谦文一篇；喃文有祭父母文等。 原目编为2369号。	今存抄本一种： 86页，高26公分，宽14公分。

续表

古籍	作者	朝代	收录诗人数	收录诗数	提要	版本、页数及版式
拙山诗集大全（Chuyết Sơn Thi Tập Đại Toàn）	宁逊	阮朝	1	300	宁逊诗集，收录诗三百首，默轩致远、止轩逌编辑，间有名家评论。 宁逊，号拙山道人、希志。 原目编为 521 号。	今存抄本三种，皆残阙： 本书原有十二卷，篇幅 118 至 196 页，高 27 至 30 公分，宽 15 至 20 公分不等。
芳渡列操州咏（Phương Độ Liệt Tháo Châu Vịnh）	陈名案	阮朝	1	36	陈名案（号散翁，1754—1794）咏烈妇潘氏舜的三十六首诗。 潘氏，石河县人，闻丈夫阵亡于翠霭河，便投此河自尽，后得封为夫人，受当地人民立祠奉祀。 原目编为 2762 号。	今存抄本一种： 22 页，高 26 公分，宽 15 公分。
幸庵遗文（Hạnh Am Di Văn）	编者不详	阮朝	1	—	又名《祈仙陈集》（Kì Tiên Trần Tập）。 诗文杂抄，编者不详。书名“幸庵”指阮帖书中收录光中、景兴致罗山夫子阮帖的书信、诏旨若干篇，内容为邀请阮氏出山辅佐朝廷，末篇作于景盛八年（1800）。同时收录阮帖（署名为阮凯专，号幸庵）的答书，书中表达婉拒之意。另附有写隐逸之趣的汉歌一篇、喃歌二篇及丁时中祭阮秉谦文。 原目编为 1350 号。	今存抄本一种： 76 页，高 19 公分，宽 14 公分。
东轩诗集（Đông Hiên Thi Tập）	阮能静	阮朝	1	—	诗集，东轩阮能静撰并序于丙戌年（1826），收录阮能静自辛巳（1821）年至乙酉（1825）年间作的七十首诗，并有关于范贵适的记文；附有范贵适咏中国历史人物的十二首诗。 原目编为 1116 号。	今存抄本一种： 112 页，高 28 公分，宽 16 公分。

续表

古　籍	作　者	朝　代	收录诗人数	收录诗数	提　要	版本、页数及版式
雨中随笔（Vũ Trung Tùy Bút）	范廷琥	阮朝	1	—	又名《雨中随笔附诸家诗集》（Vũ Trung Tùy Bút Phụ Chư Gia Thi Tập）。 丹銮人范廷琥的随笔集。 其中陈刘浅抄本内容较全，共载八十九个小目，内容涉及作者身世及花草、学术、文字、茶叶、地脉、人物、乐器、俎豆、婚礼、承嗣、药物、文体、科举、殡葬、敕封等事。 其中 296 页抄本题《雨中随笔附诸家诗集》，附载二书：一为《汭川随笔诗编全集》第二卷，阮克宅撰，葛亭黄氏品评，内容参见《汭川随笔诗集》条；二为《草堂诗集》卷一，范贵适撰，内容参见《草堂诗集》条。 原目编为 4411 号，《越南汉文小说丛刊》载入第二辑。	今存抄本三种： 224 页抄本，高 26 公分，宽 15 公分，由陈刘浅抄于保大辛巳年（1941）；296 页抄本，高 28 公分，宽 16 公分；308 页抄本，高 25 公分，宽 14 公分，据后二抄本避讳情况，大抵抄写于嗣德年间。
京程原稿（Kinh Trình Nguyên Cảo）	杜先生	阮朝	1	195	诗集，题杜先生撰，收录明命七年（1826）杜氏赴京城顺化时所作的一百九十五首诗，涉及沿途名胜、饯送、祝贺等事，附有友人赠送杜氏的诗篇。 原目编为 1779 号。	今存抄本一种，书末阙残： 113 页，高 28 公分，宽 10 公分。
东平黄家诗文（Đông Bình Hoàng Gia Thi Văn）	黄阮曙、黄济美	阮朝	2	50	黄阮曙、黄济美父子的诗文选集。 按：黄阮曙字东曦，北宁东平社人。此书收录黄阮曙十三首诗、二篇文。 黄济美字世叔，号复亭，为明命丙戌年（1826）进士。此书收录黄济美三十七首诗和十篇表诰记文。 原目编为 1098 号。	今存抄本一种： 60 页，高 31 公分，宽 22 公分。

续表

古籍	作者	朝代	收录诗人数	收录诗数	提要	版本、页数及版式
东旸文集(Đông Dương Văn Tập)	武范启	阮朝	1	—	又名《天池武东旸文集》(Thiên Trì Vũ Đông Dương Văn Tập)。 武范启诗文集。武范启,宁平省安模县凤池社人。本书所收录诗文多为饯送祝贺等酬应之作,反映作者与尹蕴、陈秀颖、陈希曾、阮公著、阮文超、金蓬、裴樻、杨珪、武仲平、范芝香、阮堪等人的交往情况。 原目编为1111号。	今存抄本一种: 170页,高32公分,宽22公分。
东旸文(Đông Dương Văn)	武范启	阮朝	1	187	武范启的诗文,收录铭文十一篇、表记序三十五篇、诗一百八十七首。 其子武继春编辑于嗣德二十六年(1873)。 原目编为1110号。	今存抄本一种: 372页,高27公分,宽17公分。
东溪诗集(Đông Khê Thi Tập)	阮文理	阮朝	1	—	阮文理(号志轩)诗集,有黎文德(惇甫)、潘子举(希献)、潘□(显甫)、苍山主人白毫子序,作于绍治元年(1841)至嗣德丙寅年(1866)间。 本书含《东溪诗集》,二卷:卷一为自明命己丑年(1829)至庚子年(1840)所作的诗;卷二为自绍治辛丑年(1841)至丙午年(1846)间的作品。其次为《东溪诗后集》,亦二卷:卷一为自丙午年(1846)至嗣德丙辰年(1856)间的诗;卷二为自丙辰年(1856)至戊辰年(1868)间的作品。 原目编为1119号。	今存抄本三种,有例言: 一本320页,高27公分,宽15公分;一本400页,高27公分,宽16公分;一本226页,高28公分,宽17公分。按以上三本中以320页本最全,以400页本编辑年代最早。

续表

古　籍	作　者	朝　代	收录诗人数	收录诗数	提　要	版本、页数及版式
松园文集（Tùng Viên Văn Tập）	范文谊	阮朝	1	—	范文谊诗文集，收录咏景感怀诗作及表奏、祭文、序跋等，共十一卷。 原目编为 4028 号。	今存抄本二种： 772 页本高 29.7 公分，宽 19.5 公分；770 页本高 25.5 公分，宽 14 公分。
刷竹诗草（Loát Trúc Thi Thảo）	范廷煜	阮朝	1	58	范廷煜诗集，录诗五十八首。 范廷煜字梦捧，号丹峰，又号擢竹道人。 原目编为 2018 号。	本书今存抄本一种： 42 页，高 28.5 公分，宽 16.5 公分。
金江诗集（Kim Giang Thi Tập）	阮仲合	阮朝	1	345	阮仲合诗集，其子维、维瑞校订，有维撰于成泰戊戌年（1898）的例言，阮尚撰序于成泰十一年（1899）。 阮仲合，原名为阮文□，字桂坪子，号金江，青池人。 本书收录诗三百四十五首，其中有咏法国之行的诗。 原目编为 1729 号。	今存抄本一种： 244 页，高 29.5 公分，宽 20 公分。
金江遗草（Kim Giang Di Thảo）	阮仲合	阮朝	1	14	诗集，即《宦程偶感》，共收诗十四首，金江阮仲合撰，范辉炳评。 所录诗包括自叙身世、观谦陵、渡大灵江、过横山等题材。评语则有云“寄怀则激烈悲歌，律体则清新流丽，盖其学问博、历阅深，故发之为文，乃尔畅达”、“七字寄警”、“亦圆亦省”、“得此曲笔文便不板”、“既贵矣，又欲仙乎，贵即仙矣”、“布景设色，变眩离奇，如行花阴道中，令人应接不暇”云云。 原目编为 1724 号。	今存抄本一种： 16 页，高 29 公分，宽 17.5 公分。

续表

古　籍	作　者	朝　代	收录诗人数	收录诗数	提　要	版本、页数及版式
金鼓东汾遗集(Kim Cổ Đông Phần Di Tập)	武洳	阮朝	1	—	武洳诗文集,收录有诗、表、祭文、对联等;另有其他作者的诗文。 原目编为1719号。	今存维新壬子(1912)年阮维长抄本一种: 170页,高26公分,宽16公分。
周缉熙手稿(Chu Tập Hi Thủ Cảo)	周缉熙	阮朝	1	4	周缉熙四首诗的手稿。 周生平不详,只知其为兴安省陶舍人,中过举人。 原目编为505号。	今存写本一种: 6页,高26公分,宽19公分。
知县玄溪阮先生诗集附方亭文类(Tri Huyện Huyền Khê Nguyễn Tiên Sinh Thi Tập Phụ Phương Đình Văn Loại)	阮汪	阮朝	1	—	诗文集合抄,含《知县玄溪阮先生诗集》、《方亭文类》二书。 按:此书不题阮先生名号,然据《鹤峰全集》及《春京行杂草》,阮先生盖即阮汪,字鹤峰,曾任南定学政。 《方亭文类》作者为阮文超,本目著录。 原目编为3881号。	今存抄本一种: 82页,高27公分,宽15公分。

续表

古　籍	作　者	朝　代	收录诗人数	收录诗数	提　要	版本、页数及版式
武岱文抄附安外泾石碑记(VũĐ ại Văn Sao Phụ An Ngoại Kinh Thạch Bi Kí)	编者不详	阮朝	1	—	诗文杂抄。本书收《武岱文抄》一部,44 页,为武岱作品集,有诗、赋、记、祭文各体,另收《安外泾石碑记》,5 页,记载宁江府安外社疏浚河渠一事。 原目编为 4362 号。	今存抄本一种: 49 页,高 30 公分,宽 18 公分。
金峰晚暵篇(Kim Phong Vãn Hán Thiên)	编者不详	阮朝	1	255	诗集,共录诗二百五十五首,编者、作者均不详。按:集中录诗有《野觅古碑》、《老媪暮市》、《送族契赴省》、《致仕作》等,乃一退休官员的晚年作品。原目编为 1738 号。	今存抄本一种: 114 页,高 26 公分,宽 14 公分。
青云诗集(Thanh Vân Thi Tập)	华山寿美人	阮朝	1	151	华山寿美人的诗集。共录诗一百五十一首,书中诗篇取材于经传及中国、越南史籍,有《鸿门会饮》、《南国山河南帝居》等篇目。原目编为 3355 号。	今存抄本一种: 70 页,高 21 公分,宽 13 公分。
南行记得集(Nam Hành Kí Đắ c Tập)	范阮攸	阮朝	1	78	诗文集,范阮攸撰,裴辉璧、范天一、宁逊序于景兴丁酉年(1777)。本书卷一收录论用人、兵财、形势、风俗、人情等事的文章八篇;卷二为阮居贞、吴世邻、陈瑞、胡宗延、阮福昱、鄭天赐作品的简介;卷三收录书札和祭文,另载七十八首诗及《春城冬雨》、《阮氏遗宫》两篇赋文。原目编为 2240 号。	今存抄本一种: 150 页,高 25 公分,宽 14.5 公分。

续表

古籍	作者	朝代	收录诗人数	收录诗数	提要	版本、页数及版式
故黎左青威进士吴时仕公诗抄（Cổ Lê Tả Thanh Oai Tiến Sĩ Ngô Thì Sĩ Công Thi Sao）	吴时仕	阮朝	1	—	又名《故黎午峰墨痕》（Cổ Lê Ngọ Phong Mạc Ngấn）。 吴时仕诗文集合抄。本书收录三部作品：首为《二青诗文集》，其中载有记谅山省二青洞风景的赋文；其次为《观澜诗集》，载咏观澜巢（清化省盘阿山）十景诗及友人的和诗六十首，并有观澜会条例，规定吟诗、饮酒等事的规则；其三《望朝诗集》，为述怀、写景、饯送的诗文集，收录歌咏浴翠山、《三教祠碑记》、《哭父文》等。 本书另附姜公辅的资料，有景兴三十一年（1770）请求封姜公辅为王的启文、黎帝封姜公辅为平章的制文、摘自《唐书》的姜公辅传、摘自《文苑英华》的姜公辅赋文《白云照春海》。 原目编为552号。	今存抄本一种： 154页，高27公分，宽15公分。
前黎进士宁逊诗集（Tiền Lê Tiến Sĩ Ninh Tốn Thi Tập）	宁逊	阮朝	6	247	诗集合抄，首抄《前黎进士宁逊诗集》一部。宁逊撰，汝公瑱（一作真）评，收录歌咏中国和越南的胜景、人物的诗作一百九十五首，有评注；其次为《群英诗集》，收录陈金英、吴兰英、黄含英、邓翠英、林天英等人的五十二首诗。 原目编为3727号。	今存抄本一种： 158页，高31公分，宽22公分。
柳庵诗集（Liễu Am Thi Tập）	陈名案	阮朝	1	100	又名《柳斋庵诗集》（Liễu Trai Am Thi Tập）。陈名案诗一百首。 《黎侯北行集・陈柳庵诗集》亦收录有此书。 原目编为2000号。	今存抄本二种： 110页本高31公分，宽20.5公分；64页本高27.2公分，宽15.2公分。

续表

古籍	作者	朝代	收录诗人数	收录诗数	提要	版本、页数及版式
首邱残墨（Thủ Khâu Tàn Mặc）	陈守拙	阮朝	1	—	陈守拙诗集合编，其外甥阮敬序。 本书含两部作品：其一为《回程略记曲》，作者曾随昭统逃亡中国，此为他在十六年后回国途中的感作，每首诗有小引及并记有写作时间，据此可知他于嘉庆甲子（1804）年出发，途中经历五省，六十七州县，一湖，一渠，路长一万三千五十五里，费时五个月零三天；其二为《江抨旅次之作》，收录陈守拙留寓中国期间的作品。	今存抄本一种： 76页，高22.5公分，宽13.5公分。
屋漏话（Ốc Lậu Thoại）	裴杨沥 1757—1827	阮朝	1	—	裴杨沥（号存斋）诗文集，收录吟咏酬应诗及记文说文等，如《咏西洋神父》、《佛教说》、《论天道》、《秋阳录》跋等。原目编为2597号。	今存抄本二种： 315页本高28.5公分，宽17公分；226页本高19公分，宽16公分。
南行诗记（Nam Hành Thi Kí）	吴廷太	阮朝	1	35	吴廷太诗集，收录其明命元年（1820）从河内至顺京途中所作的三十五首诗。 吴廷太字葆光，号松轩，曾以解元及第。 原目编为2243号。	本书今存抄本一种： 34页，高27.5公分，宽15公分。
南真十六咏（Nam Chân Thập Lục Vịnh）	阮豪	阮朝	1	16	阮豪（一作像）诗集，收录咏南定、南真风景诗十六首，范立斋评点，陈维（号闲云亭）于保大十四年（1939）抄赠法国远东学院。 原目编为2213号。	今存抄本一种： 32页，高20公分，宽13公分。
南行集（Nam Hành Tập）	范贵适	阮朝	1	41	范贵适诗集，收录作者到顺京赴任途中所作的四十一首诗。 附有何宗权、潘清简、吴世荣、明命等人的诗文，其中戊斋诗一百三十四首，另有明命	今存抄本一种： 112页，高28.5公分，宽16公分。

续表

古　籍	作　者	朝　代	收录诗人数	收录诗数	提　要	版本、页数及版式
					五十寿辰庆典所用的乐章。 原目编为 2241 号。	
范立斋先生诗集（Phạm Lập Trai Tiên Sinh Thi Tập）	范贵适	阮朝	1	14	范贵适诗文集，收录诗十四首、文四十三篇，其文取材于经史，有《子曰回之为人也》、《五谷熟而人民育》等题。 原目编为 2612 号。	今存抄本一种： 118 页，高 27 公分，宽 15 公分。
屏书遗宝（Bình Thư Di Bảo）	编者不详	阮朝	1	—	又名《竹堂文集》（Trúc Đường Văn Tập）、《前儒遗笔》（Tiền Nho Di Bút）。诗文集。本书收录湖口李先生（李文馥）的《西行诗记略抄》及阮文怀、陈汝望等的诗文。原目编为 260 号。	今存范玉邻 1964 年抄本一种： 172 页，高 28 公分，宽 16 公分。
飞鸟元音（Phi Điểu Nguyên Âm）	汝伯仕	阮朝	1	70	汝伯仕自编诗文集。汝伯仕，清化人，字符立，号澹斋。有作者明命辛卯（1831）年、黎文硕倥侗明命甲午（1834）年序两篇。其诗约七十首，大都为留连花草、吟咏人物之类，涉及横山、始皇、汉高、漂母、张良、菊、松、蜂等；其文有写景、送友、挽帐等，亦有记人作品，如《赵妪传》、《河南烈女传》、《黎昭统马夫传》、《姜公辅行状》、《陈朝祖先考》等。164 页本有《请禁耶稣教疏》一篇。 原目编为 2677 号。	本书今存抄本三种： 篇幅 164 至 314 页，高 26.5 至 29 公分，宽 15.5 至 17 公分不等。
柳堂文集（Liễu Đường Văn Tập）	何宗权	阮朝	1	—	何宗权诗文集，附有丁时中祭阮秉谦文。 原目编为 2002 号。	今存抄本一种： 61 页，高 28 公分，宽 16 公分。

续表

古　籍	作　者	朝　代	收录诗人数	收录诗数	提　要	版本、页数及版式
春园诗集（Xuân Viên Thi Tập）	魏克循	阮朝	1	117	魏克循诗集，录诗一百十七首。 原目编为 4441 号。	今存抄本一种： 100 页，高 24 公分，宽 15.5 公分。
香派先生集（Hương Phái Tiên Sinh Tập）	阮潘堂	阮朝	1	—	阮潘堂诗文联集，其子阮惇编辑并序于嗣德三年（1850）。 香派为阮潘堂之号。 内容为出使唱和诗、祭文、祝寿联等。 其中 94 页本收录有越南地理介绍。 原目编为 1592 号。	本书今存抄本二种： 一本 120 页，高 32 公分，宽 22 公分；一本 94 页，高 28 公分，宽 16 公分。
约亭诗抄（U' ớc Đình Thi Sao）	阮绵象	阮朝	1	240	阮绵象诗集，仓山评，苇野审定。 阮绵象，字君公，号约亭。 本书收录诗二百四十首，其中有作者赴法国途中的作品。 原目编为 4146 号。	今存成泰辛丑年（1901）翼经堂印本二种，二卷： 一本 144 页，高 23 公分，宽 14 公分；一本 156 页，高 16.7 公分，宽 11.8 公分，藏于巴黎。
皇越风雅统编（Hoàng Việt Phong Nhã Thống Biên）	阮居贞等	阮朝	1	—	阮居贞等三人的诗文集合编，潘梅川（即潘清简）编辑。 其一为从国公诗文集，从国公字寘明，号仓山，此处收录其即景、感怀、题咏、咏景、咏史、和答等诗文，间有注引，如《彩楼词十首》，乃奉和诸公百官赐坐彩棚观百戏之作，有小序，此书包括其即事、咏景、唱和、感时之作，如《兰茗篇》咏山水景色，《塘下》写闺怨，《青楼》仿作六朝乐府等；其二为吏部尚书阮居贞（号淡庵）诗文六十八篇，内容包括咏景、即事、吟咏中国人物和历史事	今存抄本一种： 270 页，高 25 公分，宽 14 公分，二册，残本。

续表

古籍	作者	朝代	收录诗人数	收录诗数	提要	版本、页数及版式
					件，如《示仆佐》诗，序云"佐，外祖先少司空之仆也，公亡历今三十年，佐食贫，守祠墓不去"云云；其三为绥国公诗文，绥国公字坤章，号静圃。原目编为1498号。	
约夫先生诗集（Ư ớc Phu Tiên Sinh Thi Tập）	潘清简	阮朝	1	85	潘清简诗文八十五篇，收录有应制诗、和诗、诔文、祭文等，有目录。 原目编为4147号。	今存抄本一种： 50页，高32公分，宽22公分。
勉斋文集（Miễn Trai Văn Tập）	黎克谨	阮朝	1	—	黎克谨诗文集。第一册收录题咏酬应诗作，第二册内容收录有赋文、策文，第三册为制艺文、表文、论文。其中第二册与第三册的作品为作者就学于山西督学进士阮有造学堂时所作，作品题材采自四书五经，内容涉及政治、经济、教育、兵制等。 原目编为2155号。	今存抄本一种： 三册，680页，高30公分，宽17.5公分。
南山遗草（Nam Sơn Di Thảo）	阮德达	阮朝	1	150	阮德达诗文集，收录诗一百五十首及帐、记、表、赋、启等若干。 原目编为2268号。	今存抄本一种： 252页，高27公分，宽17.5公分。
前后北行诗草（Tiền Hậu Bắc Hành Thi Thảo）	陈茂腾	阮朝	1	160	诗文杂抄，陈茂腾等作，黎希常审阅。 本书收陈茂腾及其友人在京都和北方时所作的一百六十首诗，另有吊庆、谢恩、碑记、序跋等酬应文字三十四篇。 原目编为3725号。	今存抄本一种： 193页，高31公分，宽18公分。

续表

古籍	作者	朝代	收录诗人数	收录诗数	提要	版本、页数及版式
香畦诗集（Hương Huề Thi Tập）	阮瑾	阮朝	1	—	又名《筹边余墨集二》（Trù Biên Dư Mặc Tập Nhị）。 阮瑾（一作谨）号香畦，官至广安巡府，本书为其吟咏酬唱诗作。 原目编为1585号。	本书今存抄本一种： 92页，高28公分，宽16公分。
香畦忆草（Hương Huề Ức Thảo）	阮瑾	阮朝	1	—	阮瑾（一作谨）诗集，参见《香畦诗集》条。 原目编为1587号。	今存抄本一种： 22页，高27公分，宽16公分。
南枝集（Nam Chi Tập）	阮尚贤	阮朝	1	—	阮尚贤诗文集，中国徐良弼撰跋于1912年，章炳麟撰序于1913年，钱塘王展戚题签。 本书前二卷为诗集，第三卷为文。作品有《山房春晓》、《侠客行》、《桑海泪谈》、《阮赞理事略》、《劝告国人文》等。 作者为越南爱国人士，法人占领越南后，一直奔走日本与中国，故其诗文多慨慷悲凉之音，徐良弼比之为越南之范蠡、申包胥。 原目编为2214号。	今存印本一种： 一册，分上中下三卷，152页，高25公分，宽15公分。
香池学草诗抄（Hương Trì Học Thảo Thi Sao）	王维桢	阮朝	1	176	王维桢诗联集，收录诗一百七十六首、对联三百副，另有若干喃文诗联。 参见《香池学草文抄》条。 原目编为1606号。	今存印本一种： 二册，238页，高29公分，宽16公分。

续表

古籍	作者	朝代	收录诗人数	收录诗数	提要	版本、页数及版式
约斋文杂录（U' ớc Trai Văn Tạp Lục）	裴春埙	阮朝	1	—	裴春埙诗文集，裴春济撰序于成泰辛丑年（1901）。 裴春埙，字春沂，一字浴曾，号耕亭，别号约斋。上卷收录骈体文、散文、骚体赋、碑记、祝诰等文字；卷下为收录诗咏、对联等。附有裴春埙的行状及其平日收录到的吊贺诗文。 原目编为 4149 号。	本书今存抄本一种： 页数及版式：724 页，高 29 公分，宽 20 公分。
范书斋诗集（Phạm Thư Trai Thi Tập）	范书斋	阮朝	1	15	永安人范书斋（范文章）诗集合编，作品撰于维新二年（1908）至维新五年（1911）间。 本书收录六部作品：其一为《范书斋诗》，录诗一百首，即《题三十六春》、《又题三十六春》、《题二十八宿》；其二为《集善晚生诗》，录一百四十三首题咏诗，内容有关太极、八卦、十干、十二支、《易经》四十八卦等，其中有降笔诗的和诗；其三为《致士诗集》，收录作者的四十八首诗、四篇赋、一首歌，内容为咏景、咏节序等；其四为《闲咏诗集》，收录诗四十三首，内容为写景赠答之类；其五为《和进诗集》，收录有降笔诗的和诗；其六为《钦赐诗集》，收录九十五首降笔诗。 原目编为 2617 号。	今存抄本一种： 262 页，高 26 公分，宽 15 公分；印本一种，122 页，高 27 公分，宽 15 公分。
香山行程杂咏（Hương Sơn Hành Trình Tạp Vịnh）	乔莹懋	阮朝	1	15	北江督学乔莹懋诗集，编撰于维新四年（1910），有范文树序。收录作者游览河西香寺所作的十五首汉文诗及其喃译，亦收录有现代越南文文章，内容为歌颂香山风景。 原目编为 1594 号。	今存印本一种： 18 页，高 25.5 公分，宽 14 公分。

续表

古　籍	作　者	朝　代	收录诗人数	收录诗数	提　要	版本、页数及版式
南香诗集（Nam Hương Thi Tập）	裴辉强 1899—1966	阮朝	1	—	又名《南香集》（Nam Hương Tập）。 裴辉强诗集。 原目编为2244号。	今存抄本二种： 均85页，一本高25公分，宽15.5公分；一本高27.5公分，宽16公分。
宦旅闲咏（Hoạn Lữ Nhàn Vịnh）	作者、编者均不详	阮朝	1	—	公余游览时吟咏的诗篇，如《剑湖十咏》、《都城十八咏》、《江亭十二咏》、《雪山秋赏》、《香迹洞记并题》等，作者、编者均不详。 原目编为1437号。	今存抄本一种： 58页，高28.5公分，宽16公分。
风林鸣籁诗集（Phong Lâm Minh Lại Thi Tập）	阮案	阮朝	1	75	阮案的七十五首诗，多为咏景、饯送之作。 附载黎瑞林致阮案诗二首、书信一封。 原目编为2680号。	今存抄本一种： 42页，高30公分，宽21公分。
约甫诗集（U' ớc Phủ Thi Tập）	阮文胜	阮朝	1	460	又名《进士阮约甫诗全集》（Tiến Sĩ Nguyễn U' ớc Phủ Thi Toàn Tập）。 阮文胜（阮劝）诗文约四百六十篇。 原目编为4148号。	今存抄本一种： 208页，高30公分，宽21公分。
红桂轩诗集（Hồng Quế Hiên Thi Tập）	红桂轩	阮朝	1	104	红桂轩诗一百四首，杜义达（号梅斋）、阮温如序。红桂轩名讳不详，嘉琳富市人，序言其为方庵的弟子，并称其作品“其体整以暇，其格峻以耸，其词艳而浑，其运意工而妙，而又有尖新之意，有奇逸之想”，“尖新而清越，典雅而丰腴”。附有《拟刘季起兵伐秦檄》一文。原目编为1550号。	今存抄本一种： 62页，高26公分，宽14公分。

续表

古　籍	作　者	朝　代	收录诗人数	收录诗数	提　要	版本、页数及版式
香亭诗文集(Hương Đình Thi Văn Tập)	阮尊甫	阮朝	1	—	又名《香亭诗文草本》(Hương Đình Thi Văn Thảo Bản)、《文诗集(那山诗集)》(Văn Thi Tập: Na Sơn Thi Tập),阮尊甫诗文集。阮尊甫,号香亭,曾任海阳水唐县及南定务本县知县。收录有诗、祭文、说、书信、对联等文体。其中96页本题为《香亭诗文草本》,字迹潦草,有朱笔校改痕迹,扉页有简短志文,中有"先考诗文集"字样,并叙本书来历,盖为香亭之子编辑其父文集时的稿本;94页本另有《长恨歌演喃》和范梅轩的诗作。原目编为1579号。	本书今存抄本二种: 96页本高27公分,宽17公分,宽17公分;94页本高26公分,宽14公分。
春京行杂草(Xuân Kinh Hành Tạp Thảo)	编者不详	阮朝	1	—	又名《京行杂草》(Kinh Hành Tạp Thảo)、《嗣德己卯春京行杂草》(Tự Đức Kỉ Mão Xuân Kinh Hành Tập Thảo)。 诗集合抄,有喃字。本书含三部作品:其一为《春京行杂草》,玄溪阮汪作,描写自升龙至会试考场的经历,作于嗣德三十二年(1879),参见《知县玄溪阮先生诗集附方亭文类》条;其二为《认斋诗集》,阮廷瑶作,收录有记行、赠和诗,并附范家专的对联;其三为《杂抄》,收录若干诗篇,如《游柴山》、《春日试笔》、《题黎皇庙》等,作者不详。 原目编为4426号。	今存抄本一种: 84页,高26公分,宽15公分。

续表

古籍	作者	朝代	收录诗人数	收录诗数	提要	版本、页数及版式
省养陈黎纪先生诗文集(Tỉnh Dưỡng Trần Lê Kỉ Tiên Sinh Thi Văn Tập)	陈黎纪	阮朝	1	—	河内嘉琳县钵场社人陈黎纪的诗文集,内容括诗歌、祭文、传记、考证文字,如《咏香山》、《宋珍菊花传》、《李翁仲传》、《北宁慈山地理考》等。 附载其他作者的诗文、对联,并有作者的同年和同僚的名单。 原目编为 3769 号。	今存抄本一种: 244 页,高 29 公分,宽 17 公分。
南游杂咏(Nam Du Tạp Vịnh)	编者不详	阮朝	1	—	诗集,有喃字。 本书首为《南游杂咏》,撰人不详,作于自北方至顺京途中。第二部分杂抄黄济美、魏克循、苏珍、陈名案、阮琢、阮贵侯等人诗文,其中有喃诗《香洞怀古》。 原目编为 2216 号。	今存抄本一种: 68 页,高 28.5 公分,宽 22 公分。
春云诗集(Xuân Vân Thi Tập)	编者不详	阮朝	1	127	诗集,作者不详,含小引一篇,云此书所集作于病居家园之时。 按:其中包括一百二十七首咏景、咏物、感兴、酬答、唱和诗,书前载录五言八句集句诗十六首,所集多为唐宋诗句。 原目编为 4440 号。	今存抄本一种: 72 页,高 25 公分,宽 14 公分。
草堂诗原集(Thảo Đường Thi Nguyên Tập)	范贵适	阮朝	1	—	又名《草堂诗集》(Thảo Đường Thi Tập)。 范贵适诗集,收录有咏景、咏史、感怀、饯赠类作品。 其中 392 页本由作者门人朱允致(号谢轩)抄,存庵评论。各本作品数目不同,多者六百三十篇,少者一百四十四篇。 原目编为 3374 号。	今存抄本七种,四卷,有序,有凡例: 篇幅 116 至 554 页,高 25 至 31 公分,宽 13 至 22 公分不等。

续表

古籍	作者	朝代	收录诗人数	收录诗数	提要	版本、页数及版式
珠峰杂草（Châu Phong Tạp Thảo）	范廷琥	阮朝	1	325	珠峰范廷琥诗文集。 本书文集部分有序记、享祀、佛事等目，收录序、说、引、碑记、钟铭、墓志、贺文、挽文、书信、诰文、启文、祝文、普劝文、表文等文体，如范希乔《使华寓笔》序、翻译《琵琶行》序、《永利桥记》、《朱文安行状》等；诗集部分共收录三百二十五首诗，分成集毛诗、四言诗、五言近体、五言长篇、五言换韵、五言绝句、六言、七言近体、七言绝句、杂言、诗余等类。 按：本书与《珠峰诗文集》内容多同，前者编排整饬，抄写工整，后者诗类杂入文集中，字迹潦草难辨，而有前书未收录的作品。 原目编为415号。	今存抄本二种： 566页本高30公分，宽21公分；218页本高25公分，宽14公分。
珠峰诗文集（Châu Phong Thi Văn Tập）	范廷琥	阮朝	1	—	珠峰范廷琥诗文集。 参见《珠峰杂草》条。 原目编为416号。	今存抄本一种，分文诗二卷： 400页，高28公分，宽17公分。
高伯达诗集（Cao Bá Đạt Thi Tập）	高伯达	阮朝	1	160	高伯达诗集，录诗一百六十首。书前有序及目录，正文内容包括饯送、记游、感怀等各体诗歌；附有《私厅杂咏》，收录三十九首杂咏诗。 或疑此书为范贵适所作。 原目编为350号。	今存抄本二种： 94页本高30公分，宽21公分；93页本高31公分，宽23.5公分，现藏巴黎。
高周臣遗稿（Cao Chu Thần Di Cảo）	高伯适	阮朝	1	—	高伯适诗文集，阮文桃（号义园）考订，阮文秀评，有序。 本书含《高周臣诗集》与《高周臣文集》两部分；诗有七律、七绝、长篇等体，文有《辨惑》、	今存抄本一种： 分上下二册，172页，高27公分，宽16公分。

续表

古籍	作者	朝代	收录诗人数	收录诗数	提要	版本、页数及版式
					《原道》、《鲁仲连论》、《和戎说》、《青寿寺碑文》等。另附有黎肅祭武琼文、中国劳崇光的诗、阮思僩的表文。 据阮文桃的考证和阮文秀的评论，此书杂抄他人的诗，最多的是武范启的作品。 原目编为361号。	
高周臣诗集（Cao Chu Thần Thi Tập）	高伯适	阮朝	1	—	高伯适诗文集，阮文秀评，其内容颇同《高周臣遗稿》。 原目编为362号。	今存抄本一种： 452页，高31公分，宽22公分。
仓山诗集（Thương Sơn Thi Tập）	阮绵审	阮朝	1	—	阮绵审诗集，其子洪腻士长、洪肥士胜注释，有序五篇，有目录。 原目编为3672号。	今存印本七，抄本一，五十四卷，较全者二种： 1494页，高16或17公分，宽11公分。
讱斋文集（Nhẫn Trai Văn Tập）	黎黄	阮朝	1	—	黎黄诗文集，郑廷泰校订并撰志。 黎黄，即阮廷瑶，原名黎黄艳，号讱斋。 九卷，本书卷一至卷三为对联、诗、文、制义，卷四至卷六为赋、策文，卷七至卷九为策文。 原目编为2528号。	本书今存嗣德己未年（1859）、己卯年（1879）印本十种，另有抄本一种： 较全之印本912页，高24公分，宽17公分。
唐中范敦仁原草（Đường Trung Phạm Đôn Nhân Nguyên Thảo）	范士爱	阮朝	1	162	范士爱诗集，东作阮甫、葛洞何巽斋、沛阳吴仲敷评。 本书收录唐豪县（后改为美豪）人范士爱字敦仁的一百六十二首诗。 参见《义溪诗集》。 原目编为1181号。	今存抄本一种： 74页，高31公分，宽22公分。

续表

古籍	作者	朝代	收录诗人数	收录诗数	提要	版本、页数及版式
海杏诗集（Hải Hạnh Thi Tập）	黎克谨	阮朝	1	350	黎克谨文集，收录诗三百五十首，有题辞；附有裴祺、泰翁、朴翁等人的和诗。 参见《海杏黎公文集》条。 原目编为1310号。	今存抄本一种： 226页，高31公分，宽22公分。
海云庵诗集（Hải Vân Am Thi Tập）	海云庵	阮朝	1	—	诗集，作者海云庵生平不详，其诗多为咏春日、冬夜、茉莉、梅花、黄莺、蝴蝶、读书、下棋之类，其中一首咏萍诗传为莫氏时人觉海作；另抄有黎克谨、阮思僩、协和帝、同庆帝、黎廷延以及龙安人三元阮氏的诗文联。 原目编为1317号。	今存抄本一种： 168页，高30公分，宽19公分。
师汾诗文（Sư Phần Thi Văn）	阮伯仪	阮朝	1	—	又名《师汾子文集》（Sư Phần Tử Văn Tập）。阮伯仪的诗文集。文有《诈病避事解》、《进诗表文》、《汝轩先生集序》等，诗有《平顺道中》、《述事二首》等，其中多吊庆酬应之作。 原目编为2998号。	今存抄本一种： 64页，高29.3公分，宽18.2公分。
桐江潘先生集（Đồng Giang Phan Tiên Sinh Tập）	潘文爱	阮朝	1	127	潘文爱诗集。据书前“谱记”和“履历记”，可知潘文爱为北宁省文江县桐井乡人，嗣德三十三年（1880）副榜。小传之后为正文《洞江吟草》，收录潘文爱的一百二十七首诗作。 原目编为1156号。	今存抄本一种： 100页，高28公分，宽16公分。

续表

古籍	作者	朝代	收录诗人数	收录诗数	提要	版本、页数及版式
盎庄诗稿（Áng Trang Thi Cảo）	武文川	阮朝	1	—	武文川（号爱菊子）诗文集。本书收录诗、箴、格言、对联等，附有扶董天王事迹记文和记成泰十四年（1902）河内斗巧会的一篇志。原目编为36号。	今抄本一种：79页，高28公分，宽15公分。
高伯迓陈情状附诗集（Cao Bá Nhạ Trần Tình Trạng Phụ Thi Tập）	编者不详	阮朝	1	—	诗文杂抄。本书收录高伯迓入狱时所作的陈情状，内容为自述家世和的品行，请求携带其父的骸骨回乡，附有总督的七绝体的判词。另收录有写景、咏史诗若干。原目编为351号。	今存抄本一种：26公分，高27公分，宽15公分。
徐元漠诗集（Từ Nguyên Mạc Thi Tập）	徐元漠	阮朝	1	36	徐元漠诗集，录诗三十六首，编成于1951年，有法文。原目编为4062号。	今存抄本一种：14页，高20公分，宽17公分。
书斋文集（Thư Trai Văn Tập）	阮庭阳	阮朝	1	—	阮庭阳诗文集，录有咏诗、表文、启文等体裁。原目编为3655号。	今存抄本一种：132页，高31公分，宽20公分。
珥南诗集（Nhĩ Nam Thi Tập）	阮尚	阮朝	1	342	阮尚诗三百四十二首，内容有咏风景、偶兴、赠答、祝寿、咏果实盆景等。原目编为2546号。	今存抄本一种：154页，高27公分，宽17公分。
桂山三元诗集（Quế Sơn Tam Nguyên Thi Tập）	阮劝	阮朝	1	—	阮劝诗联集。另载胡春香等人的诗、赋、联。原目编为2827号。	今存抄本二种：88页本高26公分，宽15.5公分；131页本高27.5公分，宽15.5公分。

续表

古籍	作者	朝代	收录诗人数	收录诗数	提要	版本、页数及版式
旅中吟(Lữ Trung Ngâm)	黎辉瑶	阮朝	1	—	诗文集,青池县仁睦社人瑶池伯黎辉瑶(辉玮)撰,范立斋润正,杜浩养序。 本书所录包括诗歌、檄文、祭文等文体,另有托名李仙、海上道翁、韩仙的降笔唱和诗。 原目编为2089号。	今存抄本一种: 144页,高32.5公分,宽22.5公分。
效颦集(Hiệu Tần Tập)	阮黄中	阮朝	1	115	阮黄中诗集,收录诗一百十五首,附有文若干篇。 原目编为1381号。	今存抄本一种: 134页,高24公分,宽13公分。
书斋诗文国音集(Thư Trai Thi Văn Quốc Âm Tập)	阮廷杨	—	1	—	阮廷杨诗文集,有喃字。附有阮文胜诗作。 原目编为3654号。	今存抄本一种: 158页,高30公分,宽20.2公分。
御制诗集(Ngự Chế Thi Tập)	黎懿宗维祳	—	1	44	黎懿宗维祳诗四十四首,高晖濯编辑于永佑二年(1736)。 原目编为2485号。	今存印本一种,残阙: 54页,高27公分,宽17公分。
陈名案诗文集(Trần Danh Án Thi Văn Tập)	陈名案	后黎朝	1	—	陈名案诗文联语集,有喃字。 原目编为3835号。	今存抄本一种: 110页,高23公分,宽13公分。

续表

古籍	作者	朝代	收录诗人数	收录诗数	提要	版本、页数及版式
陈柳庵诗集（Trần Liễu Am Thi Tập）	黎侗 陈名案	阮朝	1	—	诗集合编，本书收录有黎侗的《北行集》、陈名案的《柳庵诗集》两种。 参见《黎候北行集・陈柳庵诗集》条。 原目编为 3845 号。	今存抄本一种： 152 页，高 25 公分，宽 19 公分。
陪从公文集（Bồi Tụng Công Văn Tập）	吴维垣	阮朝	1	—	黎朝陪从官吴维垣自编诗文集。 原目编为 279 号。	今存抄本一种： 62 页，高 32 公分，宽 16 公分。
笠峰文稿（Lạp Phong Văn Cảo）	阮帖	阮朝	1	—	笠峰（阮帖，号罗山夫子）与西山朝廷往来的诏谕书信。 内容为邀请笠峰任官及笠峰的婉拒之词，时间为泰德十年（1787）、十一年（1788）、光中二年（1789）、四年（1791）。本书附有阮帖族人所作的对联、诗歌、家训等。 原目编为 1839 号。	今存抄本一种： 42 页，高 26 公分，宽 16 公分。
陈家诗谱存遗稿（Trần Gia Thi Phả Tồn Di Cảo）	陈伯览 陈伯坚	阮朝	2	250	诗文集，陈伯览、陈伯坚等作，陈伯质撰引于嗣德戊申年（1848）。 本书收录慈廉县云耕社陈族人所撰诗二百五十首、文二十篇、对联一百四十副。 原目编为 3841 号。	今存抄本一种： 255 页，高 32 公分，宽 23 公分。
御制剿平南北贼寇诗集（Ngự Chế Tiễu Bình Nam Bắc Tặc Khấu Thi Tập）	明命	阮朝	1	—	明命御制诗，作于镇压南北方反叛力量之时，有何宗权、黄炯明命十六年（1835）跋。 参见《御制剿平北圻逆匪诗集》和《御制剿平南圻逆匪诗集》条目。 原目编为 2487 号。	今存 1835 年印本一种，藏于巴黎；河内藏抄本一种，228 页，高 23 公分，宽 14 公分。

续表

古　籍	作　者	朝　代	收录诗人数	收录诗数	提　要	版本、页数及版式
御题名胜图绘诗集（Ngự Đề Danh Thắng Đồ Hội Thi Tập）	明命	阮朝	1	—	明命题画诗，咏及宫中的胜景利农宫、赏胜楼、文庙等，亦咏及尧舜禹、渔樵、生物等人物与事物，书中载有图画。 原目编为 2495 号。	今存印本一种： 四册，910 页，高 28 公分，宽 18 公分。
御诗全集（Ngự Thi Toàn Tập）	编者不详	阮朝	—	161	诗集合抄。其中 1 至 100 页为《御诗全集》，收明命诗一百六十一首，其中有依韵和李太白、唐太宗等人的诗作；101 至 238 页抄录《俪语》，为阮进、陈文准、阮文庄等人的诗文联选，包括序文十二篇、帐文十三篇、杂言十三篇、碑文制文三篇、故事一篇、书信十四篇、奏疏四篇、赋文一篇以及若干对联。 原目编为 2498 号。	今存抄本一种： 238 页，高 25.5 公分，宽 13.5 公分。
梅峰游西城野录（Mai Phong Du Tây Thành Dã Lục）	潘辉注	阮朝	1	8	本书为潘辉注诗文集，收录有潘辉注的咏西湖风景诗八首以及传记体小品《梅松对话》。另附其他作者的作品，包括表、策文、诗、赋、联等体裁。 原目编为 2134 号。	今存绍治四年（1844）抄本一种： 104 页，高 30 公分，宽 22 公分。
御制古今体格诗法集（Ngự Chế Cổ Kim Thể Cách Thi Pháp Tập）	编者不详	阮朝	1	375	绍治诗集，阮伯仪、尊室铪、阮久长、武范启考校。 正文三卷，目录一卷，前有内阁请求印行此书的奏表。 本书收录一百五十七首诗，为绍治的游戏笔墨，有蝉联体、辘轳体、首尾吟、飞雁体、	今存印本一种，抄本四种： 篇幅 54 至 190 页，高 27 至 29.5 公分，宽 15.5 至 19 公分不等。

续表

古籍	作者	朝代	收录诗人数	收录诗数	提要	版本、页数及版式
					谜字体、离合体等。有些版本另收录《正副使诗集》一部，作者不详，收录出使中国时所作的律诗二百十八首。另杂录《中庸》歌、嗣德上谕等。 原目编为 2472 号。	
敏轩诗文集（Mẫn Hiên Thi Văn Tập）	高伯适	阮朝	1	—	又名《敏轩诗集》（Mẫn Hiên Thi Tập）、《敏轩诗类》（Mẫn Hiên Thi Loại）。 高伯适诗文集，收录有诗、祭文、疏文、对联、帐文等。 按：三种抄本，题名不同，而以 50 页抄本篇数最多，计八十五篇，另两种仅有作者的诗，所收录文皆为他人所作。 《周原杂咏草》条，一本附载此书。 原目编为 2146 号。	今存抄本三种： 篇幅 50 至 206 页，高 25 至 30 公分，宽 16 至 22 公分。
张广溪先生集（Trương Quảng Khê Tiên Sinh Tập）	张登桂	阮朝	1	240	又名《学文余集》（Học Văn Dư Tập）。 张登桂的诗集，绵审编，有潘清简和绵审的序；本书录诗约二百四十首。 张登桂字延芳，号端斋，别号广溪叟。 作者论诗主“性灵”二字，其嗣德十年（1857）自序言“余之于诗，幼无师授，但从吾所好之，无起无承，不规不矩，只知陶写性情”，后来“始知作家之法度准绳，诸说纷如，总不出性灵二字。故其为诗，尽屏陈言，不依傍他人门户，意之所至，笔即随之”。其诗受乐府诗影响。 原目编为 3985 号。	今存印本五种： 均为 136 页，高 26 公分，宽 15.5 公分。

续表

古籍	作者	朝代	收录诗人数	收录诗数	提要	版本、页数及版式
张广溪诗文（Trương Quảng Khê Thi Văn）	张登桂	阮朝	1	—	又名《张广溪文集》（Trương Quảng Khê Văn Tập）。 张登桂文集，收录表、碑、铭、序、书等，其中有对《诗经》、《左传》的考证，邓辉熺序，有目录。 原目编为 3984 号。	河内觉园刻印于嗣德癸酉年（1873），今存本即据印本抄录： 241 页，高 28 公分，宽 16 公分。
梅岩陈先生诗草（Mai Nham Trần Tiên Sinh Thi Thảo）	陈碧珊	阮朝	1	165	陈碧珊（陈希曾）诗文集，其孙陈廷朔抄录，有序。 本书内容有感作、酬赠、写景、题咏、唱和、咏史诗一百六十五首；表、奏、赋、论、祭文、策文等二十篇；另有嗣德乙丑年（1865）廷试策文、对联、嗣德挽陈碧珊的诗文。 原目编为 2132 号。	今存抄本一种： 200 页，高 28 公分，宽 17.5 公分。
野老学言拙草（Dã Lão Học Ngôn Chuyết Thảo）	潘琬	阮朝	1	170	潘琬诗作一百七十首，范侃序于嗣德三十年（1877）、三十三年（1880），范碧斋品评。 潘琬，号鲁宝，一号方庭主人。 原目编为 647 号。	—
野老好谈（Dã Lão Hiếu Đàm）	潘琬	阮朝	1	—	范侃序于嗣德二十九年（1876）、三十年（1877）、三十三年（1880）。 潘琬的诗、文、联集，分初集和续集，含目录二篇。 参见《野老学言拙草》条。 原目编为 646 号。	今存抄本一种： 190 页，高 21 公分，宽 12 公分。

续表

古籍	作者	朝代	收录诗人数	收录诗数	提要	版本、页数及版式
荷亭应制诗抄（Hà Đình Ứng Chế Thi Sao）	阮述	阮朝	1	—	阮述诗集，本书首为阮述和嗣德的诗作，多有嗣德的评点。 诗题有《翠云行宫》、《昭烈武侯》等，亦有《念奴娇》词一首，然不成格调。 本书后为《荷亭诗草摘抄》，录阮述诗作约八十篇，如《题妙莲集》等。 原目编为1247号。	今存抄本一种： 96页，高30公分，宽17公分。
荷亭文集（Hà Đình Văn Tập）	阮述	阮朝	1	244	阮述所撰的244副对联，用于贺登第、祝寿、升迁、封赠、致仕及用于祠寺、城隍庙等场合。 本书又题《荷亭文集对联类》，盖为阮述文集的一部分。 原目编为1249号。	存印本二种，黎完、阮经印于维新四年（1910）： 均94页，高26公分，宽14公分。
国朝名人墨痕（Quốc Triều Danh Nhân Mặc Ngấn）	阮述 陈善政 高伯适 潘文爱 裴文禩 阮德璘 朱文正	阮朝	7	151	阮朝七种诗文集的合编，编者不详，作者有阮述、陈善政、高伯适、潘文爱、裴文禩、阮德璘等人。 其中第1至12页为《清化总督何亭阮述诗抄》，收诗十一首；第13至20页为《赞理陈子敏善政诗抄》，收诗十三首；第21至30页为高伯适《敏轩诗集》，参见本目录别集类同名书之条目；第31至42页为《珠球进士裴文禩公诗抄》，收诗十二首，另附朱文正的诗二首；第45至88页为《芙蓝副榜阮德璘公诗抄》，收诗八十三首；第89至110页为《桐江副榜潘公文爱诗抄》，收诗三十首；第111至126页为《诸家诗文杂抄》，收佚名之作。 原目编为2868号。	今存抄本一种： 126页，高26公分，宽15公分。

续表

古　籍	作　者	朝　代	收录诗人数	收录诗数	提　要	版本、页数及版式
御制诗五集（Ngự Chế Thi Ngũ Tập）	嗣德	阮朝	1	—	咏景诗，嗣德作。 题“御制诗五集卷之三”，则该编原为五卷的第三卷。 其余四卷今未见。 原目编为2481号。	今存印本一种： 64页，高26公分，宽16.5公分。
御制诗赋（Ngự Chế Thi Phú）	嗣德	阮朝	1	—	诗文杂订。本书起首部分阙损，可见者为《四库全书总目》卷首的奏表。 正文为《御制诗赋》，嗣德作，收《岳武穆》、《南望》、《幸顺安汛二首》等诗作及《两兼楼记》、《无题赋》、《命名赋》、《南圻土产赋》等文章；末为《唐宋诗醇》的白居易部分。 原目编为2482号。	今存抄本一种： 180页，高26公分，宽14公分。
陶庄诗草（Đào Trang Thi Thảo）	洪永仲	阮朝	1	—	洪永仲诗集，膺汉编辑。 本书收录作者咏景、叙事、感怀、咏史、酬赠等诗作，其中有咏汉昭烈帝、梁武帝的作品；另附绵青的《筠亭诗草》、阮排的《赖庵诗草》、佚名的《木山堂诗草》。 原目编为937号。	今存留翠栈庚寅年（1890）印本一种： 八册，254页，高15公分，宽12公分。
张菊溪守拙录（Trương Cúc Khê Thủ Chuyết Lục）	张光憻	阮朝	1	—	张光憻（号菊溪）诗文集。 高春育序，菊溪之子张光意印于成泰乙巳年（1905）。 本书收录张光憻致仕时所作的诗文，包括请求致仕的表文及成泰的谕旨、张光憻的留赠诗、友人的贺诗等。 原目编为3980号。	今存印本二种： 92页，高24公分，宽13.5公分。

续表

古籍	作者	朝代	收录诗人数	收录诗数	提要	版本、页数及版式
梁锐文源（Lương Nhuệ Văn Nguyên）	梁锐	阮朝	1	312	梁锐文集，本书录其三百十二副赠贺对联、五十五篇祭文、四十六篇序表札记铭跋。 原目编为 2097 号。	今存抄本一种： 173 页，高 25.5 公分，宽 14 公分。
清州甲戌年诗集（Thanh Châu Giáp Tuất Niên Thi Tập）	广昌知县作，姓名不详	阮朝	1	42	诗四十二首，广昌知县作，姓名不详，书撰于甲戌年，内容叙其行程及沿途风景。 原目编为 3319 号。	今存抄本一种： 24 页，高 31 公分，宽 16 公分。
梅湖诗集（Mai Hồ Thi Tập）	梅湖	阮朝	1	—	诗集，梅湖作，收录题咏、感怀、唱和、祝贺、挽悼等诗篇。 本书另附尊室说哭阮知方死节诗、裴越心贺潘仲谋进士及第诗等。 原目编为 2130 号。	今存抄本一种： 70 页，高 26 公分，宽 18 公分。
雪斋诗集（Tuyết Trai Thi Tập）	吴时亿	阮朝	1	161	吴时亿诗集，收录诗歌作品一百六十一首，诗题用中国典故，如《醉翁志不在酒》、《桃李在公门》、《泛舟游赤壁》、《卧治》、《羲皇上人》、《书同文》等。 原目编为 4046 号。	今存抄本一种： 68 页，高 29 公分，宽 16.5 公分。
唱酬杂咏（Xướng Thù Tạp Vịnh）	武善甫	阮朝	1	—	武善甫诗集。 武善甫，号良塔居士，一号善甫主人。 原目编为 4448 号。	本书今存抄本一种： 118 页，高 28 公分，宽 16 公分。

续表

古　籍	作　者	朝　代	收录诗人数	收录诗数	提　要	版本、页数及版式
陈进士诗集（Trần Tiến Sĩ Thi Tập）	陈璇	阮朝	1	90余	诗集，陈璇（号义斋）作，陈璇为慈廉县义都人，正和二十一年庚辰科同进士。 书中收录《题梅条山新家》、《和裴士暹》、《腊蔷薇》、《隔岸对友》等九十余首诗。 原目附于1301号《海贝武公族谱》条，今单列。	今存抄本一种，与《海贝武公族谱》合订：44页，高29.5公分，宽20.5公分。
国史诗文（Quốc Sử Thi Văn）	作者不详	阮朝	—	—	咏史诗文。本书收录《读史弁言》、《越吟琐录》、《越史诗草》、《越史论》数种。 《弁言》为诗体序言，《琐录》为咏史诗集，首咏越人先祖泾阳王、貉龙君、鸿庞氏，后分为内属纪、李纪、陈纪、黎纪、国朝前编五部分，所咏为越南历史上的重要人物，亦咏与越南有关的中外人物如孙士毅、百多禄等，《诗草》体裁与《琐录》相近，《越史论》为越南上古自阮朝的历史评论。 按：前三种题下或注"淮蟥庠翁作，原自名为鹤鸣集，责我斧正，因摘录之"，或注"以下是泰庠翁潘淮蟥所撰，旧自题越音集，余因摘录之，间有改润一二字"，或注"是摘自潘淮蟥庠翁越史诗草，与向上诸作均是一手笔，但所录有先后"等语，书中又有"执斋评论"、"执斋戏题"等字，则本书除《越史论》外皆为潘淮蟥撰，全书盖即为执斋所抄。 原目未载，汉喃研究院图书馆藏书编号为VHv.1458。	今存抄本一种：182页，高28公分，宽15公分。

续表

古　籍	作　者	朝　代	收录诗人数	收录诗数	提　要	版本、页数及版式
咏史诗集（Vịnh Sử Thi Tập）	邓鸣谦	阮朝	1	—	又名《脱轩咏史诗集》（Thoát Hiên Vịnh Sử Thi Tập）、《脱轩先生咏史诗集》（Thoát Hiên Tiên Sinh Vịnh Sử Thi Tập）。 咏史诗集，共三卷，邓鸣谦撰并序于光绍五年（1520）。 邓字贞誉，号脱轩，山围帽浦人，洪德十八年丁未科第二甲进士。 本书咏越南历史人物，共一百二十三篇：卷上为帝王，卷中为宗室、名臣，卷下为名儒、节义、奸臣、女主、后妃、公主、节妇，以泾阳王始，以媚酰夫人终。 各本中以 128 页抄本为善，印本原由黄春瀚收藏，每卷前有后人插入的目录一篇，用钢笔书写，内容亦完整，惟稍脱线。 原目以抄本与印本为二书，分别编为 3589 号和 4356 号，今合为一书。	本书现存抄本二种：128 页抄本，高 32 公分，宽 22 公分；44 页抄本，高 27 公分，宽 14 公分，乃残本。另存一 142 页印本：高 27 公分，宽 16 公分。除残本外，书前皆有序及凡例，内容大抵相同。
散翁遗稿附杂录（Tản Ông Di Cảo Phụ Tạp Lục）	陈名案	阮朝	1	191	陈名案诗文联一百九十一篇。 本书含诗、祭文、碑文、赋、帐、表、序、对联等，中有陈名案致吴时仕书、《左青威吴家追远坛序》等。 原目编为 3107 号。	今存抄本一种： 284 页，高 28 公分，宽 16 公分。
菊堂百咏诗集（Cúc Đường Bách Vịnh Thi Tập）	潘辉益 吴时任	阮朝	1	—	诗集合抄。本书收录三部作品：其一《菊堂百咏诗集》，为瑞岩侯潘辉益与晴派侯吴时任唱和之作，礼部尚书阮吉（号华江、一号迪轩）跋，参见《菊秋百咏集》条；后两部作	今存抄本一种： 173 页，高 28 公分，宽 15.5 公分。

续表

古籍	作者	朝代	收录诗人数	收录诗数	提要	版本、页数及版式
					品为《明良锦绣》与《琼苑九歌集》，同为黎圣宗与“骚坛二十八宿”的唱和诗，内容有咏海口、咏思家将士、咏君道等。 原目编为597号。	
菊秋百咏集（Cúc Thu Bách Vịnh Tập）	潘辉益 吴时任	阮朝	1	100	侍御瑞岩侯潘辉益和大学士晴派侯吴时任往来唱和的重阳节诗一百篇，内容涉及织布、钟声、戏月、赏花、饮酒、祝寿等，内容可参见原目编为597号《菊堂百咏诗集》条。 有丙辰年（1796）华江阮吉（号迪轩）的跋，含引一篇。 原目编为609号。	今存抄本一种： 112页，高22公分，宽13公分。
裕庵诗文集（Dụ Am Thi Văn Tập）	潘辉益	阮朝	1	—	潘辉益诗文集。卷一至卷四为《裕庵文集》，见《裕庵文集》；卷五卷六为《裕庵吟录》，此部分残阙。 原目编为751号。	今存抄本一种，六卷： 704页，高26公分，宽14公分。
华堂南行诗集（Hoa Đường Nam Hành Thi Tập）	范贵适	阮朝	1	307	范贵适赴京都顺化时所作的三百七首诗，另有三迭人秀才范公等人的唱和诗、咏翘诗、对联等。 原目编为1392号。	今存抄本一种： 182页，高25公分，宽15公分。
华堂立斋范公诗集（Hoa Đường Lập Trai Phạm Công Thi Tập）	范贵适	阮朝	1	—	范贵适诗集，内容有饯赠、咏物、即事、述怀等。 原目编为1391号。	今存抄本一种： 71页，高27公分，宽15公分。

续表

古籍	作者	朝代	收录诗人数	收录诗数	提要	版本、页数及版式
越史三百咏（Việt Sử Tam Bách Vịnh）	汝伯仕	阮朝	1	307	汝伯仕诗集，有高春育成泰九年（1897）序。 汝伯仕，字符立，号澹斋，曾任清化省督学。 书中录诗三百七首，歌咏自泾阳王至陈末的历史人物，分君王、后妃、忠臣、义士、烈女、强臣、逆臣、名儒、修行等目。 原目编为4320号。	本书今存抄本三种，分上下二卷： 178页本高29公分，宽17公分；144页本高30公分，宽17公分；176页本高30公分，宽17公分。
巽斋学咏（Tốn Trai Học Vịnh）	何宗权	阮朝	1	250	何宗权诗集。本书收录何宗权赴京城顺化参加会试及出使中国途中所作的感怀、写景诗二百五十首。 96页本自37页起附载为何宗权之母祝寿的联、帐、诗。 原目编为3809号。	今存抄本二种： 194页本高27公分，宽16公分；96页本高32.5公分，宽22.5公分。
阳岳松轩吴子文集（Dương Nhạc Tùng Hiên Ngô Tử Văn Tập）	吴世美	阮朝	1	—	吴世美诗文集，收录对联、诗、乐章、碑记、疏文、词曲等，附有李文馥和阮公著的诗文对联。 吴世美，即吴廷太，号阳岳、松轩，吴世荣之兄。 原目编为793号。	本书今存抄本一种： 90页，高28公分，宽17公分。
雅堂诗集（Nhã Đường Thi Tập）	绵寯	阮朝	1	384	绵寯诗集。 绵寯号仲延，一号松园，明命之子。 有河静总督武进之及作者所作的两篇序，另有一篇题诗。 本书收录词、行、歌等体裁的诗作二百一十三首，内容有咏景物、时节、饯赠、祝寿等。 据目录，本书原有十五卷，三百八十四首，今存前十卷。 原目编为2500号。	今存印本一种： 144页，高16公分，宽11公分。

续表

古籍	作者	朝代	收录诗人数	收录诗数	提要	版本、页数及版式
菊堂诗类（Cúc Đường Thi Loại）	高伯适	阮朝	1	—	高伯适诗文集合抄，收录《菊堂诗类》，仅存卷五；另有《菊堂文类》，现存卷二。内容包括《大籁城隍庙记》、《仓山公诗集后序》等。 参见《高周臣遗稿》条。 原目编为598号。	今存抄本一种： 161页，高29公分，宽15公分。
菊堂诗类附策文（Cúc Đường Thi Loại Phụ Sách Văn）	高伯适	阮朝	1	—	高伯适诗集。本书所录多为五言，首篇为《偶作》，末篇为《用白香山天竺寺迭字诗体同志亭明仲次韵》。 附策文若干，内容为阐明经传中的语句，如"天地之间，无非一阴一阳之理"、"天者，理而已"、"天人之际，未易言也"、"道者，文之根本"、"天下无无性之物"等，此部分笔迹与诗集不同，亦不题作者、题目。 原目编为599号。	今存抄本一种： 206页，高29公分，宽17公分。
菊堂诗草（Cúc Đường Thi Thảo）	高伯适	阮朝	1	—	又名《敏轩高周臣诗目》（Mẫn Hiên Cao Chu Thần Thi Mục）。 高伯适诗集，丙戌科（1886）举人阮有贵搜集。 参见《高周臣遗稿》条。 原目编为600号。	今存抄本一种： 134页，高28公分，宽16公分。
循陔别墅诗合集（Tuần Cai Biệt Thự Thi Hợp Tập）	洪依	阮朝	1	770	诗文集，洪依（号君博）撰，膺馨（号孟明）校订，有嗣德二十七（1864）序。 本书收录古今体诗七百七十首，另载书、表、跋、赋、论、颂、词、铭等十五篇。 原目编为4015号。	今存印本一种，608页，高27.5公分，宽16.5公分；另有抄本一种，472页，高31.5公分，宽22.5公分。

续表

古籍	作者	朝代	收录诗人数	收录诗数	提要	版本、页数及版式
进览文草（Tiến Lãm Văn Thảo）	武范启	阮朝	1	73	武范启的七十三篇诗文，本书收录有记文、贺文、贺帐、序文及饯送、唱和诗作。 原目编为3728号。	今存抄本二种： 225页本高27公分，宽15公分；173页本高31公分，宽21公分。
菊轩先生文类（Cúc Hiên Tiên Sinh Văn Loại）	黎廷延	阮朝	1	4	黎廷延诗文集，收录作者自乙丑年（1865）至壬申年（1872）所作的箴、铭、序、记、帐、祭文、挽文、贺文；另有自叙诗四首及其他人所作的诗歌与对联。 原目编为606号。	今存抄本一种： 318页，高27公分，宽16公分。
菊轩诗集（Cúc Hiên Thi Tập）	黎廷延 范贵适	阮朝	1	170	本书为诗集合抄，含两部作品：首为《菊轩诗集》，黎廷延撰，收录咏物、抒怀、赠和之作；次为《草堂诗集》，收录范贵适诗一百七十首。参见《草堂诗集》条。 原目编为604号。	今存抄本一种： 162页，高31公分，宽21公分。
菊轩先生诗文集（Cúc Hiên Tiên Sinh Thi Văn Tập）	黎廷延	阮朝	1	—	黎廷延诗文集。本书含《菊轩先生诗草》、《菊轩先生文草》，分别收录作者的诗文。 原目编为605号。	今存抄本一种： 分上下二册，共358页，高25公分，宽18公分。
云亭诗录（Vân Đình Thi Lục）	阮迪	阮朝	1	142	阮迪在顺京治病期间所作的一百四十二首诗，有嗣德二十九年（1876）的朱批，附友人赠诗约四十首。 原目编为4235号。	今存抄本一种： 92页，高32公分，宽23公分。

续表

古　籍	作　者	朝　代	收录诗人数	收录诗数	提　要	版本、页数及版式
阳山笔璞（Dương Sơn Bút Phác）	杜浚	阮朝	1	175	杜浚（字夏川）的一百七十五首诗。本书分成叙述、述怀、应酬、庆贺四目，亦收录有他人原唱诗。 原目编为794号。	今存嗣德庚辰年（1880）三望亭印本一种，有序、引： 96页，高24公分，宽13公分。
进士阮爱诗集（Tiến Sĩ Nguyễn Ái Thi Tập）	阮（文）爱 1835—？	阮朝	1	157	阮爱诗文一百五十七篇。本书另收范书和潘顺的诗作。 阮爱即阮文爱，生于公元1835年，卒年不详。 原目编为3730号。	今存抄本一种： 86页，高24公分，宽15公分。
善亭谦斋文集（Thiện Đình Khiêm Trai Văn Tập）	邓春榜	阮朝	1	—	邓春榜诗文集，收录有赋文、祭文、对联、帐文等。 另附有《梅山合纂诗集》，收录梅山阮尚贤诗；《愚山文集》，收录愚山武范启的文章。 原目编为3552号。	今存抄本一种： 174页，高28公分，宽14公分。
笔溪诗草（Bút Khê Thi Thảo）	陈元藻	阮朝	1	50	陈元藻（号笔溪）诗文。本书共收录评论一篇、题咏诗五十篇、祝贺联八十二副、祝贺登第帐文五篇、赋文三篇。 附阮玉堂（阮春温）关于京城失守，咸宜蒙尘，呼吁士民勤王的书信两篇。 原目编为297号。	今存抄本一种： 78页，高28公分，宽15公分。
集唐述怀（Tập Đường Thuật Hoài）	武范瑊	阮朝	1	30	武范瑊集句诗三十首，表达归隐之意；另收录阮其楠的集句诗四首。 原目编为3219号。	今存抄本一种： 26页，高28公分，宽16公分。

续表

古　籍	作　者	朝　代	收录诗人数	收录诗数	提　要	版本、页数及版式
菊溪张相公守拙录(Cúc Khê Trương Tướng Công Thủ Chuyết Lục)	张光憻	阮朝	1	—	张光憻诗文集合抄,有序。 本书含两部作品:其一为《守拙录》,张光憻致仕时所作的诗文,参见《张菊溪守拙录》条;其二为《昌溪黄相公话农录》,黄有秤撰,内容为黄有秤致仕时所作的诗、文、帐、联,如请求致仕疏、谢恩表、唱和诗等,有高春育成泰十二年(1900)序。 原目编为608号。	今存抄本一种: 98页,高28公分,宽16公分。
咏史合集(Vịnh Sử Hợp Tập)	范抝谦 阮德达 梅庵公主	阮朝	1	900	咏史诗集,范抝谦、阮德达、梅庵公主等作,杨叔玲序于成泰壬寅年(1902)。 本书共录咏史诗逾九百首,分帝王、贤臣、烈女、节操、儒道等目,所咏皆中国人物,如伊尹、比干、箕子、微子、老子、豫让、吴起、苏秦、张仪、平原君、信陵君、荆轲、张良等。 原目编为4353号。	今存抄本一种: 246页,高28公分,宽16公分。
舜韶文诗类(Thuận Thiều Văn Thi Loại)	黄文美	阮朝	1	68	黄文美求学时作六十八首诗,约作于维新时期。 原目编为3622号。	今存抄本一种: 44页,高28公分,宽16公分。
云亭诗集(Vân Đình Thi Tập)	杨琳等	阮朝	1	—	诗文集合抄,杨琳等撰。 本书含诗文集各一部,其一为《云亭诗集》,收录杨琳的诗作;其二为《云湖文集》,撰人不详,收录有对联、赋文等文体,题材采自经史。 原目编为4236号。	今存抄本一种: 128页,高28公分,宽15公分。

续表

古　籍	作　者	朝　代	收录诗人数	收录诗数	提　要	版本、页数及版式
云亭解元杨琳文集附杂文(Vân Đình Giải Nguyên Dương Lâm Văn Tập Phụ Tạp Văn)	杨琳	阮朝	1	—	杨琳诗文集。 本书另有友人赠作者的对联。 原目编为 4234 号。	今存抄本一种,有残阙: 200 页,高 27 公分,宽 16 公分。
云池杨大人先生对联并诗文(Vân Trì Dương Đại Nhân Tiên Sinh Đối Liên Tịnh Thi Văn)	杨琳	阮朝	1	—	杨珪的诗文联集,其中有若干篇喃文陶娘曲。 附载阮劝赠和杨珪的作品、阮善继的诗、潘佩珠的对联及若干歌谣。 原目编为 4246 号。	今存抄本一种: 124 页,高 28 公分,宽 16 公分。
云池诗草附燕韶集诗抄(Vân Trì Thi Thảo Phụ Yên Thiều Tập Thi Sao)	杨珪	阮朝	1	—	又名《云亭进士杨珪尚书先生》(Vân Đình Tiến Sĩ Dương Khuê Thượng Thư Tiên Sinh)。杨珪诗集。 附载白居易《长恨歌》演喃、《燕韶集诗抄》。 原目编为 4247 号。	今存抄本二种: 144 页本高 27 公分,宽 15 公分;78 页本高 26 公分,宽 17 公分。
富溪小草(Phú Khê Tiểu Thảo)	富溪	阮朝	1	251	富溪诗集。富溪即阮大,字小之,富演人。 收录二百二十一首题咏酬应诗、三十一篇咏翘诗、三十五副对联、十四篇帐文。 原目编为 2710 号。	本书今存抄本一种: 193 页,高 27.5 公分,宽 16.5 公分。

续表

古籍	作者	朝代	收录诗人数	收录诗数	提要	版本、页数及版式
顺轩诗后集(Thuận Hiên Thi Hậu Tập)	丁嘉臻	阮朝	1	241	丁嘉臻诗文集。收录诗、祭文、记、跋、对联等二百四十一篇,如《题王勃庙》、《安老山》、《浴翠山》、《瑞香祠》等。 书中有《诗法要略》一编,论一二句破题法、三四句颌联法、五六句颈联法等,并附有诗帐、对联作为范文。 原目编为3623号。	今存抄本一种: 236页,高32公分,宽22公分。
云溪诗集(Văn Khê Thi Tập)	作者不详	阮朝	—	103	诗集,录诗一百三首,内容多为题咏风景、述怀、赠答友人等,作者不详。 原目编为4238号。	今存抄本一种: 75页,高21公分,宽15公分。
越史佳事补咏(Việt Sử Giai Sự Bổ Vịnh)	作者不详	阮朝	—	100	咏史诗一百首,书中若干诗篇咏及传说故事,如貉龙君娶瓯姬生下百只蛋的故事、扶董少年大破殷人的故事等。 原目编为4311号。	今存抄本一种,书于故纸背面,颇杂乱: 共82页,高28公分,宽15公分。
裕斋先生诗集(Dụ Trai Tiên Sinh Thi Tập)	裕斋先生、阮忠彦、范师孟、阮飞卿、黎景询、黎荐(即阮荐)、李子瑨	阮朝	1	591	诗集,题裕斋先生撰,收录诗二百四十五首;另附阮忠彦、范师孟、阮飞卿、黎景询、黎荐(即阮荐)、李子瑨等人的三百四十六首诗。 按:裕斋先生生平不详,集中有其和嗣德《咏北史诗》。 原目编为756号。	今存抄本一种: 304页,高26公分,宽15公分。

续表

古籍	作者	朝代	收录诗人数	收录诗数	提要	版本、页数及版式
围江效颦集（Vi Giang Hiệu Tần Tập）	范辉济	阮朝	1	—	诗文集，范辉济撰，含序文、目录各一篇。 此书卷一收录对联，用于祠庙、学校、治所、祝寿、贺升迁、贺登第；卷二收录诗歌，所咏包括时节、景物、事件、节庆、风雨、天灾人祸（如溃堤、法国入侵、耶稣教徒作乱）；卷三收录散文，如关于立祠堂、祠庙一事的记文；据目录，卷四记有书信，但今本无此内容。此外，此书附载阮克宅的《汭川阮安之诗集》，包括“习唐”诗 10 首，内容可参见《汭川诗集》、《明都诗选》条目；又载阮文交《祔马贺从善公》、《向山公谢恩表》以及黎克毅、武范启、武范瑊等人的诗文对联。 原目编为 4262 号。	今存抄本一种，四卷： 234 页，高 29 公分，宽 17 公分。
鸠苔诗集（Cưu Đài Thi Tập）	阮旭	后黎朝	1	150	阮旭诗集，阮旭字寅宾，号菊庄。 本书撰于顺天己酉年（1429），收录歌谣、律诗、五古、绝句、词、曲约一百五十篇，有作者自序。 原目编为 635 号。	今存抄本一种： 76 页，高 30 公分，宽 17 公分。
零江营卫录（Linh Giang Doanh Vệ Lục）	邓瑞 1649—1735	后黎朝	1	258	邓廷相诗集，邓廷相即邓瑞，官至黎朝太傅，本书录其即景、即事、感怀、祝贺、挽悼、饯赠诗作二百五十八首。 原目编为 2006 号。	今存抄本一种： 128 页，高 32.5 公分，宽 22 公分。

续表

古籍	作者	朝代	收录诗人数	收录诗数	提要	版本、页数及版式
逸夫诗集（Dật Phu Thi Tập）	陈名案	后黎朝	1	—	诗文集。本书收录诗、赋、表、序、联等文体，内容有《西山行引》、《和裴翰溪》、《侨居述怀》、《闻北使来封有感》、《咏霸王别姬》、《题永赖寺》、《可礼山赋》、《戒色赋》、《致清帝谢恩表》、《吴族祠堂序》等。 按：此书残阙，不题撰人，然其大部分篇目可确定由陈名案所撰。 原目编为700号。	今存抄本一种： 160页，高23公分，宽14公分。
葆斋诗集（Bảo Trai Thi Tập）	黄葆斋	后黎朝	1	—	黄葆斋诗集，作于黎末至西山初年，收录咏中国历史人物如张良、韩信、荆轲、伯夷等人的诗，有吴时任（希尹）序。 原目编为144号。	今存抄本一种： 140页，高24公分，宽15公分。
道南斋初稿（Đạo Nam Trai Sơ Cảo）	阮敦仁 范贵适 裴辉璧	后黎朝	3	34	诗集合抄。第一部为《道南斋初稿》，阮敦仁作，中国人胡长庆序，收录作者随黎昭统逃往中国时作的三十四首诗，自47页起为《段阮俊诗》，另有范贵适、裴辉璧诗文。 原目编为940号。	今存抄本一种： 139页，高28公分，宽16公分。
亶斋公诗集（Đản Trai Công Thi Tập）	裴轴	阮朝	1	333	裴轴诗集，其子裴凤仪编辑，范贵适序，族人裴溥跋于明命元年(1820)，有目录。 本书前有作者小传，为凤仪所作，叙作者生平甚详，可知裴轴号亶斋，裴存庵之弟，青池盛烈人，黎朝乡贡，一生未仕。正文有《诗集》，收录诗三卷三百三十三首；诗集后为族人贺亶斋七十寿辰的贺文数篇；后为	今存抄本一种： 398页，高32公分，宽23公分。

续表

古籍	作者	朝代	收录诗人数	收录诗数	提要	版本、页数及版式
					《杂稿》,分《家庭私语》、《书史参辨》、《施展仿宜》三部分,所录文字有序、跋、说、记、碑、表、启、祭文、书信等体。 原目编为934号。	
葛洞何进士诗集 (Cát Động Hà Tiến Sĩ Thi Tập)	何宗权	阮朝	1	200	何宗权诗集,收录诗约二百首。 本书除题咏、即事、感作、饯赠诗作外,另有对联、帐文等。 附李文馥《越行》序、嫩仙兴福二寺钟铭及范克泽等人的诗文。 原目编为378号。	今存抄本一种: 114页,高30公分,宽21公分。
葛洞何巽斋先生诗集 (Cát Động Hà Tốn Trai Tiên Sinh Thi Tập)	何宗权	阮朝	1	145	何宗权诗文集,收录诗一百四十五首,其诗多吟咏花草、流连山水之作;文有《祭黄甲阮公文》、《越行续吟》序、《嫩仙寺钟铭》等。 原目编为379号。	今存抄本一种: 104页,高26公分,宽18公分。
诗草 (Thi Thảo)	阮辉	阮朝	1	120	阮辉诗集,收录诗一百二十首,作于明命戊戌年(1838);本书另收录作者的序文、祭文、帐文等,并附门弟、友人等祝贺阮辉登进士的帐文和对联。 原目编为3461号。	今存抄本一种: 58页,高30公分,宽18公分。

续表

古籍	作者	朝代	收录诗人数	收录诗数	提要	版本、页数及版式
杨先生履历诗文集（Dương Tiên Sinh Lí Lịch Thi Văn Tập）	杨庞	阮朝	1	—	杨庞诗文集。 杨庞字登用，号致轩，明命二年（1829）副榜进士，河内慈廉县绮罗社人，官至御史，此书载其小传及诗文。 原目编为796号。	今存抄本一种： 164页，高30公分，宽20公分。
诗奏合编（Thi Tấu Hợp Biên）	张登桂	阮朝	1	—	又名《广溪诗集仓山奏版合编》（Quảng Khê Thi Tập Thương Sơn Tấu Bản Hợp Biên）。 张登桂诗歌集《学文余集》与绵审所著《仓山奏版》的合编，绵审编。 书中序跋包括明命十七年（1836）绵审、张登桂、潘清简序，嗣德十年（1857）绵、张二人再序，成泰十六年王维桢引，同年阮尚贤、黄茂稷跋。 诗集共四卷，按古风、五言律、七言律、绝句次第编排。 《奏版》则作于嗣德四年（1851），奏上中国历代作诗名家之字号、著述和关于其诗作的评论，共录苏武、李陵而至王士禛、朱彝尊等七十余人。 原目编为3460号。	今存海阳柳文堂成泰十六年（1904）印本六种，均156页，高26公分，宽15公分；另存抄本一种，92页，高27公分，宽15公分，乃据印本重抄。
义溪诗集（Nghĩa Khê Thi Tập）	范士爱	阮朝	1	—	范士爱诗文集，另有表奏、启文、帐文、祭文等。 范士爱，海阳省唐豪县中立社人，戊辰科（1868）进士。	本书今存抄本三种： 篇幅116至126页，均高27公分，宽15公分。

续表

古　籍	作　者	朝　代	收录诗人数	收录诗数	提　要	版本、页数及版式
					附黎峻、阮思僩等于同治七年至八年（1868—1869）年出使中国期间所作的诗文，参见《燕轺笔录》条。 原目编为 2330 号。	
愚山全集（Ngu Sơn Toàn Tập）	武范启	阮朝	1	—	武范启诗文集。 原目编为 2371 号。	本书今存抄本二种： 188 页本高 27 公分，宽 15 公分；312 页本高 23 公分，宽 13 公分。
愚山诗文全集（Ngu Sơn Thi Văn Toàn Tập）	武范启	阮朝	1	—	又名《愚山文选》（Ngu Sơn Văn Tuyển）。 武范启诗文集，武继春搜集，范慎遹校订。 十三册中有二册题《愚山文选》，然内容编排与全集同。 据目录，本书共十八卷，卷一为序、饯行、回休、封赠、科第；卷二为序、庆寿；卷三为升除、哀挽、诗谱；卷四为告；卷五为简牍；卷六为家书；卷七为表章；卷八为邦交、杂著、四旬大庆、六旬大庆；卷九为谕；卷十为谕；卷十一为翰札、覆咨、辨弹；卷十二为封疏；卷十三为碑铭、碑记；卷十四为杂著，有原、解、说、识、约、铭、颂、述、乐章、题跋；卷十五为论著；卷十六为论著；卷十七为对联；卷十八为杂赠。 本书是武氏较全的诗文集，十三册基本保存有目录所言的内容。 原目编为 2370 号。	今存抄本十三册： 1821 页，高 29 公分，宽 16.5 公分。

续表

古籍	作者	朝代	收录诗人数	收录诗数	提要	版本、页数及版式
游五行山唱和集（Du Ngũ Hành Sơn Xướng Họa Tập）	明仲 阮志亭 高周臣	阮朝	3	44	明仲、阮志亭（即阮文理）、高周臣（即高伯适）三人游广南省五行山时所作的四十四首唱和诗。 原目编为749号。	今存抄本一种： 16页，高28公分，宽16公分，有虫蛀。
绥国公诗集（Tuy Quốc Công Thi Tập）	阮绵寊	阮朝	1	132	阮绵寊诗集，收录诗歌一百三十二首。 阮绵寊，字坤章，号静圃。 原目编为4030号。	本书今存抄本一种： 96页，高22.2公分，宽13.7公分。
苇野合集（Vi Dã Hợp Tập）	阮绵寊	阮朝	1	—	阮绵寊（号苇野）诗文集，为此书作序或参与校订者甚多，有阮德达及清人王先谦、洪茸、洪若等人，其中王先谦序作于光绪七年（1881）。 本书卷帙浩繁，收录诗六卷、文五卷，加首卷，共十二卷。 原目编为4261号。	现存印本十四种： 其中最全之本1030页，高23公分，宽13.5公分。
嗣德机余自省诗集（Tự Đức Cơ Dư Tự Tỉnh Thi Tập）	嗣德	阮朝	1	560	嗣德诗集，绵寊、张登桂校阅，收嗣德所作的五百六十首诗。 原目编为4110号。	今存抄本一种，四卷： 512页，高30公分，宽20公分。
圣制诗三集（Thánh Chế Thi Tam Tập）	嗣德	阮朝	1	—	嗣德的第三部诗集，撰于1874—1883年间。 原目编为3361号。	今存阮朝内阁同庆三年（1888）本一种，今藏巴黎，二十卷： 四册，高29公分，宽18公分，页数不详。

续表

古 籍	作 者	朝 代	收录诗人数	收录诗数	提 要	版本、页数及版式
诗囚草（Thi Tù Thảo）	黄叔抗	阮朝	1	—	黄叔抗诗集。 作者为革命党人，此编收录其在牢狱内外所作的诗文，内容涉及与海鲲、松岩等友人的交往，以及潘文达、张定、胡勋业的事迹等；附有海鲲、松岩等人的诗、联。 原目编为 3467 号。	今存抄本二种，一本为作者手稿，74 页，高 29 公分，宽 15 公分；另一本据 74 页本抄，76 页，高 28 公分，宽 16 公分。
新江词集（Tân Giang Từ Tập）	高春育	阮朝	1	—	高春育诗、文、歌、赋五十七篇。 本书所收录诗文可分为三个时期，第一为任河内布政时期，作品有诗、词、赋、行等，包括《新江夜月曲》演喃；第二为任河南场主考时期（1894），作品内容包括歌颂皇帝以科举取士的办法；第三为任海防使时期，作品包括与杨琳、武范瑊等人的赠和诗。 原目编为 3179 号。	今存抄本一种： 高 25 公分，宽 18 公分。
葆根诗集（Bảo Căn Thi Tập）	尹葆根	阮朝	1	55	尹葆根（即尹芝，南策府知府）诗五十五首。 附《白云洞关妙觉遇周元始》一篇，为短篇小说。 另收录乐章数篇，有《列仙班曲》六截、《颂政教》二出、《颂武成章》、《颂文治章》、《御宴庆成章》等，又有杂抄的表奏禀札等。 原目编为 131 号。	今存抄本一种： 22 页，高 28 公分，宽 16 公分。有序。
酬世诗集（Thù Thế Thi Tập）	黄道达	阮朝	1	540	黄道达诗集，录咏景、酬应诗五百四十首。 原目编为 3616 号。	今存抄本一种： 254 页，高 31 公分，宽 20 公分。

续表

古籍	作者	朝代	收录诗人数	收录诗数	提要	版本、页数及版式
诗篇杂咏（Thi Thiên Tạp Vịnh）	作者不详	阮朝	—	36	诗集，作者不详，书中录有咏物、感怀、即事诗三十六首，内容有元日题笔、花园闲兴、清明即事，赋文《使船如使马》、《大旱望云霓》等。 原目编为3464号。	今存抄本一种： 40页，高22公分，宽12公分。
诗抄（Thi Sao）	编者不详	阮朝	—	70	七十首诗，编者不详。 原无题，题拟，据扉页所题“庚子冬腊以后草”云云，为一人之作品。 所录诗中多有批注，可见其本事。 原目编为3447号。	今存抄本一种： 48页，高28公分，宽15公分。
槐轩先生遗文（Hòe Hiên Tiên Sinh Di Văn）	陈贤 陈伯览	后黎朝	2	—	又名《槐轩先生集》（Hòe Hiên Tiên Sinh Tập）。 陈贤、陈伯览等人的诗文合抄。首为陈贤的《槐轩先生遗文》，收录碑文三篇；另有陈伯览等人的诗文，有碑记、祭文、钟铭、序文、书信、诏书、表文等。 陈贤，号槐轩先生，第进士于癸丑科（1733）；陈伯览，号文度先生，第进士于丁未年（1787），官至东阁学士。	本书今存抄本一种： 118页，高32公分，宽22公分。
鸣鹃诗集（Minh Quyên Thi Tập）	阮衡	阮朝	1	271	阮衡诗集，作于圣祖登基之年（1819）。阮衡，号南甫，日南人。 本书收录有一百二十首五言诗、一百十七首七言诗、二十九首四言诗、四篇记、三篇序、二篇引。 原目编为2177号。	今存抄本二种，一本由河静省德寿县范克宽（号湖斋）抄于1958年，184页，高25.5公分，宽14公分；一本由阮晋明据前本抄于1964年，188页，高27.5公分，宽16.5公分。

续表

古籍	作者	朝代	收录诗人数	收录诗数	提要	版本、页数及版式
翠山行杂抄（Thúy Sơn Hành Tạp Sao）	吴敦	—	1	130	咏翠山风景诗集，吴敦（字孟厚）撰，阮安之评。 本书为作者记浴翠山之游的诗作，约一百三十首；后收录杜甫《秋兴》一首，及张汉超、范师孟、阮廷美、明命、阮思僩、裴文禩等人记咏浴翠山的诗赋碑记等近三十篇。 原目编为3634号。	今存嗣德三十四年（1881）抄本一种： 98页，高27公分，宽14公分。
台麓文草（Thai Lộc Văn Thảo）	作者不详	—	—	434	文集，收录谢恩表、启文、祭文、碑文等。 295页抄本，另有对联四百二十九副、帐文二十三篇、诗五首、匾额四篇、铭文一篇、祭文四篇、谢恩表一篇。 按：本书作者不详，其中有代阮豪（一作像）作哭方亭公文一篇。方亭即阮文超，卒于1872年。 原目编为3287号。	今存抄本三种： 篇幅56至295页，高25至31公分，宽14至22公分不等。
梦湖诗选（Mộng Hồ Thi Tuyển）	武范瑊	—	1	81	诗文集合抄。本书含数部作品，第一部分为《梦湖诗选》，武范瑊撰，有咏众神的十首诗和十二首《正气歌》；第二部分为《草田诗选》，题中州黄人合撰，收录八首五言诗，内容描绘田园生活；第三部分为《盎轩诗集》，收录五十一首咏《三国》人物诗；另杂抄赋文、排律、诏文、对联等，内容多与中国历史有关。 原目编为2199号。	今存抄本一种： 92页，高27公分，宽15.5公分。

续表

古籍	作者	朝代	收录诗人数	收录诗数	提要	版本、页数及版式
逊庵诗抄 (Tốn Am Thi Sao)	裴文禩	阮朝	1	—	裴文禩诗集合抄。裴文禩字殷年，号珠江，一号海农。 据自序，此书编撰于成泰甲午年(1894)，由其子向诚(字几善)、向立(字懦斋)校正；绥理郡王(号苇野)评论并题辞于成泰癸巳年(1893)，另有文陶子的朱批。 抄本，另收录作者的《辅轩诗草》一部，由裴有造(号文陶子)序于丙戌年(1886)、苇野题辞于成泰二年(1890)，本目收录。 原目编为 3807 号。	今存印本三种，皆四卷，186 页，高 26.7 公分，宽 16 公分；抄本一种，166 页，高 31.5 公分，宽 22.5 公分。
彰山诗集 (Chương Sơn Thi Tập)	王有平	—	1	—	王有平诗集，程江裴廷坚编辑，舒朗莲亭尹亨序。 按：王有平字伯升，任光禄寺卿、领太平巡抚。 本书分四卷，卷一至卷三为诗集，卷四录其所作对联和《奇梦记》、《国体移文》、《告休辞》三文。 原目编为 547 号。	今存成泰辛丑(1901)年印本一种： 50 页，高 25 公分，宽 17 公分。
渔峰相公传记 (Ngư Phong Tướng Công Truyện Kí)	阮光碧	阮朝	1	—	传记诗集合抄。含两部内容相关的作品，其一为《渔峰相公传记》，咸宜元年(1885)撰并序，撰人不详，渔峰指阮光碧，嗣德二十二年(1869)进士，建昌府直定县安培总程浦社一村人，为爱国抗法志士；其二为《渔峰先生诗集》，收录阮光碧的爱国诗文及友人赠诗，其中有尊室说的一首诗。 原目编为 2469 号。	今存抄本一种，为吴德庸(号松岭)1949 年抄赠龙田先生的手稿： 126 页，高 27 公分，宽 13 公分。

续表

古籍	作者	朝代	收录诗人数	收录诗数	提要	版本、页数及版式
豪川诗集(Hào Xuyên Thi Tập)	裴植	—	1	380	又名《豪川侯诗集》(Hào Xuyên Hầu Thi Tập)。 裴植集。所收录诗有吟咏、唱和、贺赠、感怀之作;文有《游天姥寺赋》、《夜游香江记》、《月夜过横山记》、《致苏川侯书》、《致潘相公书》等。 裴植,字豪川侯,号庆誉堂,本书收录其诗文三百八十篇。 原目编为1353号。	今存抄本二种: 220页本高28公分,宽17公分;206页本高25公分,宽16公分。
嘉华吕生学古诗集(Gia Hoa Lã Sinh Học Cổ Thi Tập)	唐律 韩律	—	—	366	唐律、韩律诗三百六十六首,大部分为咏景、咏史、赠和之作,作者生平仕履不详,有喃字。 附有《名诗订后》,其中收录托名咏伞圆山神、扶董天王、陈大王的诗, 韩律指韩栓喃文《祭鳄鱼文》的韵律。 原目编为1187号。	今存抄本一种,五卷: 190页,高26公分,宽16公分。
福江诗文集(Phúc Giang Thi Văn Tập)	阮希韩	—	1	—	阮希韩诗文集,收录有题咏酬应诗作及碑文祭文等。 200页本附有杨琳的《四书歌》、《五经歌》。 原目编为2738号。	今存抄本二种: 200页本高28.5公分,宽16.5公分;192页本高28.5公分,宽16.5公分。
硕亭遗稿(Thạc Đình Di Cảo)	阮榴斋	—	1	—	阮榴斋诗文,其孙阮傑子仁编辑,其婿杨致泰子盛校订,有目录及序文。 本书分二卷,卷一收录五言长篇、七言古、七言律、五言绝、七言绝、诗余、杂著;卷二	今存抄本一种: 188页,高27公分,宽16公分。

续表

古籍	作者	朝代	收录诗人数	收录诗数	提要	版本、页数及版式
					收录赋、启、辨论、记、序、杂著。其中第 51 页所载一诗效满州文字写成。 原目编为 3278 号。	
蒙溪诗集（Mông Khê Thi Tập）	编者不详	—	1	114	诗集，收录题咏酬应感怀诗一百十四首。 原目编为 2194 号。	今存抄本一种： 62 页，高 25 公分，宽 16 公分。
梦珠诗集（Mộng Châu Thi Tập）	陶梦珠	—	1	270	沙江陶梦珠（泰亨）诗集，太常寺卿张仲友、阮纲纪、乂安布政使黎就洁、兵部行走武芳着等人评。 本书收录有陶泰亨的二百七十首诗，内容为咏景、感怀、唱和、饯赠、吊庆之类。 原目编为 2196 号。	今存抄本一种： 140 页，高 31.5 公分，宽 21 公分。
黎圣宗纯皇帝近体诗（Lê Thánh Tông Thuần Hoàng Đế Cận Thể Thi）	黎灏	后黎朝	1	116	圣宗黎灏近体诗一百十六首，内容有咏宫殿、名胜、题扇等，并有阮直、武览、申仁忠等人的评论。 原目编为 1879 号。	今存抄本一种： 102 页，高 27 公分，宽 16 公分。
黎惟亶诗集（Lê Duy Đản Thi Tập）	黎惟亶	后黎朝	1	102	黎惟亶撰。 本书收录三类作品，其一为咏后黎史实的四十二首诗，记有三府兵士之扰民、阮惠出北方、郑主出逃、官吏投降西山、黎帝嫁女于阮惠等重大事件；其二为咏中越忠义人物如比干、苏武、黎俊懋、李陈璮等人的三	今存抄本一种： 82 页，高 28 公分，宽 16.5 公分。

续表

古　籍	作　者	朝　代	收录诗人数	收录诗数	提　要	版本、页数及版式
					十首诗；其三为作者出使中国时所作的三十首诗，记有其行程经历。 原目编为1858号。	
黎家诗集（Lê Gia Thi Tập）	黎宗珖	后黎朝	1	103	诗一百三首，附碑记及普劝文各一篇。 黎宗珖（号清肃）撰，何宗权批阅。 原目编为1860号。	今存抄本一种： 46页，高32公分，宽22公分。
蓬洲诗文集（Bồng Châu Thi Văn Tập）	武惟清	—	1	124	榜眼武惟清（一作武维清）的诗文集。此书卷一为《诗集》，收录饯友、贺登第、祝寿、咏自然风景、咏名胜古迹等诗篇一百二十四首；卷二为《文集》，收录帐文二十一篇，用于祝贺升迁、致仕、寿诞等；卷三为《杂集》，十八篇，内容包括《梦说》（歌颂春秋时的管仲）以及对张汉超《灵济塔》的评论、对耶稣的批判、对神仙说的反驳等；附载祭神、祈福、求雨文。 原目编为283号。	今存抄本一种，三卷： 222页，高27公分，宽15公分。
养庵杂作（Dương Am Tạp Tác）	范会	阮朝	—	—	范会自编于绍治四年（1844）的诗文集，收录作品约一千篇，有总目，有喃字。 本书为作者自明命庚子至绍治甲辰（1843）五年间的作品，编辑于绍治甲辰年，明年告竣。 其诗文按年代排列，每年又分为奉神、奉家先、庆贺、哀挽、诗、简札、代拟酬奉、代拟奉神佛、代拟奉祠堂、代拟春帖、代拟庆贺、代拟哀挽、代拟碑记等目。 原目编为799号。	今存抄本一种： 458页，高29公分，宽20公分。

续表

古 籍	作 者	朝 代	收录诗人数	收录诗数	提 要	版本、页数及版式
蔗园全集（Giá Viên Toàn Tập）	范富庶	阮朝	1	—	蔗园范富庶全集，阮文迈、张仲友编辑，参与审阅、品评、题序、赠诗者甚伙，有陈善政、阮绵寘、阮文理、潘清简、阮通、阮思僩、裴文禩、阮仲合、阮述、张光憻、阮尚、黄自元（中国人）、陈简书、黎维枞等人。其三篇序分别作于嗣德十四年（1861）、成泰八年（1893）、成泰十一年（1896）。计二十六卷：其中卷一为《应制诗录》；卷二为《北行诗录》；卷三为《农江诗录》；卷四《东行诗录》，为送中国难民回广东时所作；卷五、七、九、十、十一为《京乡诗录》；卷六为《南行诗录》；卷八《西浮诗草》，为出使法国时所作；卷十二为《邯城诗录》；卷十三为《静候诗录》；卷十四至卷十七为章奏；卷十八为赋、序、表、论；卷十九为碑、铭、行、述；卷二十为覆阅御制诗；卷二十一为对联、文；卷二十二为记序、阅评、策问；卷二十三为祈祭文；卷二十四为书启序跋；卷二十五书启；卷二十六为书札。 原目编为1215号。	本书今存印本六种、抄本一种： 较全者四种，篇幅逾1500页，高25至31公分，宽16至22公分。
澄溪诗文集（Trừng Khê Thi Văn Tập）	吴硕甫	阮朝	1	160	又名《澄溪集》（Trừng Khê Tập）。 吴硕甫（号玉峰）的诗文集，收录祭文、帐文及近一百六十首诗。 撰并序于嗣德癸亥年（1863）。 原目编为3979号。	今存抄本一种： 146页，高27公分，宽15公分。

续表

古籍	作者	朝代	收录诗人数	收录诗数	提要	版本、页数及版式
邓黄中诗抄（Đặng Hoàng Trung Thi Sao）	邓辉熔	—	1	1252	邓辉熔诗集，张怀俞编辑，伟堂苏娘（中国人）序。 本书收录作者教书、登第、当官、出使时所作的一千二百五十二首诗，有注释。 原目编为951号。	今存书堂邓贵嗣德戊辰年（1868）印本二种，十二卷： 全本1098页，残本824页（阙卷三），高均29公分，宽16公分。
养斋集（Dưỡng Trai Tập）	武范启	—	1	—	武范启诗文集。本书分孟仲季三集，合订为一册：孟集收录谕、旨、奏、表，218页，其中多奉拟代作；仲集收录铭、记、文、论、辨、说，280页；季集收录庆挽诗文，310页。 原目编为801号。	今存抄本一种： 808页，高30公分，宽20公分。
增补妆台百咏（Tăng Bổ Trang Đài Bách Vịnh）	孺生	—	1	100	咏女子诗，题孺生撰，录诗一百首，乃咏及上古至宋代的一百位中国女子，包括妲己、褒姒、大乔、小乔、武后等。 附载阮朝官制。 参见《妆台百咏》条。 原目编为3154号。	今存抄本一种，抄于边缘有花纹的新式纸上： 74页，高27公分，宽17公分。
醉后闲吟集（Túy Hậu Nhàn Ngâm Tập）	杨琳	—	1	—	杨琳诗集。本书有自作的吟咏、赠和及劝诫类诗作，亦载楚辞、唐诗等作品的喃译。 原目编为4033号。	今存抄本一种： 70页，高31.7公分，宽21.2公分。

续表

古籍	作者	朝代	收录诗人数	收录诗数	提要	版本、页数及版式
黎成周诗集（Lê Thành Chu Thi Tập）	黎成周	—	1	72	黎成周诗集。黎成周，河南省峩溪人。本书其伤贫、忧乱、咏景、酬应诗七十二首。 原目编为1877号。	今存抄本一种： 40页，高29公分，宽16.5公分。
莲亭诗集（Liên Đình Thi Tập）	范莲亭	—	1	—	范莲亭诗联集，内容有贺寿、贺登第、悼死者、咏春、咏开笔等诗及祠庙、祠堂、学校、剧院等场所的对联，有喃字。 原目编为1983号。	今存抄本一种： 164页，高28公分，宽16公分。
鲁斋闲咏（Lỗ Trai Nhàn Vịnh）	鲁斋	—	1	511	鲁斋诗集，收录诗五百十一首，高辉耀（一作曜）评。 本书内容有写景、述怀、怀古、酬应等，其中有咏中越历史人物如范蠡、留侯、长派侯、宫妃阮氏金等人的诗。 原目编为2046号。	今存抄本二卷： 卷一114页，高29.5公分，宽17.5公分；卷二142页，高28公分，宽14.5公分。
澹斋诗文集（Đạm Trai Thi Văn Tập）	汝伯仕	—	1	205	汝伯仕（号澹斋）诗文集，收录咏史、咏景之作二百五首，另有疏文、帐文、祭文、记文、序文等。 原目编为926号。	今存抄本一种： 176页，高28公分，宽16公分。
澹斋压线集（Đạm Trai Áp Tuyến Tập）	汝伯仕	—	1	—	清化省督学汝伯仕的诗文集，共五卷，举人汝知述编辑。 书中收录记、铭、箴、帐、疏、赞、序各文体，内容包括祝寿、贺登第、贺升授、饯送、哀悼等。 书中并载作者的儒学著述《大学图说》和七七六八体诗《大学歌括》。 原目编为923号。	今存抄本二种： 一本530页，高28公分，宽16公分；一本508页，高26公分，宽14公分。

续表

古籍	作者	朝代	收录诗人数	收录诗数	提要	版本、页数及版式
蕙圃诗集(Huệ Phố Thi Tập)	静和	—	1	260	静和诗二百六十首,附作者友人的饯送诗。白毫子序,君公、潘梁溪、阮方亭、君博评论。 静和,字季卿、养之,号常山,明命第三十四公主。 原目编为1558号。	本书今存抄本一种: 132页,高29公分,宽19公分。
橘林遗草(Quất Lâm Di Thảo)	阮文交	—	1	—	诗文集,阮文交(号橘林,又名淡如)撰,收录《世庙碑记》、《茅屋春话》、《槟榔传》、《视学赋》等诗文,其中多有应制之作。 原目编为2822号。	今存抄本三种: 厚112至144页,高28至30公分,宽16至17.5公分。
学吟存草(Học Ngâm Tồn Thảo)	李文馥	阮朝	1	80	李文馥(字邻芝)撰并序于明命十年(1829),梅峰潘辉注、豪川范廷擢评,毅庵梁钊撰序于癸巳年(1833)。 自1819年考中举人至明年所作的八十首诗。 二抄本(A.2047;A.2740)附《镜海续吟》。 原目编为1515号。	今存抄本三种: 篇幅46页至142页,高22至31公分,宽14至22公分。
淡如诗草(Đạm Như Thi Thảo)	阮文交	—	1	150	又名《橘林诗集》(Quất Lâm Thi Tập)。 阮文交诗集,收录诗一百五十首,主要为七言、五言,其中有《秋夜对月歌》。 有跋原目编为922号。	今存抄本一种: 81页,高26公分,宽14公分。

续表

古籍	作者	朝代	收录诗人数	收录诗数	提要	版本、页数及版式
锦亭诗选集（Cẩm Đình Thi Tuyển Tập）	潘养浩	—	1	409	潘养浩诗集，本书收录其诗四百九首，有喃字。 潘养浩，即潘叔直，号锦亭，乂安河东城县云岫人，探花。 第一册为《锦亭诗选》，为作者在京都时所作诗篇；第二册为《四方兰谱》；第三册为《效颦诗集》，有自序；第四册为《北行诗草》和《南行诗草》。 原目编为 386 号。	今存抄本二种： 分别为 228 页和 202 页，高均 29 公分，宽 17 公分。
锦亭诗文全集（Cẩm Đình Thi Văn Toàn Tập）	潘养浩	—	1	—	又名《锦亭诗选集》（Cẩm Đình Thi Tuyển Tập）、《锦亭诗文选集》（Cẩm Đình Thi Văn Tuyển Tập）。 本书为潘养浩诗文集，包括《锦亭诗集》和《锦亭文集》两部分，收录其登山临水之作及与武佑、武师说、阮鹏翼、阮义芳、范世亮等人的酬应诗文；另附黎圣宗、上阳洞主、郑森等人的作品。 按：《锦亭诗文全集》之名为后人所加，其实并非全集。原目编为 387 号。	今存抄本二种： 242 页，高 28 公分，宽 16 公分。
翰苑流芳（Hàn Uyển Lưu Phương）	杜良敦等	阮朝	1	144	诗文选集，蔡东至亭编辑。 本书首为安域社人举人杜良敦所撰的文章，其中有二十九篇书信，约作于嗣德三年（1852）前后，附有绍治诗作；其二收录河内仁睦乡人仙兴府教授黎黄艳（即阮廷瑶，号认斋）的碑记、诗赋、对联；其三收录净轩先	今存抄本一种： 168 页，高 25 公分，宽 12 公分。

续表

古籍	作者	朝代	收录诗人数	收录诗数	提要	版本、页数及版式
					生的一百十幅对联和一篇歌章；其四为宁平省安模县风池社人武范启的三十四首诗、三十六篇祭文；后杂抄其他作者的《诫色赋》、《香蔑行》、喃文《祭孤魂文》等诗文。 原目编为1335号。	
龙吟诗集（Long Ngâm Thi Tập）	希诚斋	—	1	56	希诚斋诗集，本书录其诗作五十六首，另有《僧人赋》一篇，有喃文。 希诚斋，姓名不详，兴安快州三东人。 原目编为2036号。	今存抄本一种： 43页，高26公分，宽13.5公分。
駰程杂抄（Nhân Trình Tạp Sao）	其人名讳不详	阮朝	1	—	诗集，题吏部尚书阮大人、户部参知裴大人之随派员抄辑，其人名讳不详。 本书收录作者嗣德三十五年（1882）往北方途中咏风景的诗，另有饯赠酬应诗若干。 原目编为2524号。	今存抄本一种： 62页，高31.5公分，宽21.5公分。
犹轩诗草（Du Hiên Thi Thảo）	裴文禩	阮朝	1	—	又名《犹轩诗序》（Du Hiên Thi Tự）、《犹轩诗》（Du Hiên Thi）。 裴文禩诗集。裴文禩，号殷年，河内金榜人，本书有裴有造丙戌（1886）年序，苇野老人于成泰二年（1890）题辞，苇野先生绿评，文麓先生墨评。 其中150页本，另抄《竹云文集》一种，为兴安按察朱梦贞的诗文联集。 原目编为744号。	今存印本六种、抄本二种： 以68页本为多见，各本高24至31公分，宽12至21公分不等。

续表

古籍	作者	朝代	收录诗人数	收录诗数	提要	版本、页数及版式
澹远诗草(Đạm Viễn Thi Thảo)	澹远	阮朝	1	172	本书为诗集,收录感作、即事、咏人、咏景诗一百七十二首,其中有作品描写成泰庚寅年(1890)的溃堤。 按:澹远其人不详,与本目收录之《澹远范先生文集》,盖为同一人。 原目编为928号。	今存抄本一种: 86页,高22公分,宽15公分。
澹远范先生文集(Đạm Viễn Phạm Tiên Sinh Văn Tập)	范先生	—	1	—	范先生诗文集,收录有谢恩表、哀悼文、启文、劝文、祭文、记文、碑记、对联、咏诗等。 原目编为927号。	今存抄本一种: 126页,高28公分,宽15公分。
龙岗北镇行余诗集(Long Cương Bắc Trấn Hành Dư Thi Tập)	高春育	—	1	—	又名《龙岗诗草》(Long Cương Thi Thảo)。高春育诗集,收录其任河内按察、兴化巡府、河内布政时所作的诗。 原目编为2022号。	今存抄本二种: 146页本高26公分,宽19公分;144页本题《龙岗诗草》,高25公分,宽18公分,另附作者生平介绍及若干贺联。
龙岗京邸诗集(Long Cương Kinh Để Thi Tập)	高春育	—	1	—	高春育在京都顺化期间所作的诗。 原目编为2026号。	今存抄本一种: 186页,高30.3公分,宽16.5公分。

续表

古籍	作者	朝代	收录诗人数	收录诗数	提要	版本、页数及版式
龙岗戊戌京邸集（Long Cương Mậu Tuất Kinh Để Tập）	高春育	—	1	—	高春育在京都顺化期间所作的诗文。 本书收录有七篇序文，如清漳县邓族家谱序文、琼瑠黄族《科谱长编》序文、汝澹斋《越史三百咏》序文、《通鉴辑览便读》序文、《抚蛮杂录》序文等；另有贺封赠的帐文五篇、关于《国朝实录》的奏文一篇；附其他作者的赠和、饯送诗。原目编为2028号。	今存抄本一种： 108页，高29公分，宽16公分。
龙岗休亭效颦集（Long Cương Hưu Đình Hiệu Tần Tập）	高春育	—	1	661	又名《休亭集》(Hưu Đình Tập)。 高春育致仕时所作的六百六十一首诗，内容有咏景物、唱和、祝寿等。 原目编为2024号。	三种题《龙岗休亭效颦集》，篇幅分别为136、148、152页，均高30.5公分，宽16.5公分；一种题《休亭集》，188页，高29公分，宽16.5公分，另有祝寿帐、祭祖先神圣文、即位表文、谢恩表等。
龙岗行余联集（Long Cương Hành Dư Liên Tập）	高春育	—	1	—	又名《龙岗联集》(Long Cương Liên Tập)、《龙岗留草》(Long Cương Lưu Thảo)。 高春育对联集，用于郊祭、勤政殿、文祠、寺庙、祠堂、书斋、婚礼、升迁、登第、致仕、祝寿、哀悼等场合。 其中一106页本另有贺阮尚贤的对联、挽黄耀联等。 原目编为2023号。	今存抄本五种： 篇幅86至588页，高25至31.5公分，宽17至18.5公分不等。
龙岗文集（Long Cương Văn Tập）	高春育	—	1	—	高春育诗文集，收录有书信、普劝文、告示、祭文等。 本书有文论及君主制的必要性及肉刑的存废问题，另有任河内布政时所作的诗歌赋七篇。 原目编为2032号。	今存抄本二种： 一本藏巴黎，518页；一本藏河内，160页，高30公分，宽16公分。

续表

古籍	作者	朝代	收录诗人数	收录诗数	提要	版本、页数及版式
静斋小草摘抄(Tĩnh Trai Tiểu Thảo Trích Sao)	阮咸宁	—	1	—	阮咸宁诗集。 阮咸宁,字顺之,号壬山,一号静斋。 原目编为 3779 号。	今存抄本二种: 116 页本高 29 公分,宽 16.5 公分;46 页本高 27.5 公分,宽 16.5 公分。
锦心酬世诗集(Cẩm Tâm Thù Thế Thi Tập)	黎孝廉	—	1	83	黎孝廉诗集,录诗八十三首,主要内容为咏越南历史人物如扶董天王、征王、丁先皇、黎太祖等,另有若干喃诗。 黎孝廉,快州府三东人,姓名生平不详。 原目编为 395 号。	本书今存抄本一种: 46 页,高 29 公分,宽 16 公分。
醒梦吟(Tỉnh Mộng Ngâm)	作者不详	—	—	34	诗集,录诗三十四首,作者不详。 原目编为 3772 号。	今存抄本一种: 20 页,高 29 公分,宽 11 公分。
宪使公诗文集(Hiến Sứ Công Thi Văn Tập)	陈驴	—	1	246	陈驴诗文集,收录诗二百四十六首、文五十四篇。 原目编为 1368 号。	今存本一种: 222 页,高 29 公分,宽 20 公分。
衡门四友新集(Hành Môn Tứ Hữu Tân Tập)	松轩 梅轩 菊轩 竹轩	—	—	—	又名《松梅菊竹四名公诗话》(Tùng Mai Cúc Trúc Tứ Danh Công Thi Thoại)、《唱和连吟诗》(Xướng Họa Liên Ngâm Thi)。 托名松轩、梅轩、菊轩、竹轩四人的联吟诗集。 其内容写良辰美景、留连诗酒之类,另有此四人的小传以及写他们之间的交往的散文。 原目编为 1343 号。	今存抄本一种: 50 页,高 26 公分,宽 14 公分。

续表

古籍	作者	朝代	收录诗人数	收录诗数	提要	版本、页数及版式
谦斋诗草（Khiêm Trai Thi Thảo）	陈名琳	阮朝	1	122	陈名琳诗一百二十二首，另有撰于成泰十年（1898）的后神碑记。 原目编为1671号。	今存抄本一种： 106页，高28.5公分，宽15.5公分。
应溪文集（Ứng Khê Văn Tập）	段仲喧	阮朝	1	—	段仲喧（号应溪）诗文集，其子段展编辑于成泰十七年（1905）。 据序文，全书原二十一卷，现存卷三至卷五。 原目编为4143号。	今存抄本一种： 126页，高30公分，宽17公分。
应溪文选（Ứng Khê Văn Tuyển）	段仲喧	阮朝	1	—	段仲喧（号应溪）诗文集，其子段展编辑于成泰十七年（1905），书前有段展所撰的序。 据目录，本书共十五卷：卷一为序、目录、祠堂联碑，卷二为赠言，卷三为年表，卷四为对联，卷五为诗，卷六为集诗，卷七为家礼，卷八为应酬，卷九为读《易》略抄，卷十为读书质疑，卷十一为塾堂拟撰，卷十二、十三为长策题目，卷十四、十五为道策题目。 然本书现仅存二册，即自开始至“读书质疑”部分。 原目编为4144号。	今存抄本一种： 610页，高31公分，宽22公分。
谢玉文联集（Tạ Ngọc Văn Liên Tập）	黄瑞芝	阮朝	1	—	黄瑞芝文集，撰于保大四年（1929）。 本书第一部分收录十六篇赋、帐、祭文，如《西湖秋色赋》、《龙城春色赋》、《风池书院记》、《嘉远山川风土记》、《浪漫子自叙》等；第二部分为贺联、挽联；末为《乡墨》，为考场文；附有同科登第者的名单。 原目编为3059号。	今存抄本一种，有肖像二幅，有喃字： 138页，高32公分，宽27公分。

续表

古　籍	作　者	朝　代	收录诗人数	收录诗数	提　要	版本、页数及版式
镐峰公诗集（Cảo Phong Công Thi Tập）	吴维垣	黎朝	1	—	黎朝陪从吴维垣（吴葆斋，即吴仲珪）诗文集。 参见《陪从公文集》条。 原目编为 376 号。	今存抄本一种： 136 页，高 32 公分，宽 22 公分。
旧翰林段阮俊诗集（Cựu Hàn Lâm Đoàn Nguyễn Tuấn Thi Tập）	段阮俊	阮朝	1	215	段阮俊诗集，收录作者赴京任职所作的二百十五首诗以及友人和诗，其中有阮攸等的和诗。 本书附载《南行程录》一部，作者不详，内容记 1816 年自河内至乂安的行程。 另附觉海、黎适、吴时任等人的启、表、祭文。 原目编为 641 号。	今存抄本一种： 140 页，高 32 公分，宽 21 公分。
归田诗集（Quy Điền Thi Tập）	黎德敏	阮朝	1	1	阮次甫跋于嗣德四年（1851）。 黎德敏（字希常）诗文集合抄。本书收录作者的三部作品：其一《归田诗集》，为作者致仕后所作的诗；其二《南行诗集》，为作者南下途中所作的诗；其三《祠堂记》，内容包括祭文、游记及若干首词，所用词调有《菩萨蛮》、《西江月》、《迎春乐》、《忆王孙》等。 原目编为 2906 号。	今存抄本一种： 104 页，高 28 公分，宽 17 公分。
懒樵诗草（Lại Tiều Thi Thảo）	陈茂腾	阮朝	1	319	陈茂腾诗集，录诗三百十九首，陈辉积编辑于嗣德三十三年（1880）。 原目编为 1816 号。	今存抄本一种： 203 页，高 27 公分，宽 15 公分。

续表

古　籍	作　者	朝　代	收录诗人数	收录诗数	提　要	版本、页数及版式
罗岸杜大家诗文（La Ngạn Đ ỗĐ ại Gia Thi Văn）	杜辉琬 杜辉璙	—	2	—	杜辉琬、杜辉璙两人的诗文合集，有引文。 本书首为杜辉琬的诗文，次收杜辉璙作品；内容多为咏景、感怀、吊庆之作；另附祭文址文、祈年歌、祈安歌等。 原目编为1799号。	今存抄本一种： 167页，高28公分，宽17.5公分。
宝斋诗集（Bảo Trai Thi Tập）	陈名案	后黎朝	1	1	又名《宝篆陈黄甲官撰集》（Bảo Triện Trần Hoàng Giáp Quan Soạn Tập）。 陈名案诗文集。本书收录关于清军进入越南一事的谢恩表、关于清帝准许其回国一事的谢恩表、戒色赋、和尚书晴派侯诗、哭金派侯文等。按：书名"宝篆"为陈名案的籍贯，"宝斋"不知何意。原目编为145号。	今存抄本一种： 78页，高30公分，宽20公分。
宝篆陈先生诗集（Bảo Triện Trần Tiên Sinh Thi Tập）	陈名案	后黎朝	1	—	陈名案诗文，收录有《题兴道大王祠》、《一布衣吟》、《寄舍儿》、《至情篇》、《可礼山赋》、《重删禅林宝训全诠序》等篇。 原目编为148号。	今存抄本一种： 56页，高33公分，宽20公分。
宝篆陈进士诗草（Bảo Triện Trần Tiến Sĩ Thi Thảo）	陈名案	后黎朝	1	—	又名《故黎朝进士宝篆社陈名案诗草》（Cố Lê Triều Tiến Sĩ Bảo Triện Xã Trần Danh Án Thi Thảo）。 陈名案诗文集。本书收录作者《奉复故黎昭统皇帝赐诗元韵》、《见故宅芙蓉花》等，其中有一篇《对联辨说》文。 末附郑天赐《河仙十咏自序》及其咏河仙十景诗六首、顺德老人《河仙十咏》十首。原目编为149号。	今存抄本一种： 68页，高32公分，宽23公分。

续表

古 籍	作 者	朝 代	收录诗人数	收录诗数	提 要	版本、页数及版式
宝篆陈黄甲诗集（Bảo Triện Trần Hoàng Giáp Thi Tập）	陈名案	后黎朝（1533—1788）	1	—	陈名案诗，有喃字。 附黎的《北行略编》，讲述黎昭统流亡中国的故事。 原目编为147号。	今存抄本一种： 55页，高30公分，宽17公分。
苏溪随笔集（Tô Khê Tùy Bút Tập）	武宗璠	阮朝	1	53	武宗璠的五十三首诗作。 武宗璠即武奂甫，号鲁庵，一号唐川。 有作者绍治丁未年（1847）序。 原目编为3800号。	今存抄本一种： 36页，高25公分，宽13.5公分。
鹤墅吟编（Hạc Thự Ngâm Biên）	阮尚贤	阮朝	1	64	阮尚贤诗文集，收录诗六十四首、对联十五副、文二篇。 原目编为1300号。	今存抄本一种： 34页，高26公分，宽15公分。
鹤亭诗集（Hạc Đình Thi Tập）	黎成周	—	1	75	黎成周赠和、述怀诗七十五首。 参见《黎成周诗集》条。 原目编为1297号。	今存抄本一种： 42页，高27公分，宽16公分。
鹤人丛言（Hạc Nhân Tùng Ngôn）	黄文槐	—	1	300	又名《进士古林公诗文遗稿合集》（Tiến Sĩ Cổ Lâm Công Thi Văn Di Cảo Hợp Tập）。 黄文槐诗文集，黄翠芝编辑，黄瑞莲序。 本书收录诗文三百篇，诗作内容多为吟咏述怀一类，文中收录有歌颂周文王的赋文一篇；附有阮文桃、潘佩珠、黄叔抗的作品。 原目编为1298号。	今存抄本一种： 196页，高24公分，宽15公分。

续表

古　籍	作　者	朝　代	收录诗人数	收录诗数	提　要	版本、页数及版式
鹤峰全集（Hạc Phong Toàn Tập）	阮汪	—	1	286	又名《南定学政玄溪阮鹤峰诗集》（Nam Đ ịnh Học Chính Huyền Khê Nguyễn Hạc Phong Thi Tập）。 阮汪诗文集。本书收录诗二百六十五首、帐文十篇、祭文九篇、记文三篇、赞文一篇、若干对联；另有喃诗《横山》、咏翘诗二十一首、《香山记》、《鄂甫家谱序》等。 原目编为 1299 号。	今存抄本一种： 226 页，高 30 公分，宽 10 公分。
读史痴想（Đ ọc Sử Si Tưởng）	范阮攸	西山朝	1	287	两部同名诗集的合抄：第一部《读史痴想》为范阮攸作于景兴二十九年（1768），收录诗一百六十四首，咏中国历史人物，本目著录；第二部为春派陈懒夫的作品，为前者的仿作，收录诗一百二十三首，咏一百八位人物。 原目编为 1066 号。	今存抄本一种： 102 页，高 26 公分，宽 15 公分。
籁鸣诗草（Lại Minh Thi Thảo）	武序	阮朝	1	164	又名《南定武竹村诗》（Nam Đ ịnh Vũ Trúc Thôn Thi）。 武序诗集。武序字继之，号竹村。 本书撰于嗣德壬午年（1882），有自序，杨克斋品评，陈梅岩（陈希曾）跋，另载阮鼎臣（阮尚贤）、范伯善、范廷之等人的题词。 本书收录《籁鸣诗草》一部，二卷；附《梅花洞记》、《听笳吟草》各一部，内容有咏节序、时事、名胜及饯送友人等。 原目编为 1815 号。	—

续表

古 籍	作 者	朝 代	收录诗人数	收录诗数	提 要	版本、页数及版式
观东海(Quan Đông Hải)	阮衡	—	1	—	阮衡的诗文作品集,何文嘉编辑。 内容有序跋、咏诗、箴文及若干考证作品。 原目编为 2785 号。	今存抄本三种: 篇幅自 102 页至 156 页不等,高约 30 公分,宽 15.5 至 19.5 公分。
鹤山诗草(Quán Sơn Thi Thảo)	陈辉积	阮朝	1	143	陈辉积诗一百四十三首,作品撰于嗣德癸酉年(1873),有序及目录,附有友人的唱和诗。 陈辉积,字君厚,号石庵,别号鹤山居士。 原目编为 2796 号。	今存抄本一种: 180 页,高 30.5 公分,宽 18.5 公分。
总计			657	65807		

跋　语

中国古代诗歌(汉诗)曾在周边的朝鲜、日本、琉球(现冲绳)、安南(现越南)等国长期盛行,而且占据文坛主流地位,象征着高雅修养及尊贵身份。用非母语进行诗歌创作并保持长期兴盛的东亚汉诗,成为持续影响东亚各国诗歌及文学发展的重要因素,也成为本民族文学艺术乃至社会文化的重要组成部分,这在世界文学史上极为罕见,弥足珍贵。

一

对东亚国别汉诗的研究很早就开始了,从朝鲜和日本现存的众多汉语诗话著作中,可以大体看出东亚汉诗的发展轨迹。古代东亚各国汉诗主要围绕着如何接受和消化中国诗歌为中心内容而展开,也早就出现过把中国诗文进行本民族化改造的主张,比如15世纪的朝鲜李朝学者徐居正就指出:"我东方之文,非宋元之文,亦非唐汉之文,而乃我国之文也,宜与历代之文并行于天地间,胡可泯焉而无传世焉?"(《东文选序》)这种对汉诗进行本民族化改造的努力,使得东亚各国都出现过一批独具特色的汉诗评论以及极为兴盛的汉诗创作。其中较为突出的比如日本江户时代后期的赖山阳,他的诗歌理论以及汉诗创作实践,都堪称日本汉诗中佼佼者,如果将其诗论及诗作放到同时代的中国清代诗人以及朝鲜李朝诗人当中进行比较,可以发现是极具特色的。他的诗论和诗作既是中国诗歌的一种延续,更是一种变异和发展,从许多方面可以充实和拓展对中国诗歌理论以及诗作实践的研究。

中国对朝鲜、日本汉诗的记载以及研究也是历史悠久。《汉书》中对朝鲜半岛上新罗汉诗早有记载,唐代诗人与朝鲜、日本汉诗人的交往唱酬也多见于史籍。明清时期,与朝、日、越、琉球等国间的汉诗交流十分广泛,东亚汉诗创作也达到了全面繁荣。比如清末光绪年间,著名学者俞樾应日本友人之邀,编撰了洋洋四十二卷的《东瀛诗选》,把日本江户时代的汉诗佳作几乎囊括殆尽,在中、日两国出版后引起极大反响,成为东亚汉史上的佳话。

19世纪中叶以后,随着清朝的衰败和西方列强势力在东亚的扩张,作为亚洲汉字文化圈中文化交流主要载体的东亚汉诗创作趋向萧条,对汉诗的研究也随之陷入尴尬境地。不仅日、韩、越的文学研究者中出现了贬低汉诗价值的观点,中国古典文学研究界对朝鲜、日本、琉球、越南的汉诗也不够重视，文学研究者中少有人涉足这一领域。尤其是一百多年来西风东渐及全球化的热潮过程中，东亚传统的共同文化因子被有意无意地贬低或摒弃，这对于东亚各国的和谐相处及持续发展都有不利影响。

这一现象在近二十年来逐步得到了改变。越来越多的学者认识到，东亚汉诗除了具有中国传统文学的特色之外，还具有各国本民族文学的特性和价值。中、日、韩、越学者已经开始超越本国汉诗的研究视野，从东亚文化交流与接受的角度拓展对东亚汉诗研究。然而，对东亚汉诗发展史、诗学理论体系以及东亚国别汉诗相互间的影响、各自的特征探讨等重大方面，还有待于深入的辨析探讨。进行东亚汉诗整体的对比研究无疑具备了不同于以往诗学研究的独特视角，深入进行这样的研究可期待对于中国及东亚各国诗歌及诗学取得一些突破性认识。

除了对现存的东亚汉诗除了进行资料保存和版本整理之外，还很有必要对汉诗在东亚各国中有过哪些发展和变化的轨迹进行梳理辨析，即开展系统的东亚汉诗史及东亚汉诗学的研究。有关朝韩、日本、琉球、越南汉诗的创作特色，东亚汉诗学的理论特点，以及中国诗歌和诗学传播到了朝鲜、日本、琉球、越南之后发生过哪些重要的解构和重构，出现过哪些重要的变化等等，对这些重要的诗作实践和诗学理论的问题，学术界还期待着进行深入细致和扎实的整体研究。

二

在东亚各国中，相对而言朝鲜与中国朝廷关系最为密切，对于中华文化的学习和吸收也最为积极深入，在思想观念及国家体制方面都是深受儒家思想的影响。朝鲜李氏王朝时期的汉诗发展，与中国明清时期的诗坛风气转变密切相关。中国和朝鲜使臣都以汉诗文作为两国文化政治沟通的方式。朝鲜文臣来中国，往往与中国的文人切磋诗文，明朝皇帝有时亦赐诗给朝鲜文臣。而中国使臣赴朝鲜后也经常在朝会、交游、宴请、倾谈之际以诗抒怀，以文会友。明代中朝使节频繁往来，明廷先后遣使 170 余次，使节多达 200 余人。明使一般择文学之士充任，朝鲜国王也必选文学之臣为馆伴，宾主赓和酬赠，朝鲜还把明使节酬唱之诗刊为《皇华集》，自明景泰初至崇祯朝，共刊行 50 卷。

朝鲜汉诗通过各种渠道陆续传入明清时期的中国，比如万历二十六年(1598)，学者吴明济先后二次随明朝使臣赴朝。吴氏有心搜求朝鲜诗人文集，汇集了包括新罗诗人崔志远，高丽诗人崔承佑、金富轼、郑道传，李朝诗人许筠、许葑、李穑、成三问、郑麟趾等人诗作，“自新罗至朝鲜，共百余家”，编为《朝鲜诗选》，回国后刊布流传。全书以五言、七言古诗、律诗、绝句体裁分为 7 卷，收录了 112 人的 340 首作品，成为中国文人选编的第一部朝鲜古代汉诗集。明末清初学者钱谦益、朱彝尊、钱曾等人所撰藏书目都对此书做了著录，钱谦益《列朝诗集》、朱彝尊《明诗综》还分别选录了《朝鲜诗选》中的重要诗作数十首，成为明清时期记录中朝汉诗交流的重要资料。总之，明清时期的东亚诗坛已经是联成一体，尤其是中朝两国的人员往来及诗歌交流极为密切，这就为明清诗风对朝鲜汉诗产生影响创造了便利条件。

李朝初年诗坛仍然继承着高丽朝末年的风气，汉诗人普遍喜欢宋诗，尤其是苏东坡的诗作被奉为汉诗圭臬。出现这样的诗坛风气与两个因素关系甚大，其一是李朝道学的强势兴起，使得儒教哲学与汉诗创作开始有所区分，汉诗可以不再充当儒教道德宣讲师的角色，这样自然就会促进更多富有个性化的汉诗作品的出现；其二是朝鲜谚文的创制，使得更多的朝鲜人能够流畅地阅读和写作汉文汉诗，这就极大地促进了汉诗创作在全社会的普及，也使得汉诗创作内容愈加接近平民社会，朝鲜汉诗风格方面于是也开始趋向于通俗化。李朝前期诗坛宋诗风气盛行，苏东坡的诗风大受欢迎，模仿者很多。其中有成为诗坛巨擘的朴訚（1479—1504）、李荇（1478—1534），还有先后出现的成伣、朴祥、申光汉、郑士龙、卢守慎等著名的汉诗人[①]。值得注意的是，当时在普遍流行宋诗风格的诗坛上，出现了"海东江西派"的说法，也就是上述这些著名的汉诗人，都明显表现出了仿学宋代江西诗歌的倾向，无论是写诗和论诗都讲究气格声韵。尤其是对苏轼、黄庭坚的诗风研究得很深，其诗作也往往表现出凝练的笔法和纯熟老道的格调。

李朝中叶诗坛兴盛，此时正逢明王朝中叶，前后"七子"学唐风气正浓。这一风气也很快影响到朝鲜诗坛，于是李朝诗人模仿唐诗风貌者越来越多，出现了以崔庆昌、白光勋、李达为代表的"三唐"诗人，诗作往往场景阔远，气势雄壮，细节描写清丽优美，朝鲜汉诗创作出现了新一轮的繁荣。

朝鲜后期的诗坛，受东亚时局的动荡和中国明末清初诗风转变的影响，论诗著述中出现了一些重视自我和彰显个性的言论观点，在李朝尊唐诗崇理学的基调中出现这样的声音是值得注意的。朝鲜汉诗与朝鲜语诗歌之间，尽管有着雅俗的根本区别，并不形成此消彼长的对立关系。汉文诗歌的发展，对朝鲜国文诗歌来说，往往是提升和发展的机会；反过来也一样，朝鲜国文诗歌的发展进步，对朝鲜汉诗来说，也往往是促进发展和形成特色的机会。李朝汉诗的蓬勃发展，使得对汉诗的研讨也随着兴起高潮。朝鲜文人的诗歌意识日益自觉和强化，出现了许多用汉语写作的优秀诗话著作，如《东人诗话》（徐居正）、《惺叟诗话》（许筠）、《五山说林》（车天辂）、《百家诗话抄》（李钰）、《小华诗评》（洪万宗）、《东国诗话汇丛》（洪重寅）等，显示出朝鲜汉诗学的成熟。

三

日本汉诗创作历史悠久，名家辈出，佳作如林，现存的诗作数量庞大，从东亚汉诗整体发展格局的视野看，日本汉诗研究方面尚有不少值得深入探讨的领域等待着研究者的拓展深耕。与朝鲜、越南汉诗相比较，日本汉诗从产生初期就倾向于群体的抒情，注重汉诗吟诵在营建君臣和谐氛围、缔造群体协作关系方面所发挥的重要作用。

早在公元603年，圣德太子向往繁盛的大陆先进文明，借鉴隋朝吏治，制定了日本社

① 成伣（1439—1504），有《虚白堂集》诗集十四卷，补集五卷，风雅录二卷，拾遗一卷，文集十四卷。朴祥（1474—1530），有《讷斋集》七卷，续集四卷，别集一卷，附录二卷，附集二卷。申光汉（1484—1555），有《企斋集》十二卷，附录二卷，别集七卷，文集三卷。郑士龙（1491—1570），有《湖阴杂稿》八卷。卢守慎（1515—1590），有《稣斋集》十卷，附年谱、行状、内集二卷。

会的冠位十二阶，以儒家的伦理道德为衡量标准，以德行和才能作为选择朝臣良吏评品位阶高低的主要依据。第二年，圣德太子颁布著名的《宪法十七条》，具体规定贵族、官吏的道德原则和行为规范。其中第一条曰："以和为贵，无忤为宗。人皆有党，亦少达者。是以或不顺君父，乍违邻里。然上和下睦，谐于论事，则事理自通，何事不成?"第九条曰："信是义本，每事有信。其善恶成败，要在于信。群臣要信，何事不成？群臣无信，万事悉败。"第十条曰："绝忿弃嗔，不怒人违。人皆有心，心各有执。彼是则我非，我是则彼非。我必非圣，彼必非愚，共是凡夫耳。是非之理，讵能可定？相共贤愚，如环无端。是以彼人虽嗔，还恐我失。我独虽得，从众同举。"其十七条曰："夫事不可独断，必与众宜论。少事是轻，不可必众。唯逮论大事，若疑有失，故与众相辩，辞则得理。"从上述引文可知，这篇出自一千四百多年前圣德太子之手的优秀汉文，从中国古籍中汲取了大量的词语和思想，如"以和为贵"出自《礼记·儒行篇》、"人皆有党"出自《左传·僖公九年》等。而圣德太子所提出的"以和为贵，无忤为宗"，"上和下睦，谐于论事"，"相共贤愚，从众同举"等观念，早已成为日本社会中为人处世的主要方式，全社会公认的道德标准，人际关系和社会结构的基本准则，至今仍然有着巨大的影响作用力。

受到日本社会中这些基本观念的深刻影响，日本汉诗人在为人处世及撰文吟诗等方面都表现出了一些共同的观念倾向性，正是这些共同的观念倾向性，成为日本汉诗与朝鲜汉诗、越南汉诗形成区别的内在因素。比如对于东亚汉诗学的基本理念"诗言志"，源于汉代的《毛诗序》。《毛诗序》是中国诗歌理论的第一篇专论，是从先秦到西汉时代儒家论诗的理论总结，其在中国及东亚诗论史上的重要意义不言而喻。《毛诗序》对先秦儒家诗论的继承和发展首先表现在阐述诗歌的来源和特征方面，比如说："诗者，志之所之也，在心为志，发言为诗。情动于中而形于言，言之不足故嗟叹之，嗟叹之不足故永歌之，永歌之不足，不知手之舞之，足之蹈之也。"继承了先秦诗、乐、舞本来密不可分的传统观点，也阐述了诗言志的内涵包括了抒情和言志，情与志在人的内心是合二为一的东西，它们感发出来，就是诗(准确地说是诗的内容)。对于东亚汉诗学这一基本观念的经典解释，日本汉诗人在诗歌创作实践中实际上有着自己的独特理解及选择倾向性。

比较一下《毛诗正义·序》与《古今和歌集·序》可以看出中日诗歌基本倾向的有所不同。《毛诗正义·序》的开头说"夫诗者，论功颂德之歌，止僻防邪之训"。而《古今和歌集·序》的开头就说"夫和歌者，托其根于心地，发其花于词林"。所以从总体上看，日本诗人虽然也奉行"诗言志"的宗旨，但是与中国诗人相比，日本诗人更倾向于"情"的表现，更注重表现个人的爱好情趣以及不同的性格旨趣。这一倾向性的爱好选择，或许就是平安朝(781—1192)日本诗人对唐诗的选择中，独赏白居易诗的内在原因。对此，铃木修次先生有精辟的分析：

> 中国之凡自任为一流文学的作品，传统上都无不是置于与政治的关联中而自觉到其文学的存在意义，一些方面可以看出他们将文学和政治扯上关系的意识非常强烈，而于此相对日本的文学，则从其出发之原点即可见出它的脱政治性。[1]

---

① 铃木修次《中国文学与日本文学》，东京书籍株式会社1981年版，第43页。

铃木修次先生所论，主要针对日本和歌与中国汉诗相比较，其结论固然没错。但是针对日本汉诗而言，结论却没有那么简单。日本汉诗创作中有受到和歌影响而出现的“脱政治性”的倾向，但是也有受到中国诗歌诗学的影响，并且这是主流的一面。特别是到了江户时代之后，日本汉诗中对于天下国家朝政的关切是极为普遍的，而且还表现出强烈的个人情感色彩，这又与日本汉诗重情的传统特点密切相关。到了幕末近代，日本汉诗人又表现出对于时局变迁、国政变革的强烈兴趣，汉诗创作中涌现出许多关切时政、鼓吹变革的佳作，这些汉诗作往往指陈时事，剖析时局，分辨利害，慷慨激昂，充满激情。日本汉学研究者也意识到，幕末此类汉诗诗作的大量出现，与中国诗歌关切现实以及日本汉诗重情的传统都有着密切的关系[①]。

从明治至昭和年间的国分高胤(1857—1944)，吟诗六十年，指陈时事，诗风苍劲，关怀民生，豪情慷慨，被认为是日本汉诗千年创作史上的殿军[②]。现择其两首古体，以展现其诗作基本风格：

清廷改官制，任免各大臣。
锐意学西法，百弊期一新。
衰弱两百年，岂无其原因。
头小而尾大，国势竟不振。
上下只征利，徒说义与仁。
苞苴公然行，水火悲斯民。
近来有所悟，制度仿东邻。
各省拔才俊，留学日问津。
从来宪政美，先要得其人。
愿不趋皮相，沈潜养精神。

《改官制》

羽书飞万里，时局日艰难。
月晕天将雨，唇亡齿竟寒。
干戈盟独露，玉帛失清韩。
叹此焦眉急，茫然袖手看。
窥机齐虎视，振翼乍鹏抟。
豹起南山雾，鲸翻北海澜。
壮夫空按剑，大将漫登坛。

① 参看菅野礼行、德田武校注《日本汉诗集·解说》，(东京)小学馆，2002年版日本古典文学全集，第86册，536页。

② 木下彪《青崖诗存·序》：“先生以诗鸣天下者几六十年，篇什之富，洵如陆放翁云六十年间万首诗。古人所谓读万卷书、行万里路、作万首诗者，先生有焉。我国自有诗人而还，未有盛于先生者也。先生既殁之后，国势衰落，人心丕变，风雅之道，遂坠于地，固势之无可如何者。则自王朝以来，千数百年之传统，至此而尽，盖天以先生为之殿军欤？噫！”

宁复有长策，不曾惭素餐。
短长歌踯躅，忼慨泪阑干。
谁护蜻蜓国，置之磐石安。

《袖手看》[①]

国分高胤生活在日本明治维新成功之后国力逐渐强大的历史阶段，人心思变，追求民族强盛，学习西方，政体改革，推动经济发展。但同时处在西方列强侵略东方，推行殖民政策的阶段，朝鲜李氏王朝和清朝急速衰败，日本虽然得到发展，但同为东方古国，自然会有唇亡齿寒、岌岌自危的意识。作为民族自尊心和社会责任感极为强烈，对于国内外时局形势极为关注的知识分子，国分高胤自然在其汉诗中倾诉了自己对于时局、对于自身国家、对于东亚前途的种种担忧和深入思考，因而其汉诗创作就具有极其鲜明的当代意识。坦率地说，国分高胤在其汉诗创作中表现出了强烈的大和民族自豪感，也袒露出与德国、俄国争夺和瓜分东亚领土的强烈意愿，这些都是当时日本思想界的主流意识，也是近代日本汉诗中普遍表现出来的主导意识。惟有如此，国分高胤才能成为从明治到昭和年间日本汉诗创作的代表性诗人。

日本汉诗人关注民族国家整体利益，追求社会内部的协力发展及和谐关系，注重人情，关怀民生，并在汉诗吟诵中有着强烈的情感色彩，这些因素都在国分高胤的诗作中得到了充分的体现。日本汉诗历程以国分高胤作为最终谢幕的殿军，是合乎逻辑的发展结果，也称得上是名副其实的自然选择。

四

历史上的琉球王国，主要是指从1429年尚巴志建立统一政权起，到1879年被日本吞并为止，在日本九州和中国台湾之间的琉球群岛上存续了450年的一个统一王国。琉球王国统一之前，琉球群岛上有山南、中山、山北（所谓“三山”）三个地方政权，它们早在明代初年即已相继朝贡中国[②]。1429年中山王尚巴志统一了三山，建立琉球王国。他承续前规，定期遣使赴北京朝贡，并接受中国朝廷的册封，因此在明清两代，琉球和朝鲜、越南一样，是中国的属国。虽然日本萨摩藩主岛津氏曾于1609年一度侵略琉球，逼其进贡，江户幕府亦在此后一再命令琉球向其派遣使节，但直到19世纪中后期，琉球在公开外交场合一直以中国属国自居，中琉之间也一直保持着东亚传统册封朝贡体系中所有的基本关系。直至1879年，日本明治政府强大起来之后才敢“废琉置县”，吞并琉球王国。

① 诗见《青崖诗存》卷九、卷五，载《诗集·日本汉诗》第二十卷，（东京）汲古书院，平成二年七月刊行。

② 据《明史·琉球传》，洪武五年（1372），明太祖遣使“以即位建元诏告”中山国，其王即派其弟随使入贡。可见中国与琉球的贡封关系最少也有五百年。

在东亚秩序中，明清两朝与琉球始终维持着宗主国与藩属国的稳定关系[①]。据1999年日本帝国书院版《地図で訪ねる歴史の舞台》(日本卷)，《南西诸岛：以中转贸易而繁荣的琉球王国》篇里有一统计：有明一代，东亚诸国入贡明朝，日本19次，李氏朝鲜30次，安南89次，琉球高踞榜首，竟达171次。与日、朝、越相比，足见琉球与中国关系之亲密，其国君即位，必定循例请明帝遣使册封。难怪《明史·琉球传》结语赞道："其虔事天朝，为外藩最云。"琉球的首里，也得名于明万历皇帝赐给琉球国的诏书中的一个词：守礼之邦。这四个字被刻上匾额，高悬在首里古城最显眼的一座中国风格的牌楼上。这座牌楼被称为"守礼门"，成为整个琉球群岛的代表性建筑。琉球国王居住的首里城正殿不是坐北朝南，而是坐东朝西，面向中国大陆方向。这并非是建筑师的失误，而是为了显示对于中华文化的"归慕之心"，琉球皇家建筑的正殿正厅都是面向中国海。首里城正殿内原先悬挂着中国皇帝赐给琉球国王的9块匾额，皆在二战中毁损。如今已复原3块，分别是清朝康熙皇帝题写的"中山世土"、雍正皇帝的"辑瑞球阳"和乾隆皇帝的"永祚瀛壖"，悬挂正殿，昭彰历史。

相对于朝鲜和日本，琉球汉诗人起步较晚，保留下来的琉球汉诗作品数量也较少[②]。三山时期琉球汉诗作品保留下来的仅为单篇断章，到明王朝藩属时期，琉球汉诗有了快速发展。此时不仅有琉球学子来华学习，还有闽人三十六姓迁居至琉球传授中国文化技术，包括汉诗文，其中便涌现出不少知名汉诗人及汉诗佳作，可惜绝大部分皆毁于战火。到了清王朝藩属时期，琉球汉诗的发展达到繁盛期，中琉使节交游唱和篇章众多，琉球来华官生与中国文人的交游唱和也是佳作迭出，足见琉球汉诗人虽然起步晚，但刻苦学习，领悟力强，在东亚汉诗圈内堪称后来居上。从被日本南部萨摩入侵开始，琉球王国经历了以弱对强、艰难挣扎的痛苦历程，而清末国势的衰弱逐渐丧失宗主国的实力与权威，则是导致琉球王国最终被日本吞并的重要背景。在此阶段中，琉球汉诗人与中国及日本汉诗人交往密切，使得琉球汉诗不仅保持着创作繁荣的发展势态，而且出现了新的因素，其中琉歌的兴起并与汉诗的结合最为明显。

学术界对琉球汉诗的研究尚处起步阶段[③]，琉球汉诗发展历程及独特之处还需要进行深入的考辨细究，比如琉球汉诗中有关"大海"的意象表述，就极有特色。下面举三篇同名诗作略作申述：

八月凉风拂江滩，扁舟挂帆泛轻澜。
一朝经过千余里，银涛忽上恣奇观。

---

① 见《隋书》云："琉球国居海岛之中，当建安郡东，水行五日可至。"《元史》云："琉球在外夷最小而险者也。"《明一统志》云："本朝洪武中，其国(琉球)分为三：曰中山王，曰山北王，曰山南王，皆遣使朝贡。"《明史·琉球传》、《清史稿·琉球传》等皆有记录。另见潘相《琉球入学见闻录》，乾隆三十年(1765)成书，作者为清朝国子监琉球官学教习，对琉球学生来华学习状况多有实录。

② 复旦大学出版社于2012年出版了(日)高津孝、陈捷主编的《琉球王国汉文文献集成》，其中汇集琉球汉诗人别集、选集近三十种。据说还有近四十种汉诗文别集等待续编刊出，但已大体可知现存琉球汉诗总量不多。

③ 可参考日本学者上里贤一，中国学者毛翰、陈福康等人的相关论著。

是时明月挂河汉，浮云舒卷星光阑。
岛屿隐见雾中小，波涛澒洞天涯宽。
东风号怒助声势，一夕欲卷沧溟干。
回涛倒撼地舆坼，轻舟一叶随奔湍。
平生不履险阻地，逸居谁知客路难。

阮宣诏《海上观潮歌》[①]

平生喜游眺，未见海上奇。
今王嗣位庚子岁，乘槎海上历险巇。
长帆十幅出姑米，苍茫万里无津涯。
元黄不辨乾坤色，中流一气相潆洄。
银涛雪浪掀天至，素车白马惊交驰。
霆击雷轰碎天鼓，十洲三岛愁崩摧。
冯夷鼓舞出游戏，此时潮头百怪来。
长鲸掉尾鳌背赤，随波出没天昂低。
却看波外悬落日，金轮激荡迷东西。
中流一叶忘奇险，随波起伏天东陲。
三日初看鸡笼岭，四日已到五虎台。
从来沧溟纳浩荡，众流百渎皆来归。
即今圣德被遐迩，螺车羽轮朝皇畿。
奔鲸骇浪不复有，天光海镜清涟漪。

郑学楷《海上观潮歌》[②]

十丈高帆挂海上，乘风鼓棹凌浩荡。
海人平生狎风波，海波愈险心愈壮。
银涛忽来百丈山，洪波疑泻银河间。
东风万里助声势，疾雷震电相掀翻。
前潮到岸散飞雪，后潮十层高巀嶪。
一日直恐龙宫干，东南更愁地轴裂。
扶桑东望连鸿蒙，红日涌出波涛中。
蓬莱瀛洲波上走，群灵出没金银宫。
巨鳌连山掉长尾，赤眼长鲸戏海水。
冯夷击鼓天吴歌，万变出没金波里。
天风吹月出沧瀛，星汉灿烂波中明。

① 《琉球诗录》卷一，清道光二十四年刊本，载《琉球王国汉文文献集成》三十一册，第129页。
② 《琉球诗录》卷二，清道光二十四年刊本，载《琉球王国汉文文献集成》三十一册，第159页。

但见苍茫海，化为冰壶清。
游子对酒歌，慷慨万里情。
平生忠信涉波浪，十丈高帆海上行。

东国兴《海上观潮歌》①

这三首诗的作者分别是阮宣诏、郑学楷和东国兴，三人皆为琉球来华官生，在清朝教习的指导下学习写作汉诗文。琉球来华留学生都有乘船渡海的经历，而这三首同名诗作，看来是教习根据这一情况而出的题目。诗中有一些描述大海的壮词，如"银涛"、"长鲸"、"冯夷"、"沧溟"等在汉诗中常用，由此亦可见琉球汉诗人对中国诗歌传统的继承，功底扎实。然而此三首琉球汉诗的真正佳处还是在于写出了不同的观察视角，也表现出了迥异的艺术个性。第一首侧重从天空俯视海涛，其"一夕欲卷沧溟干"、"回涛倒撼地舆拆"的诗句极为生动传神。第二首侧重于描写大海的波澜壮阔及海涛中的神奇景观，其表现出航海中的清晰地理概念同样令人赞叹。第三首侧重表现航海中的壮怀激情，诗中古今相通，人神交汇，又能突显安踏洪波，慷慨抒情，收放自如，显示出驾驭全局的出众才华。清朝教习孙衣言高度评价这首佳作："兼有昌黎、供奉（李白曾任翰林供奉）之长，视黄仲则作似尤豪逸。"确实如此，将其置于清代诗集中也堪称上乘佳作。

总之，琉球汉诗研究还是一块有待开垦的处女地。尽管时过境迁，有着五百年辉煌的琉球王国自近代以来已被日本并吞为冲绳县，然而中山古国的文化命脉至今尚存，中华古风的纯朴人情随处可见，而这一些都凝聚在琉球汉诗的字里行间，等待着有识者的开拓和发扬。

五

越南（安南）毗邻中国南方的云南广西地区，地理空间上与朝鲜、日本、琉球等东北亚地区相距较远，其山川气候、自然环境及文化传统都有着鲜明的特征。虽然千百年来同属东亚汉字文化圈，但是东亚各国彼此间的经济政治思想文化差别还是很明显的，这些因素都对古代越南汉诗的发展带来了直接的影响。

越南汉诗发展历程中最为突出的一点，便是宋明理学渗透到安南社会生活的各个侧面，形成了在东亚儒学发展史上最为稳固的儒学教育体系，包括持续时间最久的科举取士制度。宋代形成的程朱理学自陈朝初年（13 世纪中叶）传入后，备受越南朝廷推崇，在古代越南，只有受过正规儒学教育的学子才可能有机会成为士大夫。

宋明理学以儒家伦理为核心，具有揉合儒、释、道而形成"三教归一"的特征，崇尚宋明理学的越南儒教则更为强调这一点，这与越南社会文化的发展历史有着密切的关系。越南在中古时代就流行"三教同源"的思想，来源于中国的儒、释、道三家之间往往互有斗争，但又彼此渗透。在佛教占据优势的历史时期，僧侣大都精通儒学，能撰写汉诗文，其汉诗创作往往既阐明释家禅义，又蕴涵儒家哲理。到了"三教并尊"的李陈时期，儒佛道兼容的倾向更为

① 《琉球诗录》卷四，清道光二十四年刊本，载《琉球王国汉文文献集成》三十一册，第 241 页。

普遍。陈朝皇帝不少既研佛学，又通儒学，如陈太宗本身就是越南历史上著名的佛学大师，他所撰《课虚录》为越南竹林禅派的奠基之作，其中又贯彻儒释合一思想。

从整个思想体系方面考察，越南儒教确实是长期仿效中国儒学，并以学得像而自豪。胡朝越帝胡季犛(1336—1407)在《答北人问安南风俗》中这样写道："欲问安南事，安南风俗淳。衣冠唐制度，礼乐汉群臣。玉瓮开新酒，金刀斫细鳞。年年二三月，桃李一般春。"[①]这首诗，显然是向中国使臣夸耀越南社会的衣冠礼乐所达到的文明高度，可以与汉唐相媲美，此虽言过其实，但也形象地反映出了安南学习中原汉族文化的积极性，也可看出中国文化在越南所受到的极大尊重和所发挥的广泛影响。

与朝鲜、日本、琉球相比，越南古代同样是长期接受汉文化的全面影响，但是在如何消化和改造汉文学方面，越南的汉学家中借鉴模仿者居多，而开辟新境、独创一格者相对而言较少。在使用汉字作为正式文字的同时，越南人创造的"喃字"虽也得到广泛使用，但是持续时间并不长久。儒家学说在越南长期占主导地位，但是大多数越南汉学家恪守旧规，主要从事于解经教学，没有出现像朝鲜、日本那样此起彼伏、互相争辩的汉学流派。然而，越南科举制度中的儒、佛、道三教并试的情况，是在东亚其他国度从未有过的。越南汉诗作品中所大力张扬的大越民族自豪精神，在东亚汉诗界中也是最为强烈的。

越南汉诗文创作的历史悠久，但是对于汉诗文的研究还是显得相对保守，保留下来的论著较少。相对于朝鲜、日本都有大量的汉诗文评论之作，越南则显得相对薄弱。在公元939年以前，北部越南是中国的一部分；公元939年以后，越南的一切政令、建制律典皆摹中国旧法，公私文牍悉依中国文体。在文学批评方面，越南也是沿袭中国诗学文体，主要有序跋、书札、笔记三种文体。至于在中国、朝鲜和日本都较为常见的诗话，在古代越南则极少看见，目前保存下来的仅有两部，其一是绵审的《仓山诗话》，其二是黎贵惇的《芸台类语・文艺》，其形式与中国诗话及学术笔记并无二致。中国学者王小盾指出：越南古代诗学是在俗文学和应用文学环绕的情况下发展起来的，"总的看来，越南诗学最显著的特点有二：一是接受中国诗论尤其是经学诗论的极大影响，重视'诗言志'、'兴观群怨'、'温柔敦厚'、诗尊词卑等较富伦理学色彩的诗歌理论。二是基于本民族的文学实践，主张多种风格兼收并蓄，在明清以来的种种诗学流派中偏爱重视自然情感的性灵理论。同中国诗学流派化的局面相比较，越南诗学有一种调和的性质"[②]。调和的性质，显示出儒家中庸正统观念的影响，从另一方面看，也是在思想上缺乏创新意识的一种表现，综观越南古代的汉诗创作及评论，基本情况确然如此。

客观而论，历代越南汉诗人中也不乏呼吁张扬安南民族特色、独创安南汉诗格调的言论，也有在汉诗写作中糅合进越南语言的节奏声调的尝试。比如在七言律诗中加入两句越南人习惯的七言，中国七言习惯的节奏是前偶后奇，就是2——2——3，或者是4——3形式，而越南人习惯的七言节奏是前奇后偶，就是3——2——2，或者是3——4形式，这样糅合的结果就是越南人吟诵起来就觉得更为朗朗上口。比如陈朝的仁宗有一

---

① (越)潘孚先编辑，李子晋批点《皇越诗选・闰胡》，第13页，越南国家图书馆藏书，编号：R1629。

② 王小盾、何仟年《越南古代诗学述略》，载《文学评论》2002年第5期。

首《幸天长行宫》就如此：

景清幽亦物清幽，十二仙洲此一洲。
百部笙歌禽百舌，千行奴仆橘千头。
月无事照人无事，水有秋涵天有秋。
四海已清尘已静，今年游胜昔年游。

此诗被裴辉璧收入《皇越诗选》卷一，其特点就在于前奇后偶的句式和前偶后奇的句式交替使用，第一联和第三联是3——1——3句式，第二联和第四联是2——2——3句式，也就是说首联及颈联用了越南的七言节奏，颔联及尾联用了中国的七言节奏，这样不同句式的直接糅合，打乱了中国七律原本有的沉稳节奏感，从而使得整首诗呈现出一种安南风土"百部笙歌禽百舌"的喧闹效果，颇为别致。这样的糅合不同句式，中国诗人读起来或许会感到节奏乱，不顺口，但是越南诗人读起来就没有这样的不习惯感，这与中越两国语言节奏感有所不同是直接相关的。这样写汉诗，到底是有意为之，独创一格（即所谓的越化汉诗）？还是汉诗功力不到家，或随意为之的结果？仅凭此诗，还是很难定论。值得注意的是，从裴辉璧《皇越诗选》所选的陈仁宗五首七言诗作看，糅合不同句式节奏的只有这一首，其他四首都是严格遵守中国七言格式的，摘录如下：

半窗灯影满床书，露滴秋庭夜气虚。
睡起砧声无觅处，木樨花上月初来。

《月》

村后村前淡似烟，半无半有夕阳边。
牧童笛里归牛尽，白鹭双双飞下田。

《天长晚望》

绿暗红稀倍寂寥，雾云吞雨土花销。
斋堂讲后僧归院，江馆更初月上桥。
三十仙宫横夜榻，八千香刹动春潮。
普明风景浑如昨，仿佛羔墙入梦饶。

《天长府》

飘飘行李岭云南，春入梅花只两三。
一视同仁天子德，生无补世丈夫惭。
马头风雪重回首，眼底江山少驻骖。
明日泸江烟水阔，葡萄绿嫩洗心炎。

《答北使乔元朗》[①]

① 裴辉璧《皇越诗选》卷一，河内：汉喃研究院馆藏。

看得出来,陈仁宗擅长于七言汉诗,绝律皆佳,基本上还是遵守中国诗歌的声调格律,上引《幸天长行宫》一诗的变换节奏的写法,也就是偶一为之而已,并非有意创制新调之举。再说,从中国诗歌的角度看,文人诗所习惯的节奏确实是前偶后奇,也就是2——2——3或者是4——3形式。但是在中国民间俗文学中,尤其是到了明清时代的市井说唱文学中,前奇后偶的句式比比皆是,并不少见。从中越长期密切交往,尤其是中国俗文学在越南也是传播广泛影响深远的背景看,即使陈仁宗在诗中偶尔采用了前奇后偶的句式,也不能排除其受到中国俗文学影响的可能性,至少不能仅凭此点就认定是越化汉诗。

六

本书的初步结论:

从方法论的角度看,对东亚国别汉诗的研究必将对现在通行的古典文学和比较文学中的诗歌观念及理论体系进行反思,因为用现行的诗歌理论框架难以给东亚汉诗进行准确的理论定位。比如探讨不同的母语因素对东亚各国汉诗人创作的影响,像日本江户时期伊藤仁斋、荻生徂徕等著名学者的汉诗中,还是能看出受到汉文训读法的影响;又如朝鲜李朝汉诗人的作品也深受朝鲜语言中谚文的影响。细致辨析这些母语的影响和差异,对中国古典诗学和比较文学理论的充实和发展无疑有着十分积极的价值。

从本体论的角度看,汉诗属于中国文学的一种传统形式,同时也属于东亚各国的一种主流文学形式。用非母语进行诗歌创作并保持长期兴盛的东亚汉诗,成为持续影响东亚各国文学文化发展的重要因素,也成为本民族文学文化的优秀传统,这在世界文学史上极为罕见,独具东亚特征。汉诗不仅是中华民族传统文化的精华,也是东亚各国优秀传统文化的共同代表。东亚汉诗虽然有着相同的艺术形式规范,但从不同民族文化土壤中培育出来的东亚汉诗人及汉诗却有着形同神异的妙处。正是这些丰富的同中之异,表现出东亚汉诗艺术精神的独特魅力。东亚汉诗是东亚思想、语言、文学、艺术的结晶,是逾越千年东亚精神传统的共同代表。

具体而言,可做如下初步总结:

1. 东亚各国汉诗同源而分流,同宗而异派。对这一时期东亚各国汉诗的发展而言,从《诗经》到唐宋诗是共同的经典传统,而创作时空环境及语言因素的差异,又促使着东亚各国汉诗人对传统诗学经典作出了不同的文化选择、继承与弘扬,因此便出现了流派纷呈、各具特色的东亚汉诗创作鼎盛局面。

2. 对诗歌的认识、欣赏和批评构成了中国古代诗学发展的主要内容,每一时代的诗学内容(包括观念、体系和方法)与当时的社会思潮、哲学思想,尤其是审美观念均有密切的关系。汉诗学在漫长的发展过程中,深受中国社会的主导思想的影响。特别是古老的《易》经思想,孔子开创并之后长期主宰中国思想史的儒家思想,源起老庄的道家思想,还有从印度传入并在中国得到改造并发展变化的佛家禅宗思想等等,都深刻地影响到了东亚汉语诗歌的创作观念以及写作方式。中国及东亚汉诗学的演变方向及发展轨迹,都明显有着表现上述主导思想的痕迹，这些主导思想的融和，是造成汉诗学独特表达形式和独特精神内涵的根本因素，也是形成唐宋以后中国历代及东亚各国诗坛流派纷呈、风采各异的内在原因。

3. 汉诗和汉诗学传入古代朝鲜、日本、琉球、越南之后，在相当长的一段历史时间内被公认为是一种正统高雅的艺术形式而得以广泛流传，也深受东亚各国文人学者及贵族官吏的喜爱。值得注意的是，汉诗在东亚各国的长期流行并没有扼杀本民族语言形式诗歌的发展，汉诗和东亚各国的国语文学不仅没有彼此对立，反而形成了长期互补、互进的交融关系。在这样的基础上，东亚汉诗获得了不断革新发展的活力，如刘勰在《文心雕龙·通变》所说："故能骋无穷之路，饮不竭之源。"而在诗学观念上，东亚各国汉诗人都提出并强调其自创特色的主张。这种立足于本民族语言文化，继承外来汉诗优秀传统，又不受拘泥、重在创新的自觉意识，不仅在当时是颇为可贵的，就是在今天也仍然有其启示意义的。

东亚各国汉诗人中早就有人提出把中国诗文进行本民族化改造的主张，这种对汉诗进行本民族化改造的努力，使得从15世纪以来数百年间的朝鲜、日本与越南，都出现过一大批独具特色的汉语诗话和极为兴盛的汉诗创作。比如日本江户后期的杰出汉诗人赖山阳就表达过这样的见解，并且在汉诗创作方面还自觉进行了革新尝试，也取得了汉诗创作的巨大成功。联系到明清时期诗坛追求学古而化新的普遍风气，对东亚汉诗在宋元之后的革新发展趋势就会有更加清晰，也更加客观的全面认识。而能这样以东亚历史文化的视域来认识和评价汉诗的发展，在当今的学术界似乎还缺乏应有的关注。实际上，东亚汉诗（包括中国本身的诗歌）正是靠着这股普遍和持续的改革冲动，才得以在近五百年间不断地兴盛发展，形成了汉诗流变史上这一空前绝后的盛况。

4. 笔者在研究思路方面对现行的中国古典诗学和比较文学中的诗歌理论体系进行了深入反思，发现在现行的诗歌理论框架内难以给东亚汉诗作出准确的诗学定位，这就提出了在文学研究中所遇到的一些新问题。譬如怎样看待从《诗经》到唐宋诗的汉诗传统，不同国度的汉诗人在诗歌形式与抒情内容方面对这一传统都有着明显不同的选择、解读甚至误读。还比如不同的母语因素对各国汉诗创作也产生了深刻的影响，像日本的伊滕仁斋、荻生徂徕等著名汉学者的汉诗中，可以看出受到日本汉文训读法的影响；又如朝鲜李朝汉诗人的作品也深受朝鲜语谚文的影响等等。细致辨析这些影响和差异，对重新评估中国古典诗学的价值以及建立有中国特色的比较文学理论体系无疑有着积极的意义。

5. 东亚汉诗研究还探究汉诗作为古代东方的一种文学形式，为何能够长期影响周边国家地区的文学艺术乃至社会审美意识。细致的对比考辨，将揭示出中国古典诗歌长期以来在促进东亚诗歌文学繁荣和形成东方艺术传统过程中所起的独特作用，并从一种新的角度积极探索东亚汉诗在世界文学史中的重要地位。通过总结东亚汉诗学的发展规律，还可以对不同国家之间文学交流过程中的模拟及创造、民族性和国际性等重大文学理论问题进行有独特价值的探索。比如在欧洲文学史上，法国文学（包括诗歌）对周边国家民族曾经发生过重大和长期的影响，法文诗歌创作曾在俄罗斯等国的贵族阶层中长期流行[①]。如何评价这类创作的文化意义与文学价值，今天如何看待历史上曾经发生过的这些独特的文学现象，这些相关的问题，都值得我们这一代生活在同一个“地球村”中的人们加认真思考。

综上所论，东亚汉诗是中国文化艺术与东亚各国思想、语言、文学、艺术融合的结晶，是历史上东亚文化共同体的集中体现。汉诗不仅是中华民族传统文化的精华，而且也是东亚各国优秀传统文化的共同代表。东亚汉诗虽然有着相同的艺术形式和艺术规范，但是从不同的民族文化土壤中培育出来的东亚诗人，写出来的汉诗却往往有着形同神异的妙处。正是这些丰富的同中之异，表现出了东亚诗歌艺术精神的独特魅力，并对东亚各国诗歌文化乃至社会发展产生巨大而深远的影响。珍惜和传承东亚汉诗这份丰厚的艺术之根及精神遗产，对于东亚社会的今日及将来，对东亚各国关系的良性发展，都有着温故知新、继往开来的重要意义。

① 古代欧美文学史上的拉丁语，曾在很大范围内长期使用，因而产生跨国家跨民族的拉丁语文学创作，这也可以作为比较的对象。

后　记

光阴荏苒，岁月如歌。本人于1996年结束在日本的大学任教返国后，申请进行东亚汉诗的研究项目获得批准，至今已经二十年。先后得到江苏省哲社科、上海市哲社科、教育部、全国哲社科、全国哲社科重点项目的立项资助，使研究得以持续进行，逐步深入到东亚各国汉诗创作、流传及发展流变的细节过程进行探索，不断有所收获。同时指导多届硕、博士研究生进入此领域，通读东亚汉籍，分辨异同，谭艺论道，其乐也融融。

研究东亚汉诗课题，深感东亚不仅是地理的概念，还是文化的概念；不仅是历史的概念，而且也是现实的概念。身为东亚社会的一员，有责任也有义务彰扬东亚休戚与共的观念，彼此做好邻居的意识。东亚历史悠久，有着彰显道德文章的优良传统，在当前复杂的国际环境中，惟有秉持理性，存异求同，才能加深东亚各国间的彼此理解，创建更为持久的宽容与共荣。研究东亚汉文学，从古今交往融通过程中，亦能清晰窥见此理，即古人所言王道荡荡，顺之者昌。

自从笔者负笈北上求学至今任教沪上，有幸得到多位良师指导，感恩启功先生、钱仲联先生、章培恒先生，过去聆听承教的种种场景至今仍然历历在目，因而时常感动，始终保留着对各位前辈先生的敬畏和感恩之心。感谢张伯伟、张寅彭、曹旭、胡晓明诸位学界兄长多年来的指点提携，让鲁笨不才的我，得以跟随先进，小车不倒，慢慢前行。

本书撰写过程中，第一编与胡欣合作完成；第二编与于贞贞合作完成；第三编与陈清云、王婷婷合作完成；第四编与王泽凤合作完成。感谢凤凰出版社吴琼女士细致的编辑工作，上述恩缘及幸会，皆铭刻于心，是为记。

严　明

美国密苏里大学UP寒舍

2016年6月30日